La señal

Maxime Chattam
La señal

Traducción del francés de José Antonio Soriano Marco

Papel certificado por el Forest Stewardship Council®

Título original: *Le signal*
Primera edición: junio de 2019

© 2018, Éditions Albin Michel
© 2019, Penguin Random House Grupo Editorial, S. A. U.
Travessera de Gràcia, 47-49. 08021 Barcelona
© 2019, José Antonio Soriano Marco, por la traducción

© Diseño: Penguin Random House Grupo Editorial, inspirado en un diseño de Enric Satué

Penguin Random House Grupo Editorial apoya la protección del *copyright*.
El *copyright* estimula la creatividad, defiende la diversidad en el ámbito de las ideas y el conocimiento, promueve la libre expresión y favorece una cultura viva. Gracias por comprar una edición autorizada de este libro y por respetar las leyes del *copyright* al no reproducir, escanear ni distribuir ninguna parte de esta obra por ningún medio sin permiso. Al hacerlo está respaldando a los autores y permitiendo que PRHGE continúe publicando libros para todos los lectores. Diríjase a CEDRO (Centro Español de Derechos Reprográficos, http://www.cedro.org) si necesita fotocopiar o escanear algún fragmento de esta obra.

Printed in Spain – Impreso en España

ISBN: 978-84-204-3783-5
Depósito legal: B-7747-2019

Compuesto en Arca Edinet, S. L.
Impreso en Unigraf, Móstoles (Madrid)

AL37835

Penguin
Random House
Grupo Editorial

Mientras escribía este libro, escuché decenas de discos. La música ayuda a tejer el capullo de la concentración y nos aísla del mundo real. Te sugiero que hagas lo mismo al leer esta historia. De ese viaje a Mahingan Falls, destacaré los siguientes discos:

– *Red Sparrow*, de James Newton Howard.

– *La autopsia de Jane Doe*, de Danny Bensi y Saunder Jurriaans.

– *Está detrás de ti*, de Disasterpeace.

Algunas historias, esta por ejemplo, se descubren mejor al anochecer, o en plena noche, cuando a tu alrededor ya no hay demasiada luz y todo está en calma. Podría ser que las palabras hicieran su trabajo, la magia actuara, y al cabo de unos instantes dejaras de estar ahí con el libro en las manos y aparecieras en Mahingan Falls.

Ten cuidado, no es un lugar seguro.

*Para Faustine y la tribu que hemos formado.
No hay luz más brillante
que vosotros frente a las tinieblas.*

Las cosas más importantes son las más difíciles de decir. Son cosas de las que te avergüenzas, porque las palabras las empequeñecen, hacen que lo que parecía ilimitado en el interior de tu cabeza se reduzca a su tamaño natural apenas sale de ella. Pero es más que eso. Las cosas realmente importantes se encuentran demasiado cerca del lugar en el que está enterrado tu corazón secreto, como señales en la senda hacia un tesoro que a tus enemigos les encantaría arrebatarte. Y puedes hacer revelaciones que te cuesten caro, para conseguir únicamente que la gente te mire de un modo extraño, sin comprender una sola palabra de lo que has dicho, o por qué te parecía tan importante que casi llorabas al decirlo. Eso es lo peor, creo yo. Que el secreto se quede dentro por falta, no de alguien que lo cuente, sino de un oído receptivo.

STEPHEN KING, *El cuerpo*

A mi modo de ver, en este mundo no hay nada más misericordioso que la incapacidad de la mente humana para relacionar todo lo que contiene. Vivimos en una plácida isla de ignorancia rodeada por los negros océanos del infinito, por los que no estaba previsto que viajáramos lejos. Hasta ahora las ciencias, que avanzan cada una en su propia dirección, no nos han hecho demasiado daño. Pero un día la suma de todos esos conocimientos inconexos nos ofrecerá un panorama tan aterrador de la realidad y del pavoroso lugar que ocupamos en ella que, si no enloquecemos ante esa revelación, huiremos de su luz letal hacia la paz y la seguridad de una nueva edad oscura.

H. P. LOVECRAFT, *La llamada de Cthulhu,* 1926

Plano de Mahingan Falls

Los Tres Callejones
1. Gettysburg End
2. Shiloh Place
3. Chickamauga Lane

Monte Wendy

La Granja

Los Tres Callejones

Barranco

Cemetery
N. Church St.
N. Fitzgerald St.
Map

GREEN L

Salem

Río Weskeag

W. Spring S

Riverside Way

Hacia Salem
Western Road

WESTHILL

La Granja

Prólogo

La furgoneta circulaba rápidamente en mitad de la noche, como una nave diminuta perdida en la inmensidad del cosmos. Envuelta en la oscuridad, flotaba en la nada guiada por los faros blancos y como propulsada por los resplandores rojos de las luces traseras. El vehículo Ford empezó a girar para seguir la carretera que rodeaba la montaña. Estaba solo en muchos kilómetros a la redonda.

Dentro, Duane Morris se esforzaba para no perder de vista la estrecha cinta de asfalto que se abría ante él. Reducir la velocidad quedaba descartado. Debía mantenerla lo suficiente para permanecer el menor tiempo posible en aquella zona.

En la acogedora cabina reinaba el silencio, y eso le gustaba. Nada de distracciones como la música o la radio, tan solo él y sus pensamientos, totalmente concentrados en un único objetivo: no cometer ningún error. Desde luego, no podía decirse que Duane Morris fuera un aficionado. Incluso se enorgullecía de estar entre los mejores. Oficialmente, su placa indicaba que ejercía la profesión de detective privado, pero la mayoría de sus clientes sabían que eso no era del todo exacto. El boca oreja seguía siendo su mejor publicidad, eso y su obsesión por los detalles, que lo hacía tan eficaz que dos tercios de su clientela, siempre satisfechos, estaban formados por el mismo plantel de empresas fieles. Duane no necesitaba promocionarse. El dinero afluía a su puerta con la regularidad de una marea.

Sus ojos bajaron un instante hasta el cuentakilómetros. Ochenta por hora. Perfecto. No tardaría en regresar a la carretera principal, y en cuestión de minutos estaría en la autopista. Luego sería invisible: cuando llegara a Boston estaría saliendo el sol, y se perdería en el tráfago y el anonimato del tráfico. En cualquier caso, Duane no dejaba nada al azar. Nunca. Incluso si una cámara de vigilancia lo captaba en algún punto del recorrido, la furgoneta era imposible de rastrear. Las matrículas falsas, cogidas «prestadas» de un vehículo del mismo tipo, darían el pego en caso de un control rápido. Los adhesivos colocados en la carrocería el día anterior para maquillarla acabarían quemados en la estufa del garaje esa misma tarde, en cuanto desmontara los neumáticos para poner otros usados, pero con el dibujo de la banda de rodadura totalmente distinto. Después de eso, aunque se analizaran las eventuales huellas de las ruedas en la tierra, nadie podría probar que eran las suyas. En cuanto llegara al garaje se afeitaría la barba y se cortaría el pelo para cambiar de aspecto, si bien estaba convencido de que la gorra que llevaba bastaba para ocultar sus facciones, sobre todo a una cámara con poca definición.

Una vez más, lo había previsto todo. Era imposible llegar hasta él.

De todas formas, ¿se tomarían tantas molestias por lo que acababa de hacer? Ni siquiera estaba seguro de que fuera realmente ilegal. Bueno, pensándolo bien, tenía que serlo, aunque no tanto como para que corriera el riesgo de acabar en la cárcel. Además, esta vez sus empleadores —primera colaboración: habían conseguido su número a través de su nuevo jefe de seguridad, con el que Duane había trabajado en el pasado— le habían pagado espléndidamente, y nadie pagaba tanto por algo tan sencillo si era una actividad lícita. No, claro que no. De otro modo habrían mandado directamente a su propia gente a hacer el trabajo, y no a Duane Morris, en plena noche, con una sola consigna: «Nadie debe saberlo».

Duane había tenido que realizar una formación relámpago para comprender bien cómo operar. Era algo que no le había pasado nunca y le había divertido bastante, aunque lo que tenía que aprender era más bien aburrido. Había actuado como de costumbre, con escrupulosidad, para no arriesgarse a fallar el día J. Pero todo había ido como la seda. Era un juego de niños. Sus empleadores quedarían satisfechos. Duane Morris había ejecutado su tarea a la perfección, una vez más.

Para celebrarlo, decidió que en cuanto acabara con los trabajos de limpieza llamaría a Cameron. Se merecía pasar un buen rato. Sospechaba que Cameron no era su verdadero nombre, la mayoría de las veces las chicas de compañía usaban seudónimos, pero le daba igual. ¿No hacía él lo mismo? Lo único que importaba eran las horas que pasaba con ella, y valían hasta el último dólar que pagaba. Cameron no solo tenía la carita de un verdadero ángel; su cuerpo estaba a la altura de esas estatuas griegas esculpidas para representar la idea de la perfección. Duane no pudo evitar acompañar esos pensamientos con una sonrisa de oreja a oreja. Cameron era su punto débil, lo sabía. Pero él era un hombre y no una máquina, al menos en su vida privada.

Una curva cerrada lo devolvió a la realidad: frenó con fuerza para no salirse de la carretera, pero, al acabar el viraje, volvió a pisar el acelerador. Maldita carretera serpenteante. Fuera no había más que oscuridad por todas partes. No se veía la menor señal de vida, ni siquiera las imponentes montañas que lo rodeaban. Ni la luz de la luna ni el brillo de una estrella atravesaban el manto de invisibles nubes. Era tan sorprendente como intranquilizador.

De pronto, algo captó su atención en el retrovisor interior. Pero al alzar los ojos hacia él no vio nada. ¿Qué había creído percibir? ¿Un movimiento detrás de la furgoneta? ¿Lo seguían? No, imposible, lo habría descubierto hacía rato. Además, circular a esa velocidad con los faros apagados por una carretera tan peligrosa era inimaginable. A menos que dispusieras de un aparato de visión nocturna.

Un hilillo de sudor frío le recorrió la espina dorsal.

Los únicos que usaban ese material para un seguimiento discreto eran los federales. ¿Tenía al FBI en los talones? ¿Por un trabajo tan insignificante? No, qué estupidez...

De repente tenía la boca seca. No es que aquella tontería le preocupara, pero en el pasado se había hecho cargo de asuntos mucho más importantes y delicados. De esos en los que los años de cárcel se cuentan por décadas, si te dejas coger.

Ahora ya no podía estarse quieto. Sus ojos iban del agrietado asfalto que tenía delante a los retrovisores para asegurarse de que no había ningún vehículo detrás de él. Nada. Solo el negro vacío en un ángulo de trescientos sesenta grados.

Duane pisó el freno para iluminar un poco más el tramo de carretera que acababa de dejar atrás. Nadie, esta vez estaba seguro.

Figuraciones suyas. Su corazón empezó a recuperar el ritmo normal.

Pero, instantes después, volvió a percibir un movimiento en el retrovisor central. Y comprendió. Todo su cuerpo se tensó en el asiento.

¡Era dentro! Había alguien en el asiento trasero o en el espacio que servía de maletero.

Empezó a pensar a toda velocidad. ¿Quién podía haberse escondido ahí? ¿Y por qué? Abrió la boca para respirar mejor y, tras asegurarse de que la carretera continuaba en línea recta, se inclinó hacia la guantera para coger la Glock 9 mm.

Iba a levantarla para encender la luz del techo con el cañón y anunciarle a su pasajero clandestino que la broma se había acabado, pero se contuvo. El otro podía arrojarse sobre él y obligarle a dar un volantazo fatal. No, mala idea. Lo mejor era parar. Bajaría para abrir la puerta lateral y sería el dueño de la situación. Sí, era más inteligente.

Miraba adelante para ver dónde estacionar cuando captó otro movimiento en el retrovisor. Alzó los ojos rápidamente y la vio. Una mujer. Por lo menos, tenía el pelo largo y grasiento, en desorden, ocultándole parte de la cara. Y, en la penumbra de la cabina, parecía muy pálida. Estaba encogida al fondo del vehículo.

¿Qué demonios hacía allí?

Duane levantó el pie del acelerador y asió con fuerza la empuñadura de la pistola.

Nuevo movimiento. Miró por el retrovisor: ahora la mujer estaba sentada en el asiento trasero, justo detrás de él. ¿Cómo había podido moverse con tanta rapidez?

El corazón se le desbocó y ya no pudo contenerse más. Levantó la Glock para asegurarse de que ella la viera.

—¡Bueno, se acabó el paseo! ¡No vuelvas a moverte!

Duane estaba sin aliento, y su voz había sido menos amenazadora de lo que esperaba. Tenía el miedo metido en el cuerpo.

—Vamos a parar para que hablemos tú yo. Si te acercas, te meto una bala en la barriga, ¿entendido?

Duane miró por el retrovisor para comprobar que obedecía.

La mujer se apartó un largo y enredado mechón, y cuando Duane vio su boca torcida y sus dientes grises, el miedo lo inundó hasta la punta de los dedos.

La furgoneta se deslizaba en medio de la nada, y de repente dio un brusco bandazo que levantó una nube de polvo. Pero volvió a la carretera con un chirrido de frenos. Al principio redujo la velocidad, como si fuera a frenar, pero al cabo de unos instantes aceleró de nuevo haciendo rugir el motor.

Dio otro bandazo a la derecha, luego a la izquierda, y se oyó el ruido de un disparo, que se perdió en la noche.

El viraje contra la escarpada pared de la montaña se produjo de improviso, y a la furgoneta no le dio tiempo de enderezar. Siguió en línea recta.

Al instante, la tierra se borró y los arbustos azotaron los costados del vehículo, que salió volando por los aires. Luego, varios segundos interminables de vacío hasta que el morro se inclinó hacia abajo y se estrelló violentamente contra un grupo de rocas puntiagudas. En medio del estrépito de chapa y cristales, la furgoneta rebotó y empezó a dar vueltas de campana, lanzando a su alrededor las ruedas, las puertas y el capó con cada impacto. Las chispas incendiaron los vapores de gasolina del depósito. Después el vehículo se inmovilizó en el fondo de un barranco, oculto en el denso monte bajo.

El fuego brotó en forma de bola incandescente mientras Duane Morris, con el rostro ensangrentado y todavía sujeto al asiento, perdía el conocimiento.

Durante un segundo, las llamas se agitaron como caras que aullaran silenciosamente en la noche. Luego olfatearon su presa y se arrojaron sobre ella para devorarla viva.

1.

Lise se inclinó hacia el espejo del cuarto de baño para asegurarse de que el bultito que había notado con el dedo en medio de la frente no era un punto negro. Solamente una miga, que hizo volar de un papirotazo. Miró su reflejo. Los cabellos azabache le caían a uno y otro lado del pálido rostro, como el velo de una viuda. Kohl para resaltar los ojos, hasta convertirlos casi en una máscara, pintalabios negro, laca de uñas a juego... Perfecto. Corsé de vinilo sobre una camiseta de rejilla, falda escocesa plisada y botas con cordones hasta la rodilla. Todo, cuidado al detalle. Era importante, porque su *look* la definía, era su auténtico carnet de identidad para la vida diaria, la huella viva que Lise dejaba en las retinas, a menudo sensibles, con las que se cruzaba. Pero, además, esa noche era más importante que nunca que estuviera irreprochable.

La gran noche.

Iba a filmarlo todo. Todo. Con todo detalle. En primer plano, para que se viera el acero perforando lentamente la piel, atravesando la carne, para que brillara la sangre, el rojo de la vida a la fría luz de aquella gran casa. Difundiría el vídeo por todo internet. Escandalizar a los burgueses. Golpear las buenas conciencias. Aterrorizar a todos aquellos borregos idiotizados por el sistema. La elección del lugar no era casual. Aquella inmensa casa sin alma era la encarnación de todo lo que detestaba. Embaldosado impecable, paredes blancas sin nada en ellas, y únicamente esos muebles de diseño que tanto odiaba. Lise ya había oído proclamar al dueño que la sobriedad era la auténtica libertad del ser humano, su liberación de cualquier atadura superflua, pero no se lo había creído ni por un segundo. A ella le parecía, por el contrario, la demostración de que era un individuo sin corazón, sin calor. Su mujer le resultaba más agradable, pero tampoco es que fuera muy afectuosa. En ese momento, Lise pensó en su preciosa moqueta blanca, siempre impoluta, y una sonrisa malvada se dibujó en sus labios. Las manchas de sangre en el suelo inmaculado serían algo terrible para ellos. Su precioso hogar, ensuciado. El orden y la limpieza de su nidito, puestos en entredicho. Hasta puede que fuera lo primero en que se fijaran, sin preocuparse de lo demás.

Lise asumiría las consecuencias. Llevaba meses preparándolo. ¿Bastaría para despertar a su madre de la modorra alcohólica que la abotagaba? No era nada seguro...

—¿Lise? Nos vamos a ir... —dijo una voz al otro lado de la puerta del baño.

—Ya voy, señora Royson.

Lise echó un rápido vistazo a las agujas que relucían en el lavabo, cerró la solapa de cuero del estuche y lo metió en el pequeño bolso de bandolera del que nunca se separaba. Todo estaba listo.

Pero primero, hacer el papel. No levantar sospechas. No fastidiarla.

Estaba un poco nerviosa. Era la noche en que todo iba a cambiar, para siempre. Se sentía capaz. La habían aconsejado bien. En internet. No había que flaquear. Tras meses dándole vueltas, por fin iba a pasar a la acción, ya lo había anunciado. Todos esperaban con impaciencia el resultado. El vídeo. El shock.

Lise salió al pasillo y vio a los padres poniéndose los abrigos. Él la saludó apenas y le dijo a su mujer que iba a sacar el coche del garaje.

—En el frigorífico tienes cosas para cenar —le recordó ella, alta, delgada, rubia, con clase—. Arny está acostado, ha tenido un día duro. Creo que te dejará tranquila. Ya sabes cómo funciona todo, tienes nuestros números de teléfono...

—Sí, señora Royson, no se preocupe, conozco la casa.

—Es verdad... Pero, sobre todo, cualquier cosa que pase, no lo dudes, me llamas.

—Ningún problema.

—¡Ah, el vigilabebés está en la mesa de la cocina!

Lise asintió: también lo sabía. Solo deseaba una cosa, quedarse sola con el mocoso dormido. Era bastante cuidadosa con los niños que dejaban a su cargo, por no decir que se implicaba de lleno con ellos emocionalmente. Arny era la excepción. A aquel crío, lo odiaba. Caprichoso, feo y encima delicado. Cuando le pellizcaba —lo que hacía cada vez que la exasperaba berreando por nada—, se ponía a aullar y no paraba en diez minutos, como si lo hubieran mutilado. Un auténtico gallina. Un niño de papá, que en la adolescencia creería que podía permitírselo todo, uno de esos capullos para los que el dinero no es problema y que solo viven para ejercer el poder. Dominar. Avasallar. Someter. Disfrutar.

Lise continuó con la comedia, esbozando una sonrisa que buscaba tranquilizar a la madre, y esperó a que la puerta se cerrara para quitarse la máscara. Miró con cuidado por la ventana del salón para asegurarse de que el vehículo abandonaba la propiedad, y cuando las dos luces rojas del cuatro por cuatro no fueron más que dos diminutas y lejanas estrellas, apretó los puños en señal de victoria.

Pero no había que alegrarse tan pronto. No había que precipitarse. No tendría una segunda oportunidad.

«Lo primero, cenar, no pasar a la acción en ayunas, porque nunca se sabe. Si tengo que potar, más vale que lleve algo en el estómago.»

Se hizo un sándwich untando dos rebanadas de pan de molde con pasta de nube dulce y dejó la encimera de la cocina hecha un desastre. Ahora había que esperar. Al menos una hora, para estar segura de que el capullín dormía profundamente, y también por si había una anulación de última hora y los padres volvían antes de lo previsto. Tiempo que matar. La expresión la hizo sonreír.

«¡Joder, con la de tiempo que paso aburriéndome, la de horas que he debido de matar! Soy toda una asesina en serie...»

Dudó entre zapear en la tele las porquerías del sábado por la noche, navegar por la Red o bajar directamente al sótano a ver una película. La mejor opción era la última. Estaba demasiado excitada para prestar atención a las gilipolleces de la tele o leer en una pantalla, necesitaba evadirse, si no los minutos se le iban a hacer eternos. Y precipitarse estaba fuera de discusión. Aquello era demasiado serio para mandarlo todo a la mierda ahora, después de tantos preparativos, y con aquella motivación...

«No te estarás escaqueando, ¿eh?»

No. No eran excusas para retrasar el momento. Sabía que esa noche pasaría a la acción. Estaba decidido.

«Simplemente no quiero cagarla. Paciencia. Tener tiempo. Para llegar hasta el final. No voy a retroceder. Por supuesto que no.»

Cogió el vigilabebés, bajó al sótano, cruzó la sala de deporte de la rubia y abrió la puerta del *home cinema*. ¡Jo, los Royson no se privaban de nada! Eso estaba claro. A aquel cabrón, al que oía refunfuñar a todas horas que lo freían a impuestos, le quedaba pasta para darse sus gustos... La sala, sin ventanas, estaba totalmente insonorizada y equipada con butacas de cine auténticas. Lise accionó la pantalla táctil del mando a distancia, pulsó la tecla «Ver una película» y todos los aparatos se encendieron a la vez. Se detuvo ante los estantes del fondo para elegir el DVD o el Blu-ray que tendría la dura tarea de distraerla hasta que se sintiera lo bastante tranquila para llevar a cabo su misión.

Optó por *Los amos de la noche*. La carátula era penosa, pero, para ser una película antigua, el argumento prometía.

Las luces disminuyeron hasta sumirla en la oscuridad, y Lise dejó el vigilabebés en el brazo del sillón.

A los veinte minutos se dio cuenta de que la película la había enganchado, a pesar de ser un poco cutre. Pero no podía dejar que eso le hiciera perder de vista su objetivo principal. Enderezó el cuerpo en el asiento e hizo crujir sus dedos. Tenía ganas de subir. ¿Por qué esperar? Estaba harta.

«¿Y si aparecen esos dos gilipollas? ¿Y si al final se ha anulado su plan? ¿Y si el mocoso aún no está bien dormido y se despierta demasiado pronto?»

Suspiró. No, había que seguir esperando. Por lo menos, otra media hora.

Decidió tomárselo con calma e intentó volver a sumergirse en la película.

Los pilotos del vigilabebés se iluminaron. Primero los verdes, luego los rojos.

«¡Mierda, se ha despertado!»

Si tenía que dejarlo sin conocimiento, lo haría. Esa noche estaba furiosa. Dispuesta a llegar hasta el final. Su mano se posó en el bolso. Dentro, el estuche de cuero con las agujas y la tinta china. Y el dibujo con el papel de calco. Un corazón con una lágrima. Era el tatuaje que había decidido hacerse ella misma. Era ella, era lo que ella sentía y lo que sentiría toda su vida. El hecho de que acabara de cumplir dieciséis años no impedía que lo comprendiera. No se hacía ilusiones. La vida no era más que sufrimiento. Con la familia, los chicos, el instituto, todo...

«¡Joder, Arny, déjame en paz! ¡Que pueda hacerme el tatuaje tranquila! Como me estropees la noche, te juro que...»

No se le ocurrió una amenaza lo bastante fuerte y a la vez lo bastante moderada para poder cumplirla realmente, y los testigos luminosos volvieron a encenderse.

—Mierda.

Puso la película en pausa para oír si el niño lloraba o solo estaba balbuceando en sueños. No oía gran cosa, así que se acercó el aparato al oído.

La música del juguete móvil empezó a sonar, y Lise se sobresaltó.

«¡El muy...!»

Frunció el ceño. ¿Cómo había conseguido accionarlo? El móvil estaba colgado encima de la cuna, y un crío de ocho meses tan gordo y amorfo como él no podía levantarse, que ella supiera.

Otro ruido le hizo torcer el gesto. Una especie de soplo. Como...

«¡Como alguien chistándole a un niño!»

—¡Mierda, han vuelto los padres! —farfulló Lise, frustrada al ver que sus planes se iban al garete.

Se levantó, pero al llegar a la puerta del *home cinema* se paró en seco. ¿Cómo es que no había oído entrar el coche en el garaje, que estaba justo detrás de la sala?

De pronto, del vigilabebés brotó una voz:

—Liiiiiise...

El corazón de la adolescente empezó a latir a toda velocidad. No lo había soñado. Acababan de decir su nombre. O más bien de susurrarlo lentamente, muy cerca del micrófono. ¿Era una voz de hombre o de mujer? No sabría decirlo. ¿Y por qué iban a jugar con ella los Royson a un juego tan idiota?

«¿Desde la habitación del crío? No...»

Un susurro interminable chisporroteó en el altavoz. Lise dio un respingo.

—Liiiiiiiiise...

¿Quién era? Los padres no podían ser. Jugar con ella no era su estilo. Y así, menos. ¿Por qué no la habían avisado los Royson de que pasaría alguien? No era propio de ellos. Había un problema. Lise lo sentía.

Apretó el vigilabebés en la palma de la mano, sin saber qué hacer. Se había dejado el teléfono móvil arriba, en la cocina. Respiraba ruidosamente, cada vez más angustiada.

Algo arañó el transmisor en la habitación del bebé, y una voz graznó de un modo extraño, pero la adolescente no pudo entender lo que decía.

«Piensa, piensa...»

Algo inteligente tenía que poder hacerse, pero en ese momento las ideas se atropellaban en su cabeza, y Lise no acababa de tomar una decisión. ¿Quién podía ser? Una broma pesada. ¿Dylan? ¿Rob? No, los dos pasaban de ella... Entonces ¿quién? ¿Barb?

«Nadie sabe dónde estoy. Ni siquiera mamá. Solo he dicho que lo haría y subiría el vídeo, pero no saben dónde me...»

Esta vez se sorbieron la nariz en el altavoz. Fuerte.

—Liiiiiise... —dijo una voz áspera y rota—. Te... siento...

Lise notó que le flaqueaban las piernas. Apenas la aguantaban de pie. Le entró el pánico.

«Mierda... Pero ¿qué es esta gilipollez?» Sacudió la cabeza. Era una alucinación. Un mal viaje.

«Pero si llevo tres días sin fumarme un canuto... ¡No es ningún flipe!»

De pronto, cayó en la cuenta de que no había oído llorar al niño. El desconocido estaba en su habitación y, con todo el ruido que hacía, Arny debería haberse despertado. Aquel silencio también era muy inquietante.

Otro resoplido.

—Puedo oírte —anunció la voz—. Voy a... encontrarte...

El vigilabebés se cortó. Lise estaba empapada en sudor, respirando por la boca por el pavor. Apenas se tenía en pie.

El aparato crepitó en su mano. Luego se oyó una sucesión de horribles crujidos, seguidos de unos chirridos agudos, como si alguien arañara una pizarra.

El chasquido del micro al cortarse le hizo dar un respingo y soltar un gemido de terror.

Tenía que huir. Enseguida. Lo sentía por Arny, pero lo primero era salvar su propio pellejo. Una vez fuera, correría a casa de los vecinos para llamar a la policía, ya se encargarían ellos de socorrerlo.

«¡El garaje!»

Era la única salida del sótano. Lise posó la mano en el pomo de la puerta del *home cinema*, pero se detuvo. No tenía el mando a distancia para abrir la puerta del garaje. ¡No podía salir por ahí!

Todo su cuerpo se puso a temblar. Estaba a punto de desmayarse de miedo.

«No, no, no... ¡Ahora no! ¡Tengo que pirarme!»

La puerta de entrada estaba al final del pasillo que arrancaba en lo alto de las escaleras. Corriendo, podía alcanzarla. Podía hacerlo, estaba convencida, aún tenía fuerzas para subir y esprintar como nunca en su vida. Sí, se sentía capaz.

Hizo girar el pomo y salió al pasillo del sótano.

La luz estaba apagada, aunque ella siempre la encendía cuando bajaba: el largo y blanco pasillo sin ventanas le daba un poco de miedo, así que nunca apagaba los fluorescentes mientras estaba allí, ni siquiera durante la película.

Con la mano libre, buscó a tientas el interruptor. Lo rozó con el índice. Lo pulsó.

Los fluorescentes crepitaron. Hubo un primer destello, mientras parpadeaban, como si la luz tratara de encontrar la respiración.

Y durante el breve instante en que el pasillo permaneció iluminado, Lise vio la silueta, enorme, justo delante de ella.

Sus ojos la miraban. Mal.

Lise soltó un alarido.

La luz volvió a jadear, y las tinieblas se tragaron a Lise mientras sus huesos triturados resonaban contra el alicatado. Se debatió brevemente en la oscuridad, estrangulada por los espasmos del dolor.

Los fluorescentes emitieron varios quejidos, pero siguieron apagados.

El silencio volvió a apoderarse del sótano.

2.

El piano oscilaba, en equilibrio sobre la caja del camión de mudanzas, cuando Thomas Spencer vio que la eslinga se partía de golpe y el monstruo de cuerdas, liberado, se desplomaba sobre el nervudo operario que esperaba debajo y lo aplastaba contra el asfalto de la calzada. Con un terrible chasquido líquido, la base del teclado le destrozó la caja craneal en medio de una explosión de sangre negra.

Thomas pestañeó para ahuyentar aquella horrible imagen.

Pese a sus temores, la maroma aguantaba perfectamente y el instrumento bajó del camión sin herir a nadie.

«¿Qué pasa conmigo que siempre imagino lo peor?»

Tom lo sabía: lo que habría debido escribir no eran obras de teatro, sino novelas de terror. Tenía un don para visualizar las situaciones más espantosas.

«A mi fantasía de pirado le ha faltado el estruendo de las cacofónicas notas del piano en el momento del impacto.»

Y dale. Hasta el último detalle. Como siempre. Meneó la cabeza, pesaroso, y cayó en la cuenta de que llevaba varios minutos allí plantado, viendo cómo trabajaban los demás, absorto en sus cavilaciones. En ese momento, la voz de su dinámica mujer resonó en la entrada de la casa. Como de costumbre, Olivia había tomado las riendas. Con la pequeña Zoey en brazos, guiaba a los transportistas de una habitación a otra, sin perder de vista a Chad y Owen, los dos adolescentes de la familia. Parecía que se hubiera tomado alguna droga: incapaz de parar, organizaba a todo el mundo, pasando de una cosa a la siguiente con la velocidad de una máquina, sin perder su elegancia natural en ningún momento. Tom se había enamorado de aquel puñado de energía dos décadas antes, al principio —debía confesarlo— porque tenía una figura de ensueño, aunque lo cierto era que ahora su fuerte personalidad le gustaba tanto o más que el resto.

—Dame a Zoey, cariño —le dijo para aliviarla.

—Mejor encuentra a Smaug. Es un perro de interior, me da miedo que la libertad de un jardín se le suba a la cabeza y lo perdamos. Puedo enfrentarme a una mudanza, pero no a tener que anunciar a nuestros hijos que el perro ha desaparecido. ¡Así que búscalo tú!

Con los brazos en jarras, Tom miró a su alrededor. La Granja, como se llamaba su nueva casa, se alzaba a unos diez metros de la pequeña calle, perdida en mitad de una extensión de césped mal cuidado y rodeada de árboles hasta donde alcanzaba la vista. Eso era precisamente lo que les había seducido: una gran casa en una calle sin salida a las afueras del pueblo, acurrucada en su nido de vegetación bajo la mirada de las altas montañas. El polo opuesto de su vida neoyorquina. Un verdadero desafío para urbanitas consumados. Pero, en esos momentos, Tom intuía que aquella apertura al mundo también podía acarrear problemas. ¿Cómo averiguar dónde se había metido Smaug?

Silbó para llamar al dichoso perro y gritó su nombre varias veces. Alrededor de la propiedad no había ninguna cerca, y Tom empezaba a sentir una pizca de inquietud. Smaug se había criado en un piso de cien metros cuadrados del Upper East Side, acostumbrado a sus tres paseos diarios en un medio urbano, y aunque estuviera perfectamente adiestrado, la omnipresencia de la naturaleza debía de haberlo vuelto loco de curiosidad. Tom se culpó de inmediato. ¿Por qué no había pensado en ello antes?

—¿Algún problema? —dijo a su espalda una voz cascada.

Al volverse, Tom descubrió a un anciano con los rasgos tan cincelados por el tiempo como las montañas de Monument Valley. Un cráneo cubierto por una rala alfombrilla blanca y unos ojos de un azul penetrante. Era alto, iba un poco encorvado y sus extremidades parecían demasiado largas. Tom tuvo la sensación de estar ante un jugador profesional de baloncesto de setenta y tantos años.

El hombre le tendió una de las palas que le servían de manos.

—Soy su vecino. Roy McDermott.

—Thomas Spencer. ¡No sabía que tuviéramos vecinos!

—Con toda esta vegetación, es fácil creer que vives aislado en el campo, pero en el barrio de los Tres Callejones hay algunas viviendas. ¿Pensaban que iban a estar tranquilos? ¡Error! Los recién llegados no pasan inadvertidos, ni siquiera aquí. Mi casa es la más cercana, a unos ciento cincuenta metros calle abajo, en la otra acera, el edificio blanco escondido entre los sauces. ¿Qué ocurre, han perdido a alguien?

Hablaba con el acento característico de la gente de aquella parte de Nueva Inglaterra, comiéndose la mayoría de las erres.

—Sí, al perro. El bosque ¿llega muy lejos por esta parte?

Roy enarcó las cejas en un gesto que expresaba por sí solo la vastedad de aquellos parajes.

—Partiendo de allí, se puede llegar hasta las montañas y más allá. Pero yo que usted no me lanzaría a semejante aventura sin un mínimo de preparación. Además, créame, los perros no son idiotas. Cuando el suyo tenga hambre de verdad, encontrará el camino de vuelta a casa.

—Es un puro producto de ciudad...

—¡Razón de más! No sabe cazar para comer. Volverá cuando le apriete el estómago.

Tom asintió, pese a no estar muy convencido.

—¿Hace mucho que vive en Mahingan Falls? —le preguntó al anciano.

—Nací y me crie aquí —respondió Roy con orgullo.

—Bueno, pues me alegro de tener un vecino de la zona, nos ayudará a integrarnos.

—¿No hay nada que los una a este sitio?

—No, salvo el flechazo por la casa, y una apuesta del todo disparatada...

—¿En qué sector profesional se mueve usted?

Tom hizo una mueca un poco sarcástica.

—Esa es precisamente la apuesta disparatada. Digamos... Necesidad de aire, de cambiar radicalmente de vida.

Roy esbozó una amplia sonrisa, que dejó al descubierto sus dientes, muy blancos y perfectamente alineados. Fundas, supuso Tom.

—Entonces han dado en el blanco. Mahingan Falls es un pueblo perdido, cierto, pero ya verá, vivir aquí es desacelerar, aquí todo va más lento. Incluso para los chicos —añadió el anciano señalando a Chad y a Owen, que corrían por el césped delante de la propiedad.

—Le ofrecería una cerveza, pero me temo que el frigorífico aún está vacío...

Roy le dio unas palmaditas en la espalda y, con su gran barbilla, señaló el camión de la mudanza.

—Tiene cosas más importantes que hacer. Les dejo que se instalen. Solo venía a darles la bienvenida.

Antes de irse, Roy McDermott echó un último vistazo a la familia Spencer y, al ver que los dos chavales dejaban el jardín y se internaban en el bosque, extendió el nudoso índice en su dirección.

—Por cierto, tal vez debería advertir a sus hijos de que no se alejen demasiado...

—¿Es peligroso el bosque? —le preguntó Tom, sorprendido.

Roy torció el gesto un instante, antes de responder:

—Digamos que es bastante salvaje por esa parte y ellos no tienen el olfato de un perro. Podrían perderse. Dígales que, si se tercia, los llevaré a dar una vuelta para enseñarles unos cuantos sitios.

Tom asintió y siguió con la mirada al anciano, que bajaba la calle a buen paso de vuelta a Shiloh Place y acabó desapareciendo tras la vegetación.

Luego observó a Chad y a Owen. Jugaban con unos palos y empezaban a adentrarse entre los árboles. Sobre ellos se alzaba la imponente silueta del Wendy, el alto y escarpado monte que dominaba toda la región. Reflejos metálicos brillaban cerca de su cima, donde una larga antena volvía sus parabólicas hacia el pueblo y los azulados cielos.

«Un bonito día de verano», se dijo Tom. Se habían lanzado a una nueva vida siguiendo un impulso casi irracional, pero ahora que contemplaba aquel paisaje bucólico, ya no sentía tanta aprensión. Olivia y él tenían razón. Irse de Nueva York era lo mejor que podían hacer.

Mahingan Falls sería su nuevo hogar.

Recordando las últimas palabras de Roy McDermott y el brillo levemente inquieto que había captado en su mirada, Tom silbó en dirección a los dos chicos para indicarles por señas que no se alejaran más.

La familia tenía tiempo de sobra para perderse. En grupo.

Chadwick inspeccionaba el lindero del bosque con ojos golosos. Ya se imaginaba mil formas de divertirse. Desde explorar hasta construir una cabaña, pasando por observar con prismáticos o cazar armado con su tirachinas. Aquella nueva vida empezaba a gustarle. Y Mahingan Falls también, por lo que había visto hasta entonces. Un local con máquinas de videojuegos en el centro del pueblo, una pista para monopatines a la orilla del mar, justo al lado de una tienda de cómics, y aquella enorme área de juegos... Presentía que iban a ser felices allí.

—Chad, tu padre acaba de decir que no sigas —le recordó Owen.

—Creo que por allí hay un sendero, un poco más adelante, al pie de la montaña, ¿lo ves?

—No, hay demasiados árboles.

Owen era más bajo que él, pensó Chad.

—Debe de ser un camino de patrulla o algo por el estilo. Vamos a mirar.

—Ahora no, Tom no parece muy conforme.

A veces, Owen podía ser muy irritante, en especial por su sumisión a los padres. Chad lo apreciaba un montón, pero había muchas cosas que los diferenciaban. En primer lugar, el físico: en Chad, pese a sus escasos trece años, empezaba a vislumbrarse un asomo de corpulencia, con delgados músculos incipientes, mientras que Owen seguía siendo un poco niño. Pelo cortado al cepillo, el uno, y pelambrera desgreñada, el otro. Y así con todo. Tom y Olivia no eran el padre y la madre de Owen, pero de todas formas hacía casi año y medio que vivía con ellos, y en opinión de Chad ya iba siendo hora de que mostrara un poco de carácter. Estaba a punto de insistir cuando le vinieron a la mente las palabras de su madre. Tratar bien a Owen. Cuidar de él. La tragedia que había sufrido lo hacía más frágil, eran su nueva familia y Chad debía comportarse como un hermano cariñoso, un hermano mayor protector, aunque tuvieran la misma edad.

—Vale, muy bien... —rezongó—. Pero volveremos, ¿de acuerdo?

Owen asintió con convicción. Se notaba que también a él le intrigaba aquel sitio, que se ofrecía a ellos como un territorio a conquistar.

Los chicos se disponían a retroceder sobre sus pasos cuando, a unos veinte metros en el interior del bosque, la maleza se agitó.

—¿Qué ha sido eso? —exclamó Owen.

Chad se puso de puntillas para intentar distinguir algo.

—Smaug, ¿eres tú? —gritó.

Los arbustos volvieron a moverse, esta vez más lentamente, y unos helechos se inclinaron hasta tocar el suelo en dirección a los dos chavales.

—¿A qué juega este perro? —preguntó Owen extrañado—. ¿Nos quiere sorprender o qué?

Las ramitas chasqueaban a medida que algo se acercaba a ellos. De pronto, el labrador de la familia surgió de la nada, se lanzó hacia ellos a toda velocidad, como un galgo en plena persecución, y derribó a Chad a su paso. Corría con el rabo entre las piernas, con cara de pánico, en la medida en que Chad era capaz de interpretar las expresiones de su perro, y aunque el chico tenía la nariz pegada a la hierba, le dio la sensación de que Smaug apestaba a orina.

—¿Estás bien? —le preguntó Owen—. Se ha vuelto loco... ¿Qué le ha dado?

Chad se puso de rodillas.

Detrás de los dos muchachos, a menos de diez metros, los helechos seguían inclinándose a medida que algo se acercaba a ellos. Pero su atención ya estaba en otra cosa.

El aterrorizado Smaug se precipitó en la casa y chocó con uno de los trabajadores, que estuvo a punto de caer al suelo con la caja que transportaba. Un instante después, se oyó un estrépito de vajilla rota, y Olivia empezó a despotricar contra el perro, que siempre estaba haciendo de las suyas.

Owen dejó escapar un inicio de risa. La situación se ponía interesante, así que le indicó a Chad por señas que se levantara para ir corriendo a ver qué pasaba en la Granja.

Se alejaron del lindero del bosque en el preciso momento en que, detrás de ellos, los arbustos se estremecían por última vez.

Unas cuantas cajas de cartón desmontadas y amontonadas en un rincón eran el único vestigio de la mudanza en la cocina. Los electrodomésticos colocados y enchufados, la vajilla ordenada en los armarios e incluso la pizarra Velleda para el reparto de tareas, colgada en una de las paredes, daban fe de la energía desplegada por Olivia para que al menos una habitación estuviera lista para la noche. Toda la familia cenaba alrededor de la mesa central, por la que estaban repartidas las cajas de comida china que había ido a buscar Tom.

Como su padre no había conseguido dar con la sillita alta, la pequeña Zoey comía sentada en las rodillas de su madre, desde donde lanzaba miradas inquietas a Smaug, acurrucado en un rincón.

—¿Perro, susto? —preguntó con su hilillo de voz.

—Sí, hoy Smaug ha pasado un poco de miedo —confirmó Olivia—. No está acostumbrado al campo. Es un miedica.

Olivia le hablaba a su hija sin filtros, y como en su opinión se podía decir todo, se lo explicaba todo, sin preguntarse si una criatura de dos años podía entender o no lo que le contaba. Comunicarse no hacía daño a nadie, le decía a todo el que quería escucharla.

—¿Cómo se las va a arreglar para hacer pis? —preguntó Chad preocupado—. Si ya no quiere salir...

Tom lo tranquilizó:

—Smaug ha debido de darse de narices con un hurón o un mapache, y se ha llevado un susto de muerte, pero se le pasará. Le pondré las galletas fuera, y verás qué pronto sale.

—Chicos —intervino Olivia—, mañana quiero que ordenéis vuestras habitaciones, ¿entendido? Abrís todas las cajas que llevan vuestro nombre y buscáis un sitio para cada cosa. Ahora disponemos del triple de espacio, así que lo tenéis fácil. Tom y yo iremos a comprar lo que necesitamos, y vosotros conoceréis a Gemma, la chica que va a cuidaros.

—¿Es de fiar? —le preguntó su marido.

—Me la recomendó la agente inmobiliaria, la señora Kaschinski. Creo que es su sobrina. Dijo que pondría su vida en manos de ella. De todas maneras, si mañana no se presenta, lo dejamos correr y nos repartimos las tareas de otra forma. Pero me vendría muy bien un poco de ayuda para comprarlo todo, la verdad.

Tom asintió y le rozó la mano con una caricia que significaba que podía contar con él.

Poco después, cuando los chicos ya estaban acostados y la pequeña Zoey dormía en la habitación del matrimonio, Olivia se quedó un buen rato bajo la ducha, antes de ponerse un camisón que parecía más bien una camisa de leñador de talla extragrande.

—¿Que hayamos dejado la vida de ciudad supone que tengas que cambiar la seda y el satén por la franela?

—Me adapto. Pero no te asustes, no me disfrazaré de vaquera todas las noches... —más que deslizarse bajo el edredón, Olivia se desplomó junto a Tom, que hojeaba una revista literaria, y, con la voz medio ahogada por el almohadón, añadió—: Ya sé que te mueres de ganas por estrenar nuestra nueva casa, pero esta noche no tengo fuerzas. Debes saber que sufro una gran frustración: he comprendido que no soy Superwoman.

Tom le acarició el pelo.

—No has parado un segundo. Me preguntaba en qué momento te derrumbarías...

—Prometido: haremos el amor en todas las habitaciones. Dame solo dos o tres años para recuperarme de este día.

—Olvidas que tenemos hijos —respondió Tom inclinándose hacia su mujer—. Se acabaron los tiempos en que podíamos echar un polvo improvisado donde se terciara.

—Zoey, guardería; los chicos, al cole... —murmuró Olivia en estilo telegráfico.

—Estamos a mediados de julio, en plenas vacaciones. Vamos a tener que esperar un poco...

Con un esfuerzo sobrehumano, Olivia sacó una mano de debajo del cuerpo, agarró a su marido del cuello del pijama y lo atrajo hacia ella.

—Me da igual, los abandonaré en la calle en nombre del fornicio. Soy una madre desnaturalizada. El sexo antes que los niños. Pero ahora, ¡buenas noches!

Olivia le tendió los labios para que la besara, se volvió y tardó menos de dos minutos en quedarse dormida.

Tom intentó concentrarse de nuevo en la lectura, pero los ojos le resbalaban por las palabras sin que la mente pudiera agarrarse a ellas. Dejó la revista y contempló la habitación, iluminada apenas por la lámpara de su mesilla de noche. Era enorme. El suelo estaba cubierto con una gruesa moqueta, y la pintura, impoluta, demostraba que la Granja había sido totalmente reformada hacía menos de dos años. Luego su mirada se paseó por las tres anchas ventanas, cuyas cortinas se había limitado a correr, sin cerrar los postigos exteriores. Puede que al amanecer lo lamentaran, cuando el sol empezara a dar de lleno sobre la fachada este, pero Tom contaba con que los árboles tamizaran las primeras luces.

Aquella casa era grande. Muy grande. Y muy silenciosa. Tardarían en acostumbrarse. Pensándolo bien, no era tan, tan silenciosa, pero habían pasado muchos años arrullados por el incesante rumor de la calle neoyorquina. Allí no se oía más que algún que otro crujido de la madera, la pizca de aire que pasaba por debajo de las puertas, el correteo de una ardilla por el tejado o el roce de las puntas de las ramas en los cristales de las ventanas. Cada vivienda tenía sus propios ritos sonoros, y habría que acostumbrarse a los de la Granja.

Una tabla del suelo chirrió en el pasillo, y Tom se preguntó si se habría levantado uno de los chicos.

«Seguramente es la casa, que respira. Como todas las casas viejas.»

Aguzó el oído, pero el ruido no se repitió, aunque al cabo de un rato le pareció oír algo en la planta baja.

«Es ese idiota de Smaug, nada más.»

Tom intentó desentenderse, pero se dio cuenta de que estaba en guardia.

Para cuando acabaran las vacaciones ya se habrían habituado, se dijo para tranquilizarse. Ahora era su casa. Su guarida. Solo necesitaban un poco de tiempo para calentar el nido y sentirse totalmente a gusto en él. No obstante, en esa solitaria hora, Tom fue presa de una terrible duda. Deseaba con toda el alma haber acertado. Ni Olivia ni él tenían un plan B.

Otro crujido le respondió en algún punto de la oscuridad.

No sabía si la casa pretendía tranquilizarlo o burlarse de él sin piedad.

3.

Gemma Duff conducía su viejo Datsun por Mapple Street, entre aceras jalonadas de robustos arces que arrojaban sobre ellas su refrescante sombra bajo el sol de julio. Iba despacio, como era habitual en ella, disfrutando del espectáculo de todas aquellas casas de madera perfectamente alineadas sobre el impecable césped, en lo que debía de ser el barrio más tranquilo de Mahingan Falls, pero también el más aburrido o, como habría dicho Barbara Ditiletto, «un muermo como para comerse las uñas hasta hacerse sangre».

Aunque, últimamente, Barbara ya no estaba para muchas fiestas. Más bien, bajo estrecha vigilancia. Tanto de sus padres —que temían que también se fugara— como del departamento de policía de la localidad, que quería saber lo que le había confiado su mejor amiga antes de desaparecer de un día para otro. Había que admitir que Lise Roberts no había hecho las cosas a medias al pirárselas estando de canguro. Por excéntrica que fuera, nadie lo había visto venir; tanto es así que se rumoreaba que se había suicidado saltando desde lo alto de Mahingan Head, el espolón rocoso al borde del mar sobre el que se alzaba el faro.

Desde entonces, Barbara apenas salía, rara vez lo hacía sola y nunca hasta más tarde de las ocho, lo que, conociéndola, debía de ser un verdadero infierno para ella.

El bosque surgió frente a Gemma, que pisó el acelerador para hacer subir al Datsun la cuesta que señalaba la entrada de lo que se conocía como los Tres Callejones. La mayoría de los habitantes del pueblo opinaba que aquel sitio, demasiado apartado y salvaje, apenas un puñado de viejas construcciones aisladas, ni siquiera formaba parte del municipio. El desvío hacia las tres calles, que serpenteaban entre los árboles, apareció ante Gemma, que tomó la del medio, Shiloh Place. Siguió rodando por su agrietado asfalto, salpicado de baches, y al entrever la fachada roja y blanca tras la vegetación redujo la velocidad. La Granja había sufrido una reforma radical hacía dos o tres años, sin que Gemma se hubiera acercado nunca a comprobarlo por sí misma. Allí no iba nadie que no tuviera un buen motivo para hacerlo; el nombre del barrio lo decía todo: tres callejas sin otra salida que la orilla del bosque.

Gemma subió por el camino de acceso que arrancaba de la calzada y fue a aparcar junto a la furgoneta del fontanero Rick Murphy. Al parecer, los Spencer tenían problemas con las cañerías nada más llegar. La casa, enorme y en forma de ele, tenía dos plantas y desván, con ventanas altas, varios miradores, y muros rojos en los que destacaban los marcos y las cornisas, pintados de blanco, que resplandecían a la luz de primera hora de la tarde. Debía de ser agradable vivir allí, a poco que te gustaran la soledad y la naturaleza.

Gemma se echó un rápido vistazo en el retrovisor interior para comprobar que estaba presentable. La rutilante melena pelirroja, domada por una goma y varias horquillas, y una pizca de maquillaje para darse un poco de aplomo, pero nada demasiado vulgar o extremado para su edad. Salió y se estiró la camiseta, un poco nerviosa. Su madre la había puesto bajo un montón de presión. «Son gente importante, Gem. Ella es la chica de la tele, ya verás, la reconocerás enseguida. Si les gustas, te darán trabajo todo el año, esos no miran el dinero, son gente famosa, rica.» Gemma odiaba que su madre fuera tan interesada, que la obsesionara tanto el éxito ajeno, pero tenía que reconocer que ese año era crucial: necesitaba ahorrar hasta el último dólar para preparar la gran partida. Al siguiente, Gemma dejaría Mahingan Falls para ir a la universidad, y cada día sería un complicado juego de equilibrios financieros para conseguir aguantar hasta el final de la carrera. Tenía que marcharse con la bolsa tan llena como pudiera. Así que necesitaba aquel trabajo.

Gemma llamó con los nudillos menos segura de lo que habría deseado y se lo reprochó al instante. Cuando aún estaba en este mundo, su padre le había dicho muchas veces que bastaba con ver cómo anunciaba alguien su presencia para saber de qué pie cojeaba. Los apocados, los bestias, los demasiado seguros de sí mismos, los impacientes, los depresivos... Todos llamaban a la puerta del mismo modo que pensaban.

«Genial. Ahora saben que estoy acobardada...»

Olivia Spencer apareció en el umbral, y Gemma la reconoció al instante. Sí, era la chica de la tele, la que presentaba el programa de la mañana desde hacía años. Pero en persona sus facciones eran un poco distintas. Menos parejas. Y su tez, menos perfecta. Más natural, pensó Gemma. Unas cuantas arrugas alrededor de los ojos y la boca daban carácter al rostro. Debía de andar por los cuarenta y los llevaba bien, lo que no quería decir que pareciera más joven, sino que emanaba una mezcla de seguridad y frescura llenas de personalidad. Los ojos, sí, eran igual que en la pantalla: de un verde claro, traviesos y penetrantes.

—Tú debes de ser Gemma... —dijo, recibiéndola con una sonrisa contenida y sin embargo franca que enseñaba lo justo de una dentadura perfecta.

Gemma, que sonreía con toda la boca a todas horas, siempre demasiado entusiasta, se quedó admirada.

—Gemma, ¿verdad? —repitió la mujer—. Soy Olivia Spencer.

—¡Oh, perdón! Es que... se me hace raro verla...

—A partir de ahora, piensa que no soy más que otra habitante del mismo pueblo que tú, nada más. Ven, entra, te presentaré a la familia.

Gemma no podía despegar los ojos de ella, como hipnotizada por la celebridad, y se sintió ridícula. Olivia tomó la delantera para guiarla por la casa. Era bastante alta, y por supuesto delgada. Siendo su cuerpo su herramienta de trabajo, debía de mimarlo y controlarlo. Gemma la encontraba sublime. Olivia cogió un lapicero sobre la marcha y lo utilizó para recogerse la rubia cabellera en la nuca sin perder la elegancia en ningún momento, antes de detenerse en la puerta de la cocina, desde donde señaló a un hombre agachado no muy lejos del fregadero.

—Mi marido, Tom. Tom, te presento a Gemma, que tiene la pesada tarea de domar a nuestros monstruos.

—Buenas tardes. Lamento que tengamos un problemilla de fontanería...

Tom Spencer era mucho menos impresionante que su mujer. Quizá atractivo, para ser un cuarentón, pero Gemma se fijó sobre todo en su incipiente calvicie, que le clareaba la parte posterior del cráneo, y en la leve protuberancia a la altura del estómago. Aunque también él tenía una mirada franca y una sonrisa cordial. Gemma le hizo un gesto con la cabeza, antes de descubrir las piernas de Rick Murphy, en mono gris, que asomaban fuera de un mueble.

Olivia se la llevó al pasillo y, mientras caminaba con paso vivo, le preguntó:

—¿Llevas una sillita de niño en el coche? Tu tía me dijo que traerías una.

—Sí, por supuesto. Y he superado todas las pruebas necesarias del permiso junior, así que ahora estoy autorizada para conducir sola con menores a bordo.

—Muy bien. Y te lo ruego, no conduzcas demasiado deprisa, aunque no haya más que un trayecto de cinco minutos. Te confío lo que más quiero en este mundo.

—Mis amigos nunca quieren que los lleve —respondió Gemma en su tono más tranquilizador—. ¡Conduzco demasiado despacio para ellos!

—Eso me parece perfecto. Voy a presentarte a los niños, y sobre todo a explicarte los hábitos de la pequeña Zoey. Con los chicos será un momento, son mayores, bastará con que les eches un vistazo de vez en cuando para asegurarte de que no están desmontando la casa o esnifando droga.

—¿Se... drogan?

Olivia se echó a reír.

—¡Lo cierto es que no, claro que no! Gemma, si quieres sentirte cómoda entre nosotros, tendrás que ir haciéndote a la idea de que somos un poco los reyes de la ironía, ¿de acuerdo? —Gemma asintió enérgicamente—. Te los presento y, en cuanto acabe el fontanero, Tom y yo nos vamos. Haremos uno o dos viajes de ida y vuelta, pero tú no te preocupes por nosotros, y al final de la tarde te llevas a los niños al Paseo.

Gemma volvió a asentir. Empezaba a gustarle aquella familia, y esperaba de todo corazón que recurrieran a ella a menudo.

Zoey se apoderó del cuchillo y lo apoyó en el dedo para separarlo del resto de la mano.

Gemma hizo una mueca, y acto seguido cogió el trocito de plastilina, lo hizo rodar entre las palmas de las manos y volvió a aplastarlo sobre la mesa. Luego cogió el cuchillito de plástico con delicadeza de las manos de la niña, lo dejó lejos de su alcance y señaló la tira violeta.

—No hay que romper las cosas, Zoey... ¿No quieres que modelemos tu mano para papá y mamá?

—Zoy quere pie.

—¿Hacemos tu pie con plastilina? —dijo Gemma riendo—. De acuerdo.

Para sus dos años, la niña tenía un vocabulario muy extenso, aunque no siempre era fácil entenderla. Gemma recordó que el señor Spencer ejercía una profesión intelectual; no era novelista, pero sí algo por el estilo (no acordarse la irritó), así que tal vez fuera su influencia...

El chico del pelo corto bajó las escaleras como una exhalación y entró en el salón. «Corte a cepillo, deportista... ¡Este es Chad!»

—Chad, tu madre ha dicho que tenías que acabar de abrir tus cajas.

—Ya he acabado.

—¿Y lo has colocado todo?

—Sí, hasta he pegado los pósters en las paredes.

—¿De qué son? ¿Puedo verlos? —le preguntó Gemma como pretexto para comprobar, sin que lo pareciera, que había hecho bien la tarea.

Acababa de entrar en sus vidas. No quería ser entrometida ni autoritaria, pero tampoco demasiado blanda.

—Aviones de caza. F15, F16 e incluso viejos Tomcat. Cuando sea mayor, me gustaría pilotarlos.

—¡Genial! Creo que para ser piloto se te tienen que dar bien las mates... ¿Qué tal te va en el cole?

—¡Uf! Ese el problema. Hay cosas que no entiendo.

—Si quieres, este curso puedo ayudarte. Las asignaturas de ciencias no se me dan mal del todo.

—¡Ah, vale! Estaría bien —respondió el chico sin mucho entusiasmo.

—¿Tu hermano también ha acabado de ordenar?

—No, Owen se toma su tiempo —Chad echó una ojeada a la escalera para asegurarse de que estaban solos, antes de precisar en un tono de confidencia seria—: En realidad no es mi hermano, ¿sabes? El año pasado, mi tío y mi tía, la hermana de mi madre, tuvieron un accidente, y Owen se quedó sin padres. Ahora vive con nosotros.

Gemma se llevó la mano a la boca.

—Pobre...

—Sí. Al principio estaba siempre llorando. Ahora va mejor. Creo que empieza a acostumbrarse a nosotros.

—Entonces, ahora es como si fuera tu hermano. Oye, ¿no crees que deberíamos subir y ayudarle a colocar sus cosas? Con todos los recuerdos que tendrá que sacar de las cajas..., no es buen momento para dejar que se las apañe solo.

La cara de Chad se iluminó. Estaba claro que era una excelente idea.

Con las ventanillas bajadas para que corriera el aire, avanzaban lentamente por calles flanqueadas de grandes casas de madera y cuidadas extensiones de césped, mientras Zoey dormía en su sillita, arrullada por los Guns N' Roses, que interpretaban «Welcome to the Jungle» en la radio del Datsun.

—Esto es Green Lanes, el barrio residencial de clase media por excelencia —explicó Gemma, que había iniciado una visita guiada por el pueblo para que los dos chavales pudieran situarse cuanto antes—. Muchos de vuestros compañeros de clase serán de aquí. Y como el autobús escolar no sube hasta los Tres Callejones, tendréis que venir a cogerlo a este barrio.

—¿Qué es aquello de allá?, ¿esas casas tan chulas en lo alto de la montaña...? —preguntó Chad—. ¡Desde allí debe de verse hasta el océano!

—West Hill, el barrio de postín.

—¿Es ahí donde vives tú? —terció Owen.

Gemma soltó una risita seca.

—¡Gracias por pensar en mí cuando se habla de gente de postín! Pero no. Yo vivo en Oldchester: feo, con calles estrechas y sucias, casas de una sola planta, bastante viejas, y nada bonito que ver.

—¡A mí me encanta la muralla que oculta el pueblo! —exclamó Chad—. ¡Parece que estemos en el fondo de un valle secreto!

Mahingan Falls estaba rodeado de escarpados y boscosos montes que, según unos, protegían aquel rincón perdido y, según otros, acababan de aislarlo del todo.

—Se llama Cinturón —explicó Gemma—. Lo cruzan dos carreteras y tiene el océano al este. No hay más accesos. Sí, supongo que se puede considerar una muralla. Con un punto culminante que no os habrá pasado inadvertido: la enorme montaña que se alza detrás de vuestra casa...

—Erebor —dijo Owen.

—¿Cómo?

—Chad y yo la llamamos Erebor. Es la montaña donde están la ciudad de los enanos y el dragón Smaug.

—¡Guau! Nada menos...

—Sale en *El hobbit*.

—Bueno, pues en realidad es el monte Wendy. Y a falta de dragón, la gran antena que se alza en su cima es el Cordón. Se llama así, es decir, así es como lo llamamos aquí. Nos une al mundo exterior. Si un día se viene abajo, adiós tele, adiós internet, adiós radio y adiós móviles. Porque el Cinturón, por bonito que sea, nos tiene totalmente encerrados en este agujero.

—Entonces, espero que quien vigila esa antena sea el ejército —dijo Chad, tan sinceramente preocupado que Gemma no pudo evitar sonreír.

—No, no creo. Pero es fuerte y aguanta los rayos bastante bien. Ya veréis, cuando hay tormenta es impresionante. Lo que no sé es si aguantaría el aliento de fuego de un dragón...

Los dos chicos saltaron en los asientos y, con los ojos brillantes, se volvieron para mirar el mástil de acero que dominaba el pueblo. Pero solo vieron un trazo plateado lejos, muy lejos, por encima de sus cabezas.

Gemma siguió con la visita guiada durante otro cuarto de hora, multiplicando los rodeos para enseñarles el máximo a los chavales sentados detrás. Luego entraron en Main Street, la calle comercial, por la que deambulaba bastante gente en medio del calor de julio. Dejaron el coche en el aparcamiento del supermercado Shaw's y Gemma instaló en el cochecito a Zoey, que se volvió a dormir enseguida.

«¡Esta niña es un auténtico lirón! Será que no duerme por la noche...», se dijo la chica.

El punto de encuentro estaba al final de la calle, en el paseo de madera que daba al océano, y Gemma no quería llegar demasiado tarde. Tenía la sensación de que había resuelto la papeleta y les había caído bien a los niños, y era importante que los padres la consideraran fiable, también en lo relativo a la puntualidad.

Zigzagueaban riendo entre la gente cuando Gemma alzó los ojos y lo vio. Estaba a unos veinte metros delante de ellos, en el cruce de Atlantic Drive. La sangre se le heló y los pies se le inmovilizaron.

Los dos chicos tardaron unos segundos en comprender que pasaba algo y seguir la mirada aterrada de su canguro.

—¿Algún problema? —preguntó Owen, preocupado.

—Es tu ex, ¿no? —le soltó sin más Chad, para quien el tema de las relaciones amorosas se había convertido en una cuestión de interés.

Gemma meneó la cabeza, incapaz de hablar.

Derek aún no la había visto, pero solo era cuestión de segundos que lo hiciera. Retomando el control de sus emociones, Gemma hizo girar a toda prisa el cochecito por la primera bocacalle, y los dos chicos no tuvieron más remedio que seguirla, no sin antes echar un último vistazo al origen del problema.

—No te ha visto —le informó Chad—. ¿Es ese tipo alto que lleva una camisa sin mangas?, ¿el de los brazos llenos de tatuajes? Estaba hablando con dos colegas, ya puedes dejar de correr, estás a salvo.

Derek Cox, Jamie Jacobs y Tyler Buckinson. La santísima trinidad de los infiernos de Mahingan Falls. Estrellas del equipo de fútbol americano local, los Wolverines. Tyler no era más que un pedazo de animal, un inútil que pagaba su frustración con cualquiera que le llevara la contraria. Jamie era hijo de uno de los hombres de negocios más influyentes del pueblo, propietario de la mayoría de los arrastreros entre Rockport y Salem, lo que convertía a su vástago en casi intocable. Quedaba el peor: Derek. Todos los pueblos del mundo debían de contar con su imán de problemas particular, suponía Gemma. Derek era un superconductor de conflictos, a lo que había que añadir un carácter feroz, por no decir incontrolable. Y no soportaba el rechazo. En especial, de las chicas tras las que iba. Gemma había tenido la desgracia de convertirse en su presa la primavera anterior, desde la que vivía una auténtica pesadilla. La buscaba en el instituto para acorralarla en un rincón, se pegaba a ella creyéndose irresistible, sus manos se transformaban en tentáculos y sus labios intentaban arrancarle un beso que ella conseguía negarle intentando alejarlo sin que se cabreara. Sabía de lo que era capaz. Había visto a Patty Drotner y Tiara O'Maley. Todo el mundo las había visto. Con horror. Pero nadie había dicho nada. Nadie.

Afortunadamente, las amigas de Gemma le servían de barrera para que pudiera evitarlo, y las vacaciones de verano le habían permitido no cruzarse con él durante un tiempo, pero Gemma no sabía si por fin la había tomado con otra o si corría el riesgo de que la humillara delante de los niños. Se había pasado todo el mes de junio y el comienzo de julio preguntándose cómo se las arreglaría para terminar su último curso con él por los alrededores. Eso la reconcomía.

—Es un completo gilipollas al que hay que evitar a toda costa —dijo guiándolos hacia la entrada posterior de una farmacia que daba al paseo marítimo.

Chad y Owen intercambiaron una mueca de complicidad. Una canguro que decía «completo gilipollas» delante de ellos: les encantaba.

—Si quieres —propuso Chad, galvanizado por el aire marino, el sol y el descaro propio de su edad—, Owen y yo podemos ir a hablar con él, a decirle que deje de molestarte. No me da miedo, aunque tenga diecisiete o dieciocho años —Owen le propinó un codazo en las costillas para hacerle saber que no estaba de acuerdo, pero Chad continuó—: Créeme, un buen bate de béisbol equilibra la diferencia de edad. Y entonces, por muy fuerte que sea, nos escuchará y...

Gemma se detuvo y lo miró boquiabierta, buscando las palabras antes de blandir un índice amenazador.

—Pase lo que pase, si volvéis a verlo, no le dirigiréis la palabra, no os acercaréis a él y lo evitaréis. ¿Lo habéis entendido? —su mirada ya no tenía nada de agradable o afectuoso. Mezclada con aquella súbita autoridad, había en ella incluso miedo—. ¿Lo habéis entendido? —repitió colérica—. No tenéis ni idea de lo que es capaz.

Esta vez, hasta Chad agachó la cabeza.

4.

Las buenas maneras estaban acabando con él.

Tom empezaba a comprender dónde se habían metido realmente al mudarse a aquel tranquilo pueblo de Nueva Inglaterra. Casi todo el mundo se conocía. En las tiendas, no pasaban cinco minutos sin que fulano parara a mengano para saludarlo. En todas partes les sonreían amistosamente; cada dos por tres, en cuanto resultaba evidente que no eran de allí, les ofrecían ayuda; y si Olivia explicaba que acababan de instalarse, les llovían frases de bienvenida, consejos y proposiciones de lo más diversas. Allí existían, constató Tom, no como en Nueva York, donde podías pasearte por un supermercado sin que una sola mirada se posara en ti. Pero la atención llevaba aparejada una exigencia de afabilidad, una actitud sociable, y eso a él, que estaba acostumbrado a una vida de hurón encerrado en su madriguera, se le hacía cuesta arriba. Por suerte, ya estaban en la cola de la caja, en la que iba a ser su última tienda de ese día.

—Al próximo que me salude como si fuéramos amigos del alma —refunfuñó en voz baja—, te juro que le paso por encima con el carrito hasta que las tripas se le enrollen en las ruedas.

—Pues vete acostumbrando —le dijo Olivia sin perder su sonrisa jovial—, porque esto va a ser el pan de cada día durante los próximos veinte años.

—¡Claro!, ya entiendo: estoy muerto. He sido un mal chico y me han castigado: he ido al infierno, ¿no es eso?

Su mujer estaba a punto de contestar algo, de naturaleza sexual, esperaba Tom, como merecía el mal chico que era, cuando una voz estentórea exclamó a su espalda:

—¡Olivia Burdock! ¡No, no estoy soñando, es usted!

Justo detrás de ellos, un cincuentón barrigudo con chaqueta, pantalón y sombrero de vaquero beige a juego los miraba de hito en hito señalando a Olivia con el índice. Una barba de una semana, entre castaña y blanca, cubría sus gruesos mofletes, y la sombra del Stetson no bastaba para atenuar el brillo de sus ojos azules.

—Usted es la presentadora del «Breakfast America Daily Show», ¿verdad? —insistió sin la menor discreción.

—Es el «Sunrise America Daily Show», pero supongo que da igual —lo corrigió Olivia en un tono de voz mucho más bajo, esperando que él disminuyera el suyo.

El hombre le tendió su gruesa y fofa mano.

—Logan Dean Morgan, pero llámenme LDM, como mis amigos. ¡Es un orgullo para nuestro pueblo tenerlos como vecinos!

—Qué deprisa se ha extendido la noticia... —respondió Olivia sorprendida, pero con la seguridad y la soltura de quien está acostumbrado a esas situaciones.

—¡Imagínese! ¡Una celebridad entre nosotros! Tessa Kaschinski ha hecho correr la voz. Todo el mundo está al tanto o lo estará de aquí al fin de semana.

Dichosa agente inmobiliaria, gruñó Tom para sus adentros. Desde el principio le había parecido demasiado zalamera, una de esas mujeres que no paran de cotillear e hinchar cualquier insignificancia hasta convertirla en rumor.

Comprendiendo que no iba a poder librarse de Morgan hasta que terminaran sus compras, Olivia dio un paso a un lado y señaló a Tom.

—LDM, le presento a mi marido, Thomas Spencer. Tal vez conozca sus obras de teatro.

—¡Uy, no! Nunca voy a Nueva York.

—También se representan en Boston, e incluso...

—No tengo tiempo ni para ir al cine, así que... ¡Ah! —exclamó de pronto, como fulminado por un rayo—. Tienen que venir a mi restaurante. Soy el dueño del Lobster Log, en el puerto deportivo, ¡les encantará! El mejor marisco de toda la costa. ¡Ya sé que todos los restauradores locales dicen lo mismo, pero en mi caso es verdad!

Olivia miró a Tom de reojo. Código rojo. Era su contraseña con los pelmazos demasiado amables para rechazarlos pero que se mostraban demasiado pegajosos para poder deshacerse de ellos fácilmente. Tom se acercó al cliente de delante y comprobó consternado que se tomaba todo el tiempo del mundo para vaciar el carrito en el mostrador de la caja. Todavía tenían para cinco minutos largos, y mientras oía a Logan Dean Morgan parlotear sobre la calidad de sus productos y la originalidad de su restaurante, comprendió que no podrían librarse de una cena en el Lobster Log en un futuro cercano.

«Código rojo insuperable. No nos iremos sin su tarjeta y la promesa de pasarnos en las próximas dos semanas; un mes, echando mano de todos los pretextos posibles. Y a juzgar por el personaje, hasta puede que insista en que Olivia le dé el número del móvil, lo que será el acabose, porque llamará cada tres días para saber cuándo vamos.»

—Pero, díganme, ¿por qué Mahingan Falls? ¡Ah, ya lo sé! Es por usted —dijo señalando a Tom—. Para escribir uno de sus libros, ¿verdad?

—Yo... Yo no escribo novelas, sino obras...

—A usted lo que le van son las historias de crímenes, ¿no es así? Lo veo en sus ojos. ¡Las novelas policiacas! Eso sí que vende, a la gente le fascinan los crímenes. Es como si todo el mundo lo llevara en la sangre...

LDM terminó su monólogo con una risa estridente que le agitó la barriga y los mofletes.

—Lo que «le va» a Tom —terció Olivia— son más bien las obras dramáticas, descifrar los códigos sociales, las dificultades de las relaciones, cómo evoluciona nuestra sociedad...

—¡Pues debería hacer algo más sangriento! —insistió Logan—. ¡Además, aquí no le costaría inspirarse!

Olivia frunció el ceño.

—¿En Mahingan Falls hay una tasa de criminalidad elevada?

—Hoy ya no, por supuesto, pero en lo tocante a antecedentes siniestros, ¡estamos bien servidos! Seguro que Tessa Kaschinski no se lo dijo. ¡La gente no presume de esas cosas hasta que los recién llegados están ya entre nosotros, atados de pies y manos con su crédito hipotecario! —dijo Logan entre risas—. ¿Han oído hablar de las brujas de Salem? Todo el mundo las conoce. ¡Bueno, pues Salem no está más que a unos veinte kilómetros al sur! Y, en realidad, la mayoría de esas chicas eran de aquí. ¡Sí, señor! Lo que pasa es que no podían juzgarlas en el pueblo, que en la época era un villorrio de tres al cuarto, así que se las llevaron al pueblo grande más cercano: Salem. Y antes de eso tuvimos a los indios, la matanza de los..., ¿cuáles eran? ¡Los pennacooks! Una auténtica carnicería. Y durante la prohibición, Mahingan Falls era una guarida de contrabandistas, con sus correspondientes arreglos de cuentas, como pueden imaginar. Y se me olvidaba: también tuvimos aquí a Roscoe Claremont, el asesino en serie de los acantilados, el siglo pasado. Bueno, se lo he soltado todo como me ha venido, desde luego, pero mi mujer se lo podría contar mucho mejor que yo: esas cosas le apasionan. Hubo una época en que quería incluso escribir un libro sobre el tema..., ¡le robaría el trabajo, Thomas! Por eso sé todas esas barbaridades. Se pasa la vida viendo el Crime & Investigation Network. Estoy seguro de que le encantaría conocerlo —Tom prefirió no alentarlo y asintió con una sonrisa de circunstancias. No sabía a quién iba a matar primero, si al cliente que los precedía y seguía sin avanzar o a LDM, si no se callaba en menos de diez segundos—. Cuando conozcan a nuestro alcalde, sobre todo no le digan que les he contado todas esas cosas, ¿eh? —se apresuró a añadir Logan—. No es la postal más bonita de nuestra comunidad. Pero, como yo digo siempre, ¡no hay que renegar del pasado!

Cuando al fin salieron de la tienda, Tom casi echó a correr con el carrito en dirección al coche. Olivia lo miraba divertida.

—¡Ya tenemos nuestro ganador del mes! —exclamó riendo.

—Te lo advierto: como sean todos así, nos largamos antes de que termine el verano.

—Acabamos de firmar una hipoteca sobre la Granja, estás atrapado entre esta gente hasta dentro de al menos quince años —se burló Olivia.

—¡Me da igual! Quemo la casa, defraudo a la aseguradora, pero no pienso ir a cenar al restaurante de ese individuo jamás, ¿lo oyes?, ¡jamás!

Tom lo decía en broma, pero estaban empezando a entrarle dudas. ¿Era aquel un buen sitio para ellos? Se hacía preguntas sobre el futuro de ambos, y sabía que Olivia también. Se habían sentido saturados en el mismo momento, habían hecho las mismas reflexiones, habían tenido el mismo flechazo con la Granja y, en apenas unos meses, lo habían dejado todo. Todo.

Tom necesitaba tomar distancia. Respecto a sí mismo y respecto a su trabajo. El estrepitoso fracaso de su última obra le había hecho mucho más daño como autor de lo que habría podido imaginar. Los críticos lo habían vapuleado. El público le había dado la espalda. Hasta los agentes se mostraban más reacios a encontrarse con él, a hablarles de él a sus actores. A decir verdad, Tom era consciente de que el éxito había dejado de acudir a la cita. Su obra *La sinceridad de los muertos* había sido una revelación, seguida del triunfo absoluto de *Amarguras,* representada en todo el mundo. Pero luego no se había renovado lo suficiente, y se había iniciado un largo declive. El fiasco de su última creación, un año antes, lo había arrastrado al fondo. Para Tom, alejarse del desquiciante barullo de la megalópolis neoyorquina, del guirigay de los periodistas y los demás dramaturgos, de los consejos de los agentes y los directores de teatro, se había convertido en una necesidad. Volver a lo esencial. A la sencillez. Lo sentía sin llegar a confesárselo, hasta que Olivia se lo hizo desembuchar como solo ella sabía hacerlo.

La propia Olivia se hallaba inmersa en una profunda reflexión sobre su trayectoria, una revisión colosal que cuestionaba hasta sus sueños de adolescente, pese a lo mucho que había luchado para conseguir hacer televisión. Una joven periodista de información local convertida en estrella de una cadena nacional, a la cabeza de su propio show matutino, emitido todos los días de la semana. En el umbral de los cuarenta, había emprendido una introspección particularmente dolorosa en una profesión ávida de juventud, en la que lo que cuenta por encima de todo es la apariencia, en la que cada nueva arruga es como un foco más que se apaga sobre tu rostro. Olivia se preguntaba qué sentido tenía lo que hacía. Ya no disfrutaba realizando su trabajo. Demasiada presión, demasiadas opiniones diferentes y la sensación de que la suya era la que menos importaba, a medida que las decisiones se tomaban dentro de comités cada vez más grandes e incompetentes. Ya no se divertía. Peor aún: todas las mañanas, en el momento de salir a antena, la invadía la sensación de que ya no era ella misma. Tenía pesadillas recurrentes en las que se le cruzaban los cables en mitad del directo y les cantaba las cuarenta a todos ante millones de espectadores. ¿Para eso había trabajado tanto desde la adolescencia? ¿Para acabar así? ¿Amargada, exhausta, y probablemente apartada de la noche a la mañana cuando un estudio demostrara que su sustituta durante las vacaciones, veinte años más joven, les gustaba más a las sacrosantas amas de casa? El asunto se había precipitado durante una de esas veladas de sociedad que tanto odiaba Tom, en casa de uno de los productores de su mujer. Allí conocieron a Bill Taningham, abogado de famosos. Bill era un epicúreo trágico, en la medida en que usaba y abusaba de todos los placeres hasta destruirse poco a poco. Dado que uno de sus vicios era el juego, Taningham se encontraba en una situación financiera muy delicada, que le obligaba a deshacerse de buena parte de lo superfluo. La Granja entraba en esa categoría. Una conversación entre tantas en medio del tintineo de las copas de champán, Bill proponiéndole a un conocido venderle la casa a un precio sin competencia posible, Tom viendo aparecer la foto en el móvil del abogado e interviniendo en la conversación... Todo empezó ahí. Frases cazadas al vuelo, una imagen interesante captada con el rabillo del ojo, y la tranquila vida de los Spencer dio un giro.

Tom ignoraba por qué había deseado saber más sobre aquella granja totalmente reformada, pero había hecho preguntas e incluso atraído a la conversación a Olivia, que fue quien, el siguiente fin de semana, le propuso ir, solo para echar un vistazo, por diversión.

Ni en el avión a Boston ni en el coche que alquilaron a continuación se planteó Tom aquello como algo factible. No era más que una excusa para escapar de la rutina, en plan de pareja, para imaginarse otra vida, paralela a la suya y tanto más atractiva cuanto que era una fantasía, un imposible.

Sin embargo, se acordaba de todas las fotos que había visto en el móvil de Bill Taningham, y la casa lo fascinaba. Se imaginaba en ella con los niños, felices, e incluso llegaba a verse sentado delante de una mesa en la primera planta, escribiendo en una habitación cálida y tranquila.

La tarde de ese mismo día de primavera, cuando volvió a salir de la casa, algo había cambiado dentro de él. La agente inmobiliaria comisionada por Taningham debió de intuirlo, porque les propuso que se quedaran un rato mientras ella volvía a su despacho a buscar unos papeles. Fue Olivia quien le tiró de la lengua y le ayudó, a él, el hombre de letras, a expresar con palabras lo que no conseguía confesarse a sí mismo.

Le gustaba aquel sitio. Le gustaba la vida que podía ofrecerles la Granja. En ese período dramático en que, un año antes, Olivia había perdido a su hermana y Owen había tenido que injertarse en el nuevo tronco, provocando grandes cambios, su mujer no había hecho más que ir en su mismo sentido. También ella aspiraba a otra cosa, a replanteárselo todo, a una vida más auténtica.

—Voy a dejar la emisión diaria —le anunció sentada en las baldosas de barro de la escalera que daba a la terraza trasera de la Granja.

—¿Qué?

—Y tú te vas a alejar de las víboras y los tiburones. Puedes escribir perfectamente lejos de Nueva York.

—Pero, Olivia, es... ¡No puedes dejarlo todo! ¡Vamos! Veinte años luchando para conseguirlo y ahora que estás a punto de coger el Grial con las manos ¿das media vuelta?

—Ya he bebido de él, ya he vivido el sueño, ya he conseguido lo que perseguía... Ahora puedo dedicarme a otra cosa en vez de intentar inútilmente retenerlo para mí sola el mayor tiempo posible. Tenemos suficiente dinero guardado para vivir de los intereses gastando con cuidado, pedir un crédito y marcharnos del piso.

—¿Y qué harías?

—No lo sé. Un blog, algo para divertirme, escribir un libro de desarrollo personal, o quizá volver a mi primer amor de juventud y buscar una pequeña emisora. Quiero disfrutar, dejar de fingir. Poco a poco me he encerrado en un papel para conservar lo que tenía, pero ya no puedo. Ya lo he aprovechado, ya he tenido lo que deseaba.

—¿Y adónde iremos? ¿Te das cuenta de todo lo que implica para nosotros y para los niños? Dejar la ciudad, empezar una nueva vida...

Olivia se echó a reír y apoyó la cabeza en el hombro de su marido.

—Tontorrón... Eres el único que no ve lo evidente. Ya hemos llegado. Esta es nuestra casa.

El faro se alzaba hacia el cielo como un dedo de ladrillo dirigido a los dioses para recordarles que allí, encerrados en aquel círculo de montañas boscosas, vivían hombres. Erigido en la punta de Mahingan Head, el espolón arcilloso que dominaba toda la bahía, y visible a más de veinticinco millas náuticas, señalaba la frontera norte del pueblo, proyectando su densa sombra sobre la dársena. Junto al Cordón, la enorme antena que coronaba el monte Wendy al otro lado del núcleo urbano y segundo punto de referencia visible desde cualquier barrio, formaba una especie de extraña rosa de los vientos local, de la que los habitantes estaban bastante orgullosos.

Toda la familia Spencer saboreaba un helado cómodamente instalada en un banco arrimado al escaparate de la tienda, que daba a Atlantic Drive, frente a los paseantes del final del día. Tom observaba el faro con curiosidad, imaginando la vista que debía de disfrutarse desde allá arriba de los tejados multicolores, los campanarios y los parques, hasta el fondo del pequeño valle. Tenía que ser bonita, así que se prometió que uno de esos días los llevaría a todos a pasear por allí, o de pícnic. El océano, de un azul grisáceo y opaco, lanzaba destellos plateados; grupos de gaviotas se disputaban los dónuts olvidados por niños con demasiada prisa, y el ambiente vacacional comenzaba a contagiar a Tom, que necesitaba relajarse. Sin lugar a dudas, aquel sitio era su preferido entre todos los que había recorrido desde su llegada. Suficientes visitantes de fuera para diluir a los lugareños y pasar inadvertido, mil tentaciones gustativas absolutamente devastadoras para la salud —una maravilla, vaya—, y la embriagadora sensación de estar lejos, aislado, apartado del mundo de verdad y sus obligaciones.

Le dio un mordisco a su helado de café y siguió la mirada pensativa de Owen, que contemplaba a los patinadores del otro lado de la calle, en el largo paseo de madera elevado sobre la playa.

—Bueno, ¿qué tal la canguro? —preguntó.
—Es maja —dijo Chad.

Tenía los ojos brillantes.

—La verdad es que es guapa... —reconoció Tom.

Olivia le dio un codazo en las costillas.

—¡Como no te tranquilices un poco con la pelirroja, contrato a una vieja arpía! —Chad y Owen dijeron «no» con la cabeza y Tom los imitó, pese al ceño fruncido de Olivia—. No creas que vas a acompañarla a su casa una sola noche... —añadió, sin que se supiera si estaba realmente celosa o se burlaba de ellos.

—¿Y si la agreden por salir tarde de nuestra casa? —preguntó Tom con fingida preocupación.

—¡Prefiero eso a que me birle el marido!

—¿Le parece caritativo, señora Spencer-Burdock? ¡En un pueblo tan peligroso! Masacres de indios, brujas, contrabandistas, un asesino en serie y no sé qué más.

Chad y Owen abrieron la boca de par en par, invadidos por una mezcla de curiosidad, excitación y miedo.

—¿De verdad? —preguntó Owen—. ¿Pasa todo eso aquí?

—¡Genial! —exclamó Chad.

Olivia reconvino a su marido con la mirada.

—Muy inteligente...

—¡Oye, que no lo digo yo, lo dice Logan Dean Morgan! —se defendió Tom en son de broma.

—¿Quién es ese? —quiso saber Chad.

—¡Si te lo encuentras, sobre todo huye! ¿Me habéis oído, chicos? ¡Huid de LDM si no queréis que os destroce los tímpanos!

Superada por las exageraciones de Tom, Olivia suspiró a modo de capitulación y dejó que los «hombres» se excitaran con aquellas siniestras historias mientras limpiaba a la pequeña Zoey, que se había embadurnado la cara de helado de chocolate.

Ante las entusiásticas preguntas de los adolescentes, Tom explicó que en Mahingan Falls habían ocurrido cosas poco ejemplarizantes en otros tiempos, pero al ver que no podía ofrecerles muchos detalles, Chad y Owen acabaron por desinteresarse y empezaron a hablar entre ellos en voz baja. Tom no temía la curiosidad morbosa de los muchachos; formaba parte de la vida, del aprendizaje de la muerte, de la comprensión de la violencia. Sin embargo, no quería que les provocara pesadillas, no tenían más que trece años, por lo que se apresuró a completar su relato:

—Son historias antiguas. Hoy Mahingan Falls es un pueblo tranquilo, así que olvidaos de los monstruos y los fantasmas, aquí estáis seguros.

—¿Más que en Nueva York? —preguntó Chad.

—Nueva York es una jungla al lado de esto. Ahora vivís en el bucólico campo.

—Por el campo, a veces se pasean coyotes y serpientes... —observó Owen.

Tom iba a responder al comentario para tranquilizarlos, pero la imagen en blanco y negro de una adolescente lo distrajo. Tenía una mirada triste y llevaba demasiado maquillaje, y lo que parecía la indumentaria de una gótica o una «metalera», como llamaban los chavales a quienes oían música heavy, aunque Tom no sabía qué diferenciaba los dos estilos. Era un anuncio pegado en un poste a la salida del supermercado. Tom ya lo había visto en Main Street, pero no le había prestado atención. Lise, dieciséis años, desaparecida hacía un mes, decía el texto, impreso en letra grande. Teniendo en cuenta la edad y el perfil, se trataba con toda probabilidad de una fuga, pero el escritor que siempre imaginaba lo peor en primer lugar no podía evitar plantearse otra hipótesis mucho más siniestra.

«Los monstruos existen. No puedo decirles lo contrario a mis hijos. Son pocos, pero muy reales. No puedo mentirles.»

Tom prefirió callar.

Fue en ese momento cuando se fijó en una mujer menuda que se movía nerviosamente en la otra acera, frente a él. Todo fue muy rápido, demasiado para que Tom pudiera reaccionar. Vio la pequeña figura de pelo gris lanzándose a la calzada en el momento en que una camioneta se acercaba un poco más rápido de la cuenta.

Al ruido blando de los órganos y los vasos sanguíneos reventando contra el radiador le siguió de inmediato el sonido, más sordo, de los huesos que se partían y el acero que se doblaba, y, por último, el estridente chirrido de los neumáticos bloqueados. La mujer voló por los aires como una muñeca de trapo, con las extremidades, desarticuladas por el brutal impacto, agitándose a su alrededor. Las piernas pasaron por encima de la cabeza, los pies golpearon el techo del vehículo y el cuerpo se estrelló contra el parabrisas y quedó incrustado en él, como una flor escarlata sobre el cristal astillado. Pese al brusco frenazo, se quedó así, en aquella postura inverosímil y grotesca que mostraba, sin ningún género de dudas, que la columna vertebral se había partido, formando casi un ángulo recto.

Tom lo había visto todo con detalle. Pero cuando sonaron los primeros gritos y empezó a acudir la gente fue incapaz de moverse.

Volvía a ver la mirada perdida de la mujer. Y tardó varios segundos en comprender lo que lo mantenía clavado al banco.

En el momento del impacto, ella no estaba asustada.

Parecía absolutamente aterrorizada antes. Por eso se había lanzado a la calzada.

Sin embargo, no había nada a su alrededor que pudiera justificar semejante reacción. Nadie que hubiera podido empujarla, nadie frente a ella que le hubiera metido el miedo en el cuerpo, nada anormal, se decía Tom volviendo a visualizar la película de aquella tragedia.

Observó atentamente hasta el último rostro, pero no descubrió nada de particular en semejantes circunstancias. Sabía que nunca olvidaría el de aquella pobre mujer, desencajado por la angustia. Ahora el cuerpo yacía cabeza abajo en el frontal de la camioneta, con las facciones aplastadas contra el parabrisas.

Justo detrás, una bandera roja y blanca —los colores del municipio— ondeaba al viento. Encima, en letras doradas, podía leerse: BIENVENIDOS A MAHINGAN FALLS.

5.

La radio chisporroteaba, y la voz del locutor de la WGIR se apagó y, al cabo de unos momentos, volvió a oírse. Rick Murphy se inclinó sobre el volante de la furgoneta para echar un vistazo maquinal al Cordón, en lo alto de la montaña bañada por el sol, que empezaba a ocultarse tras ella. Era una estupidez, no había ningún motivo para que la antena se cayera, pero Rick hacía lo mismo siempre que los aparatos —la radio o el móvil— funcionaban mal. No era el único en Mahingan Falls que tenía esa costumbre. Toqueteó el mando de la radio para conseguir una señal más clara y aprovechó para subir un poco el aire acondicionado. Se había pasado casi toda la mañana sudando, y le daba un poco de vergüenza presentarse ante los clientes en esas condiciones. Los días se sucedían y se confundían: largos, calurosos y aburridos. Necesitaba descansar.

¡Quién le mandaría cambiar las vacaciones con Roy Hughes! Siempre iba a Vermont a mediados de julio para reunirse con su cuñado en la cabaña familiar, a orillas del lago, pero esta vez no había sabido decir que no. Roy le había tocado la fibra sensible. Eran dos fontaneros para todo el pueblo, no podían dejar la faena en pleno verano, no era responsable, y se arriesgaban a abrirle las puertas a la competencia de Rockport o Manchester. Una muy mala idea, había insistido Roy. Tenían que organizarse, no como en años anteriores. Y Rick se había dejado convencer tontamente. Así que Roy y su mujer se iban en el mejor momento, a caballo entre julio y agosto, y le dejaban la última quincena de las vacaciones, cuando la gente estaría de regreso para preparar la vuelta al trabajo, o sea cuando la actividad se reactivaría. Mientras tanto, Rick tenía que chuparse las urgencias y los turistas con casa alquilada, siempre con prisas, rara vez amables. Y encima Nicole estaba de morros. Lo llamaba inútil, apocado, calzonazos y otras lindezas igual de humillantes. No era de extrañar que luego él no tuviera ganas de hacerle el amor. También le echaba en cara eso. Que no lo hicieran más a menudo, que no le diera «un repaso en condiciones», como era su obligación de marido. En la cama, Rick nunca parecía estar a la altura, se sentía torpe, seguramente mal equipado, sobre todo si tenía que creer lo que había visto en las películas porno. Y claro, los insultos no hacían más que empeorar las cosas. Rick se preguntó cómo saldría de aquel mal paso mientras giraba hacia el camino de tierra de los McFarlane, sus últimos clientes del día. Luego podría volver a casa y tomarse una cerveza bien fría.

El viejo Bob McFarlane lo esperaba en la escalera del porche, con su enorme máscara de apicultor en la mano. Rick cerró de un golpe la puerta de la furgoneta y echó un vistazo aprensivo a los cajones de madera que zumbaban en el claro, a unos veinte metros de distancia.

—Siguen sin ser malas —rezongó McFarlane.

Rick barrió el aire con un gesto de la mano.

—No entiendo cómo alguien puede tener esos bichos en su casa, y menos aún que le gusten.

—Un día te llevaré a que abras una colmena y veas la magia de esas maravillosas criaturas...

—¡Cuando tú te metas conmigo debajo de tu maldita choza! ¿Qué, ha vuelto a reventar?

—Casi no hay presión, como la última vez.

—Ya te lo advertí: la electrolisis se come las cañerías de cobre. Tarde o temprano habrá que cambiarlo todo, si no cada vez será peor.

—Cuando me toque la lotería. Mientras tanto he cerrado la llave de paso para que puedas echar un vistazo sin tener que chapotear.

—Con este calor no me vendría mal un baño. Voy a coger la caja de herramientas, tú ve abriéndome la reja.

Entre la galería que rodeaba la casa y el suelo había una cámara sanitaria de menos de un metro de altura, cerrada con un enrejado de listones para impedir que los animales se metieran en ella. El viejo Bob mantenía abierta la roñosa reja que hacía las veces de puerta para que el fontanero pudiera deslizarse dentro a rastras. Rick encendió la linterna frontal, se la sujetó a la cabeza e inició la exploración.

Allí abajo no entraba el sol, así que se estaba más fresco. Sosteniendo la caja de herramientas con una mano, Rick empezó a reptar por la agrietada tierra. Se escurrió entre el armazón de madera que sostenía el suelo de la galería, hasta llegar a los pilares de hormigón que soportaban el peso de la casa. La oscuridad reinaba como dueña y señora en aquel territorio de arañas, gusanos e insectos quitinosos, a los que Rick habría sido totalmente incapaz de dar nombre. Estaba acostumbrado a ese tipo de actividad; en su oficio, más valía no asustarse por unas cuantas sabandijas peludas. Prefería aquello al hedor de las fosas sépticas rebosantes o el acre tufo de las enormes calderas industriales.

Rick se detuvo un instante. Hablando de olores, le llegaba uno apestoso. A putrefacción.

—¡Bob! ¿Me oyes? —gritó—. ¡Aquí abajo tienes algún animal muerto!

La voz del viejo McFarlane le llegó muy débil, como si estuviera en la otra punta de un pasillo interminable.

—¡Ya me parecía a mí! Llevaba tiempo oyendo arañar. ¡Espero que no sean ratas!

—¡De todas formas, tal como huele, estarán muertas!

Sus palabras resonaban a su alrededor, como si rebotaran en los grises pilares. La débil pincelada de luz le mostraba el lugar con rápidos trazos casi monocromos.

«¡Y pensar que podría estar pescando truchas tan ricamente a la sombra de un abeto! Maldito Roy... —Rick se dijo que, en aquel asunto, el idiota era él, por haber aceptado tan fácilmente, y sintió una punzada en el corazón. Estaba harto de hacer siempre el primo—. ¡Eso me pasa por ser demasiado bueno!»

Ahora ya no cabía ninguna duda, por allí había un animal muerto: la podredumbre le llenaba las fosas nasales con su mezcla de densa acidez y olor a óxido, más agria que un cuenco de leche cortada en plena canícula. Rick gateó unos metros más para acercarse a una pared y, contorsionándose, giró hacia la izquierda. Casi había llegado al centro: ya no podía oír al viejo McFarlane y menos aún percibir la más mínima partícula de luz. Lo malo sería volver. Con lo estrecho que era aquello, no podría dar media vuelta; tendría que retroceder arrastrándose interminable y agotadoramente. ¡Hoy sí que se había ganado una ducha bien fría!

El suelo estaba húmedo: se acercaba al escape. En el sitio de siempre, la salida de la caldera. Distinguía varios tubos de cobre sujetos a una losa de cemento, sobre su cabeza. Ya casi estaba.

El olor a podrido se hizo insoportable, y Rick metió la mano bajo el mono, tiró del cuello de la camiseta y se la colocó sobre la cara a modo de máscara, reteniéndola con la nariz. Estaba sudando a mares.

Sus dedos se sumergieron en un charco. Ya lo tenía.

Una especie de rumor líquido apenas perceptible le hizo detenerse.

La linterna iluminó sus manos, teñidas de rojo.

Sangre. Le empapaba las palmas.

«Pero ¿qué carajo...?»

Se irguió sobre los codos para aumentar el alcance del haz de la linterna y vio el amasijo de carne, vísceras y pelo nadando en un encharcamiento carmesí, justo delante de él.

Decenas de larvas se agitaban en medio de aquel festín, produciendo el extraño murmullo líquido que acababa de oír. El cadáver era demasiado grande para pertenecer a una rata. Debía de tratarse de un perro, o un coyote. Rick había visto un reportaje en el canal regional en el que se aseguraba que el estado de Massachusetts estaba ahora infestado de coyotes.

«No puede ser... Tenía que tocarme a mí.»

No veía modo de sortearlo; tendría que pasar justo por encima, haciendo ridículos y repugnantes equilibrios.

«¡Bob, el enrejado tiene un agujero! ¡Esto no tardará en convertirse en un nido de inmundicias! Tendrás que ocuparte de tu choza, porque yo ya no puedo más...»

Rick se enderezó como pudo entre los tabiques de hormigón, dispuesto a iniciar su maniobra de elusión, pero en ese instante percibió un movimiento detrás de él. Se detuvo y aguzó el oído.

Alguien se aproximaba por detrás.

—¿Bob? ¿Qué coño haces ahí? ¡Estás un poco mayorcito para estas gilipolleces! ¡Déjame trabajar, para eso me pagas!

Pero el viejo McFarlane no respondió.

Rick suspiró. Tenía calor, le dolía todo el cuerpo, estaba en una postura muy incómoda en un agujero más que estrecho para su gusto, en medio de un hedor insoportable... Solo le faltaba tener que evacuar a un anciano de su cámara de aislamiento a causa de un desmayo.

—¡Bob, sal de ahí de una vez!

McFarlane seguía mudo. Se limitaba a acercarse sin cesar.

«¡Está en forma el muy...!»

De pronto, Rick empezó a dudar. Fuera quien fuese, se movía deprisa. No tardaría en llegar a la intersección, a poca distancia de sus pies. Sin que supiera por qué, el corazón se le aceleró y su respiración se hizo más entrecortada.

—¿Bob? ¿Eres tú?

Había algo extraño en el modo de reptar de quienquiera que se estuviese acercando. Una especie de... determinación, pensó Rick. Implacable, a la manera de esos depredadores que se abalanzan de golpe sobre su presa, como surgidos de la nada, con las fauces abiertas, para apoderarse de ella, arrancarla del suelo con una violencia inaudita y llevársela a su cubil...

«Estoy empezando a disparatar. No es más que...»

¿Quién? ¿Qué? Rick no tenía la menor idea. Le costaba mantener el equilibrio; le dolían los músculos. Miró hacia abajo, al montón de inmundos restos que se estremecían y emponzoñaban el aire.

El intruso estaba casi allí, podía oírlo arrastrarse a toda velocidad para alcanzarlo.

Y por primera vez en muchos años, Rick Murphy sintió algo que creía que nunca volvería a sentir, una emoción primitiva, escondida en las profundidades de su ser: un miedo infantil. Era estúpido, pensó para tranquilizarse, se había metido en centenares de cámaras sanitarias parecidas a aquella, incluso más angostas, se había deslizado entre cucarachas y arañas que le corrían por el cuerpo sin preocuparse de ellas, había visto muchos cadáveres de mamíferos, sobre todo cazando con su padre y su hermano, no había ningún motivo para tener miedo, y sin embargo eso era lo que empezaba a apoderarse de él: un miedo cerval.

Dobló el cuello para iluminar con la linterna su cuerpo, sus zapatos y lo que había más allá, en el túnel por el que había venido.

De la intersección, que estaba a menos de dos metros, brotó una bocanada de polvo, y una pequeña nube llenó el espacio.

La linterna de Rick empezó a chisporrotear y parpadeó.

«¡Ahora no, no es el momento!»

La luz se apagó al instante. Rick estaba en la oscuridad más absoluta, acosado por el hormigueo de los gusanos debajo de él, los rozamientos de una presencia que casi había llegado a la altura de sus pies y los frenéticos latidos de su corazón, que le resonaban en los oídos.

El intruso estaba allí, acababa de desembocar en el mismo tramo que él, podía notar su presencia.

—¿Bo... Bob? —preguntó con voz febril.

El ruido recomenzó. Aquello se arrastraba directo hacia él.

Rick sacudió la cabeza, era completamente absurdo. Se apresuró a pasar por encima del cadáver en descomposición, quería salir de allí, era lo único que importaba.

Algo se cerró sobre su tobillo, un puño de acero que lo inmovilizó de inmediato. El terror invadió a Rick. Lo que lo sujetaba tenía una fuerza prodigiosa, podía sentirlo. La presión aumentó hasta el punto de morderle la carne y amenazar con partirle los huesos. Rick soltó un grito de dolor e intentó tirar de la pierna.

Algo lo aspiró, su cara cayó sobre la carroña cubierta de larvas, y Rick se vio arrastrado sin poder hacer nada.

Otro pensamiento infantil le llenó la cabeza.

«¡No dejes que esa cosa te lleve a su madriguera! ¡No, no dejes que te lleve allí! ¡Te devorará!»

Rick ni siquiera se dio cuenta de que estaba chillando. Se debatió y se arrancó varias uñas tratando en vano de agarrarse a las paredes lisas. Succionado por no sabía quién o qué, se deslizaba por el suelo. Metros y más metros. Cada centímetro que cedía lo alejaba un poco más de la vida, y lo sabía.

Bob McFarlane se había sentado en la escalinata que subía al porche y esperaba. Había puesto té helado en el frigorífico, ya solo faltaba que Murphy saliera de allá abajo, de allí a un cuarto de hora si todo iba bien, y podrían ir a sentarse en el balancín y negociar el precio. McFarlane siempre lo negociaba, era cuestión de principios.

El anciano vio que tenía una hinchazón entre el pulgar y el índice. Otra picadura de abeja. Esa, ni siquiera la había notado. Se acercó la mano a los cansados ojos para asegurarse de que el aguijón no seguía dentro.

De pronto levantó la cabeza. Le había parecido oír gritar. Un grito lejano, ahogado.

Se levantó y se inclinó hacia el hueco de debajo del porche.

—¿Va todo bien ahí dentro? —preguntó lo bastante alto para que se le pudiera oír en el laberinto de pilares de hormigón—. ¿Rick? ¿Estás bien?

Otro sonido distante, como un chillido, llegó hasta él, sin que supiera cómo interpretarlo. Sus oídos ya no eran los de antes, aunque se negara a equiparlos con uno de esos intrusivos aparatos que intentaban colarles a todos los mayores de setenta años, como él.

—Qué, Rick, ¿lo has encontrado?

No hubo respuesta. O mejor dicho, sí: una sucesión de curiosos gañidos, que McFarlane no comprendía. Rick debía de estar bajo el centro de la casa. McFarlane se apresuró a subir la escalera, recorrió el pasillo y entró en la cocina, donde se arrodilló con dificultad agarrándose a la encimera. Rick debía de estar justo debajo, o no muy lejos.

De las entrañas del edificio se alzó un grito, ahogado por la capa de hormigón. Tan estremecedor que hizo erizarse el vello y los cabellos del viejo Bob. Luego se repitió, una y otra vez.

Tras unos instantes de estupor, Bob McFarlane se puso a dar vueltas sobre sí mismo en busca de una idea, de un objeto, lo que fuera, con tal de poder utilizarlo para hacer algo. Pero no encontró nada.

En ese momento reparó en la rejilla de ventilación, justo encima del zócalo. Se acercó gateando, la agarró y tiró de ella con todas sus fuerzas. Allí los gritos eran más potentes. Subían de los cimientos de la casa, no muy lejos de donde estaba.

McFarlane se hizo una herida en el dedo con la rosca de un tornillo, y la sangre empezó a gotear sobre el entablado. Le traía sin cuidado, lo que quería era encontrar el modo de detener aquellos chillidos insoportables. Si seguían, se volvería loco.

Los chillidos de un bebé al que están mutilando.

Un ser humano que grita como un bebé mientras lo despedazan.

6.

El viejo 4x4 GMC se detuvo entre los otros dos vehículos policiales. Seguían con los faros giratorios encendidos y los delanteros enfocando la casa de los McFarlane. Las siluetas inmóviles de los agentes parecían petrificadas por la oscuridad.

El teniente Ethan Cobb cerró la puerta de golpe, se ajustó el grueso cinturón en la cintura y se puso la gorra con el escudo del Departamento de Policía de Mahingan Falls. Estaba preocupado. César Cedillo no era un hombre impresionable, pero cuando le había pedido que acudiera de inmediato le temblaba la voz. Ethan llevaba diez minutos aguantándose las ganas de encender un cigarrillo. El treintañero se pasó la mano por la barba de varios días e hizo una mueca. Malas costumbres. Estrés. Tenía que vigilar.

Max Edgar hablaba con Bob McFarlane, sentado aparte con él. Debía de estar tomándole declaración, supuso Ethan. Al menos hacía su trabajo. Esa había sido la primera preocupación de Ethan Cobb al llegar un año atrás a Mahingan Falls: que la cercanía de los agentes de policía con la población les impidiera comportarse con profesionalidad en cualquier circunstancia. No era el caso. Todo el mundo se conocía, la mayoría de los conflictos menores se resolvía de forma amistosa, y cuando la policía tenía que intervenir bastaban unas cuantas amenazas del jefe Warden para que la mayor parte de los problemas se solucionasen solos. Quedaban los asuntos más graves, y a ese respecto Ethan opinaba que no todo era perfecto. Había deficiencias en el cumplimiento de los protocolos. Pero tampoco era algo catastrófico; casi todos los polis, diez en total entre hombres y mujeres, actuaban guiados por un marcado sentido del deber y con el suficiente rigor. No eran tan serios como en el lugar de donde venía, pero Ethan se consideraba afortunado. Era un buen equipo. A excepción de uno o dos elementos. Pensaba en particular en el sargento Lance Paulson, al que precisamente divisó frente a la casa. Estaba tieso como un poste, limpiando las gafas de cristales gruesos antes de acariciarse nerviosamente el pelado cráneo.

—¿La víctima es el fontanero? —preguntó Ethan.

Paulson dio un respingo y miró a su teniente con ojos fríos.

—¿Cómo lo sabe?

Ethan señaló la furgoneta de Rick Murphy, estacionada a un lado del camino, y Paulson asintió

—Como Cedillo es el más flaco, ha ido él a echar un vistazo debajo de la casa...

«Sobre todo porque tú eres su sargento, además de un cobarde, y Cedillo no es de los que escurren el bulto», rezongó Ethan para sus adentros

—Cuando ha vuelto a salir —añadió Paulson—, estaba... Pocas veces lo he visto así.

Pese a la antipatía que le inspiraba el sargento, Ethan le dio unas palmaditas amistosas en el hombro y se acercó a Cedillo, al que había visto sentado en la escalinata del porche, secándose la frente.

—¿Más tranquilo?

Cedillo soltó un profundo suspiro y enarcó las cejas. Ethan se sentó a su lado.

—¿Sigue ahí abajo?

Cedillo asintió.

—No sé ni cómo vamos a sacarlo... —murmuró al cabo de unos instantes.

—¿Alguna idea sobre lo que ha podido pasar?

—El viejo Bob dice que no lo entiende. Murphy estaba arreglándole un simple escape de agua cuando lo ha oído gritar como un condenado. Me he arrastrado debajo de la casa y lo he encontrado. Bueno, lo que queda de él. Un pedazo de la capa de hormigón se ha desprendido y le ha caído encima. Tiene la cabeza... Nunca había visto a un ser humano en ese estado, ni siquiera imaginaba que fuera posible algo así. Destrozada... Machacada. Un puzle de carne y huesos. De hecho, ni siquiera estoy seguro de qué es lo que he encontrado.

A Ethan no le apetecía oír todos los detalles, pero intuía que las palabras eran un lenitivo necesario para Cedillo. César quería volver a casa con el menor remanente posible de aquel horror en el cerebro, necesitaba extraer el máximo de él. Pero le faltaban palabras.

Ethan se quedó con él el tiempo necesario para escucharlo; luego, se reunió con Max Edgar en su coche para comprobar el estado de McFarlane. El anciano alzó hacia él los ojos enrojecidos; la ingrata luz interior subrayaba el cansancio de sus gastadas facciones mientras Ethan le preguntaba cómo se encontraba. McFarlane se limitó a agradecer a Dios que su mujer estuviera en casa de su hijo mayor, en Maine, y no hubiera oído la agonía del pobre Murphy, y Ethan percibió mucho más que el shock y la tristeza en la temblorosa voz del setentón. McFarlane estaba asustado. Se había llevado el susto de su vida.

Por el rabillo del ojo, Ethan vio que Edgar había cubierto la libreta de garabatos. Puede que hubiera hecho desembuchar al anciano, al que conocía desde niño y por tanto estaba en condiciones de hacer hablar en confianza, de modo que Ethan decidió que era preferible no insistir en ese momento.

El teniente volvió al 4x4 en busca de un par de guantes.

Mahingan Falls era un pueblo remoto, un sitio perdido en el fondo de un agujero, salvado apenas por la presencia del océano en su costado, había pensado Ethan Cobb al aterrizar allí. Le sentaría bien. Borrachos, chavales con las hormonas revolucionadas y turistas de paso por toda criminalidad, un verdadero cambio respecto a la jungla urbana de la que venía. Y durante más de un año, así había sido. Ethan no creía en el horóscopo, en la influencia de las estrellas, la luna o las mareas en el humor de la gente, pero tenía que reconocer que, ese día al menos, se había producido una mala conjunción astrológica, no había otra explicación. Primero el ganado de los Johnson, que había huido presa del pánico, sin que se supiera por qué, bloqueando Western Road, la principal arteria que comunicaba el pueblo con el resto del mundo por el oeste. Había hecho falta movilizar a casi todo el departamento para reunir a los animales y devolverlos a sus dueños. Después habían estallado dos fuegos simultáneos en sendos almacenes del puerto, antes de que Debbie Munch se lanzara contra una camioneta frente a todo el público del paseo marítimo y, a continuación, Rick Murphy quedara hecho migajas, como un dónut en la mano de un niño. ¿Cuándo se había visto que una capa de hormigón se partiera de ese modo? Demasiadas cosas para un sitio tan tranquilo como Mahingan Falls.

Y hacía dos semanas, lo de Lise Roberts. Volatilizada.

«¡Desaparecida junto con su virginidad! —había gruñido el jefe Warden—. Huida, como su decencia. Abierta de piernas ante uno de esos motoristas que oyen música infernal en algún garito de Boston. Ya veréis como vuelve a aparecer tan feliz el día que no le quede un centavo ni nada interesante que ofrecer a esos fulanos.»

Ethan no estaba totalmente de acuerdo con esa opinión, pero Warden estaba al mando, y nada indicaba que se equivocase. La chica se había esfumado mientras hacía de canguro, tenía un perfil un tanto marginal y soñaba con irse lejos. No obstante, Ethan había ido a ver a la madre y a dos de sus escasas amigas. Estas últimas no creían en la fuga. La noche de su desaparición, Lise pensaba tatuarse ella misma en vivo en internet. Ethan se dijo que Lise Roberts no sería la primera adolescente que mentía a sus conocidos, pero un resto de incertidumbre continuaba perturbándolo. No llevaba suficiente tiempo allí para contradecir al jefe Warden, aunque fuera su segundo; todavía tenía que ganarse su confianza y su respeto, de modo que obedecía y permanecía alerta.

Se puso los guantes y cogió la gran linterna. Los chicos del cuartel de bomberos no tardarían en llegar; encontrarían el modo de sacar el cuerpo, pero lo harían sin contemplaciones. Ethan quería respetar mínimamente los procedimientos, y Cedillo se había limitado a buscar a Murphy para confirmar que ya no había nada que hacer. Era necesario tomar algunas fotos y notas y redactar un informe, por sucinto que fuera, sobre el lugar y el cuerpo. Ethan tenía que entrar. No podía obligar a Cedillo a volver allí abajo. Paulson era un incompetente y los demás le reprocharían que los eligiera para meterse en aquel infierno. Como agente de más graduación, podía ordenar o asumir sus responsabilidades. Y Ethan no pensaba escurrir el bulto.

Se acercó a la casa, una gran masa de madera atrapada por los faros de los vehículos policiales, y vio el agujero negro que lo esperaba para que se arrastrara solo en dirección a un cadáver.

Estaba claro que aquel día no era uno de tantos.

Pero lo que más perturbaba a Ethan Cobb no era la acumulación de hechos, sino más bien la extraña sensación que con creciente fuerza lo había invadido desde la mañana. Del mismo modo que en las bochornosas tardes de verano, uno siente llegar la tormenta antes de verla, Ethan intuía que todo aquello no era nada en comparación con lo que les esperaba. Pero no podía racionalizar esa impresión, que crecía en él de forma inexorable.

Se avecinaba algo. Una tormenta singular.

Mahingan Falls no saldría indemne de ella.

Ethan debía prepararse.

7.

Tenía el pelo ardiendo.
El sol brillaba con tanta fuerza que daba la sensación de que Gemma Duff ardía. Mientras empujaba el cochecito de la pequeña Zoey en medio de la claridad de primera hora de la tarde, su refulgente melena roja atraía todas las miradas.

Chad y Owen caminaban dócilmente tras ellas en compañía de otro chico de su edad, aunque más alto, de ojos penetrantes, pelo tan rubio y tan corto que casi parecía calvo y cara cubierta de pecas: Corey Duff. Gemma les había presentado a su hermano para que tuvieran un primer amigo. Había preparado el encuentro durante días, insistiéndole a Corey en que fuera amable y procurara causarles buena impresión.

Pero una vez hechas las presentaciones los tres chavales no habían sabido qué decirse, y ahora caminaban en silencio.

El parque municipal de Mahingan Falls consistía en una gran extensión de árboles y césped salpicada de arbustos y parterres, recorrida por senderos marrones y sembrada de bancos de madera. Gemma los llevaba hacia el pequeño lago que ocupaba el centro, saludando de vez en cuando a algún conocido y lanzando miradas ansiosas a su hermano, como suplicándole que hiciera algo para estrechar lazos con sus dos nuevos amigos. Pero a Corey no se le ocurría nada interesante que decir, así que seguía callado.

Se sentaron no muy lejos de la orilla, y Gemma desplegó una manta a la sombra de un sauce para sentar en ella a Zoey con sus juguetes, mientras los chicos tomaban asiento al pie del árbol.

El silencio empezaba a resultar incómodo cuando un cuarto chico que no tendría más de catorce años, moreno, de andares seguros, con una camiseta negra de tirantes y la gorra calada del revés hasta las cejas, se acercó a ellos.

—¡Hola, Corey!
—¿Qué tal, Connor?
—¿Qué haces? Llevo tres días llamándote a casa..., ¿en tu familia no descolgáis el teléfono nunca? La verdad, deberías tener un móvil, así es imposible...
—Nuestra madre no quiere —intervino Gemma.
—Entonces comprad por lo menos un contestador, ¡estamos en el siglo XXI, chicos!
—Connor, estos son Chad y Owen —dijo Gemma cambiando de tema—. Acaban de mudarse, irán al colegio con vosotros cuando empiece el curso. No conocen a nadie, así que cuento contigo para que se sientan cómodos.
Connor enseñó los inmaculados dientes en una parodia de sonrisa digna del anuncio de un dentífrico.
—Cuente conmigo, señorita Duff, seré su ángel de la guarda —y poniéndose más serio, se arrodilló entre los chicos y se dirigió a los que pensaba que eran hermanos—. ¿Qué crimen habéis cometido?
—¿Crimen? —preguntó Chad sorprendido.
—¡Para acabar aquí! ¿Qué habéis hecho?
—No digas eso —terció Corey—, Mahingan Falls es guay.
—Ah, ¿sí? ¿Para qué? ¿Para morirse de aburrimiento? No tiene fibra, no tiene centro comercial, no tiene...
—Hay un parque para patines —le hizo notar Chad—. Y una tienda de cómics.
—Y un cine —añadió Owen.
—Aquí nunca pasa nada.
—Hemos visto morir a una señora delante de nuestras narices —soltó Chad como si se tratara de una hazaña.
—¿A quién? —preguntó Connor con interés.
—Una vieja que se arrojó sobre un 4x4 —le explicó Chad, orgulloso de tener información pese a ser un recién llegado.
—¡Yo también lo he oído! —exclamó Corey entusiasmado—. ¿Estabais allí? ¡Es increíble!
—Aunque Olivia no nos dejó mirar —confesó Owen.
—¿No pudisteis ver el cadáver? —preguntó Corey.
—¡Corey! —se indignó Gemma—. Eso está feo, a nadie le gusta ver un cadáver...

El chico no parecía opinar igual, y Chad aprovechó para concluir:

—Bueno, todo esto era para decir que en Mahingan Falls sí que tenéis actividad...

—Sí, y a Gemma tetas grandes —añadió Connor muy bajo con una mueca excitada. Corey le dio un manotazo en la cabeza, pero Connor se limitó a ponerse bien la gorra y continuó—: Pero cuando te lo conoces es como si estuvieras aquí preso. Las alambradas son los montes de alrededor, y los padres, unos carceleros nada blandos. Vaya, no sé cómo serán los vuestros...

—Bueno, pero todos esos bosques de los alrededores —comentó Chad— son geniales para explorar, vivir aventuras y eso...

Una sonrisa maliciosa iluminó el rostro de Connor.

—¿Os gustan las aventuras?

Owen, menos entusiasta que su primo, se encogió de hombros. Connor lanzó una mirada cómplice a Corey.

—El viejo parque —dijo. Y se levantó de un salto para dirigirse a Gemma—. Oye, hermana mayor, mientras tú te entrenas para ser mamá, nosotros vamos a enseñarles un sitio a estos colegas.

—¿Qué sitio? —preguntó Gemma, recelosa.

—No te estreses, no iremos lejos, solo es para conocernos.

—Vale, pero no tardéis. Yo voy a darle de merendar a la niña y luego me la llevaré al paseo marítimo.

—Perfecto, nos vemos allí dentro de un rato.

Connor condujo a la pandilla alrededor del lago, como si fueran a salir del parque por el este, pero torció hacia el norte en cuanto estuvieron fuera de la vista de Gemma.

—¿Adónde vamos para que sea tan secreto? —preguntó Owen.

—Conozco a la hermana de Corey. Si nos ve subiendo por aquí se pondrá furiosa.

Connor señaló el círculo de columnas de piedra rematado por una gran cúpula que coronaba la frondosa ladera. Una espumeante cascada cubría lo alto de la pendiente de fina bruma, tras la que se desplegaban varios arcoíris.

—¡Es el Lothlórien de *El Señor de los Anillos*! —bromeó Chad.

—¿Por qué? ¿Qué hay allí arriba? —insistió Owen.

—Eso es el Mirador. Aparte de la vista de las parejas que se morrean al ponerse el sol, no hay nada, pero al otro lado de la montaña está el antiguo parque.

—¿En plan cosas en ruinas? —preguntó Chad.

—En plan laberinto salvaje, más bien —explicó Corey.

Owen se encogió de hombros. Parecía un sitio bastante agradable.

—¿Y por qué se iba a enfadar Gemma?

Corey y Connor intercambiaron otra de sus miradas cómplices.

—Por nada, cosas de chicas —resumió Connor.

Y, avivando el paso, inició el ascenso por el sinuoso sendero salpicado de escalones irregulares que llevaba al Mirador, mientras los dos primos comprobaban que la falda de la montaña no estaba tan cuidada como el resto del parque. Altos hierbajos, denso sotobosque, arbustos y matorrales mezclados con zarzas... La naturaleza recuperaba terreno.

No se detuvieron siquiera para echar un vistazo al enorme templete, guiados por los intrépidos pasos de Connor, que seguía adentrándose en las profundidades de aquel inmenso territorio en el que el parque y el bosque que descendía por las colinas del Cinturón se confundían, hasta no dejar más huella del ser humano que la presencia de estrechos senderos mal delimitados.

Al cabo de un rato torcieron hacia el oeste y empezaron a oír un tenue ruido de fondo, una especie de rumor sordo y constante.

—¿Qué es eso que se oye? —quiso saber Owen, que empezaba a encontrar divertida la expedición.

—Las cascadas. Hay un precipicio desde el que el río cae, antes de continuar hacia Mahingan Falls. Es el mismo río que forma el lago junto al que estabais hace un rato.

«¡Una catarata!», se dijo Chad, entusiasmado. Decididamente, aquel sitio estaba cada vez mejor.

Llegaron ante un curso de agua bastante rápido. La otra orilla distaba unos veinte metros. Connor miró a su alrededor, pero fue Corey quien le tiró de la manga y señaló un poco más arriba. Un grupo de rocas rodeadas de nerviosa espuma sobresalían de la superficie del agua. Ahora el ruido de la cascada parecía un rugido, a pesar de que seguían sin verla.

—¡Primera prueba! —gritó Connor—. ¡Cruzar el Aqueronte!

—¿No es un poco peligroso? —preguntó Owen sorprendido.

—Bueno, más vale que no te caigas, o el agua te arrastrará e irás dando tumbos y golpeándote contra las rocas hasta caer más de veinte metros en la cascada del Mirador. O sea que sí, es un poco peligroso. ¡Por eso es una prueba! —gritó sobre el estruendo del agua, y saltó.

Connor avanzó paso a paso por las húmedas y resbaladizas piedras con los brazos apartados del cuerpo para equilibrarse, saltando con agilidad de una a otra sin detenerse ni mirar a los lados, hasta que llegó a la otra orilla, desde donde los saludó como habría hecho un artista sobre un escenario.

—Este Connor es todo un personaje... —masculló Chad saltando a su vez sobre la primera piedra.

Mostró casi tanta seguridad como Connor, aunque estuvo a punto de resbalar en el último peldaño improvisado y tuvo que hacer una pirueta espectacular.

—¡Prueba superada! —declaró Connor partiéndose de risa.

Owen y Corey se miraron, y el segundo le indicó por señas al primero que tomara la delantera. Owen no quería quedar como un cobarde, así que no se lo pensó dos veces. Los bloques de piedra afloraban apenas en algunos puntos, ocultos por el borboteo de la corriente, y Owen decidió tomarse su tiempo para averiguar en cuáles era menos arriesgado aterrizar. Resbalaba cada dos por tres, pero conseguía estabilizarse manoteando en el aire, bajo la mirada, súbitamente inquieta, de los otros tres chicos.

—¡Hazlo de un tirón! —le gritó Connor—. ¡El secreto es no pararse!

Pero Owen no lo veía igual. Prefería asegurarse antes de jugársela: tocaba la piedra que sobresalía ante él con la punta del pie y luego tomaba impulso. No estaba dispuesto a lanzarse fiándose únicamente de la suerte o de sus dotes de improvisación. Owen no tenía esa confianza ciega en sí mismo.

A medio camino, se irguió y miró los remolinos que lo rodeaban. A un lado, la poderosa corriente se lanzaba hacia él con la implacable decisión de una manada de toros furiosos. Abrió la boca para respirar mejor. Al otro, el agua se alejaba como una inmensa alfombra móvil que esperaba para arrastrarlo hacia las profundidades. Owen sacudió la cabeza. Sintió que las piernas se le aflojaban, como si el río ya se hubiera tragado sus músculos.

—¡No te pares, Owen! —le ordenó Chad—. ¡Ven! ¡Ven!

Owen miró a su primo, que lo animaba extendiendo los brazos hacia él, y luego vio la cara de preocupación de Connor, que apartó a Chad y se acercó a la orilla. Iba a ir a rescatarlo. Esa idea electrizó a Owen de inmediato. No quería que lo ayudaran. Y menos aún quedar como un flojo. Así que lanzó un pie hacia la piedra que tenía delante y luego buscó los siguientes apoyos posibles y brincó de uno a otro a toda velocidad. Cuando quiso darse cuenta estaba en tierra firme, ante la mirada sorprendida de Chad.

—¡Bien hecho! —reconoció su primo.

Corey cruzó la corriente con cautela, y cuando llegó junto a ellos parecía contener la respiración. A él tampoco le había divertido el reto, comprendió Owen, y eso lo tranquilizó.

—¿De verdad se llama Aqueronte este río? —preguntó mientras acababa de reponerse del susto.

Connor sacudió la cabeza.

—No, pero su verdadero nombre no le pega mucho.

Owen observó a Connor con una pizca de admiración. Al principio le había parecido un echado para adelante un poco idiota, pero estaba claro que tenía cierta cultura, puesto que conocía el nombre del río de los infiernos de la mitología griega, y se dijo que el idiota era él por juzgar demasiado deprisa y por las apariencias.

El cuarteto de chavales siguió avanzando a toda marcha a través del bosque bajo la dirección de Connor, que parecía saber adónde los llevaba. Ahora el parque había desaparecido por completo, devorado por la frondosa vegetación de las colinas, y el sendero se había estrechado tanto que las ramas bajas de los árboles formaban un techo sobre él y obligaban a los chicos a agacharse para evitar las más gruesas. Cruzaron otra senda medio borrada, perpendicular a la suya, y unos doscientos metros más adelante llegaron a una bifurcación. Pero Connor no dudó sobre la dirección a seguir.

—¿Vienes aquí a menudo? —le preguntó Chad, intrigado.

—Ya no, pero antes sí, me gustaba mucho.

—¿Nunca te has perdido?

Connor se encogió de hombros.

—Para regresar al pueblo basta con volver a bajar la pendiente, en dirección sur.

—De todas formas, habiendo crecido en Mahingan Falls, supongo que todos vendréis a divertiros aquí...

—No, qué va.

—¿En serio?

Siguieron andando otro minuto en silencio, hasta que la curiosidad de Chad pudo más que él.

—¿Por qué dices eso? Es un sitio genial para explorar, ¿no?

—¿Has oído hablar de Roscoe Claremont?

—No.

—Era un asesino en serie. Lo llamaban el asesino de los despeñaderos porque se deshacía de los cadáveres lanzándolos al vacío a lo largo de la ruta panorámica. Pero en realidad atacaba a sus víctimas aquí.

—¿Aquí? ¿En este bosque, quieres decir?

—Exacto. Gente que paseaba o hacía footing, a veces incluso niños. Bueno..., de hecho, sobre todo niños.

—¡Venga ya! Nos tomas el pelo... —dijo Chad riendo.

—Si no me crees, búscalo esta noche en internet, ya verás.

Chad echó un vistazo a los matorrales a ambos lados del camino con una mezcla de aprensión y curiosidad morbosa. Pensar que allí mismo había muerto gente asesinada le fascinaba. Puede que su sangre hubiera empapado la misma tierra que pisaba... Era increíble.

—Eso fue hace mucho tiempo —aclaró Corey—, nosotros ni siquiera habíamos nacido.

—Da igual —repuso Connor—. Desde entonces, a la gente no le gusta venir a pasear tan arriba, eso se acabó. Aunque yendo por aquí te ahorras un largo rodeo si quieres ir a Green Lanes y a lo alto de Beacon Hill. Pero todos los padres prohíben a sus hijos subir a esta zona. Se han vuelto paranoicos. Estos últimos años ha habido algunas agresiones, y hay quien dice que es porque los drogadictos vienen aquí a inyectarse sus porquerías, para estar tranquilos.

Esta vez Chad se estremeció.

—Entonces, ¿qué estamos haciendo aquí?

Connor se volvió y le lanzó una mirada traviesa.

—Estamos en la segunda y última prueba. Ahora veréis.

Connor trepó por una pendiente rodeada de una vegetación especialmente densa. El sendero acababa allí, en lo alto de lo que parecía un antiguo túmulo olvidado y cubierto de musgo y helechos. Connor señaló con el dedo hacia el otro lado del promontorio.

—Hermanitos, tendréis que bajar por ahí, atravesar esa jungla y, cuando encontréis una verja, volver a traer vuestros culos aquí.

—No somos hermanos —le corrigió Owen.

—Ah, ¿no? Entonces ¿qué sois?

Owen y Chad se miraron, y el segundo eludió el tema con un gesto de la mano.

—Medio hermanos —mintió—, que viene a ser lo mismo. Entonces, ¿tenemos que encontrar la verja y ya está?

—Sí, y volver.

—¿Y cómo sabréis que hemos llegado hasta allí si no venís con nosotros? —preguntó Owen.

—Porque Corey y yo os preguntaremos por lo que veáis. Para saberlo hay que haber estado allí.

—¿Cuál es el problema? —insistió Owen.

—Ya lo verás.

—¿Es peligroso?

—Venga, es ahora o nunca. ¿O preferís renunciar?

Owen se dio cuenta de que Corey no decía nada, como si en realidad no aprobara aquella especie de rito de iniciación; pero antes de que el joven huérfano pudiera hablar, Chad lo agarró de la muñeca y lo arrastró hacia la pendiente.

—Encontrar una verja no puede ser tan complicado...

Chad comprendió que había hablado demasiado pronto en cuanto comenzó el descenso. Desde lo alto del montículo no había visto el ejército de espinos que les cerraba el paso.

—La próxima vez nos traemos el hacha de papá... —masculló agachándose para coger un palo, con el que apartó las ramas más amenazadoras.

Owen lo seguía deslizándose entre las zarzas, haciendo equilibrios, contorsionándose para llegar a un pequeño claro rodeado de juncos agostados por el calor.

—¿Por qué tenemos que pasar por esto? —preguntó.

—Porque Connor parece un tío majo.

—Si va a estar lanzándonos desafíos estúpidos hasta que empiece el curso, no sé si me apetece mucho volver a verlo...

—¡Bah, no te hagas el duro! Te encantan las aventuras, y ahora por fin se nos ha presentado una de verdad. ¿Has visto cómo hemos cruzado ese río enfurecido? ¿Te lo puedes creer? Ha habido un momento en que he pensado que ibas a renunciar, y de pronto parecías Legolas, volando por encima de las rocas, ¡como un verdadero elfo! ¡Ha sido alucinante!

Ante el entusiasmo de su primo, Owen tuvo que admitir que, aunque al principio no se había sentido especialmente orgulloso, ahora estaba casi eufórico. Sobre todo si podía contar su hazaña... Lástima que no tuviera amigos con quienes compartir lo que vivía. Aparte de Chad, estaba solo. De momento, Corey y Connor eran su única esperanza de formar una pandilla. Así que asintió y siguió a Chad, que había empezado a reptar bajo los matorrales.

Consiguieron dejar atrás la barrera de zarzas y siguieron avanzando sobre una alfombra de denso musgo, entre troncos retorcidos e inmensos helechos. No había ni rastro de la verja, pero su vista no alcanzaba más allá de unos cuantos metros.

Owen tenía la desagradable sensación de que los observaban, y de eso hacía más de cinco minutos. Acabó inclinándose hacia su primo para confesárselo.

—Yo también —reconoció Chad en un susurro—. Me parece que esos dos no andan lejos. Seguro que hay otro sendero y nos están espiando y partiéndose de risa. Así que vamos a llegar hasta el final, para demostrarles que no somos unos gallinas.

Procuraron avanzar con paso rápido para no dar la menor muestra de debilidad, pero de repente Chad resbaló entre dos grandes piedras y tuvo que agarrarse *in extremis* a un tocón, contra el que estuvo a punto de golpearse la cabeza.

—¡Por poco!

—Oh, Chad..., mira...

Chad percibió el miedo en la voz de su primo y alzó los ojos de inmediato. Aquello no era el tocón de un árbol. Al agarrarse, había arrancado un pedazo de musgo que ahora colgaba como un largo jirón de piel podrida, dejando al descubierto la piedra lisa, sobre la que había grabadas letras y fechas casi ilegibles.

—¡Es una tumba! —exclamó Owen.

Instintivamente, Chad retrocedió limpiándose las manos en el pantalón sucio.

Se volvieron hacia todos lados para examinar los alrededores y vieron varios objetos similares emergiendo del suelo entre la vegetación.

—Mierda... Están por todas partes —farfulló Chad, y tiró de la manga de Owen para obligarlo a seguirlo.

Sin decir una palabra más, continuaron andando, ahora lentamente para localizar las lápidas y poder sortearlas. La sensación de que los observaban aumentaba por momentos: era como si la naturaleza contuviera la respiración, como si los animales hubieran desaparecido y ellos tuvieran unos ojos clavados en la nuca. Owen odiaba pensar que en ese mismo instante estaba caminando sobre cadáveres en descomposición; pero acabó comprendiendo que aquellas tumbas eran demasiado antiguas para que quedaran restos de carne pegados a los huesos. Allí ya no había más que un pequeño ejército de esqueletos, aunque no sabía si esa idea no era aún más aterradora.

De pronto, la espesura se abrió, y tuvieron que detenerse ante un agrietado muro bajo, del que emergía una verja de hierro completamente oxidada. Al otro lado se extendía una ciudad vieja y gris, envuelta en el silencio más absoluto y formada por pequeñas construcciones erosionadas por los siglos. Mausoleos resquebrajados, capillas familiares a punto de derrumbarse, panteones cuyas puertas colgaban inclinadas. Todo estaba cubierto por una tupida maraña de hiedra seca, irrigada en otros tiempos por la sangre en la que hundía sus raíces. Ahora las tumbas vacías ya no podían alimentarla, y cada año se pudría un poco más.

—Dios santo... —murmuró Chad.

Owen, sobrecogido, se había quedado un paso detrás de él. Allí aún se sentía más espiado, aunque seguía sin ver a nadie a su alrededor.

Un enorme y rollizo chotacabras graznó en su dirección desde la cruz que coronaba un panteón. Boquiabiertos, los dos chicos contemplaron el lúgubre espectáculo durante largos instantes, como hipnotizados.

—Venga, Chad, ya hemos visto bastante... Volvamos con ellos.

—Están por aquí cerca.

—Yo no lo tengo tan claro.

Sin embargo, también él habría jurado que no estaban solos. Pero cuanto más miraba hacia el bosque más fuerte era la sensación de que aquello venía de allí, de algún lugar entre la maleza. Una presencia maligna.

—No, no puedo saberlo —dijo en voz alta.

—¿Qué?

—Nada. ¡Venga, vámonos!

Dieron la espalda a aquel extraño paisaje de macabras ruinas y, en un instante, el bosque se los tragó.

Cuando los dos primos llegaron a la cima del promontorio, Corey y Connor estaban sentados en el suelo con las piernas cruzadas, jugando a las cartas.

—¡Hombre, nuestros dos exploradores! ¿Qué pasa?, ¿no os habéis atrevido a llegar hasta el final? No hay de qué avergonzarse, ¡eh!

—Un cementerio —masculló Chad—. Eso es lo que hay al otro lado de la verja.

Connor se levantó para aplaudirles.

—¡Eso significa que podemos contar con vosotros! Sé de muchos que habrían dado media vuelta al ver las primeras tumbas entre los árboles.

—¿Qué es ese lugar? —preguntó Owen.

—Lo que habéis visto detrás de la verja es el cementerio de Mahingan Falls. La parte este, como la llaman los viejos, la más antigua, que se está derrumbando. El verdadero cementerio empezaba aún más lejos. Debido a la falta de mantenimiento, la naturaleza lo ha cubierto, y a saber por qué estúpido motivo religioso de antaño, cuando construyeron el muro, no les pareció que esos muertos merecieran formar parte de la comunidad. Da miedo, ¿eh?

Owen asintió sin vacilar.

Corey le tendió la mano.

—¿Sin rencor?

Owen se la estrechó mientras Connor añadía:

—Ahora ya sabemos que sois unos tíos legales. Podemos confiar los unos en los otros. Bienvenidos a la pandilla.

Owen esbozó una sonrisa de circunstancias, sin saber muy bien si tenía motivos para alegrarse. Connor parecía un chico un poco especial. Pero lo que más le inquietaba era haber comprobado que los dos amigos no se habían movido de allí en todo el rato.

Sin embargo, estaba seguro: hacía unos minutos, en el bosque, había notado que los seguían.

8.

La pólvora le irritaba la nariz.

Ethan Cobb se quitó el casco de protección auditiva y recogió los casquillos esparcidos por la hierba a su alrededor, decepcionado. Una mala sesión de tiro. No estaba lo bastante concentrado: tenía demasiadas cosas en la cabeza. Pero eso no era excusa. El día que se viera obligado a sacar el arma para usarla, puede que no tuviera una segunda oportunidad. Necesitaba mejorar.

«Lo ideal sería no tener que emplearla nunca, claro. Si me fui de Filadelfia fue precisamente para evitar esas situaciones...»

Su marcha no había tenido nada que ver con eso, lo sabía, y meneó la cabeza, irritado. Debía adelantarse a los acontecimientos. Ser profesional también era prepararse, solo por si acaso...

El ruido de un motor le hizo volverse, y vio el Chevrolet Malibu rojo de Ashley Foster que se detenía en la pista de tierra en medio de una nube de polvo. Aconsejado por uno de sus hombres, Ethan había buscado una zona apartada del bosque. Mientras la sargento bajaba del vehículo, recogió el improvisado blanco y la saludó con la mano. Foster iba de paisano, con vaqueros y camisa de cuadros, como una *cow-girl*. Tenía apenas treinta años, el dinamismo de una gran deportista y la determinación de una campeona, pero la mirada demasiado dulce para resultar creíble hasta el final, en opinión de Ethan. Era una buena chica llena de empatía, una policía competente para el día a día, pero se las daba de dura para hacerse respetar, pensando, tal vez con razón, que su físico de actriz la obligaba a cargar las tintas para que la tomaran en serio. A Ethan le caía bien.

—Teniente, ¿sabe que hay una galería de tiro en Salem? —le preguntó la joven acercándose—. Estamos autorizados a usarla...

—No tengo tiempo para ir tan lejos. Esto está bien.

—¿Falta de práctica?

—Falta de puntería —respondió Ethan con una mueca juguetona.

—Cedillo me ha dicho que quería verme... No andaba lejos de aquí, pero esta mañana no estoy de servicio, es el sargento Paulson quien...

—Lo sé, pero Paulson es un capullo.

Ashley echó la cabeza hacia atrás, como si acabara de abofetearla.

—No confío en él —se corrigió Ethan.

La mirada de la sargento le decía que estaba a punto de contestarle pero no se atrevía, encerrada como estaba en su estricto papel. Ethan se masajeó la barbilla mientras pensaba rápidamente. No había previsto abordar el tema ese día, pero la ocasión se prestaba a ello, así que se lanzó.

—¿Puedo ser directo con usted, Foster? Suelte lastre. Al menos conmigo, puede usted quitarse la máscara de dura. Sé de lo que es capaz, no tiene que demostrarme nada. Cuando necesite decirme algo, suéltelo, sin tapujos. A veces soy un cabeza dura, y no es mi único defecto, pero concédame eso.

Ashley enarcó las cejas, sorprendida. Sus grandes ojos de color avellana captaban toda la luz del mediodía, y durante un segundo Ethan la encontró realmente magnífica, con los mechones castaños que se habían escapado de su cola de caballo agitándose levemente con la brisa. Se recuperó de inmediato, desviando la mirada hacia el bosque circundante. Desde su primer encuentro, había quedado prendado de ella, como la mayoría de sus compañeros, pero enseguida había echado el freno. Siete años de vida en común con una poli de Filadelfia lo habían vacunado contra ese tipo de relaciones, tanto más en un pueblo como Mahingan Falls, donde estaban todos constantemente juntos. La alianza de plata de Ashley captó la luz del sol y relució como para provocarlo. «Compañera y casada, un cóctel explosivo. Prefiero tomarme un trago de nitroglicerina y bailar toda la noche...»

—Yo... De acuerdo, teniente —balbuceó Ashley antes de recuperar parte de su aplomo—. En fin..., sí, Paulson es un capullo, no voy a negarlo. Y también un chivato: se lo cuenta todo al jefe Warden, para ganar puntos. Y todo es todo, incluso lo que no tiene que ver con el servicio.

—Ya me parecía... Por eso hago todo lo posible para tenerla en mis turnos. ¿No lo había notado?

Ashley bajó la mirada, apurada.

—Pues... sí.

—¿Cuánto tiempo lleva aquí?

—Desde que empecé. Seis años de servicio.

—Conoce a todo el mundo, ¿no?

—Más o menos.

—Si quisiera que examinaran un cuerpo sin tener que pasar por la oficina del forense de Salem o Boston, ¿a quién podría acudir en la zona?

—El procedimiento es enviarlo al anatómico forense de Boston.

—Y lo que yo le pregunto es si hay alguien competente cerca, de forma que el asunto no salga del condado, para tenerlo bajo control.

—Se necesitaría la aprobación del jefe Warden.

Ethan esbozó una sonrisa amarga.

—Eso es justo lo que querría evitar —admitió—. Como su segundo, en su ausencia puedo firmar autorizaciones, incluso excepcionales.

Ashley, nerviosa, se mordisqueó el labio inferior. Olía bien; a Ethan le llegaba su perfume, ligeramente alimonado. «Estás demasiado cerca. En cuanto puedas, da un paso atrás, con disimulo, para no ofenderla.»

—Ron Mordecai podría hacerlo.

—¿El de la funeraria? No, necesito a un profesional —Ethan arrugó la nariz, indeciso, antes de precisar—: Quiero una autopsia, no un examen general.

—Mordecai es médico de formación. Fue forense en Indiana cuando era joven, tiene toda la instalación necesaria en el sótano, donde prepara los cuerpos. Y...

La siguiente frase murió en sus labios.

—¿Y? —la animó Ethan.

—No le cae muy bien el jefe Warden. Un viejo asunto familiar.

Ethan agradeció la información. La agente había comprendido. Ethan había dudado mucho antes de tomar aquella decisión. Había acabado conociendo a Warden y sus posturas intransigentes; su autoritarismo militar no toleraba el menor desacuerdo, y menos aún la insubordinación. El teniente no le había hablado del asunto para no arriesgarse a que dijera que no. Cuando ya fuera demasiado tarde, alegaría que había actuado creyendo que hacía bien, se haría el tonto. Era peligroso, el jefe podía torpedearlo, incluso despedirlo.

—Gracias, Foster.

—¿Cuánto tiempo lleva aquí?

—Catorce meses.

—Bueno, supongo que ya se habrá dado cuenta, pero ponerse al jefe en contra es una mala idea.

—Lo sé, sargento.

—¿Puedo serle franca?

—Es lo que le he pedido.

—O es usted un suicida o tiene un buen motivo para arriesgarse a contrariar a Warden.

Ethan echó un rápido vistazo a la bandada de estorninos que pasaban chillando sobre sus cabezas.

—Sé que corren rumores sobre mí —dijo—. No los escuche.

—Su vida no es asunto mío.

Cuando quiso darse cuenta, Ethan había posado una mano amistosa en el brazo de Ashley.

—Algún día, en un bar, si bebemos lo suficiente, se lo contaré. Pero puedo asegurarle algo: no soy un poli suicida ni un cabeza hueca. Eso sí, cuando lo creo necesario, llego hasta el final. Confíe en mí.

—Todos venimos o volvemos a Mahingan Falls por una buena razón.

—¡Pues ya me dirá cuál es la suya!

—Muy sencillo: nací aquí. Dígame, en cuanto a la autopsia, ¿puedo saber de qué se trata?

Ethan la miró fijamente, y su rostro se ensombreció.

—Es por Rick Murphy.

—He oído que estaba muy desfigurado. Le cayó encima una losa de hormigón, ¿no?

—Aparentemente.

—¿Por qué una autopsia? Si hay alguna duda, el propio jefe Warden la autorizará.

—Murió por aplastamiento. Creo que sobre eso todo el mundo está de acuerdo.

—¿Entonces? ¿Por qué someter el cuerpo del pobre Murphy a una carnicería, si no hay ninguna duda? Un simple análisis de sangre, una muestra de pelo y, en todo caso, un examen toxicológico pueden clarificar ciertos puntos, si es eso lo que le preocupa.

—Empieza usted a razonar como Warden.

Ashley pareció tomárselo a mal. Ethan se mordió el interior de la mejilla, no encontraba palabras para justificarse sin mentir.

—¿Cree en el instinto profesional? —preguntó al fin.

Ashley lo estudió unos segundos antes de responder.

—Precisamente el cuerpo de Murphy está en el depósito de Mordecai, la única instalación refrigerada del pueblo. Pero antes de nada, si piensa saltarse los procedimientos normales, debería hablar con Nicole, la mujer de Murphy: la lía en cuanto puede, así que más vale cubrirse las espaldas. Colocarse en el punto de mira del jefe, aún; pero no puede ponerse al pueblo en contra.

—Empiezo a comprender cómo funcionan las cosas por aquí. He ido a verla esta mañana. Está de acuerdo.

Ashley asintió con una media sonrisa.

—A veces Mordecai es un poco cerrado. Hay que saber manejarlo. Voy con usted.

Ethan iba a oponerse, pero como la joven se dirigía ya hacia su coche y las palabras no le venían a los labios espontáneamente, se limitó a suspirar.

Ron Mordecai parecía un personaje de película. Un malo, sin duda, con el largo pelo gris sujeto con una cinta de seda azul, las gafas de montura fina colocadas en la punta de la nariz, una delgadez que acentuaba aún más las numerosas arrugas de su rostro y una actitud de permanente desgana. Sin embargo, no tenía rival a la hora de adecentar un cuerpo. No solo conseguía devolver un poco de firmeza a la carne flácida, un color natural a la piel y casi un aspecto de vida al cadáver, sino que lo hacía respetando la apariencia del sujeto cuando estaba vivo. Cuántos tanatoprácticos, con la mejor intención, traicionaban el aspecto real del difunto... Mordecai seguía las curvas, alisaba la textura, recorría las cavidades con su talento y una foto del muerto colocada junto a él, hasta devolver a sus «huéspedes», como los llamaba él, la densidad de entre un diez y un quince por ciento que se había evaporado con el alma.

Su funeraria se encontraba en Beacon Hill, en una vieja casa neogótica cuya piedra se disgregaba y a la que le faltaban numerosas tejas, pero rodeada de cuidado césped y bonitos arriates de flores.

Recibió al teniente Cobb y a la sargento Foster en su despacho, donde abundaba el cuero y olía a cera, detrás del enorme salón en el que se exhibían los ataúdes, y los escuchó con atención, sobre todo cuando Ashley Foster precisó tímidamente que agradecerían su discreción, en particular en lo tocante al jefe Warden.

—¡Ah! —graznó al instante—. En otras palabras, ¡me están pidiendo que le gaste una jugarreta al maldito Lee J. Warden!

Temiendo perder el control de la situación, Ethan se apresuró a aclarar:

—Por supuesto, es algo totalmente legal. Yo firmaré los documentos autorizándole a realizar la autopsia y...

—¿Hay alguna posibilidad de que Warden se entere?

Ethan asintió con la cabeza, compungido.

—No puedo mentirle: acabará sabiéndolo.

—¡Entonces, cuenten conmigo! Solo de imaginarme la cara de tonto que se le quedará cuando sepa que fui yo quien hizo la autopsia a sus espaldas, me froto las manos por anticipado... —Ashley le lanzó a Ethan una mirada de complicidad—. ¿Cuándo quieren que empiece? —preguntó Mordecai.

—Cuanto antes, mejor. Supongo que los días de diario estará usted ocupado, pero tal vez el próximo fin de se...

—¿Qué tal esta noche?

Un enorme ascensor llevaba al sótano de la funeraria. En el pasillo central, las paredes estaban pintadas de un tono púrpura casi negro; las lámparas, colgadas del techo a intervalos regulares, se reflejaban en el desgastado linóleo, tan viejo probablemente como el propio Mordecai, y el aire acondicionado y las cámaras refrigeradas producían un zumbido constante. Aquello estaba fresco todo el año, como un sudario al contacto con la piel. Un frío mortuorio. En mitad del largo corredor, una puerta doble daba acceso a la sala principal, perfectamente iluminada por una lámpara cialítica instalada en el centro del techo, sobre una larga mesa de acero inoxidable provista de un canalillo central y un sumidero en un extremo. A un lado había un carrito con instrumentos de disección, pinzas y separadores quirúrgicos.

Ron Mordecai le tendió a Ethan un par de gruesos guantes azules.

—Tenga, va usted a ayudarme —le dijo señalando la funda blanca que envolvía el cadáver sobre una camilla rodante.

Mordecai tiró de la cremallera para dejar el cuerpo al descubierto y le indicó por señas que lo cogiera de las axilas para trasladarlo a la mesa de autopsias.

Rick Murphy, vestido todavía con el mono gris, apareció bajo la implacable luz, y los dos hombres lo depositaron entre resoplidos en la superficie de acero. Los muertos parecían pesar el doble que los vivos, pensó Ethan Cobb. No era la primera vez que tenía esa sensación.

Ashley Foster entreabrió la boca, estupefacta.

No estaba segura de reconocer a Rick Murphy. Podía adivinar que era él por la ropa y el cabello, pero, en cuanto a lo demás, le resultaba imposible ser categórica.

El fontanero tenía la cara hundida en la caja craneal, convertida en una cavidad de carne, piel y sangre coagulada. La mandíbula inferior, desencajada, mostraba la reluciente dentadura. Aquello ya no era un ser humano, sino el grotesco resultado de un experimento aberrante. La pelvis formaba un ángulo absurdo y perturbador, las caderas estaban descoyuntadas hasta sobresalir bajo el ombligo; la columna vertebral, partida. La pierna izquierda colgaba floja, anormalmente larga respecto a la derecha; la tela del mono estaba hecha jirones en varios sitios, el zapato ausente, el pie reducido a un muñón sanguinolento.

Hasta Mordecai se ensombreció. Estaba habituado a trabajar con cuerpos muy deteriorados: viejos solitarios hallados en avanzado estado de descomposición e infestados de larvas varios días después de su muerte; maridos desesperados que se habían destrozado la cara con una escopeta de perdigones; o ahogados hinchados y medio devorados por los cangrejos. Pero en todos los casos se trataba de algo lógico, fruto de una acción letal fácilmente identificable. Lo perturbador de Rick Murphy era su estado general.

Un olor ferruginoso, mezclado con el de la putrefacción, ácido y agresivo, se desprendía del cadáver.

Ethan señaló la pelvis, que presentaba una desviación de noventa grados.

—¿La caída de la losa pudo causar esto?

Mordecai se inclinó sobre el cuerpo, y tras examinar las caderas se encogió de hombros.

—Al parecer, sí —dijo al fin, y cogió del carrito una pinza de acero, que utilizó para retirar cuidadosamente los jirones de tela alrededor de la pierna izquierda—. ¿No se les ocurrió recoger el pie?

—No lo encontramos.

Los ojos azules de Mordecai miraron fijamente a Ethan por encima de las gafas.

—¿Cómo que no lo encontraron?

—Aquello es muy estrecho y está lleno de escombros. No pudimos despejarlo todo perfectamente, solo lo suficiente para sacar el cuerpo.

—No pueden dejarse un trozo, teniente, lo sabe, ¿no?

—Estuvimos allí más de seis horas —intentó justificarse Ethan—. Pero me aseguraré de que la familia reciba el cuerpo íntegro.

—Con este calor, sus hombres no tendrán más que guiarse por el olor —dijo Mordecai reanudando el examen. Ethan se acercó y se inclinó a su vez. El tanatopráctico observaba las numerosas laceraciones que presentaba la pantorrilla—. Esto, en cambio, no es obra del hormigón. Arañazos. Profundos.

Ethan se volvió hacia Ashley, que se aproximó, interesada.

—¿Ratas? —sugirió.

—No, a no ser que hayan comido hormonas de crecimiento durante varias generaciones. Los rasguños son demasiado anchos y profundos. Ni siquiera un gato tiene las garras tan grandes como para producir estas heridas.

—¿Entonces? —insistió la sargento.

Mordecai la miró de arriba abajo, irritado.

—No lo sé, soy médico, no zoólogo. ¿Un mapache gigante? ¿Un zorro descomunal? ¡Yo qué sé!

Ethan señaló el cuello del difunto.

—Cuando lo sacamos, vi rasguños similares a la altura de la garganta.

Mordecai los examinó y asintió. Luego señaló el borde del labio inferior. Estaba destrozado y le faltaba un trozo.

—Efectivamente, y de paso se le comieron un pedazo.

—Los animales salvajes de la zona no atacan al ser humano para alimentarse —dijo Ashley, desconcertada—, salvo cuando no es más que una carroña. Pero al pobre Murphy no le dio tiempo a descomponerse...

Mordecai meneó la cabeza en señal de desacuerdo.

—Miren la herida. Ha sangrado mucho, lo que significa que aún estaba vivo cuando ocurrió, el corazón seguía bombeando y la sangre manó con más abundancia que en una herida *post mortem*.

—¿Vivo? —murmuró Ashley, sobrecogida.

—Las marcas de la pierna izquierda son similares. Sí, no sé con qué se topó, pero al animalito no le gustó que lo molestaran.

Ashley se volvió hacia su superior.

—¿Encontraron alguna madriguera?

—Había restos de animales, roedores principalmente. No me imagino a un mapache haciendo esto.

—No se ofenda, teniente, pero usted es de ciudad. Yo he crecido aquí y he visto mapaches llevándose gallinas. Pero a un hombre no, nunca. Un coyote acorralado con sus crías, o si tiene la rabia, quizá podría hacer esos destrozos, pero tampoco. No es una buena noticia... Hay que avisar a las autoridades sanitarias, una epidemia de rabia puede tener consecuencias desastrosas si no la atajamos rápidamente.

Ethan parecía escéptico, pero no dijo nada. Señaló las manos de Rick Murphy.

—También muestra las mismas heridas en los dedos.

Mordecai levantó el índice izquierdo con las pinzas para inspeccionar la palma de la mano. Al igual que la derecha, estaba cubierta de sangre seca y surcada de cortes; le faltaban dos falanges, que dejaban asomar un trozo de hueso.

—El dedo corazón está mordisqueado en un par de puntos. El trozo que falta pudo ser devorado; no hay indicios de aplastamiento, sino bordes cortados limpiamente.

Las uñas estaban rotas, despegadas de la carne en algunos casos, y dos faltaban totalmente. Mordecai cogió una que había sido arrancada y estaba levantada como el capó de un coche. Tiró de ella y la mano se agitó debajo blandamente.

—Lamento comunicarles que es probable que no estuviera muerto cuando la losa le cayó encima. Se debatió para salir de debajo. Hasta arrancarse las uñas.

Ethan no dijo nada. Se limitó a enderezar el cuerpo y cruzar los brazos sobre el pecho con una expresión pensativa.

Mordecai arrojó las pinzas a una bandeja de acero inoxidable haciéndolas tintinear. Después se apoderó de un escalpelo cuyo filo relució a la cruda luz de la lámpara quirúrgica.

—Teniente, va usted a ayudarme a desnudarlo. Luego iniciaremos la disección.

Ashley inhaló el aire fresco a pleno pulmón mientras se alejaban de la funeraria hacia la claridad de las viejas farolas y de la luna, alta sobre el faro de Mahingan Head.

—Me ha pedido que sea franca con usted, teniente —dijo—, así que permítame decirle que en mi opinión ha sido un error imponerle esto al pobre Rick Murphy, y de paso a nosotros. Un examen general, externo, nos habría proporcionado la misma información. Vaya preparando su defensa para cuando

se entere el jefe Warden, porque puede que pase un mal rato...
—Ethan siguió avanzando hacia su coche con paso vivo. Estaba absorto en sus pensamientos—. Si me dice cómo puedo serle útil —añadió Ashley—, le apoyaré.

Ethan se detuvo en medio de la silenciosa calle y se volvió hacia ella.

—Hay algo que no encaja —dijo—. ¿Un animal rabioso sorprendió a Murphy en la cámara de aislamiento? ¿Lo atacó, él se defendió, y eso provocó la caída de la losa?

—Estaba muy agrietada, lo dijo usted mismo.

—El problema no es ese. Murphy no se arrancó las uñas tratando de salir de debajo de los escombros. Murió de inmediato.

—Eso no es lo que parece haber dicho Morde...

—Bob McFarlane es categórico: no hubo más que un «¡bum!». La losa cedió de golpe. ¿Ha visto la cara y la pelvis de Murphy? No pudo sobrevivir a eso.

Ashley Foster intuía que Cobb no se lo estaba diciendo todo. Esperó a que se decidiera a hacerlo sin dejar de mirarlo.

—¿Para qué necesitaba la autopsia? —insistió—. ¿Qué vio?

Ethan se enfrentó a los grandes ojos de la sargento.

—Fue una impresión general —dijo al fin—. El estado del cuerpo y... En las paredes había marcas de más de un metro y medio de longitud, finas y paralelas. En una de ellas encontré una uña de Murphy. Lo arrastraron por la cámara, y él se resistió hasta destrozarse los dedos. ¿De veras cree que un coyote puede tener tanta fuerza?

Era evidente que él no, así que Ashley le preguntó:

—¿Acaso piensa usted que no estaba solo bajo la casa de los MacFarlane? Quiero decir, ¿que había alguien más?

Ethan la miró a su vez.

—En ese agujero ocurrió algo que se nos escapa.

—¿Y cómo lo averiguamos?

Ethan hizo un gesto con la cabeza que significaba que estaba claro.

—Volviendo allí.

9.

Fotos de familia enmarcadas salpicaban las paredes; los cuadros estaban colgados; las tulipas, enroscadas; toda la vajilla, perfectamente alineada en los aparadores; no había ninguna caja de cartón por el suelo, ni siquiera tras la puerta de un armario, a excepción de las que contenían las pertenencias de Owen y sus difuntos padres, guardadas en un trastero en la planta de arriba. Olivia se había esforzado para que la digestión de la mudanza fuera lo más rápida posible, de forma que todos se sintieran a gusto en la nueva casa cuanto antes y pudieran dedicar aquel primer verano a familiarizarse con ella, a apropiársela, y no a instalarse. Y parecía estar funcionando. Tom ya se había creado su ritual matutino: iba a comprar el periódico y lo leía tranquilamente sentado frente al océano en Bertie's, encadenando sus dos o tres *macchiatti*. Los chicos parecían haber hecho amigos por mediación de Gemma, y la propia Olivia tenía la sensación de estar a punto de encontrar su ritmo. Le gustaban los pequeños ritos tranquilizadores, saber que tal o cual tienda tenía justo lo que le hacía falta, que podía comprar su café en Main Street, que cuando en Main no había sitio podía aparcar detrás de la farmacia, que el ultramarinos ecológico de Oldchester disponía precisamente de sus marcas favoritas. Era una larga lista de nimiedades, justo lo que necesitaba para sentirse bien, para que algo parecido a una rutina tomara cuerpo. Olivia odiaba la monotonía, pero a la vez se amparaba en una serie de costumbres, en realidad triviales. Era su forma de cimentar la vida cotidiana, para poder lanzarse a nuevos encuentros, atreverse a realizar actividades distintas, sabiendo que su base permanecería estable.

Apenas llevaban diez días viviendo en la Granja y ya sentía que sus mentes empezaban a desintoxicarse de la presión neoyorquina. No echaba de menos en absoluto la energía, a veces caníbal, de la ciudad. Ese había sido su mayor miedo. Tras más de dos décadas en una gran urbe cuya vitalidad la galvanizaba al tiempo que la vaciaba día tras día, le asustaba verse de pronto sin ningún carburante exterior. El campo significaba encontrarse frente a frente consigo misma. Allí el ritmo interior no lo marcaban los incesantes flujos de la calle, las tentaciones, la atracción del permanente trajín. Más bien había que creárselo. Buscarlo. Lo había vivido de niña, en los campos de Pensilvania, no lejos de las comunidades mormonas y su insólita sencillez; pero ahora que no estaba sola era muy distinto, tenía que hacer funcionar a toda su familia. Comprobar que cada cual iba encontrando su sitio allí la tranquilizaba y hacía que se sintiera bien. Era feliz.

Sentada en los peldaños del porche trasero con una taza de té caliente en la mano, contemplaba el jardín florecido con una sonrisa en los labios, mientras oía piar a los pájaros.

«Espera a pasar el primer invierno aquí para cantar victoria. Cuando la luz sea anémica y el frío deprimente, cuando haga un poco menos de sol cada mañana, las noches sean eternas, los paisajes desolados y ni siquiera tengas la ilusión de vivir que procuran las grandes ciudades, entonces sabrás si puedes aspirar a ser realmente feliz aquí.»

El primer invierno siempre era revelador.

Y estaba el terrible episodio de la anciana que se había suicidado prácticamente delante de ellos. Tom lo había visto todo. Gracias a Dios, ni los niños ni ella se habían percatado hasta que resonaron los primeros gritos. Tom había salido corriendo a ayudar, incluso había hablado con la policía después, mientras ella se obstinaba en llevarse a sus hijos sin que vieran el cadáver. Había sido horrible. Esa misma noche habían hablado de ello largo rato con la esperanza de dejar atrás la tragedia, de impedir que traumatizara a los niños. A Olivia le preocupaba sobre todo Owen, en vista de lo que había vivido. Sin embargo, nadie mostraba la menor perturbación. Los niños eran sorprendentes.

Smaug se acercó y se tumbó a su lado echando la mayor parte de su peso sobre ella.

—No me lo puedo creer, Smaug... ¡Pegarte a mí con la de hectáreas que tienes para ti solo!

Pese a todo, Olivia le acarició la cabeza cariñosamente, mientras se preguntaba cómo organizarse el día. Gemma no tardaría en llegar para encargarse de los niños, aunque Zoey estaba durmiendo (¡por fin!) y los chicos aún no habían salido de sus habitaciones. Olivia se notaba cansada: empezaba a acusar la agitación de las últimas noches. Desde que habían llegado, Zoey, que siempre había dormido estupendamente, tenía pesadillas casi todas las noches, a veces varias seguidas, durante las cuales chillaba aterrorizada, como para despertar a toda la casa. Tom y Olivia se turnaban para calmarla, pero podían llegar a tardar más de una hora en conseguir que dejara de luchar para mantenerse despierta. Ellos lo achacaban a la novedad, tanto de las paredes, que no reconocía, como de los ruidos, tan distintos al constante rumor que la había arrullado en Nueva York durante más de dos años. Pero aquello empezaba a alargarse, y Olivia se preguntaba si debía llevarla a un pediatra, aunque a Tom le parecía una pérdida de tiempo y dinero: Zoey solo era un bebé descolocado por la mudanza, que además estaba justo en la edad de los dichosos «terrores nocturnos»; bastaba con tener un poco de paciencia hasta que se relajara y sustituyera «los tubos de escape y las sirenas por el ulular de las lechuzas y los aullidos del viento entre las ramas —aseguraba—, en una palabra, hasta que se despierte su cerebro de reptil, totalmente embotado por la pátina entontecedora de la civilización». Tom en estado puro. Excesivo en sus peroratas. Pero a Olivia también le gustaba eso de él.

Smaug apoyó el hocico en su pierna.

—¿Qué, gordinflón? ¿También tú te has acabado acostumbrando a la vida salvaje, lejos de tus aceras y de la polución que te llenaba la nariz?

Se acordó de los primeros días, después de que el perro seguramente se diera de morros con algún animal salvaje. Había tardado en atreverse a volver a salir, pese a los ánimos de toda la familia. Incluso ahora, nunca se alejaba mucho del largo rectángulo de hierba podada. El muy idiota ni siquiera iba a hacer sus necesidades al bosque circundante: dejaba su colección de asquerosos regalitos en el jardín.

—No eres muy espabilado..., pero sí un encanto.

Olivia oyó el ruido del coche de Gemma, que se acercaba por el callejón, y se levantó. Había que prepararse. Su mayor angustia tras presentar la dimisión en el canal de televisión no era dejar un trabajo bien remunerado, ni mucho menos renunciar a los focos y la fama, sino que los días pasaran sin tener nada que hacer. Olivia era una mujer activa, permanentemente alimentada por objetivos cotidianos que la empujaban hacia delante. Al venirse a vivir a Mahingan Falls, temía no volver a saber con qué llenar su lista de tareas, y necesitaba encontrar lo antes posible nuevos intereses. Empezar a tejer una red de relaciones era uno de ellos. Sentía el deseo de retornar a sus comienzos, cuando era una joven locutora en las ondas de una emisora minúscula. Añoraba el periodismo. Desde luego, por allí no encontraría motivos para pasarse el día entero recorriendo las carreteras, cosa a la que, por otra parte, ya no aspiraba y que, al no ser de la zona, tampoco se esperaba de ella, por más que su fama pudiera ser un activo. No, más bien pensaba proponer a un periódico local una sección modesta, para empezar.

Alzó la vista hacia las copas de los árboles, al fondo del jardín, y vio la abrupta mole del monte Wendy, que dominaba la región. En la cima, la antena metálica erizada de parabólicas se erguía sobre la ciudad, imperiosa y reluciente al sol, como un crucifijo de los tiempos modernos.

Era la tercera vez desde el inicio de la cena que Chad se golpeaba la cabeza contra la lámpara, que colgaba un poco baja sobre la mesa, instalada en el mirador anexo a la cocina, y ahora se balanceaba sobre los platos y las fuentes.

—Chad, por favor, deja de levantarte como un bruto —le dijo Olivia—. Si quieres algo no tienes más que pedirlo.

—Perdón, mamá. De todas formas, aún es de día, podríamos apagar esa...

Tom alzó la mano con autoridad.

—No discutas, si tu madre te pide algo, obedeces.

—¿Y si me manda a vender droga al colegio? —dijo Chad por lo bajo, sin atreverse a replicar abiertamente, pero a la vez incapaz de callarse.

Sabiendo lo severo que era Tom en cuestión de modales, Olivia prefirió cortar cuanto antes la discusión que se anunciaba. Había pasado un día estupendo, y no pensaba dejar que se lo estropearan ahora que la pequeña Zoey estaba al fin acostada.

—Bueno, chicos, ¿qué habéis hecho hoy? ¿Gemma os sigue pareciendo maja?

—¿Podríamos invitarla a cenar con nosotros? —preguntó Chad.

—¿No tienes bastante con verla seis o siete horas al día?

Owen se encogió de hombros.

—Es guay —afirmó.

—¿Guay? —preguntó Tom, que para alivio de su mujer no volvió sobre el tema del respeto—. ¿Guay cómo? A ver, chicos, ¿no estaréis sucumbiendo a los encantos de vuestra niñera?

—¡No es nuestra niñera! —protestó Chad—. Es nuestra guía en Mahingan Falls. Nuestro ángel de la guarda.

—Mientras conduzca despacio y no os lleve a sitios raros —terció Olivia—, puede ser lo que queráis. Le propondré que se quede con nosotros una tarde.

—Ya trabaja suficientes horas... —le recordó Tom.

—Hoy me he encontrado en el pueblo con Martha Feldman, la chica del ayuntamiento. Conoce bien a Gemma y me ha dicho que necesita dinero para pagarse los estudios en la universidad el próximo curso. No dudará en aceptar todas las horas que podamos ofrecerle. Y ya procuraré que no tenga que hacer nada durante la cena. Digamos que será una especie de... patrocinio encubierto.

—¿Qué es un patrocinio encubierto? —quiso saber Chad.

Tom alzó los ojos al cielo.

—Una de esas expresiones raras que usa tu madre para hablar de algo sin tener que decirlo claramente. Oye, Owen, ¿y tú, ya te has acostumbrado a tu nueva habitación?

Owen se había adaptado lentamente a su familia adoptiva. Poco hablador, al principio había permanecido pensativo, como a distancia de la agitación de los Spencer. Pero con el paso de los meses poco a poco se había ido aclimatando a sus costumbres. Durante las comidas seguía hablando bastante poco, pero escuchaba, reía y a veces incluso se enfadaba, lo que Tom consideraba una prueba de integración.

—Sí, es genial.

—Si quieres hacer algún cambio, mover los muebles, pintar de otro color alguna pared o cualquier otra cosa, lo dices, ¿vale?

—Bueno..., me gustaría saber si las cajas de allá arriba pueden seguir cerradas todavía un tiempo...

Tom frunció los labios y miró a su mujer. Cuando el chico se mudó con ellos, quedó acordado que sería él quien decidiera qué hacer con todas las cosas que habían recogido en su antiguo hogar. Era lo que él quería. Cada objeto significaba algo, reavivaba un recuerdo, y Owen deseaba inspeccionarlos uno a uno cuando estuviera preparado. Olivia aceptó con la condición de poder hacerlo ella también a continuación, para examinarlos a su vez y recordar a su querida hermana, desaparecida de forma súbita en un accidente estúpido. Y desde hacía año y medio esperaba que Owen se decidiera, para acompañarlo, sin presionarlo en ningún momento. Sería cuando y como él quisiera.

—Por supuesto —respondió Olivia.

Tom atrajo a Owen hacia él para demostrarle su cariño. Era superior a él, no pudo reprimirse.

—Pero ¡papá...! —exclamó Chad, indignado—. ¡Ya no es un crío! ¡Owen no necesita arrumacos!

—Perdona —murmuró Tom—, pero cuando me siento así tengo que mostrarlo de alguna manera...

Owen, un poco incómodo, sacudió los hombros y esbozó una sonrisa.

—No pasa nada —dijo.

Rieron suavemente, con buen humor, y mientras acababan de cenar, Tom le preguntó a su mujer:

—Al llegar me has dicho que tenías una buena noticia..., ¿vas a acabar de una vez con este insoportable suspense?

—Estaba esperando el momento adecuado para tener la atención de todos. Esta tarde he conocido a un tal Pat Demmel. Es el director de la radio local.

—No sabía que en Mahingan Falls hubiera una radio...

—Es una empresa muy pequeña, totalmente volcada en el pueblo, pero las instalaciones son buenas, renovadas hace poco.

—¿Has estado allí? —preguntó Tom con falsa suspicacia—. Un desconocido menciona un micrófono ¿y tú lo sigues sin más?

Olivia contuvo una sonrisa. Le encantaba que Tom se mostrara protector, incluso celoso, aunque fuera en broma.

—No hay nada decidido, pero cuando le he hablado de mis comienzos en la radio le ha parecido que estaría bien que lo retomara y que buscara un hueco en la programación para proponerle un espacio. Les faltan ideas y colaboradores competentes, me ha confesado.

Tom abrió las manos ante él, incrédulo.

—¿Cuándo llegamos, chicos? No hace ni dos semanas, ¿no? Y tú, cariño, ya conoces a la mitad del pueblo y te han hecho una oferta de trabajo...

—Con el ogro que tengo por marido, más vale que alguien se esfuerce un poco por mejorar la desastrosa imagen que va a dar nuestra familia —se burló Olivia—. De momento no he contestado nada, antes quería hablarlo con vosotros. No dejé la televisión para volver a ponerme bajo los focos nada más llegar. No quiero imponeros nada.

—Tú misma has dicho que es una empresa muy pequeña, así que no veo dónde está el problema: con radio o sin radio, no cambiarán las cosas. Con tu carrera en la tele, la gente ya se vuelve a mirarte por la calle.

—Eso digo yo, pero es una decisión familiar. Si me lanzo, me ocupará un poco de tiempo de forma regular. ¿Qué pensáis vosotros, chicos?

—¡Ningún problema! —respondió Chad, apenas interesado.

Owen indicó con un gesto que no sabía qué decir, que a él ni siquiera le parecía un tema de debate.

Tom le cogió la mano a su mujer por encima de la mesa.

—Has dicho muchas veces que echabas de menos la radio —le recordó—. Es una oportunidad para divertirte sin presión.

Owen se inclinó hacia ellos con una expresión traviesa.

—¿No vais a pedirle su opinión a Zoey? —preguntó en son de burla.

—No —respondió Tom—, pero voy a proponerle a Gemma instalarle una cama aquí para que se ocupe de ella, ahora que la madre de familia nos va a dejar abandonados...

—¡Thomas Spencer! —bramó Olivia, y le advirtió por señas que no le quitaría ojo.

Rieron de buena gana, y después de ver un rato la televisión en el salón subieron a acostarse. Todo el mundo acusaba el cansancio de la vida al aire libre. Olivia se desmaquilló en el cuarto de baño: nunca salía sin pintarse un poco para tener buen color y resaltar sus ojos. La «chica de la tele» no podía permitirse aparecer desarreglada; cuando la reconocían —varias veces al día—, se esperaba que al menos estuviera tan sonriente como en la pantalla y casi tan guapa, incluso sin maquillaje. De lo contrario, la gente empezaría a murmurar, incluso a mostrarse desagradable. Ejercía una profesión en la que lo principal era la imagen. «Ejercí. Eso se acabó. Ahora voy a ir fundiéndome poco a poco con el ajetreo anónimo de la vida. Requerirá tiempo. Seguiré siendo una cara conocida, los más sagaces me reconocerán de vez en cuando y me preguntarán por qué lo dejé, dando por sentado que me echaron... Luego envejeceré, me olvidarán, y mi vida será casi normal.»

Olivia se miró en el espejo. Alguna arruguilla aquí y allá, la parte inferior del rostro no tan firme como antes, los párpados un poco más caídos, pero «la mirada tan viva como siempre», se dijo para tranquilizarse. Su melena también era para estar orgullosa. Nunca había olvidado las palabras de su madre: «Una mujer con un pelo bonito y bien cuidado siempre parece más joven, sobre todo por detrás.» Olivia no ahorraba esfuerzos para mimar el suyo. Cogió el tarro de crema de noche y se cubrió la cara con ella para borrar la más mínima duda que la asaltara.

Cuando estuvo lista para irse a la cama, encontró a Tom dando cabezadas sobre la novela que intentaba leer desde hacía una semana. Se la quitó de las manos antes de que se cayera y apagó la lámpara de su mesilla de noche. Desde luego, en aquella familia daba igual que hubieras acabado con los niños y contigo misma, porque siempre quedaba alguien de quien ocuparse...

Dándole vueltas al asunto de la radio, tardó en dormirse más de lo que esperaba. La oferta le hacía una ilusión enorme, las sensaciones que había disfrutado quince años atrás delante de un micrófono aún la estimulaban, pero ¿no lo había dejado todo para volver a una vida centrada en otras preocupaciones? ¿No era aquello la prueba de que una parte de ella lamentaba su decisión? «No, claro que no. Si me apetece, es precisamente porque se trata de una pequeña emisora local. Nada serio, solo por diversión. Recuperar la esencia de lo que me atrajo de este oficio, sin la presión.» Estaba irritada consigo misma por su incapacidad para desconectar. Se pasaba la vida inventándose formas de estar en guardia. Soñaba con la apacible pasividad de un día ocioso, pero seguía siendo incapaz de no programar mil proyectos.

Su mente acabó rindiéndose poco antes de las once, mientras la oscuridad se adensaba sobre el pueblo. Debió de tener una pesadilla, porque despertó con una profunda sensación de angustia. Respiraba con dificultad, y casi se alegró de no seguir dormida, antes de comprender que solo era la una de la madrugada y estaba muerta de sueño. Mientras se tapaba la cabeza con el edredón para volver a adormecerse, le pareció oír un llanto lejano.

Se incorporó en la cama. A su lado, Tom roncaba suavemente.

¿De verdad había oído algo? Todo parecía en calma. La tranquila habitación estaba llena de sombras que se alargaban sin fin. El resplandor del despertador digital arrojaba la claridad justa para que Olivia pudiera distinguir la mullida alfombra y, un poco más lejos, el sillón en el que Tom dejaba la ropa al acostarse. Nada ni nadie. Ninguno de los niños...

En el pasillo sonó un gemido ahogado.

«¡Zoey! Otra vez tiene una mala noche.»

Comprobó que Tom seguía sin oír nada. ¿Era la mala fe masculina, o es que realmente carecía de cualquier instinto paternal? ¡Casi nunca se enteraba! Apartó el edredón y, sin perder tiempo en ponerse las zapatillas, se acercó a la puerta entreabierta y salió al pasillo. Zoey aún no lloraba, pero su presencia la tranquilizaría, y con un poco de suerte seguiría durmiendo hasta la mañana siguiente.

Olivia no se atrevió a encender la luz para no despertar a Tom o a los chicos (había advertido que Owen nunca cerraba la puerta por la noche), así que se guio deslizando las puntas de los dedos por la pared. La madera crujía, y en el desván, justo sobre su cabeza, la casa chirrió como si se desperezara. «¿Tú también te espabilas? Vuelve a dormirte, y cuida de nosotros, a ver si Zoey deja de tener pesadillas...»

Dobló la esquina del ala en que estaban las habitaciones de los niños. Al fondo, una ventana redonda dejaba entrar el claroscuro de una luna amenazadora, medio oculta tras las nubes. Olivia había colocado dos cortinas tupidas para enmarcarla, sin más función práctica que dar calidez al ambiente. Por un breve instante, le pareció que el cortinaje de la izquierda se movía.

Entrecerró los ojos en un intento de enfocar la mirada a pesar de la densa penumbra, y constató que no había ningún movimiento.

Pero de pronto se sintió observada.

Como si ya no estuviera sola.

Tragó saliva y soltó el aire para recobrar la calma. ¿Ahora le daba por imaginar cosas extrañas en mitad de la noche? «En este pasillo no hay nadie más que tú, ¡así que para ahora mismo!»

Pero era más fuerte que ella. ¿Y si se volvía en ese preciso instante? ¿Se daría de narices con el desconocido que la acechaba? «¿Eres tonta o qué?» ¿Por qué se imaginaba semejantes cosas? La culpa era de la maldita película que Tom les había hecho ver dos días antes, la historia de unos pervertidos que se colaban en una casa. ¡A quién se le ocurriría alquilar semejante bodrio en el canal de pago!

Cerró los ojos para concentrarse y vaciar la mente, para ahuyentar cualquier pensamiento perturbador. Bajo sus pies, el entablado estaba frío y Olivia se estremeció. Aquello era una idiotez. Allí estaba, de pie en el pasillo en plena noche, inventándose cosas raras en vez de dormir...

Lo oyó con toda claridad.

Una respiración. Muy cerca.

Volvió a abrir los ojos e intentó penetrar la oscuridad a su alrededor. ¿Sería Tom, que por fin se había dignado acudir para averiguar por qué no estaba en la cama su mujer? ¿Habría despertado a alguno de los chicos?

«Imposible, no he hecho el menor ruido.»

Pero no vio a nadie, y cuando aguzó el oído la respiración había cesado.

Observó la ventana redonda al fondo del pasillo, frente a ella. A uno y otro lado, las cortinas temblaban. Se ondulaban intermitentemente, como si fueran la piel de la pared, muerta de miedo.

Aquello era demasiado. Olivia se acercó, atravesando las densas sombras y dejando atrás las puertas de Chad, del trastero y de Owen; alzó la mano y tiró con fuerza de la colgadura de la izquierda.

Papel pintado a rayas blancas y ocres, casi nuevo, colocado en la época en que Bill Taningham había reformado la Granja. Nadie. Solo la suave corriente que se filtraba por la parte inferior de la ventana, apenas entreabierta.

«No sabía que se pudiera abrir. Ya lo ves, no había necesidad de imaginarse estupideces...» Uno de los chicos debía de haberla subido jugando. Olivia volvió a cerrarla y giró sobre sus talones para ir a ver a Zoey cuando una bocanada de aire glacial le dio en la nuca.

Esta vez se quedó petrificada. Aquello no era el viento, ni su imaginación, sino un auténtico soplo frío. Volvió la cabeza. Despacio. Muy despacio. Aterrorizada ante la idea de lo que iba a encontrar detrás de ella.

¿Quién había entrado en su casa? Un psicópata agazapado en la pared, con una sonrisa perversa y una mirada lúbrica, que iba a saltar sobre ella para taparle la boca antes de...

En cierta forma, lo que vio fue aún peor.

El vacío.

Solo el suelo, ninguna presencia. Iba a volverse loca.

Pero cuando Zoey empezó a gritar como si algo le estuviera haciendo daño, la madre de familia supo que no había perdido la cabeza del todo, y se transformó en una leona que se precipitó a la habitación de su hija dispuesta a defenderla con uñas y dientes.

Zoey estaba de pie en su cama y lloraba.

La pequeña señaló con el dedo la esquina detrás de la puerta, y Olivia se abalanzó hacia ella dispuesta a golpear, pero solo encontró una muñeca de plástico con el pelo revuelto, uno de los muchos juguetes de Zoey. Cogió en brazos a su hija y la cubrió de besos, estrechándola contra ella.

—¡Brillan! ¡Brillan! —repetía Zoey.

Olivia examinó la habitación girando sobre sí misma encima de la moqueta, pero no vio nada encendido.

Tenía el corazón a punto de estallar. También ella había pasado miedo.

Un miedo atroz.

10.

La carne crepitaba y la sangre empezaba a asomar a la superficie, mezclándose con la grasa, que chisporroteaba ruidosamente al arder.

—¡Otra pasada y listo! —anunció Roy McDermott agitando el largo tenedor de acero inoxidable—. El secreto de un buen chuletón a la parrilla es el número de vueltas y el tiempo entre ellas. ¡Eso, y una buena salsa casera!

—Tom le diría que eso es un sacrilegio —respondió Olivia—. Él solo les pone una pizca de sal gruesa.

El interesado asintió con viveza, antes de echar un vistazo a Chad y a Owen, que jugaban con un balón de fútbol americano un poco más lejos, en el césped del anciano. Por su parte, la pequeña Zoey, sentada en una manta al pie de la mesa de madera, no conseguía encajar una pieza azul cuadrada en un agujero redondo y empezaba a enfadarse. La invitación a comer del vecino les había venido de perlas, pensaba Tom. Después de la noche que acababan de pasar, necesitaban distraerse. Zoey se había negado a dormirse hasta que la acostaron entre ellos en la cama de matrimonio, y Olivia no estaba normal. Había tenido que insistirle, entre cuchicheos, para que se dignara explicarle que había «imaginado cosas». Una presencia, un frío repentino, una pesadilla casi tangible sobre la que Tom no supo qué pensar, hasta que cayeron rendidos, muertos de cansancio. Al despertar, Olivia era la de siempre y había desechado sus temores nocturnos de un plumazo. Era una persona pragmática, firmemente anclada en la realidad: las cosas se veían más claras a la luz del sol, bajo la que admitió que se había montado toda una película por culpa del cansancio y los gritos de Zoey. El asunto se había zanjado con la promesa de que Tom no volvería a alquilar películas de terror durante una temporada, o en todo caso las vería solo.

Olivia señaló la enorme y vieja casa de McDermott.

—¿Vive usted solo, Roy?

—¡No, qué va! Luego les presentaré a Margerie. No sale, no está bien de los huesos.

—¿Está aquí? ¿Dentro? ¡No podemos comer en su jardín sin al menos presentarnos! —exclamó Olivia.

—No se preocupe, está descansando. Iremos a saludarla a la hora del postre y le llevaré un plato. ¡Le encanta la carne! Aunque le cuesta un poco masticarla. Es duro hacerse viejo, créame. Renunciar poco a poco a los pequeños placeres de la vida... Por eso yo lucho por todo. ¿Ha oído hablar de ese proyecto de ley que pretenden aprobar en el estado? ¡Prohibir conducir a partir de determinada edad!

—Eso no ocurrirá jamás —aseguró Tom—. No es más que un político que quiere hacerse notar...

—Pues ¿sabe qué le digo? ¡Nadie me impedirá circular jamás! ¡De eso nada! Que se haga un reconocimiento médico para el permiso me parece bien, pero ¿una estúpida prohibición en función de la edad? Y lo siguiente ¿qué será?, ¿una fecha de caducidad obligatoria para todo el mundo? «¡Venga, señor, ahora tiene que irse y ceder el sitio a los jóvenes, se le ha acabado el tiempo, ya no hay bastante aire fresco ni comida para todos, sea bueno y muérase!»

Roy McDermott comprendió que se había exaltado y sacudió la cabeza antes de clavar los dos dientes del tenedor en la carne. Luego la depositó en una tabla de cortar y empezó a hacer tajadas finas, mientras Chad y Owen se sentaban a la mesa.

—Llévense esto para el perro —dijo golpeando el hueso con el tenedor—. No es justo que seamos los únicos en disfrutar del domingo.

El gigante de pelo blanco se sentó con sus invitados, y los Spencer se dispusieron a comer a la sombra de un majestuoso roble, respondiendo a las preguntas fascinadas de su anfitrión. McDermott no sabía nada sobre teatro o televisión, pero mostraba una curiosidad infinita por esos medios tan alejados del suyo. Olivia, que siempre se divertía haciendo un retrato despiadado del mundo de la tele, compartía su plato con Zoey, sentada a sus pies en la manta. Exfamosa, madre modélica, mujer resplandeciente, vecina simpática... Tom admiraba la sencillez y facilidad con que su esposa encadenaba los papeles. Al cabo de un rato se transformó en confidente e hizo hablar al anciano. Durante casi cincuenta años, McDermott había sido el dueño de la ferretería del pueblo, en la que había empezado a los catorce años como simple mozo de almacén. Con el tiempo acabó comprándola, modernizándola y, por último, volviendo a venderla cuando se acercaba su septuagésimo cumpleaños. Una vida entera entre aquellos pasillos, que olían a cola, plástico y madera recién cortada.

—Entonces es usted realmente viejo... —le soltó Chad sin la menor consideración.

—¡Chadwick! —lo riñó su madre, indignada.

—¡Miejo! —gritó Zoey, regocijada.

—No, déjelo, tiene razón, formo parte de los monumentos de Mahingan Falls. Chicos, si algún día tenéis que hacer un trabajo para el colegio sobre la historia de nuestra bendita región, venid a verme, tengo muchas anécdotas que contar.

—Supongo que conocía usted a Bill Taningham... —le dijo Tom.

—¿El anterior propietario de su casa? Sí, claro. Un tipo de Nueva York no demasiado abierto. Solo venía en vacaciones o fines de semana largos, y a veces ni eso. Sigo sin entender que hiciera tantas obras, que lo renovara todo para luego venir tan poco. Y es que hay gente a la que parece que le sobra el dinero... ¡Cuidado, no lo digo por ustedes, eh! Su caso es distinto, viven aquí. Al final van a ser ustedes quienes se beneficien de tanta reforma. Porque lo que es él...

—Taningham tuvo problemas financieros poco después. Se vio obligado a desprenderse de la mayoría de sus segundas residencias.

—Sí, eso he oído... Tessa Kaschinski no pierde ocasión de contar todo lo que sabe. ¡Si tienen algún secreto, ni se les ocurra confiárselo!

—Ya me había dado cuenta —gruñó Tom con la boca llena.

—¿Cómo era la Granja antes? —preguntó Olivia.

Los ojos casi translúcidos de Roy se volvieron hacia la casa de los Spencer, oculta tras la vegetación.

—Igual, salvo por las manos de pintura —dijo el anciano cuando acabó de masticar la carne—. Creo que las obras importantes las hizo sobre todo en el interior. La instalación eléctrica no cumplía las normas. Lo levantó todo, o casi todo. Aislamiento, pintura, nuevos materiales por todas partes... Imagino que tiraría algunos tabiques; parecía uno de esos que siempre encuentran las habitaciones demasiado pequeñas y necesitan juntar varias. Pero no he estado dentro desde hace mucho.

—¿De veras? —preguntó Olivia sorprendida tras darle la última cucharada de puré a Zoey—. Pues espero que venga. Tom siempre tiene una cerveza fría para nuestros invitados. Será usted el primero. Martha Feldman me ha asegurado que vivimos en una de las casas más antiguas de Mahingan Falls. Entonces, ¿no me ha engañado?

—Seguramente no. Es un edificio con... fuerte personalidad, por decirlo así.

—¿O sea...? —preguntó Tom, intrigado.

—Una casa con historia, nada más. ¿Martha no les contó nada?

Olivia sacudió la cabeza e intercambió una mirada inquieta con su marido.

—¿Algo que debiéramos saber?

Visiblemente incómodo, Roy dejó los cubiertos en la mesa, se sacó un pañuelo del bolsillo y se limpió los labios con él.

—No se imaginen cosas raras —los tranquilizó—. Es una leyenda, eso es todo.

—¿Qué clase de leyenda? —insistió Tom.

—No estoy muy informado, pero cuando era niño se decía que era la casa de una de las brujas. Ya saben, las brujas a las que quemaron en Salem...

—Lo que nos faltaba... —masculló Olivia cruzándose de brazos.

—En fin, cuentos de críos... Por lo que yo sé, probablemente no es más que una invención para alejar a los curiosos. A los padres no les gusta que sus retoños vaguen por lugares abandonados.

—¿La Granja estaba en ruinas? —preguntó Owen con interés.

—No, en ruinas no, pero sí en mal estado. Diría que estuvo mucho tiempo deshabitada. Hasta finales de los años sesenta, cuando vino un tipo de California y la restauró. Se quedó casi diez años antes de revendérsela a una familia de Maine. Creo que buscaban un sitio soleado... Pero ya saben lo que es vivir en Nueva Inglaterra: para deshabituarte, tienes que hacer las cosas por etapas, y Mahingan era una de esas etapas en la ruta que los conducía poco a poco hacia Georgia o Florida.

—¿Se quedaron mucho tiempo? —preguntó Olivia.

—Cuatro o cinco años, me parece. Luego la Granja sufrió un incendio. Poco importante, pero suficiente para desanimar a los posibles compradores. Hasta la década de 2000, con el abogado de Nueva York al que se la compraron ustedes. Al principio la hizo arreglar, pero sin excederse; su mujer y él no venían a menudo. Después, creo que eran sus hijos los que se quejaban de la falta de comodidades, así que se lanzó a reformarla a lo grande, para revenderla casi a continuación. Y ya está.

Roy irguió su enorme corpachón e indicó por señas a sus invitados que siguieran sentados.

—Voy a por el postre, pero ustedes quédense ahí. Salvo los niños: podéis ir a estirar las piernas si queréis. Sé lo que es ser un chaval de vuestra edad que solo piensa en pasarlo bien.

Mientras se alejaba hacia la casa con una pila de platos sucios en las manos y Chad y Owen cogían el balón para lanzarse pases un poco más lejos, Olivia se inclinó hacia Zoey y le limpió la cara. La pequeña se había puesto perdida de puré. Tom se inclinó hacia su mujer.

—Tessa Kaschinski será muy cotilla, pero se le olvidó contarnos todo esto...

—¿Qué hay de particular que hubiera podido desanimarte?

—No sé, saber que invertíamos en una casa que ha estado abandonada buena parte del siglo XX...

—Taningham la rehízo entera, así que está como nueva.

Tom suspiró.

—Sí, tienes razón.

Sin embargo, no conseguía librarse de una sensación desagradable. ¿Era porque la información les llegaba después de una noche de pesadillas para su hija y su mujer? Olivia parecía tranquila, en absoluto afectada por aquella historia. Al final, el más desazonado era él. No dejaba de ver el rostro aterrorizado de la anciana antes de arrojarse contra la camioneta. Por la noche, al dormirse, podía oír el terrible ruido que habían producido su cuerpo y sus huesos al chocar con la chapa. Aún no había digerido aquella tragedia. Seguía perturbándolo. Pese a todo, quien le preocupaba en esos momentos no era aquella pobre mujer, sino los suyos. Olivia y él tenían por costumbre ser directos en lo referente a sus emociones; era un requisito indispensable para seguir siendo una pareja sólida y unida, incluso después de quince años de matrimonio. De modo que le preguntó sin ambages:

—¿No crees que nuestra casa podría estar encantada?
—¿Qué?
—Solo te pido tu opinión.

Olivia ahogó una risa, que se convirtió en un breve resoplido.
—¿Hablas en serio?
—No sé... Eres tú quien ha pasado miedo esta noche. Y Zoey, que no duerme. Así que...

Tom vio que su mujer consideraba su pregunta seriamente. La conocía lo bastante para interpretar su actitud. Al cabo de unos instantes, Olivia le apretó la mano.

—Cariño, he trabajado en la televisión, por tanto creo en los monstruos. He tratado con un montón, pero con fantasmas, no, nunca.

Tom asintió.
—Vale. Tú eres la cartesiana de la familia, yo soy el soñador. Solo quería poner la hipótesis sobre la mesa, nada más.

Olivia meneó la cabeza con dulzura y le dio un beso en la mejilla. A Tom le encantaba que lo hiciera tan lenta, tan amorosamente. Roy apareció al pie de la escalera de su casa con una gata blanca en los brazos.

—¡Queridos amigos —dijo alzando la voz—, les presento a Margerie!

11.

Sus rizos pelirrojos desafiaban cualquier intento de doma. La sacaban de quicio. Gemma leyó por última vez la etiqueta, arrojó la crema alisadora a la papelera del cuarto de baño y retrocedió para mirarse en el espejo.

No había ningún cambio. Una melena exuberante enmarcaba su atractivo rostro, salpicado de pecas.

«¡Ese potingue es un timo!»

Siguió mirándose unos instantes y se descompuso aún más. No tenía culo y le sobraban tetas. Vestida, conseguía disimularlo, pero en ropa interior era exagerado. Algunos chicos lo encontraban muy atractivo, pero ella no lo asumía. Por eso evitaba la ropa escotada. Una no realza lo que ya es evidente, si no, resulta vulgar, se repetía. Por su forma de vestir, Amanda Laughton la había tachado en ocasiones de puritana, incluso de estrecha, pero Gemma no estaba de acuerdo. Con su deslumbrante cabellera y sus chispeantes ojos, ya atraía bastantes miradas; luego, había que confiar en una misma y no basarlo todo en la provocación. Además, no: a diferencia de Amanda, no estaba dispuesta a exhibirse para que le pidieran el número del móvil. Gemma no había tenido muchos novios. El primero había sido demasiado lanzado y demasiado idiota para que la cosa durara más de un trimestre, y con el segundo, Josh, había estado a punto de dar el gran salto después de ocho meses de relación, cuando descubrió que tonteaba con otra en paralelo. Varios ligues sin importancia después, Gemma seguía desemparejada; era, como repetía cada dos por tres Barbara Ditiletto con su proverbial estilo, un «territorio inexplorado». Y eso le pesaba. Tenía ganas de encontrar a un buen chico que supiera cuidarla, hacerla sentir cómoda, enamorarla, incendiar sus sentidos. Pero para eso necesitaba dar con el modo de librarse de Derek Cox. Nadie se atrevería a acercársele mientras Derek la tuviera en su punto de mira, nadie sería tan suicida para meterse por medio. «Así que también eso es cosa mía.» Siempre igual... Tenía que hacerlo todo ella. Y por el momento no sabía cómo actuar sin arriesgarse a acabar con unos cuantos hematomas y puede que incluso la nariz rota y varios puntos en la ceja. Era lo que les había pasado a Patty y Tiara, las dos ex de Derek. «Con la diferencia de que yo no he cedido.» Así que probablemente sería peor.

Se enfundó un polo y un short, se volvió a poner desodorante y otra pizca de perfume y salió al pasillo. Al pasar por delante de la habitación de su hermano lo vio encorvado sobre el telescopio, que apuntaba hacia la casa del otro lado de la calle. Gemma sabía muy bien lo que le interesaba a Corey: la vecina que se desnudaba sin bajar los estores.

«¡Oh, Dios mío! No me digas que se está...»

Sintiéndose observado, Corey se irguió. Para alivio de su hermana, lo que tenía en la mano era una libreta.

—¿Estás espiando a la hija de los Hamilton, Corey?

El chico negó con la cabeza enérgicamente. En ese momento, Gemma oyó risas en la habitación y, al empujar la puerta con la punta del pie, descubrió a Owen y a Chad Spencer repantigados en el sofá que había bajo la litera.

—¡Hola, Gemma! —la saludó el más fuerte.

—¿Tenía que cuidaros hoy? —preguntó Gemma, desconcertada.

—No —dijo Owen—, solo hemos venido a ver a Corey.

—¡Ah, vale! Supongo que os habrá hablado de Lana Hamilton...

Corey se puso colorado. Chad se incorporó, muy interesado.

—¿Lana Hamilton? —preguntó con voz melosa y burlona—. ¡Vaya, Corey, qué callado te lo tenías!

Gemma meneó la cabeza, desesperada, y volvió a cerrar la puerta. Tenía que hacer la compra: su madre no volvería hasta última hora de la tarde y los armarios de la cocina estaban espantosamente vacíos. Era una de las numerosas tareas que la señora Duff dejaba en manos de la chica, y no podía rechazarla. Su madre trabajaba en la recepción del hospital de Salem durante el día y hacía horas por la tarde en la centralita de una empresa de seguridad de la zona, con la idea de ahorrar lo suficiente para pagar estudios superiores a sus dos hijos. En su ausencia, Gemma tenía que encargarse de las labores diarias, sobre todo durante las vacaciones de verano.

Salió de casa un poco más deprisa de la cuenta, y casi se dio de bruces con un policía de uniforme que estaba a punto de llamar al timbre.

—¡Uy, perdón! —se disculpó.

—No tiene importancia. Gemma Duff, ¿verdad? Venía a verla precisamente a usted.

El agente tenía unos treinta años. Mal afeitado pero bastante atractivo, llevaba una camisa beige de manga corta que resaltaba su físico, bastante atlético.

—¿Hay algún problema? —le preguntó Gemma, sin saber si eso la preocupaba o más bien la excitaba un poco.

—Soy el teniente Cobb. Creo que no nos conocíamos... ¿Podría concederme unos minutos?

—¿Ahora?

—No tardaré mucho, solo unas preguntas. Es a propósito de Lise Roberts, la chica que ha desapar...

—Sé quién es Lise Roberts. Debería usted hablar con Barbara Ditiletto, es su mejor amiga.

—Ya lo he hecho. Barbara no tiene mucho que contar.

—Yo apenas trato a Lise. Nos vemos en el instituto o por el pueblo, pero no salimos juntas.

—Lo que necesito es precisamente un retrato más... externo, menos subjetivo...

Gemma arqueó las cejas, y a continuación se frotó las manos maquinalmente.

—Bueno, de acuerdo. Vamos, entre, le preparé un café. Un agente de servicio puede tomar café, ¿verdad?

—¿Sus padres están en casa?

—Mi madre trabaja y mi padre... está lejos. Desde siempre.

—Lo siento. Si no hay ninguna persona mayor dentro, preferiría que nos quedáramos en la puerta, si no tiene inconveniente.

Gemma, sorprendida, tardó en entenderlo. A diferencia de las tres cuartas partes de los polis locales, a quienes todo el mundo conocía, Cobb no era de allí.

—Está usted en Mahingan Falls, ¿sabe? Aquí no somos desconfiados hasta ese punto. Hay tres adolescentes insoportables en casa, así que nadie le acusará de nada. Además, no pienso seguir hablando con usted a pleno sol.

Gemma estaba asombrada de su propio aplomo. Pero el teniente Cobb le inspiraba confianza. Le gustaba su forma de hablar y su mirada inteligente. Lo acompañó adentro y le hizo café, mientras él esperaba delante de la ventana. «¡Para que se te vea bien si alguien mira desde fuera! A ti, cuando se te mete algo en la cabeza...»

—¿Podría describir a Lise Roberts? ¿Cómo diría que es?

—Excéntrica.

—Sí, no es la primera que me lo dice. ¿La había visto con extraños últimamente?

—Sé que salía con chicos de Salem. Pero ya se lo habrá dicho Barbara, iba con ella.

—Sí. Lo que me interesa es lo que pueda haberle llamado la atención a usted. Al no ser íntima suya, tal vez desde fuera...

—Por cierto, ¿quién le ha hablado de mí?

—Su nombre ha surgido varias veces en los testimonios. Al parecer, es usted una chica digna de confianza, «inteligente y observadora».

Gemma vertió el café en la taza y se alegró de estar de espaldas al teniente, porque debía de haberse puesto roja, lo cual era totalmente ridículo, a su modo de ver. No estaba acostumbrada a recibir cumplidos gratuitos, y menos aún de un poli tan atractivo.

—¿No tienen noticias de ella? —preguntó cuando estuvo segura de haberse repuesto—. Tenga. Cuidado, que quema.

—No, ninguna.

—Supongo que ahora el caso ha pasado al ámbito nacional y todos los cuerpos de policía del país habrán recibido el aviso de búsqueda, ¿no?

—Hacemos nuestro trabajo, pero la señorita Roberts sigue ilocalizable. De hecho, si es discreta, pasará tiempo antes de que la encontremos.

Lo había dicho en un tono distante, y Gemma comprendió que con aquel rollo solo intentaba tranquilizarla.

—¿No cree que se haya fugado?
—No descarto ninguna hipótesis.
—¿Ni siquiera... la del asesinato?

Cobb le dio un sorbo al café mirando a Gemma. Luego esbozó una sonrisa forzada.

—No conviene dramatizar, pero estoy obligado a considerar todas las posibilidades.

—Sin embargo, el jefe Warden afirmó que Lise se había fugado, ¿verdad?

Cobb cogió la taza con las dos manos. Parecía incómodo.

—Es lo más probable. ¿Usted lo encuentra creíble?

—Ya se lo he dicho, su verdadera amiga es Barbara. Es a ella a quien...

—Barbara no lo cree en absoluto. Pero ¿y usted?

Gemma, un poco confusa, suspiró.

—No lo sé... Supongo que sí. Lise es un poco especial, así que podría haberse largado de un día para otro. Quizá se enamoró...

—Según usted, ¿lo habría planeado?

—No lo sé.

—¿No es una chica impulsiva?

—Pues..., una vez más, no la conozco lo suficiente para responder a eso. En todo caso, concuerda con su carácter. Cuando supe que se había largado, no me sorprendió demasiado.

—¿Aunque fuera mientras hacía de canguro? ¿Dejaría solo al niño en su cuna? Varias personas me han asegurado que, aun siendo un poco rara, Lise tenía un gran sentido de la moral, y también del respeto. Especialmente cuando se trataba de niños. Usted, que no es amiga suya y no tiene ningún motivo para hacerme un retrato idílico de ella, ¿qué piensa al respecto?

Gemma se rascó nerviosamente el codo. No sabía qué contestar. Lise y ella solo se cruzaban ocasionalmente. En realidad, no tenían ningún punto en común aparte de... Gemma chasqueó la lengua.

—Son los padres quienes le han dado mi nombre —comprendió—. A veces, Lise y yo cuidábamos a los mismos niños.

—Entre otros, sí. Y si hablo con usted es precisamente porque se la considera una persona fiable. Lise Roberts, pese a su apariencia rebelde, cuenta con el aprecio de las familias para las que ha trabajado. Según parece, adora a los chiquillos.

—Es verdad —admitió Gemma—. Los cuida muy bien, eso puedo confirmarlo. Y... lo de largarse dejando al niño solo no cuadra con ella. Ahora que lo dice, estoy de acuerdo. Habría esperado a que volvieran los padres. ¡Oh, Dios mío! Eso significa que la han rap...

Cobb hizo chasquear la lengua contra el paladar.

—No nos pongamos en lo peor. No hay ningún indicio que apunte en esa dirección. No obstante, para entender mejor su estado psicológico necesitaba una opinión como la suya.

—¿Cree que le ha podido ocurrir algo malo?

—No —dijo Cobb con una gran sonrisa—. Puede que estuviera asustada, que quisiera huir de alguien. Cuando se tranquilice, reaparecerá.

Ni él se lo creía, Gemma habría apostado cualquier cosa.

Cobb apuró el café con aire pensativo.

Intercambiaron unas cuantas trivialidades más, y el teniente se marchó, no sin antes dejarle su tarjeta, por si recordaba algo más. Gemma lo vio alejarse en el viejo 4x4 de la policía, y luego oyó crujir un peldaño en lo alto de la escalera.

—¡Corey! ¡Sé que estás ahí! Lo has oído todo, ¿verdad?

Tras unos segundos, la vocecilla apurada de su hermano sonó en el primer piso.

—¡Un poli en casa! Es genial...

—¡Ni una palabra de esto a mamá! No quiero que se imagine cosas ni que se estrese, ¿entendido? Si mantienes el pico cerrado, te invito al cine.

—No estoy solo...

—Vale, tres entradas —aceptó Gemma.

—¿Para ver una película de terror? ¿Nos acompañarás?

Gemma suspiró y se rindió.

—¡Súper! ¡No diré nada, lo juro!

El cuarto absorbía los sonidos y daba a las palabras una suavidad tranquilizadora. Olivia no tenía que forzar la voz para ahogar eventuales ruidos de fondo. Allí todo era silencioso y amortiguado. La falta de ventanas le permitía aislarse en su propia burbuja para encontrar el tono más adecuado. A Olivia siempre le habían gustado los estudios de grabación, y aquel, con sus paredes revestidas de materiales blandos y sus soportes de madera oscura para los paneles acústicos y las luces indirectas, le agradaba especialmente.

Al otro lado de la cristalera, sentado ante una enorme consola que parecía salida de una nave espacial, Mark Dodenberg, el técnico de sonido, terminaba de ajustar los controles. De pie junto a él, Pat Demmel levantó el pulgar para indicarle que todo estaba a punto y se inclinó sobre un pequeño micrófono. Su voz sonó al instante en los cascos de Olivia.

—Por nosotros, perfecto. ¡Parece que lo haya hecho toda la vida! —bromeó el director de la emisora.

Había sido Olivia la que había propuesto hacer una prueba antes de plantearse continuar. Y no porque dudara de su propia capacidad: en realidad, era ella quien les hacía pasar un test. Quería asegurarse de que sabían lo que hacían; a veces, las mejores intenciones llevan al infierno de la incompetencia. Volver a hacer radio le apetecía muchísimo, siempre que fuera en condiciones decentes, con un mínimo de profesionalidad. Pat Demmel se conocía al dedillo la pequeña joya técnica con la que contaba y el perfil de sus oyentes, y Mark Dodenberg jugaba con la consola como si hubiera nacido con ella. Para una humilde radio local, era impresionante; de hecho, Olivia casi se sentía mal por haberse atrevido a considerarlos unos aficionados. Era el comportamiento de una diva arrogante y pretenciosa, y no había nada que ella odiara más. Se prometió que en adelante se vigilaría.

Demmel, separado de Olivia por el cristal insonorizado de la sala de control, cogió el micro para hacerse oír.

—Voy a serle sincero —anunció en los auriculares de la locutora—. Al lado de la audiencia que tenía usted en televisión, la nuestra le parecerá ridícula. ¡Espero que sea consciente de ello! Llegamos a todo Mahingan Falls, donde se nos escucha bastante bien, y el Cordón transmite la señal más allá, hasta Salem, Rockport e incluso Ipswich, pero en el fondo no nos siguen. ¡Puede que con su presencia eso cambie!

—¿El Cordón? —preguntó Olivia.

—Sí, es el apodo de la enorme antena del monte Wendy, justo encima de su casa. Es nuestro «cordón umbilical» con el exterior. Sin él, adiós a la radio, al teléfono y a parte de las señales de televisión. ¡Vaya, que para muchos, hoy en día, supone la supervivencia de la especie!

Olivia asintió.

—Ya sé, ese horrible mástil que se carga todo el paisaje.

—Mire, no voy a andarme con rodeos. Su presencia en antena sería una baza increíble para nuestra pequeña emisora. Pero no puedo permitirme pagarle lo que usted...

—No siga hablando, Pat. Me trae sin cuidado mi fama, y no hago esto por dinero. Al contrario. Necesito recuperar las buenas sensaciones, sin presión, solo para disfrutar. ¿Qué franja horaria podría ofrecerme?

El director se encogió de hombros detrás del grueso cristal, antes de que su voz volviera a sonar en los oídos de Olivia.

—Por usted, me adapto. Tengo algunos imperativos, especialmente el fin de semana, con los equipos deportivos del pueblo. También tenemos citas apreciadas por nuestros oyentes durante la semana, pero deberíamos encontrar un hueco que le agrade.

—Preferiría el directo. He pensado en un programa en el que destacaríamos a alguien que estaría aquí conmigo, por su trabajo, por un acto valeroso, un acontecimiento importante y cosas así. No solo gente de aquí, sino de todo el condado, para ampliar un poco. También atendería llamadas al final de la emisión.

—Tendré que organizarme para preparar una minicentralita telefónica. Pero como no nos acribillarán a llamadas, creo que es factible. Y usted...

Un espantoso chisporroteo interrumpió la comunicación, dejando en los auriculares una interferencia que les hizo cambiar la cara a los tres. Olivia se preguntó si se habría apoyado sin querer en la pequeña consola que tenía delante, pero no era así. Mark Dodenberg comprobó su propia herramienta de trabajo, estupefacto. Olivia se percató entonces de que Pat le estaba hablando desde el otro lado del grueso cristal y ella no podía oír su voz, así que se lo hizo entender llevándose las manos a los auriculares.

Unas palabras le golpearon los tímpanos, martilleadas por una voz grave, y enseguida se elevaron, demasiado fuertes, sin que Olivia pudiera entender una sola, como si pertenecieran a otro idioma. Luego, otra decena de voces se pusieron a gritar tan violentamente que se quedó boquiabierta, hasta que acabaron transformándose en insoportables alaridos de dolor que la obligaron a arrancarse el aparato de la cabeza.

Enfrente, Pat y Mark estaban petrificados, lívidos, con los ojos desorbitados.

El silencio volvió. Se miraron estupefactos, después los dos hombres intercambiaron unas palabras y Pat atravesó la puerta doble para entrar en el estudio de grabación.

—¿Qué ha sido eso? —balbuceó Olivia, que seguía en estado de shock y con los oídos pitándole.

—Lo lamento de veras... No lo entiendo, Mark está comprobándolo...

Olivia se masajeó los tímpanos. Había sido muy breve, pero extraordinariamente violento. Primero aquel hombre, hablando con voz cavernosa, casi terrorífica, y luego la monstruosa coral que había ahogado sus palabras.

—¿Ha entendido lo que decía ese tipo al principio? —le preguntó a Demmel.

—No era inglés.

—¿Hay radioaficionados en la zona?

—No, e incluso si alguien decidiera improvisar un equipo, es imposible que interfiera nuestros canales. Yo..., confieso que estoy un poco desconcertado. Mark va a trabajar en ello para que no vuelva a suceder, se lo garantizo.

Olivia sacudió la cabeza, tanto para indicarle que no se preocupara como para librarse de los últimos ecos de los alaridos, que aún la perseguían. Le habían puesto la piel de gallina.

Parecían los gritos de gente cuyo sufrimiento iba más allá de lo que un ser humano normal puede soportar.

Olivia había aparcado a cierta distancia de la emisora para poder caminar unos minutos. Ahora volvía sobre sus pasos por Main Street con un café caliente en la mano, pensando en aquel ensayo, que había resultado concluyente desde todos los puntos de vista. Incluso podría darse el lujo de elegir el formato y el horario. «Pasármelo bien sin dejar de ser profesional. Si prácticamente me dan carta blanca, tendré que ser muy exigente conmigo misma para no acabar haciendo cualquier cosa.» Demmel parecía un buen tipo, un hombre serio que estudiaba todo lo que le caía en las manos para mejorar su pequeña emisora.

De pronto, los horribles gritos volvieron a resonar en su cabeza y Olivia hizo una mueca. Al principio había pensado que se trataba de un ataque pirata, lanzado en directo desde un lugar que se imaginaba de lo más sórdido, y que, sin saber por qué extraño procedimiento, se había colado en su longitud de onda. Pero cuanto más lo pensaba, menos verosímil le parecía. Aquello recordaba una película. Una escena de terror. O quizá la introducción de una de esas canciones diabólicas, como la que había oído la noche que sorprendió a Chad poniendo *death metal* en el ordenador. ¿Qué pretendía quien se ocultaba detrás de esa broma pesada? ¿Lo había hecho ex profeso? Resultaba un poco ridículo, sobre todo allí, en un pueblo. ¿Qué sentido tenía? Podía entenderse que la tomara con una emisora nacional, o incluso estatal: habría sido una especie de hazaña para un pirata en busca de notoriedad. ¿Pero allí, en Mahingan Falls? No entendía el porqué. Y menos aún el cómo.

Seguía dándole vueltas al asunto cuando vio a Gemma Duff en el otro extremo del pequeño aparcamiento, detrás de la farmacia y la tienda de comestibles. La joven estaba en plena discusión con un chico de su edad, alto, moreno, con el pelo corto, una camiseta del equipo de fútbol de los New England Patriots y los brazos cubiertos de tatuajes. «Gemma no nos había dicho que tenía un noviete. Y no está nada mal...» Pero al mirarlo con más atención, Olivia se dio cuenta de que tenía unos rasgos muy poco agradables, deformados, además, por la ira. De repente, el chico arrojó a Gemma contra la puerta del coche de un empujón. La sorpresa dejó a Olivia petrificada.

—¿Pero quién te crees que eres? —gritó el chico, que le sacaba a Gemma más de dos cabezas—. ¿Sabes cuántas querrían estar en tu lugar? —y alzando la mano en el aire la cerró para mostrarle el puño, con el que a continuación se golpeó los pectorales para desahogar su rabia. Luego agitó el índice amenazadoramente ante la cara de Gemma, que estaba muerta de miedo—. ¡No te creas que esto va a quedar así! —ladró—. ¿En qué me convierte eso, eh? No, no... Tú a mí no me conoces. ¡No puedes mandarme a la mierda, así sin más! De modo que voy a decirte lo que vamos a hacer: el sábado por la noche pasaré a buscarte e iremos a dar una vuelta, tú y yo. Así empezarás a conocerme. Sí, eso es lo que vamos a hacer. Ya verás lo bien que lo pasamos... ¡Me lo debes!

Gemma era incapaz de replicar. Amilanada por la amenaza física de su interlocutor, tartamudeaba. Olivia adivinaba su miedo mientras la chica intentaba en vano manifestar que no estaba de acuerdo. Sintiendo que la sangre le hervía, la joven cuarentona recuperó todo su aplomo natural y, con paso vivo, se acercó a la pareja.

—Eso no va a poder ser —le espetó al chico con su voz más firme—. Lo siento mucho, pero el sábado Gemma trabaja para nosotros.

El interpelado se volvió hacia Olivia, y la frialdad de su mirada la sorprendió. De cerca, era aún más corpulento de lo que le había parecido.

—¿Y usted quién es, si puede saberse? —le preguntó sin hacer el menor esfuerzo por parecer amable.

—Olivia Spencer-Burdock, Gemma trabaja en mi casa ahora. Y como la necesito casi todo el tiempo, siento decirte que no va a estar disponible en una temporada.

El joven atravesó a Olivia con una mirada de frustración y luego se volvió hacia Gemma.

—¿Es eso cierto? —preguntó irritado.

Gemma asintió con viveza.

—Por... por eso lo nuestro no puede ser, Derek... No... no estoy libre nunca.

Olivia comprendió que su intervención había descolocado a Derek y, decidida a no darle tiempo a recuperarse, señaló el viejo Datsun de Gemma.

—Vamos tarde, Gemma, tenemos que marcharnos —y sin perder la sangre fría, abrió la puerta del acompañante y le indicó a Gemma que la imitara. Mientras la chica encendía el motor, se volvió hacia el atónito Derek y añadió—: Gemma es muy importante para nosotros, así que no te molestes en intentar ablandarme, no funcionará. Va a ayudarme durante todas las vacaciones y la mayor parte de su tiempo libre a la vuelta del verano. Tendrás que hacerte a la idea, Derek, Gemma está en lo cierto: no tenéis ningún futuro juntos.

Olivia observó al chico por el retrovisor mientras Gemma aceleraba para salir del aparcamiento. La fulminante intervención había sofocado su cólera momentáneamente, pero ahora que Olivia y Gemma se alejaban de su alcance era probable que volviese a crecer con la fuerza de una marea.

—Gracias —murmuró Gemma en cuanto enfilaron Main Street.

Olivia advirtió que la pobre chica estaba temblando. «También a mí me va el corazón a cien. Ese tipo es aterrador...»

—No sé qué hay entre vosotros —dijo—, pero, francamente, creo que haces bien alejándote de él.

—Lo siento mucho, señora Spencer, de verdad...

—Ya te he dicho que puedes llamarme Olivia. Todavía no nos conocemos bien, pero en mi trabajo rara vez tengo tiempo para conocer a la gente, así que he aprendido a intuirla, a confiar en mi instinto para juzgarla, y mi instinto me dice que eres una buena chica, Gemma. Mereces algo mejor que ese cafre.

Gemma sacudió la cabeza con energía.

—Nadie se merece a Derek Cox.

—Es violento, salta a la vista.

—Ya lo creo. Aquí todo el mundo lo sabe.

—¿Y nadie hace nada?

—Bienvenida a Mahingan Falls...

Olivia se volvió hacia ella.

—¿Te ha pegado?

—No, a mí no. Por desgracia, otras chicas no han tenido tanta suerte.

—¿Y la policía no interviene?

Gemma suspiró.

—Derek es amigo del hijo de uno de los hombres más poderosos del pueblo. Eso lo protege en parte. Creo que el jefe

Warden le ha sermoneado más de una vez, pero mientras no lo cojan in fraganti seguirá saliéndose con la suya. A las chicas les da miedo denunciarlo, y la gente prefiere mentir para ahorrarse problemas. Derek es de los que te pinchan las ruedas o envenenan a tu mascota si le llevas la contraria.

—Si me permites un consejo, Gemma, mantente alejada de él. Sé que a veces los chicos malos pueden resultar atractivos, pero te lo digo por experiencia: al final no sacas nada bueno de ellos.

—¡Le juro que he hecho todo lo posible por evitarlo, señora Spen..., Olivia! Es él quien quiere a toda costa que salgamos juntos, no yo. ¡Me amarga la vida! Yo no le he pedido nada. A veces no me atrevo a salir de casa por miedo a encontrármelo por casualidad, como hace un momento...

Olivia puso su mano en la de Gemma. Había llegado la hora de abrirle las puertas de la familia de par en par, decidió; la palabra «Urgente» parpadeaba en su cabeza.

—Siempre que lo necesites —le dijo en el tono más suave y natural posible—, utilízame para cubrirte. Si una noche quieres quedarte a dormir en casa para evitar cruzártelo, o si merodea cerca de la tuya, no lo dudes. Voy a preparar el cuarto de invitados, ¿de acuerdo?

—Es... es muy amable de su parte. Pero mi madre trabaja hasta tarde, y aunque mi hermano Corey puede arreglárselas para cenar, si está solo prefiero no dormir fuera.

—Corey puede acompañarte... ¡Será aún mejor, Chad y Owen estarán encantados! Te lo digo en serio, Gemma. Huye de ese Derek, aprovecha el verano para desaparecer de su campo de visión, y que se busque a otra.

Gemma frunció los labios. Comprendiendo que la inundaba una ola de emociones, Olivia le acarició el brazo para reconfortarla.

—Gracias —murmuró la chica, emocionada.

Al final de Main Street, desembocaron en Independence Square, con el ayuntamiento y su pórtico de columnas a un lado y la entrada principal del parque municipal al otro.

—Ya que estamos aquí, enséñame un poco el pueblo —propuso Olivia—. Luego volvemos al aparcamiento y me dejas en mi coche. Seguro que ese bestia ya se habrá ido. Déjame decirte algo: los idiotas no saben estarse quietos, no lo olvides nunca.

Gemma se echó a reír. Un poco después, tras torcer hacia el sur en dirección a West Hill, se atrevió a preguntar:

—Hace un momento me ha dicho que confiara en su experiencia en lo tocante a chicos malos. El señor Spencer no da el tipo... ¿Significa eso que en otros tiempos le pasó algo con alguien del estilo de Derek?

Olivia encajó el «en otros tiempos» con una media sonrisa.

—Como no tenemos prisa, voy a contarte una historia que hasta Tom prefiere no oír. Pasó hace muchos años, en efecto, y el chico era tremendamente sexy, ¡eso debo confesarlo! Te lo contaré, pero a condición de que luego tú me cuentes más cosas de ti, ¿de acuerdo?

Una sonrisa iluminó la cara de Gemma, y Olivia sintió el calor que la inundaba siempre que hacía algo bueno por los demás. Aquella chica necesitaba urgentemente una madre, una amiga, una confidente. Olivia no podía serlo todo a la vez, pero al menos podía prestarle oídos durante un rato. Algo le decía que en los meses venideros iban a pasar muchas horas juntas.

Se dirigieron hacia Bellevue Terrace, y el Datsun inició el ascenso por la cinta de asfalto que zigzagueaba entre las magníficas casas y los árboles exóticos que dominaban la ciudad desde las laderas de West Hill. Al este, el océano destellaba bajo la incansable mirada del faro, encaramado en su espolón rocoso. Al oeste, el monte Wendy y su brazo de acero, alzado hacia el azul del cielo, alineaba su ejército de colinas boscosas alrededor de Mahingan Falls. Flanqueado por los dos obeliscos, todo parecía ir de maravilla en ese mundo idílico. Al menos por el momento.

Esa tarde, nadie relacionó la ausencia de peces en las proximidades de la bahía con el silencio de los bosques circundantes. Ni con los pájaros, prácticamente mudos, o el extraño comportamiento de la mayoría de los perros al atardecer.

Todo el mundo estaba muy ocupado viviendo su propia vida.

Mientras tanto, la sombra crecía incesantemente.

12.

Una suave brisa estival hacía bailar la cortina ante la mirada perpleja de Chad. Su madre lo había abierto todo «para que la casa respire». A Chad no le gustaba esa expresión. Implicaba que vivían en sus vísceras, y en consecuencia que la casa los digería poco a poco, conforme pasaban los días y las semanas. ¿Y al cabo de unos cuantos meses?, ¿qué pasaría?, ¿acabaría asimilándolos?, ¿quedarían atrapados entre sus muros por toda la eternidad? No, Chad odiaba la idea de una casa viva.

El chico abandonó el salón, evitó el comedor (que le parecía una habitación bastante inútil, puesto que apenas se utilizaba, ya que la familia prefería comer en la cocina; en ese sentido, era uno de esos órganos cuya función ignoraba, pero que le parecían superfluos, como el bazo o el páncreas) y se detuvo en el vestíbulo de entrada. El parquet desplegaba sus oscuros listones hacia el ala norte, en dirección al despacho de su padre, el taller de bricolaje y la sala vacía en la que guardarían la mesa de ping-pong durante el invierno. Nada apasionante. Por enésima vez después de la comida, Chad subió al primer piso y vagó por el pasillo en L, echando un vistazo aquí y allá. Pasó ante el despacho de su madre, que andaba perdida Dios sabe dónde, y, un poco más adelante, decidió ignorar la *suite* de sus padres y tomar la dirección opuesta, hacia el corazón del edificio. Con la punta del pie, empujó la puerta de la habitación de Owen. Su primo estaba leyendo un cómic tumbado en la cama.

—¿Quieres que hagamos algo? —le preguntó Chad.

—¿Como qué?

—No sé. ¿Y si vamos al bosque?

—Connor y Corey dijeron que esperáramos para ir con ellos...

—Connor está de vacaciones en casa de su padre, ya no me acuerdo dónde, y Corey, pasándoselo en grande en el club de vela.

—¿Por qué no lo has acompañado? Te lo ha propuesto...

Chad arrugó la nariz.

—No me gusta mucho el agua.

Owen alzó la vista de las páginas del cómic. Chad no solía confesar sus debilidades.

—¿No sabes nadar?

—¡Por supuesto que sí! Solo que no me gusta el mar. Saber que debajo de mí hay bichos enormes que ni siquiera puedo ver... ¡Puaj!

Owen cerró el cómic y se incorporó en la cama.

—Bueno, puede que tenga una idea... —dijo—. ¿Estás dispuesto a tragar polvo?

El detector de líos de Chad percibió un dejo travieso en la voz de su primo.

—Si se trata de algo chulo, me lo trago a puñados —respondió con una sonrisa pícara.

Owen se levantó y fue a abrir la puerta lateral, que daba a la gran pieza alargada que separaba su cuarto del de Chad. Dentro había más de trescientas cajas apiladas en hileras y rodeadas de muebles, la mayoría cubiertos con sábanas. Todo lo que había en casa de Owen y sus padres antes del accidente estaba allí.

La sonrisa excitada de Chad se borró.

—Si quieres organizar tus cosas, te ayudo —se ofreció amablemente.

Pero Owen no había abandonado su actitud juguetona.

—Claro que me vas a ayudar, pero a construir un superlaberinto. ¡Tan grande que, como se meta Zoey, no la encontrarán jamás! ¡Venga, vamos!

En el interior olía un poco a rancio: las pertenencias de los Montgomery-Burdock habían permanecido más de un año en el sótano de un almacén, hasta que la nueva familia de Owen se mudó a la Granja. Owen deambuló por los improvisados pasillos calculando el material de que disponían, seguido por Chad que, un poco intimidado, tenía la sensación de estar paseando por un cementerio de objetos que imponían respeto. No se sentía del todo cómodo allí, pero al ver la soltura de su primo fue ganando seguridad poco a poco. Owen no estaba en absoluto en pleno peregrinaje familiar; había entrado allí con la única intención de jugar, incluso en medio de los fantasmas de su vida anterior. Chad acabó diciéndose que, pese a todo, era posible que, de alguna manera, aquello le sentara bien. Tal vez percibía la presencia de sus padres a través de lo que habían poseído.

Owen empezó a organizar su plan y señaló a su cómplice algunos montones de cajas para que las desplazaran entre los dos. Durante un par de horas empujaron, apilaron y dieron la vuelta a aquellos recuerdos, hasta formar numerosos pasajes, en algunos casos sin salida, para que el laberinto cobrara vida en la enorme sala. Los muros de cartón se alzaban hasta la altura de sus hombros, y aunque empapado en sudor, Chad estaba orgulloso del trabajo realizado.

—¡No está acabado! —le advirtió Owen mientras tiraba de las sábanas que cubrían los muebles arrimados a las paredes—. Ayúdame a colocarlas. Tendieron los lienzos en lo alto de las pilas de cajas hasta tapar todo el dédalo con un techo tenso que dejó los pasillos envueltos en la oscuridad.

—¡Listo! —exclamó Owen en tono triunfal.

Una de las entradas se abría frente a ellos, en la prolongación de la puerta del dormitorio de Chad. El otro acceso estaba al otro lado de la sala, junto a la habitación de Owen. Pero para llegar a él había que recorrer a gatas aquel enrevesado y oscuro laberinto.

Chad se secó la frente con las manos sucias y se la llenó de tizne.

—Voy a buscar provisiones. Tenemos que establecer nuestra base en el centro —opinó, y salió pitando por su habitación.

Cuando quiso volver, cargado de paquetes de galletas y una botella de Mountain Dew, tuvo que arrodillarse para poder introducirse en la guarida. Pese a haber pasado parte de la tarde construyéndola, Chad se equivocó de camino y, soltando una maldición, dio media vuelta entre las burlas de su primo, que ya se había alejado hacia el interior. Sus ojos aún no se habían habituado a la oscuridad y le costaba orientarse, pero acabó encontrando a Owen en el centro de la estancia, sentado en lo que servía de escondite principal, un espacio de menos de cuatro metros cuadrados. Los chicos compartieron la bebida y se zamparon un paquete de galletas, eructando ruidosamente y partiéndose de risa.

—¡El careto que pondrán Connor y Corey cuando se lo enseñemos! —exclamó Owen.

Chad sacudió la cabeza.

—A Connor ya no le ilusionan estas cosas, prefiere la acción a lo imaginario.

—¡Es una cabaña! ¿A quién no le gustan las cabañas?

—Connor prefiere mirar a las chicas antes que construir cabañas.

—¿Tú crees?

—Seguro.

Esa idea pareció sumir a Owen en una profunda reflexión.

—Entonces igual que Corey, que espía a su vecina con un telescopio desde su habitación.

—Pero Corey aún no ha cambiado, ¿sabes? Espía a las chicas porque es divertido, pero no es que no piense en otra cosa. Aún le gusta jugar, como a nosotros.

—¿Y tú? ¿Miras a las chicas?

—Bueno... No sé.

Owen observaba a Chad a pesar de la oscuridad, apenas atenuada por la claridad que se filtraba débilmente a través del techo de tela.

—¿Qué te parece Gemma? —le preguntó.

—¿Gem? —exclamó Chad, mondándose—. ¡Es la hermana de Corey!

—¿Y qué?

—Pues..., no sé... ¡Tiene unas tetas enormes!

Los dos se troncharon de risa. Pero Owen insistió:

—¿Te gustaría verlas?

—¿Las tetas? Sí, anda, ¿y qué más? ¡No! ¡No quiero quedarme bizco!

Volvieron a reír como dos tontos. En el fondo de sí mismo, Chad no sabía qué pensar. Desde luego, todo aquel rollo de las chicas le interesaba mucho menos que ir a divertirse con sus colegas, pero no podía negar que sentía cierta curiosidad. Imaginarse a Gemma en bañador le provocaba un cosquilleo en el estómago, y nada desagradable.

—¿Sabes lo que sería genial? —le preguntó Owen después de unos instantes de silencio—. ¡Mi proyector de estrellas! Funciona con pilas. Tiene que estar en mi armario, voy a buscarlo.

Owen se alejó gateando, y al cabo de un momento Chad lo oyó correr por el pasillo para bajar a buscar pilas a la cocina. Se recostó en la pared de cajas, que pesaban más que suficiente para soportar su peso. El tema de las chicas le fastidiaba. Connor emanaba una confianza en sí mismo y un carisma que impresionaban, y en opinión de Chad era precisamente por eso. Porque había dejado atrás los problemas infantiles y ahora estaba en camino hacia la edad adulta. Sin embargo, Chad no se planteaba ni de lejos renunciar a sus juegos —pueriles o no— ni a sus aventuras con los amigos por las chicas, por muy imponentes y fascinantes que fueran sus pechos. No. Sencillamente, no estaba dispuesto. Además, sabía que no había vuelta atrás. Una vez diera el salto, se acabarían para siempre las diversiones propias de su edad; era como lanzarse desde lo alto de un empinado tobogán: una vez que se tomaba impulso, no había manera de parar antes de llegar abajo del todo. Y abajo del todo, Chad —que tampoco en eso era un ingenuo— ya sabía lo que había.

El sexo.

Ese asunto asqueroso que los traía a todos de cabeza. Su padre lo había repetido tanto que no podía olvidarlo. El mundo estaba gobernado por el sexo y el dinero. Ambas cosas asustaban a Chad. El dinero significaba pasarse la vida trabajando, mientras que el sexo implicaba contactos húmedos de los que Chad prefería mantenerse alejado. Era como comer lengua de ternera, según él: a unos les encantaba, pero otros podían vomitar solo de imaginarlo. Él se limitaba a no querer probarla.

Una prenda de ropa rozó una caja cerca de la puerta de la habitación de Owen.

—¿Lo has encontrado? —gritó Chad.

La pregunta no obtuvo respuesta. En el cuarto no se oía más ruido que su respiración. Chad comprendió de inmediato. «Conque quieres jugar a eso... Vale.» Si creía que iba a sorprenderlo... Iba a gastarle una jugarreta como para estar partiéndose hasta la hora de la cena. Con infinito sigilo, se puso a cuatro patas y empezó a avanzar procurando mantenerse alejado de los tabiques y conteniendo el aliento para no descubrirse. Se arrastró lentamente, se acercó a la primera esquina y asomó la cabeza para comprobar que Owen no estaba en el siguiente tramo.

No vio nada, solo sombras y la sábana, que ondulaba sobre su cabeza. «Muy bien. ¿Jugando a los comandos? ¡Pues ahora vas a ver a cuál de los dos se le da mejor!»

Apoyado en los codos y las rodillas, Chad recorrió otros dos metros, luego contorsionó la cintura para doblar el siguiente recodo sin hacer ruido.

Una tabla del parquet crujió detrás de él.

«¡No!» ¡El muy canalla lo había engañado! ¡Venía por el otro lado! ¿Cómo se las había arreglado para atraerlo hasta allí mientras él se escabullía por la entrada opuesta? Esta vez Chad tuvo que reconocer que Owen se defendía a las mil maravillas. Pero él aún no había dicho la última palabra. Todavía podía rodearlo si tomaba la dirección adecuada. «¿Has ido hacia el norte o hacia el sur?» Chad apostó por el norte; si su memoria no lo engañaba, por ahí el recorrido era más largo; en cambio Owen tomaría el desvío más corto. Con un ágil movimiento, se dobló sobre sí mismo para dar media vuelta, y haciendo algún esfuerzo suplementario llegó a una esquina. Ahora era cuando iba a decidirse todo. Si había elegido mal, Owen estaría en aquel pasillo y se daría de narices con él.

Chad agarró el borde de la caja con las puntas de las uñas y, muy despacio, se fue aproximando a la esquina. Dado lo reducido del espacio, esperaba distinguir en cualquier momento un mechón de pelo, una sonrisa implacable y unos ojos brillantes de tanto aguantar la risa. El túnel apareció poco a poco ante él, ladrillo de cartón tras ladrillo de cartón, interminable, casi anormalmente estirado por el poder del juego...

Y vacío. Chad estaba un poco decepcionado: habría sido divertido chocar allí. El entusiasmo volvió a apoderarse de él al pensar que aún podía ganar la partida, y se lanzó hacia delante. Si se daba prisa, había una posibilidad de alcanzar a Owen un poco más lejos. En el peor de los casos, lo sorprendería en el centro del laberinto.

Nuevo recodo, más precauciones... Y otra vez nada.

De pronto, mientras continuaba acercándose a su objetivo, notó una presencia a su lado. No habría sido capaz de explicar por qué, pero supo de inmediato que no estaba solo y que el individuo se encontraba al otro lado de la pared de cajas en la que se había apoyado. Chad comprendió que eso significaba que estaba justo detrás de él. Estaba a punto de cerrar los ojos de pura rabia —se había dejado atrapar— cuando su instinto le dijo que no bajara la guardia. No oía ninguna respiración, ningún roce de la ropa contra el cartón; pero percibía la presencia con absoluta certeza.

El parquet dejó escapar un quejido. El cazador había reanudado la marcha.

«¡Viene hacia mí!»

Pero ¿por qué le había entrado pánico? Chad ya no entendía nada. Casi jadeaba. Su vejiga estaba a punto de liberarse contra su voluntad, y sudaba como en una sauna.

En ese momento se dio cuenta de que sus piernas no habían recorrido la U por completo, y por tanto «el otro» debía de estar viéndolas. Cuando se dispuso a encogerlas, un puño de hierro se cerró alrededor de su tobillo izquierdo. El chico no pudo contener un grito. Tiró con todas sus fuerzas agarrándose a lo que pudo, pero no consiguió soltarse.

Y lo que es peor, el otro lo arrastraba hacia atrás. Lo llevaba hacia él.

Chad pateó con la furia de quien está aterrorizado, sin medir los golpes.

Fue entonces cuando los dientes se hundieron en su carne en la parte baja de la pantorrilla y la mandíbula apretó. Cada vez más fuerte.

Esta vez, Chad lanzó un alarido y arrancó la sábana sobre sus cabezas.

13.

—Olivia, sabes perfectamente que no creo en la inspiración —repitió Tom—. La inspiración es al escritor lo que la religión a la humanidad. Y no necesito consolarme con mitos. Yo creo en el trabajo.

—Esa canción ya me la sé —respondió Olivia mientras dejaba la ensaladera en la mesa después de haberse servido—: rigor, concentración y sudor espiritual —recitó—. Solo decía que el cambio de aires podría proporcionarte... Vale, quizá no la inspiración como tal, pero sí el estímulo de una nueva perspectiva.

Tom comprendió que estaba a la defensiva y se reconvino. El fracaso de su última obra lo había vuelto muy susceptible; todo lo relacionado con la creación lo irritaba, como si la simple mención del tema pusiera en entredicho su capacidad y su talento.

—Perdona, tienes razón —reconoció poniendo una mano encima de la de su mujer—. También vinimos aquí por eso. De momento no he escrito una sola línea. Ordeno el escritorio, hago limpieza... y busco. Funciona como siempre; para los demás es muy abstracto, pero tú sabes bien que cuando doy vueltas, cuando observo el paisaje y a la gente, cuando no digo nada, en realidad estoy trabajando. Mis silencios son el testimonio de mi creatividad.

Olivia le enseñó los blancos dientes y luego le rozó la mejilla con la yema de los dedos.

—Yo confío en ti. Descubrirás el modo de renovarte. No importa el tiempo que tardes. Lo tuyo es escribir, el teatro es tu vida. Tu próxima obra será buena. Lo presiento.

—¡Bum! —exclamó Zoey dejando caer la cuchara desde su trona.

—¡Como vuelvas a tirarla, te comes el peluche! —la amenazó Olivia.

—¡Peúche no, peúche puaj!

Tom regaló a su mujer una mirada amorosa. Olivia siempre estaba ahí, en los momentos buenos y en los malos. No eran meras palabras dichas a la ligera el día de la boda. No, seguiría a su lado aunque él se hundiera, Tom lo sabía. Se sentía afortunado por tenerla.

Viendo que Zoey estaba en plan provocador, Tom se acercó para encargarse de darle la comida.

—Zoey, papá tiene mucha menos paciencia que mamá, así que te aconsejo que abras bien la boca y te dejes de tonterías.

—Bueno, chicos, ¿qué tal el día? —les preguntó Olivia a los dos primos—. ¿Os habéis aburrido sin Gemma para pasearos?

—No —murmuró Owen sin convicción.

Chad se limitó a hacer un gesto con la barbilla.

—¿Qué os pasa? —quiso saber Tom—. ¿Os habéis aburrido mucho? —Owen meneó la cabeza y Chad se puso aún más serio—. Os habéis enfadado, ¿no? —comprendió Tom, cayendo en la cuenta de que no habían rechistado en toda la cena.

Esta vez Chad explotó.

—¡Ha sido él! —gritó señalando a su primo—. ¡Me ha mordido!

—¡No es verdad!

—¡Claro que sí! ¡Tengo la marca!

—¡No, yo no he hecho nada!

—¡No modido! —exclamó Zoey, autoritaria.

Olivia extendió las manos por encima de la mesa para hacer callar a todo el mundo.

—Owen, ¿qué ha pasado? —preguntó al fin.

—No he sido yo —se apresuró a responder el chico, agobiado.

—¡Me has mordido hasta hacerme sangre! —repitió Chad con rencor.

Tom le indicó por señas que se lo enseñara, y Chad apoyó la pierna en el banco y se subió la pernera del pantalón para dejar al descubierto la pantorrilla izquierda, en la que se veía la ancha aureola en carne viva típica de una mordedura. A ambos lados del gemelo, los dientes se habían hundido en la piel hasta imprimir unas marcas moradas y rojas. Un poco más de presión y el tejido se habría desgarrado y habría dejado escapar la sangre.

Olivia, que no podía verlo desde la otra punta de la mesa, hizo un gesto interrogativo con la cabeza. Tom fulminó a Owen con la mirada.

—¿Qué os habéis dicho para llegar a esto? —quiso saber.

—¡Nada, estábamos jugando! —farfulló Chad—. ¡Y se ha lanzado sobre mí para morderme como una fiera!

Owen soltó los cubiertos, se hundió en su asiento y cruzó los brazos, herido en lo más hondo.

—Chicos, esto no me gusta nada —terció Olivia—. Ya sabéis lo que Tom y yo pensamos de la violencia. Sea física o verbal —insistió mirando fijamente tanto a Owen como a Chad, que parecía indignado ante la insinuación de que hubiera provocado la agresión—. Esta noche no habrá castigo, pero si no arregláis las cosas entre vosotros tomaremos medidas para que recapacitéis. Somos una familia. Un clan. Tenemos que apoyarnos, no atacarnos. Bastantes desgracias hay ahí fuera para que nosotros añadamos más. ¿Está claro?

En vista del silencio despechado de los dos chicos, Tom insistió:

—¿Lo habéis comprendido?

Pese a su cólera y su frustración, Chad asintió. Owen hizo otro tanto.

—Dejadlo estar esta noche, y mañana lo habláis —añadió Olivia—. En la próxima cena no quiero seguir viéndoos enfadados. Hablad, soltad lo que lleváis dentro, primero uno y luego otro, haced el esfuerzo de escucharos y luego daos la mano. Si mañana por la noche tengo la sensación de que no está solucionado, intervendré yo.

La cena continuó en silencio y nadie se entretuvo en los postres. Owen y Chad subieron a acostarse de inmediato, mientras Tom se encargaba de Zoey, que se caía de sueño. Más tarde, ya en la cama, Olivia y él hablaron del asunto. Ella temía que el trauma de Owen fuera más grave de lo que habían supuesto: el chico hablaba poco y apenas mencionaba el accidente o a sus difuntos padres. A Olivia le preocupaba que todo resurgiera de una forma u otra. El mordisco parecía una manifestación incontrolada de sentimientos que lo superaban.

—O una pelea entre dos chavales de trece años —replicó Tom cogiendo su libro.

Zoey llevaba dos noches sin llorar, y su padre confiaba en que eso significara que la pequeña se había acostumbrado al fin a la nueva casa y que los terrores nocturnos tocaban a su fin. Se sentía agotado; necesitaba unas cuantas noches en calma para recuperarse. Sin embargo, tardó un buen rato en desconectar, algo se agitaba dentro de él sin que consiguiera identificarlo. Por una vez, no era el rostro aterrorizado de aquella anciana antes de correr hacia la muerte en Atlantic Drive. Era otra cosa. Incluso tras hundir la cabeza en el almohadón, le llevó más de una hora conciliar el sueño y se despertó en repetidas ocasiones antes de cogerlo del todo.

Hacia la una, volvió a abrir los ojos de golpe.

Sin los enmarañados restos de un sueño clavados en la mente. Estaba totalmente lúcido. Y solo veía una cosa en el techo, blancuzco en la penumbra. Una sucesión de manchas oscuras de forma redonda. Flotaban en el aire. Y eso lo perturbaba.

En ese momento supo por qué no podría dormir.

Y el corazón se le aceleró hasta casi dolerle.

14.

Dos viejos hangares se oxidaban sobre un largo bloque de hormigón, cerca de la embocadura del puerto deportivo, frente a sendos muelles de gastada madera. Eran las dársenas de los últimos arrastreros de Mahingan Falls, además de su mayor vergüenza. A falta de créditos suficientes, aún no se había hecho nada para derribarlos y sustituirlos por una construcción menos decrépita. Afeaban el acceso al puerto de recreo, pese a la sombra del espolón, que les caía encima durante parte del día, como si quisiera ocultarlos.

A última hora de esa mañana, cuando Ethan Cobb bajó de su vehículo, los hangares, habitualmente desiertos —salvo bastante antes del amanecer, cuando algunos pescadores se preparaban para zarpar—, congregaban a un grupo de unas diez personas. El teniente se puso la gorra de la policía local y evaluó la situación. Dale Morgan, muy tieso en su uniforme, hablaba con varios testigos y tomaba notas en su libreta con una meticulosidad no menos rígida. El jefe Lee J. Warden, también presente, escuchaba a un individuo. Cuando sus diminutos y vivos ojos descubrieron a Ethan, se despidió de su interlocutor con un saludo y, pese a su escasa estatura, apartó sin dificultad a los dos hombretones que le cerraban el paso involuntariamente para ir derecho hacia su teniente.

—Jefe... —lo saludó Ethan tocándose el borde de la gorra.

—Qué rapidez..., eso está bien. Su antecesor era de una lentitud desesperante.

—Eso he oído. ¿Qué ocurre?

—Un tipo que ha salido al mar esta mañana, han visto su barco a la deriva no muy lejos de aquí. No contesta a la radio.

—¿Lo saben los guardacostas de Newburyport?

Warden miró a Ethan con desdén, y su fino bigote gris, perfectamente recortado, tembló.

—¿Por qué demonios íbamos a recurrir a los vecinos si podemos arreglárnoslas solos? Cedillo ha ido a buscar nuestro barco, llegará en cualquier momento. Usted lo acompañará.
—Bien, jefe.
Estaba claro: Warden no se apuntaba a la excursión. En un año, Ethan lo había visto sobre el terreno muy pocas de las veces en que convenía que estuviera. Warden era un director de orquesta, le gustaba mandar desde el atril, tener una vista de conjunto, pero rara vez bajaba al foso.
—Después del pobre Murphy y de la vieja Debbie Munch, que se mató en pleno centro, delante de todo el mundo, ahora perdemos a uno de nuestros hombres... —dijo con voz áspera—. Esto pasa de castaño oscuro, se lo digo yo. Es la ley de la fatalidad: todo el año matando moscas de puro aburrimiento y ahora, de golpe, una catástrofe detrás de otra.
—Olvida la desaparición de Lise Roberts.
—¡La fuga, teniente, la fuga! —lo corrigió Warden, irritado—. Por cierto, me he enterado de lo de la autopsia de Rick Murphy... ¿Cómo se le ocurre? ¡Hacerlo abrir, y encima por el inútil de Mordecai!
—Tenía dudas, lo siento.
—¿Dudas sobre qué? ¿Sobre si estaba bien muerto? Leí el informe y, francamente, yo no tuve ninguna. Escúcheme bien, Cobb. Ya no está en Filadelfia, aquí no destripamos a nuestros conciudadanos sin un motivo suficiente. ¡La próxima vez que le entren dudas, me consulta! ¡Decidir algo así sin mi aprobación, jamás! —rugió entre dientes para no llamar la atención. Luego suspiró para calmarse, y en voz muy baja, con la frialdad de una serpiente, añadió—: Si esto se repite tendrá que vérselas conmigo, ¿entendido?
Ethan, que no esperaba salir tan bien librado, asintió. Warden no solía conformarse con un rápido sermón; debía de tener algún motivo para no insistir. «Las formas —se dijo al ver que los observaban—. El viejo zorro no mostrará en público ninguna debilidad, ninguna disensión entre sus tropas.»
Aguardaron a que llegara Cedillo, que maniobraba la estrecha embarcación de la policía para amarrarla en el muelle, frente a ellos.

—¿Cómo se llama el tipo que no responde a la radio? —preguntó Ethan.
—Cooper Valdez —dijo Warden—. Seguramente está durmiendo la mona, pero si ha tenido un ataque al corazón, ya sabe qué hacer. Avísenos por radio si se necesita una ambulancia con urgencia o si ya está tieso como un bacalao.

Ethan saludó a Cedillo y subió a bordo. Mientras se alejaban del muelle, vio el vehículo de Ashley Foster aparcando detrás del suyo. Que él supiera, nadie la había llamado; en realidad, creía que estaba libre hasta la tarde.

—¿Está de servicio Foster? —le preguntó a Cedillo.
—No, no creo. ¡De todas formas, es Foster! —bromeó el agente—. No pierde ocasión de acudir al trabajo.

El menudo y moreno treintañero hizo una mueca llena de complicidad.

—¿Es decir...?

Cedillo le mostró su alianza.

—La felicidad del hogar...
—Ah, ese tipo de problemas... Yo también los tuve.
—¿Y qué poli no?

Ethan lo lamentó más allá de lo razonable. Apreciaba a Ashley Foster, e imaginarla sufriendo el martirio de una vida de pareja en plena crisis lo retrotraía a sus propias broncas con Janice en otra época. Pero dudaba que en esos momentos Ashley sintiera la misma simpatía hacia él. No solo la había implicado en la autopsia de Murphy, también la había obligado a reptar un buen rato por la cámara de aislamiento donde se había producido el accidente: dos horas de gateos y esfuerzos entre polvo y telarañas para apartar todos los escombros que pudieran en su búsqueda de indicios. No habían encontrado el pie que le faltaba al pobre fontanero, y la piedra más grande no se podía mover con las manos desnudas, así que su único hallazgo habían sido restos de animales en descomposición. Todo para confirmar la hipótesis de Ashley Foster: Murphy había sacado de su madriguera a un coyote o un animal parecido, con el que había luchado hasta provocar el derrumbe. A Ethan no le convencía, pero a falta de pruebas, no podía insistir. Desde entonces, Ashley se mostraba más distante con él. Había desperdiciado un cartucho. Si quería seguir siendo creíble a sus ojos, la próxima vez no podía fallar.

—Es aquel punto negro a lo lejos —anunció Cedillo señalando una mancha entre las olas—. Lo ha visto la hija de un pescador que estaba esperando a que volviera su padre. Se conoce todos los barcos. Esa cría es un hacha.

—Y el tal Cooper ¿salió solo?

—Sí, es un solitario. Vive un poco de la pesca y otro poco de hacer chapuzas. Dicen que es un buen mecánico. Según los demás pescadores, su barco ya no estaba en el muelle cuando han zarpado, aunque ayer se encontraba allí.

—¿Qué hora era?

—Sobre las cuatro de la madrugada. Al parecer, no es propio de él. Si quiere mi opinión, no me extrañaría que se lo hubieran comido los cangrejos.

—¿Lo conoce?

—Creo que sé quién es. De verlo en el Banshee.

El Banshee era un conocido pub de los alrededores del puerto deportivo, un sitio animado del gusto de los lugareños, que evitaban los dos bares del centro del pueblo, más turísticos.

—¿Casado? ¿Hijos? —siguió preguntando Ethan, a quien le gustaba tener una visión de conjunto.

—No. Nadie. No es de aquí. Llegó hace cinco o seis años, diría yo. Viene de la parte de Derry, en Maine, creo. Bastante cerrado.

—¿Tiene problemas conocidos?

—¿Aparte de la botella? No tengo ni puñetera idea.

—¿Alcohólico?

—Cuando una palabra se queda corta, ¿cómo se le llama?

—Eufemismo.

—Pues eso es un eufemismo como una casa.

Ethan frunció el ceño. Warden no lo había prevenido, y el jefe conocía a sus vecinos como nadie: sabía que mandaba al teniente al probable escenario de un suicidio. Desde luego, todo apuntaba a eso. «Uno más.» Warden tenía razón: aquello pasaba de castaño oscuro.

Navegaron en silencio durante un cuarto de hora, hasta llegar a la altura de un barco blanco que no mediría más de diez metros de eslora, con un pequeño camarote bajo la cabina del piloto. La cubierta parecía desierta y el ancla estaba levada. Cedillo maniobró para dar una vuelta completa a su alrededor y redujo la velocidad para acercarse despacio a un costado. Ethan Cobb trepó a bordo y gritó el nombre de Valdez varias veces, pero solo le respondió el viento. Luego se inclinó para llamar a la escotilla que daba acceso al camarote, la abrió y bajó. Descubrió una estrecha mesa, una zona de cocina reducida al mínimo necesario y una litera bajo la cubierta de proa. Ni rastro de Cooper Valdez. Iba a dar media vuelta cuando se fijó en una bolsa de cuero caída bajo la mesa. Se arrodilló y encontró en su interior varias prendas de ropa hechas un rebujo, además de una foto familiar que debía de datar de los años ochenta y mostraba a una pareja de cuarentones y un niño que exhibían con orgullo una trucha imponente. En el fondo de la bolsa había un cuchillo de caza que habría hecho las delicias de Rambo. Notando un bulto en un lado, Ethan metió la mano en el bolsillo lateral y sacó un fajo de billetes de cinco, diez y veinte. Al menos quinientos o mil dólares, calculó. En el camarote no había nada más. Volvió a subir, dubitativo.

Cedillo había acabado de fijar las amarras. Se reunió en cubierta con el teniente y comenzó la inspección técnica. Cobb no sabía mucho de barcos, así que le dejó hacer mientras el oleaje los mecía suavemente.

Ethan se secó el sudor de la frente. Hacía un calor agobiante. Echó un vistazo en torno, hacia la oscura superficie del mar, festoneada de espuma, y luego hacia la tierra. El espolón y el faro ardían bajo el sol de mediodía, con Mahingan Falls a sus pies, rodeado de colinas esmeralda. Al fondo destacaba el monte Wendy, coronado por su antena plateada. El resto de la costa no eran más que abruptos acantilados y árboles asomados al vacío. Al sur, lejos, divisó la masa oscura de Manchester-by-the-Sea, la ciudad más cercana, sin llegar a distinguir sus contornos precisos. Salem debía de estar aún más allá, perdida en la línea del horizonte.

—Los motores se han ahogado —dictaminó Cedillo—. La palanca del acelerador está en posición alta. Cuando ha ocurrido iba a toda velocidad.

—¿Queda combustible?

En popa, Cedillo se inclinó sobre dos grandes capós negros.

—Depósitos llenos. Yo... ¡Mierda! Teniente, venga a ver esto...

Ethan se acercó y miró en la dirección del índice extendido de su subordinado. Unas gotas de sangre manchaban la borda y se transformaban en rastro en el costado.

—¿Pudo caer al agua y enredarse en las hélices? —preguntó Ethan—. ¿Podría ser esa la causa de que el barco se parara?

—Quizá. No soy un experto.

Cedillo cogió una pértiga y empezó a sondar el agua alrededor de los motores. Tras varios intentos, sacudió la cabeza.

—No hay nada —informó—. Si se ha caído por la borda, la corriente ya lo habrá arrastrado lejos de aquí.

La radio empezó a chisporrotear, y los dos dieron un respingo. Warden debía de estar intentando contactar con ellos. Cedillo cogió el micrófono, pero el sonido aumentó de volumen y lo paralizó. Se oyeron ruidos parásitos, y de pronto una voz ronca y profunda pronunció unas palabras incomprensibles. En otro idioma, supuso Ethan. Gritos de dolor, breves pero de una intensidad escalofriante, se superpusieron a la voz antes de que la comunicación se cortara sola.

—¿Qué has tocado?

—No he sido yo —aseguró Cedillo.

—Y esos gritos, ¿qué eran?

—¿Cómo quiere que lo sepa?

Cedillo estaba tenso, impresionado por lo que acababa de oír.

—¿Tienes idea de dónde pueden provenir?

Cedillo abarcó toda la costa con un gesto de la mano y luego sacudió la cabeza.

—De cualquier parte, incluso puede que de mar adentro.

Ethan frunció el ceño. Aquello no le gustaba. Esa gente lo estaba pasando mal. «Muy, muy mal.» ¿Cómo se las iba a arreglar para localizar la procedencia de la señal? Le parecía imposible, pero no era un experto en la materia. Decidió que, de momento, había otras prioridades.

—Resolveremos ese... ese incidente en tierra. Supongo que en una bañera como esta no hay caja negra, como en los aviones...

—No, pero quizá pueda recuperar algunos datos cuando volvamos, aunque no prometo nada. Si quiere mi opinión, teniente, Cooper Valdez se largaba de aquí, y no es probable que volvamos a verlo.

—En el camarote hay una bolsa con unas cuantas cosas.

—Esta mañana ha salido muy temprano, a todo gas, y no era para pescar.

—¿Cómo lo sabes?

Cedillo esbozó una sonrisa astuta, que contrastaba con su expresión preocupada de hacía solo unos segundos.

—No hay una sola red a bordo. Ha zarpado sin ningún material de pesca —Ethan irguió el pulgar para indicarle que acababa de marcarse un punto—. Los tipos que se piran de ese modo —añadió Cedillo— suelen tener algo poco limpio que reprocharse.

—Eso no explica la sangre a bordo. Salvo que se haya caído.

—A lo mejor no es suya.

—Los análisis nos lo dirán —respondió Ethan, que tenía pocas dudas.

—Marinero experimentado, buen mecánico... Cuesta creer que haya cometido semejante error. Si el barco iba a toda pastilla, ¿por qué iba a meter las narices entre los dos motores? Sobre todo, teniendo en cuenta las sacudidas...

Ethan se volvió hacia el pueblo, acurrucado entre sus colinas. Parecía esperarlos.

Se imaginó a Cooper Valdez corriendo en plena noche con la bolsa en la mano para saltar a su embarcación y poner las máquinas a toda potencia, con el miedo en el cuerpo. Un miedo tan grande que lo impulsaba a huir sin demora. Ethan lo vio volviéndose para decir adiós a Mahingan Falls, y al oír un ruido sospechoso a su espalda, acercarse a la borda pese a la velocidad y los bandazos, inclinarse y...

—Volvamos —dijo—. Quiero ir a su casa.

Los chapoteos del océano resonaban como otras tantas burlas crueles.

15.

Con una solicitud que se esforzó en disimular, Tom Spencer acompañó a su mujer hasta el coche, aparcado en el sendero delante de la Granja, le dio un beso y le regaló su mejor sonrisa mientras ella daba marcha atrás para llevar a la pequeña Zoey al pediatra para una revisión rutinaria. Con Chad y Owen de correrías con sus nuevos amigos, Tom se iba a quedar por fin solo en casa.

Una perspectiva que aguardaba con una impaciencia difícil de soportar.

Su desvelo en mitad de la noche lo había dejado anonadado. Mientras las manchas oscuras bailaban en el techo, había sentido que su corazón se contraía y aceleraba, hasta que tuvo que ir al cuarto de baño y echarse abundante agua en la cara. Allí, bajo la cegadora luz, se miró en el espejo preguntándose si se estaba volviendo loco.

Sin embargo, sabía que no lo había soñado. No había podido dormir tranquilo porque su mente lo sabía, su subconsciente lo había comprendido, y necesitaba tiempo para que el resto lo aceptara, se atreviera a mirar la verdad de frente. Por perturbadora que fuera. Por eso no había advertido en realidad el horror de la situación durante su primera inspección de la pantorrilla de Chad, pese a ser evidente.

Tal vez para probarse a sí mismo que no estaba perdiendo la razón, al levantarse de la cama había ido discretamente a ver a su hijo para pedirle que se remangara el pijama, con la excusa de comprobar que la mordedura no se había infectado.

Saltaba a la vista, como una evidencia casi arrogante en este mundo cartesiano. Al observar la marca por segunda vez, Tom supo que había accedido a otra percepción de la realidad.

Las mandíbulas de Owen nunca podrían haber dejado una huella tan ancha. Ni siquiera las suyas eran lo bastante grandes.

Quienquiera que hubiera mordido a su hijo tenía una boca enorme. Era tan grotesco que ni el propio Chad, con sus trece años, se percataba, o bien se negaba a admitirlo.

Ante tan improbable constatación, muchos padres habrían llamado a la policía, convencidos de que un intruso se había introducido sin hacer ruido en la casa para participar en los juegos de sus hijos, hasta llegar a la agresión, en la oscuridad del laberinto. Un desconocido con una peculiaridad física lo bastante llamativa para poder identificarlo rápidamente. Pero para Tom no era posible. Era incluso ridículo. Aún más que la hipótesis que se le había ocurrido en plena noche, tumbado en la cama, con los ojos clavados en el techo y el corazón desbocado.

Era una idea disparatada. Peligrosa incluso para su salud mental. Pero Tom era incapaz de considerar ninguna otra.

Las repetidas pesadillas de Zoey, los miedos de Olivia y, ahora, el mordisco anormalmente grande de Chad convergían hacia esa hipótesis. Por no hablar de la estrambótica historia de la propia Granja, con sus supuestas brujas y sus sucesivos abandonos...

Tom debía verificarla.

«La casa está encantada.»

Al pensarlo le daban ganas de reír hasta que se le saltaran las lágrimas, hasta doblarse de risa, para burlarse de sí mismo y ahuyentar sus miedos con la irrisión; pero sabía que, si se dejaba llevar, aquello terminaría en alguna forma de histeria. Era un hombre sensato, inteligente, culto. Si había llegado a esa conclusión era porque pasaba algo, aunque todavía no supiera qué. Aquello merecía que le prestara la atención necesaria.

«Me estoy volviendo majara. Eso es lo que ocurre. Mi pequeña sufre terrores nocturnos, mi mujer siente una presencia glacial en el corredor, a nuestro hijo le muerde una boca gigantesca en la oscuridad... Y yo llego a la conclusión de que la culpa la tienen los fantasmas. Estupendo. Es. Tu. Pen. Do.»

La lógica exigía que buscara respuestas un poco más aceptables y se tranquilizara. Terrores nocturnos. Corrientes de aire y paranoia (después de todo, la propia Olivia ya había pasado a otra cosa). Un animal salvaje atrapado en la casa. Sin embargo, mientras la marca del mordisco flotaba ante sus ojos en el techo,

Tom había sentido aquella convicción con la fuerza de quienes afirman recibir un mensaje divino. Por supuesto, por la noche las cosas adoptaban un aspecto muy diferente, pero al despertar seguía experimentando aquella necesidad imperiosa de verificarlo. Así que, con el paso de los minutos, se había dejado convencer. «Después de todo, ¿qué pierdo, si sirve para que me calme?» Algo de tiempo y mucho de amor propio, nada más.

La nube de polvo levantada por el coche de Olivia aún no se había disipado del todo en Shiloh Place cuando Tom regresó a la entrada con los brazos en jarras. «¿Y ahora qué? ¿Por dónde empiezo? —en ese momento reparó en lo absurdo de la situación. ¿Cómo se verificaba la presencia de fantasmas en una casa?—. Soy patético.»

Pero eso no impedía que se sintiera empujado por una curiosidad desbordante, y comprendió que una parte de él se divertía con la situación.

Tom recorrió despacio el interior de la casa, atento a lo que sentía y al acecho del menor ruido. La pintura estaba impecable, el parquet perfectamente pulido y encerado, el enlucido del techo, irreprochable... La Granja había sufrido una renovación total que hacía difícil proyectar en ella la existencia de cualquier maldición antigua. Tom sabía, no obstante, que más allá de su apariencia los cimientos databan de varios siglos atrás, como le había asegurado el propio Bill Taningham, que los había contemplado con sus propios ojos durante las obras.

«No me venderías tu chabola porque está maldita, ¿eh, canalla?»

Tom se imaginaba ya viviendo un *remake* de *Poltergeist* o *Amityville*, películas de su juventud, y ahuyentó esa idea de inmediato.

«En la realidad, las cosas no pasan así —¿y él qué sabía? ¿Acaso era un experto en exorcismos?—. Estoy cayendo en el tópico...»

Ahora que el sol entraba oblicuamente por los ventanales y atrapaba con sus rayos miles de partículas en suspensión, Tom se preguntó si sus certezas nocturnas tenían algún fundamento. ¿No habría ido un poco lejos debido al cansancio y las emociones? Creía haber superado el accidente de la anciana en Atlantic

Drive, pero ¿era así? ¿No había en su búsqueda un intento de agarrarse a un poder superior que le ahorrara el esfuerzo de darle sentido a todo, incluida una tragedia que no tenía ninguno, salvo el aterrador de una absoluta y terminal pulsión de muerte?

«No, no y no. En esta casa pasa algo. Lo siento.»

Y por una vez no podía compartir su convicción con Olivia. En primer lugar porque se reiría en su cara, no lo tomaría en serio; y después porque se preocuparía y haría todo lo posible para devolverlo a la confortadora senda de lo real, de lo probable, de lo concreto. Pero también porque, si conseguía convencerla, entraría en pánico. Olivia era demasiado realista para mantener la sangre fría ante un fenómeno inexplicable.

Tom se dio cuenta de que caminaba deslizando una mano por la pared. Se detuvo para reflexionar. La mayoría de los fenómenos se habían producido en la zona de los niños. Tras sondear su imaginación, acabó preguntándose si emanaría de ellos un magnetismo fascinante para los supuestos espíritus. ¿O el quid estaba en el lugar? Tom subió la escalera hasta la primera planta. Su dormitorio estaba en un extremo de un ala de la Granja en forma de L, y los cuartos de los chicos y Zoey, en el otro. ¿Había habido una extensión construida con posterioridad? Tendría que informarse en el ayuntamiento. O mejor aún, a través de la empresa que había realizado las obras, si la encontraba.

«Bill Taningham podrá decírmelo. A no ser que ese sinvergüenza esconda algún odioso secreto...»

Tom abrió la puerta de la habitación alargada llena de cajas que separaba las leoneras de Chad y Owen. Unas sábanas cubrían casi toda su extensión a la altura de su cintura. Los chicos se habían hecho un patio de juegos de aúpa. Tom no se veía gateando por allí abajo, así que se dirigió al cuarto de Zoey. También allí el sol de verano penetraba por las ventanas que Olivia había dejado abiertas antes de irse, y la moqueta blanca, los cojines de tonos pastel y los juguetes de bebé eran de lo más apropiados para desechar cualquier sospecha. En el exterior, los pájaros cantaban alegremente en los árboles, lo que reforzaba la sensación de normalidad.

Pero Tom no quería dejarse engañar. Sabía que al caer la noche las sombras regresarían insidiosas, el aire se volvería más pesado y el tiempo se dilataría para agrandar la angustia. Pretendía llegar al fondo de sus pesquisas, así que empezó a palpar las paredes y a escuchar el sonido de las tablillas que crujían de forma particularmente ruidosa para comprobar si había alguna hueca; miró debajo de la escalera, inspeccionó el pequeño y moderno sótano, con sus placas de escayola pintada, y luego se asomó por las ventanas y examinó las fachadas, antes de salir para dar una vuelta alrededor del edificio. Daba golpecitos, arañaba, tiraba de algún elemento que encontraba un poco flojo, sin saber qué buscaba exactamente pero suponiendo que lo sabría cuando lo viera. Al final de la mañana, se sentó en el jardín a tomarse una cerveza sin alcohol, un poco defraudado. ¿Qué más podía hacer? ¿Una sesión de espiritismo con un tablero de *ouija*? ¿Llamar a un médium para que se paseara por allí con un péndulo en la mano? ¿Pedir a un cura de Mahingan Falls que bendijera la propiedad para comprobar, de paso, si detectaba alguna fuerza maligna?

Tom meneó la cabeza, irritado. Pero bueno, ¿qué esperaba? ¿Volverse y darse de bruces con un fantasma, surgido de debajo de la colcha de su hija?

Su mente vagabundeaba entre la frustración, la duda y un escepticismo que volvía a la carga cuando divisó las dos pequeñas claraboyas de la techumbre. Polvorientas, apenas reflejaban la luz. Se acordó entonces de Tessa Kaschinski, quien en su primera visita había mencionado un desván. La Granja era tan grande que no habían necesitado utilizarlo: una vez colocados los muebles en el espacio principal, aprovecharon dos habitaciones vacías para guardar las piezas que no encajaban en el nuevo decorado y que seguramente acabarían vendiendo. Tom hurgó en su memoria en busca de un acceso, hasta que cayó en la cuenta de que nunca lo había visto.

Dejó la botella medio llena y volvió a subir al primer piso, ensimismado. Esperaba encontrar el acceso al desván en el pasillo, o bien en una de las habitaciones, pero al cabo de cinco minutos tuvo que admitir que no había ninguna trampilla con escalera escamoteable. Era incomprensible. Tom conocía su casa, llevaba casi tres semanas viviendo en ella y había tenido muchas ocasiones de explorar sus recovecos; pero no sabía de qué manera acceder a ese último piso. Así que empezó a abrir todas las puertas, una detrás de otra, y al pasar por la sala que servía de trastero y de laberinto a los dos chicos, a punto ya de dar media vuelta, vio, en la pared de enfrente, un pomo que probablemente servía para abrir un armario empotrado. Asaltado por la duda, apartó algunas pilas de cajas y se abrió paso hasta allí para tirar de aquella puerta, pintada del mismo color que la pared, casi invisible. Parecía bloqueada, y Tom tuvo que forzarla hasta que cedió con un chirrido.

Una escalera de madera, muy estrecha, arrancaba abruptamente de la penumbra en dirección al desván. «¡Eureka!»

Tom se palpó los bolsillos solo para constatar que no llevaba el móvil y no podría alumbrarse, pero estaba demasiado excitado para ir en busca de una linterna y supuso que sus ojos acabarían habituándose, de modo que entró en el pasadizo. Una pizca de aprensión le hizo titubear; la desechó de inmediato, demasiado intrigado para renunciar. A cada paso, los peldaños chirriaban tan fuerte que Tom temía atravesarlos con los pies. El olor a cerrado le irritaba la nariz, lo que le hizo estornudar varias veces.

El desván, lleno de vigas, rincones abuhardillados y telas de araña tan grandes como cortinas rasgadas, se extendía a lo largo de buena parte del ala norte de la casa. Una luz mortecina penetraba por cuatro claraboyas, opacas de puro sucias. Tom esperó a que sus sentidos se familiarizaran antes de avanzar con cautela sobre el ruidoso suelo. Se hallaba en la única parte de la Granja que Bill Taningham no había tocado. «Está tal cual.»

De hecho, las vigas de madera no estaban bien pulidas y las décadas las habían deteriorado, aunque el armazón parecía sano; incluso el revestimiento interior, aunque polvoriento, mostraba una sorprendente resistencia al tiempo. Al menos la excursión no sería totalmente inútil, pensó Tom, antes de distinguir unas formas cúbicas amontonadas en un rincón oscuro. Se acercó y se agachó para pasar bajo el techo. Media docena de frágiles cajas servían de nido a un ejército de artrópodos diversos. «Vaya, vaya, ¿qué tenemos aquí?»

Tom tiró de la primera para arrimarla a un tragaluz, pero desgarró un buen trozo antes de conseguir moverla. La abrió con cuidado, se limpió la nariz tras respirar partículas que le provocaron picores, y se llevó una enorme decepción al comprobar que solo contenía ropa vieja. Desplegó algunas prendas. Los colores y los cortes no dejaban lugar a dudas. «Años setenta. Un hombre. Más bien delgado.»

Tras un rápido examen de las demás cajas, Tom se rindió a la evidencia: no había nada digno de interés.

Resopló para limpiarse las fosas nasales. Aquel sitio necesitaba unas buenas ráfagas de aire fresco. Era muy frustrante haber llegado hasta allí y no haber hecho el menor hallazgo. «Tendré que volver para limpiar las claraboyas, averiguar cómo se abren y...»

Tom inclinó la cabeza, asaltado por una súbita duda.

Con el índice alzado ante él, dudó sobre qué dirección tomar antes de representarse el plano de la casa. Las habitaciones de Chad y Owen, justo debajo, la de Zoey enfrente... Se detuvo frente a una pared de madera. El desván acababa allí.

Sin embargo —ahora estaba seguro—, cuando había visto las dos claraboyas en el tejado, desde el jardín, estaba mirando el ala este...

«¡Dios mío, hay otro desván!»

Pero había recorrido la primera planta entera en busca de un acceso y no había ninguno más. ¿Lo habrían condenado?

Tom golpeó la pared de forma casi mecánica para subrayar tanto sus certezas como su desconcierto. El ruido le hizo dar un paso atrás de inmediato. Sonaba a hueco.

Apenas veía, así que empezó a palpar con atención, procurando no clavarse astillas en las palmas de las manos, en busca de bisagras, un cerrojo o cualquier otra cosa que indicara la presencia de una puerta en la oscuridad, sin éxito. Al cabo de cinco minutos, exasperado, bajó a la cocina para coger una linterna y volvió al desván decidido a acabar el trabajo. Pero nada: no había ninguna hoja o trampilla, disimuladas o no. Sin embargo, podía oír claramente que un tercio largo del tabique daba a un espacio vacío.

Esta vez Tom había llegado demasiado lejos para retroceder. Volvió a bajar, fue a su taller y se proveyó de herramientas adecuadas. Luego, tras tantear el tabique, introdujo el pie de cabra en una junta e hizo palanca. Las tablas se rompieron con un crujido seco, que resonó en toda la casa, en los huecos de las escaleras y a lo largo de los pasillos. Cada trozo de madera que arrancaba parecía una capa de piel de la que tiraba para poner al descubierto una parte del edificio que dormía en secreto desde hacía mucho tiempo. Desnudaba aquel cuerpo sepultado bajo capas de ropa vieja, y por un instante se quedó inmóvil con la impresión de que toda la casa temblaba. «Ha sido el viento —se tranquilizó. Solo el viento. La estructura de madera le respondió con un imponente gruñido, y a Tom se le puso la carne de gallina—. El viento», se repitió.

Cuando el agujero fue lo bastante ancho, pasó la cabeza y los hombros a través de él.

El otro lado del desván se parecía al primero, aunque él lo veía de través: la misma penumbra grisácea, la misma osamenta de madera, las mismas zonas abuhardilladas... Tenía la sensación de contemplar el reflejo borroso del otro lado, como si estuviera ante un espejo empañado por el tiempo. No obstante, el segundo desván ofrecía algunas particularidades.

En el centro había unas cajas de hierro y varias estanterías llenas de libros y papeles viejos.

El corazón de Tom empezó a latir fuerte y ruidosamente. Sentía que acababa de hacer un descubrimiento importante. Esta vez no podían ser antiguallas olvidadas o abandonadas por su escaso valor. Las habían tapiado. Escondido...

Tom franqueó el umbral y pasó al otro lado del espejo.

16.

Cooper Valdez tenía alquilado un antiguo garaje al sur de Oldchester, en un rechoncho edificio de dos plantas de ladrillos marrones. Había instalado todo un baratillo de aparatos eléctricos bastante viejos, desperdigados entre un roñoso Chevrolet Chevelle de primera generación y un Ford Mustang de 1974, cuyo capó abierto mostraba un V6 en proceso de restauración. En los bancos de trabajo, un sinfín de herramientas clasificadas conforme a un criterio muy riguroso relucían a la luz de las cuatro grandes lámparas que colgaban del alto techo. El lugar olía a grasa, aceite y ozono.

Ethan Cobb se quitó la gorra, se la enganchó al cinturón, detrás de la pistolera, y se secó la frente con la manga de la camisa. La primera sorpresa había sido no encontrar la puerta cerrada con llave.

—Cedillo, te dejo echar un vistazo.

—¿Y qué busco?

—Tú sabes de mecánica, así que mira, revuelve y hazte una idea de quién es Cooper Valdez basándote en su garaje. Nosotros haremos lo mismo ahí arriba —dijo Ethan señalando la escalera que llevaba a una entreplanta, a cinco metros de altura.

Ashley Foster lo siguió sin decir nada. Ethan le agradecía que no hubiera hecho ningún comentario sobre su «porquería de instinto» después del fiasco de la investigación sobre Rick Murphy. Había sido él quien la había llamado directamente para solicitar su asistencia.

—¿Por qué yo? —había preguntado ella.

—Quiero que me acompañe otro oficial, y ya sabe lo que pienso de Paulson.

—¿Vamos a respetar los procedimientos esta vez?
Breve titubeo.

—Sí.

Silencio.

—¿Foster? Se lo pido a usted porque es competente. No solo para evitar a Paulson. Confío en usted.

—De acuerdo, teniente. Ahora voy.

Eso había sido todo. Foster había llegado y saludado con un rápido movimiento de cabeza, nada más. Ethan notaba que estaba tensa, y los ojos rojos la delataban. El teniente se acordó de lo que le había contado Cedillo en el barco y le dieron ganas de ofrecerle sus brazos para reconfortarla, para mostrarle su apoyo. Había pasado por lo mismo y guardaba de ello un recuerdo doloroso, amargo. Confiaba en que su situación se arreglara pronto.

«¿De verdad? Pedazo de hipócrita... Si se separara de su marido, ¿qué harías? ¿Ignorarlo? ¿Tratarla como a un compañero más?»

No. Las relaciones con polis se habían terminado para él, estaba vacunado. Para siempre. Por eso prefirió concentrar su mente en el caso Cooper Valdez en lugar de perseguir una quimera que le hacía sentir incómodo.

En lo alto de la escalera, abrieron una puerta de cristal esmerilado y se introdujeron en la guarida del mecánico aficionado.

Constaba de tres habitaciones que aún apestaban a tabaco y estaban en penumbra, con todas las persianas bajadas. Ethan buscó a tientas hasta dar con el interruptor de la pieza principal, y tras unos cuantos parpadeos de las bombillas se iluminó un mobiliario consistente en un sofá, una mesita baja, una alfombra raída y un aparador, más una cocina americana al fondo.

—¿No se le conocía ninguna relación?

—No, según he oído salía con chicas ocasionalmente —respondió Ashley—, en especial con una de Boston, pero nada serio. De todas formas, no hay más que ver su casa para saber que vivía solo.

Recorrieron el salón en busca de indicios reveladores del sujeto. En concreto, Ethan esperaba encontrar algo que pudiera explicar su repentina huida en plena noche, con lo estrictamente necesario apelotonado en una bolsa. ¿Qué lo había puesto tan nervioso para obligarlo a marcharse a toda prisa de Mahingan Falls? Hasta hacerle perder el equilibrio en la popa de su barco...

Aún no tenían los resultados del laboratorio sobre la sangre encontrada cerca de los motores, pero a Ethan no le cabía duda: sería de Valdez. Todos sabían que no volvería. En el mejor de los casos, de allí a unos días el mar arrojaría a la playa su cuerpo, medio devorado por los cangrejos. Si lo arrojaba al pie de los acantilados, era poco probable que alguien lo descubriera, y se pudriría hasta disolverse en el océano. Las posibilidades de volver a ver a Cooper Valdez, vivo o muerto, eran prácticamente nulas.

Ashley iba a abrir el frigorífico, pero Ethan la detuvo.

—Siento ser quisquilloso, pero ¿le importaría ponerse unos guantes? —le dijo en el tono más suave que pudo.

Ashley lo fusiló con la mirada, luego sacó un par de guantes de látex del bolsillo de cuero de su cinturón.

—¿Tiene intención de recoger huellas en toda la vivienda? Para eso habría que hacer venir a un equipo de Salem...

Ethan soltó una risita seca.

—El jefe Warden no lo autorizará —respondió—. Sobre todo tratándose de un alcohólico desaparecido en el mar. De todas formas..., procuremos no contaminar la escena. Ya sé que mi instinto deja mucho que desear, pero prefiero seguirlo.

—Lee ya ha empezado a decirle a todo el mundo que Valdez se suicidó —le informó Ashley mientras empezaba a examinar el interior del frigorífico con una mueca de asco—. Está claro que, aparte de alimentos líquidos, no compraba mucho...

Ethan entró en el pequeño pasillo que conducía al cuarto de baño y las otras dos habitaciones. La primera era un escueto dormitorio, con un colchón en el mismo suelo, un edredón sin funda y un revoltijo de ropa encima de una silla, delante del armario.

—¡Teniente! —exclamó Ashley en tono apremiante.

Ethan volvió sobre sus pasos a toda prisa y la vio señalando la encimera con el índice enguantado.

Un teléfono móvil hecho pedazos yacía junto a un martillo.

—¿El suyo? —preguntó Ethan sorprendido, sin esperar respuesta.

—Mientras ustedes estaban en el mar me dediqué a reunir la información básica sobre Cooper Valdez, incluida la relacionada con su teléfono. No será difícil comprobar si la tarjeta SIM es la suya —explicó Ashley retirando el pequeño chip y guardándolo en una bolsita de papel.

—¿Lo ve? Si la quiero a mi lado es por cosas así. Falta saber por qué destrozó su móvil antes de irse.

—Para asegurarse de que no lo encuentren.

—Es lo que piensa Cedillo, que Valdez hizo alguna estupidez.

Ethan no lo veía tan claro. Si Valdez hubiera querido huir, habría cogido el coche: era más discreto, más práctico y más fiable que el barco en plena noche. El hecho de que la puerta principal no estuviera cerrada con llave sugería igualmente una huida rápida, casi desenfrenada.

Esta vez el teniente llegó al final del pasillo, y lo que vio en la última habitación le hizo detenerse en el umbral.

—¡Foster! —llamó a su vez—. ¿Hay una antena en el tejado?

—¿Una especie de mástil para las transmisiones, quiere decir? Sí, ¿no lo ha visto al llegar? Es para...

La sargento se interrumpió al ver la larga mesa cubierta de transmisores, radiorreceptores, amplificadores caseros, osciladores y otros dispositivos cuya utilidad no era fácil de adivinar. Todos estaban destrozados, despanzurrados, la mayoría hechos trizas.

—¿Qué pretendía? —murmuró—. ¿Y si no fue él? ¿Y si volvió a casa y se encontró con todo esto?

—Los aparatos han corrido la misma suerte que el móvil. ¿Salió sin él? Hummm...

—Todos estos destrozos ¿los haría... Valdez? —insistió Ashley ante las dudas de su superior—. ¿Por qué iba a destruir las radios? No pueden grabar nada, ¿no? No constituyen pruebas contra él, hiciera lo que hiciese.

Ethan se encogió de hombros.

—¿Se sabía que se comunicara de esta manera?

—Me informaré.

Ethan examinó el resto de la habitación. Boca abajo en el suelo había un ordenador portátil, despedazado. Se habían ensañado con él. Cobb presentía que no solo habían querido inutilizar el equipo. Quien había hecho aquello estaba furioso. «¡Sí, rabioso! O aterrorizado.»

Ethan vio un mapa de la región clavado con chinchetas a la pared: localidades rodeadas con un círculo hecho con rotulador, con sobrenombres y frecuencias garabateadas al lado. Enfrente, un mapa de todo el país y de Canadá mostraba el mismo tipo de anotaciones.

—Parece que era su hobby...

Pero Ashley ya no lo escuchaba. Había entrado en el dormitorio para registrarlo. De pronto, una desagradable duda se apoderó de Ethan, que atravesó la vivienda para acercarse a la puerta de la entreplanta.

—¡Cedillo! ¿Apuntaste la frecuencia de la radio del barco de Valdez?

La voz nasal de su subordinado resonó justo debajo.

—No, pero podré comprobarla mañana por la mañana. ¿Es importante?

Ethan aspiró una larga bocanada de aire para reflexionar. ¿Era casualidad que esa misma mañana, a bordo, hubieran oído la extraña voz y los gritos?

—No lo sé —confesó en voz alta—. ¿Tenía historial médico? ¿Problemas psiquiátricos?

—No que yo sepa.

—En muy buena forma no estaba... —dijo a su espalda la voz de Ashley Foster, que agitó tres frascos de plástico amarillo translúcido llenos de pastillas y una caja de aspirinas casi vacía—. Vicodin, vitaminas y antidepresivos —detalló.

Ethan le quitó uno de los frascos y leyó la etiqueta que le había adherido la farmacia. Al instante supo dónde debía continuar investigando.

El adolescente tenía un buen hematoma, pero nada roto. Lo que intrigaba al doctor Layman era la causa. No creía en la explicación del choque accidental con los chicos del equipo de fútbol americano cuando volvían corriendo al vestuario. Algunos tenían mala fama, y Chris Layman, que ya había recibido en su consulta a víctimas de aquello brutos, lo sabía. Cox y

Buckinson, recordó el médico. Dos botarates. Probablemente, el pobre chico que se estaba vistiendo frente a él figuraba en la lista de sus cabezas de turco, pero temía demasiado las represalias para hablar.

Chris Layman dudó. Con un poco de paciencia y tacto tal vez consiguiera desatarle la lengua; luego podría mandarlo a ver a la policía para que sus agresores no quedaran impunes una vez más. Pero, tras observar un poco mejor al adolescente, el doctor Layman llegó a la conclusión de que quizá se sobrestimaba. Ahora que estaba tranquilo respecto a su estado, lo único que quería el chico era marcharse.

Layman le tendió la receta.

—Vuelve a pasar mañana a mediodía, solo para ver cómo evoluciona, ¿de acuerdo? —le pidió para tener otra oportunidad de intentar convencerlo.

Cuando la puerta se cerró, Chris Layman dejó las gafas en el escritorio con gesto fatigado y se masajeó las sienes largo rato. Estaba hecho migas, como le decía constantemente su madre, panadera de profesión, no sin ironía. La semana había sido dura, y al día siguiente las consultas del sábado por la mañana le garantizaban una ristra de visitas «de urgencia», nimiedades que en su mayoría habrían podido esperar. Pero luego llegaría el fin de semana. Se acordó de que tenía que llevar al cine a Carol y a Dash, a ver uno de esos taquillazos estivales, se lo había prometido. Fuera de eso, no tenía nada previsto, aparte de trabajar un poco en el jardín y pasar unas horas relajándose al sol.

Sus ojos se posaron en la carpeta que había dejado a un lado del escritorio. Sus anotaciones sobre la «coincidencia». El camino que habían seguido sus ideas a partir del primer caso, diez días antes. Una mujer de unos treinta años. Chris Layman llevaba cinco ejerciendo en Mahingan Falls, tras dejar la clínica de Springfield para seguir a su mujer, que tenía allí a su padre enfermo. El aire del mar les sentaría bien, pensaron, y Layman no se arrepentía de su decisión. Pero a aquella paciente nunca la había visto en su consulta. Sufría dolores de cabeza y hemorragias nasales recurrentes, que por cierto se habían repetido en plena visita.

Dos días después, un chico de apenas veinte años se presentó a media tarde con el mismo problema. Luego, otro caso el lunes, un par más, y aquel último, ese día.

Layman se había ocupado de los primeros del modo habitual, hasta que las coincidencias empezaron a hacerle sospechar. Descartó la hipertensión, salvo en el caso de Douglas O'Connor, que la padecía, pero seguía su tratamiento escrupulosamente: su mujer se aseguraba de ello. ¿Un problema de coagulación recurrente? Era la hipótesis más verosímil. Aun así, la explicación no era sencilla. La primera posibilidad que consideró fue la aparición en Mahingan Falls de una droga cutre. Era una causa plausible. Pero los perfiles no encajaban. Conocía bastante bien a la mayoría de los pacientes, y aunque las apariencias podían ser engañosas, dudaba mucho que Melvin Jonesy o Parker Marston consumieran drogas. No, había que buscar otra cosa.

Así que había echado mano del arma moderna de cualquier buen médico rural: las redes sociales. A sus preguntas, sus colegas respondieron mayoritariamente que se trataba de alergias, cosa que no le convencía en absoluto. Había oído el testimonio de sus pacientes: ni siquiera las hemorragias de la primera eran una reacción alérgica. La ausencia de fiebre y de contagio de las personas cercanas le había dado un poco de optimismo. No tendría que llamar a los CDC* con urgencia, lo que no era poco.

Pero nada de lo que se le ocurrió después era mucho más tranquilizador. ¿Cómo relacionar a seis personas con los mismos síntomas, cuando la mayoría no se conocen, o solo se conocen de vista?

Al final del día, el doctor Layman había tomado una decisión: si se presentaba otro caso, volvería a llamar a todo el mundo, solicitaría análisis más exhaustivos y los sometería a un cuestionario detallado.

La contaminación por un anticoagulante empezaba a cobrar fuerza. El más básico y habitual era el matarratas, presente

---

* Centros para el Control y la Prevención de Enfermedades. *(N. del T.)*

en casi todas partes, sobre todo en un pequeño pueblo rodeado de campo como aquel. ¿Cabía la posibilidad de que uno de los restaurantes de Mahingan Falls hubiera almacenado sus suministros inadecuadamente y se hubiera producido una contaminación? ¿No lo bastante grave para provocar náuseas o reacciones muy fuertes, pero suficiente para causar hemorragias?

Layman se levantó y cogió la carpeta. De todas formas, al día siguiente por la tarde iría a ver a Billy Ponson al ayuntamiento, a su casa si era necesario. No quería correr ningún riesgo. Recogió su chaqueta, pero en ese momento llamaron a la puerta con energía. Ya no esperaba a ningún paciente, aunque las visitas por sorpresa en el último minuto estaban a la orden del día.

Le sorprendió ver ante él a un oficial de policía de uniforme, un poco más joven que él, con indudable carisma.

—¿Doctor Layman? Soy el teniente Cobb, de la policía de Mahingan Falls. Aún no había tenido el placer de saludarlo. ¿Podría concederme unos minutos?

Chris lo miró preguntándose si aquello no sería un signo de la providencia.

—No me diga que está investigando una intoxicación alimenticia...

El oficial parecía sorprendido.

—No. Vengo por uno de sus pacientes, Cooper Valdez. ¿Puedo entrar?

Layman se apartó para dejarlo pasar, pero no le ofreció asiento. El cansancio lo volvía menos educado, y solo pensaba en una cosa: llegar a casa, ponerse unos pantalones cortos, servirse una limonada fría y descansar al fin. Permanecieron de pie, uno frente al otro.

—¿Qué ocurre con el señor Valdez?, ¿algún problema?

—Ha desaparecido. Era paciente suyo, ¿verdad?

—Efectivamente —respondió Layman una vez encajada la noticia.

—Necesito saber si tenía problemas de tipo psiquiátrico.

El doctor Layman dudó. No tenía por costumbre comentar el historial clínico de sus pacientes. Desde luego, quien le preguntaba era oficial de policía, y lo había visto por la calle suficientes veces para saber que era quien decía, pero como médico se debía al secreto profesional.

—Lo lamento, la deontología me impide responderle sin la conformidad del señor Valdez, a menos que me obligue la ley.

El teniente Cobb hizo una mueca.

—Me esperaba esa respuesta... Mire, no quiero su expediente clínico, solo saber si era paranoico, agresivo, o si estaba deprimido hasta el punto de quitarse la vida. Todo sugiere que no se le volverá a ver. Sé que bebía más de la cuenta y que tomaba antidepresivos, que le recetó usted. Pero ¿estaba... enfermo? —preguntó Ethan llevándose el índice a la sien y haciéndolo girar—. ¿Loco?

Chris Layman se concedió unos instantes para pensar mientras se mordía los labios.

—Está usted al tanto de su alcoholismo —dijo—, y sí, sufre una pequeña depresión crónica. Pero no tiene trastornos psiquiátricos graves ni tendencias suicidas. Nunca las ha manifestado en mi presencia, ni yo he detectado nada en ese sentido. Cansancio, falta de vitaminas y un hígado que empieza a pasarle factura: eso es todo lo que puedo confirmar.

—¿Manía persecutoria?

—No.

—¿No mencionó ningún problema serio en su vida diaria, o a alguna persona con la que hubiera tenido un encontronazo? Sé que no es usted su psicólogo, pero a veces las gente se confía a su médico...

—¡Uy, no lo sabe usted bien! No, nada de eso en el caso del señor Cooper. Dice usted que ha desaparecido... ¿Un suicidio? —preguntó el médico recalcando la palabra.

El teniente asintió mirándolo fijamente.

—O un accidente. Por ahora no hay nada establecido.

—¿Tienen el cuerpo? —inquirió Layman tras un breve conciliábulo consigo mismo—. ¿Han analizado la sangre?

—No, ¿por qué?

El médico se humedeció los labios varias veces mientras intentaba dar con la formulación adecuada: no quería lanzar a la policía sobre una pista equivocada ni minusvalorar su propia intuición.

—Comprueben si hay restos de anticoagulante, nunca se sabe. Tal vez sea un poco más suspicaz de la cuenta, pero he advertido una proporción anormal de síntomas extraños en algunos de mis pacientes. Podríamos tener entre manos un cuadro de intoxicación masiva —Ethan Cobb lo miraba con las cejas enarcadas. Layman precisó—: Un restaurante del pueblo, o un producto de consumo vendido en uno de los supermercados, no lo sé. Puede que no sea nada, pero prefiero informarle.

El policía le dio las gracias, y Layman cogió sus cosas para marcharse con él.

—Sea como fuere, en lo que respecta al señor Valdez no advertí ningún comportamiento alarmante. No está..., perdón, no estaba trastornado, como sugería usted.

—¿Algún medicamento podría haber tenido efectos secundarios notables?

Layman volvió a dudar, pero acabó decidiendo que no revelaba nada que el poli no hubiera descubierto ya.

—Nunca se puede excluir por completo, pero hasta ahora soportaba bien el tratamiento.

La entrada del dispensario estaba sumida en la sombra del campanario de Saint-Finbar, la iglesia católica del norte de Green Lanes, un barrio tradicionalmente irlandés. Detrás, el sol del atardecer estaba a punto de ocultarse tras el monte Wendy y desde los bosques circundantes comenzaba a descender una pizca de frescor. Unos niños jugaban entre gritos en alguna parte, y al otro lado de la calle, el viejo muro de piedras, coronado por una verja herrumbrosa, protegía el cementerio y sus tumbas, ruinosas o envueltas en un curioso sudario de vegetación. El doctor Layman tendió la mano al teniente Cobb y lo invitó a llamarlo si los análisis de sangre de Cooper Valdez presentaban algo anormal. Agitó ante él la carpeta roja explicando que elaboraba un dosier. Seguramente no era nada, una casualidad, el exceso de celo de un matasanos, pero, por si acaso, convenía cerciorarse. Los dos hombres ya se despedían cuando una nube oscureció el sol a escasa altura y atrajo su atención.

Vieron una bandada de murciélagos que giraban bruscamente alrededor del campanario, volvían a reagruparse con movimientos asombrosamente coreografiados y se quedaban suspendidos un instante en el aire, recortados contra el cielo azul, antes de dejar de agitar las alas al unísono, plegarlas y caer en picado, como un telón arrancado de su barra.

Eran decenas.

Sus cuerpos explotaban contra el asfalto como pequeñas granadas de carne y sangre, produciendo un repugnante ¡plof! en el instante en que sus diminutos y finos huesos se rompían y sus cartilaginosas alas azotaban el suelo con un restallido seco. Pronto la siniestra granizada cubrió de blanduzcos y calientes amasijos la plaza de la iglesia, por la que unos regueros rojizos se deslizaban lentamente hacia el desagüe. Cobb y el doctor Layman no se habían movido. Labios entreabiertos, miradas estupefactas.

La campana tocó el ángelus y el médico se estremeció. Para él, aquellos murciélagos acababan de darse muerte. La Encarnación, invertida.

Se habían inmolado.

La carne se había hecho verbo.

17.

La lengua rosácea y ensalivada se agitaba como una enorme babosa fuera de la boca, abierta de par en par, contorsionándose impúdicamente y produciendo una serie de gorgoteos poco agradables.

Chad, Owen y Corey se desternillaban y hacían muecas grotescas.

—¡Qué cochinada! ¡Es asqueroso! —exclamaban.

—Así es como se besa a una chica —sentenció Connor tras devolver la lengua a su sitio—. Lo que pasa es que hay que coordinarlo con las manos, y eso es más complicado, porque tienes que tocarle las tetas sin que se moleste. Asegurarte de que está de acuerdo y acariciárselas, pero no al mismo ritmo que le das el morreo. ¡No es nada fácil, no creáis!

—Pero ¿tú lo has hecho de verdad? —preguntó Corey, incrédulo, arrugando la pecosa nariz.

—¡Ya os lo he dicho! Con Kim, la sobrina del nuevo ligue de mi padre, en Toronto, la semana pasada.

—¿Y los pechos también? —preguntó Chad, entre admirativo y escéptico.

—Claro. Se dejó.

—¡Guau! —exclamaron los tres chavales, fascinados.

Connor dio una palmada.

—Bueno, y cambiando de tema, ¿cómo llevamos lo de las cantimploras y los víveres? —preguntó.

Owen levantó la mochila que tenía a sus pies.

—Está todo aquí.

—Entonces, ¿listos?

—Tan listos como Kim con sus tetas —bromeó Chad, lo que provocó otro estallido de risas.

—¡Pues venga, seguidme! —ordenó Connor—. Nos queda un buen trecho hasta allí.

Los cuatro adolescentes dejaron atrás el ardiente sol de primera hora de la tarde y se adentraron en el bosque, al fondo del jardín de la Granja. Rodearon un enorme zarzal y se deslizaron entre los altos helechos hasta desembocar en un sendero poco definido que avanzaba en perpendicular a la propiedad.

—¿Es para los cazadores? —quiso saber Owen.

—Sí, y para los que quieren pasear o coger setas. Creo que por la noche pasan por aquí incluso animales grandes —explicó Connor, que parecía saber adónde iba—. Continúa hacia las colinas y luego asciende hasta el monte Wendy, pero nosotros lo dejaremos antes para tomar un atajo.

Se expresaba con una seguridad que fascinaba a Chad. Connor tenía un año más que él y repetía curso, cierto, pero parecía llevarle años luz de ventaja en todo lo que importaba «de verdad».

Los lejanos ladridos de un perro lo devolvieron a la realidad.

—¿Has encerrado bien a Smaug, verdad? —le preguntó a su primo.

La tensión entre los dos desde el asunto del mordisco se había relajado. Owen seguía en sus trece: él no había hecho nada. Y la cólera de Chad, pragmático hasta la médula, se disipaba con el paso de los días: más valía perdonar que tener que jugar solo.

—Sí, en la cocina. De todas formas, no sé si nos seguiría: no le gusta este bosque, creo que le da miedo. No corremos ningún peligro aquí, ¿verdad, chicos?

—¿Te asusta algo? —rezongó Connor.

—No sé... —murmuró Owen.

Corey le puso la mano en el hombro.

—No te preocupes, se acabaron las pruebas. Esto es solo para divertirnos.

El hermano de Gemma le hizo un guiño amistoso y Owen asintió.

Siguieron avanzando a buen paso sin cruzarse con nadie. Chad sospechaba que la gente del pueblo conocería senderos más señalizados y menos sinuosos, pero Connor debía de querer impresionarlos llevándolos por el más salvaje. El terreno del bosque se elevaba a medida que se alejaban de Mahingan Falls.

La pendiente ascendía hacia cimas invisibles, y aquí y allá surgían peñascos cada vez más imponentes, formados por una piedra ocre, con los que rivalizaban los árboles, que en algún caso incluso crecían sobre ellos, hundiendo una multitud de raicillas en una alfombra de musgo esmeralda para sostenerlos. La fauna alada cotorreaba sobre las cabezas de los adolescentes mientras el esfuerzo les cubría el cuerpo de una película húmeda. Pero los cuatro iban pendientes del camino. Había que evitar las trampas: hoyos traicioneros, ramas bajas, taimadas espinas e insectos malintencionados que acudían a revolotear a su alrededor. Pese a todo, los chicos se divertían. En los momentos de silencio disfrutaban de la excursión imaginando las muchas aventuras posibles; el resto del tiempo, el encadenamiento de bromas, comentarios chuscos y payasadas les hacían doblarse de risa, hasta tal punto que a veces tenían que agarrarse unos a otros para no caerse al suelo.

Cuando el sendero torció hacia el noroeste para iniciar el ascenso de una empinada ladera, Connor lo abandonó y continuó en línea recta por la falda de la montaña, guiándolos entre árboles, matorrales y hierbas altas.

—¡Conque un atajo, eh! —se quejó Chad tirando de la zarza que se le había enganchado en el pantalón.

—Ya os dije que os pusierais pantalones largos —gruñó Connor.

Detrás de él, Chad imitó sus expresiones cuando refunfuñaba, lo que hizo sonreír a Corey y a Owen.

—¿Adónde vamos? —acabó preguntando este último.

—A bañarnos.

—¿Bañar...? Pero si no hemos traído bañadores...

Connor giró sobre sus talones.

—¡Entonces, Owen, tendrás que bañarte en bolas! —le advirtió.

—O en calzoncillos —le susurró Corey—. Eso es lo que hago yo.

—¿Es que alguien tiene una piscina en este bosque? —preguntó Chad con un resto de ingenuidad infantil.

—Es un estanque —les explicó su guía—. Detrás de la granja de los Taylor. Pero hay que salir del valle, y eso a Mahingan Falls no le gusta. Hará todo lo posible por retenernos, así que ¡tendréis que luchar, chicos! —exclamó, e imitando a un comando en plena jungla empezó a abrirse paso con la ayuda de un machete imaginario.

Corey se dirigió de nuevo a los primos.

—Conocemos un desvío para no tener que subir las colinas —explicó.

—¡Exacto! —exclamó Connor en tono triunfal sin abandonar su euforia, esta vez fingiendo que montaba una metralleta—. ¡No nos dejaremos intimidar por el muro que ha levantado a su alrededor para contenernos! ¡Eso nunca! ¡Mantengámonos unidos, camaradas! ¡Juntos lo lograremos! ¡Ra-ta-ta-ta-ta-ta-ta! ¡Toma ya, mala bestia!

Owen esbozó una sonrisa de satisfacción. Le gustaban sus nuevos amigos, y el punto de locura de Connor incluso le divertía.

—¡Eh, chicos! —anunció—. ¡Si queremos formar una banda, necesitamos un nombre!

—Un nombre ¿de qué tipo? —rezongó Corey.

—Pues un nombre de banda.

—¿Cómo cuál? —preguntó Chad.

—No sé, habría que pensarlo...

—¡Los Depredadores del Bosque! —propuso Connor muy convencido.

—Eso suena a película porno —se burló Chad.

—¡Sabrás tú lo que es una película porno!

—¡Claro que lo sé! —respondió Chad, rojo como un tomate.

—Entonces, ¡los Incansables de Mahingan Falls! —volvió a proponer Connor.

—¡Serie Z! —rechazó Corey meneando categóricamente la cabeza.

—¿Los Exploradores Audaces? —propuso Chad sin convicción.

—No, podría ser el nombre de unos *youtubers* fracasados —se opuso Owen.

—Bueno, ¿entonces qué?

—No lo sé, habrá que pensarlo. Pero no seremos una auténtica pandilla hasta que no tengamos un nombre que mole.

Connor gruñó por lo bajo que sus propuestas molaban, pero no insistió, y empezaron a bajar una cuesta en la que había que abrirse camino entre los árboles, los troncos caídos y los salientes rocosos, lo que les obligó a callar hasta llegar abajo.

El bosque se adensaba. A salvo de la acción humana, ganaba empaque e imponía respeto con su impresionante estatura y su amenazadora y susurrante frondosidad. Caminaban con la cabeza inclinada para ver dónde ponían los pies. Allí los pájaros parecían menos numerosos, pero su canto se elevaba en arabescos sonoros más complejos, como si supieran cosas que los muchachos ignoraban. Cosas importantes, suponía Owen.

Luego llegaron a una zona más sombría, una franja de unos cien metros de ancho que discurría entre dos paredes marrones cada vez más altas.

—¡Bienvenidos al barranco! —gritó Connor, y su voz provocó movimientos en las ramas que cubrían sus cabezas—. Por aquí llegaremos a los campos del otro lado del Cinturón.

Owen se sintió intimidado. Habría preferido que Connor no gritara, que pasaran inadvertidos, aunque fuera incapaz de explicar por qué. A la sombra del barranco se estaba más fresco. Un manto de grueso musgo cubría el suelo, y bordeaban un tímido riachuelo casi seco.

—Espero que no aparezca una manada de dinosaurios detrás de nosotros —comentó Chad—. ¡Estaríamos listos! Tendríamos que correr como locos hasta el final del desfiladero para que no nos alcanzaran! ¿Es mucho más largo?

—Qué ideas tan raras se te ocurren a veces... —protestó Corey—. ¡Ves demasiadas películas!

—Un kilómetro largo, diría yo —calculó Connor.

Owen distinguió una forma extraña en lo alto de la pared sur, a su izquierda, y comprendió que era una vieja torre del tendido eléctrico cubierta de plantas. Sin embargo, entre sus oxidados brazos ya no pasaba ningún cable. Su presencia en medio de la naturaleza, tan lejos de cualquier zona habitada, resultaba sorprendente.

—Antes, la electricidad llegaba a Mahingan Falls por aquí —explicó Corey, que había seguido la dirección de su mirada—. Yo creo que no era práctico: en cuanto había tormenta, el pueblo se quedaba a oscuras. Así que acabaron enterrando los cables, y ahora esos chismes están abandonados. Allá arriba hay una especie de búnker al que llegan las líneas de alta tensión desde no sé dónde, una central nuclear, supongo. Es en ese búnker donde todo el follón de cables se vuelve subterráneo. No hay un solo árbol en veinte metros a la redonda. Impresiona bastante, así que nunca pasamos demasiado cerca.

—No me extraña, debe de ser peligroso.

—Unos chicos del colegio cuentan que se acercaron y que el pelo se les puso de punta en la cabeza...

—¡Sí, y en el culo también! —se mofó Connor—. Eso son chorradas. Yo he estado y no me pasó nada. Ahora, si no haces caso de los carteles de prohibido y entras, ¡seguro que se te derriten los ojos y se te carboniza la pilila!

—¡Bestial! —exclamó Chad con pueril entusiasmo.

A Owen le asombraba la pujanza con que la naturaleza había recuperado terreno: las demás torres, prácticamente invisibles, parecían esqueletos de acero, vestigios olvidados de una civilización de robots... La idea hizo nacer cientos de imágenes inquietantes en la mente del joven adolescente, que se sumergió en sus ensoñaciones.

El barranco ascendía cada vez más. La pandilla evitaba las rocas más grandes, los grupos de árboles impenetrables y los helechos más frondosos, acompañado en su avance por el cristalino borbolleo del riachuelo, que formaba allí una sucesión de insignificantes cascadas. El sol reapareció, deslumbrante y abrasador, para hacerles sudar aún más, el bosque empezó a ralear y los cuatro amigos alcanzaron jadeando la llanura del otro lado. Habían atravesado el Cinturón. Habían abandonado Mahingan Falls. Owen comprendió que Connor tenía razón: no lo dejabas atrás sin una voluntad decidida de conseguirlo.

El pueblo retenía a sus habitantes celosamente.

El maizal surgió frente a los muchachos de golpe, desplegando de norte a sur, hasta el infinito, hileras apretadas e impecablemente paralelas de tallos que les sacaban al menos una cabeza. Owen se inmovilizó. Nunca había entrado en un campo de maíz, y se preguntó si no se perdería. Aquel le parecía tan enorme como para morir de hambre y sed en él antes de encontrar la salida.

—¿Cómo vamos a orientarnos ahí dentro? —quiso saber.

Connor apuntó hacia delante con el índice recto.

—Sin hacernos preguntas. Mantienes el sol a tu derecha y avanzas por tu surco. La granja de los Taylor se localiza fácil: tiene una veleta en lo alto del tejado. El estanque está un poco más lejos.

Owen no las tenía todas consigo, pero era demasiado tarde para echarse atrás, así que siguió andando, aunque con recelo. Imitó a Corey, que se deslizaba entre dos tallos, y le sorprendió constatar que, como había dicho Connor, en el interior del campo le esperaba un surco de tierra, una especie de sendero totalmente recto. La infinidad de hojas impedía ver más allá de unos cuantos metros, pero eso bastó para tranquilizar a Owen, que no se sentía agobiado entre las plantas y podía respirar. Cada cual se colocó en su surco y comenzó a andar en dirección sur a la misma altura que los demás, al ritmo de los alegres silbidos de Connor. Owen veía la camiseta azul de Chad a su izquierda y la blanca de Corey a su derecha, y como los oía respirar, se quedó tranquilo: no se perderían. Al final aquello iba a ser una auténtica aventura. Respiró a pleno pulmón, orgulloso.

Sus pasos por aquel interminable corredor, unidos al calor, lo hipnotizaban poco a poco, y se dejó atrapar por aquella agradable monotonía, hasta que desembocaron en un camino cubierto de hierba aplastada destinado a los tractores. El maizal continuaba al otro lado.

—¡Vaya porquería! —exclamó Chad.

Sin saber a qué se refería, Owen irguió la cabeza y vio, situado a unos quince metros, un espantapájaros crucificado en dos palos, al que habían vestido con un peto vaquero agujereado, una camisa vieja de un rojo descolorido y un sombrero de hirsuta paja. La calabaza que tenía por cabeza pendía de un modo extraño, como si el monigote estuviera agotado. En la boca abierta y tras los agujeros de los ojos se agitaban unas masas repugnantes.

—¡Está lleno de gusanos! —exclamó Corey con cara de asco.

El espantapájaros se erguía sobre un ribazo desde el que parecía vigilar su territorio. Las manos, dos rastrillos de jardinería oxidados y con varios dientes rotos o torcidos, se alzaban a ambos lados del largo cuerpo, haciendo planear una seria amenaza sobre el campo circundante.

—No parecen muy hospitalarios esos Taylor... —comentó Owen.

—El viejo, no: odia a todo el mundo —confirmó Connor—. Los otros, más o menos.

Chad se angustió un poco.

—¿Y no nos dispararán si nos descubren bañándonos en su estanque?

—Relájate, nunca se les ve.

—¿Qué pasa, solo salen de noche como los vampiros?

Connor enseñó los colmillos y abrió unos ojos como platos.

—¡Sí, vampiros del trabajo! —rezongó—. Tienen cosas mejores que hacer. ¡Venga, que casi estamos!

Todos se lanzaron hacia las hileras de plantas del otro lado del camino, menos Owen, que seguía indeciso. Ya no le apetecía demasiado volver a internarse en el maizal, sobre todo con aquel mamarracho inmundo crucificado en sus palos, que lo miraba desde el fondo de sus vacías y malévolas órbitas.

«¿Es que vas a mearte encima por culpa de un monigote? Si te rajas ahora, los demás nunca te lo perdonarán. Te darán la espalda, serás un paria, un desertor... ¡Un "meón"!»

Owen apartó la cortina de maíz y echó a andar por su pasillo vegetal. Llevaba diez metros largos de desventaja respecto a sus compañeros, pero, aun así, tras dar unos cuantos pasos se detuvo para apartar unas plantas y asegurarse de que el espantajo no estaba vomitando sus gusanos por todas partes. Era lo que más le preocupaba. Odiaba a esos bichos.

El monigote seguía en su sitio, dominándolo todo.

De pronto, el corazón de Owen dio un salto en su pecho.

Habría jurado que ahora la cabeza del espantapájaros estaba orientada hacia ellos, como si la hubiera vuelto. «No, eso es imposible...»

Se equivocaba, se imaginaba cosas. Simplemente, antes no se había fijado bien.

Viendo que la pandilla no lo esperaba, reanudó la marcha. Tenía la boca cada vez más seca, y aunque llevaba dos cantimploras en la mochila, no le apetecía perder aún más tiempo en beber. Ya estaba lo bastante lejos de sus amigos.

Después de dar unas cuantas zancadas, la curiosidad y una pizca de miedo le hicieron volverse de nuevo, ponerse de puntillas, apartar las mazorcas y echar un último vistazo al pelele.

No se había movido.

Owen soltó el aire despacio y se secó la frente. Al instante, una de las monstruosas zarpas del monigote se inclinó y Owen dio un respingo.

—¡Aaaaah! —gritó.

Pero nadie se enteró. «Odio a esa cosa —por fantástico que fuera el estanque, no pensaba volver a pasar por allí. Buscarían otro camino—. ¿Y qué les digo? ¿Que el espantapájaros es espeluznante y que tengo la sensación de que nos observa?»

No podía estropearlo todo, ahora que empezaba a hacer amigos de verdad.

—¡Eh! ¡Esperadme! —gritó echando otra vez a andar.

Ya no veía a los otros tres. Había dejado que se distanciaran y con todas aquellas hojas era imposible saber lo lejos que estaban. Se aguantó las ganas de gritar y apretó el paso. «De todas formas, no puedo perderme, es todo recto...», se dijo en un esfuerzo por tranquilizarse.

En alguna parte, detrás de él, el maíz se agitó.

Owen se quedó quieto y tragó saliva con dificultad. «Dejaos de bromas tontas, chicos, que me va a dar algo...»

Se volvió, pero no distinguió nada. El maizal susurraba suavemente en la chicharrina de principios de agosto. «No es nada, un cuervo que ha alzado el vuelo.»

No había dado ni cinco pasos cuando a su espalda sonó un ruido seco, como un hueso que se parte. Owen volvió a inmovilizarse, con la sangre golpeándole las sienes. Si era Chad, se iba a llevar un guantazo... ¡Estaba harto de él! «¡Por supuesto que es él! ¿Quién va a ser si no? O él o Connor...»

Una broma estúpida, eso es lo que era.

En ese momento le vino a la cabeza el asunto del mordisco. Él sabía que no había hecho nada, pero, más que sentirse ofendido por que lo acusaran injustamente, le preocupaba la explicación de lo ocurrido. Si no había sido él, ¿quién había mordido a Chad en el laberinto esa tarde? Esa pregunta lo había perseguido durante unos días, pero no tenía a nadie con quien compartirla, puesto que el primer interesado se negaba en redondo a hablar del tema... A no ser que el propio Chad se hubiera herido a propósito con un molde dental o algo por el estilo, para acusarlo... Pero eso no tenía sentido: siempre se lo habían pasado muy bien juntos.

Sí, en aquel pueblo ocurrían cosas muy raras, no podía negarlo.

«Pero esta vez no, solo es un animal, o uno de esos tres cretinos, que intenta...»

Los adolescentes rieron a lo lejos. Bastante lejos. Owen palideció. Expulsó el aire de los pulmones concentrándose en ello, solo para calmarse. Debía alcanzar a los demás: era todo lo que tenía que hacer.

Echó a andar de nuevo, lanzando rápidos vistazos a su espalda. Nada. Cientos de plantas de maíz.

Un crujido de hojas detrás de él.

Owen aceleró.

No se atrevía a mirar en dirección al espantapájaros. Le daba mucho miedo lo que podría ver.

«¡Déjate de tonterías de una vez!»

Por supuesto, el monigote seguiría en los palos, inerte. ¿Dónde si no?

Un arañazo metálico en el suelo, a menos de diez metros de su espalda, le hizo estremecerse.

«Suena igual que... un rastrillo raspando la tierra seca...»

Owen respiraba ruidosamente. Y sudaba a chorros.

Sus amigos estaban muy lejos, ajenos a su desaparición. Le dieron ganas de gritar para pedirles que lo esperaran, pero no lo hizo. Sentía que lo último que debía hacer en esos momentos era llamar la atención. Descubrir su posición.

«Es..., vete a saber qué... Uno de esos granjeros preparando la cosecha.» Pero mientras su cerebro trataba de imaginar una hipótesis lógica, su cuerpo se comportaba de un modo totalmente distinto. Estaba alerta. Tenso. Su córtex reptiliano sentía una presencia mucho más angustiante.

Esta vez, se volvió del todo para mirar al espantapájaros en lo alto del ribazo y zanjar el asunto.

El dique de la razón cedió, y el terror invadió a Owen.

La cruz de palo estaba vacía.

No podía ser. Sacudió la cabeza con fuerza, negándose a admitir lo peor. Le estaban tomando el pelo. Lo que oía no era a sus amigos alejándose, sino quizá una grabación; mientras tanto, ellos habían dado la vuelta sigilosamente y descolgado el monigote. ¡Sí, eso era! Aparecerían con la calabaza en descomposición en las manos y se partirían de risa a su costa, y a él le alegraría mucho que así fuera.

La tierra crujió no muy lejos de donde se encontraba. Se estaban acercando. Lentamente.

«Como unos idiotas, quieren sorprenderme...»

O como un depredador que olfatea su presa.

El metal rozó una planta y tintineó ligeramente. Estaba muy cerca.

El corazón de Owen latía tan fuerte en sus oídos que parecía resonar en todo el campo.

De repente sintió que ya no estaba solo.

Los pájaros se habían callado. Ahora nada se movía.

El sol se ocultó al paso de una masa, y la sombra cayó sobre Owen, que no se atrevía a volverse para mirar.

Con un nudo en el estómago, empujado por un súbito instinto de supervivencia, el chico volvió la cabeza, casi a cámara lenta.

Los tallos se apartaban...

El hedor le inundó las fosas nasales: una nauseabunda tufarada a fruta podrida y orín de gato. Luego, algo aún más penetrante, una pestilencia antigua. Aterradora.

Una mazorca cayó al suelo, y eso fue el detonante. Owen se volvió del todo.

La calabaza podrida apareció ante él, con su abominable aspecto, y de su boca abierta cayó un puñado de rollizos gusanos, mientras las enormes zarpas de hierro se alzaban en el aire para golpear al muchacho. Nadie sostenía al espantapájaros, se movía solo, animado por una fuerza invisible. Era una visión espeluznante. Demencial.

Owen gritó con todas sus fuerzas.

Y contra todo pronóstico, consiguió escabullirse en el instante en que los rastrillos se cerraban ruidosamente en medio de una nube de chispas y le cortaban varios mechones de pelo.

Owen corría para seguir vivo. Para no volverse loco. Corría para alcanzar a sus amigos y recobrar la esperanza. Pisándole los talones, el cuerpo desarticulado del espantapájaros lo perseguía, rasgando el aire con sus afiladas manos. Owen podía oír el monstruoso ronroneo que ascendía de sus inmundas entrañas, como el de un gato muerto, un borboteo cavernoso que daba fe de su malévola excitación.

El espantapájaros estaba disfrutando.

Owen atravesó una hilera de plantas, y luego otra, insensible a los cortes que le producían las hojas en las piernas y los brazos desnudos. Zigzagueaba con toda la energía de su desesperación, tratando de dejar atrás a su perseguidor, sin saber adónde iba, ahogándose del esfuerzo y los gritos. Saltaba, cambiaba de dirección, agachaba la cabeza instintivamente y hacía trabajar hasta el último músculo de su cuerpo para correr tan rápido como podía.

El choque fue inesperado, inevitable y violento. Lanzó a Owen hacia un lado, le hizo caer al suelo y lo dejó sin aliento.

La sombra que lo cubría se irguió.

Inclinado sobre él, Connor lo miraba de hito en hito, preocupado.

—¡Eh, Owen! ¡Respira!

Al instante, el aire volvió a penetrar en sus pulmones, y Owen sintió que el pánico lo invadía. No sabía qué hacer o decir, era incapaz de dejar de gritar. Al fin, demasiado ocupado en respirar, acabó por callarse y empezó a hacer gestos incomprensibles.

Vio a Chad y a Corey, inclinados del mismo modo sobre él.

—¡Mierda, Owen! —exclamó su primo—, ¿qué te pasa?

Owen sacudía la cabeza. La intensidad del miedo en su mirada bastó para convencerlos de que algo no iba bien.

—El... el... el espantapájaros —consiguió balbucear mientras apuntaba con un dedo hacia donde creía que estaban los palos.

—El espantapájaros ¿qué? —gruñó Connor—. ¿Eso es lo que te ha dado semejante susto? —preguntó, antes de fijarse en la entrepierna de Owen—. ¡Dios! ¿Estás bien?

Owen se dio cuenta de que se había orinado en los pantalones. Sintió que los ojos se le llenaban de lágrimas, y no pudo retenerlas. El rostro de Chad se ensombreció.

—Me... me ha... —farfulló Owen—. Está en el maizal...

—¿Quién? ¿El espantapájaros? —rezongó Connor, sin saber si burlarse de él o tomárselo en serio.

Corey se había puesto de pie.

—El espantapájaros ya no está allí —dijo de pronto con voz inexpresiva.

Connor se encogió de hombros, como si le trajera sin cuidado.

Owen quería que se fueran de inmediato. Cada segundo ofrecía a aquel engendro una nueva oportunidad de encontrarlos.

Pero Connor le obligó a quedarse en el suelo hasta que se recuperara.

—Explícanos por qué gritabas de esa manera —le insistió.

Owen tartamudeó atropelladamente. Tenían que huir. A toda prisa. Ya.

La voz de Corey había perdido el tono calmado. Ahora casi temblaba.

—Escuchad..., puede que Owen no esté diciendo tonterías... Os juro que ya no está colgado allí, chicos. No lo veo por ninguna parte...

Chad le tendió la mano a su primo y asintió.

—Yo te creo. Venga, nos largamos de aquí.

Connor abrió los brazos, indignado.

—Pero ¿qué os pasa? Estábamos tan tran...

No lejos de donde se encontraban, el metal rasgó el aire con la saña de una guillotina. Los cuatro chicos oyeron caer los tallos y unos pasos extraños que se acercaban. Connor abrió la boca, pero Corey le ordenó que se callara con un gesto: meneó la cabeza, y la expresión de su rostro impuso silencio. La primera vaharada pestilente los envolvió de golpe, como un pesado manto que ahogaba sus sentidos, tan intenso que los aturdía, ácido y rancio hasta el punto de paralizarlos. La segunda, aún más violenta, la que aterrorizaba, no llegó a tiempo de alcanzarlos.

Owen tiró del brazo de Chad para obligarlo a seguirlo, y retrocedieron con cautela. Lentamente al principio, luego acelerando poco a poco. Menos de un minuto después, corrían como endemoniados, saltando de surco en surco igual que conejos un día de caza. Algo se precipitó tras ellos, en su busca. En varias ocasiones oyeron el restallar del acero abriéndose paso entre las plantas, no muy lejos, y cuando llegaron al lindero del bosque, ninguno de los cuatro expresó el deseo de reducir la marcha, pese a que estaban exhaustos. Zigzaguearon entre los árboles, despellejándose brazos y piernas y agarrándose unos a otros cuando estaban a punto de caer, sin dejar de sentir una presencia cercana.

No pararon de correr hasta adentrarse en el barranco, donde se derrumbaron en el suelo, a la orilla del riachuelo, sin fuerzas.

Ahora ya no había nadie detrás de ellos, o al menos no lo oían. Agotados, rodaron por el musgo, sin resuello, con la visión nublada, las piernas doloridas y los brazos cubiertos de hilillos de sangre debido a los leves pero numerosos rasguños.

Apenas recuperó el aliento, Connor soltó una larga y estridente carcajada, que le salía de muy adentro, y alzó los brazos al cielo.

—Pero bueno, ¿qué locura es esta? —dijo medio ahogándose.

Chad, mucho más serio y con la cara todavía ardiendo, consiguió ponerse de rodillas.

—Lo sabes perfectamente.

—¿Qué? No me digas que tú también... —Connor vio las caras descompuestas de sus amigos y comprendió que se tomaban la situación mucho más a pecho que él—. ¡Venga ya! ¿De verdad creéis que era el...?

—Vamos, dilo —respondió Chad en tono desafiante.

Connor estaba estupefacto.

—¿Os lo habéis creído?

—¿Has visto a Owen?

Chad iba a referirse a la humillante mancha del pantalón de Owen, pero se interrumpió. Lo importante estaba dicho; los cuatro sabían que había cosas sobre las que era mejor no insistir. Y orinarse en los pantalones era una de las primeras en la lista de pactos tácitos entre amigos.

—No puedes negar que algo nos ha perseguido —dijo Corey, enfadado.

—Vale, pero seguramente era el viejo Taylor, que nos ha visto en sus tierras. ¡Venga, chicos! ¿Me estáis diciendo que quien nos ha atacado ha sido un...? ¿En serio?

Corey y Chad se miraron. Era evidente que ya no sabían qué pensar. Owen, en cambio, seguía temblando. Asintió varias veces.

—Lo he visto —murmuró—. Sé que no lo he soñado. No era un ser humano, era el espantapájaros. Estaba... estaba lleno de gusanos y... cuando se ha acercado a mí, he podido oler su interior. Un olor antiguo. A putrefacción. Olía a... a lo que es. La muerte.

Los otros tres chicos se miraron, incómodos y asustados.

En el barranco, los pájaros se desgañitaban y las plantas se hundían aún más en el humus en busca de humedad, insensibles a aquella agitación, tan humana. En aquellos lugares ya habían ocurrido tragedias, y ocurrirían otras. Afectaban a los hombres, no a la naturaleza. La naturaleza permanecía indiferente.

18.

Olivia Spencer se sentía ligera.
Tan ligera como su vestido floreado, que bailaba alrededor de ella a cada paso que daba. Ligera como la tímida brisa estival, que los aliviaba del calor. Como aquellas nubes blancas a lo lejos, muy altas en el apacible azul del cielo.
Sencillamente, era feliz.
¿Qué más podía pedir? Al cabo de unas semanas, el estrés laboral se había desvanecido, su nueva casa empezaba a ser el nido con el que habían soñado, los chicos no parecían tener ningún problema para adaptarse a su nuevo entorno y, por si fuera poco, ¡Tom se había pasado los últimos cinco días encerrado en su despacho, secuestrado por las musas de la inspiración!
«¡Por el trabajo! ¡Por favor, Olivia, ya sabes lo que piensa Tom de la inspiración, ese mito para holgazanes...»
Sus labios dibujaron una sonrisa burlona. Quería a su marido, pese a sus pequeñas exageraciones y sus convicciones, a veces un poco caricaturescas. Lo único que importaba era que se lanzara otra vez a escribir. Después del fracaso de su última obra, lo había visto sumirse poco a poco en la duda y luego en una profunda y desmoralizada tristeza. Había sido un autor de éxito fugaz: dos obras unánimemente aplaudidas, a las que había sucedido primero la indiferencia, más tarde la causticidad y por último el absoluto desprecio. ¡Qué crueles podían ser aquellas profesiones a veces! Olivia odiaba a todos aquellos productores interesados, efímeros especuladores más que auténticos mentores de talentos. Ni siquiera eran parteros, esos tiempos habían pasado, ahora había que consumir deprisa, estar listo enseguida. Los había visto alejarse uno tras otro, indiferentes, dejando que su marido se hundiera solo en la incertidumbre. No tenían tiempo. En otra parte nacían nuevos autores, ellos solitos, y no podían perderlos...

Ver encerrado a Tom de la mañana a la noche la alentaba. Había sucedido de repente, sin que él sintiera la necesidad de justificarse. Simplemente le preguntó, una noche, ya en la cama, si tenía alguna idea para una obra, y él murmuró: «Estoy trabajando en algo, pero aún no está claro, puede que sea una pérdida de tiempo, ya te diré». Pero la perseverancia que mostraba probaba, por el contrario, que estaba en el buen camino. No se sumergía en el trabajo con esa disposición más que cuando el tema lo apasionaba, y el resultado siempre era un texto interesante. En el peor de los casos, saldría un artículo para una revista, Tom aún contaba con una red de directores de publicaciones fieles, entre los que seguía cotizándose. «La impalpable aureola de mis éxitos pasados adorna mi nombre con un postrer brillo que atrae a los más curiosos, pero ¿hasta cuándo?», solía decir. Daba igual: Tom estaba escribiendo y, saliera lo que saliese, aquello era un regreso a la disciplina y la producción intelectual, justo lo que necesitaba para sentirse bien.

Todo iba sobre ruedas, pensaba Olivia.

Las pesadillas de Zoey comenzaban a espaciarse, por fin. Había que reconocer que Gemma sabía ingeniárselas para entretenerla y cansarla durante la jornada, con lo que la pequeña se caía literalmente de sueño a la hora de la cena. Y los dos chicos se pasaban el día fuera, con sus nuevos amigos. Olivia procuraba no agobiarlos con preguntas y les daba la mayor libertad posible, aunque le costaba. Después de todo, era una madre, un pelín loba a decir verdad; era normal que quisiera saber todo lo que hacían sus lobeznos. Suerte que Tom la ayudaba a controlarse. Estaban encima de ellos todo el año, así que en verano, y especialmente ahora que acababan de mudarse a un sitio nuevo, se merecían que les soltaran un poco las riendas. «Estamos en un pueblo, ¿qué temes que les pase? Si no los dejamos tranquilos aquí y ahora, no sé cuándo vamos a hacerlo...», había dicho Tom. Tenía razón. Gemma la había tranquilizado asegurándole que su hermano Corey era un chico responsable, y Mahingan Falls, un lugar pacífico. Eso era lo esencial, se repetía Olivia, consciente de lo contentos que se mostraban cada noche, durante la cena. Incluso Owen había abandonado parte de su introversión natural. Hacía tres días se había acercado a ella para darle un abrazo, uno de verdad, rodeándole el cuello con los brazos y apoyando la cabeza en su hombro. Olivia, con los ojos arrasados, creyó que se derretía. El chico necesitaba cariño. Había tardado año y medio, pero poco a poco dejaba su caparazón y se aventuraba tímidamente a salir al exterior, dentro de aquella familia que se había convertido en la suya por la fuerza de las circunstancias.

«Por el brutal impacto de un tráiler que se desvió de su trayectoria y destrozó el coche de mi hermana y mi cuñado una noche de enero, a la vuelta de un simple fin de semana con amigos.»

Owen solo había escapado de la tragedia porque en el último momento se le había inflamado un oído y se había quedado con su «tata». Salvado por una otitis.

Se reconstruía paso a paso. A los trece años, aceptar que la lógica no existe es demasiado difícil. Ni culpabilidad, ni moraleja, ni siquiera un sacrificio cualquiera que realizar para honrar la memoria de sus padres; únicamente la absoluta desesperación del vacío, sin motivo. Un camionero a punto de acabar su ruta tras treinta y siete horas sin dormir, un despiste, apenas cinco segundos, y dos vidas segadas. Pero ningún sentido. Era difícil de asimilar. Tom y ella hablaban con él de vez en cuando, si lo veían perdido, pero Owen prefería dejar las cosas sin decir. De ese modo, en medio de la violenta algarabía del sufrimiento cotidiano, se sentía más aliviado.

Todo iría mejorando. Olivia era optimista. En especial allí, en aquella réplica del paraíso. Solo necesitaban tiempo.

Con la cara alzada, Olivia disfrutaba del sol, pensativa.

Cerró la puerta de la sede de la emisora. El programa tomaba forma poco a poco. Pat Demmel le había encontrado un segmento horario perfecto: de nueve a once de la noche, entre semana. Podría dejarlo todo preparado por la tarde, volver a casa para cenar en familia, acostar a los niños y salir disparada hacia East-Peabody para estar en antena puntual como un reloj. Una franja interesante, la última recta de la jornada para hacer los últimos descubrimientos, un momento de confidencias antes de hundirse en la noche: le encantaba. Los ensayos para encontrar el formato adecuado se encadenaban al fin, generalmente por la mañana. Pat Demmel había tenido que ausentarse una semana para llevar a su pareja a visitar California —una antigua promesa—, pero desde que había vuelto se mostraba más voluntarioso y creativo que nunca. Sintonías, interludios atinados y propuestas sobre el propio contenido de la emisión: no paraba.

Todo estaría listo para el inicio de la temporada. Olivia no cabía en sí de impaciencia.

Mientras caminaba por la acera con la idea de dar una vuelta y buscarle un cuaderno bonito a Tom que lo animara en su trabajo, un hombre cruzó la calle a toda prisa para ir a su encuentro. Era alto y delgado, el pescuezo le bailaba en el cuello almidonado de la camisa y el traje gris le quedaba mal sobre los encorvados hombros.

—Disculpe, ¿trabaja usted en la radio?

Sorprendida, Olivia no supo qué contestar sin enredarse en explicaciones demasiado largas y se limitó a asentir. El hombre, con una película de pelo blanco sobre el cráneo, la cara chupada y la mirada un tanto apagada, sacó un tarjetero de piel y extrajo de él una tarjeta profesional con un logo oficial.

—Soy Philip Mortensen, de la Comisión Federal de Comunicaciones. Más concretamente, trabajo para la Oficina de Aplicación de Normas. No sé si conoce usted nuestra agencia...

—Bueno, sí... Conozco la Comisión, *grosso modo...*

En su medio, todo el mundo sabía lo que era esa agencia, encargada de regular las comunicaciones en el conjunto del país. Podía cerrar cualquier cadena de televisión o emisora de radio, llevaba las riendas de las telecomunicaciones en su totalidad y arbitraba en los conflictos, velando para que se respetaran las leyes vigentes en esos ámbitos. Pero Olivia no tenía la menor idea sobre las ramificaciones de sus diferentes servicios.

—¿Puedo preguntarle qué labor desempeña en la emisora? —dijo Mortensen en un tono fingidamente amable.

—Pues... acabo de llegar. Soy locutora.

Mortensen la observó con desconfianza. Fuera de la CFC o no, estaba claro que llevaba años sin ver la televisión nacional por las mañanas, o bien no tenía ninguna memoria para las caras. No la reconoció.

—¿Desea hablar con un directivo? —le preguntó Olivia, recobrando la serenidad.

—Sí, pero, ya que la tengo aquí, me gustaría hacerle algunas preguntas. Estamos investigando una serie de anomalías y una posible sustitución de señal. A ese respecto, ¿ha advertido usted, durante el verano...?

—Sí —se apresuró a interrumpirlo Olivia—. Tuvimos un incidente, en efecto. Fue la semana pasada. Le confieso que no entiendo de cuestiones técnicas, pero no fue algo normal, de eso estoy segura.

El hombre se puso tenso, interesado, y cambió el tarjetero por una libreta para tomar notas rápidas.

—¿Qué incidente?

—Voces. Extranjeras. Y gritos... Como esas canciones tan violentas de heavy metal que escucha la gente joven.

—¿Satánicas? —preguntó Mortensen sin pestañear.

—Bueno..., no sé. Era una grabación, puede que fuera la banda sonora de una película, qué sé yo...

—¿Hablaban una o varias personas?

—Diría que al principio una, antes de todas esas voces. Fue muy breve.

—¿Trató de comunicar algún mensaje?

—Como le digo, no se le entendía, así que...

El funcionario asintió con los labios fruncidos.

—¿Y?

—Pues... eso es todo.

Sus pupilas grises se clavaron en las de Oliva. La escrutó con una intensidad que acabó incomodando a la joven cuarentona. No le gustaba aquel cambio de actitud en él, como si hubiera estado haciendo teatro hasta ese momento, haciéndose pasar por un agentillo federal desbordado antes de que el sabueso reglamentario surgiera al fin.

—¿Alguna otra avería repentina o interferencia exterior en su frecuencia?

—Que yo sepa, no. Debería usted hablar con mi jefe, Pat Demmel. Está dentro.

Mortensen asintió, pero no la dejó.

—¿Y sus líneas telefónicas?

—¿Privadas, quiere decir? No, nada... ¿Piensa usted que esto... tiene alguna relación conmigo? —preguntó Olivia, alarmada.

—En absoluto, pero estamos delimitando la extensión del problema, tenemos que asegurarnos de que no se trata más que de las señales de radio.

—En su opinión, ¿es intencionado? ¿Un listillo que ha querido jugar con nosotros?

—Estamos investigándolo. Por ahora no puedo decirle nada más. Gracias, señora...

Olivia dudó en identificarse. Aquel hombre la hacía sentir incómoda.

—Spencer-Burdock —dijo al fin.

Sin entregarle siquiera una tarjeta, como solían hacer los agentes federales en las películas, Mortensen se despidió y se dirigió hacia la emisora. Olivia no podía explicar el motivo, pero no se sentía muy bien. Tenía la impresión de haberse dejado utilizar, lo cual era ridículo, pensándolo bien, porque se habían limitado a intercambiar unas cuantas frases en la acera. Decidió que aquel Philip Mortensen no le gustaba y reanudó la marcha para volver al nido.

Se le habían pasado las ganas de ir de compras.

Alzó la vista antes de cruzar la calle y vio una furgoneta blanca aparcada enfrente, en el punto del que había surgido Mortensen.

En el asiento del acompañante había un hombre con mono gris, con una gorra caída sobre los ojos. Pese a la visera, Olivia supo que la observaba.

No le gustó.

¿Qué se creían que eran?, ¿inquisidores al servicio de la Santa Autoridad Federal?

No, no se arrepentía en absoluto. Había hecho bien al dejar aquel dichoso mundo y la gran ciudad. El sano letargo de Mahingan Falls conseguiría calmarla y hacerle olvidar todo en unas horas.

Ahora solo deseaba una cosa: volver a su santuario. A su fortaleza. Con su familia.

19.

Tom creía haber tropezado con el cuerno de la abundancia, pero empezaba a preguntarse si en realidad no había abierto una caja de Pandora. Cada hora invertida en su inspección exigía ineluctablemente otra y desencadenaba un torbellino de interrogantes en el interior de su cabeza.

Las cajas encontradas en el desván tapiado le provocaban la excitación de quien intuye que ha hecho un hallazgo. Los arqueólogos que se topaban con un fósil raro, pensaba Tom, debían de sentir lo mismo mientras procuraban no echarlo todo a perder, no precipitarse con los pinceles para sacarlo de la tierra, impacientes al mismo tiempo por tener una visión de conjunto para saber si se trataba de un descubrimiento extraordinario o de un lamentable fiasco.

Se había pasado toda la semana encerrado en su despacho, sacando de las cajas documentos, cuadernos y libros, que había ordenado cuidadosamente en las estanterías, todavía no muy llenas. Como olían a humedad y polvo, trabajaba con la ventana abierta al jardín, para ventilarlos, y tomaba notas, indiferente al jovial reclamo de la naturaleza.

El contenido de las ocho cajas se desplegaba a su alrededor, organizado y distribuido en algo parecido a un orden lógico. Primero, los libros. El más moderno databa de 1974, pero algunos se remontaban a finales del siglo XIX, con cubiertas de cuero y nervaduras doradas o rótulos plateados en el lomo. Aún no había leído ninguno, pero los había hojeado atentamente para colocarlos. La mayoría trataban materias relacionadas con el ocultismo. Espiritismo, magia, adivinación, telequinesia, astrología, historia del esoterismo, brujería, psicología y un poco de hipnosis. Esa había sido la primera bofetada. La primera confirmación.

Tom no estaba loco, ni tampoco era un completo idiota por buscar una explicación sobrenatural a los fenómenos que afectaban a su familia. Aquellos libros lo demostraban. Y no solo eso: alguien había llegado a la misma conclusión antes que él. Alguien que había dejado su legado en la casa, tras tomar la precaución de ocultarlo a las miradas. Era una evidencia más, que animó a Tom a seguir en esa dirección tras pasarse tres horas sin saber qué hacer. En su desconcierto, se había planteado la posibilidad de que todas las cosas extrañas que habían vivido desde que estaban allí tuvieran un origen paranormal, y como para probarse a sí mismo que era una idea ridícula, había llevado sus verificaciones hasta el final. Salvo que en el fondo de su ser no creía realmente que fuera a encontrar nada. Al tomar cierta distancia, había acabado confesándoselo. Aquellas cajas y su singular contenido acababan de desbaratar su retorcido plan. Peor aún: lo devolvían a su primera y disparatada teoría. En aquel pueblo ocurría algo anormal. Tom se había pasado la semana oscilando entre la aceptación resignada y la desconfianza pragmática, y esta última se tambaleaba peligrosamente.

La segunda parte de su botín había llenado, después de un examen superficial, dos carpetas de cartón. Hojas sueltas. Dibujos de alineaciones de planetas o estrellas, mapas de distintas regiones del mundo con anotaciones, diagramas de las zonas del cerebro y la mente, varias decenas de láminas explicativas de los «poderes del alma» y un buen número de amarillentos artículos recortados, y a veces arrancados, de diversos periódicos. El autor de aquella recopilación había hecho un trabajo ingente, y pese a la evidente falta de rigor Tom comprendió que había procurado reunir los distintos eventos que se prestaban a una interpretación inusual. Cualquier cosa susceptible de evocar un fenómeno sobrenatural. Tom se pasó tres días enteros enfrascado en esa lectura. Acabó concluyendo que al principio, con los recortes más antiguos, el investigador había utilizado todo lo que caía en sus manos, con cierta preferencia por los periódicos de la Costa Oeste, entre ellos los desaparecidos *Los Angeles Herald Examiner* y *Oakland Tribune*, para acabar centrándose en Nueva Inglaterra y luego, sin ningún género de dudas, en la zona de Salem. Las fechas no siempre figuraban, pero la mayoría de las que Tom pudo identificar correspondían a un período que iba de 1962 a 1975.

La segunda auténtica bofetada la recibió la mañana del quinto día de búsqueda, al abrir las numerosas libretas negras sujetas con gomas, a veces rotas. La letra era fina, bastante torpe, y Tom, haciendo de grafólogo aficionado, decidió que reflejaba una personalidad nerviosa, quizá un poco inmadura. Atendiendo a la extensión de los manuscritos —veintiocho libretas de unas cien páginas cada una—, Tom afinó el perfil psicológico añadiendo una buena dosis de tenacidad, si no obsesión. No había fechas visibles, pero una cifra en la primera página de cada libreta le permitió ordenarlas y comprobar que no faltaba ninguna. Ya era algo: no tendría que lanzarse a la búsqueda desesperada del manuscrito perdido que supuestamente contenía la verdad.

Las iniciales G. O. T. reaparecían a menudo, y a veces rubricaban el final de los capítulos, que se cerraban con un enérgico trazo horizontal. Recordando lo que les había contado Roy McDermott sobre la historia de la casa, y viendo que las fechas podían corresponder, Tom cogió el teléfono a última hora de la mañana para llamar a su vecino.

—Verá, Roy, me preguntaba si por casualidad se acordará del nombre del antiguo propietario de nuestra casa, el que la ocupaba en los años sesenta y setenta...

—Uf, eso sí que es remover viejas piedras... ¿Se ha propuesto escribir la historia de su propiedad?

—Digamos que siento interés... ¿Gregory, George, Glen...? ¿Podría ser?

La respiración de McDermott se oía en el auricular.

—Gary —dijo al fin—. Se llamaba Gary, Gary Tully. ¿Prepara un libro?

—Quién sabe —respondió Tom, evasivo—. ¿Lo conoció?

—Vagamente. Sé que cuesta imaginarlo viéndome hoy, pero en aquella época yo era un veinteañero que, como puede suponer, tenía mejores cosas que hacer que tirarle de la lengua a un vecino taciturno.

—Sin embargo, se acuerda de su nombre...

Lo había dicho sin pensar, con la espontaneidad un tanto brusca de quien, impaciente por averiguar algo, va directo al grano, sin formalidades.

McDermott hizo una pausa, quizá incómodo, antes de responder en un tono ligero:

—A la fuerza: casi diez años en la misma calle, con tan pocos vecinos... Además, saber quién era quién formaba parte de mi trabajo: si tienes una ferretería en un pueblo como este, acabas conociendo todo de casi todos.

Una risa seca cerró la explicación del anciano, y Tom sintió de inmediato haber sospechado que no se lo contaba todo. No había ni una pizca de malicia en él. No dudaba, se acordaba, comprendió Tom.

—Escuche, ¿por qué no se acerca a tomar una cerveza a la sombra? —le propuso McDermott—. No me vendría mal un poco de compañía, ¿sabe?

—Será un placer, Roy. Y le llevaré lo que queda de la tarta de manzana que hizo Olivia ayer.

—¡Traiga también a su perro, ¡a ver si le da un buen susto a la maldita comadreja que se ha instalado en mi trastero!

Tom colgó y tamborileó con los dedos en el tablero barnizado del escritorio.

Gary Tully. «Un tipo de California», había dicho Roy el día de la barbacoa, que había llegado a finales de los sesenta, vivido allí unos diez años y revendido la casa a una familia de Maine. Tom lo recordaba todo.

«¿Qué buscabas en nuestro nidito, eh, Gary?» ¿Había venido por la casa, o era una casualidad que se hubiera interesado por el ocultismo mientras vivía en ella? ¿Y si había ido trastornándose poco a poco, como le estaba pasando a él? Tonterías en un principio, fenómenos extraños, antes de ir en aumento, hasta la evidencia.

«Hasta la obsesión», se dijo Tom pensando en la amplitud de las indagaciones realizadas por Tully.

De pronto, chasqueó los dedos. Los recortes de prensa más antiguos databan de principios de los años sesenta y provenían principalmente de California. «Entonces, la cosa empezó antes.»

Tom alzó los ojos hacia el techo. ¿Qué albergaba su casa? ¿Qué arcaico e inquietante secreto dormía en sus misteriosos cimientos? Le costaba creer en una herencia histórica con una pátina de años, dado el espléndido y sólido aspecto de la Granja, pero sabía que eso era el resultado de las obras realizadas en fecha reciente por Bill Taningham. Era casi demasiado fuerte para no resultar completamente risible. Debía de haber otra cosa, un elemento particular cuya naturaleza ignoraba.

«Una explicación geológica. Una especie de magnetismo que afecta a nuestros cerebros, nos hace creer cosas y...»

Nuevo contraataque del escepticismo. Casi consiguió tranquilizarlo.

Hizo girar la silla y contempló las veintisiete libretas, alineadas una junto a otra sobre los libros. La respuesta estaba probablemente allí. Tendría que estudiarlas a fondo. «La respuesta de Gary Tully, no necesariamente la verdad.»

Un estremecimiento de excitación lo recorrió. Pese a lo extraño de la situación, Tom experimentaba una fascinación intelectual. Eso le hacía sentir bien. Estaba enzarzado en una dura lucha, dividido entre dos actitudes contrapuestas, pero una empezaba a imponerse de forma inexorable. Una parte de él creía cada vez más en la posibilidad de una actividad paranormal alrededor de su casa, mientras que la otra, más sensata, se dejaba arrastrar con cierto regocijo. En el fondo, ¿qué podía perder?

Llamaron a la puerta, y la cabeza de Olivia se asomó al interior del despacho.

—¿Comes conmigo? He comprado pollo y voy a hacer una ensalada...

—Enseguida voy —respondió Tom tapando la vigesimoctava libreta con la mano.

No le gustaba mentirle a su mujer. Tenía la sensación de que, además de traicionarla, perforaba la burbuja de complicidad que habían creado a lo largo de los años y dejaba entrar un poco del aire viciado del exterior, una polución invisible que podía perjudicarles y de la que el único responsable era él. Intentaba serenarse aduciendo que solo era una mentira a medias; al fin y al cabo, como le había dado a entender a Roy McDermott, ¿quién sabía qué podía salir de todo aquello? ¿Una nueva obra de teatro? ¿Una novela quizá? Nunca se había atrevido a escribir una. Era un especialista en carreras de obstáculos de media distancia, no un corredor de maratones; prefería las dificultades regulares y pautadas del diálogo, la tensión rítmica de los actos a la lenta materialización de una trama enrevesada y agotadora. Tal vez aquellas indagaciones le abrieran nuevas perspectivas... Y para no inquietar a Olivia, era mejor no decirle nada. Estaba tan concentrada en el proyecto de su programa de radio que no quería calentarle la cabeza precisamente ahora.

«Mentiroso. Te guardas tu tesoro para ti solo y nada más.» Por otro lado, no tenía la energía necesaria para hacerle entender sus sospechas. Por inquietantes que fueran. Mientras no tuviera algo concreto que ofrecerle, era absurdo.

El pollo frío, la ensalada, los tomates y el maíz esperaban en la mesa de la cocina, mientras Olivia terminaba la salsa de yogur en la encimera.

—¿Sigues igual de entusiasmado? —le preguntó dedicándole una sonrisa resplandeciente.

—Bastante interesado, sí —respondió Tom, evasivo—. ¿Y tú? Esto recuerda la buena camaradería y la emoción de los primeros días...

Olivia se sentó frente a él.

—Presiento que me voy a divertir. No estaba tan ilusionada con un proyecto personal desde hacía lustros.

—Perfecto. Era lo que necesitabas. Volver a conectar contigo misma, con tus aspiraciones. No digo que todos estos años en la tele solo hayan sido sufrimiento, pero ya no estabas contenta, y desde hacía tiempo.

Olivia se encogió de hombros mientras se servía.

—Es lo que le pasa a la mayoría de la gente en su trabajo a medida que progresa, que hace concesiones, que acumula responsabilidades... En cualquier caso, estoy encantada con este programa. No veo el momento de empezar.

Tom asintió satisfecho.

—¿Gemma y Zoey no comen con nosotros? —dijo al percatarse de pronto.

—Gemma se los ha llevado todos a la playa, de pícnic.

—¡Vaya! Tengo la sensación de que últimamente ve más a mi hija que yo.

—Piensa que dentro de tres semanas se acabarán las vacaciones, Gemma tendrá que volver al instituto y nosotros, a hacer de padres a tiempo completo...

—Necesitamos una niñera —respondió Tom de inmediato con fingida consternación.

—Si Gemma no tuviera que estudiar, le habría propuesto que siguiera con nosotros todo el año. Es estupenda, los chicos la adoran.

—Corrómpela. Total, ¿qué son un título y la perspectiva de una larga y aburrida carrera para poder emanciparse frente a la promesa de trabajar como una esclava para esta familia por un sueldo de miseria?

—Me he planteado en serio, sin que tenga que renunciar a los estudios, por supuesto, proponerle que venga unas horas, cuando pueda, siempre que eso no afecte a su rendimiento académico. Le tengo cariño. Es inteligente, llegará lejos.

Acabaron de comer. y cuando se disponían a recoger la mesa, Olivia se decidió a hablar de lo que llevaba rato preocupándola.

—Esta mañana ha venido un fulano de la Comisión Federal de Comunicaciones a hacernos preguntas. Creo que un listillo intenta sabotear nuestros programas jugando con las frecuencias. No lo he entendido muy bien, pero de pronto la CFC investiga y... No me ha gustado nada ese tipo...

—¿Te ha hablado mal?

—No, pero... su forma de mirarme...

Tom dejó el vaso.

—¿Un pervertido?

La televisión atraía a más pelmazos, sátiros y perturbados que mosquitos un fluorescente, y a Olivia ya le había tocado aguantar a unos cuantos pirados más o menos insistentes, que siempre habían inquietado mucho a Tom.

—No. No sé cómo explicártelo... Ha sido su actitud, ya sabes, como esa gente que parece ausente, sin personalidad, y de repente tiene un brillo en la mirada que te hace sospechar que en realidad finge, que se hace la tonta para conseguir lo que quiere.

—¿Te has encontrado con el inspector Colombo? —bromeó Tom, pero viendo que a Olivia no le hacía gracia cambió de tono de inmediato—. Te lo has tomado muy en serio... ¿Investiga algún asunto que pudiera ser grave?

—No lo sé, pero él no me ha gustado. Me ha dado la sensación de que me utilizaba.

—Escúdate en Demmel, parece que le caes bien, y es su función —Olivia asintió, pero Tom se daba cuenta de que estaba un poco contrariada por aquel asunto. Le cogió la mano—. De todas formas, no tienes por qué volver a ver a ese tipo —insistió.

—No, claro que no. Es absurdo, ponerse así por tan poca cosa, lo sé.

Recogieron la cocina hablando de cosas más agradables, y Tom se tranquilizó al comprobar que su mujer se olvidaba de sus preocupaciones, cogía un libro e iba a sentarse en una tumbona del jardín. Le anunció que iba a tomarse el postre a casa de Roy, silbó a Smaug para que lo siguiera, y juntos subieron la calle, que serpenteaba en medio del bosque. La casa de McDermott no apareció hasta el último momento, envuelta en la cabellera de los sauces que la rodeaban. El anciano se balanceaba en una mecedora, que crujía bajo el peso de su corpachón, a la sombra del porche.

—Una verdadera tarjeta postal... —murmuró Tom, diciéndose tranquilo que esa podría ser su vida en adelante.

Levantó el plato con los restos de la tarta de manzana y saludó a su vecino, que con un gesto lo invitó a sentarse en el balancín, colgado con cadenas de la marquesina que recorría toda la casa. Roy sacó una cerveza fría del cubo lleno de hielo que tenía a sus pies, y compartieron la tarta hablando de naderías y haciendo comentarios sobre la exuberante vegetación que tenían delante. Después Tom no pudo contener por más tiempo la curiosidad.

—Dígame, Roy, ese Gary Tully del que me ha hablado por teléfono hace un rato, ¿a qué se dedicaba exactamente?

Un leve brillo iluminó los ojos de Roy McDermott, como si esperara o temiera ese momento desde el principio.

—Era sociólogo, creo, pero confieso que nunca supe qué pintaba aquí. Mencionó un libro en varias ocasiones, pero no sé en qué quedó la cosa. ¿A qué viene tanto interés? ¿Le han hablado de él en el pueblo?

Tom dudó entre responder con otra pregunta o inventarse alguna excusa, hasta que miró a Roy. ¿Por qué se empeñaba en rodearse de tanto misterio y tantas mentiras?

—He encontrado cosas suyas —confesó.

—¿En la Granja? Después de todas esas obras, es un milagro...

—A decir verdad, Bill Taningham no tocó el desván. Y había una especie de separación, que debe de remontarse a la época de Tully. Ignoro el motivo, pero guardó sus documentos allí y nunca volvió a por ellos.

Con la cerveza en la mano, Roy se inclinó hacia Tom en actitud confidencial.

—Tully era un excéntrico, incluso para aquellos tiempos, lo cual es decir poco. Recuerdo que en el invierno de 1969 desapareció durante dos meses sin avisar. Cuando regresó, me dijo muy orgulloso que había ido a apoyar a sus «amigos indios» a Alcatraz. No creo que llevara una sola gota de sangre amerindia en sus venas, pero Tully era un personaje un poco raro. Un exaltado. Un año, colgó pancartas contra la guerra de Vietnam en su fachada, y allí se quedaron hasta volverse ilegibles. Por aquí nunca pasa nadie, ¡es una calle sin salida! Pero él estaba convencido de que era importante.

—¿Le habló de su interés por el esoterismo?

Roy se recostó en la mecedora e hizo una mueca mitad divertida, mitad resignada que parecía significar: «¡Acabáramos!».

—Era la materia de su libro. No sé de qué vivía, pero sí para qué. ¿Eso es lo que ha encontrado?

—Efectivamente. Toneladas de notas. Probablemente, diez o quince años de investigaciones. ¿Publicó el libro?

—Lo dudo.

—Un hombre así, consagrado a su obra... Me cuesta creer que cruzara todo el país para instalarse aquí por casualidad. ¿Le comentó qué era lo que buscaba?

—No. No hablaba de eso, al menos no con detalle. De vez en cuando recibía a gente que venía a pasar unos días en su casa. No eran de por aquí. Podía verse luz hasta muy tarde, incluso toda la noche. Luego podía pasarse el día entero durmiendo; murmuraba explicaciones vagas para justificarlo, pero, verá usted, en los Tres Callejones no es que nos vigiláramos o hiciera falta justificarse por todo. Cada cual es libre. Además, eran otros tiempos... Entonces ciertos comportamientos no le chocaban a nadie. Suele decirse que la sociedad evoluciona, que progresa, pero en realidad es al revés. Nos anquilosamos en nuestros valores. Si hubiera vivido usted los sesenta y los setenta, lo comprendería.

Tom estaba intrigado y frustrado al mismo tiempo. Sentía que lo esencial se le escapaba. Gary Tully no había venido desde California solo para enfrentarse al duro invierno del noreste.

—Roy, en su opinión ¿hay algo en Mahingan Falls que pudo haberlo atraído?

Una mueca misteriosa hizo elevarse las comisuras de los labios del anciano.

—Es una tierra de mitos. Como el grueso de Nueva Inglaterra, es nuestra historia más antigua, la de los primeros colonos. Si la Costa Oeste debía ser nuestro Renacimiento, nosotros seríamos la prehistoria de esta nación.

—Comprendo. Pero ¿no hay algo concreto que él pudiera haber mencionado?

—Tully no era muy hablador, y menos aún en lo tocante a su libro. Solo se refirió a sus obsesiones tras muchos años de vecindad. Voy a decirle una cosa, Tom: aquí todo está sujeto a interpretación para cualquiera que vea el mundo bajo el prisma del ocultismo. El monte Wendy, sin ir más lejos —dijo Roy señalando la mole verde y marrón que se alzaba sobre sus cabezas—. En realidad, no se llama así. Wendy es una abreviación de «wendigo». ¿Ha oído hablar del wendigo?

—Es una especie de monstruo amerindio, ¿no?

—Nada de especie: ¡el monstruo! Una leyenda común a varios pueblos indios, una criatura aterradora, vinculada al canibalismo, que vive en lo más profundo del bosque y tiene un aspecto espeluznante. Cuando los colonos llegaron aquí, los indios evitaban esa montaña, y las tribus que vivían en la hondonada que hoy ocupamos nosotros no estaban muy bien vistas por las demás. Nuestra civilización se desarrolló, barrió a los anteriores habitantes de estas tierras y olvidó esos orígenes, pero el nombre del wendigo seguía ahí, para susurrárnoslo al oído.

Supongo que eso pondría nervioso a más de uno, así que con los años acabaron acortándolo, y hoy en día, si les preguntara a los niños qué significa el nombre del monte, lo mirarían con cara de bobos y se rascarían la cabeza.

—No lo sabía.

—No puedo culparlo. La herencia que nos legaron nuestros antepasados se fue esfumando con el paso del tiempo. Los topónimos, las edificaciones, las costumbres... A veces..., muy a menudo, los nombres se sustituyeron por otros más... civilizados. El monte Wendigo se convirtió en el Wendy, el cabo de los ahogados se transformó en el espolón y así sucesivamente. Mahingan Falls, por ejemplo, ¿sabe qué significa? Las «caídas del lobo». Viene del algonquino, creo, mezclado con nuestro maravilloso inglés. Antaño la región estaba infestada de lobos. Y así sucesivamente. De modo que sí, a todos los iluminados que tienen un poco de cultura, nuestro pequeño paraíso puede parecerles un libro abierto sobre el pasado, y no siempre el más glorioso.

Tom cayó en la cuenta de que, en toda la documentación que había acumulado Gary Tully, no había visto ningún libro ni leído ninguna anotación sobre los mitos indios, y se preguntó cómo era posible que alguien tan obsesivo hubiera pasado por alto ese detalle, sobre todo tras decidir sentar sus reales allí. No era casualidad. La explicación debía de estar en las libretas, esperaba.

—Cuando vendió la casa, ¿adónde se fue? —le preguntó a Roy.

El anciano se humedeció los labios lentamente con la mirada perdida en su propiedad, que se confundía con el bosque.

—Murió, Tom. No pierda el tiempo inútilmente. El otro día no quise hablar del asunto delante de su mujer y sus hijos, así que, para *simplificar*, dije que volvió a vender la casa. Pero no es verdad, es decir, no lo hizo él personalmente. Gary Tully se suicidó.

—¿En nuestra casa, quiere decir?

Roy asintió sombríamente.

—Habría preferido ahorrárselo, pero no para de hacer preguntas. Lo siento.

Tom se hundió en el balancín, y la cadenas empezaron a tintinear. No esperaba algo así. Tras un minuto de silencio, agarró a su vecino del brazo.

—Roy, quiero saberlo. No me apetece dar vueltas por mi casa imaginándome la escena en cada habitación. ¿Dónde lo hizo?

La pecosa mano del antiguo ferretero se deslizó por la parte inferior de su rostro como si intentara borrar una antigua marca.

—No creo que sea una buena idea, Tom.

—Soy yo quien vive en esa casa, tengo derecho a saberlo. Seguro que si llamo a Tessa Kaschinski, ahora que se ha embolsado la comisión, estará encantada de contármelo. Preferiría oírlo de usted.

Roy volvió a pasarse la lengua por los resecos labios y dejó escapar un profundo suspiro.

—En la primera planta, en lo que era su despacho. Se ahorcó.

—¿Sabe en qué habitación exactamente? —la penetrante mirada del anciano se posó en Tom, como desafiándolo a insistir—. Roy, es importante para mí.

McDermott tragó saliva, resignado.

—En esa época, al llegar a lo alto de la escalera había un recodo a la izquierda, en dirección a la otra ala. La tarima crujía, y una de las puertas del pasillo estaba abierta. La segunda a la izquierda. El sol salía por ella, como si la habitación estuviera en llamas. Dentro, Tully se balanceaba en el aire, aureolado por los rayos del ocaso.

El corazón de Tom dio un vuelco.

«El cuarto de Zoey.»

—Usted lo vio, ¿verdad? —comprendió de pronto.

—Fui yo quien lo encontró. Tras varios días sin noticias suyas, con su coche aparcado fuera, tuve un presentimiento. Lo había visto hundirse en la depresión, ¿sabe? Lentamente. En esos tiempos no se hablaba del tema como ahora, no acababas de saber qué hacer o qué decir, parecían ataques de tristeza... Un lingotazo de whisky, una partida de cartas, y se le pasaba... —Roy meneó la mandíbula para estirar la piel de su rostro. Parecía cansado—. Lo que me guio fue el olor —dijo al fin—. Estaba cubierto de bichos, ya no era más que una enorme y rezumante colmena. Ahí tiene por qué me acuerdo de Gary Tully. Hágase un favor, Tom: no se lo cuente a Olivia. Todo el mundo ha olvidado a aquel excéntrico, a excepción de un servidor. Haga lo mismo.

Tom le dio las gracias con un gesto de la cabeza, pero su mente ya no estaba allí. Vagaba entre conjeturas y presagios. ¿Realmente pasaba algo sobrenatural en su casa? ¿No había sentido Olivia, de una forma u otra, la presencia espectral de Gary Tully? ¿Y no era ese mismo fenómeno lo que aterrorizaba a su hija durante la noche? No podía ser casualidad que el lugar exacto donde se producían manifestaciones extrañas fuera precisamente la habitación en la que el ocultista se había quitado la vida. Tom sentía vértigo. Jugar a creérselo para distraerse estaba muy bien, pero acumular pruebas cada vez más tangibles comenzaba a asustarlo. No todas sus barreras racionales habían cedido, pero flaqueaban. Veía asomar una duda. Esta vez, real. No era posible. Y, sin embargo, empezaba a tomárselo en serio...

«Esta misma tarde cambio a Zoey de habitación —buscaría un pretexto—. Por supuesto, es una decisión sin fundamento, un ataque de paranoia, pero necesito hacerlo —solo para estar tranquilo. Del mismo modo que una persona que no cree en Dios prefiere no escupir en una iglesia, porque es mejor ser prudente—. Por si acaso».

Roy lo observaba con atención. Muy serio.

—Voy a darle un buen consejo, Tom: déjelo estar. Perderá el tiempo y se llenará la cabeza de ideas raras. Confíe en este viejo carcamal. Las obsesiones solo sirven para poner el foco en lo que no existe e inventarse fantasmas. Olvide todo ese asunto.

Tom no habría sabido explicar lo que veía en la mirada de su vecino, aparte de seguridad en sí mismo y firmeza en lo que decía. Asintió, más que nada por educación, mientras seguía preguntándose qué iba a hacer respecto a Zoey y qué mentira urdiría para no alarmar a Olivia.

Roy se levantó con dificultad y le palmeó la rodilla con su manaza.

—¡Venga, hay que despejar la mente! ¿Por qué no llama a su perro y le echamos un vistazo al trastero? Por las noches oigo corretear al bicho allí dentro... ¡Ah, y no olvide darle las gracias a su mujer por la tarta! ¡Estaba deliciosa!

20.

«Fort Knox.»

Era la contraseña. Su secreto debía estar tan bien guardado como las reservas de oro de Estados Unidos en la cámara acorazada de Fort Knox.

Se le había ocurrido a Corey cuando llevaban más de una hora discutiendo sobre lo que debían hacer. Owen había propuesto que se lo contaran a los adultos, aunque no le convencía mucho la idea porque temía que acabara tocándole hacerlo a él. El espantapájaros no lo había visto nadie más. Sus amigos lo creían (le daban ganas de abrazarlos, porque no habría podido soportar el peso de aquella horrible experiencia él solo), pero si había que describir los detalles tendría que hacerlo él. El arsenal de preguntas sería para él. Los otros habían dudado: ninguno lo sentía. Contarles a los padres ¿qué exactamente? ¿Y a qué padres, para empezar? ¿Qué adulto los escucharía sin tomárselo a risa y responder que dejaran de inventarse idioteces? Connor no estaba totalmente seguro de que un espantapájaros putrefacto los hubiera perseguido, aunque admitía que era posible. Como los demás, había sentido la urgencia de huir de una presencia que intentaba darles caza y confiaba en Corey cuando este afirmaba con convicción que la cruz de palos estaba vacía. Pero seguía siendo el más escéptico. Chad estaba casi tan conmocionado como Owen. Apoyaba la versión de su primo hasta el último detalle. Pero eso no era suficiente. No entendía lo que acababa de suceder, y eso hizo surgir numerosas preguntas.

—Estamos de acuerdo —dijo Connor—, seguramente ha sido un capullo disfrazado, y con el miedo has creído que era de verdad. Además, hacía mucho calor, la deshidratación te ha confundido...

Owen sacudió la cabeza. Sabía que no era así. Hasta el olor seguía persiguiéndolo. Una fetidez ancestral que había penetrado en sus mucosas hasta despertar un miedo del córtex reptiliano: el de la muerte. En su forma más primitiva.

—¿Y si ha sido una alucinación? —sugirió Corey—. Alguien ha podido verter alguna droga en el depósito de agua de Little Rock River.

—¿Quién? —preguntó Chad, poco convencido.

—No sé, terroristas.

—¿Terroristas en Mahingan Falls? ¿Lo dices en serio? —replicó Connor, lleno de desdén—. No, qué tontería... Además, tendría alucinaciones todo el mundo, no solo Owen.

—Sé lo que he visto. Y era real.

A los tres les había impresionado su cara descompuesta y, seguramente, también la gran mancha de orina en su pantalón, aunque ninguno la había mencionado, por lo que les estaba muy agradecido. A los trece años, un chaval podía encajar un cara a cara con un espantapájaros vivo, pero no hacérselo encima. En eso estaban todos tácitamente de acuerdo.

—Entonces, mientras decidimos lo que vamos a contar, cerramos el pico —concluyó Connor.

Chad asintió.

—¿Es nuestro secreto?

—Lo enterramos en el fondo de nuestras cabezas y solo hablamos de ello entre nosotros, ¿de acuerdo?

—¡Más protegido que Fort Knox! —remachó Corey.

—Exacto. Esa será nuestra clave para referirnos al incidente. Fort Knox.

Y desde entonces, Owen soñaba con Fort Knox. Pesadillas terroríficas. Estaba en el maizal, que se extendía hasta el infinito, impenetrable, y corría en vano en busca de una salida, mientras algo muy antiguo lo perseguía riendo por lo bajo y derramando gusanos amarillos por la boca y las cuencas vacías de los ojos. Había mojado la cama dos veces. Humillado, se había resignado a levantarse en plena noche, cruzar la casa helada sin dar la luz del pasillo, bajar al cuarto de la lavadora, ponerla y volver a por la ropa antes de que amaneciera para que nadie se enterara. Vagar en la oscuridad le daba casi tanto miedo como las pesadillas. Tenía la sensación de que el espantapájaros aparecería de pronto en alguna esquina, sin hacer ruido, y su enorme cabeza podrida se inclinaría sobre él como para jugar, sus manos de acero asomando por el ángulo de la pared, dispuestas a atraparlo. Owen se esforzaba al máximo para ahuyentar esas horribles imágenes, sin éxito. El largo corredor de la primera planta parecía no tener fin, y cada umbral a oscuras era un posible escondite para el monstruo. Pero no podía dejar mojadas las sábanas. La vergüenza que pasaría delante de Chad sería insoportable. Y sabía que Olivia, preocupada, lo atosigaría. Le hablaría de sus padres, intentaría tranquilizarlo, reconfortarlo, sugeriría que visitaran a un «especialista» para que lo ayudara... En resumen, perdería el sueño. Ahora ya la conocía. Y él no quería eso.

Una de esas espantosas noches, echó de menos a sus padres de manera especial. Su habitación junto a la de ellos. Sus costumbres. Sus puntos de referencia. La presencia de los dos. Lloró repetidas veces, cosa que no hacía desde el otoño anterior, y se abrazó a una foto suya para volver a dormirse, acurrucado bajo una colcha vieja, mientras esperaba a que, en el piso de abajo, la lavadora acabara de devolverle la dignidad.

Después del desayuno, Chad fue a buscarlo fuera y se lo encontró sentado en la hierba, acariciando a Smaug.

—¿Estás bien?

—Sí.

—Pues pareces reventado...

Owen se encogió de hombros.

—Tú también. Tienes ojeras.

—Mamá se nos va a echar encima como nos vea así.

Owen iba a responder que Olivia no era su «mamá», pero se había jurado que no reaccionaría así apenas unos meses después de haberse ido a vivir con los Spencer. Le gustara o no, ahora eran su familia, eso ya no podía cambiarlo. Viviría allí durante años. Olivia y Tom se comportaban como unos padres adoptivos, lo que en cierta forma le agradaba más. Los quería mucho, y ahora ya no dudaba de que un día acabaría considerándolos su segunda familia. Lo aceptaba. Pero era demasiado pronto para llamarlos papá y mamá.

—Tengo pesadillas —confesó Chad.

Owen estaba sorprendido, aunque en el fondo —y eso le hacía sentir un poco culpable— casi se alegraba. No estaba solo.

—Yo también. A todas horas.

—¿Fort Knox?

—Sí, Fort Knox. Pienso en eso todo el rato.

—Oye, ¿puedo hacerte una pregunta? —dijo Chad tras una breve vacilación—. Pero tienes que jurarme que me dirás la verdad. El mordisco..., ¿de verdad no fuiste tú? —Owen lo miró fijamente y meneó la cabeza con suavidad—. Joder... —soltó Chad, que rara vez decía palabrotas si su madre estaba a menos de doscientos metros.

Los dos primos se tomaron su tiempo para digerir lo que eso significaba. Luego, Chad expresó lo que ambos pensaban confusamente.

—Aquí pasa algo raro.

—Prométeme que la próxima vez me creerás —le pidió Owen.

—Si me dices que los Vengadores han aterrizado en el salón, te creeré. No volveré a llamarte mentiroso.

Owen estaba satisfecho. En las circunstancias actuales, era importante sentirse respaldado.

—Tengo miedo —confesó.

Chad le dio un empujón amistoso.

—Si nos pasa algo, sea lo que sea, lo hablamos, ¿vale? Nada de secretos entre nosotros. Tenemos que apoyarnos pase lo que pase. Ahora tú y yo somos un equipo, luchamos juntos.

—De acuerdo.

Al cabo de unos instantes durante los cuales acariciaron a dos manos a Smaug, Owen volvió a la cuestión que más le preocupaba.

—¿No crees que de todas formas deberíamos hablar con Olivia y Tom?

—¿Estás loco? Mi madre se asustará y nos encerrará bajo siete llaves. Pensará que hemos tomado drogas, y entonces estaremos listos hasta que acaben las vacaciones, o llamará a todos los loqueros de Nueva York. Y en los dos casos podemos despedirnos de nuestras excursiones con los amigos. Yo cierro el pico.

—Está bien. Yo tampoco diré nada.

De pronto, Smaug levantó el hocico y detectó uno de esos olores que solo los perros son capaces de distinguir, porque acabó desperezándose y yendo a olfatear las flores al borde del jardín. Los muchachos lo observaron, divertidos, pero al cabo de un momento Chad se puso en pie de un salto y le tendió la mano a su primo para ayudarlo a levantarse.

—Venga, vamos a pedirle a mamá que nos deje en el paseo. Connor prometió que nos llevaría a ver el salón de videojuegos del centro.

Detrás de ellos, el perro seguía a lo suyo, enfrascado en una nueva investigación olfativa y deteniéndose de vez en cuando para inundar todo lo que no le gustaba con un chorro de orina. Dio una vuelta al jardín, se paró frente al bosque e hizo varios movimientos de avance y retroceso, antes de darse por vencido y marcharse con el rabo entre las patas.

Esa noche, Owen se durmió en cuanto apoyó la cabeza en la almohada, por primera vez desde «Fort Knox». Había sido un día agotador, lleno de diversión en el salón de videojuegos y de carreras por el paseo de madera que dominaba el océano. Corey había llevado su monopatín para que lo probaran en la pista acondicionada con rampas de diferente altura. Connor les había hecho partirse de risa con sus bromas de colegial, a veces sexuales, y habían podido volver tarde a casa, donde Gemma los había dejado justo a tiempo para cenar. Divertirse, despejar la cabeza, cansarse física y mentalmente: justo lo que necesitaba Owen.

Se hundió en un profundo sueño reparador, pero cuando abrió los ojos con dificultad se dio cuenta de que aún era plena noche. Parpadeó varias veces, sin entender qué pasaba, y cuando estaba a punto de taparse otra vez con las sábanas, enredadas entre las piernas, con la intención de volver a dormirse cuanto antes, se preguntó qué lo habría despertado. Miró la habitación, dividida en zonas de intensa oscuridad y franjas azuladas por la luz de la luna, que se filtraba entre las lamas de la persiana, mal bajada. La puerta que daba al pasillo estaba cerrada, y la del trastero en el que habían construido el laberinto de cajas, también. Desde el episodio de la mordedura, y más aún desde el encuentro con el espantapájaros, Owen sentía aversión por aquella estancia. Sospechaba que alguna cosa merodeaba por ella. Una cosa con una boca enorme llena de dientes. «Y un hambre de lobo...»

Al fijarse mejor, Owen advirtió que esa puerta no estaba tan bien cerrada como parecía: el pestillo sobresalía del marco blanco como una lengüecilla que apuntaba en su dirección. Que le hacía burla.

«Oh, no...»

Owen no podía volver a dormirse sabiendo que la puerta no estaba perfectamente encajada. Si aquella cosa quería entrar, no tenía más que empujarla: se abriría del todo sin ni siquiera chirriar, y él estaría a su merced. Tenía que levantarse y cerrarla.

Solo que estaba oscuro, era plena noche y tendría que abandonar la seguridad de su cama, recorrer al descubierto toda la anchura de la habitación y acercarse a la guarida de aquella cosa hambrienta, con las fauces llenas de colmillos, a la que nada impediría saltar sobre él en el momento en que extendiera la mano hacia el picaporte...

Owen tiró de las sábanas hasta cubrirse del todo, cara incluida, dejando una estrecha rendija para respirar y ver el dormitorio. Ahora estaba completamente despierto.

«¿Qué ha podido despertarme? ¿Y si ha sido precisamente esa maldita puerta al abrirse?»

Ya no veía otra cosa. Aquella endemoniada lengua de acero negro lo retaba a acercarse para devolverla a su ranura.

Si no lo hacía, no podría volver a dormir. Se apretó la ropa contra el cuerpo como si fuera una armadura y se incorporó. Se atrevió a sacar una pierna fuera de la cama y apoyar el pie en la alfombra. Nada. Ningún movimiento en las sombras, ningún ruido. Eso lo animó a desplegarse en la cama y a levantarse.

Solo cuatro metros.

Owen se ajustó la capa para que lo protegiera sin hacerle caer, pero se le resbaló un poco sobre la cabeza, dejándole al descubierto parte de la cara. No le hizo ninguna gracia: eso lo dejaba a la vista de las fuerzas del mal, que estaban al acecho. Porque no podía ser más que eso, las fuerzas del mal. Eran ellas las que habían soltado a uno de los suyos en el trastero, en medio de las cajas. El laberinto era su guarida. «¡Un minotauro!

—comprendió Owen, acordándose de las leyendas griegas que le contaba su madre por las noches—. ¡Eso es! ¡Un minotauro!»

Solo tres metros.

No, no era un minotauro. Bien pensado, no cuadraba. De hecho, el minotauro casi resultaba tranquilizador. Lo que había mordido a Chad era peor que un minotauro. Y, sobre todo, más aterrador. No era humano, ni siquiera a medias. Era maligno. Totalmente monstruoso. «¡Y está hambriento!»

Solo dos metros.

En la oscuridad, el blanco de la puerta le parecía un poco fosforescente. La hoja no se movía. Aún no. ¿Y si la cosa estuviera justo al otro lado? Esperándolo, con la baba goteando por su enorme boca, al pensar en el banquete que se iba a dar... Frotándose las zarpas de gusto... Cuando lo tuviera más cerca, con la mano extendida para cerrar la puerta, se abalanzaría sobre él, lo agarraría con su puño helado y lo arrastraría a las tinieblas del laberinto para hundir los acerados colmillos en su jugosa carne. Le taparía la boca con una de sus viscosas manos para impedir que gritara, le chuparía la sangre, lamería su carne y le arrancaría los huesos para partirlos uno a uno y sorber con avidez los tuétanos... Y él seguiría con vida hasta el final, retorciéndose de dolor.

«¡Basta!»

¡A quién se le ocurría imaginarse semejantes atrocidades!

Solo un metro.

Ya casi estaba. Sus pies se deslizaban sin ruido por el parquet, y de pronto se percató de que se le habían enredado las piernas en la sábana. Si tenía que echar a correr, acabaría en el suelo, enrollado en su propia camisa de fuerza. Entreabrió su armadura, y la luz de la luna iluminó su frágil cuerpo. Al fin, extendió la mano, exactamente como acababa de imaginárselo. Asió el frío picaporte. ¿Estaría la cosa agazapada en silencio al otro lado, arrastrando su puntiaguda lengua por el suelo, como una enorme y rolliza lombriz? ¿Estaría a punto de empujar la puerta con fuerza para arrojársele encima? ¿Sufriría él mucho rato?

Owen empujó la puerta, y el pestillo se hundió en la cerradura con un suave clic. «¡Uf!» Soltó un suspiro y se volvió hacia la cama.

No había dado ni tres pasos cuando se escuchó un sonido.

No provenía de detrás de él, como se temía, sino de un lado. De la ventana.

«Fuera.»

Un rasguido metálico en la hierba. Inconfundible: dientes de hierro doblándose al arañar la tierra y vibrando a continuación en el aire. Producían un silbido seco. Casi un tintineo.

«Como un rastrillo de jardinero.»

Un escalofrío lo sacudió de la cabeza a los pies.

«No, no puede ser.»

Owen se negaba a creerlo. Sin embargo, volvió a oírlo, y se echó a temblar.

Alguien rastrillaba el jardín en mitad de la noche. Owen supo al instante de quién se trataba. Era él quien lo había despertado. Aquel ruido tan peculiar: su subconsciente lo había reconocido y había hecho sonar la alarma, para que su conciencia pudiera tomar el control. Para que actuara. Para que le permitiera ocultarse. Lejos, muy lejos, en las profundidades de la casa, en el lugar más escondido y disimulado posible. Tenía que hacerlo. ¡Ya!

Owen sacudió la cabeza. Estaba a punto de orinarse encima cuando pensó en Chad. Tras la conversación de esa mañana, podía confiar en él. Sí, Chad sabría qué hacer. Tenía que ir a buscarlo. Juntos serían más fuertes. Se volvió hacia la puerta del trastero.

No, ni pensarlo. No se arriesgaría a pasar por ahí. Ahora no. Retrocedió y abrió la otra puerta.

El largo pasillo estaba totalmente a oscuras. Enfrente, la puerta de Zoey abierta de par en par. Owen no había entendido muy bien el motivo, pero Tom había decidido cambiarla de habitación, y ahora la pequeña dormía en la otra ala, cerca de sus padres.

«Ya solo estamos nosotros. Chad y yo.» Se apresuró a llegar junto a su primo, apartándose todo lo que pudo de la puerta del trastero, que separaba las dos habitaciones, antes de introducirse en la de Chad, al que despertó con suavidad pero también con firmeza.

—¿Qué? —balbuceó Chad, atontado.

—¡Chisss! Chad, pasa algo, te necesito —su primo no tardó en comprender la urgencia de la situación y se incorporó en la cama, dispuesto a escucharlo—. Creo que... —Owen señaló la ventana—. Está ahí. Justo ahí fuera.

—¿Quién?

—El espantapájaros.

Chad abrió unos ojos como platos, y Owen percibió el miedo en ellos. No le gustó, pero lo prefería mil veces a la indiferencia o la burla. Chad saltó fuera de la cama y correteó en dirección a la ventana.

—¡Cuidado! —le susurró Owen—. ¡No debe vernos!

El instinto le aconsejaba permanecer oculto. Un sexto sentido primitivo le ordenaba no dejarse ver bajo ninguna circunstancia. Los restos de una herencia de cientos de miles de años viviendo con el miedo a los depredadores, intuyendo el peligro, olfateándolo para protegerse de él —un persistente atavismo, sepultado en lo más profundo del ser humano—, percibían la amenaza allí abajo, porque en cierto modo procedía del mismo mundo, un mundo donde lo que prevalecía era la lucha entre la vida y la muerte, como un vestigio ancestral de la bestialidad. Sobre todo, no había que dejarse ver. «¡O acabará contigo de inmediato!»

Los dos primos se agacharon para acercarse a la ventana, y con infinito cuidado, Chad apartó dos lamas para mirar afuera.

A sus pies, una figura burdamente humana vagaba por el césped.

Por un segundo, Owen se preguntó si no sería Tom, hasta que se fijó en el tamaño de su cabeza. No podía ser, a menos que Tom hubiera desarrollado un enorme tumor cerebral en cuestión de horas.

En ese momento la luna se reflejó en sus manos.

Dos rastrillos de jardinero.

Arrastrando los pies, el espantapájaros examinaba el suelo.

Owen temblaba de tal modo que le castañeteaban los dientes. Chad le puso la mano en el brazo para recordarle que estaba allí, pero también él temblaba.

El espantapájaros dio unos cuantos pasos en un sentido, y luego, como si siguiera otro rastro, cambió de dirección y se inclinó hacia el suelo. De su cara se desprendían decenas de migajas, y Owen no necesitó luz para saber que eran gruesos gusanos amarillos.

—Te lo dije... —farfulló con un hilillo de voz cuando fue capaz de tragarse los sollozos y los alaridos que amenazaban con ahogarlo—: No vi visiones, existe.

Chad asintió lentamente.

—Yo te creí. Parece... que está buscando algo.

—A alguien —le corrigió su primo—. A nosotros.

—¿Tú crees?

—Sigue nuestro rastro. ¿Qué pinta en nuestro jardín si no?

—¡Oh, mierda! ¿Y qué hacemos?

Owen se dijo que había ido a buscar a su primo para sentirse apoyado y al final resultaba que el más sereno era él. Aun así, la presencia de Chad lo tranquilizaba. Cualquier cosa menos estar solo.

No podían apartar los ojos de aquella visión de pesadilla.

De pronto, el espantapájaros se inmovilizó y volvió su repugnante cara, devorada por los gusanos, en dirección a la casa.

Sus ojos vacíos y su gran boca, abierta en una sonrisa cruel, se alzaron hacia la primera planta.

Chad tiró del cuello del pijama de Owen y los dos primos se agacharon bajo la persiana, pero con las prisas la hicieron oscilar y chocó contra el cristal.

—¿Nos ha visto? —preguntó Owen, muerto de miedo.

—No, creo que no —sin levantarse, Chad detuvo el movimiento de la persiana con una mano—. Vaya, eso espero.

—¿Despertamos a tus padres?

Chad negó tajantemente con la cabeza.

—No sé por qué, pero mejor no.

—¡Ellos sabrán qué hacer!

—Créeme, es una mala idea. No desconfiarán como nosotros. Bajarán, papá querrá ahuyentar al espantapájaros pensando que es un roedor y... Presiento que acabaría mal.

En ese último punto, Owen estaba de acuerdo. No había que acercarse al espantapájaros. Se merendaría en un santiamén incluso a un adulto, y lo último que quería Owen era oír el espantoso ruido que harían los huesos de Tom cuando se partieran entre las mandíbulas del monstruo.

Chad se enderezó un poco para volver a echar un vistazo por la ventana, y Owen estuvo a punto de sujetarlo, pero se contuvo. Después de todo, tenían que comprobar que aquel engendro no entraba en la casa.

La alta y escuálida silueta seguía olfateando la hierba.

De repente, Smaug empezó a ladrar en la planta baja, donde dormía normalmente, y el espantapájaros dio un respingo y alzó las largas garras, listo para golpear. Smaug ladraba con furia, sin parar.

—¡No! —exclamó Chad—. ¡Ese idiota va a despertar a mis padres!

Abajo, el espantapájaros dudó un instante antes de rasgar el aire con sus afilados dedos y dar un paso hacia la puerta trasera de la Granja. Luego se detuvo. Pareció olfatear algo, pero al cabo de un momento retrocedió, regresó al fondo del jardín sigilosamente y se adentró en el bosque, hasta desaparecer por completo.

Los dos chicos apoyaron la cabeza en el marco de la ventana, aliviados.

En el pasillo, Tom ordenó callar a Smaug y el perro obedeció.

Pero Chad y Owen sabían que no era para complacer a su dueño. Smaug sentía que el peligro se había alejado.

Por la mañana, iría a olisquear su territorio y orinaría en todos los lugares sobre los que se había inclinado el espantapájaros. Entonces, los chicos se dieron cuenta de que ya lo habían visto antes comportarse de ese modo, y comprendieron.

No era la primera vez que el espantapájaros venía a su casa.

21.

El Paseo consistía en una amplia y larga pasarela de madera paralela a la calle. Elevado más de cinco metros sobre el océano cuando la marea estaba alta y más de diez cuando se retiraba del fondo arenoso, había sido construido en los ochenta para dar de una vez por todas a la feria anual de Mahingan Falls el aspecto de una exposición digna de ese nombre. Ofrecía una vista inmejorable del espolón y su faro, a un lado, y del puerto deportivo y las playas que se extendían hacia el sur. Para quienes habían crecido en esos años, aquella había sido la época de esplendor de la localidad: Main Street abarrotada en verano; el auge inmobiliario provocado por numerosas familias de Boston que buscaban una segunda residencia no muy lejos, con el encanto de una villa balnearia, pero que no tenían suficientes medios para aspirar a las suntuosas casas de Martha's Vineyard; las multitudes que llegaban de Salem, Lawrence e incluso Portland, en el estado de Maine, e invadían el Paseo desde mediados de agosto hasta finales de septiembre para subirse al tiovivo, disparar escopetas de perdigones o comerse un perrito caliente por un dólar. Antes de que los años noventa sentenciaran la feria. Algunos culpaban a las campañas masivas de seguridad vial, dado que a Mahingan Falls solo se podía llegar por dos pequeñas carreteras estrechas y sinuosas, la del norte, que bordeaba los acantilados, y la principal, al oeste, que serpenteaba entre las empinadas colinas y se prolongaba a través de campos que a veces lindaban con barrancos, sin ninguna iluminación cuando las familias regresaban a casa, en ocasiones después de un día con exceso de copas. Había habido accidentes, muertes. Los periódicos acabaron llamando a la feria «la Ruleta Rusa: sabes cuándo llegas, pero no cuándo volverás». Mala prensa. Sin embargo, las verdaderas razones eran menos trágicas: la feria había envejecido, los caballitos se habían renovado tan poco como los banderines o los enormes muñecos de peluche que premiaban la habilidad, y las atracciones habían pasado de moda hasta desaparecer definitivamente. No obstante, para muchos vecinos, el Paseo seguía asociado a las fiestas de antaño, a los gritos de alegría, la música pegadiza, el olor a algodón de azúcar, caramelos, cerveza floja y fritanga. Era el caso de Norman Jesper, orgulloso producto *vintage* de Mahingan Falls, *made in* 1961 y único ebanista del pueblo, que estaba convencido de que moriría allí mismo y nunca había ido más allá de Nueva York —ni falta que le hacía, dicho sea de paso.

Esa mañana estaba paseando con su perro por la playa cuando el maldito chucho, que no le hacía caso a nadie, se lanzó como una flecha debajo del Paseo, un dédalo de postes de madera cubiertos de conchas. Con la marea baja, podías aventurarte a entrar allí, aunque el lugar no gozaba de buena reputación: estaba oscuro e infestado de cangrejos, y se rumoreaba que era el punto de encuentro favorito de «invertidos» en busca de fornicio rápido y anónimo, si bien esto último nunca lo había demostrado nadie y seguramente era una falsedad propalada por espíritus vengativos.

Norman llamó a su perro, pero acabó resignándose a ir en su busca, aunque no le hacía ninguna gracia que lo vieran meterse allí y se imaginaran «cosas» sobre él. Así que, para que nadie se equivocara, gritó bien alto el nombre de su compañero canino antes de penetrar en la oscuridad de debajo del malecón.

El olor lo asaltó de inmediato. No era el de las manzanas caramelizadas ni el de los buñuelos con el que tantas veces se le había hecho la boca agua allá arriba cuando era niño. Ni mucho menos. Norman no creía haber olido algo tan nauseabundo en su vida, salvó quizá la vez en que su amigo Brook le pidió ayuda para desatascar los retretes de su casa rural, obstruidos tras el paso de toda una recua de turistas franceses. Un tufo a «carne podrida que ha estado un buen rato a remojo en el agua del mar, el olor frío del hierro, agrio de los pedos y penetrante del yodo, metidos juntos en una caja y puestos a cocer a pleno sol», fueron sus palabras al describirlo más tarde. El perro estaba un poco más adelante, husmeando. Grandes cangrejos huían en la oscuridad al paso de Norman, que casi se dio de narices con el cuerpo, aunque para eso hubiera sido necesario que este último las tuviera. En su lugar había un inmundo amasijo, como si algo le hubiera devorado la cara y luego la hubiera vomitado. Pese a la escasa claridad que se filtraba hasta allí, Norman distinguió masas rezumantes y carnes hinchadas. Avisó a la policía sin moverse de donde estaba, y Pierson King, enviado con urgencia al lugar, lo encontró allí, inmóvil como un perro pastor, cuidando de que ningún cangrejo profanara aún más el cadáver de aquel desventurado.

A diferencia de los escenarios del crimen de las grandes ciudades en los que Ethan Cobb había aprendido el oficio, aquel no solo no estaba delimitado para asegurar que hubiera un único acceso, sino que ni siquiera lo habían iluminado con focos portátiles, por lo que tuvo que hacer lo mismo que sus compañeros: utilizar la linterna que llevaba en el cinturón para poder acercarse sin resbalar en las rocas. En cuanto el haz de luz blanca descubrió los pálidos miembros, Ethan comprendió. Se trataba de un hombre y estaba casi desnudo: le habían arrancado la mayor parte de la ropa y el resto presentaba grandes desgarrones. El cadáver estaba exangüe, y la piel, casi translúcida tras permanecer en el agua del mar, exhibía estrías de carne hinchada de un rosa pálido, incluso en el cráneo, cuyo interior quedaba expuesto a través de una ancha grieta, como una fruta muy madura que hubiera reventado al caer del árbol. Al inclinarse, Ethan advirtió que el contenido de la cavidad craneal había desaparecido, totalmente devorado por la fauna local. No cabía la menor duda de que era Cooper Valdez. El mar lo había devuelto antes de lo previsto, y habían tenido suerte de que fuera allí y no al pie de los acantilados.

—Ya se lo dije —le recordó el jefe Warden en tono triunfal—. ¡Conozco este océano! En la zona en la que el barco iba a la deriva, la bahía es avariciosa: se queda lo que le llega y, por lo general, no vuelve a escupirlo a nuestras playas hasta que le ha sacado todo el jugo.

Ethan no respondió; se limitó a examinar al pobre desgraciado. Presentaba numerosas heridas. No hacía falta ser un experto en motores de barco ni un médico forense para constatar que, con toda probabilidad, las habían producido una o varias hélices. La hipótesis se confirmaba. Cooper Valdez, con la embarcación a toda máquina, se había dirigido a popa, se había inclinado sobre los motores y había caído directamente en aquel torbellino destructor, que lo había lacerado. En cuanto al motivo —capricho repentino, necedad o un ruido en la parte de atrás—, nadie lo sabría jamás, por mucho que para el jefe Warden la culpa fuera a todas luces del alcohol. «Y con los malos hábitos de Valdez, es evidente que su sangre contendrá cierta cantidad. Un accidente estúpido.»

Fin de la investigación para el jefe Warden.

Para Ethan Cobb, las circunstancias no estaban claras. ¿Por qué huir de la ciudad por mar en lugar de hacerlo por carretera? Y en un estado cercano al pánico... Cooper había destruido todo su material informático, su móvil y sus radios, ni siquiera se había parado a cerrar su casa con llave y había corrido hasta el barco con lo imprescindible en medio de la noche. A menos que sufriera un *delirium tremens* avanzado, tenía que haber una explicación.

Bajo el Paseo, el baile de linternas acribillaba la penumbra con sus finos haces plateados, en busca de «fragmentos» complementarios: faltaban varios dedos y numerosos pedazos del muerto, aunque era imposible saber si había que achacarlo a las hélices, al tiempo que había pasado en el océano o a la voracidad de los cangrejos, ya en tierra. Max Edgar, que tenía fama de llevar el uniforme siempre impecable, se las arreglaba como podía para pisar únicamente las rocas; no habría soportado mojarse o mancharse los pantalones, y sin duda la perspectiva de no poder lustrarse los zapatos en cuanto saliera de allí lo ponía enfermo. Al pasar junto a Ethan, se volvió hacia él.

—Teniente, creo que estaba usted presente cuando los murciélagos se suicidaron ante la iglesia católica de Green Lanes... El padre Mason dice que es una señal de la cólera de Dios.

Edgar, además de maniático, era un auténtico santurrón, recordó Ethan.

—Parecía más bien un fenómeno natural debido al magnetismo terrestre, o a una fuga de gas...

No le apetecía abrir un debate sobre el asunto, y menos con Edgar. Aunque no lo habría admitido por nada del mundo, el suceso le había causado una fuerte impresión. Aquella nube de murciélagos virando para coger aún más altura, deteniéndose de repente e iniciando una caída vertiginosa, sin un solo aleteo, como en un impulso colectivo hacia la muerte... Aún oía el espantoso sonido que habían producido al estrellarse contra el suelo frente al pórtico de Saint-Finbar. En realidad, no tenía la menor idea de lo que había ocurrido. Había organizado de inmediato un dispositivo de verificación, temiendo realmente un escape en una conducción de gas, pero tras hora y media de minuciosas comprobaciones el equipo había descartado esa hipótesis. Cobb tenía asuntos más urgentes que atender, así que no había insistido, y un operario del municipio lo había limpiado todo ante los horrorizados ojos de los vecinos.

—El padre Mason opina que este verano el libertinaje se ha apoderado del pueblo, que debemos expiar nuestras culpas y...

—Edgar —lo atajó Ethan—, concéntrese en el suelo y mire dónde pone los pies. Sería una pena que pisara un trozo del señor Valdez y se ensuciara los bajos del pantalón.

El agente se estremeció ante esa idea, y Ethan se libró de él. La tranquilidad duró poco, porque el jefe Warden se acercó a su vez.

—¿Qué es ese asunto de la intoxicación alimenticia que le ha encomendado a Cedillo?

—El doctor Layman teme que haya algo de eso: demasiados pacientes con los mismos síntomas.

Warden asintió. Su fino bigote gris se agitó en la penumbra, luego señaló el cadáver con la barbilla.

—En cuanto a él, quiero el informe cerrado antes del fin de semana.

—Sería conveniente que tuviéramos los resultados completos de los análisis antes de archivar el caso, ¿no le parece, jefe?

Warden farfulló para sus adentros y aceptó soltando un gruñido.

—Muy bien, pero siempre que sus conclusiones sean inapelables. No quiero tener al hurón de Marvin Chesterton encima de nosotros, ¿entendido?

Marvin Chesterton era el fiscal de distrito de Salem, responsable de toda la demarcación. Lee J. Warden lo odiaba más aún que Max Edgar al diablo. Chesterton era un demócrata impenitente, incondicional de las grandes teorías sobre la libertad, y Warden lo acusaba de ser demasiado blando y haber reclutado a su equipo de asistentes por sus convicciones políticas más que por sus aptitudes. Para Warden, simbolizaban la progresiva decadencia del país; eran su causa directa. Ethan consideraba a su superior capaz de disfrazar la verdad con tal de evitarse la intervención de la oficina de Chesterton, que tomaba el mando de una investigación en cuanto el caso adquiría importancia y requería la intervención de un juez.

—Cobb, como veo que la muerte del señor Valdez le apasiona, le dejo supervisar el levantamiento del cadáver. Nosotros nos vamos, este sitio es malsano —dijo Warden pegándole un puntapié al enorme cangrejo que tenía delante.

Ethan se quedó otras dos horas de plantón lejos del sol, en el aire saturado de humedad de debajo del muelle, hasta que se llevaron los restos de Cooper Valdez. Fue el último en marcharse, aunque al hacerlo vio que Norman Jesper seguía allí, sentado en un montículo de arena, con el perro dormido a sus pies y la mirada perdida en la marea alta. Aún estaba bajo el shock de su horripilante descubrimiento.

—Debería irse a casa, señor Jesper.

Sin conseguir apartar los ojos del horizonte, el hombre respondió lentamente, y hasta su voz era lejana:

—Nunca podré olvidar lo que he visto ahí abajo...

—Lo lamento.

—He venido a este espigón de madera miles de veces, de crío, de joven y de mayor. Tengo mil recuerdos fantásticos. Pero el resto de mi vida, lo que veré cada vez que pase por aquí será la imagen de ese pobre diablo comido por los cangrejos.

Ethan le posó la mano en el hombro amistosamente. Le habría gustado decirle que el tiempo difuminaría el recuerdo, que su memoria lo atenuaría, pero no quería mentirle. De hecho, el horror tenía el poder de imponerse, manchaba el alma como el vino más oscuro mancha una camisa blanca. El horror era persistente. Con el paso de las semanas y, más tarde, de los meses y los años, la imagen de Cooper Valdez, destrozado y luego devorado, se debilitaría, pero cada vez que un elemento de la vida cotidiana retrotrajera a Norman Jesper a aquel terrible día, surgiría de nuevo, vívida e implacable, con sus olores y sus ruidos de fondo. La obra de la muerte dejaba una huella indeleble, como para demostrar que nadie podía escapar de ella.

—Dígase que le ha hecho un favor. Gracias a usted, no se pudrirá aquí solo. Tendrá una tumba. Le ha asegurado el descanso eterno.

Ethan no era un hombre religioso, pero sabía hablar en el idioma de quienes sí creían.

Norman Jester asintió y suspiró.

Ethan se despidió y se separaron así, como dos viejos amigos que saben que nunca volverán a verse. Luego caminó hasta el puerto deportivo y se dirigió al Banshee. Necesitaba rodearse de vida y echar un trago. Se sentó en la barra y pidió una pinta de Murphy's Irish Stout, cuya primera mitad se bebió casi de un tirón. Sonaba de fondo la canción de Toby Keith «I love this bar», y Ethan esbozó una sonrisa pensando que la letra hablaba de él, especialmente en ese momento. Entonces los vio, sentados en un reservado, terminando una comida tardía. Ashley Foster y su marido. Ella, tan guapa como siempre, con los rizos castaños bailándole sobre los hombros; y él, un tipo bastante atractivo, sin afeitar, con un hoyuelo en la barbilla, fornido. A Ethan se le encogió el corazón. Rodeó la jarra con las manos. Se dejó invadir por una mezcla de tristeza y celos, y se odió por ello. Le habría gustado estar en el lugar del marido, en aquella banqueta, aunque solo fuera para hablar de trivialidades y verse reflejado en los ojos de una mujer, acariciar su mano unos instantes, oírle contar el último chismorreo, saber que, al llegar la noche, se acostarían uno junto al otro y se buscarían con la punta de los pies antes de dormirse con el apacible sopor de quien sabe que no está solo. Por supuesto, en la vida de pareja no todo era compartir; también había esfuerzo, discusiones inevitables y obligaciones. Ethan había conocido todo eso con Janice, pero después de casi dos años de soltería añoraba hasta los enfrentamientos. Al menos tenían la virtud de hacer que se sintiera vivo.

El marido tecleaba en el móvil mientras Ashley jugueteaba distraída con los restos de ensalada de col de su plato. No se habían dirigido la palabra desde que los había visto. «Deja de mirarlos, pareces un pervertido...»

Ethan le dio otro tiento a la cerveza y desvió la mirada hacia otro lado del bar, pero acabó volviendo a las andadas. La camarera les retiró los platos, lo cual no surtió el menor efecto en el silencio de la pareja. El marido se comió el postre sin levantar los ojos del móvil.

De pronto, Ethan se dio cuenta de que Ashley lo miraba y la saludó cortésmente con la cabeza, antes de volverse hacia su jarra, incómodo. En ese momento sonó su propio móvil, y Ethan agradeció a la providencia que le impusiera un poco de discreción.

—Teniente, soy Cedillo. He llamado al tipo de la radio del que le hablé. Está en la emisora. Puede pasar a verlo esta tarde, cuando le vaya bien.

—Gracias, César. ¿Alguna novedad sobre el problema del doctor Layman?

—He hablado con todos los pacientes que me ha indicado y no he encontrado pautas en común entre ellos. Incluso hay una mujer que solo hace la compra en Salem cuando sale del trabajo, así que ni restaurante común, ni supermercado... Francamente, no lo veo.

Cedillo era un buen poli, sobre todo cuando le dabas la iniciativa. Ethan insistió en esa dirección.

—Bien. Conoces este asunto mejor que nadie, así que tienes libertad para seguir indagando como te parezca. Aunque no surja nada nuevo, guárdalo todo en un rincón de tu cerebro, nunca se sabe. Buen trabajo, Cedillo.

Al colgar casi dio un respingo, porque Ashley estaba a su lado, mirándolo con una sonrisa forzada.

—¿Hay alguna urgencia, teniente?

—No, nada que...

—Sí, hay algo urgente —insistió ella en voz baja, y le lanzó una mirada de súplica. Ethan advirtió que el marido, a su espalda, lo observaba con desconfianza—. Por favor... —añadió Ashley en un susurro—. Sabré agradecérselo.

La bombilla se encendió al fin en la cabeza de Ethan, que agitó el móvil en el aire y se levantó del taburete.

—La necesito, Foster —dijo lo bastante alto para que el marido lo oyera—. Siento fastidiarle la comida, pero es importante.

Menos de treinta segundos después, Ethan Cobb y Ashley Foster salían a la calle, abrasada por el sol de agosto, y subían al viejo 4x4 de la policía local.

—Gracias —se limitó a decir Ashley instalándose en el asiento del copiloto.

—¿Cuántos años llevan casados?

—Los suficientes para que haya dejado de contarlos.

—¿Se han peleado?

—¿Es usted policía?

Sonrisa apurada. Se lo tenía merecido.

—Perdón. Tiene razón, no es asunto mío.

Apenas unos minutos después llegaban a Oldchester. Ethan apagó el motor. La emisora se encontraba justo enfrente.

—Mike y yo ya no tenemos mucho que decirnos —confesó Ashley—. A veces siento nuestros silencios como gritos que me aturden, y no sé qué hacer para acallarlos. Cuando lo he visto en el bar, he sentido la necesidad de huir para acabar con ese agobiante silencio.

—Comprendo.

Ninguno de los dos sabía si continuar con aquella conversación que les hacía sentir incómodos, así que se quedaron callados. Cuando por fin Ashley asió el tirador de la puerta para salir, Ethan murmuró:

—¿Aún lo quiere?

Ashley tragó saliva mientras recorría la calle con la mirada en busca de una respuesta.

—Quisiera quererlo —dijo antes de apearse del vehículo.

El dueño de la emisora local de Mahingan Falls, Pat Demmel, se hallaba en plena sesión de trabajo con una atractiva cuarentona cuyo carisma la hacía todavía más interesante. Recibió a Ethan y a Ashley en la misma salita de reuniones en la que conferenciaban y dejó ante ellos sendos cafés en vasitos de cartón.

—¿Es usted Olivia Spencer-Burdock? —preguntó Ashley en un tono que era más bien de afirmación sorprendida—. Mi madre la adora.

La aludida esbozó una mueca mitad resignada, mitad divertida.

—Me ha dado usted donde duele... ¿Es que solo les gusto a las personas mayores?

Ethan, que no tenía idea de qué hablaban, se volvió hacia Demmel.

—¿Conoce usted a Cooper Valdez?

—Tengo entendido que ha muerto... ¿Por eso quería verme?

—¿Se trataban ustedes?

—No, era un radioaficionado, así que lo he oído nombrar, pero eso es todo. Tenía un cuarto de chispas.

—¿Un qué?

—Un cuarto de chispas. El típico local de radio *amateur*.

—¿No vino a ver sus equipos alguna vez? Para pedir consejo y cosas por el estilo...

—No, la verdad es que no. Mire, hay radios y radios... Aquí nos esforzamos en configurar programas con profesionalidad, es una emisora que se escucha. Lo que hacía Valdez era búsqueda e intercambio... Se pasaba el tiempo recorriendo el dial para encontrar a gente como él con la que charlar. Es una pasión. Nos une lo básico: la emisión de nuestras voces a través de las ondas, aunque por supuesto nuestro material es más sofisticado y no utilizamos los mismos anchos de banda.

—Ignoro cómo funciona la radio... Ustedes utilizan frecuencias bien definidas, ¿no es eso? ¿Podría alguien como Valdez invadir la suya o intentar intervenir en sus ondas?

Demmel y Olivia intercambiaron una mirada inquieta.

—Si está muy bien equipado y es hábil, podría interferir en ciertas frecuencias —respondió Demmel—, pero nuestros oyentes nos lo habrían comunicado, y no es el caso. No obstante, hace poco tuvimos un «problemilla». Un listillo consiguió piratear nuestro estudio durante unos segundos.

—¡Ah, sí, qué impresión! —confirmó Olivia—. Aquella voz gutural..., y los gritos...

Ethan frunció el ceño.

—¿A qué se refiere? ¿Qué oyeron exactamente?

—Pues... a un individuo que debería ir corriendo al médico para que le examinara la garganta... —respondió Olivia—. No entendimos una palabra, debía de ser extranjero. Y luego unos gritos... como extraídos de una película de terror, de música satánica o Dios sabe qué.

Esta vez Ethan estaba convencido: no era una casualidad.

—¿Cuándo ocurrió eso?

—El 1 de agosto, creo —recordó Demmel.

—Ya hay una investigación en marcha —puntualizó Olivia—. La lleva un tal Philip Mortinson, o Mortensen, de la CFC.

¿Una agencia federal allí, en el pueblo? Ethan estaba asombrado, y sobre todo molesto por que no lo hubieran avisado. Como mínimo, deberían haber hecho acto de presencia. «Puede que lo hayan hecho y Warden no haya considerado necesario compartir la información...»

Pero lo esencial era aquel mensaje de radio, que también él había oído en el barco de Cooper Valdez. Ignoraba el significado, pero los gritos lo habían dejado helado. Le costaba creer que fueran fingidos, que se tratara de una película, como sugería Olivia Spencer. ¿Había descubierto Valdez un secreto terrible, hasta el punto de entrar en pánico e intentar huir? ¿Cuál era el origen de esas breves y escalofriantes emisiones? «Y ¿por qué destruir todo su material, incluidos el ordenador y el móvil?»

—Yo oí lo mismo en el barco de Valdez, frente a la costa de Mahingan Falls —confesó.

—¿En la banda de frecuencia marítima? —preguntó Demmel haciendo tamborilear los dedos sobre la mesa—. Así que el pirata se coló en nuestra frecuencia, a través de internet, según mi ingeniero, que no ve otra posibilidad, y también emitió en las reservadas a los barcos...

—¿Con qué propósito lo haría?

Demmel se encogió de hombros.

—¿Para hacerse notar? Por lo general, los radioaficionados son gente experta, a menudo con un gran bagaje técnico. Su objetivo es establecer canales de comunicación a más o menos larga distancia, para intercambiar experiencias. Algunos desean ser útiles, hablan de meteorología o astronomía; a otros les gusta mejorar sus aparatos y charlar sobre cuestiones técnicas. No hay reglas bien definidas sobre quién y para qué. Puede ocurrir que en medio haya un listillo que no respete nada. La mayoría de las veces los piratas son jóvenes que se divierten sin comprender lo que hacen, pero teniendo en cuenta los medios empleados para llegar a nosotros, creo que se puede eliminar esa opción. Se trata de alguien muy hábil que sabe exactamente lo que tiene entre manos. Y que cuenta con material, y por tanto probablemente tiene un indicativo y una licencia. En la región, solo la tenía Cooper Valdez.

Y Valdez ya estaba muerto cuando Ethan había oído aquel extraño mensaje de radio en su barco. En consecuencia, no era el autor.

—¿No hay clandestinos en ese mundillo? —preguntó Ashley, que hasta el momento se había limitado a escuchar y a tomarse el café a sorbitos—. Aficionados que operen sin ninguna autorización...

—No es habitual. Tenga en cuenta que para empezar a emitir necesitas un equipo, y desenvolverte: eso no se improvisa. Así que hasta los piratas son, en origen, radioaficionados conocidos, y a la mayoría acaban descubriéndolos.

—¿Se puede rastrear una señal?

—Si emite regularmente y durante el tiempo suficiente, sí, con el material adecuado. Como el que utilizan los investigadores de la CFC, por cierto.

Cuantas más vueltas le daba Ethan, más frustrado se sentía. Había ido allí pensando que los aparatos hechos trizas de la casa de Cooper Valdez tal vez tuvieran alguna relación con su precipitada huida, y esperaba que en la radio local lo ayudaran a comprender. Pero en vez de obtener respuestas, iba a salir de allí todavía con más incógnitas. «La CFC puede ayudarme. Es su trabajo.»

—Esos federales ¿les dijeron dónde paraban, si se alojaban en el pueblo? —preguntó.

Demmel y Olivia sacudieron la cabeza al unísono.

«Vamos de mal en peor...»

¿Merecía la pena seguir perdiendo el tiempo detrás de aquella extraña pista? Ya se había encabezonado con la autopsia de Rick Murphy, y solo le había dado disgustos. ¿Iba a continuar así todo el verano, cabreando a Warden, pero también a Ashley? «¿Y si existe una relación entre ambas cosas? La muerte nada clara de Murphy en esa cámara de aislamiento llena de arañazos y la no menos extraña de Cooper Valdez...» No había la menor conexión entre las dos víctimas. Ni entre ellas y la suicida de Atlantic Drive, Debbie Munch, a quien todos consideraban tan excéntrica que en realidad su muerte apenas había sorprendido a nadie, aunque las circunstancias hubieran conmocionado al pueblo. En pleno día, delante de todo el mundo, turistas, niños... Ninguna de aquellas muertes se parecía a las demás. Ethan trataba de tejer una red que no existía. Tres muertos en menos de tres semanas. Pura casualidad. «La ley de la fatalidad», como había dicho Warden.

Ashley lo miraba con sus grandes ojos de color avellana. Esperaba su señal para ahuecar el ala. También ella sabía que aquella conversación no daba para más. Ethan asintió, y al hacerlo tuvo la sensación de estar rindiéndose. Capitulando. La muerte de Cooper Valdez seguiría siendo un misterio y su alcoholismo llenaría las lagunas del informe final. Práctico. «Decepcionante.»

No le había dicho adiós a Filadelfia para dejar sin resolver el primer caso un poco atípico que se le presentaba. La muerte de Murphy ya le había dejado un regusto amargo; ahora se añadía el de Valdez.

«No le dijiste adiós a Filadelfia. Huiste de ella. A todo correr. Para protegerte. Para volver a hacerte un nombre.»

De pronto, le costó sostener la mirada de Ashley.

Los recuerdos del pasado lo perseguían.

Y nadie corre más deprisa que sus fantasmas.

22.

Gritaba. Con la mandíbula desencajada. Con los ojos tan abiertos que parecían a punto de escapar de sus órbitas. En ese momento, su gran belleza apenas se adivinaba, borrada, engullida por el terror. Detrás de la joven, nada, solo sombras, entre las que podían distinguirse siluetas inquietantes, que se acercaban.

En la vitrina, debajo de la marquesina del cine de Mahingan Falls, el cartel hacía temer un auténtico bodrio, pensaba Gemma.

—¿Seguro que queréis ver esta película? —les preguntó a los chavales.

—¡Sí! —gritaron a coro su hermano, Chad y Owen.

El que no rechistó fue Connor, que, un poco rezagado, contemplaba a dos adolescentes sentadas en un banco de enfrente.

—No hemos dicho nada sobre la visita del poli —le recordó Corey—. Prometiste que nos invitarías a ver la película que quisiéramos. Ahora, demuestra que tienes palabra.

—Vale, muy bien, venid...

Gemma conocía al chico de la taquilla: acababa de terminar el instituto y ella había cuidado a su hermano pequeño varias veces. Lo saludó por su nombre y le pidió cinco entradas para la película de terror. El chico hizo una mueca y echó una mirada a sus cuatro acompañantes. Frunció las comisuras de los labios en un gesto que significaba que a él no se la daban: los chavales no tenían los años exigidos y Gemma aún no era mayor de edad, así que el hecho de que los acompañara no bastaba para que los dejara entrar.

Gemma le dedicó su sonrisa más dulce, y el taquillero arqueó las cejas y le tendió las entradas.

Los muchachos estaban histéricos. Y no es que ver una película de terror fuera algo extraordinario para ellos: internet era una mina inagotable e imposible de controlar. Pero verla en el cine era otra cosa. Saltarse la prohibición, la gran pantalla, el ambiente nocturno y la satisfacción de poder contárselo luego a los amigos...

Gemma les compró incluso tres cubos de palomitas, y se instalaron en un lateral, para evitar las miradas desaprobadoras de los adultos.

Los cuatro chicos se inclinaron hacia delante para iniciar un conciliábulo del que Gemma estaba excluida. Tenían caras serias. No era la primera vez. Gemma les había propuesto ir al cine precisamente para devolverles un poco la sonrisa. No sabía qué había ocurrido entre ellos, pero desde hacía unos días estaban desconocidos. Se reían menos, parecían inquietos y Gemma había advertido que incluso tenían ojeras. Les preocupaba algo.

—¿Qué, chicos, todo bien? —se atrevió a preguntar.

La miraron como a una extraña, pero Connor asintió.

—Genial —confirmó Corey.

—Gracias —añadió Owen.

Gemma se daba perfecta cuenta de que hacían como que no pasaba nada solo para tranquilizarla.

—Ya sabéis que si tenéis algún problema podéis hablarlo conmigo. Tal vez no sea vuestra colega, pero tampoco soy una adulta aún, así que... quizá pueda entenderos. Y ayudaros.

Ninguno respondió. La miraban, incómodos.

—¿Es un asunto de chicas? —insistió Gemma.

—¡No, no, no te preocupes! —se apresuró a responder Corey—. No conseguimos ponernos de acuerdo sobre dónde instalar nuestro CG, nada más.

—¿Vuestro CG? —preguntó Gemma con escepticismo.

—El cuartel general de la pandilla —precisó Chad. La tomaban por tonta, pero de ninguna manera la engañaban: mentían fatal. Tras pensarlo unos instantes, concluyó que no podía obligarlos a sincerarse.

—Como queráis...

Después de todo, bastante tenía ella con ocuparse de lo suyo. Dejó que siguieran con sus cuchicheos y sacó el móvil de su bolsito de bandolera. Sin cobertura.

—Vaya por Dios...

Orientó el aparato en todas direcciones con la esperanza de recuperar la señal. Lo único que quería era revisar sus mensajes de texto. Desde la intervención de Olivia, Derek Cox no había vuelto a atosigarla. En dos ocasiones se había cruzado en la calle con aquel bestia, que se había limitado a mirarla, sin acercarse. ¿Habría captado el mensaje? Gemma lo sentía por su próxima víctima, pero tenía que reconocer que haberse librado de él le había quitado de encima un peso aplastante. Respiraba mejor. Se sentía... libre. Y como la vida está llena de sorpresas, dos días después, al salir de la heladería, casi se había dado de bruces con Adam Lear. Adam iba al instituto y Gemma lo encontraba absolutamente irresistible. Tenía una forma de sonreír muy especial, solo con la comisura de los labios, y una mirada de una dulzura muy seductora. Adam había tartamudeado una disculpa, y Gemma se había puesto roja. Luego, habían intercambiado unas cuantas frases torpes y encontrado una excusa tonta para darse los números de móvil, antes de separarse con el compromiso de ir a pasear juntos por la playa uno de esos días.

Desde entonces, Gemma esperaba que la llamara o le enviara un SMS, y comprobaba el móvil al menos tres veces por hora.

—No te molestes, en el cine no hay señal —dijo Connor a su lado.

—Antes había, no entien...

—Han puesto un inhibidor de frecuencias. Se ve que los viejos no paraban de quejarse de que sonaran los móviles durante la película. Me lo ha dicho Hannah Locci, sus amigas y ella ya no quieren venir al cine justo por eso. Como no pueden tuitear durante las sesiones, le hacen boicot.

Gemma soltó una risita. Era un fastidio, pero, desde luego, boicotear a un cine por no poder usar el teléfono móvil tenía guasa... Había gente a la que no le habría importado que la digitalizaran con tal de estar conectada permanentemente... y vivir para siempre en forma de programa informático. «Hasta que un desaprensivo pulse la tecla "borrar". Unos cuantos microsegundos de chirridos digitales, y todo un ser humano comprimido, triturado y desintegrado en los recovecos electrónicos de un disco duro.»

La luz se atenuó y empezaron los anuncios. Gemma guardó el móvil. Luego, la sala se sumió en la oscuridad y comenzó la película.

Con las primeras notas de los títulos de crédito, alguien ocupó la butaca de al lado. ¡Las tres cuartas partes del cine vacías y tenía que sentarse precisamente allí!

El tipo le puso la mano en el muslo, y Gemma, aterrada, se quedó paralizada, incapaz de gritar.

El desconocido se inclinó hacia ella.

—Al menos aquí —le susurró al oído—, tu jefa no vendrá a aguarnos la fiesta.

Gemma reconoció la voz, y se le heló la sangre.

Derek Cox.

La lista de actores desfilaba por la pantalla. Metales rugientes y cuerdas chirriantes, en medio de la tempestad de la percusión. Chad apenas oía los instrumentos. Parpadeó y se dio cuenta de que casi no había prestado atención al final de la película. Sus amigos parecían estar igual que él: ningún entusiasmo, ningún comentario. Dos horas en la oscuridad oyendo los gritos de la heroína, perseguida por sus pesadillas, habían servido sobre todo para recordarles sus propios miedos. Y desde que Chad y Owen habían contado lo que habían visto los dos, el espantapájaros en el jardín de su casa, Corey y Connor se tomaban la situación mucho más en serio.

La luz volvió a encenderse gradualmente y Chad volvió la cabeza, atraído por un movimiento. Un hombre abandonaba la fila justo al lado de Gemma. Reconoció al tipo fornido de facciones duras que tanto había impresionado a su canguro durante su primer paseo por el pueblo. Chad iba a abrir la boca para preguntarle si al final se habían reconciliado cuando se dio cuenta de que estaba lívida y tenía los ojos rojos. En ese momento recordó que Gemma les había ordenado mantenerse alejados de aquel chico con tanta insistencia como si fuera el diablo en persona, y comprendió que el fulano no había venido a disculparse.

Había pasado algo grave. Lo percibía. Pero a sus trece años le costaba evaluar la gravedad; no sabía qué escala utilizar. ¿Era un rifirrafe entre compañeros de instituto o algo mucho más serio? «¿Grave como cuando te enfadas durante unas horas o tan grave, tan grave, que acaban interviniendo los adultos?»

Connor le tiró del brazo.

—No he parado de pensar en toda la película —dijo—. Tenemos que hablar seriamente.

La cara del mayor de la pandilla hizo comprender a Chad que esta vez no se trataba de charlar por charlar. «Esto es grave, megasupergrave en la escala de gravedad.»

Connor le dijo que pasara el mensaje a los otros dos sin que se enterara Gemma, y con la indolencia de un preadolescente, Chad se olvidó de los posibles problemas de la chica. Cuando salieron a la calle, con la excusa de echar un vistazo en la tienda de cómics, le pidieron que los esperara en el Paseo. Gemma parecía ausente, apenas respondió, y ellos supusieron que estaba de acuerdo. Tiraron por Atlantic Drive, se metieron en la librería, llena de vistosos pósters, e hicieron un corro entre dos hileras de cajones de tebeos antiguos y ediciones limitadas protegidas con fundas de plástico. Connor se puso la gorra de los Celtics con la visera hacia atrás y tomó la palabra.

—¿Os habéis fijado en la escena en la que la chica está acostada y las criaturas aparecen mientras duerme? —todos asintieron un poco impresionados, porque era el momento más aterrador de la película—. No se la cargan por un pelo... Bueno, pues eso me ha hecho pensar en nosotros.

—¿Por lo grandes que tenía las tetas? —soltó Corey.

Los demás ni se dignaron mirarlo. No estaban para bromas.

—Si el espantapájaros merodea por vuestro jardín es porque nos está buscando, chicos. Y tarde o temprano acabará entrando en la casa. Nosotros no estamos en una película, no os despertaréis como por casualidad en el último instante para poneros a gritar y esquivar el cuchillo. Si entra en una de nuestras habitaciones, cuando nos encuentren seremos, en el mejor de los casos, un montón de carne picada chorreando sangre, y en el peor, se nos llevará para torturarnos eternamente en una especie de dimensión paralela muy bestia.

—Puede que no se atreva a ir más lejos... —dijo Corey para tranquilizarse.

—¿Apostarías tu vida a ello?

—No...

—¿Y tú que propones? —le preguntó Chad a Connor—. ¿Turnos de guardia?

Owen asintió enérgicamente.

—Podríamos dormir todos juntos —propuso con entusiasmo.

—Nunca encontraremos suficientes excusas para pasar juntos todas las noches hasta el final de las vacaciones —respondió Connor—. Y si el espantapájaros no aparece de aquí a entonces, ¿qué? No, no podemos esperar.

Todos dedujeron que Connor tenía un plan más audaz, pero, por lo serio que estaba, también sospecharon que era un plan muy peligroso.

—Quieres que volvamos, ¿es eso? —supuso Owen.

Connor miró a sus amigos uno a uno.

—No hay más remedio. Si nos quedamos de brazos cruzados, nos encontrará. Y acabará con nosotros. De hecho, no tenemos elección. Hay que ir allí y destruirlo.

Corey se puso tenso.

—¡Uau! ¿Matarlo? ¿En serio?

—¿Es que matar a un monstruo te da escrúpulos?

—Para empezar, ¿qué son los escrúpulos?

Owen se interpuso entre ellos.

—Connor tiene razón, hay que actuar antes que él. Antes de que nos encuentre.

—¿Y cómo se hace eso? —preguntó Chad—. ¡No es precisamente un ser normal! No hay libro de instrucciones...

Connor cerró aún más el corro, rodeando los hombros de Chad y Owen con los brazos, y Corey no tuvo más remedio que meter la cabeza en medio.

En el pequeño espacio que ocupaban, Connor enseñó los dientes con una expresión astuta.

—Tengo un plan —anunció.

23.

En el otro extremo de la bañera, la vela despedía un olor a pachuli que llenaba todo el cuarto de baño. Tendida bajo la siseante espuma, Kate McCarthy hacía remolinos en el agua caliente agitando distraídamente la mano bajo el chorro del grifo. Al fin podía relajarse, después de un día lleno de conflictos. Las chicas de la residencia de ancianos podían ser muy solidarias, pero también comportarse como auténticas brujas cuando les daba por ahí. Kate era la última que había llegado y una de las más jóvenes —aún no había cumplido los treinta—, lo que la ponía al final de la cola cuando se trataba de compartir chismes o, peor aún, cuando se hacía piña en contra de algún miembro del personal. Aún no confiaban en ella; las demás temían que se fuera de la lengua ante la dirección. Y Kate, que había esperado que el trabajo la ayudara a sentirse menos sola, lo vivía como una injusticia y una decepción. Y, por supuesto, no tenía a nadie con quien hablarlo.

Dan estaba volando.

«Para variar...»

Y es que últimamente no paraba... Para colmo, la despedida de soltero en Las Vegas de su mejor amigo lo había alejado del domicilio conyugal durante su última rotación, así que Kate tenía la sensación de que nunca veía a su marido. ¿Dónde estaba esta vez? Kate se estrujó el cerebro para recordar lo que le había dicho por teléfono esa misma mañana... «Hawái. El muy sinvergüenza podrá tumbarse al sol antes del viaje de vuelta.» Sí, pero de momento estaba a treinta mil pies de altitud, concentrado en sus pantallitas, a varios miles de kilómetros de allí. Se lo imaginó en la estrecha cabina, haciendo bromas sobre el culo de la azafata con el comandante. Al menos, esperaba que no le tirara los tejos. «Las escalas son terreno abonado para el sexo», le había dicho Sondra Yverney, una compañera de Dan.

Adrede, pensaba Kate. Por pura maldad, para ponerla celosa, para inquietarla. Sondra era una mala pécora, se notaba en su forma de mirar a la gente, por lo general cuando estaban de espaldas y no podían darse cuenta; una de esas mujeres que solo vivían para sus maquinaciones cotidianas... ¿Cómo las llamaban? «Perversas narcisistas.» Ahora las revistas femeninas estaban repletas de términos así. Como «carga mental». Kate lo encontraba un poco exagerado. Otra de esas expresiones del siglo XXI que servían para aliviar a la gente poniendo nombre a problemas que habían existido siempre. Su madre no había parado en su toda su vida: había criado a cinco hijos compaginando las tareas de la casa con el trabajo, y nunca había necesitado esconderse detrás de la «carga mental» para lloriquear.

«Murió a los cincuenta y nueve de un aneurisma.»

Kate recostó la cabeza en la toalla doblada sobre el borde de la bañera. «Está bien, puede ser. Carga mental y perversos narcisistas: los cocos del siglo XXI. De acuerdo.»

Al menos, con Dan se había evitado uno de esos problemas. Aunque no estuviera mucho en casa, su cariño y su generosidad estaban fuera de duda. En cuanto a lo demás... El trabajo le pesaba, sí, pero tampoco era un infierno; y como no tenían hijos, podía afirmar sin vacilación que el resto del tiempo era su propia dueña. «De momento...»

Aunque para eso hacía falta que Dan estuviera allí. No iba a tener un niño con el hombre invisible... Al casarse, había aceptado los inconvenientes del trabajo de piloto de línea; aun así, no veía el momento de que se pasara a los vuelos interiores, menos exigentes, y estuviera más en casa. «Primero tengo que presentarme a los exámenes, ascender a capitán, luego ya pediré...» Kate se sabía la cantinela. Aquello empezaba a afectarles como pareja.

El olor a pachuli era ya empalagoso, pero la sola idea de incorporarse y sacar medio cuerpo fuera del agua caliente para alcanzar la otra punta de la bañera la descorazonaba. «Ese tufo me va a dar dolor de cabeza, y es lo último que necesito esta noche...»

Con los dedos del pie, intentó salpicar agua en dirección a la vela con la esperanza de apagarla, pero sin éxito. Entonces dio una auténtica patada y proyectó una olita hacia el borde de la bañera: la vela se mojó, osciló y acabó cayendo sobre la alfombrilla. «¡Mierda!»

Kate se asomó fuera de la bañera y, al comprobar que la mecha se había apagado, se quedó tranquila. Pero había agua por todas partes. «Qué se le va a hacer...»

Volvió a apoyarse en la bañera y cerró los ojos unos instantes. El agua le cubría el pecho. Cerró el grifo a tientas y disfrutó del silencio, apenas interrumpido por el intermitente ¡chop! de las últimas gotas que escapaban del grifo.

Diez minutos más, y a la cama. Un rato de Netflix y seguro que se dormía en mitad de un episodio de *The Good Wife* o de *Orange Is the New Black*, como siempre.

A través de los párpados percibió un cambio en la intensidad de la luz. Abrió los ojos. El cuarto de baño estaba sumido en la oscuridad.

Esta vez se incorporó y se quedó sentada en la bañera, con la espuma resbalándole por todo el cuerpo. La claridad de la calle se colaba por las rendijas de la persiana y bastaba para envolver el cuarto en una penumbra azulada.

Su primera reacción fue mirar hacia la puerta, junto a la que estaba el interruptor. Para su gran alivio, no había nadie. Su corazón no habría soportado ver que no estaba sola. Verse atrapada allí con un intruso le habría hecho morir de miedo, literalmente. No sería como en la tele, donde de pronto la heroína demostraba tener más recursos de lo que parecía y se defendía con mucho ingenio. No, Kate estaba segura de que ella se quedaría paralizada; probablemente ni siquiera sería capaz de gritar.

«¿Por qué te pones siempre en lo peor? ¡La que es una perversa narcisista es tu imaginación!»

¿Por qué no había pensado, por ejemplo, que era Dan, que volvía sin avisar para darle una sorpresa? En el pueblecito de Dakota en el que se había criado solía decirse que, al otear las nubes en el horizonte, la gente veía antes la tormenta que la lluvia que salvaría la cosecha. Era verdad. A ella también le ocurría. «A la primera nube, temes una tempestad.»

Con un esfuerzo resignado, Kate se puso de pie en la bañera para abrir la ventana y reparó en que en la calle sí había luz, al igual que en las ventanas de los vecinos.

«Solo es aquí. Han vuelto a saltar los plomos...» Se sumergió otra vez en el agua y volvió a cubrirse de espuma. Bajar al sótano ahora quedaba descartado. Se imaginó en bata, con los pies aún mojados, acercándose a la caja de los fusibles, y le dio un escalofrío. «¡En momentos así es cuando más se echa de menos un marido!» Pero ella, con aquel zascandil de piloto, tenía todo los inconvenientes del matrimonio y solo algunas ventajas.

Bueno, pues seguiría bañándose a oscuras. Tampoco le apetecía inclinarse a recoger la vela y tener que hacer malabarismos para alcanzar el mechero, que estaba encima del lavabo. Sus ojos se habituaban ya a la oscuridad; la claridad de las farolas y la luna le permitía ver lo suficiente para arreglárselas. Reanudó la meditación.

Su mente vagaba mientras sus músculos se distendían en el agua caliente. Incluso empezaba a sentir un gran relax, el preludio del sueño.

En el cuarto de baño solo se oía su suave respiración. Hasta el goteo del grifo había cesado.

Kate no se dio ni cuenta. Se quedó traspuesta y, cuando despertó, no habría sabido decir cuánto rato había dormido.

El agua aún estaba tibia.

Tendría que ir haciéndose a la idea de salir. Buscó el jabón con la mirada y vio el paquete de maquinillas desechables en la pequeña repisa, sobre su cabeza. Un repaso rápido no le vendría mal, al menos en las piernas. Alzó la mano, pero, todavía medio dormida, hizo caer el paquete, y las maquinillas rosa desaparecieron bajo el agua.

—¡Mierda!

Cogió una a tientas y sacó la pierna derecha del agua, dispuesta a dejarla más suave que la mejilla de un bebé.

La detuvo un siseo.

Procedía del lavabo, que estaba entre la bañera y la puerta. Kate habría jurado que alguien había jadeado. «Será cualquier cosa. Otra vez tu dichosa imaginación...»

Quiso seguir con su tarea, pero el siseo se repitió.

Una larga expiración procedente del desagüe del lavabo.

Kate sacudió la cabeza. No tenía sentido entregarse a delirios morbosos que le meterían el miedo en el cuerpo cuando seguramente no era más que un eco en las cañerías o un problema con la evacuación del agua.

«Dan, ¿por qué no estás aquí, maldita sea?»

La lejana expiración se alteró, fue modulándose hasta adquirir densidad. Y de pronto se oyó una palabra:

—Kate...

La joven apretó el puño sobre el mango de la maquinilla hasta que los nudillos se le pusieron blancos. «No puede ser, estoy soñando. Eso es: en realidad no me he despertado, todavía estoy...»

—¡Kaaaaaaaate!

Alguien la llamaba con una voz lejana y cavernosa desde las profundidades del lavabo.

Sacudió la cabeza, negándose a creer lo que oía. Tenía que haber una explicación. ¿Dan, escondido en el sótano, hablando a través de una tubería para gastarle una broma?

La bañera vibró, como si algo acabara de golpearla por debajo, y el agua onduló bajo los restos de espuma.

Respirando agitadamente, Kate registró el cuarto de baño con la mirada, presa del pánico, en busca de algo a lo que aferrarse para comprender, para que todo aquello cobrara sentido y ella pudiera reírse.

Un objeto duro le rozó el muslo, Kate dio un respingo y soltó un chillido.

—¡Jodida maquinilla! —maldijo entre dientes viéndola emerger a la superficie.

Un espantoso chirrido ascendió por las cañerías, y Kate sintió deseos de gritar, de llorar, de acurrucarse en la bañera y al mismo tiempo estar lejos de allí, sin conseguir hacer ninguna de esas cosas.

Después notó el dolor en la cadera y se pegó a la pared opuesta de la bañera. Tenía una de las maquinillas clavada en la carne, con las hojas bien hundidas en ella. ¿Cómo había podido hacerse eso?

La sangre se expandía por el agua y le impedía ver la herida. El dolor la devolvió a la realidad de inmediato: una punzada que la recorrió desde la pelvis hasta el electrizado cerebro. Tuvo la sensación de que la maquinilla se agitaba, y creyó volver loca. Que se agitaba no a causa de sus propios movimientos, sino más bien como si serpenteara, a la manera de un grueso renacuajo rosa.

—Dios mío... —balbuceó con los dientes apretados.

Ya no entendía nada. O se negaba a entenderlo, quién sabe. Se echó a temblar.

El mismo pinchazo agudo en la carne blanda de la planta del pie le hizo dar otro respingo.

Y hubo un tercero, en la corva.

Esta vez Kate gritó. Fuerte. Gritó de dolor, y porque estaba aterrorizada.

De repente, varias maquinillas que flotaban se sumergieron y le hirieron las nalgas, las piernas, el vientre...

No podía ser. La atacaban ellas solas. Movidas por una fuerza invisible.

Había perdido la razón. Pero ahí estaban, revolviéndose y cortándole la carne ante sus atónitos ojos. Y en esos instantes de dolor y locura, lo único que se le ocurrió fue que parecían enormes espermatozoides que culebreaban e intentaban penetrar en el enorme óvulo de su cuerpo. Era una idiotez. Era ridículo. Era un auténtico disparate, y sin embargo eso era exactamente lo que sentía, como si su cerebro rechazara lo que veía e intentara agarrarse a otra imagen. Ella era un gran óvulo asaltado por espermatozoides rosas cuyas cabezas hurgaban en su cuerpo, hasta no dejar fuera de él más que su extraña cola de plástico. La penetraban. En una lenta y dolorosa fecundación ejercida por el plástico y el cortante acero sobre delicados tendones y ligamentos. Pese a la sangre que teñía el agua, Kate podía distinguir sus frenéticas colas.

Lo que salió de su boca ya no parecía un lamento humano, sino el bramido de un animal.

Luego el sufrimiento físico pudo más que la incipiente locura, y Kate McCarthy tuvo un instante de lucidez y se agarró al borde de la bañera. Sin dejar de gritar, hizo un esfuerzo por levantarse con la intención de alcanzar el pasillo, aunque rodara escaleras abajo y acabara desnuda en la calle. Cualquier cosa con tal de escapar de aquella pesadilla. Algo atenazó sus tobillos y sus codos antes de que pudiera huir. La helada garra tiró violentamente de ella, y Kate cayó hacia atrás sin tiempo de cerrar la boca.

El agua la envolvió casi por completo, como una planta carnívora cerrándose sobre su diminuta presa.

Las maquinillas se le clavaron en los costados, en los pechos, en las axilas... Una de ellas consiguió deslizarse entre sus muslos e introducirse en su cuerpo, lo que hizo que se retorciera brevemente, mientras otra se adhería a su cuello hincando las dos cuchillas en la dermis, como el alpinista cuyos dedos se aferran a las cavidades rugosas que le impiden caer al vacío.

Kate se debatió, pero la bañera parecía escapársele de las manos. Resbalaba en silencio, incapaz de sacar la cabeza fuera del agua.

Y bruscamente, como obedeciendo a una señal, todas las maquinillas se lanzaron sobre la desventurada y empezaron a desollarla por todas partes. Kate gritó con todas sus fuerzas. Las oscuras burbujas que aprisionaban sus gritos ahogados explotaban en la superficie del agua.

El líquido salpicó las paredes y las dejó cubiertas de un rastro de espuma. Un rastro que, en la oscuridad, parecía negro.

Debajo, un caos de espuma, manos, pies y piel arrancada hacía bullir el agua, mientras el cercano lavabo dejaba escapar un estertor interminable.

Y de repente, el silencio.

Luego las luces volvieron a encenderse en la casa.

El agua de la bañera seguía oscilando.

Roja.

24.

La llamarada recorrió más de cinco metros: un chorro ígneo y recto que envolvió la muñeca, hizo retorcerse el cuerpo de plástico y derritió en pocos segundos el pelo sobre sus hombros, antes de que la cabeza cayera al suelo.

Connor volvió a activar la bomba de su vistoso lanzador de agua. Una llama diminuta seguía crepitando en la punta del cañón.

—Bueno, ¿qué? —preguntó sin inmutarse.

Impresionados, Chad, Owen y Corey miraban boquiabiertos el lanzallamas.

—¿Cómo lo has hecho? —consiguió decir Chad.

—He elegido el modelo más sólido, con un pistón de metal que lanza el chorro bien lejos y con bastante exactitud. Luego, un poco de bricolaje... He desmontado el cuello de un encendedor de cocina (compré uno con un tubo de diez centímetros de largo para que las llamas salieran lo más lejos posible del cañón de plástico, no se fuera a fundir con el calor), he montado el tubo al final del cañón del lanzador de agua, he fijado el mechero debajo con cinta adhesiva... y ya no hay más que llenar de gasolina el depósito.

La muñeca, o lo que quedaba de ella, un amasijo de brazos y piernas retorcidos, rodó por el tronco en el que descansaba.

—Es impresionante —admitió Corey.

—La pena es que el mechero se apaga con bastante facilidad, aunque basta con presionar para volver a encenderlo. Pero en caso de urgencia hay que conservar la sangre fría para acordarse.

—¿Y quieres que quememos el espantapájaros con eso? —preguntó Owen, escéptico.

—¡Vamos a achicharrarle el culo a ese montón de paja!

—¿Y si no prende? A lo mejor es invulnerable al fuego...

—Los trapos arderán, y el sombrero también. ¡Esto fundirá hasta esa calabaza podrida que tiene por cabeza! —exclamó Connor admirando su improvisado lanzallamas.

Chad, por su parte, sonreía de oreja a oreja.

—¡Es genial!

Corey asintió.

—No sé, chicos... —insistió Owen—. Me parece una idea engañosa. Volver allí y meterse en la boca del lobo esperando cargárnoslo... Yo, la verdad, lo encuentro...

—¿Una gilipollez? —propuso Corey.

Owen asintió.

—Me he estado entrenando toda la mañana —replicó Connor—. ¡Doy en el blanco a seis metros! Y si hace falta puedo abrasar todo lo que se mueva sin necesidad de apuntar: ¡aquí dentro hay tres litros de gasolina! ¡Tres litros, joder! ¡Cuando acabe con él parecerá una cerilla en una barbacoa un domingo después del partido!

—Y si el lanzallamas se encasquilla, ¿qué hacemos? ¿Decimos: «Perdone, lo sentimos, ya volveremos otro día...»?

Chad exhibió la pequeña ballesta de fibra de carbono, y la punta de la flecha relució al sol. La había encontrado en el fondo de un armario en la casa: un recuerdo de la época en que su padre quiso impresionarlo llevándolo a practicar tiro al blanco. Lo habían hecho dos fines de semana seguidos, pero como había que salir de Nueva York y adentrarse en un bosque que estaba a más de una hora de camino, pronto perdieron interés; ninguno de los dos tenía ganas ni valor para cazar con ella, y la ballesta acabó en una caja bajo una pila de zapatos, para gran alivio de su madre.

—Voy a hacerle a ese monstruo un segundo ojete —dijo Chad.

Su seguridad hizo retorcerse de risa a Corey y a Connor.

Owen seguía siendo escéptico. No lo veía claro.

Su primo se acercó y le puso la mano en el hombro.

—Una de estas noches volverá. Y Connor tiene razón: no podremos estar siempre alerta. ¿Quieres despertarte con su asqueroso olor en las narices y ver tus tripas enrolladas en sus manos de hierro? No podemos esperar... De hecho, no tenemos elección.

En eso tenía razón, había que reconocerlo. Esperar era demasiado arriesgado. Ya no dormían, se pasaban el día atontados, y como las ojeras no disminuyeran rápidamente, Tom y Olivia acabarían entrometiéndose. Aun así, a Owen no le convencía el método. No estaban lo bastante preparados. Le habría gustado saber a qué se enfrentaban, estudiar sus puntos débiles y equiparse en consecuencia. Solo que era imposible. A falta de algo mejor, Owen se encogió de hombros en señal de rendición y Connor alzó en el aire un puño triunfal.

—¡En marcha! ¡Vamos a cepillarnos al espantajo!

Los cuatro adolescentes habían recorrido el trecho de sendero y después atajado a través del bosque, abriéndose paso entre el denso monte bajo hasta llegar al barranco, que habían atravesado en silencio siguiendo el escuálido riachuelo. Ahora se deslizaban entre árboles y helechos en dirección al lindero del maizal de Taylor. Ya casi estaban.

Chad contemplaba los rayos de sol que caían como velos dorados del dosel vegetal. Al principio, la idea de vengarse le había producido auténtico entusiasmo. La noche que Owen había ido a despertarlo, el espantapájaros le había hecho pasar un miedo de mil demonios. Merecía arder. Luego, a medida que avanzaban, el esfuerzo y el calor habían moderado sus ganas de entrar en acción. Había cambiado hasta el modo en que llevaba la ballesta, primero delante de él, lista para repeler el peligro, luego apuntando al suelo, pendiente como estaba de no resbalar en el musgo que cubría las rocas, y al final, cuando se cansó de sostenerla, colgada a la espalda. Lleno de rabia y heroicidad, Chad se había imaginado el inminente combate una y mil veces, antes de que su mente empezara a divagar y acabara ocupándose de otras cuestiones.

Una de ellas era Gemma.

A Chad no le había gustado lo que había visto el día anterior al final de la película. La salida apresurada de aquel matón y la cara descompuesta de la chica. Incluso pasado un rato, Gemma parecía ausente; a Chad le había dado la impresión de que se encerraba en sí misma, tan adentro que si le hubiesen dicho que iban a buscar drogas no habría reaccionado. ¿Y si hablaba con ella? «¿Para qué?» Gemma tenía diecisiete años, ya era casi una adulta, no necesitaba a un crío como él...

Los arbustos empezaron a ralear y las hileras de maíz ya estaban casi encima. En ese momento, Chad recordó al espantapájaros dando vueltas por el jardín y se estremeció. Volvió a ver sus extraños y bamboleantes andares, los largos dientes de acero que tenía por dedos, su cara absurda, grotesca, y sin embargo aterradora... De pronto cayó en la cuenta del peligro que corrían estando allí y le entraron dudas. La determinación que lo animaba al ponerse en camino se había esfumado. ¿Qué hacían allí?

Un ruido de hojas movidas por una leve brisa le hizo contraerse. Recorrió la maleza con la mirada, inquieto. ¿Realmente era imprescindible meterse ahí? ¿En el territorio del espantapájaros?

Chad echó una ojeada a Owen, que parecía tan nervioso como él. Su primo tenía razón. Debería haberlo escuchado. Owen siempre era más prudente, y muchas veces con motivo. «En realidad, casi todas.»

Vale, muy bien. ¿Y ahora qué? No podía rajarse delante de todos. Owen lo seguiría, de eso estaba seguro. Pero Corey se pondría del lado de Connor. Su primo y él quedarían como unos gallinas. Unos perdedores. El curso empezaba en menos de tres semanas y Connor y Corey eran sus únicos amigos; no podían aterrizar en un colegio nuevo sin colegas y con fama de cobardes.

Además, eso no resolvería el problema del espantapájaros.

En ese momento le vinieron a la cabeza sus propias palabras: «¿Quieres despertarte con su asqueroso olor en las narices y ver tus tripas enrolladas en sus manos de hierro? No podemos esperar... De hecho, no tenemos elección».

Había que ir. Gracias a Dios, no era él quien llevaba el lanzallamas. No habría soportado esa responsabilidad: la responsabilidad de sus vidas y de la destrucción del monstruo. Con lo húmedas que tenía las manos, sabía que, si el espantapájaros se presentaba ante ellos, le temblarían de tal modo que sería incapaz de apuntar.

«¡Pero tú tienes la ballesta! ¡Si el lanzallamas falla, serás el último recurso!»

La idea lo aterró. Se descolgó la ballesta de la espalda y la sujetó con las dos manos. Las tenía empapadas. Había un seguro para evitar accidentes, y era necesario presionarlo con el pulgar para soltarlo antes de disparar. No estaba convencido de poder hacer siquiera eso.

Chad le tendió el arma a Corey.

—Toma, cógela.

—¿Yo? ¿Por qué?

—Pues... no sé... He pensado que no es justo que la tenga yo. Además, no soy muy bueno disparando...

—¿Y lo dices ahora? ¡Yo no me he entrenado! Ni siquiera sé cómo se recar...

—¡Chad, quédatela! —ordenó Connor—. Es tuya. Ya no hay tiempo para eso. Venid, y abrid bien los ojos, no podemos cagarla...

Vieron desaparecer a Connor tras la cortina de tallos y hojas, y los tres se miraron. Chad tuvo la certeza de que en ese momento también Corey lamentaba su decisión. Tenían miedo. Uno de esos miedos viscerales que hacen que te entren ganas de vomitar, te tiemblen las piernas y comprendas que no se trata de un miedo infundado. Porque el que siente el peligro es el cuerpo. El ser humano es un animal con un instinto de supervivencia hiperdesarrollado durante decenas de miles de años, y la carne y los atavismos ancestrales intentan influir por todos los medios en el cerebro para que obedezca. Por el contrario, las funciones cognitivas de los tres adolescentes llevaban la voz cantante, una voz militar, imperiosa, que conminaba a someterse, a dominar los sentidos, a acallar las emociones. A eso se añadían valores de una profundidad poco habitual en chavales de trece años: honor, solidaridad, valentía...

Ninguno se decidía a abandonar a los demás. Sin embargo, Chad tenía la sensación de que estaba a punto de ocurrir una tragedia, adivinaba el horror que se agazapaba detrás de todas aquellas hileras de maíz, era consciente de que habría que franquearlas una a una, y las veía como otras tantas capas superpuestas de una gigantesca cebolla que habría que pelar paciente y cautelosamente, con los ojos llenos de lágrimas, para llegar a su corazón. La cebolla del terror. Al pensarlo, casi le dio risa, una larga risa histérica, porque todo aquello era ridículo. Aquella imagen, aquel lugar, su presencia allí, la idea misma de un espantapájaros viviente, con las órbitas rebosantes de gusanos, que los esperaba para abrirlos en canal y esparcir sus vísceras por el suelo.

«Va a morir alguien.»

Fue un presagio repentino. Lo vio claro como el cristal. ¿Sería él? No lo sabía. Quizá... Si era para salvar a sus amigos, lo aceptaría. No quería, pero lo haría. Los ojos se le llenaron de lágrimas.

Corey suspiró y se lanzó en pos de Connor. Luego Owen y Chad se hicieron un gesto y siguieron su ejemplo.

Las altas y apretadas plantas, alineadas de forma casi perfecta, formaban una muralla. Las hojas se entrecruzaban sobre los surcos e impedían ver más allá de una decena de metros a la redonda.

Connor había desaparecido, solo quedaba el siseo del campo de maíz: miles de gruesas hojas agostadas por el sol que murmuraban suavemente.

—¿Connor? —llamó Chad—. ¿Dónde estás?

Siguió avanzando y apartó la siguiente hilera, acompañado por sus dos amigos. La ballesta pesaba una tonelada en sus manos y el sudor le resbalaba por la espalda.

Desde un lado, una mano lo agarró entre la cortina de hojas y tiró de él.

—Si nos separamos, podemos darnos por muertos —gruñó Connor—. Dos por surco y avanzando todos a la vez, hablando a menudo para saber que la otra pareja sigue ahí. ¿Está claro?

Los demás asintieron, y Chad tomó la delantera mientras le decía a su primo que se pegara a sus talones. En cuanto emprendieron la marcha, oír los pasos de Connor y Corey a su derecha lo tranquilizó. Solo los separaba un fino tabique vegetal, pero el maizal parecía una inmensa trampa. Si el espantapájaros conseguía dispersarlos, acabaría con los cuatro.

«Empecemos por no perdernos —pensó Chad, concentrándose. Tenían que mantenerse en línea recta hacia el sur, en dirección al estanque. Así darían con el mástil del espantapájaros—. ¿Y si ya no está allí? Como al llegar no lo vea subido en los palos, creo que el corazón se me parará de golpe...».

Porque todos sabían lo que eso significaba. Que estaba de caza. En algún lugar a su alrededor. Puede que justo detrás de ellos, en el surco del medio, levantando sus enormes y afiladas manos de acero para...

Chad se volvió, nervioso.

Owen le hizo señas de que todo iba bien. En cualquier caso, en su surco no había nada, que él pudiera ver.

—¿Estás bien? —le preguntó en voz muy baja.

Chad asintió enérgicamente. No quería decepcionar a su primo, ni inquietarlo. El miedo es contagioso, eso se sabe incluso con trece años. Además, Chad se sentía responsable de Owen. Tenían la misma edad, pero asumía que debía comportarse como un hermano mayor y protegerlo, debido a las circunstancias en que Owen había aterrizado en su familia, destrozado, perdido. Chad había tenido un papel fundamental en su integración, incluso para ayudarle a pasar el duelo; era su apoyo, su confidente cuando las cosas no marchaban, aunque había que reconocer que Owen casi nunca hablaba de eso. Aun así, la simple presencia de Chad, día a día, había sido un consuelo. Un anclaje. A veces, un modelo que imitar, cuando Owen era incapaz de reaccionar por sí mismo, cuando ya no tenía fuerzas para reflexionar por propia iniciativa. Hacía lo que hacía Chad. Luego, poco a poco se daba cuenta de lo diferentes que eran, y entonces su instinto y su carácter retomaban las riendas, y volvía a ser Owen, no el Owen anulado por la pena y la pérdida de referentes, sino un Owen con su carga de incertidumbre y tristeza, pero capaz de actuar y pensar.

—Si la cosa se pone fea, quédate detrás de mí, te protegeré —aseguró Chad blandiendo la ballesta.

Owen señaló el carcaj que su primo llevaba sujeto con una correa al muslo derecho, en el que había otras seis flechas en sus respectivos compartimentos, listas para ser colocadas en la guía y disparadas.

—¿No crees que deberíamos haber fundido piezas de plata para hacer puntas?

—¿Por qué?

—Por si acaso. Ya sabes, como con los hombres lobo. Lo único que puede herirlos es la plata.

Chad se encogió de hombros.

—Pero esto es un espantapájaros.

—Sí, pero nunca se sabe, puede que también sirva. He leído que muchos monstruos temen la plata, porque es un metal relacionado con la luna, el astro de la noche, su reino.

—¿Y dónde lo has leído?, ¿en un cómic? Una cosa son los tebeos y otra la realidad. ¡Los monstruos no existen!

—Ah, ¿no?

Chad abrió la boca, pero no se le ocurrió ninguna réplica convincente. Owen tenía razón. Puede que en lo que habían leído desde pequeños hubiera una parte de verdad, después de todo. Las sombras albergaban cosas poco recomendables, a veces espantosas. Los adultos mentían. Los monstruos habitaban este mundo. Ellos lo habían comprobado.

Examinó la punta de metal de la flecha e hizo una mueca. ¿Por qué no se les habría ocurrido antes?

—Silencio, estamos cerca —susurró Connor al otro lado de la hilera de plantas.

Chad intentó tragar saliva, pero tenía la garganta demasiado seca. De buena gana habría hecho un alto para beber de una de las cantimploras, pero eso implicaba quitarse las mochilas y dejar las armas, y, ahora que estaban en el territorio del espantapájaros no era prudente.

—¿Ves algo? —preguntó Owen a su espalda.

Chad se puso de puntillas y apartó las plantas para despejar su campo de visión.

—No, nada.

El sol que los abrasaba desde el límpido cielo era como un solitario proyector enfocado sobre aquella escena, que Chad no sabía si era dramática, terrorífica o heroica, y esa incertidumbre lo angustiaba terriblemente. A su derecha, Connor y Corey seguían caminando; oía los tallos moverse, a veces partirse, y sus cuchicheos.

Desde lo alto debían de ser tan visibles como moscas en un charco de leche, mientras lo agitaban todo a su paso. «Este plan es una porquería. No estamos listos. Vamos a meternos en la boca del lobo sin la menor...»

—¡Lo veo! —exclamó Corey de pronto procurando no alzar la voz—. ¡Está ahí, colgado de los palos!

Chad y Owen empezaron a apartar las plantas a toda prisa, hasta que la siniestra silueta apareció en su cruz, con los brazos caídos y los rastrillos que le servían de manos colgando flojos.

Visto así, parecía Cristo crucificado, pensó Chad. «¡El Anticristo, más bien! —era como si, abandonado por su Padre, Jesús hubiera estado pudriéndose allí mucho tiempo y su cabeza inflada, a punto de explotar, se hubiera vuelto naranja—. ¡Como levante su asqueroso cabezón, me meo encima!» Pese a la luz cegadora, Chad lo miraba sin parpadear, esperando que cobrara vida, se sacudiera y blandiera sus garras mientras vomitaba gruesos gusanos. Pero no pasaba nada. Chad se había hecho a la idea de que el monstruo estaría esperándolos, impaciente por vérselas con aquellos críos del demonio... Pero no iba a ser tan sencillo. En la vida, las cosas nunca ocurrían según lo previsto, siempre había un contratiempo, una decepción, un problema, era inevitable.

—Ahora o nunca —murmuró Connor armando su lanzallamas y encendiendo el mechero delante del tubo metálico que había añadido a su juguete con cola y cinta adhesiva.

Se deslizó entre los tallos procurando hacer el menor ruido posible. Corey se volvió hacia Chad agitando la mano para que siguiera a Connor con la ballesta, y este obedeció de mala gana.

Medían cada paso conteniendo la respiración, con la frente cubierta de sudor y el corazón latiéndoles cada vez más rápido a medida que se acercaban. El sol les quemaba la piel. No había un solo pájaro, no se oía ningún sonido, por lejano que fuera, ni un coche, ni un avión... Nada más que ellos y el crujido de las hojas apergaminadas. Y unas interminables hileras de plantas de maíz más altas que un hombre, plantas y más plantas, hasta el infinito.

«La cebolla del terror... Ya hemos llegado. Al centro.»

Chad se acordó del seguro de la ballesta y lo quitó. Ahora estaba preparado. Tenía las manos empapadas, así que empuñó el arma con fuerza tratando de no poner el índice en el gatillo, sabía que con la tensión podía apretarlo sin querer, y solo les faltaba herirse entre ellos. Abrió la boca para tomar aliento. Hacía mucho calor, se estaba ahogando.

Connor estaba justo delante de él, un poco a su izquierda en ese momento, los otros dos les pisaban los talones.

Ya no podían ver los palos del espantapájaros, a menos que se pusieran de puntillas y apartaran los tallos, pero ahora eso era lo de menos: sabían que estaban cerca.

El peligro no se hallaba donde esperaban encontrarlo, sino detrás, donde de repente algo tapó el sol con su sombra y casi chocó con Corey, que tropezó y cayó de espaldas, con la cara desencajada por el terror.

Chad sintió la presencia en el momento en que Corey caía, y al instante se giró en redondo. Connor fue aún más rápido en volverse, y también en disparar. Un delgado chorro de fuego atravesó el maizal, abrasó las plantas a su paso y erró el blanco por menos de un metro.

—¡JODER! —gritó el intruso—. ¿ESTÁIS ZUMBADOS?

Un pelirrojo desgreñado de menos de veinte años, con unos vaqueros cortos, una camiseta sucia y botas de goma, los miraba con los ojos desorbitados. Las hojas ardían entre Connor y él, soltando llamitas y un humo acre. Fue en ese instante cuando vieron que el chico llevaba una escopeta de caza en las manos.

—¿Qué coño hacéis en nuestros campos? —ladró agitando el arma—. ¿Y qué demonios es eso? ¿Habéis venido a pegarle fuego a todo? ¿Es eso? ¿Os parece divertido? ¡No me habéis achicharrado la jeta de milagro, joder!

Connor, comprendiendo que había estado a punto de dejar a un ser humano carbonizado, se quedó blanco. Chad se aferraba a su ballesta, consciente de que, incluso si se hubiera tratado del espantapájaros, la sorpresa y el miedo le habrían impedido disparar.

—¿Qué, ya no te parece tan divertido? —preguntó el pelirrojo apuntando la escopeta hacia Connor.

Contra todo pronóstico, quien más sereno se mostró fue Owen.

—Lo sentimos mucho, no ha sido a propósito... —dijo.

El cañón se movió en su dirección.

—¿Venir a mis tierras con un puto lanzallamas? ¿No ha sido a propósito? ¿Me tomáis por idiota? —Corey, todavía en el suelo, gateó de espaldas para alejarse—. ¿Y tú adónde vas? ¿Creéis que podéis achicharrarme el trasero y largaros como si nada?

Hizo chasquear la lengua contra el paladar varias veces a modo de negación. Su cara, granujienta y poco agraciada, estaba roja de ira.

—Eres Dwayne Taylor, ¿verdad? —dijo Connor, reaccionando al fin—. Perdona, te juro que no quería...

Taylor levantó la escopeta, la amartilló y le apuntó.

—Me debes un tiro —dijo fríamente—. Me has disparado y has fallado. Ahora me toca a mí. Reza para que también falle.

25.

Olivia pinchó en la ensalada con el tenedor y se lo llevó a la boca, bajo la atenta mirada de Zoey, sentada en su trona.

—¿Poqué comes hieba, mamá?

Olivia estuvo a punto de atragantarse.

—Es lechuga, cariño. Está buena, ¿quieres probarla?

Zoey puso cara de indignación.

—¡Zoy no vaca!

—Tú te lo pierdes... ¡Sigue comiendo maíz, como las gallinitas!

La niña torció el morro, y su madre depositó un beso en su frente mientras retiraba el plato. Ya iba retrasada. No había parado desde que estaba en pie. ¡Quién le habría mandado organizar una gran «barbacoa de confraternización», como la llamaba ella! Se le había ocurrido de repente, para facilitar su integración y la de su familia y estrechar lazos con los vecinos más o menos cercanos. Era el género de cosas que se hacían en lugares como Mahingan Falls, pensaba Olivia. Habían llegado casi un mes atrás y quería aprovechar el buen tiempo, antes de que el torbellino de la vuelta de las vacaciones dispersara a todo el mundo. Tom la había animado, asegurándole que de todos modos, con los pocos habitantes que tenían los Tres Callejones, sobraría sitio aunque se presentara la mitad. Sin embargo, casi todo el mundo había respondido afirmativamente y buena parte de los conocidos que empezaban a tener en el pueblo se habían apuntado a la fiesta. Repasando la lista definitiva de las personas que habían confirmado su asistencia, Olivia se lo había refregado por las narices.

—No olvides, Tom, que la gente está deseando conocer a «la chica de la tele». La fama produce curiosidad y da mucho tema de conversación. ¿Cómo vas a arreglártelas con las hamburguesas? Nuestra parrilla es demasiado pequeña... Buscaré un *catering*, será más caro pero más práctico...

—Deja que se encargue el hombre de la casa. Encenderé un gran fuego en mitad del jardín con unos cuantos ladrillos y la barbacoa de Roy. Con eso bastará y sobrará.

Olivia no había insistido. Conocía lo bastante a su marido para saber que en cuestiones de barbacoa no se bromeaba: habría sido tanto como poner en tela de juicio su virilidad. ¡Además, así saldría un poco de su despacho! Rara vez lo había visto tan inspirado al inicio de una obra; se pasaba el día entero encerrado allí dentro, y cuando salía para cenar parecía totalmente ausente y tardaba una hora larga en aterrizar entre ellos, por lo general en el momento en que los niños acababan de acostarse. Habitualmente solo se comportaba así una vez metido en faena, durante dos o tres meses, el tiempo que tardaba en parir el meollo de la obra; luego volvía a ser él mismo poco a poco. Ella respetaba ese período creativo; sabía que su marido lo necesitaba para concretar sobre el papel lo que tenía en la cabeza. Olivia se lo tomaba con paciencia, y entretanto se ocupaba sola de la casa (y de su propia vida, por supuesto, porque mientras el artista creaba, el mundo seguía girando). Era en cierto modo como la esposa de un militar en campaña, con la diferencia de que ella se reencontraba cada noche con el envoltorio carnal de Tom, pero no con su mente, que seguía en el frente de la escritura, en una región lejana. También tenía su lado bueno, por qué negarlo. Recuperar un poco de independencia, una pizca de apetecible soledad, y luego, cuando la obra terminaba, Tom estaba más disponible que la mayoría de los hombres, que se iban a trabajar todas las mañanas.

Pero en resumidas cuentas hoy le tocaba a ella hacerlo todo, encargarse de las compras, preparar las ensaladas y pelar la fruta. Por suerte, durante la mañana había conseguido avanzar con la casa. Cubiertos, decoración, vasos... Ya solo faltaban unos cuantos toques de última hora.

La pequeña Zoey soltó un grito de frustración con los diminutos dedos tendidos hacia el yogur de chocolate que esperaba en la mesa. Olivia se lo dio.

Y, para colmo de males, Gemma había elegido justo ese día para ponerse enferma. La chica no había faltado nunca, ni una hora, ni un retraso, nada, pero iba a fallarle el único día que difícilmente podía arreglárselas sin ella. Corey acababa de presentarse con el otro chico, el conversador, que parecía un poco mayor, para llevarse a Chad y a Owen al bosque, y a Olivia no le había gustado su respuesta cuando se había interesado por la salud de su hermana. Rehuyendo su mirada y esquivando la pregunta, se había limitado a admitir que Gemma «lloraba lo suyo». Olivia no paraba de darle vueltas a la frase. ¿Qué enfermedad podía hacer llorar a una chica de diecisiete años?

«Mal de amores.»

Lo que le dolía a Olivia no era tanto que Gemma le mintiera sobre el motivo de su ausencia como que no le hubiera hablado de un hipotético novio. Desde el incidente con Derek Cox, el día que Olivia lo había mandado a hacer gárgaras tan tranquila y se había llevado a la chica a dar una vuelta en coche para intercambiar confidencias, las dos se habían entendido estupendamente. Ya no había incomodidad entre ellas. Entonces, ¿por qué no le había contado nada sobre ese incipiente romance? ¿Temía que su «jefa» la juzgara? Olivia estaba apenada y un poco enfadada.

Zoey derramó el yogur sobre las baldosas de la cocina.

—¡Uy, qué tontidía!

Olivia frunció los labios.

—Oh, Zoey, no es el momento... Si quieres comer tú sola, tendrás que tener más cuidado.

—Pedón, mamá.

Olivia cogió el rollo de papel de cocina para arreglar el desaguisado. La adaptación de la familia a su nueva vida iba mejor de lo que esperaba, salvo en el caso de Zoey. Tras las noches de pesadillas, Tom había decidido de un día para otro cambiarla de habitación. Al parecer, había encontrado excrementos de rata cerca de la cama. Olivia se llevó un disgusto. Había elegido la habitación cuidadosamente, por su situación en el ala de los niños, por su tamaño y por lo luminosa que era, y después había pasado mucho tiempo decorándola con mimo. Ver a su hija emigrar al cuarto que les servía de antecámara le hizo tan poca gracia como enterarse de que en su casa había roedores. «Solo serán unos días —le aseguró Tom—. Zoey estará de nuevo en su habitación antes del comienzo del curso.» Ese mismo día compró veneno para ratas y tres trampas, que repartió por la preciosa moqueta blanca y subía a comprobar cuatro veces al día. Ante la sugerencia de Olivia de que acudieran a un profesional, respondió categóricamente: «¡Son unos charlatanes! Dejan al menos una hembra adrede, para que haya que volver a llamarlos más tarde. Lo vi en un reportaje». Inapelable. Olivia se había rendido, pero no veía el momento de volver a llevar a Zoey a su habitación. La niña dormía mejor, aunque no del todo. De cuando en cuando se ponía a llorar, o incluso a chillar, en mitad de la noche, y el hecho de que estuviera en el cuarto de al lado lo hacía menos penoso, había que reconocerlo. Pero Olivia estaba un poco harta. Tenía la sensación de que su intimidad como pareja se resentía. Una simple puerta corrediza les separaba de su hija, y no habían hecho el amor desde hacía más de dos semanas, pese a que todo iba bien, los dos tenían la moral muy alta y no estaban destrozados por tener que hacer esfuerzos físicos todo el santo día. Sin ser unos conejos, cuando había luz verde como en esos momentos solían desplegar un poco más de actividad sexual. Incluso después de quince años de matrimonio, seguían cuidando ese aspecto de su vida en pareja, conscientes de lo mucho que repercutía en la armonía de la relación. «¡Cuando la fontanería funciona, todo funciona! —le gustaba decir a Tom en un tono un poco bufo, imitando a un viejo sátiro—. ¡No olvidemos jamás que el acto mismo lleva el nombre exacto del sentimiento que va a la par! ¡El uno no es nada sin el otro, señora Spencer! Así que, ¡a la cama sin rechistar!»

Pero desde el cambio de habitación de Zoey no se habían tocado. La proximidad de la niña, el temor de que pudiera oírlos, debía de inhibir a Tom. Y luego estaba su trabajo... Mientras escribía siempre mostraba menos deseo y hacía el amor de forma más mecánica.

—¿Mamá ecoge?

—Sí, mamá recoge tus tonterías. ¡Y créeme, hoy no me importaría nada no tener que hacerlo!

Olivia pensó en la lista de la compra, kilométrica, y en los preparativos. Todo el mundo llegaría a las siete, pero ella había dado permiso a los chicos para salir hasta media tarde, sin caer en la cuenta de que habrían podido quedarse para ayudarla... «¡Y a saber cómo vuelven! Si es que soy tonta...»

Subida en lo alto de la sillita, Zoey se echaba ahora el vaso de agua encima y volvía sus grandes ojos castaños hacia su madre para comprobar si se había dado cuenta.

Olivia suspiró. Estaba harta. Tentada de anularlo todo. Extendió los brazos hacia su hija.

—Ven, te voy a cambiar...

De pronto, el timbre resonó en la planta baja y Olivia se sobresaltó. No esperaba a nadie, y le entró el pánico. Si algún invitado había decidido presentarse con seis horas de antelación, lo iba a recibir...

Gemma apareció en la puerta. Su enorme sonrisa no conseguía disimular sus ojos enrojecidos.

—Me he cruzado con mi tía y me ha dicho que ha invitado usted a medio pueblo esta tarde, así que he pensado que le vendría bien que la librara de esto —dijo la chica cogiendo a Zoey, que se debatía para saltar a sus brazos. Y sin esperar respuesta, dejó atrás a Olivia y se dirigió al salón—. Pero si estás empapada... ¿Has vuelto a volcarte un vaso encima?

—Zoé, tontidía.

—Sí, eso se te da estupendamente.

Olivia las observaba. «Nada de mal de amores. Es algo grave... Un disgusto importante.»

—Subo a ponerle otro babi —anunció Gemma procurando evitar la mirada de su jefa.

En ese instante, Olivia tuvo la certeza de que la cosa era mucho más grave de lo que suponía.

—Gemma...

—¿Sí?

—¿Qué te pasa?

La chica sacudió la cabeza.

—Nada, todo va bien, se lo aseguro. Solo era un dolor de cabeza. Un paracetamol y se me ha pasado.

Olivia se colocó delante de ella y adoptó una expresión afectuosa, tan indulgente como le fue posible.

—No, Gemma, lo veo perfectamente. Mira, mientras subo a Zoey para que duerma la siesta, haz té, que tú y yo vamos a...

La barbilla de la canguro tembló y su garganta se agitó. Las lágrimas asomaron a sus ojos, y antes de que pudiera reprimirlas, Olivia la rodeó con los brazos y la atrajo hacia sí. Zoey notó que pasaba algo importante, se quedó callada y, con la cabeza apoyada en la sien de Gemma, miró la cara de su madre, a unos centímetros de la suya.

Cinco minutos después, Olivia bajaba de la primera planta tras dejar a la niña dormida. Apenas se había sentado frente a Gemma cuando la chica se echó a llorar. En medio de los sollozos, dos palabras brotaron con la violencia de un espasmo:

—Es Derek...

Olivia apretó los puños.

—¿Te ha hecho daño?

Gemma alzó unos ojos llenos de desesperación.

Y asintió.

26.

Dwayne Taylor, con el blanco de los ojos brillante, las comisuras de los labios llenas de pegajosa baba y la escopeta en las manos, lista para escupir muerte, parecía presa de una fiebre que lo emborrachaba.

—No, no lo hagas... —suplicó Connor—. Lo siento mu...

—¡Solo queríamos quemar el espantapájaros! —confesó Owen.

El rostro de Taylor se ensombreció.

—¿El espantapájaros? ¿Por qué?

—¿Lo... lo hizo tu padre? —le preguntó Connor.

Taylor no respondió. Sus diminutos ojos volaban de un chico a otro con una extraña curiosidad.

—No nos vas a creer —dijo Owen—, pero tu espantapájaros ha intentado matarnos. Es la verdad.

Connor, que se temía lo peor, levantó la mano libre en son de paz y farfulló unas cuantas frases para intentar solucionar las cosas. Taylor dejó de apuntarle y se apoyó la escopeta en el hombro.

—Entonces, ¿vosotros también lo habéis visto? —exclamó para gran sorpresa de los cuatro chicos.

De repente parecía sumido en el estupor. El estupor de un chico que aún no tenía veinte años, vivía en una granja, había presenciado algo que no podía contar sin que lo tomaran por loco y al fin encontraba unos oídos comprensivos. El peso que lo aplastaba se desprendió de él y su mirada se iluminó poco a poco con un destello de esperanza.

—¿Te persigue como a nosotros? —le preguntó Owen, asombrado.

—No. No me he acercado a él. Fue una noche. Me di cuenta de que no estaba en los palos. Y el lunes pasado, al amanecer, lo vi regresar a través del maizal. Creí que me había vuelto majareta... Estuve a punto de acercarme con el móvil, para grabarlo, pero, no sé por qué, sentí que era mejor que no me viese. Esa cosa es...

—Mala —completó Owen.

Dwayne asintió.

—Lo hizo tu padre, ¿no? —insistió Connor.

—Sí.

—¿Tu viejo practica magia negra?

—¿Qué? ¡Menuda ocurrencia! ¡No, claro que no!

—Entonces ¿cómo explicas que el espantapájaros esté poseído por un espíritu maligno?

—¿Y cómo sabéis que es un espíritu? Puede que simplemente se haya... despertado.

—Sí, o se le ha metido un extraterrestre por el culo... —rezongó Corey, sin atreverse a reír.

—Mi padre hace unos cuantos todos los años, y nunca había pasado nada. Coloca tres o cuatro en distintos puntos de la granja y...

Taylor no acabó la frase. Un silbido metálico, seguido de un choque blando y húmedo, lo interrumpió.

El rastrillo acababa de surgir a través de la cortina de maíz, justo a su derecha, y su camiseta se abrió en jirones horizontales mientras una mancha oscura empezaba a extenderse por ella. Enseguida sus entrañas se derramaron ante él, como si su propio vientre vomitara todo lo que contenía, intestinos, órganos y ríos de sangre, que cayeron sobre sus piernas y en la tierra agrietada, a sus pies.

Nadie fue capaz de moverse.

El espantapájaros apareció delante de Taylor y azotó el aire con el brazo.

La mandíbula inferior del joven salió volando y su lengua se agitó en el aire como una gran babosa presa de convulsiones.

El olor rancio a carne podrida y orina de gato se extendió de golpe, envolviendo a los adolescentes, atrapándolos en su repugnante sudario, inmovilizando a cada uno de ellos todavía más.

El terror había dilatado las pupilas de Dwayne. Chad nunca había visto unos ojos parecidos. Ese fue el detonante, lo que despertó su instinto de supervivencia. No quería tener la mirada de Taylor. Nunca.

Volvió la ballesta hacia la cabeza del espantapájaros y apretó el gatillo. La cuerda soltó un chasquido y la flecha atravesó la calabaza de parte a parte.

—¡CORREEEEEED! —gritó.

Chad vio gusanos amarillos que salían retorciéndose del agujero que acababa de abrir y aterrizaban a los pies del monstruo. Tuvo la certeza de que se arrastrarían hasta él y, si conseguían introducirse entre su ropa, le perforarían la piel con sus rosáceas mandíbulas y devorarían su carne para penetrar en su interior, excavar un nido y seguir comiendo y comiendo hasta engordar, engordar, engordar... y hacer estallar lo que quedara de él.

Dwayne Taylor hizo un ruido seco y blando al caer en tierra, lo que arrancó a Chad de su pesadilla. El espantapájaros se había vuelto hacia él. El chico podía percibir su furia, salvaje y aviesa.

Un ejército de gusanos cayó de su torcida boca.

Esta vez, Chad reunió la energía necesaria y echó a correr con toda la fuerza de sus piernas. Huía a toda velocidad, sin ni siquiera ser consciente de que sus amigos hacían lo mismo.

Las hojas le azotaban las mejillas y le arañaban los brazos, pero a Chad, que oía el acero cortando el aire a su espalda, le daba igual. Galopaba, y si hubiera podido volar lo habría hecho, porque tenía la sensación de que sus pies apenas rozaban el suelo. Saltó al siguiente surco, y luego al otro, esperando haber tomado la dirección correcta para volver al bosque. No era una idea muy meditada, pero, en su pánico, fue incapaz de razonar de otro modo y siguió corriendo para regresar a casa, por lejos que estuviera.

Las hojas crujían a su alrededor, y en medio de aquel estrépito seco ya no sabía qué sonidos se debían a su paso o al de sus amigos, o si era el espantapájaros que los perseguía. Atravesaba cada muro de plantas con rabia y miedo, rebasándolas a tal velocidad que no le daba tiempo a protegerse con las manos. En aquel torbellino de sol, sombras, tallos, sudor y sangre, se percató de que seguía empuñando la ballesta. No había tenido tiempo de recargarla. ¿Para qué? ¡Le había dado al espantapájaros en toda la cabeza y ni se había inmutado! Owen tenía razón: se necesitaban puntas de plata. Estaban listos...

La abominable silueta surgió a su derecha, con sus cuchillas a guisa de dedos reluciendo al sol de agosto, impacientes por embadurnarse con sus fluidos. Corría en paralelo a él.

Su grotesca cara se iba acercando lentamente.

Siguieron atravesando las cortinas de maíz.

Las malignas cuencas del espantapájaros lo miraban, y en sus tinieblas interiores Chad distinguió un resplandor apenas visible. Una luz negra. Una energía más que una fuente de luz. Un movimiento. Antiguo. Implacable. Era eso lo que animaba a la criatura. Un poder primitivo.

Cuando comprendió que, fascinado por lo que veía, había empezado a correr más despacio, era demasiado tarde.

El espantapájaros estaba encima de él.

Curiosamente, Chad no tuvo miedo de sus afilados dedos, que se alzaron para rebanarle el pescuezo, pero se estremeció ante la visión de los gusanos que asomaban por el borde de la boca abierta, a punto de saltar a la suya y a sus fosas nasales.

El sol desapareció.

El olor se hizo insoportable, y Chad eructó violentamente.

Un surtidor ígneo iluminó el aire entre el espantapájaros y el muchacho, y las llamas envolvieron uno de los brazos del monstruo, que retrocedió, mientras un grito horrible sacudía el maizal, un estridente alarido que ascendía de muy lejos, de las profundidades de la bestia. Chad creyó que se quedaría sordo para el resto de su vida.

Connor volvió a cargar el lanzallamas y escupió otro chorro de fuego.

Owen agarró a su primo del cuello de la camiseta y tiró tan fuerte de él que casi lo hizo caer. Chad reaccionó y echó a correr de nuevo.

Cuando quiso darse cuenta de lo que había ocurrido se abría paso entre la maleza sin dejar de acelerar. Corey iba un poco más adelante, con las manos llenas de piedras, lanzándolas con todas sus fuerzas en dirección a la amenaza que chillaba detrás de ellos. Echando un rápido vistazo a su espalda, Chad se aseguró de que Connor, con el rostro congestionado, cerraba la marcha. Veinte metros más atrás, el espantapájaros seguía destrozando el maizal. No se rendía.

Chad no estaba seguro de poder mantener aquel ritmo mucho tiempo, y menos a través del bosque. Pero era demasiado tarde para cambiar de dirección, así que procuró respirar lo mejor que pudo, mientras corría al pie de una empinada colina.

El barranco era su única esperanza de llegar a casa, porque no habrían podido mantener esa velocidad por las escarpadas laderas del Cinturón. Corey se había dado cuenta y los guiaba, marcando con los brazos el agotador ritmo de la huida, con la boca deformada por el esfuerzo para tragar la mayor cantidad posible de oxígeno en cada inspiración.

El espantapájaros ya no gritaba, pero lo que brotaba de sus entrañas era aún más aterrador. Un gruñido cavernoso de dolor y furia. Sin duda Connor le había herido con el lanzallamas, pero en esos momentos Chad no estaba seguro de que eso fuera una buena noticia. El monstruo los perseguía con un empeño que parecía implacable. No pararía hasta obtener venganza.

Los primeros árboles del bosque se perfilaron por fin ante los ojos de los chicos, y eso les devolvió la esperanza. El espantapájaros no ganaba terreno, pero tampoco lo perdía.

Cuando se sumergieron en la sombra del follaje, Chad vio que Corey reducía la velocidad para recoger más piedras.

—¡No! ¡Eso no sirve de nada! ¡Corre!

El mayor de los chicos dudó antes de imitarlo, esquivando los helechos y las zarzas.

El aire empezaba a quemarles los pulmones, el sudor los cegaba y sentían cómo los músculos de las piernas se les agarrotaban cada vez más.

Chad visualizó el trecho que aún tenían que recorrer y supo que era imposible. Los adultos ni siquiera sabrían dónde buscarlos. Probablemente nunca encontrarían sus cuerpos.

El bosque se los tragó, el terreno empezó a descender y, a uno y otro lados, se alzaron las paredes de roca. Estaban en el barranco.

Todavía.

Aquella sería su tumba.

Owen tropezó, y Chad se detuvo para ayudarlo a levantarse. Al echar un vistazo para ver dónde estaban sus amigos, Corey resbaló en el musgo y cayó al suelo de espaldas.

Connor corrió hacia él con la mano tendida y la cabeza vuelta hacia el peligro que los perseguía.

—¡Deprisa, está ahí! —resolló.

Pero Corey no conseguía levantarse. Estaba exhausto. Al límite de sus fuerzas.

Chad se dio cuenta de que ya no tenía la ballesta. Debía de haberla soltado cuando el espantapájaros había estado a punto de cortarle el cuello. Su primer impulso fue coger una de las flechas del carcaj que llevaba sujeto al muslo y volverse para lanzarla. Era la absurda ocurrencia de un niño con el cerebro oscurecido por el esfuerzo y el raciocinio anulado por el miedo.

La saeta de carbono pasó lejos del espantapájaros, que también había reducido la velocidad y estaba empezando a zigzaguear. Chad tardó en comprender lo que veía; de hecho, tenía la sensación de que el monstruo estaba... borracho.

—¿Qué... qué le pasa? —preguntó entre dos bocanadas de aire caliente.

Los estragos del fuego, que seguían crepitando en su hombro, no eran lo bastante importantes para que de pronto empezara a hacer eses, pensaba Chad. No, pasaba algo más.

El espantapájaros tenía problemas. Se tambaleaba de un modo extraño.

«Ha perdido el control...»

De pronto dio media vuelta y se agarró a una rama para no caerse. Metro a metro, se hizo evidente que recobraba la estabilidad a medida que se alejaba.

Connor echó a correr hacia él entre los gritos histéricos de sus amigos.

—Pero ¿qué haces?

—¡No!

—¡Déjate de bromas! ¡Se está recuperando!

Pero Connor no los escuchó. Siguió corriendo y, cuando estuvo a menos de cinco metros del espantapájaros, apretó el gatillo de su lanzallamas de plástico. Un chorro de líquido roció la espalda del monstruo, que se volvió. Bajo el cañón, el mechero se había apagado.

—¡Por el amor de Dios, Connor! ¡Vuelve! —gritó Chad.

El mayor de la pandilla trataba de encender el mechero mientras el espantapájaros se aproximaba con paso vacilante. Levantó una de sus zarpas.

La llamita brotó, y Connor bombeó para recargar su lanzallamas de plástico.

Esta vez el chorro incandescente alcanzó en pleno pecho al espantajo, que empezó a arder. Nuevo bombeo. Nuevo disparo. Acertó a la calabaza, que tenía la cavidad de la boca llena de gasolina.

El espantapájaros se retorcía y se agarraba a los troncos para no caer. Estaba a menos de tres metros de Connor, que no retrocedió, decidido a vaciar el resto del depósito en lo que rápidamente se convirtió en una pira andante. La camisa de cuadros y el peto vaquero llameaban, sus miembros se encogían, la calabaza explotó por un lado y un gran pedazo se desprendió. Empezaba a parecerse a un malvavisco a la brasa. Los rastrillos, sin fuerza ya para golpear, se soltaron de las muñecas y chocaron contra el suelo envueltos en chispas.

El monstruo hizo un amago de fuga, pero se desplomó. Las llamitas siguieron danzando y chisporroteando sobre su cuerpo unos instantes.

Cuando Connor se volvió hacia sus amigos, pudo leer la admiración en sus miradas.

—Esa basura estaba al límite de sus fuerzas —dijo con la voz todavía ronca por la carrera—. Había que aprovechar.

—Joder, Connor... —murmuró Corey—. ¡Te lo has cargado!

En el silencio atónito que siguió, aprovecharon para recuperar el aliento. El mundo daba vueltas a su alrededor, mientras empezaban a ser realmente conscientes de lo que acababan de vivir. El espectro de la muerte y el terror se difuminaban. Chad volvió a ver los ojos desorbitados de Dwayne Taylor, sus vísceras desparramándose por el suelo y su lengua agitándose en el aire. Sintió náuseas y apoyó las manos en las rodillas.

Owen lo sujetó por la manga, aunque él también seguía en estado de shock.

—Tenemos que decírselo a nuestros padres —murmuró Chad cuando fue capaz de hablar—. Hay un muerto en el maizal.

—¿Y qué les decimos? —replicó Connor—, ¿que lo ha matado un espantapájaros? ¿Sabes lo que pasará? En el mejor de los casos, nos meterán en el manicomio, y en el peor, nos acusarán del asesinato.

—¡No, claro que no! No teníamos armas y...

—Ah, ¿no? —respondió Connor levantando el lanzador de agua y señalando el carcaj en el muslo de Chad.

—No lo hemos matado con eso...

—Da igual. Nadie nos creerá.

Se miraron unos a otros. El rojo de sus mejillas contrastaba con la palidez del resto de su cara, y estaban empapados en sudor, muertos de sed, exhaustos y angustiados. Connor sacó el móvil del bolsillo y se encogió de hombros.

—Además, no hay cobertura.

—Entonces tenemos tiempo para tomar una decisión mientras volvemos —sugirió Corey.

—Y para pensar en lo que ha pasado —dijo Owen con una expresión reconcentrada.

Connor hizo una mueca.

—¿Qué quieres decir? Todos sabemos lo que ha...

—Este sitio tiene algo peculiar —respondió Owen con tanta seguridad que todos callaron, intrigados—. Ya habéis visto cómo ha reaccionado el espantapájaros.

—Como si estuviera trompa —dijo Chad.

—Como si tuviera miedo.

Connor no disimuló su escepticismo.

—Se había quedado sin fuerzas —dijo.

—Ya no se enfrentaba a nosotros, sino a algo en su interior. Creo que luchaba con alguna cosa, chicos —insistió Owen—. Una fuerza invisible, que se ha interpuesto entre él y nosotros —miró a sus amigos uno tras otro y añadió—: No estamos solos.

27.

Estar sentada entre la gente y no poder respirar, mientras un sarcófago de hielo te aprisiona el cuerpo y te congela los labios, hasta que lo único que puedes mover son los ojos. Ver que las luces se apagan y todos los testigos potenciales se vuelven hacia la gran pantalla en la que se proyecta la película y clavan los ojos en ella.

Luego la asfixiante presencia de Derek Cox, que se inclina hacia ti.

Su mano ascendiendo por el muslo. Lentamente.

La sensación de que una lengua helada y áspera le recorre la columna vertebral.

Los gruesos dedos de Derek jugando con la tela del short, buscando la cremallera, abriéndola...

Sentir el frío de esa mano insoportable que manosea las bragas y se desliza bajo ellas hasta provocarte un estremecimiento desesperado; toquetea el vello púbico, te separa los muslos, sellados por el terror, y te palpa groseramente el sexo, brutalmente, como si amasara pan.

Sin atreverte a hacer el menor movimiento. Sin un gemido, sin un grito.

Gemma no sabía qué le repugnaba más, si el comportamiento de Derek o su propia actitud. Fue Olivia quien se lo dijo bien claro:

—¡Estabas en estado de shock! Ese canalla te ha violado.

Había tenido que parlamentar largo rato con Gemma hasta conseguir que cediera y se subiera al coche para ir a la comisaría de Mahingan Falls. Le daba vergüenza. Temía las miradas cuando contara lo que había padecido, su falta de reacción. Todo el mundo la juzgaría. Se burlaría. Y si aquello salía de las dependencias policiales, no lo soportaría.

Con paciencia, Olivia había encontrado las palabras adecuadas para que se sintiera apoyada. Comprendida. Casi en estado de trance, pasiva, Gemma había acabado rindiéndose y aceptando su propuesta.

Ahora esperaban en el pequeño vestíbulo de la comisaria, frente al mostrador de recepción, desde hacía casi una hora. Zoey jugaba con Gemma, que imaginaba que Olivia le dejaba hacerlo a propósito para que se distrajera y no pensara, para evitar que dudara. Llorar, ya no podía; había derramado todas las lágrimas que puede derramar un ser humano, y nunca habría imaginado que fueran tantas. Probablemente no le quedaba una gota, solo conductos vacíos. Se había quedado seca por dentro.

Olivia se levantó de la silla de plástico y volvió a dirigirse a la agente de guardia.

—Llevamos casi una hora esperando...

—Lo siento, señora. Ha dicho que quería hablar directamente con el jefe Warden, que está ocupado. Le repito que un oficial puede tomarles...

—No, quiero hablar con el responsable. ¿Tan difícil es ver al jefe de la policía en un pueblo? ¡Le he dicho que era una urgencia!

—Cálmese, señora.

Olivia golpeó el mostrador con el puño.

—¿Es que aquí hay que estar agonizando en un charco de sangre para que te hagan caso?

Sentada al otro lado del mostrador, la agente la miraba como si fuera el diablo en persona. Sus escandalizados ojos se deslizaron sobre la niña para hacerle comprender que sería imperdonable perder el control en presencia de su propia hija, tan pequeña, y Olivia crispó los dedos, a punto de estallar. Gemma nunca la había visto así: parecía capaz de echar fuego por la boca y carbonizar a la agente con un simple suspiro.

—¡Bueno, ya estoy aquí! —exclamó una voz aguda a un lado del mostrador—. Jefe Lee J. Warden, para servirle. Acompáñeme al despacho, señora Spencer-Burdock.

Gemma le tendió la mano a Zoey para seguirlos por el pasillo, pero el hombrecillo bigotudo alzó un índice autoritario.

—No, usted espere ahí. Prefiero hablar primero con su madre.

—Trabaja para mí —se apresuró a corregirlo Olivia—. Y es la víctima.

—Comprendo. De todas formas, vayamos por partes. Primero, usted, y luego la joven.

El policía no estaba dispuesto a que le dieran órdenes; se expresaba con una autoridad natural a la que era difícil oponerse, y tras una mirada de Olivia para asegurarse de que estaba de acuerdo, Gemma asintió.

—Yo me encargo de Zoey. Entre, confío en usted, Olivia.

El jefe Warden se alisaba el fino bigote gris sin dejar traslucir la menor emoción. Estaba sentado en un gran sillón de cuero que crujía al menor movimiento, en su despacho del primer piso, decorado con fotos en las que aparecía acompañado por diversas personalidades, políticos de la región, supuso Olivia. Había escuchado su relato pormenorizado, desde su encuentro con Derek Cox hasta la confesión de Gemma en el salón de su casa, sin interrumpirla, pero también sin tomar una sola nota, lo que la había dejado preocupada.

—¿No debería grabar mi declaración para el informe?

Los vivos ojos de Warden se clavaron en los suyos.

—Señora Spencer-Burdock, acaba usted de llegar a Mahingan Falls, ¿verdad? ¿Está segura de querer que su nombre figure en un procedimiento policial? ¿Especialmente en un supuesto caso de abuso sexual?

—¿Supuesto? En lo que acabo de contarle no hay ninguna suposición.

—Es solo el relato de un relato. Usted no ha presenciado la agresión.

—Mis hijos estaban en el cine.

—¿Qué edad tienen?

—Trece años.

—¿Y les deja ir a ver una película de terror? Era lo único que ponían ayer, lo sé, formo parte de la comisión municipal que vota la programación. De hecho, me opuse a que se eligiera ese título, pero está claro que las costumbres se han relajado, porque fui el único.

—No sé lo que fueron a ver. Ya no son unos niños, y eso me trae sin cuidado. Lo que importa es lo que le ha pasado a Gemma.

Warden arqueó una de sus enmarañadas cejas.

—¿De verdad quiere hacer declarar a sus hijos?

—Mire, ni siquiera sé si notaron algo, son unos críos, probablemente ni siquiera se dieron cuenta, pero tal vez vieron a Derek Cox en la sala con Gemma.

—Lo cual no es delito. ¿Se ha sometido a un examen médico para confirmar... los tocamientos?

—No, no está preparada psicológicamente. Y ya se lo he explicado: no hubo penetración por parte de Derek Cox, así que ni pelos púbicos ni esperma, si es en eso en lo que piensa. Que yo sepa, introducir los dedos a la fuerza en el sexo de una mujer ¡se llama violación!

Olivia hacía esfuerzos por dominarse, pero estaba rabiosa. Tenía la sensación de estar dándose cabezazos contra un muro: aquello tardaba una eternidad. El tal Warden parecía salido de una mala película; la caricatura de una figura paterna autoritaria y trasnochada, llena de prejuicios, encerrada en sus convicciones tradicionales.

El jefe de la policía se pasó la lengua por los resecos labios y se inclinó hacia Olivia.

—Señora Spencer-Burdock, lo que intento hacerle comprender es que se trata de una acusación grave, muy grave, diría yo, sin más base que las afirmaciones de una joven cuya reputación se desconoce. Las consecuencias para el hombre al que acusa podrían ser devastadoras.

—¿Consecuencias? Espero que...

—Déjeme acabar —la atajó Warden con un ademán—. Derek Cox no es ningún angelito, de acuerdo, pero es joven, puede cambiar. ¡Quién sabe si dentro de veinte años no descubrirá la cura del cáncer! Pero lo que es seguro es que si lo encierro por unos tocamientos...

—Una violación —insistió Olivia con firmeza, lo que no agradó a su interlocutor.

—... probablemente irá a la cárcel, donde cualquier posibilidad de convertirlo en un hombre de bien se esfumará para siempre. Ni estudios superiores ni electroshock, solo barrotes y el comienzo de una espiral descendente, cuya primera víctima será él, aunque de paso dañe a otros.

Olivia se había quedado boquiabierta y aterrada.

—¿Está diciéndome que es más importante mantener la esperanza en un hijo de perra que hacer justicia a una chica agredida sexualmente?

—Mire, seamos realistas: esto no llegará a ninguna parte. Es su palabra contra la de Derek.

—Yo la apoyaré. Testificaré sobre la personalidad de ese individuo. He visto cómo le habla, cómo la controla, cómo la maltrata psicológicamente...

—Derek Cox tiene amigos cuyos padres gozan de mucho predicamento en el pueblo...

—¿Y? La justicia protege a los ricos, ¿es eso?

—Por supuesto que no. Pero usted acaba de llegar. ¿Le gustaría que su familia se viera mezclada en un asunto tan grave? ¿Que solo se basa en declaraciones? Serán ustedes la comidilla del pueblo. La gente de aquí tomará partido, ¿sabe?, y habrá dos bandos. Ni para usted ni para sus hijos será fácil hacer frente a quienes respalden la versión de Derek Cox.

—¿Es que tiene una versión? ¡Si ni siquiera lo ha interrogado!

—Lo negará todo, y puesto que no hay ningún testigo ni ninguna prueba material... Y aunque intervenga usted para confirmar que entre ellos había una relación, Derek alegará una pelea de enamorados. Sé lo que ocurre en estos casos, créame. Dirá que ella cambió de opinión de un día para otro, o que quiere vengarse por alguna estupidez...

Olivia no daba crédito. Le daban ganas de gritar, de agarrar a aquel viejo imbécil por los hombros y sacudirlo. Pero cuando creía que aquello no podía ser peor, Warden remachó el clavo.

—Entre usted y yo, aunque fuera verdad, no estoy del todo seguro de que se le pueda culpar. ¡Se ha vuelto tan difícil para un hombre hoy en día saber cómo actuar! Todas esas chicas se pasean con los pechos medio fuera, los muslos al aire, se echan encima de sus novios para besarlos y luego se hacen las vírgenes atemorizadas porque les han rozado el pecho..., ¿qué quiere que le diga? ¡Ya va siendo hora de poner un poco de orden en todo eso!

Aquel fulano vivía en la Edad Media. Olivia se hundió en el asiento. Después del fenómeno *#MeToo,* que se suponía había despertado a los hombres del mundo entero, aquella perorata sugería un fracaso tremendamente desmoralizador.

—Violó a Gemma Duff con los dedos —repitió Olivia.

—Sí, sí, ya lo he entendido, eso es lo que dice ella. Conozco un poco a los Duff. El padre muerto, la madre ausente...

—No veo la relación.

El jefe Warden entrecruzó las manos para formar una pirámide y agitó el bigote mientras buscaba el mejor modo de expresar lo que pensaba.

—Sé que me odia, porque se deja llevar por el calor del momento, pero confíe en el viejo zorro que tiene delante. Con el tiempo me dará las gracias por haberle ahorrado este embrollo.

Olivia sacudió la cabeza con firmeza.

—No, quiero poner una denuncia contra Derek Cox. No saldré de aquí hasta verla registrada.

Warden clavó sus ojos en ella. Emanaba una voluntad inflexible, y el aire del despacho pareció cargarse de tensión. Cuando volvió a hablar, en su voz ya no había el menor rastro de amabilidad.

—Usted misma lo ha dicho: no es su madre. No tiene ninguna autoridad. Es una menor. Voy a hablar con ella, a solas, a título puramente informativo, para explicarle todas las consecuencias y asegurarme de lo que ella quiere hacer. Y si después la señorita Duff sigue siendo igual de tajante, llamaré a su madre. Usted no estaba allí cuando se produjo la presunta agresión y no tiene ningún parentesco con la chica, así que, en lo que a usted respecta, hemos terminado. Puede salir de mi despacho. Hasta la vista, señora Spencer.

28.

Once de veintiocho.

En tres días, Tom había leído casi una docena de libretas de Gary Tully. Y no añadían nada al retrato del aficionado al ocultismo que había vivido entre aquellas paredes una década, antes de suicidarse.

Olivia no había hecho demasiadas preguntas cuando él había decidido cambiar de habitación a Zoey de forma temporal. La excusa de las ratas había funcionado. Pero la situación no podía prolongarse indefinidamente, tanto más cuanto que él mismo comenzaba a preguntarse si no había ido demasiado lejos en su paranoia. La montaña rusa de la duda, sí. Tan pronto creía que lo peor podía acabar ocurriendo como lo descartaba por completo, diciéndose que era un idiota.

¿La casa estaba encantada? Era una idea absurda, lo admitía de buen grado. Sin el menor viso de credibilidad. Sin embargo, los fenómenos inquietantes se empeñaban en acumularse. Primero, los terrores nocturnos de su hija; luego, el mordisco anormalmente grande en la pantorrilla de Chad; después, el susto de Olivia al creer que percibía una presencia invisible en la habitación de Zoey, la misma en la que Tully se había quitado la vida tras ocultar sus trabajos esotéricos en el desván. Tom estaba harto de sobresaltarse cada vez que una corriente de aire cerraba de golpe alguna puerta. Tenía que coger el toro por los cuernos. No entendía lo que estaba pasando, pero intuía que se trataba de algo más que una simple serie de coincidencias desconcertantes. Para tranquilizarse, se repetía que al final la explicación sería de risa, a años luz de los fantasmas que asaltaban su mente sin poder remediarlo, aunque no se le ocurría cuál podía ser, aparte de un improbable juego de manos psicotraumático relacionado con la historia de la casa. Después de todo, el psicoanálisis incluía el concepto de «fantasma generacional» en el estudio de la psicogenealogía, así que ¿por qué no pensar en una forma de atavismo emocional que permanecía atrapada entre aquellas cuatro paredes y ejercía una influencia sobre su familia? Tom se había convencido de que las respuestas estaban en gran parte allí, entre sus manos, en la obra construida por Gary Tully.

Pero de momento las libretas estaban siendo una decepción.

Sus páginas relataban cómo Gary había acabado apasionándose por las «ciencias ocultas», como él las llamaba. Todo había empezado con una sesión de espiritismo en su adolescencia, en un campamento de verano, con amigos y una chica de más edad, que encandilaba a Gary con sus blusas transparentes y afirmaba ser la médium de un espíritu deseoso de comunicarse con ellos. Había contado cosas sobre el abuelo de Tully, fallecido dos años antes, que solo él podía saber. Recuerdos de su infancia, de las vacaciones en Tennessee, en casa de aquel hombre solitario con quien su madre lo mandaba a pasar el mes de agosto desde que era pequeño; conversaciones que habían mantenido, las partidas de ajedrez durante las cuales le había enseñado a jugar. Y la chica acabó diciendo que el abuelo Sullivan pedía disculpas por las «diabluras de crío». En ese instante, Tully había sabido que era él, que eran sus propias palabras. Diabluras de crío. Cuando jugaban a hacerse cosquillas y las manos del abuelo bajaban hasta donde daba vergüenza tocarse. Las noches que iba a verlo, con ojos apagados, para imponerle sus diabluras de crío. Eso no podía ser una invención de la médium: ¿cómo iba a saberlo? Estaba claro que decía la verdad. Gary no había hablado con nadie de las diabluras de crío. Jamás. Sin duda los muertos conversaban con aquella muchacha. A partir de entonces, Gary decidió dedicar su vida a las ciencias ocultas. Sus estudios universitarios de Sociología le permitían ahondar en las creencias populares y los mitos regionales. Fue en esa época cuando descubrió la existencia de Mahingan Falls, estudiando el famoso juicio de las brujas de Salem. Varias mujeres procedían de aquella localidad de la costa de Massachusetts, y una de ellas atrajo especialmente su atención debido a la crueldad del castigo que le impusieron las autoridades.

La mayor frustración de Tom tenía que ver con ese pasaje de la segunda libreta. Tully no entraba en detalles, ni siquiera mencionaba el nombre de la desventurada, solo que había sido juzgada y ejecutada en Salem en 1692. Confiaba en que el texto retomara ese interesante punto.

Tully describía su búsqueda con pormenores, perdiéndose a menudo en largas digresiones y luego sintetizando lo que había extraído de sus lecturas y pesquisas. Páginas y más páginas de confuso parloteo sin demasiado interés donde se analizaban cuestiones de parapsicología, astrología e historia de la humanidad en correlación con la del cosmos. La undécima libreta despertó la atención de Tom cuando Tully abordó la cultura amerindia. Tom no había olvidado las aclaraciones de Roy McDermott respecto a Mahingan Falls y la profunda huella en la región de sus primitivos habitantes. Ya no podía ver el monte Wendy desde su jardín sin evocar al aterrador monstruo de las leyendas, el wendigo. Sin embargo, volvió a llevarse una decepción, porque Tully se limitaba a sobrevolar el tema.

Ahora tenía puestas todas sus esperanzas en las diecisiete libretas negras restantes. Su numeración seguía el orden cronológico de redacción, y hasta donde Tom había leído, Tully aún no había llegado a Mahingan Falls.

Devolvió a su sitio el undécimo cuaderno, cogió el siguiente y se sentó en su querido sillón de cuero. Dudó si ir a hacerse un café para despejarse, pero se moría de ganas de seguir leyendo: intuía que Tully estaba a punto de mudarse allí...

El teléfono sonó, y al ver el nombre de su mujer lo descolgó.

—Tom, necesito que llames a todos los invitados para decirles que anulamos lo de esta tarde.

La voz de Olivia no sonaba serena.

—¿Cómo? ¿Qué pasa?

—Estoy con Gemma. Ese cerdo de Derek Cox la ha agredido. La policía no quiere saber nada del asunto, el jefe Warden es un botarate y un retrógrado. No sé qué hacer. Gemma no quiere que su madre se entere, así que no pondrá denuncia, y no puedo llevarla a su casa tal como está...

—Muy bien, venid. Gemma se quedará aquí, puede dormir en casa si quiere, no tienes más que decirle a su madre que necesitamos que nos haga de canguro hasta tarde y también mañana. Necesita estar en buena compañía, sentir que hacemos piña a su alrededor. Dile que no está sola. Encontraremos una solución. En cuanto a lo de esta tarde, no vamos a anular nada, sería contraproducente. Si su madre se entera, nos llamará, y puede que no tenga valor para mentirle sobre su hija...

—No sé, Tom.

—Habrá animación a su alrededor, puede que le siente bien... Gente para tenerla distraída, nuestro cariño para mantenerla a flote, y mañana, tiempo para estudiar la situación.

—Ni siquiera he hecho la compra...

—Yo me encargo.

—¿No prefieres ponerle unos clavos bien grandes a tu viejo bate de béisbol e ir a partirle las rodillas a ese cabrón de Cox?

—Dudo que eso arreglara nada, y creo que el jefe de la policía no se pondría de mi parte. Venid, aquí estará segura.

Pero al ver la libreta de Gary Tully delante de él, Tom se preguntó si no habría hablado demasiado pronto: ignoraba si su casa era realmente el remanso de paz que habían imaginado.

Colgó y llamó a Chad y a Owen por los pasillos y el jardín, pero no los encontró. Le habrían venido bien otros dos pares de brazos para ir más deprisa. Con el tiempo que hacía, estarían pasándoselo en grande en la playa o el bosque. Qué se le iba a hacer.

Cogió las llaves del coche y la cartera con las tarjetas de crédito, se sentó al volante del todoterreno y empezó a repasar la lista y a calcular el tiempo de que disponía para comprarlo todo. Pasó por delante de la casa de Roy McDermott, que estaba construyendo un comedero para pájaros junto a su buzón, y el anciano lo saludó. Al ver que quería hablarle, Tom redujo la velocidad. Con prisa o sin ella, no podía hacer como que no se había dado cuenta.

—Entonces, vecino, le llevo la parrilla un poco antes, ¿le parece? Podría dejarlo todo preparado, si les viene bien.

—No le diré que no. Engorros de última hora: tengo que salir disparado a hacer la compra.

El anciano consultó su reloj.

—¿Ahora? —exclamó sorprendido. Y frunciendo el ceño, dejó el martillo en la diminuta caseta de madera y señaló el asiento del pasajero—. Le acompaño, conozco las tiendas mejor que usted —antes de que Tom pudiera protestar, el septuagenario se había abrochado el cinturón de seguridad—. ¡Adelante, Tom! Empiece por Fitz'Meat, haremos el pedido para que vayan preparándolo mientras nos acercamos al ultramarinos de enfrente—. El secreto para ahorrar tiempo es la optimización.

Tom no protestó, ni siquiera por cortesía; ya era demasiado tarde, y le gustaba la compañía del anciano. Con un poco de suerte, conseguirían todo lo necesario y estarían de vuelta antes de las seis.

El vehículo bajó por Shiloh Place hasta el cruce que marcaba la salida de los Tres Callejones, saliendo de la nube de verdor para entrar en la civilización a través de Green Lanes en dirección al centro. Acodado en la ventanilla, Roy McDermott dejaba que el viento le acariciara el brazo mientras contemplaba el paisaje en silencio, con la mente aparentemente en blanco, por lo que su pregunta cogió desprevenido a Tom.

—Sigue indagando sobre Gary Tully, ¿verdad?

—Pues verá..., yo..., digamos que estoy leyendo lo que dejó.

—¿Lo sabe Olivia?

—No. Prefiero no preocuparla con cosas tan siniestras. Pero... tengo que confesarle que he cambiado de habitación a nuestra hija. Saber que dormía donde Tully se quitó la vida me ponía nervioso.

—Comprendo. ¿Puedo preguntarle qué espera conseguir?

—¿Leyendo todas esas anotaciones? No lo sé. Quizá serenarme. ¿Por qué? —Tom le lanzó una mirada. Roy se mordisqueaba el labio pensativamente con la vista puesta en la hilera de casas de colores—. ¿Hay alguna cosa que debería saber? —insistió Tom—. ¿Algo que se le olvidó contarme respecto a Tully o a nuestra casa?

Roy hizo una mueca y meneó ligeramente la cabeza.

—No, solo era curiosidad.

Por un momento, Tom tuvo la impresión de que su acompañante no se lo decía todo, de que se reservaba algún secreto para él, antes de rectificar: «Roy es un buen hombre, no tiene pelos en la lengua, no se anda con tapujos. Es solo un anciano».

Siguieron circulando en silencio, y de repente, al dejar atrás Independence Square, por primera vez desde que se conocían, Tom se sintió incómodo en compañía de Roy. No había motivo, salvo quizá una repentina señal de su inconsciente. Era una estupidez. Sin embargo, la sensación persistió largo rato, pese al azul del cielo, el bucólico canto de los pájaros y las sonrisas de los habitantes de Mahingan Falls. Peor aún, durante un breve instante, Tom llegó a pensar que todo aquello no era más que una mascarada. Una formidable comedia organizada para engañarlos, a él y a su familia. «¿Con qué fin? Es totalmente absurdo...»

Una mentira colectiva cuyas víctimas inocentes eran ellos cinco.

Sus propias contradicciones le dolían más que el trauma físico y mental que había sufrido. Al menos era lo que sentía mientras toda la familia Spencer se ocupaba de ella. Odiaba ser el centro de atención. No soportaba que estuvieran tan pendientes. Le molestaba incluso la mirada de la señora Spencer, llena de franqueza y bondad. Todo el mundo lo sabía. La juzgaban. Incluso podían imaginar la mano de Derek Cox deslizándose bajo el elástico de sus bragas para llegar hasta su sexo, y a ella callada. Cuando un simple grito habría servido para alertar a varias filas de butacas a su alrededor. Todo el mundo debía de estar pensando que se lo había buscado, que si no se había resistido era porque estaba conforme. Porque le gustaba eso: unos gruesos dedos sucios entre sus piernas.

«Olivia no. Ella lo sabe. Lo entiende.»

Había sido ella quien había traducido en palabras aquel odioso sentimiento de culpa: «terror», «parálisis», «estado de shock», «violación»... Tom Spencer era un intelectual, un hombre perspicaz; también él debía de saber lo que le había pasado por la cabeza cuando Derek Cox le había abierto la cremallera en la oscuridad del cine para manosearla. Sí, era de la misma pasta que su mujer, no debía temerle. No obstante, se sentía tremendamente incómoda con tantos mimos. Tantas atenciones, tanta amabilidad le recordaban una y otra vez su condición de víctima, y ahora se arrepentía de haberse confesado a Olivia. Debería habérselo guardado todo para ella, no haber contado nada.

Pero al mismo tiempo no podía negar que una parte de ella, pequeña y muy profunda, lo necesitaba. Al principio había hecho lo que hacía siempre que pasaba un mal trago: ocultar sus sentimientos y enterrarlos lo más hondo posible. Pensar en ellos era reavivarlos. ¿Afrontarlos? ¿Para qué? Aquello no era un combate de boxeo. Encontraba esa idea estúpida: los dramas no se combatían, se encajaban. Salías de ellos más fuerte o con una coraza extra, no con una medalla. Enfrentarse a una emoción dolorosa le parecía algo imposible, por mucho que a veces hubiera deseado poder aporrearla hasta hacerla desaparecer.

Olivia la había obligado a desembuchar. ¡Y no una vez! Con firmeza, y con enorme compasión, la había escuchado, y luego, tras la visita a la comisaría, había vuelto a la carga, para intentar entender por qué se negaba a poner una denuncia. Después no había insistido; había tenido la suficiente empatía para comprender que no era capaz: ante todo, Gemma quería proteger a su madre. Olivia no le había soltado ningún sermón; se había limitado a asentir y a llamar a su marido. La acogida y el apoyo de ambos le producían tanta incomodidad como alivio. Olivia la había rodeado con sus brazos y le había prometido que la ayudarían, y aunque en un primer momento a ella le habría gustado saltar por la ventana y huir a toda velocidad, en cuanto se relajó un poco comprendió que el comportamiento de Olivia y Tom la obligaba a no minimizar. A aceptar la verdad con su consiguiente asco, sus lágrimas y las posibles secuelas. Gemma no era una ingenua; sabía lo que se decía de ese tipo de traumas. A la larga, negarlos dejaba cicatrices mayores que curarlos mediante la aceptación, aunque eso tampoco los borraría.

Se enfrentaba a la paradoja de sentirse entendida y protegida mientras una parte de ella luchaba para no correr a esconderse en un armario, y Olivia acabó comprendiendo que urgía actuar. Ante la rotunda negativa de Gemma a tomar alguna pastilla para irse directamente a dormir a la primera planta, Olivia optó por la solución opuesta: si no podía relajarla químicamente, la mantendría ocupada.

La agitación de los preparativos para la fiesta de esa tarde la obligó a centrarse en objetivos a corto plazo. Hacer una tarea y encadenarla con la siguiente, paso a paso, con la mente concentrada en una actividad concreta. Al cabo de un rato llegó un señor mayor muy alto y delgado para montar una especie de barbacoa con ladrillos y una gran parrilla, y poco después aparecieron los primeros invitados. Gemma estaba en todas partes, recibiendo a la gente, sirviendo cócteles y cervezas, recogiendo todo lo que estorbaba e incluso cogiendo en brazos a la pequeña Zoey de vez en cuando para dejar libre a su madre.

—Si quieres subir a descansar —le dijo Olivia al cruzársela en el pasillo—, no lo dudes ni por un momento, ¿entendido?

—No se preocupe por mí, estoy bien, me siento útil.

Pero la madre de familia se preocupaba, resultaba evidente. Le pasó la mano por el pelo con tanto cariño que Gemma se estremeció.

—Bueno, pero no te pases...

A Gemma le gustaba aquel ajetreo, aquel bullicio que mantenía a raya los pensamientos y las lágrimas. Se iría a la cama agotada, sin fuerzas para pensar, y mañana sería otro día y podría —o no— enfrentarse a sus angustias. La idea de despertar en aquella gran casa, con los Spencer a su alrededor, le agradaba. Lo prefería al silencio de la suya. Corey también se quedaría con Chad y Owen. Gemma ya había avisado a su madre.

Se había cruzado con los tres chicos varias veces al comienzo de la tarde, pero no había prestado atención a sus caras serias hasta que volvió a verlos más tarde en un rincón del jardín, un poco apartados, junto al cobertizo de las herramientas. Ya hacía rato que se había puesto el sol, y la única luz provenía de la casa y de media docena de antorchas de hierro que despedían una esencia antimosquitos un poco mareante. Los chavales se habían sentado en torno a una de ellas, que hacía bailar sobre sus caras la luz y las sombras. Tumbado al pie, Smaug, el labrador de la familia, se dejaba acariciar.

—¿Os pasa algo? —preguntó Gemma dirigiéndose particularmente a su hermano.

Corey negó con la cabeza, pero la chica tuvo la sensación de que Chad dudaba.

—Estamos bien —dijo Owen—, solo que nos aburrimos un poco.

No era la primera vez que Gemma sospechaba que la pequeña banda le ocultaba algo, pero sabía que no había nada que hacer. Si no querían confiar en ella, no podía obligarlos a contarle sus secretos de chicos.

De pronto, Smaug levantó el hocico y se alzó sobre sus patas, intrigado.

—¿No te parece que ya te has zampado bastantes salchichas? —lo riñó cariñosamente Chad acariciándole la cabeza para que volviera a tumbarse—. Le ha mendigado a todo el mundo, parecía el Perro Pedigüeño, versión Shrek...

Pero Owen y Corey no se inmutaron, ni siquiera sonrieron. A Gemma no le hacía gracia que estuvieran tristes o preocupados. Tenía demasiados recuerdos de su propia preadolescencia, con las emociones a flor de piel. ¿Se habrían peleado?

Smaug buscaba el origen del olorcillo que había detectado, y se alejó del grupo para recorrer los arbustos que señalaban la frontera entre el jardín y el bosque. Al cabo de un momento empezó a dar vueltas sobre un mismo punto.

—¿Queréis algo de beber? —propuso Gemma, sin éxito—. Vale, pero si os apetece hablar un poco, ya sabéis dónde encontrarme, ¿de acuerdo?

Apenas le dijeron adiós, pero cuando Gemma se disponía a marcharse, Chad le preguntó:

—¿Al final sales con ese idiota?

Gemma se quedó petrificada.

—¿Qué?

—Ya sabes, el tío ese al que no querías ver ni en pintura... Ayer lo vi contigo en el cine. ¿Sois novios?

A Gemma se le heló la sangre. El corazón se le subió a la garganta y empezó a latirle ruidosamente en los oídos.

—¿Qué viste exactamente? —preguntó con voz opaca.

—Era él, ¿a que sí? Cuando se encendieron las luces lo vi saliendo de nuestra fila, estaba de espaldas pero creo que lo reconocí.

Chad no había presenciado... «La violación. Puedes decirlo. Debes decirlo.» No, no había visto nada.

—No es mi novio —replicó más enfadada de lo que le habría gustado, y se alejó hacia la casa a grandes zancadas.

Entró en la cocina, cogió la primera botella que encontró —ginebra—, se echó un buen chorro en un vaso, le añadió zumo de naranja y se lo bebió de un trago. Luego dejó el vaso con una mueca, arrepentida de su arrebato. El calor le inundó la garganta y luego el estómago, y no tardaría en hacer lo mismo con su personalidad. Gemma no bebía alcohol. Esperaba que no le sentara mal, pero ya se imaginaba borracha delante de todo el mundo y avergonzando a los Spencer. Corrió al cuarto de baño y se obligó a vomitar, con los ojos arrasados en lágrimas. Así, a quien avergonzaba era a sí misma.

Una media hora después, salió a tomar el aire y vio que habían reavivado el fuego en el círculo de piedras con un montón de leña. La mayoría de la gente se había congregado en el jardín y se calentaba alrededor de la hoguera, que enseguida empezó a crepitar. Sus llamas se alzaron hacia las estrellas como si quisieran devorar la noche. El círculo de invitados, iluminado por el fuego, recordaba a una secta, se dijo Gemma. Hablaban en voz baja, como susurrando una oscura letanía, o contemplaban la pira con una expresión arrobada, casi mística.

De pronto, en el bosque se oyó un aullido desgarrador, mitad de dolor animal, mitad de desesperación. Casi humano.

A continuación, las ramas se agitaron y una silueta cuadrúpeda surgió de los helechos y pasó como una exhalación entre las pocas personas que no se habían acercado a la alta hoguera improvisada.

A Gemma apenas le dio tiempo a reconocer a Smaug entre la gente, que se apartaba a su paso. Comprendió lo que iba a ocurrir unos pocos segundos antes de que sucediera y quiso extender la mano, como si tuviera el poder de impedirlo a distancia. Abrió la boca para dar la alarma, pero no consiguió emitir ningún sonido. Ya era demasiado tarde. A posteriori, tuvo que reconocer que nadie habría podido hacer nada para evitarlo. Todo había sido muy rápido. Y Smaug corría con tanta decisión que habría sido imposible detenerlo.

Lo vio arrojarse a la hoguera.

No para saltarla, sino para caer en su mismo centro. Había tomado el impulso justo para aterrizar en medio, donde las llamas eran más densas.

Cayó entre ellas envuelto en una nube de chispas y enseguida empezó a gemir. Largos y estremecedores gañidos que taladraban los tímpanos y las almas. Nadie olvidaría jamás aquellos aullidos de dolor... y locura. En cierto modo, fueron casi tan traumáticos como el hecho en sí: la visión de aquel perro cuyo pelaje prendió de inmediato y cuya piel se cubrió de ampollas en la abrasadora jaula que lo rodeaba y hacía imposible cualquier intento de salvarlo. El animal suplicaba a la noche que pusiera fin a su insania.

Su piel se agrietó y su carne achicharrada reventó, antes de que callara para siempre.

Se hizo un silencio atónito.

Entonces vino lo peor.

El olor a carne asada. Parecida a la que acababan de comer. Casi apetitosa.

29.

Estaban aturdidos.

Como si hubieran recibido un derechazo en plena sien. La familia entera estaba grogui. Como si un monstruoso *jet lag* hubiera separado la conciencia de todo lo demás y la hubiera dejado flotando en el cuerpo con desganada indiferencia. El despertar fue difícil. Por suerte, tras acostar a los niños Tom se había quedado levantado hasta tarde para retirar los restos del cadáver calcinado de Smaug, y con la ayuda de Roy McDermott incluso había hecho desaparecer los vestigios de la hoguera. Solo subsistía una gran aureola negra en medio del césped. Tom lo había intentado todo para eliminarla, pero sin éxito. La siniestra marca estaba profundamente impresa en el terreno.

Olivia fue a buscar hamburguesas y batidos de los sabores preferidos de los chicos, que, todavía en estado de shock, apenas los tocaron. Chad no lloraba fácilmente, ni siquiera cuando se hacía daño. Verlo con la cara escondida en el codo toda la mañana, sacudido por los sollozos, acongojaba a su madre, que se estaba preguntando cómo afrontarían el día cuando Gemma apareció en la puerta de la cocina. Al instante se sintió culpable por no ser capaz de relativizar. Smaug era un perro; Gemma, un ser humano. Si había que dar prioridad a alguna tragedia, la de la chica era decididamente más grave. Pero las circunstancias de la muerte del labrador los atormentaban. Jamás habían oído una historia tan siniestra. Un perro que se suicidaba... Porque eso era exactamente lo que había hecho Smaug, no había duda posible. Había corrido entre la gente derecho al fuego, para arrojarse a él. No había intentado saltar la hoguera, y menos aún huir al chamuscarse el pelo. No, se había quedado entre las llamas voluntariamente. Aullándole a la muerte y dejándose abrasar.

¿Qué perro hacía algo semejante? «¡El muy idiota! Hacernos pasar por esto a todos...» Olivia se sintió culpable una vez más. El pobre animal había sufrido un martirio. Tenía que haber una explicación. ¿Lo estaría devorando el cáncer sin que ellos lo supieran? Hasta el punto de querer acabar con todo de una vez... Los perros tienen la capacidad de aguantar sin quejarse, lo que a veces impide que sus dueños se den cuenta de lo que les pasa. Parecía poco probable. Sin embargo, Olivia trataba de entender. Los primeros días en la casa nueva, Smaug había pasado miedo: un auténtico perro de ciudad, aterrorizado por el primer mapache que veía. ¿Se habría llevado un susto de mil demonios mientras husmeaba en el bosque y al ver tanta gente había perdido el control? ¿Sabía siquiera lo que hacía? Olivia no tenía respuesta, pero su mente, ávida de explicaciones y especialmente cartesiana, no cesaba de elaborar hipótesis, que sabía de sobra que no podría verificar. Al final, puede que eso fuera lo más frustrante.

Su atención volvió a Gemma, que jugaba con la pequeña Zoey.

El terrible incidente de la víspera no debía hacerle olvidar el trance por el que estaba pasando la chica.

Comprobó que Tom no andaba lejos y podía echar un vistazo a los chicos y la niña, y le hizo un gesto a Gemma para que la siguiera.

—Lo he pensado mucho —le dijo en un tono que no admitía réplica—. Quiero que me des la dirección de Derek Cox.

—Olivia, no creo que eso sea...

—No solo me vas a dar la dirección; además, vendrás conmigo.

Connor se presentó a media tarde y encontró a sus amigos sentados en silencio delante de la casa, devastados. Corey se lo contó todo y Chad se aplastó una nueva lágrima en la comisura del ojo. Owen nunca había visto a su primo así. No hablaba y apenas respondía; lo único que hacía era llorar o mirar por la ventana con una expresión ausente.

—Venga, vamos a dar una vuelta —decidió Connor.

—No sé si tengo muchas ganas... —murmuró Owen.

—Es importante. Tenemos que hablar.

Owen se imaginaba por qué. La tragedia del perro solo había sido el epílogo de un día repleto de atrocidades. El espantapájaros, por supuesto, que esta vez habían visto los cuatro, pero sobre todo la muerte de Dwayne Taylor. La habían presenciado todos, y ninguno había dicho nada. Fort Knox. Hasta nueva orden. Y Connor creía que había llegado el momento. Con una muerte de por medio, no podían esperar más.

—No tengo ganas de volver al bosque —confesó Owen.

—Nos quedaremos ahí, en el callejón, pero es mejor alejarse un poco de la casa. Venga, venid.

Chad se levantó de un salto, y su disposición animó a los demás. Los chicos lo siguieron.

Formaron una fila espontáneamente y, a paso lento, empezaron a subir la calle, flanqueada por un monte bajo relativamente denso. Connor fue el primero en hablar.

—¿No habéis dicho nada?

—No, a nadie —respondió Corey.

—Fort Knox —confirmó Owen.

—Bien. Sé que no es fácil... No he parado de pensar en él desde ayer. Esta noche casi no he pegado ojo.

—¿Él? —preguntó Owen—. ¿A quién te refieres, al espantapájaros o a Dwayne?

Connor se encogió de hombros.

—En realidad, a los dos. No dejo de ver la cabeza de Dwayne sin mandíbula, con la lengua y los ojos...

—¡Basta! —gritó Corey—. Ya lo hemos entendido. También estábamos allí.

—No podemos dejar su cuerpo abandonado en medio del maizal... —opinó Owen.

—¿Y qué quieres hacer? —replicó Connor, bastante irritado—. ¿Volver?

—No, pero podríamos avisar a algún adulto...

El tono subió de golpe.

—¡Eso ya lo hemos hablado! ¡No podemos! Nadie nos creerá, nos harán miles de preguntas y acabarán confundiéndonos, lo he visto en más de un reportaje. Al final estaremos tan agotados que contaremos cualquier cosa, nos acusaremos los unos a los otros y acabaremos encerrados en la cárcel para el resto de nuestras vidas. ¿Es eso es lo que quieres?

—Pero ¡si no hemos hecho nada! —dijo Owen, indignado.

Corey señaló a Connor.

—Tiene razón. Con los polis nunca se sabe. Si son buenos, todo irá bien, pero como nos toquen unos inútiles lo llevamos claro.

—¡Si ni siquiera sabemos lo que era! —gritó Connor irritado, mostrando una cierta fragilidad, que intentaba disimular—. Seguro que ese espantapájaros era un maníaco disfrazado.

—¡Eso también lo hemos hablado ya! —le recordó Owen, crispado—. Sabes perfectamente que no era un disfraz. Es imposible. Lo hemos visto de cerca: en la calabaza no había nada. ¡Y vomitaba gusanos por todas partes! ¿Y el olor qué? ¡No, claro que no!

Al oír esas palabras, Chad levantó la cabeza.

—Yo sí he visto lo que había en la calabaza —dijo con la voz aún ronca por la emoción—. Una especie de luz. O más bien un movimiento, algo aún más negro que la oscuridad en la que flotaba, una espiral lenta, antigua y... maligna.

Todos lo escucharon en profundo silencio. Luego Connor, tan pragmático como siempre, respondió:

—Como los adultos escuchen eso, nos mandan directos al manicomio. Al final, puede que Corey tuviera razón, que fuera una droga en el agua o una especie de delirio colec...

—No fue una alucinación —insistió Owen—. No habríamos tenido todos la misma. Y suponiendo que lo fuera, ¿quién mató a Dwayne Taylor? ¿Nosotros?

—No...

—¡Entonces deja de decir tonterías!

Owen se estaba encolerizando, y su tono les hizo callar momentáneamente. Avanzaban a la sombra del dosel vegetal que cubría la calzada.

—Esto me asusta —acabó confesando Connor, menos agresivo.

—A mí también —respondió Owen.

—En el fondo, sé perfectamente que no fue ninguna droga. Solo lo decía para... Ha sido una estupidez, es verdad. Pero tiene que haber alguna explicación.

Corey, deseoso como siempre de poner paz, intentó resumir.

—A todos se nos pusieron por corbata. No podíamos ni respirar... —miró de reojo a Chad—. Y nos sentimos perdidos, pero no podemos acudir a la poli ni en sueños. Sobre todo porque llevábamos el lanzallamas y la ballesta. Con todo ese maíz quemado, nos acusarían de haber intentado achicharrar a Dwayne.

—Yo perdí la ballesta —murmuró Chad—. Si la encuentran, tendrá mis huellas.

—¿Y qué? —respondió Connor—. No tienes antecedentes, así que tus huellas no están en ningún fichero. ¡No van a recoger las de todos los chavales del pueblo y la región! Olvídate de la ballesta.

Connor se agachó para coger unas cuantas piedras, que lanzó maquinalmente hacia los helechos. Rumiaba algo. Owen lo sabía, así que acabó por ir directo al grano.

—¿Por qué querías que habláramos?

Connor se mordió el interior de la mejilla. Le costaba hablar de lo que le rondaba por la cabeza. Dio unos cuantos pasos más y disparó el resto de su munición antes de atreverse.

—Ayer, cuando estábamos en el barranco, antes de que decidiéramos hacer Fort Knox con todo lo que había pasado, dijiste que no estábamos solos. ¿Lo crees de verdad?

Owen se balanceó, no muy seguro de sí.

—Es posible. De todas formas, ya lo visteis: cuando el espantapájaros quiso perseguirnos por el barranco, ya no era él mismo.

—¡Hacía eses como si estuviera borracho! —dijo Corey riendo.

—Esa cosa no pudo seguirnos —recordó Connor—. Ayer dijiste que luchaba contra algo en su interior, como una especie de enemigo. Entonces, vale, puede que no fuera un tipo disfrazado, ¿y si se trata de algún sistema teledirigido?

—¿Qué quieres decir? —intervino Corey.

—La idea de una lucha interior... Es como si el espantapájaros se hubiera alejado demasiado. Habría una especie de base, una batería o yo qué sé, y al sobrepasar el límite del chisme se desplomaría, como le ocurre a un dron si lo envías fuera del alcance del mando a distancia.

—¿Un robot? Nos habríamos dado cuenta cuando ardió... Por dentro no tenía hilos ni circuitos, solo paja.

Connor se encogió de hombros y tragó saliva ruidosamente.

—Ya lo sé, pero de todas maneras...

Era evidente que buscaba una mínima explicación racional a la que poder agarrarse, incluso torpemente, sin creérsela en realidad.

Chad se sorbió la nariz.

—No —dijo—. El espantapájaros vino a nuestra casa, que está mucho más lejos de sus palos que el barranco.

—Y no era la primera vez que nos seguía por el barranco —les recordó Owen—. El día que lo vi solamente yo, nos persiguió, pero se detuvo allí. Creo que el problema no es él, sino el barranco. Allí hay una fuerza que él no resiste.

—¿Una especie de rayo invisible? —sugirió Corey.

—No lo sé. Pero si existe una energía negra capaz de mover a un espantapájaros para convertirlo en un asesino de niños, puede que también exista una energía blanca para luchar contra ella.

—¡Lees demasiados cómics!

Chad salió en defensa de su primo.

—¡No, no es ninguna tontería! En clase de Física nos han explicado que todo es equilibrio. Cada fuerza tiene su contraria. Eso es lo que sostiene al universo para que no se derrumbe.

—Eso son chorradas, el universo no necesita que lo sostengan: flota. Y en todo caso lo sostendría la mano de Dios, pero como nosotros no podemos verla, nos inventamos teorías de tres al cuarto.

—¿Y eso qué más da? —replicó Chad—. Sean fuerzas, energías o Dios y el diablo, el caso es que algo dio vida a ese espantapájaros, y eso no puedes negarlo. Así que suponer que en el barranco podría estar su contrario, a mí me parece lógico.

Se produjo un silencio que duró unos cuantos metros, interrumpido únicamente por el canto de un mirlo, hasta que Connor volvió a tomar la palabra.

—¿Y cómo explicas que esa... cosa esté ahí, en un sitio tan perdido como el barranco? No tiene sentido. El...

Owen lo interrumpió.

—¿Por qué iba un demonio a encarnarse en un espantapájaros plantado en medio de un maizal por el que nunca pasa nadie? Eso tampoco se entiende, pero todos lo hemos visto. Y Dwayne Taylor...

Nuevo silencio, esta vez incómodo.

Chad se detuvo, y cuando los demás se dieron cuenta hicieron lo mismo y se volvieron hacia él.

—No está muerto —anunció—. Connor quemó al espantapájaros, pero lo que lo movía no murió, sigue ahí, en alguna parte del bosque.

—¿Por qué dices eso? —preguntó Connor.

—Porque anoche se vengó. En cuanto carbonizamos al espantapájaros, respondió.

—Smaug... —comprendió Owen.

Chad asintió.

—Lo viste tan bien como yo: anoche Smaug percibió una presencia y fue a investigar... Cuando volvió, había perdido la chaveta y se arrojó al fuego.

—¿Cómo se obliga a un perro a matarse? —preguntó Corey con una mueca de horror.

—No lo sé, quizá fueran las luces que había dentro del espantapájaros, pero es demasiado obvio para ser casualidad. Anoche el demonio, o quienquiera que utilice al espantapájaros, nos mandó un mensaje.

Owen se puso pálido.

—¿Volverá a por nosotros?

—No lo creo. Si hubiera podido, la habría tomado con nosotros directamente, no con Smaug. A lo mejor tienes razón, Owen, y hay una fuerza que nos protege desde el barranco.

—Entonces ¿qué hacemos? —preguntó Corey, alarmado.

Connor se llevó la mano a la boca y abrió unos ojos como platos al acordarse de un detalle.

—¡Justo antes de morir, Dwayne dijo que su padre ponía varios espantapájaros en los campos todos los años! —exclamó

—Sí, ¡dijo que colocaba tres o cuatro! —confirmó Corey.

—Volveremos allí y nos los cargaremos a todos —les anunció Chad.

—Sí, ¿y qué más?

—¡Esa mierda ha matado a nuestro perro!

—¡Y cortó en trocitos a Dwayne Taylor antes de intentar hacer lo mismo con nosotros! —exclamó Corey en estado de pánico.

—Si hemos conseguido eliminar a uno, también podremos cargarnos a los demás. ¡Quiero vengar a Smaug!

—Conmigo no cuentes.

—¿Nos vas a abandonar?

—¡Es un suicidio!

Owen alzó las manos ante ellos para calmar los ánimos.

—Al parecer, no basta con romper el sobre para destruir lo que hay dentro. Lo que necesitamos es comprender qué pasa —dijo.

—Ah, ¿sí? ¿Y cómo se hace eso? —gruñó Corey—. ¿Buscando el manual de instrucciones en el culo de los espantapájaros que quedan?

Owen asintió.

—Sí, más o menos. En Mahingan Falls hay una biblioteca, ¿no? Bueno, pues nos informaremos sobre la historia de ese bosque, y en especial la del barranco. No es una coincidencia que algo se esconda allí. Si descubrimos de qué se trata, puede que consigamos convertirlo en nuestro aliado.

—¿¿Qué?! Pero ¿lo dices en serio?

—Owen tiene razón —terció Connor—. Si averiguamos lo que pasa en ese lado, sabremos quién es nuestro enemigo. Conoceremos sus puntos débiles.

En ese momento se dieron cuenta de que habían llegado al final de Shiloh Place. La calle formaba una pequeña rotonda en medio de los árboles y acababa en una verja de hierro forjado. Más allá se alzaba una magnífica casa enmarcada por columnas blancas, al estilo de las mansiones coloniales de Luisiana.

—Nunca había venido tan lejos —dijo Owen—. No sé si esa casa me parece maravillosa o me pone los pelos de punta.

—Es la finca de los Esperandieu —explicó Connor—, una de las familias más antiguas de Mahingan Falls. Ya no quedan más que los dos viejos. Creo que no tuvieron hijos. No salen mucho.

—Ayer no estaban en la fiesta de vuestros padres —añadió Corey—. Son de los que viven sin teléfono. Y tienen coche de milagro.

Sobre uno de los pilares de piedra que flanqueaban la verja había un chotacabras. Sus insondables pupilas observaban a los cuatro intrusos. Las primeras gotas de lluvia empezaron a caer débilmente.

—Volvamos a casa —murmuró Owen—. No me gusta este sitio.

30.

El olor a cola, plástico y desinfectante inundaba la nave, donde Derek Cox estaba terminando su turno de trabajo. Durante el verano trabajaba como mozo de almacén en la tienda de bricolaje The Home Depot de Danvers East, donde Clive Cummings, ayudante del entrenador del equipo de los Wolverines de Mahingan Falls, ocupaba el puesto de jefe de personal. Cummings, que no era famoso por su finura durante los entrenamientos (que dirigía gratuitamente en su tiempo libre, como no se cansaba de recordar a todos), siempre se las apañaba para adaptar la agenda de Derek a las sesiones de pretemporada del equipo, de forma que, sin faltar a ninguna, el chico acumulara suficientes horas para embolsarse un mínimo de doscientos dólares semanales. Aunque Cummings era un abucheador de primera en la banda, además de muy retorcido cuando había que imaginar ejercicios para mejorar el cardio, a Derek le caía bien, en buena medida porque le garantizaba la mayor parte de su dinero para gastos. Dinero que se le iba sobre todo en el coche, un Toyota MR2 Turbo que le costaba un ojo de la cara en reparaciones pero al que tenía un cariño especial.

Saludó a la secretaria, sentada al otro lado del cristal —«una cerda gorda y asquerosa» en sus propias palabras, pero a la que no convenía enfadar porque era uña y carne con el jefe—, y se dirigió a la salida preguntándose si acercarse a Five Guys a comprar comida para llevar antes de marcharse a casa. Estaba hambriento, pero esa tarde tenía que ir a correr con Jamie y Tyler, y temía sentirse pesado. Se quitó la sudadera gris de los New England Patriots, a la que le había cortado las mangas con las tijeras, como Bill Belichick, su entrenador (más por enseñar los tatuajes de sus musculosos brazos que como auténtico homenaje), y comprobó con orgullo que se le marcaban los pectorales.

Absorto en sus pensamientos, no vio el obstáculo que se alzaba delante de él, y la mujer chasqueó los dedos delante de su cara para detenerlo antes de que se la llevara por delante.

Estaba de pie, cerrándole el paso en el umbral de la puerta, y lo miraba fijamente. Derek comprendió que no solo no iba a disculparse, sino que además debía de estar esperándolo. Lo había hecho aposta, la muy puta. La intensidad de su mirada le hizo entender que no bromeaba, y en ese momento la reconoció. Era esa tía para la que trabajaba Gemma, la *milf* que lo había cabreado hacía dos semanas diciéndole que su chica ya no estaba disponible para él. Bueno, Gemma no era exactamente su chica, todavía no, pero después de acorralarla en el cine y meterle los dedos en el chichi sabía que solo era cuestión de tiempo. Después de todo, ella ya no tenía elección. Si no cedía, le contaría a todo el mundo que había dejado que le tocara el sexo, y ella pasaría tanta vergüenza que volvería a su lado para no parecer una chica fácil. Siempre funcionaba.

Derek esperaba que la madurita no le hiciera perder el tiempo explicándole otra vez que Gemma no estaba disponible. Ya estaba cansado. Gemma era suya. Tendría que aclararse las ideas, con o sin trabajo de verano. ¡Él lo hacía!

—Acabo de comprar esto en su tienda —le dijo la cuarentona mostrándole una pistola de clavos neumática que había sacado de la caja y sujetaba por la empuñadura.

—Ya no estoy de servicio, y no soy de atención al cliente. Si tiene algún problema, vaya al mostrador de la entrada. Ah, por cierto, ¿sigue Gemma trabajando para usted?

La madurita sexy le agarró la sudadera por la cintura y se oyó una detonación presurizada. ¡KLANK!

Derek quedó sujeto a una jamba de la puerta, con un clavo atravesándole la prenda.

«¡La muy zorra me ha disparado! ¡Me ha hecho un agujero en la sudadera!»

—Pues funciona estupendamente... Ya no necesito ir a atención al cliente.

¡KLANK!

Acababa de clavar la sudadera al marco por encima del hombro. Derek estaba demasiado estupefacto para resistirse.

—Y sí, Gemma sigue trabajando para mí.

¡KLANK!

Otro clavo debajo del brazo. Esta vez, Derek reaccionó e intentó dar un paso hacia ella, pero el tejido hizo un ruido sospechoso, amenazando con rasgarse de arriba abajo. ¡Aquella furcia lo había clavado al marco de la puerta, literalmente! Era como si lo hubiera atado.

—¿Se ha vuelto loca? —le gritó.

—Sé lo que le hiciste en el cine.

—¿Qué? ¿Có...? ¿Gemma se lo ha contado?

Derek ya no sabía si sentirse orgulloso o incómodo. ¿Le iba a sermonear aquella vieja, o acaso la excitaba? ¿Quería que le diera un repaso a ella también? Las pocas luces que tenía Derek Cox le hicieron comprender que la actitud de Olivia no presagiaba una versión bricolaje y cutre de *Cincuenta sombras de Grey*.

El cañón de la clavadora se apoyó en sus testículos, y Derek soltó un cacareo de sorpresa.

—Dame una buena razón para no atravesártelos.

—¿Cóoooo... mo?

Esta vez la mujer hablaba en serio, y Derek advirtió la amenaza.

—¡Déjese de bromas! ¿Está aquí... por Gemma?

—La violaste, pedazo de mierda.

La clavadora se hundió, y la dolorosa presión hizo retroceder ligeramente a Derek, que desgarró el hombro de su sudadera favorita.

—¡No! ¡No! ¡De verdad que no! Yo... Ella estaba de acuer...

¡KLANK!

El clavo pasó entre los muslos y rebotó en el hormigón detrás de él, dejando un pequeño agujero en el pantalón de chándal. Un sudor frío empezó a resbalarle por la espalda cuando el cañón se apoyó en su pene.

—La violaste, Derek. Meter la mano en las bragas de una chica por la fuerza es una violación. ¿Lo pillas?

Consciente de que ante todo no había que contrariarla, Derek asintió enérgicamente.

—¿Sabes que por ese delito suelen mandarte a la cárcel?

Derek asintió de nuevo. La cuestión ya no era si estaba de acuerdo con lo que decía aquella psicópata, sino saber cómo iba a escapar de sus garras.

—Dejaremos a la policía al margen de esto, ¿te parece? —continuó la mujer—. Haremos justicia entre nosotros.

Derek no veía adónde quería ir a parar, pero la idea de evitarse problemas con el jefe Warden y, sobre todo, de que aquella loca lo soltara lo convenció totalmente, así que volvió a asentir.

—Y eso empieza por pedir disculpas.

—Vale. Le pido disculpas.

La herramienta le aplastó el miembro y Derek hizo una mueca.

—A mí no, a ella.

La mujer le hizo una seña a alguien que se encontraba a un lado, oculto detrás del muro, y al cabo de un instante apareció Gemma. Tenía las manos metidas en los bolsillos delanteros del mono y le costaba sostener la mirada de su agresor.

—¿Derek? No te oigo... —dijo la mujer.

—Te pido disculpas, Gemma.

¡KLANK!

Esta vez el clavo rozó el interior del muslo, arañó varios centímetros de piel y arrancó un grito muy poco viril a la estrella del equipo de fútbol americano de Mahingan Falls.

—¡Con sinceridad! —exigió la mujer.

—¡Sí, sí! Lo siento mucho, Gemma. Lo siento muchísimo, de verdad.

—¿Qué sientes? —preguntó la mujer.

—Haberte metido la mano en el panta...

Derek soltó un gemido al notar que la pistola de clavos le aplastaba un testículo.

—Violación, Derek, fue una violación.

—Siento mucho haberte violado... Lo siento enormemente, no debí hacerlo.

Sus ojos empezaban a mostrar terror. Por fin se hacía una idea de la gravedad de la situación, y temía no salir bien parado. Al imaginar que la mujer podía agujerearle los órganos sexuales y convertirlo en un eunuco, le entró pánico. Una vida sin erecciones le parecía insoportable. Se mataría.

—¡No volveré a hacerlo! —añadió espontáneamente—. ¡No volveré a tocarte! ¡Lo juro!

La mujer, todavía colérica, meneó la cabeza.

—Mucho me temo que eso no es suficiente. Si vamos a hacer justicia entre nosotros, vas a tener que mostrarte aún más cooperador.

—De acuerdo. Dígame qué quiere. ¿Pasta?

Nuevo grito. El cañón le estaba haciendo ver las estrellas. ¡Aquello tenía que acabar, le iba a reventar las pelotas!

—No vas a comprar ni la justicia ni el honor de Gemma, ¿lo entiendes?

—¡Sí! ¡Perdón!

—A partir de ahora, siempre que la veas cambiarás de acera para que no tenga que soportar tu asquerosa presencia. Y si te la encuentras en un pasillo, agachas la cabeza y das media vuelta.

—¡Ningún problema!

—Si le cuentas a alguien lo que le hiciste, te buscaré y te clavaré las pelotas a la boca, ¿entendido?

La mujer tenía una mirada glacial.

—Sí.

—Te quiero lejos del pueblo antes de dos años.

—¿Qué? Pero yo...

¡KLANK!

El clavo le pasó a menos de un centímetro de los testículos. Derek sintió el aire y un arañazo en la parte inferior de la nalga.

—¡Vale, vale! ¡Me iré en cuanto pueda!

—Mírala. ¡Mírala!

Derek obedeció. Gemma no parecía más estoica que él.

—Dile lo que opinas realmente de ti mismo y de lo que le hiciste.

—Soy... soy un bestia... No debí hacerlo. Estuvo mal, lo siento mucho, Gemma.

—Si quieres conservar las pelotas —le susurró la mujer al oído—, más te vale hacerlo un poco mejor.

—¡Discúlpame! Perdona por haberte... violado. No sé lo que me pasó... No pensé... Estaba..., creía que después de eso querrías salir conmigo, que no tendrías más remedio. Eres una chica superguapa, no sabía cómo... No debí hacerlo. Lo siento de veras. Un gilipollas, eso es lo que soy, y un cobarde, y... y... ¡y un pervertido! —una mirada de reojo a la mujer, para ver qué opinaba, y añadió—: Ahora sé cuánto daño te hice. No volverá a pasar nunca. ¡Te lo juro!

—¿Tienes hermanas?

Derek negó con la cabeza.

—Entonces, piensa en tu madre. ¿Te gustaría que un fulano le metiera la mano en las bragas a tu madre la próxima vez que vaya al cine?

—No...

—No olvides eso jamás. Ni todo lo que acabas de decir. No estás disculpado. Ni siquiera eres digno de volver a posar los ojos en Gemma una sola vez. Si dejas de cumplir tus promesas en alguna ocasión, lo lamentarás el resto de tu vida, créeme. Si vas a contarle a la policía lo que acaba de pasar, me las arreglaré para que también tengas que explicar la violación, e irás a la cárcel.

La pistola de clavos se alejó de la entrepierna de Derek.

La mujer emanaba una rabia fría con la que era mejor no jugar. Derek asintió sin rechistar.

Luego, Gemma y ella se marcharon y desaparecieron por la esquina del edificio.

Las piernas apenas lo sostenían. Tardó un largo minuto en reunir la energía necesaria para quitarse la sudadera y soltarse. Estaba para tirarla a la basura.

Mientras caminaba por el aparcamiento le temblaba todo el cuerpo. El miedo ahogaba cualquier arranque de rabia o deseo de venganza. Diciéndose que se había librado por los pelos, se palpó los genitales para asegurarse de que seguían en su sitio.

Cuando llegó a la plaza en que había aparcado, se detuvo en seco.

Le habían pinchado las cuatro ruedas y pintado la misma palabra con grandes letras en la carrocería, incluidos los costados.

«Violador.»

31.

Ethan Cobb empezaba a rendirse.
La muerte de Cooper Valdez seguiría siendo un misterio. Los análisis del laboratorio no habían detectado ninguna sustancia sospechosa en su sangre, y lo que era más sorprendente: su tasa de alcohol resultaba inusualmente baja para alguien que lo consumía en exceso. Ethan sabía por experiencia que los alcohólicos que se suicidaban —o hacían todo lo posible por acabar mal— se embriagaban antes de consumar el acto. Valdez, sin embargo, no había necesitado aturdirse, lo que hacía que Ethan se inclinara casi definitivamente por la hipótesis del accidente, tanto más cuanto que el examen de la sangre hallada en la popa del barco, cerca de los motores, demostraba que era suya.
Nunca sabrían lo que había ocurrido.
Ethan se fue a la cama frustrado, después de haber reflexionado largo rato; la botella de Maker's Mark sobre la mesilla había ido disminuyendo de nivel a medida que asumía el fracaso de la investigación.
Ni siquiera había obtenido ayuda de los tipos de la CFC, la Comisión Federal de Comunicaciones, que habían mencionado en la emisora local. De hecho, no los había encontrado. Una visita relámpago, y habían vuelto a irse. Había estado a punto de llamar a la sede de la agencia para que transmitieran su mensaje a sus agentes de campo, pero renunció. Que no hubieran ido a verlo por propia iniciativa probaba que no habían encontrado nada. La pista de la radio no llevaba a ninguna parte; si unos especialistas en la materia no habían descubierto nada anormal, no iba a ser él, un simple poli local con escasos conocimientos sobre el tema, quien diera la sorpresa.
La muerte de Cooper Valdez no era más que un formidable intríngulis sin sentido aparente. A veces, las vidas, las decisiones y los actos de hombres y mujeres, especialmente en los momen-

tos previos a su muerte, resultaban incomprensibles desde un punto de vista externo; no parecían tener más lógica que la de sus respectivas e indescifrables trayectorias internas. Ethan lo había constatado durante sus años de investigación a pie de calle en Filadelfia. En ocasiones no se podían explicar, ni siquiera entender. Los itinerarios individuales, sobre todo los que acababan trágicamente, no siempre tenían sentido. Era lo que ocurría con Cooper Valdez, fuera lo que fuese lo que había pensado antes de destruir la mitad de sus posesiones, huir en plena noche y caer al agua entre los motores de su barco. Fin de la historia.

En el silencioso piso, con la línea del horizonte oscilando frente a sus ojos, Ethan se durmió en calzoncillos encima de las sábanas.

Viajó lejos, muy lejos por las profundidades del sueño, del que solo volvió, con gran dificultad, porque no había más remedio.

Con la garganta seca, tragó saliva a duras penas preguntándose qué hora sería; no había sonado el despertador ni se oía la agitación habitual de la calle al amanecer. Luego sintió el olor.

La base era el aroma del bosque un día de fuerte lluvia: humus y setas. Se superponía, mucho más acre, un efluvio de carne fría, un regusto a hierro y sangre, todo ello envuelto en un hedor de grasa macerada, de intensa, violenta putridez. De pronto el olor al completo volvió, y la capa rancia, la que penetraba en las fosas nasales e impregnaba las mucosas, se intensificó hasta volverse nauseabunda de puro ácida, hasta hacerle casi vomitar.

Ethan reconoció al instante la fetidez de la muerte.

Abrió los ojos y vio que la habitación seguía a oscuras. Aún era plena noche.

No entendía nada. Sin embargo, lo olía. Sacudió la cabeza. No podía haber un cadáver allí, junto a él.

A tientas, buscó el teléfono móvil sobre la mesilla de noche y lo presionó para encenderlo y verificar la hora.

El halo blanco iluminó el rostro hundido, atroz, de Rick Murphy justo a su lado, frente a él. La nariz y los ojos ya no eran más que una cavidad de carnes abiertas y resecas, y la mandíbula inferior colgaba de un modo horrible, sujeta por los tendones por un lado y un jirón de piel por el otro.

Ethan se aferró a la sábana e intentó retroceder, pero su cabeza golpeó la pared.

Rick Murphy, el fontanero aplastado bajo la cámara de aislamiento del viejo McFarlane, le siguió con su mirada ciega, y un grueso pedazo de carne se despegó de su paladar: la agrietada lengua. De su pecho vacío ascendió un graznido, y un líquido negro y viscoso se escurrió por el agujero que era su boca.

—¿... porr qué... —borbotearon sus entrañas—, ... porr qué... me... abriiiste?

El inhumano rostro se alejó y una mano con los dedos incompletos y las yemas roídas se posó en los gruesos costurones negros que arrancaban de los hombros y se juntaban en el esternón. Las cicatrices de la autopsia.

Ethan apenas respiraba. El cadáver putrefacto de Rick Murphy le estaba preguntando por qué lo había diseccionado. Le faltaba el aire. Su corazón amenazaba con explotar.

Algo se deslizó sobre la cama, y un puño glacial se cerró sobre el brazo de Ethan, que creyó que le iba a dar un infarto. Murphy lo atrajo hacia sí con una fuerza irresistible e inclinó su deforme faz hacia él.

—... están llegando... —murmuró la voz entre una nauseabunda vaharada a putrefacción—. Hu... ye... mientras puedas... leeejos.

Con cada movimiento, sus deshidratados músculos emitían horribles sonidos blandos. Tenía el pelo salpicado de tierra. Rick Murphy salido de la tumba. De pronto aflojó el puño y retrocedió en la oscuridad hasta confundirse con ella.

—Huye, E... Ethan...

Al oírlo, el cerebro del policía cortocircuitó y su cabeza se derrumbó en la almohada.

Cuando despertó, dio un respingo y empezó a manotear como para defenderse.

El despertador de su móvil estaba sonando.

Las siete.

Todavía aterrorizado, Ethan se arrebujó en las sábanas tras recorrer la habitación con la mirada y cerciorarse de que estaba vacía y de que las primeras luces asomaban bajo las dobles cortinas. «Puta pesadilla... —la culpa era de Ashley. Había hecho que se sintiera mal por someter el cuerpo de Murphy a una autopsia inútil, y ahora le remordía la conciencia—. Pero ¡qué real parecía, Dios mío!»

Se masajeó las sienes y los párpados largos instantes y se incorporó lentamente. Necesitaba un café y una ducha.

Olfateó. Percibía un ligero olor desagradable. Un tufillo a podrido.

«No, no, no..., solo es mi imaginación. ¡A causa de esa pesadilla!»

Puso un pie en la moqueta, y lo que vio le hizo tensarse con un espasmo incontrolable.

Un gusano amarillento se retorcía entre las fibras.

Ethan tardó un minuto en reaccionar, mientras su cerebro buscaba una explicación lógica. Estaba sacando las cosas de quicio, por supuesto. Ningún muerto le había hecho una visita durante la noche. Era imposible. Inimaginable. Seguramente el gusano ya estaba ahí la tarde anterior, debido a su dejadez, sin duda: un resto de comida olvidado en cualquier parte. Su inconsciente lo había localizado y usado para tejer sus sueños. Decidió que era una explicación verosímil y se dirigió al cuarto de baño.

Sí, eso era. De todos modos, ¿había otra opción?

Los muertos no visitaban a nadie, ni siquiera para advertirle de... ¿De qué, en concreto?

Ethan no tenía ganas de acordarse. Se le puso la carne de gallina y se metió a toda prisa bajo el chorro de agua caliente. Necesitaba limpiarse. Ahuyentar aquellas imágenes y aquellos sonidos siniestros.

Y arrancarse del cuerpo aquel repugnante olor.

El día fue como la mayoría de ese mes de agosto: largo y lleno de promesas, pero, a la postre, frustrante. Ethan tuvo que encargarse de atender las quejas de las que el jefe Warden se desentendía, de solucionar conflictos domésticos y poner paz entre dos vecinos dispuestos a matarse con sus respectivas tijeras de podar, así que cuando llegó a casa se preguntó por primera vez si había hecho bien dejando Filadelfia para irse allí.

«¿Qué te hace creer que tenías elección?», se respondió al instante.

El frigorífico estaba vacío y el incidente del gusano que había encontrado al levantarse le daba ganas de salir huyendo del piso o limpiarlo de arriba abajo, cosa para la que, a las nueve de la noche, no le quedaba energía.

Cuando sonó el teléfono y vio el nombre de Ashley en la pantalla, descolgó con la absurda esperanza de que hubiera ocurrido algo un poco excitante que lo mantuviera ocupado durante la noche.

—¿Le molesto, teniente?
—No, todo lo contrario.
—No está de servicio...
—Ya no. ¿Y usted?
—¿Está solo?
—Sí. ¿Se encuentra bien, Foster? Tiene la voz un poco rara... —Ethan oyó ruido de fondo: música baja—. ¿Está en un bar? —preguntó.
—Debería usted ser policía...
—¿Ha bebido? —le preguntó Ethan tras una breve vacilación.
—Un poco. Oiga..., ¿le... le apetece venir?
—¿Algún problema?
—Depende de lo que ponga usted en el casillero de los problemas...
—¿Quién me lo pide, la sargento Foster o Ashley?

La chica se tomó su tiempo antes de responder.

—Perdone, no debería haberle molestado. Olvídelo, hasta ma...
—Deme un momento para quitarme el dichoso uniforme, y voy para allá.

Ashley Foster estaba sentada en un taburete del Banshee, con los codos apoyados en la barra a ambos lados de una cerveza, para sostenerse.

—¿Cuántas se ha tomado antes de esa? —le preguntó Ethan instalándose a su lado.

—No las suficientes.

—¿Tan grave es la cosa?

Ashley frunció el ceño.

—¿Es por el señor Foster? —insistió Ethan diciéndose que había llegado el momento de dejarse de formalidades e ir directos al meollo del problema.

—No suelo echar la culpa a los demás. Fui yo quien se enamoró y se casó con él. Así que la responsabilidad también es mía.

Ethan pidió un bourbon y se volvió hacia la chica. Incluso bebida era atractiva, con su camisa de cuadros rojos y blancos y el pelo caído a un lado, como una cortina para protegerse del resto de los parroquianos.

—Mire, ya sé que es meterme donde no me llaman, pero hay soluciones para las parejas con dificultades...

—Ya hemos probado la terapia. No pienso volver a pagarle setenta dólares a un mediador solo para poder arrojarnos a la cara lo que no nos atrevemos a decirnos en el día a día. Y además, ¿sabe qué? En el fondo, aparte de las monsergas de siempre, no tengo nada que reprocharle. Mike es bueno, bastante atractivo, tiene trabajo y no es ni violento ni alcohólico —dijo Ashley levantando la jarra con una mueca irónica.

—Pero ya no lo quiere...

Ashley se mordió los labios antes de beber un largo trago de cerveza.

—Mis padres dirían que el amor se va tejiendo poco a poco sobre el cañamazo de la pasión inicial —dijo al fin—, hilo a hilo, año tras año, mano a mano, y que lo que mantiene unida a una pareja es esa complicidad.

—¿No está de acuerdo?

—Siempre he odiado esos malditos bordados que se enmarcan, los encuentro cursis y espantosos. Yo no soy una costurera.

—Ya sé que no descubro nada nuevo, pero hay que reconocer que mantener una pasión a lo largo de los años es complicado... a no ser que se trate de una relación explosiva, entre dos personalidades fuertes. Pero puedo decirle por experiencia que también esas están condenadas al fracaso.

—¡Vaya! —exclamó Ashley—. Por fin: el misterioso pasado del teniente Ethan Cobb...

—No hay ningún misterio. Tengo treinta y cinco años y he vivido unas cuantas historias, a veces complicadas.

—¿Cómo se llamaba?

—¿Cuál de ellas?

Mirada divertida y maliciosa de Ashley.

—La que realmente importó. Siempre hay una.

—Janice. Siete años. La última hasta la fecha. Poli.

—¡Uf, mal asunto!

—Y que lo diga...

—Y le rompió el corazón, ¿no?

Ethan se balanceó en el taburete, inseguro.

—Si no el corazón, al menos las ilusiones.

—¿Dejó Filadelfia por ella?

Esta vez Ethan inclinó la cabeza sobre el vaso.

—No.

La música llenó el silencio que se hizo entre ellos.

—Lo siento, no es asunto mío —murmuró Ashley.

—No, al contrario. Sé que se dicen cosas a mis espaldas.

—Eso no puedo negarlo. Un inspector joven recién desembarcado de la ciudad, sin ninguna vinculación especial con este pueblo... Sí, corren rumores sobre usted.

Ethan la miró con dulzura.

—He oído algunos. No soy ni un mal poli ni un fugitivo que ha abandonado a su familia para esconderse aquí. Todas esas sandeces son falsas. Necesitaba... un lugar donde mi apellido no significara nada para nadie, eso es todo.

—¿Su apellido?

—Hoy se producen tragedias casi cada semana, así que es difícil acordarse de todas... Probablemente no recuerde que hace dos años y medio un individuo entró en la comisaría del distrito 24 de Filadelfia, en Kensington, y abrió fuego contra los agentes. Él mismo era policía. Mató a once de sus colegas antes de que lo abatieran.

—Lo recuerdo muy bien. Un poli que mata a otros no es cualquier cosa.

—Era mi hermano. Jake Cobb.

Ashley se irguió en el taburete.

—Mierda...

—Eso digo yo. Éramos la tercera generación de una familia de policías. Entre los Cobb, más que de una tradición se trataba de un honor, un deber, una seña de identidad. El apellido, las fotos, y en ocasiones los actos de valentía de mi padre y mi abuelo, y no digamos de mis tíos, eran conocidos en toda la ciudad. En la policía de Filadelfia, los Cobb eran una leyenda. Que un oficial disparara de forma intencionada a sus compañeros ya habría sido suficiente conmoción. Imagínese el shock, tratándose de un Cobb.

Ashley había dejado la cerveza y miraba a Ethan atentamente.

—¿Por qué lo hizo?

Por su parte, Ethan se bebió el whisky de un trago, con los ojos perdidos en el vacío.

—Jake era frágil y estaba bajo constante presión. Nunca debió entrar a formar parte de las fuerzas del orden, no era lo suyo. Su mujer acababa de dejarlo de un día para otro. Tenía problemas de depresión. Graves. Pero en nuestra familia nos habían educado para ser orgullosos; confesar las propias debilidades estaba fuera de lugar. No había que mostrar los sentimientos ni aburrir a los demás con preocupaciones, éramos «hombres», tipos duros, chorradas de esas. Jake aprendió tan bien la lección que ocultó lo que le pasaba, sin poder evitar que se le fuera de las manos. Su mujer me lo advirtió, yo veía que Jake no estaba bien, pero...

Ethan respiró hondo. Ashley posó la mano en la suya.

—Lo siento.

—Cuando mató a todos aquellos polis, sentí que, en cierta forma, yo también era responsable.

—No, usted...

—Sí, ya lo sé, la culpabilidad y todo eso. Pero por mucho que lo sepas no puedes dejar de experimentarlo. Ya no soportaba las miradas de los compañeros. Me largué.

—Y como lleva el oficio en la sangre ha seguido haciéndolo lejos, en un lugar perdido donde nadie lo conoce —concluyó Ashley.

—Más o menos.

—¿Y Janice?, ¿cuál fue su papel en todo eso?

Ethan se encogió de hombros.

—Ninguno. No supimos cuidar nuestra relación, sin más. Dos caracteres fuertes, primero chispas y al final muchas llamas.

Ashley le acarició la mano y luego la retiró para coger la jarra. Guardaron silencio un buen rato en medio del guirigay de las conversaciones y la música que salía de los altavoces. Ashley lo observaba.

—Aunque haya cambiado sus planes, no ha renunciado a su carrera en la policía —dijo—. ¿Y al amor?

Ethan inclinó la cabeza y frunció el ceño.

—Veo que a usted el alcohol le hace perder todo el comedimiento...

—A las dos pintas me puede la curiosidad. ¿Y bien?

Ethan rio por lo bajo.

—Eso todavía no me lo planteo. ¿Y usted, sargento?

—Uf... —resopló Ashley levantando la jarra—. Yo estoy buscando respuestas en el alcohol porque ya no sé qué hacer.

Se quedaron callados de nuevo, un poco incómodos, conscientes de que acababan de adentrarse en un territorio íntimo del que luego les sería difícil salir, y pensando en el modo más hábil de hacerlo. Ethan optó por volver a lo que los unía.

—Por suerte, tenemos camiones llenos de bombonas de gas que vuelcan, vecinos agresivos, unos cuantos borrachos que alteran la tranquilidad de la vía pública y algún que otro asunto de drogas cuando nos topamos con un canuto a medio fumar en un callejón...

—Usted no estaba en el camión, hoy me ha tocado a mí dirigir las operaciones, y le aseguro que ha sido un buen marrón.

—Lo sé, me lo han contado al volver. Estaba en West Hill negociando un tratado de paz entre los O'Connor y los Jacob por una estúpida historia sobre los límites de sus propiedades.

—¿No estaba en la granja de los Taylor?

—¿Los Taylor? No. ¿Qué ha pasado allí?

—¿No se ha enterado? Dwayne, el hijo, ha desaparecido. Al menos eso es lo que dicen sus padres. La pasada noche no volvió a casa.

Ethan volvió a repasar la película de la jornada y comprendió que Lee J. Warden lo había alejado a propósito en ese momento. Le había sorprendido su forma de insistir en que fuera él, un teniente, quien subiera a West Hill para resolver con diplomacia una disputa entre vecinos, por muy «importantes» que fueran esas dos familias en la comunidad. Warden había aprovechado para enviar a la granja de los Taylor a Paulson, su protegido.

—¿Es serio? —quiso saber.

—Warden dice que no. Dwayne es un zopenco que habrá encontrado el escondite del licor de su padre y estará durmiendo la mona, según él. O como mucho, Warden piensa que se habrá ido a Salem o a Boston a hacer un poco el salvaje, y en menos de una semana volveremos a tenerlo aquí.

—Warden no se toma nada en serio. ¡Por amor de Dios, Ashley, hay una acumulación de hechos que debería alertarlo!

—Cree que, si se ha fugado, habrá ido a reunirse con Lise Roberts.

—¡Lise desapareció hace un mes! Si fuera una decisión voluntaria, se habrían marchado juntos. ¿Y a usted no le preocupa todo lo que está ocurriendo?

Ashley echó la cabeza atrás para reflexionar.

—Pues... Mahingan Falls ha estado tranquilo durante tanto tiempo... Puede que Warden tenga razón y sea la ley de la alternancia. En un verano te toca todo lo que no ha pasado en cinco años... En cualquier caso, quien manda es él.

Ethan torció el gesto.

—El jefe Warden es un viejo comodón al que lo único que le importa es que la situación no se desmadre por miedo a que el fiscal del distrito Marvin Chesterton intervenga, porque lo odia y no soporta que ninguna otra autoridad le diga lo que tiene que hacer en su casa. Si sigue así, esto acabará mal.

—No se ponga a malas con Warden.

—Eso ya me lo advirtió.

—Pues insisto. La policía de un pueblo como el nuestro no es una democracia, no lo olvide. El jefe Warden tiene plenos poderes. Y no le gusta mucho restringirlos. Sería una lástima para todos que se viera obligado a volver a hacer las maletas al poco de llegar.

Había hecho girar el taburete para estar cara a cara con Ethan, y tras poner una mano en su rodilla se inclinó hacia él. Lo miraba de un modo extraño.

—¿Ashley? ¿Se encuentra bien?

—Creo que ya lo sé.

—¿El qué?

—Lo que necesito. Se acercó de golpe y le estampó un beso en los labios, gimiendo suavemente.

Durante un segundo, Ethan sintió que el calor del deseo lo inundaba y el contacto de la cálida lengua de su compañera lo hacía estremecer. Tuvo unas ganas terribles de estrecharla contra sí, de notar sus pechos pegados a su torso y envolverla en un abrazo, la necesidad de sentir su piel junto a la de ella, de dormir oyendo su respiración sobre la almohada...

Consiguió sacar suficientes fuerzas de su sentido moral para retroceder, mientras una vocecilla en su interior lo maldecía por ser tan rematadamente recto.

—Está usted ebria.

Ashley permaneció en suspenso un breve instante, como si ni ella misma pudiera creer lo que acababa de hacer, luego se volvió de nuevo hacia la barra y cerró los ojos.

—Qué idiota soy...

—Vamos, la acompaño a casa.

—No, estoy bien.

—Le recuerdo que soy teniente de la policía. Puedo detenerla por conducir en estado de embriaguez. No discuta.

Cuando salieron del bar, Ethan le sostuvo la puerta para que pudiera pasar, y ella lo rozó con su pecho. Sus miradas se encontraron y Ashley se detuvo. Fuera llovía a cántaros. Ashley dudó. Él también. El tiempo parecía haberse detenido. Fuerzas interiores se enfrentaron en un choque doloroso.

Después la puerta chirrió mientras Ethan la soltaba, y echaron a correr bajo la lluvia, conscientes de la electricidad que crepitaba en el aire, mucho más allá de la tormenta que se acercaba. Durante el trayecto, Ethan no dejó de pensar en las dos insignias de la policía y la alianza que se interponían entre ellos. Todo aquel metal rechinaba contra su voluntad. Lo mismo hacían los limpiaparabrisas sobre el cristal. Apenas veía; su visión se había reducido al mínimo en la carretera y en su corazón.

Queriendo despejar su mente a toda costa, intentó desviar la atención hacia un tema más concreto, de modo que pensó en lo que acababa de contarle Ashley. Otra desaparición.

Ethan no creía en las coincidencias.

Los acontecimientos se precipitaban. Una sombra planeaba sobre Mahingan Falls. Ethan no sabía cuál era su naturaleza exacta, solo que, semana tras semana, extendía sus ramificaciones y nadie hacía caso. Nadie quería verla.

¿Y luego? Cuando estuviera lista, ¿no sería demasiado tarde para impedir que cayera sobre todos ellos?

Ahora, su deseo se había esfumado.

32.

Se llamaba Jenifael Achak.

Era hija de un tratante en pieles y una india, probablemente de la tribu de los pennacooks, aunque nadie pudo establecer con certeza la fecha de su nacimiento, solo que había llegado a Mahingan Falls hacia 1685, rondando la treintena, tras vivir unos años en la lejana localidad de Dunwich, conocida por su aislamiento y la endogamia y dudosa moralidad de sus habitantes.

Jenifael Achak se instaló en el pueblo con sus dos hijas pero sin marido, lo que no jugaba precisamente a su favor, y menos aún cuando se supo que no frecuentaba ninguna de las tres iglesias que ya existían en el lugar. La mujer atrajo sobre sí toda la paranoia y la crueldad de lo que con el tiempo se convirtió en el caso de las «brujas de Salem». Todo empezó con rumores, delaciones y, en Salem Village, chicas que aseguraban haber sido hechizadas, lo que más tarde los historiadores interpretaron como otras tantas formas de ventilar rencillas entre familias y conflictos de intereses. Pero los testimonios se acumularon: visiones espantosas, maleficios y pactos contra natura, todo bajo el influjo de Satán. No tardó en reinar un clima de desconfianza general en el que cada cual señalaba a su vecino, al forastero o a la mujer que no se integraba en la comunidad. El contexto se prestaba a ello de manera particular: el glacial invierno de 1692 había dejado a la población exhausta y hambrienta, el territorio salvaje rodeado de belicosos indios exacerbaba la sensación de inseguridad y no había ningún gobierno legítimo para poner orden y encauzar la cólera. Los ánimos se calentaban, los rencores alimentaban las tensiones, solo faltaba la chispa de la religión para incendiar toda la zona. Eran otros tiempos. Más duros. Más crueles. La vida era difícil, cada cual tenía que luchar día tras día para satisfacer sus necesidades en un mundo violento y aislado entre inmensos, peligrosos e inquietantes bosques.

Las primeras denuncias se produjeron justo antes de la primavera, y en las semanas siguientes el ejemplo cundió en la mayoría de los pueblos de la región. Las víctimas se enfrentaban a hordas de acusadores que no les daban más opción que confesar la práctica de la brujería o morir ahorcadas. Se formaron clanes. Aquellos que prefirieron mantenerse al margen fueron también calumniados, y a menudo detenidos bajo la acusación de complicidad con el diablo.

Jenifael, diferente y acostumbrada a vivir de sus conocimientos sobre la naturaleza, heredados de sus antepasados, no se libró de la persecución. En Mahingan Falls hubo incluso quien aseguró haberla visto fornicando de noche con cerdos y con un macho cabrío. Le imputaron los terneros deformes y las muertes prematuras de los recién nacidos. Una auténtica oleada de odio se abatió sobre ella. Acusaron a sus hijas de no ser humanas, sino el fruto del comercio carnal de su madre con el demonio. Fue el blanco de un encarnizamiento tal que más tarde acabó achacándosele que había sido la amante de varios notables del pueblo. En las anotaciones relacionadas con su arresto, las audiencia y el «proceso», se encontraron numerosas alusiones a su belleza, de donde se concluyó que las esposas de los adúlteros habrían urdido en la sombra una venganza personal.

Jenifael fue encarcelada, lo mismo que sus hijas, a las que se tuvo buen cuidado de alejar de su madre, y tras días de largas «confesiones» que la dejaron incapacitada para andar durante semanas, confesó sus diabólicos crímenes. A cambio de describir con detalle los filtros y encantamientos que supuestamente utilizaba, se le prometió que sus hijas obtendrían la libertad e ingresarían en un orfanato de Boston. Pero el día de la ejecución, las niñas fueron conducidas a la plaza para presenciar el castigo impuesto a su madre, con el fin, se dijo, de curarlas de cualquier futura inclinación perversa. Sin embargo, la muchedumbre congregada allí ese día, enardecida en parte por varias alborotadoras llegadas expresamente de Mahingan Falls, se desmandó. Los archivos conservados hablan de gritos, voces que exigían la lapidación de las niñas y un clamor que pedía su escarmiento antes de que se transformaran en poderosas adoradoras del Maligno. La tensión creció, la rabia aumentó, la locura se apoderó del público, y lo que había empezado con unas cuantas bofetadas al paso de las pequeñas se convirtió en una lluvia de piedras y golpes, hasta que los guardias, superados y asustados, abandonaron a las prisioneras a su suerte. Cada cual agarró lo que pudo de las dos jóvenes víctimas y todos tiraron de ellas en un frenesí colectivo de demencia sádica.

Desde su jaula de hierro, Jenifael Achak asistió impotente a la muerte de sus aterrorizadas hijas bajo un enloquecido alud de golpes.

A continuación, la bruja recibió diez bastonazos por el perjuicio causado al pueblo. Le partieron cada una de las extremidades en cinco trozos por haber mentido al principio, tras lo cual se enfrentó al suplicio del garrote hasta perder el conocimiento. Reanimada por un médico, la colgaron por las axilas de la horca, desde donde la iban bajando al centro de la hoguera para que ardiera viva entre las llamas sin morir asfixiada por el humo, como solía ocurrir en ese tipo de ejecuciones. La cuerda que le pasaba por debajo de los brazos fue alzada en seis ocasiones, según los documentos, para sacar del fuego a la condenada antes de que sucumbiera y proporcionarle aire fresco, y bajada de nuevo una y otra vez hasta las densas llamas. Murió cuando sus hombros cedieron y su cuerpo se soltó de la cuerda y cayó de una vez por todas sobre los llameantes haces de leña, entre los vítores de una muchedumbre histérica.

Gary Tully había recogido los hechos en su decimoctava libreta negra. La historia de Jenifael se le había impuesto súbitamente en el curso de sus lecturas, cuando decidió profundizar en el famoso mito de la brujería y en particular en aquel trágico episodio de Nueva Inglaterra. Su interés no tardó en convertirse en obsesión. Todo había comenzado con el descubrimiento en un grabado de la época del rostro de la joven india, que lo había fascinado. El propio Tully lo admitía: probablemente lo único que Jenifael Achak y sus compañeras tenían de brujas era la excentricidad de no estar cortadas por el mismo patrón puritano que los habitantes de la región, muy cohesionados y muy religiosos. No tenía poderes diabólicos ni ejercía influencias nefastas, aunque quizá había recurrido al expediente de la fornicación con uno o varios notables a cambio, era de suponer, de alimentos, algún animal o un puñado de monedas que le ayudaran a mantener a su familia. Pero, bruja o no, Tully empezó a sentir un enorme deseo de averiguar más cosas sobre ella. El asunto se precipitó en el otoño de 1966, cuando se decidió por fin a visitar Nueva Inglaterra, la tierra de Jenifael Achak, primero Dunwich, luego Danvers (el nuevo nombre de Salem Village) y finalmente Mahingan Falls.

Tully lo había resumido en un párrafo de letra apretada, que Tom leyó varias veces sentado ante el escritorio, mientras fuera un violento chubasco borraba el paisaje.

> No creo en el destino, sino fundamentalmente que las energías psíquicas que constituyen a los seres vivos pueden entrelazarse hasta formar un complejo entramado al que llamamos «espiritismo». Puesto que la muerte solo es la ruptura de la membrana que contiene esa energía personal, cabe pensar que nos movemos dentro de un baño de fuerzas diversas, a la mayoría de las cuales somos impermeables, salvo que realicemos ejercicios regulares o poseamos facultades naturales para percibir esos entrelazamientos en cuyo seno vivimos. Los más obstinados y dotados de entre nosotros sabrán interactuar con esos vestigios de vidas anteriores, desperdigados y, muy a menudo, también ellos desamparados, incapaces de comprender y de actuar bajo esa forma totalmente desprovista de conexión con el mundo físico. De ese modo podrán establecer un vínculo, por débil que sea, entre el éter de las energías esparcidas y las energías contenidas que somos individualmente. En ese sentido, no creo en el destino, sino en el hecho de que ella me ha guiado hasta aquí. Desde el principio, es ella quien me inspira, haciendo que sus fluidos invisibles influyan en los míos. Ahora lo sé. La encontré y no puede ser mera casualidad. Ella lo quería. Voy a vivir aquí, en sus tierras.

La libreta acababa con esas palabras.

La siguiente, la decimonovena, aunque no estaba fechada con precisión, parecía iniciada varios meses más tarde, si no todo un año después, porque Tully mencionaba la primavera y varios asuntos que habían requerido tiempo, empezando por su instalación en Mahingan Falls, las largas obras para rehabilitar la casa que había comprado en los Tres Callejones y sus investigaciones sobre Jenifael Achak.

Al oír que los chicos entraban en casa, Tom interrumpió la lectura y decidió que ver cómo estaban era más importante que satisfacer su propia curiosidad. Sin embargo, le dio unos golpecitos a la gruesa tapa de cuero de la libreta, dubitativo. Por apasionante que estuviera resultando su lectura, más que contestar a sus preguntas, lo único que hacía era añadir más interrogantes.

Encontró a los dos adolescentes empapados por la lluvia, acabándose un refresco de limón en la cocina, y no pudo evitar pensar en el infierno que había vivido aquella pobre mujer. Si él hubiera tenido que asistir a la tortura de Chad y Owen, habría enloquecido hasta arrancarse las uñas contra los barrotes de la jaula.

Gracias a Dios, los tenía allí, sanos y salvos. «Un poco traumatizados, eso sí...»

El «incidente» de Smaug los había conmocionado a todos. Durante dos días, los lazos familiares se habían estrechado, con Olivia intentando hacerles verbalizar lo que había pasado y las emociones reprimidas, lo cual no había acabado de funcionar con Owen y Chad pues seguían mostrándose muy taciturnos. Tom había sugerido la posibilidad de que Smaug estuviera enfermo y, en un momento de lucidez un poco extrema, hubiera decidido terminar sin más demora para deja de sufrir. Era la hipótesis por la que él se inclinaba personalmente. Pero, una vez más, apenas tuvo efecto en ninguno de los dos chicos.

Ese mismo día habían pedido que les dejaran ir al pueblo para pasar la mañana con sus amigos, lo que a Olivia le había parecido positivo. El duelo requeriría tiempo, lo sabían, y ella temía sobre todo el impacto traumático que pudiera tener el modo en que el perro se había inmolado delante de ellos. Nadie lo olvidaría, y menos unos adolescentes de trece años.

Tom charló con ellos antes de que subieran a sus habitaciones y luego decidió salir fuera a reflexionar un poco, en una de las tumbonas, bajo la cubierta de la galería. Pese al mal tiempo, aún hacía calor, y contemplar el diluvio sin mojarse era un buen entretenimiento. En esas estaba cuando una alta silueta familiar apareció a un lado de la casa.

Roy McDermott agitó la mano para saludarlo. Llevaba un sombrero de *cowboy* que chorreaba agua. Nada más verlo, Tom supo que no venía a hacerle una simple visita de cortesía.

—¿Cómo están los chicos? —le preguntó el anciano.

—Bastante callados.

Roy asintió, pensativo.

—¿Puedo hacer algo por usted? —le preguntó Tom.

El anciano expulsó el aire lentamente por la nariz y lo miró con los labios fruncidos. Permaneció en silencio unos instantes sin apartar la mirada de Tom, que empezaba a sentirse un poco incómodo.

—Sé que luego voy a lamentarlo... ¿Me acompaña a un sitio, Tom?

—¿Qué sitio? Sus aires de misterio no resultan nada tranquilizadores...

—Le va a interesar, confíe en mí.

Roy McDermott se volvió y, con un gesto de la mano, lo invitó a seguirlo.

Roy no dijo prácticamente una palabra más durante todo el trayecto a Oldchester, el barrio del otro extremo del pueblo. Entró en Prospect Street y aparcó al pie de un edificio marrón de dos plantas, frente a las agujereadas vallas de un enorme complejo de chalets ruinosos. Para muchos habitantes de Mahingan Falls, Oceanside Residences simbolizaba el exceso de ambición y recordaba a cada cual que a veces era mejor estarse quieto. Doug Gillespie había pagado un alto precio por no hacerlo. Gillespie no era más que un pequeño agente inmobiliario local deseoso de aprovechar el comienzo de la recuperación económica tras la recesión de principios de los ochenta, cuando olió un negocio potencialmente colosal al enterarse, en pleno revolcón extraconyugal, de que el ayuntamiento proyectaba calificar como urbanizables los eriales del sur del pueblo. Con su labia natural, obtuvo un préstamo considerable, hipotecó sus bienes y se rodeó de una docena de inversores importantes para comprar los terrenos antes de que su precio se disparara y construir en ellos lo que iba a convertirse en un nuevo sector residencial en las proximidades del océano y del centro escolar, dotado de las comodidades más modernas. Dos docenas de chalets emergieron del suelo y se asfaltaron varias calles, pero Gillespie, que ni siquiera era un buen agente inmobiliario, no tenía madera ni de emprendedor ni de promotor. Las ventas anticipadas fueron catastróficas, y el dinero se había dilapidado demasiado deprisa en el frenesí de la construcción. Sin dar tiempo siquiera a que se instalaran los primeros habitantes, Oceanside Residences fue declarado muerto antes de nacer, puesto que el único chalet ocupado era el de Doug Gillespie, su mujer y sus hijos. El aprendiz de magnate había crecido demasiado pronto, y queriendo tocar el sol con la punta de los dedos, acabó por carbonizarse los brazos.

Una noche de diciembre de 1985 se arrojó desde lo alto de Mahingan Head sobre las rocas del espolón, no sin antes evitarle la vergüenza y las deudas a su familia destrozándoles la cabeza a sus cuatro miembros con un atizador.

El proyecto inmobiliario abandonado nunca se había retomado, ni siquiera cuando la demanda de vivienda se aceleró meses después. Se había concebido mal y a bajo precio, y su mala reputación acabó por ahogar cualquier esperanza. La demolición prevista tampoco se produjo nunca, nadie quería gastar un solo dólar más en aquel barrio fantasma bordeado al sur por yermos terrenos pantanosos. Ahora era el paraíso de los niños que buscaban emociones fuertes, porque, por supuesto, se decía que estaba habitado por los espíritus de los Gillespie, o servía a los no tan niños de refugio providencial, donde al caer la noche se intercambiaban besos tórridos, porros e incluso jeringuillas.

Tom puso los brazos en jarras y observó las fachadas desconchadas, los hierbajos que surgían de las grietas del húmedo asfalto y los musgosos tejados del otro lado de la calle. Una breve bonanza los preservaba de la lluvia infernal que azotaba la costa desde la víspera.

—Un paseo encantador, Roy.

—No vamos allí, sino aquí —respondió el anciano extendiendo el encorvado índice hacia una ventana del primer piso del edificio junto al que se encontraban.

Un neón verde en forma de mano brillaba delante de una cortina gris. Sobre el dintel podía leerse: MÉDIUM.

—Me toma el pelo, ¿verdad, Roy?

Por toda respuesta, su vecino empujó la puerta y entró en el inmueble, justo en el instante en que volvía a chispear. Tom meneó la cabeza.

—No puede ser... —dijo entre dientes sin saber realmente si aquella chifladura le parecía absurda o divertida.

Una vez arriba, entraron en un amplio piso que ocupaba toda la planta y en el que Roy parecía estar a sus anchas.

—Cierre y eche el cerrojo —le indicó a Tom—. Martha no querrá que nos molesten, y los habituales entran aquí como si fuera su casa.

—¿No es lo que acabamos de hacer nosotros? Ni siquiera hemos llamado...

—El pestillo no estaba echado, ¿verdad? Entonces, somos bienvenidos. Vamos, descálcese.

El salón, decorado con gusto, mezclando cierto exotismo tribal con mobiliario antiguo, tenía las paredes llenas de viejos carteles de espectáculos de magia de principios del siglo XX y terminaba en una cocina americana. Tom percibió un ligero olor a especias.

Se oyó el tintineo de una cortina de cuentas, y apareció una mujer de unos sesenta años con una impresionante mata de pelo blanco sujeta con dos largos palillos. Era bastante alta, con los hombros anchos y pechos generosos, realzados por un escote que mostraba numerosas manchas de sol, y llevaba un pantalón de lino beige que no disimulaba su gruesa cintura. Examinó a sus visitantes por encima de unas gafas de media luna, y a Tom le impresionó la intensidad de sus ojos azules.

—Así que te has decidido... —le dijo a Roy, que se limitó a señalar a Tom.

—Martha, te presento a Tom Spencer. Tom, esta es Martha Callisper.

—¿Por qué tengo la desagradable sensación de ser el único que no sabe lo que se trama aquí? —preguntó Tom.
—¿No le has dicho nada? —se extrañó Martha.
Roy se encogió de hombros.
—He pensado que sería mejor que lo hicieras tú.
—¡Roy McDermott, tan cobarde como siempre! —refunfuñó la mujer—. Señor Spencer, si es tan amable de seguirme...

Tom se disponía a protestar, pero Martha volvió a atravesar la cortina de cuentas y Roy le indicó que la siguiera.
—Confíe en mí —insistió.

Tom vio un pasillo mal iluminado y se guio por la luz del fondo hasta desembocar en una habitación extrañamente sombría pese a las dos ventanas altas que se alzaban frente a él. Unos visillos grises tamizaban la claridad exterior, entre gruesas cortinas de terciopelo violeta que acababan reduciendo a la mitad el tamaño de los vanos. Tom reconoció el neón con forma de mano, colocado sobre el cristal, en cuya superficie la lluvia tamborileaba ruidosamente.

A su alrededor, las estanterías de wengé contenían con dificultad el amontonamiento de libros y revistas. Por todas partes se veían objetos: barajas antiguas, una colección de péndulos, tarros con raíces, flores u hojas secas etiquetadas como «hipérico», «artemisa», «beleño», «eléboro» o «mandrágora», un sombrero de copa raído, bolas de cristal de diferentes tamaños, unas esposas antiguas...

—Pertenecieron a Houdini —aclaró Martha pasando al otro lado de un gran escritorio cubierto con un cartapacio de cuero sobre el que ardían conos de embriagador incienso en una concha nacarada.
—¿El mago?
—Exactamente. Siéntese, señor Spencer.

Frente al escritorio había dos sillones. Martha encendió una lámpara Tiffany de pasta de vidrio multicolor, que dio un poco de vida a la habitación.
—Prefiero quedarme de pie —respondió Tom, que empezaba a sentirse atrapado. Roy, por su parte, tomó asiento—. ¿Qué hago aquí?

Tom se fijó en un pedestal de madera cubierto con un cristal que sostenía un libro enorme, no precisamente nuevo a juzgar por el desgaste de la cubierta y las amarillentas páginas. En el ajado lomo, grabado con letras doradas, consiguió leer: *De Vermis Mysteriis*.

—Como dramaturgo, creerá usted en el poder de los libros, imagino... —dijo la voz ronca de Martha.

Tom se tomó el tiempo necesario para respirar hondo, antes de responder:

—Creo en el poder de las palabras en los libros, sí.

—Los libros, sean religiosos, legales, científicos o incluso literarios, dirigen el mundo. Sin ellos, se vendría abajo. El que tiene ante usted es un ejemplar raro, quizá incluso el último de su especie. ¿Cree usted en Dios, señor Spencer?

—A falta de evidencias, me mantengo prudente.

—Este libro defiende la existencia no de una, sino de varias divinidades. A cual más abominable. Y al parecer su lectura acaba con buena parte de la salud mental de quien se arriesga a emprenderla.

Teniendo en cuenta la decoración y el oficio de Martha Callisper, Tom supuso que debía de haberlo leído y haberse dejado en él una parte de sí misma, pero prefirió guardarse esa observación tan poco cortés y volver a centrar la conversación en lo esencial.

—¿Me han hecho venir para invitarme a participar en un club de lecturas impías? —dijo con ironía, y lanzó una mirada a Roy.

Martha se recostó en su butaca de cuero, que crujió. Sus manos, entrelazadas bajo la barbilla, formaban una especie de jaula de carne y hueso.

—¿Está usted familiarizado con la historia de las brujas de Salem? —le preguntó tras observarlo unos instantes.

Tom se puso tenso.

—¿Es una broma?

—Nunca bromeo con ese tema.

Martha se quitó las gafas para subrayar su seriedad y clavó sus iris azul cobalto en los de Tom, que se volvió hacia su vecino.

—¿Me está espiando, Roy? Usted ha leído las libretas, ¿no es así?

El interpelado sacudió la cabeza.

—¡No, claro que no! —exclamó ofendido.

—Entonces ¿cómo saben lo que estoy leyendo justo ahora?

Martha acudió al rescate del anciano.

—Porque al interesarse por el trabajo de Gary Tully solo era cuestión de tiempo que descubriera lo que le obsesionaba.

—¿Conoció usted a Tully?

Martha esbozó una sonrisa forzada que no expresaba la menor satisfacción.

—Desde luego.

—Así que estoy aquí por eso...

—En cuanto empezó a hacerle preguntas, Roy vino a verme para pedirme consejo. Le dije que era mejor que usted se mantuviera apartado de todo ese asunto y que, en última instancia, le correspondía a él decidir qué hacer.

Roy se inclinó hacia su vecino.

—Es usted muy tozudo, Tom. Comprendí que no desistiría, a pesar de mis consejos. Así que, en lugar de esperar a que metiera las narices donde no debía, decidí ayudarlo para hacer las cosas entre nosotros, de la forma más discreta posible.

—Me están poniendo de los nervios... ¿Qué pasa? ¿Es que he molestado a alguna vieja secta?

Roy y la médium intercambiaron una breve mirada cómplice.

—¿Puedo preguntarle qué contienen los papeles que encontró? —dijo la mujer volviendo a juntar las manos bajo el mentón.

—Estoy en plena lectura, aún no puedo decirles mucho.

—Gary Tully estaba fascinado por las brujas de Salem.

—Efectivamente.

—El nombre de Jenifael Achak ha salido ya, supongo...

Tom palideció.

—Sí.

—Entonces, ¿sabe lo que le ocurrió?

—Acabo de leerlo. Pero ¿qué tiene que ver eso conmigo?

Martha Callisper se humedeció los carnosos labios sin dejar de mirarlo.

—¿Sabe lo de su casa?

El corazón de Tom se detuvo. Lo presentía desde la última lectura, sin querer confesárselo: estaba tan claro...

—¿Gary Tully vino a la Granja y la restauró precisamente porque había sido la vivienda de Jenifael Achak? —preguntó con voz hueca—. ¿Mi familia y yo estamos viviendo en casa de una bruja? —Roy echó el aire por la nariz y Martha asintió con la cabeza—. Dios mío... —murmuró Tom.

—Señor Spencer —se apresuró a decir Martha—, ignoro cuál es su interés real en los documentos que encontró, pero sepa que me encantaría consultarlos. Como habrá comprendido mirando a su alrededor, comparto con Gary Tully una cierta pasión por las ciencias ocultas.

—Y Martha es de toda confianza —añadió Roy.

Tom, angustiado y hecho un mar de dudas, no respondió. Al principio se había interesado por aquel asunto movido por la curiosidad y dividido entre el escepticismo y algo parecido a la resignación. Pero no imaginaba que llegaría tan lejos. Cuanto más ahondaba, más plausible le parecía la hipótesis sobrenatural como explicación de todos los sucesos recientes. Era posible que su casa estuviera realmente encantada.

—¿Señor Spencer? —insistió Martha.

Tom se percató de que estaba dando vueltas por el despacho atestado y cargado por el humo del incienso. Se detuvo y alzó las palmas de las manos en señal de rendición.

—Explíquenmelo —dijo—. ¿Descubrió Tully algo más en mi casa? Bill Taningham me la vendió poco después de reformarla..., ¿hay alguna relación? Quiero saberlo.

Roy apretó los puños y Martha agachó la cabeza. Sabían más, comprendió Tom. No le habían hecho ir allí solo para anunciarle que vivía en la casa de Jenifael Achak, la bruja martirizada, ni para pedirle permiso para leer los escritos de Gary Tully. Había algo más, estaba seguro.

—Voy a jugar limpio con usted —dijo Martha—. Nada de feos secretos. Y si la verdad no le gusta, qué le vamos a hacer. Pero, a cambio, quisiera saber por qué le interesan tanto los papeles de Tully. ¿Por qué está tan metido en su lectura?

—Por curiosidad —respondió Tom.

Seguía sin decidirse a soltarlo todo, por miedo a que lo tomaran por un pobre loco. «Estoy en la tenebrosa consulta de una médium, rodeado de cachivaches esotéricos... Si no se lo cuento a ellos, ¿a quién se lo voy a contar?»

—Me hago preguntas —añadió— sobre la posibilidad de que en nuestra casa sucedan... cosas.

—¿Qué cosas?

Tom se pasó la mano por las mejillas y dio unos pasos, sin saber cómo expresar sus ideas. Sus ojos se posaron en una caja de cristal colocada en un estante. Contenía una bolsita de tela de la que asomaban fragmentos de papel antiguos con palabras en latín. La bolsa y su contenido debían de datar de hacía varios siglos atrás. La tapa de la caja tenía pegada una etiqueta: «Bolsa de alumbramiento». Al verlo, Tom acabó de convencerse de que estaba en el lugar adecuado para librarse de sus interrogantes, por grotescos que fueran.

—Fenómenos extraños —confesó—. Sensación de frío, presencias, pesadillas de los niños, un mordisco inexplicable... y mi perro que se arrojó al fuego —verbalizarlo delante de aquellas personas le hizo tomar conciencia de que la muerte de Smaug probablemente estaba relacionada con todo lo que ya habían sufrido. No era una coincidencia. No era la consecuencia de una enfermedad o un ataque de locura de su perro. No. «Saltó a la hoguera para arder en ella, como Jenifael Achak...»—. Tengo miedo de que mi casa esté poseída por Jenifael —admitió, sin saber si sentía alivio por haberlo dicho al fin en voz alta o si la vergüenza acabaría obligándolo a salir corriendo—. Lo sé, es imposible, pero es lo que siento. La Granja está encantada.

Martha y Roy se miraron.

—Eso mismo creo yo —dijo la mujer con la mayor seriedad del mundo.

Fuera, la lluvia arreció, y las gotas empezaron a golpear los cristales, como dedos transparentes que suplicaban que les abrieran.

33.

Sus pulmones se vaciaron lentamente, y pasaron largos segundos antes de que su instinto de supervivencia volviera a llenarlos.

—¿Perdón? —balbuceó.

Se esperaba cualquier cosa, menos que le confirmaran con tanta calma y seguridad que vivía dentro de una historia de terror.

—¿Lo dice en serio?

Martha señaló el sillón libre al lado de Roy.

—Debería sentarse.

Tom obedeció. No le temblaban las piernas, pero no se sentía del todo bien. Si aquella mujer hubiera aparecido de pronto diciendo que la Granja estaba encantada, se habría reído en sus narices y se habría largado dando un portazo. Pero sus afirmaciones llegaban después de manifestaciones cada vez más claras de que allí pasaba algo y de varios días de indagaciones, durante los cuales todo cuanto había encontrado apuntaba en la misma increíble dirección.

—Yo no... yo no creo en fantasmas —dijo Tom sin ninguna convicción.

—Yo tampoco —respondió Martha—. Igual que no creo en Dios o en el diablo, si quiere que le diga la verdad.

—Entonces, ¿qué puede ser?

Martha volvió a pasarse la lengua por los labios.

—¿Sabía usted que durante la primera mitad de la era cristiana el diablo apenas tuvo presencia en la religión? Hasta la Edad Media, para ser precisos. Era una figura entre muchas otras, con un papel muy secundario en realidad. Todo cambió por decisión del Papa. La Iglesia medieval, profundamente debilitada por un clero constituido por nobles y corruptos, desacreditada, ajena al pueblo, estaba en plena deriva, perdiendo toda su influencia y, a la larga, en grave peligro. Conflictos internos, económicos y políticos, y la amenaza de cismas sacudían sus estructuras. Lejos de señalar el fin del mundo, como la Iglesia anunciaba, el año 1000 parecía anunciar más bien el declive de la propia institución. Necesitaba un enemigo a su altura, una palanca colosal para enderezar la situación, para volver a ser indispensable. Así que rebuscó entre sus mitos y se sacó de la manga al señor de los Infiernos, que amenazaba con corromper a la humanidad si esta no se apresuraba a refugiarse de nuevo en el regazo de la Iglesia.

—¿Qué tiene eso que ver con mi casa? —preguntó Tom.

—Enseguida lo verá. En el Concilio de Letrán de 1215, el papa Inocencio III forjó literalmente la aterradora imagen del diablo tal como lo conoceríamos durante siglos. Lucifer dejó de ser únicamente la vieja figura de la rebelión para convertirse en la sombra que, en el campo y en las ciudades, susurraba al oído de los débiles, de quienes no caminaban a la luz de la Iglesia. El diablo ya no era un episodio casi olvidado de las Sagradas Escrituras, se convertía prácticamente en el igual de Dios, una fuerza superior a los pobres mortales sometidos a la tentación, de la que resultaba vital protegerse aceptando los preceptos religiosos sin el menor titubeo.

Martha señaló un letrero apenas visible en la penumbra, a su espalda. «El diablo y los otros demonios fueron creados por Dios buenos por naturaleza, pero se volvieron malos por sí solos. El hombre, en cambio, pecó por incitación del diablo. IV Concilio de Letrán, canon primero.»

Y a continuación retomó su perorata:

—No volver a cuestionar la autoridad religiosa como única respuesta posible a la delicuescencia del mundo y a la salvación de las almas inmortales: esa fue, en resumen, la receta del Papa. En definitiva, tomar de nuevo el control de una situación que evolucionaba de forma cada vez más peligrosa para el futuro del cristianismo, utilizando el miedo y la represión legitimada. A todo esto, la peste negra diezmó entre el treinta y el cincuenta por ciento de la población, estalló la Guerra de los Cien Años, interrumpida por varias hambrunas, y se culpabilizó al diablo, con la ayuda terrenal de todas y todos los que habían cedido a su atracción. Así nació la caza de brujas.

—De modo que Jenifael Achak fue torturada y quemada después de varios siglos de culto al miedo... —resumió Tom, que quería ir directo al grano.

—Lo que quiero hacerle comprender —insistió Martha inclinándose hacia él por encima del escritorio, con el rostro desdibujado por el humo del incienso— es que el ser humano fabrica sus miedos, forja sus mitos, incluso a sus monstruos.

—No la sigo. Mis... «fantasmas», ¿son fruto de mi imaginación? No. En nuestra casa se producen... fenómenos. Y ni mi mujer ni yo somos responsables.

Martha meneó la cabeza.

—No estaba sugiriendo eso. Véalo mejor así: la humanidad crea sus propios campos de fuerza, sus corrientes de pensamiento, sus creencias, según conviene a quienes los originan, rara vez por motivos espirituales, y menos aún a consecuencia de iluminaciones divinas, sino más bien en función de las necesidades políticas de esas esferas de poder. La masa obedece, cegada por el miedo y sometida por la autoridad y su propia ignorancia.

Tom entró en el juego.

—De acuerdo. La civilización ha permitido el acceso a la educación a un número cada vez mayor de personas, y la fe ha descendido en la misma proporción. Pero no me negará que en los últimos tiempos, en nuestro mundo «educado», la actualidad nos demuestra que la espiritualidad, pervertida o no, está resurgiendo con fuerza.

Martha le mostró las palmas de las manos para subrayar la oportunidad de su ejemplo.

—En un mundo cada vez más deshumanizado, la búsqueda de sentido reclama más espiritualidad. Desgraciadamente, lo que empuja a algunos a refugiarse en la religión es el miedo, la incultura o la desesperación, y un puñado de oportunistas manipulan a los más crédulos: es terrorismo. Pero lo esencial no está ahí, Tom: está en la idea de que la humanidad es una fuerza colosal. Miles de millones de cerebros, de energías sumadas unas a otras, siglo tras siglo..., y cuando esa suma converge en la misma dirección, engendra una corriente inmensa, una potencia fenomenal, que puede bastar para producir un efecto sobre el mundo.

—¿Los fantasmas existen porque creemos en ellos? ¿Es ahí adonde quiere ir a parar?

—Digamos que, en todo caso, es cierto en lo que respecta al entorno folclórico de esos «fantasmas», como usted los llama. Si somos lo bastante numerosos para creer en algo durante el tiempo suficiente, ese algo acaba existiendo.

Tom pensó en las últimas palabras de Gary Tully en la decimoctava libreta. «Solo somos paquetes de energía —había escrito—. La muerte consiste en la ruptura de la membrana que protege nuestra energía individual y la diseminación de esa energía en el éter, entre todas las demás».

—Déjeme decirlo con mis propias palabras —le pidió Tom—. Un siniestro papa de la Edad Media decidió manipular a toda la humanidad solo porque no quería perder su trabajo, y en consecuencia se sacó de la chistera el concepto del demonio para controlar mejor a las masas. Hasta ahí, la sigo. Usted afirma que al cabo de, ¿cuánto, ochocientos años?, y debido a que varios miles de millones de seres humanos creyeron en esa figura diabólica, ese ser aterrador acabó cobrando vida realmente. ¿Lo he entendido bien?

Martha no le quitaba ojo.

—Tanta gente no puede creer durante tanto tiempo en una misma entidad sin que eso tenga una repercusión en nuestro entorno —confirmó Roy—. Es lo que dice Martha.

—¿Y qué tenemos que ver con eso mi familia y yo? —insistió Tom—. Quien está en nuestra casa es el diablo.

—Usted ha pedido una explicación. Yo se la doy. Existen energías que están más allá de nosotros, y no todas son necesariamente buenas. Chocan entre sí, y algunas se corrompen.

—¿Las corrompe el diablo?

—La idea que nos hemos hecho de lo que podría ser el Mal.

—¿Eso es lo que hay en mi casa? ¿Una idea maléfica? —Tom empezaba a impacientarse.

—Más o menos.

—He leído la historia de Jenifael Achak —les informó Tom—, y la impresión que me ha dado es más bien la de una pobre chica que enfadó a las personas equivocadas. Dudo que fuera una bruja, al menos tal y como se las suele imaginar, rezándole a Satán y embadurnando las paredes con la sangre de una virgen.

Martha volvió sus ojos azul cobalto hacia Roy, que se incorporó en el asiento haciendo crujir los huesos del torso.

—Hay cosas que desconoce —dijo el anciano a regañadientes—. Siento en el alma haberle mentido por omisión.

—¿A qué se refiere? —preguntó Tom dejándose invadir por algo parecido al miedo.

—La familia que se instaló en su casa después de Gary Tully, la que venía de Maine... Verá, no se mudaron al sur, aunque su intención era esa. A los tres años de su llegada, su única hija, que aún no había cumplido los catorce, se suicidó cortándose las venas. El padre no pudo soportarlo y se pegó un tiro al año siguiente. La madre dejó la casa.

—Y luego hubo un incendio —recordó Tom, atónito. Al oírlo, Roy agachó la cabeza—. Fue usted, ¿verdad? —intuyó Tom—. Fue usted quien le prendió fuego, ¿me equivoco, Roy?

—La idea fue mía —dijo Martha con voz firme.

—¿Y Bill Taningham? —se apresuró a preguntar Tom—. ¿Qué le pasó a él?, ¿por qué vendió tan rápidamente después de las obras?

—No lo sé —respondió Roy—. Cuando llegó, Martha y yo estuvimos pendientes de lo que ocurría en la casa, y debo decir que no hubo nada que nos alarmara. Puede que realmente se arruinara...

Tom se sujetó la cabeza con las manos.

—Estoy en una mala película de terror. La familia feliz que se muda a un caserón maldito. Ahora en serio, ¿de verdad creen todo eso?

Los rostros de sus dos interlocutores le confirmaron que no tenían la menor duda.

—Lo siento —murmuró Roy.

—Es ridículo...

—Lo ha dicho usted hace un instante —le recordó Martha—. Su casa podría estar «encantada». Es la palabra que ha utilizado.

—En los momentos de desconcierto suelo tener la mala costumbre de dejar volar la imaginación. Pero seamos serios por un instante... No-es-po-si-ble —dijo recalcando las sílabas para reforzar la idea.

Martha y Roy observaban cómo forcejeaba con sus propias contradicciones.

—Tomemos los hechos y nada más que los hechos —prosiguió, agitando el índice en el aire—. Una pobre desgraciada vivió en estas tierras hace más de trescientos años, fue acusada de brujería y ejecutada sin más pruebas que una confesión obtenida mediante torturas. Más tarde, un excéntrico decidió restaurar unas ruinas para convertirlas en el centro neurálgico de sus investigaciones sobre ocultismo y acabó ahorcándose allí. Llega una familia; la adolescente, que probablemente se sentía infeliz, se quita la vida; el padre no lo soporta y hace otro tanto. Luego, yo le compro la Granja a un abogado que tiene prisa por venderla porque está en bancarrota. Si nos atenemos a este relato de lo sucedido, tal vez se trate simplemente de una sucesión de desgracias sin ninguna relación entre sí.

—Están sus dudas —le recordó Roy—. Lo que ha descrito hace un rato.

—Una acumulación fortuita. Como encontré esos misteriosos documentos, veo una relación que no existe.

—O bien, y debe abrir la mente a esa hipótesis —le advirtió Martha—, una fuerza maléfica vive con usted.

—Yo no creo en fantasmas ni en demonios, ya se lo he dicho.

—Y yo le he explicado por qué existen. No son la creación de una divinidad superior, sino todo lo contrario: se parecen a nosotros, se alimentan de nuestros miedos y nuestros mitos, porque proceden de ellos, porque les hemos dado vida mediante esas creencias.

Tom volvió a sacudir la cabeza, negándose —ahora que aquellos dos excéntricos lo animaban a hacerlo— a admitir de una vez por todas que creía en lo paranormal.

—No estoy preparado —reconoció—. Les entregaré todo lo que he encontrado en el desván. Utilícenlo como mejor les parezca. Por mi parte, voy a dejarme de secretos con mi mujer y a centrarme en lo que de verdad importa: mi familia.

—Mantenga a Olivia al margen de todo esto —le aconsejó Roy—. No la preocupe inútilmente. Puede que, en efecto, estemos... exagerando.

Tom se levantó. En el exterior el tiempo empeoraba por momentos, aumentando la penumbra del despacho. Martha lo observaba con la misma mirada concentrada, resuelta.

—Usted lo cree, ¿verdad? —le preguntó Tom.

—Váyase a casa. Quería respuestas y se las he dado. Con un poco de suerte el tiempo disipará sus temores, y demostrará que no somos más que unos iluminados paranoicos que ven la presencia de lo oculto en todas partes.

—¿Pero? —preguntó Tom intuyendo que esa reconfortante reflexión tenía una contrapartida.

Martha inspiró profundamente antes de responder.

—Pero si llegara usted a dudar de verdad y quisiera ir más lejos, hay alguien a quien debería conocer.

—¿A quién? ¿Al diablo? —bromeó Tom fríamente.

—A la mujer que vivió en la Granja después de Gary Tully. La única superviviente de esa familia rota.

—¿Sigue en el pueblo?

Martha entrelazó las manos.

—Nunca lo dejó. Ha pasado todos estos años internada en el hospital psiquiátrico de Arkham.

34.

Nunca había visto a un hombre con tantas pelotas. Y aún menos a una mujer. La vulgaridad de la imagen, impropia de Gemma, era proporcional a su asombro.

No se lo podía creer, ni siquiera tres días después.

Cuando Olivia había vuelto a ponerse al volante tras amedrentar a Derek Cox con la ayuda de una pistola de clavos neumática, habían recorrido dos kilómetros sin abrir la boca, hasta detenerse en la cuneta. Olivia temblaba. De la cabeza a los pies. Eso había impresionado a Gemma tanto como su demostración de fuerza unos minutos antes. Ver cómo la señora de la casa, tan segura de sí misma, tan decidida en todo lo que hacía —«¡Incluido apuntar con un arma a la entrepierna de Derek Cox, madre de Dios!»—, de pronto se ponía a temblar, era suficiente para que cundiera el pánico. Gemma había vivido aquel mal trago de principio a fin: mientras le daba a Olivia la dirección de Derek y la del lugar donde trabajaba; mientras iban en coche a su casa y comprobaban que no estaba; mientras recorrían las secciones de The Home Depot para que Olivia comprara la clavadora; y, por último, durante la confrontación. Solo de pensarlo se le ponía la carne de gallina. ¿Cómo iba a imaginar que una mujer tan amable, tan elegante, tan refinada, pudiera transformarse en una despiadada guerrera? Gemma había creído entrever las primeras muestras de su temperamento combativo cuando las expulsaron de la comisaría, pero no sospechaba hasta dónde podía llegar. Ver temblar a Olivia en el coche, y oírla hiperventilar mientras apretaba el volante hasta enrojecerse las palmas de las manos, la había tranquilizado una vez superada la angustia inicial. Olivia era capaz de meterse en el papel de mala si la obligaban a hacerlo, pero con un esfuerzo espantoso, incluso para ella misma. La sarta de juramentos que vino a continuación sorprendió a Gemma, aunque acabó por hacerla reír.

Con la cabeza echada hacia atrás en el asiento, Olivia exhaló un prolongado suspiro y miró a su pasajera.

—¿Te encuentras bien?

Gemma asintió.

—Estoy loca —afirmó Olivia—. Completamente loca. Lo sé.

En la carretera, los vehículos pasaban junto a ellas, haciendo vibrar el suyo.

—¿Podemos ir a la cárcel por lo que acabamos de hacer? —preguntó Gemma.

—Para empezar, tú no has hecho nada. Si Derek pone una denuncia, me declararé la única responsable. Contrataré al mejor abogado de Massachusetts para demostrar que si la policía hubiera intervenido, tal como pedimos cuando era justo y necesario, no habríamos tenido que llegar tan lejos. El incompetente de Warden pensará en lo que le ocurrirá a su reputación si el asunto trasciende y comprenderá que es preferible quitarse de encima a Cox. Pero Derek no dirá nada. Que lo que le ha pasado se hiciera público heriría demasiado su orgullo.

—Yo preferiría que no se enterara nadie...

Olivia miró el paisaje unos instantes antes de responder.

—Gemma, es importante que ese cerdo sepa que no puede salirse con la suya, sobre todo cuando los polis no se inmutan. Y... para ti, lo es el hecho de que te pida disculpas, aunque eso no cambie lo que te hizo.

—No estoy segura de que haya comprendido realmente lo que le ha dicho.

—Puede, pero lo recordará.

Olivia le acarició la mejilla con el dorso de la mano. Un gesto cariñoso que su madre ya no tenía nunca con ella, o raras veces. La reconfortó y acabó de confirmarle la enorme bondad de su jefa.

—Gracias, Olivia.

La mujer le respondió con una sonrisa, y soltó lentamente el aire una vez más.

—¡Es lo más emocionante y terrorífico que he hecho en muchos años! —confesó—. No... no me reconocía, estaba como poseída por la rabia contra ese cerdo. ¡He perdido la chaveta! Madre de Dios...

Y en ese instante de incertidumbre, cuando ninguna de ellas sabía si debía tener miedo o alegrarse, se echaron a reír, sin poder parar.

Las últimas palabras de Olivia, frente a la casa de Gemma, fueron para hacerle una petición.

—Gemma, prométeme que no les contarás nada de esto a los chicos, ni tampoco a Tom, ¿de acuerdo?

—Cuente conmigo —respondió Gemma. Y entonces, justo antes de cerrar la portezuela del coche, murmuró—: Creía que el señor Spencer y usted se lo contaban todo... Por lo menos, lo importante.

—Sí, pero hay que elegir el momento. Lo sabrá cuando ya no haya motivos para preocuparse.

—Entonces, ¿los hay?

Olivia la miró afectuosamente.

—No, creo que Cox ha aprendido la lección.

Pero Gemma adivinó que mentía. No podían saberlo. Derek Cox era imprevisible, aunque no cabía duda de que se había llevado un susto de muerte.

Tres días después, la vida parecía haber retomado su curso normal. Ningún policía se había presentado ni en casa de los Spencer ni en la de Gemma. Derek Cox no había dado señales de vida y Olivia se comportaba como la mujer alegre y afectuosa que siempre había sido. Gemma se sentía sucia —eso tampoco había variado— y se estremecía cada vez que pensaba en aquella mano sudada y brutal que se abría paso bajo el elástico de sus bragas como una repugnante araña. Pero algo había cambiado. El telón de fondo de su mente. La herida la hacía sufrir, pero había una pizca de calor. La esperanza. Y las ganas. Se curaría. La cicatriz en el corazón le quedaría para siempre. Pero Derek había tenido que enfrentarse a sus actos, y aunque no hubieran podido hacerle entender que era culpable, ella había leído en sus ojos que aquello ya no le parecía una insignificancia, y sabía que había pasado miedo. Mucho miedo. Al menos tanto como ella. Extraña ley del talión, que extendía un bálsamo vengador sobre su llaga para sanarla. Gemma se sentía capaz de salir adelante. No le daría a aquel bestia el gusto de destruir lo que quedaba de su adolescencia. Bastante daño le había infligido ya.

La chica estaba de pie en medio del salón de los Spencer. Con toda la familia ausente, repartida por los cuatro rincones del pueblo por diversos motivos, a excepción de la pequeña Zoey, que dormía la siesta en el piso de arriba.

Pese a la fuerte lluvia y la tierra empapada, la aureola gris en la hierba seguía señalando el lugar de la terrible inmolación. Se negaba a desaparecer. El recuerdo obligó a Gemma a tragar saliva y a retroceder para sentarse en el sofá. Pobre animal. Al día siguiente los chicos parecían fantasmas, pero, curiosamente, no tardaron en recuperar cierta energía, y ahora se pasaban el tiempo fuera en compañía de Connor y de Corey. Para su hermano también había sido una prueba horrible. Aunque el perro no era suyo, verlo suicidarse de un modo tan espantoso no podía por menos que traumatizarlo. Ella se había encerrado en sus problemas, y ahora se sentía mal por no haber estado más solícita y pendiente de él. Se juró que lo remediaría esa misma noche, aunque no sabía cómo. ¿Preparándole su cena favorita, maíz tostado y tiras de carne seca con salsa teriyaki Jack Link's, que luego le provocaba eructos durante horas? O simplemente intentando hablar con él...

Gemma empezó a hojear distraídamente una revista femenina olvidada en la mesita baja.

El chillido de Zoey la sobresaltó tanto que casi se cayó del sofá. Con el corazón en un puño, corrió escaleras arriba y avanzó por el pasillo, sin dejar de oír a la pequeña, que chillaba como si se la estuvieran comiendo viva. Pero al llegar a la esquina comprendió su error.

Estaba tan absorta en sus problemas que había olvidado las consignas de Olivia. Sumergida en sus cavilaciones, había actuado de manera mecánica, sin pensar. Y había acostado a Zoey en su antigua habitación. Olivia le había repetido varias veces que Tom había llevado una cama plegable para bebés a la antecámara del dormitorio matrimonial, pero ella lo había olvidado. Un problema con... «¡Las ratas! Eso es lo que ha dicho, que en la habitación de Zoey había ratas... ¡Oh, Dios mío!»

Aterrada, Gemma empujó la puerta entreabierta y vio a Zoey apretujada contra el cabecero, con la cara cubierta de lágrimas y congestionada por el miedo, agitando un dedito en dirección al pie de la cama.

—¡Brillan! ¡Brillan! —exclamó en cuanto vio a su niñera.

Gemma la cogió en brazos y la estrechó contra su pecho.

—Lo siento, cariño, lo siento... He olvidado que ya no duermes la siesta aquí. Perdona. Cálmate...

—¡Brillan, brillan, Ema!

Gemma se volvió hacia el punto que señalaba la pequeña y vio que la manta con la que la había tapado cuando se había dormido estaba apelotonada sobre la moqueta. Cuando se agachó para recogerla, la niña se tensó en sus brazos.

—No pasa nada, estoy aquí, ¿de acuerdo?

—Brillan...

La habitación no estaba demasiado oscura. Gemma había corrido las cortinas sin cerrarlas del todo, y la mortecina luz de primera hora de la tarde se filtraba en el cuarto, junto con el monótono repiqueteo de la lluvia. ¿Qué podía haber brillado y asustado a la pequeña de ese modo? Gemma buscó un juguete con la mirada, pero no vio ninguno eléctrico o que se iluminara. «Una pesadilla, seguro...»

Al ir a dejar la manta en la cama se dio cuenta del estropicio. Estaba desgarrada por el borde como si le hubieran asestado dentelladas del tamaño de una pelota de golf. «Parecen...»

Gemma se irguió, intranquila.

Eran mordiscos.

«¡Si hay ratas de esas dimensiones en la casa, dimito esta misma noche!»

Zoey se había calmado, apenas hipaba de vez en cuando, pero sus manitas se aferraban a Gemma como si le fuera la vida en ello.

—Brillan —dijo más tranquila, mirando la manta.

Gemma creyó comprender entonces.

—¿Chillan? ¿Es eso?

La niña asintió enérgicamente.

«Oh, Dios mío... ¡Las ha oído!»

Giró sobre sí misma en busca de los odiosos roedores, temiendo que un grueso cuerpo peludo se deslizara entre sus tobillos chillando con furia. Nada. Solo juguetes por todas partes.

Seguía sosteniendo el borde mordisqueado de la manta. ¿Podía una rata hacer algo así? ¿En serio? Parecía más bien la boca de un niño... Esos bichos debían de haberse atiborrado de maíz tratado con hormonas de crecimiento. Los Taylor lo cultivaban, todo el mundo lo sabía. Estaban en guerra con los Johnson, que los acusaban de haber contaminado sus campos con transgénicos y otras porquerías. De ahí a suponer que unas ratas de campo crecieran hasta ese punto... Gemma no se lo podía creer.

Olivia la iba a matar. Habría podido ocurrir una desgracia. La niña podría haber perdido un dedo. Gemma se imaginó yendo a buscarla una hora más tarde y encontrando unas ratas enormes que le devoraban los ojos y le roían los huesos de las manos y los pies, mientras, dentro de su tierno vientre, uno de aquellos monstruos se daba un atracón con vísceras de bebé. Solo de pensarlo se le revolvió el estómago. Tenía demasiada imaginación.

Dejó la manta en el suelo y retrocedió.

—No le diremos nada a mamá, ¿de acuerdo? He hecho una tontería, no debería haberme equivocado de cama, pero no volverá a ocurrir, te lo prometo. Por esta vez haremos como si no hubiera pasado nada, ¿vale?

—Vale —respondió la niña sin acabar de comprender.

Gemma salió al pasillo con Zoey en brazos y cerró la puerta tras de sí.

A su espalda, el rostro de una muñeca se hundió de pronto, antes de que una fuerza invisible le arrancara los brazos y las piernas, como si un niño enrabietado la hubiera emprendido con ella.

Un niño malo.

35.

Las peores inundaciones que había conocido Mahingan Falls se remontaban a la primavera de 1966, en la época de las grandes obras de recubrimiento que debían permitir que el pueblo se extendiera y desarrollara. El anterior alcalde, Geoff Calendish, había dedicado buena parte de su vida a ese proyecto, consciente de que tarde o temprano habría que encontrar el modo de estructurar lo que se había ido construyendo a lo largo de los siglos según las necesidades del momento. El cinturón de montañas que rodeaba Mahingan Falls le impedía extenderse más allá de cierto límite, así que había que aprovechar cada palmo de tierra. El *baby boom* y la prosperidad económica que acompañaron los sucesivos mandatos de Geoff Calendish durante los años cincuenta y los sesenta lo animaron a elaborar una estrategia ambiciosa: dotar a sus conciudadanos de un complejo escolar autónomo y global, que abarcara todos los cursos desde preescolar hasta secundaria, para que no tuvieran que enviar a sus hijos a Rockport o a Manchester, si no más lejos. Para muchos, tener que salir del Cinturón era una colosal pérdida de tiempo y demostraba que Mahingan Falls seguía siendo un villorrio dependiente de sus vecinos. Había que atraer a nuevas familias, convencerlas de lo maravillosa que sería su vida si se instalaban allí en lugar de hacerlo en otro sitio. El centro escolar sería el escaparate.

En esa época, un lago y sus ciénagas vagamente colonizados por tres calles que albergaban viejas casuchas destartaladas constituían el barrio más antiguo de Mahingan Falls, justo en su centro, entre Westhill y Oldchester. El río Weskeag caía desde su alta catarata al oeste de la villa y atravesaba Peabody en línea recta hasta el lago, mientras las aguas mezcladas del Little Rock y el Black Creek se deslizaban mansamente desde el norte, dominando el parque municipal antes de irrigar la ciénaga.

Mahingan Falls se había organizado en torno a las márgenes de aquellas dos serpientes plateadas, que delimitaban los principales sectores del pueblo. La inaudita idea de Geoff Calendish consistía en recubrir esos cursos de agua para recuperar superficie edificable y ampliar la zona habitable, y a continuación secar el lago y su húmedo entorno, derribar lo que había allí y construir el complejo escolar. Calendish se dejó la piel durante casi veinte años para hacer realidad ese proyecto. Al principio se reían en su cara. El gasto era considerable, a pesar de todas las ayudas externas que no se cansaba de prometer que conseguiría. Pero a fuerza de insistencia, acabó por convencer a sus electores, uno por uno, década tras década, de que el proyecto no solo era viable sino la única salvación de Mahingan Falls si no querían que terminara despoblándose. Se dice que la maqueta que exhibió en el vestíbulo del ayuntamiento fue un factor decisivo para atraer a su causa a los últimos escépticos, en especial a través de los niños, que hacían cola para admirarla y luego repetían machaconamente a sus padres lo bonita que era. El proyecto fue financiado y aprobado en 1964, aunque el inicio de las obras se retrasó una y otra vez por cuestiones políticas, pero también por la complejidad del tinglado financiero montado por el alcalde y sus socios. Geoff Calendish se derrumbó en mitad de Main Street tres meses antes de que las excavadoras iniciaran los trabajos, fulminado por un ataque cardíaco.

Su sucesor asumió la pesada herencia vigilando de cerca las largas obras de recubrimiento, que sumieron ambos ríos en la oscuridad tras haber desviado su último tramo para que evacuaran en las marismas del sur de la localidad. Así fue como el Weskeag desapareció bajo el asfalto de Peabody, mientras que el Little Rock se perdía bajo Beacon Hill para luego fundirse con el primero en algún lugar entre los cimientos del flamante Emily Dickinson School Complex. Un puñado de ancianos intentó hacer tambalearse el proyecto hasta el último momento, aduciendo que enterrar ríos no era bueno, con el incomprensible argumento del «respeto a las fuerzas vivas de la naturaleza», pero ni sus razonamientos estaban claros ni su movimiento organizado. A la postre, el único enemigo vehemente que se alzó de verdad contra las obras y amenazó su buen desarrollo fue la propia naturaleza, pero de una forma distinta a los ríos. Las primeras lluvias intensas cayeron a mediados de marzo, añadiéndose al deshielo que empapaba ya las colinas y vertía ininterrumpidos torrentes de agua en los desagües desde hacía diez días. Llovió sin parar durante tres semanas. A cántaros. Hasta formar peligrosas olas en las cunetas, inundar las canalizaciones y anegar las casas. Los obreros que intentaban verter el hormigón en el encofrado del que sería uno de los canales subterráneos tuvieron que parar después de que la corriente estuviera a punto de llevarse a un trabajador al ceder un dique. La obra se interrumpió durante más de un mes. Los voluntarios se relevaban para levantar barreras con sacos de arena en los puntos sensibles. Murieron animales, gatos, perros arrastrados por un brazo de agua surgido del fondo de los jardines; aparecieron cadáveres de mapaches y ratas por todas partes, pudriéndose en las calles, e incluso un hombre desapareció una noche, sin que se supiera jamás si la responsable había sido el agua o su mujer, que tenía fama de auténtica arpía.

Fue en esos días de enorme desbarajuste y miedo cuando los cielos empezaron a lanzar sobre Mahingan Falls carretadas de agua de la mañana a la noche, sin dar un respiro en dos días. Gruesos y pesados goterones caían de un techo gris oscuro cuyo vientre había embarrancado en las cimas de las colinas circundantes. La cumbre del monte Wendy había desaparecido, y con ella el Cordón, que oculto en el negruzco celaje hacía temer a los más «conectados» que tarde o temprano se perdiera todo contacto con el exterior.

Ya no se hablaba de otra cosa. Las inundaciones. ¿Rivalizarían con las de 1966? Y si esta vez los dos ríos se desbordaban en sus túneles, ¿no se corría el riesgo de que levantaran las calles y los edificios? ¿Se convertiría el sueño de Geoff Calendish en una pesadilla para los demás?

Connor, Corey, Chad y su primo asistieron impotentes al diluvio durante dos días, encerrados en casa de uno o de otro, consultando internet en busca de información sobre el barranco del bosque. Como no eran periodistas, no sabían cómo hacerlo, aparte de variando las palabras clave de sus búsquedas en Google, para obtener páginas y más páginas de contenidos. Había mucha información, así que se turnaban delante de la pantalla y leían en voz alta cuando un pasaje parecía más o menos interesante, antes de desecharlo casi por unanimidad. Era una tarea frustrante: mucho esfuerzo, toneladas de comprobaciones y ningún resultado concluyente. El barranco de Mahingan Falls no se mencionaba en ninguna parte. Si allí se cobijaba una fuerza benéfica, esta se comportaba con mucha discreción, al menos en internet.

Y, claro, los ánimos no acompañaban. El nombre de Dwayne Taylor surgía constantemente en sus conversaciones. ¿Cómo olvidar a aquel chico que había muerto ante sus ojos? En el pueblo no hablaban de él, por lo que dedujeron que aún no habían hallado el cuerpo. Eso provocó otro debate. ¿Debían o no debían alertar a las autoridades? Owen propuso un telefonazo anónimo, pero Connor se negó en redondo asegurando que con la tecnología moderna se podía rastrear cualquier llamada —lo había visto en la tele—, y la poli acabaría llegando hasta ellos. Les daba miedo que los acusaran del asesinato de Dwayne. ¿Quién iba a creer que el autor había sido un espantapájaros? Ningún adulto, seguro.

La tercera mañana la lluvia seguía sin aflojar, y Corey los llamó a todos para decirles que había que ir a la biblioteca. Owen tenía razón: si internet no podía ayudarlos, quizá la memoria escrita de su pueblo consiguiera hacerlo.

La biblioteca era un lugar curioso que fascinaba a los chicos tanto como los inquietaba. Se alzaba a cierta distancia del ayuntamiento, en Independence Square, al fondo de un jardín mal cuidado, con sauces desgreñados y arbustos que invadían los senderos de gravilla. Era una antigua iglesia. En el ardor religioso que había caracterizado a los primeros colonos, cada credo había realizado una demostración de fuerza construyendo su lugar de culto. A veces, dentro de un mismo pueblo, varias iglesias consagradas a un dogma rigurosamente idéntico se erigían por una simple cuestión de influencia, poder o rivalidad. Pero con el paso del tiempo y la disminución de los fieles, algunas quedaron abandonadas y en estado ruinoso, o cambiaron de dueño, como aquella de piedra ennegrecida que se alzaba orgullosa en el centro de Mahingan Falls, desmesurada para una localidad tan pequeña, que tenía más que suficiente con Saint Finbar. Esta, la iglesia histórica de Green Lanes y de la comunidad irlandesa católica, tenía la ventaja de llenarse sola y de no ser ni excesiva ni difícil de mantener. Su hermana mayor del centro, cedida por la diócesis, fue transformada en una vasta biblioteca que impresionaba a los más jóvenes.

El coche de Tom Spencer dejó a Owen y Chad delante del ayuntamiento al comienzo de la mañana.

—¿Habéis cogido los veinte dólares?

—Sí, papá, no te estreses —respondió Chad a través de la cortina de lluvia.

—Si cambiáis de opinión y preferís volver a casa para comer, me llamáis con el móvil de Connor, ¿de acuerdo?

—No cambiaremos de opinión —aseguró Owen—. Te avisamos esta tarde para que vengas a buscarnos. Gracias, Tom.

Los dos primos corrieron a ponerse a cubierto bajo las arcadas del edificio mientras el coche se alejaba, y poco después vieron venir hacia ellos a Corey y a Connor, que llevaba con orgullo una gorra con el logo de Batman goteando agua. Un poco más lejos, en la explanada del ayuntamiento, el aro metálico que sujetaba la cuerda de la bandera golpeaba frenéticamente el mástil. En ese momento retumbó un trueno, y los cuatro chicos, sobresaltados, miraron al cielo.

—Mi padre decía que las tormentas de verano son las peores —murmuró Owen.

—Es una señal —dijo Corey.

—¿Una señal de qué? —rezongó Connor.

—No lo sé. De una potencia superior. Puede que Dios, u otra cosa. Nos está diciendo: «Cuidado con lo que hacéis».

Connor hizo una mueca y soltó un sonoro pedo.

—¡Mira, ahí tienes una señal de una potencia superior a ti: el agujero de mi culo!

Connor y Chad se echaron a reír mientras Corey señalaba la verja de hierro forjado que rodeaba el exuberante jardín de la vieja iglesia, cuyo oscuro campanario emergía entre las copas de los árboles.

—Vamos a tener que correr si no queremos mojarnos hasta los calzoncillos. Hemos hecho bien en ponernos pantalones cortos.

—¡El último que llegue le pide al bibliotecario que nos ayude! —anunció Connor echando a correr bajo la lluvia, seguido de cerca por Chad. Derraparon por las aceras encharcadas y luego se lanzaron al esprint por la gravilla. Owen nunca había visto una biblioteca en un lugar así. Tenía la sensación de estar en un cuento para niños. Pero no en uno edulcorado por Disney, sino en versión original, como los que le contaba su abuelo cuando era pequeño, antes de morir de un cáncer de garganta. Owen se había preguntado durante mucho tiempo si no habría sido por culpa de las historias terroríficas que contaba a todas horas. Aquellos cuentos estaban llenos de paisajes angustiosos y personajes inquietantes, y no siempre terminaban bien.

Cuando llegó —el último— al vestíbulo, no pudo disimular su asombro; se quedó con la boca abierta mientras sus amigos se sacudían el agua entre risas. La iglesia había sido totalmente remodelada, pero había conservado su estructura original: las vidrieras de colores a modo de ventanas; el techo, muy alto a pesar de la entreplanta en forma de altillo que iba de una punta a otra de la nave; y las columnas de piedra, rodeadas por anaqueles hechos a medida.

El mostrador de recepción estaba en el antiguo atrio. Un ordenador, que no era precisamente nuevo, ronroneaba y arrojaba la luz de su pantalla sobre el rostro de un hombre barbudo de mediana edad que estaba leyendo una revista. Amonestó a los cuatro chavales con una simple mirada por encima de sus gafas redondas y posó el delgado índice en el cartelito que tenía delante: POR RESPETO A LOS LECTORES, GUARDEN SILENCIO.

De un codazo, Connor envió a Owen en su dirección.

—Has perdido, te toca preguntar —le susurró.

Un poco cortado, Owen se acercó y se aclaró la garganta antes de atreverse a hablar.

—Disculpe, señor. Mis amigos y yo queríamos investigar sobre la historia del pueblo.

El barbudo dejó la revista y observó a sus nuevos invitados con un poco más de atención.

—¿Tenéis carnet de la biblioteca?

—Pues... no. Mi primo y yo acabamos de mudarnos... ¿Hay que pagar algo?

El hombre se inclinó hacia él.

—¿Te parece que el acceso a la cultura es algo bueno?

—Sí..., claro.

—¿Y sabes de algo bueno que sea gratuito?

—Pues...

—¡Por supuesto que hay que pagar! De algún modo habrá que financiar todo esto —dijo señalando la biblioteca a su espalda—. ¿O crees que se hace con tus impuestos? Reembolsar la deuda, pagar la defensa, la justicia, la diplomacia y todo lo demás... Pero ¿la cultura? No. Solo recibe migajas.

—Es que... yo no pago impuestos.

—Voy a daros los impresos. Los rellenáis en casa y la próxima vez os registraremos. Hoy no podréis llevaros libros, pero la consulta es pública.

El hombre se acodó en el mostrador para inclinarse aún más hacia Owen y poder susurrarle con aires de conspirador:

—Para poseer la cultura hay que pagar, pero poseerla ahí dentro aún es gratis, así que aprovechad —dijo dándose unos golpecitos en la sien.

Parecía muy orgulloso de su perorata, y Owen, azorado, se volvió hacia sus amigos, que lo animaron a seguir.

—Señor, ¿tienen ustedes libros sobre Mahingan Falls?

—¿Qué queréis saber?

—Conocer su historia, nada más.

—Vamos a ver... Están McMurdo y Allistair, que escribieron un libro excelente sobre la región, y también tenemos a nuestro historiador local, Thomas Briar. Como el colegio no ha empezado, supongo que es por curiosidad...

—Para saber cosas del lugar en que vivimos ahora —se inventó Owen—. Bueno, gracias.

—En ese caso, bastará una visión general, así que esas obras son perfectas. Esa sed de conocimientos está muy bien, os felicito.

—¡Chisss! —oyó Owen a su espalda.

Al volverse hacia Connor, leyó la palabra «barranco» en sus labios.

—¿Tienen algún problema tus amigos? —le preguntó el hombre.

—No, solo son tímidos. ¿Y si busco cosas concretas, sucesos ocurridos en los alrededores, por ejemplo?

—¿Sucesos?

—Sí. Cosas... que se salen de lo habitual.

El hombre soltó un leve gruñido de desaprobación.

—Ya veo. Los archivos del *The Observer*. El antiguo periódico local. Cerró hace varios años, pero conservamos un ejemplar de todos sus números. Aún no los hemos digitalizado, pero los microfilmes se pueden consultar fácilmente en los reproductores, en el coro, al fondo del todo.

Owen se volvió hacia los demás y les hizo un gesto con la cabeza para que lo siguieran. Avanzaron por la nave entre las imponentes estanterías, en religioso silencio y sintiéndose muy pequeños. Grandes lámparas colgaban de las finas barras metálicas que cuadriculaban el espacio a media altura. Había escaleras corredizas para acceder a los estantes más altos, otra de caracol para subir a la entreplanta, y mesas de lectura distribuidas en el poco espacio libre que quedaba.

Un relámpago iluminó la iglesia a través de las vidrieras, seguido de cerca por un trueno que resonó entre los muros e hizo temblar a los cuatro chicos.

—Qué impresión... —dijo Corey en voz muy baja.

—Lo que da impresión es que estemos solos —hizo notar Connor.

Llegaron al coro, donde varios escritorios formaban una U. Cuatro ordenadores y dos lectores de microfilmes alternaban con zonas de trabajo iluminadas por lámparas con tulipa verde. Reinaba un ambiente de estudio y misterio, herencia del lugar.

Tras revolver un poco, encontraron las cajas con los microfilmes del *Observer* en una serie de cajones. Connor se encargó de preparar los lectores y colocar bien los rollos, y luego Owen y Corey se sentaron ante las pantallas de lectura.

La lluvia azotaba las vidrieras sin interrupción, pero los adolescentes, enfrascados en su búsqueda o medio dormidos en la silla, como Chad, no tardaron en olvidarse de ella. Las páginas desfilaban. Los números del periódico se sucedían. El bibliocario les había llevado cuatro libros sobre la historia de Mahingan Falls y la región, que Connor hojeaba distraídamente.

—Ayúdame —dijo dándole un puntapié a la silla de Chad, que se despertó con un respingo—. Hay tantos datos que ya no sé dónde mirar.

Chad suspiró y cogió uno de los gruesos libros para estudiarlo.

Durante dos horas y media leyeron en silencio. Tras dos días rebuscando en internet, tenían la sensación de que nunca encontrarían nada apasionante.

El hombre volvió a acercarse, pero apareció a su lado tan silenciosamente que los sobresaltó.

—Perdonad si os he asustado... ¿No coméis?

Los chicos se miraron, cogidos por sorpresa.

—Tenemos algo de dinero para comprarnos un sándwich —le explico Owen.

—Pero ahora estamos en plena investigación —añadió Connor.

—¡Ah! Es que a esta hora normalmente cierro. Pero parecéis muy estudiosos, así que... Mirad, con la que está cayendo, quedaos aquí. Voy a buscar mi comida para calentarla en el despacho. Confío en que os portéis bien mientras tanto, ¿de acuerdo? —los chicos asintieron—. Me apellido Carver, pero llamadme Henry. Nada de tonterías, ¿eh? Y en cuanto a los sándwiches, está prohibido comer en la biblioteca.

Henry Carver se alejó, pero tras dar unos pasos se volvió de nuevo.

—Aunque supongo que con este tiempo estaría feo haceros salir. Así que, si queréis traeros la comida aquí, me parece bien, siempre que comáis en una mesa aparte y que luego lo dejéis todo limpio.

Le dieron las gracias y volvieron a enfrascarse en la lectura. Al cabo de unos instantes, la puerta de entrada se cerró a lo lejos y el ruido retumbó en toda la iglesia.

—Tenemos compañía —dijo Corey.

—¿Y? —respondió Connor—. ¿Tienes miedo de los fantasmas de los libros muertos?

—No, es solo que...

Se encogió de hombros y volvió a concentrarse en la pantalla.

De vez en cuando, un rayo proyectaba su espectral resplandor a través de las vidrieras, mientras la lluvia las golpeaba sin descanso. Los truenos resonaban como si estuvieran atrapados en la hondonada que formaban las colinas del Cinturón.

Un lejano chirrido les hizo levantar la cabeza de sus textos. Carver debía de haber vuelto. Chad se desperezó e hizo girar la silla para intentar ver el mostrador de recepción entre las estanterías. No había nadie.

En ese momento la corriente eléctrica se interrumpió un instante y las lámparas parpadearon, pero volvieron a encenderse enseguida. Chad se acercó a Corey.

—¿Qué decías el otro día sobre las líneas de alta tensión que abastecen al pueblo? Que fallan en cuanto hay tormenta, ¿no?

—Si me hubieras escuchado, sabrías que precisamente ya no pasa, porque están enterradas. No te mees en los pantalones, no nos vamos a quedar a oscuras.

—Si piensas que eso me da miedo...

Connor le lanzó una bolita de papel a la cara, riendo.

—¡Cagueta!

La atención disminuía. Necesitaban una pausa. Connor se levantó para estirar las piernas y Chad lo imitó, mientras observaba los detalles arquitectónicos del techo.

—¿Tenéis algo? —preguntó Owen.

—Hambre —rezongó Connor—. ¿Y vosotros?

—¡Bah! Por ahora, ni una palabra sobre el barranco.

—Estamos perdiendo el tiempo —opinó Chad—. Si ese barranco tuviera algo de especial, ya lo habríamos descubierto.

—¿Crees que basta con quererlo? No, hay que ganárselo.

Corey pensaba igual.

—Si fuera tan sencillo, todo el mundo lo habría descubierto ya.

—¿Y si nos equivocamos? —sugirió Chad—. ¿Y si el barranco no tiene ningún poder?

Owen no estaba de acuerdo.

—Ya viste la reacción del espantapájaros. Le tenía miedo. No conseguía entrar. Y la primera vez que nos persiguió, le pasó lo mismo. No, ese barranco esconde un secreto, seguro.

—Bueno, pues yo no encuentro nada en todo esto —se rindió Chad, empujando los libros sobre la mesa.

Owen se volvió hacia Connor.

—¿Nada en la historia de Mahingan Falls que nos pueda interesar?

El interpelado se encogió de hombros.

—No. Cosas siniestras que pasaran en el bosque sí las hay, pero sin relación con el barranco.

—¿Qué tipo de cosas?

—Ya te puedes imaginar..., asuntos poco claros con los indios. Cambalaches, mentiras, ataques...

—¿Se dice dónde pasó exactamente?

Connor volvió junto al libro que había estado hojeando y empezó a pasar páginas.

—Sí, pero son nombres antiguos, luego lo cambiaron todo...

—¿Y si el barranco hubiera tenido un nombre en esa época? —sugirió Corey.

—No soy idiota, ya lo tengo en cuenta cuando describen los lugares, pero ninguno se corresponde. ¡Ah, aquí está! —dijo Connor al dar con el pasaje que buscaba—. La mayor masacre se produjo en la época de los primeros colonos. Debía de haber un intercambio importante entre los indios pennacooks y los habitantes del pueblo, que aún no era más que una aldea; pieles de animales y cosas así. Pero en vez de cumplir el trato, los colonos abrieron fuego, acabaron con todos los indios y remataron a los heridos en el barro.

—¡Qué antepasados más majos! —exclamó Chad.

—¿Dónde ocurrió? —quiso saber Owen.

—Nada que ver con el barranco. Donde se juntaban los ríos, en el centro histórico de Mahingan Falls.

—¿Dónde está eso?

—Ya no existe —explicó Corey—. Lo destruyeron todo hace mucho tiempo para construir el centro escolar.

—¿Y por dónde pasan los ríos ahora? —preguntó Chad, sorprendido.

—Por debajo, por subterráneos hechos a propósito.

Owen señaló los libros.

—¿Hay algún mapa?

Connor pasó las primeras hojas del libro que sostenía, desplegó una doble página que representaba Mahingan Falls a principios del siglo XXI y siguió buscando hasta dar con un plano mucho más antiguo, en el que no se veían más que tres calles en las proximidades de un lago, alimentado por dos ríos.

—Nada que ver —confirmó—. Es casi lo opuesto al barranco.

—Una fuerza maligna dio vida a ese espantapájaros —dijo Owen examinando los mapas—. Todo lo que pudiera explicarlo nos interesa. Desde ese punto de vista, no estoy seguro de que la masacre de..., ¿cuántos eran?

—Unos treinta, creo —respondió Connor.

—La matanza de treinta personas no es ninguna tontería. Puede que ese sea el origen.

—Entonces, ¿por qué no ha pasado nada hasta ahora? —replicó Corey—. Si hubiera habido muertes continuamente desde entonces, se sabría. Y no es así. Yo lo que puedo deciros es que he ido a bañarme al estanque un montón de veces, y los espantapájaros, los he visto colgados ahí durante años, ¿o no, Connor? Y nunca se han movido. Nunca.

Owen admitió que no podía opinar sobre eso.

—Corey tiene razón —dijo Chad—. No ha ocurrido este verano por casualidad. Tiene que haber una razón.

—¿Que no soporta vuestros caretos? —bromeó Connor, sin provocar las risas esperadas.

—¿Menciona algún otro suceso violento? —le preguntó Owen.

—De todas formas, hay que comprenderlo: la vida en una región tan salvaje no era nada fácil...

—¿Qué hay que comprender, que vuestros antepasados eran unos bestias y unos asesinos? —replicó Chad.

—¿Crees que los tuyos tienen las manos limpias? Los que sobrevivían en esos tiempos eran los fuertes, los depredadores. Los demás la palmaban.

—¿Hay más sucesos? —insistió Owen.

—Poca cosa. He leído que después hubo una serie de ahorcamientos. Y luego está el tema de las brujas de Salem, no muy lejos de aquí; parece que algunas chicas eran de Mahingan Falls. Pero necesito avanzar, aún no he llegado a la mitad...

Owen se paseaba por el coro, pensativo.

Tres relámpagos seguidos, casi furibundos, hicieron pestañear a la pandilla antes de que los truenos estallaran prácticamente sobre el campanario.

—¡Guau! —exclamó Chad—. ¡Estos sí que han caído cerca!

Las lámparas parpadearon de nuevo, se apagaron un instante y volvieron a encenderse.

—¿Ha regresado el bibliotecario? —preguntó Corey.

—Lo he oído hace un rato, pero no veo a nadie —dijo Chad echando un vistazo a la recepción.

—¿Seguro que era él?

—¿Y quién quieres que fuera?

Se miraron, dubitativos, empezando a sentir una pizca de inquietud.

—¿Señor Carver? —Chad alzó la voz—. ¡Señor Carver!

—No está —dijo Owen—. Da igual, no lo necesitamos. Connor, si en el resto del libro hay más muertes, nos avisas... Nunca se sabe.

—Antes me gustaría comer, ¡me crujen las tripas!

—A mí también —admitió Corey—. Si sigo mirando la pantalla sin hacer una pausa de verdad, se me van a derretir los ojos...

En algún lugar de la iglesia una puerta chirrió lentamente, y los cuatro se callaron. Owen se estremeció. No sabía si por el fresco que hacía en aquel sitio o por algún otro motivo desagradable.

—Vale —dijo—, compramos algo de comer y volvemos volando.

Recorrieron toda la nave hasta la puerta de entrada, que se negó a abrirse. Estaba cerrada con llave.

—¡Mierda! ¿Nos ha encerrado? —exclamó Corey, sorprendido.

Chad frunció el ceño.

—Espero que no sea un pervertido...

De repente se apagaron las luces, todas, y quedaron sumidos en una semioscuridad apenas atenuada por la grisura que tamizaban las gruesas vidrieras de colores.

—¡Oh, no! —murmuró Owen.

—Tranquilo —le dijo Chad poniéndole la mano en el hombro—, solo es un apagón.

En ese momento notaron una corriente de aire frío que pasaba entre sus tobillos desnudos.

Luego, una vibración procedente de las profundidades del edificio les hizo dar un respingo. Algo rugió lejos, bajo sus pies.

Chad volvió a tirar de la puerta insistentemente, sin resultado. La hoja era maciza, imposible de forzar.

El suelo volvió a temblar. Más cerca, le pareció a Owen, que retrocedió de manera instintiva.

Luego se oyó un chasquido mecánico, el de una maneta que se movía, seguido del rechinar de una puerta.

Un relámpago proyectó sus sombras.

En ese instante, Owen tuvo la certeza de que alguien o «algo» acababa de entrar.

36.

Los truenos retumbaban en la vieja iglesia, sumida en la anémica claridad que penetraba por las altas vidrieras.

El suelo de losas vibraba de forma intermitente, y un lejano traqueteo, casi mecánico, llegó a sus oídos. Una puerta se cerró en algún lugar de la biblioteca, y el sonido cesó.

Luego las bombillas chisporrotearon y volvió la luz.

—Yo me largo —advirtió Corey, y se fue derecho hacia una puerta en la que podía leerse: RESERVADO PARA EL PERSONAL.

Entre las estanterías pasó una sombra.

—¿Es que no sabes leer? —se oyó decir—. Sería el colmo, en un sitio como este —Henry Carver apareció detrás de una columna—. He tenido que rearmar el diferencial en el cuadro eléctrico. Espero que no os hayáis asustado... Es un viejo circuito que hace temblar las paredes.

Los chicos balbucearon sendos «noes» muy poco creíbles. Connor fue el primero en recuperarse.

—Solo queríamos salir para comer algo —explicó.

—¡Ah, sí, claro! Perdón por encerraros, no podía dejar abierto sin nadie vigilando. Adelante, y no lo olvidéis: podéis traeros la comida siempre que no haya libros en la mesa y luego limpiéis.

El diluvio que les esperaba fuera les hizo dudar en el pórtico. Después del miedo que acababan de pasar, se sentían un poco idiotas. Estaban paranoicos, sentenció Connor. No era de extrañar, teniendo en cuenta lo que habían sufrido con el espantapájaros.

Se les había quitado el apetito, pero corrieron hasta el delicatesen del otro lado de la plaza, en la esquina con Main Street, y se instalaron en unos taburetes junto a la ventana para comerse los sándwiches de salami. Fuera, el mundo estaba borroso y chorreante. También ellos goteaban agua sobre el embaldosado blanco y negro. Connor escurrió la gorra, se la encasquetó de nuevo y probó a hacer unas cuantas bromas, que consiguieron relajar un poco a los demás, pero cuando Owen les propuso retomar la faena, los vio muy poco motivados.

—Es importante. La fuerza que animaba al espantapájaros no ha muerto, todos lo sabemos —les recordó, y se volvió hacia Chad—. La prueba es Smaug.

Su primo asintió.

—Es verdad. Smaug se merece que sigamos.

—Y Dwayne Taylor también —murmuró Corey.

—No dejo de pensar en él —confesó Chad—. Con la de agua que está cayendo, me lo imagino pudriéndose en el barro... Y nosotros, sin hacer nada.

—Ya hemos tenido esta conversación mil veces —gruñó Connor—. Yo también lo siento por él, pero no se me ocurre ninguna solución. La poli lo encontrará antes o después.

—¿Y si lo encuentran sus padres? —replicó Chad—. Ver a tu hijo en ese estado no debe de ser nada agradable. Mejor que sea la poli.

Connor se encogió de hombros.

—El bibliotecario es un poco raro, ¿no os parece? —preguntó Corey dejando la mitad del sándwich delante de él.

—¡A mí me da mal rollo todo el sitio! —reconoció Connor.

Owen arrojó sus desperdicios al cubo de la basura.

—Bueno, pero hay que volver.

Los demás lo siguieron, un poco a regañadientes.

El señor Carver los recibió con una gran sonrisa de satisfacción, contento de ver regresar a sus únicos pupilos del día. Se instalaron en los mismos sitios, no sin antes echar un vistazo a cada ángulo de la biblioteca para asegurarse de que no había nada raro, y retomaron sus lecturas. Las hojas fueron pasando, con más o menos rapidez, y los microfilmes se sucedieron casi sin pausa: Corey y Owen deslizaban la mirada por la páginas de titular en titular, deteniéndose a leer solo lo que parecía interesante. Al cabo de tres horas, Connor se desperezó.

—Voy a por una Coca-Cola a la máquina del ayuntamiento —anunció—, ¿queréis algo?

—Una Xbox One con dos mandos —pidió Chad.

—¿Y qué tal un par de tetas, ya puestos? ¿Corey?

—Nada, gracias.
—¿Owen? ¡Eh, Owen!
El aludido estaba demasiado pegado a la pantalla.
—¿Te pasa algo? —le preguntó Corey.
Owen estaba acabando de leer un largo artículo y tardó en responder. Por fin tragó saliva, apartó los ojos de la pantalla y miró a sus amigos. Tenían una expresión siniestra. Luego, hizo girar la pantalla del lector y señaló el título de un artículo.
—«Asesino maníaco en Mahingan Falls» —leyó Corey—. «Ya son dos los cadáveres de niños hallados en su propiedad. La policía se teme lo peor.»
—Fue en la granja de los Taylor —explicó Owen.
—¡Oh, mierda!
—¿Estás seguro? —preguntó Connor.
—Describen el lugar con exactitud. Y supongo que no hay dos iguales saliendo del pueblo por el oeste, a la orilla de un estanque alimentado por el Weskeag...
—No hay ninguna duda —confirmó Corey.
—En la granja vivía un asesino. Fue en 1951. Se supone que mató a su sobrino y a un amigo de este. Tenían trece y catorce años. Por lo que he leído, era sospechoso de la desaparición de varios chicos.
—Se llamaba Eddy Hardy —leyó Corey.
—¿Eddy Hardy? —repitió Connor—. Más que el nombre de un asesino, parece el de un cómico...
—Destripó a su sobrino después de sodomizarlo, ¿eso te parece cómico? Y al otro chico lo tuvo secuestrado varios días antes de cargárselo. A mí no me hace ninguna gracia... —Corey se apartó de la pantalla con cara de asco.
—¿Podría ser pariente de los Taylor? —preguntó Chad.
—Podría —respondió Connor—. No sé si la granja ha sido siempre suya. Puede que la compraran. El abuelo, tal vez. Desde 1951 ha pasado mucho tiempo...
Owen hizo rodar la silla para colocarse en el centro del grupo.
—Voy a buscar en otros números para averiguar más sobre los asesinatos, pero a lo mejor no mató a esos dos chicos solo porque era un degenerado. ¿Y si hubiera otra razón? ¿Y si Eddy Hardy hubiera realizado una especie de rito satánico?

—¿Crees que lo del espantapájaros es cosa suya? —preguntó Chad.

—El espíritu maligno que nos persiguió la tomó con nosotros. No con adultos sino con chicos de la misma edad que las primeras víctimas. Para mí, no es casualidad. Está relacionado. Puede que incluso sea él.

—¿Pero por qué no se había manifestado hasta ahora? —insistió Chad—. Creo que Corey tiene razón: nos falta el detonante.

Owen se mordió el labio. Tenían razón. ¿Por qué esperar tantos años para volver a la vida?

—¿Algo que Taylor padre utilizara para hacer los espantapájaros? —sugirió Connor—. Una caja vieja o algún objeto que habría despertado el alma de Eddy Hardy...

Los demás se mostraban escépticos.

—Es una posibilidad —admitió Owen—. ¿No habéis descubierto nada más sobre la historia de Mahingan Falls? —les preguntó a Connor y a Chad.

Ellos sacudieron la cabeza.

—Cero patatero.

—Y eso no explicaría por qué nos protege el barranco... —murmuró Owen.

—Deberíamos construir un refugio allí —propuso Chad—. Sería nuestro cuartel general, y así sabríamos adónde ir si alguna vez necesitamos un lugar seguro para escondernos.

Todos estuvieron de acuerdo. Era una buena idea. Un sitio tranquilo y protegido les vendría bien, al menos para la moral.

Pero Owen aún no estaba satisfecho. Sabía que la clave era comprender, y de momento lo veía tan claro como si estuviera en un sótano en el que acabara de explotar la bombilla.

Después de tantas horas encerrados leyendo frases sin hallar la menor respuesta, sus amigos estaban cansados. Había llegado el momento de pasar a otra cosa.

—Vale, en cuanto pare de llover iremos al barranco para construir nuestro cuartel general —confirmó Owen.

Sin embargo, estaba convencido de que se les escapaba lo esencial.

Y una vez más, un relámpago iluminó las vidrieras con cegadora intensidad.

37.

El viento mecía el maíz bajo una bóveda de nubes que se deshilachaban en una lluvia intermitente. Las mazorcas bailaban en grupos, como una muchedumbre en un concierto, siguiendo el ritmo de la estruendosa y sibilante tormenta.

De pie bajo el tejadillo del porche de los Taylor, con las manos en los costados del uniforme beige, Ethan Cobb miraba los campos que se extendían frente a él hasta fundirse con el horizonte de color pizarra. A su alrededor, el agua caía en un sinfín de minúsculas cascadas, regueros y goteos a cual más ruidoso.

—¿No se llevó nada? —preguntó sin volverse.

Detrás de él se oyó la voz flemosa de Angus Taylor, que apestaba a tabaco a una legua.

—Nada de nada. El móvil sí, no lo soltaba nunca, siempre lo tenía metido en el bolsillo. Pero la tarjeta de crédito está aquí, y su ropa preferida, lo mismo. Además, si se hubiera ido voluntariamente, como ha sugerido su compañero, jamás se habría dejado la gorra de los Red Sox con la dedicatoria de Johnny Pesky, era su trofeo, la niña de sus ojos. La quería más que a su vida. Está en su habitación. La compró en Danvers en una subasta. Ahorró todo el dinero para gastos que le dábamos por trabajar en la granja para pagarla. ¿Quiere verla?

—No será necesario.

—No se ha ido —dijo con firmeza Clarisse, la mujer de Angus—. Lo sé. Una madre sabe esas cosas.

—Imagino que habrán recorrido los campos... —supuso Ethan.

—Sí, no paro de hacerlo con Mo, mi viejo. Como puede ver, hay mucha superficie, y con este tiempo no es fácil: hasta nosotros nos perdemos. Pero nada. Espero que no esté ahí, inconsciente en cualquier parte. Nunca me perdonaría que...

—Su perro, el que tiene atado a la entrada, ¿los ha acompañado en sus batidas?

—¿Lex? Últimamente no sé qué le pasa... No para de llorar en todo el día, y por la noche, como no lo meta en casa ladra hasta quedarse afónico. Ya no entra en los maizales. Se niega a alejarse de la casa.

—¿Lo había hecho antes?

—No. Debí escoger uno sin pedigrí, son más duros. ¡Estos chuchos de raza no valen para nada! Le habrá mordido un coyote en los campos, y se ha acobardado. ¡Como siga así de zángano, me voy a ahorrar una boca que alimentar!

—¡Angus! —lo interrumpió Clarisse, indignada—. ¡Lex no es ningún zángano, no tienes por qué ser tan duro con él!

A Ethan no le gustaba aquello. Tampoco él creía en la tesis de la fuga defendida por el incompetente de Paulson. Estaba claro que el jefe Warden había mandado allí a su perro fiel para calmar los ánimos y asegurarse de que Cobb, el elemento perturbador, el paranoico que veía problemas en todo, se mantuviera al margen. «Gracias por el soplo, Ashley.»

Si Warden se enteraba de que había ido hasta allí, no le haría ni pizca de gracia.

«Que le den.»

—¿Hay cobertura aquí? —preguntó.

—Por supuesto —respondió Angus acercándose y extendiendo el brazo, cubierto de vello blanco, para señalar la masa de nubes, bruma y chubascos acumulados en el norte—. Con esta negrura no es posible verlo, pero el monte Wendy está justo ahí, al otro lado del bosque, con su maldita antena que estropea el paisaje los días despejados. De modo que sí, señal tenemos.

Ethan se animó un poco. Por fin una buena noticia. No era probable que el móvil del chico siguiera funcionando después de cuatro días sin recargarlo, pero no costaba nada intentar localizarlo. Se ocuparía en cuanto volviera. Allí no tenía ningún contacto con los operadores telefónicos, y dudaba que pudiera conseguir algo sin el apoyo del fiscal del distrito, Marvin Chesterton. Pero meterlo en el asunto equivalía a declararle la guerra al jefe Warden y decirle adiós a su puesto, así que decidió que recurriría a sus antiguos compañeros de Filadelfia. Algunos le debían más de un favor.

—Necesito su número, el nombre de la compañía telefónica y todos los datos que pueda darme.

Al menos eso, Paulson debería de habérselo pedido ya. Era un inútil completo, en el trabajo y en todo lo demás.

—¿Lo encontrará? —preguntó Clarisse con un deje de esperanza en la voz.

Ethan se volvió hacia ella. Era una mujer gruesa, con la larga melena rubia salpicada de mechones grises.

—No puedo prometerle nada, pero haré todo lo que esté en mi mano. A partir de ahora, si tienen cualquier pregunta o alguna información que comunicarnos, diríjanse directamente a mí —les pidió, tendiéndoles su tarjeta con el logotipo de la policía de Mahingan Falls.

El móvil empezó a sonar, y Cobb contestó.

—Ethan, tienes que venir enseguida —le dijo Ashley bajando la voz para que no la oyeran.

—¿Estás en casa?

—No, no es por mí. Otro cadáver.

Al oírlo, Ethan se alejó de los Taylor y bajó del porche a pesar de la lluvia.

—¿Varón? ¿Identificable?

Estaba pensando en Dwayne Taylor.

—No.

—¿No qué?

—Ninguna de las dos cosas. Tienes que venir. North Fitzgerald Street, 87. Date mucha prisa, por favor. Y ten cuidado, está Warden.

Grasa derretida. Hierro. Comida en mal estado. Fuerte concentración de ácido rancio. Y un poco de mierda también. Todo ello multiplicado hasta lo insoportable, hasta dejar casi de ser un olor para volverse palpable, como un viscoso y nauseabundo aceite que se pegara a las mucosas e impregnara la ropa. Así era el hedor que salía del primer piso y bajaba por las escaleras.

Ethan supo que la visión iba a ser dantesca. Delante del chalet, Max Edgar vomitaba hasta la primera papilla sobre el césped y César Cedillo estaba tan blanco como un fantasma. En la planta baja, Pierson King y Lane Paulson, que hacían lo que podían para consolar al marido, derrumbado en un sillón del cuarto de estar, también parecían tocados, ausentes, estremecidos aún por el horror que habían contemplado.

Ashley Foster estaba en el rellano, tapándose la nariz con un pañuelo. Esperándolo, comprendió Ethan.

La actividad se había concentrado en un pequeño aseo encajonado entre dos habitaciones. Las emanaciones de la muerte procedían de allí sin la menor duda y eran tan intensas que costaba respirar. Con el estómago en la garganta, Ethan hizo un gesto con la cabeza para saludar a su compañera, que le señaló el cuarto de baño con la barbilla. Luego se asomó por el hueco de la puerta. Vio las paredes cubiertas de rastros rosáceos de sangre diluida y la bañera llena de un aguachirle rojo y parduzco del que emergía, aquí y allá, un informe y hormigueante amasijo: carne putrefacta e infestada de gusanos, sin piel.

En el interior, unas voces hablaban en un susurro. Ethan reconoció la de Warden y, para su sorpresa, también la de Ron Mordecai, el dueño de la funeraria.

Dio un paso atrás para volver junto a Ashley.

—¿Qué pinta aquí Mordecai? —le susurró para que no los oyeran.

—Lo ha llamado Warden.

—¿Warden? Creía que lo odiaba...

—Para que veas lo perdido que está...

—¿Quién es la víctima?

—Kate McCarthy. La ha encontrado su marido al volver de viaje. Llevaba tiempo muerta.

—Eso me ha parecido. ¿Se sabe la causa?

—Le han... arrancado la piel. De todo el cuerpo.

—¿Toda la piel?

Ashley asintió.

—No queda casi nada. A su alrededor había decenas de maquinillas de afeitar. Algunos jirones han atascado el desagüe. Ha... perdido la sangre y todo lo demás.

Ashley no necesitó explicarle más: Ethan había comprendido lo principal. Kate McCarthy se había macerado en su propio jugo.

—¿Se ha confirmado su identidad? —preguntó.

—Dado su estado es imposible, pero Kate McCarthy no aparece, y su descripción se corresponde con el cuerpo de la bañera. Caben pocas dudas.

Atraída por los murmullos, la menuda silueta tocada con el sombrero de costumbre apareció en el umbral. El jefe Warden encogió las estrechas hendiduras que le hacían las veces de ojos.

—Cobb, ¿por qué está usted aquí?

—He oído que había agitación en la calle y me he acercado a ver qué pasaba —mintió—. ¿Quiere que acordone el escenario mientras llega el equipo forense?

—No hace falta, no los he llamado.

A Cobb le costó ocultar su sorpresa, incluso en la penumbra del rellano.

—Jefe, los científicos son nece...

—Lo he decidido y se acabó. Usted no ha entrado, así que no sabe nada.

—¡La han desollado viva! De los pies a la cabeza. Nadie se hace eso.

Warden clavó sus descontentas pupilas en Ashley Foster, comprendiendo que era la fuente de la filtración.

—Para ser un policía con experiencia, es usted bastante ingenuo —masculló—. Los perturbados son capaces de cualquier cosa.

—¿Tiene antecedentes psiquiátricos? ¿Ya lo sabe todo sobre la víctima? ¿Tan pronto? Jefe, no podemos excluir que sea un homicidio. No cuesta nada llamar a un equipo técnico que...

Warden se le echó encima con la agilidad de un ave rapaz.

—¡Cobb! Vuelva a llevarme la contraria y lo pongo en la calle en el acto con un expediente que le cerrará las puertas de todos los departamentos de policía del país, ¿entendido? —un brillo salvaje relucía en el fondo de sus ojos. ¿Era la duda? ¿El miedo?—. ¡No va a montar un circo en mi pueblo! —insistió—. ¡Ni usted, ni Chesterton con su panda de pingüinos liberales! ¡Y sí, hacer venir a expertos cuesta dinero! No pienso malgastar nuestro presupuesto en vano. Menos aún para abrir nuestras puertas a extraños.

«Ha perdido el control. Esto es incompetencia.»

Pero Ethan retrocedió y guardó silencio. Warden, que lo interpretó como un signo de debilidad, aprovechó para lanzar una orden terminante.

—Vuelva a la oficina, Cobb, no quiero a mis dos tenientes estorbando aquí cuando puede surgir alguna urgencia en el pueblo. Será más útil allí.

Era absolutamente falso, y los tres lo sabían.

Ethan lo miró fijamente unos instantes —era evidente que con algo más que una actitud desafiante: con antipatía, con inquina— y luego se batió en retirada hacia la planta baja, seguido de cerca por Ashley, a la que, ya puesto, Warden también había echado. Los dos agentes se dirigieron hacia el coche del teniente.

—¡Es una falta grave! —bramó Ethan de pronto—. ¡Está tapando lo que probablemente es un asesinato!

Ashley se apresuró a alzar las manos para que bajara la voz.

—¡Aquí no! Te van a oír, sube —dijo empujándolo al interior del viejo 4x4 de la policía—. Está a medio paso de echarte, Ethan.

—No, no lo hará. Sabe que desde dentro puede ejercer presión sobre mí, mientras que si me echa no tendrá ningún control.

—Es el jefe de policía de un pueblo de Nueva Inglaterra. Él manda. Te guste o no, así son las cosas por aquí.

—¿Tanto miedo le da ver aparecer a Chesterton, la policía estatal y los periodistas que está dispuesto a echar tierra a un asesinato? ¿En serio?

—Warden es muy suyo, sí, pero no va a hacer como si no hubiera pasado nada. Por eso estaba ahí Ron Mordecai. Va a investigar. A su manera, a su ritmo, con sus medios. Confía en mí, lo conozco.

Ethan estaba a punto de pegar un puñetazo en el salpicadero para desahogar su rabia, pero consiguió dominarse y se limitó a aferrar el volante.

—Hace lo que le da la gana. Y no me digas que tú tampoco ves que aquí está pasando algo. Lise Roberts y Dwayne Taylor desaparecen de la noche a la mañana. Rick Murphy muere en extrañas circunstancias. Cooper Valdez huye en plena noche y se mata. Y ahora esa chica desollada en su propia bañera. No me vengas con la ley de la fatalidad, tú no. ¿No oyes el tictac encima de nuestras cabezas?

Ashley volvió la vista hacia la calle. Los goterones caían en el parabrisas y deformaban las fachadas como en un cuadro de Dalí en el que las casas resbalaran hasta el asfalto entre relojes gigantes. Su encuentro en el bar los había acercado. En lugar de hacerles sentir incómodos, había abierto una puerta. Estaban empezando a conocerse. El barniz del oficial de policía se agrietaba para dejar ver al hombre que había debajo. En cuanto a las fisuras de Ashley, se parecían demasiado a las suyas para que no se sintiera identificado y quisiera acompañarla. Ambos sabían que jugaban a un juego peligroso. Habían empezado a tocarse. Hacían bromas sobre sus compañeros a sus espaldas. Se barruntaba el patinazo.

—Y según tú, ¿qué pasa? —preguntó Ashley—. ¿Existe un vínculo?

—No lo sé. Pero se acabó la resignación. Voy a investigar un poco más. A espaldas de Warden si es necesario.

Ashley asintió.

—Muy bien. Te ayudaré. ¿Por dónde quieres empezar?

—Vamos a retomarlo todo dando por sentado que hay varias víctimas. Busquemos posibles conexiones entre ellas. Un punto de partida. O semejanzas. Cualquier cosa que pueda dar sentido a todo este embrollo.

—Yo conozco a la gente de aquí. Volveré a hablar con las personas cercanas —propuso la joven.

—Preferiría que primero buscases a los tipos de la Comisión de Comunicaciones que vinieron al pueblo. Cooper Valdez destruyó todo su material antes de huir, y yo oí voces extrañas en su barco, igual que la gente de la emisora. Los de la CFC se presentaron en aquel preciso momento, y yo no creo en las casualidades. Aquí hay gato encerrado. Quiero hablar con ellos.

En la calle, las casas parecían haber perdido sus colores durante el temporal. Mahingan Falls entraba en otra dimensión. Gris e inquietante.

38.

El debate sobre lo que convenía hacer con los restos calcinados de Smaug los había mantenido ocupados toda una velada: Olivia consideraba importante que los niños tuvieran un lugar donde recordar a su compañero muerto, mientras que Tom temía que una tumba les trajera a la mente una y otra vez aquella noche de horror. Lo habían hablado con calma, exponiendo sus respectivos argumentos, y al final, como tantas otras veces, Tom se había sumado a la opinión de su mujer, aunque con la condición de enterrar los despojos en un rincón apartado, al fondo del jardín. Confiaba en el criterio de Olivia, pese a aquel desagradable nudo en la boca del estómago. Al día siguiente, aprovechando la ausencia de los chicos, había cavado un agujero en la tierra húmeda para depositar en él la bolsa de basura que contenía lo que habían podido recuperar del fuego, lo había vuelto a cubrir y, bajo una lluvia cada vez más densa, había apisonado la tierra, antes de clavar una tabla en la que previamente había grabado el nombre del perro y las fechas de su nacimiento y su muerte. Tom creía que nadie se acercaría nunca a la tumba, por miedo a revivir aquel suceso demencial. Pero esa mañana, menos de una semana después de la tragedia, vio por la ventana a Chad y a Owen de pie ante la tabla mientras se tomaba un café en la cocina.

Los intensos aguaceros que habían caído sobre Mahingan Falls durante tres días hasta encharcar los bosques y las aceras y amenazar con inundar el alcantarillado habían cesado durante la noche. Solo quedaba una capa de nubes bajas y una fina llovizna intermitente.

Los chicos podrían salir y disfrutar del aire libre. Tom no sabía qué hacían exactamente, cosas de adolescentes, oír música, charlar sobre deporte, hablar de chicas, lo mismo que él a su edad. Como Olivia, opinaba que era importante respetar su independencia y su intimidad. De vez en cuando, un toque de atención para recordarles que no hicieran tonterías, que se confiaran a ellos cuando lo necesitaran, para que no olvidaran que los padres siempre estaban ahí, pasara lo que pasase. El resto era de su incumbencia, especialmente en verano. Tom se alegraba de que hubieran hecho amigos tan pronto. Corey y..., ¿cómo se llamaba el otro? ¡Ah, sí, Connor! Buenos chavales, se veía enseguida, aunque el tal Connor ya tenía «mirada de hombre», como la llamaba Tom. Esa mirada que delata la atracción por las chicas. El chaval no engañaba a nadie: admiraba los pechos de Gemma, e incluso el culo de Olivia cuando llevaba pantalones ajustados, con más insistencia de la cuenta. Tom sentía incluso cierto orgullo. Sí, su mujer atraía las miradas, hasta las de un mocoso de trece o catorce años.

Tom volvió a su despacho. Olivia se había reunido con las madres de la asociación de padres de alumnos para hablar del nuevo curso, que empezaría en poco más de dos semanas. Y no volvería hasta media tarde. Tom tenía tiempo por delante.

Los papeles de Gary Tully lo retaban desde la estantería, y también desde el cartapacio de cuero del escritorio. La conversación de dos días antes con Martha Callisper lo había agitado bastante. Más de lo que había creído entonces. Había aceptado entregárselo todo a la médium a principios de septiembre, cuando hubiera acabado de ordenarlo, le había dicho. Pero la ordenación estaba hecha, lo sabía perfectamente. ¿Por qué se había concedido esa prórroga si ya había tomado la decisión de dejarlo correr? Demasiadas dudas. Desasosiego. Y la inmensa losa de la paranoia que lo aplastaba. Tom ya no sabía qué hacer, y menos aún qué creer. Su primer impulso de mandarlo todo a paseo y dedicarse plenamente a su familia se había esfumado en cuanto había llegado a la casa.

A la Granja.

La antigua morada de Jenifael Achak.

La misma en la que se había ahorcado Gary Tully. El escenario del suicidio de una adolescente y, poco después, del de su padre. Como un fogonazo, la visión del extraño mordisco en la pantorrilla de Chad reapareció en su mente. Oyó los gritos de miedo de Zoey en mitad de la noche, y luego el desconcertante testimonio de Olivia, que creía haber soñado despierta con una presencia en la habitación de su pequeña.

Eran muchas cosas. Demasiadas para correr un tupido velo y fingir que no ocurría absolutamente nada. Su instinto de padre protector se había despertado, al mismo tiempo que su curiosidad de artista. Desde entonces no paraba de dar vueltas en círculo, de buscar excusas para dejarlo o pretextos para seguir, al menos temporalmente.

La indecisión lo ponía enfermo, la odiaba.

Se sentó ante la libreta decimonovena, que ya había leído en parte.

«La acabo y lo dejo. Lo guardo todo y se lo entrego a esa excéntrica a través de Roy.»

No podía evitar estar un poco enfadado con su vecino, que lo había mareado desde el principio. Pero sabía que no lo había hecho con mala intención: se había limitado a callarse cosas y salirse por la tangente, con el único fin de protegerlos. «¿A quién le apetece oír que la casa a la que acaba de mudarse ha sido el escenario de una sucesión de muertes?» Tom sabía que ni siquiera podía reprocharle sus silencios. Al contrario. El anciano tan solo se había mostrado prudente y protector. Y él no era rencoroso, se le pasaría. «Unas cervezas en su porche...»

Abrió la libreta negra y retomó la lectura donde la había dejado.

Antes de mediodía se había ventilado otras dos.

Gary Tully se había mudado a Mahingan Falls e instalado en la misma vivienda que había ocupado Jenifael Achak, un caserón destartalado que rehabilitó de arriba abajo para vivir en él. Describía sus investigaciones sobre la posibilidad de crear un puente entre el espíritu de la difunta y el mundo real, utilizando el que había sido el último lugar en el mundo donde Jenifael había pasado buenos momentos antes de su arresto. Gary multiplicaba las sesiones de espiritismo, solo o acompañado por poderosos médiums, a los que a veces hacía venir de muy lejos. Cuando, al volver una página, se topó con el nombre de Martha Callisper, a Tom no le extrañó. Gary no parecía apreciarla mucho, y ella no había obtenido mejores resultados que sus predecesores.

Tully también se interesaba por los mitos de los indios fundacionales en una región como aquella, fueran leyendas, tradiciones espirituales o historia local. El nombre del wendigo hizo encogerse a Tom en el asiento. Criatura monstruosa y aterradora que había que rehuir a toda costa, era el equivalente de un demonio o un diablo y fascinaba al ocultista, que había viajado a varias reservas indias, incluso de Canadá, para entrevistar a los ancianos y a los chamanes, esos brujos depositarios de los ritos ancestrales de su pueblo. El wendigo, devorador de carne humana, adoptaba numerosas formas, unas veces humanas y otras tan gigantescas que su aliento bastaba para sacudir los abetos en las colinas. Tully recogía las declaraciones de varios testigos que afirmaban haber visto a algunos fanáticos comiendo carne de un muerto para atraerse los favores del wendigo. Porque, aunque maligno y temido, era una de las criaturas más poderosas del panteón indio. La conclusión de Tully al respecto hizo que Tom se estremeciera al recordar las palabras empleadas por Martha Callisper. Para Gary, el mito del wendigo era uno de los más extendidos, uno de los pocos que había impregnado la cultura amerindia casi en su totalidad y desde tiempo inmemorial. En ese sentido, una creencia tan compartida y antigua no podía por menos que producir efectos. Todas esas almas convencidas de su existencia tenían forzosamente que haberle dado cuerpo, de una forma u otra. El wendigo existía, encerrado en un espacio-tiempo paralelo al nuestro. Los seres humanos le insuflaban vida con su devoción, y el simple hecho de evocarlo bastaba para hacerlo perdurar.

¿Había sido Tully quien había convencido a Martha y a Roy de que las creencias de muchos tenían consecuencias?

Tom sintió un escalofrío, pero siguió leyendo.

La obsesión de Tully se acrecentaba conforme se sucedían los cuadernos, hasta transformarse casi en locura, pensaba Tom. El ocultista estaba absolutamente seguro de que era posible abrir una brecha entre los vivos y los muertos, y sentía que, al instalarse allí, había establecido un vínculo especial con Jenifael Achak. Decía conocerla mejor que nadie, y la ausencia de todo progreso lo estaba destruyendo.

Un lento e insidioso desmoronamiento se tejía de capítulo en capítulo, apreciable en un comentario, en una frase un poco dura, en una conclusión. Tully se estaba hundiendo en la depresión, de eso no cabía duda.

Las siguientes libretas no hicieron más que confirmarlo. Los años pasaban, y Tully espaciaba cada vez más sus notas, sus confesiones, y estas, tras repetirse a menudo, se reducían al mínimo, a una síntesis de los encuentros despachada a toda prisa, las últimas indagaciones y la falta de cualquier resultado concluyente.

Tom leyó las líneas finales mientras el sol se ponía y la oscuridad iba apoderándose del despacho, inclinado sobre la página para descifrar la nerviosa letra. Se había olvidado de comer y ni siquiera se había enterado del regreso de Olivia y los chicos, que al parecer habían decidido dejarlo trabajar hasta que se dignara salir de su guarida.

Tully parecía confuso con respecto a las revelaciones que ponían fin a la última libreta. A ratos, resultaba incomprensible. Se estaba sumiendo en la locura.

Ya no hay nada. Estoy vacío. Todo. Lo he dado todo. Lo he intentado todo. Solo resta una evidencia. Dada mi incapacidad para descubrir los mecanismos necesarios para dar lugar a un contacto, solo queda la alternativa extrema de la verdad. El irremediable y odiado viaje hacia el conocimiento de quien penetra en la tierra prometida que tantas veces lo ha eludido sabiendo que es un intruso, puesto que no comprende plenamente su historia y su influencia. Mi camino en este lado ha sido un fracaso. En consecuencia, me resigno a echar mano de mi último recurso y acelerar lo irremediable optando por la verdad inmediata. Ya no soy un investigador. Renuncio a serlo. Me convierto en un explorador más entre tantos. Pensándolo bien, más que explorador debería considerarme un simple paseante. Por mi cobardía, por mi indolencia, por mi abandono. Acabo mi obra sin haber podido darle un sentido, y eludo mis deberes con plena conciencia, sin haber demostrado nada. Hago trampa. Habré fracasado en cuanto a la resolución del problema, pero el deseo de conocer la respuesta es demasiado grande para esperar más tiempo. Sello esta puerta para siempre y abro otra, hacia lo desconocido.

Tras lo cual, Gary Tully había subido al desván para dejar aquella última libreta con las demás, había vuelto a cerrar cuidadosamente y había regresado a su despacho con una cuerda en la mano, de la que unos minutos después colgaría con el cuello roto.

Tom apoyó la cabeza en el respaldo del sillón.

Se sentía triste. El declive de aquel hombre se transparentaba en sus diarios. Había dedicado su vida a la pasión que lo devoraba, y su preciada soledad le había arrebatado cualquier posibilidad de que acudieran en su ayuda, de que le abrieran los ojos sobre su estado mental antes de que fuera demasiado tarde.

Tom encendió el ordenador portátil e hizo lo que debería haber hecho desde un principio, si se hubiera tomado aquella lectura más en serio: buscar en Google el nombre de Gary Tully. Con unos cuantos clics y un poco de paciencia, lo localizó en una web sobre esoterismo un poco anticuada. Gary Osborne Tully. G. O. T. cuando firmaba las libretas. Figuraba como un estudioso más que había frecuentado a numerosos especialistas en los años setenta, sin mayores precisiones. No había nada más. Como había presentido él mismo antes de quitarse la vida, Tully no había dejado ninguna huella, ni siquiera en su propia disciplina.

En cierto modo, y pese a la sensación de tristeza, ahora que había absorbido el contenido completo de los documentos, Tom se había apaciguado. Gary Tully no había descubierto nada. En su casa no se había producido ningún fenómeno paranormal.

Así que todas aquellas cosas no guardaban ninguna relación.

«Siguen existiendo esas coincidencias, lo que he averiguado...»

Nada explicaba o daba sentido a la lista de Tom. Solo era una serie de cosas extrañas. Casualidades. Singularidades. Si no, ¿cómo explicar que su familia y él las padecieran, mientras que Tully no había visto nada en diez años, pese a haberlo intentado por todos los medios?

«La familia que vino después sufrió...»

Sí, pero él mismo se lo había dicho a Martha Callisper y a Roy: por desgracia, que una adolescente infeliz se suicidara no era algo anormal. Y que su padre no consiguiese superarlo, tampoco.

«¡Además, nosotros no hicimos nada al llegar! Nada que hubiera podido..., ¿cómo decirlo?, "activar" la aparición de fenómenos sobrenaturales. Si bastara con mudarse a una casa encantada para que despertara, Tully no se habría matado...»

Pero Bill Taningham se había dado mucha prisa en revenderla...

«¡Eso no tiene nada que ver, estaba en la ruina!»

No, cuanto más lo pensaba más convencido estaba de que todo habían sido imaginaciones suyas. No podían haber atraído a los fantasmas por el simple hecho de mudarse.

«A no ser que los trajéramos con nosotros... —la desagradable idea había surgido de la nada, casi como una burla de su subconsciente—. ¿Y por qué ahora? ¿Por qué aquí? —porque el terreno estaba abonado... un lugar cargado de antiguas e intensas emociones—. No, somos personas equilibradas, en Nueva York nunca nos pasó nada por el estilo.»

En ese momento oyó a los chicos subiendo la escalera con sus pasos de elefante, y el rostro de Owen brotó en su mente. Solo llevaba año y medio viviendo con ellos. ¿Era posible que hubiera traído consigo sus propios fantasmas? El drama que había vivido ¿podía haber reanimado una energía profunda, enterrada en su interior, que se activaba poco a poco ahora que estaba allí, con ellos? De chaval, Tom había leído más de una novela en la que aparecían chicos dotados de poderes similares, telequinesia, *poltergeists*, esos espíritus alborotadores espoleados por la presencia de un adolescente inestable...

«No, qué idiotez, no tiene que ver con Owen. Pensar eso del pobre chico, después de todo lo que ha sufrido...»

Tom estaba avergonzado. Aquel asunto le había hecho perder el seso. Había llegado el momento de pasar página.

Se levantó y alineó las libretas una detrás de otra; los últimos vestigios de la mente de un hombre que había malgastado su vida escribiéndolas.

En la penumbra del despacho resonó la voz ronca de Martha Callisper: «Ha pasado todos estos años internada en el hospital psiquiátrico de Arkham».

—¡No! —exclamó Tom en voz alta, para su propia sorpresa.

Ir en esa dirección quedaba totalmente descartado. ¿Por qué iba a hacerlo? Ahora estaba tranquilo. En su casa ya no había espectros. Detestaba que sus neuronas sobrecalentadas le gastaran esas jugarretas. De ir al manicomio, nada. Sería una pérdida de tiempo.

«Lo dejo aquí. Tengo las respuestas que buscaba. Me he montado toda una película, esas casualidades nunca me habrían llamado la atención si no hubiera descubierto los papeles de Tully. Pero ahora ya sé que él tampoco encontró nada, salvo la locura. Me he entretenido un rato. Una parte de mí quería creer, pero se acabó el recreo. Tengo una familia que me espera y una obra de teatro que escribir en los próximos meses.»

Cerró la tapa del ordenador y se dirigió a la puerta.

No le apetecía nada visitar un hospital psiquiátrico, eso desde luego.

Pero al salir del despacho comprendió que también tenía miedo de lo que aquella mujer pudiera decirle si iba a verla. A él, el nuevo ocupante de la casa que le había arrebatado a su hija y a su marido.

39.

Eran los últimos días de vacaciones, que traían consigo un leve sentimiento de melancolía y la ineludible necesidad de pasar página. Los colegios abrirían de nuevo sus puertas y retomarían la rutina cotidiana, las últimas semanas de calor pasarían volando y el viento frío llegaría del norte para oscurecer las hojas de los árboles. En las playas de Mahingan Falls cada vez se veían menos turistas, y tanto en el Paseo como en Main Street las caras nuevas empezaban a escasear. Las familias ya no se limitaban a dejar correr los días; habían comenzado a preparar el nuevo curso, el material escolar, la vuelta al trabajo. Las siguientes vacaciones parecían estar en la otra punta del calendario, y todas las mañanas había que pensar en organizarse, conectarse con el mundo, mostrar dinamismo.

Mahingan Falls volvería a encerrarse en sí mismo. Se acabaría la apertura a los forasteros, que serían pocos: allí nadie llegaba «por casualidad». Ninguna carretera atravesaba el pueblo, adonde había que ir ex profeso, dejando la autopista 128 —popularmente conocida como Yankee Division Highway— para continuar por Western Road a través de varios kilómetros de monótonos campos, y, tras las primeras curvas en las colinas, pasar al fin ante la alta cascada del río Weskeag. Llegar allí costaba. Solo un fuerte deseo de exotismo o una excursión a una localidad balnearia aún no muy saturada podían justificar el viaje. Con el otoño ya no era así. El pueblo, prisionero de sus bosques y sus despeñaderos, se disponía a afrontar su forzosa tranquilidad, casi insular dado su aislamiento, y la necesidad de prepararse para una cierta autarquía material y mental en previsión de los meses más duros. En muchos aspectos, Mahingan Falls se asemejaba a un animal salvaje. Extrovertido y tan vivo en verano, y concentrado en sí mismo y en los preparativos para el invierno en cuanto llegaba septiembre, antes de la lenta hibernación.

Olivia vio salir del despacho a su marido con una pizca de irritación, que desapareció casi enseguida. «Puede que no fuera una buena idea», había dicho Tom, sin entrar en más detalles sobre su búsqueda infructuosa. Al final no se lanzaría a escribir todavía. Necesitaba pensar en una nueva trama. Sorprendentemente, no estaba agobiado en absoluto, al contrario: parecía animado por una alegría nueva, una especie de despreocupación que fue buena para todos. Al día siguiente se llevó a la familia de pícnic a lo alto de Rockport, y durante los posteriores, pasó tiempo con su hija, tomando el sol en el jardín, jugando en el salón o paseando por la playa. En las dos semanas que transcurrieron de ese modo, Olivia y Tom hicieron juntos la compra a menudo y compartieron la mayoría de los almuerzos como dos enamorados. Sin embargo, aunque todo iba sobre ruedas, Olivia no podía evitar echar a perder parte de esos momentos a causa del estrés. Tanta felicidad, tanta paz, tenían que ocultar por fuerza una montaña de futuras dificultades. Las cosas no podían ser tan fáciles, tan sencillas, ni la vida tan apacible; en realidad, la vida odiaba la rutina feliz, eso por descontado. Tarde o temprano surgirían problemas, solo para equilibrar el karma de la familia, porque en este mundo nadie, por bueno que fuera, merecía ser feliz indefinidamente. Siempre había sido así, y Olivia prefería prepararse para lo peor a recibir el golpe por sorpresa. Le molestaba esa manía suya, esa incapacidad para disfrutar plenamente del presente, pero era superior a sus fuerzas.

Sin embargo, ese final de agosto no pasó nada horrible. Mejor aún: su gran debut en la radio local no podía tener mejores auspicios. Los periódicos de la región hablaban del programa, en la prensa nacional habían aparecido varios breves y, según le habían contado, hasta las televisiones comentaban el «regreso de Olivia Spencer-Burdock». Por suerte, la oiría muy poca gente, y además la emisora no había invertido en la creación de una página web, menos aún en la difusión de eventuales *podcasts*, lo cual le parecía perfecto. Olivia no quería verse sometida al juicio, al escrutinio y a la presión de los grandes medios. Solo divertirse saliendo en antena. Atraer una audiencia reducida pero predispuesta, que disfrutara con lo que le ofrecía, nada más.

su energía, y acabaron llenos de ampollas, arañazos y moretones. No obstante, el orgullo que sintieron superó todas sus previsiones. Al final, lo más difícil había sido tranquilizar a sus padres sobre su estado general: todo iba bien, lo único que hacían era divertirse. Olivia les aconsejó que se lo tomaran con calma si no querían empezar el curso agotados, y pudieron proseguir sus aventuras sin mayor vigilancia. Después de todo, era el final de las vacaciones, tenían derecho a aprovecharlo...

Llenaron dos viejas neveras portátiles con un cargamento de latas de refrescos, bolsas de patatas y paquetes de galletas; cuatro neumáticos usados se convirtieron en asientos; y un clavo que sobresalía sirvió para colgar unos prismáticos con los que mantener vigilado el hilillo de agua que serpenteaba por el centro del barranco e indicaba el camino a los escasísimos senderistas.

Un día especialmente caluroso, mientras hacían una pausa antes de darle los últimos toques a su escondite, Connor se levantó y decidió ir a ver lo que quedaba del espantapájaros que habían destruido.

—¿Qué? ¡Ni se te ocurra! —le advirtió Corey—. Es justo el tipo de idiotez que hacen los protagonistas de las películas de terror, y siempre acaban fatal.

—Yo no soy el prota de ninguna peli, solo quiero ver si sigue allí. No he parado de preguntármelo en dos semanas.

Chad lo siguió. Era una tentación demasiado fuerte para poder resistirse. Owen y Corey se miraron, y el primero, decidiendo que no podía dejar solo a su primo, también se marchó.

—Está visto que sois tres idiotas —sentenció Corey y mientras paseaba la mirada por el bosque circundante, no muy tranquilo—. Y conmigo, cuatro —añadió saliendo tras ellos para no quedarse solo.

El peto vaquero medio carbonizado yacía en medio de un zarzal. La calabaza había desaparecido, devorada sin duda por las llamas y los bichos, al igual que la paja que rellenaba la ropa del espantapájaros. Los dos rastrillos de jardinero que le servían de manos aún se vislumbraban entre la vegetación.

—¿De verdad pensáis que ahí dentro estaba Eddy Hardy? —preguntó Chad en un susurro.

—Desde luego, algo tuvo que ver —aseguró Owen—. Su alma o la criatura a la que invocó en su época.

Eso no respondía a la pregunta que los atormentaba sin cesar: ¿por qué ellos y, sobre todo, por qué ahora?

—Estoy acojonado —confesó Corey.

Owen reconoció que él también.

Allí, en su arranque, el barranco aún no estaba totalmente encajonado en el Cinturón; las paredes norte y sur no superaban los tres metros de altura. Los muchachos se hallaban en el límite de la zona que habían declarado «segura». Ver a Connor abandonar aquel santuario y aproximarse lentamente a los restos del espantapájaros dejó paralizados a sus tres amigos.

—Pero ¿adónde vas? —exclamó Owen.

El mayor de la pandilla no respondió. Le dio la vuelta a su gorra Vans para que la visera apuntara hacia atrás y se acercó de puntillas al revoltijo de ropa quemada.

—Está zumbado —murmuró Corey.

Connor rodeó el «cuerpo» y cogió un palo, con el que apartó las zarzas que rodeaban los restos. Corey insistió, cada vez más asombrado:

—Pero ¿qué hace, maldita sea?

—Comprueba que esté bien muerto —dijo Chad sin quitarle ojo a Connor—. El tío... los tiene bien puestos...

—¡Lo que tiene es delito!

La punta del palo levantó una de las ennegrecidas garras de acero y le dio la vuelta. A continuación, se introdujo en el peto y hurgó en su interior.

—Ya no hay nada —informó Connor con una voz tranquila que dejó admirado a Owen.

En ese momento, una bandada de estorninos abandonó las copas de los árboles en las que descansaban. Un revuelo de alas que se alejó a toda velocidad, para ponerse a salvo.

—¡Connor! —gritó Owen—. ¡Vuelve!

Todos la distinguieron al mismo tiempo: una sombra que se cernía sobre el ramaje, al oeste, como empujada por el viento desde los maizales.

—¡Ya! —urgió Corey.

Connor echó un vistazo hacia lo alto de la pendiente y advirtió que algo se movía entre los matorrales, acercándose. Soltó el palo y saltó por encima de los helechos y los tallos, procurando dar largas zancadas para no tropezar. Detrás de él, la naturaleza parecía haberse callado; amedrentada, se encogía sobre sus raíces al paso de la sombra que descendía en dirección a los adolescentes. Cada vez más deprisa.

—¡Nos largamos! —ordenó Owen.

Como un solo hombre, salieron disparados hacia el refugio dando brincos y sorteando árboles y rocas, con los cinco sentidos puestos en no caer, hasta que lograron ponerse a cubierto entre las imponentes paredes de piedra.

Chad fue el primero en detenerse para escudriñar a su espalda.

No había nada ni nadie. Solo algunas ramas agitadas por el viento en el lugar donde el riachuelo penetraba en el barranco.

—¡Chicos! —dijo—. Ya está...

Mientras jadeaban con las manos apoyadas en las rodillas, Connor se pasó el dorso de la mano por la nariz y vio que le sangraba.

—¡Mierda!

Cuando miró a sus amigos, se quedó blanco.

Un hilillo de sangre se deslizaba por el labio superior de cada uno de ellos.

—¿Qué nos pasa? —preguntó Chad asustado.

Corey se llevó los dedos a las fosas nasales y comprobó que le ocurría lo mismo.

—¿Será algo que hemos respirado? —sugirió.

Entretanto, Owen vigilaba la entrada del barranco, en la distancia.

—Por lo menos sabemos que funciona: sea lo que sea, no viene hasta aquí. Una fuerza nos protege.

—Puede que nos hayamos precipitado un poco —dijo Connor esbozando una sonrisa que intentaba parecer tranquilizadora—. Seguramente no era más que un jabalí.

Owen sacudió la cabeza con convicción. No estaba de acuerdo.

—¿Y cómo lo sabes? —exclamó el de la gorra.

Owen señaló las copas de los abetos, que seguían inclinándose hacia ellos.

—Porque el viento sopla en la otra dirección. Detrás de esos árboles hay algo, y yo diría que está cabreado.

—Dios mío... —murmuró Chad.

Fue el último día que pasaron en el barranco antes del comienzo del curso.

40.

Volver a los pasillos del instituto era como ir a visitar a un abuelo al que conocías bien pero al que no habías visto en mucho tiempo, porque vivía lejos. Un lugar familiar, un olor característico, costumbres que parecían olvidadas pero volvían con un simple gesto...

A Gemma Duff aún le quedaba un año entero. Luego partiría hacia una nueva vida. Independencia y reinvención: una cara desconocida, sobre la que nadie sabría nada, sin buena ni mala fama, sin pasado. No veía el momento. Allí solo era una chica más, de la que se sabía todo o casi todo desde su primer año de preescolar. Mahingan Falls no era más que un pueblo.

Tomó posesión de su taquilla, guardó sus cosas dentro, vio a su hermano, que jugaba al guía profesional con Owen y Chad, y decidió dejarlos a su aire. Llegaría el día en que se sentirían orgullosos de que una chica mayor se dirigiera a ellos en público, pero ese momento aún estaba lejos. Además, tenía otras preocupaciones más importantes.

No cruzarse con Derek Cox.

Ignoraba cómo reaccionaría. No había tenido noticias de él, ni siquiera indirectas, y eso que la discreción no era una de sus virtudes.

Recogió el bolso, y a punto estuvo de chocar con un chico que tenía justo al lado.

Adam Lear la observaba con curiosidad. Sus mechones entre rubios y castaños, revueltos a propósito, sus mejillas sonrosadas e imberbes, su boca, capaz de las sonrisas más bonitas..., todo en él rebosaba seducción natural. Desde su encuentro en la heladería a principios de agosto no habían vuelto a hablar, pese a haberse intercambiado los números de teléfono.

—¡Oh! ¡Hola, Adam! Perdona, no te he visto... —balbuceó Gemma.

—No, ha sido culpa mía, por estar aquí parado sin saludar.

Se quedaron allí, indecisos, incómodos, mirándose como tontos.

—Lo siento, debería haberte mandado un SMS... —dijo al fin Gemma.

Adam alzó un hombro, confuso.

—Sí, yo también. No quería molestarte, seguro que tenías mejores cosas que hacer...

«Tuve que librarme de Derek Cox después de que me agrediera sexualmente, así que imagínate cuánto me habría gustado que dieras señales de vida...»

Gemma comprendió que no estaba siendo del todo justa con él. Después de lo del cine, su cabeza había estado en otra cosa. Durante algún tiempo no había deseado ese tipo de compañía; había pasado la mayor parte de las semanas siguientes ocupándose de Zoey para concentrarse en algo que no fuera ella misma. Verlo allí, ahora, con su cara de ángel y esa dulzura que fluía de su mirada como un río de miel, despertó el deseo que dormía desde entonces.

—¿Qué tal el verano? —le preguntó.

—Bueno, no ha estado mal. Un poco largo. Casi me alegro de volver a clase.

—¿En serio? ¡Yo no! Bueno..., sí, un poco. No por los profes, claro. Solo por..., no sé, por cambiar de ambiente.

—Ya he visto que no vamos a la misma clase...

—Ah, ¿no?

Él ya lo había comprobado. ¡Lo primero que había hecho Adam Lear al volver al instituto había sido mirar si estaba con ella! Gemma no se lo podía creer. Se sintió llena de euforia.

—Qué pena... —fue todo lo que se le ocurrió decir.

—¿Sigues teniendo mi número?

—Claro.

—Entonces..., si uno de estos días te apetece dar una vuelta, no lo dudes.

Gemma asintió con un poco más de energía de la cuenta, en su opinión, y tras hacerle un gesto ridículo con la mano, Adam se alejó y se perdió entre la multitud de estudiantes del pasillo principal.

Por primera vez en mucho tiempo, Gemma se sintió ligera y feliz.

La muerte hizo acto de presencia a través de una conversación al mediodía siguiente, cuando Gemma descubrió a Barbara Ditiletto llorando en un rincón del patio donde solían comer cuando hacía buen tiempo. Ver así a aquella deslenguada a la que nada impresionaba la desconcertó. Dos amigas la consolaban, y Gemma estuvo a punto de acercarse para hacer lo mismo, pero reconoció a Amanda Laughton, la chismosa del instituto. Si alguna chica podía saber lo que le había hecho Derek Cox, era ella. Estaba tan bien informada como si dispusiera de una red de espías adiestrados para eso, para averiguarlo todo de todo el mundo antes que nadie. Gemma prefirió evitarla.

Pero media hora más tarde la propia Amanda fue en su busca y se sentó frente a ella para comer en la mesa de piedra.

—¿Has visto a Barb esta mañana?

—Me ha parecido que no se encontraba bien... —respondió Gemma, en guardia.

—Es lo menos que se puede decir. ¿No lo sabes?

Amanda no había mencionado a Derek: era una buena señal. Puede que ignorara lo que había ocurrido entre ellos.

—¿Saber qué?

—¡Lo de Lise Roberts!

—Sí, que desapareció en julio...

—¡No, la han encontrado! ¡Al pie del precipicio al sur de Westhill, cerca de los eriales y del barrio abandonado!

Gemma se tapó la boca con la mano. Conocía el lugar. Paredes rocosas de varias decenas de metros de altura, un paraje peligroso que había provocado numerosos debates en el pueblo y el ayuntamiento, porque la gente de Westhill temía que sus hijos fueran a jugar a los bosques que bordeaban el abismo y se despeñaran. Si Lise Roberts se había caído allí, no había duda posible sobre su estado.

—Tenía todos los huesos rotos —explicó Amanda—, como lo oyes. Igual que una carcasa de pollo triturada por una prensa hidráulica. Increíble. La encontró Jasper Bushell. Se supone que mientras paseaba a su perro por Oceanside Residences... ¡Ya! Todo el mundo sabe que se estaría fumando un porro.

—¿Un suicidio?

—¿Qué si no? En casa de los Royson, donde hacía de canguro, no había señales de que alguien hubiera forzado la puerta, y está a menos de trescientos metros de los despeñaderos.

No parecía propio de Lise Roberts dejar colgada a una familia y abandonar a un niño de esa manera.

—¿Por qué lo hizo? ¿Había alguna nota?

—¡Qué va! Al fin y al cabo, Lise no era de las que dejan notas. Yo, si tuviera que mandarlo todo a la mierda, inundaría Instagram, Twitter y hasta Facebook de mensajes para que se supiera por qué. Y que los culpables se enteraran.

Gemma conocía perfectamente a Amanda Laughton y su egocentrismo.

—¿Cómo sabes todo eso?

—Maryam, la amiga de Barb, es sobrina del sargento Paulson, de la policía. Se lo contó a su hermana, y Maryam lo oyó todo. Tétrico, muy tétrico.

Gemma volvió de clase a media tarde, y cuando su hermano llegó a casa le señaló el coche.

—Es más pronto que de costumbre —dijo Corey, extrañado.

—Quiero darles una sorpresa a los Spencer.

Todos los días de la semana, Gemma se presentaba en la Granja antes de las seis para ocuparse de la pequeña Zoey mientras Olivia estaba en la radio y Tom vagaba por algún punto entre su despacho y la orilla del océano, por donde a veces paseaba largo rato en busca de una buena idea para su próxima obra. La acompañaba Corey, que hacía los deberes con Chad y Owen. Era una buena forma de tener vigilados a aquellos tres y recordarles que se habían acabado las vacaciones. Gemma tenía la responsabilidad de hacer cenar a toda la cuadrilla, lo que habitualmente no era difícil, porque Olivia procuraba dejarlo todo preparado antes de irse. Por lo general, Tom la relevaba hacia las ocho, aunque a veces se quedaban charlando un rato. Los Spencer pagaban bien, muy bien, de hecho, y Gemma pensaba que debían de quererla mucho para ser tan generosos.

Aquel trabajo era un chollo, incluso si exigía ciertos sacrificios y una buena organización. Sería más complicado cuando hubiera toneladas de deberes que entregar en clase: tendría que dedicarles las noches.

Gemma y Corey dieron un rodeo por Oldchester, donde ella desapareció en el patio trasero de una casa de ladrillos rojos bajo la mirada perpleja de su hermano. Volvió a los diez minutos, con un cachorro blanco precioso en los brazos.

—¡Ya va siendo hora de que la familia tenga un nuevo miembro! —declaró.

Gemma había dudado mucho tras oír hablar de aquella futura camada. ¿No sería demasiado pronto? Temía que a Chad y a Owen no les hubiera dado tiempo a asimilar la muerte de Smaug. Por otra parte, era la mejor manera de ayudarles a hacerlo, suponía Gemma. Si esperaban, quizá nunca se decidieran, y la ocasión no podía ser mejor.

Cuando llegaron los Duff, Olivia corría por toda la casa: en busca de su bolso que no encontraba, de los táperes que acababa de llenar para la cena, de su hija, a la que quería dar un beso antes de marcharse... Pero cuando vio el cachorro se detuvo en seco, soltó un gritito de sorpresa y se llevó la mano a la boca, con los ojos arrasados en lágrimas. Gemma se lo entregó, y la bola de pelo se acurrucó contra el pecho de Olivia agitando la cola con excitación.

—A los niños les va a encantar —murmuró su nueva dueña acariciándolo.

Cuando lo vio, Owen empezó a dar brincos. Chad se mostró más circunspecto, hasta que el encanto del animal le hizo efecto. Luego ya no lo soltó.

—¿Es chica o chico? —preguntó.

—Un hombrecito.

—Podríamos llamarlo Phoenix —propuso Owen.

Olivia hizo una mueca.

—No sé, cariño... Me parece un poco inapropiado.

Owen no veía dónde estaba el problema.

—¿Mithrandir? —preguntó Chad.

—Muy complicado —opinó Olivia—. ¿Qué os parece, ya que es un regalo de Gemma, que elija ella?

A Gemma le costó Dios y ayuda encontrar un nombre adecuado: era una gran responsabilidad. Al cabo de un rato se acordó de una película que le encantaba de pequeña, protagonizada por un perro y un gato: *Otis y Milo*, o algo parecido. Como no recordaba quién era quién en la película, se decidió por el nombre que más le gustaba.

—¿Qué tal Milo?

Todos lo aprobaron con mayor o menor entusiasmo, y Milo fue adoptado esa misma tarde.

—Tom se ha perdido por ahí —le dijo Olivia antes de irse—. Ya conoces la rutina. Zoey se acuesta nada más cenar, y esta noche nada de tele para los chicos —e inclinándose hacia ella le susurró al oído—: Últimamente les he oído tener pesadillas. Me gustaría que se desengancharan un poco de esas porquerías de terror que les gustan.

El coche de Olivia retrocedió por el camino de acceso, mientras los tres adolescentes jugaban con Milo al otro lado del jardín. Gemma le dio un beso en la sien a Zoey, que se agarraba a ella.

—A ver cómo se porta la señorita...

Se dirigía a la cocina a poner la mesa cuando entró Chad para lavarse las manos.

—¡Milo se me ha meado encima!

Gemma se echó a reír.

—Es un cachorro, volverá a hacerlo.

—Qué asco...

Mientras se lavaba, Chad se acordó de algo.

—Hace un momento, antes de que llegarais, el tío ese raro estaba aparcado delante de la casa. Ya sabes, el que...

—¿Derek?

—Sí, creo que era él.

Gemma sintió que las piernas le flaqueaban y tuvo que apoyarse en la mesa para no caerse. Por suerte, acababa de dejar a Zoey en el suelo.

—¿Qué quería? —consiguió preguntar, intentando disimular su angustia.

—No lo sé. Estaba ahí delante, mirando hacia la casa, nada más, creo.

—¿Lo ha visto Olivia?

—¿Mamá? No, me parece que no. ¿Por qué, algún problema?

—¡No, no! —mintió Gemma—. Ninguno. Se habrá perdido.

La joven no quería atraer la atención de Chad sobre Derek Cox. Sobre todo, que no se viera mezclado.

—No parecía perdido, más bien... un poco cabreado, ¿comprendes?

Gemma lo comprendía de sobra.

Si Derek había ido hasta allí, no era por simple curiosidad. A Gemma le costaba respirar. ¿Debía avisar a Olivia? «No, está en directo en la radio, no puede hacer nada, y la voy a preocupar.»

Terminó lo que estaba haciendo, y después de que los chicos entraran en casa fue a revisar todas las puertas para asegurarse de que estaban bien cerradas.

Debería haberlo sospechado. Qué ingenua había sido al pensar que el prolongado silencio de Derek Cox era una buena señal...

Cox nunca se quedaba de brazos cruzados. No era rencoroso, no, era mucho peor. «Vengativo» también se quedaba corto. Era sañudo. Violento.

Destructivo.

En un día bueno, había sido capaz de meterle la mano en las bragas y violarla, así que prefería no imaginar lo que podía hacer si montaba en cólera. Sobre todo si esa cólera era fría. Largamente madurada.

Fuera, el ruido de un motor acercándose la hizo estremecer.

41.

Los altavoces del tranquilo estudio de radio dejaban escapar los melancólicos acordes de «I'll Stand by You» de los Pretenders.

En cuanto sonó el estribillo, los recuerdos de juventud transportaron a Olivia veinticinco años atrás, a la época en que todas las emisoras del país, y seguramente del mundo, emitían la canción. Su adolescencia, llena de sueños, de ambiciones, de sed de reconocimiento... ¿Era posible que una chica luchara como lo había hecho ella para conseguir un puesto tan codiciado en una profesión con tan pocos elegidos sin que existiera, en el origen de esa ansia, una profunda herida narcisista? «Todos los que aspiran a exhibirse ante un público son gente falta de amor —le había dicho Dick Montgomery, su mentor, en sus inicios—. Así que déjate de historias, arregla cuentas con tus padres, si tienes la suerte de que aún estén vivos, y luego, si sigues con las mismas ganas, vienes otra vez y ya veremos lo que se puede hacer.» Así era Dick... Olivia no había seguido sus consejos; le había mentido, sus padres y ella nunca habían sido capaces de entenderse, de expresar sus emociones o sincerarse, y eso ya no iba a cambiar. Pero consiguió el trabajo y su carrera despegó a toda velocidad. Sí, era posible que el deseo de que la quisiera cuanta más gente mejor procediera de su infancia. Pero lo que había construido por sí misma desde entonces, su familia, había cubierto ese déficit con creces.

La canción tocaba a su fin y, al otro lado del cristal, Mark Dodenberg, el técnico de sonido, le indicó por señas que estuviera lista. De un rápido vistazo, Olivia se aseguró de que tenía delante la continuación del guion. Iban a iniciar la segunda parte del programa, y tras la entrevista de su invitado en el estudio (esa tarde, un socorrista les había hablado de su trabajo de temporada con las correspondientes anécdotas), era el turno de las llamadas. Olivia disponía de un margen amplio antes de la siguiente pausa. Estupendo. Podía relajarse un poco. Solo necesitaba un testimonio interesante. Dados los escasos medios de la emisora, no había más que una persona para filtrar las llamadas, y aunque la primera semana la centralita se había colapsado debido a la cantidad de oyentes que querían hablar con Olivia Spencer-Burdock, ahora la cosa estaba mucho más tranquila. Aun así, a Michelle no le daba tiempo a cribar y seleccionar a los candidatos más radiofónicos. Cada noche era una lotería y Olivia debía llenar los silencios o poner freno a confidencias que carecían de sentido o bien se salían del marco que se habían fijado.

Pat Demmel, que actuaba como realizador del programa, entró en el estudio discretamente para dejarle delante una hoja con una frase garabateada a toda prisa: «Anita Rose(n?)berg (¿insomne?, ¿depresiva?) quiere hablar contigo esta noche».

Olivia apenas había acabado de leerla cuando le dieron paso. Se ajustó los cascos en los oídos, abrió el micrófono pulsando el botón rojo y, bien acomodada en su asiento, intentó encontrar la voz adecuada para entrar en antena: cálida, ligeramente grave, para que resultara relajante, y con la pizca de dinamismo necesaria para enganchar a los oyentes.

—Están escuchando ustedes la WMFB, les habla Olivia Spencer-Burdock y vamos a seguir compartiendo la velada en la segunda parte de nuestro programa. Y para empezar, vamos a hablar con Anita. ¿Anita? ¿Está usted con nosotros?

—Buenas noches, aquí estoy, gracias —dijo una voz apenas femenina en un tono y con una dicción que no tenían nada que envidiar a los de Walter Cronkite.

—¿Vive usted en Mahingan Falls, Anita?

—Sí, en Beacon Hill. Crecí al lado de la iglesia presbiteriana de la Gracia, y aquí sigo setenta y nueve años después.

—La memoria de todo un barrio, entonces... Formidable. Gracias por llamarnos. ¿De qué quería hablar esta noche?

Silencio.

Olivia levantó la mirada hacia la cabina buscando a Pat y a Mark, sentados en la penumbra ante la enorme mesa de control. Los silencios eran el peor enemigo de las ondas. Bien colocados, podían transmitir emociones fuertes a los oyentes, pero solo en ocasiones excepcionales. El resto del tiempo hacían perder el ritmo y acababan produciendo incomodidad.

—No estoy sola —dijo al fin la anciana, justo cuando Olivia iba a retomar la palabra.

—Muy bien. Díganos, ¿quién está con usted? Por cierto, no se lo he preguntado... ¿Está usted casada, Anita? ¿Tiene hijos?

Nuevo titubeo. Olivia hizo una mueca. Iba a tener que tomar las riendas de la entrevista, que se presagiaba difícil. Le tocaría hacer un ping-pong verbal para dar un poco de vida a la conversación.

—Mi marido murió en 1999. Tenía diabetes y colesterol, y cuando nos dejó le habían diagnosticado un principio de Parkinson. Nicole y Patrick, mis hijos, viven en la Costa Oeste. Los dos se casaron con californianos, ¿curioso, no? No los veo mucho. Tienen su vida hecha y ya no me necesitan, ya sabe...

La mujer recitaba su historia sin verdadera emoción, como distanciada de sus propias palabras, espectadora de lo que contaba.

—Siento lo de su marido. ¿Estuvieron casados muchos años?

A Olivia le gustaba hacer hablar a la gente. Tenía instinto para eso: la capacidad de escuchar, de estimular la conversación, de adivinar las brechas y saber si convenía aprovecharlas o mostrarse discreta.

—Cuarenta y dos años.

—No debería decirlo en la radio, una señora no cuenta nunca estas cosas en público, pero como estamos solas, voy a hacerle una confidencia, Anita: esa es la edad que tengo. Estuvieron ustedes casados los mismos años que he vivido yo hasta hoy. Estoy admirada —presintiendo otro largo silencio (decididamente, la tal Anita no era una «buena cliente»), Olivia continuó—: Ya que no puede ver a sus hijos, ¿habla usted con ellos a menudo? La tecnología ha empequeñecido el mundo, ahora con Skype o FaceTime es posible verse a distancia...

—Trabajan mucho, no tienen tiempo.

Era evidente que no quería hablar del tema. «Menuda charlatana, Anita... No me lo va a poner fácil...»

—Ha dicho que esta noche no estaba sola... ¿Quién la acompaña?

Un suspiro en el auricular se transformó en chisporroteo en los altavoces.

—Mi visitante nocturno.

—¡Vaya! Nos está intrigando... Va a tener que contárnoslo. ¿Quién es ese visitante? ¿Un... amigo?

—No.

La buena mujer pronunció el monosílabo con tanta rapidez y tanta fuerza que Olivia se tensó en el sillón. Le picaba la curiosidad, pero al mismo tiempo sentía aprensión.

—Me tiene usted en ascuas, Anita.

—He dicho «visitante», pero, desde luego, no es bienvenido. Me impone su presencia. No me deja opción.

—No estoy segura de entender...

Su interlocutora respondió en un tono resignado, casi dolorido.

—Está ahí, al final del pasillo, a veces en la oscuridad del cobertizo, detrás de la cocina. Pero siempre que está, lo siento.

Alzando las manos, Olivia hizo un gesto de incomprensión a sus compañeros del control. Pat Demmel se limitó a encogerse de hombros. «¡Gracias, chicos, me siento muy apoyada!»

—¿Qué quiere usted decir? Necesitamos entenderlo. ¿Se refiere a un conocido? ¿A un vecino?

—No.

La misma respuesta tajante. «Casi colérica.»

—Viene cuando se ha puesto el sol, nunca antes. Una noche, incluso estaba en mi dormitorio, cerca de mi cama. No podía verlo en la oscuridad, pero sabía que estaba ahí, podía oírlo...

—¿Nos está usted diciendo que hay un... intruso en su casa, Anita?

—Hablo en masculino, pero supongo que sería más exacto decir «ella».

—¿Sabe quién es esa mujer?

—No es una mujer. No como usted o como yo, al menos.

—¿Ha avisado a alguien? ¿A la policía, a su médico, ¿a sus vecinos quizá?

—No es ese tipo de... persona. No se la puede echar. Ni siquiera puedo huir de ella. Vaya donde vaya, estará allí. Lo sé.

Olivia se acercó al micrófono hasta notar que el borde de la mesa le presionaba el estómago. Tuvo una intuición y decidió hacerle caso.

—Esa... presencia no es real, ¿verdad? —preguntó—. Palpable, quiero decir...

Solo era la segunda semana y ya había un testimonio esotérico. Empezaba bien... De todas formas, prefería con mucho eso a lo que se había temido: una agresión en directo.

—No es como usted y yo, pero puedo asegurarle que es muy real. La oigo. Me habla. No para de susurrar.

—¡Ah! ¿Y qué le dice?

—Cosas horribles.

Olivia alzó la cabeza. No le gustaba aquel tono.

—¿Qué entiende usted por eso, Anita?

Otro silencio. Una vacilación. La respiración en el auricular.

—No lo comprendo todo. En realidad, no comprendo las palabras, pero adivino la intención. Sé lo que quiere. Me lo repite una y otra vez. Me vuelve loca. Para que la escuche.

Olivia interrogó con la mirada al realizador, que estaba hablando con Mark, seguramente sobre lo que había que hacer. Cogió una hoja y la pluma, escribió: «¿Embuste? ¿Policía? ¿Ayuda?», y la sostuvo delante de ella para que pudieran leerla. Por suerte, las emisiones de la pequeña radio no se filmaban. Pat le indicó por señas que no tenía la menor idea.

—Y esa presencia, ¿de qué le habla? —insistió Olivia—. Perdone, pero me estoy asustando un poco, Anita, y seguro que no soy la única. ¿Cuánto tiempo hace que oye esa voz?

—Ya no lo sé. Puede que un mes.

—Entonces es bastante reciente... ¿Puedo hacerle una pregunta muy personal? ¿Ha vivido alguna situación difícil este verano, quizá?

—Creo que sé quién es. Nunca la imaginé así. Tan... espantosa.

—¿Quién?

—La Parca. Es ella.

«¡No es cólera, es miedo!»

Un miedo aceptado. Definitivo. Terminal.

—¿No tiene usted amigas? —le preguntó Olivia intentando de llevarla de vuelta a la vida real.

Pat hizo girar los índices en el aire para indicarle que siguiera por ese camino. Era evidente que no estaba tan inquieto como ella.

De repente la anciana se puso a hablar más deprisa, casi en un tono agresivo.

—Ya no soporto su presencia. Todas las noches temo que aparezca, miro por todos lados, todo el rato, y en cuanto la veo o la oigo siento que la sangre se me hiela y las venas se me endurecen hasta hacerme daño.

—Ani...

—Por eso quería que me oyeran todos ustedes, para que fueran testigos ante Dios. ¡No era mi intención, me empuja ella!

—¿Anita? Yo...

De pronto, de algún lugar próximo a la anciana brotó una voz gutural, que bramó con una rabia aterradora:

—*Hearken, gammer! You...*

Las interferencias ensordecieron a Olivia, y un coro de alaridos, decenas y decenas de seres humanos que sufrían al mismo tiempo, inundó las ondas y cubrió las imperiosas órdenes, que se ahogaron entre los gritos.

Olivia se había echado el casco hacia atrás de inmediato y buscaba con la mirada la ayuda de Pat y Mark, tan desconcertados como ella.

En ese momento se oyó un estallido seco, y Olivia comprendió. Su boca se abrió pero no emitió ningún sonido.

«¡Un disparo!»

Procedía de la casa de Anita.

Los gritos y la voz cavernosa cesaron, y se produjo un silencio terrible. El silencio de la muerte, pensó Olivia.

42.

La untuosa crema rebosaba entre las capas de hojaldre mientras la cobertura de chocolate se fundía con el calor y empapaba toda la tarta. El azúcar, pegajoso y crujiente, la hacía brillar.

Owen veía la imagen una y otra vez. No entendía cómo le había dado por comerse un trozo en el desayuno. Un antojo matutino extraño en él. Recordaba que, durante una visita al psiquiatra tras la muerte de sus padres, había oído a una señora decirle a su hijo obeso en la sala de espera que a veces uno comía para «llenarse de algo distinto a la comida». Desde entonces había pensado en ello muchas veces. ¿De qué podías llenarte cuando te comías dos perritos calientes, un helado y unas galletas, más que de un montón de productos químicos más o menos perjudiciales? (De eso estaba al corriente, porque Olivia no paraba de refunfuñar sobre el asunto.) Después, esa primavera, todavía en Manhattan, los Spencer lo habían apuntado a una escuela de kárate con el argumento de que tenía que cansarse y «desahogarse», y allí había conocido a Ben Mulligan. Ben estaba gordo. No tanto como el chico de la consulta, que tenía tetas, pero lo bastante para preguntarse cómo se las arreglaría para aguantar una hora completa de movimientos ágiles y rápidos. Pero Ben le ponía unas ganas y un brío sorprendentes. Al acabar, se acercó a Owen para presentarse (los dos eran nuevos y habían aparecido al final de la temporada) y no tardó en confesarle que hacía kárate para perder peso. «Como para compensar, ¿sabes? —le explicó con su acento un poco afectado de Long Island—. No me siento lo bastante querido, así que, a falta de amor, me atiborro de azúcar —añadió—. ¿Quieres que seamos amigos?» ¿Cómo iba a negarse? Owen no quería tener un suicidio alimenticio en su conciencia, de modo que aceptó, aunque dejó el kárate después de cinco lecciones, es decir, tres antes que Ben Mulligan, al que no volvió a ver. Pero aquello le enseñó una cosa: a veces, en la vida, cuando deseabas algo inalcanzable, te llenabas de otra cosa para sustituirlo.

Y eso era lo que había hecho él esa mañana al comerse un pedazo enorme de aquella tarta demasiado rica en calorías. Tom la había traído la tarde anterior a la vuelta de su paseo por la playa con la intención de dar una sorpresa a los niños, que como habían cenado una hora antes apenas la tocaron. Tom hacía eso a menudo, actuar por impulso, obedeciendo a sus ideas, a veces absurdas, sin preguntarse realmente si eran apropiadas.

Pero entonces, ¿qué trataba de compensar él engullendo todo ese azúcar? ¿El amor, como Ben? Tom, y sobre todo Olivia, no le regateaban atenciones ni mimos, y Owen sentía que eran sinceros, así que no se trataba de eso. Aun así, echaba muchísimo de menos a sus padres, sus verdaderos padres, sabía que su duelo no terminaría del todo jamás, lo que en su opinión era normal. Pero no tenía la sensación de que ese fuera el motivo de su bulimia. Él estaba delgado, casi en exceso; aquello no podía hacerle daño si no lo repetía demasiado a menudo. Pero se daba perfecta cuenta de que era un extraño síntoma que había que estudiar.

Mientras pensaba en todo eso, en la sofocante aula la señorita Horllow daba su clase de matemáticas con un tono monocorde.

Owen no estaba relajado, como suele suceder en verano cuando todo o casi todo va bien, incluso tras la vuelta al cole. Esta, siempre desagradable, se hacía más llevadera por la curiosidad de conocer el nuevo centro y la tranquilidad que suponía para él y para Chad contar con el respaldo de Corey y de Connor. Pero Owen no estaba ni eufórico ni entusiasmado, como cabía esperar de alguien de su edad, y no tardó en identificar el motivo de su malestar.

«Basta de engañarse. Este verano no ha sido normal. Para ninguno de nosotros.»

Su mirada vagó hacia la ventana y la carretera flanqueada de álamos que bordeaba el estadio. Más allá de las altas graderías, detrás del campo de fútbol, se veían grupos de árboles achaparrados, densos arbustos y, al fondo, los campos de béisbol.

«Dwayne Taylor nunca más volverá a jugar ni al fútbol ni al béisbol.»

Como en un fogonazo, Owen volvió a presenciar el brutal asesinato de Dwayne: sus tripas, relucientes de sangre, cayéndole sobre las piernas; su mandíbula inferior, arrancada de cuajo por la zarpa de acero, y, después, la espantosa fetidez del espantapájaros. Aquel repugnante hedor a putrefacción y a pis de gato.

Eso era lo que le angustiaba, hasta el punto de necesitar compensarlo. Había comido para no pensar, para sentirse bien, para sentirse vivo, a diferencia de Dwayne Taylor.

Le entraron náuseas y se agarró al pupitre esperando que se le pasaran, mientras el aula giraba a su alrededor.

Levantó la mano para ir al lavabo, y al ver que estaba pálido, la señorita Horllow no puso inconveniente. Chad, preocupado, le propuso acompañarlo, pero Owen rechazó el ofrecimiento. No le apetecía que lo oyeran echar las tripas en el retrete.

Por fortuna, se acordaba de dónde estaban los lavabos más cercanos, así que echó a andar a grandes zancadas por el pasillo desierto. De las otras clases le llegaban murmullos amortiguados, mientras avanzaba por el gastado linóleo a la luz de los fluorescentes, preguntándose cuál sería la de Gemma. La quería mucho. No como Connor, que siempre estaba hablando de sus «melones», sino con un cariño... sincero, desprovisto de cualquier atracción física. «Como a una hermana mayor», se dijo. Aunque últimamente estaba un poco rara. La noche anterior, incluso le había pedido a Tom que la acompañara hasta su coche, y eso que lo tenía aparcado justo delante de la casa.

Empujó la puerta del aseo de los chicos y corrió a vomitar, pero no le salió nada. Andar lo había aliviado un poco. Tenía que dejar de pensar en aquella tarta empalagosa y, sobre todo, en la sangrienta muerte de Dwayne Taylor.

Esperó un poco para estar seguro, pero acabó por incorporarse y fue a lavarse las manos. Mientras caía el agua, le pareció oír una voz sibilante, bastante lejana, que lo llamaba. Cerró el grifo y aguzó el oído.

Le llegó el débil zumbido de un extractor de aire, poco más.

Se acercó al secador de manos.

—Owen...

El chico dio un respingo y miró a su alrededor para asegurarse de que estaba completamente solo. «¡En una de las cabinas!» Todas las puertas estaban cerradas; el peso o el equilibrio, no lo sabía, las mantenían así. Y todas tenían el indicador del pestillo en verde, así que nadie lo había echado. «Quién será el imbécil que se divierte haciendo esto...» Owen, que apenas conocía a nadie en el colegio, pensó en Connor. Era típico de él.

—Connor, eres un capullo —dijo empujando la primera puerta.

Nadie.

Hizo lo mismo con la segunda, con idéntico resultado. Quedaban cuatro.

—¡Owen!

El adolescente se volvió hacia la derecha y luego hacia la izquierda. La voz, siseante y lejana, parecía llegar hasta él después de haber recorrido un largo y estrecho pasadizo.

«No, no sale de las cabinas, viene de más lejos...»

Pero no se le ocurría de dónde podía proceder. Nada se correspondía físicamente con lo que sus sentidos deducían. Había otra puerta, pero tenía un letrero que decía: SIN SALIDA – PROHIBIDO, y era evidente que se trataba de un acceso de servicio, o quizá de un simple armario.

Owen se fijó en un plano de evacuación colgado de la pared. De un rápido vistazo, comprobó que la puerta daba a una escalera. No estaba seguro de entenderlo, pero supuso que llevaba al sótano del colegio. «Nada que ver.»

Se volvió hacia la hilera de lavabos. La llamada había resonado un poco, como amplificada por un eco metálico. ¿Y si...? Se acercó lentamente. «Es imposible...»

Se acercó a un lavabo y se inclinó para examinar el desagüe. Un tubo gris y negro que se hundía en la oscuridad.

—Owen...

El chico lanzó un grito de sorpresa.

No cabía duda. La voz venía de ahí, del fondo de la tubería. Una llamada débil, casi un murmullo cantarín. Pero Owen estaba convencido: el individuo que sabía su nombre se encontraba en algún lugar debajo de él, al nivel del conducto de evacuación.

En ese momento percibió un ruido, un chasquido lejano acompañado de un roce que provenía del otro lado de la puerta de servicio. Chac. Chac. Chac.

Un sonido regular y pesado.

«¡Alguien subiendo unos peldaños!»

Allí detrás había una escalera, Owen lo había visto en el plano, y el ruido hacía pensar en unas gruesas suelas reforzadas que crujían y se arrastraban en cada escalón.

Chac. Chac.

Se acercaba.

La voz que lo llamaba no era en absoluto amenazadora, pero Owen sentía que no debía quedarse allí. Su instinto le decía que se largara. Quien lo estaba buscando no era normal.

No era el espantapájaros, pero tenía su misma naturaleza.

Chac. Chac. Chac.

Los pasos en la escalera se estaban acercando a la puerta.

Un resoplido, una especie de larga expiración ascendió por el conducto del lavabo.

Chac. Chac.

Owen estaba petrificado por el miedo. Sabía, en lo más profundo de su ser, que no debía perder más tiempo, que le urgía huir, que era cuestión de vida o muerte, pero el cuerpo se negaba a obedecerle. La maneta de la puerta tembló y empezó a descender lentamente.

Fue el detonante. Ver materializarse el peligro le provocó una descarga de adrenalina que lo hizo reaccionar y echar a correr hacia la salida.

Chac.

El último paso. La cosa había llegado a lo alto de la escalera. La maneta seguía bajando. Si la puerta se abría antes de que Owen hubiera salido, sería demasiado tarde. Se abalanzó sobre el batiente y cayó de bruces en el suelo del ancho pasillo que llevaba a las aulas. En el cuarto de baño, los resoplidos en las cañerías aumentaron. Luego, la puerta de servicio se abrió y los fluorescentes crepitaron y explotaron uno tras otro. Pero Owen ya estaba de pie, corriendo tan rápido como podía.

Todas las puertas de las cabinas traquetearon violentamente, presas de un frenesí rabioso, y esta vez Owen supo que su perseguidor había salido al pasillo, detrás de él.

Los fluorescentes parpadearon en el techo.

Owen veía su aula al fondo. No sabía si le serviría como protección, pero quería llegar hasta allí y buscar refugio entre sus compañeros, donde tendría alguna posibilidad de que aquella cosa no lo atrapara, porque no se atrevería a mostrarse a plena luz delante de todo el mundo, no, no estaba preparada.

Al menos, Owen se aferraba a esa esperanza.

Ahora, detrás de él todo el pasillo estaba sumido en la oscuridad, que avanzaba rápidamente, a punto de darle alcance.

Con la mano extendida hacia la puerta del aula, Owen hizo un último esfuerzo. Ya casi estaba.

Un zumbido formidable le pisaba los talones, haciendo vibrar las taquillas a su paso.

Owen sintió que podía conseguirlo. Sus músculos tiraban de él. Alargó los dedos en dirección a la puerta.

La presencia lo alcanzó en ese preciso instante.

A Owen apenas le dio tiempo de forcejear con el pomo y abalanzarse en el aula, donde cayó de bruces ante los pupitres cuan largo era, resbalando casi hasta los pies de la señorita Horllow, que se interrumpió, atónita.

Tras un breve instante de silencio. Luego, todos los alumnos se echaron a reír.

Todos menos Chad, que vio el terror pintado en la cara de su primo.

43.

Un estallido seco, tan violento que había sobrecargado la línea. Olivia, febril, pensaba en el disparo que había oído la noche anterior.

Unos instantes de vacilación, la parálisis del horror absoluto, y luego Pat Demmel pone un disco mientras Olivia pregunta una y otra vez: «¿Anita? ¿Anita? ¿Está usted ahí? ¿Me oye? ¡Anita!». Y un jadeo. Apenas audible. Pero Olivia estaba convencida: al otro lado del auricular se oía una respiración, pesada y un poco sibilante. Casi... artificial, se había dicho. No la de alguien que respira de forma natural, sino más bien una imitación. Alguien fingiendo respirar. Eso la había aterrado.

Todo el equipo se había activado: Pat llamaba a la policía; Mark ponía un disco tras otro para ocupar la emisión; y ella intentaba en vano restablecer el contacto con la oyente.

La espera, horrible, había durado más de treinta minutos. Fue Pat quien entró en el locutorio, blanco como un sudario, para anunciarle que la policía lo había confirmado: Anita se había quitado la vida de un disparo de revólver en su casa, mientras estaba en antena.

La pesadilla total.

Poco después apareció Tom, seguramente alertado por los vecinos, y se llevó a su mujer. Habían transcurrido dos horas. En el salón de su casa los esperaba el viejo Roy McDermott, que se había quedado por si acaso, para cuidar a los niños.

Olivia no pegó ojo hasta que cedió a la tentación de tomarse un Orfidal y se hundió en un sopor medicamentoso.

Se despertó a media mañana con la típica resaca química y la necesidad apremiante de darse una larga ducha y tomar un café tan cargado como fuera posible. Tom estaba cuidando de Zoey, que jugaba con Milo en el jardín. Aún no les había dicho nada a los chicos, que estaban en clase. En cuanto volvieran,

Olivia los convocaría para explicárselo. No quería que se enterase en el colegio, por algún compañero metepatas, si es que ya no lo sabían. Pero ir a buscarlos a toda prisa no parecía una solución mejor. No podía reprocharle a su marido que no les hubiera dicho nada esa mañana, mientras ella dormía. Tom había decidido que era una conversación lo bastante importante para tenerla todos juntos.

Olivia besó a su hija con más cariño que nunca y se refugió en los brazos de su marido un largo instante, con el deseo secreto de no abandonarlos jamás. Por fin, se sentó en la hierba al lado de la niña y se quedó mirándola, pensativa.

—¿No ha venido la policía? —le preguntó a Tom.

—No. Ha llamado Pat. Los agentes se han llevado una grabación del programa. En principio, no hay ningún motivo para que te citen, pero, si lo hacen, Pat me ha recomendado un abogado que...

—¿Un abogado?

—Le he dicho que, a este respecto, ya tenemos todo lo que necesitamos. Entre tú y yo, dudo de que haga falta. No tienes nada que reprocharte. Absolutamente nada. Sobre todo, no te sientas mal, tu no pod...

—Lo sé, Tom, no me culpo, es solo que... No lo vi venir.

—Te conozco, sé que tarde o temprano te culparás por sabe Dios qué.

—Es humano, ¿no? Tanto como culpar a esa mujer por lo que hizo. Es horrible, pero es verdad. La culpa. ¿Cuántas personas estarían oyéndonos en esos momentos? ¿Cuántas estarán traumatizadas por lo que escucharon? Una muerte en directo... No llamó para pedirnos ayuda, y tampoco nos dio la menor oportunidad de anticipar lo que iba a ocurrir, de intentar disuadirla. No, solo quería... justificarse. Antes de hacer lo irreparable. Eso fue lo que hizo: secuestrar nuestra emisión.

Tom dejó que se desahogara. Al fin, Olivia bajó el tono para no transmitir su angustia a la niña.

No comió, no tenía apetito, y después se pasó más de una hora al teléfono con Pat Demmel. Decidieron suspender la emisión hasta nueva orden. Necesitaban digerir lo ocurrido, meditarlo, sopesar su repercusión. Olivia estaba aterrada. Sabía que el suceso saltaría a los titulares de los medios nacionales antes del fin de semana. La antigua estrella de la tele, que lo ha dejado todo para huir de la presión, asiste a un suicidio en directo en su pequeño espacio en una emisora local. Tendría que lidiar con los centenares de solicitudes de entrevista que lloverían sobre ella. Cynthia Oxlade, su agente de prensa en Nueva York, haría el trabajo, y Tom se ocuparía de los más temerarios si llegaban a presentarse allí. Olivia no creía que la cosa fuera más allá. No habría un ejército de furgonetas con antenas parabólicas en el techo delante de la casa, ni un enjambre de micrófonos abalanzándose sobre ellos cada vez que abrieran la puerta. Ella ya no merecía tanta atención, Mahingan Falls estaba en el quinto pino y Cynthia y los abogados dejarían claro que no iba a hacer ningún comentario y que, por tanto, el viaje sería una pérdida de tiempo. Además, la crónica mundana y de sucesos ya estaba lo bastante animada, no necesitaban llenar huecos.

Saldría del apuro.

Pero en el terreno personal no estaba tan segura. Necesitaría un poco de tiempo para asimilarlo. ¿Seguiría en la WMFB? ¿Cómo reaccionaría la próxima vez que una persona inestable diera su testimonio en directo? Era muy pronto para eso. Demasiado pronto.

«De ahí a que vuelva a ver al tipo de la CFC...» No le había gustado. ¿Podían prohibirle salir en antena? No. Por supuesto que no. Después de todo, no tenía nada que reprocharse, y Pat Demmel y su equipo, tampoco.

¡BUM!

El disparo la sobresaltó.

Solo era el eco de su recuerdo, pero se le pusieron los pelos de punta.

Y esas voces... Puede que fueran lo que más huella le había dejado. Había hablado mucho de ello con Pat. Se parecían curiosamente a las que habían oído a principios de agosto, durante la prueba. ¿Quién jugaba a aquel siniestro juego? ¿Era una casualidad? ¿Los había pirateado en el mismo momento en que Anita decidía poner fin a su vida? Mark Dodenberg, el técnico de sonido, no lo veía claro. En su opinión las voces no eran una capa superpuesta, paralela a su frecuencia, sino que procedían de la casa de Anita Rosenberg. No había interferencias. Y eso era lo que inquietaba a Olivia, porque también había creído que se trataba de alguien que se encontraba cerca de la oyente. Al fin y al cabo, aunque su testimonio fuera incomprensible, la mujer había aludido a la presencia de un «visitante nocturno». La policía parecía categórica: según Pat, nada más llegar a la casa habían hablado de suicidio. Lo cual no convencía a Olivia.

Tras muchas dudas, cogió el teléfono y pidió hablar con alguien de la policía de Mahingan Falls que no fuera el jefe Warden, del que tenía bastante mal recuerdo.

Le respondió una mujer que, tras una breve conversación, le propuso ir a verla.

Menos de quince minutos después, el coche aparcaba frente a la Granja y una treintañera bastante atractiva bajaba de él. Olivia reconoció a la joven que, semanas antes, había ido a verlos a la emisora en compañía de un superior.

—Sargento Foster —se presentó por guardar las formas.

Olivia la invitó a pasar, y después de las cortesías de rigor fue directa al grano.

—¿Se reafirman ustedes en la tesis del suicidio?

Ashley Foster le lanzó una mirada incisiva.

—¿Eso es lo que le dijeron anoche?

—Creí entender que la puerta estaba cerrada por dentro y habían hallado el arma en la mano de Anita Rosenberg, circunstancias que sugieren un suicidio. Y al parecer los vecinos acudieron de inmediato al oír el disparo, y todos aseguran que nadie salió de la casa antes de que llegara la policía.

—Está bien informada... Efectivamente, los primeros indicios apuntan en esa dirección. Al menos, esa es la opinión de mis colegas.

El tono de la joven sugería escepticismo.

—¿Y la suya?

—La investigación apenas ha comenzado. Estamos estudiando todas las posibilidades, pero, como comprenderá, por ahora no puedo decirle nada más.

—¿Han escuchado la emisión?

—Sí.

—¿Y la voz? ¿La han identificado? La voz amenazante que interviene justo antes del... del...

—Estamos en ello, señora Spencer.

—Admita que es inquietante. La señora Rosenberg no estaba sola, y fuera quien fuese ese individuo, su actitud hacia ella no era amistosa. Cuanto más lo pienso menos me convence lo del suicidio...

Ashley Foster abrió la boca para responder, pero se mordió el labio y no dijo nada, cosa que Olivia, demasiado absorta en sus recuerdos, no advirtió.

—Además, están los gritos —añadió—, toda esa gente chillando... Yo estaba... Se acuerda de que no es la primera vez, ¿verdad?

—Por supuesto, ya nos habló del asunto al teniente Cobb y a mí.

Esta vez, algo en la forma en que la sargento la escrutaba atrajo la atención de Olivia, que tuvo la sensación de que la agente no se lo estaba diciendo todo.

—¿Concluyeron esa investigación? —le preguntó—. ¿Descubrieron quién se dedicaba a ese juego enfermizo?

—Seguimos trabajando en ello. Por cierto, la gente de la CFC que habló con usted ¿ha vuelto a presentarse?

—No, aunque supongo que después de la tragedia de ayer podrían aparecer de nuevo.

La sargento Foster cruzó los brazos sobre el pecho y respiró hondo. Dudaba.

—Señora Spencer, debo ponerla sobre aviso. Esos hombres no son de la Comisión Federal de Comunicaciones.

—¿Perdone?

—He hecho algunas indagaciones, incluida su sede. La CFC no envió ningún agente a Mahingan Falls.

—Pero entonces... ¿con quién hablé?

Olivia recordaba a la perfección al tipo alto y delgado que la había abordado, así como la sensación de malestar que había experimentado después.

—De momento lo ignoramos. De todas formas, si vuelve a verlos, le agradeceré que me lo comunique de inmediato. En caso de urgencia, mi móvil está anotado al dorso.

Ashley Foster le tendió una tarjeta.

—No... no entiendo por qué iban a hacerse pasar por agentes de la CFC. No consiguieron nada, ni material, ni dinero...

—Para serle sincera, yo tampoco. Pero este asunto del pirateo de emisiones con la presencia simultánea en el pueblo de esa gente no me gusta. Al teniente Cobb y a mí nos encantaría hablar con ellos, no sé si me entiende. En lo que a usted concierne, no se preocupe, no veo qué podríamos reprocharle. Las cintas de audio son claras a ese respecto: usted lo hizo lo mejor que pudo. Era imprevisible.

Olivia asintió, ausente. No salía de su asombro ante aquella suplantación de la CFC. Estaban en medio de un complot, y no era nada excitante, al contrario.

—¿Cree usted que mi familia y yo podríamos tener problemas con esos farsantes? —preguntó de pronto.

—No, el asunto no tiene nada que ver con usted. Y si eso la tranquiliza, le diré que llevo una semana recorriendo la región en su busca. Está claro que se han esfumado.

La sargento Foster le aseguró que estaban haciendo todo lo posible para aclarar aquellos misterios, pero Olivia tuvo la sensación de que recitaba un texto aprendido de memoria, sin la menor convicción. Poco después de despedirse, Olivia, que seguía confusa, vio el vehículo policial retroceder por el camino de acceso y alejarse entre los árboles. Tom dormía la siesta arriba, con Zoey, y seguramente también con el cachorro. Demasiado alterada para unirse a ellos, Olivia buscó una actividad que la mantuviese ocupada física y mentalmente. Tom había fregado todos los cacharros y recogido los juguetes de la niña. No sabía qué hacer.

Cuando Tom bajó al cabo de un rato, la vio sentada ante su ordenador portátil. Olivia corrió a su encuentro para contarle lo que acababa de saber, y Tom arqueó las cejas, perplejo. Lo discutieron, pero cuando acabaron seguían sin saber lo que convenía hacer, aparte de seguir con su vida normal y dejar trabajar a la policía. Más tarde, Tom señaló el portátil y le preguntó qué la tenía tan interesada.

—He redactado un borrador del comunicado de prensa que Cynthia remitirá a los periodistas. ¿Puedes darme tu opinión?

Estaba nerviosa, Tom se percató enseguida.

—Claro, pero luego te quiero para mí, arreglamos a Zoey y nos vamos a dar una vuelta por la zona, para tomar el aire, lo necesitas. No es negociable.

—No quiero dejar a los chicos solos, por lo menos hasta que les haya explicado lo que pasó anoche.

—Pasamos a recogerlos antes de irnos. Cenaremos todos juntos en Salem.

Corrigieron alguna frase aquí y allá y luego prepararon una bolsa con una muda para Zoey y algo para que merendara.

Un hombre se acercaba a la casa con paso un tanto vacilante. Pese al calor, llevaba una chaqueta de algodón sobre la camisa, un pantalón de loneta beige y zapatos de piel. No parecía tener muchos más años que los Spencer, unos cuarenta y cinco quizá, aunque Olivia se fijó en sus sienes plateadas y en las gafas que asomaban fuera del bolsillo delantero de la americana.

—Buenos días. Soy Joseph Harper, vivo un poco más abajo, al comienzo de Gettysbourg End. Nuestras casas son vecinas en línea recta por el bosque... No quería molestarlos, pero me he armado de valor y...

Tom se presentó e hizo lo mismo con su mujer.

—Es que estábamos a punto de irnos, señor Harper. Quizá podríamos vernos en otro...

—Sí, claro, lo entiendo. No quiero importunarlos.

Asumiendo su papel de relaciones públicas del matrimonio, Olivia posó la mano en el brazo de Tom y terció en la conversación.

—Recibí su respuesta a nuestra invitación. No era necesario que se disculpara por no poder asistir, fue muy considerado de su parte.

—Mi mujer y yo estábamos fuera, lo siento. Mire, imagino que no es el momento, pero anoche oí el programa, soy un asiduo de la emisora y he de confesarles que ese es el motivo de mi visita...

Olivia sintió que el brazo de Tom se tensaba bajo su mano, y con una leve presión le indicó que se callara. Zoey, encaramada a su otro brazo, empezaba a pesarle, pero estaba tranquila y atenta al inesperado visitante.

—Es muy amable, gracias —dijo Olivia—. Si usted y su mujer están libres este fin de semana, quizá podríamos organizar un encuentro entre vecinos...

Joseph Harper asintió, sin abandonar su actitud un poco preocupada.

—Será un placer. Perdonen que insista, pero están en contacto con la policía, ¿verdad? Por la tragedia de anoche, quiero decir...

—Sí, ¿por qué? —preguntó Olivia, extrañada ante la seriedad de Harper.

—Pues verán... Sin duda, será más apropiado si parte de ustedes, que después de todo ya están en contacto con ellos, mientras que yo soy ajeno a lo ocurrido, de modo que, si voy a verlos, lo primero que se preguntarán es qué pinto yo en esto...

—¿Adónde quiere ir a parar? —lo atajó Tom.

Consciente de que se iba por las ramas, Harper asintió.

—Soy profesor en la Universidad de Miskatonic, que está en Arkham, no muy lejos de aquí. Enseño Literatura Comparada, aunque eso no tiene nada que ver con el asunto del que quiero hablarles. De hecho, mi primer interés académico fue la evolución de la lengua, en particular los inicios del inglés moderno, digamos que entre los siglos XVI y XVIII, *grosso modo*. También tengo nociones de inglés antiguo, por supuesto...

—Eso está muy bien, pero... —empezó a decir Tom, que se interrumpió al ver que Olivia animaba a Harper a continuar con una sonrisa.

—¿Cómo decirlo? Anoche, oyendo su programa, me quedé... anonadado por lo que ocurrió, por supuesto, pero a la vez muy sorprendido con las extrañas palabras pronunciadas por ese hombre de voz cavernosa. Confieso que no entendí muy bien lo que pasaba, si ese hombre estaba con ustedes en el estudio, si era una intromisión o... si se trataba del curioso personaje al que aludía la pobre señora...

—En cuanto a eso, estoy igual que usted —reconoció Olivia acomodándose a Zoey en la cadera.

A su lado, Tom empezaba a impacientarse.

—Es que... las primeras palabras de ese hombre tan extraño, justo antes de los gritos..., ¡qué cosa tan escalofriante, Dios mío!..., sus primeras palabras..., bueno, son bastante atípicas, la verdad.

—Ya, pero... ¿entendió algo de esa jerigonza?

—De hecho, dos palabras, sí. *Hearken, gammer.* Es inglés arcaico. Hoy ya nadie habla así.

—¿Sabe lo que significan?

Zoey se agitaba. Olivia la dejó en el suelo para que correteara por la hierba cerca de ellos y así poder desentumecerse el brazo.

—Sí, podrían traducirse como «escucha, vieja».

Olivia no supo qué pensar. Aquello confirmaba que la inquietante presencia masculina se dirigía a Anita Rosenberg, pero el motivo por el que utilizaba palabras antiguas... seguía siendo un absoluto misterio. Para su sorpresa, Tom cambió de tono, mostrando un repentino interés.

—Dice usted que esa lengua ya no se utiliza. Pero ¿era habitual en la región en otros tiempos?

—Sí, por supuesto.

—¿En qué época?

—Ya le he dicho, entre los siglos XVI y XVIII aproximadamente, aunque no puedo pronunciarme sobre esos términos concretos sin verificarlo antes cuidadosamente.

—¿En la época de los colonos de Mahingan Falls quizá?

Harper asintió de inmediato.

—Sin ninguna duda. Hay que tener en cuenta que los dialectos evolucionaron de forma más o menos independiente en función de los orígenes de cada uno, por ejemplo: pronunciación específica, derivados de palabras que...

—Gracias, señor Harper —dijo Tom tendiéndole la mano.

El profesor se la estrechó, un poco sorprendido.

—En cualquier caso, eso podría ayudar a la policía. He pensado que viniendo de ustedes tendrá más peso. Desde luego, no doy nada por sentado, puede que sea mera casualidad, pero aun así esas palabras, esa entonación imperiosa... Realmente parecía que estuviera ordenándole a la pobre mujer que se callara y lo escuchara. No tengo noticias de familias en la zona que sigan utilizando alguna variante del inglés antiguo. Dicho esto, la policía juzgará si les es de utilidad o no, supongo.

Joseph Harper insistió en volver a darles su número de teléfono y se fue por donde había venido, saludando con la mano repetidas veces.

Olivia encontraba divertido al personaje, con un fuerte potencial «cincuenta-cincuenta», como lo llamaban ellos. Cincuenta por ciento de probabilidades de que fuera apasionante, y el otro cincuenta, de que aburriera hasta a las ovejas. Una lotería.

Echó a andar hacia el coche, pero advirtió que su marido ya no tenía la misma expresión relajada que antes de salir.

—Solo quería ayudar, cariño. Un poco charlatán, de acuerdo, pero con buena intención.

Tom asintió, pensativo.

—¿Estás bien? —insistió Olivia.

Los ojos de Tom se volvieron hacia ella. Ya no era el marido jovial que se esforzaba en sacar a flote a su mujer en un momento difícil. Era como si de pronto le hubiera caído una losa encima. Dudó unos instantes y señaló la casa.

—Hay algo que quiero enseñarte. No debería haber esperado tanto. Ven, entremos.

44.

—¿No tienes ni idea de lo que era? —insistió Connor volviendo a encasquetarse la gorra de los Red Sox.

—¡Es que no lo he visto! —repitió Owen—. Pero, fuera lo que fuese, no me perseguía para hacerme caricias, ¡eso os lo puedo garantizar!

Los cuatro chicos estaban sentados en un banco, entre las hayas y los arces del parquecillo del enorme complejo escolar. A su alrededor, decenas de adolescentes de distintas edades se dispersaban en todas direcciones, una vez acabadas las clases.

—Vale, pero el caso es que no sabes quién era.

—O lo que era —les recordó Corey—. Eso sí, el baño de los tíos está cerrado. Tienes suerte de que nadie te haya visto salir, si no el colegio te culparía de los daños y te iba a costar lo tuyo explicarlos.

—Yo te creo —dijo Chad levantándose para colocarse frente a ellos—. Te he visto el careto cuando te has tirado al suelo en plancha, y sé que no cuentas chorradas.

—Nadie ha dicho que lo haga —puntualizó Connor un pelín irritado—. Solo que no sabemos qué era... esa cosa.

—¿Uno de los espantapájaros de los Taylor? —sugirió Chad.

Owen sacudió la cabeza.

—No, no lo creo.

—Pero te ha llamado por tu nombre, ¿no?

—A través de las cañerías, sí. Tenía una voz un poco rara, como..., no sé..., un poco siseante.

—¡Si yo tuviera la boca metida en un sitio tan estrecho, también sisearía! —ironizó Connor.

—¿Como un extranjero con acento? —se le ocurrió a Chad—. ¿Podría ser eso?

Connor le dio una fuerte palmada en la espalda.

—No empieces otra vez con tu absurda teoría del terrorismo, te estás volviendo un poco racista.

—Puede, no lo sé —respondió Owen—. Pero desde luego venía de debajo del colegio. Esa cosa ha subido por la escalera de servicio, de eso estoy seguro.

—¿Qué relación puede haber entre Eddy Hardy y el colegio? —se preguntó Chad.

—¿Y si estuviéramos equivocados? —dijo Connor—. Puede que Eddy Hardy no tenga nada que ver con el espantapájaros.

—Es demasiado fuerte para ser casualidad —respondió Owen—. Estoy seguro de que Hardy es el espantapájaros o tiene algo que ver con él.

—¿Una de sus víctimas que vaga por el cole? ¿Un alumno, como nosotros? —sugirió Chad.

—¡Al final resultará que hay algún muerto enterrado debajo del colegio! —clamó Corey—. ¡Y que la ha tomado con nosotros, chicos!

—Con nosotros no, a quien quería pillar era a Owen —le recordó Connor.

Chad se sorbió la nariz y agitó el índice en el aire.

—Esta vez le ha tocado a Owen, pero quién sabe si la próxima no irá a por ti.

Connor bajó la mirada.

Cuanto más pensaba Owen en lo que había vivido, más fácil le resultaba descomponerlo. Cada detalle se recortaba con claridad, y él lo colocaba casi metódicamente en su correspondiente casilla dentro de su pragmática mente. Un elemento en particular empezaba a perfilarse con especial nitidez. Un sentimiento visceral, casi instintivo. Una parte de él, animal, que había almacenado ese punto concreto. Owen se había sentido amenazado por una fuerza igual de instintiva, una entidad olvidada que lo devolvía a sus miedos más primarios. El miedo a la oscuridad. El miedo de la presa perseguida. Una presencia...

—¡Antigua! —exclamó—. Era una presencia antigua.

—¿Cómo lo sabes? —preguntó Corey, sorprendido, acariciándose maquinalmente las pecas de la mejilla.

—Sencillamente lo siento. Es una fuerza antigua.

—¿Antigua como un abuelo o antigua como un dinosaurio? —quiso saber Chad.

—No lo sé, simplemente es... vieja. Como un olor, no acabas de entender por qué ni cómo, pero sabes que es el olor de algo que apesta a viejo.

—¿Había tambores o cánticos raros? —preguntó Connor con la mayor seriedad.

—No, ¿por qué?

—¿Os acordáis del libro que leí en la biblioteca?, ¿la historia esa de la masacre de indios? Se supone que fue aquí, justo bajo nuestros pies.

Los chicos se miraron en silencio. Chad, de pie frente a los otros tres, podía ver el enorme edificio, que hundía sus cimientos en aquel suelo regado con sangre inocente. Sus numerosas ventanas se tragaban la luz, como si fueran ojos negros; parecía gigantesca araña de piedra con las patas clavadas en la tierra, que esperaba a la siguiente presa.

—Tenemos que hablar con un adulto —dijo Owen.

Para su gran sorpresa, nadie se indignó.

—¿Con quién? —preguntó al fin Corey—. ¿Quién nos tomará en serio en vez de mandarnos a la cárcel por el asesinato de Dwayne Taylor?

—¡No fuimos nosotros! —replicó Chad, irritado.

—¡Ya lo sé, listo! Yo también estaba allí, ¿recuerdas?

Owen alzó las manos para hacerlos callar.

—Gemma —dijo—. Ella nos creerá.

—¡No! ¿Mi hermana? ¿Estás chalado? ¿Quieres que no me dejen volver a hablar con vosotros jamás?

—Gemma no es de la pandilla, no funcionará —refunfuñó Connor.

Owen gesticulaba para hacerse oír.

—Es buena tía, nos escuchará —insistió.

Corey meneó la cabeza, poco convencido.

—¿Y luego? —gruñó Connor—. ¿Qué le diremos? ¿Que hay un asesino de niños reencarnado en espantapájaros que nos la tiene jurada? ¿Y unos indios enterrados debajo del colegio, conchabados con él?

Chad indicó por señas que Connor se había marcado un punto.

—Yo tampoco veo la relación entre Eddy Hardy y la matanza de indios.

—¿Una especie de venganza de sus espíritus? —sugirió Corey—. Puede que, como nosotros descendemos de los colonos malos que se los cargaron, piensen que también merecemos pagar por ello...

—¡Qué idiotez! —opinó Chad—. ¿Por qué ahora? ¿Y por qué somos nosotros más responsables que nuestros padres, nuestros abuelos y los que los precedieron? Además, Owen y yo acabamos de llegar, no tenemos nada que ver con vuestros antepasados.

—Por eso necesitamos la opinión de otra persona, de alguien inteligente —insistió Owen—. Alguien con una nueva visión y en quien podamos confiar. Tu hermana, Corey. No se me ocurre nadie más.

El aludido hizo una mueca.

—Como se le crucen los cables, me mata.

—Si seguimos callados, ¡nos matarán a todos! —declaró Chad, tan enérgico como siempre.

—Vale. Y aparte de eso ¿qué hacemos? Gemma no nos va a sacar de este marrón ella sola...

Chad observaba la impresionante fachada del colegio.

—Habrá que actuar —dijo muy serio.

—¿En qué estás pensando? —se interesó Connor, que prefería la acción a la espera.

—Nos pasamos la vida en el colegio. No podemos arriesgarnos a que esa cosa, sea lo que sea, nos atrape cuando estemos solos, con la guardia baja.

Corey levantó la cabeza y abrió unos ojos como platos.

—¡No, no, no! —exclamó indignado—. ¡Si crees que voy a hacer eso, estás listo, colega!

—¡Es nuestra única salida!

—¡Estás zumbado! Si bajamos ahí, no habrá salida que valga.

Connor se levantó a su vez.

—Chad tiene razón. ¿Quemamos al espantapájaros y no vamos a poder con un indio muerto?

Owen agitó el índice ante ellos.

—Yo no he dicho que fuera un indio. Había alguien o algo subiendo las escaleras, pero también otra cosa... Una especie de aura o una sombra densa que me perseguía...

—De todas formas, ya tenemos una pista para empezar —dijo Connor—. La escalera de servicio.

—He oído decir que ahí abajo hay un laberinto de pasillos —explicó Corey—. Vamos a perdernos, que es exactamente lo que quieren los indios muertos.

—Eso no lo sabes.

Owen iba de un lado para otro, meditando. Poco a poco, todo iba organizándose en su cerebro. Cuando estuvo listo, los reunió a todos con un silbido autoritario que incluso le sorprendió a él mismo.

—Esto es lo que vamos a hacer. Para empezar, necesitamos más información. Los comandos no van al terreno de operaciones a la buena de Dios. Volveremos a la biblioteca.

Coro de protestas. No les había gustado ni el lugar ni el bibliotecario.

—¡No tenemos elección! —bramó Owen para hacerles callar—. Cuando sepamos quién, dónde y cómo, entonces bajaremos a ajustarle las cuentas a esa cosa, sea lo que sea.

—¿Y Gemma? —preguntó Chad.

—En cuanto estemos listos, la ponemos al día. Una chica puede sernos de mucha ayuda.

—¿Para qué? —preguntó Corey, incrédulo.

—Las chicas saben y comprenden cosas que a nosotros se nos escapan. ¿Por qué crees que son ellas las que traen niños al mundo? Saben crear vida. Es justo lo que necesitamos para enfrentarnos a la muerte.

Los otros tres lo miraban muy poco convencidos. Pero ninguno rechistó. Todos tenían dudas sobre aquel plan, pero sabían que para ellos era vital actuar. Tenían que sorprender a su enemigo, quienquiera que fuese.

Antes de que él los atrapara.

45.

Olivia estaba entrando en contacto con Gary Tully y sus memorias. Sentada ante el escritorio en el sillón de su marido, hojeaba las numerosas libretas negras escuchando el largo resumen que le hacía Tom, mientras Zoey se entretenía con sus juguetes en el suelo de madera.

La parte sobre Jenifael Achak le interesó especialmente, sobre todo cuando su marido le explicó que había vivido entre aquellas cuatro paredes. Tom no le ocultó nada, ni el suicidio de Tully en la que ahora era la habitación de su hija, ni los posteriores de la familia Blaine.

—Nunca viste ratas, ¿no es así? —le preguntó Olivia un poco enfadada.

—No. Fue para proteger a Zoey. Solo por si acaso... Cariño, compréndeme, todo ocurrió al mismo tiempo, sus gritos noche tras noche, el extraño mordisco de Chad, el descubrimiento de esos libros esotéricos y del testimonio de Gary Tully... Y también la presencia glacial que percibiste tú.

—Fue a mí a quien me ocurrió, y lo olvidé enseguida.

—Tú eres pragmática. Además no tenías todas esas cosas delante de las narices. Perdóname, debería habértelo contado mucho antes, pero no quería que te angustiaras.

Olivia asintió.

—Lo sé, lo sé. Querías protegerme. Pero, Tom, cuando se trata de nuestra familia, no juegues con eso, es demasiado importante.

Tom frunció el ceño.

—¿Tú te lo crees? ¿Piensas que todo eso puede ser verdad?

—¿Cómo quieres que lo sepa? Tú mismo, que estás metido en el asunto hasta el cuello, pareces bastante perdido, ¿me equivoco?

Tom abrió las manos en un gesto de impotencia.

—Es que es tan...

—¿Inquietante? Sí. No sé qué decirte. Los fantasmas, los espíritus de los muertos, todas esas cuestiones ocultistas me interesaban cuando era más joven, pero de ahí a aceptar que nuestra casa pueda estar... encantada, francamente, me cuesta.

Olivia recostó la cabeza en el sillón y observó a su marido, sentado en el borde del escritorio. Un repentino cansancio parecía haberse apoderado de él.

—No me gusta que me mientas —le dijo con tristeza—, sobre todo, después de tanto tiempo.

—Lo siento mucho.

Olivia abrió los brazos, y se estrecharon el uno contra el otro.

—¿Quién más está al corriente? —preguntó con la cabeza apoyada en el hombro de Tom.

—La médium de la que te he hablado y Roy.

—¿El bueno de Roy? Sabe esconder sus cartas...

—En realidad, es el mejor informado. Vive enfrente de nuestra casa desde hace décadas. Y parece ajeno al mundo, pero no pierde detalle de lo que pasa a su alrededor —Tom se apartó y señaló la montaña de documentos que tenían delante—. Lo había metido todo en cajas para entregárselo a Martha Callisper, la médium. Pero, no sé por qué, llevó diez días posponiéndolo.

—Porque algo en ti no está listo. Escucha a tu subconsciente, Tom —dijo Olivia.

Sin buscar nada en concreto, su marido empezó a remover el arsenal de libretas, libros y carpetas llenas de notas y viejos recortes de periódico.

—He examinado a fondo el legado de Gary Tully. Sinceramente, creo que no me he dejado nada. ¿Y para qué?

Se miraron, pensando lo mismo pero sin atreverse a expresarlo. Olivia, más valiente, se decidió a hablar:

—Porque hay un problema: que esto nos afecta puesto que vivimos en esta casa con una historia tan trágica. Por eso.

Tom respiró hondo.

—Entonces, lo crees.

—Soy madre, Tom, una loba. Cuando se trata de proteger a los míos, no cierro ninguna puerta, no corro ningún riesgo.

¿Por qué has cambiado de opinión hace un rato, mientras hablábamos con el bueno de Harper?

—Por el inglés antiguo, por supuesto. Esa mujer que se ha suicidado después de recibir una extraña orden en la misma lengua que hablaban Jenifael Achak y sus contemporáneos..., eso, perdona, no puede ser una coincidencia, ¿no te parece?

Olivia apoyó la barbilla en la palma de la mano para reflexionar. Vio a Zoey jugando, perdida en su mundo imaginario, ajena a los problemas de los adultos.

—Putos fantasmas... —dijo entre dientes.

—Lo sé. Es imposible.

Olivia abrió los brazos.

—No soy una entendida, pero puede que no sean fantasmas tal como solemos imaginarlos, sino más bien... una especie de fuerte reminiscencia encerrada en un bucle temporal, que choca una y otra vez contra este lugar. Puede que nuestra familia, nuestra felicidad, haya desencadenado ese mecanismo y le haya permitido pasar de una dimensión paralela a esta. Hay tantas cosas que ignoramos, que la ciencia aún no comprende..., seguro que el fenómeno tiene explicación, aunque no según los parámetros actuales.

Tom se masajeó las mejillas nerviosamente.

—Da igual las veces que me diga que es imposible —confesó—. Siempre se añade un hecho, como si toda esta locura quisiera restregármelo por la cara hasta que abra los ojos. No consigo quitármelo de la cabeza.

Olivia señaló a su hija.

—Ese es el motivo por el que no vamos a correr ningún riesgo. Tiraremos del hilo hasta el final. No pienso dormir con la duda, y menos aún con mis hijos, mi tribu, bajo este techo.

—Tú verás si quieres leer todo eso. Yo lo he hecho y no sé qué conclusión sacar.

Olivia sacudió la cabeza.

—Tú mismo lo has dicho —respondió al cabo de un momento—. Soy pragmática y necesito lógica. Que nuestra casa sea la prisión de un remanente histórico que nos supera, vale, puedo aceptarlo haciendo un gran esfuerzo. Pero la muerte de Anita Rosenberg tiene que estar relacionada con todo esto, porque si no, las palabras en inglés antiguo no tendrían ningún sentido. Así que vamos a seguir esa pista.

—Eso es cosa de la policía, cariño.

Olivia le dio unas palmaditas en la mano.

—No, ellos buscan pruebas tangibles. Nosotros vamos a hurgar en el pasado de los Rosenberg. Vamos a investigar lo que la policía nunca se planteará: la posibilidad de una relación entre la víctima y una supuesta bruja de hace más de trescientos años.

—¡Buja! —repitió, muy orgullosa, Zoey, que ahora estaba de pie al otro lado del escritorio, mostrándoles una de las libretas de Gary Tully.

En un ataque supersticioso, Tom se la arrebató y volvió a colocarla en lo alto del montón. La niña se echó a reír.

Con una risa cristalina. De pura inocencia.

46.

El océano hacía rodar sus olas incansablemente y dejaba en la tibia playa su ofrenda de espuma y algas. Había gente paseando y unos pocos valientes bañándose en las frías aguas o tomando el sol en bañador sobre una toalla. Gemma caminaba con los zapatos en la mano y el viento arrojándole el pelo a un lado de la cara. A su lado iba Adam Lear, con su mochila a la espalda y la de Gemma —que había insistido en llevar hasta que ella había cedido— colgada del hombro.

La chica volvió a consultar el reloj.

—¿Tienes prisa? —le preguntó Adam.

—Debería estar en casa de los Spencer dentro de cuarenta minutos.

Adam parecía decepcionado.

—¡Ah, sí, lo había olvidado! Creía que después de lo que ha pasado en la radio no te necesitarían durante un tiempo.

—Al contrario, tienen montones de cosas que solucionar. Yo me ocupo de la niña, y eso les da un par de horas de respiro. De todas formas, aún faltan treinta y cinco minutos... —le recordó Gemma con una sonrisa que esperaba no fuera demasiado tonta.

—Es verdad. ¡Ven, vamos a sentarnos en las rocas! Me gusta la vista que hay desde allí: el acantilado con el faro, el horizonte de olas...

«El horizonte de olas... Encima habla como un poeta.» Gemma comprendió que se estaba poniendo demasiado sensiblera, casi cursi. Para compensar, procuró anteponer la razón a sus emociones, y al hacerlo, sus auténticos problemas volvieron a la superficie. Echó un vistazo a su espalda y luego en dirección al largo paseo asfaltado paralelo a la playa.

—Puedes relajarte, ya lo he comprobado, no está —dijo Adam con tono protector.

Gemma se lo había contado todo. Bueno, casi todo. Lo que Derek Cox le había hecho en el cine, no. Sobre eso había sido vaga: se había limitado a decir que la había molestado. «¡Al señor Armstead le encantaría oír un ejemplo tan claro de eufemismo en la clase de lengua!» Gemma aún no estaba preparada para asumir el papel de víctima de una agresión sexual. La mera expresión le desagradaba. No quería que hablaran de ella en esos términos, y menos Adam. Eso nunca. No obstante, le había explicado la situación en que se encontraría si intentaba verse con ella en público. Derek Cox podía enterarse, y a saber cómo reaccionaría. Después de que Chad lo hubiera sorprendido delante de su casa, Gemma no paraba de hacerse preguntas al respecto. ¿Estaba allí por ella o para vengarse de Olivia por la humillación que le había hecho sufrir? Gemma no se atrevía a comentar el asunto con su jefa; apenas se había repuesto de lo que Olivia le había hecho a Derek a la salida del trabajo —aunque en el fondo le había gustado—, y temía una nueva reacción espectacular. «¡Puede que eso lo calmara de una vez por todas!»

Pero con un espécimen como él, cualquiera sabía.

Gemma se había enterado de lo del suicidio en directo en el programa de Olivia la misma noche en que había ocurrido. Por eso no había querido hablar con ella, pero no podía seguir callando. Si Derek pensaba vengarse, Olivia tenía que estar sobre aviso.

«No la atacará a ella directamente, la emprenderá con su coche o con la fachada de la casa. Es un animal, pero también un cobarde —eso no cambiaba nada. Gemma se juró que esa misma tarde, en cuanto llegara, lo soltaría todo—. De todas maneras, lo más probable es que vaya a por mí.»

Lo había visto esa misma mañana en un pasillo del instituto. La miraba fríamente, como si no quedara una pizca de vida dentro de él. Eso le había provocado escalofríos. A la hora de la comida, había corrido a buscar a Adam para llevárselo hasta una mesa apartada, y todo había salido en un torrente inagotable.

Llegaron junto a un grupo de rocas pulidas por siglos de mareas, justo al pie de la estructura de madera que sostenía el Paseo, a diez metros por encima de sus cabezas. Adam dejó las mochilas en el suelo y se sentó en una de las más grandes, frente al mar. Gemma lo imitó tras lanzar una mirada recelosa a la oscuridad que reinaba en aquel laberinto de vigas y puntales. «La oscuridad de las películas de terror. La oscuridad en la que se ocultan los monstruos.» De pronto se imaginó a un payaso de sonrisa malévola y ojos de loco, que salía de ella sosteniendo un manojo de globos llenos de sangre de niños muertos. Luego, a una silueta oscura cubierta con una horrible máscara blanca que empuñaba un afilado y reluciente cuchillo. Y por último, unas alas enormes que se desplegaban lenta y silenciosamente mientras una masa informe se dirigía hacia ellos, iluminando las tinieblas con sus pupilas de fuego, como un demonio hambriento.

Gemma tenía la carne de gallina. Aquel asunto de Derek Cox la estaba volviendo loca. ¡Ahora tenía pesadillas incluso despierta!

—No sé qué hacer —le dijo a Adam—. Esto de Derek no puede seguir así.

—Ignóralo, es lo mejor.

—No me apetece tener que esconderme o mirar atrás constantemente cuando salgo. Me está dando dolor de estómago.

—Yo podría ir a verlo y...

—¡Ni se te ocurra! Sabes muy bien cómo acabaría eso.

—No lo digo para agobiarte, pero salir contigo ya me ha puesto en su punto de mira. Y si no es él, Tyler Buckinson o Jamie Jacobs acabarán echándoseme encima en su nombre.

De pronto, un sentimiento de culpa invadió a Gemma, y en su pecho se formó un gran sollozo. La chica apretó los dientes y consiguió ahogarlo en el último momento, pero no pudo evitar que se le saltaran las lágrimas. Adam se dio cuenta enseguida.

—¡No, por favor! No lo decía para entristecerte... Lo siento mucho...

Con un gesto instintivo, la rodeó con el brazo y la atrajo hacia sí. Gemma se acurrucó contra él y apoyó la cabeza en su hombro.

—Perdona —murmuró enjugándose la mejilla.

Con la otra mano, Adam le cogió por la barbilla para que lo mirara. Sus caras casi se rozaban.

—Conozco a esos tres bestias desde que era un crío. Este mediodía, cuando me lo has contado todo, he comprendido lo que significaba continuar con nuestra relación. Pero me da igual. Quiero que estemos juntos, ¿sabes? Y ni Derek, ni Tyler ni Jamie podrán impedírmelo.

Relación. Juntos. Las palabras de Adam resonaban en la mente de Gemma y absorbían como esponjas toda su frustración, su cólera y su pena. Adam Lear la estrechaba en sus brazos, eso sí que era real. Vio sus carnosos y suaves labios muy cerca de los suyos. Pese al aire salino, casi podía percibir su olor. Sus sienes palpitaban. Sus ojos la miraban. Era un instante terrible y mágico a la vez. Lleno de deseo y de pudor, de incertidumbre y de posibilidades. Una fragilidad adolescente teñía tanto su relación física como sus emociones, mucho antes de que el paso del tiempo y las rutinas de la edad adulta hicieran perder su autenticidad a un beso, ese acto que ahora era emocionante, que exigía valentía, causaba turbación, desencadenaba tempestades hormonales y era el preámbulo de eventualidades tan inquietantes como embriagadoras. Gemma conquistó el espacio que los separaba con un pequeño impulso de apenas unos cuantos músculos de la nuca, que sin embargo requirió librar muchas batallas interiores, y cuando los labios de Adam entraron en contacto con los suyos, el mundo entero desapareció, y con él hasta el último de sus temores.

Una voluptuosa tibieza la embriagó y la transportó hasta el umbral de su propio cuerpo, hasta el punto de fusión entre ella y él. Incluso el tiempo se diluyó hasta fundirse con el rumor de los flujos y reflujos del océano, los lejanos gritos de los niños y los chillidos de las gaviotas, que se borraron bajo el fragor de ese beso. Y sin embargo, más tarde Gemma recordaría cada detalle, cada sonido, cada sensación de su piel, desde la brisa y los escalofríos hasta y los latidos de su corazón. Una instantánea de la felicidad.

Cuando se apartaron el uno del otro, Gemma tenía las mejillas encendidas, el corazón derramado por la playa y las piernas tan flojas como si fueran de gelatina. Casi temblaba.

Adam apoyó los codos en las rodillas y, con la cara entre las manos, la contempló con los ojos brillantes.

—Si me regalas más besos como este —murmuró—, estoy dispuesto a enfrentarme a todos los tiranos del planeta.

La imagen de Derek Cox y sus dos acólitos devolvió a Gemma a la realidad. Imaginó lo que podrían hacerle a Adam, y toda su euforia se esfumó.

—Hay que encontrar una solución —dijo fríamente—. Antes de que esto acabe mal.

Adam le acarició la mano e intentó mostrarse lo más tranquilizador que pudo, pero Gemma adivinó que también él dudaba.

Cuando se separaron, en el aparcamiento de detrás de la farmacia de Main Street, se dieron un último beso al que les costó poner fin. Luego Gemma subió a su viejo Datsun para poner rumbo a los Tres Callejones.

Olivia y Tom no estaban en casa. Se habían llevado a Zoey y le habían dejado una nota pidiéndole que vigilara a Owen y a Chad.

Apenas puso el pie en la terraza posterior, de donde le llegaban las voces de los adolescentes, tuvo la impresión de que los papeles se habían invertido. La esperaban. Más que mirarla, la escrutaban. Y Chad y Owen no estaban solos; los acompañaba Corey y, lo que era más sorprendente, también Connor, el coleccionista de gorras, que esta vez había elegido una roja.

—Tenemos que hablar —dijo Chad con un semblante muy serio.

Connor le acercó a Gemma una de las sillas de plástico.

—Siéntate.

—¿Qué pasa? —preguntó ella alarmada.

Todos se volvieron hacia Corey, que se balanceaba de un pie al otro.

—Muy bien, me toca, así que... —comenzó en voz muy baja, y se aclaró la garganta—. Vale... Gem, esto es superimportante.

—Y serio —añadió Chad.

—¡Cállate! —le ordenó Connor—. Hemos quedado en que se lo diría Corey.

—¿Que me diría qué? Me estáis asustando. Ha habido... ¿Es mamá? ¿Es eso? ¡Oh, Dios mío!

—No, no tiene nada que ver con eso —respondió Corey—. Es... Tienes que prometernos que nos escucharás hasta el final, que no dirás que estamos locos ni gritarás o llorarás. No es broma. ¡Ya me gustaría! Pero no, es muy grave.

—Gravísimo —no pudo evitar comentar Chad entre dientes.

Connor insistió en que se sentara, y Gemma acabó obedeciendo.

Como habían convenido entre los cuatro, Corey le relató al completo sus aventuras desde la primera aparición del espantapájaros hasta las últimas conclusiones a las que habían llegado, y cada uno acabó añadiendo sus precisiones, de manera que al cabo de media hora estaban todos hablando al mismo tiempo y a toda velocidad.

Cuando ya no hubo nada que añadir, se quedaron mirando a Gemma a la espera de la sentencia. Estaban preparados para varias reacciones posibles, y para cada una de ellas tenían listos los correspondientes argumentos, uno de los cuales consistía en arrastrarla a través del bosque hasta los restos del espantapájaros. Pero no se esperaban lo que sucedió a continuación.

—Llevadme hasta el cuerpo de Dwayne Taylor.

Los chicos intercambiaron miradas de pánico.

—No, no puede ser —aseguró Owen.

—¡Demasiado peligroso! —alegó Corey.

—Si siguiera habiendo peligro en los campos, a la familia Taylor ya le habría pasado algo —argumentó la chica.

—¡Por eso estamos seguros de que es Eddy Hardy! ¡Solo ataca a los niños! Eran sus víctimas favoritas. No los adultos.

—Entonces, puedo ir.

—Bueno..., tú no eres del todo adulta —objetó Chad.

—¿Quieres comprobarlo? —contestó Gemma sacando pecho.

Chad se puso rojo como un tomate y se encogió en la silla.

—No, Gem —insistió su hermano—. Lo de ahí arriba no mola, créeme.

—Además, tendríamos que acordarnos de dónde fue exactamente —añadió Owen—, y en el maizal es complicado. No es buena idea quedarse mucho rato. Todo lo que te hemos contado es verdad, tienes que confiar en nosotros.

—Chicos, ¿os dais cuenta de que me pedís que me trague una historia de monstruos, fantasmas y no sé qué más, sin la menor prueba?

—Eddy Hardy existió realmente y vivía en la granja de los Taylor —repuso Owen—. Eso puedes comprobarlo.

—¡El cuerpo del espantapájaros sí lo puedes ver! —exclamó Chad.

—¿Un viejo peto quemado? ¡Menuda prueba!

—¡Todo es verdad, demonios! —gruñó Connor, que empezaba a enfadarse—. ¿Lo veis, chicos? Ya os había avisado: esto no funciona, no está de nuestro lado.

Gemma se dio cuenta de que no bromeaban, al contrario, no recordaba haberlos visto tan serios nunca, salvo el día siguiente de la muerte de Smaug. Y, tratándose de un tema tan fantástico, le chocaba en adolescentes de su edad.

—¿Por qué yo?

Los chicos volvieron a mirarse.

—Porque confiamos en ti —respondió al fin Chad.

—Y porque tenemos un plan —añadió Connor.

—¿Vuestra idea de bajar al subsuelo del pueblo? Es peligroso.

—Menos que esperar a que esa basura venga a arrancarnos los brazos mientras dormimos.

—¡Os perderéis!

—¡Qué va! ¡Si hasta hemos conseguido una copia de los planos en el ayuntamiento! —exclamó Owen con orgullo.

—Por favor, Gem —le suplicó Corey.

En los ojos de su hermano había algo más que desamparo: había miedo. Gemma no recordaba haberlo visto nunca en ese estado. Todos parecían igual de febriles. No le tomaban el pelo, estaba claro.

—¿Cómo puedo ayudaros con vuestro absurdo plan?

Connor le dio un golpe en la espalda a Chad con aire triunfal.

—Aclárate —se burló Chad por lo bajo—. Hace un momento opinabas que no funcionaría con ella.

—¡No he dicho que estuviera de acuerdo! —se apresuró a precisar Gemma.

Corey se le arrojó al cuello.

—¡Sabía que podíamos contar contigo!

—¡Eh!, acabo de decir...

—Necesitamos tiempo —dijo Chad—. No podemos hacerlo un día de clase, así que iremos el sábado, cuando supuestamente estamos contigo.

Gemma sacudió la cabeza, tajante.

—¡Ni lo soñéis! Yo no encubro una estupidez así.

—¡Pero, Gem, acabas de decir que nos ayudarías!

—No, estoy abierta a participar.

—Si me sacan las tripas mientras duermo, ¿crees que te lo perdonarás?

—Corey, nadie va a...

—¡Tenemos que actuar! —gritó Connor enfadándose de verdad—. ¡Si no nos adelantamos a esa cosa, nos encontrará ella primero!

Los otros tres adolescentes volvieron a la carga, y un diluvio de súplicas y protestas llovió sobre la chica, que tuvo que agitar las manos con vehemencia para hacerlos callar.

—¡Vale, vale, de acuerdo! ¡Parad! ¡Os ayudaré! Pero no bajaréis a esos túneles sin mí. Si de verdad queréis hacerlo, será conmigo o de ninguna manera.

—¿Y Zoey? El sábado también tienes que cuidarla a ella... —le recordó Chad—. ¿O es que vamos a llevarla con nosotros?

—Ya encontraré una solución.

—Entonces, ¿de acuerdo? —preguntó Owen—. ¿Nos crees?

—Yo no he dicho eso. Pero... de acuerdo con lo del sábado.

Un grito de victoria unió a los cuatro chicos, que se felicitaban por su éxito, hasta que comprendieron lo que implicaba y recuperaron la seriedad.

Mientras tanto, Gemma estaba abstraída.

Absorta en su propio plan.

47.

En el salón de Ethan Cobb, la difusa frontera entre la vida privada y la vida profesional de un policía se había borrado totalmente. Decenas de folios clavados con chinchetas cubrían las paredes, en las que también se veían fotos de Lise Roberts, Dwayne Taylor, Rick Murphy y Kate McCarthy. Ethan no había podido conseguir ninguna de Cooper Valdez, pero la había sustituido por su nombre acompañado de un signo de interrogación. En la mesita baja, junto al ordenador portátil y el cuaderno de notas del teniente, había un buen montón de fotocopias de expedientes.

Ashley y él lo habían revisado todo, habían elaborado decenas de listas y barajado diversas conexiones entre los casos, sin encontrar ninguna que se sostuviera. Murphy tenía cierto parentesco, lejano, con los Roberts, pero eso era prácticamente todo.

Ethan tenía que sobrellevar su frustración. Le faltaban datos, esenciales en su opinión, pero no podía pedir un informe de autopsia de cada víctima, ni siquiera un examen toxicológico, sin pasar por el jefe Warden. Aquella investigación paralela debía realizarse a toda costa por debajo de los radares oficiales. Se jugaba su carrera, pero también la de Ashley, lo cual quizá era aún más importante para él.

Ethan había puesto muchas esperanzas en los teléfonos y había conseguido que sus antiguos compañeros de Filadelfia echaran un vistazo a los números que les había proporcionado. Sin mucho éxito. Los móviles de las víctimas habían emitido señales por última vez en los lugares donde habían sido hallados; incluso el de Dwayne Taylor, el joven granjero, se había cortado el día de su muerte en la zona correspondiente de la propiedad familiar. Esto último era en sí mismo una información. Dwayne en persona, un cómplice o su agresor habían apagado el aparato deliberadamente. A menos que hubiera acabado destruido durante una huida o un ataque.

Ahora Ethan estaba convencido: aunque era incapaz de identificarlo, existía un vínculo entre todas esas muertes y desapariciones. ¿Había que deducir que en Mahingan Falls actuaba un asesino en serie? Era más que dudoso... Los *modus operandi* no coincidían en nada, salvo en la singularidad de las muertes. Murphy había sufrido un accidente, aunque existieran indicios de que no había estado solo allí abajo; no podía descartarse la pista del animal. Del mismo modo, Cooper Valdez podía haber caído tontamente entre los motores de su embarcación mientras huía, pero eso no explicaba por qué abandonaba el pueblo en plena noche, en barco y después de destruir todo su material tecnológico. Quedaba la pobre Kate McCarthy. No tenía ningún antecedente psiquiátrico, pese a las suposiciones del jefe Warden. Era impensable que se hubiera causado semejantes lesiones ella misma. Imposible. Le habían arrancado casi toda la piel del cuerpo, casi minuciosamente. Aparte del dolor, se había desangrado: no habría podido terminar sola su terrible tarea, y el marido estaba libre de sospecha, tenía una coartada sólida. Ni rastro de intrusos, el domicilio cerrado con llave por dentro, ningún testigo.

«Un examen toxicológico permitiría despejar las últimas dudas, confirmar que no había consumido drogas o medicamentos especialmente fuertes.»

Una vez más, Warden lo había descartado. «¡Es evidente! ¡Esa loca se ha mutilado!», clamaba, y otras estupideces inaguantables.

En cuanto a Lise Roberts, su caso también era distinto. El hallazgo de su cuerpo hacía cinco días había reactivado el asunto y parecía dar la razón al jefe de policía. Se había quitado la vida el mismo día de su desaparición. El fondo del precipicio donde la habían encontrado era un lugar de difícil acceso, por el que nunca pasaba nadie; había hecho falta una ayudita del destino para que un joven vagara por allí paseando a su perro. ¿Realmente se había suicidado? Ahora todo apuntaba a eso. Salvo el instinto de Ethan. Los testimonios sobre su personalidad dejaban algo claro: con los niños que cuidaba, Lise era de una rectitud y una seriedad irreprochables. Nunca había habido la menor queja, ni siquiera una duda sobre ella. Costaba imaginarla abandonando al pequeño que tenía a su cargo esa noche. Ethan sabía que, cuando ya no podían más, muchos candidatos al suicidio se olvidaban por completo de los demás o de su propia ética, pero no le parecía que fuera el caso de Lise Roberts. Había revisado sus páginas en las redes sociales: ninguna alerta, ninguna señal; al contrario, había anunciado a bombo y platillo que se tatuaría en directo esa misma noche. ¿Era una añagaza? ¿Había planeado matarse en directo y luego había renunciado? Poco probable. Mostraba demasiado entusiasmo, y se había informado mucho, con detalle, sobre los pasos a seguir para tatuarse ella misma; no podía tratarse de un pretexto. Una vez más, la foto de conjunto no le gustaba. Demasiado borrosa. Demasiadas sombras. El sujeto no estaba claro.

Ethan se acercó a la pared y clavó otra foto.

Anita Rosenberg.

Cuando empezaba a vacilar, a preguntarse si no estaría desbarrando, cayendo en una especie de alarmante paranoia, Anita Rosenberg había acabado convenciéndolo de que tenía razón.

Se había matado tras oír la misma voz gutural del barco de Cooper Valdez y la emisora de Mahingan Falls en agosto, con aquellos insoportables gritos de dolor de fondo. Luego, Ashley había descubierto que la CFC no había enviado a nadie al pueblo, y Ethan supo que todo estaba relacionado. No sabía cómo, pero estaba seguro. Era una evidencia, más allá de su olfato de poli. Demasiadas muertes, demasiadas cosas raras.

Señaló las fotos con el dedo y se volvió hacia Ashley, sentada en el taburete de la barra de la cocina americana.

—¿Podrías preguntarles a la viuda de Rick Murphy y al señor McCarthy si sus parejas se sintieron atraídas en alguna época por la radioafición?

—Si fuera así, supongo que Pat Demmel nos lo habría dicho.

—Salvo que se hubieran dedicado a ello en otro lugar. Yo haré lo mismo con los Taylor y en el entorno de Lise Roberts.

—¿Crees que podría ser eso lo que los relacionara?

Ethan apoyó el índice en el signo de interrogación que acompañaba el nombre de Cooper Valdez, y a continuación en la foto de Anita Rosenberg.

—A Valdez le apasionaba la radioafición, pero antes de largarse hizo trizas todos sus cachivaches. Y la señora Rosenberg murió después de oír la misma frecuencia pirata que oí yo en el barco de Valdez, o al menos la misma voz siniestra. Y además tenemos a unos tipos que se fingen agentes de la Comisión de Comunicaciones y hacen preguntas sobre el asunto al personal de la WMFB. ¿Tú crees en Papá Noel? Ahí está nuestro punto de partida.

Un fulgor hizo brillar los ojos de Ashley.

—¿Crees posible que una señal de radio vuelva a la gente tan majara como para pegarse un tiro?

—No, no veo de qué manera.

—Además, ¿quién iba a hacerlo? Si existiera ese tipo de tecnología, el ejército o el Gobierno la tendrían a buen recaudo.

—Francamente, aunque sea tentador para nuestra investigación, no me parece verosímil. Demasiado fantástico para mi gusto. No. Pero estoy convencido de que es algo relacionado con la radio, o al menos con quien emite las señales piratas.

Ashley asintió y miró su reloj.

—Más vale que me vaya. Si mi marido se entera de que he salido de trabajar a media tarde, se preguntará dónde ando. Mañana me ocuparé de McCarthy y de Nicole Murphy.

—De acuerdo.

Sus manos se rozaron cuando pasó junto a él y sus cuerpos se electrizaron. Ante la puerta de entrada, Ashley buscó torpemente las palabras.

—Bueno... Hasta mañana, supongo...

Ethan le dijo adiós con un movimiento de cabeza.

—Si alguna vez tienes problemas en casa, puedes... Puedo pasarme por el bar.

Ashley frunció los labios, esbozó una sonrisa apurada y desapareció.

Ethan suspiró. Sabía que estaban jugando con fuego. ¿Por qué se obstinaban? «¡Maldito deseo! ¡Te lleva por la calle de la amargura y hace que te comportes como un capullo!»

Abrió el frigorífico para tomarse una cerveza fría y empezó a vagar por el piso, incapaz de estarse quieto. Le daban ganas de coger el coche y perderse por las curvas de la carretera norte, la que subía hasta los acantilados y llevaba a Rockport.

Cuando sonó el móvil, no pudo evitar sonreír. Sabía quién era. No había tardado mucho.

Lo cogió repitiéndose que lo mejor era no contestar, no lanzarse por esa pendiente resbaladiza, pero fue incapaz de resistirse.

La voz lo sorprendió. No era la de Ashley. Miró la pantalla y vio que el número tampoco coincidía.

El resto lo dejó aún más desconcertado.

Estupefacto.

48.

Aunque no el más viejo desde el punto de vista histórico, Beacon Hill era el barrio donde se conservaban los edificios más antiguos, «Mahingan Falls en estado puro», como solía decir Tessa Kaschinski a los posibles compradores durante las visitas. Casas neogóticas y vetustas viviendas de piedra gris construidas en serie, flanqueadas por estrechas torres o protuberantes ventanas en voladizo; sólidas construcciones que no sobrepasaban las dos plantas, algunas tan apretujadas entre sí que apenas respiraban mediante estrechos y oscuros callejones que daban a patios traseros no menos oscuros; otras eran auténticas mansiones asentadas en parcelas de gastado césped que ocupaban por sí solas toda una manzana, la mayoría con el interior compartimentado en pisos; y unas cuantas, intactas desde hacía casi dos siglos y todavía en manos de las familias más antiguas del pueblo.

Beacon Hill ascendía en suave pendiente hacia el campanario de la iglesia presbiteriana de la Gracia. Más adelante, el bosque y las colinas del Cinturón volvían a cerrar el paréntesis urbano, aunque algunos vecinos consideraban el espolón de Mahingan Falls y el faro de su punta parte del barrio.

Olivia y Tom se habían pasado la tarde recorriéndolo, tras emplear la mañana en rebuscar en el archivo parroquial. Dado que Anita Rosenberg había dicho de sí misma con orgullo que había crecido a la sombra de esa iglesia, los dos detectives aficionados habían querido comprobar si existían otros Rosenberg en los registros del templo. El día anterior habían buscado en internet información sobre la genealogía de Anita utilizando varios portales especializados, pero sin demasiado éxito: solo habían localizado a un tal Timothy Rosenberg, que había nacido en Mahingan Falls en 1955 y al parecer había acabado en Australia, pero no habían logrado establecer de forma clara su parentesco con Anita, que por su parte no aparecía en ningún sitio, al menos virtual. Los registros parroquiales estaban ordenados por años y, a continuación, por acontecimientos relevantes. Nacimiento, bautismo, muerte. Era una montaña de comprobaciones que los desanimó rápidamente cuando comprendieron que necesitarían días y más días para dar con los apellidos acertados, si figuraban, y eso solo sería el comienzo; luego deberían tratar de cotejarlos vía internet, provistos de los nombres completos. Establecer toda la filiación de Anita Rosenberg estaba resultando mucho más difícil de lo que habían supuesto. Remontarse hasta 1692 y Jenifael Achak parecía imposible. «Estoy harta de tragar polvo —había dicho Olivia cerrando de golpe uno de los gruesos registros—. Salgamos. Con un poco de suerte, el puerta a puerta de toda la vida dará más resultados.»

Empezaron con los vecinos de Anita Rosenberg. Helen Bowes los recibió sacando su mejor juego de té en cuanto reconoció a la famosa Olivia Spencer-Burdock de la tele. Ya había respondido a las preguntas de la policía, pero esta vez lo haría «solo por gusto». La vieja comadre, que había colocado su sillón favorito ante la ventana para no perder detalle de las idas y venidas de sus convecinos, se sentía tan honrada con aquella visita que costaba interrumpirla. Los detalles más embarazosos de la vida de los Rosenberg salieron a relucir entre exclamaciones horrorizadas por lo ocurrido en las ondas. «Lo oí todo. Aún tengo pesadillas», repitió al menos seis veces para que al fin la compadecieran un poco. Desgraciadamente, Olivia y Tom se marcharon con un buen dolor de cabeza y la sensación de no contar con más material que antes para vincular a los Rosenberg con Jenifael Achak. Helen Bowes ni siquiera les había preguntado por qué querían saber tantas cosas; en cambio les había recitado la lista de todos los conocidos de la familia Rosenberg cuando esta estaba al completo, y la pareja se pateó las calles de Beacon Hill para hablar con tantas de esas personas como pudieran, sin sacar nada en limpio.

—¿A quién le toca ahora? —preguntó Olivia.

—Barry Flanagan, de profesión herrero, amigo de infancia del marido de Anita.

En el barrio todo el mundo se conocía, y no era difícil dar con alguien con un mínimo de datos. Barry Flanagan vivía encima de los muelles, a menos de seiscientos metros, así que la pareja decidió acercarse allí andando.

—¿No crees que deberíamos contactar con la policía? —preguntó Tom mientras pasaban ante una fachada que tenía más de iglesia gótica que de la vivienda que realmente era—. Al menos podríamos explicarles lo del inglés antiguo, tal vez eso les ayudara...

—Cuando vayamos a la policía, si es que vamos, les contaremos todo lo que sepamos. Ellos serán quienes decidan lo que les sirve y lo que no. Pero es mejor esperar. Créeme, el jefe es un machista del año de la polca con el que no te va a gustar tratar. Y ya me imagino lo que va a decir: «En el mundo de la farándula no hay más que drogotas», y gilipolleces por el estilo.

Olivia no se mordía la lengua, pero tampoco solía expresarse de forma vulgar, salvo cuando había bebido, hablaba con precipitación o el tema en cuestión la irritaba particularmente, como era el caso de la policía local.

—Además, esto es un pueblo —le recordó—. Lo que les digamos se acabará sabiendo, y pronto todo el mundo nos verá como la familia de neoyorquinos que se asustan por la mínima corriente de aire en su gran casa. Prefiero que nos lo evitemos.

—Como mande su señoría.

—Me preocupan más Owen y Chadwick.

Tom arqueó las cejas.

—Tienen una imaginación muy viva. Si les soltamos que la casa podría estar «encantada», o como quiera que se diga, estamos listos.

—Yo pienso en su seguridad. Si están al tanto, además de andarse con ojo, podrán contarnos cualquier cosa extraña que ocurra, ¿no te parece?

—No, mala idea. Si al final resulta que no pasa nada y que no somos más que dos neoyorquinos que se asustan por la mínima corriente de aire en su gran casa, habremos sembrado el pánico en nuestra familia sin necesidad. Siempre habrá tiempo para prevenirlos si...

—Si hay un maldito fantasma en nuestra casa, nos largaremos, ¡eso es lo que haremos! ¡Ese mismo día, te lo garantizo! —dijo Tom, y se echo a reír.

—¿Y ahora qué te pasa? —preguntó Olivia, desconcertada.

Tom le cogió la mano.

—¿Tú nos oyes? —Olivia alzó los ojos al cielo. Su marido se inclinó hacia ella—. Confiesa que, en el fondo, aunque no creas en ello, te excita un poco...

—Por supuesto, cariño, siempre he soñado con hacer un trío con un espíritu.

Tom se rio aún más fuerte sin soltarle la mano. Caminaban por la calle como dos adolescentes enamorados.

—Tú ya me entiendes, una excitación de otro tipo, ahí dentro, en tu cabeza. Ese cosquilleo, esa curiosidad, esa sensación casi infantil de estar buscando un tesoro...

—No, eso te pasa a ti. Yo solo protejo a los míos —Olivia dio unos pasos más, levantó sus manos entrelazadas y añadió—: ¡Y he encontrado una excusa para pasar un rato con mi marido, sin niños!

Y le guiñó el ojo de un modo que confirmó a Tom que tampoco ella se tomaba aquello completamente en serio. Se implicaba, pero, al igual que él, no se resignaba a abandonar del todo sus creencias racionales.

Barry Flanagan evocó sus recuerdos de infancia con Stew Rosenberg y habló de los padres de su amigo, de cuyos nombres no consiguió acordarse. En definitiva, fue una conversación agradable, pero en absoluto provechosa. Olivia comenzaba a perder la esperanza.

—Estamos atascados —admitió Tom sentándose en el borde de una jardinera llena de flores frente al puerto deportivo, donde media docena de modestos veleros y unas diez embarcaciones de recreo se mecían suavemente.

Olivia señaló la terraza de un bar que daba al puerto, y se sentaron al sol para tomar algo fresco.

Tom se bebió su vaso de un trago y luego escudriñó el paisaje con mirada perpleja. A lo lejos, en lo alto de su dardo de piedra, el faro de Mahingan Falls se alzaba orgulloso e imperturbable, como si siempre hubiera estado allí, velando por los seres humanos.

—Lo que necesitamos es un guía histórico.

—¿No venden guías en la librería?

—Quiero decir una persona, alguien a quien podamos preguntar, un pozo de sabiduría.

Olivia se quedó callada a su vez, hasta que se fijó en la fachada de un restaurante.

—¿Te acuerdas del tipo de la marisquería? La tenemos justo ahí, al otro lado del muelle.

—¿Logan Dean Morgan? Puede que yo sea un hurón, pero tengo buena memoria para los nombres. LDM. Insoportable.

—Nos vendió a su mujer como una experta en la historia del pueblo...

—¡No, su pasión eran los crímenes! Los sucesos violentos.

—¿Y por qué no? Puede que en la historia criminal de Mahingan Falls haya algún Rosenberg, o que esa mujer conozca detalles sobre Jenifael Achak que nosotros ignoramos.

—¿Y que Gary Tully no descubrió en diez años de obsesión?

—¿Qué nos cuesta probar?

—Aguantar a LDM. No sé si soy capaz.

Pero Olivia ya estaba de pie.

Logan Dean Morgan era un martirio. Una tortura para los oídos. Un infierno de egocentrismo, estupidez e incultura.

Pero al lado de Lena Morgan se quedaba en purgatorio, comprendió Tom. Creían que habían pasado lo peor en el Lobster Log después de preguntarle a LDM si era posible hablar con su mujer y batallar para conseguirlo sin tener que cenar con ellos, alegando que la información que buscaba Tom le corría prisa. Pero lo que había seguido era digno de figurar en una de sus obras, en la categoría de «escena a eliminar con urgencia».

Lena Morgan los recibió en la casa de estuco del matrimonio al pie de Westhill. Las iniciales «L&L-M» estaban grabadas en el bronce de la puerta. A los Morgan les iba bien y les gustaba que se supiera. Westhill no era solamente una colina opulenta, era un podio para las fortunas recientes. Arriba, los ricos. Abajo, los aspirantes. Y los Morgan aspiraban. A mucho y a todas horas.

—LDM hizo traer el césped de Florida —les explicó Lena a su llegada—. Yo le dije que era tirar el dinero, que no aguantaría los inviernos de Nueva Inglaterra, y además venderemos la casa en cuanto podamos, porque ya no soporto esos setos. Quiero tener vistas, una o dos calles más arriba, por lo menos divisar un poco de océano. Es normal, ¿no? Vivir en la costa y no ver el mar desde tu casa es ridículo, ¿no les parece?

A Lena, advertida de la visita hacía diez minutos por una llamada de su marido, se le había ido un poco la mano con el perfume francés. Su blusa, mal abotonada, sugería la prisa con que se había cambiado.

—Nosotros vivimos en los Tres Callejones —se dio el gusto de responder Tom.

—Pobres... ¡Yo si viviera enterrada en medio del bosque me ahogaría! Pero si encima es en un agujero con nombres de batallas, creo que no le daría las señas ni a Amazon. ¿En cuál de los tres?

—Shiloh Place.

—¡Bueno, al menos es una victoria! Sus vecinos de Chickamauga Lane no tienen tanta suerte... Salvo que sean sudistas, claro.

—Yo no consigo alegrarme pensando que hubo más de veinte mil muertos.

Olivia le dio un codazo a su marido.

Lena los guio a través del salón, decorado con un único cuadro de colores chillones que representaba a los Morgan corriendo desnudos por la playa. El artista no había sido muy consecuente con su propósito y había cubierto las partes íntimas con pinceladas falsamente estilizadas. Tom miró a su mujer con unos ojos como platos. Olivia se llevó un índice admonitorio a los labios.

Se instalaron en el jardín, donde Lena les sirvió sendas copas de rosado frío.

—LDM me ha dicho que quería hacerme algunas preguntas para una de sus novelas policíacas. ¡Me halaga que haya pensado en mí! Dicho esto, nadie en la región sabe tanto como yo sobre crímenes, modestia aparte. ¡No me pierdo un programa! Tengo todos los canales especializados, y LDM me instaló un disco duro para grabar los episodios que no puedo ver. Soy muy fan, ya les digo. ¡Soy un «gozo» de sabiduría! —Tom estuvo tentado de corregirla, pero desistió—. ¿De qué tratará el libro?

—Bueno, no es exactamente un libro, sino una obra de...

—¡Me encantan las novelas policiacas! Es mi género favorito. Seguro que se lo imaginaban, ¿verdad? ¡Con todas las cosas que hago, no tengo tiempo de leer! Pero me encantan los libros. Le dan estilo a una casa, ¿no les parece?

Tom se masajeó la barbilla. Le daba la impresión de que la charla iba a ser difícil.

—Jenifael Achak. ¿La conoce usted? —preguntó Olivia sin más preámbulos.

Tom se quedó sorprendido, pero no dijo nada.

—No. ¿Quién es?

—Una mujer que vivió aquí, en Mahingan Falls. Murió ejecutada en 1692. Una historia siniestra. Creía que le interesaría.

Lena barrió el aire con la mano.

—¡Eso es viejísimo! Yo prefiero los casos en los que intervienen los expertos de la policía con todos esos cachivaches tecnológicos —Tom le lanzó a su mujer una mirada de desesperación—. En realidad, digo eso pero no es verdad, conozco montones de historias aún más antiguas que esa, pero siempre relacionadas con la criminalística. ¿Sabían que el primer criminalista fue un chino, allá por...?, bueno, ya no lo recuerdo exactamente, pero hace mil años o más...

—No —gruñó Tom, exasperado.

—Era juez, o médico, no estoy segura, el caso es que estaba en un pueblo cuando se cometió un crimen. Enseguida reunió a todos los hombres en la plaza, se paró delante de uno y le preguntó por qué había matado al otro tipo. Y entonces el acusado se vino abajo ¡y lo confesó todo! Cuando le preguntaron al juez, o al médico, lo que fuera, cómo lo había sabido, respondió: «Porque las moscas volaban alrededor de su azada, atraídas por lo que debía de ser sangre seca». Increíble, ¿no? Bueno, entre ustedes y yo, también pudo haber sido el primer error judicial: siempre he pensado que a lo mejor solo era mierda.

Tom hundió la cabeza entre las manos.

—Entonces, ¿Jenifael Achak no le suena de nada? —insistió Olivia.

—No. ¿El libro que está escribiendo trata de ella?

Tom, que ya no tenía fuerzas para fingir, no consiguió responder ni siquiera por educación, lo cual no incomodó a Lena, que siguió parloteando con la misma incontinencia.

—Lo siento, pero como comprenderán no puedo conocer toda la historia criminal de Mahingan Falls, es sencillamente imposible.

—¿Tan extensa es? —preguntó Olivia perpleja—. ¿Tiene el pueblo una tasa de criminalidad especialmente alta?

—LDM opina que sí, pero en realidad se equivoca. Lo que pasa es que un siglo da para mucho, y a lo largo de los años en todas partes ocurren cosas. Además, no hay que olvidar que esto era un poco salvaje. Entre los pioneros, que tenían que hacerse sitio, las rivalidades entre colonos, los indios, los bandidos, las guerras y la prohibición, aquí no había quien parara. Pero si se fijan en cualquier pueblo con un poco de historia, verán que pasa lo mismo. Si hubiera que hacer una lista de los crímenes cometidos desde que se pusieron las primeras piedras hasta hoy, se llenarían unas cuantas páginas en todas partes.

—¿Algún asunto relacionado con un Rosenberg?

Lena abandonó su efervescencia natural y se quedó mirando a Olivia.

—¡Ah! ¿Lo de la radio, la otra noche? ¡Usted lo sabe mejor que nadie!

—Otro Rosenberg, quiero decir.

—No que yo sepa. Un suicidio en directo en la radio tampoco está nada mal... —dijo la anfitriona con una risita.

A su vez, Olivia buscó refugio en su copa. El día estaba siendo un desastre.

—Si quiere una buena historia, debería escribir sobre los hermanos Driscoll, ¡eso sí que es espectacular! Toda una familia de contrabandistas que producían toneladas de alcohol en los años veinte. Parece que abastecían incluso a Nueva York y Atlantic City. Su éxito causó envidia, claro, así que unos gánsteres intentaron asesinarlos, pero los Driscoll no se amilanaron. Una mañana, siete fulanos que no eran del pueblo aparecieron ahorcados en sendos árboles a la entrada de Green Lanes. ¡Les juro que es verdad! Todo el mundo sabía que habían sido los Driscoll, pero nadie dijo nada. ¡Ni siquiera fueron a la cárcel! Jamás. Creo que el mayor murió de la gripe y el segundo se pegó un tiro accidentalmente. El único que sobrevivió hasta la guerra fue el pequeño.

—Tomo nota —dijo Tom mirando a su mujer para hacerle entender que ya habían oído bastante.

Olivia consiguió hábilmente que Lena los acompañara al vestíbulo, donde volvió a señalar la franja de césped delante de la casa.

—El próximo verano ahí haremos una piscina. Tipo pasillo, doce metros.

—Creía que quería un trozo de océano... —no pudo evitar decir Tom, sarcástico.

—Si no hemos vendido para entonces —respondió Lena, insensible a cualquier tipo de ironía—, ese proyecto me ayudará a tener paciencia. Si no puedes ir hasta el mar, tráelo junto a ti —añadió guiñándole el ojo con exageración.

—Gracias, Lena —dijo Olivia para agilizar la despedida.

—Ha sido un placer. Siento no haberle podido ayudar con sus dos personajes. La próxima vez escriba sobre los lugares, podré darle infinidad de ideas.

—Los lugares. Comprendido —respondió Tom empezando a alejarse.

—Sí, los lugares y los criminales famosos. De los de aquí, mi favorito es Roscoe Claremont —continuó Lena por su cuenta, para desesperación de Tom, que ya no podía más—. El asesino en serie del condado de Essex. Aunque deberíamos decir de Mahingan Falls, porque en realidad solo mató aquí. Sus víctimas aparecieron al pie de los acantilados, en la costa, es cierto, pero la mayoría de las veces las capturaba y las mataba aquí, que era donde vivía. Sueño con organizar una ruta en autobús que siga toda su trayectoria, los escenarios de los crímenes, los lugares donde vivían él y sus víctimas..., ¡sería fantástico! En Londres hay algo por el estilo sobre Jack el Destripador, y creo que es genial. Quiero que LDM me lleve. Y hablando de sitios, les habrían encantado Willem DeBerg el Carnicero y su hostal. Sí, ya lo sé, dicho así suena raro: un carnicero en un hostal... —Tom tiró de la mano de su mujer, que, demasiado educada como era, no se veía capaz de dejar a Lena con la palabra en la boca—, ¡pues anda que no cortaba carne el bueno de Willem! —continuó Lena—. Se sospecha que asesinó a varios de sus clientes: los que acudían solos, no tenían familia o acababan de llegar de Europa para hacer fortuna. ¡Y el único que la hacía era DeBerg, que les robaba todo!

—¿Cuándo fue eso? —preguntó Olivia para asombro de Tom, que no entendía por qué seguía dándole carrete.

—Ya no lo recuerdo muy bien, hacia 1700, una cosa así. Se lo digo porque si lo que les interesara fueran los lugares en vez de las personas, ahí tendrían una buena historia. Sí, porque aunque el hostal desapareció con el tiempo, la fachada ocupa precisamente el centro del edificio donde vivía Anita Rosenberg, ya sabe, su suicida.

Tom se tensó y Olivia le lanzó una mirada.

—¿Cómo? —murmuró.

Lena se quedó inmóvil, y una enorme sonrisa de satisfacción dejó al descubierto su impecable dentadura.

—¡Vaya! Parece que ahora sí he captado su atención... —dijo muy orgullosa.

49.

Con la precisión del relojero que monta pacientemente los diminutos engranajes de un reloj, Owen, Chad, Corey y Connor habían elaborado su plan de batalla durante dos días, antes de contárselo todo a Gemma. Luego pudieron pulirlo hasta la tarde del sábado. Lo habían estudiado todo. Empezando por una nueva visita a la biblioteca ese miércoles para profundizar en el asunto de la masacre de indios por parte de los primeros colonos de Mahingan Falls, y en consecuencia poder establecer con exactitud el lugar en que había ocurrido (en la confluencia de los dos ríos, situada actualmente bajo el centro escolar, como sospechaban). En el ayuntamiento, poniendo como excusa un trabajo para el colegio —para asombro de Sarah Pomelo, la recepcionista: «¿Acabáis de empezar y ya tenéis trabajos?»—, obtuvieron el historial de las obras de soterramiento de los ríos, además de los planos, de los que hicieron fotocopias y fotos con el móvil de Connor. Para mayor tranquilidad, pidieron que les proporcionaran también los del sistema de evacuación de aguas y el alcantarillado, con el fin de compararlo todo escrupulosamente. Para su sorpresa, estos últimos no constituían un único sistema, sino dos redes bien diferenciadas: la primera, menos profunda, recogía la mayor parte de las aguas residuales y las vertía a los ríos, mientras que las cloacas principales, en un nivel inferior, desaguaban su repugnante caudal en la planta de tratamiento de residuos situada al sur, en la linde de los eriales. Eso significaba que en caso de fuertes lluvias el nivel de los dos ríos ascendería rápidamente dentro de los túneles. Cruzarían los dedos para que el tiempo los acompañara.

Los cuatro adolescentes eligieron el punto de entrada más conveniente y discreto, teniendo en cuenta que levantar la tapa de una alcantarilla en plena calle llamaría demasiado la atención.

Chad y Connor se encargaron de hacer la lista del material necesario y consiguieron reunir lo fundamental, que repartieron, básicamente, entre sus dos mochilas.

Tal como estaba previsto, el sábado a mediodía Gemma y Corey llegaron a casa de los Spencer y comieron con ellos. Oficialmente, se llevaría a los chicos al cine, único pretexto que había encontrado para que Olivia y Tom se quedaran con Zoey, lo cual no supuso ningún problema. Dos días antes, la familia Spencer había tenido una larga conversación a la hora de la cena para explicar a los niños lo que había sucedido en directo en la radio, temiendo que el rumor ya hubiera alcanzado el colegio. Chad y Owen habían rodeado a Olivia con los brazos para consolarla. Para ellos, tan obsesionados como estaban con su propio plan, aquello solo era un drama de adultos. Por su parte los padres, monopolizados por sus propios problemas, seguían concediéndoles a los chavales un poco de la independencia que habían tenido durante el verano, y eso estaba muy bien.

A la una y media, el Datsun que transportaba al grueso de la pandilla recogió a Connor en la esquina de West Spring con South Cooper Street y subió por Beacon Hill para aparcar cerca de la vieja torre, último vestigio del antiguo fuerte militar, transformado ahora en depósito de agua. Apenas apagado el motor, los cuatro chavales saltaron fuera del coche y se abalanzaron sobre el maletero, que habían llenado lo más discretamente posible durante la hora de la comida. Apartados en aquel callejón poco transitado, cambiaron los pantalones cortos y las deportivas por vaqueros y zapatos o botas de senderismo.

—¿No tenías otra cosa? —le preguntó Connor a Gemma señalado sus zapatillas.

—No voy a andar por el agua.

—Vamos al subterráneo de un río, ¡claro que habrá agua!

—Pues ya tendré cuidado.

Connor soltó una risita burlona, y cuando todos estuvieron listos, cogió los dos lanzadores de agua con depósito extragrande que habían comprado con sus ahorros —y en los que el propio Connor había hecho las mismas modificaciones que en el que había achicharrado al espantapájaros—, se quedó uno y le tendió el otro a Chad, que se había presentado voluntario.

—Acuérdate —le dijo—: el mechero de debajo del cañón tiene que estar encendido antes de lanzar la gasolina, o no quemarás nada.

—No soy idiota.

—Se apaga constantemente. De eso es de lo que tienes que acordarte cuando estemos en plena acción.

Chad blandió el puño en el aire con una seriedad casi ridícula.

—Cuenta conmigo.

Entraron en un jardín medio abandonado (herencia del fuerte, era la antigua explanada de los cañones que dominaba la entrada del puerto) que bordeaba la tapia del parque municipal. En el extremo sur, un muro bajo se asomaba al canal excavado para encauzar las aguas confluyentes del Little Rock y el Black Creek antes de que desaparecieran bajo el pueblo. Ignorando el sucio letrerito que prohibía el acceso, los cinco exploradores rodearon la puerta de hierro y bajaron los estrechos peldaños que conducían a un angosto camino de piedra. Este se alzaba a algo más de un metro de la bulliciosa corriente y la acompañaba a lo largo de todo su recorrido subterráneo.

Chad se detuvo a la entrada del túnel, un semicírculo de unos seis metros de diámetro que penetraba bajo los edificios de Beacon Hill en dirección al puerto deportivo. Del redondeado techo pendían telas de araña enmarañadas y cubiertas de polvo, y la boca de la galería desprendía un tufo a cerrado y a humedad. Tras los primeros pasos, estaba tan oscura como el vientre de una ballena.

—Si alguien tiene miedo, es el momento de rajarse —advirtió Chad.

—¡Como si tuviéramos elección! —rezongó Corey.

Connor se enfundó unos guantes militares que hacían juego con su gorra verde con la leyenda ARMY y exhibió una potente linterna Maglite.

—¡Inspección de material, soldados!

Chad había optado por una linterna frontal perteneciente al equipo de camping de sus padres, tan poco usado que servía de nido a los ácaros desde su nacimiento. No había riesgo de que la echaran en falta.

Estaban listos para entrar, a excepción de Gemma, que no paraba de mirar a su alrededor, como si temiera que alguien los viera o estuviese buscando algo. Incómoda, parecía a punto de dejarlos plantados cuando del interior del túnel brotó una voz.

—¿Adónde creéis que vais?

Faltó poco para que los chicos tropezaran y cayeran al agua. Connor enfocó la linterna hacia un rostro, que se protegió con la mano. El hombre llevaba una gorra azul marino que no figuraba en la colección de Connor, bordada con el escudo de la policía de Mahingan Falls.

—Mierda... —murmuró Chad al verlo, mientras el agente salía de la oscuridad.

Era un individuo de unos treinta años, pero como no llevaba uniforme no reconocieron al teniente Ethan Cobb, con el que varios ya se habían cruzado, por ejemplo el año anterior en el colegio, donde dio una charla sobre prevención (esencialmente contra las drogas) en la clase de Connor.

—Es una muy mala idea —dijo el policía acercándose lentamente—. Este sitio es peligroso. Menos mal que vuestra amiga tiene más sentido común que vosotros.

Los chavales, incrédulos, se volvieron hacia Gemma.

—¿Tú? —balbuceó Corey.

—Traidora —masculló Chad.

—¿Y qué otra cosa podía hacer? Hablabais de cazar fantasmas y matar monstruos..., ¿qué esperabais?

Las caras de los chicos expresaban una mezcla de estupor y cólera.

Ethan se plantó ante ellos.

—Pero hay algo mucho más grave —dijo—. Según la señorita Duff, presenciasteis el asesinato de Dwayne Taylor.

Miradas de pánico entre los acusados.

—Eeeh... ¡No, no, no es cierto! —empezó a farfullar Connor—. ¡Eso se lo ha inventado ella!

—¡Me lo dijisteis vosotros! —exclamó Gemma, indignada—. ¡Y no parecía cuento!

Ethan Cobb alzó las manos para apaciguar los ánimos.

—Vuestra hermana mayor tuvo la sensatez de llamarme... —empezó a decir.

—¡No es mi hermana! —lo interrumpió Connor, furioso.
—Y ha dejado de ser la mía —añadió Corey.
—... de llamarme a mí personalmente y no a la policía —dijo Ethan.
—Pero usted es policía —repuso Chad.
Todos empezaron a hablar a la vez, dejándose llevar por el pánico.
—¡Eh, calma, escuchadme! —les ordenó Ethan levantando la voz—. Tenéis dos opciones, ni una más. O confiáis en mí y me encargo del asunto, o inicio un procedimiento oficial en la jefatura, y vuestros padres tendrán que ir a buscaros. ¿Qué preferís, la vía fácil o las complicaciones?
Corey se dejó caer en los peldaños que subían al viejo jardín.
—Estamos muertos...
—No estoy de servicio —dijo Ethan tirando de su camisa vaquera para subrayarlo—. Y he venido sin decírselo a nadie para daros la oportunidad de hablar. Podéis agradecérselo a la señorita Duff, que ha sido muy convincente. Confiad en mí y quizá todo esto pueda quedar entre nosotros. ¿Qué le pasó a Dwayne?
Chad y Owen se miraron. Con la barbilla, Connor esbozó un imperceptible «no», pero nadie lo advirtió.
Owen dio un paso adelante.
—Señor, si no entramos en ese túnel, puede que ninguno de nosotros llegue al día de Acción de Gracias.
—¡Puede que ni a final de mes! —confirmó Chad.
—Gemma me dijo algo sobre los fantasmas de unos indios —explicó Ethan—, y debo reconocer que estuve a punto de colgarle. Bueno... —murmuró hincando una rodilla en el suelo para ponerse a su altura—. Es evidente que ha pasado algo, ¿verdad? Así que os propongo lo siguiente: me lo contáis todo sin mentir y yo me comprometo a sacaros del atolladero. De la forma que sea. No me burlaré ni os reprocharé nada —aseguró quitándose la gorra—. Se acabó el poli.
Connor, que seguía sin fiarse, chasqueó la lengua en señal de desaprobación.
—Tengo una propuesta mejor —dijo—: acompáñenos al túnel. Luego, cuando lo haya visto, confiaremos en usted.
La expresión de Ethan se endureció al instante.

—Así que crees que estás en condiciones de negociar... ¿Qué es lo que esperáis encontrar ahí dentro?

—La fuente de todos nuestros problemas —respondió Corey.

—¿Y la vais a exterminar con unos chorros de agua? —se burló Ethan señalando las escopetas de colores que colgaban de los hombros de Connor y de Chad.

No se había fijado en el mechero acoplado al cañón.

—No lanzan ag... —empezó a decir Chad.

—Connor tiene razón —terció Owen para impedir que acabara la frase—. Venga con nosotros y no necesitaremos convencerlo de nada. Entonces podremos contárselo todo, y nos creerá.

—No insistáis en que os deje entrar. ¿Qué es lo que no ha quedado claro cuando os he dicho que era peligroso? Os perderéis. Y si alguno resbala y cae al agua, puede ahogarse, hay corriente. No es ningún juego.

—¿Un juego? ¡Claro que no! —replicó Owen con tanta firmeza que hizo dudar a Ethan—. Si hubiéramos podido ahorrarnos todo esto, le aseguro que lo habríamos hecho.

Connor abrió la riñonera caqui que llevaba en la cintura y sacó varios folios plegados.

—Tenemos los planos. No es complicado, siempre que nos mantengamos en el túnel del río. Basta con seguirlo. No queremos llegar hasta el final, solo a la confluencia con el Weskeag, debajo del colegio.

—Lo único que vais a encontrar es oscuridad y ratas. No hay más que hablar.

—Entonces, vaya usted —le propuso Owen.

—¡No! —se opuso Chad lanzando a su primo una mirada de pánico—. ¡No sabe a qué se enfrenta, lo matarán!

Ethan se levantó, volvió a ponerse la gorra y soltó un silbido para hacerlos callar. Se había cansado de ser comprensivo.

—¡Se acabó! Os he dado una oportunidad. Lo siento por vosotros, pero tendréis que acompañarme.

—¡No, se lo ruego! —exclamó Owen agitándose como un poseso.

—Entonces decidme qué le ocurrió a Dwayne Taylor y dónde está.

Una inesperada calma se apoderó del pequeño grupo. Dejaba traslucir una seriedad inquietante, una resolución que impresionaba y una fragilidad soterrada que era el vestigio de miedos o angustias mal digeridos. Ethan comprendió que creían en lo que decían. No eran invenciones o pretextos para divertirse; no, había una convicción colectiva que acabó eliminando su recelo: sabían lo que le había pasado a Dwayne Taylor porque lo habían presenciado.

Fue Owen quien rompió el silencio.

—Murió.

Ethan se inclinó hacia él.

—Eso ya lo suponía. Pero ¿cómo? ¿Fue un accidente? ¿Dónde está?

A escondidas, Connor le hizo señas a Owen para que no contara nada más, pero el chico no obedeció.

—Lo mataron.

—Y vosotros estabais allí, ¿es eso?

Owen asintió débilmente.

—¿Sabéis quién lo hizo? —insistió el teniente.

Nuevo asentimiento.

—¿Y sabéis su nombre, o podríais reconocerlo?

Owen señaló el túnel.

—Si quiere encontrarlo, tiene que ir por ahí. Se esconde ahí dentro. Donde le hemos dicho.

Ethan suspiró procurando dominar su irritación y dio unos cuantos pasos entre ellos para definir su estrategia.

—Vuestro amigo se está pudriendo en alguna parte, lo sabéis, ¿no? Ayudadme a encontrarlo y a darle un entierro digno. Su familia está desesperada. Necesitan saber, y tienen derecho a recuperar sus restos —al ver que no despegaban los labios, Ethan añadió—: He aceptado esperar hasta hoy para arreglar esto sin que intervengan vuestros padres, y os aseguro que me ha costado, pero ahora quiero una respuesta. ¿Gemma?

La chica, que se retorcía las manos avergonzada, atrapada entre dos fuegos, sacudió la cabeza.

—Ya le he contado todo lo que creí entender. Dicen que Dwayne Taylor está en los campos.

—¡Allá arriba hay cien hectáreas! ¿Dónde? ¿Al lado de qué?

—Si no hablamos —terció Connor—, no podrá tenernos en la cárcel para siempre, como mucho saldremos en unos meses. Mientras que si se lo contamos todo y usted no nos cree, nos endosará su muerte y nos encerrarán para siempre.

—Pero ¿qué tonterías son esas? ¡Eso es un disparate, no iréis a la cárcel! Ya se me ha acabado la paciencia, quiero la verdad, toda la verdad; si no, ya sabéis cómo acabará esto. ¡Tenéis mucho más que temer de vuestros padres que de la cárcel!

Se sacó el móvil del bolsillo y se lo enseñó.

Los cuatro adolescentes no se inmutaron. La carta del miedo no funcionaba. Ethan apretó los dientes.

La profesionalidad y el sentido común le decían que se los llevara a todos a la jefatura de policía para aclarar la situación oficialmente e implicara a los padres en el asunto para añadir una capa de presión suplementaria. Pero el teniente percibía en aquellos chavales una angustia y una tenacidad que no estaba seguro de haber visto antes. Habían vivido realmente una experiencia traumática que los mantenía estrechamente unidos frente a la adversidad. No cederían.

Había demasiadas cosas extrañas en lo que Gemma Duff le había contado por teléfono y en lo que él mismo experimentaba en esos momentos en Mahingan Falls.

Obedeciendo a un impulso instintivo, le quitó a Connor de las manos la linterna y se sorprendió a sí mismo diciendo:

—Espero que seáis buenos chicos, porque he hecho todo lo posible para evitaros complicaciones —buscó en un bolsillo de los vaqueros y sacó un billete de diez dólares, que tendió a Gemma—. Id a tomar un refresco al puerto deportivo, a Topper's —les ordenó—. Nos vemos allí dentro de dos horas. No se os ocurra faltar a la cita, sé quiénes sois y no vacilaré en presentarme en vuestras casas con la sirena puesta si es necesario.

Ethan no podía creerse lo que estaba haciendo. Suspiró y señaló la escalera.

—Venga, marchaos, yo voy a echar un vistazo en vuestro túnel. Luego, más vale que no me ocultéis nada, u os prometo que lo lamentaréis.

Cuando la pandilla, estupefacta, desapareció en lo alto de la escalera, Ethan esperó un minuto más para asegurarse de que le habían obedecido y luego sopesó la linterna. Era tan pesada como una buena porra. Había salido vestido de paisano y sin su arma, que no esperaba necesitar frente a cinco adolescentes.

La boca del subterráneo lo esperaba.

No creía en los fantasmas.

Pero en los asesinos sí.

50.

El ser humano no tenía cabida allí.

Era lo que parecía clamar la naturaleza alrededor de la carretera por la que circulaban Olivia y Tom. Bordeaban estrechas y profundas gargantas en las que la luz del sol llegaba a duras penas hasta los cursos de agua que serpenteaban por su fondo, los bosques se volvían asfixiantes, los árboles crispaban sus raíces sobre rocas o montículos rodeados de zarzas como si fueran viejas garras, y las montañas que las dominaban aparecían intermitentemente a través de los escasos claros, irguiendo sus calvas y escarpadas cimas sobre abruptas pendientes. No obstante, aquí y allá, como para demostrar que antaño un puñado de inconscientes había frecuentado aquellos parajes, en las grisáceas laderas se alzaban antiguos dólmenes o túmulos olvidados que, vistos desde abajo, se transformaban en vagos puntos negros. Pero la historia no había conservado recuerdo alguno de esos hombres y sus motivaciones. Porque ningún camino atravesaba aquellos territorios primitivos, aparte de la estrecha y peligrosa carretera, con sus traicioneras curvas, que esquivaban en el último momento frondosos despeñaderos cuyo fondo permanecía invisible.

Varias veces Olivia apoyó la mano en el salpicadero mientras Tom frenaba *in extremis*. Aun así, se dejaron adelantar por una ruidosa camioneta que exhibía en el parachoques posterior una pegatina con la leyenda «Nacido en Arkham, inmune al miedo».

—Esa gente está enferma —gruñó Olivia—. De todas formas, hay que estarlo para vivir en un agujero como este.

—Has sido tú la que te has empeñado en que viniéramos.

En el asiento trasero, Roy McDermott, su anciano vecino, se inclinó hacia la madre de familia para tranquilizarla con unas palmaditas en el hombro.

La revelación de Lena Morgan respecto a la casa en que vivía Anita Rosenberg había originado en Olivia una necesidad imperiosa de confirmación. No había hecho falta buscar mucho para descubrir el rastro de Willem DeBerg, de profesión hostelero, apodado (más tarde, en realidad) el Carnicero y condenado a la horca entre 1698 y 1704 por el asesinato de al menos tres personas, cuyos vestidos y joyas habían sido hallados entre sus pertenencias. En realidad, se le habían atribuido una veintena de desapariciones, pero no se había encontrado ningún otro cuerpo, lo cual hizo correr los rumores más disparatados sobre la probable receta de su famoso «estofado casero». Y como había afirmado Lena Morgan con su irritante frivolidad, su hostal se había erigido exactamente donde vivía Anita Rosenberg. La coincidencia no solo era sospechosa; a la luz del resto de elementos reunidos por Tom, resultaba casi alarmante. Una voz de hombre que hablaba el inglés en uso en esa época había ordenado a Anita Rosenberg que lo escuchara poco antes de que la mujer se pegara un tiro en la cabeza.

Olivia quería desentrañar el misterio de su propia casa. Si unos fantasmas capaces de desencadenar pulsiones de muerte se estaban despertando en Mahingan Falls, no podía permitir que sus hijos y su marido siguieran durmiendo bajo el techo de un edificio maldito, o lo que quiera que la Granja hubiera acabado siendo con el paso del tiempo. Tom había mencionado a la superviviente de la última tragedia ocurrida en su casa, y Olivia había insistido en ir a verla. Había bastado con telefonear a Roy McDermott para que el anciano se ofreciera a organizarlo todo. Como de costumbre, su vecino no se había mostrado sorprendido; más bien parecía llevar tiempo esperando esa llamada.

Habían dejado a Zoey con los Dodenberg, el técnico de sonido de la emisora y su mujer, a la que le encantaban los bebés. Jane se había arrojado sobre la niña con el ansia de una alcohólica tras días de abstinencia.

Arkham surgió detrás de un pico gris con los flancos esmaltados de temerarios arbustos, después de más de una hora de viaje. Rodeada por todas partes de inhóspitas montañas, se agazapaba junto al río Miskatonic, que había dado su nombre a la universidad, principal atractivo de la ciudad y única explicación de su supervivencia pese al aislamiento. Roy los guio por calles jalonadas de casas antiguas e iglesias con campanarios puntiagudos, por las que se orientaba con facilidad, aunque no les dio ninguna explicación sobre su familiaridad con ellas. No se veía el menor rasgo de modernidad. Arkham se había detenido a principios del siglo XX y parecía incapaz de seguir evolucionando, prisionera de una época.

—Y de su mentalidad —añadió Roy torciendo el gesto—. Ahora a la derecha. Cogemos Peabody Avenue y enseguida estamos.

El psiquiátrico había sido relegado a los márgenes de la civilización. Al norte de la ciudad, una imponente verja, incrustada en un sólido muro, dejaba las cosas claras: allí no se podía entrar ni salir sin la debida autorización. La gran mole de ladrillo rojo que destacaba al fondo del pequeño parque, con sus ventanas provistas de barrotes y sus puertas reforzadas, tampoco daba la bienvenida a los visitantes. No obstante, Tom pudo aparcar en el recinto del hospital, tras lo cual se presentaron en la recepción que tampoco parecía haber cambiado en al menos cien años. La pintura de los pasillos alicatados se desconchaba, y al ver que hasta los fluorescentes estaban protegidos por rejillas, a Tom se le encogió el corazón. En el aire flotaba un olor a detergente y a medicamentos.

Roy dijo ser un familiar de Miranda Blaine, dejó su documento de identidad y firmó en un libro de registro. Parecía acostumbrado a hacerlo. Luego, los guiaron a través del siniestro dédalo y les hicieron cruzar dos pesadas rejas de seguridad con cerraduras dignas de una cárcel, cuya apertura iba acompañada de atemorizadores timbrazos.

—¿Realmente son necesarias tantas medidas de seguridad? —preguntó Tom, sorprendido.

La enfermera le lanzó una mirada desdeñosa.

—¿Conoce a Hannibal Lecter, el personaje de la novela? Bueno, pues el individuo que lo inspiró, el auténtico Hannibal, vive aquí. Así que yo diría que son necesarias, a no ser que le apetezca darse de narices con él y acabar en su estómago. Alojamos a media docena de sujetos de ese estilo. Por suerte, la señora Blaine es tranquila, para variar. Por eso a ella se la puede visitar y a los otros no.

De repente, un grito rabioso sonó a lo lejos. Otro agudo, enloquecido, le respondió. Su potencia y su absoluta falta de pudor los hacían aún más terribles. Berridos de adulto que sugerían la pérdida de facultades mentales con el mero sonido de las voces, rabiosas, espeluznantes, casi bestiales.

Olivia se agarró a la mano de su marido.

Pasaron ante una ancha escalera que se hundía en las profundidades del manicomio entre paredes marrones iluminadas por luces amarillentas, y Tom se estremeció. No sabía por qué, pero no le gustaba aquella escalera, al pie de la cual creyó distinguir fugazmente sombras que se agitaban. Pero se tranquilizó al comprender que no bajarían, puesto que la enfermera se detuvo ante una puerta y, tras echar un vistazo al otro lado por la mirilla practicada a media altura, sacó un manojo de llaves, abrió y los invitó a pasar.

En el comedor había dos hileras paralelas de mesas, con las sillas atornilladas al suelo, y absolutamente nada más. El olor a cocina industrial impregnaba toda la sala.

Una mujer vestida con una bata y unos pantalones verde agua los esperaba sentada ante una mesa con los brazos caídos. El cabello blanco, el rostro apergaminado por el tiempo y la desgracia, la mirada perdida.

—Como puede ver, no ha evolucionado desde la última vez, señor McDermott. ¿Quiere que llame a un médico para que le informe?

—Si no ha habido cambios, no los moleste. Gracias.

—Les dejo. Volveré dentro de media hora.

Tom observaba a Roy. No se esperaba que entre Miranda Blaine y él hubiera tanta familiaridad.

La enfermera cerró la puerta de golpe y el ruido de la llave en la cerradura les recordó que no tenían libertad de movimiento entre aquellas cuatro paredes.

—Vengo una o dos veces al año —confesó Roy—. Al parecer, soy el único que lo hace. Pueden llamarlo compasión; para mí, es humanidad. Si estuviera en su lugar, me gustaría que alguien hiciera lo mismo.

Roy les había ocultado muchas cosas desde que habían llegado al pueblo, pero su intención nunca había sido engañar, sino proteger. Tom ya no estaba molesto con el anciano, sabía por qué se había comportado así, era evidente, e incluso le daba pena imaginarlo cargando con todos esos secretos desde hacía tantos años, acudiendo allí cada seis meses solo para dar un poco de calor a aquella mujer a la que apenas había tratado durante cinco o seis años, antes de asistir a su lento derrumbe tras la muerte de su hija y, luego, de su marido... Tom se preguntó de pronto si no habría sido Roy quien la había internado. ¿Existía un ingreso automático en instituciones especializadas para personas en su situación? Por supuesto. La sociedad no podía dejarlas en la cuneta para que murieran abandonadas... Pero con el camino que llevaba el país, Tom ya no estaba seguro de nada.

Olivia iba a acercarse a Miranda Blaine, pero Roy la retuvo sujetándola por el brazo.

—Ya se lo he advertido —dijo en voz muy baja—. No habla, pero vaya poco a poco con ella. La vida la ha golpeado con dureza. Parece que ya no esté en este mundo, pero sé que en el fondo una parte de ella escucha. Si no, nos habría dejado hace mucho tiempo.

El anciano manifestaba un instinto protector hacia ella casi enternecedor.

Olivia se acercó a la mesa, pero no se sentó frente a la mujer, sino a su lado.

—Buenos días, señora Blaine. Me llamo Olivia Spencer. ¿Me permite que la llame Miranda?

Los largos y cepillados cabellos blancos de la anciana le caían a ambos lados de la cara. Olivia se inclinó hacia ella para ver mejor sus facciones. Miraba fijamente un punto indeterminado al otro lado de la mesa, con los agrietados labios apenas entreabiertos.

—¿La cuidan bien aquí? —le preguntó Olivia—. Veo que la han peinado... —le cogió con delicadeza la mano que descansaba en la silla y la estrechó en la suya. Tenía la palma áspera—. Me ha parecido entender que ya no puede arreglarse usted misma... Si me lo permite, voy a ayudarla un poco. Tiene las manos secas —Olivia sacó de su bolso un tubo de crema hidratante, le puso una pizca en los dedos a la anciana y se la extendió masajeándole la mano con suavidad—. Roy nos ha hablado de usted. Me apena que solo venga a verla él. Nosotros somos sus vecinos. Vivimos en la misma casa en la que vivió usted —estudiaba atentamente las reacciones de Miranda Blaine, pero no percibió ningún cambio—. Mi marido y yo tuvimos un auténtico flechazo con la Granja. Supongo que a usted le pasaría lo mismo cuando se instaló en ella... No recuerdo cuándo fue..., ¿a principios de los ochenta?

Nada. Ni un parpadeo. Ni un temblor.

Olivia empezó a hablarle de su familia, miembro a miembro, y de cómo se aclimataban a la región. Luego cambió de lado para ponerle crema en la otra mano, no sin antes apartarle algunos mechones y sujetárselos detrás de la oreja. Así podía verla bien. Sus largas y profundas arrugas, el óvalo del rostro, deformado por el paso de los años, la plasticidad de la piel, destruida por la vejez...

Tom asistía al monólogo de su mujer un poco apartado, junto a Roy. Sabía que había pocas esperanzas, pese a la insistencia de Olivia en venir. «Una madre que siente que otra está en peligro puede acabar reaccionando», había repetido varias veces, como para convencerse a sí misma.

—Miranda —dijo Olivia con dulzura—, necesito su ayuda. Mi familia y yo nos debatimos en un mar de dudas horribles. No sabemos qué pasa, si estamos perdiendo el juicio y estropeándolo todo con nuestra casa o si realmente esconde algo. Sabe a qué me refiero, ¿verdad? —Olivia no advirtió nada. Ni la menor reacción—. Es importante, Miranda. Mis tres hijos viven bajo ese techo con nosotros. No quiero que les pase nada malo. ¿Me comprende? —Olivia le acariciaba la mano—. Sé la tragedia que vivió usted. Como madre, solo puedo imaginar el abismo que se abrió bajo sus pies. Lo siento mucho, Miranda. Me gustaría ser capaz de ayudarla, pero no puedo cambiar nada de lo ocurrido. Ningún padre debería perder a un hijo, ninguno. Y después, su marido... Imagino que debió de hundirse en el fondo de sí misma, donde sigue aún en estos momentos, refugiada, rechazando ese horror, como última protección para mantenerse con vida. Me lo imagino y lo comprendo. Pero la necesito, Miranda. Apelo a la madre que es usted —Olivia se inclinó hacia ella un poco más. Ahora sus caras casi se rozaban—. ¿Sintió usted una presencia en la casa cuando vivía en ella? —le preguntó en un susurro—. ¿Puede ser que..., de alguna manera..., usted sospechara algo distinto a lo que se dijo? Pienso en su hija y en su marido, y me pregunto..., ¿sospechaba usted otra cosa, Miranda?, ¿que una fuerza, fuera la que fuese, podía haberlos..., ya sabe..., empujado a hacer lo que hicieron? Una presencia ajena a su familia, pero que habitaba entre esas paredes —Miranda no se movió—. Soy una madre preocupada. Necesito su ayuda —insistió Olivia—. Por eso he venido. Vivimos en la misma casa y... han pasado cosas que nos hacen dudar. Ya no sé qué hacer. ¿Debo proteger a los míos? ¿Estoy loca?

Tom se preguntaba si merecía la pena reavivar todas aquellas atrocidades en la mente de la pobre mujer. Pero ¿qué más podían hacer? Si aquello no la hacía reaccionar, nada lo conseguiría jamás.

Se oyó la llave girando en la cerradura, y en la puerta apareció un individuo barbudo con unas gafas rectangulares.

—Soy el doctor Abbott —dijo presentándose a Tom antes de saludar a Roy—. Me he enterado de que habían venido a ver a la señora Blaine. Es muy amable de su parte. Está muy sola.

Obligado por las mentiras de Roy, Tom tuvo que inventarse otra.

—No somos familia directa, pero lo hacemos encantados.

—Es un caso difícil —dijo Abbott como si la paciente no estuviera delante—. Ninguna respuesta a ninguno de los estímulos posibles. No tenemos esperanzas de que la situación cambie en el futuro. Lleva más de treinta años así. El hecho de que aún viva es un milagro en sí mismo.

—Su historia es terrible —admitió Tom—. Ha sufrido mucho.

—Familia disfuncional, abuso paterno, suicidios encadenados... Todas las causas están a la vista, pero por desgracia las respuestas pertenecen en parte a la señora Blaine, y dejó de querer buscarlas hace mucho tiempo.

Tom se volvió de espaldas a la anciana y su mujer y bajó la voz.

—¿Abuso paterno? ¿Eso es lo que empujó a la niña a matarse?

—¿No lo sabía? No desvelo ningún secreto. En su día, incluso la prensa local lo sugirió de forma algo menos que velada. Sí, violaba a su hija. Ignoro si la señora Blaine estaba al corriente. Como ve, nunca he podido conseguir la menor reacción de su parte, como tampoco lo consiguieron mis predecesores.

Tom tuvo un sentimiento extraño y contradictorio. Le asqueaba imaginar la relación incestuosa del padre con la hija, y al mismo tiempo esa explicación, totalmente racional y suficiente para justificar los suicidios de ambos y el desmoronamiento mental de la madre, le producía alivio. Así pues, Jenifael Achak y sus fantasmas no tenían nada que ver con aquello. «Salvo que se trate de algo aún más siniestro... ¿Y si el espíritu de la bruja hubiera corrompido el alma del padre de familia hasta meterle en la cabeza ideas horribles?»

Tom nunca había sentido la menor influencia externa en sus pensamientos, ni la más mínima inclinación anormal que pudiera haberlo asustado. Aquella hipótesis no se tenía en pie.

Miró a su mujer, que seguía insistiendo, y suspiró. ¿Habían ido hasta allí para nada?

Por su parte, Olivia había repetido cada frase varias veces, en un intento de alcanzar lo que quedaba de sensibilidad en las profundidades de aquel envoltorio carnal carente de emociones. En vano.

Acabó desistiendo, y le dio las gracias a Miranda Blaine, que miraba el vacío frente a ella.

De pronto, los ojos de la enferma se deslizaron en sus órbitas. Sin que ninguna otra parte de su cuerpo se moviera, se volvieron lentamente en dirección a Olivia hasta clavarse en ella, inmóviles en el ángulo izquierdo de sus párpados.

Olivia se quedó boquiabierta.

Dos cuentas negras brillaban ante ella, parcialmente ocultas por el perfil del rostro.

—¿Miranda? —murmuró.

Pero la mujer no dijo nada ni hizo el menor movimiento, y al cabo de unos instantes sus pupilas volvieran a su posición inicial.

Olivia dudó sobre si alertar al personal médico, pero algo en la intensidad del acto de la anciana la contuvo. Era un secreto entre ellas. Entre dos madres.

Miranda Blaine era incapaz de hablar. Nunca volvería a subir a la superficie, se había hundido demasiado hondo en sus propios abismos para poder hacerlo. La muerte de su cuerpo sería su única salida.

Pero algo en el ámbito de los reflejos había reaccionado. Esa parte instintiva del cerebro era la que le había respondido, comprendió Olivia. Y para que se activara de aquel modo había hecho falta algo importante. Una información terrible. Vital.

Lo que quedaba de Miranda Blaine en este mundo no podía haber sido más claro con Olivia.

La ponía en guardia.

51.

El cristalino murmullo del río resonaba en la oscuridad, repercutido por las paredes que lo obligaban a dirigirse a las entrañas del pueblo. El repertorio casi completo de los artrópodos anidaba en ellas, entre hongos blanquecinos y cortinas de telarañas grises, que colgaban de lo alto hechas jirones.

La luz de la linterna lanzaba su intenso haz delante de Ethan Cobb, y el resto de su entorno era la nada, como si caminara por una estrecha pasarela de losas que flotara en el vacío más absoluto. Cada metro recorrido se borraba de inmediato, y Ethan no veía a más de unos cuantos pasos de distancia.

Al poco de arrancar, el túnel había trazado un codo para alejarse del puerto deportivo y ahora avanzaba en línea recta hacia el sur. De vez en cuando, una canalización desembocaba en la pared. Algunas eran del tamaño de una pelota de béisbol; otras, lo bastante anchas para que un hombre pudiera deslizarse a gatas por ellas. Todas estaban secas, y Ethan supuso que drenaban las aguas pluviales a lo largo de los arroyos o de las calles y los jardines. Si penetraba en ellas, encontraría un laberinto mucho más complejo en el que sería fácil perderse, con sus trampas: rejas y pozos que darían a otro dédalo, a un nivel más bajo, el de las alcantarillas propiamente dichas. Los desagües que iba encontrando solo se llenaban en caso de fuertes crecidas, para expulsar lo que la red principal no podía absorber, con el fin de evitar desbordamientos en las calles y las casas.

«Menos mal que los chavales no se han metido aquí dentro. A saber qué podría haberles pasado... —aunque tenía que reconocer que se habían preparado, y no poco—. Y ya lo ha dicho el mayor: quedándose en el túnel del río, esto es la mar de fácil...»

Ethan se tranquilizaba como podía. No era una persona miedosa, no tanto como para no atreverse a bajar a un sótano mal iluminado, y menos aún cuando su trabajo lo exigía. Pero meterse bajo tierra sin el equipo adecuado, sin haber avisado a nadie y sin tener una idea exacta de adónde iba no le hacía ninguna gracia. Pensó en las sucesivas capas de roca, en los conductos de gas y agua potable y el asfalto y los edificios sobre su cabeza, que lo dejaban sin escapatoria posible si de pronto necesitaba respirar aire puro, y una leve sensación de claustrofobia se apoderó de él.

«Relájate. Incluso aquí, de vez en cuando hay bocas de alcantarilla.»

Ya había dejado atrás dos. Peldaños de hierro sellados al hormigón que subían por un pozo vertical hasta la superficie. Tampoco ahí convenía agobiarse por la falta de espacio si querías llegar a lo alto. De hecho, Ethan se preguntaba si cabría sin encoger los hombros.

«Hay muy pocas... En caso de una inundación repentina, se necesita tiempo para correr hasta una y subir antes de que se te lleve la corriente...»

Ethan gruñó en voz alta. Se estaba montando películas. El río se deslizaba tranquilamente un metro más abajo. Fuera no estaba lloviendo, y que él supiera, no había ninguna presa aguas arriba que pudiera descargar una tromba súbitamente. Además, estaba el lago del parque municipal, construido especialmente para eso, para hacer de esponja en caso de fuertes crecidas y evitar que el sistema subterráneo se saturara. Ciertamente, estaba rodeado por un complejo entramado de galerías, canalizaciones y pozos, pero no por ello debía perder la sangre fría. No era un niño de diez años.

El túnel casi nunca era recto. Cuando levantaba la linterna, descubría una curva más o menos pronunciada, donde había esperado encontrar una larga perspectiva lineal de varios centenares de metros. El corsé que el hombre había impuesto a las aguas no era en realidad más que un envoltorio para enterrarlas, pero estas habían seguido su trazado natural, por errático que fuera.

Ethan se imaginó la multitud de trincheras, pasadizos enterrados y agujeros sobre los que se construían las ciudades, su alimentación invisible de agua, gas y electricidad, y toda la red de saneamiento. Esos corredores interminables de los que nadie se acordaba nunca, verdadero sistema paralelo y absolutamente vital para la sociedad, eran como una presencia fantasmagórica flotando sobre la civilización.

Ethan se estremeció, sin saber si era debido a esas ideas o porque había bajado la temperatura.

Un extraño eco, una especie de lejano carraspeo, lo sacó de sus divagaciones, y escuchó con atención, pero no oyó nada más.

Debía de llevar más de un cuarto de hora andando, así que supuso que ya no podía estar muy lejos de lo que los adolescentes consideraban el epicentro de sus preocupaciones. En alguna parte, a su derecha, debía de alzarse Independence Square, el corazón de Mahingan Falls, y algo más adelante en línea recta el complejo escolar, bajo el que confluían los dos ríos soterrados.

«Otros cinco minutos largos.»

Esta vez lo que oyó le hizo pensar en que había caído algo sobre el suelo de losas. El golpe resonó en toda la galería, pero Ethan no pudo identificar el ruido ni de dónde provenía. Intrigado, se detuvo unos diez segundos, y se fijó en un hilillo de tierra pulverulenta que caía de lo alto justo delante de él y en el manto casi omnipresente de telarañas cubiertas de polvo y humedad, antes de reanudar la marcha. Al parecer, allí abajo había vida, pero ¿qué tenía eso de sorprendente? Roedores de todo tipo debían de refugiarse allí por la tranquilidad. Sin olvidar que el río arrastraría alimento potencial y desechos útiles para nidificar.

A Ethan le exasperaba el reducido campo de visión que le ofrecía el haz de la Maglite. El camino no era difícil de seguir, pero no ser capaz de vislumbrar ni un momento lo que había en la periferia lo frustraba. Regularmente, retiraba los jirones plateados que se le enganchaban en la gorra, se sacudía los hombros y pisaba materias blandas, que suponía eran excrementos de animal. Al menos no había jeringuillas usadas. En el pueblo no abundaban los yonquis, al contrario que en Filadelfia, y en particular en Kensington, su antigua área de patrullaje, donde eran una de las muchas especialidades. Tenía demasiados recuerdos lúgubres, en particular de ruinosos edificios ocupados y llenos de grafitis que apestaban a orina, sudor, sexo sórdido y droga adulterada. En Mahingan Falls, los escasos toxicómanos y los fugitivos en busca de un escondrijo no necesitaban bajar allí, teniendo a su disposición todas las casas abandonadas de Oceanside Residences.

Un poco más adelante, el murmullo del agua aumentaba y reverberaba en las paredes del túnel. Ya casi estaba.

Solo que esta vez identificó claramente un bisbiseo humano. Se detuvo en seco.

«Viene de detrás.»

Se quedó escuchando, y entonces empezó a buscar un escondite, pero al no encontrarlo volvió sobre sus pasos unos cuantos metros, hasta un conducto de aguas residuales que se abría en la pared, en el que se introdujo encogido. Apenas cabía con las rodillas dobladas. Apagó la linterna, y la inmediata pérdida de puntos de referencia lo inquietó un poco.

«¿Miedo a la oscuridad?, ¿en serio? ¿Un hombre hecho y derecho como tú?»

Un minuto de silencio, aparte del tenue silbido de una corriente de aire y el ruido de fondo del río. El hilillo de viento soplaba a su espalda, lo que le hizo suponer que el conducto comunicaba con el exterior. La idea de no poder darse la vuelta —no había espacio— para asegurarse de que estaba solo en aquel tubo empezó a intranquilizarlo.

«No seas idiota. ¡Claro que no hay nadie detrás de ti!»

¿Quién iba a meterse allí? Sin embargo, la imaginación se le disparó y se acordó de la película *Alien*, en particular de la escena en la que uno de los personajes —¿Dallas?— exploraba los conductos de ventilación y el monstruo aparecía justo detrás de él. Era una idea absurda que se reprochó al instante.

«¡Bueno, ya está bien! Uno: apenas quepo en este agujero, así que no puedo volverme, conque problema resuelto. Y dos: en estos subterráneos no hay psicópatas, y menos aún criaturas ávidas de sangre.»

En esas estaba cuando oyó un ruido muy cerca, el chasquido de una suela, seguido de respiraciones y roces de tela. «Ropa... Son varios, y se acercan.»

Ethan apretó el puño. Ya estaba furioso cuando sus sospechas se confirmaron. Dejó que pasaran de largo y saltó fuera del conducto como un diablo de su caja.

—¡Esta vez os habéis pasado de la raya! —exclamó colérico.

Los cinco adolescentes gritaron como un solo hombre y lo encañonaron con sus enormes lanzadores de agua. En ese momento, Ethan vio uno de los mecheros encendidos bajo el cañón.

—Pero ¿qué...? No me digáis que habéis fabricado un lanzallamas... ¡Muy bien, vosotros lo habéis querido, todo el mundo fuera, esta vez os llevo a jefatura!

—Lo iban a matar, agente... —alegó Owen.

—Es verdad, no podíamos abandonarlo cuando somos nosotros quienes lo hemos metido en esto —añadió Connor.

—He intentado detenerlos —aseguró Gemma, apurada—, pero no escuchan.

—¿Y tú? —replicó Connor—. ¡Si no callas!

Ethan explotó.

—¿Os dais cuenta del riesgo que he corrido esperando hasta hoy, cuando habría podido ir a interrogaros delante de vuestros padres en cuanto recibí la llamada de Gemma? Ahí fuera os he dado otra oportunidad, ¿y cómo me lo agradecéis?

Ethan le arrancó a Connor el lanzador de agua de las manos, apagó la llama del mechero de un soplido, olisqueó el grueso depósito y sacudió la cabeza, exasperado.

—Sois un peligro para vosotros mismos —gruñó.

—Por favor, agente, solo unos metros más... —le rogó Owen—. Si no hay nada, lo seguiremos sin rechistar.

Ethan señaló el camino por el que acababan de llegar.

—Habéis tenido vuestra oportunidad y os habéis reído de mí, así que todo el mundo fuera.

Chad, que examinaba su mechero apagado, insistió a su vez:

—¡Cinco minutos más, es todo lo que pedimos!

—He sido un idiota y demasiado amable. Me he equivocado. Se acabó.

De las profundidades del túnel surgió un sonido extraño, una especie de larga espiración sibilante, y todos se volvieron en esa dirección.

—Están ahí —murmuró Owen con voz temblorosa.

—¿De quién hablas, muchacho?

—De los indios muertos —respondió Chad.

Ethan le devolvió el lanzador a Connor y enfocó la linterna hacia el interior del túnel. Ya no se oía nada. Hasta que sonó un chasquido metálico: Connor había vuelto a encender el mechero.

—Apaga eso ahora mismo —le ordenó Ethan.
—Y si se nos echan encima, ¿cómo piensa pararlos?
—Nadie se nos va a echar encima. Dejadlo de una vez.

Un murmullo lejano resonó en las paredes. Varias voces indistintas, entremezcladas. Esta vez hasta Ethan se estremeció.

—¿Lo ha oído? —susurró Chad—. Están ahí. ¡Ya se lo habíamos dicho!

Ethan señaló la salida con el dedo.

—Vosotros os marcháis inmediatamente. Yo voy a echar un vistazo. ¡Sin vosotros!
—¿Y si vienen por el otro lado? ¡Estaremos perdidos!
—Tiene razón —intervino Corey—. En las películas, los personajes que se separan siempre acaban mal.
—¡Aquí quien da las órdenes soy yo! —dijo Ethan sin levantar mucho la voz para no alertar a quienes acababa de oír—. ¡Salid ahora mismo!
—Si nos eliminan a todos, pesará sobre su conciencia —gruñó Connor.

Gemma también metió baza.

—Oficial, no me siento muy tranquila volviendo sola con estos cuatro idiotas. ¿No podríamos quedarnos detrás de usted?

Ethan estaba que echaba chispas. Aquellos mocosos lo iban a volver loco. ¿Cómo iba a obligarlos a volver por donde habían venido, como no fuera sacándolos a la fuerza? Y por tanto abandonando la pista del túnel y de aquellas voces que acababa de oír... Sopesó los pros y los contras. Podía volver más tarde, pero ¿seguirían allí?

No debían de faltar más de cincuenta metros para llegar a la confluencia de los dos ríos.

Ethan resopló resignado.

—Os lo advierto: al primero que se pase de listo o desobedezca mis órdenes, lo enchirono por desacato, ¿está claro? —todos asintieron a la vez—. Y os quedáis cinco metros detrás de mí —añadió antes de ponerse en marcha.

Ethan avanzaba con el triángulo de luz delante de él y los cinco sentidos alerta. Tenía las ideas demasiado confusas, de modo que su imaginación bullía intentando tomar el control para explicar lo que su cerebro no entendía. Él trataba de encauzarla. Nada tenía sentido. Ni que allí abajo hubiera gente, ni que esa gente hubiera asesinado a Dwayne Taylor por algún extraño motivo, ni que él mismo estuviera vagando por aquel túnel con cinco adolescentes, en vez de acompañarlos a casa para tener una buena conversación con sus padres.

Demasiado amable. Demasiado ingenuo. Demasiado curioso.

«Y perdido.»

No podía negarlo. Lo que sucedía en Mahingan Falls lo superaba. Y su intuición le decía que lo que estaba persiguiendo en ese momento estaba relacionado, de una forma u otra, con todos esos sucesos.

De pronto, encima de sus cabezas sonó una larga exhalación, y Chad, aterrorizado, dio un respingo y roció el techo de gasolina. Todos se apartaron para que las gotas no les cayeran encima.

—¡Mierda! —masculló—. Habría jurado que alguien me soplaba encima...

Ethan tenía la misma sensación, pero solo vio un estrecho pozo que ascendía hacia una boca de alcantarilla. No eran figuraciones; todos lo habían oído con la suficiente claridad para estar asustados. «Tal vez sea la presión del aire cuando un vehículo pasa sobre la tapa...»

—¡Guarda ahora mismo el maldito chisme! —bramó—. Acabarás poniéndonos perdidos de gasolina a todos. ¿Sabes lo que pasará si salta una chispa?

Pero a Chad no le dio tiempo a obedecer. Los murmullos se repitieron, más bajos, más lejos e igual de ininteligibles. Al menos cinco o seis personas, calculó el teniente avanzando con precaución.

¿No habría llegado el momento de pedir refuerzos?

«¿Con qué excusa? ¿Y qué le explico después a Warden?»

Ethan sacó el móvil y comprobó que acababa de perder la última rayita de cobertura que tenía hacía unos instantes. Problema resuelto. Si quería llamar a Cedillo y a Foster, ahora no le quedaba más remedio que desandar el camino y salir del túnel, al que no regresarían antes de una hora, por mucha prisa que se dieran. «No, ya casi estoy.» Tenía que echar un vistazo, descubrir a los eventuales bromistas. Y si al acercarse no lo veía claro, siempre podía volver atrás.

El haz de la linterna iluminaba una infinidad de temblorosas telarañas, y cada una le parecía una silueta agazapada en la sombra.

«Esto no es más que una broma de una panda de idiotas, otros adolescentes que quieren asustar a los más jóvenes... ¡Les voy a echar la bronca de su vida!»

Poco después el túnel se ensanchaba, y el rumor del río creció hasta convertirse en fragor. «La confluencia.»

Estaban bajo el complejo escolar.

Ethan detuvo a su tropa con un gesto de la mano.

—Vosotros quedaos aquí. Todos juntos. Que nadie me siga. ¡Lo digo muy en serio! Gemma, los dejo a tu cargo.

La chica quiso protestar, pero la firmeza del teniente de la policía la hizo callar.

Ethan se deslizó silencioso por lo que parecía una enorme cámara subterránea, sorprendido al no ver ninguna fuente de luz. ¿Les habían oído acercarse? Podía ser...

El pasillo se agrandaba hasta formar un área de una decena de metros de anchura, y Ethan captó con su haz blanco lo que parecían columnas de hormigón que ascendían hasta perderse en la oscuridad. A ambos lados del río, una escalera de hierro oxidado conducía hasta una plataforma triangular sobre las borboteantes aguas. Manivelas y volantes se recortaban sobre un tablero como sombras chinescas; probablemente accionaban las compuertas, montadas sobre raíles para controlar el caudal. El otro río, el Weskeag, se adivinaba en la prolongación. Ambos se juntaban en un gran estanque que llegaba un lejano fragor, y continuaban como una única corriente que desaparecía en su propio túnel. El conjunto de la sala parecía el andén de una estación.

«Abandonada... y esperando un tren fantasma lleno de ratas.»

¿Qué hacía él allí, por Dios?

Mientras seguía explorando, percibió una débil claridad, apenas un halo, en la parte más alta del techo. Supuso que se trataba de un tubo de ventilación que comunicaba en algún lugar con una reja de la superficie. Estaba demasiado lejos y mal orientado para que la luz llegara abajo, pero permitía entrever las viguetas y los remaches del techo, diez metros por encima de su cabeza. No muy lejos, distinguió una estructura metálica: una escalera de caracol que partía de una puerta de servicio, en lo más alto. El enorme candado que la cerraba relució a la temblorosa luz de la linterna. «Lástima de atajo...»

De pronto, un ruido de pisadas retumbó en la cámara, y todo un grupo de siluetas la atravesó corriendo hacia Ethan, que tuvo el buen sentido de no alarmarse.

Los cinco adolescentes se arremolinaron a su alrededor señalando en dirección al túnel del que venían y gritando todos a la vez.

—¡Hay alguien!
—¡Se oyen unos ruidos horripilantes!
—¡Sí, sí, es verdad!
—¡Le juro que no mienten, yo también lo he oído!

A Ethan no le dio tiempo a tranquilizarlos. Surgidas de la nada, decenas de voces empezaron a susurrar a su alrededor en un idioma que no era el inglés. Salían de todas partes y farfullaban sus extrañas frases en un tono cortante, casi agresivo.

—Pero ¿qué...? ¿Quién anda ahí? —preguntó Ethan intentando conservar la sangre fría.

Pero no había nadie. Enfocara donde enfocase, solo veía losas vacías y rincones polvorientos.

Luego, el cántico subió de tono y aceleró su ritmo. Algunas voces empezaron a insistir en una palabra, pronunciándola más fuerte, gritándola y sobresaltando a Owen, a Gemma y a Chad, que eran quienes se encontraban más cerca de donde había sonado.

En el mismo momento, una corriente de aire glacial pasó a través del grupo, y sus bocas entreabiertas exhalaron vaho.

—Están ahí... —balbuceó Owen con voz trémula.

Ahora los cantos giraban a su alrededor como un bisbiseo, un runrún de bajos agobiantes.

Ethan parpadeó. No estaba seguro de lo que acababa de ver ni tampoco de querer confirmarlo. Pero en la periferia de la zona iluminada por la linterna podía sentir presencias, como brazos o manos extendidas hacia ellos en la oscuridad. No entendía lo que le mostraban sus sentidos, su mente era incapaz de darle una explicación lógica, mientras la espiral de voces seguía acelerándose, hasta hacerse ensordecedora.

Fueran lo que fuesen o quienes fuesen, Ethan notaba una especie de cólera en su frenesí. Peor aún: por momentos, tenía la sensación de que, literalmente, unas mandíbulas rabiosas se cerraban de golpe justo al lado de su oído después de haber lanzado un grito en aquella lengua desconocida.

De pronto, uno de los chicos dio un respingo y soltó un alarido, y Gemma hizo otro tanto cuando tiraron de ella hacia atrás. Ethan la sujetó en el último segundo y la atrajo de nuevo hacia el pequeño grupo. La fuerza que la sujetaba había cesado instantáneamente, pero otra la apresó de inmediato, y esta vez Ethan tuvo que echar todo el cuerpo atrás para resistirse a ella y recuperar a Gemma, que lo miraba despavorida. Ethan la estrechó contra sí.

—¿Qué está pasando? —farfulló la chica—. ¿Qué es esto?

Ethan enfocaba en una dirección y luego en otra, pero el haz de luz nunca encontraba nada, y sin embargo las tinieblas bullían, lo sabía, los sentía justo allí, le habría bastado con extender el brazo para que se abalanzaran sobre él y se lo llevaran.

Y el torbellino crecía en intensidad. Debía de haber veinte o treinta personas, si no más, salmodiando aquel encantamiento, vociferando en aquel frenético pandemónium. Ahora, lo que había empezado como un murmullo era un clamor furioso, un guirigay atronador. Estaban ahí, pero algo en su celeridad y en la debilidad misma de su consistencia desmentía su presencia. Siluetas translúcidas animadas por un rencor y una ira crecientes. Ethan ya no sabía qué hacer, era incapaz de razonar, de encontrarle algún sentido a aquella aberración, y en consecuencia de reaccionar ante la misma. Estaba hipnotizado por lo imposible, y un reflejo de protección mental cortocircuitó su cerebro, cortó el contacto de su conciencia para que no se hundiera en la locura. Ethan entró en una especie de catatonia que lo incapacitó para actuar. Oía y veía, o creía ver, pero ya nada importaba. Su cuerpo estaba allí, bajo tierra, pero su mente volaba lejos, lo más lejos posible.

Las garras se extendían en la oscuridad, hacían presa en la ropa, rasgándola limpiamente, incluso hirieron a Chad y a Corey, que recibieron zarpazos en las piernas y los hombros..., mientras sujetaban a Owen por la cintura y tiraban brutalmente de él. El chico tendió las manos a su primo, que consiguió alcanzarlas en el último instante y evitar que desapareciera en aquella vorágine de gritos y sombras.

Alrededor de ellos, mandíbulas invisibles pero hambrientas lanzaban dentelladas al aire.

—¡No me sueltes! —gritó Owen. Pero esta vez la tracción era demasiado fuerte. Chad vio que el cuerpo de su primo se alzaba del suelo y notó que sus manos empezaban a resbalar de entre las suyas—. ¡NO! ¡NO! —suplicó Owen.

Con la cara desfigurada por un terror absoluto, podía sentir las decenas de ávidos y fríos dedos que se cerraban sobre sus piernas para tirar de él, y sabía que si se soltaba, los colmillos de aquellas fauces que chillaban a su espalda lo devorarían en un abrir y cerrar de ojos.

A Chad ya no le quedaban suficientes fuerzas para seguir reteniéndolo. El nudo de sus manos se deshacía. Empezó a gemir, a retorcerse y echar el cuerpo atrás, intentándolo todo, cegado por las lágrimas de agotamiento, miedo y desesperación.

Los dedos entrelazados se soltaban.

El sudor les hacía resbalar poco a poco.

Y el insaciable remolino succionaba a Owen, sobre cuyos tobillos se amontonaban las garras, arrastrándolo hacia la masa de seres feroces y voraces que adivinaba apelotonados tras él, como un enjambre de abejas sobre una gota de almíbar.

Bajo las ráfagas de la linterna, el rostro de Chad reflejó su impotencia y su terror cuando supo lo que iba a ocurrir.

Pese a todos sus esfuerzos, las manos de su primo se soltaron de las suyas.

—¡NOOOOOOOOO! —gritó Owen, que se alzó en el aire y desapareció en la oscuridad.

52.

Owen subió a más de dos metros de altura. En un segundo, una nada más negra que el alquitrán se tragó su cuerpo, e iba a hacer lo mismo con su desencajado rostro cuando un chorro de fuego iluminó la oscuridad y todas las voces lanzaron un rugido bestial. Boquiabierto, Owen se quedó inmóvil en el aire y consiguió extender una mano hacia sus amigos. Connor bombeó gasolina al lanzador y disparó una segunda llamarada, que hizo redoblar los furibundos bramidos.

El círculo infernal acababa de romperse.

Owen, liberado, cayó al suelo.

Las maldiciones habían dado paso a unos gemidos de dolor, y el muro que rodeaba a las pequeñas presas humanas se derrumbó por fin.

El fuego volvió a conectar a Ethan con su cuerpo, su razón y sus reflejos. Todo lo que había hecho de él un policía desde la infancia, imbuido de sus valores familiares, su pasión, se reavivó en un abrir y cerrar de ojos, y el instinto profesional retomó las riendas, también del hombre. El joven policía saltó sobre Owen, lo levantó casi con brutalidad y empujó a los adolescentes hacia el arranque del túnel.

—¡SALID! —gritó con todas sus fuerzas—. ¡CORRED!

Tan rápidos en despegar como una bandada de estorninos, los cinco chicos echaron a correr por la sala en dirección al túnel.

Ethan sintió sobre la piel el aire frío, que se alejaba al mismo tiempo que la quejumbrosa melopea. Barría la sala con la luz de la linterna en busca de sus atacantes, cuya naturaleza no podía concebir, pero no veía nada.

—¡Venid! —gritó Connor—. ¡No os quedéis ahí, regresarán!

Como para confirmarlo, Ethan sintió que el frío volvía a caer sobre él como la tapa de un sarcófago, mientras los lejanos murmullos aumentaban rápidamente. El tono agresivo de las extrañas frases había sustituido los acentos de sorpresa y dolor.

Ethan iba a echar a correr para alcanzar a los adolescentes cuando alguien trató de retenerlo. Sintió que lo agarraban con fuerza por los costados y, pese a la camisa, notó un contacto frío como el hielo. El impulso lo arrancó de entre aquellos dedos que aún no se habían cerrado sobre los vaqueros, pero varias garras rasgaron el aire con furia detrás de él y desgarraron la prenda. Eran muchos, y el guirigay se reanudó con renovadas fuerzas.

Connor lanzó un chorro de fuego por encima de Ethan, que corría hacia ellos, y los iracundos bramidos se batieron en retirada momentáneamente.

Ethan seguía sin comprender, o se negaba a comprender la naturaleza exacta de sus adversarios, que estaban en todas partes y a la vez en ninguna, invisibles en la luz y omnipresentes en la oscuridad, glaciales y sin embargo animados por una pasión destructora que aumentaba con cada ataque.

En cuanto llegaron al comienzo del túnel, para sorpresa de todos, un silencio absoluto se apoderó de la gran sala subterránea. Ethan incluso se detuvo para volverse.

Ni un solo ruido, ni una sola presencia. Escudriñaba cada rincón con el haz de luz, pero no veía nada. No había ninguna mano, ningún pie asomando detrás de una columna o en el interior de una cavidad. Peor aún: la calma que reinaba evidenciaba el vacío, un vacío inequívoco, sin un jadeo, sin el roce de una tela contra otra, sin un gruñido o un suspiro. Solo el permanente rumor del río.

—Nos largamos —dijo Ethan.

No quería correr ningún riesgo.

Connor encabezaba la marcha a paso ligero, armado con su improvisado lanzallamas, y Ethan tuvo que reconocer que era lo único que había detenido a sus agresores. Cada llamarada había provocado su ira y su inmediata huida, por breve que fuera. Se apoderó del que empuñaba Chad, que no había encendido el mechero, y el chico no rechistó.

Ethan hizo surgir la llamita bajo el cañón.

«No me puedo creer lo que estoy haciendo. Esto es surrealista. Tiene que haber una explicación racional.»

Después de todo, no estaba nada seguro de lo que había visto...

«¡Los había a decenas! ¡Nos tenían rodeados! ¡He sentido sus dedos y he oído entrechocar sus mandíbulas!»

Giraban tan deprisa... Le había parecido estar atrapado en el ojo de un huracán demoníaco.

«No, no, no era eso exactamente. Era...»

Pero no se le ocurría con qué compararlo.

La tropa avanzaba a buen paso cuando a sus espaldas sonó un bramido feroz.

—¡Más deprisa! —suplicó Gemma.

Pero antes de que pudieran recorrer diez metros, un soplo frío descendió de lo alto, acompañado por los murmullos de aquella muchedumbre invisible que entonaba una extraña salmodia. Ethan creyó distinguir varios brazos anormalmente largos, que se extendían desde la penumbra del techo para intentar agarrar del pelo a los adolescentes. Los dedos, prolongados por uñas curvas y puntiagudas, se estiraban a su vez, horripilantes.

—¡Corred! ¡Corred! —gritó.

Ethan presintió que uno de aquellos abominables tentáculos de sombra iba a aferrar a Gemma y enfocó la linterna hacia las alturas, pero no vio nada. Se lanzó hacia delante y golpeó el vacío para repeler aquello que creía haber vislumbrado. Enseguida supo que estaban encima de él, y en ese instante unas manos más frías que la muerte lo sujetaron y se hundieron en su carne como tenazas de acero. El dolor le arrancó un gemido antes de que pudiera ver lo que tenía encima.

Justo sobre su cabeza se abría uno de los estrechos pozos que ascendían hasta una boca de alcantarilla en la superficie.

Dentro se desplegaba una masa informe, un amasijo oscuro, indiscernible pese al haz de la linterna, que Ethan agitaba en todas direcciones mientras forcejeaba con aquellas garras. El joven policía comprendió que aquello se iba a abalanzar sobre él y a cubrirlo totalmente, y a triturarlo con la facilidad con que una maza aplasta un huevo.

Y en ese instante, la cosa se dejó caer a toda velocidad sobre Ethan, que apretó el gatillo de plástico del lanzallamas.

El fuego inundó la entrada del pozo y ascendió rápidamente por el conducto.

Una furia inhumana se apoderó de la criatura, que empezó a lanzar estridentes chillidos.

La presión de las manos que lo retenían se relajó, y Ethan cargó el lanzallamas y arrojó un nuevo chorro de fuego hacia el interior del conducto, lo cual no hizo más que aumentar los insoportables alaridos. Los tímpanos le dolían de tal modo que por un instante creyó que iba a desmayarse, pero cuando se dio cuenta de que lo habían liberado echó a correr con renovado ímpetu tras los adolescentes, que huían río arriba, resbalando de vez en cuando, sujetándose unos a otros para no caer al agua o partirse la crisma contra las losas. Jadeaban, lloraban y se daban ánimos, con Connor a la cabeza del pequeño grupo, que, en medio de todo aquel pánico, ni siquiera había advertido la ausencia de Ethan. El joven policía alcanzó a Owen y le dio un leve empujón para alentarlo a correr aún más deprisa.

Habían recorrido alrededor de un tercio del camino que los conduciría hacia el aire libre cuando volvieron los murmullos, esta vez delante de ellos.

—¡Connor, abrasa a esa basura! —gritó Ethan—. ¡Apunta al techo, vienen de arriba!

El policía no podía pararse a reflexionar, ni siquiera a analizar mínimamente la situación. Si lo hacía, se arriesgaba a hundirse en una locura peligrosamente cercana. Ya no podía permitirse ser él mismo, solo debía actuar, dejarse llevar por su instinto de supervivencia.

Connor obedeció, y el lanzallamas provocó la misma reacción agónica: un guirigay de gritos que les martirizó los oídos y les arrancó lágrimas de dolor.

Pero consiguieron pasar bajo la abertura, y Ethan comprobó que era otro pozo de inspección del alcantarillado.

Aquellas cosas, fueran lo que fuesen, ¿trataban de impedirles volver al exterior? ¿Cabía esperar un ataque a la desesperada en el momento en que se acercaran a la salida? «Es muy probable. Pero ¿qué otra esperanza tenemos?» Desde luego, no querían que salieran por las bocas de las alcantarillas. Dar media vuelta para alcanzar la puerta que había visto al final de la escalera de caracol no era una solución viable. La sola idea de volver a la gran cámara le resultaba intolerable. Además, estaba cerrada con candado...

Ethan aceleró y empezó a saltar por el borde del pasillo, a riesgo de caer a las oscuras aguas del río, para adelantar al grupo y encabezar la marcha. Bajo el cañón de su lanzallamas, el mechero no paraba de apagarse, y Ethan volvía a encenderlo una y otra vez, presa del pánico cuando tardaba más de dos o tres segundos en conseguirlo.

Adivinó cuál era el siguiente escondrijo de las criaturas en cuanto los barrotes de la escalerilla brillaron a la luz de la linterna, y escupió un chorro de fuego de inmediato. Una vez más, las voces rugieron en las tinieblas, y a través de la fugaz cortina de llamas creyó ver un amasijo de miembros alargados que se retorcían como el plástico bajo un soplete.

Ninguno de los cinco chicos sabía ya quién era, ni qué estaba haciendo, aparte de correr para salvar la vida. Tenían los pulmones ardiendo, la garganta en carne viva, miedo, frío y calor al mismo tiempo, y la vista nublada por las lágrimas. Pero corrían.

Cuando, a la vuelta de un recodo, la luz del sol apareció en la boca del túnel como una promesa del retorno a las certezas racionales del día y la civilización, el deseo de vivir se apoderó de los cinco y se abrieron paso empujando a Ethan.

—¡No, no, esperad!

Pero ninguno lo escuchaba ya. Pasaron de largo junto a él, que buscaba en vano un argumento, una amenaza o una evidencia que pudiera detenerlos. Corrían directos hacia la salida, que era justo donde las cosas que los perseguían querían que fueran.

Sin embargo, Ethan ya no tenía las ideas claras ni fuerzas para luchar, ni siquiera la energía de sus convicciones. Intentó parar al más débil de los cinco, a Owen, pero este, demasiado asustado para obedecer, se soltó sacudiendo el hombro. Ethan ya no estaba seguro de nada. En el fondo, ni siquiera sabía si tenía ganas de continuar, y esa idea lo aterró. Había pasado tanto miedo... ¿Hasta el punto de querer abandonarse al descanso eterno y liberador de la muerte? No. Por supuesto que no. Estaba perdiendo la cabeza. ¡Vivir! ¡Eso era lo que quería! ¡Vivir y olvidar!

El sol brillaba justo delante de ellos.

Bastaba con correr, con salir a la luz.

Se lanzaron hacia el resplandor con toda su alma.

53.

Tumbados en los hierbajos, entre los acebos y los fresnos del pequeño jardín abandonado, los cinco adolescentes intentaban recobrar el aliento, bajo la mirada incrédula de Ethan Cobb, apoyado a su vez en una vieja farola para recuperarse.

A sus espaldas, el muro bajo que los separaba del río parecía insuficiente para contener el alud de furiosas imágenes que remontaban el túnel.

Lo que oía Ethan en esos momentos no era el suave murmullo del agua, sino el insidioso rumor de todos los horrores que se agazapaban a lo largo de su imperturbable corriente.

En esos instantes, había tantos ecos insoportables chocando contra su razón que ya no sabía si lo que pugnaba por respirar eran sus pulmones o su mente.

Para su gran sorpresa, al llegar al final del túnel ninguna trampa se había cerrado sobre ellos. No había nada ni nadie esperándolos para echárseles encima como la serpiente que aguarda pacientemente ante la madriguera de un roedor para inyectarle su veneno, tragárselo y digerirlo lentamente. Ethan había interpretado mal la situación, pero ¿cómo no hacerlo en semejantes circunstancias?

Las primeras palabras que le vinieron a la cabeza lo pusieron enfermo, hasta el punto de hacerle vomitar una bilis ácida en los últimos peldaños de la escalera que subía al jardín.

«Todo eso no es real.»

¡Por supuesto que lo era! Owen temblaba de la cabeza a los pies, Gemma lloraba en silencio y los demás estaban cubiertos de rasguños, lo cual demostraba que las afiladas garras que habían intentando despedazarlos existían. Aquella última tentativa de la razón de salvar los restos de su lucidez resultaba patética. Grotesca.

«¡Es la mar de real, maldita sea!»

Los murmullos salmodiados y los gritos de dolor, el frío glacial, el torbellino de seres invisibles, los miembros huesudos y acabados en garras hechos de sombras, los chorros de fuego con que los habían rechazado... Ethan había grabado hasta la última imagen, incluso cuando, al borde del abismo, a punto de precipitarse en la locura, su cerebro había desconectado brevemente.

Todo estaba ahí, en su memoria, pero también en su piel, erizada y con el vello de punta desde que habían salido. Nada se desdibujaba. «Y nada desaparecerá. Podrás inventarte todas las explicaciones del mundo, pero este terror frío te invadirá una y otra vez, hasta que el agotamiento haga que te derrumbes... o el alcohol te aturda.»

Ethan miró a los adolescentes, que se habían acurrucado los unos junto a los otros y se tranquilizaban mutuamente en voz baja. Corey abrazaba a su hermana y le acariciaba el pelo.

Ellos tampoco olvidarían nada.

«Lo sabían. Antes de que entráramos, sabían lo que encontraríamos —habían intentado hacérselo comprender, pero ¿cómo se convence a un adulto de que los monstruos existen, salvo mandándolo a enfrentarse a ellos?—. Lo sabían, y a pesar de ello han entrado.»

Eso era quizá lo que más le costaba entender. No sabía si los admiraba o le parecían unos auténticos chalados. Él no habría vuelto a meterse allí por nada del mundo. Jamás.

Habían hablado del peligro que planeaba sobre sus vidas si no actuaban los primeros.

«No han tenido elección.»

Ethan expulsó el aire lentamente para intentar recuperar un ritmo cardíaco normal. Tenía el esófago ardiendo y el regusto de la bilis en la boca.

¿Cómo iban a poder vivir aquellos cinco chicos? Aunque no hubiera sido más que esa tarde, ¿era humanamente posible volver junto a sus padres y fingir que aquel era un sábado como cualquier otro? Él, en su lugar, habría derribado la mesa gritando hasta romperse las cuerdas vocales. Y lo que era aún peor: notar que la calma se adueñaba de la casa al caer la noche y el silencio la envolvía, con la cabeza en la almohada, en la oscuridad, sabiendo lo que merodeaba por las cloacas del pueblo, y sentirse tan vulnerable, tan solo, tan incomprendido... Tendrían que golpearse la cabeza contra las paredes hasta perder el conocimiento, no les quedaba otra alternativa.

Su deber era ayudarlos. Aún no sabía cómo, pero no podía abandonar a aquellos pobres chavales a su suerte después de lo que acababan de pasar todos juntos.

«Cuando les cuente lo que he visto, a los padres les faltará tiempo para llamar al jefe Warden...»

Nadie le creería.

Pero ¿podía culparlos? Él tampoco se habría tomado en serio ni una sola frase de una historia tan absurda.

En ese momento, Ethan advirtió que tenía una herida en la cadera. Un corte de unos quince centímetros, que le había cubierto el costado de sangre pegajosa. Aquellas cosas habían intentado agarrarlo. El simple recuerdo volvió a provocarle náuseas, pero consiguió reprimirlas.

Vaciar su mente. Si no podía comprender, al menos tenía que pensar en lo que podía hacer.

Había mucho sobre lo que reflexionar. Debía organizar sus ideas y recuperar un poco de serenidad.

«No tengo ni puñetera idea de por dónde empezar...»

Lo averiguaría. Tenía que confiar en sí mismo. Cada cosa a su tiempo.

Ahora tenía que centrarse en lo esencial.

Se aproximó a los cinco adolescentes y se puso en cuclillas muy cerca de ellos. Sabía perfectamente que su expresión no era en absoluto la del hombre firme y seguro de sí mismo de hacía tres cuartos de hora, sino más bien la de alguien perdido, pero se esforzó en teñirla con una pizca de complicidad.

Abrió los brazos para reunirlos a todos. Los chicos le obedecieron, azorados.

Ethan se inclinó.

—Voy a ayudaros, os lo prometo. No os dejaré en la estacada, ¿me oís?

El único que asintió fue Connor. Los demás aún estaban demasiado conmocionados para reaccionar.

Ethan se tomó su tiempo para mirarlos a los ojos uno por uno y hacerles comprender que no hablaba por hablar. Su desamparo hacía rebrotar al policía que había en él, le daba la fuerza necesaria para superar su propia confusión.

—Pero antes necesito que me lo contéis todo. Absolutamente todo lo que sabéis.

54.

—¿Y qué quieres hacer? ¿Vender la casa? ¿Dormir en un hotel desde esta misma noche? —preguntó Tom un poco irritado.

—Cariño, Miranda Blaine me ha mirado —replicó Olivia—. Puede que para los demás esté muda, pero yo sé lo que he visto. Me ha transmitido un mensaje.

Llevaban más de media hora en el coche, de regreso a Mahingan Falls, y la madre de familia no conseguía calmarse.

—No digo que lo hayas soñado —respondió Tom sin apartar los ojos de la serpenteante carretera—, pero reconoce que replantearte totalmente nuestra nueva vida por un simple movimiento de ojos es un poco... exagerado.

—Me embarcas en este asunto ¿y ahora no me crees?

—La verdad es que nunca lo he tenido claro... Mira, seamos realistas por un instante. Tú temías que la gente se burlara de nosotros, que nos tomara por unos neoyorquinos de caricatura que se mudan al campo y se asustan por una puerta que chirría. Pero ¿no es justo eso lo que estamos haciendo?

—El mordisco de Chad... ¿fue en realidad una corriente de aire? ¿Y los terrores nocturnos de Zoey? ¿Y las libretas de Gary Tully? ¿Y el...?

—No me leas la lista, me la sé de memoria. Lo que trato de hacerte entender es que no deberíamos sacar las cosas de quicio. Mantener la mente abierta, vale, pero...

—¡Tom! —exclamó Olivia, enfadada—. ¿Y si nuestros hijos estuvieran en peligro? Sé lo que he sentido junto a Miranda Blaine, y te digo que quería prevenirnos.

—El psiquiatra ha dicho que eran una familia complicada. El padre violaba a su hija. Partiendo de ahí, suponer que la chica se quitó la vida por ese motivo y que el padre, torturado por el sentimiento de culpa, hizo lo propio no tiene nada de extraño. Si Miranda Blaine lo sabía, pero no intervino, su estado también es... comprensible.

Olivia sacudía la cabeza, colérica.

—¿Roy? —exclamó—. ¿No está usted de acuerdo conmigo?

En el asiento trasero, el anciano dejó escapar un suspiro y torció el gesto.

—Lo siento, no sé qué decirle. Desde que vivo frente a su casa, he sido testigo de tantos sucesos extraños y tantos dramas que no estoy seguro de poder ser objetivo.

—¿Viviría en ella si tuviera la posibilidad de hacerlo?

Roy esbozó una mueca inquieta.

—No, creo que no.

Olivia se volvió hacia Tom y señaló a su pasajero.

—Ya lo ves. El sentido común nos dice que hagamos algo, Tom.

—Muy bien, pero ¿qué? Vuelvo a preguntártelo: ¿quieres dormir en un hotel desde esta misma noche?

—El Peacock Arms está cerrado por reformas —informó Roy—. Y dadas las fechas, el de Atlantic Drive seguirá completo. Si quieren tranquilidad, conozco al menos a dos personas que tienen habitaciones para alquilar, pero huelga decir que mi casa está a su disposición.

—Supongo que, con lo que pasa en el pueblo, si tenemos que dejar la Granja —insistió Tom— querrás irte de Mahingan Falls, ¿no? ¿Y qué les decimos a los niños? Además, a partir del lunes habrá que hacer viajes de ida y vuelta al colegio, vender la casa...

—Para —dijo Olivia, molesta—. No me apoyas.

—Intento mostrarme razonable.

Un silencio plúmbeo se adueñó del habitáculo mientras seguían zigzagueando por los boscosos despeñaderos que separaban Arkham de Mahingan Falls.

—De acuerdo, no nos quedaremos de brazos cruzados —dijo Tom en un tono más conciliador cuando consideró que los ánimos se habían apaciguado—. Para empezar, veamos los aspectos positivos: ni los niños ni tú habéis corrido peligro.

—Zoey tiene miedo en su habitación y a Chad le han mordido —replicó Olivia fríamente.

—Sí, pero aun así puede que una cosa no tenga relación con la otra... De todas formas, hace semanas que no pasa nada raro. Lo único que digo es que no hay por qué precipitarse.

—¿Y qué propones?

—Que hagamos venir a gente especializada para que examine la casa.

—¿La hay? No charlatanes, sino profesionales realmente competentes en la materia... ¿Y cómo los encuentras? —preguntó Olivia volviéndose hacia Roy.

—Gary Tully trajo a muchos, de todo el país, creo —respondió el anciano.

—Y eso no cambió nada —rezongó Olivia.

Tom buscó los ojos de su vecino en el retrovisor central.

—Podríamos empezar por presentarle a Martha Callisper a Olivia. ¿Qué le parece, Roy?

—Puedo organizarlo, sí.

—¿Es la médium de la que me hablaste? ¿Y qué va a hacer ella? ¿Un exorcismo en casa?, ¿es eso posible?

El anciano se encogió de hombros.

—Habrá que preguntárselo.

—Muy bien. Quiero verla esta misma tarde.

—Cariño, nosotros...

—No espero más, Tom. No sé si podré pegar ojo en toda la noche, a menos que consiga tranquilizar mi conciencia sabiendo que estamos haciendo todo lo que está en nuestra mano.

—La llamaré en cuanto lleguemos —dijo Roy—. Tengo su número en mi libreta, pero, como comprenderán, no me paseo con ella.

—Debería modernizarse, Roy —respondió Olivia agitando su móvil en el aire.

Siguieron circulando con prudencia hasta llegar a la Yankee Division Highway, en la que Tom pudo acelerar por fin en dirección a Mahingan Falls y a la casa de los Dodenberg, en Green Lanes, donde recogieron a Zoey, que no quería dejar a su niñera de ese día. Cinco minutos después entraban en los Tres Callejones. Acababan de dejar a Roy delante de su casa para que recogiera la famosa libreta cuando vieron el viejo todoterreno de la policía aparcado frente a la Granja. Antes de que Tom acabara de maniobrar para aparcar al lado, Olivia saltó fuera del coche y echó a correr hacia la puerta.

Ethan Cobb apareció en una esquina de la casa.

—Todo va bien, señora Spencer —dijo alzando las manos en el aire para tranquilizarla.

—¿Y los niños?

—Los he traído yo, están atrás, en el jardín.

—¿Qué ha pasado?

—No han hecho nada malo, solo se han llevado un buen susto. Los he encontrado en el bosque. Se han topado con un jabalí grande, que les ha dado un revolcón. Unos cuantos rasguños, cardenales, desgarrones en la ropa... Nada grave, lo he comprobado. Pero están un poco asustados. Creo que necesitan que los rodeen de afecto para volver a sentirse... seguros, por así decirlo.

Cobb esbozó una sonrisa un tanto forzada, y Olivia tuvo la sensación de que no se lo contaba todo, pero decidió no buscarle tres pies al gato: la visita al psiquiátrico la había vuelto paranoica.

Corrió al jardín, donde encontró a Chad y a Owen haciéndole cosquillas a Milo. Enseguida vio en sus miradas que el teniente Cobb tenía razón: se habían llevado un buen susto. Chad se arrojó sobre ella, que a su vez atrajo a Owen hacia sí para abrazarlos a ambos.

—Un jabalí, ¿eh? Supongo que es la versión local de los autobuses de Manhattan...

Seis meses antes, un autobús escolar que circulaba por Lexington Avenue había estado a punto de atropellar a los dos chavales, enfrascados en su conversación. Luego, se habían pasado la velada en el sofá, hablando sin parar del miedo que habían pasado, comprendiendo quizá por primera vez en su vida que habrían podido morir. Olivia, que aquel día estaba en casa, había tardado más de una semana en reponerse.

Tom llevaba en brazos a Zoey e intercambió unas frases con Ethan Cobb. Luego el policía se marchó y todos entraron en casa. Tom sacó limonada del frigorífico y propuso hacer hamburguesas y mazorcas asadas para cenar. Los dos adolescentes aceptaron, todo sonrisas. Pero estaban un poco raros. Como el teniente Cobb, se esforzaban demasiado en parecer relajados; Olivia lo atribuyó a la edad: no querían parecer frágiles, y menos por un jabalí.

Roy tardó un poco más de lo que esperaban en aparecer. Estaba muy serio.

—¿Tiene el número? —le preguntó Olivia tendiéndole una cerveza.

El anciano la cogió del brazo y se la llevó aparte.

La miraba indeciso. Estaba extraño. Parecía muy cansado, mucho más que hacía un rato.

—Acaban de llamarme del hospital —dijo al fin—. Después de nuestra visita, Miranda Blaine ha vuelto a su habitación. Como no causa problemas, la dejan sola. Además, las habitaciones disponen de medidas de seguridad. Al parecer...

Roy buscaba las palabras. Se aclaró la garganta.

—¿Qué? ¿Qué ha pasado? —preguntó Olivia, que empezaba a presentirlo.

—Ha hecho tiras muy finas con la ropa que llevaba, utilizando los dientes seguramente, y luego se las ha metido en la garganta una tras otra, hasta ahogarse. Cuando el personal se ha dado cuenta era demasiado tarde.

El salón empezó a dar vueltas alrededor de Olivia.

Volvía a ver las cuentas negras de sus ojos deslizándose despacio hacia su rostro en aquel siniestro comedor.

Miranda Blaine había emergido demasiado cerca de la superficie para entregarle su mensaje.

Y no lo había soportado.

55.

La noche había caído de golpe, como un telón que cede, se desploma sobre el escenario sin avisar y oculta todo el decorado. Tom estaba ante la cristalera, y fuera el jardín desaparecía detrás de su propio reflejo, a pesar de la lluvia, que resbalaba por el cristal desde hacía una hora. Su cansado rostro traslucía preocupación. Había intentado contactar con Bill Taningham, el anterior propietario, durante el final de la tarde y parte de la noche, sin éxito. El abogado lo evitaba, estaba claro. Concluida la venta, no quería saber nada más de los Spencer. ¿Para ahorrarse preguntas incómodas sobre lo que ocurría en la Granja, o simplemente porque tenía cosas mejores que hacer? Tom sospechaba que se las iba a ver y desear para hablar con él y que, si lo conseguía, Taningham eludiría el tema. ¿Qué abogado iba a reconocer que había vendido una casa con un vicio oculto? Un vicio oculto... Estaba perdiendo el tiempo.

En la cocina, a su espalda, seguían reunidos Roy McDermott, sentado en una silla con una cerveza caliente en la mano, y Olivia, que rondaba la botella de vino sin decidirse a beber. «Necesitaba» alcohol para relajar un poco su atribulada mente, y al mismo tiempo su instinto de madre le prohibía mermar sus facultades físicas e intelectuales. Nunca se sabía lo que podía pasar. No podían descartar nuevas sorpresas, y quería poder reaccionar en todo momento. Sus dedos jugaban con la copa vacía que tenía delante.

En el umbral, Martha Callisper posaba en ellos el azulado terciopelo de sus hipnóticos ojos. La espesa melena plateada le caía en cascada sobre los hombros, sujeta en su extremo con una cinta casi inútil, y la blusa floreada roja y blanca que llevaba puesta contrastaba con la seriedad de su rostro. Los labios fruncidos y los brazos en jarras de la médium reflejaban su preocupación.

—Han hecho bien en llamarme —le dijo a Olivia.

—Una mujer acaba de suicidarse por nuestra causa —repitió Olivia—. Creo que ha llegado el momento de actuar.

—¿Qué esperan de mí?

Olivia abrió los brazos, confusa.

—No lo sé, ignoro qué se puede hacer en una situación así. ¿Puede usted examinar nuestra casa? Y si hay algo, ¿es posible expulsarlo?

Olivia estaba al borde del ataque de nervios, a punto de venirse abajo: eran demasiadas emociones y mucha apertura de mente al mismo tiempo. Le habría gustado rechazarlo todo de plano, refugiarse en la negación, pero seguía aguantando, guiada por un instinto casi animal. «Soy una loba que protege a sus crías.» Curiosamente, por lo general era ella la más pragmática y racional de la pareja, mientras que Tom hacía piruetas entre la incredulidad y la duda. Pero ahora no estaba dispuesta a correr el menor riesgo. Chad, Owen y Zoey dormían en la planta de arriba. Ninguna madre jugaría con la seguridad de sus hijos; prefería ponerse en lo peor, aunque tuviera que aceptar que había una bruja atrapada en su casa, por disparatada que fuera esa idea.

Miranda Blaine no podía haberse matado porque sí. La visita en sí misma no había sido el detonante, después de más de treinta años de estancamiento. Lo que había sacudido a la pobre mujer era lo que había oído, lo que Olivia le había confiado. La idea de que lo que poseía su casa y probablemente había empujado al suicidio a su hija y a su marido había despertado y podía volver a hacerle daño a otra familia.

—¿Sabe lo que es un fantasma? —le preguntó Martha Callisper con absoluta calma—. No me refiero a los ectoplasmas de las películas ni a las sábanas agujereadas de los viejos tebeos, sino a los verdaderos fantasmas, los vestigios de vidas pasadas que permanecen en nuestro mundo. ¿Sabe lo que realmente son?

Olivia sacudió la cabeza.

—Para ser sincera, ni siquiera creía que pudieran ser un tema serio de conversación.

Martha se acercó para volver a servirse vino.

—Imagínese nuestro cuerpo como una bolsa de energías —dijo la médium haciendo girar el líquido rojo en la copa—. Esas energías son complejas y cambian a lo largo de nuestra vida, en función de nuestras experiencias, nuestros valores, nuestros sentimientos, nuestras alegrías, penas y recuerdos, hasta adquirir una tonalidad absolutamente singular y única. No hay dos mezclas de energías idénticas. Cada individuo tiene la suya.

—¿Una especie de ADN psíquico? —preguntó Tom, interesado.

Martha se acercó a él aspirando el buqué del vino.

—Exactamente —confirmó mientras abría la cristalera deslizando el panel corredizo—. Y más allá de nuestros músculos y nuestras neuronas, esas energías constituyen nuestra personalidad, la esencia misma de lo que cada uno de nosotros es. Nuestro cuerpo es la envoltura que contiene esa mezcla y garantiza nuestra individualidad.

El frescor de la noche penetró en la cocina junto con la humedad. La lluvia caía en abundancia sobre el jardín y el bosque cercano, y Martha contempló el paisaje, casi invisible en la penumbra. Luego miró a sus pies y vio el agua que vertía el canalón de al lado. El chorro borboteaba y desaparecía a través de una rejilla del alcantarillado.

—Cuando morimos, nuestro envoltorio carnal se rompe y libera nuestras energías, que se disuelven en las energías puras del universo —siguió diciendo, al tiempo que arrojaba la copa contra la rejilla. El cristal se hizo añicos, y el vino se diluyó al instante en el agua de lluvia—. Vacíe el contenido de una botella de soda en el océano y obtendrá el mismo resultado —dijo—. Habrá existido, y en cierta manera seguirá existiendo, pero será imposible recuperarlo tal como era, ni buscando en todos los mares del mundo. Cuando morimos, dejamos de ser ese concentrado concreto, y nuestros componentes se funden con el resto; ya no somos individuos, sino un todo. Nada se pierde, pero nuestros pensamientos, nuestra conciencia, dejan de estar unidos para formar un ser humano y se disuelven en el infinito. La personalidad única desaparece: es la muerte del alma, pero, mediante las energías que libera, contribuye a alimentar el mundo.

—Entonces, la gente que afirma haber sentido la presencia de un ser querido ya muerto en un lugar concreto ¿dice sandeces? —preguntó Tom.

—No necesariamente. Al morir, nos desintegramos, pero puede ocurrir, aunque supongo que es poco frecuente, que una ínfima parte de esa energía se deposite, de alguna manera, en un punto determinado, y eso es lo que es posible percibir en circunstancias especiales. Del mismo modo, la sensación de *déjàvu* no sería más que la percepción momentánea de un efluvio residual por parte de nuestro córtex reptiliano.

—Dicho vulgarmente: nuestras antenas primitivas captan un fragmento que todavía no se ha descompuesto por completo del recuerdo de otra persona —dijo Roy con la mirada perdida.

—¿Y cómo encajan los fantasmas en todo eso? —preguntó Olivia.

Martha tiró de la cristalera para volver a cerrarla.

—Son seres cuya membrana no se desgarró cuando murieron. El envoltorio físico se rompió, pero su energía no se esparció por el universo. Flota, errante, perdida, sin puntos de referencia, en una especie de éter imperceptible para nuestros sentidos de mortales.

—¿Por qué les pasa eso? ¿Hay algún motivo para que ocurra?

—Pensamos que tiene que ver fundamentalmente con una emoción coercitiva muy fuerte, como el miedo, el sufrimiento o la rabia. Esas emociones crearían un campo de fuerza tan potente, tanta presión en torno al individuo, que mantendrían la energía concentrada alrededor de su núcleo e impedirían su disolución. En cualquier caso, eso explicaría que la mayoría de esos «fantasmas» sean agresivos, o al menos posean una pesada carga emocional más bien negativa. Están aprisionados en un plano que es paralelo al nuestro, pero al que nuestros sentidos son impermeables en la mayoría de los casos, un poco como si unos y otros estuviéramos a ambos lados de un espejo de dos caras: nosotros solo vemos lo que nos rodea, mientras que ellos, en la otra parte, en la oscuridad, nos ven igualmente, pero separados por un grueso cristal. A esas anomalías las llamamos Eco: energías coercitivas.

Tom chasqueó la lengua.

—¿Quiere decir que en este preciso instante podría haber fantasmas aquí, en la cocina, con nosotros, sin que lo sepamos?

—En esta habitación hay millones de átomos, fotones, ácaros, bacterias, ondas sonoras y de otros tipos, además de campos magnéticos y feromonas, pero nosotros no los vemos. Todos son invisibles, y sin embargo, ¿puede negar que existen?

—No, pero...

—Nuestros sentidos son limitados, igual que nuestros conocimientos científicos o espirituales, llámelos como quiera; pero no piense que lo que aún no se ha descubierto oficialmente, lo que no podemos medir o comprender, no existe por el simple hecho de que no seamos capaces de percibirlo.

Tom se limitó a arquear las cejas.

—¿No hay alguna manera de abrirse paso a través de ese cristal? —se apresuró a preguntar Olivia, demasiado preocupada para dejar que el silencio se prolongara.

Martha posó en ella sus espléndidos ojos azules.

—Sí, en ocasiones puede haber un pasaje, probablemente ligado a un lugar, a su historia, que lo impregnó de una energía especial, o a seres cuya efervescencia energética era atípica, hasta el punto de salpicar su entorno. Es excepcional, pero es posible.

—Y nuestra casa sería uno de esos lugares, ¿verdad?

Martha se frotó las manos y asintió lentamente.

—Quizá. Y por lo que me ha contado, puede que no solo sea un lugar de transición entre nuestros dos planos, sino también un espacio que ha capturado o atraído a una de esas Eco.

—Jenifael Achak —dijo Olivia en voz muy baja.

Tom abrió unos ojos como platos. Le costaba asimilar toda aquella información, aquellas hipótesis, y lo admitió.

—No entiendo qué relación hay entre esos paquetes de energía y las cosas que me dijo la primera vez que nos vimos.

—Permítame resumirle lo esencial a su mujer —respondió Martha—. La idea es sencilla: si una gran cantidad de personas cree con mucha fuerza en algo durante mucho tiempo, ese algo acaba existiendo.

—Entonces, si todos creemos en Jenifael Achak, ¿la hacemos venir? —preguntó Tom, asombrado.

—No —respondió Martha con firmeza—. Haría falta mucha más gente y mucho más tiempo para poder canalizar la suficiente fuerza, y no es en absoluto el caso. Sin embargo, podemos considerar que a lo largo de los siglos nuestra fe ha tejido una gigantesca red en la que las Eco quedan atrapadas. Esa es la relación. Porque también creían o porque estaban impregnadas de esa cultura.

—La red ¿es la religión?

—La mayoría de las veces. Y todas las fuerzas relacionadas con ella. Incluido el diablo.

—¡Aguarde un momento! —exclamó Tom súbitamente agitado—. ¿Ahora resulta que lo que está entre nosotros es el diablo?

—Yo no he dicho eso. Pero cuando Jenifael Achak murió, la fe a su alrededor era opresiva, y es posible que su Eco buscara refugio en convicciones que a nosotros pueden parecernos maléficas. Su Eco no se dispersó en el cosmos debido a su sufrimiento y su rabia; pero, además, puede que luego buscara consuelo en una especie de rol, el que se esperaba de ella, una pátina maligna que daría una especie de sentido a lo que ella es desde entonces. Eso explica, por ejemplo, que los exorcismos católicos sean eficaces en ciertos casos. La Eco se refugia en un esquema de pensamiento que construyeron nuestras creencias, y puede ser expulsada del mismo, a veces hasta romper su membrana y disolverla, utilizando esa misma fe. Hay que verlo caso por caso, saber lo que tenemos delante para definir la estrategia.

Tom suspiró.

—¿Cómo sabe usted todo eso? ¿Hay libros sobre el tema?

—En el mundo, somos varias las personas que investigamos en ese terreno, señor Spencer. Nuestra profesión atrae seguramente a un noventa y cinco por ciento de aficionados, timadores y curiosos sin talento, pero hay un puñado de médiums que son honestos y meticulosos, y a veces trabajan coordinados. Es usted muy libre de no creer en nuestra tarea.

—Yo la creo —dijo casi a su pesar Olivia, que se levantó y empezó a ir y venir entre la mesa y la encimera dándose golpecitos nerviosos en los labios, pensativa—. Temo por mi familia.

¿Y si de pronto esa bruja montara en cólera y empezara a acosarnos hasta volvernos locos?

—Atravesar el espejo de dos caras requiere reunir una gran fuerza, y eso la agota. No puede surgir a su capricho ni hacer todo lo que le apetezca.

—¿Como si necesitara descansar después de cada aparición?

—Sí, esa es un poco la idea.

—¿Y ahora qué hacemos? ¿Cómo resolver el problema definitivamente?

Martha frunció los labios y los miró con atención a todos, uno a uno.

—No puedo responder a eso —confesó—. Tendría que conocer la situación. Jenifael Achak no está aquí porque sí, y temo que esto vaya mucho más allá de...

—No hay ningún misterio —la interrumpió Tom—, usted misma lo ha recordado. En su día, Jenifael Achak fue martirizada y aniquilada junto con sus hijas por la comunidad de Mahingan Falls, y eso es lo que la retiene. Vaga por el lugar en que vivió con sus seres queridos antes de que la torturaran y la mataran... Y si su teoría sobre el poder de nuestras creencias es acertada, entonces su fantas..., perdón, su Eco ha encontrado su razón de ser asumiendo una actitud demoníaca, y no solo se venga de nosotros, sino que lo hace con inquina y crueldad.

Olivia se quedó sorprendida ante las palabras de su marido y más tranquila al comprobar que se abría al fin a la posibilidad, por disparata que fuera, de que en su casa hubiera una presencia sobrenatural.

Martha sacudió la cabeza.

—Lo que no dejo de preguntarme es por qué ahora. Durante cerca de una década, Gary Tully lo intentó todo para conseguir una manifestación concluyente, en vano. Y ya saben cómo acabó. También yo sentía que este lugar no era como los otros, y temía que un día la situación degenerara. Cuando la familia Blaine saltó en mil pedazos pensé lo peor, pero sin poder demostrarlo. Por eso le pedí a Roy que le prendiera fuego a la casa. Y luego, nada durante décadas.

—Miranda Blaine se ha quitado la vida hoy mismo —le recordó Olivia con voz inexpresiva.

—Efectivamente, y perdón por mostrarme tan insensible, pero eso puede haber sido una consecuencia directa de su visita, que le ha hecho revivir recuerdos insoportables para ella. No obstante, ignoramos si la naturaleza de esos recuerdos era o no sobrenatural. Que yo sepa, Jenifael Achak nunca dio pruebas de seguir existiendo bajo este techo. A juzgar por lo que ustedes dicen, eso acaba de cambiar: la Eco que está encerrada entre estas paredes, y cuya presencia intuía yo, ha sido liberada recientemente, y esta vez parece algo indiscutible. Pero ¿por qué ahora?

—¿Podrían las reformas de los Taningham ser la causa? —sugirió Tom.

—No veo por qué habrían podido tener un impacto, como no lo tuvo el incendio precedente...

—Vendieron a toda prisa en cuanto acabaron las obras —le explicó Olivia—, quizá porque se llevaron el susto de su vida. A lo mejor fueron ellos quienes provocaron su aparición.

—Bill estaba arruinado —le recordó Tom—. Una vez más, hay una explicación racional, si uno se esfuerza en buscarla. Y además Bill nunca se anduvo con misterios, le gustaba la casa, eso se notaba. Nos invitó a venir tantas veces como quisiéramos antes de firmar el contrato. Si hubiera querido deshacerse de ella ocultando un vil secreto, no habría estado tan relajado.

—En cualquier caso, la intensidad paranormal se ha multiplicado por diez desde el verano —aseguró Martha—. Y si no descubrimos el motivo, yo no estaré en condiciones de ayudarles.

Olivia hundió la cabeza entre las manos. Tom se acercó y empezó a acariciarle el pelo.

—Voy a hablar con los trabajadores que hicieron las obras —anunció—. Y si hace falta, desarmaré esta choza desde el sótano hasta el desván.

Roy levantó la mano.

—Tengo una buena maza, si quiere.

—No creo que sea necesario —dijo Martha recostándose en el fregadero—. A decir verdad, dudo de que el problema sea su casa.

—¿Por qué? —preguntó Olivia, intuyendo que la médium les ocultaba algo.

Martha se humedeció los labios y contuvo un suspiro.

—Llevo semanas haciéndome preguntas. Percibo cosas. Los péndulos se vuelven locos, las cartas dan tiradas absurdas y mis intentos de comunicación con el plano paralelo son más efectivos que nunca. Lo que pasó en su emisora la otra noche no es normal. Puede que yo sea una vieja un tanto original, pero escucho, miro, y hay desapariciones y muertes que no se explican. Creo que no pasa solo en su casa, señor y señora Spencer; todos los espíritus que había en Mahingan Falls están despertando.

Esta vez, hasta Tom se estremeció.

Fuera, la lluvia arreció.

56.

Las gotas resbalaban por su impasible rostro, mientras sentía el desagradable contacto de la ropa empapada, fría y pegajosa sobre su piel.

Pero el fuego que ardía en su interior compensaba con creces esas molestias pasajeras. Un fuego al que no le faltaba combustible, cuya gasolina era tan pura que lo mantendría así tanto tiempo como hiciera falta. Encendido y alimentado sin cesar.

Lo que motivaba a Derek Cox más allá de toda medida no era la humillación que había sufrido, sino algo aún más peligroso. El miedo.

Aquella mala pécora de Olivia Spencer-No-sé-cuántos le había hecho pasar un miedo como pocas veces había tenido en su vida. Y eso que Derek consideraba que para ser un hombre de menos de veinte años había soportado lo suyo. Había vivido momentos de terror, y no una vez. Para imaginar lo que un chico como él había tenido que padecer había que conocer a su familia. En otros tiempos, solo con oír el paso irregular de su padre en la escalera, la forma en que su peso hacía crujir los peldaños debido a su rodilla mala, hacía temblar al pequeño Derek. Y si una vez en el rellano esas pisadas, en lugar de apagarse progresivamente en la alfombra del pasillo ante la habitación de sus padres, se dirigían hacia él, aquel simple sonido podía hacer que se orinara encima, porque sabía lo que iba a pasar a continuación. Derek se había enfrentado a esos miedos. Había crecido con ellos, hasta dominarlos, y luego se había rebelado para transformarlos en odio y, por fin, en violencia.

En el equipo de fútbol del instituto tampoco había sitio para los miedicas cuando los mastodontes de la línea defensiva se lanzaban a por ti a todo trapo con el único objetivo de pasarte por encima y dejarte hecho papilla con sus más de cien kilos de peso.

Y provocar a un desconocido en la calle y amenazarlo con la mirada, arriesgándose a una pelea, también requería sangre fría para superar las primeras dudas y controlar los nervios.

No, al miedo estaba acostumbrado.

Pero el que había sentido aquella tarde a la salida del trabajo era distinto. Era visceral.

Aquella zorra lo había sorprendido, lo había descolocado, antes de aplastarle las pelotas con la pistola de clavos neumática.

¡KLANK!

Y por un instante había creído que se había quedado sin polla y sin huevos. Se había visto convertido en eunuco. Un hombre sin un par, sin una buena tranca con la que impresionar a las chicas, sin motivación para levantarse por las mañanas, sin futuro. Porque, mientras ella le aplastaba las partes, Derek se lo había preguntado, por brevemente que fuera: ¿de qué sirve un tío sin su chisme? Toda la vida de un hombre giraba en torno a eso, ¿no? Vivir para imaginarse con una tía. Vivir para ligar. Vivir para olfatear coños. Vivir para follar. Si ya no tenía eso, ¿qué le quedaba? ¿A qué autoridad podía aspirar un hombre que ya no tenía nada entre las piernas? A ninguna. Sin cojones, no había objetivos, ni coraje, ni respeto, ni un lugar en la sociedad. Derek era un macho alfa, lo sabía, y un macho alfa sin pito ya no servía más que para que la manada lo humillara y lo rechazara.

Derek no lo habría soportado.

Aquella mala puta habría podido amenazarlo con reventarle un ojo o arrancarle un dedo, y ya lo habría impresionado bastante. Pero no: la había tomado con lo mejor que tenía...

¡KLANK!

Cada detonación de la clavadora lo había aterrorizado un poco más. Los segundos se le habían hecho eternos mientras se palpaba mentalmente para asegurarse de que todo seguía allí, intacto.

¡KLANK!

El mismo sudor frío. El pánico a perderlo todo. Pero no, había apuntado justo al lado, al menos esta vez...

¿Y todo por qué? ¿Porque le había metido mano a Gemma Duff? ¿Aquella estrecha que se había quedado más tiesa que un palo mientras se lo hacía con los dedos? ¡Había sido como intentar excitar al Señor Frío!

Tomarla con él por eso... No se lo podía creer. Si a Gemma no le apetecía, que lo hubiera dicho... Pero podía estar tranquila, no volvería a verlo. En cuanto a Olivia Spencer, era imposible perdonarle lo que le había hecho, pero es que además se lo había hecho delante de Gemma. Por suerte, parecía que aquella idiota no se lo había contado a nadie, y por eso aún no le había dado una buena lección. Mientras mantuviera la boca cerrada, tendría una oportunidad; y mientras él no le mandase su mensaje a Olivia Spencer. Era la primera que debía recibir su castigo.

Derek no pensaba dejarlo correr. Los primeros días había dudado. Esta vez no se trataba de putear a una mema del instituto, sino a una adulta, con toda su familia detrás. Aunque, pensándolo bien, le importaba un carajo. Y sus grandes aires tampoco lo impresionaban. Sabía que solo necesitaba elegir bien el momento, caerle encima cuando menos se lo esperara, para sorprenderla a su vez. Y entonces obtendría su venganza.

Había estado dándole vueltas a lo que podía hacerle, y tenía que reconocer que seguía sin saberlo. Para empezar, un poco de presión, hasta que le entrara el pánico y se echara a llorar. Pero ¿querría ir más lejos? ¿Qué significaba «ir más lejos»?

Tirársela. ¡Eso era lo que significaba, joder! ¡Meterle en el culo lo que había amenazado con perforarle, para que comprendiera que había sido la cagada de su vida!

Derek no sabía si hacerlo. Por una parte, aquel pedazo de rubia le ponía un montón, y montárselo con una maduríta sería un punto... Por otra, sabía que era llevar las cosas muy lejos.

Después de todo, sería una violación.

Pasados los ocasionales ataques de rabia, tenía que admitir que era un poco excesivo. No solo no estaba seguro de poder hacerlo; además, sabía que le traería un montón de problemas. Tendría que zurrarle para que se callara. Y Derek no las tenía todas consigo. No era como las chicas con las que solía tratar, impresionables y manipulables. Podía darle mucha guerra. Era capaz de denunciarlo, y tratándose de algo así, quizá ni siquiera el padre de Jamie pudiera hacer nada para que el jefe Warden enterrara el asunto. O puede que el marido interviniera. Eso era lo que menos le preocupaba. Había visto a aquel capullo, nada cachas; dudaba de que levantara la vista si lo miraba amenazándolo con partirle los dientes.

En cuanto a ponerse un pasamontañas para que no lo reconocieran, no le convencía en absoluto. Era todo lo contrario de lo que lo motivaba: quería que supiera que se trataba de él, que la había cagado metiéndose con él. Quería que cada vez que se cruzaran por la calle, y en Mahingan Falls eso sucedería muchas veces, bajara la mirada y tuviera miedo. Era el precio a pagar por haberlo amenazado de aquel modo, a él y a sus pelotas.

De momento, la casa estaba bastante llena, aunque ya era de noche. Desde el lindero del jardín, y a pesar de la lluvia, podía verlos en la cocina, hablando. Y desde luego no parecía una conversación divertida...

Derek ya había estado allí varias veces para «orientarse». Aguardaba el momento adecuado, su oportunidad... Pero aún no se había presentado.

Dudó. ¿Merecía la pena quedarse, calado hasta los huesos como estaba, esperar a que los invitados se largaran y se apagaran las luces, y confiar en que ella saliera? ¿A aquellas horas y con la que estaba cayendo? Era poco probable. Introducirse en la casa por una ventana que se hubieran dejado abierta era una opción, pero Derek no lo veía claro. No con el marido cerca. Si una noche comprobaba que Olivia Spencer estaba sola, entonces sí, probaría suerte, pero no con todo el mundo allí, era demasiado arriesgado.

Derek salió de su escondite, pero se detuvo casi de inmediato.

Al otro lado del jardín, a través de la lluvia y la oscuridad, creyó ver una silueta. ¿Quién estaría lo bastante chiflado para quedarse fuera con semejante tiempo, aparte de él?

Un sabor a hierro le inundó la boca, y se dio cuenta de que tenía sangre en el labio superior. Le sangraba la nariz.

¡Mierda! Era lo que le faltaba...

Volvió a echar una ojeada al otro lado del césped, pero la silueta había desaparecido.

¡Había visto a alguien! No había sido una alucinación, estaba seguro, incluso con todas aquellas sombras en movimiento de los árboles: había visto a alguien al otro lado, frente a la casa de los Spencer.

Derek se restregó la cara con el brazo para limpiarse la sangre, que le manchó la camisa mojada.

Había llegado el momento de irse.

Pero volvería. No se rendiría. Obtendría su venganza.

Y solo de pensar en la mirada de angustia que le lanzaría Olivia Spencer cuando comprendiera quién era y por qué estaba allí, Derek recuperó la sonrisa.

57.

Sentado al tibio sol de mediodía, Ethan Cobb contemplaba el océano desde la pasarela elevada de Atlantic Drive, arrullado por el rumor del oleaje. En los alrededores, unos cuantos chavales aprovechaban el domingo para juntarse en la pista de monopatines, mientras un puñado de ociosos paseaban tranquilamente. Aquí, dos personas mayores, indiferentes la una con la otra en apariencia, pero seguramente incapaces de sobrevivir si uno de los dos faltase. Un poco más allá, con los ojos iluminados por la magia y el orgullo de la paternidad, un hombre le mostraba la playa al bebé que llevaba en brazos, embargado por la dicha de compartir, enseñar y sentirse útil para una criatura tan frágil. Más lejos, una pareja de apenas treinta años conversaba con expresión seria, apoyada en la barandilla. Ella se secó una lágrima, y un instante después, cuando él hizo lo mismo, le acarició la espalda con la mano para consolarlo. Ese mero gesto decía mucho de su relación: ella encajaba la separación mejor que él.

Ethan veía todo aquello y muchas cosas más, pero no estaba allí. Una parte de él seguía bajo tierra, en el túnel, con aquellos seres que murmuraban en la oscuridad.

Él tampoco conseguía encajar lo ocurrido, olvidarlo, pasar el duelo.

Centrarse en los adolescentes le había ayudado a seguir adelante. Para empezar, había escuchado el relato, largo y salpicado de silencios y sollozos ahogados, que le habían hecho en su piso. Después de lo que acababan de vivir, no podía dejar que todo el pueblo los viera juntos en una cafetería. Mientras hablaban, les había curado las heridas, ninguna profunda afortunadamente. Al final, la más grave era la suya, que le había obligado a ponerse vendas y puntos de sutura adhesivos para detener la sangre sin necesidad de ir a que lo cosieran.

Ethan les había hecho repetir varios pasajes que le costaba creer, en especial el del espantapájaros, pero también lo relativo a la fuerza benéfica que supuestamente los protegía en el barranco. No obstante, tras lo mucho que habían afrontado, consideró preferible no poner en duda sus palabras.

Un asesino de niños se había reencarnado en un espantapájaros y una horda de indios furiosos intentaba devorar a todo aquel que penetrara en su antro subterráneo.

El balance de la jornada era como para tirarse por la ventana.

Ethan se lo había pensado bien antes de hacer un pacto con los chicos. Él los cubriría y nadie le contaría nada a ningún otro adulto hasta que hubiera aclarado el asunto. Sabía que nadie los creería, a menos que bajara a las cloacas, de las que probablemente no regresaría. Pero, ante todo, necesitaba encontrarle un sentido a aquellos horrores.

Cosa que, de momento, no conseguía.

La tarde anterior, después de acompañar a sus casas a los chavales y hablar con sus padres para que los reconfortaran, con la excusa del ataque del jabalí, un poco traída por los pelos (pero que había funcionado), Ethan había vuelto a la suya con la intención de coger su arma y dirigirse a los campos de maíz para buscar el cuerpo de Dwayne Taylor. Los detalles que le habían dado los chicos le bastaban para orientarse, y esperaba poder hallar el cadáver en unas horas. Pero se estaba haciendo de noche y sus jóvenes compañeros habían insistido en la peligrosidad de los espantapájaros. Estaban convencidos de que los otros podían despertar, como el que habían quemado ellos, y Ethan, muy a su pesar, decidió que era mejor no arriesgarse. Después de lo que acababa de experimentar, no se veía vagando en plena noche entre los altos tallos del maíz, en busca de un cadáver, con la amenaza de unos espantapájaros provistos de garras planeando sobre su cabeza. Lo sentía por él, pero Dwayne Taylor tendría que esperar un poco más. En su fuero interno sabía que la incertidumbre ofrecía un mínimo de esperanza a la familia, y que en cuanto descubrieran sus restos la insoportable realidad de su muerte los devastaría. El policía se tranquilizaba pensando que les daba un respiro de unas horas antes del caos. Tenían derecho a saber, pero siempre sería demasiado pronto.

Al despertarse, Ethan había postergado el momento un poco más. Estaba molido y atontado por el alcohol que había bebido para conseguir dormirse, y no se sentía demasiado sólido mentalmente para enfrentarse a la muerte solo.

—Tienes una pinta horrible... —dijo Ashley Foster a su lado.

Ethan alzó la cabeza. Un top que le moldeaba los pechos, vaqueros ajustados... No se andaba con chiquitas. Con el pelo recogido en la nuca, estaba preciosa.

—Gracias por venir.

—Para una vez que eres tú quien pide socorro... —respondió la chica sentándose junto a él en el banco, frente al mar—. ¿De capa caída?

—No es un asunto personal.

—Pero por teléfono has dicho...

—No quiero pasar por los canales oficiales. Me han dado un soplo... anónimo.

Ashley frunció el ceño.

—Necesito ayuda para verificarlo —le explicó Ethan, y señaló las botas que asomaban bajo los vaqueros de la chica—. Has hecho bien, tendremos que andar. Vamos —dijo levantándose.

—¿Adónde?

—A buscar el cadáver de Dwayne Taylor.

El viento agitaba las hojas resquebrajadas de las plantas de maíz y producía un sonsonete continuo y crepitante que ponía nervioso a Ethan. Llevaban más de una hora peinando el campo entre la salida del barranco y el estanque de los Taylor, más al sur. Los adolescentes habían sido categóricos: el ataque se había producido en el primer tercio del maizal. Pero eso, en aquella maraña vegetal, seguía siendo un espacio inmenso, y más teniendo en cuenta que el maíz que invadía gran parte de los surcos apenas les permitía ver, y que la tierra, abundantemente regada por la lluvia nocturna, se les pegaba a las suelas y frenaba su avance. Los Taylor seguían sin decidirse a recolectar. Ethan suponía que aún no estaban listos para pasar con la enorme cosechadora por el lugar donde quizá reposaba el cadáver de Dwayne. Un padre no puede resignarse a destrozar el cuerpo de su hijo por muy muerto que esté, ni siquiera accidentalmente. Pero las mazorcas empezaban a secarse.

Ashley caminaba por el surco de al lado. Se había llevado una sorpresa cuando, al bajar del todoterreno, Ethan le había tendido una Glock con su funda de cuero.

—Cógela, nunca se sabe —le había dicho con un tono que no admitía réplica.

—¿Por qué no me lo cuentas todo?

—Porque pensarías que me he vuelto loco.

Él también iba armado. De vez en cuando acariciaba la empuñadura para tranquilizarse. «Si el fuego es capaz de repeler a esas cosas en los túneles, seguro que las balas también.»

¿Cómo reaccionaría si de pronto aparecía un espantapájaros delante de él? Más valía que no se pusiera a disparar a lo loco, tenía a Ashley al lado.

Se sentía un poco culpable por hacer que lo acompañara y poner su vida en peligro. Pero no había podido evitar llamarla. Necesitaba hablar con ella, sentirla cerca. No habría sido capaz de llegar al final de ese día solo. No podía contarle nada, y ese silencio abría una brecha entre ellos, pero, por ahora, su presencia le bastaba.

—¿Ashley?

—Sigo aquí.

—No bajes la guardia, ¿de acuerdo?

—¿Me vas a decir lo que pasa de una vez?

—No quiero mentirte, así que no hagas preguntas.

La chica asomó medio cuerpo entre una hilera de plantas.

—Bueno, pero ¿por qué estás aquí?

Ethan se detuvo y aprovechó para quitarse el mazacote de barro que llevaba pegado a la suela con la ayuda de un tallo roto.

—Tengo mis razones —dijo al fin—. Creo que los restos de Dwayne Taylor están en esta zona.

—Una llamada anónima, ¿eh? ¿Me tomas por tonta?

Ashley se acercó a él. A Ethan le encantaba la vivacidad de sus ojos, le atraía la suave calidez de sus labios. Tenía unas ganas locas de besarla, de sentir su cuerpo pegado al suyo, de notar su respiración en el cuello y oír los latidos de su corazón... Dio un paso atrás.

No podía hacerlo. Estaba en plena descompresión, en una especie de shock postraumático tras la explosión de todas sus certezas racionales, y no debía aprovecharse de ella ni arrastrarla en su caída.

—Te pido que confíes en mí —respondió.

Ashley lo observaba. Sus grandes ojos color avellana descendieron hasta los labios de Ethan, que se estaba preguntando si no desearía lo mismo que él, cuando un cuervo graznó en el cielo y le recordó por qué estaban allí.

—Sigamos —dijo, y reanudó la marcha.

Después de otra hora recorriendo los surcos del maizal, cuando Ethan empezaba a desanimarse, descubrieron al fin a Dwayne Taylor, o lo que quedaba de él. Lo que los atrajo no fue el olor, sino la presencia de una gran cantidad de plantas partidas, prueba de un enfrentamiento feroz.

Yacía en una postura grotesca, con las piernas dobladas bajo las nalgas y un brazo retorcido detrás del torso. Sus intestinos, desenrollados por completo, habían sido parcialmente devorados por la fauna local, lo mismo que algunos de sus órganos. Las moscas también habían hecho su trabajo. Era difícil diferenciar entre los daños causados por el ataque y los debidos a la acción posterior de la naturaleza. No obstante, los dientes superiores destellaban al sol del mediodía sobre un siniestro hueco: la mandíbula inferior había desaparecido.

Y las órbitas vacías dirigían hacia ellos sus cavidades, rebosantes de larvas de gusanos.

La muerte había sido violenta, lo que confirmaba el testimonio de los adolescentes.

«Asesinado por un espantapájaros...»

Ethan estuvo a punto de desvanecerse, no por el estado del cadáver sino por lo que implicaba. Aquello no era una pesadilla. El día anterior no había sufrido una alucinación. Aquellos seres inhumanos y sedientos de sangre existían realmente.

Dwayne Taylor era la prueba. Un ser humano asesinado por aquellos monstruos.

Era demencial.

El vívido y angustioso recuerdo de sus impredecibles apariciones a lo largo del río subterráneo le aceleró el corazón.

Los chicos se habían enfrentado a un espantapájaros allí mismo.

Y todas aquellas extrañas muertes en Mahingan Falls desde hacía dos meses... «Todo está relacionado.»

No estaba perdiendo la chaveta. No, el pueblo entero se había vuelto loco. No había otra explicación posible.

El viento sopló y las plantas oscilaron.

La imponente masa del monte Wendy los vigilaba en la distancia. Su reluciente mástil de acero tocaba el cielo.

—A Warden no le va a hacer ninguna gracia, pero esta vez habrá que avisar al fiscal Chesterton —dijo Ashley, agachada cerca del cuerpo.

Pero Ethan no la escuchaba.

Miraba la montaña.

Sus labios se movían cada vez más deprisa.

Murmuraba algo.

Su instinto de policía juntaba las piezas del puzle.

De repente, lo supo.

Aquellas muertes no eran casuales. Y la aparición de las criaturas, tampoco.

58.

Dos grandes ojeras delataban el estado de agotamiento en que se encontraba Gemma. Era domingo por la tarde, debería de haber estado en plena forma, descansada después del fin de semana, y en cambio se sentía más tensa que nunca.

Pero no quería que se le notara. La noche anterior, cuando Corey se fue a la cama llorando, Gemma había comprendido cuál era su papel. Su hermano había tenido una pesadilla, pero en cuanto empezó a consolarlo le abrió su corazón y le confió sus miedos. Cada sombra le hacía temblar; cada chirrido lo sobresaltaba. Su madre estaba ausente y, como hermana mayor, le correspondía a ella reconfortar a su angustiado hermano, encontrar las palabras adecuadas y dar una apariencia de seguridad. Lo que sentía ella en esos momentos no importaba.

Y tampoco podía mostrarse preocupada delante de Zoey. La niña no debía sufrir sus cambios de humor, sus contradicciones, su...

«¡Estoy a punto de estallar, sí!»

Los monstruos existían.

Todo se resumía en esa breve frase, que le ponía la carne de gallina cada vez que le venía la cabeza.

Zoey le tendió una figurita de los Osos Berenstain.

—¡Guega, Ema! ¡Guega con mí!

Seguramente los niños eran la solución a todo, se dijo procurando olvidarse de sus zozobras y concentrándose en el juego que le proponía Zoey. Por muchos obstáculos que la vida pusiera en tu camino, los niños siempre acababan exigiendo tu atención para que jugaras con ellos, los alimentaras y les evitaras algún que otro problema. «No pienses más, céntrate en lo que tienes que hacer ahora, y punto.»

Tom y Olivia no estaban. Habían desaparecido en cuanto ella había llegado, y Gemma sospechaba que les pasaba algo.

Parecían una pareja sólida, quizá la más sólida entre los adultos con los que trataba, pero Gemma sabía que no había que ser ingenuo: a veces las apariencias engañaban, pese a todo lo que Olivia hubiera podido confiarle. No sería la primera mujer que descubría que su marido, tan atento y fuera de sospecha, la engañaba con la vecina...

«Menuda ocurrencia... Como si en los Tres Callejones hubiera muchos vecinos...»

En todo caso, aquellos dos andaban por ahí, discutiendo, haciendo las paces o tramando algo.

En ese momento, Owen, Chad y Corey irrumpieron en el salón. Venían de la calle, alborotados como unos adolescentes normales que no hubieran vivido ninguna experiencia traumática. Pero Gemma recordaba el estado en que se encontraban al salir del túnel, y antes de eso había visto a Owen en poder de aquellos seres de sombra y había leído el terror puro en su rostro. Ciertamente tenía unas ojeras tan marcadas como las suyas, pero no había perdido su picardía habitual. Gemma imaginaba que hablaría bastante con Chad, sobre todo por las noches. Cuando la familia se hubiera acostado, los dos muchachos debían de juntarse, desahogarse el uno con el otro, consolarse y animarse mutuamente. La resistencia, la capacidad de adaptación y la apertura de mente de los chavales la llenaban de envidia.

—¿Dónde estabais? —les preguntó.

—En el barranco, a salvo en nuestro refugio —respondió Corey.

—¿Y qué hacíais allí?

—Decidir cómo vamos a actuar.

—Muy fácil: de ninguna manera. El teniente Cobb dijo que él se encargaba y que, mientras tanto, no nos moviéramos.

—Ya, el teniente... —rezongó Chad—. Porque si ese dice algo, tú obedeces sin rechistar, ¿no?

Los chicos no le guardaban rencor por su traición, al menos no tanto como había esperado. En su momento, la habrían arrojado al río de pura rabia, pero la noche de ese mismo sábado reconocieron que sin el poli probablemente no habrían vuelto al completo de su aventura subterránea. Ella los había vendido, pero eso les había salvado la vida.

Chad y Connor eran quizá los únicos que aún estaban un poco enfadados con Gemma, pero Corey y Owen no le mostraban el menor resentimiento.

—Vamos a volver a la biblioteca —explicó Owen—. Para hacer una lista de los crímenes más sangrientos de la historia de Mahingan Falls.

—¿Por qué? Es siniestro...

—Eddy Hardy en la granja de los Taylor, los indios asesinados de las cloacas... No pueden ser casualidades. Los fantasmas de los individuos más peligrosos, o de los que más sufrieron, están volviendo a la vida para apoderarse del pueblo. Hay que tenerlos apuntados para saber a quién nos enfrentamos y por dónde se moverán.

—El espantapájaros no dudó en bajar hasta aquí... —objetó Corey.

—¡Precisamente por eso! —replicó Chad—. Si vuelven a las andadas, quiero saber a quién me enfrento.

—Es una buena idea —reconoció Gemma—. Si queréis, puedo acompañaros mañana después de clase.

—No, nada de trai... —empezó a decir Chad.

—Será un placer —lo interrumpió Owen.

—Pero ¡acordamos con Connor que seríamos nosotros solos!

—Ahora Gemma es de la pandilla.

Corey dio su aprobación con un movimiento de cabeza, y Chad se golpeó las piernas con las manos con una mezcla de rabia y resignación.

Gemma le tendió una de las figuritas a Zoey, que, muy seria, las hacía entrar en una casita de plástico y volver a salir.

—Chicos, ¿no creéis que deberíamos contárselo todo a vuestros padres? —preguntó de pronto.

—¿Qué? —exclamó Chad, casi atragantándose—. Sí, ¿y qué más? ¿Quieres que mi madre nos encierre en nuestros cuartos el resto de nuestra vida? ¡Les dará un ataque al corazón!

Owen parecía indeciso.

—No nos creerían —opinó Corey.

—Lo sé —admitió Gemma en voz baja.

No podía evitar decirse que estaba traicionando a Olivia. No solo sentía la necesidad de ponerlo todo en manos de los adultos para librarse en parte del problema; también tenía la sensación de que estaba faltando a sus deberes. Los Spencer le habían confiado el cuidado de sus hijos, y ella les ocultaba el peligro que planeaba sobre lo que más querían en el mundo.

Frente a ella, Zoey jugaba, despreocupada y frágil. Gemma se acordó de pronto de los miedos de la niña y tuvo una idea.

—Chicos, ¿creéis que alguno de esos fantasmas podría estar en vuestra casa?

—¿Por qué dices eso? —preguntó Owen.

Gemma miró a Zoey y titubeó.

—Por nada..., solo es una intuición.

—¿Has visto alguno?

Gemma se encogió de hombros, indecisa.

—En realidad no... Pero Zoey le tiene pánico a su habitación y a... ¿Habéis visto ratas en las vuestras?

Chad asintió.

—Papá y mamá hablaron del tema. Por eso Zoey duerme en el cuartito que hay junto a su habitación.

—Pero ¿tú has visto alguna rata?

—No...

—Vale, venid conmigo.

Gemma cogió en brazos a Zoey, subió con ellos al piso de arriba y los llevó a la antigua habitación de la niña. Tras dejarla a sus pies, se agachó para mirar debajo de la cama, de donde sacó una manta que extendió ante ella.

Los pedazos que faltaban parecían grandes mordiscos.

—¿Habíais visto alguna rata tan grande?

Chad sacudió la cabeza.

—Ni en Nueva York tienen ese tamaño.

Zoey, asustada en su propia habitación, se agarraba a la pierna de Gemma.

—¡Brillan! —exclamó señalando la manta—. ¡Brillan!

Gemma le deslizó la mano por el pelo.

—Creo que quiere decir «chillan».

Los tres chicos pusieron cara de susto.

—En esta habitación hay algo que no es normal —concluyó Gemma.

Chad y Owen intercambiaron una mirada.

—En esta casa pasan cosas raras, eso seguro —dijo el más alto de los dos—. A mí un día me mordieron mientras jugaba en la habitación de enfrente.

Corey miraba la manta desgarrada con fascinada repulsión.

—¿Queréis decir que lo que pasa en el pueblo también se está manifestando en vuestra casa?

Owen asintió lentamente.

Gemma no se sentía muy bien. Tenía náuseas, le daban ganas de llorar, el cuarto giraba a su alrededor...

«¡No te derrumbes ahora! ¡Tienes que dar ejemplo! ¡Necesitan una adulta fuerte que los tranquilice!»

Pero cada vez le costaba más interpretar ese papel. El traje le venía grande.

Fuera, una nube tapó el sol, y la penumbra de la habitación se intensificó. De pronto las muñecas y los peluches alineados contra la pared parecían un tribunal reunido para juzgar a aquellos cinco fisgones.

—Vámonos de aquí —dijo Gemma volviendo a coger en brazos a Zoey—. No me gusta este sitio.

Como en respuesta a sus palabras, el techo de vigas crujió.

Olivia llegó a casa a última hora de la tarde, extenuada. Habían estado entrevistando a los diferentes trabajadores que habían reformado integralmente la Granja por encargo de Bill Taningham. Les había costado localizarlos, dado que era domingo, y al final no habían sacado nada en limpio: en su día no había aparecido ninguna habitación secreta ni ningún pentáculo amenazador pintado en una pared, y tampoco les habían contado ninguna anécdota «un poco rara», como las había llamado Tom. Todos habían tomado a aquella pareja preocupada por unos «ruidos en las paredes» —y al mismo tiempo muy interesada por la historia de la Granja— por unos lunáticos.

Los chicos estaban en el jardín con Milo, y Gemma y Zoey, en la cocina, moldeaban una mano de plastilina. Olivia charló con la chica de cosas intrascendentes durante unos instantes, hasta que su detector de problemas empezó a pitar. Notaba nerviosa a Gemma, que rehuía su mirada y mostraba una actitud demasiado positiva para ser sincera. No estaba bien e intentaba disimularlo.

—¿Noticias de Derek Cox? —le preguntó Olivia.

Gemma alzó los ojos de inmediato.

—¿Lo ha visto?

—No, por eso te lo pregunto. ¿Te ha molestado?

—Pues... no. Lo vi en el instituto, pero se mantiene alejado de mí. Pero... Chad lo vio ahí delante el otro día.

—¿Delante de nuestra casa?

—Quería contárselo, pero no sabía cómo hacerlo sin alarmarla.

—¿Dijo o hizo...?

—No, no, al parecer solo estaba ahí, mirando.

Olivia asintió, pensativa.

—Lo siento mucho —dijo Gemma—. Espero no traerle disgustos con él.

Olivia le acarició la mejilla con el dorso de la mano.

—Asumo totalmente la lección que le di. Lo último que quiero es que te sientas culpable. Si la policía hubiera hecho su trabajo, nosotras no habríamos tenido que intervenir, ¿de acuerdo?

—Sí. Espero que Derek no la tome con su coche o algo así...

—Que lo intente y verá: ¡los próximos clavos serán para adornar toda la carrocería de su precioso Toyota!

Olivia consiguió arrancar una tímida sonrisa a la adolescente. Pero intuía que había alguna otra cosa, más profunda. Una preocupación más seria, demasiado agobiante para una chica de apenas diecisiete años.

—¿Tienes un noviete? —aprovechó para preguntarle.

—¿Se ha enterado?

—La señora Feldman me ha dicho que el otro día te vio en el Paseo con un chico. Bastante mono, al parecer.

Gemma se puso roja.

—Se llama Adam Lear.

—Conque sí... Me preguntaba cuándo ibas a hablarme de él. ¡Llevo una semana mordiéndome las uñas! Me parece estupendo. ¿Va al instituto?

—Sí, acaba este año, como yo.

—¿Estás enamorada?

Gemma se encogió de hombros, un poco tímida.

—Aún es pronto...

Olivia agitó el índice en su dirección.

—Pero te gusta, se te nota. Me alegro.

—Ya se verá...

Olivia sacó dos vasos de un armario, los dejó en la mesa y fue a buscar una botella de coca cola al frigorífico.

—¡Esto hay que celebrarlo! Pero tendrá que ser con refresco: una cosa es llevarte a castrar a un gilipollas y otra corromperte con alcohol.

Entrechocaron los vasos.

Gemma la observaba con un extraño brillo en los ojos, que reflejaban admiración, además de complicidad. Pero Olivia también creyó ver en ellos una gran tristeza.

—Vamos a ver, cariño, ¿qué ocurre?

Gemma eludió la pregunta con una mueca a la que le faltaba sinceridad para resultar creíble. Olivia posó una mano en la suya.

—Es ese asunto de Derek, ¿verdad?

—¡No, no! Todo va bien —mintió Gemma.

Olivia la examinaba, y cuanto más lo hacía más profundo era el desasosiego que percibía en ella.

—Sabes que puedes contarme cualquier cosa, ¿verdad? No te juzgaré. No soy tu madre, soy tu amiga —su mano apretó la de Gemma, que bajó el mentón—. Vamos...

Gemma lloraba. Intentó evitar el contacto visual, pero acabó por sacudir la cabeza.

—Olivia... —dijo al fin, y se inclinó hacia ella—. Tiene que hablar con el teniente Cobb. Es importante.

59.

En la pantalla del móvil volvió a aparecer el nombre de Gemma Duff. Era al menos la tercera vez que lo llamaba desde la noche anterior. Ethan imaginaba que quería pedirle noticias. También ella debía de estar hundida, después del episodio del túnel, pero ahora no podía atenderla. Tenía cosas más urgentes que hacer.

Aparcó casi al final de la carretera, apenas un camino pavimentado en algunos tramos, dada su estrechez en las curvas más sinuosas. La peligrosa vía serpenteaba a lo largo de la ladera occidental del monte Wendy, casi hasta la cima. La ayuda de Ashley Foster había sido crucial para localizarla, puesto que no aparecía en ningún mapa del GPS y había que dar un largo rodeo desde los campos de los Taylor para llegar allí. Una simple pista asfaltada, una senda de mantenimiento sin señalización. Era lunes por la mañana, un día tranquilo, pero no habían visto un alma en todo el trayecto. Nadie se aventuraba por allí.

Sin embargo, la vista de Mahingan Falls desde aquella altura merecía la pena. El cinturón de montañas boscosas que, como una enorme herradura, rodeaba el pueblo hasta la orilla del océano era más visible que desde ningún otro lugar. Mahingan Head y su faro remataban aquella lengua de tierra con su abrupto espolón.

—¿Qué buscamos esta vez? —preguntó Ashley poniéndose las gafas de sol.

Ethan alzó la cabeza hacia la gruesa antena de acero erizada de parabólicas.

—Para ser sincero, no lo sé con exactitud. Cualquier cosa que nos parezca fuera de lugar.

Ashley lo detuvo agarrándolo de la mano.

—No insisto porque tenías razón en lo de Dwayne Taylor, pero tarde o temprano necesitaré respuestas.

Ethan asintió. Ashley le mostraba una fidelidad a toda prueba y una confianza no menos estimable; lo seguía ciegamente, pero si no le enseñaba las cartas no podría pedirle que siguiera haciéndolo. Se lo contaría todo ese mismo día. Le daba igual que lo tomara por un loco.

Subieron los últimos cincuenta metros que los separaban de la base de la antena.

Ethan echó un vistazo al oeste y al sur y vio los extensos maizales, y más allá, la diminuta casa de los Taylor. Imaginó su dolor, ahora que lo sabían. El jefe Warden en persona se había hecho cargo de la investigación. Esta vez haría intervenir a la oficina del fiscal del distrito: ya no podía evitarlo. Las cosas iban a cambiar. Más medios. Y también más presión. El rastreo de la zona donde se había hallado el cadáver de Dwayne se había prolongado hasta el anochecer, y a Ethan le había aliviado saber, al volver a casa, que no se había encontrado el menor indicio del espantapájaros. Había estado a punto de ir a quemar el resto de los que Angus Taylor había admitido haber hecho, pero le había dado miedo provocar una reacción en cadena que no pudiera controlar, y se había abstenido.

En la verja que encuadraba el pie de la antena, unos letreros con la leyenda PROHIBIDO ENTRAR y la imagen de un hombre electrocutado advertían del peligro.

—¿Seguro que es una buena idea? —le preguntó Ashley.

Ethan se había esperado encontrar un lugar más accesible, sin especial protección, pero reparó en que el ancho mástil metálico también tenía una puerta provista de cerradura. La antena, de unos tres metros de diámetro al nivel del suelo, se hacía más fina gradualmente a lo largo de sus más de treinta metros de altura.

Masculló un juramento y volvió al coche a por una palanca que, una vez de vuelta junto a la valla, arrojó al otro lado.

—No parece electrificada —dijo Ashley.

—¡Eso espero! —respondió Ethan agarrándose a la verja con las dos manos.

Un poco de esfuerzo para trepar, unos cuantos equilibrios en lo alto, y saltó con agilidad al otro lado, donde recogió la palanca.

—¡Hasta ahora, todo bien! —dijo sin volverse.

Mientras Ethan luchaba con la puerta para forzarla, Ashley escaló la verja a su vez y llegó junto a él en el momento en que la cerradura saltaba. La sargento desenvainó la linterna que llevaba en el cinturón e iluminó el interior de la antena. Una sala de máquinas con las paredes de acero atestadas de paneles de fusibles, cables y tomas de todo tipo. Nada más, aparte de un ligero zumbido eléctrico.

—No tengo ni idea de electricidad —confesó Ashley.

—Yo tampoco, pero buscamos un aparato que parezca fuera de lugar, o trazas de que alguien ha manipulado recientemente todo este... tinglado.

Entraron y examinaron cada conducción eléctrica y cada arqueta, estudiando las conexiones y dando golpecitos en los cajetines de las tomas, hasta que Ethan se detuvo ante un gran armario metálico señalizado con un triángulo amarillo recorrido por un rayo.

—Muy mala idea —le advirtió su compañera.

—No he venido aquí para nada.

Ethan manipuló la cerradura con precaución y abrió la puerta. El zumbido se intensificó. Vieron lo que parecía un gran transformador con dos asas y tres botones. Tras un rápido vistazo, Ethan concluyó que nadie había tocado aquello en mucho tiempo.

Volvieron a salir haciendo muecas ante la cegadora luz del sol.

—¿Una explicación? —se atrevió a preguntar Ashley, pese a la cara de decepción de su compañero.

—Pensé que podían haber pirateado la antena...

—¿Quién?

—Quizá los falsos agentes de la CFC. No se me ocurre nadie más.

—¿Con qué fin? ¿Realizar escuchas ilegales?

Ethan se encogió de hombros.

—Está claro que me he equivocado. ¿No has sabido nada de esos fulanos?

—Nada, imposible dar con ellos. De todas formas, si vuelven por aquí, con todas las campanillas que he puesto, puedes estar seguro de que me enteraré antes de que lleguen al centro del pueblo.

En la jerga policial, «poner campanillas» significaba alertar a los soplones y a todas las personas posibles para que informaran cuando apareciera un individuo al que se buscaba o se produjera determinado hecho.

En ese momento Ethan levantó la cabeza y se dio cuenta de que a lo largo de la antena ascendía una escalerilla que llevaba a las plataformas de las parabólicas más grandes, junto a las hileras de tubos que servían de repetidores para las señales telefónicas. Le tendió la palanca a Ashley y, sin decir palabra, inició la subida.

—Te estás arriesgando mucho, Ethan...

Pero ya no la escuchaba. Subió tramo a tramo, inspeccionando atentamente cada rellano, hasta convertirse en una pequeña silueta al viento en las alturas.

Ashley agitó un brazo en su dirección. Ethan, ensimismado con el paisaje, no la vio.

Se sentía frustrado. Sin embargo, estaba convencido de que su teoría era acertada.

Volvió a bajar lentamente. Cuando llegó junto a la joven estaba empapado en sudor.

—No lo entiendo —masculló.

—Una pista falsa. Suele pasar. Volvamos, te invito a un café helado, tienes pinta de necesitarlo.

Emprendieron el camino de regreso circulando a poca velocidad: la pendiente era pronunciada y las curvas, cerradas. En la radio, Bruce Springsteen cantaba a los obreros de América, mientras Ethan se reponía de la escalada.

Ashley se había quedado pensativa. No obstante, fue ella la que ordenó parar el vehículo señalando el tramo de calzada que tenían justo delante.

—Huellas de frenada —dijo, y se bajó.

En efecto, dos marcas oscuras trazaban una trayectoria que se desviaba de la ruta. Aunque parecían tatuadas en el asfalto, habían empezado a difuminarse y no tardarían en borrarse del todo, lo que explicaba que no las hubieran visto al subir. Ashley las siguió hasta el arcén y se metió en la cuneta, entre tierra y matojos, para asomarse al borde del recodo que formaba la carretera en ese punto. Un precipicio cubierto de arbustos y brezos descendía hasta el bosque.

—¡Buena vista! —la felicitó Ethan—. El vehículo cayó justo por aquí.

—¿Estás seguro? Yo no veo nada...

—Troncos partidos aquí y allá y vegetación arrancada... Hay que bajar.

La pared no era vertical. La abundancia de rocas y oquedades permitía aventurarse a bajar sin equipo especial, a condición de estar atento. Ethan tomó la delantera.

Tardaron diez minutos en alcanzar el fondo y el lindero del bosque, y apenas treinta segundos en localizar el vehículo accidentado, pese a los helechos que habían amontonado encima para ocultarlo.

Era una furgoneta. Había ardido por completo. La pintura se había derretido y había dejado al descubierto una estructura cenicienta salpicada de residuos negros.

Ethan la rodeó deslizándose entre zarzas, montículos arcillosos y troncos, mientras Ashley hacía otro tanto en sentido inverso. Se juntaron ante la abertura correspondiente al copiloto, cuya puerta había desaparecido, probablemente arrancada durante la caída.

—No encontraremos nada. Han hecho limpieza.

—Ya lo he visto. Las matrículas han desaparecido.

Ethan entró en la cabina y olfateó el aire.

—Huele a amoníaco. Son profesionales. No querían correr riesgos: lo que el fuego respetó, lo destruyó el detergente.

—¿Los tipos que se hacen pasar por agentes de la CFC?

—Casi seguro. Esto es lo que buscaban. Fíjate, ahí había un cuerpo —dijo Ethan señalando lo que quedaba del asiento del conductor.

No estaba tan dañado como lo demás. Una masa de cierto tamaño había protegido el cuero parcialmente.

—¿Se lo llevaron?

—Supongo. Como todo lo que pudiera haber en la parte de atrás. Está vacía.

Ethan volvió a salir limpiándose la nariz.

—Esos malnacidos no dejaron nada al azar.

—Esto empieza a no gustarme, Ethan. Ahora quiero saber. ¿Quiénes son esos tipos a los que buscamos? ¿Espías del Gobierno o qué?

—Francamente, no lo sé.

—Desde ayer tengo la sensación de que estás ausente, de que te preocupa algo. ¿No crees que ha llegado el momento de que me cuentes más cosas?

—¿Crees en los fantasmas?

—¡Hablo en serio, quiero saber en qué mierda nos hemos metido!

Ethan escupió al suelo. Tenía un regusto a hollín en la boca.

—Para ser honesto contigo, ni yo mismo estoy seguro de saberlo, aunque empiezo a tener una hipótesis.

Su móvil empezó a vibrar.

Otra vez Gemma Duff.

Volvió a guardárselo en el bolsillo. No era el momento. También él estaba perdido y asustado por lo que habían visto, pero, sintiéndolo mucho, Gemma tendría que esperar.

Se volvió hacia Ashley. Un surtido de pájaros trinaba a su alrededor, y el tibio sol de septiembre bañaba la vegetación, todavía exuberante. Todo era calma y serenidad.

Menos la furgoneta carbonizada.

Los dos policías se miraban.

—¿Hasta qué punto confías en mí? —preguntó Ethan.

60.

Ya no hacían el amor.

Se habían dejado llevar por la rutina y el cansancio del ajetreo diario, y luego Tom había entrado en un período de «concentración» durante el cual en realidad se había sumergido en la historia de su casa, supuestamente embrujada, hasta el incidente de Smaug, que los había conmocionado inmolándose en la hoguera. Por supuesto, la presencia de la pequeña Zoey en el cuarto de al lado no ayudaba. Ahora ambos vagaban por una zona de profunda incertidumbre respecto a sus convicciones, sus puntos de referencia y todo lo que hasta entonces habían creído saber, y entre tantas convulsiones interiores no quedaba mucho espacio para el deseo.

Y eso apenaba a Olivia. Por confusa que estuviera, echaba de menos el cuerpo de su marido. Y también su ternura. Más allá de la sensación de complicidad intelectual que por fin tenían, necesitaba un entendimiento más carnal, que los habría acercado todavía más. Pero Tom se había quedado dormido a su lado, en la cama. Ella no estaba preocupada, no temía que Tom hubiera dejado de desearla —un miedo compartido por todas las mujeres que atravesaban la cuarentena—, pero sabía que en esos momentos su mente y su cuerpo estaban lejos. Aun así, lo añoraba. Evadirse en las caricias, fundirse con él en un orgasmo, abrazarlo entre las sábanas húmedas, impregnadas del olor de sus cuerpos...

Toda la familia dormida y ella pensando en echar un polvo... La idea le hizo sonreír en la oscuridad.

Esos días le resultaba muy difícil conciliar el sueño. «Estos días y siempre», se corrigió mentalmente. Cada noche temía el momento de la verdad, cuando era imposible huir, mentirse, cuando la cabeza descansaba en la almohada y no se oía más ruido que los lacerantes latidos del propio corazón, mientras las ideas se atropellaban en la mente, sin la menor intención de parar... Por lo general, su cerebro bien organizado repasaba la lista de cosas que había olvidado hacer durante el día y tendría que añadir a las del día siguiente; luego solía acordarse de lo que había hecho mal, de lo que le habría gustado cambiar de sus actos, en resumen, detalles que no ayudaban en absoluto a caer en los brazos de Morfeo. En los días malos, las dudas y los miedos emergían a la superficie aprovechando que bajaba la guardia para coger el sueño, y Olivia sabía que no pegaría ojo hasta una hora avanzada. Las noches buenas, en cambio, esas ideas la dejaban tranquila y, arrullada por el recuerdo de todas las cosas agradables que le habían pasado, se dormía sin dificultad, imaginándose las del día siguiente. Pero eso no era lo normal. Con el paso de los años, Olivia había reunido todo un botiquín de somníferos más o menos potentes, ansiolíticos y productos homeopáticos para usar en función de la gravedad del problema.

Y en ese instante su estado de consciencia estaba casi al límite. Necesitaría algo fuerte, o no funcionaría. Solo que no quería atontarse con medicamentos, habida cuenta de la amenaza que planeaba sobre su familia. Si uno de sus hijos empezaba a gritar en mitad de la noche, quería estar en condiciones de reaccionar a la primera y no tener que arrancarse de la neblina química, con mayor o menor dificultad dependiendo de la hora. Eso quedaba descartado.

Así que esperaba en la cama, viendo pasar los minutos y después las horas con una lentitud exasperante, cercana al estancamiento temporal, aunque no sabía si semejante expresión tenía mucho sentido.

En la mesilla de noche, el reloj digital desprendía un halo que, ahora que sus ojos se habían acostumbrado a la oscuridad, bastaba para que distinguiera las sombras del techo, la alfombra, la silla junto a la ventana, el armario cerrado... La colcha, doblada a sus pies, se arrastraba por el suelo. Se incorporó para tirar de ella y volvió a tumbarse a la espera del sueño. Se oían unos golpecitos intermitentes que cada vez la irritaban más: la punta de una rama del roble del jardín, que chocaba con la contraventana cuando el viento la empujaba hacia la fachada.

Tac.

Tac.

Silencio. A veces largo, casi aburrido, hasta que el árbol volvía a reclamar su atención... Tac. De vez en cuando los contaba, como quien cuenta ovejas para dormirse, y luego, cuando sus preocupaciones la absorbían, se olvidaba de ellos.

Esa noche no podía soportarlos.

Tac.

La tenían tomada con ella, como un ataque personal destinado a impedirle dormir. Cada vez que estaba a punto de adormecerse, de puro cansancio, cada vez que su conciencia se apartaba para dejarla entrar en el mundo de los sueños, el ruido regresaba... ¡Tac!

Tac.

Tac.

Tozudo, solapado.

Olivia estaba harta de dar vueltas en la cama. ¿Qué hora podía ser?

Un leve movimiento de la nuca le permitió comprobarlo: las dos y diecisiete. «Mañana estaré agotada...»Miró hacia el cajón de la mesilla en el que guardaba todas sus pociones mágicas, pero dudó.

«No.»

Tenía que mantenerse alerta, qué se le iba a hacer.

«¿Alerta? Los chicos se levantan dentro de cinco horas para ir al cole, Zoey reclamará toda mi atención y yo no podré con mi alma... ¡Como para estar alerta!»

Pero se negaba a bajar la guardia. Demasiadas dudas, preguntas, temores...

Tac.

«¡Oh, Dios mío! ¡A ti te hago talar antes del invierno!»

Se dio la vuelta para acercarse al borde de la cama. A menudo le gustaba dormirse con una mano metida entre el somier y el colchón, una manía.

Sus párpados se entreabrieron apenas, sin motivo, por puro instinto.

Estaba al fondo de la habitación, en la esquina de su lado. Pequeño, encogido.

Un niño.

¿Desnudo? ¿Qué le pasaba en las extremidades?

Olivia abrió completamente los ojos para asegurarse de que las sombras no le estaban jugando una mala pasada.

Sí, había un niño, de apenas cinco o seis años, tan delgado que las costillas se le marcaban bajo la fina piel, muy pálida. Sus grandes ojos negros estaban clavados en ella. Dos pupilas enormes, tanto que casi daban miedo.

Olivia abrió la boca para respirar. Se ahogaba.

El niño se desplegó como una gran araña blanca.

Sus brazos estaban al revés, iban hacia atrás, con las articulaciones del codo también invertidas, y sus dedos se agitaban frenéticamente. Sus piernas hacían lo mismo; la cintura estaba como partida, los muslos se estiraban hacia arriba por detrás de las pequeñas y delgadas nalgas y los pies tocaban la parte posterior de la desgreñada cabeza.

Un terror glacial dejó petrificada a Olivia, incapaz de moverse o pedir ayuda.

El niño rodó sobre sí mismo para salir del rincón y, una vez boca arriba, usó sus extremidades invertidas para moverse. Saltaba, con la cabeza del revés, sin apartar de ella sus insondables ojos.

Se desplazaba rápida y silenciosamente. Corrió hacia ella, y sus labios se estiraron más allá de lo posible. Cualquier comisura normal se habría desgarrado hasta las orejas, pero las suyas se expandieron para dejar al descubierto unas encías finas en una boca muy abierta, demasiado grande para ser humana. Sus innumerables y puntiagudos dientecillos entrechocaban en el aire.

¡Clac!

Olivia jadeaba.

La araña humana llegó al pie de la cama y, al pasar junto a ella, hizo caer la colcha. Tomándola por una amenaza, el niño la mordió con rabia y siguió avanzando hacia Olivia, con los rasgos falsamente infantiles desfigurados por la furia.

Se detuvo justo ante ella, al borde de la cama, con su odioso rostro a unos centímetros del de Olivia, que temblaba. ¡Clac! ¡Clac!

Sus articulaciones crujieron de un modo horrible mientras retrocedía para tomar impulso. Iba a saltar sobre ella.

El terror dio paso al instinto de supervivencia, y Olivia lanzó un grito que ascendía desde las profundidades de su ser.

La enorme boca se cerró justo delante de ella. ¡Clac!
La tocaban, la sacudían, le hablaban...
—¡Cariño! ¡Cariño! ¡Olivia!
Sus ojos parpadeaban a toda velocidad.
La habitación. Un hombre.
Tom.
Se arrojó en sus brazos.
—Has tenido una pesadilla, cariño, pero ya está... Ya se acabó...
Olivia temblaba.
¿De verdad lo había soñado? Pero...
Poco a poco se calmó. Vio que eran la tres de la madrugada.
Le daba miedo mirar hacia el rincón de la habitación. Si veía con el rabillo del ojo aquella horrible figura descoyuntada, se volvería loca. De todos modos lo hizo, para asegurarse de que no estaban en peligro, antes de dejarse caer en la almohada, más confiada.
La visión le había parecido tan real...
Aún podía oír el sonido de sus mandíbulas, que se cerraban de golpe para morderla, para desgarrarle la carne...
Tac.
La rama del roble golpeaba la contraventana.
«Una pesadilla...» Su marido tenía razón. Todo estaba en su cabeza.
Tom encendió la luz de la mesilla y se levantó para ir al cuarto de baño. El simple hecho de verlo alejarse le provocó un ataque de angustia: la araña humana con cuerpo de niño y pupilas negras en vez de ojos surgiría a su espalda, le arrancaría los tendones de los tobillos para hacerla caer, devorarle la cara y...
Tom le tendió un vaso de agua, que se bebió de un trago.
—Necesito dormir —murmuró Olivia—. Estoy delirando.
—Con todo lo que nos ocurre, no es de extrañar. Tranquila, solo estaba en tu mente.
—¿Y si fuera ella?
—No, cariño...
—Pero ¿y si fueran Jenifael Achak y sus hijas, que se meten en mi cabeza para empujarme a la locura?
Tom abrió las manos, repentinamente falto de argumentos.

—Recuerda lo que nos explicó Martha —dijo al fin—: cuando una de esas Eco consigue atravesar el espejo de dos caras, consume gran parte de sus fuerzas y no puede actuar a su antojo, y menos aún antes de haberse recuperado.

Aquello tenía sentido y produjo el efecto deseado sobre la angustia de Olivia, que aceptó la explicación a regañadientes.

Pero no habían pasado ni diez segundos cuando dijo:

—Nos doy hasta la semana que viene para encontrar una solución. Si después todo sigue igual, cojo a los niños y me vuelvo a Nueva York.

Tom no respondió. Se volvió y se inclinó hacia la lámpara.

Pero justo antes de que se apagara la luz, Olivia vio la colcha en el suelo.

Le faltaba un trozo.

Un semicírculo del tamaño de la boca de un niño.

Una gran boca.

61.

El Donnie's Beef Burgers era un sitio muy aparente.

Ofrecía una comida exquisita y un ambiente único, además de un servicio atípico, y todo a un precio sin igual. Al menos era lo que decían los anuncios, en especial el del escaparate de la entrada, en letras brillantes justo debajo de rótulo DONNIE'S BB, rodeado por una enorme y parpadeante hamburguesa. Eso bastaba para que la cocina funcionara a pleno rendimiento cada mediodía desde finales de junio hasta finales de agosto.

El resto del año, los habituales sabían que no todas las camareras en patines eran simpáticas, que la decoración necesitaba una puesta al día y que lo que llegaba en el plato no era original, aunque sí bueno y bastante barato, siempre que te olvidaras de las bebidas alcohólicas.

Lo que atraía a los habitantes de Mahingan Falls era, ante todo, el wifi gratuito y la zona de juegos para los niños, que el propio Donnie había construido con sus hijos a un lado del restaurante. A falta de vistas, puesto que estaba encajonado entre dos edificios bajos de Oldchester, allí podías olvidarte un poco de los niños mientras tomabas un bocado.

Eso era exactamente lo que pensaba hacer Steeve Ho cuando entró con Lennox, su hijo de cuatro años, y el Mac bajo el brazo. Steeve tenía montones de e-mails que contestar y bastantes ganas de reintegrarse a la vida de las redes sociales para saber de sus amigos. Hacía dos semanas que se había mudado a Mahingan Falls, a raíz de su separación, y se sentía un poco desbordado. Montar los muebles, comprar cacharros, rellenar impresos, conseguir un préstamo para el nuevo coche... Había empleado en ello casi todo su tiempo después del trabajo y se le había olvidado poner internet en el piso. Su futura ex acababa de dejarle a Lennox para que pasara con él toda la semana, y como no se había acordado de llenar el frigorífico, iban de restaurante en restaurante desde el sábado. Aunque quería a su hijo más que a nada en el mundo, empezaba a comprender que la conversación de un niño de cuatro años era demasiado limitada, sobre todo después de seis comidas a solas con él.

El pequeño divisó el parque infantil y se entusiasmó.

—¡Anda, ve! —lo animó su padre—. Cuando traigan la comida, te llamo.

Lennox se acercó al balancín en forma de caballito tímidamente, un poco en guardia porque el gran muelle cromado de la base no le inspiraba confianza. En cambio, el castillo de colores que había detrás parecía estar esperándolo. En particular el tubo azul que descendía, un tobogán cerrado que formaba una pequeña espiral y desembocaba en una piscina llena de pelotas de brillantes colores: verdes, púrpura, marrones, amarillas y blancas. La diversión estaba garantizada.

Lennox echó un vistazo para comprobar si había otros niños con los que jugar. Pero el restaurante aún estaba casi vacío; era temprano, y no había llegado ninguna familia. Daba igual, exploraría el castillo solo, y el tobogán sería para él y solo para él.

La entrada asustaba un poco, porque tenía un dragón verde pintado en la fachada y había que meterse en su boca para acceder al interior, lo que no acababa de convencer a Lennox, que dudó.

Pero la llamada del juego era demasiado fuerte; el pequeño se agachó y, cuidándose mucho de tocarla, cruzó la puerta. Dentro, descubrió varios niveles que había que superar, ya fuera aupándose, subiendo un peldaño o trepando por una pequeña rampa. Todas las aristas estaban cubiertas de protecciones acolchadas color naranja y rojo, al igual que el suelo, y Lennox se sintió tranquilo. No quería hacerse daño. A veces, distraído con sus cosas, se daba algún golpe, y no le gustaba ni pizca. Allí no había peligro, así que se lanzó a la conquista de los peldaños. Cuando llegó al segundo, sacó la cabecita por una ventana minúscula —de hecho, las orejas se le doblaron un poco— para ver si entretanto había llegado alguien, pero seguía sin haber más niños. Buscó a su padre con la mirada y lo descubrió al otro lado del cristal, sentado a una mesa, delante del ordenador.

Lennox quiso saludarlo, pero no podía sacar la mano, a menos que metiera la cabeza, y de todas formas conocía a su padre: cuando estaba ante la pantalla, no veía nada más.

Lennox trepó al último nivel, el que tenía premio: el tobogán.

Le costó un poco conseguirlo debido a la altura del escalón, algo excesiva para él, pero estaba demasiado motivado para abandonar en el último momento. Lo esperaba la boca del tobogán, tan redonda y azul. Era un tubo perfecto, como un túnel suspendido en el aire, y trazaba dos curvas antes de lanzar a sus pasajeros a la piscina multicolor. A Lennox le encantaba incluso antes de bajar por él. Se sentó en lo alto y, haciendo resbalar el trasero, se colocó justo en el borde de la pendiente.

El interior estaba un poco oscuro, y abajo lo estaría aún más, se dijo Lennox. Daba igual, tendría la sensación de la caída, de la velocidad, sería divertido.

Unos cuantos centímetros más y estaría deslizándose...

Los otros niños que tanto había esperado empezaron a reír al final del túnel de plástico, y Lennox enderezó el cuerpo sujetándose como pudo para no escurrirse por el tobogán.

¿Dónde estaban? No los había visto entrar...

Volvieron a reír, y a Lennox no le gustó.

La risa no era del todo amistosa. Al revés, en su tono había algo... malo.

—Lennox... —susurró uno de los niños desde abajo—. Venga, Lennox, salta...

El pequeño sacudió la cabeza con energía. Los niños que lo esperaban no eran buenos, ahora estaba seguro. Al contrario: se burlaban. Tenían malas intenciones.

—¡Ven, Lennox! ¡Ven a deslizarte por nuestra lengua!

Ahora el niño estaba muerto de miedo. Intuía que quienes lo acechaban tenían una naturaleza monstruosa, y supo que las voces no llegaban del otro extremo del tobogán sino de dentro.

—¡Salta y te arrancaremos los brazos!

Las risas se volvieron estridentes, subieron de volumen y luego se distorsionaron, como el sonido de un vinilo ralentizado a propósito. Eran risas groseras, crueles.

—Vaaaaaaamos..., veeeeeeeen... —dijeron todas las voces en un tono espeluznante. Voraz.

Lennox notó que un hilillo de orina caliente le corría por el muslo, pero no hizo caso. Quería abandonar ese castillo cuanto antes, dar media vuelta y salir huyendo, aunque esta vez se golpeara contra todo. No le importaba, con tal de escapar de aquel sitio y volver junto a su padre antes de que aquellos niños, o lo que fueran (porque a esas alturas Lennox había comprendido que no eran lo que parecían), lo atraparan.

Se volvió, pero las palmas de sus manos resbalaron.

El peso de su cuerpo lo arrastró hacia atrás, hacia el túnel azul.

Cuando se dio cuenta de que estaba a punto de rodar hacia los niños monstruosos y oyó sus gritos histéricos, agitó sus pequeñas manos como un gatito intentando agarrarse a cualquier cosa antes de caer al vacío. La expresión de terror de su rostro superaba lo que cualquier adulto habría podido soportar.

No muy lejos, Steeve había dado un *like* a un comentario en su página de Facebook y se disponía a abrir su correo cuando oyó los gritos.

Al principio pensó en un animal, un cerdo o tal vez un perro atropellado por un coche que agonizaba en el suelo, cerca del restaurante, con las tripas al aire. Luego identificó la procedencia del sonido, pero no vio a su hijo. El corazón empezó a latirle con fuerza. En ese momento, entre aquellos alaridos insoportables, reconoció la voz de Lennox, o al menos una voz de un timbre parecido al suyo. Pero el sufrimiento la deformaba tanto que no podía estar seguro.

El tubo del tobogán se agitaba, presa de violentas sacudidas. Unas sombras luchaban en su interior.

De pronto, las paredes del túnel se cubrieron de salpicaduras.

Cuando Steeve se precipitó a la zona de juegos, la sangre de su hijo manaba de la boca del tobogán y teñía las pelotas de plástico de un mismo color.

Un bonito rojo carmín.

62.

El despacho de Martha Callisper, por lo general lleno de objetos extraños, ahora estaba abarrotado; prácticamente no quedaba un espacio libre.

Además de la médium, sentada en su butaca de cuero, acogía a Tom y a Olivia Spencer, al viejo Roy McDermott, siempre curioso y siempre al pie del cañón, y a Gemma Duff, de quien había partido la iniciativa de aquel encuentro nocturno. Habían tomado asiento en sillones dispuestos en semicírculo. Solo faltaban los adolescentes (a excepción de Connor), que estaban en el diáfano salón al final del pasillo, reunidos para una velada de pizzas y series, y Zoey, que dormía en una punta del sofá.

Ethan Cobb seguía en el umbral.

Cuando al fin había contestado al móvil, Gemma le había dicho que los Spencer querían hablar con él urgentemente. De un asunto importante.

Ethan los observaba uno a uno con recelo.

—Siéntese —le pidió Martha echándose hacia atrás la espesa cabellera plateada—. Queda justo un sillón.

—Estoy bien así.

Todas las miradas convergieron en él.

Gemma se armó de valor.

—Les he contado todo —le dijo al fin—. Las voces en el túnel, los gritos, los ataques de las sombras, todo.

Ethan asintió resignadamente.

—Ya. Imagino que estarán furiosos...

—¿Desde cuándo lo sabía? —le preguntó Olivia.

—¿El qué? ¿Que debajo del pueblo hay fantasmas? Lo descubrí con sus hijos, el sábado.

Olivia y Tom intercambiaron una mirada y se dieron la mano. Las últimas horas habían sido duras. La colcha mordida los había conmocionado particularmente y había acabado de convencer a Olivia de que había llegado el momento de unir a toda la familia en la verdad, tanto más cuanto que Gemma insistía en que hablaran unos con otros. La larga conversación con los niños los dejó anonadados. Se sentaron frente a frente en el salón y Olivia lo contó todo. Lo que había descubierto Tom, la historia de Jenifael Achak y su propia pesadilla, que había acabado resultando tan real... Chad y Owen respondieron de un tirón, interrumpiéndose mutuamente para no omitir nada de lo que habían vivido ellos, y todos terminaron llorando unos en brazos de otros. El matrimonio, que los imaginaba disfrutando del verano en Mahingan Falls, comprendió que los chicos afrontaban los mismos miedos que ellos. Los dos adultos tenían que asimilar una revelación que trastocaba su visión del mundo, pero Chad y Owen experimentaban la misma amenaza, a su manera, sin que ellos se hubieran dado cuenta. Olivia se había quedado aterrada. Las disculpas se habían multiplicado, seguidas de largas demostraciones de afecto.

Ethan suspiró.

—Lo sé, oyéndome hablar de fantasmas con toda normalidad, pensarán ustedes que me he vuelto loco... —dijo con una sonrisa amarga.

—Esta tarde hemos tenido una charla un tanto peculiar con nuestros hijos —le explicó Tom—. Nos lo hemos dicho todo. Nuestra familia... Teníamos secretos los unos con los otros. Gemma nos lo ha hecho comprender y...

Olivia lo interrumpió para dirigirse al teniente de policía.

—¿Usted se cree esa historia del espantapájaros?

—Después de lo que vi bajo tierra, francamente, me cuesta dudar de los chicos. Señor y señora Spencer, imagino sin dificultad su estupor. Deben de pensar que soy un loco que ha arrastrado a sus hijos a...

—Creemos lo que nos han contado los niños —lo atajó Olivia—. Todo. Hasta lo más inverosímil.

Ethan estaba desconcertado. Había dado por supuesto que tendría que justificarse, poner sobre la mesa su dimisión, suplicar un poco de clemencia y, ante todo, de tiempo.

—Mi mujer y yo —añadió Tom— tenemos buenas razones para sospechar de la presencia en nuestra casa de uno de esos... fantasmas, o como quiera que haya que llamarlos. Hemos investigado al respecto, y todo nos lleva a pensar que el espíritu de una mujer, torturada y quemada por brujería junto con sus hijas a finales del siglo XVII, podría vivir en nuestra casa —abrió las manos e hizo una mueca, como si a él mismo le costara dar crédito a lo que salía de su boca—. Así que tenderemos a creer a nuestros hijos —repitió—. Y no queremos que haya más secretos entre nosotros, por muy delirantes que sean las cosas que tengamos que contarnos.

Martha Callisper carraspeó para pedir la palabra. Detrás de ella, en la ventana, el neón verde destacaba en la oscuridad y la rodeaba de un extraño halo, casi fantasmagórico.

—Nos parece urgente presentar un frente unido, decírnoslo todo —declaró posando en Ethan sus brillantes ojos azules—. Algo está despertando en Mahingan Falls. Una fuerza inquietante, peligrosa, sobre la que no sabemos nada o casi nada.

El teniente tragó saliva con dificultad.

—Creo que conozco el motivo —dijo al fin, poniendo en tensión a la pequeña asamblea. Se sentía incómodo abordando un asunto tan poco habitual ante personas a las que apenas conocía, como si temiera que fueran a internarlo por lo que pensaba. Pero al mismo tiempo deseaba desprenderse de la soledad que le oprimía el pecho. Ya no tendría que afrontar solo sus demenciales preocupaciones, podría compartirlas con otros, adultos, personas aparentemente sensatas.

—No puedo demostrarlo —advirtió—, pero creo que he descubierto cómo empezó todo.

—¿Este verano? —preguntó Martha.

—En efecto. Unos tipos vinieron a Mahingan Falls haciéndose pasar por agentes de la Comisión Federal de Comunicaciones, pero no eran quienes pretendían ser. Eso me puso en guardia.

—Yo hablé con uno de ellos, ¿recuerdas, cariño? —le dijo Olivia a su marido—. No me dio buena espina. ¿Quiénes eran en realidad?

—Lo ignoro. De hecho, ni siquiera sé si son el origen de nuestros problemas o si tratan de investigar al respecto. Pero es evidente que están informados. Hicieron preguntas en la emisora y limpiaron... Digamos que se aseguraron de que no quedara rastro de su paso. Y no son aficionados.

—¿Peligrosos? —quiso saber Tom.

—Todo indica que no dudaron en hacer desaparecer un cuerpo. De modo que sí, eso me temo.

—¿Agentes federales miembros de una agencia secreta? —preguntó Roy—. Sé que en cuanto pones en entredicho la historia oficial mucha gente te toma por un lunático obsesionado con la teoría de la conspiración, pero hagan caso de un veterano con experiencia como yo: ¡nuestro gobierno nos miente sobre muchos temas!

—No quiero volverme paranoico —repuso Ethan—, así que prefiero no sacar conclusiones precipitadas en cuanto a su identidad.

Martha se inclinó hacia delante sobre su escritorio.

—¿Qué ha descubierto?

Tras observarlos de nuevo uno a uno, Ethan llegó a la conclusión de que podía confiar en ellos.

—Tardé tiempo en entenderlo, pero luego todas las piezas del puzle encajaron solas —dijo al fin—, debido a lo que nos ocurrió en el túnel el pasado sábado. Esas.... esas criaturas —se atrevió a decir en voz alta— nos atacaban en momentos determinados. Me di cuenta de que solo lo hacían junto a las salidas, donde había algún paso hacia el exterior. Fue así desde su primera manifestación, en la cámara donde confluyen los dos ríos, puesto que estábamos cerca de una rejilla de ventilación que comunicaba con la superficie. Sobre la marcha pensé que querían cortarnos el paso, obligarnos a volver a la boca por la que habíamos entrado, pero allí no nos esperaba ninguna trampa, así que no se trataba de eso.

Al recordarlo, Gemma apretó los brazos del sillón hasta que los nudillos se le pusieron blancos.

Olivia se levantó y abrazó a Ethan, que se quedó pasmado.

—Gracias por todo lo que hizo. No cabe duda de que les salvó la vida a nuestros hijos —le dijo, y regresó a su sitio.

—Más tarde —continuó Ethan una vez repuesto de la sorpresa—, cuando los chicos me hablaron de una fuerza superior que los protegía en el barranco, empecé a vacilar. Hasta que vi el Cordón en lo alto del monte Wendy.

—¿La antena? —exclamó Tom—. ¿Qué relación...?

—Las ondas de telefonía. Las criaturas únicamente aparecen cuando las ondas son lo bastante potentes. Por eso se arrojaban sobre nosotros desde los pozos de las alcantarillas, porque eran los únicos puntos en los que había señal. Recuerdo que miré el móvil mientras explorábamos el túnel: cuando nos internamos en él, perdí la cobertura. No podían perseguirnos a su antojo porque se desplazan por medio de las ondas, que solo llegan al subterráneo puntualmente.

—El barranco atraviesa un montaña que lo oculta del Cordón —comprendió Roy—. Allí los móviles no tienen cobertura.

—Por eso sus hijos se sienten seguros en ese lugar —confirmó Ethan—. Las criaturas no pueden entrar en el barranco, por la sencilla razón de que allí no llega ninguna señal.

—Lo que dio vida al espantapájaros ¿también fue la red telefónica? —preguntó Olivia, escéptica.

—En realidad no se trata solo de los teléfonos. He llamado a su colega de la radio, Pat Demmel, para hacerle una consulta. Quería ver cómo encajaban en mi hipótesis las voces que interfirieron sus emisiones y sonaron en la radio del barco de Cooper Valdez mientras investigábamos a bordo. Demmel me ha explicado que en el fondo es casi lo mismo, se trata de ondas en todos los casos. Más o menos potentes, en frecuencias distintas, pero, en definitiva, ondas. Y me acordé de un extraño incidente al que asistí frente a Saint-Finbar este verano: una colonia de murciélagos se suicidó literalmente delante de mí. Fue como si de pronto hubieran perdido la orientación. Se estrellaron contra el suelo delante de la iglesia.

—Los murciélagos se guían y se comunican mediante ondas —murmuró Roy.

—Exacto. De naturaleza distinta a las ondas de las redes telefónicas y la radio, pero ondas al fin y al cabo. El principio es el mismo. Por otra parte, el doctor Layman mencionó que últimamente había mucha gente que sangraba por la nariz. Y creo que también está relacionado. Estamos expuestos a picos de ondas por la presencia de esas cosas, aunque ignoro exactamente cómo, pero deben de tener algún efecto sobre nuestra fisiología, al menos en personas especialmente sensibles.

Tom se volvió hacia Martha Callisper.

—¿Las Eco podrían utilizar las ondas para comunicarse con nosotros?

—Está claro que lo hacen: emplean las ondas para atravesar el espejo de dos caras que separa nuestros dos planos. Pero no tenía noticia de algo así. Es una primicia.

Ethan asintió.

—Esas cosas viajan a través de las ondas y se sirven de ellas para hacerse corpóreas entre nosotros —siguió diciendo—. Tengo la impresión de que pueden interactuar en mayor o menor medida dependiendo de las ondas de que disponen, y probablemente de la potencia de la señal, materializándose tal cual o, en todo caso, adoptando una forma que les convenga. O incluso tomando posesión de objetos concretos para animarlos, como ocurrió con el espantapájaros al que tuvieron que enfrentarse los chicos.

—¡Pero ondas hay por todas partes! —exclamó Tom, alarmado—. Los móviles, la radio, el wifi, cualquier mando a distancia... ¡Estamos rodeados de ellas!

—Los sonidos son ondas —les recordó Roy—. Y lo que vemos también: los colores son longitudes de onda especiales.

Ethan agitó un dedo en el aire para subrayar lo que quería decir.

—Creo que esas criaturas solo utilizan ondas «artificiales», las que generamos con nuestra tecnología. Deben de necesitar una amplitud o una potencia mínimas, porque hasta ahora no han usado ni el sonido ni los colores para viajar. De lo contrario, habrían podido alcanzarnos en el túnel en cualquier momento.

—Puede que, en su empeño por igualarse a Dios, el ser humano haya acabado abriendo las puertas del infierno... —murmuró Roy.

—En cualquier caso, es una brecha única en la historia, hasta donde yo sé —dijo Martha—. Tiene que haber un motivo. Todo esto ¿se debería al Cordón?

—Fui a echar un vistazo allá arriba y no vi nada de particular. Pero no soy ingeniero.

—Hay que hablar con esos tipos de la CFC, sean quienes sean —concluyó Olivia.

—Se han volatilizado.

Gemma, intranquila, los miraba con la boca abierta, como si fueran extraterrestres.

Todos reflexionaron en silencio unos instantes, abrumados por lo que oían, y a la vez presas de una curiosa excitación. Ya no estaban solos ni en la más absoluta ignorancia, y al menos allí, entre ellos, aceptar la realidad de aquellos fenómenos sobrenaturales ya no era un tabú ni la prueba de que habían perdido el juicio.

—¿Qué podemos hacer para invertir el proceso? —preguntó al fin Olivia.

Al ver que nadie sabía qué responder, sacó su teléfono, marcó un número y activó el altavoz.

—Pat, siento molestarte a estas horas de la noche, pero necesito hacerte algunas preguntas.

Pat Demmel se aclaró la voz como si acabara de despertar.

—Ningún problema, Olivia. ¿Qué ocurre?

—¿Se pueden invertir las ondas?

—¿Perdona? No te entiendo... —confesó el director de la emisora.

—Unas ondas que atravesaran mi casa, por ejemplo. ¿Podría bloquearlas?

—Pues... depende del tipo de onda, del grosor y los materiales de las paredes, de la topografía del lugar...

—Las ondas que ahora llegan a las habitaciones de mis hijos..., ¿cómo podría eliminarlas?

—Hay inhibidores. Los puedes comprar por internet, pero eso no funciona con todas las ondas. Lo mejor es que te pasees con el móvil y una radio portátil por la habitación y te fijes en si las dos cosas captan las señales. Si quieres que los niños estén lo menos expuestos posible, debes poner la cama donde más débil sea la recepción de ambos. ¡Buena suerte!

—¿No se pueden inhibir del todo?

—Hoy en día, en un mundo enteramente interconectado, me parece difícil, la verdad. Tendrías que irte a vivir a lo más profundo del bosque en Montana o algo así, y tampoco: he leído que en unos años esperan que la cobertura llegue al cien por cien del país. Si quieres vivir sin contaminación tecnológica, reza para que haya más erupciones solares, como ocurre en este momento.

Olivia se inclinó hacia el móvil.

—¿Qué es eso?

—Lo que nos fastidia las redes telefónicas. Estamos en un período álgido. Desde junio hasta ahora, ha habido unas cuantas bastante impresionantes.

Ethan frunció el ceño e indicó por señas que no entendía la relación.

—Yo no he tenido problemas con mi móvil... —tradujo Olivia.

—Pues qué suerte. Las erupciones solares son grandes explosiones en la superficie del sol que arrojan chorros de plasma en fusión. Se las conoce como eyecciones de masa coronal, y provocan tales alteraciones del viento solar que...

—Perdona, Pat, pero no tengo ni idea de temas espaciales, me he perdido...

—Bueno, para simplificar, digamos que se trata de fenómenos relacionados con el sol. Como sabes, se produce un gran número de llamaradas constantemente. Bien, pues digamos que algunas son más potentes que otras y que esas eyecciones especialmente fuertes causan perturbaciones magnéticas más o menos intensas en la tierra... Si no les prestas atención, son invisibles, pero en realidad pueden afectarnos de diferente manera según el grado de actividad de la explosión. Por ejemplo, cuando tu móvil empieza a perder la señal, o cuando el GPS no localiza bien..., puede ser a consecuencia de esas erupciones solares. Y lo mismo cuando la radio se pone a chisporrotear, o tantas otras cosas molestas que ocurren con la tecnología... La mayoría de las veces pasan desapercibidas, pero en ocasiones las tormentas solares son tremendas y provocan daños considerables, como en 1859, durante el evento Carrington: todo el país sufrió un enorme choque magnético, con electrocuciones, cortes en las líneas del telégrafo, incendios y cosas por el estilo. O lo que pasó en Quebec en 1989: una supertormenta solar provocó un apagón de más de nueve horas. Por suerte, sustos como esos son poco frecuentes.

Olivia hizo un gesto con la mano como para desechar el tema, que en realidad no tenía nada que ver con lo que les interesaba. Pero Tom tomó la palabra.

—Buenas noches, Pat, soy Tom. Dime una cosa, esos fenómenos ¿hasta dónde pueden llegar? ¿Hay consecuencias, digamos..., inesperadas?

—Buenas noches, Tom. La astronomía me interesa mucho, pero tampoco soy un experto, solo formo parte del club de Mahingan Falls. Si te apetece, acompáñame una noche en una de nuestras salidas. Hay muy poca contaminación lumínica, así que es posible hacer observaciones divertidas y fotos increíbles. Si buscas algo concreto, puedo preguntarles a los demás. Y también suelo estar en contacto con un amigo que trabaja en el centro de predicción del clima espacial, el SWPC, en Colorado. Es una eminencia en su especialidad y estará encantado de ayudarte, si es para tu próxima obra.

—Gracias, Pat, es pura curiosidad. Entonces, esas erupciones solares ¿no tienen impacto en la gente, por ejemplo?

—No creo. Como mucho, podrían provocar dolores de cabeza. Son sobre todo los aparatos electrónicos los que sufren daños. A veces los transformadores eléctricos pueden saturarse o incendiarse, pero es raro. Para eso hace falta una erupción colosal.

—Entonces, ¿nada relacionado con la salud o..., cómo lo diría..., con alucinaciones, por ejemplo?

—No, no, nada de eso. Por lo menos, que yo sepa.

Tom volvió a hundirse en el sillón, pero Ethan, llevado por su instinto, tomó el relevo y se acercó al teléfono.

—Soy el teniente Cobb. Oiga, Pat, ha dicho que desde junio había un pico de erupciones, ¿verdad?

—¡Vaya, veo que celebran ustedes una reunión de grandes mentes! ¡La próxima vez, invítenme! En respuesta a su pregunta, teniente, le diré que lo normal es que haya entre una por semana y dos o tres al día, depende de los períodos, pero las que nos afectan son las más virulentas de entre aquellas que vienen en dirección a la tierra, claro; y sí, desde hace casi tres meses atravesamos un período muy agitado a ese respecto.

—Y tienen relación con las ondas de nuestros teléfonos...

—Una erupción solar puede dañar o inutilizar temporalmente los satélites, sobrecargar las redes eléctricas hasta el punto de achicharrarlas, perturbar o alterar las ondas de radio y todo un espectro electromagnético, lo que efectivamente incluye, entre otras cosas, los móviles.

—¿Existen listas detalladas de esas erupciones?

—Supongo que puede encontrarlas en internet. En todo caso, mi amigo del SWPC debe de tenerlas. Si quiere, puedo preguntárselo.

—Eso nos ayudaría, gracias.

—Lo que le expliqué ayer sobre las ondas ¿le ha sido tan útil como esperaba?

—Eso creo, sí.

—Me alegro mucho. ¿Algún avance en lo que concierne a la pobre Anita Rosenberg?

—Estamos en ello.

El silencio que siguió fue suficiente para que Pat Demmel comprendiera que ya había cumplido su papel y era el momento de desaparecer. Se despidieron y Olivia colgó, aunque se quedó con el móvil en la mano, sopesándolo con desconfianza.

—Las ondas —dijo con un hilo de voz.

—Ya sabemos cómo las Eco consiguen moverse entre nosotros —resumió Tom—. Es un avance importante.

—En cambio, no veo ninguna conexión entre las ondas y esas erupciones solares.

—Puede que no la haya.

—Eso tampoco explica por qué aquí y ahora —les recordó Martha desde la penumbra verdosa del fondo del despacho—. Todas esas ondas existen desde hace décadas, y nunca he oído hablar de fenómenos semejantes en ninguna parte.

—¿Las tormentas solares de las que habla Demmel? —sugirió Ethan.

—En ese caso, ¿por qué no hay un exceso de actividad de las Eco siempre que se produce una erupción, como ahora? ¿Y por qué solo aquí, en Mahingan Falls? ¿Por qué no en todo el mundo? No; si fuera así lo sabríamos.

—Ha habido algún tipo de intervención humana —les recordó Olivia.

—¿Un experimento del Gobierno quizá? —insistió Roy—. Puede parecerles fantasioso, pero cuando yo era joven la CIA no dudaba en manipular a sus conciudadanos. ¡Echen un vistazo a los proyectos MK-Ultra, por ejemplo! Verán que no les importó drogar a un montón de inocentes y hurgar en su cabeza para sus ensayos.

Tom se volvió hacia Martha.

—¿Podría tratarse de una secta o un grupúsculo de fanáticos esotéricos? ¿Tiene noticia de que exista ese tipo de hermandad secreta?

—No, son mitos. A no ser que una organización poderosa y realmente esotérica haya conseguido disimular su existencia, sus investigaciones y sus descubrimientos durante años, pero eso raya en el delirio novelesco.

Todos se miraban, faltos de ideas, cansados y un poco inquietos.

Las lámparas del despacho parpadearon, y los cinco adultos presentes se tensaron en sus asientos. Cuando la luz se estabilizó, Olivia liberó lentamente el aire acumulado en sus pulmones y, a continuación, alzó el móvil ante los demás.

—Ahora tengo la desagradable sensación de que están a nuestro alrededor y nos escuchan —dijo.

Sus ojos se deslizaron hacia el espejo picado que les devolvía sus imágenes. Le bastaba con dar rienda suelta a su imaginación para verlos lívidos y rodeados de sombras con formas y contornos inquietantes.

63.

Pat Demmel no se había hecho de rogar.

A primera hora de la mañana había llamado a Ethan Cobb para pedirle una dirección de e-mail a la que enviarle los datos sobre las erupciones solares registradas ese año. Su amigo del SWPC le había proporcionado la lista nada más pedírsela.

Pero Ethan aún no había podido echarle un vistazo. Tenía cosas más urgentes y dramáticas que atender.

El día anterior, el pequeño Lennox Ho, de cuatro años, había aparecido hecho pedazos en el tobogán del restaurante Donnie's BB. Lee J. Warden se había hecho cargo del asunto de inmediato en su calidad de jefe de la policía. Todos los agentes que habían acudido al lugar habían vomitado la comida en el aparcamiento del local tras ver la escena del crimen. Ashley había llamado a Ethan para desaconsejarle que fuera. Warden tenía los nervios de punta. El hallazgo del cuerpo de Dwayne Taylor ya no le dejaba alternativa, la situación se le escapaba, maldecía a todo el mundo y había ordenado expresamente que no se informara del crimen al teniente Cobb, con el argumento de que no necesitaba a ningún quejica estorbándole. Ethan estaba en la lista negra, y en ese momento se alegró. Más tiempo para investigar por su cuenta los fenómenos paranormales que sacudían al pueblo. No obstante, le había pedido a Ashley que siguiera el asunto de cerca y le informara detalladamente esa misma noche, cosa que no había podido hacer porque Ethan estaba en casa de Martha Callisper.

A la mañana siguiente, Ashley y él se pusieron al día en la barra del Topper's, en el puerto marítimo, mientras el teniente devoraba unos huevos revueltos con bacon.

Ashley buscaba las palabras adecuadas mientras veía comer a su compañero, que parecía no haber probado bocado en dos días (lo cual no andaba muy lejos de la verdad). Quería describir de forma concisa lo que había visto y no podría olvidar jamás. Unos restos que ya no parecían humanos, esparcidos en una piscina de bolas de plástico, al pie del tobogán. Costaba creer que se tratara de un niño. Casi no había piel, solo carne y relucientes fragmentos del esqueleto. Un mechón de pelo, apenas visible bajo las bolas verdes, azules y color sangre.

Ethan acabó dejando el tenedor y apartando el plato medio lleno.

Al saber que el jefe Warden atribuía la muerte del niño al ataque de un animal, se puso hecho una furia.

Ashley tuvo que calmarlo para que no llamara la atención de todo el bar.

—Warden dice que ningún ser humano podría hacer semejantes destrozos dentro del tubo de un tobogán, y menos aún en tan poco tiempo —le explicó en voz baja.

Ethan sacudió la cabeza. Estaba harto de Warden. Afortunadamente, la presión del fiscal del distrito Chesterton haría que todo cambiara. Solo era cuestión de días. Ya no se trataba de un pequeño asunto local, las fuerzas del Estado entrarían en acción, obligarían a Warden a obtener resultados, atraerían a la prensa...

—¿Y tú? —le preguntó a Ashley, más calmado—. ¿Qué opinas tú?

Ashley lo miró atentamente. Ethan había intentado contárselo todo dos días antes, mientras bajaban del monte Wendy, pero al ir a abordar la parte más increíble de su relato había sentido que la perdía y lo había desechado todo con una gran sonrisa, como si hubiera sido una broma. Ashley, que no era idiota, había advertido su cambio de actitud y había insistido en saber si se encontraba bien, si necesitaba descansar; después se habían despedido con evidente incomodidad. Desde entonces, su relación, esencialmente telefónica, reflejaba la falta de entendimiento.

—Si te soy sincera —dijo—, no sé qué pensar. Ni de ese pobre niño ni de ti.

Ethan le dio un sorbo al café para quitarse el sabor del bacon, que le repugnaba tras haber oído aquellos horrores.

—En Mahingan Falls pasan cosas anormales —dijo con tono confidencial.

—Eso, el único que no lo reconoce es Warden —Ashley se inclinó sobre la barra hasta que su cara estuvo a unos centímetros de la de Ethan—. ¿Por qué tengo la impresión de que se me escapa lo esencial? ¿Qué es lo que sabes y no me quieres contar? Esa historia de los túneles, debajo del centro escolar, no era una broma, ¿verdad? ¿En serio lo crees?

Ethan tragó saliva ruidosamente y se enfrentó a su penetrante mirada, consciente de que, según lo que respondiera, perdería o reforzaría sus lazos con su mejor aliada.

—Sí —confesó—. Llámame chiflado si quieres, pero es verdad. Yo lo viví. Los cinco chavales que me acompañaban son testigos. Sus padres también. Por todo el pueblo, criaturas antiguas se despiertan y golpean con mayor o menor fuerza. Algunas se conforman con hacer caer cosas o asustar a los animales. Las más violentas atacan para matar.

—¿Lennox Ho?

—No tengo ninguna prueba, pero sé que quien le hizo eso no fue un animal salvaje. Fue uno de esos fantasmas.

Ashley cogió la taza de Ethan, le dio un sorbo y volvió a enderezarse en el taburete. Fuera, en la plaza que daba a los muelles, frente al puñado de embarcaciones de recreo, un camión de la basura cargaba ruidosamente los desperdicios amontonados alrededor de unos grandes contenedores de acero.

—¿Me pides que acepte tu palabra?, ¿respecto a una historia de fantasmas? —exclamó Ashley.

Ethan asintió.

—La situación está degenerando cada vez más deprisa —dijo—. Si no actuamos enseguida, puede írsenos de las manos —Ashley lo miraba con los ojos desorbitados—. ¿Crees que me he vuelto loco?

La joven, demasiado desconcertada, no respondió.

—Si es así, no te voy a culpar —dijo Ethan inclinándose a su vez hacia ella—. Pero ten cuidado.

—¿Qué esperas exactamente de mí?

—Que vigiles a Warden y lo que hace. Y ahora que sabes la verdad, observa a tu alrededor y busca, tarde o temprano verás cosas que confirmarán lo que te he contado.

Ethan se deslizó del taburete para levantarse.

—¿Adónde vas? —le preguntó Ashley.

—Cooper Valdez era radioaficionado. Creo que dio con una frecuencia parasitada por esos fantasmas y comprendió que utilizaban las ondas para hacernos daño. Por eso destruyó su material e intentó huir por mar, para alejarse todo lo posible de la costa y de cualquier clase de onda artificial. Pero olvidó las de su radio. Voy a volver a pasarme por su casa para ver si encuentro algo de interés.

Cuando dejó a Ashley, Ethan comprendió por su expresión que no sabía con qué carta quedarse. En su interior se libraba una batalla que iba a hacer estragos. Ya fuera en sus certezas de adulta o en la amistad que los unía. Ahora le tocaba decidir a ella, aunque, cuando apenas había recorrido unos metros, Ethan tuvo que confesarse que lo suyo no era una simple amistad.

Cooper Valdez era el único de la lista de muertos y desaparecidos del verano para el que Ethan había hallado una explicación. A fuerza de pasar horas delante de la radio, había descubierto la existencia de las Eco, y una de ellas había acabado con él. Los demás, Lise Roberts, Rick Murphy, Dwayne Taylor, Kate McCarthy, Anita Rosenberg, Lennox Ho y seguramente otros cuya existencia ignoraba, habían sido víctimas de ataques aleatorios. Estaban en el lugar equivocado en el momento equivocado, es decir, se encontraban junto a un potente haz de ondas en el instante en que las Eco lo transitaban. No había otro motivo. No más que para las víctimas de un asesino en serie que atacaba aprovechando la oportunidad.

La visita a la casa de Cooper Valdez lo mantuvo ocupado hasta la hora de comer, pero no le sirvió de nada. Ethan volvió a su piso un poco decepcionado, para descubrir que, aparte de unas cuantas cervezas, tenía el frigorífico vacío. Mientras se bebía una para engañar el hambre, se acordó de la llamada de Pat Demmel, esa mañana. Su correo electrónico le había llegado casi a continuación, y Ethan lo abrió e imprimió el documento adjunto, porque odiaba leer en la pantalla del ordenador.

Cinco páginas de explosiones solares ordenadas cronológicamente en varias columnas. A cada una de ellas la acompañaban una serie de magnitudes. Ethan no entendía la mayoría, pero se fijó en algunas cifras impresionantes, como la temperatura estimada de las erupciones, que ascendía a millones de grados Celsius. A continuación figuraban las energías en megaelectronvoltios y gigaelectronvoltios, así como las velocidades, que Ethan no sabía a qué correspondían. También se precisaba el intervalo entre la erupción y el impacto en la tierra, que oscilaba entre veintisiete y sesenta horas. Sin llegar a asimilarlo todo, Ethan consiguió clasificar las explosiones en función de su intensidad y comprobó que, como había dicho Demmel, desde finales de junio habían sido más frecuentes y a menudo más potentes. Las notas a pie de página afirmaban que no era un hecho alarmante, sino un simple período de actividad intensa al que con toda probabilidad seguiría una tregua. No obstante, la última advertía de que existía un doce por ciento de probabilidades de que en la década en curso se produjera una tormenta de tipo «Carrington» o superior. Ethan se acordó de las explicaciones de Pat Demmel y del evento con ese nombre, en el transcurso del cual el país había sufrido alteraciones eléctricas y magnéticas de una amplitud sin precedentes. ¿Acaso la aceleración estival de grandes erupciones anunciaba la gran tormenta solar que estaba por venir? Los científicos no parecían preocupados, pero ¿no era ese su papel, analizar fríamente?

Ethan se levantó para buscar entre sus notas y en particular en la pared, donde había clavado con chinchetas las fotos de las víctimas, hasta que localizó las fechas de cada desaparición o muerte. Marcó con un círculo algunas líneas de la lista. Si bien las fechas de las erupciones no coincidían con las de los ataques, estos se habían producido, en todos los casos, cuando las erupciones más intensas habían alcanzado la tierra, es decir, de uno a tres días después del estallido.

—Dios mío.... —murmuró.

Así pues, había una correlación. Bastaba con tener en cuenta el tiempo que tardaba la onda en viajar a través del espacio para que todo encajara.

—Esos malditos fantasmas son más poderosos cuando el campo magnético del planeta está afectado. Espoleado por su descubrimiento, Ethan intentó comprobar si era posible realizar otros cotejos, y se lanzó a una serie de comparaciones y aproximaciones que no lo llevaron a ninguna parte.

A media tarde sonó el teléfono. Era Ashley.

—Me alegra que hayas llamado —le dijo Ethan—. Después de esta mañana, tenía miedo de que...

La chica lo interrumpió, excitada.

—¿Recuerdas que me pediste que diera con los tipos de la CFC? No lo conseguí, pero puse un montón de campanillas por toda la región, por si acaso.

—Dime lo que quiero oír. ¡Dime que por fin nos sonríe la suerte!

—Acaban de llamarme de uno de los moteles en que estuve, en Salem. Un individuo con una furgoneta negra que se corresponde con la descripción que les di ha reservado dos habitaciones. El sujeto en cuestión llevaba una tarjeta de la CFC en la cartera.

—¿Están allí ahora?

—No, según mi contacto acaban de salir en la furgoneta en dirección a Mahingan Falls.

Ethan ya estaba al otro lado de la puerta, con las llaves del coche en la mano.

64.

Owen y Chad lo llevaban mejor que los adultos. Les había tocado enfrentarse a lo peor, pero sus cerebros de niño, más inclinados en principio a aceptar como probable la existencia de «monstruos», tuvieron que recorrer menos trecho para pasar del pragmatismo realista a la admisión de una evidencia sobrenatural. Y la entrada en escena de Gemma, Roy, Martha, Ethan, Tom y Olivia los había tranquilizado plenamente. Ya no se trataba solo de un problema de adolescentes.

De modo que se sentían liberados. Los adultos tomarían las riendas.

Las medidas adoptadas por Olivia dos días antes, como por ejemplo cortar el wifi de la casa, no conectar el teléfono salvo en caso necesario (lo que también valía para los móviles de los adultos) y dormir todos juntos en la misma habitación, tampoco les molestaban. Había una especie de estimulación mutua, tanto más emocionante cuanto que debía mantenerse en secreto. Olivia y Tom habían sido tajantes: nadie debía saberlo. Los Spencer eran muy conscientes de que si empezaban a gritar a los cuatro vientos que los fantasmas utilizaban las ondas para atravesar la membrana que separaba su éter del nuestro los tomarían por una familia de desequilibrados.

Corey se mostraba más taciturno. Seguía teniendo pesadillas y prácticamente no se separaba de su hermana o sus amigos. Era el más afectado de los cuatro, porque Connor se comportaba como si todo aquello fuera normal, por no decir esperable. Poseía una extraordinaria capacidad de asimilación y adaptación. A decir verdad, Owen había advertido que, para empezar, Connor no se hacía preguntas, encajaba las cosas tal como venían y reaccionaba sobre la marcha, sin romperse la cabeza. Owen no sabía si admirarlo o pensar que era un zoquete, como había dicho Gemma alguna vez.

Volvieron de la biblioteca poco antes de las siete e invadieron la Granja con un entusiasmo casi inapropiado. Tom, que había preferido alejarse de la casa con Zoey para tomar el aire y el sol a la orilla del mar, también acababa de llegar.

—¿Por qué estáis tan contentos? —les preguntó sorprendido.

Chad le enseñó una carpeta atestada de papeles.

—¡Hemos conseguido un montón de información en la biblio, papá!

—¿Sobre qué?

—Estamos haciendo la lista de todos los crímenes y tragedias ocurridos en Mahingan Falls ¡desde hace más de trescientos años! —se apresuró a responder Connor.

—Así sabremos quiénes son los fantasmas a los que nos enfrentamos —explicó Chad—. Y quizá sus puntos débiles...

—Ya no se llaman fantasmas, sino Ecos —lo corrigió Owen, recordando la conferencia que les había dado el propio Tom el día anterior.

Gemma, que supervisaba a la pandilla, también asintió.

—Y hay una cantidad increíble de casos —dijo con un tono más serio—. Varias muertes siniestras en los últimos sesenta años, ajustes de cuentas entre contrabandistas de alcohol durante la prohibición, un siglo XIX relativamente tranquilo pero marcado por algunas tragedias, accidentes en el aserradero, una explosión en la fábrica de fertilizantes, a la salida del pueblo... Y hacia 1700 hubo bastante violencia, con la llegada de los inmigrantes, las luchas entre terratenientes, contra los indios, y así sucesivamente...

—La historia de América —resumió Tom.

—Pero ¿es que en Europa no hay fantasmas? —preguntó Corey.

Tom esbozó una mueca de regocijo.

—Tantos como aquí o más, pero han aparecido a lo largo de varios milenios, no en cuatro siglos.

—Ahora sabremos a quién debemos temer —dijo Chad dándole unas palmaditas a la carpeta—. ¡Y también haremos un mapa para cada uno, sector por sector!

Connor alzó en el aire un plano doblado del pueblo.

—Hemos pensado en todo.

Los cuatro chicos rebosaban energía. La única que parecía preocupada era Gemma, que se mantenía un poco apartada.

Tom meneó la cabeza.

—Esto no es un juego —les advirtió poniéndose serio—. ¿Tengo que recordaros el miedo que pasasteis en el túnel el sábado? ¡Un chico ha muerto delante de vuestros ojos!

Las sonrisas se borraron y los muchachos bajaron la cabeza.

—Debéis ser prudentes —insistió Tom—. No estamos seguros en ningún sitio, ¿entendido? Tampoco quiero que os volváis paranoicos..., yo mismo tengo que luchar con Olivia para no dejarlo todo y abandonar el pueblo mañana mismo, pero no subestiméis el peligro. Solo hay que mantenerse alerta. Ahí arriba hay una colcha mordida por no sé qué criatura..., no quiero ni imaginar lo que os pasaría a vosotros si os atacara uno de esos seres. Meteos en la cabeza que esos fan... esas Eco son peligrosas. Si no se han desintegrado en el universo es porque están furiosas, asustadas y llenas de odio, y envidian esta vida que aún es la nuestra, así que no nos desean nada bueno. Son concentrados brutos de emociones negativas, E-co: energías coercitivas. O sea: muy chungas. Nada de bromas. ¿Comprendido?

Al ver la expresión seria y herida de los adolescentes, Tom comprendió que se había excedido.

—No pretendo frenar el ímpetu con que participáis en la investigación. Al contrario, habéis hecho un buen trabajo, enhorabuena. Lo único que quiero es que no pongáis vuestras vidas en peligro, ¿de acuerdo? —asentimiento general—. Si os apetece, hay limonada fría, y en el armario tenéis galletas de chocolate —añadió empezando a alejarse.

—¿Mamá no está? —le preguntó Chad.

—Ha ido a comprar un inhibidor de frecuencias, pero parece que no son fáciles de encontrar. En Salem no había, así que, ya puesta, se ha marchado a Boston. Regresará para la cena.

—Entonces, ¿esta noche dormiremos en una casa segura? —preguntó Owen.

—Aunque bloqueemos la señal telefónica, probablemente seguirá habiendo ondas de radio. Son señales muy potentes.

Pero nos protegeremos progresivamente. ¿Hoy tu madre trabaja hasta tarde, Gemma?

—Como de costumbre... —respondió Corey adelantándose a su hermana.

—Si queréis dormir aquí, sois bienvenidos. Lo mismo que tú, Connor.

—Me encantaría, pero si duermo fuera entre semana a mi madre le da algo —explicó el chico.

—De todas formas, ya sabes que tienes la puerta abierta.

Zoey llamó a su padre desde el baño, donde esperaba sentada en el orinal, y Tom acudió en su ayuda.

—¿Pillamos galletas y vamos a hacerle una visita al señor Armitage? —propuso Chad.

Orgulloso de volver a ver a aquellos jóvenes tan curiosos entre sus cuatro paredes, el excéntrico bibliotecario, Henry Carver, les había aconsejado que fueran a ver a Pierce Armitage a Beacon Hill. Armitage dirigía la Sociedad Histórica de Mahingan Falls y poseía extensos conocimientos sobre el tema, además de un archivo que atestaba su mansión gótica desde el sótano hasta el desván. Carver le había telefoneado para concertar la visita, así que el viejo estudioso estaba sobre aviso y esperaba que los chicos se presentaran ante su verja cuando les pareciera.

Owen se rascó la cabeza, lo cual solo sirvió para aumentar el caos de su pelambrera.

—Tenemos que clasificar los nombres, las fechas y los lugares que hemos apuntado en la biblio. Sería mejor hacerlo antes de seguir adelante.

—Yo necesito salir —respondió Chad—. Ya puestos, es mejor reunirlo todo.

—¡Yo voy contigo! —anunció Connor.

—Entonces no me dejáis elección —dijo Gemma—. Alguien tendrá que llevaros...

Corey dudaba.

—¿Te las apañarás para clasificarlo todo tú solo? —le preguntó a Owen.

—Papá tiene razón, no hay que fiarse —dijo Chad, recapacitando—. No me gusta dejarte solo.

—No os preocupéis, me las arreglaré. Y no me quedo solo, está Tom. Nos vemos mañana en el cole.

Chad se acercó a su primo.

—¿Seguro? —Owen asintió enérgicamente—. ¿Vas armado? —insistió Chad.

Owen le dio unas palmaditas a su riñonera, que había llenado antes de ir a la biblioteca.

—Nunca me separo de ella —aseguró con un aire de complicidad —un extraño presentimiento unió a los dos chicos, que estaban frente a frente—. Sé prudente tú también —dijo al fin Owen, y se dieron un abrazo.

Connor volvió a ponerse la gorra, que ese día era de los Red Sox, y quiso tranquilizarlo.

—Solo vamos a rebuscar en los archivos y a hacerle preguntas a un historiador más viejo que la estatua de Independence Square. El único peligro es que nos durmamos.

Pero cuando vio a sus amigos salir y subir al Datsun de Gemma, Owen tuvo una desagradable certeza.

Jamás volvería a verlos. Al menos a todos.

65.

El viejo 4x4 de la policía había superado las sinuosas curvas de Western Road para salir de Mahingan Falls, y ahora avanzaba a toda velocidad por el asfalto caliente entre dos murallas de plantas de maíz, al norte y al sur, como por un surco de pegajosa hulla trazado sobre un mar esmeralda.

Ethan había dudado si apostarse cerca de las cataratas. Al fin y al cabo solo había dos accesos posibles al pueblo, y era muy poco probable que hubieran dado un largo rodeo por el norte. Pero estaba harto de esperar, y ahora que por fin tenía la posibilidad de desenmascarar a aquellos impostores no podía arriesgarse a perderlos. Habían tomado la dirección del pueblo, pero eso no significaba que fueran a entrar en él.

Solo esperaba no haberse precipitado.

Estaba dispuesto a llegar hasta la Yankee Division Highway, el límite oficial de su jurisdicción. Luego daría media vuelta y empezaría a patrullar, hasta la noche si hacía falta. Entretanto, Ashley Foster peinaba el centro del pueblo, por si acaso. Ethan había optado por la discreción, no pensaba avisar a nadie más, ni siquiera a César Cedillo: temía que el jefe Warden se enterara de que había una operación en marcha que no había autorizado, y lo último que deseaba era tener que dar explicaciones al respecto. Lo que haría con aquellos supuestos agentes de la CFC ni siquiera estaba claro en su cabeza.

La carretera permanecía desierta. A derecha e izquierda, nada más que kilómetros de altas plantas de maíz que empezaban a inclinarse, resecadas por los últimos calores del verano.

La furgoneta apareció a ciento cincuenta metros delante de él, después de una curva cerrada. Ethan aferró el volante con las manos húmedas. ¿Y ahora? ¿Seguro que eran ellos?

Cien metros.

Ethan vio a dos hombres en la cabina. El pasajero parecía llevar corbata, probablemente traje, y el conductor, más bien un mono de trabajo, pero no estaba seguro.

«Son ellos», se dijo para acabar de convencerse.

No podía tratarse de un error.

Cincuenta metros. Iban a cruzarse de un momento a otro.

Ethan encendió el faro giratorio en el último instante y se detuvo en el centro de la carretera, en medio de una nube de polvo blanco, para cerrar el paso a la furgoneta y obligarla a frenar en seco.

Saltó fuera del vehículo con el arma en la mano. No quería correr riesgos.

—¡Policía! ¡No se muevan! —gritó—. ¡Las manos sobre el salpicadero!

Los dos hombres se miraron y se dijeron algo.

—¡LAS MANOS SOBRE EL SALPICADERO, HE DICHO! —bramó Ethan apuntando hacia el parabrisas.

La amenaza directa de la Glock acabó de persuadir a los dos hombres, que obedecieron. Ethan se acercó con cautela a la puerta del conductor. A su alrededor, el viento murmuraba suavemente entre las hojas del maizal.

—¡Abra la puerta despacio con la mano izquierda y tire las llaves al suelo! —ordenó.

El conductor hizo lo que le decía sin perder el contacto visual con él. Su sangre fría, su complexión y la seguridad de su mirada hicieron sonar la alarma en la mente del policía. «Este tipo es un profesional, mantente alejado, y si intenta algo, no dudes, él no lo hará.»

Ethan estaba a tres metros, la distancia mínima de seguridad, y suficiente para tener la certeza de dar en el blanco si debía abrir fuego.

—Fuera. Las manos en la cabeza. Ni un movimiento brusco o disparo, ¿entendido?

Una vez más, el gorila obedeció, sin abandonar su inquietante flema.

—Oficial, debe de haber un malentendido... —empezó a decir el hombre trajeado desde el interior—. Somos...

—¡Cierre el pico!

Ethan reflexionó. Lo más delicado venía ahora. Si quería esposar al conductor, tendría que enfundar el arma, o bien arreglárselas con una sola mano mientras estaba pegado a él. Si aquella mole tenía intención de defenderse, ese sería el momento que elegiría, y el del traje podría aprovechar la confusión para sacar una pipa, si la llevaba.

No inmovilizar al menos al guardaespaldas era una estupidez, pensó Ethan. «No puedo arriesgarme a dejarle libertad de movimientos...»

—¡Tú, de rodillas! Y luego te tumbas boca abajo. ¡Vamos, deprisa!

El pasajero asintió con un gesto casi imperceptible para indicar a su escolta que obedeciera, y Ethan se tensó aún más. «Están coordinados...»

Era una situación comprometida. Ethan era consciente: esos tipos no habían dudado en limpiar el vehículo carbonizado al pie del monte Wendy y hacer desaparecer el cadáver. Había pecado de orgullo yendo solo, era un terrible error.

Pero, una vez más, el guardaespaldas no rechistó y se tendió en el suelo tal como le había indicado.

—Yo no me muevo —dijo el hombre del traje desde el interior del vehículo con una expresión casi despectiva en su cara a lo John Malkovich.

Ethan apoyó la rodilla sin contemplaciones entre los omóplatos de aquel bestia, que soltó un gruñido; luego le tiró de una mano para ponerle las esposas e hizo lo propio con la otra. Al oír el clic, sintió un alivio inmenso. «Uno menos.»

Ayudó al gorila a incorporarse y le advirtió de que no se moviera, mientras vigilaba a Malkovich, que pese a tener los brazos en alto bajó de la furgoneta exhibiendo una leve sonrisa de suficiencia.

—Somos colegas, oficial. Trabajamos para...

—La FCC, ya lo sé. Hacía tiempo que los buscaba.

El hombre perdió parte de su aplomo.

—Ah, ¿sí? ¿Y eso?

Ethan solo llevaba encima unas esposas, pero sabía que en el 4x4 había bridas de plástico. Había actuado con la precipitación de un principiante, se había tomado aquel asunto demasiado a pecho, hasta el punto de perder los reflejos más elementales del policía. No debería haber salido sin meter las esposas de plástico en la guantera. En Mahingan Falls no se utilizaban casi nunca. Ni siquiera había pensado en ellas la noche en que se había tenido que enfrentar a tres borrachos a la salida del Banshee.

Decidió mantener las distancias con Malkovich, sin perder de vista al gorila, arrodillado delante de la furgoneta.

—Muéstreme su documentación. Y sáquela de la chaqueta lentamente.

—Por supuesto. Me muero de curiosidad: ¿por qué tenía tantas ganas de vernos?

El hombre sacó una cartera negra y se la tendió a Ethan, que dio un paso adelante para cogerla y volvió a retroceder sin dejar de apuntarle con la Glock.

—Para saber quiénes son realmente. La CFC no ha enviado aquí a ningún equipo. Eso son cuentos.

La cara de Malkovich cambió. La frialdad de su expresión se acentuó y la falsa cordialidad casi dio paso al odio.

—Debe de ser un error. Claro que pertenecemos a la CFC...

—Deje de mentir. Sé que la primera vez vinieron en busca de su compañero desaparecido, el de la furgoneta que ardió. Lo encontraron y desaparecieron.

Bajo las delgadas mejillas de Malkovich, las mandíbulas se tensaron. Era evidente que lo había sacado de su zona de confort.

—Si no quiere pasar la noche en una celda, tendrá que contarme una historia más creíble.

Ante esas palabras, el hombre del traje se irguió totalmente y observó a Ethan con una mirada penetrante.

A su alrededor, las dos murallas de plantas parecían aislarlos del mundo. La carretera, desierta en todo momento, desaparecía en ambos extremos tras sendas curvas cerradas. Flotaban en un limbo puntuado por el susurro de las hojas en la brisa.

—Sé que son los responsables de lo que está pasando en el pueblo —le dijo Ethan. Y de repente su armadura profesional se resquebrajó y, dejándose llevar por la ira, gritó—: ¡La han jodido bien, con sus putos fantasmas! —los acerados ojos de Malkovich se entrecerraron—. Sí, estoy al corriente de casi todo —continuó Ethan—. Pero voy a necesitar unas cuantas respuestas para llenar las últimas lagunas.

El hombre asintió con viveza.

—Hemos venido a remediar nuestro error —dijo tendiéndole la mano—. Estoy seguro de que podremos entendernos.

—Para empezar, vuelva a levantar las manos y camine hacia mi vehículo.

—Todo esto tiene que quedar entre nosotros, oficial.

—Demasiado tarde. ¿Sabe cuántas personas han muerto por su culpa? Lennox Ho. ¿Le suena ese nombre? Tenía cuatro años. ¡Cuatro años, joder! —exclamó Ethan, furioso.

—Como le he dicho, hemos vuelto para cerrar la brecha.

Al oír esas palabras, Ethan vaciló de nuevo. No tenía ningún plan, aunque desde luego no pensaba llevarlos al puesto de policía para hacer oficial su detención ante Warden, que no entendería nada y podría mandarlo todo al garete. Pero tampoco estaba dispuesto a interrogarlos allí para después soltarlos. Aquellos fulanos tenían que pagar. Se había precipitado y ahora le tocaba improvisar. Pero las palabras «brecha» y «cerrar» le daban que pensar.

—No nos queda mucho tiempo, oficial —insistió Malkovich, intuyendo seguramente que se había abierto una fisura—. Hay que actuar de inmediato. Le propongo que tengamos una pequeña charla los tres, enseguida.

Ethan no lo veía claro. Y menos con el gorila de por medio. Señaló el todoterreno.

—Se va a dejar esposar dócilmente, y luego moveré mi vehículo para dejar libre el paso. A continuación iremos a la parte posterior de su furgoneta y me lo contará todo. Pero se lo advierto: nada de juegos, o lo enchirono y pasa la semana a la sombra.

A modo de respuesta, el hombre esbozó una amplia sonrisa de tiburón.

La zona de carga de la furgoneta estaba provista de estanterías metálicas en las que se alineaba todo un muestrario de material informático y electrónico compuesto de osciladores, amplificadores y multitud de aparatos desconocidos para Ethan. En uno de los lados, una serie de cajones contenían cable eléctrico, tornillos, conectores y otros accesorios de pequeño tamaño. La puerta lateral permanecía abierta al cercano maizal para dejar pasar el aire y la luz. Ethan había mandado al guardaespaldas al fondo y estaba de pie frente a Malkovich, junto a la salida. Su arma descansaba en la funda, pero estaba preparado para reaccionar al menor gesto sospechoso. Sus nervios debían de ser evidentes, porque el hombre del traje le propuso que se sentaran.

—No tiene nada que temer de nosotros —aseguró—. No voy a mentirle, no necesito hacerlo, puesto que sabe lo que ocurre y no me tomará por un loco si le hablo de asuntos poco convencionales. Si queremos evitar una catástrofe, debemos formar equipo.

—¿Para quién trabaja?

—Al menos podría soltarme —gruñó el gorila haciendo muecas.

Ethan lo ignoró. Malkovich también levantó las muñecas, sujetas con bridas de plástico, y esta vez Ethan las cortó con la navaja que llevaba en el cinturón.

—Para una compañía estadounidense —respondió Malkovich.

—Quiero su nombre.

—Oficial, sería mejor para todos que nos limitáramos a lo que es útil para...

Ethan se inclinó sobre él en actitud amenazadora.

—¿Qué le hace pensar que tiene elección?

Malkovich soltó un leve resoplido y asintió.

—Muy bien. Trabajamos para OCP, OrlacherCom Provider, suministrador de tecnología para grandes grupos de telecomunicaciones, principalmente.

—¿Por eso han estado jugando con las ondas?

Malkovich hizo una mueca y volvió a asentir.

—Desgraciadamente, sí. Ocurrió por casualidad, hace más de dos años, tras cinco de pruebas. Estábamos poniendo a punto un nuevo sistema de amplificación de las ondas telefónicas. Nuestra tecnología era revolucionaria, fruto de un matrimonio feliz, literalmente. Nuestro fundador se casó con la directora de un laboratorio de investigación neurológica especializado en las ondas cerebrales. Fue ella quien tuvo la idea de hacer colaborar a nuestros departamentos de investigación y desarrollo para ver lo que cada uno podía aportar al otro. Ellos querían encontrar el modo de disminuir el impacto de las ondas telefónicas en nuestros cerebros, y nosotros..., bueno, nosotros estábamos al acecho de una oportunidad. Y no solo se presentó, sino que superó todas nuestras expectativas. Así fue como, poco a poco, nació ese nuevo sistema de amplificación. Se suponía que iba a intensificar las señales telefónicas más allá de todo lo imaginable en la actualidad, y en consecuencia a dividir por cinco y luego por diez el número de antenas repetidoras; pero, además, prácticamente no tendría efectos nocivos para la salud.

El maizal se agitó detrás de Ethan, que se volvió de inmediato para comprobar que no era más que el viento, que empezaba a arreciar. Malkovich no había aprovechado la ocasión para intentar nada.

—Al principio no nos dimos cuenta de lo que habíamos hecho —prosiguió—. Hasta que se produjeron las primeras manifestaciones.

—¿Fantasmas?

Malkovich frunció los labios y asintió.

—Efectivamente. Supongo que no hay otra forma de llamarlos.

—¿Murió alguien?

—¡No, Dios mío, por suerte no! Pero era evidente que habíamos dado con algo único, un descubrimiento transversal inesperado y providencial.

—¿Providencial? ¿Se da cuenta de lo que está diciendo?

—Nuestra tecnología de amplificación podía abrirnos las puertas de un mercado que suponía decenas de miles de millones. De-ce-nas-de-mi-les. Que no tardarían en convertirse en miles de millones solo con lo que teníamos entre las manos, o sea, una prueba de la existencia de un más allá; mejor aún: un modo de acceder a él. Una economía única en el mundo.

—Una forma de abrir una grieta para que sean «ellos» quienes entren en el nuestro —matizó Ethan.

Malkovich obvió el comentario como si se tratara de un detalle insignificante.

—¡Imagínese las repercusiones para nuestra civilización! —exclamó con júbilo.

—Y de paso, para su empresa...

Malkovich asintió.

—Sí, claro, no voy a negárselo. Pero necesitábamos saber más, realizar pruebas, y no dejamos de hacerlas durante meses, sin conseguir estabilizar las manifestaciones. Eran escasísimas, muy breves e imposibles de reproducir a voluntad.

—Y entonces uno de sus brillantes ingenieros sin escrúpulos decidió realizar un ensayo a escala real en nuestro pueblo...

Malkovich inspiró profundamente.

—Poco más o menos, sí. Pero debe tener en cuenta que hasta ese momento ninguna de las manifestaciones había sido peligrosa. Inquietantes y amenazadoras, sí, pero, ¿acaso no es esa la naturaleza misma de los fantasmas, por definición? Nunca pensamos que fuera a ir más allá de unos cuantos sustos entre la población, y antes de que se hubiera corrido la voz habríamos desmontado el equipo y desaparecido del mapa con nuestros resultados.

Ethan no se lo podía creer. Se pasó la mano por la cara para asegurarse de que no estaba soñando, de que aquella conversación era real.

—Han llevado a cabo un experimento secreto con población civil utilizando una tecnología que no controlaban —insistió Ethan, atónito.

—Creíamos que la controlábamos. Que no había peligro. Se trataba únicamente de hacer mediciones, de verificar el impacto de nuestro sistema de amplificación y modulación de las ondas sobre la salud. Por ejemplo: ¿padecía la gente más dolores de cabeza que en otros lugares?, ¿el número de individuos que viven en una zona tiene alguna influencia sobre el número de apariciones posibles? Cosas así. Y a continuación sondearíamos a la población para averiguar si ocurrían «cosas raras»... Yo personalmente recluté a tres equipos que debían mezclarse con sus convecinos al final del verano para recopilar esa información. Pero, ante el cariz que tomaban las cosas, lo anulamos todo.

—¿En serio?

—¿Se da cuenta de lo que estaba en juego? ¡Miles de millones de dólares! ¡Podíamos ser pioneros en un ámbito que hasta el presente se considera pura fantasía! Amazon, Google, Facebook, ¡los superaríamos en un visto y no visto! ¡Todo el mundo se pelearía por nuestras licencias!

—Ha muerto gente... —repitió Ethan, que no podía entender su cinismo.

—¡Era lo último que deseábamos! Pero ¿comprende usted lo que habría permitido hacer nuestro descubrimiento? Ofrecer a la gente la posibilidad de comunicarse con sus muertos. Consolar a familias enteras. Resolver asesinatos. Explorar la historia. La puerta a un prodigioso campo de investigación, abierta de par en par... La mayor revolución científica de la humanidad, que relegaría a la prehistoria la teoría de la relatividad...

—La teoría de la relatividad también condujo a la bomba atómica. Las consecuencias de la suya podrían ser aún peores.

—Dentro de nuestro sector, somos un grupo pequeño. Una revolución de esa magnitud podía escapársenos de las manos si la sacábamos a la luz sin dominar todos sus entresijos; nos habrían robado nuestras investigaciones. Ese test a escala real iba a permitirnos ganar meses, si no años, frente a eventuales competidores con más medios. Créame, no preveíamos lo que ocurrió después.

—Instalaron sus equipos en el Cordón, ¿no es así?

—Contratamos a un detective privado que lo hizo a principios del verano. Fue la persona a la que acabamos encontrando al pie del monte Wendy. Ignoro lo que ocurrió. O bien se salió de la carretera o...

Malkovich dejó la frase en suspenso.

—No tuvieron escrúpulos a la hora de hacer desaparecer su cuerpo...

Malkovich miró al conductor, que los observaba desde el fondo de la furgoneta, impertérrito.

—No me enorgullezco de ello. Pero habíamos llegado demasiado lejos para retroceder. Si ustedes nos hubieran descubierto, nuestro colosal proyecto se habría ido al traste. Desgraciadamente, todas las revoluciones conllevan sacrificios.

—¿Así es como los llama? Kate McCarthy, Rick Murphy, Lennox Ho... ¿Sacrificios?

Malkovich alzó las manos ante él en un gesto que era mitad de súplica, mitad de irritación.

—¡Nosotros no queríamos que muriera nadie! ¡Ya le he dicho que no creíamos que hubiera peligro!

—Entonces ¿qué pasó?

Malkovich suspiró y miró afuera.

—A gran escala, nuestra tecnología no dio los mismos resultados que en el laboratorio. En primer lugar, aquí la señal era más potente, mucho más. Y luego..., al cabo de un mes nos dimos cuenta de que había una amplificación exponencial. En el laboratorio, las apariciones eran débiles; aquí se multiplicaron. Era como si al abrir la brecha se aglomeraran para forzar la señal y hacerla cada vez mayor, ilimitada. Hasta que perdimos el control.

—¿Ya no controlan su equipo? Fui a echar un vistazo a la antena y no vi nada. ¿Continúa allá arriba?

—No, lo retiramos todo durante nuestra visita de hace un mes.

—Entonces, ¿por qué sigue ocurriendo?

Malkovich tragó saliva. Por primera vez parecía incómodo.

—Creemos que han tomado el control de la brecha a través de las señales enviadas por la antena. Ya no necesitan nuestra amplificación artificial.

Ethan alzó los ojos al cielo, consternado.

—No puede ser... ¿Me está diciendo que su maldito experimento ha despertado a todos los fantasmas que dormían en un plano paralelo en Mahingan Falls, a todos los espectros generados durante décadas, durante siglos de historia local?

—En principio, cabe suponer que su presencia se circunscriba a Mahingan Falls. La señal original que enviamos se centraba exclusivamente en el interior del valle, y todo indica que sigue concentrada ahí.

—¿Hay alguna forma de parar todo esto?

Malkovich dudó.

—Oficial, necesito que me prometa algo. Que va a soltarnos y que no iniciará ninguna acción contra nosotros.

—¿Perdone...?

—A cambio, me comprometo a cortar la señal.

—Pero ¿qué se han creído ustedes? ¿Imagina que su empresa se irá de rositas? ¡Sus jefes tendrán que asumir responsabilidades!

Malkovich se mordisqueó los labios.

—Soy Alec Orlacher, el fundador de OCP —dijo de pronto, y le tendió la mano—. Asumo mis errores, por eso estoy aquí, sin más compañía que la de Ernie, nuestro jefe de seguridad. Somos los únicos que podemos resolver la situación.

—Dígame cómo.

—Mis conocimientos son mi salvoconducto.

—Le vendrá bien para entrar en la cárcel.

Orlacher retrocedió. Parecía disgustado.

—El tiempo corre, oficial. Lo sucedido es dramático, soy consciente de ello, pero si me impide actuar de inmediato, la tragedia puede ser mucho peor.

Ethan supo que no exageraba. Fuera, la luz disminuía gradualmente. El día tocaba a su fin, y a Orlacher parecía preocuparle.

—Explíquese.

—A veces, en el sol se producen grandes explosiones que...

—Las erupciones solares.

—¿Ha oído hablar de ellas? Muy bien. Las erupciones solares favorecen las apariciones. Cuando tienen lugar, su potencia se multiplica por diez.

—Es lo que me temía... Pero pensaba que los fantasmas utilizaban las ondas para moverse y que esas erupciones solares dañaban las ondas telefónicas... Si es así, ¿cómo pueden favorecer las apariciones?

Orlacher, que parecía impresionado por la información con que contaba el policía, asintió con la cabeza.

—Aún no sabemos por qué. Efectivamente, cuando esas tormentas alcanzan la tierra interfieren las corrientes eléctricas, los aparatos electrónicos y las ondas. Eso es un hecho. Sin embargo, durante esas radiaciones invisibles para nosotros las apariciones son más activas que nunca. Tal vez porque la tensión general disminuye y eso elimina algún obstáculo, o porque los campos magnéticos normales las perturban o las erupciones solares alteran dichos campos. Las ondas utilizadas por la telefonía pueden sufrir alteraciones, pero hay otros tipos de ondas que se mantienen relativamente estables, así que los... fantasmas, llamémoslos así, consiguen desplazarse sin problemas. Pero son más numerosos y más fuertes. En nuestros laboratorios era espectacular: cuando una tormenta solar tocaba la tierra, las apariciones permanecían ante nosotros varios minutos, hasta casi corporeizarse. Aunque no podíamos imaginar que fueran capaces de interactuar con nuestro mundo.

—Este verano las erupciones solares han sido especialmente intensas. Cada vez que una nos alcanzaba, se producía un ataque mortal.

—Sí, creemos que han contribuido a la aparición de fantasmas en Mahingan Falls, al proporcionarles una energía impresionante. Comprenda que eso tampoco podíamos preverlo. Esos bombardeos cósmicos son más bien escasos, y más en tales proporciones. Nuestro amplificador abrió una brecha que no pudimos controlar, es cierto, pero esas gigantescas erupciones, cíclicas, por añadidura, han sido un golpe de mala suerte. Sin ellas no habría habido tantas apariciones, y desde luego no habrían sido capaces de hacer tanto daño...

—¿Por qué hay que actuar de inmediato? —preguntó Ethan, que se temía lo peor y tenía que dominarse para no pegarle un puñetazo a aquel cretino cínico e irresponsable.

Alec Orlacher intercambió una mirada llena de sobrentendidos con su secuaz.

—Estamos en contacto con el SWPC, el centro...

—Sé lo que es. ¿Por qué es tan urgente? —repitió Ethan, exasperado.

—Porque el SWPC nos ha comunicado que esta mañana se ha desencadenado una erupción impresionante. Es tan potente que sus consecuencias podrían ser desastrosas.

—¿Cómo de desastrosas?

Orlacher se mordió los labios y perforó a Ethan con la mirada.

—Catastróficas.

—¿Cuándo la tendremos sobre nosotros?

—Es tan tremenda que su velocidad supera todos los registros.

—¡¿Cuándo?! —gritó Ethan.

—¿Con el tiempo que hemos perdido? Ya mismo.

66.

Tom Spencer recogió los platos de Owen y Zoey mientras Milo lamía los restos de comida que habían caído al suelo, sobre todo alrededor de la niña. Esa noche, todo el mundo cenaba tarde. Chad aún no había vuelto, aunque al día siguiente tenían colegio, y Olivia, empeñada en hacer funcionar el inhibidor de frecuencias que había comprado en Boston, seguía en el salón y tampoco se había sentado a la mesa con ellos. Pero eso era lo de menos. Las circunstancias, excepcionales, primaban sobre cualquier rutina. Una hora antes, Chad había llamado con el móvil de Connor para decirles que acababan de marcharse de casa del señor Armitage, el director de la Sociedad Histórica de Mahingan Falls, donde habían recopilado muchos datos interesantes sobre los potenciales fantasmas del pueblo. Tom opinaba que eso era bueno para su hijo: hacía que se focalizara en una tarea intelectual y lo alejaba de la desidia y el miedo. Chad había pedido un permiso excepcional para ir a cenar con Gemma, Connor y Corey, y su padre se lo había dado, con la condición de que la chica lo trajera en coche cuando terminaran. Cuanto más tiempo pasaran los adolescentes lejos de la casa y sus belicosas Eco, mejor.

—Cariño, no pongas en marcha ese chisme hasta que llegue Chad, por si necesita llamarnos, ¿vale? —gritó en dirección al salón.

—Antes tendría que aclararme con las instrucciones. ¡Odio estos manuales! Hay que hacer miles de ajustes... El vendedor me ha advertido de que no había ningún modelo para el público en general, ¡y se ha quedado corto! ¡Hay que ser ingeniero solo para desembalar el aparato y enchufarle todas las púas a este puercoespín!

—¿Puercoespín? ¿De qué diablos habla?

Tom y Owen esbozaron una sonrisa cómplice.

—¿Te importaría subir con Zoey, lavarle los dientes y ponerle el pijama mientras yo ayudo a Olivia antes de que nos destroce el salón? —le preguntó Tom al chico.

—Claro que no. ¡Vamos, ratita!

—¡Zoy no datita!

Tom acudió en auxilio de Olivia, que estudiaba el puñado de hojas y comparaba una tabla numérica con un botón escondido en la parte posterior de lo que parecía un lector de DVD provisto de doce antenas negras.

—Un puercoespín electrónico —confirmó con los brazos en jarras.

—En teoría, con esto ningún móvil captará las señales en un radio de cincuenta metros. Se acabaron el Bluetooth, el GPS, el wifi y hasta el VHS. Si consigo ponerlo en marcha, claro...

En ese momento alguien aporreó la puerta frenéticamente.

Tom pensó en Chad y corrió a abrir. No le gustaba aquella insistencia.

El teniente Cobb entró sin esperar a que lo invitaran, seguido por Ashley Foster.

—¡Tienen que abandonar la casa! —les anunció.

—¿Cómo?

—Reúnan a sus hijos y aléjense todo lo que puedan de Mahingan Falls, al menos por esta noche. La sargento Foster los escoltará hasta la salida del pueblo.

—¿Qué ocurre? —preguntó Olivia con el alma en vilo.

—La situación va a empeorar esta noche.

—Martha Callisper dijo que entre una y otra manifestaciones tenía que pasar cierto tiempo, y anteayer se produjo una. Deberíamos estar a salvo durante al menos unos días, ¿no?

—Las Eco también se sirven de las alteraciones magnéticas de las tormentas solares para aparecer —explicó Ethan—. No tengo tiempo para entrar en detalles, pero puedo asegurarle que está a punto de alcanzarnos una oleada de una amplitud sin precedentes. Nada de lo que hemos vivido este verano puede compararse con lo que se nos viene encima.

—Chad no está —repuso Olivia, angustiada.

—Recójanlo y váyanse cuanto antes.

—¿Y usted qué va a hacer? —le preguntó Tom—. ¿Evacuar el pueblo?

—A estas alturas, no me queda otra alternativa —Ethan se volvió hacia la puerta—. Antes quería avisarles a ustedes —dijo—. He llamado por radio a mis colegas para ponerlos en alerta. Me esperan en la jefatura. La sargento Foster está al tanto de todo. Pueden confiar en ella. Ashley, vuelve conmigo en cuanto estén a salvo al otro lado del Cinturón. Va a ser una noche larga.

Aunque parecía perdida en medio de aquella agitación, Ashley asintió.

—No se entretengan —insistió Ethan—. Buena suerte.

En ese instante, las luces de la casa parpadearon, y todos alzaron la vista hacia la lámpara del techo de la entrada.

Ethan se sacó una brújula de un bolsillo, y vieron que la aguja que debía señalar el norte se desviaba lentamente hacia el este.

—¡Oh, no! —exclamó—. Ya ha empezado.

67.

Olivia se abalanzó sobre el teléfono móvil y llamó a Gemma, que respondió al segundo tono.

—Gemma, mete a todo el mundo en el coche y venid ahora mismo.

—De acuerdo, los chicos están terminando...

—Es urgente, Gemma. Dejad los platos como estén e id a pagar, te lo devolveré, pero no esperéis más, corred al coche, ¿entendido?

—Sí, claro... Ahora mismo vamos.

—¿Dónde estáis?

—En el restaurante mexicano, en East Spring Street.

—Muy bien, no tardaréis más de cinco minutos. Daos prisa, y dile a Connor que me llame en cuanto estéis en el coche, quiero oíros durante todo el trayecto, es... ¿Gemma? Gemma, ¿me oyes?

De pronto, un rugido irrumpió en la línea. Luego se transformó en una voz atroz, grave y amenazadora, que gritaba palabras incomprensibles, y a esta se sumó un coro de alaridos de dolor, hasta que se cortó la comunicación.

Olivia tenía el corazón en la garganta.

—¿Están bien? —preguntó Tom alarmado. Su mujer volvió a marcar, pero se había quedado sin cobertura.

—¿Tu teléfono tiene línea, Tom?

—Sí, toma.

Olivia llamó al número de Gemma, pero le respondieron unos aullidos y soltó el móvil de inmediato.

Empezó a jadear, presa del pánico.

—Chad... —balbuceó.

—Gemma sabe lo que tiene que hacer —le aseguró Tom para tranquilizarla, aunque también él estaba frenético—. Sube a buscar a Zoey y a Owen. Yo me encargo de meter lo imprescindible en el coche. Si no están aquí en diez minutos, salgo disparado a buscarlos.

Entretanto, Ethan llamaba a Alec Orlacher. El clic de inicio de la comunicación le indicó que había descolgado, aunque no oía nada.

—Orlacher, ¿está ahí arriba? ¿Orlacher? —en el aparato resonó una respiración lenta y sibilante. Ethan frunció el ceño—. Orlacher, ¿me oye?

Algo salpicó el micrófono de Orlacher, y entonces Ethan percibió un ruido blando, e incluso creyó distinguir un gemido ahogado. De pronto se oyó un grito desgarrador, casi una súplica, y una explosión líquida saturó el altavoz del teléfono. La llamada se cortó. Ethan volvió a intentarlo, pero nadie respondía.

—Esto no me gusta —le dijo a Ashley—. Encárgate de ellos y luego corre a jefatura. Voy a avisar por radio a los equipos para que ordenen la evacuación inmediata del pueblo.

—Warden no lo autorizará sin un buen motivo.

—¿Un buen motivo? ¡Que ese idiota se asome a la ventana, no tardará en ver docenas!

—¿Adónde vas tú?

—Al monte Wendy. Todo parte de ahí. Si Orlacher ha tenido algún problema, Mahingan Falls será un infierno. Hay que detener la señal antes de que sea demasiado tarde.

Un zumbido sordo invadió súbitamente la casa, y todas las bombillas explotaron al mismo tiempo. Esta vez, la corriente se cortó del todo. Del televisor y el equipo de música salían sendos hilillos de humo gris. Fuera, el sol, oculto ya tras las montañas del Cinturón, estaba a punto de ponerse, y la penumbra se extendió por la casa de los Spencer.

—¿Qué ha pasado? —preguntó la voz asustada de Olivia desde la planta de arriba.

—Una sobrecarga —dijo Ethan.

—Se ha ido la electricidad —confirmó Tom—. ¿Estás bien, cariño?

—¡Las bombillas lo han llenado todo de cristales!

Tom dejó a los dos policías en la entrada y se lanzó escaleras arriba para auxiliar a los suyos. Ethan sacó el móvil e intentó llamar a Cedillo, pero una siniestra voz gutural le respondió al oído en un idioma desconocido, y una vez más, como salido directamente del infierno, el coro de hombres y mujeres que gritaban desesperados le obligó a colgar de inmediato. El resto de números con los que probó suerte dieron el mismo resultado.

—Las líneas están fuera de servicio, tomadas por las Eco —dijo—. Ashley, ve a tu coche y comprueba si la radio funciona.

La chica salió a toda prisa y cerró la puerta tras de sí.

Tom volvió a bajar con Owen y Olivia, que llevaba a la pequeña Zoey en brazos.

—Los móviles han dejado de funcionar —les advirtió Ethan.

—¿Son las Eco?, ¿nos están atacando? —preguntó Tom inquieto.

—La sobrecarga debe de ser cosa de la erupción solar, que ya nos ha alcanzado: les ha abierto las compuertas a esas criaturas, y ahora mismo están en las ondas telefónicas.

—¡Oh, Dios mío, van a atacar! —gimió Olivia.

Corrió al salón en busca del enorme inhibidor que acababa de comprar, pero al ver que empezaba a echar humo, soltó una maldición.

—¡Se ha quemado!

Iluminándose con el teléfono, Tom se dirigió al cuadro eléctrico de la casa y constató que el interruptor principal estaba bajado. Lo subió y oyó varios clics.

—Ya hay luz. Solo hay que cambiar las bombillas.

—No tenemos tiempo —dijo Olivia, que estaba metiendo en una bolsa purés envasados para bebé y todo lo que le parecía de utilidad—. ¡En cuanto llegue Chad, nos largamos!

Ashley volvió a entrar en tromba.

—En el coche ya no funciona nada. Los circuitos eléctricos se han quemado.

Ethan hizo una mueca.

—¿La radio tampoco?

—Tampoco.

—¡Mierda!

—¿El coche? —exclamó Olivia—. ¡Tom, échale un vistazo al nuestro!

Tom corrió hacia la puerta, y allí se topó con Roy, que dio un respingo.

—¿Están todos bien? —preguntó llevándose una mano al pecho—. Todo el barrio parece revolucionado...

—Roy, ayúdeme a recoger las cosas de Zoey —le pidió Olivia—. Nos vamos, y usted se viene con nosotros.

Ethan, mientras tanto, continuaba intentando comunicarse con Orlacher, sin éxito. Sacudió la cabeza.

Tom volvió a entrar, pálido.

—Me temo que todos los vehículos están igual...

—¿Quieres decir que Chad está atrapado en el pueblo? —preguntó Olivia, aterrorizada.

—No está solo —le recordó Tom—. Llegarán, aunque sea a pie.

Olivia negó con la cabeza.

—No, yo no dejo a mi hijo a merced de esas abominaciones.

—De acuerdo, voy a buscarlo.

Roy se volvió hacia el teniente Cobb y señaló el camino de entrada.

—Ese viejo todoterreno no puede tener muchos componentes eléctricos... Debería poder arrancarlo sin usar el estárter, ¿no?

—No sé nada de mecánica —confesó Ethan—. ¿Usted se ve capaz?

—No sé mucho más que usted, pero si levanto el capó y echo un ojo, tal vez me aclare. En esa época iban a lo sencillo.

—Tengo herramientas en el cobertizo, Roy —dijo Tom—. Sírvase usted mismo.

Todo el mundo hacía algo. Ashley acompañó al anciano para alumbrarle bajó el capó con su linterna.

El único inmóvil era Ethan. Las ideas se agolpaban en su cabeza.

Tom pasó junto a él y se sentó en los peldaños de la entrada para ponerse unas zapatillas de deporte.

—¿En qué piensa? —le preguntó al teniente mientras se anudaba los cordones.

—Las Eco necesitan electricidad para moverse libremente por las ondas emitidas por el Cordón. Hay que ir allá arriba para cortarla.

—¿No ha enviado a nadie?

—Sí, a Orlacher, pero creo que le ha ocurrido algo. Tengo que ir yo.

—Si es el punto de entrada de esas mierdas, ¿no es un poco peligroso?

—Puede que tenga algo para protegerme... Cogí unos inhibidores portátiles de la furgoneta de Orlacher.

—Si les ha pasado lo que a nuestros aparatos eléctricos, le servirán de poco.

—No, estos van con batería, deberían funcionar.

Olivia salió y dejó a Zoey a sus pies.

—Si neutraliza la señal, ¿se arreglará el problema?

—Según el hombre que ha subido, sí.

—Pero cuando la antena vuelva a funcionar, las Eco regresarán, ¿no? —preguntó Tom.

—En principio no, puesto que la tecnología que les permitió entrar en nuestro plano ya no está activa. La han retirado.

—¿«La han»? ¿Quiénes? —quiso saber Tom.

Olivia intervino antes de que el teniente pudiera responder.

—¿Lo he entendido bien, Ethan? Si sube a esa dichosa montaña, ¿nos librará de esas criaturas, a nosotros y a todo el pueblo?

—Hay que derivarlo todo y después reiniciar el sistema, para cerrar la brecha por la que transitan entre su éter y nuestro plano. Solo puedo hacerlo desde lo alto del monte Wendy.

Olivia se retorcía las manos, nerviosa e indecisa.

—Siendo así, hay que jugárselo todo a esa carta —dijo al fin—. Ve con él, Tom. Corta esa maldita señal.

—¿Y Chad?

—Iré a buscarlo yo.

—No, tú...

—¿Puede prestarme uno de esos inhibidores, Ethan?

—Claro.

—Muy bien. Me llevo a Zoey y a Owen conmigo. Tú, Tom, ayuda a Ethan. Más vale que seáis dos.

—Ashley irá con usted —decidió Ethan.

Tom sacudió la cabeza.

—Es peligroso. Quédate aquí, yo me ocupe de Chad.

—Los coches están averiados, no puedo ir a ningún sitio, hay que actuar. Ya he tomado una decisión, y estaré con la sargento Foster.

—Pero..., y dos mujeres solas..., debe ir un hombre con vosotras para prote...

—¡Para, Tom! —exclamó Olivia, enfadada y tensa.

Había que decidirse, rápido, y Olivia no estaba dispuesta a perder un segundo más. Un instante después se había calmado y el miedo había desaparecido de su voz.

—Olvida tu educación caballerosa y sexista, somos muy capaces de defendernos. Necesito saber que proteges nuestras vidas atacando la raíz del problema —le dijo a su marido. Luego le cogió las manos y, con toda la confianza que existía entre ambos tras casi quince años de matrimonio, pero también con firmeza, añadió—: Cariño, esta casa alberga las Eco de Jenifael Achak y sus hijas, y si ahora están llenas de energía para saltarnos encima durante la noche, es cualquier cosa menos un lugar seguro. Estaré mejor fuera con nuestros hijos. ¡Yo reúno a la tribu, y mientras tanto tú te dedicas a salvar este maldito pueblo!

Owen le tiró de la manga.

—Yo le seré más útil a Tom —aseguró—. Ahora conozco el bosque como la palma de mi mano, podré guiarlos.

—No, tú vienes conmigo.

—Pero ¡puedo llevarlos al barranco, allí no llega ninguna señal! Rodearemos el Cinturón sin peligro y luego nos bastará con torcer hacia el norte en dirección al monte Wendy...

—Roy conoce el camino, él los acompañará.

—¡Está arreglando el coche! Y yo soy más ágil... Roy hará que se retrasen en el bosque y al subir la ladera. ¡Tom cuidará de mí! —Owen miró a su tía a los ojos y murmuró—: Confía en mí.

Esta vez, Olivia preguntó a su marido con la mirada, y Tom suspiró antes de asentir.

—Vale, pero harás caso de todo lo que te diga.

Ethan, que había salido a buscar un inhibidor portátil, volvió y le tendió a Olivia una especie de walkie-talkie con una gran antena negra.

—Es muy sencillo —dijo—. Para ponerlo en marcha, haga girar este mando. Está regulado para cortar todas las ondas en un radio de unos tres o cuatro metros.

—Perfecto.

—Una cosa más. Estos aparatos son potentes, así que consumen mucha energía. Orlacher me advirtió de que cuando funcionan con batería no duran más de media hora. Así que utilícelo con moderación, solo si se siente en peligro.

Ethan dio un paso atrás e invitó a Tom y a Owen a seguirlo.

Tom se acercó a su mujer.

—¿Estás segura?

—Cuida de Owen y no te arriesgues más de lo necesario. ¿Me lo prometes?

Se abrazaron y se dieron un beso cálido y breve, demasiado breve. Luego, Tom estrechó a Zoey en sus brazos, cogió una linterna y se la metió bajo el cinturón.

Ethan ya estaba fuera, dándole las últimas instrucciones a Ashley.

Tom no conseguía apartar los ojos de su mujer. La sangre le golpeaba las sienes.

Salió de la casa sin dejar de volverse.

Pero Olivia ya estaba preparándose para buscar a su hijo.

Tom atravesó el jardín, y mientras Ethan y Owen se internaban en la oscuridad del bosque entre el ulular de una lechuza encaramada en las alturas, echó un último vistazo a la Granja. Las negras ventanas le devolvieron la mirada. Negras de odio.

68.

El doctor Layman estaba viendo la televisión sin mucho interés cuando, de pronto, el aparato se apagó y todas las bombillas de su casa en Maple Street explotaron.
Carol, sentada a su lado, dejó escapar un grito.
—¿Qué ha pasado? —preguntó.
Chris Layman cruzó el salón fijándose en donde pisaba, porque iba descalzo y había cristales por todas partes, y se puso a buscar la linterna en un cajón.
—Ve a ver si Dash sigue durmiendo, no sea que baje de la cama y se corte —le pidió a su mujer.
Acto seguido, se puso las Crocs verdes, que usaba para trabajar en el jardín y siempre dejaba delante del ventanal, y abrió la puerta del sótano. Por suerte, las pilas de la linterna aguantaban: el haz de luz dejó al descubierto la empinada escalera. El médico empezó a bajar con precaución —lo último que necesitaba era resbalar en un escalón—, pero a medio camino cayó en la cuenta de que ni siquiera había mirado por la ventana para comprobar si los vecinos también estaban a oscuras. «Puede que el problema no sea nuestro sino del suministro general...»
Daba igual, ya casi estaba. Al subir tendría que telefonear a su suegro para asegurarse de que todo estaba bien en su casa, al final de la calle. El anciano era cada vez menos autónomo.
Abajo olía a cerrado y a humedad. Curiosamente, a Chris siempre le había gustado aquel tufillo un poco agrio a hongos: le recordaba sus juegos infantiles en la inmensa bodega de la casa de sus abuelos, en Tennessee, entre los grandes barriles en los que envejecía el bourbon familiar.
El suyo no tenía nada de especial: un cúmulo de cajas pendientes de desembalar desde que se habían mudado allí, hacía cinco años. Una zona de bricolaje bastante desordenada. Las reservas de latas de conserva.

Y el contador eléctrico.

Había saltado el interruptor. «No es de extrañar, con la que ha caído...» Sin embargo, no había oído ningún trueno, Aunque puede que estuviera medio amodorrado. Volvió a subir el botón y esperó unos instantes para comprobar que no volvía a saltar.

A su alrededor, el sótano estaba más oscuro que la boca de un lobo.

Ni un ruido.

Casi podía sentir la densidad de las tinieblas a sus espaldas, sobre sus hombros...

En la caja de fusibles se encendió un piloto verde. Al parecer, todo estaba normal.

Paseó el haz de luz por aquel desorden mientras daba media vuelta. Los objetos proyectaban sombras sobre las paredes. Semejaban siluetas.

Chris no hizo caso. Nunca le habían dado miedo esas cosas, ni siquiera de niño. La costumbre de merodear por la cueva del bourbon, seguramente...

Dejó el sótano con su soledad, subió la escalera y regresó al salón. No estaba seguro de que hubiera bombillas de repuesto, a lo mejor había que acabar la noche a la luz de las velas...

Carol aún no había bajado. Dash debía de haberse despertado y seguramente tenía un poco de miedo. Chris se puso a barrer los fragmentos de vidrio desparramados por el suelo, y entonces oyó un ruido sordo, como si algo se hubiera caído en el piso de arriba. Algo pesado.

Se acercó al pie de la escalera y llamó a su mujer en voz baja, por si su hijo seguía durmiendo. No hubo respuesta.

Chris dejó la escoba y subió a comprobar que todo iba bien.

—¿Carol?

Estaba tan oscuro como en el sótano. Volvió a encender la linterna para orientarse.

Alguien respiraba fuerte y deprisa. Chris creyó que era su hijo y empujó la puerta de su habitación, que solo estaba entornada.

En el resquicio apareció Dashiell, sentado en la cama. Sus ojos brillaban, y al principio Chris no supo si era a causa de la linterna, pero relucían como los de un perro sorprendido por los faros de un vehículo en plena noche.

—¿Dash? ¿Por qué jadeas?

La puerta hizo tope con algo y se detuvo. Un poco inquieto por su hijo, Chris empujó más fuerte, pero el obstáculo no cedía. No obstante, consiguió pasar la cabeza y los hombros por el hueco para mirar al otro lado.

El rincón estaba envuelto en la oscuridad. Una oscuridad opaca, impenetrable.

De pronto, Chris comprendió que lo que Dash miraba con tanta fijeza era eso, ese punto detrás de la puerta.

Intentó tantear con los dedos, que encontraron una superficie gélida, inconsistente, apenas más densa que una pintura espesa. Pero cuando su mano se hundió en ella, el frío empezó a ascender por su brazo hasta hacerle temblar.

«Pero ¿qué es esto?»

Una onda recorrió aquella masa poco más que gelatinosa, y la linterna se escapó de la otra mano de Chris y cayó al pasillo. Poco a poco, la sustancia adquiriría consistencia. Y entonces se movió.

Allí, en la oscuridad, había alguien. Y se desplazaba.

Chris creyó distinguir una figura alta, casi humana, que se estiraba. Ya no entendía nada. Ni lo que le decían sus sentidos ni lo que realmente veía.

Todo su ser le urgía a sacar la cabeza del resquicio de la puerta. De inmediato.

De repente una mano le sujetó el empeine, y con el rabillo del ojo vio que era Carol, tendida en el pasillo.

Había dejado tras de sí un largo rastro húmedo, como una enorme babosa.

De su boca escaparon unos gorgoteos ininteligibles.

Le habían arrancado la cara. La piel colgaba floja, como papel pintado mal encolado, dejando al descubierto la carne, los cartílagos y los tendones de la mejilla, la nariz y parte de la mandíbula.

Chris lo veía, pero su mente se negaba a entenderlo.

Tardó al menos cinco o seis segundos en aceptarlo.

El rastro sobre el parquet lo habían dejado los intestinos de su mujer.

Esta vez recuperó el contacto con la realidad, con su cuerpo, y echó todo su peso sobre la puerta para aplastar al intruso. No permitiría que aquella cosa acabara con su familia.

De pronto cayó de espaldas al interior de la habitación de Dash y aterrizó a los pies de la masa negra, que se había desplazado.

Al instante, el frío le entumeció los párpados y los labios, hasta atenazarle la garganta.

¿Qué era aquello? ¿Por qué despedía un aura tan glacial?

Chris quiso levantarse, pero una presión en la nuca le aplastó la cara contra el suelo, sin que pudiera resistirse. Fuera lo que fuese, ahora aquella sustancia había adquirido solidez y una fuerza prodigiosa. Chris no podía respirar, se ahogaba...

Su boca exhalaba vaho.

Pero lo más terrible era no comprender. ¿Qué era aquello? ¿O quién? Siguiendo con la mirada las tablas del suelo, vio a Carol, que se arrastraba lentamente hacia él. Tenía dos dedos rotos extendidos en su dirección.

Luego sintió un dolor intolerable a la altura de los riñones, seguido de un horrible crujido de huesos que se partían.

Después, nada más. Solo el espantoso sonido de su columna vertebral, que le arrancaban cuerpo, las costillas rompiéndose una a una, y al fondo de la habitación, una risa cruel. Espectral.

69.

Olivia ya no estaba segura de nada, salvo de que quería encontrar a su hijo cuanto antes.

No dejaba de preguntarse si no habría enviado a su marido a la boca del lobo, pero al mismo tiempo se sentía más tranquila sabiendo que estaba lejos de la Granja. «Si alguien puede sacarnos de esta, es Tom.» Nunca le había fallado. Nunca. Tom era uno de esos hombres que se mostraban cuando era necesario, tenía una mente analítica brillante y sabía sacar el mejor partido de cada situación. Las vidas de todos los miembros de la familia Spencer, pero también del conjunto de la población de Mahingan Falls, estaban en sus manos y en las de Ethan Cobb. Eso era preferible a que el teniente cargara solo con la responsabilidad de ese salvamento a la desesperada. Incluso Owen estaría más seguro que si se hubiera quedado allí, con ella.

Olivia se colgó la mochila portabebés de los hombros y Ashley acomodó dentro a Zoey. La niña, que en realidad ya no tenía edad para usarla, pesaba lo suyo y Olivia apretó los dientes. La caminata prometía ser dura, pero no podía llevar a la pequeña en un carrito, y menos aún hacerla andar junto a ellas. Habría sido demasiado arriesgado.

—Nos turnaremos para llevarla —se ofreció Ashley.

Olivia le tendió el inhibidor portátil.

—Llévelo usted. Si hay que correr, tendré que sujetar las correas de la mochila y no podré activarlo.

Ashley se lo fijó al cinturón, y salieron al jardín después de que Olivia encerrara a Milo en el cuarto de la lavadora.

Roy seguía atareado con el motor del todoterreno, iluminándose con una lámpara portátil colgada del borde superior del capó.

—¿Cómo va eso? —le preguntó Ashley.

—No soy mecánico y se nota. Pero creo que he comprendido lo esencial y... Haré lo que pueda.

—No debería quedarse aquí solo, Roy —dijo Olivia.
—¡Bah! Ya sé lo que hay entre esas paredes. Tendré cuidado.
—Si oye algo, sea lo que sea, huya. Aléjese de la Granja todo lo que pueda. La bruja nunca ha atacado fuera de su territorio.
—No se preocupe por mí. Encuentre a su chaval y vuelvan cuanto antes. Con un poco de suerte, ya habré puesto en marcha este maldito motor.
—Le confío a mi perro. Manténgase alerta.

A modo de despedida, Roy agitó sus dedos grasientos, y las dos mujeres se dirigieron hacia la calle. Olivia ya solo pensaba en Chad. ¿Estaría vagando por el pueblo, muerto de miedo? «No, es un luchador, estará dándoles órdenes a sus amigos o buscando un escondite, es listo.»

No quería plantearse ninguna otra posibilidad.

El sol había desaparecido totalmente, incluso al otro lado del Cinturón, y las estrellas empezaban a asomar sobre las copas de los árboles. Ashley encendió la linterna para alumbrar la calzada delante de ellas.

Ni Olivia ni ella advirtieron que, a su espalda, una silueta se deslizaba entre los arbustos.

En el cielo aparecieron unas masas verdosas de bruma fosforescente que danzaban despacio, de un modo espectacular. Parecían las huellas de unas manos gigantescas posándose sobre un cristal invisible, en la lejana atmósfera, para esfumarse a continuación al ritmo de un misterioso y fascinante oleaje estelar.

—Auroras boreales —dijo Olivia.
—Aquí nunca las ha habido.
—Deben de ser consecuencia del viento solar. Apresurémonos, me dan mala espina.
—Son preciosas, nunca las había visto...
—Si la energía de que disponen las Eco para materializarse entre nosotros está en consonancia con esas auroras, nada podrá salvarnos del desastre. ¿Sus compañeros están evacuando el pueblo en estos momentos?
—Ethan iba a dar la orden cuando la radio ha dejado de funcionar. Y dudo de que el jefe Warden haya tomado esa decisión: ignora la amenaza que pesa sobre el pueblo.

—Conozco a Warden, es un cabrón.

Ashley miró a aquella madre de familia tan pulcra y bien arreglada, con su hija a la espalda, pero dispuesta a soltar tacos en cuanto le aumentaba el estrés.

—Yo no lo habría definido mejor —dijo sonriente.

Siguieron avanzando por la carretera que cruzaba el bosque hasta la salida de los Tres Callejones y llegaron a Maple Street, en el barrio de Green Lanes.

Las hileras de chalets y casas de madera estaban extrañamente tranquilas y sumidas en la oscuridad. Hasta las farolas estaban apagadas. La sobrecarga había tenido las mismas consecuencias en todas partes, dañando casi todas las fuentes de luz. Olivia esperaba encontrar gente en las calles, o bien oír cómo las familias trataban de ponerse en contacto, e intentaban reunirse. Pero reinaba un silencio sepulcral.

—¿Ya se han despertado las Eco? —murmuró.

—¿Las qué?

—Los fantasmas.

Ashley balbuceó algo, pero no consiguió formular una frase.

—¿Aún no se ha topado con ninguno?

La joven sargento la miró desconcertada, y a Olivia se le encogió el corazón. También ella había pasado por aquella incertidumbre, entre la risa, el escepticismo, las ganas de llorar, el miedo a caer en la locura y el comienzo de un cambio radical en la propia percepción del mundo. Ante la primera prueba irrefutable, o bien se vendría abajo, o se resignaría de una vez por todas a aceptar lo irracional.

Olivia rectificó de inmediato. Pensándolo bien, no era tan sencillo. ¿Dónde se situaba ella misma? El niño metamorfoseado en araña en su habitación y la colcha mordida habían acabado de convencerla.

—No se han apoderado del pueblo, es imposible —dijo al fin—. No pueden ser tan numerosos... No, no han acabado con todo el mundo.

Un poco más adelante, en Church Street, detrás de una ventana vislumbraron los puntos luminosos de unas velas y una linterna. Y a continuación distinguieron las siluetas de una pareja alrededor de un coche.

—¡Vuelvan a casa! —les ordenó Ashley.

—¡Se ha averiado todo! —gritó el hombre, presa del pánico—. Mi coche no arranca y la línea del teléfono hace cosas raras... No funciona nada. ¡Y hemos oído gritar a los vecinos!

—¡Las calles no son seguras, enciérrense en casa!

—¿Por qué? ¿Es un atentado? —preguntó la mujer, aterrada.

—¡Hagan lo que les digo! —bramó Ashley, exasperada.

Un grito ahogado que procedía de un edificio no muy lejano los dejó a todos petrificados. La pareja corrió hacia su casa.

—Ya ha empezado —dijo Olivia.

Ashley miraba a su alrededor agitando la linterna en todas direcciones. Olivia le puso una mano en el brazo.

—Cálmese.

—Entonces, ¿todo eso que cuenta Ethan es verdad?

—¿Aún lo duda?

—No lo sé.

La sargento respiraba ruidosamente.

—Ashley... ¿Puedo llamarla por su nombre de pila? Tiene que mantener la sangre fría. No sé qué razones la llevaron a hacerse policía, pero es el momento de recordarlas y actuar con profesionalidad. Lo que podemos ver causará... una conmoción en sus creencias y en sus antiguas certezas. Pero tiene que sobreponerse. Mi pequeña y yo la necesitamos. Y mi hijo, que estará por ahí, en alguna parte, también.

Ashley asintió.

—Cuente conmigo.

Pero no paraba de tragar saliva, y sus ojos inspeccionaban cada rincón del camino.

Olivia tiró de su brazo y reanudaron su excursión forzosa lo más rápido posible. Los tirantes del portabebés empezaban a clavársele en los hombros, pero dado el estado en que se encontraba Ashley, no podía confiarle a su hija. Por suerte, Zoey, mecida por el balanceo, se había dormido hacía rato.

La atmósfera general hacía pensar en el fin del mundo. Ya nada era normal en aquel escenario habitualmente tan lleno de vida, tan saturado de colores y luces diversas, ahora dominado por una oscuridad total, salvo por los inmensos velos verdes o azules que tornasolaban el firmamento. De pronto, de algún lugar en el centro del pueblo llegó el sonido de una explosión, y Olivia retrocedió y vio una bola de fuego que ascendía al cielo y se disolvía al cabo de un instante.

—Seguro que Chad está bien —dijo Ashley.

Olivia no podía concebir que no fuera así, pero el corazón le latía a toda velocidad.

La silueta que las seguía desde que habían salido de la Granja se deslizó entre los coches. Estaba acortando distancias poco a poco. Varios disparos resonaron en la noche. Ashley empujó a Olivia al otro lado de una valla y se ocultó con ella detrás de un árbol. Volvió a hacerse el silencio.

—La gente está descontrolada —murmuró la policía.

—Buenos reflejos...

—Ya le he dicho que podía contar conmigo.

Ashley cogió a Olivia de la mano y la condujo por el césped de jardín en jardín hasta la esquina de Fitzgerald Street. De vez en cuando, de alguna ventana abierta salían voces, y se veían algunas figuras reunidas delante de las puertas, al resplandor de las luces improvisadas que la gente había sacado de los armarios. Green Lanes no estaba en absoluto devastado, pero sí conmocionado, aterrorizado. La mayoría de los vecinos permanecían escondidos en sus casas como conejos que barruntan al zorro.

Las dos mujeres no tenían un plan concreto, aparte de llegar a Independence Square y subir East Spring Street en dirección al restaurante mexicano en el que habían cenado los adolescentes. Si ya habían salido y pensaban ir a los Tres Callejones, era muy probable que se los encontraran por el camino.

Olivia calculó que tardarían al menos quince minutos en llegar cerca de esa zona. Tenía la espalda destrozada y los hombros entumecidos, y no creía poder continuar sin hacer un alto.

—Espere, tengo que bajar a Zoey —Ashley le indicó por señas que se la pasara—. ¡No, no, estoy bien! Solo necesito aliviar la espalda un momento.

—No tenga miedo, no voy a dejarla colgada. Me estoy sobreponiendo, como ha dicho usted.

Efectivamente, había recuperado la sangre fría. Guiar a Olivia y mantenerse alerta hacía que volviera a sentirse policía. Para recobrar su eficiencia, necesitaba actuar.

En un porche al otro lado de la calle se oyó un quejido vagamente humano, una implorante petición de ayuda. Ashley dio un paso para cruzar la calzada, pero Olivia la retuvo.

—Ya sé que es su trabajo, pero si tiene que intervenir en cada manzana no llegaremos a ningún sitio. Hay gente por todas partes, Ashley. Es necesario elegir. Comprendería que me dejara aquí para socorrer a otras personas, pero en ese caso tengo que pedirle que me devuelva eso —señaló el inhibidor—. Lo siento, debo pensar en mis hijos —alegó.

Ashley miró la fachada envuelta en tinieblas, indecisa. Y al fin lanzó un suspiro.

—He jurado que cuidaría de usted —dijo—. Páseme a Zoey, no podemos quedarnos aquí.

En ese momento Olivia notó que moqueaba. Cuando quiso sacar el pañuelo, el líquido ya le resbalaba por el labio.

—¡Ashley! ¡Encienda el inhibidor! ¡Enseguida!

Era sangre.

70.

Ron Mordecai había hecho un buen trabajo. Una filigrana funeraria.

Las mejillas de la señora Costello habían recuperado el color; bajo los párpados, unas finas gasas habían sustituido los globos oculares; y en el interior de los pómulos, el algodón le había devuelto al rostro un poco de materia, contrarrestando la flacidez causada por la deshidratación y la pérdida total de tono muscular.

Al fin y al cabo, Elvira Costello llevaba cinco días muerta. ¿Qué tono muscular podía esperarse? En su cuerpo había tanta firmeza como en un cuenco de leche.

Pero a Ron Mordecai se le daban bien las mujeres. Una pizca de rímel, un toque de carmín, un poco de colorete, y ya no faltaba más que acabar de vestirla y peinarla. Su familia tendría la sensación de que estaba dormida. Ron, sin embargo, sabía que allí dentro ya no dormía nada. Ni un corazón al ralentí ni unos órganos bañados en sus fluidos habituales, tan solo un cóctel de productos químicos biocidas y fijadores destinados a conservar todo aquello, a retrasar al máximo el proceso de descomposición —los orificios taponados, la sangre aspirada por las máquinas—, para que la señora Costello pudiera decir adiós a sus allegados y recibir su último homenaje.

Ron no hacía milagros, se limitaba a demorar lo inevitable. Nadie escapa a la muerte, pero un buen tanatopráctico puede negociar con ella, aunque no sea más que el derecho a mantener las apariencias momentáneamente.

Se quitó los guantes de látex, que restallaron en el aire, y los arrojó al contenedor de residuos biológicos. Por esa tarde ya había trabajado bastante. Quería leer el periódico en la cama, nada más.

Se volvió de espaldas a la mesa de trabajo. Y en ese preciso instante todas las lámparas estallaron.

Pasada la sorpresa, empezó a buscar a tientas el mechero en el carrito con ruedas, hasta que recordó que lo había dejado en su despacho, en la planta de arriba. Qué mala pata... Daba igual que el grupo electrógeno de emergencia se pusiera en marcha; con las bombillas destrozadas no serviría de nada. Pero conocía el edificio como la palma de su mano, así que no le costaría mucho subir. Entonces le vino a la mente el bolígrafo luminoso que le había regalado su nieto Steven. Lo utilizaba para tomar notas; tenía que estar en la camilla, a los pies de la señora Costello.

Consiguió encontrarlo a tientas y, con una presión, encendió la punta, que difundió una débil claridad blancuzca.

La suficiente para distinguir el camino. Perfecto.

Por desgracia, Ron Mordecai no vio que el torso de Elvira Costello se incorporaba detrás de él. Tampoco oyó sus párpados, que, pese al punto de cola todavía húmedo que acababa de aplicarles, se abrieron y dejaron caer las gasas al suelo. Un espeso líquido amarillento asomó entre los labios de la difunta, e instantes después empezó a brotar de su boca, cada vez de forma más abundante.

Ron alzó el bolígrafo en el aire para iluminarse.

Elvira Costello se inclinó hacia delante y, con un movimiento inesperadamente rápido, saltó sobre su presa. Los hilos de sutura se rompieron y dejaron al descubierto sus grisáceos dientes.

Ron se había pasado media hora pintándole primorosamente las uñas antes de darse cuenta de que el rojo no coincidía con el del pintalabios, que hacía juego con el vestido, y como el meticuloso profesional que era, había vuelto a empezar de cero.

Esas mismas uñas le arrancaron un ojo, y acto seguido se hundieron en su boca y comenzaron a tirar del interior de la mejilla una y otra vez, en medio de un silencio escalofriante, interrumpido por los gemidos de Ron Mordecai.

Las comisuras de los labios del anciano cedieron y se rasgaron casi hasta las orejas.

El resto fue todavía peor.

71.

En el restaurante, la música mexicana creaba un alegre fondo sonoro y el olor a chile y especias acentuaba el ambiente festivo. Pero Gemma estaba muy preocupada. Conocía lo suficiente a Olivia para percibir el miedo en su tono de voz. Y el modo en que se había cortado la llamada no hacía más que confirmar la urgencia que había intentado transmitirle la madre de familia.

Los chicos no entendían por qué había que marcharse a toda prisa, así que casi tuvo que empujarlos hasta la salida. Adam, que se había unido a ellos después de llamarla para saber qué hacía, se le acercó y le dijo:

—¿Es por mí?

—No, pero deberías irte a casa. ¡Chicos, al coche, rápido!

—Pero Gemma... —protestó Chad—. ¡Con lo bien que estábamos!

—Es verdad —terció Connor—. Para una vez que podemos relajarnos... ¡Y anda que no nos hace falta!

Corey, que sabía descifrar los tonos de voz de su hermana, se lo tomó más en serio.

—¿Algún problema, Gem?

—Olivia quiere que volvamos. Pasa algo, lo presiento.

Adam le cogió por la muñeca.

—¿Te puedo ayudar?

—No. Lo siento... Te llamaré.

Tras aquellas palabras nadie volvió a rechistar, y saltaron al Datsun, que se puso en marcha a la primera. La puerta de atrás se abrió en el último momento, y Adam empujó a Connor para que le hiciera sitio.

—Voy con vosotros. ¡Si tienes problemas, no pienso dejarte sola! —dijo casi con solemnidad.

La presencia de Adam debería haberla alegrado, pero Gemma no tenía ni hormigueos en la nuca ni mariposas en el estómago, solo la agobiante sensación de que no había tiempo que perder. Mientras maniobraba para salir de su plaza de aparcamiento, todas las luces de la calle se apagaron a la vez, los cables chisporrotearon en lo alto de los postes eléctricos, el motor se caló y el tablero de mandos se quedó a oscuras.

—¡Guau! ¿Qué ha sido eso? —preguntó Chad alarmado en el asiento de atrás.

—Esto no me gusta nada —murmuró Corey, sentado delante, al lado de su hermana—. Vuelve a arrancar.

Gemma hizo girar la llave, pero de debajo del capó no salió ningún sonido, ni siquiera el inicio de un contacto. Volvió a intentarlo una y otra vez, hasta que Connor se inclinó sobre ella y le sujetó el brazo para que parara.

—No te molestes, tu carro la ha palmado, como lo demás. Mirad fuera: todo muerto. Es un apagón general.

—¿Qué... qué... vamos a hacer? —farfulló Corey.

—Regresar andando —respondió Chad abriendo su puerta.

—¡No, vuelve a cerrar! —le ordenó Gemma—. Lo mejor es que nos quedemos aquí. En el coche estaremos protegidos.

—¿Protegidos contra qué? —rezongó Connor—. Como sean las Eco, ¡no tendrán ningún problema en encontrarnos!

—¿Las qué? —preguntó Adam, desconcertado—. ¿De qué habláis? ¿Sabéis lo que pasa?

Aturullada por el parloteo de unos y otros, Gemma ignoró al adolescente y le replicó a Connor:

—¿Y por qué han de ser las Eco? Probablemente no sea nada, alguna avería eléctrica. Además, el coche es una jaula de Faraday, no tenemos nada que temer.

—¿Una qué?

—Repasa las lecciones de Física, Corey —lo reprendió Gemma.

—A mí la palabra «jaula» no me gusta nada —dijo Connor—. Yo voto por salir.

—¡Y yo! —se sumó Chad—. ¿Corey?

—Pues...

—¡De aquí no se mueve nadie! —ordenó Gemma.

Pero Corey empezaba a agobiarse en el habitáculo, y cedió a la presión de sus amigos.

—De acuerdo, chicos.

—¡Mayoría! —exclamó Connor, y saltó a la acera.

—¡No, esperad! —les pidió Gemma. Pero no tuvo más remedio que seguirlos—. ¡Volved al coche, por favor, es más seguro!

—¿Y cómo lo sabes? Si mi madre quería que volviéramos enseguida, eso es lo que tenemos que hacer. Si nos damos prisa, llegaremos en poco más de media hora.

—¿Y si nos cae encima una de esas Eco? —objetó Corey.

—No son ellas.

—Le daremos la bienvenida —declaró Connor con orgullo tirando del asa de su mochila, de la que no se había separado en todo el día.

Adam estaba bajando del coche. No entendía nada.

—Oye, ¿os importaría explicarme qué es lo que pasa? Si queréis, yo vivo cerca de aquí. Quizá las líneas de teléfono fijo funcionen mejor. Podréis llamar a vuestros padres.

Con un atrevimiento que ni ella misma conocía, Gemma se arrojó al cuello de Adam y lo besó con fuerza. Una pulsión animal se despertó en su interior, pero la rechazó.

—Vuelve a casa —le dijo empezando a alejarse.

Adam vio que se marchaban y se apresuró a seguirlos. Cogió a Gemma de la mano.

—Si mi padre se entera de que te he dejado sola en la calle y a oscuras, me echará la bronca por no haber hecho lo que tenía que hacer, y con razón.

—No está sola —se burló Connor.

Chad inició la marcha calle adelante. Sus ojos no tardaron en habituarse a la penumbra, y al cabo de un rato la luna creciente les bastaba para orientarse. En las casas, la gente se asomaba a los balcones, y los transeúntes se miraban sin entender lo que ocurría. Había quien se lo tomaba con filosofía o humor y quien estaba al borde de la histeria, pero lo que preocupaba a casi todo el mundo era la falta de cobertura de los móviles, hasta que los gritos saturaron las líneas y empezó a cundir el pánico. Poco a poco la calle se vació, todos se apresuraron a volver a sus casas. En algunas casas, cuyos propietarios habían tenido la previsión de hacer acopio de bombillas, reapareció la luz. Al menos volvía a haber corriente, se consoló Gemma, aunque las farolas tendrían que esperar la intervención de los servicios municipales para volver a funcionar.

Las auroras boreales, que aparecieron casi de golpe, dejaron embelesados a los adolescentes, inmóviles en mitad de la calzada.

—¡Qué locura! —exclamó Connor quitándose la gorra para admirarlas mejor.

—Ya veis que no son las Eco, sino un fenómeno natural —dijo Gemma.

—Parecen fantasmas del espacio —comentó Chad.

—Vamos, no os quedéis en medio de la calle.

Connor se encogió de hombros.

—¡Si no hay coches! ¿Qué puede pasarnos?

En Second Street, justo a su izquierda, una ventana estalló en mil pedazos, y un hombre cayó desde un tercer piso y se estrelló contra el asfalto con un ruido seco, como un gran montón de ropa mojada.

—¡Dios! —exclamó Chad.

—¿Está muerto? —farfulló Corey.

—¿Bromeas? Se ha partido la cabeza... —dijo Connor estupefacto.

—Larguémonos —propuso Chad—. Esto tiene mala pinta.

Adam permanecía inmóvil, incapaz de apartar los ojos del macabro espectáculo. Gemma le tiró de la mano.

—¡Vamos!

Las palabras se amontonaban en la boca del chico, pero no conseguían escapar de sus labios. Tartamudeaba y se tambaleaba.

Ahora Gemma ya no estaba tan convencida. Connor tenía razón. Comprendió que había negado la evidencia por miedo. Tal como había pronosticado Martha Callisper, las Eco estaban atravesando el espejo de dos caras entre los dos planos para penetrar en el suyo.

Casi como si quisiera espabilarse a sí misma, le dio una bofetada a Adam, que, atónito, volvió a la realidad.

—¡Ahora, sígueme! —le ordenó.

Los gritos empezaron en algunas casas de Oldchester. A estos, les sucedieron otros más al norte, en Main Street, y los adolescentes, que empezaban a estar asustados de verdad, apretaron el paso. Ahora ninguno tenía ganas de reír o de extasiarse ante el espectáculo de las auroras boreales. Todos seguían viendo a aquel hombre que manoteaba en el aire mientras caía, antes de estamparse contra el suelo. El ruido del impacto aún resonaba en sus oídos.

De cada esquina surgían una o dos personas corriendo despavoridas. Algunas lloraban; otras parecían a punto de hundirse en la catatonia o la locura. Incluso vieron a un hombre con una escopeta, esprintando en dirección a Oldchester.

—¡Escondeos, chicos! —les gritó un negro alto que salió corriendo como un loco de un edificio bajo—. ¡Esto está lleno de putos monstruos!

Un poco más adelante se abrió una puerta, y una anciana los invitó a refugiarse en su casa, pero Gemma rehusó. Lo poco que distinguió en la penumbra no la tranquilizó, y además tenían que llegar a la Granja cuanto antes. Los padres de Chad sabrían qué hacer.

Ahora se oían gritos y disparos por todas partes. Era una especie de extraño apocalipsis, sin chirridos de frenos ni sirenas, sin más luz que el diáfano resplandor de las auroras. Solo los seres humanos y sus silenciosos verdugos.

De pronto, la masa del complejo escolar se perfiló a la izquierda, al fondo del parque que lo rodeaba. Al verlo, el grupo aflojó el paso de manera instintiva. Recordaban lo que acechaba en sus profundidades, y que había intentado matarlos.

—¿Damos un rodeo? —les susurró Chad.

Connor lo detuvo y señaló con el dedo los sauces, que se balanceaban suavemente en la brisa nocturna.

Unas siluetas altas y flacas se deslizaban en fila india a unos centímetros del suelo. Eran muy parecidas a las sombras de los árboles, pero no se correspondían con nada: tenían vida propia, y avanzaban con decisión hacia la tapia de piedra que rodeaba el parque.

—¿Qué es eso? —preguntó Adam, incrédulo.

—Di... diría que nos están mirando —balbuceó Corey.

Las siluetas atravesaron la tapia como si no existiera y se definieron apenas bajo la luz de la luna: gigantescas figuras delgadas con los miembros anormalmente largos, sin piel ni cabello, como manchas de tinta en movimiento.

—¡Vienen hacia aquí! —exclamó Chad reculando.

Al menos una veintena de aquellas criaturas avanzaba en línea recta hacia ellos.

—Son demasiadas para hacerles frente —constató Connor.

Gemma los hizo retroceder a todos, y echaron a correr por donde habían venido, sin saber siquiera qué dirección tomar: solo querían irse de allí lo más lejos y lo más rápido posible. La chica echó un vistazo a su espalda y comprobó que las Eco los perseguían y estaban cada vez más cerca.

—¡Más deprisa! ¡Vamos!

En la primera esquina, estuvieron a punto de chocar con un adolescente fornido y cubierto de tatuajes, algo mayor que ella. Gemma reconoció a Tyler Buckinson, el compinche de Derek Cox, quien, tras insultarlos, reemprendió la carrera hacia el complejo escolar.

—¡No! ¡Por ahí no! —le advirtieron Connor y Chad.

Pero Tyler hizo oídos sordos y siguió corriendo en dirección a las Eco. Cuando las vio, dio un traspié, rodó por el suelo y retrocedió a cuatro patas, aterrorizado. Rápidas como flechas, dos de las sombras se separaron fuera de la fila, y cuando llegaron hasta él, empezaron a borbotear y a adquirir consistencia, como si estuvieran haciéndose reales, y lo levantaron en el aire hacia a lo que les servía de boca en el nebuloso cráneo, que parecía deformado por dos fuerzas gravitatorias opuestas, la de la tierra y la de algún otro lugar del firmamento. Tyler sufrió unos estertores insoportables, que se mezclaron con el sonido de sus huesos al partirse, y el de la sangre que empapaba el asfalto.

Pero los adolescentes no lo vieron. Habían torcido en el cruce y enfilaban Main Street a toda velocidad.

Gemma se sentía superada por el pánico, estaba perdiendo el control. No tenía ningún plan, ninguna solución para proteger a los chicos, y no estaba segura de que los nervios fueran a permitirle seguir jugando al ratón y al gato con aquellas criaturas pisándoles los talones.

El caos se había apoderado de Main Street. Hombres y mujeres salían despavoridos de las casas y corrían en todas direcciones en busca de refugio; otros intentaban en vano poner en marcha sus vehículos o se guarecían en un rincón, abatidos; algunos se peleaban entre sí, y los adolescentes vieron bates de béisbol y palos de golf, pero también armas de fuego y cuchillos.

En la penumbra era difícil apreciar claramente lo que pasaba, aunque, en algunas zonas más oscuras, Gemma distinguió movimientos súbitos y breves, brazos que surgían de la nada y se apoderaban de una anciana trastornada, o de un vigoroso treintañero que intentaba escapar de otro peligro que Gemma no podía identificar. La gente desaparecía de golpe, engullida por aquellos tentáculos casi invisibles, sin el menor ruido, salvo unos cuantos crujidos siniestros, como ahogados por una gran cantidad de líquido.

Un poco más abajo, justo delante de la juguetería, se oyó un tableteo, y un individuo trepó al capó de una camioneta y recargó una metralleta automática.

—¡Trágate esto! —gritó a pleno pulmón, vaciando otro cargador sobre el escaparate, que estalló en mil pedazos.

Una especie de liana negra se enrolló alrededor de su tobillo, lo derribó violentamente y lo arrastró hacia la tienda entre los fragmentos de cristal y los juguetes que sembraban el suelo. El hombre seguía disparando pese a la sangre que le manaba de la sien, hasta que desapareció al fondo del establecimiento, donde los tiros cesaron.

Tres individuos corrían escondiéndose de coche en coche, mientras algo que parecía un mancha de aceite los perseguía deslizándose bajo los vehículos mucho más deprisa que ellos. Al darse cuenta se apresuraron a entrar en la galería comercial donde habitualmente vendían chucherías a granel, ropa de marca sin etiqueta y los bañadores más bonitos de toda la costa, y tras lanzar unos alaridos indescriptibles, callaron de golpe.

Adondequiera que mirara Gemma, la gente que huía parecía de un modo horrible, fuera a donde fuese, intentara lo que intentase.

Chad la agarró del brazo para obligarla a mirar a su espalda.

La hilera de sombras que los perseguía estaba en medio de la calle y avanzaba hacia ellos a toda velocidad, flotando sobre la calzada. Algunas adquirían consistencia y apoyaban sus largas piernas en el suelo para preparar su ataque.

Gemma respiraba con dificultad, el corazón le martilleaba los tímpanos, y ya no sabía qué hacer, aterrorizada por la idea de la muerte.

—Oye, Chad, ¿no dijo tu padre que esos fantasmas utilizan las ondas para desplazarse? —preguntó Connor.

—Sí...

Connor chasqueó los dedos.

—¡El cine! —exclamó—. ¡Tienen un inhibidor!

—¡Si no hay corriente! —replicó Corey, aterrado.

Gemma vio un atisbo de esperanza y se aferró a él.

—¡Sí, ha vuelto! —dijo acordándose del puñado de ventanas iluminadas que habían visto en Oldchester.

La marquesina blanca con letras negras del cine estaba a más de doscientos metros. No había tiempo para dudas. Gemma tomó la delantera y, agachando la cabeza por si acaso, comenzó a deslizarse por detrás de los coches aparcados en Main Street, con los chavales detrás. Hasta Adam se sumó al plan, aunque ya no estaba en condiciones de pensar.

Un traqueteo regular les hizo levantar la cabeza. Vieron una silla de ruedas descendiendo por la calle, con un hombre un poco grueso sentado en ella. Su cara ya no era más que una oquedad sanguinolenta.

—¡Espabilad! —exclamó Connor.

Habían recorrido la mitad del trayecto cuando una voz casi imperceptible los llamó desde la cristalera abierta de un restaurante.

—¡Chisss! ¡Por aquí!

El interior del establecimiento estaba demasiado oscuro para distinguir nada. Gemma, que se había detenido, dudó.

—¡No, sigue! ¡Al cine! —le susurró Connor.

—¡Venid! —repitió la voz.

Al sentir la presión de las manos de los chicos en la espalda, Gemma reanudó la marcha.

—¡No! —insistió el desconocido desde el restaurante—. ¡Conseguiréis que os maten!

Trecho a trecho, se acercaban a su objetivo y Gemma empezaba a pensar que quizá lo lograrían. Lo que hicieran después importaba poco. Cuando estuvieran a salvo, podían esperar allí tranquilamente hasta que amaneciera, o incluso hasta que la Guardia Nacional se presentara en Mahingan Falls. Era lo de menos, una vez hubieran dado esquinazo a las criaturas.

El jefe Lee J. Warden caminaba estupefacto por Main Street. Gemma iba a llamarlo para decirle que se pusiera a cubierto, pero una Eco apareció justo delante de él,. La sombra nebulosa se adensó y una entidad concreta, probablemente un cuerpo, cobró forma en el interior de la nube de tinta flotante, hasta transformarse en una silueta con los brazos y las piernas extrañamente largos.

Warden no daba crédito a sus ojos. Inclinó la cabeza y extendió la mano para tocar aquella presencia de casi tres metros de altura. La Eco se inclinó a su vez para olisquearle los dedos, y la mano desapareció en la sombra. De pronto, el rostro del jefe de policía se desencajó, y Warden empezó a gritar. Tiró del brazo una y otra vez, incapaz de apartarlo, hasta que las enormes garras de la Eco lo atrajeron hacia sí. Warden se debatía y buscaba el arma en su cinturón, pero aquella cosa lo retorció como un niño que dobla una ramita. Cuando cerró lo que parecía ser su boca sobre la parte superior del cráneo de Warden, se oyó un ruido horrible, semejante a la cáscara de un grueso huevo rota de un golpe de cucharilla, y el jefe de policía gritó aún más fuerte, antes de que la Eco se lo tragara.

Gemma no esperó el final de aquella siniestra visión. Echó a correr hacia la entrada del cine.

La acera estaba cubierta de desechos. Había cristales por todas partes, pero también objetos de lo más diversos: manojos de llaves, móviles, bolsos... Sin embargo, lo que más impresionó a los adolescentes fueron las prendas de ropa apelotonadas. Sobre todo cuando estaban empapadas de sangre.

Chad estuvo a punto de pisar un dedo. Un dedo humano, arrancado de cuajo. Lo apartó con la punta del pie, horrorizado.

Un movimiento a su izquierda le hizo volverse, a la defensiva. Igual que Connor, llevaba un mechero en una mano y en la otra una pequeña bomba hecha con un globo al que le habían pegado con celo un petardo que tenía la mecha cortada al ras. Las habían preparado con mucho cuidado al salir de clase, antes de ir a la biblioteca, por si las moscas.

Vio la entrada de un edifico de dos plantas cuya puerta yacía en el suelo. El portal, estrecho, con la escalera a un lado, estaba en penumbra, pero a Chad le pareció entrever a alguien escondido en el interior.

El desconocido se movió y olfateó el aire en su dirección.

—Avanza... —dijo Corey detrás de Chad.

La sombra se irguió hasta alcanzar casi los tres metros de altura y saltó fuera de su escondite para apoderarse de Chad. Corey agarró a su amigo, más por miedo que por reflejos, y los dos chicos cayeron al suelo en el instante en que los tentáculos de la sombra azotaban el vacío.

Connor encendió el mechero con el pulgar, prendió la mecha y lanzó la bomba artesanal al interior del edificio. El globo explotó y roció de gasolina a la sombra. Al estallar el petardo, la gasolina se incendió con un silbido seco, y una forma vagamente humana empezó a contorsionarse y a emitir intensos alaridos guturales.

Chad y Corey ya se habían levantado y corrían junto a sus amigos. Iban a tal velocidad que sus zapatillas apenas rozaban el suelo.

Gemma fue la primera en llegar al cine y tirar de la puerta, que no estaba cerrada con llave. Al fin les sonreía la suerte.

Chad y Corey entraron los primeros, seguidos por Adam y Connor, que cerraba la marcha con otra de sus bombas en la mano. Cuando los cuatro chicos estuvieron dentro, Gemma dio un paso para entrar a su vez, pero la puerta se cerró ante sus narices con tal violencia que la hizo tambalearse.

A través del cristal, los cuatro chicos la vieron salir disparada hacia atrás, mientras una fuerza prodigiosa la alzaba por los aires.

En su precipitación por auxiliarla, Corey y Connor chocaron el uno contra el otro.

El rostro de Gemma pasó de expresar estupor a reflejar un terror incontenible.

Una flor oscura desplegó a su alrededor sus pétalos de muerte, que volvieron a cerrarse sobre ella y ahogaron su grito para siempre. Un frío paralizante la envolvió. Luego, una presión atroz hizo estallar sus órganos, mientras sus huesos se astillaban y le desgarraban la carne. No le dio tiempo a pensar en su hermano o en su madre, ni siquiera en sí misma, porque la nada se la tragó de golpe.

Un fluido viscoso empezó a gotear sobre la calzada.

Conmocionado, Adam se desvaneció y cayó al suelo.

Corey gritaba. Quiso abrir la puerta y salir, pero Connor lo sujetó, ayudado de inmediato por Chad, y sin saber cómo, en medio de un caos de llantos y gemidos, lograron que subiera la escalera y entrara en la gran sala de cine.

Dentro reinaba una densa tiniebla.

Connor iluminó con el mechero unas cuantas butacas vacías a su alrededor.

No se oía nada, salvo sus sollozos y sus hipidos.

Ni siquiera sabían si el inhibidor del cine seguía funcionando. Y menos aún si estaban solos.

72.

—¿Pichoncito? —llamó la voz gangosa de Lena Morgan—. ¿Has sido tú quien ha hecho que se apague todo?

Lena se había puesto una mascarilla regeneradora y se había ido a la cama temprano. Ese día no se había visto buena cara. Se sentía floja y tenía las facciones más cansadas de lo habitual. En cuanto pudiera volvería a visitar a su cirujano de Boston para que le pusiera otra tanda de inyecciones de bótox. Estaba hojeando una de sus revistas de famosos favoritas en el iPad cuando todo había dejado de funcionar.

LDM estaba abajo, viendo un partido de béisbol, baloncesto o lo que fuera, a ella le daba igual, salvo cuando lo necesitaba.

—¿Pichoncito? ¡Pichoncito!

Sabía que la oía. La casa era grande, pero no tanto, y todas las puertas entre el dormitorio y el salón estaban abiertas. O había ido a ver qué pasaba o se hacía el sordo. ¡Aquella manía suya estaba empezando a hartarla! Era perfectamente capaz de oír a sus amigos cuando murmuraban cochinadas al paso de una chica guapa, pero si lo llamaba ella, según de qué humor estuviera, podía llegar a hacerle repetir su nombre diez veces. Era intolerable.

—¡LDM! —bramó, esta vez sin la menor dulzura.

Una sombra cruzó la puerta, que se abrió todavía más.

En la moqueta había algo acercándose al pie de la cama.

—¿LDM? ¿Qué tramas?

En el extremo del lecho, el edredón empezó a levantarse y Lena adivinó sus intenciones.

—¿Tenías que cargártelo todo para jugar a los apagones conmigo? Llevo una máscara de belleza, pichoncito. Y no me he puesto la crema, ya sabes, para la sequedad íntima... Cuando quieras hacerlo, tienes que avisarme... Esas cosas se preparan, ¿lo has olvidado?

Debajo del edredón, el bulto era cada vez más grande; pero Lena siguió hablando en el mismo tono.

—Tú eres un hombre, para ti es muy fácil. Basta con que pienses en ello para que tu cuerpo responda al deseo. Pero recuerda que nosotras, las mujeres, tenemos un organismo más caprichoso. ¿Me estás escuchando, pichoncito? —Lena encogió las piernas bruscamente—. Dios mío, pero ¿de dónde vienes? ¡Estás helado! —el bulto se le acercaba despacio—. ¡Basta, LDM, he dicho que no! ¡Para empezar, date una ducha bien caliente!

La fuerza con que le sujetaron las rodillas la dejó tan estupefacta que no fue capaz de gritar.

El frío le subió por el cuerpo, y al instante el camisón se le cubrió de escarcha.

Sus muslos se separaron con tal violencia que le crujió la pelvis.

Luego, una masa aplastante se tendió sobre ella y la penetró con tal brutalidad que el dolor la electrizó hasta la base del cráneo.

Sintió que algo se derramaba dentro de ella e iba hinchándose e hinchándose... Gritó como nunca había gritado en su vida. Su interior explotó casi de inmediato. Lena se habría retorcido de dolor, pero la masa glacial que estaba tumbada encima de su cuerpo se lo impedía. Solo veía una nube de sombra, aunque sentía una presión descomunal.

Y aquello continuaba llenándola, comprimiendo lo que quedaba de sus órganos genitales y apretando su vejiga, que acabó estallando, poco antes de que el empuje le destrozara el estómago y los intestinos.

Lena había dejado de vociferar. Estaba más allá de los gritos.

Lo que salía de su boca ya no era humano.

73.

Diminutos entre los árboles centenarios, apenas tres gotas de agua en aquel océano vegetal, avanzaban en zigzag, llenos de esperanza y de miedo. Ethan no podía evitar enfocar con la linterna a todas partes al menor ruido, ni Owen ni Tom intercambiar una sonrisa de complicidad cada vez que lo hacía.

Caminaban deprisa, al principio por el sendero que desplegaba su franja de tierra desde el fondo del jardín de los Spencer. Luego, Owen lo había abandonado y los había guiado a través del bosque, donde habían tenido que aflojar el paso. Evitar los arbustos más frondosos o las rocas que apenas asomaban en el suelo mientras bajaban la cuesta requería cierta concentración, sobre todo en la oscuridad. Allí, bajo el espeso follaje, ni la luna ni las auroras boreales —que no obstante habían podido admirar unos instantes— iluminaban el accidentado y traicionero terreno.

Los enormes troncos se extendían hasta el infinito, y la noche había borrado todos los colores. Solo quedaba un bosque grisáceo en cuyo vientre se agitaba una fauna invisible que se ocultaba en las alturas, se enroscaba entre las raíces o hacía estremecer los helechos.

Dejaron atrás un macizo de zarzas, juncos, tocones y ramas de más de cinco metros de altura, vestigio de un antiguo corrimiento de tierra, enorme e inextricable sarcófago por el que hasta a la luz le costaba abrirse paso, y más adelante Owen les hizo desviarse hacia el oeste. De vez en cuando titubeaba y buscaba puntos de referencia, difíciles de encontrar en semejantes circunstancias.

—Tómate tu tiempo —le decía Tom.

Pero el tono de su voz, que pretendía ser tranquilo, evidenciaba que no lo tenían. Tom estaba muerto de preocupación. Por su mujer, por sus hijos.

El sudor les resbalaba por la frente y los riñones cuando llegaron a un lecho rocoso por cuyo fondo se deslizaba un tímido hilillo de agua.

—Estamos a la entrada del barranco —anunció Owen—. Unos diez metros más y no tendremos nada que temer de las ondas durante un cuarto de hora.

—No veo ninguna pared —observó Tom, extrañado.

—Pues están ahí, detrás de los árboles. Con la oscuridad no las puedes distinguir.

Ethan se impacientaba.

—Vamos. La subida al monte Wendy llevará tiempo.

El teniente se reprochaba muchas cosas. La lista de todo lo que le habría gustado hacer antes de que el apagón los aislara aumentaba minuto a minuto. No había estado a la altura. No había sido lo bastante diligente y perspicaz. «Deja de autoflagelarte, no es el momento.»

Soltar a Alec Orlacher y su secuaz con la promesa de que irían directos al Cordón para reiniciar la señal había sido un error. Una tremenda ingenuidad. ¿Cómo había podido creer que el responsable de la empresa no aprovecharía la ocasión para poner tierra de por medio? «Tuve que decidir a toda prisa...»

Sin embargo, Orlacher había venido a eso... Había jugado limpio con él y había asumido su culpa. Entonces, ¿por qué no había contestado a sus llamadas? «Lo sabes perfectamente.»

Había que ponerse en lo peor.

«Pero quizá lo hayan conseguido, quizá no quede ninguna Eco en el pueblo...» Al fin y al cabo, ¿cómo iba a saberlo? Ellos ya habían recorrido buena parte del trayecto sin toparse con ninguna aparición...

—Sé quién está detrás de todo esto —murmuró, tras comprender que era el único que conocía la verdad.

Tom se detuvo.

—¿Desde cuándo?

—Me he enterado hace poco.

Tom lo animó a continuar, y Ethan le contó todo lo que sabía por boca de Alec Orlacher mientras subían la suave pendiente del barranco siguiendo a Owen, que los conducía por aquel territorio seguro.

—Prométame que no dejará que quede impune —le rogó Tom cuando Ethan finalizó su monólogo.

—Le di mi palabra de que, si solucionaba el problema, no lo detendría. Pero lo hará Ashley. Orlacher pagará por sus actos. Él y todos sus secuaces. De repente, Owen echó a correr y Tom se asustó, hasta que lo vio ante una choza de tablas techada con un toldo.

—Aquí es donde venimos cuando queremos estar tranquilos —dijo orgulloso.

Tom levantó el pulgar a modo de felicitación y reanudó su conversación con Ethan.

—En resumen, las Eco de Jenifael Achak y sus hijas estaban atrapadas en nuestra casa desde hacía tres siglos —dijo—, y ese canalla las ha liberado, a ellas y a todas las que se han acumulado desde la fundación de Mahingan Falls.

—Exacto. Incluso es posible que la brecha que abrió su amplificador haya atraído no solo a las Eco del pueblo, sino a las de toda la región, actuando como un imán o un catalizador. Orlacher me aseguró que su tecnología se focalizó exclusivamente en nuestro valle, pero yo no lo creo. Nada es tan limpio como a ese malnacido le gustaría creer. Con su maldito experimento les abrió una puerta hacia nosotros, y por un desafortunado cúmulo de circunstancias, las erupciones solares, al alterar el magnetismo de la tierra o influir en las corrientes eléctricas, les proporcionó una energía monstruosa para actuar.

Tom guardó silencio durante unos minutos. Encontraba aquello muy inquietante. La idea misma de que su familia hubiera podido vivir junto a los fantasmas de una mujer torturada por brujería y sus hijas, sin ni siquiera darse cuenta, era escalofriante. ¿Cuántas personas habría en el mundo conviviendo sin saberlo con espíritus incapaces de hacerse oír? En todas las ciudades y en el campo, en los cinco continentes, a lo largo de siglos e incluso milenios, se habían producido crímenes y tragedias; estas, a su vez, habrían generado innumerables Eco, errantes al otro lado de ese espejo de dos caras, desde donde asistirían impotentes al espectáculo de nuestras vidas terrenales, sintiendo crecer en ellas la frustración y el odio.

Estaban en todas partes. Sin ninguna duda.

Gary Tully había hecho todo lo posible por establecer un puente entre Jenifael Achak y él. ¿Por qué no lo había logrado nunca? ¿Y por qué en cambio el contacto con la casa parecía haber destruido a la familia de Miranda Blaine? Jenifael atacaba a las familias —como la que ella había perdido— e ignoraba lo demás. Era la única explicación.

Incluso sin la intervención de Orlacher y su empresa, tarde o temprano los Spencer habrían tenido que vérselas con la supuesta bruja.

En el mundo había lugares cargados de una ira tan intensa que bastaba para romper el espejo durante unos minutos en cada década, lo suficiente para permitir a los espectros más motivados golpear salvajemente.

Lo único que había hecho Orlacher era precipitar las cosas y amplificarlas hasta expandir el caos de una sola casa a todo un pueblo.

—Vamos a salir del barranco —les advirtió Owen.

Tom le hizo señas para que volviera junto a él.

—¿No va a encender el inhibidor, Cobb? —preguntó

—Hay que ahorrar batería hasta que sepamos lo que nos espera.

Zigzaguearon por el bosque, con la linterna de Ethan iluminándolos como un faro en la noche, mientras el viento agitaba las ramas altas. Luego llegaron al lindero, donde los oscilantes campos de maíz desplegaban su rumorosa alfombra, y echaron a andar por el sendero de tierra que separaba los árboles del maizal. La masa del monte Wendy se perfiló al norte, recortada contra las auroras boreales.

Owen no paraba de mirar las plantas

—No te preocupes, no tendremos que meternos ahí —lo tranquilizó Tom.

—No sé si lo que nos espera es mejor —repuso Ethan—. Si la situación se vuelve, digamos, tensa, quédense detrás de mí.

—Era lo que pensaba hacer.

Tardaron otra fatigosa media hora en llegar a la estrecha carretera que partía del pie del monte Wendy, y apenas iniciada la ascensión ya les faltaba el aire.

La brisa nocturna los refrescó un poco, antes de que Tom se percatara del extraño silencio que los rodeaba.

—¿Se han fijado? Ya no se oye un solo ruido. Ni un insecto, ni una rapaz.

—Nos estamos acercando.

Tom tiró de Owen para que se arrimara a él.

Con los cinco sentidos alerta, vigilaban la carretera y las cunetas, sin olvidar echar un vistazo a sus espaldas de vez en cuando.

Un poco más arriba, en el primer tercio de la subida, vieron una furgoneta. Tenía las puertas abiertas de par en par y los faros y el motor apagados. Ethan reconoció el vehículo de Alec Orlacher y su jefe de seguridad.

Esta vez encendió el inhibidor, que llevaba sujeto al cinturón. Un piloto verde le indicó que funcionaba. Tenía la linterna en una mano; con la otra desenfundó la Glock. No sabía si las balas podrían con las Eco, pero el fuego parecía repelerlas, así que no serían totalmente inútiles, y el peso del arma en la mano lo tranquilizaba.

Se acercaron con cautela, mientras Ethan apuntaba con la pistola a la zona de carga de la furgoneta.

Cuando la linterna iluminó el interior, se detuvo, sobrecogido.

—No se acerque más, Tom —advirtió con voz firme—. Y mantenga alejado a Owen.

—Ha dicho que el radio de acción del inhibidor es de tres a cuatro metros, así que no pienso despegarme de usted.

—Tápele los ojos al chico.

Era imposible saber qué pertenecía a Orlacher y qué a su guardaespaldas. Un amasijo de tejidos sanguinolentos cubría buena parte del suelo, como si alguien hubiera pasado a los dos hombres por una picadora.

La actitud de Tom cambió de inmediato.

—¡Hay que largarse ahora mismo! —exclamó.

—No, tenemos que subir, cortar la señ...

Tom apuntó con el índice a las estanterías metálicas, en las que se veían varios inhibidores portátiles, todos activados.

—¡Esos chismes no protegen de nada! ¡Hay unos cuantos, pero no han podido evitar la matanza!

Owen tiró del brazo de su tío.

—¡Se acercan!

Tom se asomó por una esquina del vehículo y comprobó que unas sombras bajaban la pendiente en su dirección a toda velocidad. De lejos se asemejaban a figuras humanas, pero flotaban en el aire sobre el asfalto, y sus extremidades, deformes y alargadas, parecían a punto de desprenderse del cuerpo. Oyó crepitar el aire, cargado de electricidad estática, y empezó a sangrar por la nariz, al igual que Owen y Ethan.

Las Eco caerían sobre ellos en menos de treinta segundos. Las había a decenas. Y eran demasiado rápidas para albergar la esperanza de poder escapar de ellas.

74.

De pie en el césped de una casa de Green Lanes, espalda contra espalda con Olivia y Zoey, Ashley acababa de poner en marcha el inhibidor y miraba a todas partes, al acecho del peligro.

—¿Las ve? —le preguntó a su compañera.

—No, pero percibo movimientos en el aire. ¿Podemos avanzar con el inhibidor encendido?

—Enseguida lo sabremos.

Olivia tiró a la vez de las dos correas del portabebés para mantenerlo recto y aliviar los hombros, y empezaron a andar sin cambiar de posición.

El ataque llegó desde el garaje abierto de una casa, cuando pasaban por enfrente. Tres afilados discos de sierra volaron silbando en su dirección, tan raudos y finos que eran casi invisibles. Pero justo en el último momento perdieron velocidad y precisión: el primero pasó muy cerca de Zoey, que seguía durmiendo, y cayó entre Olivia y Ashley; el segundo rebotó delante de ellas; y el tercero conservó la suficiente fuerza para alcanzar el blanco, pero en lugar de hundirse en el torso de la sargento penetró en su muslo hasta la mitad.

Ashley gritó e hincó una rodilla en el suelo.

La herida era profunda y la sangre resbalaba por la pierna de la agente.

En el garaje, una gran cantidad de objetos se desplomó al paso de alguien o algo. Olivia ya no sabía si ayudar primero a su compañera o concentrarse en vigilar para prevenir otros ataques.

—¡Dígame algo, Ashley! ¿Es grave?

—Más bien sí —respondió la sargento con una mueca—. Mierda... Cómo duele...

La agente herida gemía, pero la adrenalina la ayudaba a mantener la sangre fría. Rasgó torpemente un jirón de la manga de su camisa e intentó sujetar el borde del disco, lo que le arrancó otro grito de dolor.

—Si me desmayo, coja el inhibidor, Olivia.
—¡No, no, no haga eso!
—No tengo elección.

Ashley tiró del disco de acero con todas sus fuerzas apretando los dientes para soportar el dolor. El círculo dentado cayó al suelo con un tintineo, y Ashley tapono la herida con el trozo de tela. Estaba empapada en sudor y respiraba desacompasadamente, pero no había perdido el conocimiento.

—Creía que este chisme iba a protegernos —gruñó tras comprobar que el inhibidor seguía encendido.
—Lo ha hecho. De no ser por él, los discos nos habrían cortado en rodajas —Olivia seguía vigilando, en particular el oscuro garaje. Sentía que el peligro no había pasado—. ¿Puede caminar?
—Tendré que hacerlo. Ayúdeme a levantarme.

Olivia la sostuvo y le arrancó la otra manga del uniforme para confeccionar una venda y ceñirla alrededor del muslo. La sangre la tiñó antes de que acabara de anudarla, y Olivia comprendió que la herida era demasiado profunda para conseguir detener la hemorragia tan fácilmente. Iba a decírselo cuando vio en sus grandes ojos que la sargento lo sabía. Sabía lo que eso significaba. Sin embargo, agarró una correa del portabebés y tiró de Olivia.

—Cuanto antes nos vayamos, antes encontrará a su hijo.

La Eco del garaje se materializó junto a las bolsas de basura del camino de acceso, justo al lado de la puerta levantada, con la apariencia de una de aquellas siluetas de sombra con brazos y dedos desmesurados, alta y fluctuante, como un chorro de aceite en suspensión. En cuanto apareció, se abalanzó sobre Olivia con tal rapidez que a esta apenas le dio tiempo a pestañear.

No hubo contacto. Solo un rugido distorsionado, como si sonara bajo el agua. La sombra se había volatilizado a menos de tres metros de Olivia.

—¡El inhibidor! —comprendió Ashley—. ¡Venga! ¡Vámonos!

Sobresaltada, Zoey se despertó y rompió a llorar.

Olivia tenía el estómago en la garganta. Había estado a punto de morir y no había reaccionado, ni siquiera para proteger a su hija. Aquellas criaturas eran mucho peores de lo que había imaginado.

Mientras se alejaban, trató de calmar a Zoey acariciándole la mejilla, que era lo único que podía hacer por el momento; pero la niña lloraba a lágrima viva, alertando de su presencia a toda la calle.

Ashley cojeaba mucho y apretaba los dientes a cada paso. No conseguirían llegar muy lejos. Tenían que buscar otra solución. Olivia examinó el entorno. Casas idénticas, y nadie a la vista. A lo lejos, las peticiones de auxilio se multiplicaban, acompañadas de alaridos, y a veces de disparos. Poco a poco, el pueblo se hundía en la locura.

Ashley tenía la pierna cubierta de sangre hasta el zapato, que dejaba una huella roja a cada paso.

La Eco volvió a cobrar forma justo delante de ellas y las atacó antes de que pudieran esquivarla.

Una vez más, al entrar en el radio de acción del inhibidor se disipó como un puñado de harina negra arrojado al aire, y de nuevo con un estertor subacuático.

El llanto de Zoey redobló.

La Eco volvió a la carga, esta vez desde un lado, y Olivia tuvo la sensación de que había conseguido penetrar en el radio, a tan solo dos metros de ellas.

—¡Cada vez se acerca más! —exclamó aterrada.

¿Cogía más impulso en su dimensión paralela, o su fuerza crecía minuto a minuto?

Al cuarto ataque se desintegró a unos centímetros de ellas, que notaron el halo glacial que la envolvía, y exhalaron una bocanada de aire helado.

—¡Ashley, nos va a alcanzar! ¿Qué hacemos?

Presas del pánico, eran incapaces de correr. Por un segundo, Olivia tuvo la tentación de arrancarle el inhibidor del cinturón a Ashley, abandonarla a su suerte y salir huyendo, pero ahuyentó esa idea. Ella no era así. Nunca lo había sido.

«Piensa en Zoey...»

Luchando consigo misma, Olivia sacudía la cabeza.

La Eco volvió a corporeizarse entre los setos recortados que separaban dos jardines.

Ashley se aferró a la mano de Olivia.

La Eco se deslizó dos metros hacia ellas, pero cuando se disponía a saltarles encima se quedó inmóvil.

También Olivia había oído el ruido que la había distraído. Mapple Street arriba, un joven observaba la escena agachado junto a un coche. Olivia pensó en aprovechar la ocasión para huir y calculó sus posibilidades. Si la Eco se lanzaba sobre aquel desventurado, podían arriesgarse a alcanzar la siguiente calle, confiando en que no las persiguiera.

«Pero Ashley no está en condiciones de...»

La Eco vibraba. Un murmullo grave, como el que harían muchas voces cuchicheando unas con otras. ¿Dudaba?

—¡Corra hasta nosotras! —gritó Ashley—. ¡Si quiere vivir, corra!

El chico se lanzó a la carrera en el momento en que la Eco se abalanzaba sobre él y se cruzó con ella sin rozarla. Corría con tal rapidez y agilidad que parecía capaz de llegar junto a ellas. Pero la Eco volvió a erguirse a sus espaldas.

—¡Deprisa! —lo animó Ashley.

Olivia estaba muda. Lo había reconocido.

Derek Cox.

La inercia lo proyectó contra Ashley, y los dos rodaron por el suelo.

Al instante, Olivia se percató de que no solo había dejado de estar lo bastante cerca de Ashley para que el inhibidor la protegiera, sino que además el aparato se había desprendido del cinturón de la agente y estaba tirado en medio de la calle.

Se le erizó el vello de la nuca mientras un sonido de bajos profundos llenaba el aire. Zoey soltó un agudo chillido, y la sombra las rozó.

En el suelo, las piernas de Ashley Foster describieron un movimiento horrible: se doblaron en el sentido contrario a las articulaciones, hasta que los pies se juntaron con los muslos y estos se aplastaron contra el pecho de la joven, al tiempo que los brazos se partían a su espalda. Un chorro de sangre brotó de sus labios, los ojos se le salieron de las órbitas y una terrible sacudida agitó por última vez su cuerpo machacado.

Olivia temblaba. Vio que la Eco que se cernía sobre Ashley se levantaba y supo que era su turno. Pero las piernas apenas la sostenían, no tenían fuerzas para impulsarla, para permitirle intentar huir.

Con el rabillo del ojo vio que Derek Cox miraba el inhibidor, y supo que lo cogería primero y que sería inútil intentar arrebatárselo, porque era mucho más rápido y fuerte que ella. Ágil como un gato, el chico rodó sobre sí mismo por la calzada y se apoderó del aparato, en el momento en que la Eco se volvía hacia ellas.

Derek miró a Olivia.

En sus ojos había tanta humanidad como en los fantasmas que asolaban el pueblo.

En ese momento, Olivia supo que iba a morir.

—Perdóname, Zoey —dijo.

75.

La llamita del mechero temblaba y crepitaba en la oscuridad del enorme patio de butacas.

Connor estaba en el pasillo central, luchando con su mente para dejar de ver y oír a Gemma en el instante en que aquella nube de tinta se la había tragado. Él quería vivir, a toda costa. Y sabía que eso implicaba asegurarse de que allí dentro estaban a salvo. No podía ver nada más allá del puñado de butacas que tenían cerca. Corey lloraba de tal modo que parecía al borde de una parada respiratoria, y Chad lo estrechaba contra sí, pero, conmocionado por lo que acababa de presenciar, era incapaz de decir una palabra.

Así que ahora todo el peso recaía sobre sus hombros. Y él era capaz de sobrellevarlo. Estaba acostumbrado. Algún día sería su trabajo, estaba seguro. Bombero, policía o militar. Una profesión que requiriera sangre fría y espíritu de sacrificio, pero también una buena dosis de inteligencia y valor. A veces le reprochaban que fuera tan impulsivo, pero él se consideraba más bien un tipo con decisión.

Y eso era lo que hacía falta ahora. No pasarse dos horas lamentándose y titubeando, sino asegurarse cuanto antes de que estaban solos y de que el inhibidor del cine seguía funcionando.

Connor bajó unos peldaños levantando el mechero por encima de su cabeza. Podía sentir la inmensidad de la sala y la altura del techo, aunque no lo viera. ¿Cómo se las iba a arreglar para explorar cada rincón? El mechero empezaba a recalentarse en su mano.

«Seré idiota...»

Aunque no hubiera cobertura, los móviles seguían conservando sus funciones normales. Sacó el suyo y lo puso en modo linterna. Un resplandor blanco mucho más potente que el de la llama le mostró de golpe una docena de filas. Vacías.

Se volvió hacia la izquierda...

La tapicería roja, las gradas... Allí tampoco había nadie. Descendió a media altura y continuó con su inspección, inclinándose entre las filas para comprobar que no había nada escondido o tumbado en el suelo. Estaba en el centro de un círculo de claridad rodeado de tinieblas, y comprendió que había dejado a oscuras a sus compañeros. Aún podía oírlos respirar y sollozar. En sus mentes había tal caos que ni se habían dado cuenta, o les traía sin cuidado.

Connor iluminó las siguientes butacas.

Poco a poco, recobraba la confianza. No sabía cómo se sentiría cuando saliera de aquello, pero ya tendría tiempo entonces de venirse abajo. Ahora su instinto de supervivencia había tomado las riendas, y Connor se centró en eso.

Solo faltaba inspeccionar la parte inferior de la sala.

Mientras avanzaba, echó un vistazo dentro de su mochila y contó tres bombas de gasolina. La que había lanzado al portal del edificio había surtido efecto. Puede que no consiguieran matar a aquellas hijas de puta, pero, desde luego, no les hacían ni pizca de gracia. Con aquella munición y el inhibidor, tenía la esperanza de poder aguantar hasta que llegara ayuda. Y sería el ejército, seguro. El Gobierno enviaría todas las tropas de élite, y en dos o tres días Connor saltaría a las portadas de los periódicos en compañía de los demás supervivientes. Las cadenas de televisión emitirían sus declaraciones en bucle.

«¿Y si el Gobierno no manda a nadie?»

¡Qué estupidez! ¿Cómo no iba a actuar para salvarlos? Esa era su principal obligación: proteger a los ciudadanos.

Solo que esos ciudadanos contarían los horrores que habían vivido. Revelarían al mundo entero la existencia de los monstruos y los fantasmas y provocarían el pánico en la población de todos los países, y los gobiernos perderían el control. Sería el caos...

«No, qué tontería... No será para tanto.»

Había otra hipótesis a tener en cuenta. Puede que todo aquello fuera intencionado. En ese caso, el Gobierno no solo no enviaría tropas sino que no tendría ningún interés en hacerlo, puesto que sería el responsable de aquella mierda. Después de todo, alguien tenía que haber liado aquel pitote, y visto el calibre, ¿quién podía haberlo hecho aparte del Gobierno?

«Oh, Dios mío, esto no me huele bien... Si nos quedamos aquí, estamos jodidos.»

Había que largarse de Mahingan Falls. Antes de que los bombarderos soltaran sus cargas incendiarias sobre todo el pueblo para erradicar el problema y el Gobierno se inventara un cuento chino para enterrar la verdad bajo toneladas de embustes.

Butacas vacías, allí también.

Connor bajó los últimos escalones e iluminó las filas delanteras, a la derecha y luego a la izquierda.

Cuando acabó, dejó escapar un largo suspiro.

«Por lo menos estamos solos.»

En un exceso de aprensión, se había imaginado que encontraría un cadáver repugnante desollado vivo o con la lengua arrancada y la tráquea, el esófago, el estómago y los metros de intestino desplegados de butaca en butaca, como una madeja desenrollada. Las Eco hacían ese tipo de porquerías.

Volvió a subir para reunirse con sus amigos.

No quedaba otra opción que convencerlos de que había que largarse antes de que el ejército lo hiciera saltar todo por los aires.

«Primero tienen que calmarse...»

Dejó el móvil alumbrándolos y se arrodilló para estar a su altura.

—Lo siento mucho —dijo, y le dio un abrazo a Corey y otro a Chad.

Y esperó.

Su burbuja de luz blanca parecía un batiscafo en el fondo de un abismo insondable.

Chad rompió el silencio al cabo de unos instantes. Tenía la voz rota por el dolor.

—¿Crees que Adam se habrá salvado?

—Se lo han merendado, ¿no?

—Nada de eso, estaba con nosotros en el vestíbulo. Se ha desmayado, creo.

—¿Abajo? ¡Mierda, entonces puede que aún esté vivo! ¡Hay que ir a buscarlo!

Chad miró a Corey, que seguía temblando, hundido en la desesperación.

—No está en condiciones.

—Entonces, quédate con él. Vuelvo enseguida.

Connor dejó la mochila en el suelo delante de Chad y sacó dos globos que sujetó por los nudos con una mano; con la otra cogió el mechero.

—¿Seguro que es buena idea?

—Si fueras tú, ¿te gustaría que te abandonaran? —Chad negó enérgicamente con la cabeza—. Quédate con Corey —dijo Connor antes de empujar los batientes de la puerta.

El bar, con su máquina de palomitas y las bebidas, estaba sumido en la oscuridad, y Connor tuvo que encender el mechero para confirmar que allí tampoco había nadie. El fogonazo iluminó la gastada moqueta y las paredes tapizadas. Avanzó a tientas unos metros y volvió a encender el mechero. Nuevo fogonazo. Los carteles de los estrenos de otoño reflejaron la llama. Connor recorrió el máximo de distancia posible antes de volver a alumbrarse. Fogonazo. La escalera que llevaba al anfiteatro. Desde allí arriba tendría una buena vista del vestíbulo. Se deslizó por ella sigilosamente, con una mano en la barandilla, hasta llegar al entresuelo. Las auroras boreales derramaban sobre la calle una claridad tenue, unas veces verdosa y otras azulada, que bastaba para distinguir las formas en el vestíbulo, al pie de la escalera.

Cerca de las puertas había alguien tendido en el suelo.

No podía creérselo. Con la precipitación, se habían olvidado de Adam. Pensaban que había muerto con Gemma.

Bajó con toda la cautela del mundo y, sin quitarle ojo a las puertas de cristal, se acercó al chico, que seguía inconsciente.

Fuera, la calle había recuperado la calma.

«Porque todo el mundo está muerto.»

Debía de haber un puñado de supervivientes escondidos aquí y allá, pero ahora que las Eco no tenían todo un rebaño que exterminar, podían dedicarse a la caza. Al ritmo que iban, antes del amanecer no quedaría ni un alma en Mahingan Falls.

Y por primera vez, Connor pensó en su madre.

«Estará bien. ¿Cómo no va a estarlo? Con lo miedica que es, se habrá escondido al primer disparo. ¡En cuanto ha saltado la luz, seguro! Estará acurrucada en un rincón de su cuarto, llamándome de todo porque no cojo el maldito móvil. Sí, eso es. Y cuando vuelva me pondrá a parir, me dirá que para qué me lo compró si cuando me busca no lo cojo.»

Salvo que no iba a volver. Por lo menos de momento. Y no estaba muy convencido de sus suposiciones. Pero como le permitían mantener a raya sus emociones, se obligó a creer en ellas, al menos un poco, al menos un rato.

Le puso dos dedos en el cuello a Adam y le buscó el pulso, que encontró tras varios intentos.

«¡Has salido de esta, cabroncete!»

Había tenido más suerte que Gemma. La vida era terriblemente injusta. ¿Por qué ella, que era genial, en vez de Adam, al que apenas conocían?

«Pensar eso está feo. Debería darte vergüenza.»

Connor lo sacudió para despertarlo, pero tuvo que insistir durante un minuto largo antes de que Adam se espabilara, al principio lentamente, y acabara volviendo a la realidad, aterrorizado. Connor le tapó la boca con la mano para impedir que gritara y se volvió hacia las puertas para comprobar que no había nadie.

Adam estaba en estado de shock, y Connor temía que le diera un ataque o tuviera una reacción violenta.

—¡Eh! Concéntrate en mí —le dijo, y chasqueó los dedos delante de sus pupilas dilatadas—. ¡Aquí, aquí! Vuelve con nosotros, Adam. Soy yo, Connor. Tienes que reaccionar, colega, o no durarás mucho.

—Gemma...

Connor asintió.

—Sí. Esas cabronas la han pescado.

Al oír esas palabras, Adam vomitó un chorro de bilis sobre sí mismo y sobre la moqueta, y Connor tuvo el tiempo justo de apartarse.

—Ven conmigo, allá arriba estaremos más seguros que aquí —le dijo dándole unas palmaditas en la espalda—. Pero no podemos entretenernos. Tienes que ayudarme a convencer a los otros de que debemos irnos.

—¿Irnos adónde?

—Lejos. Antes de que el ejército lo arrase todo.

76.

La horda de rabiosas Eco se deslizaba pendiente abajo, directa hacia la furgoneta donde se encontraban Ethan, Tom y Owen. Tal como atestiguaban los inmundos restos de Alec Orlacher y su guardaespaldas, los inhibidores del interior no bastarían para detener semejante oleada.

Tom echó un vistazo al precipicio. Intentar bajar por allí implicaba una muerte segura. Correr tampoco les permitiría escapar, en vista de la rapidez con que se desplazaban las Eco.

Solo quedaba la lucha.

Desesperada.

Habían pecado de ingenuos. Creer que bastaba con subir a la cima del monte Wendy para solucionar el problema...

Un ejército de monstruos pululaba bajo el Cordón, santuario de su venida a la tierra. Allí era donde se había abierto la grieta entre los dos planos paralelos, allí era donde, aprovechando la potencia que les había proporcionado una tecnología instalada en secreto por OCP, aquel enjambre se había congregado para tomar posesión de la señal emitida desde la gigantesca antena.

De todas las señales, en realidad. Saltando de una a otra.

Sí, pensó Tom con amarga ironía, habría bastado con llegar a la cima, entrar en el Cordón y arrancarlo todo para privarlas de su energía, para darles con la puerta en las narices. Solo que no era tan fácil penetrar en el interior de una colmena.

Habían sido tan ingenuos...

Y lo iban a pagar caro.

Tom puso sus manos sobre los hombros de Owen y lo apretó contra sí para evitarle ver la muerte que se cernía sobre ellos.

—¡Hay que encender una hoguera! —exclamó el adolescente, lleno de esperanza—. ¡No les gusta el fuego, puedo que eso las aleje de momento!

—No tenemos combustible ni tampoco tiempo...
—¡A la furgoneta! —ordenó Ethan—. ¡Sube, Owen!
—Los vehículos no funcionan, Ethan.

Pero el teniente empujó bruscamente a Tom y a su sobrino hasta la parte delantera del vehículo y lanzó literalmente al chico al asiento del copiloto.

Ahora las Eco solo estaban a treinta metros.

—Ayúdeme a orientarla hacia la pendiente —le pidió Ethan.

Tom comprendió lo que pretendía hacer. Era una locura, pero no tenían otra opción, así que el padre de familia apoyó las dos manos contra el marco de la puerta y empujó con todas sus fuerzas.

Al otro lado, Ethan hizo girar el volante para volver las ruedas en la dirección adecuada y empujó a su vez.

Las Eco rugían, cada vez más cerca.

La furgoneta se movió, al principio solo unos centímetros, y luego, cuando los dos hombres hicieron el máximo esfuerzo, giró lo suficiente para empezar a rodar cuesta abajo.

Ethan y Tom saltaron al interior.

Vieron las sombras agrandarse en los retrovisores.

Aquello no iba a bastar. Aún iban muy despacio.

—¿El motor no debería arrancar yendo cuesta abajo? —preguntó Tom angustiado.

Ethan hizo girar la llave varias veces y golpeó el salpicadero. Pero nada funcionaba.

—¡Demasiada electrónica! ¡Está muerto!

Las ruedas se adherían al asfalto y la gravedad succionaba el peso con creciente avidez.

Una Eco tomó la delantera y se abalanzó al interior de la furgoneta con tal ímpetu que los restos de las dos víctimas salpicaron las paredes.

Tom le arrancó el inhibidor del cinturón a Ethan y, en un acto desesperado, se lo arrojó al monstruo, que explotó en un sinfín de partículas oscuras.

La inclinación seguía haciéndoles acelerar.

Una segunda Eco consiguió imitar a su compañera, pero corrió la misma suerte, esta vez al chocar contra los inhibidores de la estantería. Si las criaturas no atacaban todas a la vez, no conseguirían atravesar la barrera.

Por fin, la jauría perdió terreno. Ahora la furgoneta corría a una velocidad poco prudente, llevada por su propia inercia. Ethan conocía la carretera, la había recorrido no hacía mucho, pero no recordaba las curvas con exactitud y la primera lo cogió desprevenido. Levantaron una nube de polvo y pasaron rozando el precipicio antes de volver a la calzada.

Tom no le pidió que frenara —la ausencia de motor no les dejaba elección—, pero apretó a Owen contra sí.

Aún podía distinguir el séquito de sombras que seguía su estela. La pendiente hacía subir la aguja de la velocidad. Peligrosamente.

Otro viraje estuvo a punto de lanzarlos al vacío, y esta vez Ethan no tuvo más remedio que hacer chirriar los frenos para salvar sus vidas.

Y el tobogán mortal se prolongaba.

Sus perseguidoras habían desaparecido.

—Ya no las veo —anunció Tom.

—Eso no significa que no sigan ahí. Si nos detenemos, podemos darnos por muertos.

—Ethan, mi mujer y mis hijos están en el pueblo, a merced de esas cosas. Tengo que cortar la señal.

El policía apretaba los dientes.

—¿Cree que no lo sé? ¿Cuánta gente morirá si no lo conseguimos? Pero ¿qué podemos hacer? ¿Cómo piensa llegar al Cordón? Esta es la única ladera accesible, y están por todas partes. ¡Con inhibidores o sin ellos, no tenemos ninguna posibilidad!

Tom asintió, pero era incapaz de resignarse.

Tenía los ojos empañados.

—Déjeme en el arcén. Tengo que intentarlo. No puedo abandonarlos.

—Usted sabe que es un suicidio. Es imposible.

Tom apretó el puño sobre el salpicadero y se limpió la sangre del labio. Las lágrimas le resbalaban por las mejillas.

Owen le enjugó una con el dorso de la mano.

—Entonces, pasemos al plan B —dijo.

—No hay plan B —replicó Ethan secamente.

—Yo tengo uno. ¡Por eso quería venir! Descienda hasta el maizal, lo más cerca posible del centro del campo. Desde allí solo tendremos que andar quinientos o seiscientos metros para llegar al transformador.

—¿De qué hablas? —le preguntó Tom.

—Un día, en el barranco, vi unas torres eléctricas oxidadas. Corey me explicó que hace tiempo soterraron las líneas eléctricas del pueblo. Y que todas parten de ahí, no muy lejos de la casa de los Taylor.

—¡Tiene razón! —exclamó Ethan—. ¡Dios mío! ¡Si interrumpimos el suministro eléctrico, lo paramos todo! ¡Incluido el Cordón!

Tom no se lo podía creer.

—¿Por qué no lo has dicho antes?

Owen tragó saliva con dificultad y apuntó con el dedo hacia la oscuridad del llano.

—Porque hay que atravesar el maizal, y sé lo que anda merodeando por allí.

77.

Milo ladraba, encerrado en el cuarto de la lavadora. Eran ladridos secos, nerviosos.

Roy se secó el sudor de la frente.

—Estoy demasiado ocupado para vigilarte, amiguito, así que tendrás que esperar.

Había encontrado una lámpara led y la había enganchado al capó para ver mejor. Sobre su cabeza, las auroras boreales ofrecían un espectáculo fascinante, pero el anciano tenía otros intereses mucho más urgentes.

El todoterreno, de los años setenta, no estaba plagado de circuitos electrónicos como los vehículos modernos, pero Roy sospechaba que el alternador se había fundido, junto con el resto de los componentes eléctricos, incluida la batería, que de hecho estaba parcialmente derretida.

Una primera ojeada al motor le había hecho sentirse pesimista: no lograría arrancarlo. Pero no quería desmoralizar a los demás, así que había prometido hacer lo imposible. Y en esas estaba.

Primero había limpiado las bujías. Una a una. Ignoraba si había que cambiarlas, pero a falta de repuestos no podía hacer otra cosa. Luego encontró el compartimento de los fusibles y comprobó que habían saltado todos. Sin desanimarse, volvió a entrar en casa de los Spencer y registró la cocina en busca de papel de aluminio. Había sido ferretero muchos años y conocía algunos trucos. El aluminio, conductor eléctrico y flexible, y por tanto maleable, era cualquier cosa menos una buena idea, porque no hacía más que aumentar el peligro de cortocircuito o incendio, pero, una vez más, no tenía elección. Durante largos minutos, Roy plegó trozos de papel de aluminio para improvisar tantos fusibles como hicieran falta. ¿Bastaría con eso? Lo dudaba. Después, armado con un martillo y un destornillador, se dedicó a la batería, que intentó extraer del soporte al que la había pegado el plástico fundido. Se empleó a fondo, doblado en dos para llegar a la parte más baja, y a fuerza de insistir consiguió sacarla y la dejó en el césped.

Volvió a secarse el sudor. Le dolían las articulaciones. Era un padecimiento constante, agotador, que llevaba grabado en la carne, pero al que no se acostumbraría jamás.

—¡Cállate, Milo!

Aquel chucho lo estaba poniendo de los nervios.

Su alto esqueleto crujió por todas partes cuando, con la lámpara sujeta al peto vaquero, echó a andar calle abajo en dirección a su casa. Podía oír los disparos, incluso alguno de los gritos que llegaban del pueblo, pero procuró no hacer caso. Podía imaginar lo que estaba pasando. De tanto enredar con la ciencia, habían acabado abriendo las puertas del infierno. Él tenía una misión, y hasta que no la cumpliera prefería no pensar en lo que vendría después.

«Porque tienes miedo...»

¿Y? ¿No estaba en su derecho? ¿Quién no lo tendría en un mundo así? Miedo a morir.

No. En el fondo, Roy ya no tenía ese miedo. No estaba precisamente en la flor de la vida, y aunque no tenía ninguna prisa por marcharse al otro barrio, hacía años que el asunto rondaba su almohada cada noche, antes de dormir, o al menos lo intentaba. Su conclusión era clara: familiarizarse con la idea de la propia muerte no podía consolar a nadie, pero la omnipresencia del tema iba haciendo un trabajo de zapa, y la evidencia del irremediable final acababa aceptándose con resignación. Roy había tenido una buena vida. Y solo un pesar: haberla recorrido solo, haber carecido del valor suficiente para seguir sus inclinaciones. Lo que vivió en los años sesenta y aún se arriesgó a seguir haciendo en la década siguiente, había acabado por convertirse en algo reprobable. Si no oficialmente —y de milagro—, al menos sí para la moral de los estadounidenses: eso no se hacía. Sobre todo en un pueblo como Mahingan Falls. Por otra parte, era la única cosa que parecía mejorar con el paso del tiempo. La apertura de mente. El derecho a la diferencia. Incluida la amorosa.

Si debía morir esa noche, lo único que esperaba era que se ocuparan de Margerie. Los Spencer lo harían. Amaban a los animales, y ella no estaría a disgusto en esa familia. Solo tendría que aprender a convivir con un perro.

Así que concluyó que estaba preparado. Lo que no quería era sufrir. De eso sí tenía miedo. Del dolor.

«He acabado mi viaje. No ha estado nada mal. He tenido lo que quería, mi tienda, mi casa... —no, no podía quejarse, no le había faltado nada, salvo quizá el coraje de reafirmarse—. Y eso te ha impedido encontrar el amor...»

En resumen, lo había tenido todo menos lo esencial.

—¡Calla, viejo cascarrabias, o todavía acabarás llorando! —se regañó en voz alta.

Reconoció los sauces y sus extravagantes cabelleras. Ya había llegado.

Su Chevrolet estaba aparcado delante de la casa. Cogió las llaves y levantó el capó para examinar la batería. No era el mismo modelo, por supuesto.

Roy soltó una retahíla de juramentos.

Al menos aquella no se había fundido. Ahora bien, ¿funcionaría?

—Bueno, habrá que verlo.

La desmontó y, resoplando y con la espalda dolorida, cargó con ella hasta el todoterreno del teniente Cobb, un buen trecho para un hombre de su edad. Sudaba a mares, inspiraba y expiraba demasiado deprisa y el corazón le golpeaba el pecho, protestando tan fuerte como podía.

Una vocecilla malévola y persistente le susurraba que lo que estaba haciendo no servía para nada. Si creía que aún era útil, estaba equivocado.

—¡Lo hago porque cuentan conmigo! —respondió de viva voz para ahuyentarla—. Cuando todos vuelvan, necesitarán largarse de aquí, y si el coche no arranca será culpa mía.

Roy McDermott no tenía intención de decepcionarlos. Además, estaban los niños. Demasiadas ilusiones, demasiadas vidas para permitirse fallar.

«¡Vaya, por fin se ha dormido el dichoso chucho! ¡Ya era hora!»

La batería no encajaba en el hueco del todoterreno.

Roy se recostó en el guardabarros del vehículo. Tanto esfuerzo para nada. ¿Arrancaría si lo empujaba? Lo dudaba, pero no veía otra solución. Lo malo era que tendría que moverlo él solo. Y hasta la pendiente de los Tres Callejones había al menos doscientos metros...

La puerta de la Granja estaba abierta de par en par, advirtió. Al volver con el papel de aluminio, se le había olvidado cerrarla. Oyó un chirrido en el interior. Una corriente de aire, supuso.

«O ella...»

Llevaba cuarenta años oyendo su nombre. Jenifael Achak había provocado muchas tragedias, directa o indirectamente, no lo sabía, pero había algo de lo que sí estaba seguro: seguía entre aquellas paredes después de muerta.

Levantó la lámpara por encima de su cabeza para ampliar su alcance.

Cuando distinguió la figura humana, apenas una sombra en la entrada, no se sorprendió. Parecía estar desnuda. Dio un paso hacia delante, y Roy creyó ver que tenía los brazos torcidos, del revés, y el cuerpo quemado, cubierto de ampollas.

Respiró hondo.

¿Le daría tiempo a correr hasta su casa y encerrarse en el viejo pozo del carbón, al fondo del sótano? Allí no llegaban las ondas telefónicas ni demás porquerías electromagnéticas. O eso creía.

Sus dedos encontraron el martillo, que había dejado sobre el motor. Pensaba vender cara su piel.

Unos pasitos inesperados atrajeron su atención hacia el camino de acceso, a su derecha. De detrás de un arbusto acababa de surgir una forma extraña. Una gran araña humana lo observaba con sus enormes ojos de ébano. Era una niña de apenas diez años, con el torso muy delgado. Sus extremidades, dobladas en el sentido opuesto a las articulaciones, le servían de patas, sobre las que se desplazaba apuntando al cielo con el ombligo.

Sus labios se estiraron tanto que parecieron a punto de desgarrarse, pero, lejos de hacerlo, dejaron al descubierto una hilera de dientes puntiagudos.

Jenifael Achak y sus hijas, muertas a golpes.

Roy no vacilaría. Si era necesario, destrozaría aquel frágil cráneo con el martillo. Tenía a sus dos atacantes bien a la vista y estaba listo para defenderse si se acercaban.

«"Sus" hijas. ¡Dios mío, tenía dos!»

El ataque llegó de debajo del todoterreno. La segunda niña araña le clavó los colmillos en el tendón de Aquiles, arrancó toda la carne que pudo y derribó al anciano, que dio con sus doloridos huesos en el suelo y soltó el martillo.

La otra araña humana se acercó dando saltitos, se abalanzó sobre su viejo y flácido estómago, hundió las mandíbulas en la blanda carne y tiró con todas sus fuerzas, hasta desgarrarla y desparramar sus intestinos por el camino de entrada.

Roy se defendía como podía, es decir, bastante mal, mientras las fauces de aquellas criaturas chascaban y arrancaban todo cuanto quedaba a su alcance.

A pesar de la sangre que empezaba a resbalarle por la cara, Roy McDermott vio a la bruja, de pie en la puerta. Contemplaba a sus famélicas hijas.

Y el anciano creyó verla sonreír.

78.

La voz de Chad resonó en la gran sala vacía
—Pero ¡aquí estamos seguros!
—Seguros en apariencia —replicó Connor—. Si nos quedamos en el cine, puede que escapemos a esas cosas, al menos temporalmente, pero ¿de qué nos servirá si acabamos carbonizados por las bombas del ejército?
—Pero ¿de qué hablas? El ejército no va a matar a sus propios compatriotas, ¿o es que te has vuelto loco? ¡Somos estadounidenses!
—Cuando vean esta mierda, ¿crees que se arriesgarán a que se entere todo el país? ¡Ni en broma! ¡Y si en realidad los culpables son ellos, menos! De todas formas, cuando aparezcan ya habrá muerto casi todo el mundo, así que por qué preocuparse... ¿Crees que nuestro presidente se va a andar con sutilezas?
Aquel argumento, más que cualquier otro, pareció hacer mella en Chad, y le suscitó dudas. Connor le dio un codazo a Adam, que, presa de sus miedos interiores, apenas era capaz de seguir la discusión.
—Díselo tú —le insistió—. Dile que estás de acuerdo conmigo.
Adam asintió, casi ausente.
Chad posó la mano en el hombro de Corey.
—¿Tú qué piensas?
Corey ya no lloraba, no le quedaban fuerzas, pero tenía las mejillas húmedas, hundidas y rojas.
—Me importa un pito —dijo entre dientes.
Connor, que había dejado el móvil en el suelo para que los iluminara, lo cogió y miró la pantalla.
—Me queda menos del quince por ciento de batería. Dentro de nada estaremos totalmente a oscuras. ¿Queréis quedaros aquí, sin ver nada, con todos esos ruidos raros que se oyen fuera?

—Ha sido idea tuya —replicó Chad, pero con menos convicción.

—Pues me he equivocado.

—No sé si soy capaz de volver a salir y echar a correr —confesó Adam en voz baja.

—La calle está tranquila. Ya se han ido.

Chad gruñó.

—Sabes perfectamente que solo están escondidas, al acecho.

—Por eso mismo saldremos discretamente para subir por Main Street.

—¿Y después?

—Vosotros salís pitando hacia tu casa. Si tus viejos siguen ahí, me esperáis y nos largamos con ellos. Si no, podemos ir a la cabaña del barranco. Allí no hay nada que temer.

—¿Por qué?, ¿adónde piensas ir tú?

—A buscar a mi madre.

Adam asintió.

—Yo también quiero ir a mi casa.

—Entonces, salgamos de una vez y ya nos organizaremos fuera para ver adónde va cada uno.

A la cruda luz del teléfono móvil, Chad parecía diez años mayor. Asintió lentamente.

—Vale.

—Yo iré delante, con una bomba de gasolina en la mano —decidió Connor—. ¿A ti te queda alguna?

—Las dos mías.

—Perfecto. Entonces, tú cierras la marcha. Corey y Adam, entre nosotros. Chicos, puede que haya que correr, ¿conformes?

Adam asintió, pero Corey solo se levantó y extendió la mano.

—Yo quiero una. Dadme una de esas bombas.

—Solo tengo un mechero.

—Si no me la das, no voy.

—Corey, no puedo...

—¡Dásela!

Connor soltó un suspiro, le plantó el mechero en la mano y le entregó una de las bombas incendiarias caseras. Luego se puso en camino hacia la salida, seguido por los demás.

Chad se acercó a Corey.

—Sé lo que quieres hacer.

—Entonces ayúdame.

—Si morimos nosotros también, ¿crees que habrá servido de algo?

—Esa cosa ha matado a mi hermana. Quiero cargármela.

—Y yo, pero no a costa de la vida de todos. Gemma no habría querido eso.

—¡No me digas lo que habría querido Gemma! ¡Habría querido vivir!

—¡Eh! ¡Callaos! —les ordenó Connor—. ¡Nos van a oír!

Se detuvieron en el entresuelo y observaron el silencioso vestíbulo. Connor comprobaba cada ángulo muerto antes de seguir avanzando, con el sigilo de un comando en plena operación. Una vez abajo, se acercaron a las puertas de cristal e inspeccionaron Main Street. La calle estaba vacía y tranquila, lo que quizá era aún más inquietante. El peligro podía ocultarse en cualquier sitio.

—Me da mala espina —murmuró Adam.

—Es demasiado tarde —contestó Connor—. A no ser que quieras quedarte solo aquí dentro.

El líder se quitó la gorra para estrechar la tira ajustable y volvió a ponérsela. Ahora le apretaba un poco, pero si tenían que correr no saldría volando. Empujó una de las puertas y se detuvo bajo la marquesina. Los demás lo imitaron e inclinaron el cuerpo hacia delante. Chad vio el charco viscoso no muy lejos, entre dos coches. Era todo lo que quedaba de Gemma. Reprimió los espasmos de su estómago para no vomitar y procuró interponerse entre Corey y la terrible imagen.

El silencio que reinaba no era natural. Ni un chisporroteo eléctrico, ni un alma, ni el rumor lejano de un asomo de actividad. Era aún más impresionante que la ropa esparcida por el suelo, incluso cuando no ocultaba completamente los brazos o las piernas que había debajo.

Connor señaló con el dedo hacia el oeste, en dirección a Independence Square, y luego se lo llevó a los labios. Todos asintieron con la cabeza. Caminaron junto a una serie de coches, varios de los cuales tenían las puertas abiertas, de las que a veces sobresalía un cadáver o lo que quedaba de él, casi siempre el tronco o la parte inferior del cuerpo, como si las Eco se hubieran comido lo que les parecía más jugoso.

En algún lugar de la calle, más adelante, un cubo de basura, o un objeto metálico hueco de gran tamaño, cayó al suelo, y los chicos se tensaron, aterrados.

No veían nada. Ninguna figura amenazadora.

Los arabescos de colores seguían bailando bajo las estrellas, entrelazando sus vapores, y Chad, que les veía cierto parecido con las representaciones de cromosomas que había estudiado en los libros de ciencias, se preguntó si las auroras boreales no serían en realidad las cadenas de ADN del cosmos.

Sus tres amigos se habían adelantado mientras él fantaseaba. Apretó el paso vigilando las zonas oscuras de la acera, las fachadas irregulares y el otro lado de la calle. Había tantas sombras que era imposible sentirse seguro. Si alguna Eco se había agazapado en un entrante, no la vería. Bastaría con que pasara por delante de ella para que, a la velocidad a la que saltaría, lo atrapara antes de que comprendiera de dónde había salido. Y sabía lo que sucedería a continuación.

Gemma ni siquiera había gritado. Al menos, no recordaba haberla oído.

Pero cuánto terror había en sus ojos, Dios santo... Un miedo como Chad no había visto jamás. La carne se le volvió a poner de gallina y se le hizo un nudo en la garganta.

Delante de él, los otros tres chicos se habían detenido. El corazón le dio un vuelco. ¿Qué habían descubierto? No quería volver a ver una de aquellas sombras. Nunca más. No era lo bastante fuerte para soportarlo.

—¡Chad! ¡Enfrente! —le advirtió Connor.

Chadwick aspiró una gran bocanada de aire para armarse de valor y se subió a la jardinera tras la que se habían agrupado.

No vio a nadie. Ningún movimiento, ni siquiera entre las numerosas manchas negras de los edificios del otro lado.

—¡La tienda! —concretó Connor.

En ese momento, Chad reconoció la fachada de la tienda de deportes.

Unas bicicletas presidían el escaparate, cuya luna yacía hecha añicos en la acera.

—Genial —murmuró—. Pero hay que cruzar...

Adam dijo «no» con la cabeza, pero Connor lo agarró del hombro y, arrastrándolo tras él, se deslizó entre los parachoques. Un poco más atrás, Corey y Chad lo imitaron. Se coordinaron mediante gestos para atravesar la calzada a la vez.

Pasos rápidos, silenciosos. Los cinco sentidos alerta.

Estaban justo en medio de Main Street cuando una Eco salió de su escondrijo cincuenta metros más abajo, seguida de inmediato por otras cuatro inmensas sombras, que volaban frenéticamente justo encima de la calzada.

—¡Enemigo a la vista! —gritó Connor, comprendiendo que había pasado el momento de la prudencia.

Los chicos tomaron impulso y salieron disparados hacia la tienda. Todos menos Corey, que se detuvo frente a los monstruos.

Chad saltó sobre el capó de un coche, aterrizó al otro lado y corrió sobre las esquirlas de cristal hasta una bicicleta que parecía de su talla, una *mountain bike* roja y amarilla. La sacó a la acera y se montó. Era un poco grande para él, pero al ver que las Eco habían acortado distancias, se olvidó del asunto y empezó a pedalear tan deprisa como pudo.

Connor, que sujetaba dos bicis, las llevó a pulso hasta Corey y arrojó una a sus pies.

—¡Monta! —le gritó casi al oído.

Corey tenía los ojos cada vez más abiertos, y de pronto, el miedo pudo más que el odio o el coraje infantil que lo animaba. Soltó el globo de gasolina y el mechero, agarró el manillar y pedaleó a su vez.

Los cuatro chicos intentaban ganar velocidad cuando Chad vio materializarse otra Eco, esta vez delante de ellos. La criatura no esperó: se lanzó a su encuentro.

En un acto irreflexivo, Chad soltó el manillar y se apoderó de una bomba de gasolina y del Zippo.

Sabía que solo tendría una oportunidad.

79.

Derek Cox miraba a Olivia.

Tenía el inhibidor en la mano. La Eco que acababa de convertir a Ashley en un origami humano vibraba entre decenas de murmullos internos, que Olivia relacionó con los preparativos que hacen los gatos antes de saltar sobre su presa, ajustando su equilibrio, afirmándose en el suelo y calculando la distancia hasta el blanco. Sentía que ya solo era cuestión de segundos. No conseguiría ser lo bastante rápida para esquivarla. Y menos aún para huir.

Cogió la manita de Zoey a su espalda y rezó para que al menos su hija no sufriera.

El ataque final fue inmediato e imparable.

La Eco se abalanzó sobre ellas.

Y Derek Cox también.

El inhibidor que tenía en la mano provocó un estallido, y a Olivia apenas le dio tiempo de ver la alta y monstruosa silueta arrojándose sobre ella y deshaciéndose en un polvo negro a unos centímetros de su rostro, antes de que Derek Cox chocara con ella y la lanzara al suelo.

Atlético y acostumbrado a encajar golpes, como buen jugador de fútbol americano, el chico ya estaba de pie, escrutando en todas direcciones y tendiéndole la mano para ayudarla a levantarse. Pero Olivia estaba demasiado ocupada comprobando que Zoey no se había hecho daño. Por suerte, a ella le había dado tiempo a girarse para caer de lado y no aplastarla. Tenía el costado magullado, y la pequeña lloraba. La estrechó contra sí y la besó, contenta de poder sentirla.

—¡Eso no se lo esperaba! ¡La he dejado KO! —exclamó Derek con tono triunfal.

—Va a volver, hay que irse —le advirtió Olivia levantándose y echando a andar.

Caminaba todo lo rápido que podía, sin dejar de acariciar a Zoey. Ahora, además de asustada, estaba desconcertada. Derek acababa de salvarle la vida, pese a lo que ella le había hecho. Sin embargo, hacía unos instantes, había visto su mirada, su indiferencia.

«Su frialdad...»

Zoey empezaba a tranquilizarse.

—Derek... Gracias.

El chico, concentrado en escudriñar cada nido de oscuridad, se encogió de hombros.

—Era esto lo que quería —dijo mostrándole el inhibidor—. Las he seguido desde su casa y me he dado cuenta de que este chisme era importante. Y cuando ese demonio las ha atacado, he comprendido que se trataba de una especie de escudo. Lo necesito. Para que no me devoren.

—¿Estabas en mi casa? ¿Por qué?

Derek le dirigió otra de sus frías miradas.

—¿Por Gemma? —insistió Olivia, que quería entenderlo.

Al menos necesitaba encontrarle un sentido a los actos, que eran una prolongación del pensamiento. En medio de aquella vorágine inadmisible y desquiciante, comprender al otro era conservar algo de la propia humanidad.

—¡Esa me importa una mierda! A quien le tenía ganas era a usted.

Olivia se estremeció. Todo el abanico de posibilidades más o menos espantosas que implicaban esas palabras se desplegó en su mente. ¿Hasta dónde llegaba su odio?

—Sin embargo, acabas de salvarme la vida...

Derek no respondió. Ni él mismo parecía entender por qué lo había hecho.

—Mi abuela tenía razón —dijo cuando se acercaban al cruce de dos calles—. Los muertos se han despertado. Dios está colérico. Ha llegado la hora de entregarle el alma.

A Olivia le costaba seguirlo, pero no quería separarse ni un paso de él. Tenía el inhibidor, y nunca se lo devolvería.

—Deberías apagarlo, la batería no dura mucho —le advirtió.

—¿Para que me salten encima esos demonios? No, gracias.

En perfecta forma física, Derek imponía un ritmo difícil de seguir. Saltaba a una tapia para ver más lejos, desaparecía detrás de un árbol al menor ruido sospechoso, y poco a poco iba dejando atrás a Olivia, que tuvo que apretar el paso para alcanzarlo, aunque Zoey pesaba una tonelada y le resbalaba entre los brazos.

Dejaron atrás la intersección, y Derek volvió a acelerar, hasta que Olivia ya no pudo más.

—Ne... necesito parar... Para ponerme a mi hija a la espalda.

Sabía que Derek no tendría piedad, y que alcanzarlo más tarde sería casi imposible, pero era incapaz de continuar así.

Contra todo pronóstico, Derek montó guardia mientras ella metía a Zoey en el portabebés.

—Menos mal que ha dejado de berrear... —gruñó.

—Se ha asustado. Ahora se dormirá.

—Lo sé. Mi hermana se quedaba frita en cuanto me la cargaba a la espalda.

—¿Tienes una hermana?

—Murió.

—Lo siento.

—Su hija me la recuerda. ¿Cómo se llama?

—Zoey.

Olivia volvió a echarse el portabebés a la espalda. Las correas se le clavaron en los hombros, ya despellejados.

—Mi hermana se llamaba Trish.

—¿Patricia?

—Sí, pero todos la llamábamos Trish.

—¿Cómo murió?

—Una enfermedad. Nació y murió con ella —dijo Derek sin emoción, y reanudó la marcha.

Olivia estaba perpleja. Con aquel Derek Cox, sus criterios de valoración no funcionaban. Tosco, egocéntrico, brutal, sin modales ni educación. Y un violador. Pero en esa imagen había fisuras. No solo había arriesgado su vida para salvarla; ahora le enseñaba otra cara, casi humana. Muy alejada de lo que sabía de él y contradictoria con su mirada.

No todo en él era deleznable. ¿Tenía arreglo? Tal vez. Olivia quería creer que sí. Era un chico maltratado que no había aprendido lo esencial, un animal enjaulado en su rabia, seguramente como reacción a su infancia. En otro lugar y en otras circunstancias, Derek Cox habría sido un joven de lo más agradable. El yerno ideal.

Pero Olivia también entreveía todo lo que los oponía. Su violencia apenas contenida. Lo que le había hecho a Gemma. Y el odio que le había inspirado tras haberlo amenazado con la pistola de clavos neumática.

Ese Derek Cox era un cerdo.

Independence Square apareció ante ellos, y Derek se arrodilló detrás de la columna que adornaba la esquina del parque municipal.

—Estoy buscando a mi hijo —le dijo Olivia—. Estaba cenando en East Spring Street cuando ha ocurrido todo y...

—Yo lo único que quiero es llegar al puerto deportivo y coger un barco.

—No arrancará. Todos los circuitos eléctricos se han fundido.

Derek la miró como si fuera tonta.

—Hay barcos de vela. El único problema es salir del puerto. Sin motor, va a ser complicado.

La inmensa plaza permanecía desierta, al menos en apariencia. Olivia se negaba a atajar por el parque, que estaría mucho más oscuro. La idea no le convencía.

—¿Nos puedes acompañar a Zoey y a mí, al menos hasta cruzar la plaza?

Derek pensaba.

—¿Su hijo estaba con los idiotas de sus colegas?

—Sí...

—Vale. Voy a ayudarla a encontrarlos. Luego vendrán conmigo. Si somos varios, podemos remar mar adentro, donde el viento nos alejará.

Olivia iba a explicarle que su marido estaba en la otra punta del pueblo, que no tenía intención de huir por mar, pero se lo pensó mejor. Cuando Tom y Owen cortaran la señal del Cordón, ya no correrían ningún peligro; podría reunirse con ellos más tarde. Después de todo, la huida en velero no era una mala idea.

—De acuerdo.

—Páseme a la niña.

—No, estoy bien.

—Vamos a tener que correr como locos a través de la plaza, y usted se queja a cada paso, así que démela.

—Yo no me separo de mi hija.

—Pues lo siento por ella, porque yo no voy a detenerme —le advirtió Derek, y asomó la cabeza fuera de la columna—. Se cree una buena madre porque no la suelta, pero la va a condenar —añadió vigilando la plaza.

Olivia se pasó la mano por la cara. Derek tenía razón.

Con un nudo en la garganta, sacó los brazos de los tirantes y le tendió el portabebés. Separarse físicamente de Zoey en un ambiente tan hostil la ponía enferma, pero pensaba pegarse a Derek como una lapa.

El chico le guiñó el ojo a la pequeña.

—¿Te gusta cuando esto se balancea? —le preguntó.

Zoey, agotada, no respondió. Derek apretó los tirantes todo lo que pudo.

—El plan es muy sencillo: correr como gamos hasta el ayuntamiento.

—¿No deberíamos rodear la plaza pegados a las casas?

—Lo más rápido es todo recto.

Olivia tenía miedo. El plan no le convencía, pero decidió confiar en Derek.

—De acuerdo —dijo—. Y luego vamos a East Spring...

—No, subiremos a la azotea del ayuntamiento. Conozco un acceso por detrás.

—De ninguna manera, Chadwick está en East...

—Ya me he enterado de dónde está, pero con toda esta mierda seguro que se ha escondido en algún sitio. Así que vamos a subir a un lugar alto y a otear cada rincón para que no pase de largo por delante de nuestras narices.

Muy seguro de sí, Derek se puso al descubierto antes de que Olivia pudiera replicar, y echó a correr por el centro de la plaza circular bajo los halos que iluminaban el cielo. Con Zoey a la espalda.

Para Olivia, ver alejarse a su hija de aquel modo fue como recibir una descarga eléctrica, que la impulsó a lanzarse tras ellos con renovadas fuerzas. Pese a su carga, Derek corría a demasiada velocidad, y aunque siempre se había cuidado y estaba bastante orgullosa de su cuerpo, la cuarentona lo veía empequeñecer poco a poco. Le daban ganas de gritar para ordenarle que la esperara, pero tuvo el sentido común de aguantárselas. Veía la carita intrigada de la pequeña, agarrada a los hombros de su portador, y su corazón de madre se partía con cada metro que aumentaba la distancia entre la niña y ella.

Mientras intentaba controlar la respiración para resistir hasta el final, pensó en lo inquietante que resultaba la plaza vacía. Era una auténtica ratonera. Si aparecía una sola Eco, podía darse por muerta. Pasó junto a la estatua de bronce, cuyo pedestal de granito señalaba el centro de la plaza. Solo le quedaba la otra mitad.

Derek ya había recorrido dos tercios.

Casi estaba. Y Zoey también. Al otro lado. A salvo.

Olivia sintió una punzada en el costado que la hizo doblarse en dos, y se arrepintió de no correr más a menudo. No podía desfallecer tan cerca de la meta...

Pero ¿por qué estaba tan calmado el centro del pueblo? Las Eco no podían haber aniquilado a toda la población en tan poco tiempo...

«Les basta con chasquear los dedos para segar una vida, ¿o es qué no lo sabes? Todo el mundo está muerto o refugiado en casa, temblando.»

El apocalipsis no había durado ni una hora.

Olivia estaba llegando a la mitad del segundo tramo. Vio a Derek bordeando la fachada del ayuntamiento y desapareciendo en la esquina sin siquiera mirarla.

«¡Espérame, desgraciado! ¡Tienes a mi hija!»

Perder de vista a la niña la volvió a loca, y pese al flato, la rabia la ayudó a enderezar el cuerpo y a continuar la marcha.

Contaba los pasos que faltaban para alcanzarlos.

«¡Quince metros!»

Aquel silencio la ponía histérica. Ya no lo soportaba. La amenaza omnipresente la crispaba. Necesitaba gritar: para resistir el final de la carrera, para desahogar su frustración y su miedo, para hacer frente al silencio de los muertos, pero consiguió dominarse.

Se apoyó en la fachada para no derrumbarse. Los pulmones le ardían. La vista se le nublaba. Doblar la esquina, enseguida. Reunirse con su hija. Estrecharla en sus brazos.

Más que correr, Olivia fue dando trompicones hasta el final de la alta pared. Se asomó y...

Nadie.

El corazón no podía latirle más deprisa, pero se le encogió aún más. Se ahogaba.

«¡Zoey! ¡Mi niña!»

Palpaba el aire delante de ella buscándola, como si creyera que se había vuelto invisible.

Luego, al ver el zapatito caído en la acera, el terror la paralizó.

Era de Zoey.

No. No podía ser. Así no. Tan de repente no. Sin ella no.

Olivia quiso gritar antes de que todo su ser se desgarrara, y con él su alma, sus recuerdos, sus amores, pero se hundió en el vacío. En la incredulidad.

Zoey no podía estar muerta. No lo aceptaba.

¿Y dónde estaba la Eco que les había atacado? No había nada ni nadie en decenas de metros a la redonda.

Sobre su cabeza sonó un silbido ahogado.

Derek estaba en el primer rellano de una escalera de incendios que recorría la fachada lateral del ayuntamiento. Con Zoey en el portabebés.

Una ola de felicidad inundó a Olivia, que sonrió y lloró al mismo tiempo. Su corazón dio un vuelco, y una alegría violenta y dolorosa lo traspasó, pero Olivia se dejó embargar por aquella sensación hasta el éxtasis.

Derek hizo bajar lenta y silenciosamente la escalerilla que le había permitido izarse hasta allí, y Olivia, sin aliento, la subió a toda velocidad, cogió a Zoey y la estrechó entre sus brazos con todas sus fuerzas.

—¿Qué se creía? Puede que no sea su amigo, pero no soy ningún cabrón —le espetó Derek, y emprendió el ascenso hacia al siguiente rellano.

Olivia besó a su hija una y otra vez, hasta que la pequeña la rechazó.

—No miedo, mamá. Zoy tamién te quere.

—No volveré a dejarte jamás.

En cuanto recobró el aliento y se calmó un poco, Olivia reanudó la subida para reunirse con Derek en el tejado.

Desde allí no solo dominaban Independence Square y podían vigilar la entrada del parque; dependiendo del emplazamiento que eligieran, también divisaban Main Street, East Spring Street y la fachada norte del complejo escolar.

Derek se había sentado delante del pretil, del que solo sobresalía su cabeza, y recorría el pueblo con la mirada.

—Has tenido una buena idea, Derek. Gracias.

—Les doy una hora. Si de aquí a entonces no han aparecido, yo me piro, con remeros o sin ellos.

Olivia no supo qué responder. Si Derek las dejaba solas, ella bajaría igualmente para recorrer las calles. No podía abandonar a los chicos a su suerte en un mundo lleno de monstruos.

Se pusieron a esperar, en silencio, hasta que Olivia reparó en que el piloto del inhibidor había pasado del verde al amarillo.

—Te he dicho que mientras no hubiera peligro lo tuvieras apagado. ¡Se va a quedar sin batería!

—¿Cómo sabe que esos demonios no están cerca, esperando a que lo apaguemos?

—Cuando más lo necesitemos, no servirá.

Derek refunfuñó por lo bajo, solo por guardar las apariencias, y luego desactivó el aparato y redobló la vigilancia.

Pero no se veía un alma, ni tampoco ninguna Eco desplazándose. Solo una escena congelada en el tiempo.

Las auroras boreales daban al paisaje una dimensión fantasmagórica que fascinaba a Zoey, y Olivia pensó, con una profunda sensación de injusticia, que aún había muchas maravillas que quería descubrir con sus hijos y su marido, que las cosas no podían acabar así. Derek se levantó de un salto.

—¡Hay movimiento! ¡Allí, cerca del delicatesen!

Una figura, seguida de cerca por otra, salió de la tienda mirando ansiosamente a todos lados y empezó a deslizarse lentamente pegada a la pared.

—No es Chad —dijo Olivia con tristeza.

Los dos supervivientes desaparecieron en una callejuela, sin el menor ruido.

Derek consultaba su reloj regularmente.

—¿Tus padres están en el pueblo?

—Por lo menos estaban.

—Seguro que se habrán puesto a salvo.

—Espero que no.

Por un instante, un destello de fragilidad iluminó la fría y dura mirada del chico, antes de que su instinto lo ahuyentara.

Olivia no sabía por qué la había ayudado, si porque temía el juicio final y quería salvar su alma, porque Zoey le había recordado a su hermana pequeña muerta o porque la humanidad que había en él había prevalecido ante la amenaza de la nada que representaban las Eco. Pero estaba claro que Derek Cox era un personaje mucho más complejo de lo que parecía.

Olivia vigilaba las calles y las ventanas, intentando acallar al mismo tiempo los mensajes de dolor que le transmitía su cuerpo.

Derek hacía otro tanto, sin olvidarse de consultar la hora cada diez minutos. Vieron el paso de otros fugitivos, pero en cada ocasión la esperanza se esfumaba casi enseguida al comprobar que ninguno de ellos era Chad.

—Veinte minutos y me largo.

Zoey se había dormido, acurrucada en los brazos de su madre.

De pronto, Main Street se llenó de agitación.

Gritos. Un disparo o un petardo.

Luego surgieron tres figuras en bicicleta, lanzadas a toda velocidad hacia Independence Square.

Solo tres.

Pero Olivia las reconoció de inmediato.

¿Por qué solo tres? ¿Dónde estaban los demás?

Detrás de ellos, vio la horda de las Eco, que arramblaba con todo para atraparlos.

80.

El impulso llevó a la furgoneta hasta el pie del monte Wendy y le permitió recorrer algunas curvas más, pero la dejó al borde del bosque, bastante lejos aún de las tierras de los Taylor.

Ethan se apeó, les dijo a Tom y a Owen que esperaran, entró en la zona de carga cubierta de restos humanos, y regresó cargado de inhibidores. El piloto rojo indicaba que la batería estaba consumiendo la reserva. Les colocó dos en la cintura a cada uno, pero cambió el suyo, el único que seguía en amarillo, porque lo había apagado de vez en cuando, por uno de los de Owen.

—¿Por qué hace eso? —le preguntó el chico.

—Si nos pasa algo, tendrás una posibilidad de salvarte.

—No, soy un niño, yo solo no conseguiré cortar la electricidad, que es lo importante. Tiene que llevarlo usted.

Ethan detuvo su mano y miró a su tío para saber qué opinaba.

—Cójalo —dijo Tom tras intercambiar una mirada con el chico—. No te separes de mí, Owen.

Estaban a menos de dos kilómetros de los maizales y el transformador. Ethan encendió la linterna y echaron a andar por el borde de la carretera.

—Estamos en deuda con usted —dijo Tom—. Ha sido una idea brillante.

—Brillante no, simplemente práctica. La furgoneta estaba ahí, casi en la dirección adecuada.

—De todos modos, a mí no se me hubiera ocurrido —Tom posó la mano en el hombro de Owen—. De ser por mí, nos habríamos quedado allí.

—Aún es muy pronto para cantar victoria —respondió Ethan con un tono un poco duro, y Tom se calló.

Estaban rodeados de robustas coníferas que parecían colosos ataviados con vestidos de volantes, y durante unos minutos

Tom se olvidó de la angustia que lo atenazaba. Respiraba bien y contemplaba el paisaje, que no era en absoluto desagradable, si se descartaba la posibilidad de que ocultara alguna presencia maligna, de modo que en otras circunstancias aquello habría podido ser un grato paseo nocturno con su hijo adoptivo.

De vez en cuando, Owen se volvía y escudriñaba la oscuridad, apenas atenuada por las aureolas de luz verde y azul sobre la Vía Láctea. El monte Wendy y, en mayor medida, el Cordón que coronaba su cima, suscitaban una terrible duda. Los tres pensaban en ello, aunque ninguno lo dijera. Era muy posible que las Eco les estuvieran pisando los talones.

Habían apagado todos los inhibidores para ahorrar la poca batería que les quedaba.

El roce de las ramas sobre sus cabezas atrajo la atención de Tom. El viento soplaba desde la pequeña pero peligrosa montaña. Las copas de las altas coníferas se agitaban, y Tom aflojó el paso.

Frunció el ceño, intentando comprender lo que su inconsciente ya había detectado.

—¡Los árboles se mueven en contra del viento! —exclamó asustado, procurando no alzar la voz.

—Es imposible, son demasiado grandes para... —empezó a decir Ethan.

Pero, tras echar un vistazo, llegó a la misma conclusión. En ese momento oyeron los crujidos. Gruesas ramas arrancadas, troncos que se doblaban y partían, tocones aplastados. Luego, un paso lento. Pesado. Implacable. Inverosímil.

A lo lejos, la naturaleza entera se agitaba al paso de una fuerza prodigiosa.

Inmensa.

Bajaba del monte Wendy y se dirigía hacia ellos a través del bosque.

Tom no acababa de entenderlo, aunque en su interior sabía qué ocurría. ¿Tenía razón Martha Callisper al asegurar que cualquier ente podía cobrar vida por la simple fuerza de nuestras creencias? Muchos pueblos nativos compartían esa fe, y nadie sabía durante cuántos siglos, si no milenios, habían creído en ello.

Roy habría podido decírselo, si hubiera estado allí.

«Todo el mundo lo ha olvidado, pero Wendy es una abreviatura de wendigo. El monstruo de los indios. El espíritu del mal. El espíritu del canibalismo.» Eso es lo que habría dicho el anciano, con toda seguridad.

—Sé lo que es —dijo Tom.

—¡Me trae sin cuidado, siempre que no nos atrape!

Ethan estaba a punto de echar a correr, pero Tom se lo impidió.

—¡Apague la linterna y escondámonos! ¡Es imposible huir de él! ¡Tenemos que evitarlo!

Empujó al teniente y a Owen entre los matorrales y se ocultaron bajo una maraña de raíces al pie de un fornido abeto.

La tierra temblaba a cada paso del coloso que caminaba hacia ellos. Los troncos se partían o se torcían entre chasquidos. Owen se acomodó entre Ethan y Tom, que tiró de unos helechos cercanos para que los ocultaran un poco más.

¿Qué habían desatado aquellos experimentos descontrolados? ¿Qué demencial bestiario, alimentado por las creencias ancestrales más aberrantes, habían invocado?

Y entonces, en un abrir y cerrar de ojos, estuvo allí.

Un silencio insólito envolvió a los tres humanos. Hasta la naturaleza parecía aterrorizada.

No podían verlo ni oírlo, pero lo presentían. El wendigo estaba a su lado, en alguna parte encima de ellos, muy cerca, esperando.

Al acecho, como un cazador.

Justo delante de Tom, el musgo se cubrió de una fina capa de escarcha, y un frío polar los envolvió.

Luego llegó el olor. Un tufo a carne podrida. Y Tom no tuvo ninguna duda sobre la naturaleza de esa carne. Las leyendas sobre el wendigo eran unánimes al respecto. Carne humana.

Pasó un minuto, en forma de confusa pesadilla.

De no ser por las señales olfativas y sensoriales de su presencia, los tres humanos habrían podido creer que se había ido y abandonar su escondite. Pero estaba agazapado detrás de ellos, al acecho del menor error.

La espera se hacía insoportable. ¿Estaba jugando con ellos? ¿Sabía dónde se ocultaban y, con sus largas garras desplegadas sobre sus cabezas, se limitaba a esperar el menor temblor de cualquiera de ellos para ensartarlos como si fueran vulgares cerdos en un espetón?

Tom estuvo tentado de levantarse y echar a correr como nunca había corrido, gritando, al borde de la locura, con tal de no seguir esperando en medio de aquella gélida pestilencia, que no era sino la horrible manifestación de una entidad maléfica.

Sacudió la cabeza. ¿Qué le pasaba? La auténtica locura habría sido escucharse a sí mismo. Su única posibilidad era permanecer inmóviles. Confundirse con el entorno hasta que aquella cosa se olvidara de ellos, hacerse invisibles...

Un paso de titán los sacudió, seguido de otro, y de repente toda claridad —la de las auroras boreales y la de las estrellas— se apagó, y un manto de absoluta negrura cubrió a los tres humanos.

Entonces el gigante desapareció tan súbitamente como había aparecido, y no se volvió a oír un solo ruido.

Ethan inspiró a pleno pulmón, como si hubiera estado conteniendo la respiración hasta ese momento, y lentamente, muertos de miedo, salieron de su escondite. Tom le preguntó a Owen si estaba bien, y el chico no supo qué responder.

La escarcha se había evaporado, y tampoco en la carretera encontraron huella alguna del paso de la bestia, ni siquiera un rastro de astillas o agujas sacudidas por su formidable ímpetu.

Salían de lo desconocido. ¿Realmente había habido allí una presencia hacía apenas unos instantes?

Se miraron asombrados, con ojos vidriosos.

—Sigamos —dijo Ethan tras aquella extraña espera.

No les costó mucho avivar el paso. Necesitaban poner tierra de por medio entre ellos y aquel lúgubre bosque, y lo hicieron en la penumbra, guiados por el débil resplandor del cielo, ya que Ethan no volvió a encender la linterna.

Cuando divisaron los maizales sintieron un gran alivio, a excepción de Owen, que aflojó el paso.

—Todo irá bien —le dijo Tom—. Juntos lo conseguiremos. Dame la mano.

Para el chico, internarse en el campo de maíz, entre los tallos, fue un acto heroico.

Con la brisa, las hojas secas emitirían un ruido de sonajas, y todos se detuvieron unos instantes para asegurarse de que no era la señal del regreso del wendigo.

Pero Tom presentía que no volverían a verlo. La criatura recorrería las montañas y los bosques, encadenada a las leyendas que le habían dado vida, sin conseguir bajar al pueblo o alejarse de su hábitat. Era una deducción gratuita, sin más base que lo que había sacado en limpio de sus lecturas y de lo que le había oído decir a la médium, pero eso le bastaba.

Ethan no tardó en recuperar el ritmo. Nunca habían estado tan cerca de lograrlo. Tom no sabía cómo cortarían la alimentación eléctrica de Mahingan Falls y del Cordón, pero, una vez llegaran, seguro que se les ocurriría algún modo. Destruir siempre era más fácil que construir, como le había enseñado su experiencia de autor.

Las hileras de plantas tenían un poder hipnótico.

Y también inquietante.

De día, Owen había pasado un miedo espantoso. De noche, estaba al borde del desmayo. Tom se dio cuenta, y le cogió la mano y se la apretó.

No veían más allá de su nariz, así que Ethan decidió encender la linterna. Tom prefirió mantener la suya en el cinturón. Desde arriba debían de parecer una estrella buscando su órbita en medio del vacío sideral.

Las hojas disminuían progresivamente, y a cada zancada tenían que apartar con la mano la mayoría de los tallos, que les impedían ver.

Apareció de pronto, justo delante de Ethan.

Una camisa de cuadros y un peto de pana lleno de agujeros cubrían su descoyuntado cuerpo. La calabaza que le servía de cabeza sonreía horriblemente, y unos rollizos gusanos resbalaban de sus labios, como baba de la boca de un cadáver.

Aquel no tenía rastrillos a modo de manos, sino una gran cizalla a un lado y la tapa de un cubo de basura en el otro. El improvisado escudo se abatió sobre Ethan, pero el policía consiguió desviarlo con la linterna, que salió despedida.

Y entonces la cizalla se alzó en el aire para abrirlo en canal.

Ethan tuvo suficientes reflejos para esquivarla, pero no fue lo bastante rápido para evitar que la hoja le abriera un largo tajo en el costado, debajo del brazo.

Tom había soltado a Owen. Ciego de rabia, empuñó su propia linterna para usarla a modo de porra. Todo el miedo que había percibido en su hijo adoptivo, todo el trauma sufrido, toda la cólera que le había transmitido Owen tras enfrentarse al espantapájaros acudieron a su mente, y Tom trazó una curva perfecta con la linterna. El mango golpeó la calabaza y le reventó todo el lateral. Volvió a coger impulso y, como movido por un resorte, golpeó en la otra dirección y mandó la parte superior de la calabaza al maizal.

Ethan, ya repuesto, apuntó con la Glock al torso del espantapájaros.

Ocho disparos resonaron en la oscuridad.

Tom empezó a pisotear a la criatura con furia, hasta que no quedó suficiente sustancia en ella para que pudiera reanimarse.

Estaba sin aliento, pero consiguió hacerle un gesto a Owen.

—De este... ya no tienes que preocuparte...

Ethan lo ayudó a levantarse, y los empujó para que siguieran andando.

—¿Puede continuar? —le preguntó Tom señalando el feo corte que le recorría el costado de la axila a la cadera.

—Apenas me duele —mintió Ethan sin dejar de andar.

Ya no estaban muy lejos. Lo más difícil iba a ser localizar el transformador en aquel laberinto. Todos los surcos parecían iguales y no había ningún montículo al que encaramarse.

La idea fue de Owen.

—¡Ayúdame a subirme en tus hombros! —le dijo a su tío.

Tom hizo lo que le decía.

—¿Ves algo?

—Allí está la granja de los Taylor, y el silo... Espera. ¡Sí! ¡Creo que es por allí! ¡Todo recto! ¡A menos de quinientos metros!

Tom lo cogió de la cintura para bajarlo, pero los dedos de Owen se agarraron a su pelo.

—¡Encended los inhibidores! —les suplicó, aterrorizado—. ¡Encendedlos ya!

Ethan y Tom pulsaron el botón en el instante en que las plantas se doblaban frente a ellos.

Algo salió despedido hacia atrás antes de que pudieran distinguirlo.

Owen bajó al suelo.

—¡Era el otro espantapájaros! —exclamó—. ¡Deprisa, casi estamos!

Llevado por el entusiasmo, Owen desapareció entre las plantas antes de que los dos hombres pudieran seguirlo, y cuando lo hicieron se había alejado tanto que no dieron con su rastro.

—¿Owen? ¡Owen! ¡Espéranos!

—¡Por aquí! —sonó la voz del chico no muy lejos.

—De acuerdo, pero no te muevas de donde estás hasta que llegue.

—¡Venid! ¡Ya casi estamos!

—¡Owen!

Tom apartaba los tallos frenéticamente. Allí no debían separarse. Percibía el entusiasmo casi eufórico de Owen ante la idea de destruir a aquellas abominaciones. Estaba justo delante.

—¡No te muevas de ahí, Owen!

—Pero si no me muevo... —dijo una voz detrás de él.

«Mierda.»

Ethan estaba en el surco de su derecha.

«¿Quién hay ahí delante?»

Algo los estaba rodeando.

Pero los inhibidores...

Los pilotos se habían apagado.

—¡Me he quedado sin batería! —exclamó.

Una mano surgió de entre las plantas y lo agarró. Ethan.

—Nos queda uno —dijo señalando el suyo, cuyo piloto parpadeaba en rojo—. Pero durará poco.

—Owen, acércate a nosotros.

Tom encendió la linterna y la agitó sobre las hojas.

El chico apareció.

Y al mismo tiempo que él, a su espalda, el segundo espantapájaros.

Una guadaña se alzó en el aire para decapitar al muchacho.

Un movimiento amplio.

Lo suficiente para que Ethan vaciara el cargador en la cara de la criatura y la hiciera tambalearse.

Tom agarró a Owen, lo empujó hacia delante y echó a correr por el surco detrás de él. Ya no había tiempo para la prudencia. Trotaban entre las plantas, azotados por las cortantes hojas, que les herían las mejillas y los brazos. De pronto, un ruido sordo les hizo aflojar la marcha.

Un runrún monótono y regular, casi mecánico. Tom no oía el zumbido de ningún motor, solo aquel traqueteo rítmico e imperturbable, aproximándose.

Reconoció los chasquidos de los tallos cortados.

«¿Cómo es posible? ¡Todas las máquinas están inutilizadas!»

Las mazorcas volaban lateralmente a varios metros de altura.

Una segadora-trilladora apareció ante ellos con todas las luces apagadas. El motor tampoco funcionaba, pero una fuerza invisible hacía girar el enorme molinete de más de seis metros de ancho y empujaba la gran máquina, que iba directa hacia ellos, cortándolo todo a su paso.

Tom tiró de Owen, y se lanzaron al galope.

A un tiro de piedra largo, vieron la torre desde la que los cables eléctricos descendían al transformador.

El estrépito de la cosechadora se acercaba.

81.

Mientras un ejército de mortíferas sombras se arrastraba por Main Street en persecución de Corey, Connor, Adam y Chad, que huían en bicicleta, otra Eco no menos veloz surgió delante de ellos para cerrarles el paso e intentar llevarse por delante a todos los que pudiera.

Chad había soltado el manillar y sostenía una bomba de gasolina y el Zippo. Solo disponía de un intento para evitar que lo atraparan, a él o a alguno de sus amigos, y levantó la tapa del mechero con un golpe del pulgar.

La velocidad impedía que la mecha prendiera.

La Eco saltó al techo de un coche y preparó su ataque vibrando y encogiéndose ligeramente, para concentrar todas sus fuerzas y salir disparada como el proyectil de una ballesta.

Para Chad, lo que siguió ocurrió casi a cámara lenta.

Instintivamente, colocó el mechero detrás del globo para protegerlo del viento. Esta vez la llama brotó y encendió la corta mecha del petardo adherido a la bomba con celo.

Chad soltó el Zippo y alzó la cabeza.

La sombra se desplegó y echó a volar directa hacia ellos, como un ave rapaz.

La bomba incendiaria salió disparada de la mano de Chad en dirección a su blanco. No había apuntado a la criatura, sino al lugar al que calculaba que le daría tiempo a llegar.

Todo ocurrió muy deprisa. Apenas había vuelto a sujetar el manillar para evitar un obstáculo —de reojo, le pareció que era un cadáver— cuando vio que la bomba pasaba de largo junto a la Eco y caía al asfalto, del que brotaba una columna de fuego.

Connor, que pedaleaba de pie en la bicicleta, fue arrollado por aquella llamarada inauditamente feroz.

Su gorra salió volando por los aires.

Su bicicleta se estrelló contra un camión aparcado en la acera y Connor estalló en cientos de pedazos contenidos únicamente por la red de piel de su cuerpo.

Su mirada atónita se cruzó con la de Chad.

No le había dado tiempo a defenderse, ni siquiera a intentarlo.

La Eco se lanzó sobre él una y otra vez, haciendo trizas el envoltorio de carne y huesos del adolescente, hundiéndolo cada vez más en la cabina del camión.

La sangre brotó de su boca aplastada, y todo rastro de vida desapareció para siempre de su cuerpo.

Chad gritaba de furia y desesperación.

Y esa rabia le hizo pedalear aún más deprisa.

Alcanzó a Adam y a Corey, ajenos a lo que acababa de ocurrirle a Connor, y los dejó atrás, pese a que los dos se empleaban a fondo.

Desembocaron en Independence Square, con la rugiente jauría de las Eco pisándoles los talones.

Chad ya no tenía ningún objetivo, no iba a ninguna parte, pero corría tanto como era humanamente posible. El agotamiento sería su destino. Y después la muerte, seguramente. Daba lo mismo que fuera en Green Lanes o en los Tres Callejones. De todas formas, las máquinas de destrucción que los perseguían los habrían atrapado mucho antes.

Chad oía gritos lejanos, y esa lejanía fue lo primero que lo sacó de su estupor: no podían ser sus dos amigos, la voz venía de mucho más lejos. Entonces la reconoció.

«¡Mamá!»

Esa sola idea hizo revivir su espíritu de lucha.

La vio a su izquierda, en la azotea del ayuntamiento, haciendo aspavientos y vociferando su nombre.

Chad se apresuró a torcer, describió un gran cuarto de círculo y volvió a pedalear. Se dio cuenta de que estaba llorando. Las lágrimas lo cegaban, pero no podía secárselas. Calculó la distancia en el último momento y vio la escalera de incendios instalada en la fachada este del edificio a través de la niebla húmeda que le enturbiaba la vista.

Las Eco estaban demasiado cerca para detenerse y trepar, así que no frenó.

Esperó hasta que fue casi demasiado tarde: cuando vio que tenía la pared a menos de un metro, apretó las manetas de los frenos con todas sus fuerzas y derrapó tan violentamente que rodó por el suelo, mientras la *mountain bike* se estrellaba contra el muro de ladrillo.

Le dolía todo, las sienes le latían y el costado derecho le hacía daño al respirar, pero se apresuró a levantarse y vio a Derek Cox saltando los peldaños más que bajándolos y haciendo descender al suelo el último tramo de escalera.

—¡Espabila o date por muerto! —rugió tendiéndole la mano.

Chad la agarró y empezó a subir hacia el tejado a toda velocidad.

Abajo, Derek tiraba de Corey. Pero cuando trataba de asir la mano de Adam, las dos primeras Eco se materializaron e intentaron sujetar al adolescente por los tobillos. El magma de tinta que les daba una forma vagamente humana crecía, y una sustancia más sólida se abría paso hacia nuestra dimensión en el interior de aquellos torbellinos de sombras. Un instante después estaban allí, reales. Dos seres con garras que arañaban el suelo, con rostro viscoso como el petróleo y cráneo alargado. Parecían tan inmateriales como sombras chinescas, pero sus afiladas garras hacían rechinar los peldaños de metal.

Derek tensó su potente musculatura, alzó en vilo a Adam y lo dejó en el rellano, a su lado.

—¡Sube! —le ordenó recogiendo el último tramo.

Dio la espalda a los monstruos, que estaban a punto de saltar, pero cuando se disponía a lanzarse escaleras arriba a su vez, sintió unas mandíbulas heladas cerrándose sobre su pie.

En ese momento comprendió que, con la precipitación, se había dejado el inhibidor en el tejado.

—No —murmuró—. ¡No!

Tiró con todas sus fuerzas para intentar liberarse, pero la Eco le retorció el pie, y el tobillo se partió con un crujido siniestro. Derek aulló.

Se aferró a las barandillas, decidido a no soltarse. No pensaba dejar que lo devoraran. Eso nunca.

A pesar del dolor, se impulsó con el otro pie y tiró con los brazos.

Otra boca glacial hizo presa en la rodilla de la pierna que tenía libre.

—¡No! ¡No!

Para Derek, la derrota no era una opción: jamás la aceptaría. Tensó los músculos al límite, hasta el borde de la rotura, y consiguió subir otro peldaño.

Algo estaba royéndolo.

Bajó la cabeza y vio dos siluetas negras que le devoraban los pies y las pantorrillas, y se dio cuenta de que aquella especie de boca se lo había tragado hasta las rodillas.

Y seguían succionándolo.

Derek notó que la sangre escapaba de sus miembros, la carne de sus piernas se deslizaba hacia las tenebrosas gargantas, e instantes después sintió un dolor intolerable cuando los órganos de su pecho empezaron a descender, absorbidos a su vez.

Pero no se soltó.

Las Eco lo sorbían con una sed insaciable. Derek jamás habría podido imaginar que soportaría un calvario como aquel.

Cuando sus mejillas se hundieron y sus globos oculares desaparecieron en su cráneo, los dedos del muchacho seguían aferrados a las barandillas.

A al fin, todo su cuerpo se desinfló como un globo de piel tatuada y pelo sobre un armazón de huesos.

Al llegar al tejado, Chad se abalanzó sobre su madre.

Olivia, que tenía a Zoey entre los brazos, lo estrechó contra su pecho y le cubrió de besos el cabello, la frente, la nariz, las mejillas, embargada por una sensación de plenitud que rara vez había experimentado.

—¡Mamá!

Chad no encontraba las palabras, no sabía por dónde empezar ni cómo expresarlo.

—¿Y los demás? —le preguntó Olivia.

—Han muerto...

—¿Gemma?

Chad negó con la cabeza y estalló en sollozos. Su madre le cogió la cabeza y la apretó contra su pecho.

Corey llegó junto a ellos, seguido por Adam, que señaló la escalera.

—¡Se acercan! ¡Están por todas partes!

Olivia corrió a recoger el inhibidor que Derek había abandonado en el suelo y ordenó a los chicos que la siguieran al centro de la azotea; una vez allí, todos se agacharon. Derek no había subido. ¿Qué hacía? ¿Los había dejado solos para irse al puerto deportivo?

Volvía a reinar el silencio, aquel odioso silencio.

Durante el minuto siguiente, Olivia se preguntó si las Eco habrían renunciado a sus presas y habrían seguido su camino.

Las sombras asomaron lentamente por detrás del parapeto que enmarcaba la enorme azotea. Trepaban por las fachadas, surgían por el norte y el oeste, luego por el este y el sur, sin hacer ruido. Dondequiera que Olivia posaba la mirada, las veía saltar el pretil y formar un negro y vibrante círculo, que empezó a cerrarse.

Encendió el inhibidor.

El led rojo parpadeaba.

Las Eco se detuvieron, agitadas por una palpitación común, como una onda en la superficie de una charca de lodo.

Se comunicaban. Aunaban fuerzas.

El inhibidor no era lo bastante potente para rechazar a tantas.

Olivia apretó a Zoey contra su pecho, agarró a Chad con la otra mano para arrimarlo a ella y rodeó con el brazo a Corey y a Adam, que estaban temblando.

El piloto del inhibidor se apagó con un sucinto ¡ploc!

Todo había acabado.

El mortífero telón que los rodeaba volvió a avanzar hacia ellos, y conforme se acercaba, las Eco aumentaban en altura y espesor. Sus delgados brazos y sus uñas, más largas que los dedos, se estiraron y en lo que les servía de cabeza adquirieron forma unas fauces, abiertas como ante un festín.

Olivia podía percibir el rumor de cientos de voces ahogadas en sus infernales entrañas vibrando con un apetito abismal.

La mujer los envolvió a todos en un gran abrazo.

—No pasa nada, niños. Cerrad los ojos.

82.

La cosechadora engullía mazorcas estrepitosamente, arrojando restos vegetales en todas direcciones y devorando hasta la última hoja con un hambre bestial, animada únicamente por la potencia de las Eco.

Aquella mole corría directa hacia Tom, Owen y Ethan. La desenfrenada huida ya les había cubierto de cortes la cara y las manos. Ahora las plantas, torcidas y entrecruzadas después de haberse secado al final del verano, les impedían avanzar, obligándolos a apartar las más gruesas y a recibir sus impactos en el torso cuando no conseguían esquivarlas.

El que más difícil lo tenía era Owen. Al ser el menos fuerte, debía evitar los tallos que se cruzaban en su camino y protegerse de las hojas resecas que le arañaban el contorno de los ojos; además, se tropezaba constantemente con los terrones, invisibles en la oscuridad.

El ruido del molinete a su espalda era lo que más lo asustaba.

Su incansable traqueteo, acompañado del siseo de las afiladas cuchillas. Cada vez más cerca.

Tom lo agarraba del brazo y compensaba cada uno de sus traspiés, arrastrándolo casi para mantener la velocidad, sin más motivación que la proximidad de la torre eléctrica, que sin embargo parecía mantenerse siempre a la misma distancia, al alcance de la mano y al mismo tiempo tan lejana.

—¡Un esfuerzo más! —exclamó para animar a Owen, al que veía desfallecer.

La cosechadora acortaba distancias.

Ethan, que había tomado la delantera, lo atropellaba todo a su paso. Corría para salvar su pellejo y el de todos los habitantes de Mahingan Falls que hubieran sobrevivido milagrosamente a la primera oleada de ataques. Era lo único que tenía en la cabeza: llegar al transformador a toda costa e inutilizarlo, arrojándose dentro si hacía falta. Se había olvidado de los dos compañeros que lo seguían.

Los fragmentos de paja y maíz empezaban a llover sobre Owen y Tom.

De un rápido vistazo, Tom constató que ahora el molinete estaba a menos de diez metros, con su horrible torbellino de cuchillas dentadas más amenazador que nunca.

Presa del pánico, Owen tropezaba con cada obstáculo y resollaba ruidosamente.

En ese momento, Tom tomó una decisión.

Sin dudar. Si hubiera podido pensarlo con calma, probablemente habría actuado de otro modo, pero tuvo que reaccionar basándose en su instinto, en sus convicciones, en los valores que lo definían y, sobre todo, en lo urgente de la situación.

Obligó a Owen a cambiar ligeramente la trayectoria de la huida, lo suficiente para pasar de largo junto al transformador en lugar de ir directamente hacia él, y le sujetó el brazo aún más fuerte para no perderlo.

Su plan solo funcionaría si la cosechadora decidía seguir a las presas más cercanas en vez de dirigirse hacia su punto de destino, que debía de ignorar, puesto que de lo contrario todo el ejército de las Eco habría acudido ya al maizal para proteger la fuente de electricidad que alimentaba la brecha por la que habían entrado en el mundo de los vivos.

La máquina fantasma giró tras ellos. No iba a abandonar un festín tan fácil.

Los restos de plantas golpeaban los hombros de los fugitivos. Las cuchillas silbaban en sus oídos, ahora a menos de cinco metros.

Las hileras de maíz desaparecieron de golpe ante una extensión de tierra batida, en cuyo centro se alzaba una construcción de hormigón de planta rectangular carente de vanos y cubierta por entero de carteles en los que se leía: PELIGRO. Detrás, una alta alambrada impedía el acceso a los cuadros de regulación de la tensión hasta los que descendían los cables de la torre eléctrica.

Ethan casi había llegado a la puerta de acero del búnker.

Tom calculó sus movimientos en un segundo. Si se equivocaba, Owen y él acabarían arrollados y hechos papilla.

Arrastró a Owen dos metros hacia un lado, para alejarse del centro del molinete de la cosechadora.

Si se arrojaban al suelo cada uno por un lado con la suficiente rapidez, las cuchillas no los rozarían y la cosechadora, llevada por la inercia, tendría que girar noventa grados para volver a la carga, y así les daría tiempo de alcanzar el edificio, o al menos eso esperaba.

Las ávidas fauces solo estaban a tres metros de ellos.

Llegaron al que Tom consideró el ángulo perfecto entre la máquina y el transformador, y ya iba a empujar a Owen cuando el chico resbaló y estuvo a punto de escapársele.

Tom aflojó la marcha para levantarlo.

Vio el enorme molinete abalanzándose sobre ellos.

No dudó un segundo. Alzó a Owen del suelo y lo empujó lejos del alcance del monstruo.

Pero, tras hacerlo, no le dio tiempo a saltar.

Los colmillos lo desgarraron desde el cuello hasta el bajo vientre, y casi al mismo tiempo el molinete lo golpeó, le partió la pelvis y se lo tragó doblado por la mitad. La sangre y los huesos salieron disparados por los aires.

Owen notó que el borde de la barra de corte lo rozaba, se levantó aterrorizado y echó a correr hacia el búnker, donde Ethan embestía la pesada puerta con el hombro inútilmente, a pesar de que la sangre le salpicaba el costado izquierdo del uniforme. Con el campo de visión reducido por el miedo, Owen no había visto morir a Tom. Corría sin volverse, convencido de que lo seguía de cerca.

Ethan desenfundó la Glock y apuntó a la cerradura. Clic.

El cargador estaba vacío. Lo cambió a toda prisa, mientras la cosechadora completaba su giro y aceleraba de nuevo directa hacia ellos.

Cuatro detonaciones obligaron a Owen a taparse los oídos, y Ethan echó abajo la puerta de una rabiosa patada.

—Pero... ¿dónde está Tom? —dijo Owen.

La cosechadora rugía, cada vez más cerca.

Ethan lo agarró del brazo para arrastrarlo al interior.

—¡No! —gritó Owen debatiéndose—. ¡Tom! ¡Tom! —el chico se aferró al marco de la puerta, asustado al no ver a su tío. Su padre adoptivo—. ¡Tooooooooooom! —llamó a voz en cuello.

La cosechadora estaba llegando.

Ethan tiró de él, y ambos rodaron adentro por el suelo de hormigón en el instante en que la máquina se estrellaba contra el muro, en medio de un estruendoso caos de metal.

En el interior reinaba la oscuridad. Unos cuantos pilotos parpadeaban aquí y allá, pero no bastaban para orientarse.

—No podemos dejar a Tom ahí fue...

—Owen, escúchame —Ethan lo cogió de los hombros. El chico notaba el calor de su aliento en la oscuridad—. ¿Tienes móvil? He perdido el mío en el maizal...

—No...

Aunque no podía verlo, Owen percibió su decepción.

—No importa. Ahora lo esencial es cortar la alimentación, así que ayúdame a encontrar un interruptor o una linterna, cualquier cosa que nos permita ver. Pero quédate cerca de la puerta, no entres muy adentro. Por esos aparatos pasa tanta corriente que si pones una mano en el sitio equivocado te achicharrarás.

Estaban empezando a buscar a tientas por las paredes de hormigón y entre las hileras de cajetines metálicos cuando la puerta de acero, abierta de par en par, soltó un estridente chirrido.

La cosechadora retrocedía.

Y entonces, desafiando todas las leyes de la física, se lanzó hacia el búnker con un ímpetu prodigioso.

Un ente colosal e invisible debía de haberse apoderado de la máquina para utilizarla a modo de ariete. A Owen no se le ocurría otra explicación.

La fachada tembló, y del techo llovió polvo.

—¡Deprisa! —gritó Ethan, sin dejar de palparlo todo frenéticamente.

Owen buscaba por todas partes. Por un instante, creyó haber dado con la solución al distinguir una caja fijada a la pared, el tipo de armario que suele contener una linterna, pero al tocarlo comprobó que se trataba de un extintor.

La cosechadora volvió a embestir, las paredes temblaron, y Owen las oyó crujir: se estaban abriendo grietas.

Las Eco no tardarían mucho en lanzar un ataque en masa. Si habían adivinado la intención de aquellos dos humanos, una avalancha de sombras furiosas podía caerles encima en cualquier momento.

¿Y dónde estaba Tom? ¿Se habría ocultado en el maizal tras darse cuenta de que no podía reunirse con ellos?

Nuevo choque brutal, pero esta vez el impacto proyectó al interior varias piezas del molinete, que rebotaron en el suelo, rozaron a Owen y arrancaron una queja a Ethan.

—¿Teniente? ¿Está bien?

Cobb no respondió de inmediato, y cuando lo hizo, su voz apenas pudo disimular el dolor.

—Sí, no te preocupes, sigue buscando...

La máquina agrícola golpeó su refugio con tal violencia que varias lámparas se soltaron del techo y se estrellaron contra el suelo, cerca de Owen.

—¡Van... van a entrar!

Ethan iba de aquí para allá derribando placas metálicas, golpeando contadores al azar...

Owen no podía apartar los ojos de la puerta, temiendo descubrir en ella la presencia de los monstruos.

Se llevó la mano a la riñonera. No dejaría que...

De pronto, empezó a dar saltos.

—¡Teniente! ¡Ya lo tengo! ¡Ya lo tengo! —exclamó excitado; abrió el cierre de la riñonera y sacó una de las pequeñas bombas de gasolina que había fabricado con sus amigos al salir de clase, la tarde del miércoles. Desde entonces parecía haber pasado una eternidad—. ¡Apártese! —dijo encendiendo el mechero, del que se había olvidado por completo.

La mecha del petardo crepitó, y Owen lanzó la bomba delante de él con todas sus fuerzas. El globo explotó contra una columna de hormigón y, al inflamarse, la gasolina iluminó un espacio mucho mayor de lo que imaginaba.

A la luz de las llamas, vio un bulto extraño en el estómago del teniente Cobb. Una gran mancha oscura le teñía el uniforme.

—¡Dios mío, está herido!

Esta vez, la embestida de la cosechadora, o de lo que quedaba de ella, hundió la pared alrededor de la puerta y arrojó una lluvia de fragmentos de hormigón y polvo sobre los dos ocupantes, que se protegieron con los brazos.

Bastarían uno o dos ataques más para echar abajo la fachada del transformador.

Ethan le cogió el mechero de la mano.

—¿Cuántas de esas te quedan?

—Dos —respondió Owen, y se las dio.

Pese a la herida, el policía corrió al centro de la sala. No sabía qué hacer ni qué era vital para ellos en aquella instalación, con tantos módulos, armarios metálicos y extraños tubos, altos como dos hombres, de los que salía un zumbido.

Lanzó una bomba contra uno de los cilindros. Con la última, dudó. Ahora veían lo suficiente para buscar mejor.

—¿Qué hago? —preguntó Owen con voz temblorosa.

—Pensaba que habría un interruptor principal o algo por el estilo... Busca por todas partes. Cualquier cosa que pueda parecerse a eso.

El ariete golpeó de nuevo, las grietas se ensancharon y unas piezas de acero asomaron entre el hormigón. Pero la cosechadora estaba hecha pedazos, y ninguno de ellos era lo bastante grande para poder seguir arremetiendo. El olor a combustible invadió las fosas nasales de Owen.

—Teniente, creo que el depósito de la cosechadora ha reventado... ¡Está entrando gasolina!

Un líquido se escurría por la puerta y se extendía por el suelo, acercándose poco a poco a la columna en llamas. Si prendía, les cerraría la única salida posible.

Huir ahora era meterse en la boca del lobo, pero también renunciar a su última esperanza.

Iban a arder vivos.

Ethan se detuvo delante de un tablero provisto de botones, una manivela y una serie de mandos que no conseguía descifrar, pese a alumbrarse con el mechero.

En el exterior, algo se abrió paso por entre los restos de la máquina, y un frío intenso invadió el recinto.

Owen dio un paso atrás.

Al instante, el olor a carne podrida le revolvió el estómago.

—Oh, no... —murmuró.

Ethan se apartó del tablero de mandos y sacudió la cabeza.

—Ya no tenemos elección.

Lanzó la última bomba de gasolina contra el tablero, y el fuego prendió rápidamente. Luego, la Glock escupió sus balas en el panel.

Todas las que quedaban en el cargador.

La escarcha se extendía por el interior de la sala.

Una sombra de una negrura absoluta tapó la abertura.

—Es... está entrando... —balbuceó Owen.

Se oyeron una serie de chasquidos encadenados, y uno a uno, los escasos pilotos se apagaron.

El zumbido de los tubos cesó.

Luego, el aire de la sala onduló como si fuera agua, una ola se propagó desde el corazón del transformador, Owen y Ethan salieron despedidos y cayeron al suelo, donde quedaron tendidos, sin respiración. Ninguno de los dos supo si el horrible chirrido que se oyó a continuación era el de una inmensa hoja de metal que se retorcía o el monstruoso lamento de una entidad gigantesca herida de muerte.

Delante del búnker, la sombra se difuminó y se alejó súbitamente.

Owen, a cuatro patas, intentaba recuperar el aliento, con la sangre, el sudor y la suciedad resbalándole por los ojos.

¿Había acabado todo? Le costaba creerlo. ¿Así? ¿Sin una explosión ni un último ataque rabioso?

A menos que fuera una trampa...

Vio que la gasolina de la cosechadora estaba llegando a la columna de fuego.

Ethan levantó al chico y lo empujó hacia la puerta.

—¡Vámonos! ¡Deprisa!

Owen iba a replicar que eso era precisamente lo que querían las criaturas que esperaban fuera, pero antes de que pudiera abrir la boca, Ethan ya lo había arrastrado al exterior.

Las auroras boreales seguían iluminando la bóveda celeste mientras avanzaban entre los restos de la máquina. En uno de ellos, Owen creyó ver sangre fresca. El corazón le dio un vuelco.

En el interior del búnker se produjo una brusca implosión, justo antes de que la gasolina lo incendiara.

En ese momento oyeron las voces.

Un coro lejano arrancado a la vida que emprendía el vuelo y se deslizaba hacia su portal. Una larga y desgarradora queja que conservaba un resto de humanidad. Por todas partes, las Eco desaparecían bruscamente, absorbidas por la insaciable sed de la nada.

Todo acabó en unos segundos.

La naturaleza se estremeció, y la demencial sacudida arrojó al suelo a Ethan y a Owen.

Luego, el silencio. Inmenso. Sin fin.

Y a continuación, tímidamente, los primeros cantos de los insectos y de la fauna nocturna, que despertaba. Que se atrevía a retomar su puesto.

Lo muertos habían regresado a sus gélidas tumbas.

83.

Una brisa yodada envolvía Mahingan Falls con sus innumerables brazos. Una suave presencia que rozaba las construcciones, alzaba tímidamente la bandera estadounidense ante el edificio del ayuntamiento y se deslizaba por su azotea, vacía salvo por unas prendas de ropa abandonadas y un inhibidor portátil descargado.

En Main Street, esa pizca de viento encontró una gorra de los Red Sox que yacía boca arriba junto al bordillo de la acera, jugó con ella unos instantes bajo los primeros rayos del amanecer y volvió a dejarla en su sitio con delicadeza.

Acariciaba las ventanas que seguían intactas, restregándose contra ellas como un gato que llama a sus dueños.

Al otro lado aparecían rostros desconcertados, asustados. Pero pocos se atrevían a asomarse fuera.

En el puerto deportivo, hacía vibrar las jarcias en los mástiles de los veleros.

En algunas calles, apartaba un poco bruscamente los montones de residuos escapados de coches con las puertas abiertas, de cobertizos y garajes o de las mismas casas, cuyos desguarnecidos vanos le franqueaban el paso al interior. La mayoría permanecían en silencio, y la brisa silbaba en sus paredes, indiferente a los restos humanos que salpicaban el suelo, las alfombras y el papel pintado.

En Salem Avenue, se distrajo zigzagueando entre los robles que jalonaban la perspectiva hasta la entrada del pueblo, y al llegar allí se entretuvo un instante enrollando una de sus trenzas alrededor de una alborotada cabellera rubia, y pegó el oído a una blusa para escuchar la desgarradora nana de un corazón. Un corazón de mujer que repetía un canto triste.

Pero vivo.

Olivia llevaba a Chad y a Corey de la mano, y a Zoey, dormida, a la espalda. Adam caminaba detrás de ellos, aturdido, conmocionado.

Regresaron a los Tres Callejones muy lentamente, sin decir palabra.

Al acercarse a la Granja, Olivia vio los pies de Roy asomando por detrás del viejo todoterreno y les dijo a los tres chicos que rodearan el vehículo. No se hacía ilusiones respecto al estado del anciano, a la vista de su tobillo despedazado.

Ethan Cobb estaba sentado en el porche trasero, recostado en la pared, con un vendaje empapado de sangre alrededor del abdomen. Estaba lívido.

Owen salió del salón, corrió hacia Olivia y se abrazó a ella con todas sus fuerzas, como si quisiera fundirse con su cuerpo.

Olivia no necesitó que le contaran nada.

Comprendió.

Cerró los ojos y lloró por dentro, sin hacer ruido.

Epílogo

El sol de junio entraba de soslayo por el ventanal del piso de Park Avenue, en Nueva York. El triple cristal eliminaba casi todo el ruido del tráfico que ascendía desde la lejana calle y creaba en el salón un ambiente tranquilo y relativamente fresco. Bajo una de las rejillas del aire acondicionado, un banderín con los colores de un colegio privado se agitaba y golpeaba la pared.

Una puerta se cerró con un golpe colérico que hizo temblar la porcelana del aparador.

Olivia Spencer apoyó la mano en la hoja.

—¿Chadwick? Me gustaría pasar, ¿puedo?

Olivia interpretó la falta de respuesta como un asentimiento y entró en la habitación de su hijo, que estaba sentado en la cama, con las rodillas dobladas contra el pecho.

—Annie solo quiere ayudarte —le dijo con voz suave instalándose junto a él.

Con los ojos llenos de lágrimas, Chad se encogió de hombros. Olivia le tendió la mano para que saliera con ella, pero el chico no se movió.

—Los días que yo vuelva tarde, estará ella —insistió Olivia—. Os ayudará con los deberes y hará la cena. Solo quiere tu bien.

—No la necesito.

Olivia asintió con la cabeza.

—Pues yo creo que sí.

—¡Gemma era mil veces mejor! —estalló Chad.

Su madre lo atrajo hacia sí para que pudiera llorar en su hombro y le pasó la mano por la espalda, mientras aspiraba su olor y sentía su peso contra ella. Chad era la vida y estaba allí, ahora, y ella tenía la suerte de poder decírselo a sí misma, de disfrutar de él, como disfrutaría en todo momento de cada una de las personas a las que quería.

—Sé lo que sientes, hijo —le susurró—. Lo sé... Yo también la echo de menos —con un esfuerzo extraordinario, si bien cada vez menor, consiguió no explotar ella también. Quería mostrarse fuerte, tranquilizadora, protectora—. Hay que aceptarlo, Chad. No se puede volver atrás. Echo de menos a Gemma. Echo de menos a papá. Muchísimo. Pero ya no se puede hacer nada. Hay que avanzar. Lo cual no significa olvidarlos.

Chad se agarró a la blusa de su madre hasta casi desgarrarla y se quedó así un buen rato, hasta que se durmió.

Olivia le tendió la cabeza en la almohada, le dio un beso, volvió a aspirar su olor y salió sin hacer ruido.

En el pasillo la esperaba Owen.

Se miraron unos instantes. Luego Olivia le tendió los brazos y él se refugió en ellos. Pero al cabo de un momento dio un paso atrás.

—¿Vas a aceptar la oferta? —le preguntó

Olivia lo observaba. Nunca abandonaría aquella brusquedad de animalillo salvaje, ni dejaría de sorprenderla con su inteligencia.

—En cualquier caso, voy a probar. Necesito actividad, tener la mente ocupada. Creo que trabajar en la prensa escrita me sentará bien. No quiero salir en pantalla.

Owen asintió con una leve sonrisa.

—Tienes razón.

—No te preocupes, no estaré ausente a menudo.

—Me alegro de que lo hagas. Ahora te toca vivir a ti. No has dejado de ocuparte de nosotros desde...

Owen no acabó la frase. No hacía falta.

Siguieron mirándose unos instantes, sin malestar, únicamente con cariño.

—¿Puedo pedirte que esta tarde estés un poco pendiente de Chad? Tengo que salir. Annie se quedará hasta que vuelva. ¿Estaréis bien?

Owen asintió. Olivia le dio un beso en la frente y se dirigió a la puerta para recoger su bolso.

Owen la siguió con paso lento.

Cuando Olivia abrió la puerta que daba al ascensor, la despidió con la mano.

—Te quiero —dijo en un susurro.

El taxi la dejó en Greenwich Village, en la esquina de Bleeker y Barrow Street, y Olivia se detuvo ante la fachada de piedra rojiza. Empezaba a sabérsela de memoria.

Empujó la puerta, subió a la segunda planta y entró en el piso sin llamar. Era el ritual acostumbrado.

Al fondo, el salón trazaba un recodo, al final del edificio, donde un escritorio y dos sillones permanecían en una penumbra provocada en parte por los listones de las persianas, que cortaban la luz del sol en finas líneas. Otras tantas líneas del horizonte posibles, se dijo Olivia sentándose frente al escritorio con su cubierta tapizada de cuero verde.

Martha Callisper, que se había cortado su habitual melena gris, salió de la habitación contigua, se sentó frente a ella y le cogió la mano por encima del escritorio.

—Le dije que no debía volver en una temporada, Olivia...

Al instante, la cuarentona dejó de ser la madre rebosante de seguridad, rehuyó su mirada y tragó saliva.

—Solo una vez más —dijo en voz baja.

En la penumbra, Martha la observaba con una compasión sin límite en sus grandes ojos azules.

—No hemos conseguido nada en seis meses de sesiones. Creo que hay que rendirse a la evidencia, Olivia: no está atrapado entre la vida y la muerte. Tom se ha ido. Y es lo que había que desearle.

—No pasa un solo día sin que tenga la sensación de que está ahí, justo detrás de mí, reflejado en un escaparate, o sin que perciba su olor en una corriente de aire, o me despierte por la noche oyéndolo susurrarme. Necesito intentarlo una vez más, Martha. Solo una.

La médium frunció los labios y exhaló un profundo suspiro.

—Sabía que volvería.

—La puerta estaba abierta...

La anciana asintió con una sonrisa triste.

—Hay que dejarle partir. Tom no está prisionero al otro lado del espejo, su alma se ha dispersado en el universo. De lo que usted no consigue desprenderse es de su recuerdo.

Olivia cerró los párpados unos instantes. Una fina burbuja capturando los escasos rayos del sol en el borde de los ojos. ¿Cómo iba a convencer a sus hijos cuando ella misma no era capaz de resignarse?

Una ola incontenible barrió toda su resistencia.

—Necesito oírlo, solo una vez. Decirle cuánto lo quiero. Por favor. Estoy segura de que un día me oirá.

Tras una vacilación, Martha Callisper abrió un cajón y sacó un péndulo de plata.

Olivia se irguió en el sillón.

Lo vio oscilar progresivamente, como siempre.

Pero esta vez sería diferente. Lo presentía. Y durante ese momento de incertidumbre, ya apenas sintió el doloroso peso que le aplastaba el corazón de la mañana a la noche.

El péndulo marcaba el ritmo.

Y Olivia recobraba todo lo que necesitaba.

La esperanza.

«Tom.»

La librería de Henry Street, en Brooklyn Heights, tenía una entrada bastante amplia en la que habían colocado una mesa cubierta con un tapete verde. Encima había una pila de ejemplares de un libro junto a una placa de metacrilato en la que podía leerse: «Hoy: Un año después de la tragedia de Mahingan Falls, el Gobierno les sigue mintiendo».

Sentada detrás, Martha Callisper esperaba a los eventuales curiosos, a quienes explicaría encantada la verdad en un tono cuidadosamente estudiado, lo bastante firme y pedagógico para que la tomaran en serio.

La campanilla de la puerta tintineó y entró un hombre.

Llevaba una camiseta de manga corta, vaqueros y unas gafas de sol que rara vez se quitaba, para evitar que sus interlocutores se sintieran incómodos. Desde que había presenciado las muertes, sus ojos y su mirada podían ser muy penetrantes. Habían sido muchas. Más de las que un ser humano normal puede soportar. Un bastón le ayudaba a compensar una ligera cojera.

Martha lo recibió con una amplia sonrisa.

—No esperaba verlo por Nueva York, teniente...

En presencia de la médium, Ethan se relajó y se quitó las gafas. Martha no pestañeó, pese a la intensidad de su mirada.

—Ya no estoy en la policía.

—No me sorprende. ¿Y qué hace ahora?

—Mantenerme ocupado con esto y aquello.

Ethan cogió uno de los ejemplares y lo abrió por la primera cita.

«Ahora vemos en un espejo, oscuramente; más entonces veremos cara a cara. Ahora conozco en parte, pero entonces conoceré como voy conocido. 1 Corintios, 13, 12.»

—¿Se ha vuelto religiosa?

Martha esbozó una sonrisa burlona.

—Creo que la unión hace la fuerza.

Ethan agitó el libro.

—¿Se vende?

—La gente sigue sin querer saber la verdad.

—Hay verdades más difíciles de creer que otras.

El rostro de la anciana se ensombreció.

—Nadie ha cuestionado la posibilidad de que todo un pueblo se vuelva loco a causa de una toxina presente en el agua potable, pese a que un número alarmante de «detalles» no encaja y la mayoría de los testigos aseguran que vieron lo mismo. Una alucinación colectiva de esa envergadura es inconcebible. Sin embargo, la opinión pública prefiere creérselo. Se culpa a unos inocentes de la muerte de cientos de hombres, mujeres y niños aduciendo..., ¿cómo lo llaman? ¡Ah, sí! ¡Una «psicosis de masas»!

Ethan dejó el libro en lo alto de la pila, asintió y miró a su alrededor para asegurarse de que nadie los oía.

—No estoy seguro de que explicarle al mundo entero que los muertos están justo al otro lado del espejo, esperando a que los liberen, sea más prudente. Las mayores tragedias de la historia han ocurrido cuando las masas tenían miedo, ¿no?

—Entonces, ¿prefiere usted esa infame mentira?

—Hay otras formas de actuar.

Martha le dirigió una mirada muy poco amable.

—¿Eso es lo que hace usted? ¿Husmear aquí y allá con la esperanza de descubrir una fisura? ¿Qué espera conseguir, solo frente al Gobierno, Cobb?

Ethan se encogió de hombros.

—Le dejo a usted la tarea de convencer a las masas. Yo me conformo con mantener los ojos abiertos.

—¿Qué le asusta tanto?

Ethan la miró fijamente, y esta vez Martha Callisper apenas pudo sostener su mirada.

—Que el Gobierno no extraiga una lección de los errores de otros —dijo al fin.

—No lo hará.

—Está en juego la supervivencia de la humanidad...

—La tecnología de la OCP fue destruida. Leí que un incendio asoló sus instalaciones. La compañía se fue a la bancarrota. Incluso los datos que guardaban en lugar seguro se perdieron, debido a un «desafortunado cúmulo de circunstancias», como decía el artículo. Yo también estoy atenta a lo que pasa. Siempre he sospechado que alguno de nosotros se vengó.

—Únicamente les hablé de la OCP a Olivia y a usted.

—Es justo lo que digo.

—Yo no le prendí fuego a la OCP, y, por lo que sé, Olivia intenta rehacer su vida y la de sus hijos aquí, en Nueva York.

—Entonces, ¿fue el Gobierno, según usted? —Ethan hizo un gesto para indicar que resultaba evidente—. ¿Por un problema de seguridad nacional? —insistió Martha.

Ethan miró a su espalda.

—Miles y miles y miles de millones de dólares, le habría respondido Alec Orlacher —dijo—. El Gobierno o las multinacionales, ¿qué diferencia hay, con algo así en juego?

Un soplo de aire frío pasó entre ellos, y ambos se tensaron, hasta que Ethan vio una rejilla de aire acondicionado justo encima de sus cabezas.

Martha le tendió el libro.

—Tenga, se lo regalo. Tómese el tiempo necesario para leerlo, tal vez le proporcione elementos útiles para su lucha.

—Nuestra lucha —la corrigió Ethan—. Pero dudo de que tengamos mucho tiempo.

De Los Ángeles a Miami, de Boston a París, de Londres a Pekín, pasando por El Cairo, Hong Kong e incluso Sídney, Río de Janeiro o El Cabo, siguiendo todas las diagonales posibles e imaginables, de las megalópolis a los pueblos más apartados, el mundo entero se conecta y teje una red cada vez más vasta y veloz. Ondas por todas partes. Omnipresentes.

Ávidas de progresos.

Y de pronto, todas reciben la misma señal. No es más que un ensayo. Pero esta vez, de gran envergadura.

Una simple prueba previa a la apertura de un mercado que generará tanto dinero y poder que merece la pena hacer la vista gorda sobre su procedencia.

La señal se propaga. Por todas partes. Más deprisa que las previsiones más optimistas.

Y no tarda en resquebrajar nuestra realidad. En su interior aparece una fisura hacia otro plano. Se extiende como una vibración invisible. Un rumor de voces. Por ahora, murmuran en las tinieblas.

Pero a medida que la señal se extiende por todo el globo, se funden en un solo alarido.

Y entonces, dondequiera que llegan las ondas, en cada calle, en cada casa, en cada edificio, incluso en los bosques y las granjas, las sombras despiertan.

Y otras voces, las voces de los vivos, les responden con un grito de terror.

Agradecimientos

Esta historia no tendría su forma actual sin las inestimables colaboraciones que quiero agradecer aquí. En primer lugar, la de mi mujer, Faustine, que cuando le resumí el argumento se echó a reír: «¿Te das cuentas de que esa familia es la nuestra?», me preguntó. No, yo no era consciente de esa «proyección». Probablemente eso explica su enorme implicación en esta novela. Por la noche, ella leía mi producción diaria y se metía en la piel de los personajes para ayudarme a hacerlos más creíbles. Le debes buena parte de las decisiones clave de mis protagonistas, lector. En cambio, todo lo que hacen precipitadamente para meterse en la boca del lobo fue cosa mía... Gracias a ti y a nuestros hijos por autorizarme a utilizar algunos de nuestros recuerdos y por haber llevado la carga de este libro conmigo. Nunca olvidaré cuántas veces me prohibiste hacer daño a los Spencer. Perdón, cariño, era por el bien de la historia.

Gracias al doctor Christian Lehmann por su ayuda. Doc, después de tantos años arreglando el mundo juntos alrededor de una mesa de juego, no pude resistir la tentación de hacerte subir al escenario, para lo bueno y, sobre todo, para lo malo.

Olivier Sanfilippo dio cuerpo a Mahingan Falls cuando yo solo tenía su alma. ¡Enhorabuena y gracias por tu plano, que partía casi de cero con mi esbozo!

Por último, mi editor y su equipo han vuelto a hacer un trabajo extraordinario para llevar mi obra hasta ti de esta espléndida forma. Quiero expresar mi gratitud a Richard por su amistad y su infatigable acompañamiento, y a Caroline, por este primer éxito (de una larga serie).

Querido lector: que disfrutes del libro, no te fíes de la Señal que nos rodea y hasta muy pronto, porque aún tengo unas cuantas historias que me obsesionan y quiero librarme de ellas entregándotelas a ti. Cuento contigo.

Maxime Chattam
Edgecombe, agosto de 2018

Este libro se terminó
de imprimir en
Madrid,
en el mes de
junio de 2019

Descubre tu próxima lectura

Si quieres formar parte de nuestra comunidad,
regístrate en **libros.megustaleer.club**
y recibirás recomendaciones personalizadas

Penguin
Random House
Grupo Editorial

megustaleer

Merrimack College

Library

North Andover, Massachusetts

LUTHER'S WORKS

LUTHER'S WORKS

VOLUME 27

LECTURES ON GALATIANS
1535
Chapters 5—6

LECTURES ON GALATIANS
1519
Chapters 1—6

JAROSLAV PELIKAN
Editor

WALTER A. HANSEN
Associate Editor

CONCORDIA PUBLISHING HOUSE · SAINT LOUIS

Copyright 1964 by
CONCORDIA PUBLISHING HOUSE
Saint Louis, Missouri

Library of Congress Catalog Card No. 55-9898

MANUFACTURED IN THE UNITED STATES OF AMERICA

Contents

General Introduction	xii
Introduction to Volume 27	ix
Lectures on Galatians — 1535	
CHAPTER FIVE	3
CHAPTER SIX	106
LUTHER'S PREFACE OF 1535	145
Lectures on Galatians — 1519	
DEDICATION	153
THE SUBJECT	161
CHAPTER ONE	163
CHAPTER TWO	199
CHAPTER THREE	243
CHAPTER FOUR	283
CHAPTER FIVE	325
CHAPTER SIX	381
Indexes	411

General Introduction

THE first editions of Luther's collected works appeared in the sixteenth century, and so did the first efforts to make him "speak English." In America serious attempts in these directions were made for the first time in the nineteenth century. The Saint Louis edition of Luther was the first endeavor on American soil to publish a collected edition of his works, and the Henkel Press in Newmarket, Virginia, was the first to publish some of Luther's writings in an English translation. During the first decade of the twentieth century, J. N. Lenker produced translations of Luther's sermons and commentaries in thirteen volumes. A few years later the first of the six volumes in the Philadelphia (or Holman) edition of the *Works of Martin Luther* appeared. Miscellaneous other works were published at one time or another. But a growing recognition of the need for more of Luther's works in English has resulted in this American edition of Luther's works.

The edition is intended primarily for the reader whose knowledge of late medieval Latin and sixteenth-century German is too small to permit him to work with Luther in the original languages. Those who can, will continue to read Luther in his original words as these have been assembled in the monumental Weimar edition (*D. Martin Luthers Werke.* Kritische Gesamtausgabe; Weimar, 1883 ff.). Its texts and helps have formed a basis for this edition, though in certain places we have felt constrained to depart from its readings and findings. We have tried throughout to translate Luther as he thought translating should be done. That is, we have striven for faithfulness on the basis of the best lexicographical materials available. But where literal accuracy and clarity have conflicted, it is clarity that we have preferred, so that sometimes paraphrase seemed more faithful than literal fidelity. We have proceeded in a similar way in the matter of Bible versions, translating Luther's translations. Where this could be done by the use of an existing English version — King James, Douay, or Revised Standard — we have done so. Where it could not, we have supplied our own. To indicate this in each specific instance would have been pedantic; to adopt a uniform procedure would have been artificial — especially in view of Luther's own inconsistency in this regard. In each volume the translator will be responsible primarily for matters of text and language, while the responsibility of the editor will extend principally to the historical and theological matters reflected in the introductions and notes.

Although the edition as planned will include fifty-five volumes, Luther's writings are not being translated in their entirety. Nor should they be. As he was the first to insist, much of what he wrote and said was not that important. Thus the edition is a selection of works that have proved their importance for the faith, life, and history of the Christian Church. The first thirty volumes contain Luther's expositions of various Biblical books, while the remaining volumes include what are usually called his "Reformation writings" and other occasional pieces. The final volume of the set will be an index volume; in addition to an index of quotations, proper names, and topics, and a list of corrections and changes, it will contain a glossary of many of the technical terms that recur in Luther's works and that cannot be defined each time they appear. Obviously Luther cannot be forced into any neat set of rubrics. He can provide his reader with bits of autobiography or with political observations as he expounds a psalm, and he can speak tenderly about the meaning of the faith in the midst of polemics against his opponents. It is the hope of publishers, editors, and translators that through this edition the message of Luther's faith will speak more clearly to the modern church.

J. P.
H. L.

Introduction to Volume 27

THE term "Luther's *Galatians*" could conceivably be taken to refer to any one of five (or even six) commentaries on the Epistle to the Galatians by Martin Luther. Most often it is the *Galatians* published in 1535 that is referred to by this title. The first four chapters of that exposition have been published as Volume 26 of *Luther's Works*, together with our historical introduction to the entire commentary. Here in Volume 27 we are presenting the fifth and sixth chapters of the *Galatians* of 1535 (Weimar, XL-2, 1–184; St. Louis, IX, 600–771), as well as Luther's preface to the printed version of his lectures (Weimar, XL-1, 33–37; St. Louis, IX, 8–15), written in 1538. Underlying this commentary are notes from Luther's actual lectures in 1531; these notes, which have been preserved and are printed in the Weimar edition, could also be called "Luther's *Galatians*," as could perhaps the revised edition of the printed commentary, published in 1538, which has served as the basis for all previous translations into English.

But in addition to these two (or three) expositions, there are three interrelated commentaries on Galatians that date back to the beginnings of Luther's Reformation. The earliest of these three versions is a student notebook on Luther's lectures of 1516–17, first published in this century by Hans von Schubert and then revised for the Weimar edition by Karl Meissinger (Weimar, LVII). Using those lectures as a basis, but significantly revising and expanding some of his earlier judgments, Luther prepared a printed version of his exposition (Weimar, II, 445–618; St. Louis, VIII, 1352–1661) and published it in 1519. Four years later, in 1523, he published a revised and abbreviated version of the commentary, omitting most of the proper names and many of the *obiter dicta* that had appeared in the edition of 1519; the Weimar editors have documented these deviations in footnotes to the text of the 1519 *Galatians*.

Thus Luther's several commentaries on the Epistle to the Galatians provide unmatched source material for research into his intellectual and religious development for two decades or more; they are also extremely useful for a study of the methods of his editors. For the

CHAPTER FIVE

As he approaches the end of the epistle, Paul argues vigorously and passionately in defense of the doctrine of faith and of Christian liberty against the false apostles, who are its enemies and destroyers. He aims and hurls veritable thunderbolts of words at them to lay them low. At the same time he urges the Galatians to avoid their wicked doctrine as though it were some sort of plague. In the course of his urging he threatens, promises, and tries every device to keep them in the freedom achieved for them by Christ. Therefore he says:

1. *For freedom Christ has set us free; stand fast therefore.*

That is: "Be firm!" Thus Peter says (1 Peter 5:8-9): "Be sober, be watchful. Your adversary the devil prowls around like a roaring lion, seeking someone to devour. Resist him, firm in your faith." "Do not be smug," he says, "but be firm. Do not lie down or sleep, but stand." It is as though he were saying: "Vigilance and steadiness are necessary if you are to keep the freedom for which Christ has set us free. Those who are smug and sleepy are not able to keep it." For Satan violently hates the light of the Gospel, that is, the teaching about grace, freedom, comfort, and life. Therefore as soon as he sees it arise, he immediately strives to obliterate it with all his winds and storms. For this reason Paul urges godly persons not to be drowsy and smug in their behavior but to stand bravely in the battle against Satan, lest he take away the freedom achieved for them by Christ.

Every word is emphatic. "Stand fast," he says, "in freedom." In what freedom? Not in the freedom for which the Roman emperor has set us free but in the freedom for which Christ has set us free. The Roman emperor gave — indeed, was forced to give — the Roman pontiff a free city and other lands, as well as certain immunities, privileges, and concessions.[1] This, too, is freedom; but it is a political

---

[1] The Donation of Constantine, which purported to be a deed of gift from Constantine to the pope, had been exposed as a forgery by Lorenzo Valla in 1440.

freedom, according to which the Roman pontiff with all his clergy is free of all public burdens. In addition, there is the freedom of the flesh, which is chiefly prevalent in the world. Those who have this obey neither God nor the laws but do what they please. This is the freedom which the rabble pursues today; so do the fanatical spirits, who want to be free in their opinions and actions, in order that they may teach and do with impunity what they imagine to be right. This is a demonic freedom, by which the devil sets the wicked free to sin against God and men. We are not dealing with this here although it is the most widespread and is the only goal and objective of the entire world. Nor are we dealing with political freedom. No, we are dealing with another kind, which the devil hates and attacks most bitterly.

This is the freedom with which Christ has set us free, not from some human slavery or tyrannical authority but from the eternal wrath of God. Where? In the conscience. This is where our freedom comes to a halt; it goes no further. For Christ has set us free, not for a political freedom or a freedom of the flesh but for a theological or spiritual freedom, that is, to make our conscience free and joyful, unafraid of the wrath to come (Matt. 3:7). This is the most genuine freedom; it is immeasurable. When the other kinds of freedom — political freedom and the freedom of the flesh — are compared with the greatness and the glory of this kind of freedom, they hardly amount to one little drop. For who can express what a great gift it is for someone to be able to declare for certain that God neither is nor ever will be wrathful but will forever be a gracious and merciful Father for the sake of Christ? It is surely a great and incomprehensible freedom to have this Supreme Majesty kindly disposed toward us, protecting and helping us, and finally even setting us free physically in such a way that our body, which is sown in perishability, in dishonor, and in weakness, is raised in imperishability, in honor, and in power (1 Cor. 15:42-43). Therefore the freedom by which we are free of the wrath of God forever is greater than heaven and earth and all creation.

From this there follows the other freedom, by which we are made safe and free through Christ from the Law, from sin, death, the power of the devil, hell, etc. For just as the wrath of God cannot terrify us — since Christ has set us free from it — so the Law, sin, etc., cannot accuse and condemn us. Even though the Law denounces us and sin terrifies us, they still cannot plunge us into despair. For faith, which is the victor over the world (1 John 5:4), quickly declares: "Those things have nothing to do with me, for Christ has set me free from them." So it is that death, which is the most powerful and horrible thing in the world, lies conquered in our conscience through this freedom of the Spirit. Therefore the greatness of Christian freedom should be carefully measured and pondered. The words "freedom from the wrath of God, from the Law, sin, death, etc.," are easy to say; but to feel the greatness of this freedom and to apply its results to oneself in a struggle, in the agony of conscience, and in practice — this is more difficult than anyone can say.

Therefore one's spirit must be trained, so that when it becomes conscious of the accusation of the Law, the terrors of sin, the horror of death, and the wrath of God, it will banish these sorrowful scenes from its sight and will replace them with the freedom of Christ, the forgiveness of sins, righteousness, life, and the eternal mercy of God. Although the consciousness of these opponents may be powerful, one must be sure that it will not last long. As the prophet says (Is. 54:8), "In overflowing wrath for a moment I hid My face from you, but with everlasting love I will have compassion on you." But this is extremely difficult to bring about. Therefore the freedom that Christ has achieved for us is easier to talk about than it is to believe. If it could be grasped in its certainty by a firm faith, no fury or terror of the world, the Law, sin, death, the devil, etc., could be too great for it to swallow them up as quickly as the ocean swallows a spark. Once and for all this freedom of Christ certainly swallows up and abolishes a whole heap of evils — the Law, sin, death, the wrath of God, finally the serpent himself with his head (Gen. 3:15); and in their place it establishes righteousness, peace, life, etc. But blessed is the man who understands and believes this.

Therefore let us learn to place a high value on this freedom of ours; not the emperor, not an angel from heaven, but Christ, the Son of God, through whom all things were created in heaven and earth, obtained it for us by His death, to set us free, not from some physical and temporary slavery but from the spiritual and eternal slavery of those most cruel and invincible tyrants, the Law, sin, death, the devil, etc., and to reconcile us to God the Father. Now that these enemies have been defeated and now that we have been reconciled to God through the death of His Son, it is certain that we are righteous in the sight of God and that all our actions are pleasing to Him; and if there is any sin left in us, this is not imputed to us but is forgiven for the sake of Christ. Paul is speaking very precisely when he says that we should stand in the freedom for which Christ has set us free. Therefore this freedom is granted to us, not on account of the Law or our righteousness but freely, on account of Christ. Paul testifies to this and demonstrates it at length throughout this epistle; and Christ says in John 8:36: "If the Son makes you free, you will be free indeed." He alone is thrust into the middle between us and the evils that oppress us. He conquers and abolishes them, so that they cannot harm us any longer. In fact, in place of sin and death He grants us righteousness and eternal life, and He changes slavery and the terrors of the Law into the freedom of conscience and the comfort of the Gospel, which says (Matt. 9:2): "Take heart, My son; your sins are forgiven." Therefore he who believes in Christ has this freedom.

Reason does not see how great a matter this is; but when it is seen in the Spirit, it is enormous and infinite. No one can realize with language or thought what a great gift it is to have — instead of the Law, sin, death, and a wrathful God — the forgiveness of sins, righteousness, eternal life, and a God who is permanently gracious and kind. The papists and all self-righteous people boast that they also have the forgiveness of sins, righteousness, etc.; they also lay claim to freedom. But all these things are worthless and uncertain. In temptation they vanish instantly, because they depend on human works and satisfactions, not on the Word of God and on Christ. Therefore it is impossible for any self-righteous people to know what freedom from sin, etc., really is. By contrast, our freedom has as its foundation Christ, who is the eternal High Priest, who is at the right hand of God and intercedes for us. Therefore the freedom, forgiveness of sins, righteousness, and life that we have through Him are sure, firm, and eternal, provided that we believe this. If we cling firmly to Christ by faith and stand firm in the freedom with which He has made us free, we shall have those inestimable gifts. But if we become smug and drowsy, we shall lose them. It is not in vain that Paul commands us to be vigilant and to stand, because he knows that the devil is busily engaged in trying to rob us of this freedom that cost Christ so much, and to tie us up again in the yoke of slavery through his agents. Thus there follows:

And do not submit again to a yoke of slavery.

Paul has been speaking very seriously about grace and Christian freedom, and has urged the Galatians in many words to continue in these. He commands them to stand, because it is very easy to lose all this either by carelessness and smugness or by a relapse from grace and faith into the Law and works. But because to reason this does not seem to be dangerous, since reason vastly prefers the righteousness of the Law to the righteousness of faith, therefore he denounces the Law of God with great indignation; contemptuously and scornfully he calls it a "yoke," in fact, a "yoke of slavery." That is how Peter spoke in Acts 15:10: "Why do you make trial of God by imposing a yoke?" In this way Paul turns the tables completely. For the false apostles minimized the importance of the promise and magnified the Law and its works in the following way: "If you want to be set free from sin and death, and to obtain righteousness and life, keep the Law; be circumcised; observe days, months, seasons, and years; perform sacrifices. Then this obedience to the Law will justify and save you." Paul says the exact opposite. "Those who teach the Law in this way," he says, "do not set consciences free; they ensnare them. They ensnare them in a yoke, indeed in a yoke of slavery."

Therefore Paul speaks with complete contempt and in an exceedingly reproachful manner about the Law when he calls it a snare of the harshest slavery and of a servile yoke. He does not do this without reason. The wicked notion that the Law justifies clings to the reason very stubbornly, and the whole human race is finally so entangled and conquered by it that it can be rescued only with the utmost difficulty. Here Paul seems to be comparing those who seek righteousness through the Law to oxen that have been subjected to a yoke. Just as oxen that bear the yoke with great effort get nothing out of it but their food and are slaughtered when they are no longer fit to bear the yoke, so those who seek righteousness in the Law are captive and are oppressed with a yoke of slavery, that is, with the Law; and when finally, after great effort and sorrow, they have worn themselves out with the works of the Law, all the reward they get is that they are miserable slaves forever. Slaves of what? Of sin, death, the wrath of God, the devil, the flesh, the world, and all creatures. Therefore no slavery is greater or severer than the slavery of the Law. Hence it is not without reason that Paul calls it "a yoke of slavery"; for, as we have often said earlier, the Law only demonstrates and increases sin, accuses, terrifies, condemns, works wrath, and finally brings consciences to the point of despair — which is the most wretched and the harshest slavery (Romans 3, 4, 7).

This is why Paul uses such passionate words. He would dearly love to stir and persuade them not to let themselves be influenced by the false apostles and not to let these men ensnare them once more in the yoke of slavery. It is as though he were saying: "The issue here is no trifle or mere nothing; it is an issue between either endless, eternal freedom or slavery." For just as the freedom from the wrath of God and from every evil is not political freedom or a freedom of the flesh but an eternal freedom, so the slavery of sin, death, and the devil, which oppresses those who seek to be justified and saved through the Law, is not a physical slavery, which lasts for a while, but a perpetual slavery. For self-righteous people of this kind, who take everything very seriously — and they are the ones whom Paul is discussing — are never serene and peaceful. In this life they are always in doubt about the will of God and are afraid of death and of the wrath and judgment of God; and after this life they will suffer eternal destruction as punishment for their unbelief.

Therefore the workers of the Law are very rightly called "martyrs of the devil," if I may use the common expression. They earn hell by greater toil and trouble than that by which the martyrs of Christ earn heaven.[2] They are worn down by a double contrition: while they are in this life, performing many great works, they torture themselves miserably without reason; and when they die, they receive eternal damnation and punishment as their reward. Thus they are most miserable martyrs both in the present life and in the future life, and their slavery is eternal. It is not so with believers, who have troubles only in the present life. Therefore we must stand fast in the freedom Christ has acquired for us by His death, and we must be diligently on our guard not to be ensnared once more in a yoke of slavery. This is what is happening today to the fanatical spirits: falling away from faith and freedom, they have a self-imposed temporal slavery in this life, and in the life to come they will be oppressed by an eternal slavery. The papists do not listen to the Gospel; they persecute it. But even though these men use the freedom of the Gospel — for many of them are Epicureans — they are really slaves of the devil,

---

[2] On the "martyrs of the devil" cf. also *Luther's Works*, 13, p. 123.

who holds them captive at his pleasure. Therefore the eternal slavery of hell awaits them. So much for Paul's vigorous and serious exhortation, which is surpassed by the one that follows.

2. *Now I, Paul, say to you that if you receive circumcision, Christ will be of no advantage to you.*

Paul is profoundly moved, and in great zeal and fervor of the Spirit he speaks sheer thunderbolts against the Law and against circumcision. In his anger over the great wickedness of it all, the Holy Spirit wrests such passionate words out of him, as though he were saying: "Behold, I, Paul, etc. I, I say, who know that I have the Gospel, not from men but through the revelation of Jesus Christ; I, who know for certain that I have a divine commandment and authority to teach and define doctrine — I announce to you a judgment that is indeed new but is sure and true, namely, that if you receive circumcision, Christ will simply be of no advantage to you." This is a very harsh judgment when Paul says that receiving circumcision is the same as making Christ null and void — not indeed simply in Himself but for the Galatians, who were deceived by the tricks of the false apostles into believing that in addition to faith in Christ circumcision was necessary for believers, and that without it they could not obtain salvation.

This teaching is the touchstone by which we can judge most surely and freely about all doctrines, works, forms of worship, and ceremonies of all men. Whoever (whether he be a papist, a Jew, a Turk, or a sectarian) teaches that anything beyond the Gospel of Christ is necessary to attain salvation; whoever establishes any work or form of worship; whoever observes any rule, tradition, or ceremony with the opinion that thereby he will obtain the forgiveness of sins, righteousness, and eternal life — will hear the judgment of the Holy Spirit pronounced against him here by the apostle: that Christ is of no advantage to him at all. And since Paul had the courage to pronounce this judgment against the Law and against circumcision, which had been established by God — something that is truly remarkable — what would he not have had the courage to say against the chaff of human traditions?

Therefore this passage is a terrible thunderbolt against the entire kingdom of the pope. To speak only of the best among them, all the priests, monks, and hermits did not trust in Christ, whom they most slanderously and blasphemously regarded as an angry judge, accuser, and condemner; they trusted in their own works, righteousnesses, vows, and merits. Hence they hear their judgment in this passage, namely, that Christ is of no use to them. For if they are able to abolish sins and to merit the forgiveness of sins and eternal life by their own righteousness and ascetic life, what good does it do them that Christ was born, suffered, shed His blood, was raised, conquered sin, death, and the devil, when they themselves can overcome these monsters by their own powers? It is indescribable what great wickedness it is to make Christ useless. Therefore Paul pronounces these words out of great indignation of mind and the stirring of the Spirit: "If you receive circumcision, Christ will be of no advantage to you; that is, no benefit at all will come to you out of all His blessings, but He has done all this in vain so far as you are concerned."

This makes it abundantly clear that there is nothing more wicked under the sun than doctrines of human traditions and works; for with one blow they abolish and overthrow the truth of the Gospel, faith, the true worship of God, and Christ Himself, in whom the Father has established all things. Col. 2:3 states: "In Christ are hid all the treasures of wisdom and knowledge"; and in the ninth verse we read: "In Him the whole fullness of Deity dwells bodily." Therefore anyone who is a founder or a worshiper of the doctrine of works suppresses the Gospel, nullifies the death and victory of Christ, obscures His sacraments and abolishes their proper use, and is a denier, an enemy, and a blasphemer of God and of all His promises and blessings. Anyone who is not frightened away from human traditions and from trust in his own righteousness and works and who is not aroused to yearn for freedom in Christ by the fact that Paul calls the Law of God "a yoke of slavery" is harder than a rock or a bar of iron.

Therefore the statement is very clear: If anyone receives circumcision, that is, trusts in his circumcision, Christ will be of no advantage to him; that is, He will have been born and have suffered to no avail. For, as I said earlier, Paul is not discussing the actual deed in and of itself, which has nothing wrong in it if there is no trust in it or presumption of righteousness; but he is discussing how the deed is used, namely, the trust and the righteousness that are attached to the deed. We must understand Paul in accordance with the subject matter under discussion or the argument in process, which is that men are not justified by the Law, by works, or by circumcision. He is not saying that works in and of themselves are nothing, but that trust in works and righteousness on the basis of works causes Christ to be of no advantage. Therefore anyone who receives circumcision with the idea that it is necessary for justification will receive no benefit from Christ.

Let us remember this well in our personal temptations, when the devil accuses and terrifies our conscience to bring it to the point of despair. He is the father of lies (John 8:44) and the enemy of Christian freedom. At every moment, therefore, he troubles us with false terrors, so that when this freedom has been lost, the conscience is in continual fear and feels guilt and anxiety. When that "great dragon, the ancient serpent, the devil, the deceiver of the whole world, who accuses our brethren day and night before God" (Rev. 12:9-10) — when, I say, he comes to you and accuses you not only of failing to do anything good but of transgressing against the Law of God, then you must say: "You are troubling me with the memory of past sins; in addition, you are telling me that I have not done anything good. This does not concern me. For if I either trusted in my performance of good works or lost my trust because I failed to perform them, in either case Christ would be of no avail to me. Therefore whether you base your objections to me on my sins or on my good works, I do not care; for I put both of them out of sight and depend only on the freedom for which Christ has set me free. Therefore I shall not render Him useless to me, which is what would happen if I either presumed that I shall attain grace and eternal life because of my good works or despaired of my salvation on account of my sins."

Let us learn, therefore, to distinguish Christ as completely as possible from all works, whether good or evil; from all laws, whether divine or human; and from all distressed consciences. For Christ does not pertain to any of these. He does indeed pertain to sad consciences, not to trouble them even more but to raise them up again and to comfort them when they have been troubled. Therefore if Christ appears in the guise of a wrathful judge or lawgiver who demands an accounting of how we have spent our lives, we should know for certain that this is not really Christ but the devil. For Scripture portrays Christ as our Propitiator, Mediator, and Comforter. This is what He always is and remains; He cannot be untrue to His very nature. Therefore when the devil assumes the guise of Christ and argues with us this way: "At the urging of My Word you were obliged to do this, and you failed to do so; and you were obliged to avoid that, and you failed to do so. Therefore you should know that I shall exact punishment from you," this should not bother us at all; but we should immediately think: "Christ does not speak this way to despairing consciences. He does not add affliction to those who are afflicted. 'A bruised reed He will not break, and a dimly burning wick He will not quench' (Is. 42:3). To those who are rough He speaks roughly, but those who are in terror He invites most sweetly: 'Come to Me, all who labor and are heavy laden' (Matt. 11:28); 'I came not to call the righteous, but sinners' (Matt. 9:13); 'Take heart, My son; your sins are forgiven' (Matt. 9:2); 'Be of good cheer, I have overcome the world' (John 16:33); 'The Son of man came to seek and to save the lost' (Luke 19:10)." Therefore we should be on our guard, lest the amazing skill and infinite wiles of Satan deceive us into mistaking the accuser and condemner for the Comforter and Savior, and thus losing the true Christ behind the mask of the false Christ, that is, of the devil, and making Him of no advantage to us. So much for personal temptations and for the proper way of dealing with them.

3. *I testify again to every man who receives circumcision that he is bound to keep the whole Law.*

The first disadvantage is great enough, when Paul says that Christ is of no advantage to those who receive circumcision. This next one is no smaller, when he says that those who receive circumcision are bound to keep the whole Law. He is so serious in speaking these words that he confirms them with an oath. "I testify," that is, I swear by all that is holy. These words can be explained in two ways, negatively and positively. Negatively they mean:

"I testify to every man who receives circumcision that he is a debtor to the observance of the whole Law; that is, even in the very act of circumcision he does not receive circumcision, and even in the fulfilling of the Law he does not fulfill it but transgresses it." This seems to me to be the simple and true meaning of Paul in this passage. Later on (6:13) he explains himself when he says: "Even those who receive circumcision do not themselves keep the Law," as he did earlier (3:10), when he said: "All who rely on works of the Law are under a curse." It is as though he were saying: "Even if you receive circumcision, this does not mean that you are righteous and free from the Law; but by this very act you have become more bound and enslaved by the Law. By the very act of trying to satisfy the Law and to be set free from it you have involved yourselves all the more completely in its yoke, so that it has all the more right to accuse and condemn you. That is a crab's way of making progress, like washing away dirt with dirt!"

What I am saying here on the basis of the words of Paul I learned from my own experience in the monastery about myself and about others. I saw many who tried with great effort and the best of intentions [3] to do everything possible to appease their conscience. They wore hair shirts; they fasted; they prayed; they tormented and wore out their bodies with various exercises so severely that if they had been made of iron, they would have been crushed. And yet the more they labored, the greater their terrors became. Especially when the hour of death was imminent, they became so fearful that I have seen many murderers facing execution die more confidently than these men who had lived such saintly lives.[4]

Thus it is certainly true that those who keep the Law do not keep it. The more men try to satisfy the Law, the more they transgress it. The more someone tries to bring peace to his conscience through his own righteousness, the more disquieted he makes it. When I was a monk, I made a great effort to live according to the requirements of the monastic rule. I made a practice of confessing and reciting all my sins, but always with prior contrition; I went to confession frequently, and I performed the assigned penances faithfully. Nevertheless, my conscience could never achieve certainty but was always in doubt and said: "You have not done this correctly. You were not contrite enough. You omitted this in your confession." Therefore the longer I tried to heal my uncertain, weak, and troubled conscience with human traditions, the more uncertain, weak, and troubled I continually made it. In this way, by observing human traditions, I transgressed them even more; and by following the righteousness of the monastic order, I was never able to reach it. For, as Paul says, it is impossible for the conscience to find peace through the works of the Law, much less through human traditions, without the promise and the Gospel about Christ.

Therefore those who wish to be justified and made alive by the Law fall further short of righteousness and life than do tax collectors,

[3] We have translated *optima conscientia* as "with the best of intentions."
[4] See Luther's similar comments, *Luther's Works*, 22, p. 360.

sinners, and harlots. These latter cannot rest on confidence in their own works, which are such that they cannot trust that they will obtain grace and the forgiveness of sins on their account. For if the righteousness and the works done according to the Law do not justify, much less do sins committed against the Law justify. Therefore such people are more fortunate than the self-righteous in this respect; for they lack trust in their own works, which, even if it does not completely destroy faith in Christ, nevertheless hinders it very greatly. On the other hand, the self-righteous, who refrain from sins outwardly and seem to live blameless and religious lives, cannot avoid a presumption of confidence and righteousness, which cannot coexist with faith in Christ. Therefore they are less fortunate than tax collectors and harlots, who do not offer their good works to a wrathful God in exchange for eternal life, as the self-righteous do, since they have none to offer, but beg that their sins be forgiven them for the sake of Christ.

Therefore anyone who keeps the Law with the idea that he wants to be justified through it is obligated to keep the whole Law; that is, he has not kept even one letter of the Law. The Law was not even given with the purpose that it should justify, but that it should disclose sin, frighten, accuse, and condemn. Therefore the more someone endeavors to have regard for his conscience with the Law or works, the more uncertain and disturbed he makes it. Ask all the monks who labor earnestly to gain peace of conscience with their traditions whether they can declare with certainty that their way of life pleases God and that they are in a state of grace before God on account of it. If they are willing to admit the truth, they will reply: "I do indeed live a blameless life, and I observe the rule of my monastic order diligently. But I cannot declare for sure whether or not this obedience of mine is pleasing to God."

In *The Lives of the Fathers* there is a narrative about Arsenius. I referred to it earlier.[5] Although Arsenius had lived for a long time in the greatest sanctity and self-denial, he still began to fear and grieve deeply when he sensed that death was not far off. When he was asked why he feared death although he had spent his entire life in saintliness and had served God continually, he replied that he had indeed lived blamelessly according to the judgment of men, but

---

[5] On Arsenius see the remarks earlier in this commentary, *Luther's Works*, 26, p. 149, note 70.

that the judgments of God were different from those of men. With his saintliness and asceticism this man attained nothing except a fear and a horror of death. If he was saved, it was necessary that he lose all his own righteousness and trust only in the mercy of God, saying: "I believe in Jesus Christ, the Son of God, our Lord, who suffered, was crucified, and died for my sins."

Another interpretation is an affirmative one, namely, that he who receives circumcision is also obligated to keep the whole Law. For he who accepts Moses in one point is obliged to accept him in all points. He who observes one part of the Law as a matter of necessity must observe all the other parts of it. Nor does it help if you want to say that circumcision is necessary, but that the remaining laws of Moses are not. The same principle by which you are obliged to receive circumcision obliges you to accept the whole Law. Now to observe the whole Law is tantamount to pointing out in fact that the Christ has not yet come. If this is true, then all the Jewish ceremonies and laws about foods, places, and seasons must be observed; and we must still look for the Christ, who is to make the kingdom and priesthood of the Jews obsolete and is to establish a new kingdom throughout the world. But all Scripture testifies, and the facts themselves show, that Christ has already come, has redeemed the human race by His death, has abrogated the Law and has fulfilled what all the prophets predicted about Him. Therefore He abolished the Law and granted grace and truth (John 1:17). Accordingly, the Law does not justify; neither do its works. It is faith in the Christ who has already come that justifies.

Today there are those who, like the false apostles at that time, have wanted to bind us to certain laws of Moses that pleased them. This is completely intolerable. For if we permit Moses to rule over us in one respect, we are forced to endure his whole regime. Therefore we do not allow ourselves to be oppressed by any law of Moses at all. We grant, of course, that we should read and listen to Moses as one who predicted Christ and witnessed to Him, also that we should look to him for examples of outstanding laws and moral precepts; but we do not grant him any authority over our conscience.

Let him remain where he lies dead and buried, and "no man knows the place of his burial" (Deut. 34:6).[6]

The first interpretation, the negative one, seems to me to be more

---

[6] On Deut. 34:6 cf. *Luther's Works,* 26, p. 151.

spiritual and more apt. Both of them, however, are good, and both condemn the righteousness of the Law. The first says that we are so far from being justified by the Law that the more we try to fulfill the Law, the more we transgress it; the second says that anyone who wants to keep part of the Law is obligated to keep the whole Law. In either case Christ is of no advantage to those who want to be justified by the Law. From this it follows that by all this Paul means that the Law is the denial of Christ. It is remarkable that Paul has the courage to declare that the Law of Moses, given to the people of Israel by God, is the denial of Christ. Then why did God give the Law? Before the coming of Christ, when His coming in the flesh was still something to be expected, it was necessary. "The Law was our custodian until Christ came" (Gal. 3:24). But now that Christ has appeared, "we are no longer under a custodian" (Gal. 3:25). We have said enough about this issue earlier, at the end of the third chapter.[7] Therefore anyone who teaches the Law teaches the denial of Christ and of all His benefits, makes God a liar, yes, makes the Law itself a liar; for it is a witness to the promises about Christ, and it prophesied that Christ would be the King, not of the Law but of grace.

4. *You are severed from Christ, you who would be justified by the Law; you have fallen away from grace.*

Here Paul expounds himself by showing that he is not speaking simply about the Law or about the act of circumcision but about the confidence or presumption of justification through it, as though he were saying: "I do not condemn circumcision or the Law as such. I am permitted to eat, drink, and associate with Jews in accordance with the Law; I am permitted to circumcise Timothy,[8] etc. What I do condemn is the desire to be justified through the Law, as though Christ had not yet come or as though, while present, He were not able to justify by Himself. This is being severed from Christ. Therefore he says: "You are severed"; that is, "You are Pharaohs, namely, free of Christ.[9] Christ has stopped being and working in you. You have no more of the knowledge, the Spirit, the attitude, the favor,

---

[7] See Luther's exegesis of Gal. 3:25, *Luther's Works*, 26, 345 ff.

[8] Cf. *Luther's Works*, 26, p. 61, note 39.

[9] On this interpretation of the meaning of "Pharaoh" cf. Luther's comments in his sermon on Ex. 12:29 (W, XVI, 651—652), where he refers to this passage.

the freedom, the life, and the working of Christ. You are utterly separated from Him, so that He has no more dealings with you or you with Him."

It must be noted and pointed out carefully that Paul declares the desire to be justified through the Law to be nothing else than being separated from Christ and being made completely useless by Him.[10] What can be said against the Law that is more powerful, or what can be set in opposition to this thunderbolt? Therefore it is impossible for Christ and the Law to dwell in the heart at the same time. Either the Law or Christ has to yield. But if you are of the opinion that Christ and trust in the Law can dwell together in the heart, then you should know for sure that not Christ but the devil is dwelling in your heart under the mask of Christ, and that he is the one who is accusing you, terrifying you, and demanding the Law and your works as the condition of righteousness. For, as I said a little earlier, the genuine Christ does not chide you for your sins; nor does He command you to trust in your good works. And genuine knowledge of Christ, or faith, does not discuss whether you have done good works to obtain righteousness or evil works to obtain damnation; but it simply declares: "If you have done good works, you are not justified on their account; and if you have done evil works, you are not damned on their account." I am not taking any of their glory away from good works; nor am I praising evil works. But I am saying that in the issue of justification I must see how I am to keep Christ, lest He become useless to me if I wish to be justified by the Law. For Christ alone justifies me, in opposition to my evil works and without my good works. If I feel this way about Christ, I grasp the genuine Christ; but if I think that He demands the Law and works of me as a condition for righteousness, then He has become of no advantage to me, and I am severed from Him.

These declarations and threats against the righteousness of the Law and against self-righteousness are terrifying; at the same time they are very sure principles, which reinforce the doctrine of justification. Therefore this is the final conclusion: You must give up either Christ or the righteousness of the Law. If you keep Christ, you are righteous in the sight of God. If you keep the Law, Christ is of no avail to you; then you are obligated to keep the whole Law,

---

[10] In later editions this apparent mistake is rectified, and the text is changed to read "and for Him to become utterly useless to us."

and you have your sentence (Deut. 27:26): "Cursed be he who does not, etc." We speak about human traditions just as we did about the Law: Either the pope and his religious must give up everything in which they have trusted until now, or Christ will be of no avail to them. From this it is easy to judge how dangerous and corrosive the papal doctrine has been, for it has led us a very long way from Christ and has made us completely of no avail to Him.[11] In Jer. 23: 26-27 God complains: "The prophets prophesy lies and prophesy the deceit of their own heart, with the purpose of making My people forget My name." Therefore just as the false prophets lost the true interpretation of the Law and of the doctrine about the Seed of Abraham, who was to bless all the nations, and just as they preached their own dreams, so that the people forgot their God, so the papists have obscured and oppressed the Gospel of Christ, so that it fell into disuse, and have set forth only the doctrine of works, with which they have led the whole world very far away from Christ. He who considers these things seriously cannot help being horrified.

You have fallen away from grace.

That is: "You are no longer in the realm of grace." For just as someone on a ship is drowned regardless of the part of the ship from which he falls into the sea, so someone who falls away from grace cannot help perishing. The desire to be justified by the Law, therefore, is shipwreck; it is exposure to the surest peril of eternal death. What can be more insane and wicked than to want to lose the grace and favor of God and to retain the Law of Moses, whose retention makes it necessary for you to accumulate wrath and every other evil for yourself? Now if those who seek to be justified on the basis of the Moral Law fall away from grace, where, I ask, will those fall who, in their self-righteousness, seek to be justified on the basis of their traditions and vows? To the lowest depths of hell! No, they are carried to heaven; for that is what they themselves have taught: "Those who have lived in accordance with the rule of Francis, etc., the peace and mercy of God is upon them; he who has observed chastity, obedience, etc., will have eternal life." You must put these empty and wicked trifles behind you and pay attention to what Paul teaches here and to what Christ says (John 3:36): "He who believes in the Son of God has eternal life; he who does not believe in the

[11] On the clarification of this in later editions cf. note 10 above.

Son shall not see life, but the wrath of God rests upon him"; and again (John 3:18): "He who does not believe is condemned already."

Besides, the doctrine of the papists about human traditions, works, vows, merits, etc., was so widespread in the world that it was regarded as the best and the surest. By means of it the devil established and most strongly reinforced his kingdom. Therefore it is no wonder that today, when it is being attacked by us and scattered "like chaff before the wind" (Ps. 1:4), Satan is raging so ferociously, filling everything with turmoil and scandals, and stirring up the whole world against us. Therefore someone may say that it would have been better to be silent, and that then none of these evils would have arisen. We ought to set greater store by the favor of God, whose glory we proclaim, than by the rage of the world, which persecutes us. For what are the pope and the whole world in comparison with God, whom we surely should praise and to whom we should give preference over all creatures? In addition, the wicked increase the uproar and the scandals which Satan arouses in order to crush or at least to distort our teaching. We, on the other hand, emphasize the comfort and the inestimable fruit of this doctrine; this we vastly prefer to all those turmoils, sects, and scandals. We, of course, are small and weak; and we are carrying a heavenly treasure in earthen vessels (2 Cor. 4:7). But though the vessels may be weak, the treasure is infinite and incomprehensible.

These words, "You have fallen away from grace," should not [12] be looked at in a cool and careless way; for they are very emphatic. Whoever falls away from grace simply loses the propitiation, forgiveness of sins, righteousness, freedom, life, etc., which Christ earned for us by His death and resurrection; and in place of these he acquires the wrath and judgment of God, sin, death, slavery to the devil, and eternal damnation. This passage is a powerful support and reinforcement for our doctrine of faith or the doctrine of justification; and it gives us marvelous comfort against the ragings of the papists, who persecute and condemn us as heretics because we teach this doctrine. This passage really ought to strike terror into all the enemies of faith and grace, that is, all the partisans of works, to make them stop persecuting and blaspheming the Word of grace, life, and eternal salvation. But they are so calloused and obstinate that "seeing they do not see, and hearing" — this horrible sentence pronounced against

[12] The *Nun* of the Weimar text is plainly a typographical error for *Non*.

them by the apostle — "they do not hear" (Matt. 13:13). Therefore let us let them alone, for they are blind leaders of the blind (Matt. 15:14).

5. *For through the Spirit, by faith, we wait for the hope of righteousness.*

Paul concludes here with a beautiful exclamation,[13] saying: "You want to be justified by the Law, by circumcision and works. We do not do this, lest Christ become of no advantage to us, lest we be obligated to keep the whole Law, lest we be severed from Christ, and lest we fall away from grace. But through the Spirit, by faith, we wait for the hope of righteousness." The individual words should be weighed carefully, for they are very emphatic. He did not merely want to say, as he usually does otherwise, "We are justified by faith" or "through the Spirit by faith"; but he added: "We wait for the hope of righteousness," including hope at the same time, so that he might cover the whole content of faith. When he says "through the Spirit by faith," we must consider the antithesis expressed by the word "Spirit," as though he were saying: "We do not want to be justified by the flesh, but we do this in order to be justified by the Spirit. And when we say 'Spirit,' we do not mean a fanatic or an autodidact, as the sectarians boast of the Spirit;[14] but our Spirit is 'by faith.'" The Spirit and faith have been discussed at length earlier. But here he not only says: "We are justified through the Spirit by faith"; but he continues: "We wait for the hope of righteousness," which is a new addition.

In the usage of Scripture "hope" is taken in two senses: as the thing hoped for and as the feeling of hope. It is meant as the thing hoped for in Col. 1:5: "because of the hope laid up for you in heaven," that is, the thing hoped for. It is meant as the feeling of hope in Rom. 8:24-25: "Hope that is seen is not hope. For who hopes for what he sees? But if we hope for what we do not see, we wait for it with patience." Thus in this passage "hope" can be taken in both senses, and accordingly the passage can have two meanings. The first is: "Through the Spirit, by faith, we wait for the hope of our righteousness, that is, the hoped-for righteousness, which is surely to

---

[13] The term used here is *epiphonema*, on which see also *Luther's Works*, 26, p. 389, note 23.

[14] For Luther's criticism of autodidacts, apparently aimed at Zwingli, cf. also *Luther's Works*, 3, p. 5, and *Luther the Expositor*, p. 125.

be revealed in due time." The second meaning is: "Through the Spirit, by faith, we wait for righteousness with hope and longing; that is, we are justified, and still we are not yet justified, because our righteousness is still hanging in hope, as Rom. 8:24 says: 'In hope we were saved.' For as long as we live, sin still clings to our flesh; there remains a law in our flesh and members at war with the law of our mind and making us captive to the law of sin (Rom. 7:23). While these passions of the flesh are raging and we, by the Spirit, are struggling against them, the righteousness we hope for remains elsewhere.[15] We have indeed begun to be justified by faith, by which we have also received the first fruits of the Spirit; and the mortification of our flesh has begun. But we are not yet perfectly righteous. Our being justified perfectly still remains to be seen, and this is what we hope for. Thus our righteousness does not yet exist in fact, but it still exists in hope."

This is a very important and pleasant comfort with which to bring wonderful encouragement to minds afflicted and disturbed with a sense of sin and afraid of every flaming dart of the devil (Eph. 6:16). For, as we know from our own experience, in such a conflict of conscience the sense of sin, of the wrath of God, of death, of hell, and of every terror holds powerful sway. Then one must say to him who is distressed: "Brother, you want to have a conscious righteousness; that is, you want to be conscious of righteousness in the same way you are conscious of sin. This will not happen. But your righteousness must transcend your consciousness of sin and you must hope that you are righteous in the sight of God. That is, your righteousness is not visible, and it is not conscious; but it is hoped for as something to be revealed in due time. Therefore you must not judge on the basis of your consciousness of sin, which terrifies and troubles you, but on the basis of the promise and teaching of faith, by which Christ is promised to you as your perfect and eternal righteousness." Thus in the midst of fears and of a consciousness of sin my hope — that is, my feeling of hope — is aroused and strengthened by faith, so that it hopes that I am righteous; and hope — that is, the thing hoped for — hopes that what it does not yet see will be made perfect and will be revealed in due time.

Both interpretations are good; but the first, which sees it as the

---

[15] The Latin term is *manet ibi locus,* which might possibly mean also: "It remains a possibility."

feeling of hope, brings more abundant comfort. For my righteousness is not yet perfect or conscious. Yet I do not despair on that account; but faith shows me Christ, in whom I trust. When I have taken hold of Him by faith, I struggle against the fiery darts of the devil (Eph. 6:16); and through hope I am encouraged over against my consciousness of sin, since I conclude that perfect righteousness has been prepared for me in heaven. Thus both things are true: that I am righteous here with an incipient righteousness; and that in this hope I am strengthened against sin and look for the consummation of perfect righteousness in heaven. These things are correctly understood when they are put into practice.

Here the question arises what the difference is between faith and hope. The sophists have really sweat over this issue, but they could not show anything definite.[16] Even for us, who study Sacred Scripture very diligently and interpret it with a far greater spirit and understanding (without trying to boast), it is difficult to find any difference. For faith and hope have such a great affinity that the one cannot be separated from the other. And yet there is some difference between them, which is to be based on their differing functions [17] and aims.

Therefore faith and hope differ first in their subjects, because faith is in the intellect and hope is in the will; yet they cannot be separated in fact, just as the two cherubim of the mercy seat cannot be separated (Ex. 25:19). In the second place, they differ in their function; for faith commands and directs the intellect, though not apart from the will, and teaches what must be believed. Therefore faith is teaching or knowledge. Hope is exhortation, because it arouses the mind to be brave and resolute, so that it dares, endures, and lasts in the midst of evils and looks for better things. Furthermore, faith is a theologian and a judge, battling against errors and heresies, and judging spirits and doctrines. On the other hand, hope is a captain, battling against feelings such as tribulation, the cross, impatience, sadness, faintheartedness, despair, and blasphemy; and it battles with joy and courage, etc., in opposition to those great evils. Finally, they differ in their objects. As its object faith has truth, and it teaches us to cling to this surely and firmly; it looks to the word

[16] Cf. the discussion of Augustine, *Faith, Hope, and Charity [Enchiridion]*, II, 8.

[17] Thus we have read the word *contrariis* as an adjective in this context.

of the object, that is, to the promise. Hope has goodness as its object; and it looks to the object of the word, that is, to the thing promised or the things to be hoped for, which faith has ordered us to accept.

Therefore when I take hold of Christ as I have been taught by faith in the Word of God, and when I believe in Him with the full confidence of my heart — something that cannot happen without the will — then I am righteous through this knowledge. When I have been thus justified by faith or by this knowledge, then immediately the devil comes and exerts himself to extinguish my faith with his tricks, his lies, errors and heresies, violence, tyranny, and murder. Then my battling hope grasps what faith has commanded; it becomes vigorous and conquers the devil, who attacks faith. When he has been conquered, there follow peace and joy in the Holy Spirit. In fact, therefore, faith and hope are scarcely distinguishable; and yet there is some difference between them. To make this difference clearer, I shall explain the matter by means of an analogy.

In the political realm prudence and fortitude are different; for prudence is one thing, and fortitude is another. And yet they stick together so closely that they cannot be easily separated.[18] Now fortitude is a steadiness of mind, which does not despair in the midst of adversity but endures bravely and looks for better things. But unless fortitude is directed by prudence, it becomes rashness; on the other hand, unless fortitude is added to prudence, prudence is useless. Therefore just as in the political realm prudence is vain without fortitude, so in theology faith is nothing without hope, because hope endures and lasts in the midst of evils and conquers them. And, on the other hand, just as fortitude without prudence is rashness, so hope without faith is presumptuousness about the Spirit and a tempting of God; for since it lacks the knowledge of the truth or of Christ, which faith teaches, it is a blind and rash fortitude. First of all, therefore, the believer must have a correct understanding and an intellect informed by faith, by which the mind is governed amid afflictions, so that in the midst of evils it hopes for the best things that faith has commanded and taught.

Therefore faith is like dialectic, which conceives the idea of all the things that are to be believed; and hope is like rhetoric, which develops, urges, persuades, and exhorts to steadiness, so that faith does not collapse in temptation but keeps the Word and holds firmly

---

[18] Perhaps an allusion to Aristotle, *Nicomachean Ethics*, III, 6—9.

to it.[19] Now just as dialectic and rhetoric are distinct arts and yet bear such affinity to each other that neither can be separated from the other — because without dialectic the orator cannot teach anything that is sure, while without rhetoric a dialectician cannot move his hearers, but he who combines them both teaches and persuades — so faith and hope are distinct feelings; for faith is something other than hope, and hope is something other than faith, and yet, because of the great affinity between them, they cannot be separated. Therefore just as dialectic and rhetoric perform certain tasks for each other, so do faith and hope. Thus the distinction between faith and hope in theology is the same as that between intellect and will in philosophy, between prudence and fortitude in the political realm, between dialectic and rhetoric in public speaking.

In other words, faith is conceived by teaching, when the mind is instructed about what the truth is; hope is conceived by exhortation, because by exhortation hope is aroused in the midst of afflictions, comforting the man who has already been justified by faith, so that he does not surrender to evil but acts even more bravely.[20] But if the torch of faith did not illumine the will, hope could not persuade the will. Therefore we have faith, by which we are taught, by which we become wise, understand heavenly wisdom, take hold of Christ, and abide in His grace. Once we cling to Christ by faith and confess Him, immediately our enemies, the world, the flesh, and the devil, rise up against us, hating and persecuting us most bitterly in body and spirit. Believing this way, then, we are justified through the Spirit by faith, and we wait for the hope of our righteousness. We wait with patience, however; for what we feel and see is the exact opposite. The world and its ruler, the devil (John 16:11), accuse us of every sort of evil, outwardly and inwardly. In addition, sin still clings to us and continually saddens us. Yet in all this we neither faint nor falter; but we encourage our will bravely with faith, which illumines, instructs, and rules the will. And thus we remain constant and conquer all evils through Him who loved us (Rom. 8:37), until our righteousness, in which we now believe and hope, is revealed.

Thus we began by faith, we persevere by hope, and we shall have everything by that revelation. As long as we live meanwhile, because

[19] Cf. the explanation of this distinction in Aristotle, *Rhetoric*, I, 1.

[20] Vergil, *Aeneid*, VI, 96; cf. also *Luther's Works*, 1, p. 214, note 59, and the reference there to the researches of Peter Meinhold.

we do believe, we teach the Word and plant the knowledge of Christ in others. As we teach, we suffer persecution, in accordance with the saying (Ps. 116:10): "I have believed, therefore have I spoken; but I am greatly afflicted." But as we suffer, we are bravely encouraged by hope, and Scripture exhorts us with the sweet and very comforting promises which faith has taught us. And thus hope is born and grows in us, "that by steadfastness and by the encouragement of the Scriptures we might have hope" (Rom. 15:4).

And so it is not without reason when Paul — in Rom. 5:3-5, Rom. 8:17-25, and elsewhere — joins patience and tribulations to hope; for hope is aroused by them. By contrast, faith is prior to hope; for it is the beginning of life and begins before any tribulation, since it learns about Christ and grasps Him without having to bear a cross. Nevertheless, cross and conflict follow immediately upon the knowledge of Christ. When this happens, the mind should be encouraged to find the fortitude of the Spirit — since hope is nothing but theological fortitude, while faith is theological wisdom or prudence — which has its place in endurance, according to the statement (Rom. 15:4): "that by steadfastness, etc." So these three abide (1 Cor. 13:13): faith teaches the truth and defends it against errors and heresies; hope endures and conquers all evils, physical and spiritual; love does everything good, as follows in the text (Gal. 5:6). Thus a man is whole and perfect in this life, both inwardly and outwardly, until the revelation of the righteousness for which he looks, which will be consummated and eternal.

In addition, this passage contains very important instruction and comfort. The instruction is that we are not justified through works, ceremonies, sacrifices, and the whole system of worship in the Mosaic Law, much less through human works and traditions, but through Christ alone. Whatever there is in us beside Him — whether it be intellect or will, activity or passivity, etc. — is flesh, not Spirit. Therefore whatever the world has that is very good and holy apart from Christ is sin, error, and flesh. And so circumcision, the observance of the Law, as well as the works, religious observances, and vows of the monks and of all the self-righteous, are of the flesh. "But we," Paul says, "go far beyond all this to live in the Spirit, because through faith we hold to Christ, and in tribulation we wait by hope for that righteousness which we already possess by faith."

The comfort is this, that in your deep anxieties — in which your consciousness of sin, sadness, and despair is so great and strong that it penetrates and occupies all the corners of your heart — you do not follow your consciousness. For if you did, you would say: "I feel the violent terrors of the Law and the tyranny of sin, not only waging war against me again but completely conquering me. I do not feel any comfort or righteousness. Therefore I am not righteous but a sinner. And if I am a sinner, then I am sentenced to eternal death." But battle against this feeling, and say: "Even though I feel myself completely crushed and swallowed by sin and see God as a hostile and wrathful judge, yet in fact this is not true; it is only my feeling that thinks so. The Word of God, which I ought to follow in these anxieties rather than my own consciousness, teaches much differently, namely, that 'God is near to the brokenhearted, and saves the crushed in spirit' (Ps. 34:18), and that 'He does not despise a broken and contrite heart' (Ps. 51:17). And here Paul then teaches that through the Spirit, by faith, those who are justified do not yet feel the hope of righteousness but still wait for it."

When the Law accuses and sin terrifies you, and you do not feel anything except the wrath and judgment of God, do not despair on that account. But "take the armor of God, the shield of faith, the helmet of hope, and the sword of the Spirit" (Eph. 6:13, 16, 17); and find out by experience what a good and brave warrior you are. By faith take hold of Christ, the Lord of the Law and of sin and of everything that accompanies them. When you believe in Him, you are justified — something that your reason and the consciousness of your heart do not tell you amid your temptation, but only the Word of God. Then, in the conflicts and fears that continually return to plague you, you should patiently look with hope for the righteousness that you have only by faith, though only in an incipient and imperfect form, until it is revealed perfectly and eternally in due time. "But I am not conscious of having righteousness, or at least I am only dimly conscious of it!" You are not to be conscious of having righteousness; you are to believe it. And unless you believe that you are righteous, you insult and blaspheme Christ, who has cleansed you by the washing of water with the Word (Eph. 5:26) and who in His death on the cross condemned and killed sin and death, so that through Him you might obtain eternal righteousness and life. You cannot deny this, unless you want to be obviously wicked, blasphemous, and contemptuous of God, of all the divine promises, of

Christ, and of all His benefits. Then you cannot deny either that you are righteous.

Let us learn, therefore, that amid great and horrible terrors, when the conscience feels nothing but sin and supposes that God is wrathful and Christ is hostile, we must not consult the consciousness of our own heart. No, then we must consult the Word of God, which says that God is not wrathful, but that He has regard for those who are afflicted, are contrite in spirit, and tremble at His Word (Is. 66:2), and that Christ does not turn away from those who labor and are heavy-laden (Matt. 11:28) but revives them. Therefore this passage teaches clearly that the Law and works do not bring righteousness and comfort, but that this is achieved by the Spirit through faith in Christ; amid anxieties and tribulations He arouses hope, which endures and conquers evil. Very few people know how weak and feeble faith and hope are in cross and conflict; then faith and hope seem to be "a dimly burning wick" (Is. 42:3), which a strong wind is about to blow out. But those who in hope believe against hope (Rom. 4:18) amid these conflicts and fears; that is, those who fight against the consciousness of sin and of the wrath of God by faith in the promise of Christ, eventually experience that this poor little spark of faith (as it seems to reason, because it is hardly aware of it) will become like elemental fire,[21] which fills all heaven and swallows up all terrors and sins.

Truly devout people have nothing dearer and more precious in the whole world than this doctrine; for those who hold to this know what the whole world does not know, namely, that sin and death, as well as other calamities and evils, both physical and spiritual, work out for the good of the elect. They also know that God is present most closely when He seems to be farthest away, and that He is most merciful and most the Savior when He seems most to be wrathful and to punish and condemn. They know that they have eternal righteousness, for which they look in hope as an utterly certain possession, laid up in heaven, when they are most aware of the terrors of sin and death; and that they are the lords of everything when they seem to be the poorest of all, according to the words "as having nothing, and yet possessing everything" (2 Cor. 6:10). This is what Scripture calls gaining comfort through hope. But this art is not learned without frequent and great trials.

[21] Cf. Luther's discussion of the rainbow, *Luther's Works*, 2, 66.

6. *For in Christ Jesus neither circumcision nor uncircumcision is of any avail, but faith working through love.*

The sophists apply this passage in support of their doctrine that we are justified by love or by works. For they say that even when faith has been divinely infused — and I am not even speaking of faith that is merely acquired — it does not justify unless it has been formed by love. They call love "the grace that makes one acceptable," namely, that justifies, to use our term, or rather Paul's; and they say that love is acquired by our merit of congruity, etc. In fact, they even declare that an infused faith can coexist with mortal sin. In this manner they completely transfer justification from faith and attribute it solely to love as thus defined. And they claim that this is proved by St. Paul in this passage — "faith working through love" — as though Paul wanted to say: "You see, faith does not justify; in fact, it is nothing unless love the worker is added, which forms faith." [22]

But all these things are monstrosities thought up by idle men. Who could stand for the teaching that faith, the gift of God that is infused in the heart by the Holy Spirit, can coexist with mortal sin? If they were speaking about acquired or historical faith and about a natural opinion derived from history, they could be endured; indeed, they would be right if they were speaking about historical faith.[23] But to believe this way about infused faith is to admit openly that they understand nothing at all about faith. In addition, they read this passage from Paul through a colored glass, as the saying goes, and they distort the text to suit their own dreams. For Paul does not speak of "faith, which justifies through love," or of "faith, which makes acceptable through love." They themselves invent such a text and impose it upon this passage by violence. Much less does he say: "Love makes one acceptable." Paul does not speak this way, but he speaks of "faith working through love." He says that works are done on the basis of faith through love, not that a man is justified through love. And who is such an uneducated grammarian that he cannot understand from the force of the words that being justified is one thing and working is another? For Paul's words are clear and plain: "faith *working* [24] through love." Therefore it is an obvious trick when

---

[22] Cf. also *Luther's Works*, 24, p. 321.

[23] On *fides historica* see *Luther's Works*, 22, p. 153, note 120.

[24] We have used italics where the original has capitals.

they suppress the true and genuine meaning of Paul and interpret "working" to mean "justifying" and "works" to mean "righteousness," although even in moral philosophy they are forced to admit that works are not righteousness, but that works are done by righteousness.[25]

Furthermore, Paul does not make faith unformed here, as though it were a shapeless chaos without the power to be or to do anything; but he attributes the working itself to faith rather than to love. He does not suppose that it is some sort of shapeless and unformed quality; but he declares that it is an effective and active something, a kind of substance or, as they call it, a "substantial form."[26] He does not say: "Love is effective." No, he says: "Faith is effective." He does not say: "Love works." No, he says: "Faith works." He makes love the tool through which faith works. Now who does not know that a tool has its power, movement, and action, not from itself but from the artisan who works with it or uses it? For who would say that an axe gives the power and motion of cutting to a carpenter, or that a ship gives the power and motion of sailing to a sailor? Or, to cite an example used by Isaiah (10:15), who would say: "The saw wields the carpenter, and the staff lifts the hand"? It is no different when they say that love is the form of faith or that it grants power and movement to faith, that is, that it justifies. Since Paul does not even give love the credit for works, how would he give it credit for justification? Therefore it is certain that when this passage is distorted to refer to love rather than to faith, this is a great insult not only to Paul but to faith and love themselves.

But this is what happens to lazy readers and to those who superimpose their own ideas on the reading of Sacred Scripture. What they should do is to come to it empty, to derive their ideas from Sacred Scripture, then to pay careful attention to the words, to compare what precedes with what follows, and to make the effort of grasping the authentic meaning of a particular passage rather than attaching their own notions to words or phrases that they have torn out of context. For in this passage Paul is not dealing with the question of what faith is or of what avails in the sight of God; he is not discussing justification. He has already done that very thoroughly.

---

[25] Thus Aristotle says: "There is a difference between . . . the act of justice and what is just." *Nicomachean Ethics*, V, 7.

[26] The Latin terms are *efficax et operosa quidditas* and *forma substantialis*.

But in a brief summary [27] he draws a conclusion about the Christian life, saying: "In Christ Jesus neither circumcision nor uncircumcision is of any avail, but faith working through love," that is, a faith that is neither imaginary nor hypocritical but true and living. This is what arouses and motivates good works through love. This is the equivalent of saying: "He who wants to be a true Christian or to belong to the kingdom of Christ must be truly a believer. But he does not truly believe if works of love do not follow his faith." Thus he excludes hypocrites on both sides, on the right and on the left, from the kingdom of Christ. On the left he excludes the Jews and the work-righteous; for he says: "In Christ no circumcision, that is, no works or worship or kind of life are of any avail, but faith alone, without any trust in works." On the right he excludes the lazy, the idle, and the sluggish, because they say: "If faith without works justifies, then let us not do any works; but let us merely believe and do whatever we please!" "Not so, you wicked men," says Paul. "It is true that faith alone justifies, without works; but I am speaking about genuine faith, which, after it has justified, will not go to sleep but is active through love."

As I have said, therefore, Paul is describing the whole of the Christian life in this passage: inwardly it is faith toward God, and outwardly it is love or works toward one's neighbor. Thus a man is a Christian in a total sense: inwardly through faith in the sight of God, who does not need our works; outwardly in the sight of men, who do not derive any benefit from faith but do derive benefit from works or from our love. When one has heard or recognized this form of the Christian life, namely, as I have said, that it is faith and works, one has not yet said what faith is and what love is; for this is another matter for discussion. Earlier Paul has discussed faith, its internal nature, power, and function, and has taught that it is righteousness or rather justification in the sight of God. Here he connects it with love and works; that is, he speaks of its external function. Here he says that it is the impulse and motivation of good works or of love toward one's neighbor. Therefore no one with any sense can take this passage to refer to the business of justification in the sight of God; for it is speaking of the total life of Christians, and it is faulty dialectic or the fallacy of composition and division to attribute to one part what

---

[27] Here again Luther uses the term *epiphonema;* cf. p. 20, note 13.

is said of the whole.[28] Dialectic must avoid figures of speech like synecdoche or hyperbole, which rhetoric uses; for it is the discipline of teaching, defining, distinguishing, and comparing with as much precision as possible. What kind of dialectic would it be to argue: "Man is both soul and body, and he cannot exist without soul and body. Therefore the body has the power of understanding, and the soul does not understand alone"? It is the same kind of dialectic to argue: "The Christian life is faith and love, or faith working through love. Therefore love justifies, not faith alone."

But away with human opinions! From this passage we also learn how horrible the darkness is in those Egyptians (Ex. 10:21) who despise not only faith but also love in Christianity and who instead wear themselves out with self-chosen works, tonsures, special garb or food, and endless other masks and externals by which they want to give the impression of being Christians. But here stands Paul in supreme freedom and says in clear and explicit words: "That which makes a Christian is faith working through love." He does not say: "That which makes a Christian is a cowl or fasting or vestments or ceremonies." But it is true faith toward God, which loves and helps one's neighbor — regardless of whether the neighbor is a servant, a master, a king, a pope, a man, a woman, one who wears purple, one who wears rags, one who eats meat, or one who eats fish. Not one of these things, not one, makes a man a Christian; only faith and love do so. The rest are all lies and idolatry. And yet nothing is more contemptible than this very faith and love among those who claim to be the most Christian and to be actually a holier church than the holy church of God itself. On the other hand, they admire and boast of their masquerade and sham of self-chosen works, under which they nourish and conceal their horrible idolatry, wickedness, greed, filth, hatred, murder, and the whole kingdom of hell and the devil. So powerful is the might of hypocrisy and superstition in every age, from the beginning to the end of the world.

7. *You were running well; who hindered you from obeying the truth?*

These words are clear. Paul declares that he taught correctly before and is teaching correctly now; at the same time he suggests rather subtly that the Galatians had been running correctly before,

[28] A fallacy of composition is said to have been committed "when what is proposed, in a divided sense, is afterwards taken collectively." Charles P. Krauth, *A Vocabulary of the Philosophical Sciences* (New York, 1879), p. 191.

that is, had obeyed the truth and had believed and lived correctly, but that they were not doing so now, after they have been led astray by the false apostles. Moreover, he uses a new expression here when he calls the Christian life a "running." To the Hebrews running or walking means living or behaving.[29] Teachers and learners "run" when the former teach purely and the latter receive the Word with joy (Matt. 13:20) and when the fruits of the Spirit follow in both. This is what happened while Paul was present, as he testified in chapters three and four as well as here, when he says: "You were running well; that is, you were living a good life and pursuing the right course toward eternal life, which the Word promised you."

But the words "You were running well" contain comfort. For with these words Paul pays attention to the trial by which the devout are disciplined; to themselves their life seems dreary, closer to crawling than to running. But when there is sound teaching — which cannot be without results, since it brings the Holy Spirit and His gifts — the life of the devout is strenuous running, even though it may seem to be crawling. To us, of course, it seems that everything is moving ahead slowly and with great difficulty; but what seems slow to us is rapid in the sight of God, and what hardly crawls for us runs swiftly for Him. Likewise, what is sorrow, sin, and death in our eyes is joy, righteousness, and life in the eyes of God, for the sake of Christ, through whom we are made perfect. Christ is holy, righteous, happy, etc., and there is nothing that He lacks; thus there is nothing that believers in Him lack either. Therefore Christians are really runners; whatever they do runs along and moves forward successfully, being advanced by the Spirit of Christ, who has nothing to do with slow enterprises.

Those who fall away from grace and faith to the Law and works are hindered in this running. This is what happened to the Galatians; they were persuaded and led astray by the false apostles, whom Paul attacks obliquely with the words "Who hindered you from obeying the truth?" He spoke the same way earlier (3:1): "Who has bewitched you so that you do not obey the truth?" Paul indicates here incidentally that men are so violently crazed by false teaching that they accept lies and heresies as truth and as spiritual teaching, while they swear that the sound teaching which they had loved originally is in error, but that their error is sound teaching; this position they defend

---

[29] Cf. also Luther's comments, *Luther's Works*, 14, p. 288.

with all their might. Thus the Galatians, who were running along very well at first, were led by the false apostles into the opinion that they had been in error and were moving along very slowly when they had followed Paul as their teacher. But later, when they had been led astray by the false apostles and were forsaking the truth completely, they were so bewitched by these false arguments that they believed their whole life was moving along and running very successfully. Today the same thing is happening to those who have been deceived by the fanatical spirits. This is why I am often wont to say that a fall from sound doctrine is not human but demonic, from the very heights of heaven to the lowest depths of hell. Men who persevere in error are so far away from acknowledging their sin that they even defend it as the height of righteousness. Therefore it is impossible for them to be forgiven.

8. *This persuasion is not from Him who called you.*

This is outstanding comfort and instruction. In this way Paul teaches how those who have been led astray by wicked teachers are to be set free from their false persuasions. The false apostles were great men, much more impressive in their teaching and piety than Paul was. The Galatians were deceived by this false front and supposed that they were listening to Christ when they heard them; therefore they supposed that their own [30] persuasion came from Christ. In opposition to this, Paul indicates subtly and modestly that this persuasion and teaching had not come from Christ, who had called them in grace, but from the devil; and thus he set many of them free from this persuasion. Thus today we call many, who have been led astray by the sectarians, back from their error when we show them that the opinions of the sectarians are fanatical and wicked.

This comfort applies also to all who, in their affliction and temptation, develop a false idea of Christ. For the devil is a highly skilled persuader; he knows how to inflate a minute and almost ridiculous peccadillo until the one who has been tempted supposes it to be the most heinous offense, worthy of eternal punishment. Here the troubled mind should be encouraged in the manner in which Paul encouraged the Galatians, namely, by being told that this thought or persuasion does not come from Christ; for it conflicts with the Word of the Gospel, which portrays Christ, not as an accuser or a harsh task-

---

[30] We have read *ipsorum* for the *ipsorem* in the Weimar text.

master but as "gentle and lowly in heart" (Matt. 11:29), as a merciful Savior and Comforter.

But Satan has a thousand tricks [31] and turns this upside down by setting against it the Word and the example of Christ, as follows: "Of course, Christ is gentle, kind, etc., but only to those who are righteous and holy. By contrast, He threatens sinners with wrath and perdition (Luke 13:27-28) and declares that unbelievers are already condemned (John 3:18). In addition, Christ did many good works and endured many evils, and He commands us to imitate His example. But your life does not correspond to Christ's either in word or in deed, because you are a sinner and an unbeliever. In short, you have done nothing good. Therefore the statements that describe Christ as a Judge, etc., rather than the comforting ones about Christ the Savior, are those that pertain to you." When this happens, he who has been assailed should comfort himself this way:

"Scripture presents Christ in two ways. First, as a gift. If I take hold of Him this way, I shall lack nothing whatever. 'In Christ are hid all the treasures of wisdom and knowledge' (Col. 2:3). As great as He is, He has been made by God my wisdom, righteousness, sanctification, and redemption (1 Cor. 1:30). Therefore even if I have committed many great sins, nevertheless, if I believe in Him, they are all swallowed up by His righteousness. Secondly, Scripture presents Him as an example for us to imitate. But I will not let this Christ be presented to me as exemplar except at a time of rejoicing, when I am out of reach of temptations (when I can hardly attain a thousandth part of His example), so that I may have a mirror in which to contemplate how much I am still lacking, lest I become smug. But in a time of tribulation I will not listen to or accept Christ except as a gift, as Him who died for my sins, who has bestowed His righteousness on me, and who accomplished and fulfilled what is lacking in my life. For He 'is the end of the Law, that everyone who has faith may be justified' (Rom. 10:4)."

It is profitable to know this, not only that we may each have a sure remedy in a time of temptation — a remedy with which to throw off the poison of despair when Satan tries to infect us with it — but also that we may be able to resist the raging sectarians of our time. For the Anabaptists have nothing in their entire teaching more impressive than the way they emphasize the example of Christ and the bearing

---

[31] On the meaning of this term cf. also *Luther's Works*, 26, p. 196, note 15.

of the cross, especially because there are clear passages in which Christ urges His disciples to bear the cross. Therefore we must learn how to resist this Satan when he transforms himself into the appearance of an angel (2 Cor. 11:14), namely, by distinguishing when Christ is proclaimed as a gift and when as an example. Both forms of proclamation have their proper time; if this is not observed, the proclamation of salvation becomes a curse.

To those who are afraid and have already been terrified by the burden of their sins Christ the Savior and the gift should be announced, not Christ the example and the lawgiver. But to those who are smug and stubborn the example of Christ should be set forth, lest they use the Gospel as a pretext for the freedom of the flesh and thus become smug. Therefore let every Christian learn to be able to shake off the false idea of Christ that Satan urges upon him in his terror and affliction, and to say: "Satan, why are you debating with me now about deeds? I am already frightened and troubled enough because of my deeds and my sins. Indeed, since I am already troubled and burdened, let me hear, not you with your accusation and condemnation but Christ, the Savior of the human race, who says that He came into the world to save sinners (1 Tim. 1:15), to comfort the despairing, and to proclaim release to the captives (Luke 4:18). This is the real Christ in the most precise sense of the word, and no one else besides Him. I can find an example of a holy life in Abraham, Isaiah, John the Baptist, Paul, and other saints. But they cannot forgive my sins, deliver me from your power and from death, save me, and give me life. Only Christ is qualified to do these things, He whom God the Father has marked with His seal. Therefore I shall not listen to you as my teacher; but I shall listen to Christ, of whom the Father has said (Matt. 17:5): 'This is My beloved Son, with whom I am well pleased; listen to Him.'" Let us learn to encourage ourselves with faith this way amid the temptation and persuasion of false doctrine; otherwise the devil will either lead us astray through his agents or kill us with his flaming darts (Eph. 6:16).

9. *A little yeast leavens the whole lump.*

Jerome and those who have followed him accuse St. Paul of distorting many passages in Holy Scripture into an alien meaning. Therefore they say that in Paul there are contradictions that are not contradictions in their own doctrine.[32] But they accuse the apostle unjustly. For with accuracy and prudence he can make general statements particular, just as above (3:13) he made the general statement, "Cursed be everyone who hangs on a tree," particular by applying it very appropriately to Christ; or he makes particular statements general, as when he applies this particular statement, "A little yeast, etc.," generally by referring it both to doctrine — as in this passage, where he is dealing with justification — and to life or to evil morals, as in 1 Cor. 5:6.

The entire epistle gives ample evidence of how disappointed Paul was over the fall of the Galatians and of how often he pounded at them — now with reproof, now with appeals — about the very great and inestimable evils that would follow their fall unless they reconsidered. This care and admonition, so fatherly and truly apostolic, had no effect at all on some of them; for very many of them no longer acknowledged Paul as their teacher but vastly preferred the false apostles, from whom they imagined that they had derived true doctrine rather than from Paul. Finally the false apostles undoubtedly slandered Paul among the Galatians in this way: Paul, they said, was a stubborn and quarrelsome man, who was shattering the harmony among the churches on account of some trifle, for no other reason than because he alone wanted to be right and to be praised. With this false accusation they made Paul detestable in the eyes of many. Others, who had not yet fallen completely away from Paul's teaching, imagined that there was no harm in disagreeing a little with him on the doctrines of justification and faith. Accordingly, when they heard Paul placing such great emphasis on what seemed to them a matter of such minor importance, they were amazed and thought: "Granted that we have diverged somewhat from Paul's teaching and that there is some fault on our side, still it is a minor matter. Therefore he should overlook it or at least not place such great emphasis on it. Otherwise he could shatter the harmony among the churches with this unimportant issue."

Paul answers them with this excellent proverbial statement: "A little yeast leavens the whole lump." This is a caution which Paul emphasizes. We, too, should emphasize it in our time. For the sectarians who deny the bodily presence of Christ in the Lord's

[32] See Luther's attack on Jerome and Erasmus in *The Bondage of the Will* (W, XVIII, 723).

Supper accuse us today of being quarrelsome, harsh, and intractable, because, as they say, we shatter love and harmony among the churches on account of the single doctrine about the Sacrament. They say that we should not make so much of this little doctrine, which is not a sure thing anyway and was not specified in sufficient detail by the apostles, that solely on its account we refuse to pay attention to the sum total of Christian doctrine and to general harmony among all the churches. This is especially so because they agree with us on other articles of Christian doctrine.[33] With this very plausible argument they not only make us unpopular among their own followers; but they even subvert many good men, who suppose that we disagree with them because of sheer stubbornness or some other personal feeling. But these are tricks of the devil, by which he is trying to overthrow not only this article of faith but all Christian doctrine.

To this argument of theirs we reply with Paul: "A little yeast leavens the whole lump." In philosophy a tiny error in the beginning is very great at the end. Thus in theology a tiny error overthrows the whole teaching. Therefore doctrine and life should be distinguished as sharply as possible. Doctrine belongs to God, not to us; and we are called only as its ministers. Therefore we cannot give up or change even one dot of it (Matt. 5:18). Life belongs to us; therefore when it comes to this, there is nothing that the Sacramentarians can demand of us that we are not willing and obliged to undertake, condone, and tolerate, with the exception of doctrine and faith, about which we always say what Paul says: "A little yeast, etc." On this score we cannot yield even a hairbreadth. For doctrine is like a mathematical point. Therefore it cannot be divided; that is, it cannot stand either subtraction or addition. On the other hand, life is like a physical point. Therefore it can always be divided and can always yield something.[34]

The tiniest speck in the eye is harmful to the sight. Therefore the Germans say about remedies for the eyes: "Nothing is good for the eyes." And Christ says (Luke 11:34): "Your eye is the lamp of your body; when your eye is sound, your whole body is full of light." And again (v. 36): "If your body has no part dark, it will be wholly bright." By this allegory Christ indicates that the eye, that is, doctrine, must be completely pure, clear, and sincere, having no part dark

---

[33] Cf. also *This Is My Body*, *Luther's Works*, 37, pp. 27—28.

[34] On this distinction cf. *Luther's Works*, 13, p. 120, note 68.

and no dark spots. And James said very beautifully, not by his own spirit but undoubtedly on the basis of what he had heard from the fathers (James 2:10): "Whoever fails in one point has become guilty of all of the Law." Therefore doctrine must be one eternal and round golden circle, in which there is no crack; if even the tiniest crack appears, the circle is no longer perfect. What good does it do the Jews to believe that there is one God and that He is the Creator of all, to believe all the doctrines, and to accept all of Holy Scripture, when they deny Christ? "Therefore whoever fails in one point has become guilty of all of it."

Hence this passage must also be considered carefully in opposition to the argument by which they accuse us of offending against love and thus doing great harm to the churches. We are surely prepared to observe peace and love with all men, provided that they leave the doctrine of faith perfect and sound for us. If we cannot obtain this, it is useless for them to demand love from us. A curse on a love that is observed at the expense of the doctrine of faith, to which everything must yield — love, an apostle, an angel from heaven, etc.! Therefore when they minimize this issue in such a dishonest way, they give ample evidence of how highly they regard the majesty of the Word. If they believed that it is the Word of God, they would not play around with it this way. No, they would treat it with the utmost respect; they would put their faith in it without any disputing or doubting; and they would know that one Word of God is all and that all are one, that one doctrine is all doctrines and all are one, so that when one is lost all are eventually lost, because they belong together and are held together by a common bond.

Therefore let us leave the praise of harmony and of Christian love to them. We, on the other hand, praise faith and the majesty of the Word. Love can sometimes be neglected without danger, but the Word and faith cannot. It belongs to love to bear everything and to yield to everyone. On the other hand, it belongs to faith to bear nothing whatever and to yield to no one. Love yields freely, believes, condones, and tolerates everything. Therefore it is often deceived. Yet when it is deceived, it does not suffer any hardship that can really be called a hardship; that is, it does not lose Christ, and therefore it is not offended but keeps its constancy in doing good even toward those who are unthankful and unworthy. In the issue of salvation, on the other hand, when fanatics teach lies and errors under the guise of truth and make an impression on many, there love is certainly not to be exercised, and error is not to be approved. For what is lost here is not merely a good deed done for someone who is unthankful, but the Word, faith, Christ, and eternal life. Therefore if you deny God in one article of faith, you have denied Him in all; for God is not divided into many articles of faith, but He is everything in each article and He is one in all the articles of faith. Therefore when the Sacramentarians accuse us of neglecting love, we continually reply to them with this proverb of Paul's: "A little yeast, etc." And another proverb says: "A man's reputation, his faith, and his eye do not stand being played with." [35]

I have said this at some length to encourage our own people and to instruct others, who are perhaps offended by our firmness and who do not think that we have definite and serious reasons for this firmness. Therefore let us not be moved when they make such a boast of their zeal for love and harmony; for he who does not love God and His Word does not count for anything, regardless of what or how much else he may love. Accordingly, Paul warns both preachers and hearers with this statement not to think that the doctrine of faith is little or nothing and that we can play around with it as we please. It is a sunbeam coming down from heaven to illumine, brighten, and direct us. Just as the world with all its wisdom and power cannot bend the rays of the sun which are aimed directly from heaven to earth, so nothing can be taken away from or added to the doctrine of faith without overthrowing it all.

10. *I have confidence in you through the Lord.*

It is as though Paul were saying: "I have warned, encouraged, and rebuked you enough, if you will only listen. Yet I have confidence in you through the Lord." Here the question arises whether Paul did right in saying that he had confidence in the Galatians, especially since Sacred Scripture forbids confidence in men (Ps. 118:8). Both faith and love have confidence, but their objects are different. Faith has confidence in God; therefore it cannot be deceived. Love has confidence in men; therefore it is often deceived. The confidence that love has is so necessary for this present life that without it life on earth could not go on. If one man did not believe and trust another, what would our life on earth be? Christians are more ready to believe

---

[35] Cf. *Luther's Works,* 9, p. 89, note 19.

someone for the sake of love than are the sons of this world, for confidence toward men is a result of the Spirit or of Christian faith in the devout. Therefore Paul even has confidence in the Galatians who have fallen — but through the Lord, as though he were to say: "I have confidence in you to the extent that the Lord is in you and you are in Him, that is, to the extent that you remain in the truth. If you fall away from this through deception by the agents of Satan, I shall no longer have confidence in you." In this way it is permissible for the godly to believe, and have confidence in, men.

That you will take no other view than mine.

"Namely, no other view of doctrine and of faith than the one you have heard and learned from me; that is, I am confident that you will not accept another doctrine, one that differs from mine."

And he who is troubling you will bear his judgment, whoever he is.

With this sentence Paul acts as a judge seated in tribunal and condemns the false apostles; he gives them the exceedingly hateful name "troublers of the Galatians," even though the latter regarded them as very godly teachers who were far better than Paul. At the same time he wants to arouse the Galatians by means of this horrible sentence which he pronounces on the false apostles with such assurance, so that they will avoid them as the deadliest pestilence. It is as though he were to say: "Why do you listen to those pests, who do not teach you but only trouble you? The doctrine they give you is nothing but the troubling of the conscience. Therefore no matter how great they are, they will have their condemnation." From the words "whoever he is" it is evident enough that the false apostles were men who appeared to be very good and saintly; and perhaps there was among them some outstanding pupil of the apostles, a man of great prestige and authority. For Paul does not use such powerful and meaningful words without reason. He speaks the same way in the eighth verse of the first chapter: "Even if we, or an angel from heaven, should preach to you a gospel contrary to that which we preached to you, let him be accursed." And there is no doubt that they were deeply offended by this violent language of the apostle and thought to themselves: "Why does Paul sin against love? Why is he so stubborn about such a trifle? Why is he so precipitate in pronouncing a sentence of eternal condemnation on those who are just as much ministers of Christ as he is?" He does not hesitate on account of any of this, but with confidence and assurance he goes ahead to curse and condemn those who offend against the doctrine of faith, even though in their outward appearance they are saintly, learned, and highly esteemed men.

In a similar way we today regard those men as excommunicated and condemned who say that the doctrine of the sacrament of the body and blood of Christ is uncertain or who do violence to the words of Christ in the Lord's Supper. With the utmost rigor we demand that all the articles of Christian doctrine, both large and small — although we do not regard any of them as small — be kept pure and certain. This is supremely necessary. For this doctrine is our only light, which illumines and directs us and shows the way to heaven; if it is overthrown in one point, it must be overthrown completely. And when that happens, our love will not be of any use to us. We can be saved without love and concord with the Sacramentarians, but not without pure doctrine and faith. Otherwise we shall be happy to observe love and concord toward those who faithfully agree with us on all the articles of Christian doctrine. In fact, so far as we are concerned, we shall have peace with our enemies; and we shall pray for those who slander our doctrine and persecute us out of ignorance, but not with those who knowingly offend against one or more articles of Christian doctrine and against their conscience.

By his example Paul teaches us to be as firm as he is when he predicts with complete assurance that they will bear their judgment on account of a matter that seemed not only trivial but even wicked to the false apostles and their disciples; for both groups thought they were teaching in a proper and godly way. Therefore, as I often warn you, doctrine must be carefully distinguished from life. Doctrine is heaven; life is earth. In life there is sin, error, uncleanness, and misery, mixed, as the saying goes, "with vinegar." Here love should condone, tolerate, be deceived, trust, hope, and endure all things (1 Cor. 13:7); here the forgiveness of sins should have complete sway, provided that sin and error are not defended. But just as there is no error in doctrine, so there is no need for any forgiveness of sins. Therefore there is no comparison at all between doctrine and life. "One dot" of doctrine is worth more than "heaven and earth" (Matt. 5:18); therefore we do not permit the slightest offense against it. But we can be lenient toward errors of life. For we, too, err daily in our life and conduct; so do all the saints, as they earnestly confess in the Lord's Prayer and the Creed.[36] But by the grace of God our doctrine is pure; we have all the articles of faith solidly established in Sacred Scripture. The devil would dearly love to corrupt and overthrow these; that is why he attacks us so cleverly with this specious argument about not offending against love and the harmony among the churches.

11. *But if I, brethren, still preach circumcision, why am I still persecuted? In that case the stumbling block of the cross has been removed.*

Paul wants to try everything to call the Galatians back; therefore he now argues on the basis of his own example. He says: "I have brought upon myself the bitterest hatred and the persecution of the high priests, of the elders of the people, and of my entire nation, because I deny that circumcision brings righteousness. If I attributed righteousness to circumcision, the Jews would not only not lie in ambush for me but would even praise and love me extravagantly. But now, because I preach the Gospel of Christ and the righteousness of faith, together with the abrogation of the Law and of circumcision, I suffer persecution. On the other hand, in order not to have to bear the cross and the bitter hatred of the Jewish people, the false apostles preach circumcision; in this way they curry the favor of the Jews and keep them as their friends." Similarly he says in the sixth chapter (v. 12): "They would compel you to be circumcised, etc." In addition, they would like to bring it about that there be no dispute at all, but only peace and harmony, between Gentiles and Jews. But it is impossible for this to happen except at the cost of the doctrine of faith, which is the doctrine of the cross and is full of stumbling blocks.

Therefore when Paul says: "If I still preach circumcision, why am I still persecuted? In that case the stumbling block of the cross has been removed," he wants to show that it would be an absurdity and a disgrace if the stumbling block of the cross were to end. He speaks the same way in 1 Cor. 1:17: "Christ sent me to preach the Gospel, not with eloquent wisdom, lest the cross of Christ be emptied of its power." It is as though he were saying: "I would not be willing to remove the stumbling block and the cross of Christ." Here someone

[36] Cf. the fuller explanation of this on pp. 83 f.

may say: "Christians must be quite insane if they expose themselves to dangers voluntarily. For all they accomplish with their preaching is to gain for themselves the anger and hatred of the world and to create stumbling blocks. And that, as the saying goes, is laboring in vain and simply looking for trouble." [37] "This fact," says Paul, "does not offend or bother us at all; it only makes us courageous and optimistic about the success and growth of the church, which flourishes and grows under persecution." For Christ, the Head and the Bridegroom of the church, must "rule in the midst of His foes" (Ps. 110:2). On the other hand, when the cross and the raging of tyrants and heretics have been removed, and the stumbling blocks have come to an end, and when the devil "guards his own palace, and his goods are in peace" (Luke 11:21), this is a sure sign that the pure teaching of the Word has been taken away.

Bernard had this in mind when he said that the church is in the best position when it is under pressure on every side from the power and craft of Satan, and that it is in the worst position when it is most at peace. By a fine use of catachresis he cites this statement from the canticle of Hezekiah (Is. 38:17): "Lo, in peace was my greatest bitterness" and put it into the mouth of the church when it is living in security and peace.[38] Therefore Paul regards it as a sure sign that what is being preached is not the Gospel if the preaching goes on without its peace being disturbed. On the other hand, the world regards it as a sure sign that the Gospel is a heretical and seditious doctrine when it sees that the preaching of the Gospel is followed by great upheavals, disturbances, offenses, sects, etc. Thus God wears the mask of the devil, and the devil wears the mask of God; God wants to be recognized under the mask of the devil, and He wants the devil to be condemned under the mask of God.

The term "stumbling block of the cross" may be understood either actively or passively. The cross immediately follows the teaching of the Word, in accordance with the statement of Ps. 116:10: "I believed; therefore I have spoken. But I am greatly afflicted." Now the cross of Christians is ignominious and merciless persecution; therefore it is a great stumbling block. To begin with, they suffer as though they

[37] This was a common argument of the pagan critics of Christianity; cf. Arnobius, *Against the Pagans*, II, 76.

[38] On the meaning of "catachresis" cf. *Luther's Works*, 12, p. 346, note 16.

were the vilest scoundrels. The prophet Isaiah predicted this about Christ Himself (53:12): "He was numbered with the transgressors." In addition, the punishments of thieves and criminals are commuted, and people are touched by pity toward them, so that there is no stumbling block connected with the punishment. But because the world regards Christians as dangerous men, it believes that no punishment that can be inflicted on them is severe enough. Nor is it touched by any pity toward them, but it imposes the most shameful kind of death on them. By this means it seeks to gain a dual advantage: first, it offers service to God by killing them (John 16:2); and secondly, it hopes to reestablish public peace by getting rid of these nuisances. Thus the cross and death of the godly are filled with stumbling blocks. "Do not let that bother you," says Paul, "the inhuman treatment and the continuance of the cross and of the stumbling block, but rather let it encourage you; for as long as these things continue, the Christian cause is doing very well."

Christ also comforts His followers in this way in Matt. 5:11-12: "Blessed are you when men revile you and persecute you and utter all kinds of evil against you falsely on My account. Rejoice and be glad, for your reward is great in heaven; for so men persecuted the prophets who were before you." The church will not permit this joy to be taken away from it. Therefore I would not want the pope, the bishops, the princes, and the fanatical spirits to be in accord with us; for such accord would be a sure sign that we had lost the true doctrine. In short, the church must suffer persecution because it teaches the Gospel purely. The Gospel proclaims the mercy and the glory of God; it discloses the wickedness and the wiles of the devil, portraying him in his true colors and taking away his mask of divine majesty, by which he has made an impression on the whole world. That is, it shows that all the forms of worship, religious ways of life, and monastic orders invented by men, as well as the traditions about celibacy, special foods, etc., by which men think they can gain the forgiveness of sins and justification, are all ungodly things and "doctrines of demons" (1 Tim. 4:1). Thus there is nothing that vexes the devil more than the proclamation of the Gospel; for this takes away from him the mask of God and shows him up for what he is, not God but the devil. Therefore it is unavoidable that when the Gospel flourishes, the stumbling block of the cross will follow; otherwise it is sure that the devil has not really been attacked but has only been gently caressed. If he is really attacked, he does not remain quiet but begins to raise a terrible disturbance and to create havoc everywhere.

Therefore if Christians want to keep the Word, they must not be offended or frightened when they see the devil breaking his reins and running wild, or the whole world in tumult, or tyrants in a rage, or sects arising. But they should know for a certainty that these are signs, not of terror but of joy, as Christ interpreted them when He said (Matt. 5:12): "Rejoice and be glad." Therefore may the stumbling block of the cross never be taken away, which is what would happen if we were to preach what the ruler of this world (John 14:30) and his members would like to hear, namely, the righteousness of works; then we would have the devil friendly to us, the world on our side, and the pope and the princes kindly disposed toward us. But because we illumine the blessings and the glory of Christ, they persecute us and rob us of our goods and our very lives.

12. *I wish those who unsettle you would mutilate themselves!*

Is this proper for an apostle, not only to declare that the false apostles are troublemakers, to condemn them, and to hand them over to the devil but even to call evil down upon them and to wish that they would perish and be utterly destroyed — in other words, to curse them? It seems to me that Paul is making an allusion to circumcision, as though he were saying: "They are forcing you to be circumcised. I wish that they themselves would be mutilated from the very foundation and root!"

Here the question arises whether Christians are permitted to curse.[39] Yes, they are permitted to do so, but not always and not for just any reason. But when things come to the point where the Word is about to be cursed or its teaching — and, as a consequence, God Himself — blasphemed, then you must invert your sentence and say: "Blessed be the Word and God! And cursed be anything apart from the Word and from God, whether it be an apostle or an angel from heaven!" Thus Paul says earlier (1:8): "Even if we, or an angel from heaven, etc., let him be accursed." Here one can tell that "a little yeast" was so important to Paul that he even presumed to curse the false apostles, men who gave the appearance of great

[39] See the discussion of this in *Luther's Works,* 14, pp. 257—258.

authority. Therefore let us not underestimate the importance of the yeast of doctrine either. No matter how little it is, if it is despised, this causes the eventual loss of truth and salvation, and the denial of God. For when the Word is distorted and, as necessarily follows, when God is denied and blasphemed, there is no hope of salvation left. But if we are the ones who are slandered, cursed, and killed, there is still One who can revive us and set us free from the curse, from death, and from hell.

Therefore let us learn to praise and magnify the majesty and authority of the Word. For it is no trifle, as the fanatics of our day suppose; but one dot (Matt. 5:18) is greater than heaven and earth. Therefore we have no reason here to exercise love or Christian concord, but we simply employ the tribunal; that is, we condemn and curse all those who insult or injure the majesty of the divine Word in the slightest, because (5:9) "a little yeast leavens the whole lump." But if they let us have the Word sound and unimpaired, we are prepared not only to exercise charity and concord toward them but to offer ourselves as their slaves and to do anything for them. But if they refuse, let them perish and be banished to hell, and not only they themselves but the whole world with all its godly and ungodly inhabitants, just as long as God remains; for if He remains, life and salvation remain, and so do the truly godly.

Therefore Paul acts properly when he curses these troublemakers and pronounces the sentence that they are accursed along with everything they are or teach or do, and when he calls down upon them the evil that they may be cut off from this life, and especially from the church, that is, that God may not govern and prosper their teaching and all their actions. This curse proceeds from the Holy Spirit. Thus in Acts 8:20 Peter curses Simon: "Your silver perish with you!" The use of curses is frequent in Holy Scripture against those who disturb the Spirit this way, especially in the Psalms. Thus in Ps. 55:15: "Let death come upon them; let them go down to hell alive." And again (Ps. 9:17): "The wicked shall depart to hell."

Up to this point Paul has been reinforcing the doctrine of justification with powerful arguments. Now, in order not to skip anything, he has interspersed the discussion with rebukes, commendations, exhortations, and warnings. At the end he has added the example of himself, his own suffering of persecution on account of this doctrine. In this way he warned the faithful not to be offended or frightened but to rejoice and be glad if they see tumults, stumbling blocks, and sects arise during the age of the Gospel. For the more violently the world rages against the Gospel, the better the position of the Gospel is.

This should be a very pleasant comfort for us. For it is sure that the world hates and persecutes us for no other reason than that we present the truth of the Gospel. It does not accuse us of being thieves, adulterers, murderers, etc.; but what it despises in us is solely this, that we teach Christ faithfully and purely, and that we do not forsake the heritage of the truth. Therefore we should know for certain that our doctrine is holy and divine, because the world hates it so bitterly. Otherwise there is no doctrine too wicked, stupid, ridiculous, or dangerous for the world to accept it, embrace and defend it gladly, in fact, to treat it reverently, support it, fawn upon it, and convert everyone to it. The teaching of godliness, life, and salvation, together with its ministers, is the only one that it despises and treats in an utterly shameful way. This is evident proof that the world is angry with us only because of its hatred of the Word. Therefore when our opponents raise the objection against us that our doctrine produces nothing but war, sedition, stumbling blocks, sects, and endless other evils, let us reply: "Blessed be the day when it becomes possible to see all this! But the whole world is in an uproar. All right. If it were not in an uproar, and if the devil were not in such a rage and were not creating such havoc everywhere, we would not have the pure doctrine which such tumults and havoc inevitably follow. Therefore what you think of as evil we regard as the highest good."

Now there follow exhortations and commandments about good morals. For the apostle makes it a habit, after the teaching of faith and the instruction of consciences, to introduce some commandments about morals, by which he exhorts the believers to practice the duties of godliness toward one another. Even reason understands and imparts this part of his teaching to some extent, but it knows nothing at all about the teaching of faith. Therefore to avoid the impression that Christian teaching undermines good morals and conflicts with political order, the apostle also admonishes about good morals and about honest outward conduct, the observance of love and harmony, etc. Thus the world has no right to accuse Christians of undermining good morals or of disturbing public peace and respectability; for they teach morals and all the virtues better than any philosophers or teachers, because they add faith.

13. *For you were called to freedom, brethren; only do not use your freedom as an opportunity for the flesh, but through love be servants of one another.*

It is as though Paul were saying: "Now you have obtained freedom through Christ. That is, you are far above all laws, both in your own conscience and in the sight of God; you are blessed and saved; Christ is your life. Therefore even though the Law, sin, and death may frighten you, they can neither harm you nor cause you to despair. This is your brilliant and inestimable freedom. Now it is up to you to be diligently on your guard not to use your freedom as an opportunity for the flesh."

This evil is very widespread, and it is the worst of all the evils that Satan arouses against the teaching of faith: that in many people he soon transforms the freedom for which Christ has set us free into an opportunity for the flesh. Jude complains of this same thing in his epistle (ch. 4): "Admission has been secretly gained by some ungodly persons who pervert the grace of our God into licentiousness." For the flesh simply does not understand the teaching of grace, namely, that we are not justified by works but by faith alone, and that the Law has no jurisdiction over us. Therefore when it hears this teaching, it transforms it into licentiousness and immediately draws the inference: "If we are without the Law, then let us live as we please. Let us not do good, let us not give to the needy; much less do we have to endure anything evil. For there is no Law to compel or bind us."

Thus there is a danger on both sides, although the one is more tolerable than the other. If grace or faith is not preached, no one is saved; for faith alone justifies and saves. On the other hand, if faith is preached, as it must be preached, the majority of men understand the teaching about faith in a fleshly way and transform the freedom of the spirit into the freedom of the flesh. This can be discerned today in all classes of society, both high and low. They all boast of being evangelicals and boast of Christian freedom. Meanwhile, however, they give in to their desires and turn to greed, sexual desire, pride, envy, etc. No one performs his duty faithfully; no one serves another by love. This misbehavior often makes me so impatient that I would want such "swine that trample pearls underfoot" (Matt. 7:6) still to be under the tyranny of the pope. For it is impossible for this people of Gomorrah to be ruled by the Gospel of peace.

What is more, we ourselves, who teach the Word, do not perform our own duty with as much care and zeal here in the light of truth as we used to in the darkness of ignorance. The more certain we are about the freedom granted to us by Christ, the more unresponsive and slothful we are in presenting the Word, praying, doing good works, enduring evil, and the like. And if Satan were not troubling us inwardly with spiritual trials and outwardly with persecution by our enemies and with the contempt and ingratitude of our own followers, we would become utterly smug, lazy, and useless for anything good; thus in time we would lose the knowledge of Christ and faith in Him, would forsake the ministry of the Word, and would look for some more comfortable way of life, more suitable to our flesh. This is what many of our followers are beginning to do, motivated by the fact that those who labor in the Word not only do not get their support from this but are even treated shamefully by those whom their preaching of the Gospel has set free from the miserable slavery of the pope. Forsaking the poor and offensive figure of Christ, they involve themselves in the business of this present life; and they serve, not Christ but their own appetites (Rom. 16:18), with results that they will experience in due time.

We know that the devil lies in wait especially for us who have the Word — he already holds the others captive to his will — and that he is intent upon taking the freedom of the Spirit away from us or at least making us change it into license. Therefore we teach and exhort our followers with great care and diligence, on the basis of Paul's example, not to think that this freedom of the Spirit, achieved by the death of Christ, was given [40] to them as an opportunity for the flesh or, as Peter says, "to use as a pretext for evil" (1 Peter 2:16), but for them to be servants of one another through love.

As we have said, therefore, the apostle imposes an obligation on Christians through this law about mutual love in order to keep them from abusing their freedom. Therefore the godly should remember that for the sake of Christ they are free in their conscience before God from the curse of the Law, from sin, and from death, but that according to the body they are bound; here each must serve the other through love, in accordance with this commandment of Paul. Therefore let everyone strive to do his duty in his calling and to help his

[40] For the reading *donatum* in the Weimar text we have substituted *donatam*.

neighbor in whatever way he can. This is what Paul requires of us with the words "through love be servants of one another," which do not permit the saints to run free according to the flesh but subject them to an obligation.

Of course, it is impossible to teach or persuade unspiritual people of this teaching about the love to be mutually observed among us. Christians comply with it voluntarily. But when the others hear this freedom proclaimed, they immediately draw the inference: "If I am free, then I have the right to do whatever I please. This thing belongs to me; why should I not sell it for as much as I can? Again, if we do not obtain salvation on account of good works, why should we give anything to the poor?" In their great smugness such people shrug off this yoke and obligation of the flesh, and they transform the freedom of the Spirit into the license and lust of the flesh. Although they will not believe us but will make fun of us, we make this sure announcement to these smug despisers: If they use their bodies and their powers for their own lusts — as they are certainly doing when they refuse to help the poor and to share, but defraud their brethren in business and acquire things by fair means or foul — then they are not free, as they loudly claim to be, but have lost both Christ and freedom, and are slaves of the devil, so that now, under the title of "Christian freedom," their state is seven times as bad as it used to be under the tyranny of the pope (Matt. 12:43-45). For when the devil who has been cast out of them returns to them, he brings with him seven spirits more evil than himself. Therefore their last state becomes worse than the first.

We for our part have the divine command to preach the Gospel, which announces to all men, if only they believe, the free gift of freedom from the Law, from sin, from death, and from the wrath of God, for the sake of Christ. We have neither the intention nor the authority to conceal this freedom or to obscure and cancel it once it has been made public through the Gospel; for Christ has granted it to us and has achieved it by His death. Nor are we able to compel those swine, who are rushing headlong into the license of the flesh, to be servants of others with their bodies and their possessions. Therefore we do what we can. That is, we diligently admonish them that this is what they should do. If we do not accomplish anything with these warnings of ours, we commit the matter to God, to whom it belongs anyway. In His own time He will inflict just punishment on them. Meanwhile, however, we are comforted by the fact that our labor and our diligence are not in vain among the godly, many of whom have undoubtedly been rescued by our ministry from the slavery of the devil and have been transferred to the freedom of the Spirit. These few — who acknowledge the glory of this freedom, who at the same time are ready to be the servants of others through love, and who know that according to the flesh they are debtors to the brethren — give us a happiness that is greater than the sadness that can be caused by the infinite number of those who abuse this freedom.

Paul speaks in clear and precise terms when he says: "You were called to freedom." To prevent anyone from imagining that he means the freedom of the flesh, he explains himself and says what kind of freedom he has in mind: "Only do not use your freedom as an opportunity for the flesh, but through love be servants of one another." Therefore every Christian should know that in his conscience he has been established by Christ as a lord over the Law, sin, and death, and that they do not have jurisdiction over him. On the other hand, he should know also that this external obligation has been imposed on his body, that through love he should serve his neighbor. Those who understand Christian freedom differently are enjoying the advantages of the Gospel to their own destruction and are worse idolaters under the name "Christian" than they used to be under the pope. Now Paul shows beautifully on the basis of the Decalog what it means to be a servant through love.

14. *For the whole Law, etc.*

Once Paul has laid the foundation of Christian doctrine, he usually "builds on the foundation with gold, silver, and precious stones" (1 Cor. 3:12). Now, as he says to the Corinthians (1 Cor. 3:11), "no other foundation can anyone lay" than Jesus Christ or the righteousness of Christ. On this foundation he now builds good works, and truly good ones, all of which he includes in the brief commandment: "You shall love your neighbor, etc." It is as though he were saying: "When I say that through love you should be servants of one another, I mean what the Law says elsewhere (Lev. 19:18): 'You shall love your neighbor as yourself.'" This is the real way to interpret Scripture and the commandments of God. The notion that the sophists have about the word "love" is completely cold and vain. They say that "to love" means nothing else than to wish someone well, or that love is a quality inhering in the mind by which a person elicits the motivation in his heart or the action which they call "wishing well." [41] This is a completely bare, meager, and mathematical love, which does not become incarnate, so to speak, and does not go to work. By contrast, Paul says that love should be a servant, and that unless it is in the position of a servant, it is not love.

But while Paul is giving commands about love, he simultaneously reproaches the false teachers in passing. He aims his arrows at them in order to defend and support his doctrine of works against them, as though he were saying: "Up to this point, my dear Galatians, I have been teaching you about true spiritual life. Now I shall teach you about truly good works, to make you recognize that the silly and fanatical ceremonial works, which are all that the false apostles insist on, are far inferior to the true works of love." The wild insanity of all wicked teachers and fanatical spirits is such that they not only forsake the true foundation of pure and sound doctrine but never even attain to truly good works, because they cling to their superstitions. Therefore, as Paul says (1 Cor. 3:12), they merely "build on the foundation with wood, hay, and stubble." Thus the false apostles, who were such vigorous defenders of works, did not teach or insist that works of love were to be performed, that Christians were to love one another, and that they should be ready to lend their aid to their neighbors in any need, not only with their possessions but also with their whole body, that is, with their lips, hands, heart, and all their powers. All they insisted on was that circumcision be observed and that special days and months be observed, and they were unable to teach any other good works. For once Christ, the foundation, has been destroyed and the doctrine of faith has been obscured, it is impossible for any true use, practice, or idea of good works to continue. When a tree has been chopped down, its fruit must also perish.

The sectarians today have similar delusions about the doctrine of good works; therefore it is inevitable that they should teach fanatical and superstitious works. They have abandoned Christ, chopped down the tree, and subverted the foundation. Therefore they build on the sand (Matt. 7:26) and cannot build anything except wood, hay, and stubble (1 Cor. 3:12). They make a magnificent show of love, humility, and the like. But in fact, as John says (1 John 3:18), they do not

---

[41] See the representative discussion in Thomas Aquinas, *Summa Theologica*, II-II, Q. 25—26.

love in deed and in truth but in word and speech. They also make a pretense of great sanctity, and by this pretense of sanctity they impress people into supposing that their works are wonderful and are pleasing to God. But if you shine the light of the Word on them, you will discover that they are mere trifles having to do with silly and meaningless matters. All they deal with are special places, seasons, vestments, partiality among persons, etc. Therefore it is as necessary that faithful preachers urge good works as that they urge the doctrine of faith. For Satan is enraged by both and bitterly resists them. Nevertheless, faith must be implanted first; for without it one cannot understand what a good work is and what is pleasing to God.

Satan's hatred for truly good works is evident also from this: All men have a certain natural knowledge implanted in their minds (Rom. 2:14-15), by which they know naturally that one should do to others what he wants done to himself (Matt. 7:12). This principle and others like it, which we call the law of nature, are the foundation of human law and of all good works. Nevertheless, human reason is so corrupted and blinded by the malice of the devil that it does not understand this inborn knowledge; or, even if it has been admonished by the Word of God, it deliberately neglects and despises it. So great is the power of Satan! To this there is added another evil, namely, that the devil makes all the self-righteous and the heretics so insane that they overlook the doctrine of truly good works and, instead, insist on childish ceremonies or certain ostentatious works that they themselves have invented. A reason that is ignorant of faith will glorify these works and take great pleasure in them.

Thus under the papacy people used to perform those foolish and meaningless works, neither commanded nor demanded by God, with the utmost pleasure, diligence, and zeal, and at great cost. We recognize this same zeal for meaningless things in the sectarians of our day and in their disciples, especially in the Anabaptists. But in our churches, where the true doctrine of good works is set forth with great diligence, it is amazing how much sluggishness and lack of concern prevails. The more we exhort and arouse our people to do good works, to practice love toward one another, and to get rid of their concern for the stomach, the more lazy and listless they become for any practice of godliness. Therefore Satan violently hates and hinders the doctrine, not only about faith but also about good works;

in our midst he seeks to keep our people from learning it or, if they know it, from living up to it in their deeds; beyond our group the hypocrites and heretics neglect it completely, and in its place they teach foolish ceremonies or silly and fanatical works, by which unspiritual men are easily swayed. For the world is ruled, not by the Gospel and faith but by the Law and superstition.

Therefore the apostle admonishes Christians seriously, after they have heard and accepted the pure doctrine about faith, to practice genuine works as well. For in the justified there remain remnants of sin, which deter and dissuade them both from faith and from truly good works. In addition, the human reason and flesh, which resists the Spirit in the saints (in the wicked, of course, it has dominant control), is naturally afflicted with Pharisaic superstitions and, as Ps. 4:2 says, "loves vain words and seeks after lies"; that is, it would prefer to measure God by its own theories rather than by His Word and is far more ardent about doing works that it itself has chosen than about doing those that God commands. This is why faithful preachers must exert themselves as much in urging a love that is unfeigned or in urging truly good works as in teaching true faith. Therefore let no one think that he knows this commandment, "You shall love your neighbor," perfectly. It is very short, and so far as its words are concerned, it is very easy. But show me the preachers and hearers who truly practice and produce it in their teaching and living. I see both groups taking it easy! Thus the words "Through love be servants of one another" and "You shall love your neighbor as yourself" are eternal words, which no one can adequately ponder, teach, and practice. It is amazing that godly people have this trial: their conscience is immediately wounded if they omit some trifling thing that they should have done, but not if, as happens every day, they neglect Christian love and do not act toward their neighbor with a sincere and brotherly heart. They do not put as high an estimate on the commandment of love as they do on their own superstitions, from which they are never completely free in this life.

Therefore Paul is chiding the Galatians with the words "The whole Law is fulfilled in one word." It is as though he were saying: "You are fine people! You are immersed in your superstitions and ceremonies about special places, seasons, and foods, which are of no benefit either to you or to anyone else; meanwhile you neglect love, which is the only thing that has to be observed. How insane you are!"

Thus Jerome also says: "We punish our bodies with vigils, fasts, and labors; but we neglect love, which is the lord and master of all works."[42] This is especially evident in the monks. They rigidly observe their traditions about ceremonies, food, and clothing; if someone neglects anything here, be it ever so small, he commits a mortal sin. But they are not the least bit frightened by the fact that they not only neglect love but even hate one another bitterly.

With this commandment, therefore, Paul not only teaches good works but condemns fanatical and superstitious works. He not only "builds on the foundation with gold, silver, and precious stones" (1 Cor. 3:12), but he also destroys the wood and burns out the hay and stubble. It was indeed an act of generosity when God gave many ceremonies to the Jews. Thereby He wanted to indicate that the human mind, which was naturally superstitious, did not care about love at all but was fascinated by ceremonies and took pleasure in the righteousness of the flesh. Meanwhile, however, God testified by specific examples, even in the Old Testament, how important love always was to Him; for He wanted the Law and all its ceremonies always to yield to love. When David and his companions were hungry and did not have anything to eat, they ate the holy bread, which, according to the Law, not laymen but only priests were permitted to eat (1 Sam. 21:6). Similarly, the disciples violated the Sabbath by plucking ears of grain (Matt. 12:1). And according to the interpretation of the Jews, Christ Himself violated the Sabbath by healing the sick on the Sabbath (Luke 13:14). All this shows that love is much to be preferred to all laws and ceremonies, and that God does not require anything of us as much as love toward our neighbor. Christ testifies to this when He says (Matt. 22:39): "And a second is like it."

14. *For the whole Law is fulfilled in one word: You shall love your neighbor as yourself.*

It is as though Paul were saying: "Why are you burdening yourselves with the Law? Why do you so anxiously strain and vex yourselves with the ceremonial laws about foods, seasons, special places, etc., and with the proper way of eating, drinking, keeping festival, and performing sacrifices? Forget about this nonsense, and listen to what I am saying! The whole Law is completely summarized in this

---

[42] Jerome, *Commentarius in Epistolam S. Pauli ad Galatas, Patrologia, Series Latina*, XXVI, 437.

one word: 'You shall love your neighbor as yourself.' God certainly takes no pleasure in this observance of ceremonial laws; nor does He need it. But this is what He now requires of you: that you believe in Christ, whom He Himself has sent. Then you will be made perfect in Him and will have everything. Now if to faith, the worship that is most pleasing to God, you want to add laws, then you should know that in this very brief commandment, 'You shall love your neighbor as yourself,' all laws are included. Strive to observe this commandment; for if you observe it, you will fulfill all the laws."

Paul is an outstanding interpreter of the commandments of God. For he compresses all of Moses into a very brief summary and shows that in all his laws, which are almost endless, nothing is contained except this very brief word: "You shall love your neighbor as yourself." Reason, of course, is offended at this stinginess and paucity of words, when it is stated so briefly "Believe in Christ" and "You shall love your neighbor as yourself." Therefore it despises both the doctrine of faith and the doctrine of truly good works. To those who have faith, however, this stingy and paltry phrase "Believe in Christ" is the power of God (Rom. 1:16), by which they overcome sin, death, and the devil, and obtain salvation. So also serving another person through love seems to reason to mean performing unimportant works such as the following: teaching the erring; comforting the afflicted; encouraging the weak; helping the neighbor in whatever way one can; bearing with his rude manners and impoliteness; putting up with annoyances, labors, and the ingratitude and contempt of men in both church and state; obeying the magistrates; treating one's parents with respect; being patient in the home with a cranky wife and an unmanageable family, and the like. But believe me, these works are so outstanding and brilliant that the whole world cannot comprehend their usefulness and worth; indeed, it cannot estimate the value of even one tiny truly good work, because it does not measure works or anything else on the basis of the Word of God but on the basis of a reason that is wicked, blind, and foolish.

Therefore men are completely mistaken when they imagine that they really understand the commandment to love. They have it written in their hearts, of course, because by nature they judge that one should do to others what one wants done to oneself (Matt. 7:12). But it does not follow that they understand this. For if they did, they would demonstrate it in their actions and would prefer love to all other works. Nor would they exaggerate and inflate their own childish toys, that is, such nonsense and superstition as this: walking around with a sour face and a downcast head, living a celibate life, subsisting on bread and water, dwelling in the desert, wearing dirty clothes, and the like. These unnatural and superstitious works, which they decide upon without either the command or the approval of God, they regard as so brilliant and saintly as to surpass and obscure love, which is the sun that outshines all works. The blindness of human reason is so incomprehensible and infinite that it cannot form sound judgments even about life and works, much less about the doctrine of faith. Therefore we must battle unremittingly not only against the opinions of our own heart, on which by nature we would rather depend in the matter of salvation than on the Word of God, but also against the false front and saintly appearance of self-chosen works. Thus we shall learn to praise the works that each man performs in his calling — even though in external appearance they appear to be trivial and contemptible — provided that they have been commanded by God, and, on the other hand, to despise the works that reason decides upon without a commandment from God, regardless of how brilliant, important, great, or saintly they seem to be.

Elsewhere I have expounded this commandment carefully and at greater length; [43] therefore I am discussing it quite briefly here. It is a brief statement, expressed beautifully and forcefully: "You shall love your neighbor as yourself." No one can find a better, surer, or more available pattern than himself; nor can there be a nobler or more profound attitude of the mind than love; nor is there a more excellent object than one's neighbor. Therefore the pattern, the attitude, and the object are all superb. Thus if you want to know how the neighbor is to be loved and want to have an outstanding pattern of this, consider carefully how you love yourself. In need or in danger you would certainly want desperately to be loved and assisted with all the counsels, resources, and powers not only of all men but of all creation. And so you do not need any book to instruct and admonish you how you should love your neighbor, for you have the loveliest and best of books about all laws right in your own heart. You do not need any professor to tell you about this matter; merely consult your own heart, and it will give you abundant instruction

---

[43] One exposition of this commandment is in Luther's sermon on the Gospel for the Eighteenth Sunday After Trinity (W, X-1-II, 399—409).

that you should love your neighbor as you love yourself. What is more, love is the highest virtue. It is ready to be of service not only with its tongue, its hands, its money, and its abilities but with its body and its very life. It is neither called forth by anything that someone deserves nor deterred by what is undeserving and ungrateful. A mother cherishes and cares for her child simply because she loves him.

Finally, no creature toward which you should practice love is nobler than your neighbor. He is not a devil, not a lion or a bear or a wolf, not a stone or a log. He is a living creature very much like you. There is nothing living on earth that is more pleasant, more lovable, more helpful, kinder, more comforting, or more necessary. Besides, he is naturally suited for a civilized and social existence. Thus nothing could be regarded as worthier of love in the whole universe than our neighbor. But such is the amazing craft of the devil that he is able not only to remove this noble object of love from my mind with great skill but even to persuade my heart of the exactly opposite opinion, so that it regards the neighbor as worthy, not of love but of the bitterest hatred. He can accomplish this very easily, merely by suggesting to me: "Look, this man suffers from such and such a fault. He has chided you. He has done you damage." Immediately this most lovable of objects becomes vile, so that my neighbor no longer seems to be someone who should be loved but an enemy deserving of bitter hatred. In this way Satan can do an amazing job of making the attitude of love in our hearts cold and neglectful; in fact, he can extinguish it completely, so that we forget our love for our neighbor and yield only to our base desires. In addition, there are our superstition and negligence, as well as the offenses committed by our neighbors, which transform us completely from lovers into haters. Thus all that is left to us of this commandment are the naked and meaningless letters and syllables "You shall love your neighbor as yourself."

Thus we do not believe, much less observe, the meaning of this commandment. Now our neighbor is any human being, especially one who needs our help, as Christ interprets it in Luke 10:30-37. Even one who has done me some sort of injury or harm has not shed his humanity on that account or stopped being flesh and blood, a creature of God very much like me; in other words, he does not stop being my neighbor. Therefore as long as human nature remains in him, so long the commandment of love remains in force, requiring of me that I not despise my own flesh and not return evil for evil but overcome evil with good (Rom. 12:21). Otherwise love will never "bear, endure," etc. (1 Cor. 13:7). It does not amputate a diseased limb but cherishes it and takes care of it. "And those parts of the body which we think less honorable," Paul says (1 Cor. 12:23), "we invest with the greater honor." But many people are so unmindful of this commandment that even when they know someone who is endowed with many outstanding qualities and virtues, but can find even one little flaw or blemish in him, they will look only at this and will forget all his good qualities and assets. You will find many mockers so inhuman and spiteful that they do not refer to the objects of their malice by their proper names but describe them with some contemptuous nickname like "Cockeyed" or "Hooknose" or "Bigmouth." [44] In short, the world is the kingdom of the devil, which, in its supreme smugness, despises faith and love and all the words and deeds of God.

This is why Paul commends love to the Galatians and to all Christians, and exhorts them through love to be servants of one another. It is as though he were saying: "There is no need to burden you with circumcision and the ceremonies of Moses. But above all persevere in the doctrine of faith, which you have received from me. Afterwards, if you want to do good works, I will show you in one word the highest and greatest works, and the way to keep all the laws: Be devoted to one another through love. You will not lack for people to help, for the world is full of people who need the help of others." This is the perfect doctrine of both faith and love. It is also the shortest and the longest kind of theology — the shortest so far as words and sentences are concerned; but in practice and in fact it is wider, longer, deeper, and higher than the whole world.

15. *But if you bite and devour one another, take heed that you are not consumed by one another.*

With these words Paul testifies that there can be no peace or concord in the churches, either in thought or in life, if the foundation, that is, the doctrine of faith, is undermined by wicked teachers; but that immediately there will arise some dissension and notion or other over doctrine, faith, and works. Once the concord of the church has

[44] Terence, *Eunuchus*, III, 5, 53.

been violated, there is neither limit nor end to this evil. The authors of the schism disagree among themselves, with one demanding this work as necessary for righteousness and the other demanding another work. Everyone supports his own notion and superstition but rejects that of another. Here it is inevitable that parties and factions arise, which then bite and devour one another, that is, judge and condemn, until finally they are all consumed. In addition to Scripture, this is demonstrated by the example of all ages in history. When Africa had been overthrown by the Manicheans, the Donatists soon followed. They disagreed among themselves and were split into three sects.[45] In our own time the Sacramentarians were the first to defect from us; then the Anabaptists, none of whom are in agreement with one another. Thus a sect always produces other sects, and one condemns the others. According to the mathematicians, beyond the unit there is an infinite progression of numbers. Thus if the unity of the Spirit is injured and destroyed, it is impossible for concord to remain either in doctrine or in morals; but in both areas new errors will go on arising into infinity. We saw this very well under the papacy. Because the doctrine of faith lay neglected, it was impossible for the concord of the Spirit to remain. When this was removed by the doctrine of works, almost endless sects of monks arose. They rivaled one another in measuring their sanctity on the basis of the strictness of their orders and the difficulty of the superstitious works they themselves had thought up. On this basis they wanted to be regarded as saintlier than the others. In addition, monks not only of differing orders but even of the same order disagreed with one another. One Minorite would envy another, as one potter envies another.[46] Ultimately there were as many different opinions in any monastery as there were monks. Therefore they nourished rivalries, contention, quarrels, virulence, backbiting, and devouring back and forth in their midst so long that finally, in accordance with this saying of Paul's, they were consumed.

But those who accept the doctrine of faith and, in accordance with this commandment of Paul's, love one another do not criticize someone else's way of life and works; but each one approves the way of life of another and the duties which the other performs in

[45] Thus among the Donatists there arose the Rogatists, the Maximianists, and the Claudianists.

[46] The saying *Ut figulus figulo* sounds proverbial.

his vocation. No godly person believes that the position of a magistrate is better in the sight of God than that of a subject, for he knows that both are divine institutions and have a divine command behind them. He will not distinguish between the position or work of a father and that of a son, or between that of a teacher and that of a pupil, or between that of a master and that of a servant; but he will declare it as certain that both are pleasing to God if they are done in faith and in obedience to God. In the eyes of the world, of course, these ways of life and their positions are unequal; but this outward inequality does not in any way hinder the unity of spirit, in which they all think and believe the same thing about Christ, namely, that through Him alone we obtain the forgiveness of sins and righteousness. As for outward behavior and position in the world, one person does not judge another or criticize his works or praise his own, even if they are superior; but with one set of lips and one spirit they confess that they have one and the same Savior, Christ, before whom there is no partiality toward either persons or works (Rom. 2:11).

This is impossible for those who neglect the doctrine of faith and love and who teach superstitious works. A monk does not concede that the works which a layman performs in his calling are as good and acceptable to God as his own. A nun thinks much more highly of her own way of life and of her own works than she does of the way of life and works of a housewife who has a husband; for she believes that her own works merit grace and eternal life, but that the works of the other woman do not. And for this reason such men, in their wicked greed for gold,[47] battled furiously. They also persuaded the world that their station in life and their works were much greater and holier than the station and works of laymen. If they themselves did not accept and support this notion of the sanctity of their works to this very day, they would not have preserved their eminent position and their authority for very long. Therefore you will never persuade a monk or any other self-righteous person, whoever he may be, that the works of an ordinary Christian, done in faith and in obedience to God, are better and more acceptable to God than those superstitious and marvelous works of his, which he himself has invented. For once the foundation has been undermined, work-righteous people cannot help concluding that the true saints are they themselves, who perform such grand and brilliant works

---

[47] An allusion to Vergil, *Aeneid*, III, 56.

and who, as the Anabaptists imagine today, suffer need, hunger, cold, and tattered clothing, rather than those others who own property, etc. Therefore it is impossible for them to be at peace with those who do not agree with their opinions, but they will bite and devour them.

By contrast, Paul teaches that such occasions for discord are to be avoided; and he shows how they can be avoided. "The way to achieve concord," he says, "is this: Let each do his duty in that way of life into which God has called him. Let him not exalt himself above others or criticize the works of others while he praises his own as though they were better, but let them be servants of one another through love." This is the plain and simple doctrine of good works. Those who "have made shipwreck of their faith" (1 Tim. 1:19) and who have acquired fanatical opinions about faith and about life or works do not do this. They immediately come to disagreement among themselves about the doctrine of faith and of works, and they bite and devour one another; that is, they accuse and condemn, as Paul says about the Galatians here: "If you bite and devour one another." It is as though he were saying: "Do not accuse and condemn one another on account of circumcision or on account of the observance of holidays or of other ceremonies. Instead, act in such a way that you are servants of one another through love. Otherwise, if you persist in biting and devouring one another, take heed that you are not consumed, that is, that you do not perish altogether, even physically." This is what happens nearly always, especially to the originators of sects, as it happened to Arius and others, and to some in our own time.[48] For he who lays his foundation in the sand (Matt. 7:26) and who builds upon it with wood, hay, and stubble (1 Cor. 3:12) will inevitably be destroyed and consumed; for all these things are ready for the fire. It goes without saying that such biting and devouring are usually followed by the destruction not only of a single city but of entire regions and kingdoms. Now he interprets what it means to be a servant of one's neighbor through love.

It is difficult and dangerous to teach that we are justified by faith without works and yet to require works at the same time. Unless the ministers of Christ are faithful and prudent here and are "stewards of the mysteries of God" (1 Cor. 4:1), who rightly divide the Word

---

[48] This may be a covert attack on Zwingli, for Luther believed that a theology which had begun as a rejection of the doctrine of the real presence in the Lord's Supper had ended as a repudiation of the Gospel itself.

of truth (2 Tim. 2:15), they will immediately confuse faith and love at this point. Both topics, faith and works, must be carefully taught and emphasized, but in such a way that they both remain within their limits. Otherwise, if works alone are taught, as happened under the papacy, faith is lost. If faith alone is taught, unspiritual men will immediately suppose that works are not necessary.

Earlier the apostle began to exhort them to good works and to say that the whole Law is fulfilled in one word, namely, "You shall love your neighbor as yourself." Here the thought could occur to someone: "Throughout the epistle Paul is taking righteousness away from the Law. He says (2:16): 'A man is not justified by works of the Law.' And again (3:10): 'All who rely on works of the Law are under a curse.' But now, when he says that the whole Law is fulfilled in one word, he seems to have forgotten the cause he has set forth in this entire epistle and to maintain the exact opposite, namely, that those who do works of love fulfill the Law and are righteous." To this possible objection [49] he replies with the words:

16. *But I say, walk by the Spirit, and do not gratify the desires of the flesh.*

It is as though Paul were saying: "I have not forgotten my earlier discussion of faith. Nor am I retracting it now when I exhort you to mutual love and say that the whole Law is fulfilled in love. I am maintaining the very same thing that I did earlier. To make sure that you understand me properly, I add: 'Walk by the Spirit!'"

Although Paul spoke precisely and distinctly here, it did not do any good. For the sophists took the statement of Paul, "Love is the fulfilling of the Law" (Rom. 13:10), and by misinterpreting it they argued: "If love is the fulfilling of the Law, then love is righteousness. Therefore if we love, we are righteous." These fine fellows argue from the word to the deed, from doctrine or from the commandments to life, as follows: "The Law commands love. Therefore the work follows immediately." It is completely fallacious to argue from commandments and to draw conclusions about works.

Of course, we should keep the Law and be justified by keeping it; but sin gets in the way. The Law prescribes and commands that we love God with all our heart, etc., and our neighbor as ourselves (Matt. 22:37-39); but from this it does not follow: "This is written,

---

[49] On the meaning of *occupatio* cf. *Luther's Works*, 26, p. 424, note 49.

and therefore it is done; the Law commands love, and therefore we love." You cannot produce anyone on earth who loves God and his neighbor as the Law requires. In the life to come, when we shall be completely cleansed of all our faults and sins and shall be as pure as the sun, we shall love perfectly and shall be righteous through our perfect love. But in this present life such purity is hindered by our flesh, to which sin will cling as long as we live. And thus our corrupt love of ourselves is so powerful that it greatly surpasses our love of God and of our neighbor. Meanwhile, however, to make us righteous also in this present life, we have a Propitiator and a mercy seat, Christ (Rom. 3:25). If we believe in Him, sin is not imputed to us. Therefore faith is our righteousness in this present life. In the life to come, when we shall be thoroughly cleansed and shall be completely free of all sin and fleshly desire, we shall have no further need of faith and hope.

Therefore it is a great error to attribute justification to a love that does not exist or, if it does, is not great enough to placate God; for, as I have said, even the saints love in an imperfect and impure way in this present life, and nothing impure will enter the kingdom of God (Eph. 5:5). But meanwhile we are sustained by the trust that Christ, "who committed no sin and on whose lips no guile was found" (1 Peter 2:22), covers us with His righteousness. Shaded and protected by this covering, this heaven of the forgiveness of sins and this mercy seat, we begin to love and to keep the Law. As long as we live, we are not justified or accepted by God on account of this keeping of the Law. But "when Christ delivers the kingdom to God the Father after destroying every authority" (1 Cor. 15:24), and when "God is everything to everyone" (1 Cor. 15:28), then faith and hope will pass away, and love will be perfect and eternal (1 Cor. 13:8). The sophists do not understand this. Therefore when they hear that love is the summary of the Law, they immediately draw the inference: "Therefore love justifies." Or, on the other hand, when they read in Paul that faith justifies, they add: "that is, when it has been formed by love." But this is not what Paul means, as has been said at length above.[50]

If we were pure of all sin, and if we burned with a perfect love toward God and our neighbor, then we would certainly be righteous and holy through love, and there would be nothing more that God

---

[50] See p. 28, note 22.

could require of us. That does not happen in this present life but must be postponed until the life to come. We do indeed receive the gift and the first fruits of the Spirit here (Rom. 8:23), so that we do begin to love; but this is very feeble. If we loved God truly and perfectly, as the Law requires when it says (Deut. 6:5): "You shall love the Lord your God with all your heart, etc.," then poverty would be as pleasant for us as riches, sorrow the same as pleasure, death the same as life. Indeed, one who loved God truly and perfectly would not be able to live very long but would soon be devoured by his love. But human nature now is so submerged in sin that it cannot think or feel anything correct about God. It does not love God; it hates Him violently. Therefore, as John says (1 John 4:10), "not that we loved God but that He loved us and sent His Son to be the expiation for our sins." And above (2:20): "Christ loved me and gave Himself for me"; and in the fourth chapter (vv. 4-5): "God sent forth His Son, born under the Law, to redeem those, etc." When we have been redeemed and justified through this Son, we begin to love, as Paul says in Rom. 8:3-4, "What the Law could not do, in order that the just requirement of the Law might be fulfilled in us," that is, that it might begin to be fulfilled. Therefore what the sophists taught about the fulfillment of the Law is sheer imagination.

With the words "walk by the Spirit" Paul shows how he wants his earlier statements to be understood: "Through love be servants of one another" (5:13) and "Love is the fulfilling of the Law" (Rom. 13:10). It is as though he were saying: "When I command you to love one another, I am requiring of you that you walk by the Spirit. For I know that you will not fulfill the Law. Because sin clings to you as long as you live, it is impossible for you to fulfill the Law. But meanwhile take careful heed that you walk by the Spirit, that is, that by the Spirit you battle against the flesh and follow your spiritual desires." Thus he has not forgotten the matter of justification. For when he commands them to walk by the Spirit, he clearly denies that works justify. It is as though he were saying: "When I speak about the fulfilling of the Law, I do not intend to say that we are justified by the Law. But what I am saying is that there are two contrary guides in you, the Spirit and the flesh. God has stirred up a conflict and fight in your body. For the Spirit struggles against the flesh, and the flesh against the Spirit. All I am requiring of you now — and, for that matter, all that you are able to produce — is that you follow the guidance of the Spirit and resist the guidance of the flesh. Obey the former, and fight against the latter! Therefore when I teach the Law and urge you on to mutual love, do not suppose that I have retracted the doctrine of faith and am now attributing justification to the Law or to love. What I mean to say is that you should walk by the Spirit and not gratify the desires of the flesh."

Therefore Paul uses his words with precision and care, as though he were saying: "We have not yet attained the fulfillment of the Law. Consequently, we must walk and be exercised by the Spirit, so that we think, say, and do what is of the Spirit and resist what is of the flesh." This is why he adds: "And do not gratify the desires of the flesh." It is as though he were saying: "The desires of the flesh are not yet dead, but they always sprout up to talk back and fight back against the Spirit." No saint has a flesh so holy that when it is offended it would not rather bite and devour or at least subtract something from the commandment of love. Even at the first impact he cannot restrain himself from irritation with his neighbor, a desire for revenge, and hatred for him as though he were an enemy — or at least less love than he should have according to this commandment. This happens even to saints.

Therefore the apostle has established this as a rule for the saints: that they should be servants of one another through love, that they should bear one another's weaknesses and burdens (6:2), and that they should forgive one another's trespasses (Matt. 6:12-15). Without such ἐπιείκεια it is impossible for peace and concord to exist among Christians. It is unavoidable that you are offended frequently and that you offend in turn. You see much in me that offends you; and I, in turn, see much in you that I do not like. If one does not yield to the other through love on matters like this, there will be no end to the argument, discord, rivalry, and hostility. Therefore Paul wants us to walk by the Spirit, so that we do not gratify the desires of the flesh. It is as though he were saying: "Even though you are aroused to anger or envy against an offending brother or against someone who does something unkind to you, still resist and repress these feelings through the Spirit. Bear with his weakness, and love him, in accordance with the command: 'You shall love your neighbor as yourself.' For your brother does not stop being your neighbor simply because he lapses or because he offends you, but that is the very time when he needs your love for him the most.

The commandment 'You shall love your neighbor' makes the same requirement, namely, that you not submit to your flesh — which hates, bites, and devours when it is offended — but that you fight back at it by the Spirit and that through the Spirit you continue in your love for your neighbor, although you may find nothing in him that deserves your love."

The sophists interpret "the desires of the flesh" as sexual desire.[51] It is indeed true that every godly person, especially one who has not yet attained maturity or who lives a celibate life, is subject to sexual desire. So corrupt and unsound is our flesh that not even married people are free of sexual desire. Whoever examines his feelings carefully — and I am speaking now about devout married people of both sexes — will discover that he likes the form or the manner of some other woman more than he does his own. One grows tired of one's lawful wife and loves a woman who is forbidden to him. In everything it happens this way: What a man has, he despises; what he does not have, he loves.

> Of things most forbidden we always are fain:
> And things most denied we seek to obtain.[52]

Thus I do not deny that the desires of the flesh include sexual desire. Yet it includes not only sexual desire but also all the other evil emotions with which godly people are burdened, though some more violently than others, such as pride, hatred, greed, impatience, etc. In fact, a little later Paul enumerates among the works of the flesh not only these coarse vices but also idolatry, party spirit, and the like (5:20), which are emotions that have a better reputation. Thus it is clear that he is speaking about the whole desire of the flesh and the entire realm of sin, which struggles against the realm of the Spirit in the godly, who have received the first fruits of the Spirit (Rom. 8:23). And so he is speaking not only about sexual desire or pride but also about unbelief, distrust, despair, hatred, contempt for God, idolatry, heresy, etc.

It is as though Paul were saying: "I am writing that you should love one another. You do not do this, nor can you do it; for you have the flesh, corrupted as it is by evil desire, which not only arouses sin in you but is itself a sin. Otherwise, if you had perfect love, no sorrow or misfortune would be great enough to disturb it; for it would

[51] Cf. Luther's criticism, *Luther's Works*, 13, p. 95.

[52] We have taken over our version of this verse from the English translation of Luther's *Lectures on Galatians* done in the sixteenth century.

be spread throughout your body. No wife would be too ugly for her husband to love her intensely and to lose all interest in other women, even the most beautiful ones. This does not actually happen. Therefore it is impossible for you to be justified by love. Do not think, therefore, that I am retracting my doctrine about faith. Faith and hope must remain, so that we may be justified by the former and encouraged by the latter to persevere in adversity. Finally, we are servants of one another through love, because faith is not idle even though love is tiny and weak. Thus when I command you to walk by the Spirit, I make it abundantly clear that you are not justified by love.

"Moreover, when I say that you should walk by the Spirit and should not obey the flesh or gratify the desires of the flesh, I am not requiring of you that you strip off the flesh completely or kill it, but that you restrain it. God wants the world to endure until the Last Day. This cannot happen unless men are born and reared; and this, in turn, requires that the flesh continue, and consequently also that sin continue, since the flesh cannot be without sin. And so if we look at the flesh, we are sinners; if we look at the Spirit, we are righteous. We are partly sinners and partly righteous. Yet our righteousness is more abundant than our sin, because the holiness and the righteousness of Christ, our Propitiator, vastly surpasses the sin of the entire world. Consequently, the forgiveness of sins, which we have through Him, is so great, so abundant, and so infinite that it easily swallows up every sin, provided that we persevere in faith and hope toward Him."

It must be noted in addition that Paul is writing all this not only to hermits and monks, who lead a celibate life, but to all Christians. I say this to keep us from making the same mistake the papists make. They imagined that this commandment pertained only to the clergy. The apostle exhorts them to walk by the Spirit, that is, to tame and subdue their flesh with vigils, fasts, and labors, and thus to live chastely; and then he tells them not to gratify the desires of the flesh, that is, sexual desire. As though all the desires of the flesh were overcome when sexual desire has been repressed and tamed, even though they have not even been able to repress this by any discipline of the flesh! Not to mention anyone else, Jerome, who was a great champion and defender of chastity, frankly confesses this: "O how often," he says, "I imagined that I was in the midst of the pleasures of Rome when I was stationed in the desert, in that solitary wasteland which is so burned up by the heat of the sun that it provides a dreadful habitation for the monks!" And again: "I, who because of the fear of hell had condemned myself to such a hell and who had nothing but scorpions and wild animals for company, often thought that I was dancing in a chorus with girls. My face was pale from fasting, but my mind burned with passionate desires within my freezing body; and the fires of sex seethed, even though the flesh had already died in me as a man." [53] If Jerome, who subsisted on bread and water in the desert, felt such fires of passion, what do you suppose is felt by the clergy of our day, the worshipers of the god Belly, who stuff and stretch themselves with so many delicacies that it is amazing they do not burst? Thus these words are addressed neither to monks nor only to sinners in the world, but to the church catholic and to all the faithful. They are the ones whom Paul exhorts to walk by the Spirit in order not to gratify the desires of the flesh, that is, to restrain not only the coarse drives of the flesh, such as sexual desire, anger, impatience, etc., but also the "spiritual" ones, such as doubt, blasphemy, idolatry, contempt and hatred of God, etc.

Nor does Paul demand of the faithful that they completely destroy and kill their flesh, but that they control it in such a way that it will be subject to the Spirit. In Rom. 13:14 he commands us to make provision for the flesh.[54] For just as we should not be cruel to other people's bodies or trouble them with unjust requirements, so we should not do this to our own bodies either. According to Paul's command, therefore, we should make provision for our flesh, to enable it to bear the requirements of both the mind and the body; yet he wants us to make provision for it to meet its needs, not "to gratify its desires." Thus if your flesh becomes lascivious, repress it by the Spirit. If it persists, get married! "For it is better to marry than to be aflame with passion" (1 Cor. 7:9). When you do this, you walk by the Spirit; that is, you follow the Word and will of God. As I have said, this commandment about walking by the Spirit pertains not only to hermits and monks but to all the faithful, even if they are not aflame with passion. Thus a prince walks by the Spirit when he does his duty diligently, rules his subjects well, punishes

---

[53] See *Luther's Works,* 22, pp. 266—267.

[54] Apparently Luther is reading the prohibition in Rom. 13:14 as a parallel to Eph. 4:26.

the guilty, and defends the innocent. His flesh and the devil oppose him when he does this, and they urge him to start an unjust war or to yield to his own greedy desires. Unless he follows the Spirit as his guide and obeys the Word of God when it gives him correct and faithful warning about his duty, he will gratify the desires of the flesh.

17. *For the desires of the flesh are against the Spirit, and the desires of the Spirit are against the flesh; for these are opposed to each other, to prevent you from doing what you would.*

When Paul says that the desires of the flesh are against the Spirit, etc., he impresses upon us at the same time that we are to be conscious of the desires of the flesh — not only of sexual desire, that is, but of pride, anger, sadness, impatience, unbelief, etc. But he wants us to be conscious of them in such a way that we do not give in to them or gratify them, that is, that we do not say and do what our flesh impels us to do. Thus when it impels us to anger, we should, as Ps. 4:4 teaches, "be angry" in such a way that we "sin not." It is as though Paul wanted to say: "I know that your flesh impels you to anger, envy, doubt, unbelief, and the like. But resist it by the Spirit, so that you do not sin. But if you forsake the guidance of the Spirit and follow the flesh, you will gratify the desires of the flesh, and you will die" (Rom. 8:13). Thus this statement is to be understood as applying not only to sexual desire but to the whole realm of sin.

I take the words "to prevent you from doing what you would" in the sense of inability, so that it means "so that you are unable to do what you would." This passage shows clearly that Paul is writing this to the saints, that is, to the church which believes in Christ, which is baptized, justified, and regenerated, and which has the forgiveness of sins. Yet he also says that it has a flesh which battles against the Spirit. He speaks about himself the same way in Rom. 7:14: "I am carnal, sold under sin"; again (Rom. 7:23): "I see in my members another law at war with the law of my mind"; and again (Rom. 7:24): "Wretched man that I am!" Here not only the sophists but even some of the fathers exert themselves anxiously to make excuses for Paul; for they regard it as unworthy of a "chosen instrument" of Christ (Acts 9:15) to say that he was sinful.[55] We for our part give credence to Paul's words when he candidly confesses that

---

[55] Cf. Luther's gloss on Rom. 7:10, directed against Lyra and others (W, LVI, 68).

he is sold under sin, is a captive of sin, has a law at war with himself, and serves the law of sin with his flesh. Here they reply that the apostle is saying these things in the name of the wicked. But the wicked do not complain about their rebellion, conflict, and captivity to sin; for sin has powerful dominion over them. Therefore these complaints really belong to Paul and to all the saints. Thus it is not only unwise but even wicked when they make the excuse that Paul and other saints have no sin. For with this notion, which is derived from their ignorance of the doctrine of faith, they have deprived the church of great comfort, have done away with the forgiveness of sins, and have made Christ useless.

Hence Paul is not denying that he has flesh and the faults of the flesh when he says: "I see in my members another law." And so it is not incredible that at one time or another he experienced sexual desire. Yet it is my opinion that it was successfully checked by the many great trials of mind and body with which, as his epistles show, he was continually being disciplined and troubled. Or if in a gay and vigorous mood he became conscious of sexual desire, anger, or impatience, he resisted them by the Spirit and did not permit these feelings to control him. Therefore let us by no means permit such silly glosses to rob us of these extremely comforting passages, in which Paul describes the conflict going on between the flesh and the Spirit in his own body. The sophists and the monks have never experienced spiritual trial. The only battle they have ever carried on has been to repress and overcome sexual desire. This victory made them so proud — although in fact they never managed to control their desire — that they regarded themselves as far better and saintlier than married people. I am not even speaking about the horrible sins of every kind which they nurtured and strengthened by this false appearance: party spirit, pride, hatred, contempt for their neighbor, trust in their own righteousness, presumption, neglect of godliness and of the Word, unbelief, blasphemy, and the like. Against these sins they did not battle; in fact, they did not even think of them as sins. They supposed that righteousness lay only in the observance of their foolish and wicked vows, and that unrighteousness lay in the neglect of these.

But we declare it as a certainty that Christ is our principal, complete, and perfect righteousness.[56] If there is nothing on which we

---

[56] The Latin terms are *capitalis, rotundus,* and *perfectus.*

can depend, still, as Paul says (1 Cor. 13:13), "these three abide: faith, hope, love." Thus we must always believe and love, and we must always take hold of Christ as the Head and the Source of our righteousness. "He who believes in Him will not be put to shame" (Rom. 9:33). In addition, we should take pains to be righteous outwardly as well, that is, not to yield to our flesh, which is always suggesting something evil, but to resist it through the Spirit. We must not be broken up with impatience at the ingratitude and contempt of the rabble, who abuse Christian freedom; but by the Spirit we must overcome these and all other trials. To the extent that by the Spirit we struggle against the flesh, to that extent we are outwardly righteous, even though it is not this righteousness that makes us acceptable in the sight of God.

Therefore let no one despair when he feels his flesh begin another battle against the Spirit, or if he does not succeed immediately in forcing his flesh to be subject to the Spirit. I, too, wish that I had a firmer and more steadfast spirit, one that could not only despise the threats of tyrants, the heresies planted by the fanatical spirits, and other offenses and tumults which they stir up, but could quickly shake off the fears and sorrows of the mind and could even get rid of its fear of the sharpness of death to receive it as a most welcome guest instead. "But I see in my members another law at war with the law of my mind" (Rom. 7:23). Other men struggle with lesser trials, such as poverty, dishonor, impatience, and the like.

No one should be surprised or frightened when he feels this conflict of the flesh against the Spirit in his body, but he should fortify himself with these words of Paul: "The desires of the flesh are against the Spirit" and "These are opposed to each other, to prevent you from doing what you would." With these statements he is comforting those who are undergoing trials, as though he were saying: "It is impossible for you to follow the Spirit as your guide through everything without some awareness of hindrance by the flesh. Your flesh will be an obstacle, the sort of obstacle that will prevent you from doing what you would. Here it is sufficient if you resist the flesh and do not gratify its desires, that is, if you follow the Spirit rather than the flesh, which is easily disturbed by impatience, which seeks revenge, grumbles, hates, bites back, etc." When someone becomes aware of this battle of the flesh, he should not lose heart on this account; but by the Spirit he should fight back and say: "I am a sinner, and I am aware of my sin; for I have not yet put off my flesh, to which sin will cling as long as it lives. But I will obey the Spirit rather than the flesh. That is, by faith and hope I will take hold of Christ. I will fortify myself with His Word, and thus fortified I will refuse to gratify the desires of the flesh."

It is very useful to the faithful to know this doctrine of Paul well and to meditate on it, because it gives wonderful comfort to them in their trial. When I was a monk, I used to think that my salvation was undone when I felt any desires of the flesh, that is, any malice or sexual desire or anger or envy against any of my brothers. I tried many methods. I made confession every day, etc. But none of this did any good, because the desires of the flesh kept coming back. Therefore I could not find peace, but I was constantly crucified by thoughts such as these: "You have committed this or that sin; you are guilty of envy, impatience, etc. Therefore it was useless for you to enter this holy order, and all your good works are to no avail." If I had properly understood Paul's statements, "The desires of the flesh are against the Spirit" and "These are opposed to each other," I would not have tortured myself to such a point but would have thought to myself, as I do nowadays: "Martin, you will never be completely without sin, because you still have the flesh. Therefore you will always be aware of its conflict, according to the statement of Paul: 'The desires of the flesh are against the Spirit.' Do not despair, therefore, but fight back, and do not gratify the desires of the flesh. Then you will not be under the Law."

I remember that Staupitz used to say: "More than a thousand times I have vowed to God that I would improve, but I have never performed what I have vowed. Hereafter I shall not make such vows, because I know perfectly well that I shall not live up to them. Unless God is gracious and merciful to me for the sake of Christ and grants me a blessed final hour [57] when the time comes for me to depart this miserable life, I shall not be able to stand before Him with all my vows and good works." [58] This despair is not only truthful but is godly and holy. Whoever wants to be saved must make this confession with his mouth and with his heart. The saints do not rely on their own righteousness; they sing with David (Ps. 143:2): "Enter

---

[57] The word *horula* is a Latin version of Luther's familiar term for the hour of death, *stündlin*.

[58] This was a favorite anecdote of Luther's; cf. *Luther's Works*, 23, p. 271.

not into judgment with Thy servant, for no man living is justified before Thee"; and (Ps. 130:3): "If Thou, O Lord, shouldst mark iniquities, Lord, who could stand?" Therefore they gaze at Christ, their Propitiator, who gave His life for their sins. And if there is any remnant of sin in their flesh, they know that this is not imputed to them but is pardoned by forgiveness. Meanwhile they battle by the Spirit against the flesh. This does not mean that they do not feel its desires at all; it means that they do not gratify them. Even though they feel their flesh raging and rebelling against the Spirit and feel themselves falling into sins and living in them, they do not become downcast on that account or immediately suppose that their way of life, their social station, and the works they have done in accordance with their calling are displeasing to God. No, they fortify themselves with their faith.

Thus there is great comfort for the faithful in this teaching of Paul's, because they know that they have partly flesh and partly Spirit, but in such a way that the Spirit rules and the flesh is subordinate, that righteousness is supreme and sin is a servant. Otherwise someone who is not aware of this will be completely overwhelmed by a spirit of sadness and will despair. But for someone who knows this doctrine and uses it properly even evil will have to cooperate for good. For when his flesh impels him to sin, he is aroused and incited to seek forgiveness of sins through Christ and to embrace the righteousness of faith, which he would otherwise not have regarded as so important or yearned for with such intensity. And so it is very beneficial if we sometimes become aware of the evil of our nature and our flesh, because in this way we are aroused and stirred up to have faith and to call upon Christ. Through such an opportunity a Christian becomes a skillful artisan and a wonderful creator, who can make joy out of sadness, comfort out of terror, righteousness out of sin, and life out of death, when he restrains his flesh for this purpose, brings it into submission, and subjects it to the Spirit. Those who become aware of the desires of their flesh should not immediately despair of their salvation on that account. It is all right for them to be aware of it, provided that they do not assent to it; it is all right for anger or sexual desire to be aroused in them, provided that they do not capitulate to it; it is all right for sin to stir them up, provided that they do not gratify it. In fact, the godlier one is, the more aware he is of this conflict. This is the source of the complaint of the saints in the Psalms and throughout Scripture. The hermits, monks, sophists, and all the work-righteous know nothing whatever about this conflict.

Here someone may say that it is dangerous to teach that a person is not damned simply because he does not immediately overcome the passions of the flesh which he feels; for when this doctrine is broadcast among the rabble, they will become smug, inert, and lazy. This is what I meant when I said earlier that if we teach faith, carnal people will neglect works; but if we urge works, faith and the comfort of consciences will be lost. Here no one can be compelled, nor can any definite rule be prescribed. But let everyone examine himself carefully to see which passion of the flesh affects him most powerfully. When he discovers this, let him not be smug or flatter himself; but let him be on guard, and by the Spirit let him struggle against it, so that, if he cannot bridle it, he will at least not gratify it.

All the saints have had and experienced this struggle of the flesh with the Spirit. We, too, experience it. Whoever consults his own conscience, provided that he is not a hypocrite, will surely find that his own situation is just as Paul describes it here, namely, that the desires of the flesh are against the Spirit. Therefore every saint feels and confesses that his flesh resists the Spirit and that these two are opposed to each other, so that he cannot do what he would want to, even though he sweats and strains to do so. The flesh prevents us from keeping the commandments of God, from loving our neighbors as ourselves, and especially from loving God with all our heart, etc. Therefore it is impossible for us to be justified by works of the Law. The good will is present, as it should be — it is, of course, the Spirit Himself resisting the flesh — and it would rather do good, fulfill the Law, love God and the neighbor, etc. But the flesh does not obey this will but resists it. Yet God does not impute this sin, for He is gracious for the sake of Christ. It does not follow from this, however, that you should minimize sin or think of it as something trivial because God does not impute it. It is true that He does not impute it, but to whom and on what account? Not to the hardhearted and smug but to those who repent and who by faith take hold of Christ the Propitiator, on whose account sins are forgiven them and the remnants of sin are not imputed to them. Such people do not minimize sin; they emphasize it, because they know that it cannot be washed away by any satisfactions, works, or righteousness, but only by the death of Christ. Yet they do not despair because of its size but are persuaded that it is forgiven them on account of Christ.

I say this to keep anyone from supposing that once faith has been accepted, sin should not be emphasized. Sin is really sin, regardless of whether you commit it before or after you have come to know Christ. And God hates the sin; in fact, so far as the substance of the deed is concerned, every sin is mortal. It is not mortal for the believer; but this is on account of Christ the Propitiator, who expiated it by His death. As for the person who does not believe in Christ, not only are all his sins mortal, but even his good works are sins, in accordance with the statement (Rom. 14:23): "Whatever does not proceed from faith is sin." Therefore it is a pernicious error when the sophists distinguish among sins on the basis of the substance of the deed rather than on the basis of the persons.[59] A believer's sin is the same sin and sin just as great as that of the unbeliever. To the believer, however, it is forgiven and not imputed, while to the unbeliever it is retained and imputed. To the former it is venial; to the latter it is mortal. This is not because of a difference between the sins, as though the believer's sin were smaller and the unbeliever's larger, but because of a difference between the persons. For the believer knows that his sin is forgiven him on account of Christ, who has expiated it by His death. Even though he has sin and commits sin, he remains godly. On the other hand, when the unbeliever commits sin, he remains ungodly. This is the wisdom and the comfort of those who are truly godly, that even if they have sins and commit sins, they know that because of their faith in Christ these are not imputed to them.

From this it is evident who the true saints are. They are not stumps and stones, as the sophists and monks imagine. They are not people who remain unaffected by anything or who never experience the desires of the flesh. But, as Paul says, the desires of their flesh are against the Spirit. Therefore they have sin and are capable of committing sin. Ps. 32:5-6 testifies that saints confess their transgressions and pray for the forgiveness of the guilt of their sin; it says: "I said: 'I will confess my transgression to the Lord'; then Thou didst forgive the guilt of my sin. Therefore let everyone who is godly offer prayer to Thee." The entire church, which certainly is holy, prays

---

[59] This is the familiar distinction between sin *penes substantiam facti* and sin *penes personam*.

that its sins may be forgiven; and it believes in the forgiveness of sins.[60] In Ps. 143:2 David prays: "Enter not into judgment with Thy servant; for no man living is righteous before Thee"; and in Ps. 130: 3-4: "If Thou, O Lord, shouldst mark iniquities, Lord, who could stand? But there is forgiveness with Thee." This is how the greatest saints speak and pray — David, Paul, etc. Therefore all saints speak and pray in the same spirit. The sophists do not read the Scriptures; or if they do read them, they read them with a veil before their eyes (2 Cor. 3:14). Therefore they are unable to come to a proper judgment about anything, neither about sin nor about holiness.

18. *But if you are led by the Spirit, you are not under the Law.*

Paul cannot forget about his doctrine of faith; but he keeps on repeating and emphasizing it, even when he is dealing with good works. Here someone may raise the objection: "How can it be that we are not under the Law? After all, Paul, you yourself teach that we have a flesh whose desires are against the Spirit, a flesh that opposes, vexes, and enslaves us. And we are really conscious of our sin; nor can we be set free in the sense in which we would most like to be free. This is surely what it means to be under the Law. Then why do you say, Paul, that we are not under the Law?" "Do not let this bother you," he says. "Only concentrate on this, that you be led by the Spirit, that is, that you obey the will which is opposed to the flesh and that you refuse to gratify the desires of the flesh; for this is what it means to be led and drawn by the Spirit. And then you will not be under the Law." Thus Paul speaks of himself in Rom. 7:25: "I serve the Law of God with my mind; that is, in the Spirit I am not guilty of any sin. But with my flesh I serve the law of sin." And so the godly are not under the Law, namely, by the Spirit; for the Law is unable to accuse them and to carry out its sentence of death against them, even though they are conscious of their sin and confess that they are sinners. Through Christ, "who was born under the Law to redeem those who were under the Law" (4:4-5), the Law has been deprived of its legal hold on them. In the godly, therefore, the Law does not dare accuse as sin that which truly is a sin against the Law.

Therefore the dominion of the Spirit is so powerful that the Law cannot accuse that which is truly sin. For Christ, our Righteousness,

[60] See p. 42, note 36; also pp. 83—85.

whom we grasp by faith, is beyond reproach; therefore He cannot be accused by the Law. As long as we cling to Him, we are led by the Spirit and are free from the Law. Thus even when the apostle is teaching good works, he does not forget about his discussion of justification but continually points out that it is impossible for us to be justified by works of the Law. The remnants of sin cling to our flesh, which, as long as it lives, does not stop having desires against the Spirit. Yet this does not endanger us at all; for we are free of the Law, provided that we walk by the Spirit.

With the words "If you are led by the Spirit, you are not under the Law" you can give powerful comfort to yourself and to others who are experiencing severe trials. It often happens that a man is so fiercely attacked by anger, hatred, impatience, sexual desire, mental depression, or some other desire of the flesh that he simply cannot get rid of it, no matter how much he wants to. What is he to do? Should he despair on this account? No, but he should say: "My flesh is battling and raging against the Spirit. Let it rage as long as it pleases! But you do not give in to it. Walk by the Spirit, and be led by Him, so that you do not gratify its desires. If you do this, you are free of the Law. Of course, it will accuse and frighten you; but it will do so in vain." In such a battle of the flesh against the Spirit, therefore, there is nothing better than to have the Word in view and to draw from it the comfort of the Spirit.

Nor should a person in the midst of trial be affected by the devil's great ability to exaggerate our sin, which causes one to think that he will completely collapse under attack, so that he is conscious of nothing except the wrath of God and despair. Here he must not at any cost follow his own consciousness; he must follow only the word of Paul: "If you are led by the Spirit, you are not under the Law." If he clings to this with firm faith, he will have a mighty defense with which he can quench all the flaming darts that the evil one aims at him (Eph. 6:16). No matter how much the flesh may seethe and rave, none of its agitation or fury can harm or condemn him; for as one who walks by the Spirit and who is led by Him, he refuses to give in to the flesh or to gratify its desires. When the flesh is agitated and raging, therefore, the only remedy is that we take "the sword of the Spirit, which is the Word of God" (Eph. 6:17), and do battle against it. Then we shall undoubtedly emerge as the victors, even though we may think the exact opposite during the battle. But if we lose sight of the Word, we have no aid or counsel left. I am saying this on the basis of my own experience. I have suffered many trials of all sorts, and the most severe ones at that. But as soon as I took hold of some statement of Scripture as my holy anchor, I found security, and my trials subsided; without the Word it would have been impossible for me to endure them even for a short time, much less to overcome them.

In this discussion of the conflict between the flesh and the Spirit, Paul teaches, in summary, that the reconciled or the saints cannot accomplish what the spirit wishes. For the spirit would want to be completely pure, but the flesh that is attached to it will not permit this. Yet they are saved; this happens through the forgiveness of sins, which is in Christ. Moreover, because they walk by the Spirit and are led by Him, they are not under the Law. That is, the Law cannot accuse and terrify them; and even if it tries to do so, it cannot bring them to the point of despair.

19. *Now the works of the flesh are plain.*

This passage is rather similar to the statement of Christ (Matt. 7:16-17): "You will know them by their fruits. Are grapes gathered from thorns, or figs from thistles? So every sound tree bears good fruit, but the bad tree bears evil fruit." Clearly Paul is teaching the same thing in the present passage as Christ in that passage, namely, that works and fruit are ample evidence whether trees are sound or bad, whether men follow the guidance of the flesh or that of the Spirit. It is as though he were saying: "To keep any of you from pleading that he did not understand my present discussion of the conflict between the flesh and the Spirit, I shall first place before your eyes the works of the flesh, most of which are recognized as such even by the wicked; then I shall discuss the fruit of the Spirit." Paul is doing this because there were many hypocrites among the Galatians, just as there are today among us. They pretended to be pious, made a boast of the Spirit, and, so far as the words were concerned, had an excellent knowledge of true doctrine; but at the same time they walked by the flesh, not by the Spirit, and they performed its works. Therefore Paul accused them publicly of not being the sort of people they pretended to be. And to keep them from shrugging off his warning, he pronounces a horrible sentence on them, namely, that they will not inherit the kingdom of God; this he does in the hope that the warning will make them mend their ways.

It is not surprising that every age has its peculiar temptations, even for the godly. Thus the young man is especially tried by sexual desire, the mature man by ambition and vainglory, the old man by avarice. As I said earlier, there has never been a saint whose flesh did not often incite him to impatience, anger, etc. Therefore Paul is speaking of saints when he says here that the desires of their flesh are against the Spirit. And so the desires and the conflicts of the flesh will not vanish; yet they will not vanquish [61] those who are aware of them. For this is how they should think about the matter: It is one thing to be aroused by the flesh and not to tolerate its desires any further but to walk and to withstand by the Spirit; it is quite another thing to give in to the flesh and to do its works with a smug air, to persist in them, and yet at the same time to put on a pretense of piety and to make a boast of the Spirit. He comforts the former group by saying that they are being led by the Spirit and are not under the Law; he threatens the latter group with eternal destruction.

Nevertheless, it sometimes happens that the saints may lapse and gratify the desires of their flesh. Thus David, in a great and horrible lapse, fell into adultery and was responsible for the murder of many when he had Uriah die in battle (2 Sam. 11). Thereby he gave his enemies an excuse to be boastful against the people of God, to worship their idol, and to blaspheme the God of Israel. Peter also lapsed horribly when he denied Christ. But no matter how great these sins were, they were not committed intentionally; they were committed because of weakness. In addition, when they had been admonished, these men did not persist stubbornly in their sins but returned to their senses. Later on (6:1) Paul commands that such men be received, instructed, and restored, saying: "If a man is overtaken, etc." Those who sin because of weakness, even if they do it often, will not be denied forgiveness, provided that they rise again and do not persist in their sins; for persistence in sin is the worst of all. If they do not return to their senses but stubbornly go on gratifying the desires of their flesh, this is the surest possible sign of dishonesty in their spirit.

Thus no one will ever be without desire as long as he lives in the flesh. Consequently, no one will ever be free of temptation either.

---

[61] With the play on the words "vanish" and "vanquish" we have sought to reproduce the play on the Latin words *abesse* and *obesse*.

Different people are tempted in different ways, according to the diversity in their makeup or attitude. One person is subject to graver feelings, such as mental depression, blasphemy, unbelief, or despair; another, to more obvious ones, such as sexual desire, anger, or hatred. But here Paul demands of us that we walk by the Spirit and resist the flesh. Anyone who yields to his flesh and persists in smugly gratifying its desires should know that he does not belong to Christ; though he may pride himself ever so much on the title "Christian," he is merely deceiving himself.

As I have already indicated briefly, this passage provides us with the greatest possible comfort when it tells us that it is impossible to live without any desires and temptations of the flesh, in fact, without sin. It admonishes us not to act like the men of whom Gerson writes, who labored to rid themselves of any awareness of temptation or sin, in other words, to become nothing but stones.[62] The sophists and monks had the notion about the saints that they were merely logs and blocks, utterly lacking in any feeling. Surely Mary felt a great sorrow in her mind when her Son was lost (Luke 2:48).[63] Throughout the Psalms David complains that he is being almost swallowed up by the great sorrow that came from the magnitude of his temptations and sins. Paul also complains that he feels "fighting without and fear within" (2 Cor. 7:5), and that with his flesh he serves the law of sin (Rom. 7:25). He says that he suffers "anxiety for all the churches" (2 Cor. 11:28), and that God had mercy on him by restoring Epaphroditus to life when he was near to death, lest he should have sorrow upon sorrow (Phil. 2:25-27). And so the saint as defined by the sophists resembles the wise man as defined by the Stoics, who invented a kind of wise man that has never existed in the universe. With this foolish and wicked notion, which was born of their ignorance of this Pauline doctrine, the sophists brought themselves and innumerable others to the brink of despair.

When I was a monk, I often had a heartfelt wish to see the life and conduct of at least one saintly man. But meanwhile I was imagining the sort of saint who lived in the desert and abstained from food and drink, subsisting on nothing but roots and cold water. I had derived this notion about unnatural saints from the books not

[62] On Gerson's view of temptation see also *Luther's Works*, 13, p. 113.

[63] The reference here appears to be to Luke 2:48, not to Luke 2:35, as the Weimar editors suggest.

only of the sophists but even of the fathers. For Jerome writes somewhere as follows: "I am not saying anything about food and drink, since it is a luxury even for those who are feeble to take a little cold water and to eat some cooked food." [64] But now that the light of truth is shining, we see with utter clarity that Christ and the apostles designate as saints, not those who lead a celibate life, who are abstemious, or who perform other works that give the appearance of brilliance or grandeur but those who, being called by the Gospel and baptized, believe that they have been sanctified and cleansed by the blood and death of Christ. Thus whenever Paul writes to Christians, he calls them saints, sons and heirs of God, etc. Therefore saints are all those who believe in Christ, whether men or women, whether slaves or free. And they are saints, on the basis, not of their own works but of the works of God, which they accept by faith, such as the Word, the sacraments, the suffering, death, resurrection, and victory of Christ, the sending of the Holy Spirit, etc. In other words, they are saints, not by active holiness but by passive holiness.

Such genuine saints include ministers of the Word, political magistrates, parents, children, masters, servants, etc., if they, first of all, declare that Christ is their wisdom, righteousness, sanctification, and redemption (1 Cor. 1:30), and if, in the second place, they all do their duty in their callings on the basis of the command of the Word of God, abstaining from the desires and vices of the flesh for the sake of Christ. They are not all of equal firmness of character, and many weaknesses and offenses are discernible in every one of them; it is also true that many of them fall into sin. But this does not hinder their holiness at all, so long as they sin out of weakness, not out of deliberate wickedness. For, as I have already said several times, the godly are conscious of the desires of the flesh; but they resist them and do not gratify them. When they fall into sin unexpectedly, they obtain forgiveness, if by faith they return to Christ, who does not want us to chase away the lost sheep but to look for it. On no account, therefore, am I to jump to the conclusion that those who are weak in faith or morals are unholy, when I see that they love and revere the Word, receive the Lord's Supper, etc.; for God has received them and regards them as righteous through the forgiveness of sins. It is before Him that they stand or fall (Rom. 14:4).

[64] Luther may be thinking of the argumentation in the second book of Jerome's treatise *Against Jovinian*.

This is how Paul speaks about the saints everywhere. And I am happy to give thanks to God for His superabundant gift, which I sought when I used to be a monk; for I have seen, not one saint but many, in fact, innumerable genuine saints, not the kind that the sophists portrayed but the kind that Christ and the apostles portray and describe,[65] the kind to which, by the grace of God, even I belong. For I have been baptized; and I believe that Christ, my Lord, has redeemed me from sin by His death and has granted me eternal righteousness and holiness. And let anyone be accursed who does not give Christ the honor of believing that he has been justified and sanctified by His death, the Word, the sacraments, etc.

When we have repudiated this foolish and wicked notion about the name "saints" — which we suppose applies only to the saints in heaven, and on earth to hermits and monks who perform some sort of spectacular work — let us now learn from the writings of the apostles that all believers in Christ are saints. The world admires the holiness of Benedict, Gregory, Bernard, Francis, and men like that, because it hears that they performed works that looked magnificent and unusual. Surely St. Ambrose, Augustine, and others were saints also. They did not live such an ascetic and horrible life as these others but remained in human society, eating ordinary food, drinking wine, and wearing fine, decent clothing. So far as the ordinary customs of life were concerned, there was almost no difference between them and other respectable men; and yet they deserve to be preeminent over the ones mentioned earlier. For without any superstition they taught the faith of Christ in its purity, battled against heretics, and purified the church of innumerable errors. Their company brought joy to many, and especially to the sorrowful and the distressed, whom they encouraged and comforted with the Word; for they did not withdraw from human society but carried out their responsibilities amid frequent disturbances. Those others, by contrast, not only taught many things that were contrary to the faith but were also the originators of many superstitions, errors, and ungodly forms of worship. Therefore unless they took hold of Christ in the hour of death and trusted solely in His death and victory, their ascetic life was of no use to them at all.

This makes it clear enough who the genuine saints are and what sort of life should be called saintly: not the life of those who hide

---

[65] For the obvious typographical error *descibunt* we have read *describunt*.

away in caves and crannies, torture their bodies by fasting, wear hair shirts, etc., with the idea that they will have some special reward in heaven, exceeding that of other Christians, but the life of those who have been baptized and who believe in Christ, etc. These latter do not manage all at once to divest themselves of the old Adam with all his activities; but throughout their life the desires of the flesh remain with them, although the awareness of these does not harm them as long as they do not permit them to dominate them but subject them to the Spirit. This doctrine brings comfort to godly minds, so that they do not despair when they feel the darts of the flesh, with which Satan attacks their spirit (Eph. 6:16). This is what many men did under the papacy; they thought that they were not supposed to feel any desires of the flesh at all. And yet neither Jerome nor Gregory nor Benedict nor Bernard nor any of the others whom the monks set forth to be imitated as examples of chastity and of all Christian virtues could get to the point of not feeling any desires of the flesh at all. Of course, they felt such desires, and powerfully too, as some of them frankly confess in more than one passage in their books.[66] Therefore God did not impute against them these minor misdemeanors, or even the dangerous errors that some of them brought into the church. Thus Gregory was the originator of Low Mass, the greatest abomination there has ever been in the church founded by Christ.[67] Others invented monasticism, wicked forms of worship, and self-chosen acts of religious devotion. Cyprian maintained that those who had been baptized by heretics were to be rebaptized.[68]

Therefore we correctly confess in the Creed that we *believe* a holy church. For it is invisible,[69] dwelling in the Spirit, in an "unapproachable" place (1 Tim. 6:16); therefore its holiness cannot be seen. God conceals and covers it with weaknesses, sins, errors, and various offenses and forms of the cross in such a way that it is not evident to the senses anywhere. Those who are ignorant of this are immediately offended when they see the weaknesses and sins of those who

[66] From the manuscript notes on Luther's lectures it is evident that he was thinking of Jerome here.

[67] Low Mass or *missa privata* does indeed date back to the early Middle Ages, but the role of Pope Gregory I in its development is not historically substantiated.

[68] Cf. Augustine's extensive discussion of Cyprian's views on rebaptism, *De baptismo*, II.

[69] Luther's more usual term for "invisible" is *abscondita*, "hidden."

have been baptized, have the Word, and believe; and they conclude that such people do not belong to the church. Meanwhile they imagine that the church consists of the hermits, monks, etc., who honor God only with their lips and who worship Him in vain, because they do not teach the Word of God but the doctrines and commandments of men (Matt. 15:8-9). Because these men perform superstitious and unnatural works, which reason praises and admires, they are regarded as saints and as the church. Anyone who thinks this way turns the article of the Creed, "I believe a holy church," upside down; he replaces "I believe" with "I see." Such forms of human righteousness and self-chosen holiness are actually a kind of spiritual sorcery, by which the eyes and minds of men are blinded and led away from the knowledge of true holiness.

But we teach that the church has no spot or wrinkle (Eph. 5:27) but is holy, though only through faith in Jesus Christ; in addition, it is holy in its life, in the sense that it refrains from the desires of the flesh and practices its spiritual gifts. But it is not yet holy in the sense of being delivered and rescued from all evil desires or of having purged out all wicked opinions and errors. For the church always confesses its sin and prays that its trespasses may be forgiven (Matt. 6:12); it also "believes in the forgiveness of sins." And so the saints sin, fall, and even err; but they do so through ignorance. For they do not want to deny Christ, to lose the Gospel, to cancel their Baptism, etc. This is why they have the forgiveness of sins; and if through ignorance they err in doctrine, this is forgiven, because at the end they acknowledge their error and depend solely on the truth and grace of God in Christ. This is what Jerome, Gregory, Bernard,[70] and others did. Therefore let Christians strive to avoid the works of the flesh; they cannot avoid its desires.

It is extremely beneficial to the faithful to be aware of the uncleanness of their flesh; for it will keep them from being puffed up by a vain and wicked notion about the righteousness of works, as though they were acceptable to God on its account. The monks were puffed up this way and thought that they were so holy on account of their holy way of life that they peddled their righteousness and holiness to others, even though meanwhile they were convicted

---

[70] In the lecture notes Luther refers explicitly to Bernard's refusal to trust in his own works, as expressed in his declaration, *Perdite vixi*, which Luther quotes in many of his works; cf. *Luther's Works*, 22, p. 52, note 42.

of their uncleanness by their own hearts. So dangerous a plague is it to trust in one's own righteousness and to dream that one is pure. But we are not in a position to trust in our own righteousness, for we are aware of the uncleanness of the flesh. This awareness humbles us, so that we hang our heads and cannot trust in our own good works; and it compels us to run to Christ the Propitiator, who does not have a corrupt or blemished flesh but has an altogether pure and holy flesh, which He gave for the life of the world. In Him we find a righteousness that is complete and perfect. Thus we abide in a humility that is not fictitious or monastic but authentic, because of the filth and the faults that cling to our flesh; if God wanted to judge severely, we would deserve eternal punishment on account of these. We are not proud in the sight of God, but we acknowledge our sins humbly and with a contrite heart; and we seek forgiveness, rely on the benefaction of Christ the Mediator, move into the presence of God, and pray that our sins be forgiven on His account. Therefore God stretches the immense heaven of grace over us and for the sake of Christ does not impute to us the remnants of sin that cling to our flesh.

I am saying this in order that you may avoid the wicked errors of the sophists about the holiness of life. Our minds were so obsessed by these errors that we were unable to get rid of them without great effort. Therefore be very careful to distinguish properly between true and hypocritical righteousness or holiness. Then you will be able to look at the kingdom of Christ with eyes other than those that reason uses, that is, with spiritual eyes; and you will be able to assert with certainty that a saint is one who has been baptized and who believes in Christ. Such a saint will also abstain from the desires of the flesh by means of the faith through which he is justified and through which his sins, past and present, are forgiven; but he is not completely cleansed of them. For the desires of the flesh [71] are still against the Spirit. This uncleanness remains in him to keep him humble, so that in his humility the grace and blessing of Christ taste sweet to him. Thus such uncleanness and such remnants of sin are not a hindrance but a great advantage to the godly. For the more aware they are of their weakness and sin, the more they take refuge in Christ, the mercy seat (Rom. 3:25). They plead for His assistance, that He may adorn them with His righteousness and make their faith increase by

---

[71] We have read *Caro* instead of *Carno*.

providing the Spirit, by whose guidance they will overcome the desires of the flesh and make them servants rather than masters. Thus a Christian struggles with sin continually, and yet in his struggle he does not surrender but obtains the victory. I have said this to make you understand, not on the basis of human imaginations but of the Word of God, who the genuine saints are. We see that Christian teaching is of the greatest possible help in encouraging consciences, and that it is the sort of teaching that does not deal with cowls, tonsures, rosaries, and similar useless matters but with the most difficult and most important issues, namely, how we are to overcome the flesh, sin, death, and the devil. Because this teaching is unknown to the self-righteous, it is impossible for them either to instruct one erring conscience or to bring comfort and peace to one conscience that is in the throes of terror and despair.

Immorality, impurity, licentiousness,

20. *idolatry, sorcery, etc.*

Paul does not enumerate all the works of the flesh, but he uses a certain number in place of the infinite number of such works. First he mentions several species of sexual desire. Now sexual desire is not the only work of the flesh, as the papists imagined; they are such chaste men that they classified marriage, of which God Himself is the Author, and which they themselves numbered among the sacraments, as a "work of the flesh." But, as we have said several times before, Paul enumerates idolatry, etc., among the works of the flesh also. Thus this passage makes it very clear what "flesh" means to Paul. Now whoever wants to know what these individual terms mean, let him read, if he wishes, the old commentary which we prepared in 1519; for there, as well as we could, we pointed out in sufficient detail the content and import of the individual terms in this entire catalog of the works of the flesh and fruits of the Spirit.[72] Our chief purpose this time has been to set forth the doctrine of justification as clearly as possible as we were expounding the Epistle to the Galatians.

Idolatry.

The highest forms of religion and holiness, and the most fervent forms of devotion of those who worship God without the Word and command of God, are idolatry. Thus under the papacy it was regarded

[72] See pp. 367 ff.

as an act of the greatest spirituality when the monks sat in their cells and meditated about God and His works, or when their fervent devotions so inflamed them as they genuflected, prayed, and contemplated heavenly things that they wept for sheer pleasure and joy. There was no thinking here about women or about any other creature, but only about the Creator and His marvelous works. And yet this action, which reason regards as eminently spiritual, is a "work of the flesh" according to Paul. Thus every such form of religion, which worships God without His Word and command, is idolatry. The more spiritual and holy it appears to be, the more dangerous and destructive it is; for it deflects men from faith in Christ and causes them to rely on their own powers, works, and righteousness. Such is the religion of the Anabaptists today, although day by day they are betraying that they are possessed by the devil and are seditious and bloodthirsty men.

Therefore fasting, wearing a hair shirt, holy activity, and the monastic rule and whole way of life of the Carthusians, the strictest of orders, are all works of the flesh; for they imagine that they are holy and will be saved, not through Christ, whom they fear as a stern judge, but through the observance of their monastic rule. They think about God, about Christ, and about things divine, not on the basis of the Word of God but on the basis of their own reason. On this basis they imagine that their monastic habit, their diet, and their whole conduct are holy and are pleasing to Christ; they hope not only to placate Him with the asceticism of their life but to obtain from Him a recompense for their good works and their righteousness. And so the thoughts that they imagine to be most spiritual are not only the most unspiritual but even the most wicked; for they exclude and despise the Word, faith, and Christ, and they seek to wash away their sins and to obtain grace and eternal life by trust in their own righteousness. Therefore all forms of worship and religion apart from Christ are the worship of idols. Only with Christ is the Father well pleased (Matt. 3:17; Matt. 17:5). Whoever listens to Him and does what He commands is beloved for the sake of the Beloved. But He commands us to believe His Word, to be baptized, etc., not to invent new forms of worship.

I have said earlier that the works of the flesh are plain; and surely adultery, fornication, and the like, are familiar to everyone. But idolatry is so impressive and spiritual that it is familiar to only a few, and only to those who believe in Christ. For when a Carthusian lives in chastity, fasts, prays, observes the canonical hours, sacrifices, etc., he not only does not believe that he is an idolater and is doing the work of the flesh, but he is firmly persuaded that he is being directed and guided by the Spirit; that he is walking by the Spirit; that he is thinking, speaking, and doing nothing but spiritual things; and that he is worshiping God in a manner that is very pleasing to Him. No one will be able to persuade the papists and their Antichrist today that Low Mass is the height of blasphemy and idolatry, the most horrible there has ever been in the church which the apostles founded. They are blind and obstinate; therefore they have a distorted judgment about God and about divine things, regarding idolatry as the ultimate in true worship and regarding faith as idolatry. But we who believe in Christ and have His mind "judge all things, but are ourselves to be judged by no one" (1 Cor. 2:15) truly and in the sight of God.

From all this it is clear that by "flesh" Paul means whatever there is in man, including all three powers of the soul, namely, the will that desires, the will that becomes angry, and the intellect.[73] The works of the will that desires are immorality, impurity, etc.; those of the will that becomes angry are quarrels, contentions, murder, etc.; those of the reason or the intellect are error, false forms of religion or worship, superstition, idolatry, heresy, that is, party spirit, etc. It is very important to know this well, because in the entire realm of the pope the word "flesh" was obscured so badly that "work of the flesh" meant only sexual intercourse or overt sexual desire. From this it followed necessarily that they could not understand Paul. But here we see clearly that among the works of the flesh Paul numbers idolatry and party spirit, which are the height of wisdom, religion, and holiness in man. Papal religion gave such an appearance of holiness that great men like Gregory, Bernard, and others were deceived by it for a while. In Colossians (2:18) Paul calls it "angelic worship." But regardless of how holy and spiritual it seems, it is nothing but the work of the flesh, an abomination and idolatry that is contrary to the Gospel, to faith, and to the true worship of God. Godly believers, who have spiritual eyes, see this; but self-righteous people think differently. Just as it is impossible to persuade a monk that his vows are works of the flesh, so a Turk is completely unwilling

---

[73] The more usual division was into the nutritive, the sensitive, the imaginative, and the appetitive.

to believe that his observance of the Koran, his ablutions, and the other ceremonies that he observes are works of the flesh. It is certainly important that idolatry is included among the works of the flesh.

Sorcery.

I have spoken about sorcery earlier (ch. 3).[74] This was a common sin in our own times before the revelation of the Gospel. When I was a boy, there were many witches who cast spells upon cattle and upon people, especially upon children. They also damaged the crops through storms and hail, which they caused by their sorcery.[75] Now that the Gospel has been revealed, such things are unheard of, because the Gospel drives the devil and all his illusions from their seat of power. But he still casts an even more horrible spell, namely, a spiritual one, upon men through his sorcery.

Among the works of the flesh Paul numbers sorcery, which, as everyone knows, is not a work caused by the desires of the flesh but is an abuse or imitation of idolatry. Witchcraft makes a pact with demons, while superstition or idolatry makes a pact with God, though with a false god rather than the true God. Thus idolatry is really spiritual sorcery. For just as witches cast spells upon cattle and people, so idolaters, that is, all self-righteous men, would like to cast a spell upon God, to make Him the way they imagine Him in their ideas; that is, they do not want Him to justify us by mere grace and faith in Christ but to regard their acts of worship and self-chosen works and to grant them righteousness and eternal life on account of these. But they are actually casting a spell upon themselves rather than upon God; for if they persist in this wicked notion of theirs about God, they will die in their idolatry and will be damned. Most of the works of the flesh are sufficiently well known not to require any explanation.

Party spirit.

By "party spirit" Paul is not referring only to the civil dissension that arises between citizens and magistrates when one does not respect the other and, in reliance on his power or on the support of the rabble, exalts himself above the other, looking down upon him and

---

[74] On sorcery see the discussion earlier in this commentary, *Luther's Works,* 26, pp. 189 ff.

[75] Cf. also *Luther's Works,* 24, pp. 74—75.

setting himself in public opposition to him. In such circumstances it is inevitable that public peace be violated and that party spirit, revolution, and the overthrow of governments should follow. What he is denouncing here is not chiefly the party spirit that arises in the household or in the state on account of physical or mundane matters; it is the kind that arises in the church on account of doctrine, faith, and works. Heresies have always existed in the church, as has been said earlier more than once; but the pope is the supreme heresiarch and the head of all heretics. He has covered the world with endless sects, as it was once covered by the Flood. No monk could agree with another, for they measured their sanctity by the strictness of their monastic rules. Thus a Carthusian claimed to be holier than a Franciscan, etc. In the papal church, therefore, there is no unity of the Spirit, no concord of minds. No, there is the height of discord. They do not have one and the same doctrine, faith, religion, worship, and mind; but they are all extremely diverse. Among Christians, however, all these things are one and the same and are shared by all: the Word, faith, worship, religion, the sacraments, Christ, God, the heart, the feelings, the soul, the will. And this spiritual concord is not harmed at all by differences in social status and outward conditions, as has been said several times earlier. Those who have this unity of the Spirit can also form a sure judgment about all the sects. Otherwise no one understands them. Thus no theologian under the papacy understood that in this passage Paul is condemning all the forms of worship and religion, the continence, and the apparently respectable behavior and holy life of all the papists and sectarians. They supposed that he was talking about overt idolatry and the heresies of the pagans, who openly blaspheme the name of Christ.

21. *Drunkenness, carousing.*

Paul is not saying that drinking and eating are works of the flesh; he is speaking of drunkenness and carousing, and nothing is more widespread in our lands today. Those who are addicted to such debauchery, which is more degraded than the behavior of animals, should know that they are not spiritual, regardless of their boasting, but that they are following the flesh and are performing its works. Such people heard the dreadful sentence pronounced upon them that they shall not inherit the kingdom of God. Thus Paul wants Christians to avoid drunkenness and intoxication and to live a sober and frugal life, lest a well-fed flesh provoke them into wantonness; for the flesh is usually powerfully stimulated after excessive drinking and gluttony. Yet it is not sufficient to restrain only the violent sexual appetite that accompanies intoxication; but even a sober flesh must be held in control, lest it gratify its desires. For it often happens that those who are the most sober are the most tempted. Thus Jerome writes about himself: "My lips," he says, "were pale with fasting, and my mind was inflamed with desires in the midst of my cold body. My flesh had already preceded me in death, but the fires of sexual desire were still fuming." [76] I, too, experienced this when I was a monk. Therefore merely abstaining from food does not extinguish the heat of sexual desire by itself; but the Spirit must be added, that is, meditation on the Word, faith, and prayer. Fasting does indeed overcome the coarser outbursts of sexual desire; but the desires of the flesh themselves are conquered, not by any abstinence from food and drink but by an earnest meditation on the Word and by the invocation of Christ.

And the like.

For it is impossible to enumerate all the works of the flesh.

I warn you, as I warned you before, that those who do such things shall not inherit the kingdom of God.

This is a very harsh but most necessary sentence against the false Christians and smug hypocrites, who boast about the Gospel, faith, and the Spirit but meanwhile go on smugly performing the works of the flesh. Especially the heretics, however, who are puffed up with their opinions about matters that they suppose to be very spiritual, are completely carnal men, possessed by the devil; therefore they gratify the desires of the flesh with all the powers of their soul. Hence it was necessary to the highest degree for such a dreadful and fearful sentence to be pronounced by the apostle against such men, with their smug disdain and stubborn hypocrisy. "Those who do such things," he says, "shall not inherit the kingdom of God." Perhaps this severe sentence would frighten some of them thoroughly, so that they would begin to battle against the works of the flesh by the Spirit and stop performing them.

[76] See p. 69, note 53 above.

22. *But the fruit of the Spirit is love, joy, peace, patience, kindness, goodness, faith,*

23. *gentleness, self-control.*

Paul does not say "works of the Spirit," as he had said "works of the flesh"; but he adorns these Christian virtues with a worthier title and calls them "fruit of the Spirit." For they bring very great benefits and fruit, because those who are equipped with them give glory to God and by these virtues invite others to the teaching and faith of Christ.

Love.

It would have sufficed to list only love, for this expands into all the fruit of the Spirit. Hence Paul attributes to it all the fruit that comes from the Spirit, when he says (1 Cor. 13:4): "Love is patient and kind, etc." Nevertheless, here he wanted to list it among the fruit of the Spirit and to put it in first place. Thus he wanted to exhort Christians that above all they should love one another, through love outdo one another in showing honor (Rom. 12:10), and each regard the other as more excellent than himself — all this on account of the indwelling of Christ and the Holy Spirit, and on account of the Word, Baptism, and the other divine gifts which Christians have.

Joy.

This is the voice of the Bridegroom and the bride; it means joyful thoughts about Christ, wholesome exhortations, happy songs, praise, and thanksgiving, with which godly people exhort, arouse, and refresh one another. Therefore God is repelled by sorrow of spirit; He hates sorrowful teaching and sorrowful thoughts and words, and He takes pleasure in happiness. For He came to refresh us, not to sadden us. Hence the prophets, apostles, and Christ Himself always urge, indeed command, that we rejoice and exult. Zech. 9:9: "Rejoice greatly, O daughter of Zion! Shout aloud, O daughter of Jerusalem! Lo, your King comes to you." And often in the Psalms (32:11): "Be glad in the Lord." Paul says (Phil. 4:4): "Rejoice in the Lord always." And Christ says (Luke 10:20): "Rejoice that your names are written in heaven." When this is a joy of the Spirit, not of the flesh, the heart rejoices inwardly through faith in Christ, because it knows for a certainty that He is our Savior and High Priest; and outwardly it demonstrates this joy in its words and actions. The faithful rejoice also when the Gospel is disseminated, and when many come to faith and thus the kingdom of Christ is increased.

Peace.

Peace with both God and man, so that Christians are peaceful and quiet. They are not quarrelsome and do not hate one another but bear one another's burdens (Gal. 6:2) with patience; for without patience peace cannot continue, and therefore Paul places it right after peace:

Μακροθυμία.

I think this means a persistent patience, by which someone not only bears adversity, insults, injury, etc., but even waits patiently for some improvement in those who have harmed him. When the devil cannot conquer the victims of his temptation by force, he conquers them by persistence. He knows that we are earthen vessels (2 Cor. 4:7), which cannot stand frequent and continuous blows or shocks. Thus he conquers many by his persistence. To conquer this persistence of his, in turn, there is need of endurance, which waits patiently both for the improvement of those who use force against us and for the end of the trials caused by the devil.

Χρηστότης.

This means a gentleness and sweetness in manner and in one's entire life. For Christians should not be harsh and morose; they should be gentle, humane, affable, courteous, people with whom others enjoy associating, people who overlook the mistakes of others or put the best construction on them, people who willingly yield to others, who bear with the recalcitrant, etc. Thus even the heathen have said: "You should know the manners of your friend, not hate them." [77] That is how Christ was, as can be seen throughout the Gospels. We read of St. Peter that he cried whenever he remembered the kindness Christ had manifested in His daily life.[78] This is a very great virtue, and one that is necessary in every area of life.

Goodness.

This means willingly helping others in their need, being generous, and lending to them.

[77] The proverb reads: *Mores amici noveris, non oderis.*
[78] On the source of this legend see also *Luther's Works,* 24, p. 147, note 83.

Faith.

When Paul lists "faith" here among the fruit of the Spirit, it is obvious that he means faithfulness or honesty, not faith in Christ. Hence he says in 1 Cor. 13:7 that "love believes all things." Anyone equipped with this faith is not a suspicious person; he is a sincere one, with a simple and honest heart. Even if he is taken in and experiences something different from what he believes, he is so mild that he gladly overlooks this. In short, he believes everyone; but he does not trust anyone. On the other hand, those who lack this virtue are suspicious persons, troublesome, bitter, and venomous. They believe no one except themselves, cannot bear with anything, will not yield to anyone, insult and distort whatever they see and hear, and segregate themselves from anyone who does not belong to their class. When this happens, it is impossible for love, friendship, concord, and peace to be preserved among men. But when these have been taken away, this present life becomes nothing but biting and devouring. Now love believes all things and so is often deceived. In this it does well; for it is better to be deceived with some degree of loss than for the general friendship and concord among men to perish. Faithfulness means, then, that one man keeps faith with another in the matters that pertain to this present life. For what would this present life of ours be if one person did not believe the other person?

Gentleness.

This is the virtue by which one is not easily provoked to anger. Innumerable occasions in this life provoke us to anger, but they are conquered by gentleness.

Self-control.

This refers to sobriety, temperance, or moderation in every walk of life. Paul contrasts it with the works of the flesh. Therefore he wants Christians to live a chaste and sober life; not to be adulterers, immoral or lustful persons; to marry if they cannot live chastely; not to be contentious; not to go to court, etc.; not to be drunken, not to be addicted to intoxication; but to abstain from all these things. All this is included in chastity or self-control. Jerome explains it exclusively as virginity, as though married people could not be chaste or as though the apostle had written this only to virgins.[79] In Titus 1:8 and 2:5 Paul definitely admonishes bishops and younger women, both of them married, to be chaste and pure.

Against such there is no law.

There is a Law, of course, but not against such. Thus Paul says elsewhere (1 Tim. 1:9): "The Law was not laid down for the just." For the just man lives as though he had need of no Law to admonish, urge, and constrain him; but spontaneously, without any legal constraint, he does more than the Law requires. And so the Law cannot accuse and condemn the just; nor can it disturb their consciences. It tries, of course; but when Christ has been grasped by faith, He dispels the Law with all its terrors and threats. Thus it is completely abrogated for them, first in the Spirit, but then also in works. It does not have the right to accuse them; for spontaneously they do what the Law requires, if not by means of perfectly holy works, then at least by means of the forgiveness of sins through faith. So a Christian fulfills the Law inwardly by faith — for Christ is the consummation of the Law for righteousness to everyone who has faith (Rom. 10:4) — and outwardly by works and by the forgiveness of sins. But those who perform the works of the flesh and gratify its desires are accused and condemned by the Law, both politically and theologically.

24. *And those who belong to Christ have crucified the flesh with its passions and sins.*

This whole discussion of works shows that true believers are not hypocrites. Therefore no one should deceive himself. Whoever belongs to Christ, says Paul, crucifies the flesh with all its diseases and faults. For because the saints have not yet completely shed their corrupt flesh, they are inclined toward sinning. They do not fear and love God enough, etc. They are aroused to anger, envy, impatience, sexual desire, and similar feelings; nevertheless, they do not carry out these feelings, because, as Paul says here, they crucify their flesh with its passions and faults. This takes place when they not only repress the wantonness of the flesh by fasting or other kinds of discipline, but when, as Paul said earlier (5:16), they walk by the Spirit; that is, when the threat that God will punish sin severely

[79] Jerome, *Commentarius in Epistolam S. Pauli ad Galatas, Patrologia, Series Latina,* XXVI, 449.

warns them and frightens them away from sinning; and when, instructed by the Word, by faith, and by prayer, they refuse to yield to the desires of the flesh. When they resist the flesh this way, they nail it to the cross with its passions and desires. Thus although the flesh is still alive and in motion, it cannot accomplish what it wishes, because it is fastened to the cross by its hands and feet. As long as they live in this world, therefore, the faithful crucify their flesh; that is, they are aware of its desires, but they do not yield to them. Dressed in the armor of God, with faith, hope, and the sword of the Spirit (Eph. 6:11-17), they fight back at the flesh; and with these nails they fasten it to the cross, so that against its will it is forced to be subject to the Spirit. Eventually, when they die, they will put it off completely; and in the resurrection they will have a flesh that is pure, without any passions or evil desires.[80]

25. *If we live by the Spirit, let us also walk by the Spirit.*

Earlier Paul had explicitly included party spirit and envy among the works of the flesh and had pronounced the sentence upon those who are envious and who are the originators of party spirit that "they shall not inherit the kingdom of God" (v. 21). Now, as though he had forgotten what he did a little earlier, he begins a new lecture of rebuke against those who provoke and envy one another. Why does he do this? Was it not enough to have done so once? Paul is doing this deliberately; for he wants to inveigh vigorously against the dreadful vice called κενοδοξία,[81] which created disturbances in all the churches of Galatia and which has always been dangerous and destructive in the Christian Church. Hence in writing to Titus (1:7) he says that one should not be appointed bishop if he is "arrogant," that is, if he takes pleasure in his own teaching and authority. For, as Augustine says very correctly, pride is the mother of all heresies;[82] indeed, as both sacred and profane history testifies, it is the source of all sin and ruin.

As you know, κενοδοξία is a widespread evil in every class of society and in every period of history, and it was vigorously attacked

---

[80] Although the original has the superscription Chapter Six here, we have followed the chapter divisions now in use.

[81] Actually the adjective κενόδοξος is used here; the noun appears only in Phil. 2:3.

[82] Cf., for example, Augustine, *Reply to Faustus the Manichean*, XXII, 22.

even by heathen poets and historians.[83] There is no district without someone or other who would like to appear wiser and greater than anyone else. Yet it is chiefly men of genius who suffer from this fault, men who contend about learning and wisdom. Here no one is willing to yield to the other, in accordance with the saying: "Anyone who would be willing to yield to the genius of another would not amount to anything." [84] For it is pleasant to be pointed at and to have people say: "There he is!" Italy today is strongly infected with κενοδοξία, as Greece used to be. But in private persons, even in those who are in the government, this fault is not as pernicious as it is in those who are leaders in the church. Yet in the government, too, especially if it affects the leaders, it is the cause not only of disturbance and the overthrow of governments but even of the disturbance and collapse of kingdoms and empires. That is the testimony of both sacred and profane history.

But when this poison climbs up to the church or the spiritual realm, the damage it causes is inexpressible. For here the contention is not about learning, genius, beauty, wealth, kingdoms, empires, and the like; but the issue is between salvation and life or perdition and eternal death. Therefore Paul is very serious about warning those who are in the ministry of the Word about this fault. He says: "If we live by the Spirit, etc." It is as though he were saying: "If it is true that we live by the Spirit, then let us proceed in an orderly fashion and walk by the Spirit. For where the Spirit is present, He renews men and creates new attitudes in them. He changes men who are vainglorious, wrathful, and envious into men who are humble, gentle, and loving. Such men seek not their own glory but God's. They do not provoke and envy one another; they yield to one another and outdo one another in showing honor (Rom. 12:10). On the other hand, those who are greedy for glory, who provoke and envy one another, may indeed boast that they possess the Spirit and live by the Spirit. But they are deceiving themselves; for they obey the flesh and perform its works, and they have the judgment that they shall not obtain the kingdom of God."

Now just as there is nothing more dangerous in the church than this detestable vice, so there is nothing more common. For when

---

[83] See Luther's use of Terence's *Eunuchus* in support of this point (*Luther's Works*, 13, p. 182).

[84] The proverbial saying reads: *Qui volet ingenio cedere, nullus erit.*

God sends forth workers into His harvest, Satan immediately stirs up his servants too, who refuse to be regarded as inferior in any respect to those who are properly called. Here a controversy soon arises. The wicked refuse to yield to the godly even a hairbreadth; for they suppose themselves to be far superior to others in genius, in teaching, in godliness, and in the Spirit. Much less will the godly yield to the wicked, lest the doctrine of faith be endangered. In addition, the art and skill of the servants of Satan is such that among their followers they not only know how to simulate love, concord, humility, and other fruits of the Spirit; but they also praise one another, give preference to others over themselves, and say that others are better than they. Thus they want to appear to be anything but κενόδοξοι, and they swear that they have no other aim than the glory of God and the salvation of souls. Nevertheless, they are actually extremely eager for vainglory, doing everything to gain more respect and praise among men than others have. In short, they "imagine that godliness is a means of gain" (1 Tim. 6:5) and that the ministry of the Word was committed to them to make them famous. Therefore it is inevitable that they be the originators of dissensions and sects.

Because the κενοδοξία of the false apostles had been the reason why they had created disturbances in the churches of Galatia and had defected from Paul, he wanted to attack this fatal vice with a special lecture and discussion. In fact, this poison had provided Paul with the occasion for the composition of this entire epistle. If he had not composed it, all the labor he had expended in preaching the Gospel among the Galatians would have been expended in vain. For in his absence the false apostles had taken over in Galatia — men who gave the appearance of great authority and who, in addition to their pretense of seeking the glory of Christ and the salvation of the Galatians, had been associated with the apostles, whose footsteps they claimed to be following in their teaching. What is more, because Paul had not seen Christ in the flesh and had not been associated with the apostles, they looked down on him, repudiated his doctrine, and proclaimed their own doctrine as true and genuine. Thus they troubled the Galatians and aroused sects in their midst, so that they provoked and envied one another. This was the surest possible sign that neither the teachers nor the pupils were living and walking by the Spirit but were following the flesh and performing its works; that is, they had lost the true doctrine, faith, Christ, and all the gifts of the Spirit, and were worse than heathen.

Yet here Paul is not attacking only the false apostles who troubled the churches of his own time. But in the Spirit he foresees that there will be endless numbers of such men until the end of the world. Corrupted by this poisonous vice, they will break into the church without a call, boasting about the Spirit and about their heavenly doctrine and under this pretext overthrowing true faith and doctrine. We have seen some of these in our own time; without a call they thrust themselves into the kingdom of the Spirit, that is, into the ministry of the Word, and for a while they wanted to give the impression of teaching the same as we. With this pretense they acquired a good name and reputation as evangelical theologians who lived by the Spirit and who followed the principles of good order. But as soon as they had won over the minds of the crowd with their smooth talk, they took every opportunity to turn them away from the proper path. They began to teach something new, in the hope of becoming famous and of persuading the crowd that they had been the first to point out the errors in the church, to abolish and correct abuses, to overthrow the papacy, and to discover some outstanding new doctrine. Thus they hoped to lay claim to primacy among evangelical theologians. But because their glory was based not on God but on what men said, it could not be firm and stable; but, as Paul had prophesied, confusion arose, and "their end was destruction" (Phil. 3:19). "For the wicked will not stand in the judgment but are like chaff which the wind drives away" (Ps. 1:5, 4). The same judgment awaits all those who pursue their own aims rather than those of Christ Jesus in the preaching of the Gospel.

For the Gospel was not given that we might seek our own praise and glory through it or that the common people might acclaim us, its ministers, on account of it. But it was given that through it the blessing and glory of Christ might be illumined, that the Father might be glorified in His mercy, which He has shown us in Christ, His Son, whom He gave up for us and with whom He has given us all things (Rom. 8:32). Therefore the Gospel is the sort of teaching in which the last thing to look for is our own glory. It sets forth heavenly and eternal things which do not belong to us, which we have neither made nor earned, but which it offers to us in our unworthiness purely by the kindness of God. Then why should we lay claim to any glory on account of them? Therefore he who seeks his own glory in the Gospel speaks on his own authority. But he who speaks on his own authority is a liar, and there is unrighteousness in him; but He who seeks the glory of Him who sent Him tells the truth, and there is no unrighteousness in Him (John 7:18).

Therefore Paul is issuing a grave warning to all ministers of the Word when he says: "If we live by the Spirit, let us also walk by the Spirit." That is: Let us preserve order, namely, the doctrine of truth once handed down; and let us abide in brotherly love and in the concord of the Spirit. With simplicity of heart let us proclaim Christ and the glory of God, and let us ascribe to Him everything we receive. Let us not exalt ourselves over others, and let us not arouse sects. For this is not proceeding rightly; it is forsaking the principles of good order and replacing it with a new and perverse order.

From this it is evident that God had a good purpose in mind when He attached suffering to the teaching of the Gospel, and that He did so for a very necessary reason and for our own great benefit. For otherwise He would never have been able to repress and crush this beast called κενοδοξία. For if this teaching enjoyed only the admiration and praise of men, and if no persecution, suffering, or disgrace followed it, then certainly all who profess it would be infected by this poison and would perish. In this connection Jerome says somewhere that he has seen many who could endure all sorts of inconvenience in their bodies or in their finances, but no one who could despise praise of himself.[85] For it is impossible for a person not to be puffed up by a recital of praise for him. Even Paul, who had the Spirit of Christ, said that to keep him from being too elated by the abundance of revelations, a messenger of Satan was given him, to harass him (2 Cor. 12:7). Therefore Augustine says correctly: "If a minister of the Word receives praise, he is in danger; if a brother looks down on him and does not praise him, then the brother is in danger." [86] Whoever hears me preach the Word of God should give me honor for the sake of the Word. If he treats me with honor, he does well. But if I am proud on that account, I am in danger. On the other hand, if he looks down on me, I am out of danger; but he is not.

[85] See Jerome's criticism of certain monks, Letter CXXV, 16—17.

[86] On the love of praise cf. Augustine, *Confessions*, X, 37, 60—62; *City of God*, V, 13—14. From the manuscript of notes on Luther's lecture it is evident that here he was also thinking of St. Thomas.

Therefore we must use every means to see to it that we honor "what is good to us" (Rom. 14:16), that is, the ministry of the Word, the sacraments, etc., and that preachers and hearers hold one another in mutual esteem, in accordance with the commandment (Rom. 12:10): "Outdo one another in showing honor." But when this is done, the flesh is immediately tickled and becomes insolent. For there is no one even among the godly who would not rather be praised than insulted, unless someone is so firmly established in this regard that he remains unmoved by either criticism or praise, as that woman said of David in 2 Sam. 14:17: "My Lord the king is like the angel of God, for he remains unmoved by either blessing or cursing." Paul also says (2 Cor. 6:8): "In honor and dishonor, in ill repute and good repute." Men of this kind, who are neither elated by praise nor cast down by insults but simply strive to proclaim the glory of Christ and to seek the salvation of souls — men of this kind are following the principles of good order. But those who become proud when their praises are sung and who seek their own glory, not Christ's, as well as those who are moved by insult and slander to forsake the ministry of the Word — both of these have turned away from good order.

Therefore let everyone who boasts of the Spirit see to it that he remains in order. If you receive praise, you should know that Christ is being praised, not you; for the praise and glory belong to Him. The fact that you teach faithful doctrine and live a holy life is not your gift; it is God's. Therefore you do not receive the praise; God receives it in you. When you acknowledge this, you will remain in order. You will not be elated by praise — "For what have you that you did not receive?" (1 Cor. 4:7) — nor will you be moved by insult, slander, or persecution to desert your calling.

By a special grace, therefore, God has covered our glory today with slander, bitter hatred, persecution, and blasphemy from the whole world, as well as with contempt and ingratitude from our own followers among the peasants, the townspeople, and the nobles; because the hostility and persecution of these against the Gospel is secret and internal, it is more dangerous than that of the enemies who persecute it openly. God has done this to keep us from growing proud of our gifts. This millstone must be fastened round our neck to keep us from being infected by that poison of vainglory. There are, of course, some among our followers who honor us on account of the ministry of the Word; but where there is one who honors us,[87] there are a hundred who hate, despise, and persecute us. Therefore the slanders and persecutions of our opponents — as well as the great contempt, ingratitude, and secret bitter hatred of those in whose midst we live — are joyful sights which delight us so much that we easily forget vainglory.

Rejoicing in the Lord, who is our glory, we thus remain in order. In spiritual gifts we far surpass others; but because we acknowledge these as gifts of God, not our own, granted to us for building up the body of Christ (Eph. 4:12), we do not become proud on their account. For we know that more is required of him to whom much is given than of him to whom little is given (Luke 12:48). In addition, we know that "God shows no partiality" (Rom. 2:11). Therefore a faithful sexton is no less pleasing to God with his gift than is a preacher of the Word, for he serves God in the same faith and spirit. And so we should not honor the lowest Christians any less than they honor us. In this way we remain free of the poison of vainglory and walk by the Spirit.

But because the fanatical spirits seek their own glory, the favor and applause of men, peace with the world, and the serenity of the flesh rather than the glory of Christ and the salvation of souls — even though they continually swear that the latter is what they seek — they cannot restrain themselves but erupt in a proclamation of their own doctrine and labors and in insults and criticism of others; for their one aim is to acquire a better reputation and fame than others. "No one," they say, "ever knew this before I did. I was the first to see and teach this." Therefore they are all κενόδοξοι. That is, they do not make their boast in God but are glorious, brave, and daring when they receive applause from the crowd, whose favor they are very skillful in winning, because they can pretend anything by their words, actions, and writings. Without the applause of the crowd they are the most timid of men; for they hate the cross of Christ and persecution, and they run away from it. But when they have a cheering crowd, there is nothing so proud or courageous, no Hector or Achilles so brave and daring, as they.

The flesh is such a sly beast that it will not forsake good order, distort and corrupt true doctrine, or shatter the harmony of the church

---

[87] The question mark in the Weimar text after *reveretur* is clearly a mistake; it should be a comma.

for any other reason than for the sake of this accursed κενοδοξία. Therefore it is not without cause that Paul attacks it so sharply, both here and elsewhere. Thus in Gal. 4:17: "They make much of you, but for no good purpose; they want to shut you out, that you may make much of them." That is to say: "They want to put me into the shadow and to enhance themselves. They are not seeking the glory of Christ and your salvation but glory for themselves, disgrace for me, and slavery for you."

26. *Let us have no self-conceit,*

That is: "Let us not become vainglorious." As I have said, this means not glorying in God and in the truth but in lies and in the opinion, praise, and applause of the crowd. This is not a solid foundation for glory; it is a false one. Therefore it cannot endure for long. Whoever praises a man as a man, is lying; for there is nothing praiseworthy in him, but everything is damnable. So far as our own person is concerned, therefore, our glory is this: "All have sinned" (Rom. 3:23) and in the sight of God have been sentenced to eternal death. It is, however, another matter when our ministry receives praise. We should not only wish for this, but we should strive with all our might to make men praise it and revere it religiously; for this redounds to their salvation. Paul warns the Romans not to offend anyone, "so that what is good to you be not spoken of as evil" (Rom. 14:16); and elsewhere he says (2 Cor. 6:3): "so that no fault may be found with our ministry." Therefore when our ministry receives praise, we are not being praised in our own person; but, as the psalm says (105:3): "We are praised in God and in His holy name." [88]

no provoking of one another, no envy of one another.

Here Paul describes the effect of vainglory. A teacher of error or an originator of a new doctrine cannot help provoking others; and if they do not approve and accept his doctrine, he immediately begins to hate them bitterly. In our own time we have seen with what implacable hatred the fanatical spirits have been inflamed against us because we refused to yield to them and to approve their errors. We did not provoke them first, nor did we disseminate ungodly doctrine through the world; but we preserved good order, attacking abuses in the church and faithfully teaching the doctrine of justifica-

[88] It is not clear whether Luther is thinking of Ps. 105:3, of Ps. 89:17, or of both.

tion. Forsaking this, they taught many wicked doctrines in opposition to the Word of God, about the sacraments, about original sin, about the oral Word, etc.[89] In order not to lose the truth of the Gospel, we opposed them on these issues and condemned their wicked errors. They did not accept this; not only did they provoke us first through no fault of our own, but now they even envy us and hate us bitterly. They are motivated by nothing but vainglory, for they would like to put us into the shadow and to reign all by themselves. For they imagine that there is great glory in professing the Gospel, when in fact there is no greater disgrace in the eyes of the world.

[89] Cf. *Against the Heavenly Prophets, Luther's Works,* 40, 79—223.

CHAPTER SIX

1. *Brethren, if a man is overtaken in any trespass, you who are spiritual should restore him in a spirit of meekness.*

THIS is a second fine moral precept,[1] and one that is decidedly necessary for this age. For the Sacramentarians have seized upon this passage and draw from it the inference that in patience we should yield somewhat to our fallen brethren and should cover over their error through love, which "believes all things, hopes all things, endures all things" (1 Cor. 13:7).[2] Paul teaches here in explicit words that those who are spiritual should restore the erring in a spirit of meekness. They maintain that this issue is not important enough to warrant our breaking up Christian concord on account of this one doctrine, for the church has nothing more beautiful or more beneficial than concord. This is how they set forth the forgiveness of sins to us and accuse us of stubbornness because we refuse to yield a hairbreadth to them or to tolerate their error (though they do not want to admit publicly that this is what it is), much less to accuse and restore them in a spirit of gentleness. In this way these dear fellows embellish themselves and their cause, and create resentment against us among many people.

As Christ is my witness, nothing has grieved me so deeply for several years as this disagreement in doctrine. Even the Sacramentarians, if they are willing to admit the truth, know very well that I was not responsible for it. What I have believed and taught since the beginning of our cause about justification, about the sacraments, and about all the other articles of Christian doctrine I still believe and profess today, except with greater certainty; for it has deepened through study, practice, and experience, as well as through great and frequent temptations. Every day I pray Christ to keep me and

[1] From the lecture notes it seems that the first moral was the denunciation of vainglory.

[2] See p. 56, note 33.

strengthen me in this faith and confession to the day of His glorious coming. Amen. In addition, it is evident throughout Germany that at first the doctrine of the Gospel was not attacked by anyone except the papists. Among those who accepted it there was total agreement on all the articles of Christian doctrine. This agreement continued until the sectarians came forward with their new opinions, not only about the sacraments but about several other doctrines.[3] They were the first to disturb the churches and to break up their concord. Since that time more and more sects have inevitably arisen, and these were always followed by greater dissensions. Therefore they are doing us this enormous injury contrary to their own conscience and are arousing this unbearable resentment against us in the sight of the whole world beyond our deserts. It is very burdensome, especially in such an important matter, for an innocent man to endure the punishment that someone else has deserved.

But we could easily forget this injury and accept and restore them in a spirit of meekness if only they returned to the proper way and walked with us in an orderly manner; that is, if they believed and taught faithfully about the Lord's Supper and about the other articles of Christian doctrine, and if, in unanimous consensus with us, they proclaimed, not their own opinions but Christ, that the Son of God might be glorified through us and the Father through Him. But it is unbearable to us when they merely praise love and concord but minimize the issue of the Sacrament, as though it were a matter of little consequence what we believe about the Eucharist, which was instituted by Christ our Lord. We must proclaim concord in doctrine and faith as much as they proclaim concord in life. If they preserve this in its soundness together with us, we shall join them in praising the concord of love, which is to be subordinated to the concord of faith or of the Spirit. For if you lose this, you have lost Christ; and once you have lost Him, love will not do you any good. On the other hand, if you keep Christ and the unity of the Spirit, it does not matter if you dissent from those who corrupt the Word and who thus shatter the unity of the Spirit. I would rather that they depart from me and be my enemies, and the whole world along with them, than that I depart from Christ and have Him as an enemy; this is what would happen if I forsook His clear and simple Word and followed instead the vain notions by which they distort the words of Christ

---

[3] See p. 105, note 89.

to their own interpretation. A single Christ means more to me than an infinite number of concords in love.

As for those who love Christ and who faithfully teach and believe His Word, however, we are ready not only to preserve peace and concord with them but also to bear their sins and weaknesses, and to restore them when they fall, as Paul commands here, in a gentle spirit. That was how Paul bore with the weakness and the fall of the Galatians and of others misled by the false apostles, when they returned to their senses. Thus he received back into grace that Corinthian who had been guilty of incest (2 Cor. 2:7-8). Likewise, Onesimus, the runaway slave whose father he had become for the sake of Christ in his imprisonment in Rome (Philemon 10), was reconciled with his master by Paul. Therefore he carried out in practice what he teaches here and elsewhere about bearing with the weak and restoring the fallen, but toward those who were curable, that is, those who heartily acknowledged their sin, fall, and error and returned to their senses. By contrast, he dealt very severely with the false apostles, who obstinately defended their doctrine as right rather than wrong. "I wish," he said (5:12), "that those who unsettle you would mutilate themselves!" Again (5:10): "He who is troubling you will bear his judgment, whoever he is." And again (1:8): "Even if we, or an angel from heaven, etc., let him be accursed." Undoubtedly there were many who defended the false apostles against Paul, saying that they had the Spirit, were ministers of Christ, and preached the Gospel just as much as Paul; that although they did not agree with Paul on every point of doctrine, he should not pronounce such a horrible sentence upon them; and that all he would accomplish by his stubbornness would be to create a disturbance in the churches and to destroy their beautiful concord. Unmoved by these statements, he curses and condemns the false apostles with complete assurance, calling them disturbers of the churches and subverters of the Gospel of Christ. At the same time he praises his own doctrine so much that he wants everything to yield to it — concord in love, the apostles, an angel from heaven, or anything else.

Thus we do not permit this cause to be minimized either; for He whose cause it is, is great. Once He was small, when He lay in the manger; and yet even then He was so great that He was worshiped by angels and proclaimed as the Lord of all (Luke 2:11). Therefore we will not permit His Word to suffer injury in any doctrine. In the doctrines of the faith nothing should seem small or insignificant to us, as though we should or could surrender it. For the forgiveness of sins pertains to those who are weak in faith and morals, who acknowledge their sin and seek forgiveness, but not to the subverters of doctrine, who do not acknowledge their error and sin but defend them vigorously as though they were truth and righteousness. By this means they cause us to lose the forgiveness of sins, because they distort and deny the Word that proclaims and confers the forgiveness of sins. Therefore let them first come into accord with us in Christ; that is, let them acknowledge their sin and correct their error. Then if we are deficient in the spirit of meekness, they will have a right to accuse us.

Anyone who weighs the apostle's words carefully will see clearly that he is not speaking about heresies or about sins against doctrine but about much less important sins, into which a man falls, not on account of deliberate malice or on purpose but out of weakness. Hence he uses such kind and fatherly words, not calling it error or sin but "trespass." Then, to minimize and almost to excuse the sin and to remove the blame from the man, he adds: "If a man is overtaken," that is, if he is deceived by the devil or by the flesh. Even the word "man" serves to minimize the matter. It is as though he were saying: "What is more characteristic of a human being than to be able to fall, to be deceived, and to err?" Thus Moses says in Lev. 6:3: "Human beings make a habit of sinning." Therefore this is a statement filled with comfort, which once delivered me from death at the height of a struggle.[4] In this life the saints not only live in the flesh but even, by some urging or other from the devil, gratify the desires of the flesh; that is, they fall into impatience, envy, wrath, error, doubt, unbelief, etc. For Satan is continually attacking both the purity of doctrine, which he seeks to destroy by means of sects and discord, and the integrity of life, which he pollutes through our daily transgressions and offenses. For this reason Paul teaches us how to deal with those who have fallen this way, namely, that those who are strong should restore them in a gentle spirit.

It is of the greatest importance for those who are in charge of churches to know these things, so that when they try to cut everything to the quick, they do not forget this fatherly and motherly feel-

---

[4] There seems to be no other reference to this in Luther's writings, although there are many similar statements about other passages; cf., for example, *Luther's Works*, 14, p. 45, note 4.

ing which Paul requires here of those who carry on the cure of souls. He gave an illustration of this command of his in 2 Cor. 2:6-8, where he says: "For such an excommunicated person this punishment by the majority is enough; so you should rather turn to forgive and comfort him, or he may be overwhelmed by excessive sorrow." "So I beg you," he concludes, "to reaffirm your love for him." And so pastors should rebuke the lapsed sharply; but when they see them sorrowing, they should begin to cheer them up, to comfort them, and to make light of their sins as much as they can. Yet they should do all this in mercy, which they should set in opposition to the sins, so that the lapsed are not overwhelmed by excessive sorrow. The Holy Spirit is as generous and kind in bearing with sins and minimizing them as He is unyielding in maintaining and defending the doctrine of faith — provided that those who have committed the sins are sorry for them.

But here as everywhere else the "synagog" of the pope (Rev. 2:9) has taught and acted contrary to the precept and example of Paul. The Roman pontiff and the bishops have truly been tyrants and persecutors of consciences, for they continually burdened consciences with new traditions and condemned them by excommunication for the most trivial reasons. To make consciences obey their vain and wicked terrors more readily, they quoted these statements of Pope Gregory: "It is characteristic of good minds to fear guilt where there is no guilt"; and "Even our unjust statements should be feared."[5] With these statements, which the devil has dragged into the church, they established the practice of excommunication and the majesty of the papacy, of which the whole world is terrified. There is no need for such "goodness of mind," but it is enough to acknowledge guilt where it really exists. Who has given you the power, you Roman Satan, with your wicked statements to terrify and condemn minds that are already thoroughly terrified, when they should rather be cheered up, set free from their false terrors, and brought from lies to the truth? All this you omit; and in accordance with your title as "man of sin and son of perdition" (2 Thess. 2:3), you invent guilt where there is no guilt. Truly this is the craft and pretense of Antichrist, by which the pope has so firmly established the practice of excommunication and his own tyranny. No one could ignore his wicked statements without being regarded as intractable and alto-

---

[5] See also *Luther's Works*, 3, p. 349, note 29.

gether evil. Thus certain princes ignored them, but with an accusing conscience, because in that darkness they did not know that the pope's curses were meaningless.

Let those to whom the charge and care of consciences has been committed learn from this command of Paul how they are to deal with the lapsed. "Brethren," he says, "if a man is overtaken, do not embitter or sadden him even more; do not reject or condemn him. But correct, refresh, and renew him (for that is the import of the Greek word [6]); and by your meekness repair that about him which has perished through the devil's deception or through the weakness of his flesh. For the kingdom into which you have been called is not a kingdom of fear and of sadness; it is a kingdom of confidence and happiness. If you see some brother in terror because of a sin of which he has been guilty, run to him, and extend your hand to him in his fallen state. Comfort him with sweet words and embrace him in your motherly arms. The obdurate and stubborn, who fearlessly and smugly persist and continue in their sins, you should rebuke sharply. But those who are overtaken in a trespass and sorrow and grieve over their fall should be encouraged and instructed by you who are spiritual. And this should be done in a spirit of gentleness, not of zeal for righteousness [7] or cruelty, as some confessors did, who, when they should have refreshed thirsty hearts with some sweet comfort, gave them gall and vinegar to drink, just as the Jews did to Christ on the cross (Matt. 27:34).

On the basis of this we can well understand that the forgiveness of sins should not prevail in the area of doctrine, as the Sacramentarians maintain, but in the area of life and of our works. Here let no one condemn another. Let him not rebuke him furiously or harshly, as Ezekiel says of the shepherds of Israel that "with force and harshness they have ruled the flock of God" (Ezek. 34:4). But let one brother comfort another lapsed brother in a gentle spirit. And let the lapsed one, in turn, hear the word of him who is comforting him, and let him believe it. For God does not want to reject, but to "raise up all who are bowed down," as the psalm says (145:14); for He has paid a greater price for them than we have, namely, His

---

[6] Luther means the Greek word καταρτίζετε.

[7] The comma in the Weimar edition between *zeli* and *iusticiae* should be omitted, for Luther is using a phrase that occurs often in his writings: *zelus iusticiae*.

own life and blood. Therefore we, too, should come to their aid, heal and help them with the utmost gentleness. Thus we do not deny forgiveness to the Sacramentarians or other founders of wicked sects; but we sincerely forgive their insults and blasphemies against Christ, and we shall never again mention the injuries they have inflicted upon us, on the condition that they repent, forsake the wicked doctrine with which they have disturbed the churches of Christ, and walk in an orderly way together with us. But if they persist in their error and violate good order, it is useless for them to demand the forgiveness of sins from us.

Look to yourself, lest you, too, be tempted.

This is a rather serious warning. Its purpose is to put down the harshness and cruelty of those who do not cheer and restore the lapsed. "There is no sin," says Augustine, "that one man has committed that another man could not commit." [8] We are living on a slippery place; therefore if we become proud and forsake good order, it will be easier for us to fall than to stand. Therefore that man spoke rightly in *The Lives of the Fathers* when the report was brought to him that one of the brothers had fallen into fornication. "Yesterday it was he," he said, "and today it could be I." [9] Paul adds this serious warning to keep pastors from being harsh and unkind toward the fallen and to keep them from measuring their own holiness by comparison with the sins of others, as the Pharisee did (Luke 18:11). Instead, they should be moved by motherly feelings toward them and should think: "This man has fallen. It can happen that you, too, will fall, far more dangerously and disgracefully than he has." If those who are so ready to judge and condemn others took an accurate look at their own sins, they would discover that the sins of those who have fallen are "specks" and that their own are huge "logs" (Matt. 7:3).

"Therefore let any one who thinks that he stands take heed lest he fall" (1 Cor. 10:12). If David — such a holy man, filled with faith and with the Spirit of God, one who had received such outstanding promises and who had performed such great things for the Lord — fell so disgracefully and, though well along in years, was seized by

[8] Cf. *Luther's Works*, 9, pp. 260—261.

[9] This thought occurs often in the *Vitae patrum*, e. g., *Patrologia, Series Latina*, LXXVIII, 308—309, 963, 967.

youthful passion after the many different trials with which God had disciplined him, what right do we have to presume about our own constancy? By means of such examples God discloses our own weakness to us, so that we do not become puffed up but are properly fearful; He also discloses His judgment, namely, that there is nothing more intolerable to Him than pride, whether toward Him or toward the brethren. It is not in vain, therefore, that Paul says: "Look to yourself, lest you, too, be tempted." Those who have undergone temptations know how necessary this commandment is. But those who have not been tried by them do not understand Paul, and thus they are not moved by any mercy toward the fallen; this was evident in the papacy, where nothing but tyranny and cruelty prevailed.

2. *Bear one another's burdens, and so fulfill the Law of Christ.*

A very considerate commandment, to which Paul adds great praise as a kind of exclamation. The Law of Christ is the law of love. After redeeming and regenerating us and constituting us as His church, Christ did not give us any new law except the law of mutual love (John 13:34): "A new commandment I give to you, that you love one another, even as I have loved you"; and again (v. 35): "By this all men will know that you are My disciples." To love does not mean, as the sophists imagine, to wish someone else well,[10] but to bear someone else's burdens, that is, to bear what is burdensome to you and what you would rather not bear. Therefore a Christian must have broad shoulders and husky bones to carry the flesh, that is, the weakness, of the brethren; for Paul says that they have burdens and troubles. Love is sweet, kind, and patient — not in receiving but in performing; for it is obliged to overlook many things and to bear with them. In the church faithful pastors see many errors and sins which they are obliged to bear.[11] In the state the obedience of subjects never lives up to the laws of the magistrate; therefore if he does not know how to conceal things, the magistrate will not be fit to rule the commonwealth. In the family many things happen that displease the householder. But if we are able to bear and overlook our own faults and sins, which we commit in such great numbers every day,

[10] Cf. Thomas Aquinas, *Summa Theologica*, II-II, Q. 27, Art. 2.

[11] According to the lecture notes, Luther referred here to a saying of John Staupitz at the installation of a prior in Wittenberg: "The friars will not do what you want, but the very opposite."

let us bear those of others as well, in accordance with the statements: "Bear one another's burdens" and "You shall love your neighbor as yourself" (Lev. 19:18).

Since there are faults in every station of society and in all men, Paul sets forth the Law of Christ for Christians, by which he admonishes them to bear one another's burdens. Those who do not do this thereby give ample testimony that they do not understand even a dot (Matt. 5:18) of the Law of Christ, which is the law of love; as Paul says in 1 Cor. 13:7, it believes all things, hopes all things, and bears all the burdens of the brethren. Yet the fundamental principle is always preserved, according to which those who sin are not those who transgress the Law of Christ, namely, love, and who do injury to their neighbor, but those who do injury to Christ and to His kingdom, which He has established with His own blood. This kingdom is not preserved by the law of love but by the Word, by faith, by the Spirit. Hence this commandment that their burdens should be borne does not refer to those who deny Christ and who not only do not acknowledge their sin but defend it; nor to those who persist in their sins (who also partly deny Christ). Such people are to be avoided, lest we become partakers of their evil works. But those who believe and who gladly hear the Word, but who fall into sin against their will and, upon being admonished, not only listen but detest their sin and strive to correct their lives — these are "overtaken" and have the burdens that Paul commands us to bear. Here let us not be unkind and severe; but, following the example of Christ, who supports and bears such people, let us also support and bear them. If He does not punish them, even though He could do so with a perfect right, much less should we punish them.

3. *For if anyone thinks he is something, when he is nothing, he deceives himself.*

Here again Paul attacks the founders of sects and depicts them in their true colors, as men who are hard and merciless. They have only contempt for the weak and do not bear their burdens. Like sulky husbands or harsh schoolmasters, they insist that everything be just so. They do not like anything except what they themselves do. Finally, you will always have them as your bitter enemies unless you approve of all their sayings and doings and thoroughly accommodate yourself to their habits. Such men are completely proud, men who presume to arrogate everything to themselves. This is what Paul is saying here. They think they are something, that is, that they have the Spirit, that they understand all the mysteries of the Scriptures (1 Cor. 13:2), that they cannot err or fall, that they do not need any forgiveness of sins. Therefore Paul adds correctly that they are nothing, but that they deceive themselves with their foolish presumptions of holiness and wisdom. Thus they understand nothing either about Christ or about the Law of Christ; otherwise they would say: "Brother, you are having trouble with this fault; I am having trouble with another. God has forgiven me ten thousand talents. I shall forgive you ten denarii (Matt. 18:23-35)." But because they want to hold everything to the strictest requirement and refuse to endure and bear any of the burdens of the weak, men are offended by their harshness and begin to despise, to hate, and to run away from them. They do not seek counsel and comfort from them and do not care what or how they teach. But pastors actually should conduct themselves toward the people in their charge in such a way that they will respect and admire them, not for the sake of their own persons but for the sake of their ministry and of the Christian virtues, which should shine forth especially from them.

In this passage Paul has given a very beautiful description of such harsh and merciless saints when he says: "They think they are something"; that is, they are puffed up with their own foolish ideas and dreams, and have an exalted notion of their knowledge and sanctity; but in fact they are nothing and are merely deceiving themselves. It is an obvious deception when someone is persuaded that he is something but is nothing. Such men are described in Rev. 3:17 in these words: "You say, I am rich, I have prospered, and I need nothing; not knowing that you are wretched, pitiable, poor, blind, and naked."

4. *But let each one test his own work, and then his reason to boast will be in himself alone and not in his neighbor.*

Paul is continuing with his rebuke of the despicable men who are called "vainglorious." This desire for vainglory is an odious and accursed vice. It provides the occasion for all sorts of evil and creates disturbances in both the state and the individual conscience. And in spiritual matters it is a completely incurable evil. Although this passage can be understood as applying to the works of this life and behavior, yet chiefly the apostle is discussing the work of the ministry and attacking those κενόδοξοι who with their fanatical opinions disturb consciences that have been properly instructed.

It is characteristic of those who are infected with κενοδοξία that they do not care at all whether their "work," that is, their ministry, is pure or not; all they are interested in is acquiring the applause of the crowd. Thus when the false apostles saw that Paul had preached the Gospel to the Galatians purely and that they could not do any better, they began to slander what he had set forth so correctly and faithfully, and to elevate their doctrine above Paul's doctrine. In this way they curried the favor of the Galatians and made Paul repugnant to them. Thus those who are κενόδοξοι combine these three faults: first, they are exceedingly vainglorious; secondly, they are amazingly skillful at slandering the good things that others have said and done and thus at gaining the applause of the people for themselves; thirdly, when they have become celebrated among the people, albeit by the labor and risk of someone else, they become so brave and courageous that there is nothing they will not dare. Therefore they are destructive men, worthy of being completely accursed; and I hate them more than I do a dog or a snake.[12] "They look after their own interests, not those of Jesus Christ" (Phil. 2:21).

It is such men that Paul is attacking here. It is as though he were saying: "Such vainglorious spirits do their work, that is, preach the Gospel, with the purpose of gaining praise and applause among men; they want to be hailed by them as extraordinary and outstanding theologians, with whom Paul and others cannot even be compared. When they have obtained this reputation, they begin to slander the works, sayings, and deeds of others, and to praise their own grandly. In this cunning way they drive the crowd out of their minds. Because they have 'itching ears' (2 Tim. 4:3), the crowd not only takes pleasure in new doctrines; but, being sated and sick of the Word, they even enjoy watching their former teachers overshadowed and crowded out by new and supposedly glorious teachers." "This," he continues, "should not happen. Everyone should be faithful in his ministry, not looking out for his own glory or trusting in the fickle applause of the multitude but being concerned only that he do his job properly, that is, that he preach the Gospel purely. For if his work is done properly, he should know that he will not be lacking in glory before God and eventually also before other believers. When

---

[12] A reference to Horace, *Epistles*, I, 17, 30.

meanwhile he fails to gain any praise from the unthankful world, this should not bother him; for he knows that the purpose of his ministry is that Christ, not he, be glorified for it. Therefore armed 'with the weapons of righteousness for the right hand and for the left' (2 Cor. 6:7), let him say with a steady mind: 'I did not begin preaching the Gospel to make the world honor me. Therefore I shall not quit either on account of the dishonor with which it treats me.' Such a person teaches the Word and performs his ministry without any regard for persons, without any concern for praise, glory, fortitude, or wisdom. He does not depend on the praise of others but has it in himself."

Thus one who carries out his office correctly and faithfully does not care what the world says about him; he does not care whether it praises him or blames him. He has his boast within himself, which is the testimony of his conscience and a boasting in God. Therefore he can say with Paul (2 Cor. 1:12): "Our boast is this, the testimony of our conscience that we have behaved in the world with simplicity and godly sincerity, not by earthly wisdom but by the grace of God." Such a boast is pure and constant. For it does not depend on the judgment of others; it depends on one's own conscience. This is what gives us testimony that we have taught correctly, have administered the sacraments, and have done everything else correctly. Therefore it cannot be corrupted or abolished.

The other kind of boasting, which is what the κενόδοξοι have, is unsure and extremely hazardous; for they do not have it within themselves, but it depends on what the crowd thinks and says. Hence they cannot have the testimony of their own conscience that they have done everything with a simple and sincere mind solely to illumine the glory of God and to promote the salvation of souls. All they aim for is that on the basis of the work or labor of their preaching they themselves may become famous and glorious among men. Therefore they do indeed have a boast, a confidence, and a testimony — but only before men, not before themselves or before God. Believers do not want to have this kind of boast. If Paul had had praise and glory before men, not before himself, he would have been forced to despair when he saw many states, regions, and all Asia defecting from him (2 Tim. 1:15), and when he saw so many scandals and sects following upon his preaching. When Christ was alone, that is, when He was not only being hounded to death by the Jews but forsaken by His own disciples, He still was not alone; for the Father was with Him. Thus if our confidence and boasting today were dependent on the judgment and the favor of men, we would soon be forced to perish with sorrow of heart. For the papists, the fanatical spirits, and the entire world do not regard us as worthy of any praise or glory; in fact, they hate and persecute us ruthlessly, and they slander and strive to subvert our ministry and our teaching. Thus all we have before men is shame. But our joy and our boasting are in the Lord. Hence we are confident and happy as with the utmost faith and diligence we carry out the office into which God has placed us and which we know is pleasing to Him. When we do this, we do not care at all whether our work pleases or displeases the devil, or whether the world likes or dislikes us. For when we know that our work has been done properly, and when we have a good conscience in the sight of God, we go right ahead "in honor and dishonor, in ill repute and good repute" (2 Cor. 6:8). This is what Paul calls having one's boast within oneself.

Paul's warning against this most harmful vice is decidedly necessary. For the Gospel is the sort of teaching that both by its own nature and by the malice of Satan brings on the experience of the cross. Hence Paul calls it "the Word of the cross and of offense" (1 Cor. 1:18). It does not always have steadfast disciples. Today they join up and confess it; tomorrow they are offended by the cross, fall away, and deny it.[13] And so those who preach the Gospel to curry the applause and praise of men must perish and see their glory turned to shame as soon as the people stop applauding them. Let every preacher learn, therefore, to have his boast based, not on what others say but within himself. If there are some who praise him, as believers often do — Paul does say "in honor and dishonor" (2 Cor. 6:8) — let him accept this glory, but as an accident of his true glory; for he regards the testimony of his own conscience as the substance of his glory. Then he is "testing his own work"; that is, without any concern for his own glory he is bent only on carrying out his office in a fitting manner, that is, by preaching the Gospel purely and manifesting the proper use of the sacraments. When he tests his own work in this way, he will have his boast within himself, a boast that no one can take away from him. For it is planted, fixed, and established deep within his own heart, not in the mouths of others, whom

[13] From the lecture notes it is evident that Luther was thinking of Carlstadt.

Satan can easily deflect by turning their lips and tongue from blessing to the vilest of cursing.

"Therefore," says Paul, "if you yearn for glory, look for it in a skillful and solid fashion, not as it is located in the mouths of others but as it is in your own hearts. This is what happens when you carry out your office properly. In this way it will also follow that the glory you have within yourselves will then be followed by glory before others as well. But if your ground of boasting is in others, not in yourselves, the inner shame and confusion that you have within your own hearts will be followed by an outer confusion before others." We have seen this happening in our own time in the case of certain fanatical spirits.[14] They did not test their own work; that is, they were not concerned to teach the Gospel purely but used it to gain the applause of the crowd, in violation of the Second Commandment. Therefore their inner confusion was followed by an outer confusion, in accordance with the statement (Ex. 20:7): "The Lord will not hold him guiltless who takes His name in vain"; and (1 Sam. 2:30): "Those who despise Me shall be lightly esteemed." But if we seek first the glory of God through the ministry of the Word, our own glory will surely follow, according to the statement (1 Sam. 2:30): "Those who honor Me, I will honor." In short, let everyone "test," that is, be diligently concerned that his ministry be faithful; for this above all is required in ministers of the Word (1 Cor. 4:2). It is as though he were saying: "Let everyone strive to achieve this, that he preach the Word purely and faithfully; and let him consider nothing except the glory of God and the salvation of souls. Then his work will be good in a faithful and solid way, and in his conscience he will have his boast, the sort of boast that can say with confidence: 'This doctrine and my ministry are pleasing to God.' That is truly a great and excellent boast."

Now this statement can be applied fittingly to works performed by believers in any area of life. Thus someone who is a magistrate, a householder, a servant, a teacher, a pupil, etc., should remain in his calling and do his duty there, properly and faithfully, without concerning himself about what lies outside his own vocation. If he does this, he will have his boast within himself, so that he can say: "With my utmost faithfulness and diligence I have carried out the work of my calling as God has commanded me to; and therefore

---

[14] In the lecture notes Luther refers explicitly to Zwingli and Oecolampadius.

I know that this work, performed in faith and obedience to God, is pleasing to Him. If others slander it, that does not matter much." There are always those who despise and slander faithful teaching and living. But God has given a dire warning that He will destroy such slanderers. And so while such men search for vainglory, anxiously and long, and try to blacken the reputation of the true believers by their slanders, what Paul said will happen to them (Phil. 3:19): "They glory in their shame"; and elsewhere (2 Tim. 3:9): "Their folly will be known to all." Through whom? Through God, the righteous Judge, who will both expose their slanders and bring forth the right of the believers as the noonday (Ps. 37:6). The phrase "in himself alone," just to mention this in passing, must be interpreted in such a way that God is not excluded, namely, that everyone should know that his work, regardless of the station of life in which he is, is a divine work, because it is the work of a divine calling and has the command of God.

5. *For each man will have to bear his own load.*

This is a sort of reason in support of the previous statement about not depending on the judgments of others regarding oneself. It is as though Paul were saying: "It is the height of insanity to look for the ground of your boasting in others, not in yourself. For in your death struggle and at the Last Judgment it will not help you at all that others praised you. Others will not bear your load, but you will stand before the judgment seat of Christ (Rom. 14:10) and bear your own load alone. There your partisans will not be able to help you at all; for when we die, the voices of those who praise us will be stilled. 'On that day, when God judges the secrets of men' (Rom. 2:16), the testimony of your conscience will stand either for you or against you: against you if you have your boast in others; for you if you have it in yourself, that is, if your conscience bears testimony to you that you have carried out the ministry of the Word properly and faithfully, with a concern only for the glory of God and the salvation of souls, in other words, that you have done your duty rightly, in accordance with your calling." The words "Each man will have to bear his own judgment" are forceful enough to frighten us thoroughly, so that we do not yearn for vainglory.

It should also be noted that we are not dealing here with the doctrine of justification, where nothing matters except sheer grace and the forgiveness of sins, which are received by faith alone; there all works, even those that are the best and that have been done in accordance with a divine vocation, are in need of the forgiveness of sins, because we have not done them perfectly. But this is another issue. He is not treating the forgiveness of sins here, but he is comparing genuine and hypocritical works. Therefore what he says should be interpreted to mean that although the work or the ministry of a faithful pastor is not so perfect that he no longer needs the forgiveness of sins, nevertheless it is proper and perfect in itself as compared with the ministry of vainglorious men. Thus our ministry is proper and well established, because through it we seek the glory of God and the salvation of souls. The ministry of the fanatical spirits is not like this, for they seek their own glory. Although no work is able to grant the conscience peace before God, yet it is essential for us to be able to declare that we have performed our work in sincerity, in truth, and in a divine vocation; that is, that we have not corrupted the Word of God but have taught it purely. We have need of this testimony of our conscience that we have carried out our ministry well and have also lived a good life. Therefore we have a right to boast of our works to the extent that we know them to be commanded by God and pleasing in His sight. At the Last Judgment each man will have to bear his own load; therefore the praise of others will not do him any good there.

Thus far Paul has been attacking the poisonous vice of vainglory. No one is so strong that he does not need continual prayer to overcome this. For what believer does not enjoy being praised? The Holy Spirit alone is able to preserve us from being infected by this poison.

6. *Let him who is taught the Word share all good things with him who teaches.*

Here Paul is preaching to hearers that they should share all good things with their preachers. I often used to wonder why the apostle was so diligent in commanding the churches to provide for their preachers. For in the papacy I saw everyone contributing with great generosity for the construction of magnificent churches, for the increase in the income and the growth in the revenues of those who dealt with sacred things. Thus the social position and the wealth both of the bishops and of the other clergy increased so much that everywhere they had possession of the best and most fertile lands.

And so it seemed to me unnecessary for Paul to command this when the clergy were not only receiving donations of every good thing in abundance but were actually becoming very rich. Therefore I thought that people should be dissuaded from giving more rather than persuaded to give, for I saw that the excessive generosity of people was only increasing the greed of the clergy. But now we know the reason why formerly they had an abundance of every good thing, but now pastors and ministers of the Word suffer want.

Formerly, when wicked and false doctrine was taught, the pope became an emperor, and the cardinals and bishops became kings and princes of the world; so abundant was their prosperity, derived from the Patrimony of Peter [15] — who claimed not to have any silver or gold (Acts 3:6) — and from so-called "spiritual goods." But now that the Gospel has begun to be preached, those who confess it are about as rich as Christ and the apostles once were! We are finding out by experience how conscientiously people observe this commandment about providing for the preachers of the Word, which Paul so persistently urges and inculcates upon hearers both here and in other passages. We do not know of a single city today that provides for its preachers. They are not being provided for from any donations given to Christ, to whom no one gives anything. For when He was born, He used a manger instead of a cradle, because there was no room for Him in the inn (Luke 2:7). While He lived on earth, He had nowhere to lay His head (Matt. 8:20). At the end He was stripped of His clothing; and He died a miserable death on the cross, naked, hanging between two thieves (Matt. 27:28-38). No, our preachers are being provided for from donations given to the pope in exchange for the abominations of suppressing the Gospel, teaching human traditions, and establishing wicked forms of worship.[16]

When I read the exhortations in which Paul preaches to the churches either about providing for their own preachers or about contributing something for the alleviation of the poverty of the saints in Judea, I am deeply amazed, and I blush with shame that such a great apostle is compelled to use so many words in obtaining this favor from the churches. To the Corinthians he presents this matter

---

[15] The Patrimony of Peter refers to the estates belonging to the Church of Rome, but Luther (like his contemporaries) sometimes used the term to refer to all the States of the Church.

[16] This was true of Luther's Black Cloister itself.

for two entire chapters.[17] I would not be willing to defame Wittenberg, which is nothing compared with Corinth, as he defamed Corinth when he begged for support for the poor with such anxiety and solicitude. But that is the fate of the Gospel. When it is preached, not only is no one willing to give anything for the support of its ministers and the maintenance of schools; but everyone begins to rob and steal and to take all sorts of advantage of everyone else. In short, men seem suddenly to have degenerated into wild beasts. On the other hand, when the doctrines of demons (1 Tim. 4:1) are proclaimed, men become truly lavish and spontaneously offer everything to their seducers. The prophets denounce the same sin in the Jews, that they contributed to the support of godly priests and Levites only with reluctance but were extremely generous to the wicked ones.[18]

Only now do we understand how necessary this commandment of Paul's about providing for the ministers of the churches really was. There is nothing that Satan can bear less than the light of the Gospel. When it shines, he becomes furious and tries with all his might to extinguish it. He attempts this in two ways: first, by the deceit of heretics and the might of tyrants; secondly, by poverty and famine. Because Satan has been unable thus far to suppress the Gospel in our territories through heretics and tyrants, he is now trying the second way; he is depriving the ministers of the Word of their livelihood, so that poverty and famine will force them to forsake their ministry, and the unfortunate people, deprived of the Word, will eventually degenerate into animals. To make this dreadful evil come more quickly, Satan is vigorously pressing it through wicked magistrates in the cities and nobles in the country, who are seizing and misappropriating the possessions of the churches, from which the ministers of the Gospel should get their living.[19] "From the hire of a harlot," says the prophet Micah (1:7), "she gathered her possessions, and to the hire of a harlot they shall return." In addition, Satan leads even good men away from the Gospel by means of satiety. A constant and daily attention to the Word makes it cloying and contemptible to many, who then gradually become neglectful in the practice of all the duties of godliness. No one nowadays is bring-

[17] It is not clear whether Luther means 1 Cor. 9 and 10 or 2 Cor. 8 and 9.
[18] Luther may be thinking of passages like Joel 1:9-13.
[19] See p. 126.

ing up his children in the knowledge of good literature, much less of sacred literature, but only in ways of making a living. All these are efforts by Satan for suppressing the Gospel in our territories, and that without the might of tyrants or the deceit of heretics.

Thus it is not useless for Paul to admonish the hearers of the Word to share all good things with those who teach. He says to the Corinthians (1 Cor. 9:11): "If we have sown spiritual good among you, is it too much if we reap your material benefits?" Therefore hearers should minister in their material needs to those from whom they have received spiritual benefits. But today the peasants, the townspeople, and the nobles only abuse our doctrine to get rich. Formerly, under the dominion of the pope, there was no one who did not pay something to the priests annually for so-called anniversary Masses,[20] vigils, etc. The mendicant friars had their share too. Trade with Rome[21] and the daily offerings also got something. Our people have been set free from these and endless other exactions by the Gospel. But they are so far from being grateful for this freedom that they have been changed from prodigal donors to thieves and robbers, who will not give even a pittance either for the Gospel or for its ministers or for the holy poor. This is the surest possible sign that they have already lost the Word and faith and have been excommunicated from our blessings, for it is impossible that true believers would permit their pastors to suffer need. But because they laugh and poke fun when their pastors suffer some sort of adversity, and because they deny them their support or do not give it as faithfully as they should, it is certain that they are worse than heathen. Soon they will learn by experience what calamities will follow this ingratitude, for they will lose both their material and their spiritual goods. It is inevitable that grave punishment should follow this sin. I am sure that the only reason why the churches in Galatia, Corinth, etc., were so confused by the false apostles was that they had neglected their faithful teachers. Finally it is the utmost justice that someone who refuses an obol to the God who offers every good thing and eternal life should end up giving a gold piece to the devil, who offers him every kind of calamity and eternal death. Whoever is not willing to serve God in a small way for his

---

[20] Anniversary Masses were those said for the departed at the anniversary of their death; at one time they were said daily for a year.

[21] Luther is referring especially to the indulgence traffic.

own great advantage, let him serve the devil in a big way to his own supreme loss. Only now that the Word is shining do we see what the devil and the world are.

When Paul says "all good things," this is not to be taken to mean that everyone should share all his possessions with his preacher. No, it means that he should provide for him liberally, giving him as much as is needed to support his life in comfort. The word κατηχούμενος is familiar to anyone who knows Greek.

7. *Do not be deceived; God is not mocked.*

The apostle is so serious in advocating this topic of support for preachers that he adds a threat to his denunciation and exhortation, saying: "God is not mocked." With this he hits the nail squarely on the head [22] so far as the morals of our own countrymen are concerned. In their utter smugness they look down on our ministry and regard it as some sort of joke or game. And so they try, especially the nobles, to make their pastors subject to them as though they were vile slaves. If we did not have a prince who is as pious and devoted to the truth as ours is,[23] they would have driven us out of this territory long since. When the pastors ask for their pay or complain that they are suffering need, they exclaim: "Priests are greedy! They want to have an abundance of every good thing. No one can satisfy their insatiable greed. If they were truly evangelical, they would have to give up all private property, follow the pauper Christ as paupers, and bear every indignity." Paul addresses a horrible threat here to fine fellows of this kind, who do this sort of thing and yet want to give the impression that they are not poking fun but are true evangelicals who worship God religiously. "Do not be deceived," he says, "God is not mocked." It is as though he were saying: "Surely you have not deceived God, but only yourselves. You will not mock God, but God will mock you" (Ps. 2:4). There is a well-known little verse that says: "You have not deceived me, your teacher, but yourself." [24] But the headstrong nobility and the peasant class remain completely unmoved by this dreadful threat. When the death struggle comes, however,

---

[22] We have used this as an approximate English equivalent for *acu tangere*, "to touch with a needle"; cf. Plautus, *Rudens*, V, 2, 19.

[23] When these lectures were delivered, Luther's prince was the Elector John; but by 1535, when they were printed, he had been replaced by John Frederick.

[24] *Disticha Catonis*, ed. by Marcus Boas (Amsterdam, 1952), Book III, Preface, p. 149; see also *Luther's Works*, 23, p. 362; note 43.

they will find out whether they have deceived themselves or us (though not really us but, as Paul says here, God Himself). Meanwhile, because they arrogantly despise our warnings, we are saying these things for our own comfort, so that we know that it is better to suffer injury than to commit it; for patience is always innocent. Besides, God will not permit us, His ministers, to perish of hunger; but when the rich suffer need and are hungry, He will feed us, and in the days of famine He will provide for us.

For whatever a man sows, that he will also reap.

All this pertains to the topic of support for ministers. I do not like to interpret such passages; for they seem to commend us, as in fact they do. In addition, it gives the appearance of greed if one emphasizes these things diligently to one's hearers. Nevertheless, people should be taught also about this matter, in order that they may know that they owe both respect and support to their preachers. Christ teaches the same thing in Luke 10:7: "Eating and drinking what they provide, for the laborer deserves his wages"; and Paul says elsewhere (1 Cor. 9:13-14): "Do you not know that those who are employed in the temple service get their food from the temple, and those who serve at the altar share in the sacrificial offerings? In the same way the Lord commanded that those who proclaim the Gospel should get their living by the Gospel." It is important for us who are in the ministry to know this, so that we do not have a bad conscience about accepting for our work wages that accrue to us from papal properties. Although these things were acquired by sheer fraud, nevertheless God despoils the Egyptians (Ex. 3:22), that is, the papists, of their possessions and transfers them to a good and pious use. This does not happen when the nobles seize them and expropriate them for their own misuse; it happens when those who proclaim the glory of God and faithfully instruct the youth derive their livelihood from them. It is impossible that one man should be devoted to household duties day and night for his support and at the same time pay attention to the study of Sacred Scripture, as the teaching ministry requires. Since God has commanded and instituted this, we should know that we may with a good conscience enjoy what is provided for the comfortable support of our lives from church properties to enable us to devote ourselves to our office. Therefore no one should give himself any scruples about this, as though it were not permissible to make use of these properties.

8. *For he who sows to the flesh will from the flesh reap corruption; but he who sows to the Spirit will from the Spirit reap eternal life.*

Now Paul adds a metaphor and an allegory. He applies the general statement about sowing to the particular case of providing for ministers, saying: "He who sows to the Spirit, that is, he who provides for preachers of the Word, performs a spiritual work and will reap eternal life." Now the question is whether we merit eternal life by good works, for that is what Paul seems to be asserting in this passage. Earlier (ch. 3) we discussed at sufficient length the passages that speak about works and rewards.[25] It is extremely necessary, following Paul's example, to exhort believers to do good works, that is, to exercise their faith through good works; for unless these works follow faith, this is the surest possible sign that the faith is not genuine. Therefore the apostle says: "He who sows to the flesh [some read: 'to his own flesh'],[26] that is, who does not share anything with the ministers of the Word but only feeds and takes care of himself, as the flesh wants him to, will from the flesh reap corruption, not only in the life to come but even in the present life. The possessions of the wicked will collapse, and eventually they themselves will perish miserably." The apostle was eager to exhort hearers to be generous and kind toward their preachers. It is a miserable business that the malice and ingratitude of men should be such that admonitions of this kind are necessary in the churches.

The Encratites abused this passage to support their fanatical opinion against marriage and interpreted it this way: "He who sows to the flesh will reap corruption; that is, he who marries will be damned. Therefore a wife is something damnable, and marriage is evil, because in it there is a sowing to the flesh." [27] Those foul beasts were so utterly devoid of judgment that they did not see what the apostle was talking about. I am warning you about this in order that you may see that the devil, through his agents, can easily divert simple hearts from the truth. He will soon have an infinite number of such agents. In fact, Germany already has many of them, because it persecutes and kills believers in some places and neglects them

---

[25] See the discussion earlier in this commentary, *Luther's Works,* 26, pp. 261 ff.

[26] Actually both the Greek and the Latin texts have "his own" here.

[27] On the Encratites cf. Irenaeus, *Adversus haereses,* I, 28; also *Luther's Works,* 24, p. 228.

in others. Let us arm ourselves against these errors and others like them, and let us learn to grasp the genuine meaning of Scripture. As any man equipped with plain common sense can see, Paul is not speaking about marriage; he is speaking about support for the ministers of the churches. And although this support is material, he still calls it "sowing to the Spirit." On the other hand, he calls scraping for money and looking out for oneself "sowing to the flesh." He pronounces the former blessed both in this life and in the life to come, but the latter he pronounces accursed both in this life and in the life to come.

9. *And let us not grow weary in well-doing; for in due season we shall reap, if we do not lose heart.*

As Paul is about to conclude the epistle, he passes from the particular to the general and exhorts us in general to all good works, as though he were saying: "Let us be liberal and kind, not only toward the ministers of the Word but toward all men; and let us not grow weary." For it is easy to do good once or twice, but to stay with it and not to be overcome by the ingratitude or malice of those you are helping — this is work and labor. Therefore he exhorts us not only to do good but also not to grow weary in doing good. To persuade us of this more easily, he adds: "For in due season we shall reap, if we do not lose heart." It is as though he were saying: "Watch and wait for the eternal harvest that is to come. Then no human ingratitude or malice will be able to dissuade you from well-doing. In the time of harvest you will receive the most abundant fruit from your sowing." With these sweet words he exhorts the faithful to do good works.

10. *So, then, as we have opportunity, let us do good to all men, and especially to those who are of the household of faith.*

This is the conclusion of Paul's exhortation about the liberal support of the ministers of the churches and about generous contributions to all who are in need. It is as though he were saying (John 9:4): "Let us do good while it is day; for when the night comes, we cannot work." When the light of truth is taken away, men do indeed perform many works; but it is all in vain, because those who walk in the darkness do not know where they are going. Therefore their whole life, work, suffering, and death are in vain.

With these words he obliquely stabs the Galatians, as though he were saying: "Unless you abide in the sound doctrine which you have received from me, it will not do you any good to perform many good works, to endure suffering, etc." Thus he said earlier (3:4): "You experienced so many things in vain." "The household of faith" is a new phrase to designate those who belong to our fellowship of faith; first among these are the ministers of the Word, and then other believers.

11. *See with what large letters I am writing to you with my own hand.*

Paul concludes the epistle with an exhortation to his readers and a sharp rebuke or invective against the false apostles.

Earlier he had cursed and anathematized them, but now he repeats this. Yet he accuses them seriously with other words, to deter the Galatians and call them back from the authority of the false apostles. "You have the sort of teachers," he says, "who (1) seek only their own glory, (2) run away from persecution, and (3) neither understand nor carry out in their own practice what they teach." If anyone, especially an apostle, recommended a preacher on the basis of these three virtues, such a preacher would deserve to be avoided by everyone. But not all the Galatians heeded this warning of Paul's. Paul is not slandering the false apostles when he inveighs against them so vehemently; he is judging them by his apostolic authority. Thus when we call the pope Antichrist and call the bishops and the fanatics [28] accursed, we are not insulting them; we are judging by divine authority that they are accursed, in accordance with the statement (1:8): "Even if we, or an angel from heaven, etc." For the former persecute the doctrine of Christ, and the latter subvert it.

"See," says Paul, "with what large letters I am writing to you with my own hand." He says this to persuade them and to show them his maternal feelings for them, as though he were saying: "Never have I written such an epistle with my own hand to any church as I have written to you." He dictated the others and merely signed his name, together with a final greeting, in his own hand, as is evident at the end of his epistles.[29] It seems to me that with

---

[28] From the lecture notes it is evident that Luther means Oecolampadius and Carlstadt.

[29] Luther is thinking of passages like 1 Cor. 16:21, Col. 4:18, and 2 Thess. 3:17.

these words he is referring to the length of the epistle; there are others who interpret them otherwise.[30] Now there follow an accusation and a condemnation.

12. *It is those who want to make a good showing in the flesh that would compel you to be circumcised, and only in order that they may not be persecuted for the cross of Christ.*

Paul uses the significant word εὐπροσωπῆσαι; in German we would say "to be well mannered," "to know how to make a good impression."[31] "Their primary virtue," he says, "is that they fawn upon dignitaries and prelates. To gain their favor and to preserve their own glory unharmed, they are compelling you to receive circumcision. For the leaders of the Jews stubbornly resist the Gospel and defend Moses. The false apostles are striving to accommodate themselves to the demand of these men that they live outwardly and regulate their lives as they require. To keep the favor of these men and to avoid the persecution of the cross, they teach that circumcision is necessary for salvation." This is how certain sycophants of the pope, the bishops, and the princes are today.[32] They cry out against us and viciously slander our writings, not from a devotion to the defense of the truth, which they attack and blaspheme in opposition to their own conscience, but merely to please their idols — the pope, the bishops, the kings and princes of this world — and to avoid suffering the persecution of the cross of Christ. If the Gospel provided them with the comforts of the flesh that they get from the wicked bishops and princes, and if wealth, pleasure, and peace and quiet for the flesh followed the confession of the Gospel, they would immediately come over to our side.

"Your teachers," says Paul, "are exceedingly vain men. They have no concern for the glory of Christ or for your salvation, but they are interested only in their own glory. In addition, because they are afraid of persecution, they proclaim the righteousness of the flesh; otherwise they would draw upon themselves the hate and persecution of men. Therefore even though you may listen to them intently and

[30] Jerome, *Commentarius in Epistolam S. Pauli ad Galatas, Patrologia, Series Latina,* XXVI, 463.

[31] The German words are *wol geberden, sich fein wissen zu stellen.*

[32] From the lecture notes it appears that Luther is thinking specifically of Crotus Rubianus; he accuses him of sycophancy also in a letter to Justus Menius, October 18, 1531 (W, *Briefe,* VI, 208).

for a long time, you will still be listening to men who worship their own bellies, seek their own glory, and flee the cross (Phil. 3:18-19)." The emphasis here is on the word "compel." For circumcision in itself is nothing; but to compel circumcision and to claim that righteousness and satisfaction lie in the observance of it, but that neglect of it is a sin — this is an insult to Christ. This matter has been discussed at sufficient length above.

13. *For even those who receive circumcision do not themselves keep the Law, but they desire to have you circumcised that they may glory in your flesh.*

Here Paul is a heretic; for he says that the false apostles and the whole Jewish nation, who were circumcised, did not keep the Law, in fact, that those who were circumcised did not fulfill the Law by fulfilling the Law. This is contrary to Moses, who says that to be circumcised is to observe the Law and not to be circumcised is to invalidate the covenant of God (Gen. 17:14). The Jews were circumcised for no other reason than to observe the Law, which commanded that every male be circumcised on the eighth day. All this has been treated at length earlier and does not have to be repeated here. It belongs to the description of the false apostles, to deter the Galatians from listening to them, as though he were saying: "See, I am showing you and describing for you what your teachers are like: first, that they are vainglorious men who seek only their own interests and care only for their bellies; secondly, that they are men who run away from persecution; and finally, that they teach nothing that is sure or true, but that everything they say or do is a sham. Therefore even though outwardly they observe the Law in their gestures and ceremonies, they do not really observe it by such observance." For the Law cannot be fulfilled without the Holy Spirit, and the Holy Spirit cannot be received without Christ. Unless He has been received, the human spirit remains unclean; that is, it despises God and seeks its own glory. Therefore whatever part of the Law it may perform is hypocritical and is a double sin. For an unclean heart does not keep the Law but only pretends outwardly to be keeping it; thus it is only confirmed even more deeply in its wickedness and hypocrisy.

This sentence, "Those who receive circumcision do not keep the Law," should be carefully noted; for it means that those who are circumcised are not really circumcised. It can be applied also to other works. Whoever does works, prays, or suffers apart from Christ, does his works, prays, and suffers in vain; for "whatever does not proceed from faith is sin" (Rom. 14:23). Therefore it does not do anyone any good to receive circumcision outwardly or to fast and pray, while inwardly he goes on despising grace, the forgiveness of sins, faith, Christ, etc., and remains arrogant in his self-confidence and presumption about his own righteousness, all of which are horrible sins against the First Table. These are then accompanied by sins against the Second Table, such as disobedience, sexual lust, rage, anger, hatred, etc. Thus he speaks accurately when he says: "Those who receive circumcision do not keep the Law but merely give the outward appearance of keeping it." For such pretense is a double wickedness in the sight of God.

"What are the false apostles doing when they want you to receive circumcision? They want you to receive circumcision, not that you may be justified, although this is their pretext, but that they may glory in your flesh. Now who does not have utter contempt for this poisonous vice of ambition or desire for glory which is being pursued at such peril to human souls?" "These are exceedingly vain men," he continues, "who serve their belly and fear persecution. Besides, and worst of all, they compel you to receive circumcision according to the Law in order that they may misuse your flesh for their own glory, to the eternal damnation of your souls. The advantage you receive from this is damnation in the sight of God. In the sight of the world, of course, it will enable the false apostles to boast that they are your teachers and you their disciples. Yet they teach you something that they themselves do not do." Thus he rebukes the false apostles quite sharply and harshly.

The words "that they may glory in your flesh" should be read with emphasis, as though he were saying: "They do not have the Word of the Spirit. Therefore it is impossible for you to receive the Spirit from their preaching. They are merely vexing your flesh and making you into unspiritual and self-righteous men who outwardly observe prescribed days, seasons, sacrifices, etc., according to the Law, but without the Spirit; for all these are purely material things, from which you derive nothing but useless labor and damnation. On the other hand, they derive from it an opportunity to boast that they are the teachers of the Galatians and have called them back from the doctrines of that heretic Paul to their mother, the synagog. (Thus the sycophants of the papists today boast that they are calling the victims of their subversion back to the bosom of the church.) But we do not glory in your flesh; we glory in your spirit, because you have received the Spirit through our preaching" (Gal. 3:2).

14. *But far be it from me to glory except in the cross of our Lord Jesus Christ.*

The apostle comes to the very point of indignation, and in his agitated state he erupts with the words: "But far be it from me, etc.," as though he were saying: "The carnal boasting of the false apostles is such a loathsome disease that I would like to see it buried in hell, for it has proved to be the destruction of many. Let those who wish, glory in the flesh; and let them perish with their accursed glory! The only glory I have left is this, that I glory in the cross of Christ." He speaks the same way in Rom. 5:3: "We rejoice in our sufferings"; and in 2 Cor. 12:9: "I will all the more gladly boast of my weaknesses." Here Paul shows what true Christian boasting is, namely, to boast, rejoice, and be proud in suffering, shame, weakness, etc. The world not only regards Christians as the most despicable of men; but with vehemence and what it regards as righteous zeal it hates, persecutes, condemns, and kills them as a dangerous menace to both the spiritual and the earthly realm, in other words, as heretics and revolutionaries. But because they are not suffering on account of murder, stealing, and other such crimes, but on account of Christ, whose blessings and glory they proclaim, they glory in their afflictions and in the cross of Christ. With the apostles they "rejoice that they are counted worthy to suffer dishonor for the name of Christ" (Acts 5:41). So today, when the pope and the whole world persecute us, cruelly damn and kill us, we should glory and exult in this; for we are not undergoing all this on account of our misdeeds as thieves, robbers, etc. (1 Peter 4:15), but on account of Christ, our Savior and Lord, whose Gospel we teach in its purity.

Our boasting increases and is confirmed by two facts: (1) that we are sure that we have the pure and divine doctrine, (2) that our cross or suffering is the suffering of Christ. When the world persecutes and slays us, therefore, we do not have any reason to complain and lament, but only to rejoice and exult. The world regards us as miserable and abominable; but Christ, who is greater than the world and for whose sake we are suffering, pronounces us blessed and commands us to rejoice. "Blessed are you," He says (Matt. 5:11-12), "when men revile you and persecute you and utter all kinds of evil against you falsely on *My* [33] account. Rejoice and be glad." Therefore our boasting is far different from that of the world, which does not glory in its affliction, shame, persecution, death, etc., but in its power, wealth, peace, honor, wisdom, and righteousness. But sorrow and confusion lie at the end of such glory and rejoicing.

"The cross of Christ" does not mean, of course, the wood that Christ carried on His shoulders and to which He then was nailed. No, it refers in general to all the afflictions of all the faithful, whose sufferings are the sufferings of Christ. 2 Cor. 1:5: "We share abundantly in Christ's sufferings"; and Col. 1:24: "I rejoice in my sufferings for your sake, and in my flesh I complete what is lacking in Christ's afflictions for the sake of His body, that is, the church." Therefore "the cross of Christ" refers in general to all the afflictions which the church suffers on Christ's account, as Christ Himself testifies when He says in Acts 9:4: "Saul, Saul, why do you persecute Me?" Saul had not done any violence to Christ, but only to His church. But whoever touches this, touches the apple of His eye (Zech. 2:8). The head is more sensitive and responsive in its feeling than the other parts of the body, as experience teaches. When the small toe or some other tiny part of the body is hurt, the face immediately shows that it feels this; the nose contracts, the eyes flash, etc. In the same way Christ, our Head, makes our afflictions His own, so that when we, who are His body, suffer, He is affected as though the evils were His own.

It is helpful to know this, so that we are not overly sad or even completely desperate when we see our enemies persecuting, excommunicating, and murdering us, or when we see the heretics hating us so bitterly. Then we should think that, following the example of Paul, we ought to glory greatly in the cross which we have received because of Christ, not because of our own sins. When we consider the sufferings we receive only so far as we ourselves are involved in them, they become not only troubling but intolerable. But when the second person pronoun "Thy" is added to them, so that we can say (2 Cor. 1:5): "We share abundantly in Thy sufferings, O Christ," and, as the psalm says (44:22), "For Thy sake we are slain all day

---

[33] We have used italics where the original has capital letters.

long," then our sufferings become not only easy but actually sweet, in accordance with the saying (Matt. 11:30): "My burden is light, and My yoke is easy."

Now it is evident that the only reason we must endure the hate and persecution of our opponents today is that we preach Christ purely. If we were to deny Him and to accept their wicked errors and godless forms of worship, they would not only stop hating and persecuting us but would even offer us honors, riches, etc. Because we suffer all this on Christ's account, we can most certainly glory with Paul in the cross of our Lord Jesus Christ, that is, not in power, the goodwill of men, riches, etc., but in trouble, weakness, sorrow, fightings of body and fears of spirit (2 Cor. 7:5), persecution, and every evil. Therefore we hope that it will soon happen that Christ will say to us what David said to Abiathar the priest (1 Sam. 22:22): "I have occasioned the death of all these persons." Or, as the prophet says (Is. 37:23): "You have not mocked the Children of Israel, but *Me*," as though He were saying: "Whoever does harm to you does harm to Me, for you would not have had to undergo this if you had not preached My Word and confessed Me." Thus John 15:19 says: "If you were of the world, the world would love its own; but because I chose you out of the world, therefore the world hates you." This has been discussed earlier.

Through whom the world has been crucified to me, and I to the world.

This is a characteristically Pauline expression, "the world has been crucified to me" (that is, I regard the world as condemned), and "I have been crucified to the world" (that is, the world regards me as condemned in turn). "Thus we crucify and condemn each other. I curse all the righteousness, the doctrine, and the works of the world as the venom of the devil. The world, in turn, curses my doctrine and my deeds and judges me to be a dangerous man, a heretic, a seditionist, etc." So today the world has been crucified to us, and we to the world. We curse and condemn the doctrine, the Masses, the religious orders, the vows, the worship, the works, the life, and all the abominations of the pope and of the heretics as the very filth of the devil. They, in turn, persecute and slay us as subverters of religion and disturbers of the public peace.

The monks imagined that the world was being crucified to them when they entered the monastery.[34] But it is not the world, but Christ, who is being crucified this way. In fact, the world is delivered from crucifixion and given a new lease on life by the presumption of saintliness and the trust in their own righteousness that characterizes those who entered the religious life. Therefore it is a clumsy distortion of this statement of the apostle to apply it to entry into the religious life. He is speaking about something far more difficult: that what Paul and any other saint or Christian regards as divine wisdom, righteousness, and power, is regarded and condemned by the world as the utmost foolishness, wickedness, and weakness; and, on the other hand, what the world regards as the ultimate in religion and the worship of God, the faithful know to be the worst possible blasphemy. Thus believers judge the world; and the world, in turn, judges believers. But the correct judgment is on the side of the believers, for "the spiritual man judges all things" (1 Cor. 2:15). Therefore the judgment of the world about religion or about righteousness in the sight of God conflicts with the judgment of believers as much as the devil conflicts with God. Now God is crucified to the devil, and the devil to God. That is, God condemns the doctrine and works of the devil, for, as John says (1 John 3:8), "the reason the Son of God appeared was to destroy the works of the devil"; and, on the other hand, the devil condemns and subverts the Word and the works of God; for "he is a murderer and the father of lies" (John 8:44). In the very same way, the world condemns the doctrine and life of believers, calling them vicious heretics and disturbers of the public peace. The believers, in turn, call the world "the son of the devil," who faithfully follows the footsteps of his father, that is, who is just as much a murderer and a liar as his father is. Now in Holy Scripture "world" means not only the obviously wicked and infamous but the best, the wisest, and the holiest of men. This is what Paul has in mind when he says: "through whom the world has been crucified to me, and I to the world."

At the same time Paul subtly attacks the false apostles, as though he were saying: "All glory apart from the cross of Christ I hate in the extreme and despise as an accursed thing. I regard it as not only dead but dead in the most wretched way, as someone sentenced to the cross dies a most wretched death. For the world with all its glory is crucified to me, and I to the world. Therefore let all those who

---

[34] See, for example, John of Damascus, *Barlaam and Joasaph*, XII, 108.

glory in your flesh, not in the cross of Christ, be accursed." With these words Paul testifies that he hates the world with the perfect hatred of the Holy Spirit, and that the world, in turn, hates him with the perfect hatred of the spirit of evil. It is as though he were saying: "It is impossible to conclude any peace between me and the world. Then what should I do? Shall I surrender and teach what the world wants me to teach? No. But with an undaunted spirit I shall attack it even more boldly, disdaining and crucifying it as completely as it disdains and crucifies me."

Finally Paul teaches here how to battle against Satan, who is continually attacking us with different physical troubles. Inwardly, too, he constantly strikes our heart with his flaming darts (Eph. 6:16), in the hope that by such persistence, if not in any other way, he can overthrow our faith and lead us away from the truth and from Christ. To battle against him, we must use the same method that we see St. Paul himself using when he proudly disdained the world. So we should disdain the devil, its chief, with all his powers, tricks, and infernal rage; and relying on Christ's protection, we should berate him this way: "Satan, the more you harm me and try to harm me, the more I will lord it over you and make fun of you. The more you frighten me and try to bring me to the point of despair, the more I shall trust and boast, in the very midst of your rage and malice, not in my own strength but in that of Christ, my Lord, whose power is made perfect in my weakness. Therefore when I am the weakest, then I am the strongest (2 Cor. 12:9-10)." But when Satan sees that his threats and terrors are having an effect, he is happy and terrifies those who are terror-stricken even more.

15. *For in Christ Jesus neither circumcision counts for anything, nor uncircumcision, but a new creation.*

It is amazing that Paul should say that in Christ Jesus neither circumcision nor uncircumcision counts for anything. He should rather have said: "Either circumcision or uncircumcision counts for something, since these two are contrary to each other." But now he denies that either one counts, as though he were saying: "We must go higher, for circumcision and uncircumcision are far too low to count for righteousness in the sight of God. They are, of course, contrary to each other; but that has nothing to do with Christian righteousness, which is not earthly but heavenly and therefore does not consist in physical things. And so whether you receive circumcision or do not receive it is all the same, for neither counts for anything in Christ Jesus."

The Jews were greatly offended when they heard that circumcision did not count for anything. They were perfectly ready to concede that uncircumcision did not count for anything, but to say the same about the Law and about circumcision was unbearable for them to hear. To defend the Law and circumcision they were ready to fight to the point of bloodshed. Today the papists are contending vigorously in defense of their traditions about eating meat, celibacy, feriae, etc.; and they curse and excommunicate us for teaching that in Christ Jesus these traditions do not count for anything. In the same way some of our followers, who are no less stupid than the papists, regard freedom from the traditions of the pope as something so necessary that they are afraid of committing sin if they do not violate or abolish all of them immediately.[35] But Paul says that what we have counting for our justification is something far more precious than the Law or circumcision, more precious than the observance or the violation of the papal traditions. In Christ Jesus, he says, neither circumcision nor uncircumcision, neither celibacy nor marriage, neither eating nor fasting, etc., counts for anything. Food does not commend us to God; we do not become better by abstaining from it or worse by eating it. These things are far too trivial. Indeed, the whole world with all its laws and its righteousness is far too insignificant to warrant their being dragged into the discussion of justification.

The reason and wisdom of the flesh does not understand this. It does not understand the things that pertain to the Spirit of God (1 Cor. 2:14), and therefore it maintains that righteousness is founded on something external. But we have been so well instructed on the basis of the Word of God that we declare with assurance that there is nothing under the sun that counts for our righteousness in the sight of God except Christ alone or, as he says here, "a new creation." Now political laws, human traditions, ecclesiastical ceremonies, and even the Law of Moses are matters located outside Christ; therefore they do not count for righteousness in the sight of God. It is, of course, permissible to use them as good and necessary things, but in their proper place and time. But if they are summoned into the discussion of justification, they do not count for anything at all but

---

[35] Cf. *Luther's Works*, 40, pp. 231—232.

get in the way; for "in Christ Jesus neither circumcision counts for anything, nor uncircumcision, but a new creation."

With the two terms "circumcision" and "uncircumcision" Paul excludes everything that belongs to the whole universe and denies that it counts for anything in Christ Jesus, that is, in the area of faith and salvation. By synecdoche he uses the part for the whole; that is, by "uncircumcision" he means all the Gentiles, and by "circumcision" he means all the Jews with all their powers and all their glory. It is as though he were saying: "Whatever the Gentiles can accomplish with all their wisdom, righteousness, laws, power, kingdoms, and empires counts for nothing in Christ Jesus. Likewise, whatever the Jews are and whatever they can do with Moses, with their Law, circumcision, worship, temple, kingdom, and priesthood does not count for anything either." In Christ Jesus or in the issue of justification, therefore, there is to be no dispute about the laws of either the Gentiles or the Jews, about whether the Ceremonial or the Moral Law justifies; but this negative statement is to be applied absolutely: "In Christ Jesus neither circumcision counts for anything, nor uncircumcision."

Does this mean that laws are evil? No. They are actually good and useful, but in their proper order and proper place, namely, in material and political matters, which cannot be administered without laws. In addition, we also observe certain ceremonies and laws in the churches, not because such observance counts for justification, but for the sake of good order, a good example, tranquillity, and harmony, in accordance with the statement (1 Cor. 14:40): "All things should be done decently and in order." But if laws are set forth and required as though their observance justified and their nonobservance damned, then they must be completely abrogated and repealed; otherwise Christ will lose His position and glory as the only One who justifies, sends the Spirit, etc. With these words Paul clearly affirms that neither circumcision counts for anything nor uncircumcision, but a new creation. But since in Christ neither the laws of the Gentiles nor those of the Jews count for anything, it was a completely ungodly action when the pope compelled us to attach our confidence to his laws.

A new creation, by which the image of God is renewed (Col. 3:10), does not happen by the sham or pretense of some sort of outward works, because in Christ Jesus neither circumcision nor uncircumcision counts; but it is "created after the likeness of God in righteousness and holiness" (Eph. 4:24). When works are performed, they do indeed give a new outward appearance, which captures the attention of the world and the flesh. But they do not produce a new creation, for the heart remains as wicked and as filled with contempt of God and unbelief as it was before. Thus a new creation is a work of the Holy Spirit, who implants a new intellect and will and confers the power to curb the flesh and to flee the righteousness and wisdom of the world. This is not a sham or merely a new outward appearance, but something really happens. A new attitude and a new judgment, namely, a spiritual one, actually come into being, and they now detest what they once admired. Our minds were once so captivated by the monastic life that we thought of it as the only way to salvation; now we think of it quite differently. What we used to adore, before this new creation, as the ultimate in holiness now makes us blush when we remember it.

Therefore a new creation is not a change in clothing or in outward manner, as the monks imagine, but a renewal of the mind by the Holy Spirit; this is then followed by an outward change in the flesh, in the parts of the body, and in the senses. For when the heart acquires new light, a new judgment, and new motivation through the Gospel, this also brings about a renewal of the senses. The ears long to hear the Word of God instead of listening any longer to human traditions and notions. The lips and the tongue do not boast of their own works, righteousness, and monastic rule; but joyfully they proclaim nothing but the mercy of God, disclosed in Christ. These changes are, so to speak, not verbal; they are real. They produce a new mind, a new will, new senses, and even new actions by the flesh, so that the eyes, the ears, the lips, and the tongue not only see, hear, and speak otherwise than they used to, but the mind itself evaluates things and acts upon them differently from the way it did before. Formerly it went about blindly in the errors and darkness of the pope, imagining that God is a peddler who sells His grace to us in exchange for our works and merits. Now that the light of the Gospel has risen, it knows that it acquires righteousness solely by faith in Christ. Therefore it now casts off its self-chosen works and performs instead the works of its calling and the works of love, which God has commanded. It praises God and proclaims Him, and it glories and exults solely in its trust in mercy through Christ. If it has to bear some sort of evil or danger,

[W, XL², 179, 180]

it accepts this willingly and joyfully, although the flesh goes on grumbling. This is what Paul calls "a new creation."

16. *Peace and mercy be upon all who walk by this rule.*

Paul has added this as a conclusion. This is the only true rule by which we should walk, namely, the new creation. The Franciscans wickedly distort this passage and apply it to their monastic rule.[36] On this basis these blasphemous and sacrilegious men have proclaimed that their rule is far holier than others because it was established and confirmed by apostolic testimony and authority. Now certainly Paul is not speaking here about cowls, tonsures, cinctures, sandals, bellowing in church, and similar stupid trifles that belong to the life of the Minorites; he is speaking about a new creation, which is neither circumcision nor uncircumcision, but "a new nature, created after the likeness of God in true righteousness and holiness" (Eph. 4:24), which is inwardly righteous in the spirit and outwardly holy and pure in the flesh. The Franciscans and all the other monks do indeed have a righteousness and holiness; but this is hypocritical and ungodly, because they hope to be justified by the observance of their rule, not solely by faith in Christ. In addition, although they make an outward pretense of holiness and do restrain their eyes, hands, tongue, and other parts of their body, they still have an unclean heart, filled with the desires of the flesh, envy, anger, sexual lust, idolatry, contempt and hatred for God, blasphemy toward Christ, etc. They are violent enemies of the truth.

Therefore let the rule of Francis, of Dominic, and of all the others be accursed: first, because by them the blessings and the glory of Christ have been obscured and overthrown, and the Gospel of grace and life has been totally crushed; secondly, because they have filled the world with endless idolatry, false worship, wicked religion, self-chosen works, and the like. But let only this rule, about which Paul is speaking here, be blessed. By it we live in faith in Christ and are made a new creation, that is, truly righteous and holy through the Holy Spirit, not through sham or pretense. Upon those who walk by this rule there comes peace (that is, the favor of God, the forgiveness of sins, and serenity of conscience) and mercy (that is, help

[36] The original *Rule* of Francis was prepared at Rivo Torto in 1210, but it is no longer in existence. The so-called *Regula prima* or "*Rule* of 1221" had been greatly expanded by Luther's time.

in affliction and forgiveness for the remnants of sin still in the flesh). In fact, even if those who walk by this rule are overtaken in a fault or in some sort of lapse, still, because they are children of grace and peace, they obtain mercy, so that their sin and lapse is not imputed against them.

Upon the Israel of God.

Here Paul attacks the false apostles and the Jews, who boasted about their fathers, their election, the Law, etc. (Rom. 9:4-5). It is as though he were saying: "The Israel of God are not the physical descendants of Abraham, Isaac, and Israel but those who, with Abraham the believer (3:9), believe in the promises of God now disclosed in Christ, whether they are Jews or Gentiles." This argument has been treated at length earlier, in the third chapter.[37]

17. *Henceforth let no man trouble me.*

Paul concludes the epistle with some irritation and indignation, as though he were saying: "I have preached the Gospel faithfully as I received it by revelation from Christ Himself. Whoever does not want to follow it may follow anything he wishes, provided that he does not bother me anymore. In brief, this is what I have to say: that Christ, whom I have proclaimed, is the only High Priest and Savior of the world. Therefore let the world either walk according to this rule, about which I have been speaking here and throughout this epistle, or let it perish forever."

For I bear on my body the marks of the Lord Jesus.

Just as the Minorites claim that the earlier sentence, "all who walk by this rule," was spoken about their rule, so they imagine that this one must apply to the stigmata of their Francis.[38] I think that what they say about this matter is a pure fiction and a joke. But even if Francis did bear stigmata on his body, as he is portrayed, they were not printed on him on account of Christ. He printed them on himself by some sort of foolish devotion or, more likely, vainglory, by which he was able to flatter himself into believing that he was so dear to Christ that He had even printed His wounds on his body.

[37] See the earlier discussion in *Luther's Works*, 26, pp. 244—248.

[38] The stigmata of Francis were believed to have been supernaturally impressed on his body on September 17, 1224.

Paul's real meaning in this passage is this: "The marks printed on my body show clearly whose servant I am. If I sought to please men, if I insisted on circumcision and the observance of the Law as something necessary for salvation, or if I gloried in your flesh after the fashion of the false apostles, there would be no need for me to bear these marks on my body. But because I am a servant of Jesus Christ and walk by the true rule, that is, because I preach and confess publicly that no one, without exception, can obtain grace, righteousness, and salvation apart from Christ, therefore I must also bear the insignia of Christ, my Lord. These are not stigmata that I have invited upon myself; they are marks that were inflicted on me against my will by the world and by Satan, on account of Jesus, whom I affirm to be the Christ."

Therefore these marks are the troubles or sufferings of the body, as well as the arrows of the devil and the mental fears that Paul mentions throughout his epistles and Luke in the Book of Acts. 1 Cor. 4:9: "I think that God has exhibited us apostles as last of all, like men sentenced to death; because we have become a spectacle to the world, to angels and to men." And again (1 Cor. 4:11-13): "To the present hour we hunger and thirst, we are ill-clad and buffeted and homeless, and we labor, working with our own hands. We are reviled, persecuted, and slandered. We have become the refuse of the world, the offscouring of all things." In 2 Cor. 4:4-5 he says: "Through great endurance, in afflictions, hardships, calamities, beatings, imprisonments, tumults, labors, watching, hunger." And in chapter 11:23-26: [39] "With very great labors, many imprisonments, with countless beatings, and often near death. Five times I have received at the hands of the Jews the forty lashes less one. Three times I have been beaten with rods; once I was stoned. Three times I have been shipwrecked; a night and a day I have been adrift at sea; on frequent journeys, in danger from rivers, danger from robbers, danger from my own people, danger from Gentiles, danger in the city, danger in the wilderness, danger at sea, danger from false brethren."

These are the true stigmata, that is, imprinted marks, about which the apostle is speaking here; we, too, by the grace of God, bear them on our body today on account of Christ. For the world persecutes and slays us; false brethren hate us bitterly; and Satan terrifies us

---

[39] Here the original has "chapters 11 and 12."

inwardly in our hearts with his flaming darts (Eph. 6:16) — all this for no other reason than that we teach that Christ is our righteousness and life. We do not choose these stigmata because of some sweet devotion, nor do we enjoy suffering. But because the world and Satan inflict them on us against our will, on account of Christ, we are compelled to endure them. In the Spirit, who is always wholesome and who glories and rejoices, we glory with Paul that we bear them on our body; for they are a seal and a sure evidence of true doctrine and faith. Paul has said all this with a certain amount of indignation.

18. *The grace of our Lord Jesus Christ be with your spirit, brethren. Amen.*

This is Paul's final farewell. He ends the epistle with the same words with which he began it, as though he were saying: "I have proclaimed Christ to you purely. I have begged you and scolded you. I have not omitted anything that I thought you needed. There is nothing further that I can do for you except to pray from my heart that our Lord Jesus Christ may add His blessing and His increase to my labor, and may rule you by His Spirit forever. Amen."

So far the exposition of the epistle of St. Paul to the Galatians. May the Lord Jesus Christ, our Justifier and Savior, who has granted me the grace and ability to expound this epistle and has granted you the grace and ability to hear it, preserve and confirm both you and me. From the heart I pray that we may grow more and more in the knowledge of grace and of faith in Him, so that we may be blameless and beyond reproach until the day of our redemption. To Him, with the Father and the Holy Spirit, be praise and glory forever and ever. Amen. Amen.

Luke 2:14: "Glory to God in the highest, and on earth peace, good will to men."

Is. 40:9 (1 Peter 1:25): "The Word of the Lord abides forever."

LUTHER'S PREFACE OF 1535

I MYSELF can hardly believe that when I delivered these public lectures on St. Paul's Epistle to the Galatians, I was as wordy as this book shows that I was. Nevertheless, I recognize that all the thoughts which I find set down in this book with such diligence by my brethren are really mine, so that I am compelled to admit that all of them, or at least most of them, were spoken by me in my public presentation. For in my heart there rules this one doctrine, namely, faith in Christ. From it, through it, and to it all my theological thought flows and returns, day and night; yet I am aware that all I have grasped of this wisdom in its height, width, and depth are a few poor and insignificant firstfruits and fragments.

Therefore I am ashamed to have my poor and feeble comments on this great apostle and chosen instrument of God (Acts 9:15) published. But I am forced to be ashamed of this very shame and to become shameless and bold by the infinite and horrible desecration and abomination that have always raged in the church of God and do not stop raging today against that single solid rock which we call the doctrine of justification, namely, that we are redeemed from sin, death, and the devil and endowed with eternal life, not through ourselves and certainly not through our works, which are even less than we are ourselves, but through the help of Another, the only Son of God, Jesus Christ.

Satan attacked this rock in Paradise when he persuaded our first parents to forsake their faith in the God who had given them life and who promised enduring life, and to try to become like God by means of their own wisdom and virtue (Gen. 3:5). In a further attack upon it that liar and murderer (John 8:44), who will always be completely consistent, soon set brother to kill brother, and this for no other reason than that by faith his godly brother had offered to God a more acceptable sacrifice (Heb. 11:4), while he, the wicked brother, who offered his works without faith, was not pleasing to God. Later there followed a continuous and unbearable persecution of this faith by Satan through the sons of Cain, until God was compelled to cleanse the world once and for all through the Flood and thus to preserve Noah, the herald of faith and righteousness (2 Peter 2:5). Yet Satan still kept his own line of descent through Ham, the third son of Noah. But who could recite it all? For thereafter the whole world went mad in opposition to this faith, inventing endless idols and religions, by which, as Paul says (Acts 14:16), everyone went his own way, in the hope of placating a god or a goddess or gods or goddesses by his own works, in other words, of redeeming himself from evil and sin by means of his own work, without the help of Christ. The acts and books of all the heathen provide plenty of evidence for all this.

But the heathen are nothing in comparison with Israel, the people or synagog of God, who not only were endowed beyond all others with the sure promises given to the fathers and then with the Law handed down by God through angels (Gal. 3:19) but were continually being reassured by the presence of the sayings, miracles, and deeds of the prophets. And yet Satan, that is, the insane idea of self-righteousness, made such headway among them that they killed all the prophets and finally even their promised Messiah, the very Son of God Himself, and all for the same reason, namely, because they all taught that men are pleasing to God by the grace of God, not by our own righteousness. From the beginning this has been the fundamental principle of the devil and of the world: "We do not want to seem to be doing evil, but whatever we do must be approved by God and agreed to by all His prophets. If they do not do this, they must die! Down with Abel, long live Cain! That must be our law." And so it is.

But in the church of the Gentiles something happened and is still happening that is so serious as to make the madness of the synagog seem like child's play. For the latter, as Paul says, did not recognize their Christ, and therefore they crucified the Lord of glory (1 Cor. 2:8). But the church of the Gentiles accepted Christ and confessed Him as the Son of God, who has become our righteousness, as it sings, announces, and teaches publicly. Yet while this confession stands, the very people who claim to be the church are killing, persecuting, and raging against those who believe, do, and teach nothing except that Christ is precisely what the others are forced to confess about Him with their hypocritical words and actions. For if those who hold sway today in the name of Christ could hold on to their dominion without the name of Christ, they would disclose openly what they really think of Him in their hearts. For their real opinion of Him is far lower than that of the Jews, who at least think that He is *thola*, that is, a thief who deserved to be crucified.[1] But people nowadays think of Him as a fable, resembling the mythical deities among the heathen; this can be seen in Rome at the curia of the pope, and almost everywhere in Italy.[2]

Thus because Christ is a laughingstock among His own Christians (for that is still what they want to be called), because Cain goes on killing Abel without interruption, and because the abomination of Satan now has its greatest dominion ever — therefore it is necessary to set forth this doctrine as diligently as possible and to put ourselves in opposition to Satan, regardless of whether we are inarticulate or eloquent, learned or ignorant. For if every human being were to keep silent, it would be necessary for this rock to be acclaimed by the rocks and stones themselves (Luke 19:40).

Therefore I, too, am willing to do my duty and to permit this extremely wordy commentary to be released. Thus I want to arouse my brethren to resist the wiles and the malice of Satan. In these most recent and final hours of history he has been provoked into such a rage against the knowledge of Christ in its revived form that men who previously seemed to be possessed by demons and to be insane now seem to have become demons themselves, possessed by even more horrible demons and by an insanity that goes even beyond the demonic. This is caused by the awesome realization which this enemy of truth and life has that the horrible day of his destruction is near and imminent — a day that is for us the delightful day of our redemption, because it spells the end of his tyranny. Thus it is understandable that with all his members and his powers under threat, he becomes agitated, as a thief or an adulterer does when he is caught in the act by the rising sun.

For without even mentioning the abominations of the pope for now, who has ever heard before of the rise of so many monstrosities as we are witnessing during these days among the Anabaptists alone? Satan is stirring up his followers with such agitation everywhere that he seems about to breathe the final gasp of his dominion. It almost

---

[1] On the meaning of this term cf. *Luther's Works,* 14, p. 269, note 25.

[2] Cf. p. 384, note 5, on Italy.

seems as though through them he were bent not only on suddenly overthrowing the world with sedition but also on devouring all of Christ and the church through innumerable sects. He does not fume and rage this way against the lives and opinions of other men. Think of adulterers, thieves, murderers, perjurers, or of ungodly, sacrilegious, and unbelieving men. In fact, he grants them peace in his own house, sweetly caressing them and treating them very indulgently. So in the early days of the church he not only left all the idolatries and religions of the whole world quiet and undisturbed but even supported them magnificently; only the church and the religion of Christ were the object of his universal attack. Later on he granted peace to all the heretics; only the Catholic doctrine did he trouble. So today his only concern is the one that is always characteristic of him, namely, to persecute our Christ, who is our righteousness, without any works of ours; for thus it is written of him (Gen. 3:15): "You shall bruise His heel."

But it is not so much in opposition to them as for the benefit of our own people that these reflections of ours about this epistle of St. Paul are being published. Let these readers either thank me in the Lord for my diligence or forgive me for my weakness and boldness. Actually, I would not want this book to win the approval of the wicked but only to irritate them, along with their god. For it is addressed, at the cost of great effort, only to those to whom Paul wrote this epistle, namely, to those who are troubled, afflicted, vexed, and tempted, to those who are miserable Galatians in faith; for they are the only ones who understand it. Let anyone who is not this way listen to the papists, the monks, the Anabaptists, and the many other teachers of infinite wisdom and self-invented religion; and let him vigorously reject our position, without bothering to understand it.

The papists and the Anabaptists are harmoniously agreed today on this one proposition, over against the church of God, despite their verbal pretenses: namely, that a work of God is dependent on the worthiness of man. For this is what the Anabaptists teach: "Baptism is nothing unless a person is a believer." On the basis of this principle, as it is called, it necessarily follows that none of the works of God are anything if a man is not good. Now Baptism is a work of God, but an evil man can make it not a work of God.

From this it follows further: Marriage and the position of a magistrate or a servant are all works of God; but because men are evil, therefore these are not works of God. Ungodly men have the sun, moon, earth, water, air, and everything that has been subjected to man. But because they are ungodly rather than godly, the sun is not the sun; and the moon, the earth, water, and air are not what they are. The Anabaptists themselves had bodies and souls before their rebaptism; but because they were not godly, they did not have genuine bodies and souls. Similarly, they admit that their parents were not truly married, because they had not been rebaptized; therefore all the Anabaptists are illegitimate children, and all their parents were adulterers and fornicators. Nevertheless, they inherit the possessions of their parents, even though they admit that they are illegitimate and disinherited.

Who does not see here that the Anabaptists are not men possessed but are themselves demons possessed by even worse demons? Thus also the papists do not stop urging works and the worthiness of persons even today in opposition to grace, giving powerful help, at least in words, to their brethren, the Anabaptists. These wolves are joined at the tail, even though they have different heads.[3] They pretend to be fierce enemies publicly; but inwardly they actually believe, teach, and defend the same doctrine, in opposition to Christ, the only Savior, who is our only righteousness. Therefore let everyone who can, cling to this doctrine. And let the others, who make shipwreck (1 Tim. 1:19), be borne where the sea and the winds want to bear them, until they return to the ship or swim to shore. But I shall speak of the Anabaptists elsewhere if Christ the Lord permits. Amen.

[3] Apparently an allusion to the story of Samson (Judges 15:4).

LECTURES ON GALATIANS 1519

Chapters 1–6

Translated by
RICHARD JUNGKUNTZ

DEDICATION

To the most distinguished gentlemen, doctors of pure and true theology, Messrs. Peter Lupinus of Radheim, custodian, and Andreas Bodenstein of Carlstadt, archdeacon, canons of All Saints at Wittenberg, ordinaries, etc., his teachers to be esteemed in Christ, Brother Martin Luther, the Augustinian, offers greetings.

In these days, most distinguished sirs, I have babbled forth some trifling observations about indulgences, matters surely of no consequence about matters — as it seemed to me — of no consequence but, as I have now learned by experience, matters of the greatest consequence about matters of the greatest consequence. For in my remarkable stupidity and very serious blundering I was measuring sins and errors by the standard of God's commandments and the most holy Gospel of Christ. Those friends of mine, however, in keeping with their reputation for wisdom, do not measure any kind of work whatever by any standard but the power of the pope and the privileges of the Roman Church. It is because of this that we had such a difference of opinion and that I aroused such uproar against myself on the part of those superlative Christians and supremely religious professors of sacred theology. And what I have always feared has happened to me. Some have one opinion about me, some have another opinion. To some I have seemed impious; to others, biting; to others, vainglorious; to others, something else, which is the common lot of those who build in public, as the common saying goes, and write for public consumption. I find almost as many teachers as readers, and free of charge at that. Under their wholesome guidance and leadership I have had to learn — if I was not to be obstinate and to become a heretic — that no one can commit a more serious offense than the person who has doubts about the opinions of men or opposes them because of a desire to debate, even though in the meantime he has denied Christ and faith in Christ, that is, has indulged in some childish sport. On this subject, when I was at Augsburg, I had a very fatherly and kindly schoolmaster, as you know.[1] And because of the most illustrious direction of these most illustrious men it has come about that this new and admirable freedom of Christians, according to which everything else goes unpunished and only one law is left against which it is possible for sin to be committed today, holds sway. This is the power of the pope and the privileges of the Roman Church. Hence to wink at and consent to all the swamps of shame and corruption which, starting from Rome under the innocent and sacred name of the pope and the Roman Church, overflow the whole earth without ceasing — this is something holy. To have praised and honored them as though they were the highest virtues — this is piety. To have murmured against them — this is sacrilege. So great is the wrath of the fury of the Lord Almighty, and so great the deserts of our impious thanklessness, that for so long a time we have had to endure the tyranny of hell, in which, as we groan in vain with many a groan, we see that the holy and awesome name of Christ, in which we have been justified, sanctified, and glorified, is given as a pretext for such foul, such filthy, such fearful enormities of greed, tyranny, lust, and godlessness; that it is being forced into the service of vices; and — what is the worst evil of all — that the name of Christ is being blotted out by means of the name of Christ; that the church is being laid waste by means of the name of the church; and, in general, that we are being mocked, deceived, and brought to ruin by those things through which we should have been brought to salvation. Consequently, while those men busy themselves with those very great things, while they bite, while they cut themselves with knives for their Baal (1 Kings 18:28), while they sacrifice to their god from Lindus,[2] and while they vaunt the *extravagantes*[3] with their explanations, those most faithful witnesses to Rome's erudition, I have decided to turn to the least important things, that is, to the Divine Scriptures, and among these to those which come from the author of least consequence (as, in fact, his own name attests),[4] the apostle

[1] Luther is referring to Cardinal Cajetan, before whom he had appeared in Augsburg, October 12, 1518.

[2] The allusion is to the strange rite at Lindus on Rhodes, where Hercules was worshiped with formal and ceremonial cursing.

[3] The *extravagantes* were the papal decretals outside the compilation of Gratian.

[4] A play on the Latin word *paulus*, which means "little."

Paul. So far was he from being the greatest of the apostles or the supreme pontiff that he even declares that he is the least of the apostles and not worthy to be called an apostle (1 Cor. 15:9) — so far is he from boasting that he is the saintliest. In fact, he sprang from the tribe of Benjamin (Rom. 11:1), who is called by Joseph the least of his brothers (Gen. 42:34). And in order that nothing might fail to be very small, he determines not to know anything but Jesus Christ, yet not even Him except as crucified (1 Cor. 2:2), that is, as the least and last of all, since he was by no means unaware that to deal with those greatest and most important of all matters, namely, with the power of the Roman Church and its decrees, was not permissible for him, a most inept and unlearned apostle, but that only the thrice greatest theologians were permitted to do this. I am hopeful, however, that this effort of mine will be more successful, because it has to do with those matters that are a mere nothing, namely, with the power of Christ, by which He is powerful in us even against the gates of hell (Matt. 16:18), and about the privileges of the heavenly church, which knows neither supremely great Rome nor most holy Jerusalem nor any place and does not seek Christ here or there but worships the Father in spirit and in truth (John 4:23). For why should such great men be moved or excited by these trifles, since they lie outside their competence? Therefore I now come before the public the more safely because I avoid those things by which they are excited and deal with petty items that suit my littleness. As for the rest, if anything is left of that ancient tragedy that arose concerning great things, I leave it to them — both because I am only one person and small and weak, but especially because they are standing idle all the day (Matt. 20:6), whereas I am very busy. For it is not necessary for both sides of a cause to torment themselves. There is trouble enough if one side is grieved and distressed.

Furthermore, most noble sirs, to speak seriously to you, I have this respect for the Roman pontiff and his decrees that there is no one superior to him; and I except no one but this vicar's Prince, Jesus Christ, our Lord and Lord of all. I give His Word such preference over the words of His vicar that I have no hesitation at all in passing judgment according to it on all the words and deeds of His vicar. For I want him to be subject to this unbreakable rule of the apostle (1 Thess. 5:21): "Test everything, hold fast what is good." From this yoke, I say, I will not let anyone shake his neck free, no matter whether he goes by the name of mother or schoolmistress of the churches;[5] and so much the more because in our age we have seen that some councils are repudiated and others again are confirmed,[6] that theology is dealt with by mere opinions, that the meaning of the laws depends on one man's arbitrary decision, and that everything is thrown into such confusion that almost nothing certain is left for us. But that even many decretals are inconsistent with the sense of the Gospel is clearer than light, so that actual necessity itself compels us to flee for refuge to the most solid rock of Divine Scripture and not to believe rashly any, whoever they may be, who speak, decide, or act contrary to its authority. Nor do I think that one needs to fear what Cardinal Cajetan and Sylvester Prierias,[7] who quibble that even in matters of faith the mere word of a man is sufficient, fawningly say to the contrary. St. Augustine teaches that no one should be believed, no matter how greatly he may excel in sanctity and learning (even the highest degree of sanctity, I believe), unless he convinces you by Holy Writ or acceptable reasoning, lest we be tricked if we play some other game.[8] But these good counselors in Christ want to drive us into this illusion by force. So many times did St. Peter fall; and on one occasion, even after receiving the Spirit, he erred with most serious peril to souls.[9] And we elevate to the perfection of the apostles men who crawl along far below the lofty plane of the apostles, as if Christ lied when He promised that He would be with us to the end of the world (Matt. 28:20). To such an extent do we look for other Christs, on whose nod of assent and dissent the church should depend. It is sufficient for the Roman pontiff to be the supreme pontiff. It would be most impious to attribute to him in addition virtue and wisdom equal to the virtue and wisdom of Christ, as some have the audacity to do. Yet, to confess it frankly, I myself scarcely know what or where the Roman Church is, since those loathsome babblers play in such a way with, joke with, and confuse the names of the Roman Church. Sylvester carves it into

---

[5] A combination of two titles for the church, *mater* and *magistra*.

[6] Luther seems to be referring to changing attitudes toward the reform councils of the preceding century.

[7] On Cajetan cf. p. 154, note 1; on Prierias, cf. p. 157, note 10.

[8] See also Luther's *Ad dialogum Silvestri Prieriatis de potestate papae responsio* (W, I, 647).

[9] Matt. 27:69-75; Acts 10; Gal. 2:11-14.

three churches: the pope, the cardinals, and the people. Since this distinction is official and adequate, and the members do not agree, he causes the pope and the cardinals to be regarded as being outside the church among the pagans, as persons who are not in the church according to its essence. Or he will place three Christs at the head of those three churches. In fact, on the strength of so great an authority Christ will not belong to the church, since He is not the church according to its power, according to its representation, or according to its essence.[10] Cardinal Cajetan peddles himself everywhere in Germany as the Roman Church, since he is learned enough to invent apostolic *brevia* [11] under its name. The Roman Church is that fine copyist who, when he was going to publish that very beautiful explanation in which Cajetan glories so fittingly — although in his formulary he found neither Scripture passages nor any reasons, but only that it had been the custom and the tradition from time immemorial — right faithfully smeared these very things on his parchment. Everywhere these impious scoundrels sell themselves as the Roman Church, just as it suits each one, as merely with the lead and wax of the Roman Curia they dupe and drain all Germany. What are they doing with such caricatures of the holy names "pope" and "Roman Church" except that they take us Germans to be mere blockheads, dunces, simpletons, and, as they say, barbarians and beasts,[12] while they even ridicule the incredible patience with which we endure the way they dupe and swindle us? Therefore in such a great muddle of facts and words I return from this great forest of Sylvesters [13] to the city of Augsburg, and meanwhile I shall follow the judgment whereby the princes of Germany at their most recent assembly [14] distinguished in a proper, holy, and majestic way between the Roman Church and the Roman Curia. For how could they have rejected the levies of 10, 5, and 2 percent (that is, the marrow and the sudden

[10] Cf. Sylvester Prierias, *In praesumptuosas Martini Lutheri conclusiones de potestate papae dialogus* (St. Louis, XVIII, 314).

[11] A reference to the charge that Cajetan himself was the author of the *Brevia apostolica,* which bore the name of Pope Leo X; cf. *Luther's Works,* 31, pp. 286 ff.

[12] This seems to be a reminiscence of Luther's journey to Rome of 1510—11; see also p. 384, note 5.

[13] A pun on the Latin word *silva.*

[14] Luther is referring to the *Gravamina* of the German nation presented at Augsburg the previous year.

devastation once for all of Germany in its entirety) which they knew had been sanctioned in that most sacred (if I may say so) Roman council and had been demanded by such great emissaries of the apostolic see unless finally, though at a late hour, they had become wise and had realized that this was not a decree of the Roman Church but an invention of the Roman Curia? They saw, of course (wonderful to say, and what no Sylvesters and no Cajetans can believe), that the council and the pope had erred and can err,[15] and that the name "Roman Church" is one thing, while what is carried on in the name of the Roman Church is something else; that it is one thing to be an emissary of the Roman Curia and something else to be an emissary of the Roman Church; that the latter brings the Gospel, but the former looks for money. Where do those barbarians and beasts get such ability to judge, except that God, finally grown weary of the blasphemies against Him and of the mockery and abuse of His name and that of the holy Roman Church, wanted to warn the Roman lords to put aside jest and sport and hereafter to have serious concern for the affairs of the church before they draw blood by wringing Germany's nose too hard (Prov. 30:33)? Therefore, I, too, following the very beautiful example of these lay theologians, make a very long, wide, and deep distinction between the Roman Church and the Roman Curia. The former I know to be the utterly pure bridal bed of Christ, the mother of the churches, the mistress of the world (but in the spirit, that is, mistress over the sins, not over the affairs of the world), the bride of Christ, the daughter of God, the terror of hell, the victory over the flesh; and — what shall I say? — all things are hers, according to Paul in 1 Cor. 3:22 f. She, however, is Christ's, and Christ is God's. The Curia, on the other hand, is known by its fruits (Matt. 7:20). Not that it should be considered important that our possessions and rights are torn away, since it is settled in heaven that in this life Christians suffer oppression, Nimrods, and mighty hunters (Gen. 10:8-9). Nor will the church be freed from this condition except by death; it is a palm tree, and the more powerfully it is oppressed, the higher it rises in Kedesh. But it is a misery beyond all tears that these things are done by brothers and fathers to brothers and sons (as the Lord says in the prophet [Jer. 19:9] that the children are devoured by their parents), something that would scarcely be

---

[15] Cf. Luther's statements at the Leipzig Debate of July, 1519, *Luther's Works*, 31, p. 322.

done by a Turk; or if it were done, at least the holy name of Christ would not be used as a cloak for such foul abominations, which is the most intolerable affront of all to Christ and the church. By all means let property and life go to ruin. But why should we allow the eternal name of the Lord to be so foully besmirched? In no way, therefore, may one resist the Roman Church; but for kings, princes, and whoever could do so to resist the Roman Curia would be a matter of far greater piety than to resist the Turks themselves. Perhaps these things are being expressed too wordily and too freely. But for the sake of those who, along with these mockers, make an endless mockery of Christ, I have been compelled to explain myself, in order that they may know that they are mistaken when they cry that I, who love not only the Roman Church but the whole church of Christ with the purest love, am hostile to the Roman Church. Then, too, I am certain that one day I must die and at the coming of our Lord Jesus Christ must render an account of the truth — whether I have kept it silent or have spoken it — and in general of the talent entrusted to me, lest I be declared guilty of having hidden it (Matt. 25:26-30). Let those who want to rage do so by all means. Only let me not be found guilty of impious silence. I am conscious of being a debtor to the Word, no matter how unworthy I am. It has never been possible to discuss the Word of God without incurring danger of bloodshed; but just as the Word died for us, so it requires, in turn, that we die for it when we confess it. The servant is not greater than his master. "If they persecuted Me," says Christ (John 15:20), "they will also persecute you; if they have kept My Word, they will also keep yours."

But I return to my own case; and I refer to you, most noble sirs, or (to use Paul's expression) confer with you on this study of mine of Paul's epistle. A slight thing it is indeed. It is not so much a commentary as a testimony of my faith in Christ, lest perhaps I have run in vain and have not adequately grasped Paul's meaning (Gal. 2:2). For here, because it is God's affair and surely of the utmost importance, I am eager to be instructed by any child. I, too, would certainly have preferred to wait for the commentaries promised long ago by Erasmus, a man preeminent in theology and impervious to envy.[16] But since he is postponing this (God grant it may not be for

[16] For our identification of Luther's references to Erasmus we have consulted two works of the Dutch humanist: his *Annotationes* to the Greek New Testament with Latin translation and his *Paraphrasis*. These are contained, respectively, in Vol. VI and Vol. VII of the Hildesheim edition of his *Opera*.

long), the situation which you see forces me to come before the public. I know, of course, that I am a child and unlearned, but in spite of this (so bold I may be) I am devoted to Christian piety and instruction; and in this respect I am more learned than those who have made nothing but a mockery and laughingstock of God's commandments with their impious parading of human laws. I have had only one aim in view. May I bring it about that through my effort those who have heard me interpreting the letters of the apostle may find Paul clearer and may happily surpass me. But even if I have not achieved this, well, I shall still have wasted this labor gladly; it remains an attempt by which I have wanted to kindle the interest of others in Paul's theology; and this no good man will charge against me as a fault. Farewell.

THE SUBJECT OF PAUL'S EPISTLE TO THE GALATIANS

ALTHOUGH the Galatians had first been taught a sound faith by the apostle, that is, taught to trust in Jesus Christ alone, not in their own righteousnesses or in those of the Law, later on they were again turned away by the false apostles and led to trust in works of legalistic righteousness; for they were very easily deceived by the fact that the name and the example of the great and true apostles were falsely appealed to as commending this. For in the whole life of mortal men there is nothing more deceptive than superstition, that is, than the false and calamitous imitation of the saints. When you look at their works alone and not at their heart as well, it is easy for you to become an ape and a leviathan, that is, to add something and thereby to turn the true religion into superstition or impiety.[17] For — to demonstrate this with the example at hand — the apostles were preserving some ceremonial laws throughout the churches of Judea, just as Jerome testifies that Philo wrote regarding Mark.[18] But those foolish people, not knowing for what reason the apostles did this, soon added on their own the idea that the things they had seen practiced by such great apostles were necessary for salvation, and that no account had to be taken of the one man Paul, who had neither seen or heard Christ on earth.

But, as Peter had explained very clearly in Acts 15:7-11, the apostles observed these practices, not as being necessary but as being permissible and as doing no harm to those who place their trust for salvation, not in these things themselves but in Jesus Christ. For to those who believe in Christ whatever things are either enjoined or forbidden in the way of external ceremonies and bodily righteousnesses are all pure, adiaphora, and are permissible, except insofar

---

[17] The source of this etymology appears to be Jerome, *Liber interpretationis hebraicorum nominum, Corpus Christianorum, Series Latina,* LXXII, 133.

[18] Jerome, *De viris illustribus,* 8, 10.

as the believers are willing to subject themselves to these things of their own accord or for the sake of love. Paul toils with such great ardor to recall the Galatians to this understanding that he takes absolutely no account of Peter and of all the apostles so far as their person, condition (that is, rank), and what people call "position" are concerned. Finally he glories with a kind of very holy pride that he received nothing from them but was rather commended by them. He makes no concession whatever to the opinion of the apostles by which, as he saw, slander of the evangelical truth was being occasioned among the more ignorant; and he considers it far better that he himself and the apostles themselves be without glory than that the Gospel of Christ be nullified.

CHAPTER ONE

1. *Paul an apostle*

Now that the whole Christian world knows Greek, and the *Annotations* of that most eminent theologian Erasmus are in everyone's hands and are diligently used, there is no need to point out what the word "apostle" means in Greek — except to those for whom I am writing, not Erasmus.[1] For the word "apostle" has the same meaning as "one who has been sent." And, as St. Jerome teaches, the Hebrews have a word which they pronounce "Sila," that is, a person to whom, from the act of sending, the name "Sent" is applied.[2] Thus in John 9:7: "Go, wash in the pool of Siloam (which means Sent)." And Isaiah, in his eighth chapter (v. 6), is not unaware of this hidden meaning when he says: "This people have refused the waters of Shiloah that flow gently." So, too, in Gen. 49:10: "Until Shiloh comes," which Jerome has translated with "the one who is to be sent." On the basis of this passage Paul, writing to the Hebrews (3:1), seems to call Christ an Apostle, that is, a Silas. And in Acts (15:22) Luke mentions a certain Silas.

A more important consideration, however, is the fact that "apostle" is a modest name but at the same time a marvelously awesome and venerable one, a name which expresses equally both remarkable lowliness and loftiness. The lowliness lies in the fact that he is sent, thus bearing witness to his office, his role as servant, his obedience. Furthermore, no one should be impressed by the name as being a title of honor, rely on it, or boast of it. No, by the name of the office he should be drawn at once to Him who does the sending, to Him who authorizes it. From Him one then gains a conception of the majesty and loftiness of him who has been sent and is a servant, in order that

---

[1] Erasmus, *Annotationes ad locum, Opera*, VI, 801.

[2] Jerome, *Commentarius in Epistolam S. Pauli ad Galatas, Patrologia, Series Latina*, XXVI, 355; henceforth this will be cited as *Commentarius*, followed by an Arabic numeral referring to the column in Vol. XXVI of the Latin *Patrologia*.

he may be received with reverence, not as in our age, when the terms "apostleship," "episcopate," and all the rest have begun to be words expressive, not of an office but of prestige and authority. These men Christ calls by the apposite name in John 10:8 — not "those who have been sent" but "those who come." And interpreting Himself, He calls them "thieves and robbers," since they do not bring the Word of Him who sends them to feed the sheep with it but carry off their own gain and thereby slaughter the sheep. "All who came," He says — that is, were not sent — "are thieves and robbers." And, as the apostle says in Rom. 10:15: "How will they preach unless they are sent?" Would that the shepherds and leaders of the Christian people in our day properly weighed these teachings! For who can preach unless he is an apostle? But who is an apostle except one who brings the Word of God? And who can bring the Word of God except one who has listened to God? But the man who brings his own dogmas or those that rest on human laws and decrees, or those of the philosopher — can he be called an apostle? Indeed, he is one who comes as a thief, a robber, and a destroyer and slayer of souls. The blind man washes in Siloam and receives his sight (John 9:7), and the waters of Siloam are healthful; they are not the strong, proud waters of the king of the Assyrians (Is. 8:7). He, namely, God, sent His Word, and in that way He healed them (Ps. 107:20). A man *comes*, and his own word comes with him; and he causes the woman with an issue of blood to become worse. To put it clearly, this means that as often as the Word of God is preached, it renders consciences joyful, expansive, and untroubled toward God, because it is a Word of grace and forgiveness, a kind and sweet Word. As often as the word of man is preached, it renders the conscience sad, cramped, and full of fear in itself, because it is a word of the Law, of wrath and sin; it shows what a person has failed to do and how deeply he is in debt.

Therefore the church, since its beginning, has never been less happy than it is now; and daily it becomes unhappier, because it is harassed by so many decrees, laws, and statutes, and by almost countless torments, and is far more cruelly weakened than it was by the torturers at the time of the martyrs.[3] And so far are the prelates from being touched by this destruction of souls, so far from being "grieved

---

[3] It is not clear whether Luther means that the decline of the church set in with the pontificate of Innocent III (d. 1216) or earlier; on this problem see also *Luther's Works*, 21, p. 59, note 20.

over the ruin of Joseph" (Amos 6:6), that they even add pain to the pain of our wounds, as though they were offering a service to God (John 16:2).

— not from men nor through man, but through Jesus Christ and God the Father, who raised Him from the dead —

2. *and all the brethren who are with me.*

At the very outset Paul strikes an indirect blow at the false apostles of the Galatians; he implies that they had been sent, not by Jesus Christ but either by themselves or by other apostles, whose teaching, however, they were misrepresenting.

This is by all means a point to be noted, that Christ wanted no one to be made an apostle by men or by the will of men but as the result of a call from Him alone. For this reason the apostles did not dare elect Matthias; they gained his appointment from heaven in answer to their prayer (Acts 1:24-26). And it was from heaven that God called Paul himself and made him an apostle (Acts 9:4 ff.), in particular through the voice of the Holy Spirit (Acts 13:2). "Set apart for Me," He says, "Paul and Barnabas for the work to which I have called them." Thus Paul boasts in Rom. 1:1 f. that he was set apart for the Gospel of God, inasmuch as he himself, together with Barnabas, was set apart for the uncircumcised and the Gentiles, while the rest of the apostles were sent to those who were circumcised (Gal. 2:7, 9).

Note also that Paul makes the name "apostle" so emphatically expressive of an office and of dignity that he uses it as a participle and says "an apostle, not from men," which means "sent, not from men" — unless his speech here smacks of a Hebraism, as in Ps. 45:8: "Your robes are all fragrant with myrrh and aloes and cassia." All these facts aim to make you see with what care Christ has established and fortified His church, lest anyone rashly presume to teach without being sent by Him or by those whom He has sent. For just as the Word of God is the church's first and greatest benefit, so, on the other hand, there is no greater harm by which the church is destroyed than the word of man and the traditions of this world. God alone is true, and every man a liar (Ps. 116:11). Finally, just as David once left behind all the means with which Solomon was to build the temple (1 Chron. 22:14), so Christ has left behind the Gospel and other writings, in order that the church might be built by means of them, not by human decrees. How wretchedly this has now been neglected, indeed perverted, for more than 300 years is clear enough from the condition of all things in the church today.

St. Jerome concludes from this passage that there are four kinds of apostles.[4] First, those who are such, not by men or through man but through Jesus Christ and God the Father, as were formerly the prophets and all the apostles. Secondly, those who are such by God's doing indeed but through man, as were the apostles' disciples and those who lawfully succeed the apostles till the end of the world, as do bishops and priests. But this class cannot exist without the first, from which it has its origin. Thirdly, those who are such by a man's doing or that of men and not of God, as when someone is ordained as a result of favoritism and the efforts of men. Thus we now see very many being elected to the office of priest, not by the decision of God but by the favor of the rabble for a price. That is the statement of Jerome. If this evil was already growing strong in the time of Jerome, why be surprised if it reigns in triumph today? For to this class must belong all those who offer themselves for bishoprics and priesthoods before they are called, gluttonous and glory-hungry creatures that they are. For this reason we see well enough how much good the church gets out of them. The fourth kind consists of those who are called neither by God nor by men or through man but by themselves, as were the false prophets and the false apostles of whom Paul says: "Such men are false apostles, deceitful workmen, disguising themselves as apostles of Christ" (2 Cor. 11:13). And the Lord says in John 10:8: "All who came were thieves and robbers"; and Jeremiah says (23:21): "I did not send the prophets, yet they ran; I did not speak to them, yet they prophesied." One must beware of this evil most of all. For it was on this account that Christ did not allow the demons to speak, even though they were telling the truth, lest under the guise of truth a death-dealing lie find entrance, since he who speaks of his own accord cannot speak without lying, as Christ says in John 8:44. Accordingly, in order that the apostles might not speak on their own authority, He gave them His Spirit, of whom He says: "For it is not you who speak, but the Spirit of your Father speaking through you" (Matt. 10:20). And again: "I will give you a mouth and wisdom" (Luke 21:15).

Here (trifling though it is) I cannot pass over the foolish complaint made especially by many monks and priests — at that, it rep-

---

[4] Jerome, *Commentarius*, 336.

resents a sharp enough temptation — that they have a talent from the Lord and consequently are impelled to teach because the command of the Gospel makes it necessary for them to do so. Therefore if they do not teach, they believe in their utterly foolish conscience that they are hiding the talent which they have from their Lord and are liable to condemnation (Matt. 25:26-30). This the devil does, in order to make them unstable in the vocation to which they have been called. My dear brother, with a single word Christ sets you free from this complaint. Look at the Gospel, which says: "He called his servants and entrusted to them his property" (Matt. 25:14). "He called," it says; but who has called you? Wait for Him who calls. Meanwhile be untroubled. In fact, even if you were wiser than Solomon himself and Daniel, still, if you are not called, avoid spreading the Word more than you would shun hell itself. If God needs you, He will call you. If He does not call you, you will not burst with your wisdom. As a matter of fact, it is not true wisdom either; to you it only seems to be. And it is very foolish for you to imagine what fruit you are able to produce. Nobody produces fruit by means of the Word unless he is called to teach without wishing for it. For One is our Teacher, Jesus Christ (Matt. 23:10). He alone, through His called servants, teaches and produces fruit. But the man who teaches without being called does so to his own harm and that of his hearers, because Christ is not with him.

Accordingly, by saying that he was sent "not from men" the apostle contrasts himself with the false apostles; and by saying "not through man" he contrasts himself with the believers themselves, who had been sent by the apostles. Such, therefore, is the introduction he employs against three classes of apostles. And Jerome bears witness that from among the Jews certain ones who believed in Christ proceeded to Galatia and taught that Peter, James, and John were observing the Law, as will be seen later.[5]

But it seems pointless to insert here a reference to Christ's resurrection. The apostle, however, has the habit of gladly mentioning the resurrection of Christ, especially against those who trust in their own righteousness. Thus he also mentions it at greater length in the salutation of his Epistle to the Romans (Rom. 1:4), because here, too, he is arguing vigorously against work-righteousness. For those who maintain that righteousness comes by works deny Christ's resurrec-

---

[5] See pp. 301 ff.

tion and even ridicule it. In Rom. 4:25 Paul says: "Christ was put to death for our trespasses and raised for our justification." Consequently, he who presumes that he is righteous in any other way than by believing in Christ rejects Christ and considers Christ's Passion and resurrection useless. On the other hand, he who believes in Christ, who died — he himself at the same time dies to sin together with Christ; and he who believes in the resurrected and living Christ — he himself, by the same faith, also rises and lives in Christ, and Christ lives in him (Gal. 2:20). Therefore the resurrection of Christ is our righteousness and our life, not only by way of an example but also by virtue of its power. Apart from Christ's resurrection no one can rise, no matter how many good works he does. On the other hand, through His resurrection anyone at all rises, no matter how much evil he has done, as this is treated at greater length in Romans. Perhaps another reason for Paul's practice of mentioning the resurrection in his salutations is this, that the Holy Spirit was given through the resurrection of Christ and by this Spirit the apostleship and other gifts were distributed (1 Cor. 12:4 ff.). In this way, therefore, Paul declares that he is an apostle by divine authority through the Spirit of the resurrection of Jesus Christ.

"And all the brethren who are with me." "All the brethren," says Paul. With these words he seems to be attacking the same false apostles, who, as Jerome remarks, were saying that Paul himself, when he was in other circles, also gave to his teaching a flavor different from that of what he had taught the Galatians.[6] A further reason is that for setting people straight it helps very much to have the opinion and consensus of many persons regarding the same matter.

To the churches of Galatia:

In other epistles Paul writes to the church of a single city; here he is writing to the churches of many cities and of a whole province. And particularly noteworthy is the observation which St. Jerome aptly makes at this point, namely, that these are called churches even though the apostle censures them for being corrupted with error.[7] From this fact, he says, one should learn that the term "church" can be used in two ways: both for one that has no spot or wrinkle and is truly the body of Christ (Eph. 5:17) and for one that is assembled in Christ's

[6] Jerome, *Commentarius*, 337.

[7] Jerome, *Commentarius*, 337.

name but is without complete and perfect virtues. In the same way the word "wise" is applied in two ways: not only to those who have this virtue in its fullness and perfection but also to those who are beginning to be wise and are in a position to advance in wisdom. Of those who are perfect it is said: "I send you wise men" (Matt. 23:34); of those who are beginning to be it is stated: "Reprove a wise man, and he will love you" (Prov. 9:8). In accordance with this meaning one should also understand the other virtues, namely, that the terms "brave," "prudent," "chaste," "just," and "temperate" are sometimes taken in their full sense and sometimes improperly. But one must by all means have this understanding about perfection. For in this life no one, not even an apostle, is so perfect that he should not become more so. In fact, as the wise man says: "When a man has finished, he is just beginning" (Ecclus. 18:7). Therefore you may speak of some persons as perfect for the purpose of comparing them with others. In other respects they themselves also begin every day and make progress.

Therefore St. Augustine gives a better explanation when he reserves the church without spot or wrinkle for the life to come — the church which no longer says: "Forgive us our debts." [8] Nevertheless, the opinion held by Jerome and Origen is right: that the words from the apostle's letter serve well to combat the heretics, who — in order to arrogate to themselves the name "church," as though they alone were saints — immediately find fault with a church by calling it a Babylon in which wicked persons are intermingled.[9] Indeed, if there are wicked persons in a church, surely one should hasten to it; and, in keeping with this example of Paul, one should shout, exhort, entreat, beg, and frighten, and should try everything to make them good. But one should not withdraw and cause a schism because of that sacrilegious fear of God (as they call it) and that impious zeal of conscience. What kind of love is it that has decided neither to endure the wicked nor to help them? It is madness clothing itself most improperly with the name of love. What answer will they give here? The apostle calls them churches that were afflicted, not with wayward conduct (for this alone offends the proud and makes them heretical) but with a false faith; and the entire substance on the basis of which they could be called churches was being destroyed.

[8] Augustine, *De correctione Donatistarum*, 9, 39.

[9] Jerome, *Commentarius*, 337.

3. *Grace be to you and peace from God the Father and our Lord Jesus Christ.*

The apostle distinguishes this grace and peace from that which the world is able to give to itself or a man can give to himself. For the grace of God the Father and of our Lord Jesus Christ takes away sins, since it is spiritual and hidden. Thus the peace of God brightens, calms, and gladdens a man's heart as he stands secretly in God's presence. And, as has been said elsewhere, grace takes away the guilt, and peace takes away the punishment, so that in this way righteousness and peace kiss each other (Ps. 85:10) and are in accord. But when this happens, one immediately loses the grace and peace of men, of the world, and of the flesh, that is, of oneself and of the devil. On the other hand, everyone else becomes angry and troubled. For he who is in God's grace does what is pleasing to God. Therefore he soon displeases the devil, the world, and his own flesh; and as long as he is righteous in the sight of God, he is a sinner to his flesh and to the world. Thus war breaks out — war on the outside but peace within — within, I say, not in a way that can be felt and pleasurably experienced with the senses, at least not always, but in an invisible way and through faith. For the peace of God passes all understanding (Phil. 4:7); that is, it cannot be comprehended except through faith. Thus, conversely, he who is in the grace of the world and in his own grace, and pleases himself — he immediately sins before God and incurs His wrath. "For whoever wishes to be a friend of this world," says James (4:4), "makes himself an enemy of God." Consequently, war soon follows in this case too — war on the inside with God and peace on the outside with the world, because "'There is no peace for the wicked,' says the Lord" (Is. 48:22). Nevertheless, Ps. 73:3 speaks of "seeing the peace of the sinners," and in Ps. 37:7 the sinner "prospers in his way." Therefore this war, too, is hidden and takes place imperceptibly, at least sometimes. Accordingly, these four pairs balance themselves in a kind of scale: the grace of God and the world's displeasure, the peace of God and the world's perturbation, the grace of the world and God's displeasure, the peace of the world and God's perturbation. Thus Christ says in John 16:33: "In the world you will have tribulation; but in Me you will have peace. But be of good cheer; I have overcome the world." And later in this chapter Paul writes: "If I were still pleasing men, I would not be a servant of Christ" (Gal. 1:10); that is, I would not be pleasing

Him. In this salutation, therefore, Paul has set down the substance of his teaching, namely, that no one can be righteous except through the grace of God, and by no means through works; and that a troubled conscience is not set at rest except through the peace of God, and therefore not through the works of any virtue or satisfaction.

But why was it not enough for the apostle to say "from God our Father" without adding "and our Lord Jesus Christ"? He makes this addition in order to point out the difference between the kingdom of grace and the kingdom of glory. The kingdom of grace is a kingdom of faith, in which Christ reigns as a man placed over all things by God the Father in accordance with Ps. 8:6-7. In this kingdom He receives gifts from God for men, as Ps. 68:18 states; and this holds true until the Last Judgment. For then, as the apostle teaches in 1 Cor. 15:24-28, He will turn the kingdom over to God His Father, and God will be all in all when He will have destroyed every authority and power. This is the kingdom of glory, in which God Himself will reign through Himself, no longer through His humanity for the purpose of stirring up faith. It is not that the two kingdoms are different from each other, but they are ruled over in different ways — now in faith and "dimly" (1 Cor. 13:12) through the humanity of Christ, then visibly and in the revelation of Christ's divine nature. For this reason the apostles usually call Christ the Lord; but they call the Father God, even though Christ and the Father are the same God. As I have said, however, they do this because of the difference in the kingdom, which consists of us, who are cleansed in faith but whose salvation will be in plain view.

4. *Who gave Himself for our sins to deliver us from the present evil age, according to the will of our God and Father;*

5. *to whom be the glory forever and ever. Amen.*

Every one of these words has a specific meaning and is also emphatic. With them Paul now asserts positively that the Law and man's will amount to nothing at all unless one believes that Christ was delivered for our sins.

Paul says: "Who gave" as a free gift to those who did not merit it; he does not say: "He bestowed" as a reward to those who were worthy. Thus he says in Rom. 5:10: "While we were enemies, we were reconciled to God by the death of His Son." But He did not give gold or silver. Nor did He give a man or all the angels. No, he gave "Himself," than whom there is nothing greater.[10] Nor does He have anything greater. He gave, I say, so inestimable a price "for our sins," for something so despicable and so utterly deserving of hatred. Oh, the grace and the love of God toward us! With what choice and well-suited words Paul commends the mercy of God the Father and renders it surpassingly sweet to us! Where now are those who boast proudly of free will? Where is the learning of moral philosophy? Where is the virtue of laws, sacred as well as secular, if our sins are so great that they could not be taken away except by paying a price so great? What are we doing when we try to make ourselves righteous by our own will and by laws and teachings except that we cover our sins with a false appearance of righteousness or virtue and make incurable hypocrites? What does virtue profit if sins remain? Therefore we must despair of all these things; and where faith in Christ is not taught, we should consider every virtue to be nothing else than a veil of iniquity and a covering for every kind of filth, just as Christ describes the Pharisees (Matt. 23:25-27). Accordingly, the virtues of the heathen are nothing but frauds,[11] unless you maintain that it was useless for Christ to have been delivered for our sins, that He wanted to pay such a great price in vain for what we were able to achieve by our own strength.

But do not pass over this pronoun "our" with contempt. For it will profit you nothing to believe that Christ was delivered for the sins of other saints and to doubt that He was delivered for your sins. For both the ungodly and the demons believe this (James 2:19). No, you must take for granted in steadfast confidence that He was delivered for your sins too, and that you are one of those for whose sins He was delivered. This faith justifies you; it will cause Christ to dwell, live, and reign in you. This faith is the testimony which the Holy Spirit bears to our spirit: that we are the sons of God (Rom. 8:16). Therefore if you take notice, you will easily realize that this feeling is not in you because of your own strength. Consequently, it must be acquired through a spirit that is humble and despairs of itself.

Therefore the statements that man is uncertain as to whether he is in the state of salvation or not are fables of the celebrated scho-

---

[10] The phrase *quo maius nihil est neque habet* is an echo of Anselm.

[11] See, for example, Augustine, *City of God*, II, 19.

lastics.[12] Beware of ever being uncertain that so far as you yourself are concerned, you are lost. You must be sure of this. Moreover, you must strive to be certain and firm in faith in Christ, who was delivered for your sins. If this faith is in you, how can it happen that you are unaware of it, since St. Augustine asserts that it is most assuredly seen by him who has it?[13]

Now look! Paul does not say "for your sins"; he says "for our sins." For he was certain. Thus he also says "to deliver us," not "to deliver you." Thus with the thunderbolt of the Word he again crushes confidence in the will and in the works of the Law and our own righteousness. It is not those things, he says, that save us; it is Christ, who was delivered — if only you believe that you are saved. But this is a spiritual, not a bodily, deliverance. It takes place when the soul dies to the world and is crucified to it, that is, to the lusts that are present in the flesh of all men. Paul explains this at greater length in Titus 2:12, where he says: "Denying ungodliness and worldly lusts, let us live soberly, righteously, and godly in this world." In this passage he has expressed both ideas, namely, life in this world (he implies that the world is not evil) and worldly lusts, because in this world evil lusts abound. It is for this reason that in this passage he adds "from the present evil age." Otherwise, if by "evil age" he wanted the actual passage of time to be understood, he would teach that all who believe in Christ should be taken from this life right now. Thus in 1 Cor. 5:10, where he explains that this is not what he wanted, he says that "then you would need to go out of the world." By this he means: "It was not my wish that you should flee from life, but that you should flee from the vices and lusts that are in the world," as is also stated in 2 Peter 1:4: "Fleeing that corruption that is in the world because of lust." Moreover, this figurative way of speaking is aptly and amply explained by St. Jerome when he says: "Just as woodlands get a bad name when they are filled with brigandage, and just as we detest a sword by which human blood has been shed and a cup in which poison has been prepared — not because of a fault on the part of the cup and the sword but because those who have used them in an evil way deserve hatred — so the world, which is a period of time, is not good or evil per se but is called either good or evil according to those who are in it."[14] Simi-

[12] Cf. also *Luther's Works*, 21, p. 38, note 13.
[13] See, for example, the passage cited in *Luther's Works*, 26, p. 377, note 16.
[14] Jerome, *Commentarius*, 338.

larly, St. Augustine understands the evil world to be the evil people in the world.[15] But you must understand all this in such a way that you recognize yourself, too, as part of this evil (cf. Ps. 116:11). For every man is a liar, and there is not a righteous one on earth (cf. Rom. 3:10; Ps. 14:3), lest because of pride you be lifted up too much above the rest. Therefore since Christ rescues you from the world, He certainly rescues you from yourself as from the worst enemy of all, just as Paul says in Rom. 7:18: "Nothing good dwells with me, that is, in my flesh." By your own strength, therefore, you will not overcome the evil world and your own vices; your works are in vain unless Christ alone delivers you. So beware lest fastings, vigils, zealous efforts, temperance, sobriety, and other virtues make you an incorrigible hypocrite.

"According to His will." This means: The fact that we are rescued is not due to the progress of our own virtue; it is due to the merciful will of God (Rom. 9:16). As Ps. 51:18 says: "Do good, O Lord, to Zion in Thy good pleasure"; and Luke 2:14: "And on earth peace to men of good will" — not their good will but God's, since in Greek the word is εὐδοκία. For just as men are called men of mercy and vessels of mercy (Rom. 9:23) because they are accepted through the mercy of God, not because of their own merit, so they are called men of good will because they are saved by the good pleasure of God's will, not by their own strength. Therefore "the glory" remains "to God alone forever. Amen," as the apostle has said here. For if we are able to accomplish anything, certainly this must be credited, not to God's glory but to ours. But far be it from one who is dust and nothing to have praise and glory.

Note, therefore, with what force Paul hits the Galatians and their teachers in what is only the salutation, which, in view of the contents of this epistle, is a most appropriate introduction.

6. *I am astonished that you are so quickly deserting Him who called you in the grace of Christ and turning to a different gospel —*

7. *not that there is another gospel, but there are some who trouble you and want to pervert the Gospel of Christ.*

St. Jerome says there is a transposition of words here, and he adjusts it as follows: "I marvel that you are so quickly removed from

---

[15] Augustine, *Epistolae ad Galatas expositio, Patrologia, Series Latina*, XXXV, 2108.

Christ Jesus, who called you into grace." [16] The Greek text has "of God" instead of "of Christ"; and, as Erasmus points out, this can be rendered into Latin both with the genitive and with the ablative case. Erasmus also understands "which is not another" to mean "which is nothing or none." [17] Here, if I were permitted to offer a conjecture of my own, I would believe that the apostle means to say that there is no other gospel than that which he himself had preached. And the meaning would become clearer if the conjunction "unless" were changed to "but," so that then — if I may be so bold — this text would read: "I marvel that you are so quickly removed from God, who called you through grace, to another gospel, although there is no other gospel; but there are certain people who are disturbing you and want to pervert the Gospel of Christ." But it will not be an awkward reading either if one decides to keep the transposition of words and to read "from him who called you through God's grace or by God."

Paul's statement is a strong one, and yet it is very restrained. Although he shows later that he is completely on fire with indignation, here he says that he is astonished. In other words, he moves in a pleasant manner, not as he did in his initial onslaught. This is certainly a good example to all leaders in the church, especially to those who are quick to hurl thunderbolts even for something of no importance. Paul does not say that the Galatians are erring, that they are sinning; he says that by a greater evil they have been brought completely outside the Gospel and have been estranged from God. For it is more tolerable if a tree remains standing with several of its branches broken or after it has been injured by some other damage than if it is torn out of its place completely and removed to a spot where it must wither and become barren. Such a terrible thing it is to seek one's own righteousness and to trust in works of the Law and of the free will. For this means denying Christ, rejecting grace and truth, and, as Paul will teach later, making an idol out of oneself. This is what Job 31:27-28 speaks of: "If I have kissed my hand with my own mouth, which is an act of the greatest wickedness and a denial of the most high God." For to kiss the hand with one's own mouth is, as the saintly fathers understand it, to praise one's own works and to trust in one's own righteousness.[18] And the result of this wicked-

[16] Jerome, *Commentarius*, 343.
[17] Erasmus, *Annotationes ad locum*.
[18] Cf. for example, Augustine, *Annotationes in Job*, 31, *Patrologia, Series Latina*, XXXIV, 860.

ness is that we do not glory in God but in ourselves, and that we take God's glory away from Him. This sinful practice is attributed to the Baal-worshipers in 1 Kings 19:18 when it speaks of those "who have not bent their knees before Baal and every mouth that has not worshiped him by kissing his hand." And Is. 2:8 says: "They bow down to the work of their own hands, to what their fingers have made." On the other hand, in Ps. 2:12 there is the statement: "Kiss the Son" (which is how the Hebrew text reads, instead of "accept instruction");[19] that is to say, believe in Christ with a pure faith, and worship Him. For faith is the debt that is owed to truth, and there is no truth except God alone. Hence faith is the kind of worship that is most genuine and is personal.

From this we understand St. Augustine's statement that evil is of two kinds: against faith and against good morals.[20] An evil that has to do with faith, even though accompanied by excellent moral behavior, produces heretical, haughty, and schismatic individuals whom Scripture properly calls ungodly, in Hebrew רְשָׁעִים. Evil ways make sinners without harming faith, at least the faith of others; that is, these sinners do not fight against faith, even though they know that they themselves do not have it and that they should have it. Hence they are easily curable. But an evil that has to do with faith soon finds fault with and persecutes the faith of others in order to establish its own faith.

St. Jerome notes that the verb "pervert," since it is a translation of the Greek μεταστρέψαι, means to set behind what is in front and to put in front what is behind. For it is a future infinitive.[21] And so Paul wants to say: "These people are trying to have the Gospel, which is a teaching of the Spirit and of grace, reduced to a letter that has long since been abandoned, even though the Gospel has brought it about that more and more progress is made into the spirit of liberty. This, I say, is what they want; but they will not be able to prevail."

Certainly today, too, the Gospel has been perverted in a great part of the church, since they are teaching the people nothing but

[19] Cf. *Luther's Works*, 12, pp. 82 ff.

[20] Augustine, *Epistolae ad Galatas expositio, Patrologia, Series Latina*, XXXV, 2116—2117.

[21] Jerome, *Commentarius*, 343. What Luther calls a "future infinitive" here is in fact an aorist.

1:8, 9   *GALATIANS — 1519*

the decrees of the popes and the traditions of men who turn their backs on the truth; or the Gospel is treated in such a way that it does not differ at all from laws and moral precepts. The knowledge of faith and of grace is despised even by the theologians themselves.

St. Jerome also thinks that the verb "you are deserting" is fittingly applied to the Galatians, because in Hebrew Galatia means "removal" [22] — as if the apostle had taken their own name as the occasion for this opening statement and were saying: "You really are Galatians and are quick to be removed; the fact is in keeping with your name" — namely, by way of an allusion to the Hebrew. And such allusions to foreign languages are not in poor taste if they occur in a suitable context. For instance, if you were to say concerning Rome: "You really are Rome" in Hebrew this means "proud and lofty." For what else does the apostle do in his Epistle to the Romans but smash their pride and arrogance, as though he were in very fact alluding to the name "Rome"? [23]

8. *But even if we, or an angel from heaven, should preach to you a gospel contrary to that which we preached to you, let him be accursed.*

9. *As we have said before, so now I say again: If anyone is preaching to you a gospel contrary to that which you received, let him be accursed.*

As Jerome attests, the Greek term ἀνάθεμα is properly a word of the Jews.[24] Among them it is called חָרְמָה. In Joshua 6:17 we read: "And let this city and all things that are in it be anathema." In Hebrew this is חֵרֶם; and it means "devastation," "destruction," "massacred." Then, since it is a word of malediction, it is taken in the sense of a curse, an execration, an imprecation. Thus Ps. 42:6 says: "Therefore I remember Thee from the land of Jordan and of Hermon [חֶרְמוֹנִים], from Mt. Mizar." Here the soul, distressed by its sins, is consoling itself with the memory of Christ, who was crucified and made anathema for it. For "the dew of Hermon," which is described in Ps. 133:3 as coming down on Mt. Zion, is also certainly

---

[22] Jerome, *Commentarius*, 344.

[23] This suggestion for the etymology of the name "Rome" appears in Jerome, *Liber interpretationis hebraicorum nominum, Corpus Christianorum, Series Latina,* LXXII, 159.

[24] Cf. Luther's letter to Johann Lang, February 19, 1518 (W, *Briefe*, I, 148).

an expression that refers to the crucified Son of God. People who speak Latin, however, would say "anathematized" or, if they are literal, "Let him be a thing anathematized." The Hebrews frequently use abstract expressions. But let the grammarians worry about whether the Greek term ἀνάθεμα, which signifies those things that are hung up and set apart in the temples, has the full force of the Hebrew word. For us it is enough that the apostle, aflame with zeal for the Gospel, should wish that he himself and the angels from heaven, to say nothing of the other apostles, would be ostracized, accursed, execrated, cut off, and disgraced rather than that the truth of the Gospel be endangered; and this he repeats twice. This is not because he believed that the angels from heaven, he himself, or the apostles would preach something else; it is because it was imperative that those who, under the pretext of the apostles' name and example, were teaching the Law should be crushed as with a violent attack and, as he writes to Titus (1:11), that their mouths be stopped and they be utterly and totally cut off. It is as if he were saying: "You boast to me of the name and authority of the apostles. Go beyond this, and imagine that both I and the angels from heaven were teaching or were able to teach something else. Even these I want to be anathema. How much less you should be frightened by those who lay claim to being apostles!"

Would that in our age, too, there were such trumpets of Christ to oppose the relentless and violent promoters of papal decrees and decretals! Under the name of the apostles Peter and Paul and of the Church of Rome these men are besetting us to such an extent that if we do not believe that everything stated, written, and even dreamed up in the papal decrees and decretals is necessary for salvation, they, with the most shameless effrontery, have the audacity to pronounce us heretics, even though no one is a heretic unless he sins against the Word of faith. Moreover, those words of men are so concerned with outward behavior and so devoid of faith that no greater benefit could be rendered to faith than if once for all they were thoroughly and totally done away with. What do you think Paul would have done if in our day he had seen that so many useless, yes, ruinous laws of men are raging throughout the whole world and utterly abolishing Christ — Paul, who flies into such a passion against the laws of God that were delivered through Moses and were doing away with Christ in only one place, namely, among the

Galatians? Therefore let us say confidently with Paul: "Damned and accursed be every doctrine from heaven, from earth, or from whatever source it is brought — every doctrine that teaches us to trust in works, righteousness, and merits other than those that belong to Jesus Christ." And by saying this we are not being insolent toward the popes and the successors of the apostles; we are being dutiful and truthful toward Christ. For one must prefer Him to them; and if they should refuse to allow this, we must shun them altogether as being anathema.

10. *For am I now persuading men, or God?*

Those who read the apostle only in Latin, or rather in a translation, understand the first part of this question as requiring an affirmative answer and the second part as requiring a negative reply. Consequently, since nobody persuades God, to whom all things are evident, the only conclusion then left is that he is persuading men. Moreover, in this passage the word "to persuade" has the connotation of "to bring to faith," as in the last chapter of Acts (28:23): "Trying to convince them about Jesus both from the Law of Moses and from the prophets." For no one can be driven to faith by force; one can only be drawn and brought to it, as John 6:44 says: "No one can come to Me unless My Father draws him." Yet in our day the Roman Curia forces Turks, yes, even Christians, to faith, that is, to a hatred of faith and to their own destruction. But even though Jerome, Augustine, and Ambrose understand the passage in this way, still the view of Erasmus is more satisfactory.[25] He explains this verse, which in Greek has the accusative case, as meaning: "Am I now recommending human ideas or divine?" That is: "The doctrine which I am teaching is not from men; it is from God," as Paul will presently explain at greater length when he says that his Gospel is neither according to man nor from man (Gal. 1:11-12). Moreover, this is a figure of speech that is not unusual even in Latin: "I read Vergil; I comment on Jerome"; and in 1 Cor. 1:23-24: "We preach Christ, the power of God." It is, therefore, a metonymy. What precedes squares well with this interpretation, as if Paul were saying: "Why should I not wish that those who teach other doctrines be anathema? I am

---

[25] Augustine, *Epistolae ad Galatas expositio, Patrologia, Series Latina,* XXXV, 2109; Jerome, *Commentarius,* 345; Ambrose (ascribed), *Commentaria in XII epistolas beati Pauli, Patrologia, Series Latina,* XVII, 361; Erasmus, *Annotationes ad locum.*

not teaching human doctrines, am I? Am I not rather teaching divine doctrines, before which all things heavenly and earthly should rightly be silent and give place? And that which opposes the divine doctrines deserves to be accursed." But a translation of our own can also be brought in here if the verb "to persuade" is taken intransitively. Just as Rom. 14:6 says: "He who eats, eats in honor of the Lord," so here the sense would be: "As to the fact that I persuade or am a persuader, I am not doing this for men or to confer glory or favor on men; it is God and His glory that I am serving by doing this." And this meaning fits in very well with what follows: "If I still were pleasing men, etc."; as if he were saying that by his persuading he had not been pleasing men but only God.

Furthermore, this adverb "now" refers to the entire time of Paul's apostleship, not to the time when this letter was written. For actually he is not teaching the grace of God anew in this epistle; he is recalling to that grace those who have fallen, and he is strengthening those who already know it. For this reason he will also speak allegorically later on (4:24-31), something that is not suitable for persons who have to be instructed and to whom "tongues are for a sign," as he says in 1 Cor. 14:22. Therefore the meaning is: "Let those who teach something else be accursed, because ever since I was converted from the traditions of laws, I no longer teach human doctrines; I teach doctrines that are divine." And observe carefully please that he has the courage to call the Law of Moses human doctrines, even though it was delivered through angels. More about this later.

Or am I trying to please men? If I were still pleasing men, I should not be a servant of Christ.

Paul says this because the false apostles were teaching righteousness based on the Law to escape suffering persecution at the hands of the Jews, who were raging against all men on behalf of the Law of Moses and in opposition to the Word of the cross, as he writes in 1 Thess. 2:14 f. He also speaks of this later on, in the sixth chapter: "It is those who want to make a good showing in the flesh that would compel you to be circumcised, and only in order that they may not be persecuted for the cross of Christ" (v. 12). Resolute, therefore, against this spirit of pusillanimity, Paul teaches that men must be despised out of love for Christ, and that no word should be omitted for the sake of pleasing them.

In this passage "men" is emphatic; it means "those who, according to their first birth from Adam, are merely men, apart from Christ and from faith in Him." For since these people are alienated from the truth, they are of necessity filled with lying and with hatred of the truth. Thus every man is a liar (cf. Ps. 116:11); and in 1 Cor. 3:4 we read: "Are you not men?" And according to Scriptural usage, it is almost a reproach to be called a man. For Scripture does not give man his name in a metaphysical sense, according to his essence (for in this sense the theologians see in man nothing but what is praiseworthy); but Scripture speaks theologically and names him as he is in the eyes of God.[26] The righteous, on the other hand, are usually not called men; they are called gods. Ps. 82:6: "I say: 'You are gods, sons of the Most High, all of you; nevertheless, you shall die like men.'" For this reason, as Ps. 53 truthfully says: "God will scatter the bones of those who please men; they are confounded, because God has rejected them." Why? Because, so long as they fear persecution, they deny God and His Word out of love for men. On the other hand, there is this statement: "The Lord guards all their bones" (cf. Ps. 34:21). Whose bones? Those of the righteous. Who are they? Those who are displeasing to men. They are honored, because God is their protector. And Luke 16:15 says: "What is exalted among men is an abomination in the sight of God." But since we, too, are men, it is necessary that we be displeasing also to ourselves, in keeping with the Word of Christ: "He who loves his life will lose it" (John 12:25).

Therefore let those people who have learned from the tree [27] of Porphyry and from the teachings of Aristotle and other philosophers how to praise, boast of, and love rational man and then to trust in their own precepts and to justify their own counsels — let them see how well their wisdom savors of the truth of God, which allots everything human to falsehood, vanity, and destruction. Therefore it teaches that it is to be lamented whenever it happens that we human beings are praised as possessing reason, because of our free will, and, in short, because of all our works, since Paul declares that it is impossible for one who pleases himself or men to be a servant of Christ, that is, of the truth.

[26] Cf. *Luther's Works*, 12, pp. 310—312.

[27] The "tree of Porphyry" was a tabular view of the categories of Aristotle, used for teaching and reference.

Moreover, here the word "please" has a spiritual meaning; that is, it signifies the desire to please, since, of course, it does not rest with us whom we please or displease, as the apostle himself makes sufficiently clear in this passage. Although he had first said: "Or am I trying to please?" he does not say next: "If I were still trying to please." No, he says: "If I were still pleasing." So also in 1 Cor. 10:33: "Please all men in all things, just as I please all men in everything." How do you please all men? Paul goes on: "Not seeking my own advantage, but that of many." Here it is. To please is to seek to please all men, even if perchance one pleases no one at all or very few. For so far as Christ and His Christians are concerned, it is a rule that in seeking to please and to do those things by which they should please they displease, in keeping with the passage: "In return for my love they were accusing me" (Ps. 109:4). And again: "They have hated me for no reason" (Ps. 69:4). Similarly (Ps. 120:7): "They were assailing me for no reason," that is, even though I gave them reason to love me. In keeping, therefore, with the example of Christ, all our benefits must be done away with, in order that we may seek to please all men and in no way seek how to please ourselves [28] but, as Paul says in Rom. 15:2: "Let each one please the other for his good, for his edification," not by any means to satisfy his own desires and foolish notions, etc.

11. *For I would have you know, brethren, that the Gospel which was preached by me is not man's gospel.*

12. *For I did not receive it from man, nor was I taught it, but it came through a revelation of Jesus Christ.*

Here Paul shows that he was right in anathematizing those teachers. In a lengthy discourse and with many proofs he shows that the things he has been teaching are divine, not human. "First of all," he says, "in order that you may know that my Gospel is divine, I did not receive it from man, nor was I taught it, but it came through a revelation of Jesus Christ." Here St. Jerome distinguishes in the following way between "to receive" and "to learn": A person "receives" when he is induced to believe in what is first made known to him; he "learns" when he begins to understand the meaning of the things that are

---

[28] We have followed the suggestion of the Weimar editors and have added the word "ourselves."

expressed figuratively in what he receives.[29] I understand it in this way: He who begins is "receiving"; he who makes progress in his knowledge of the Gospel is "learning." But what if the apostle should want the verb "to receive" to be connected with the phrase "from man," and the verb "to learn" to be construed alone? Then, of course, the sense would be: "Neither from man nor from the teaching of any man did I receive it, nor was it transmitted to me by anyone. But neither did I learn it from myself. I did not find it out by my own effort, nor did I seek it; I received it from God through Christ's revelation alone, and I learned it with Him as my Teacher," namely, on the road (as St. Jerome thinks), that is, when Paul heard the voice of Christ after he had set out for Damascus (Acts 9:4-6).

Here the same St. Jerome notes that Christ is being proclaimed by Paul as God, because the apostle says "not from man, but through Christ." Accordingly, Christ is more than a man. He also gives a very wholesome warning about how great a danger it is to speak in the church without the revelation of Christ, lest by a false interpretation a gospel of man be made out of the Gospel of Christ, which is what is now happening wherever they adulterate Scripture either by accepting human opinions or by devising comments based on their own teaching. Moreover, in this passage Paul takes the word "man" as referring not only to the wicked but also to the apostles themselves, since he will presently say that he was not instructed by them and that he did not confer with them soon after the revelation. This he does in order to reinforce what he has said above, namely, that even if the apostles or he himself were to teach something else (since they are human beings), nevertheless that which he had taught once for all must not be given up, since he had received this neither from the apostles nor from himself. Consequently, whatever else the false apostles were teaching, whether under the name of the apostles or even of Paul, must be considered anathema. For the only gospel — or rather delusion — they could have was one received from man. Paul, however, had the truth from Christ.

The Gospel and the Law, taken in their proper sense, differ in this way: The Law proclaims what must be done and left undone; or better, it proclaims what deeds have already been committed and omitted, and also that possible things are done and left undone

[29] Jerome, *Commentarius*, 347.

(hence the only thing it provides is the knowledge of sin); the Gospel, however, proclaims that sins have been remitted and that all things have been fulfilled and done. For the Law says: "Pay what you owe"; but the Gospel says: "Your sins or forgiven you." Thus in Rom. 3:20 we read: "Through the Law comes knowledge of sin"; and in the fourth chapter Paul says (v. 15): "The Law works wrath; for where there is no Law, there is no transgression." But concerning the Gospel Luke 24:46 f. says: "Thus it was necessary that Christ should suffer and rise again from the dead, and that repentance and remission of sins should be preached to all nations in His name." (Note especially in "His" name, not in "ours.") Here you see the preaching of the remission of sins through the name of Christ, that is, the Gospel. And in Rom. 10:15 we read: "How beautiful are the feet of those that preach the Gospel of peace, that bring the good news," that is, the remission of sins and grace, the fulfilling of the Law through Christ. Therefore he who has been justified through grace flees from the Law to the Gospel and says (Matt. 6:12): "Forgive us our debts."

But why does Christ give many rules and much instruction in the Gospel if it is the business of the Law to do this? Likewise, why do the apostles give many rules in spite of the fact that they are preachers of the Gospel? My answer is: Teachings of this sort, which are transmitted in addition to faith (for in the Gospel salvation and the remission of sins are made known to those who believe, as is stated in John 1:12: "To those who believed in His name, as many as received Him, He gave power to become children of God"), are either explanations of the Law whereby sin should be recognized more clearly, in order that the more surely sin is felt, the more ardently grace may be sought; or they are aids and observances by which the grace already received and the faith that has been bestowed may be guarded, nurtured, and perfected, just as happens when a sick person begins to receive care.

Therefore the voice of the Gospel is sweet, as the bride in the Song of Solomon declares: "Thy voice sounds in my ears, for it is sweet" (2:14); and again: "Thy love is better than wine and fragrant with the finest perfumes" (1:2-3). That is, the words of Christ with which He nourishes His believers are better than the words of the Law, because they breathe the perfume of grace by which the wounds of nature are healed through the remission of sins. Thus in Ps. 45:2:

"Grace is poured into Thy lips" — not knowledge, not understanding, which are also poured out on the lips of Moses, but grace; that is: "Thy words are full of grace and cheer to lost sinners, because they announce forgiveness and grace." It is also for this that the psalmist prays when he says (51:13): "I shall teach the wicked Thy ways, and the ungodly will be converted to Thee," as if he were saying: "Let me not, I pray, teach the ways of men and the doctrines of our own righteousness, since thereby they will not be converted to Thee but will be turned farther away from Thee. I pray Thee to open my lips, so that my mouth may rather make known Thy praise, that is, the grace by which Thou forgivest sins. For the result of this will be that man will praise, glorify, and love Thee when he realizes the goodness of Thy mercy and does not, in his self-righteousness, praise himself. For those who are righteous do not accept instruction, are not converted to Thee, do not praise Thee, but praise themselves. They are well; they need no physician (Matt. 9:12). Hence it is impossible for the praise of Thy grace to be made known to them." Of these people it is stated at once in the same psalm: "Deliver me from bloodguiltiness, O God, God of my salvation; and my tongue will sing aloud of Thy righteousness (v. 14), not of the righteousness of men but of Thy grace, by which Thou dost bestow righteousness on us, through which Thou art also the God of our salvation."

But it has been asked which Gospel Paul preached — Luke's, Matthew's, or somebody else's. On the basis of a statement somewhere in Eusebius or in Origen, St. Jerome thinks that Paul's Gospel was that of Luke.[30] As if there were not more gospels than those familiar four, since every apostle preached exactly what they all preached! For the Gospel is a good discourse, a message of peace about the Son of God, who became incarnate, suffered, and was raised again through the Holy Spirit for our salvation, as is described in Rom. 1:3-4 and as Zacharias says in Luke 1: "He has visited and redeemed His people" (v. 68); and later: "To give knowledge of salvation for the remission of sins through the tender mercy of our God" (vv. 77-78). Thus whenever the grace of God and the remission of sins effected through Jesus Christ are proclaimed, here the Gospel is really proclaimed. Accordingly, the epistles of Paul, Peter, and John are entirely and in fact gospels. And Paul did not preach Luke's gospel or anyone else's, since he says expressly that

---

[30] Jerome, *De viris illustribus*, 7.

the Gospel he preached was revealed to him, not by man or through man but by Jesus Christ alone, as he says later: ". . . to reveal His Son in me, in order that I might preach the Gospel concerning Him among the Gentiles." The Gospel, you see, is the teaching about God's Son, Jesus Christ.

13. *For you have heard of my former life in Judaism, how I persecuted the church of God violently and tried to destroy it;*

14. *and I advanced in Judaism beyond many of my own age among my people, so extremely zealous was I for the traditions of my fathers.*

According to the context, these statements must be understood as having been made by the apostle in order to strengthen the point he has already begun to make, namely, that his Gospel is not from man but that he is advocating things that are divine. I say this even though I know that St. Jerome looks at the matter in another way and abandons the line of thought. Therefore what the apostle means to say is: "I want you to be thoroughly aware that I was instructed neither by my forefathers nor by the apostles or any human beings but only by God — in order that this may give you the assurance that you have heard things that are divine, and in order that you may not be diverted on the strength of any names, whether my own or those of the apostles, to things that are human. Note that I am once more recounting, and reminding you of, my story. For you have heard, etc."

Moreover, Paul's words, as St. Jerome says, have a marvelous and beautiful exactness and emphasis.[31] "Life," he says, not "grace"; "former," not "just now"; "in Judaism," not "in faith in Christ"; not like the other persecutors but like a marauder and a brigand he was laying waste "the church of God" — not that he then believed it to be such, but he calls it by the name which he now knows. And again: "I advanced in Judaism," not "in the faith of Christianity"; "beyond many," not "beyond all" (in order to preserve his modesty); "beyond many of my own age," not "beyond those advanced in years"; "among my people," not "among the Gentiles"; for thus he is wont to call the Hebrew nation, as in 2 Cor. 11:26 ("danger from my own people, danger from Gentiles").

But I would not deny that while he is proving from his own

---

[31] Jerome, *Commentarius*, 348—349.

history that he has been teaching things that are divine, he incidentally also wishes to draw the Galatians back from the Law by means of his own example, in order that they may be admonished and aroused as they listen to him. If such a great zealot for the Law, who is far abler than those false apostles to boast of the Law and to find commendation in his own flesh (as he does in 2 Cor. 11 and Phil. 3), nevertheless regards all this as dung and has left it behind, how much more must we, who are in grace, refrain from reverting to the Law!

It should be noted that Jerome understands "the traditions of my fathers" to be the teachings of the Pharisees and the commandments of men.[32] But I am bold enough to think that Paul means the whole Law of Moses, and I shall point this out [33] on the basis of no other source than the apostle himself, who says in Phil. 3:4-7: "If anyone thinks he has reason for confidence in the flesh, I have more: circumcised on the eighth day, of the people of Israel, of the tribe of Benjamin, a Hebrew born of Hebrews; as to the Law, a Pharisee; as to zeal, a persecutor of the church of God; as to righteousness under the Law, blameless. But whatever gain I had, I counted as loss for the sake of Christ." You see that for the sake of Christ he counts as loss even circumcision and an unexceptionable righteousness of the Law. And later he says: "In order that I may be found in Him, not having a righteousness of my own, based on the Law, but that which is through faith in Jesus Christ" (v. 9).

Paul calls the Law the traditions of his fathers because he was instructed in that Law by men, his fathers and ancestors, and also because his fathers had received those traditions from Moses and passed them on to their sons, in keeping with the commandment of Ps. 78:5: "Which He commanded our fathers to teach to their children." For the apostle arranges everything polemically and sets it before the false apostles. It is his purpose to establish the fact that his Gospel is from God and in this way to compel the Galatians to remain steadfast in it. For this reason he also sets the traditions of his fathers — by way of disparaging them [34] — over against the Gospel, which he wants to be regarded as divine traditions.

[32] Jerome, *Commentarius*, 349.

[33] The Weimar text has *docebor*. This means "I shall be instructed"; or it could be a typographical error for *docebo*.

[34] On *tapinosis* cf. *Luther's Works*, 26, p. 362, note 5.

But to avoid causing anyone anxiety, let us treat this matter a little more extensively and in this way at the same time prepare the way for what must be said later on. The Law — not only the Ceremonial Law but also the Moral Law, indeed, even the most sacred Decalog, which contains God's eternal commandments — is the letter and a tradition of the letter, which, as St. Augustine amply demonstrates in his book *On the Spirit and the Letter,* neither gives life nor justifies but kills and causes sin to abound.[35] For no matter how much the Law is taught or observed, it does not purify the heart itself. But if the heart has not been purified, what else are good works, whether ceremonial or moral, but hypocrisy and the outward appearance of piety? Thus Christ says that the Pharisees look fine on the outside but are full of filth inside (Matt. 23:27). The result is that even though a person does not steal or commit adultery in the outward act, nevertheless he is either inwardly inclined toward those very deeds or abstains from them out of love for his own advantage or out of fear of punishment. And in this way he overcomes one sin by means of another, as St. Augustine says in his book *On Marriage and Concupiscence.*[36] For love of one's own advantage and fear of punishment are vices and a form of idolatry, inasmuch as love and fear are owed only to God. There is nothing, therefore, that sets one free from this impurity of the heart except faith, as is stated in Acts 15:9: "Purifying their hearts by faith," in order that in this way Paul's statement in Titus 1:15 may stand: "To the pure all things are pure, but to the corrupt and unbelieving nothing is pure." According to the same rule, he says in Rom. 2:21: "You who teach that one must not steal, do you steal?" St. Augustine's interpretation of this is "You steal" — not, of course, by the deed, which you teach must not be done, but in your guilty desire.

Therefore unless the doctrine of faith, by which the heart is purified and justified, is revealed, all instruction in all commandments is a matter of the letter and a tradition of the fathers. For the commandment teaches what must be done. Since this could not be done, the doctrine of faith (that is, the Gospel) teaches how it becomes possible. For this doctrine teaches one to flee for refuge to the grace of God and to implore God Himself as the Teacher and Doctor to write into our hearts with the finger of His Spirit His own

[35] Augustine, *On the Spirit and the Letter,* 14, 23.
[36] Augustine, *On Marriage and Concupiscence,* I, 4—5.

living, shining, and glowing letters, in order that we may be enlightened and inflamed by them and cry out: "Abba, Father!" (Gal. 4:6.) And this is not instruction of the fathers; it is divine instruction.

But pay attention, dear reader: If the apostle condemns his life in Judaism — the life that looked so fine — and the righteousness of the Law to such an extent that he regards them as dung and loss, what will those who praise human nature and laud moral works bring forward as an excuse? If this progress of the apostle was evil — which surely was approved by every rule of reason and even by the very Law of God, inasmuch as the "end" (as they call it)[37] of his life was zeal for God and for His Law — what will their actions be — their actions which they boast of with either another end or a similar end in mind? Surely they will be what Jeremiah said concerning prophets of this kind: "They have seen for you stupid visions and banishments; but they have not revealed your sins for you to provoke you to repentance" (Lam. 2:14). Therefore they take away from men the fear of God and teach them to be smug, as they prate that their moral deeds are good and that the works done in accordance with the rule of reason are not sins.

15. *But when He who had separated me from my mother's womb and had called me through His grace,*

16. *was pleased to reveal His Son to me, in order that I might preach Him among the Gentiles,*

It is one thing, therefore, to know the Law and to have excelled in its righteousness; it is another thing to know the Son of God. For the latter knowledge works salvation; the former works perdition. And note how thankfully and sincerely Paul acknowledges divine grace. He says: "The Son of God was revealed to me, not because I had progressed so far in the righteousness of the ancestral Law, not because of my own merit, but because it pleased God that it should happen this way, even though I had deserved by far the opposite. But the fact that it pleased Him without merits on my part proves that before I had been born, He set me apart for this destiny and in my mother's womb prepared me as such a one, and that He then called me through His grace, in order that from all this you might know that faith and the knowledge of Christ have come to me, not from the Law but from the grace of God, which

---

[37] The Latin word is *finis*.

predestined and called me. Consequently, it will not be possible for you to have salvation from the Law."

Others refer the verb "to separate" to what is stated in Acts 13:2: "Set apart for Me Paul and Barnabas for the work, etc." But this is a forced interpretation, since then they are compelled to understand "from my mother's womb" allegorically as the synagog. I pass over the scrupulous and risky way in which St. Jerome deals with this passage.[38] To me Paul seems to be speaking entirely of his predestination, but in brief and obscure fashion. In view of the power of comprehension the Galatians had, he considers it sufficient to have declared in simple terms that he has learned, taught, and preached Jesus Christ the Son of God, not of himself or of others but from the revelation given to him by the Father, in order that they may be sure that they have learned from Paul things that are divine. Now he continues; and he adds to his simple statement a historical account, to demonstrate that he has not been instructed by men and has not taught things that are human.

immediately I gave no assent to flesh and blood.

Here St. Jerome experiences a strange torture, and he himself tortures the text.[39] In the first place, to avoid the necessity of having the apostles called "flesh and blood" and of having to give in to Porphyry, who says reproachfully that Paul is presumptuous, Jerome understands "flesh and blood" to mean Jews and sinners, especially since Paul declares that afterwards he discussed his Gospel with the apostles, which here he denies. For the same word that is translated here with "gave assent" is translated later as "discussed." But let us dismiss these considerations. Whoever wishes may concern himself with them. Meanwhile I am more than satisfied with this, that Paul, who wants to show that he had taught the Galatians on the basis of revelation from God, did not first discuss his revelation with any human being but, after receiving the revelation, immediately preached Christ. As is written in Acts 9:19-20: "For several days he was with the disciples at Damascus. And in the synagogs immediately he proclaimed Jesus." "Immediately," that is to say, not first conferring with them. Hence one sees that Paul has omitted something. The complete context would be as follows: "Immediately I preached the

[38] Cf. Jerome, *Commentarius*, 349—350.

[39] Jerome, *Commentarius*, 351.

Son of God or proclaimed Him by means of the Gospel; I did not confer with men first." Thus the adverb "immediately" denies altogether that he had been instructed by men. On the contrary, it asserts that men were immediately instructed in Christ by him. For, as I have said, the apostle is speaking polemically. It is his purpose to prove that he has been teaching things that are divine. For once this has been proved as his chief argument, it will then be easy to demolish everything that has been transmitted to the Galatians in opposition to him. But as Jerome attests, "to confer," which in this passage is rendered by "gave assent," signifies something different from what it means among us, since, you see, we confer with a friend regarding the things we know and lay them on his heart and conscience, so to speak, to be either approved or disapproved after impartial deliberation. And even though the translator did not render this connotation of the word, still he did not depart altogether from the meaning. For he who confers with his friends in this way certainly has already given assent to them in his mind and offers himself to them as one who can be taught. But Paul did not want to be taught, nor did he ever intend to argue whether or not the things he had heard from God were correct. And very justly so. For it would have been wicked to try to strengthen the divine revelation — as if he were in doubt about it — with the counsel of men.

Accordingly, Porphyry, who makes a false statement about Paul and reproachfully calls him arrogant, accomplishes nothing. For it was not because of arrogance that Paul was unwilling to confer; it was for the sake of the glory that belongs to divine authority and to absolute truth that he did not want to do so. Nor could he have conferred without damage to his divine authority. But Porphyry is also mistaken in this, that he thinks Paul is speaking here of the apostles, when actually he is speaking of those who were in Damascus, whoever they were. For regarding the apostles he says at once: "Nor did I go up to those who were apostles before me" (Gal. 1:17). Therefore those whom he calls "flesh and blood" were others. And, as it seems to me, in a manner characteristic of him and of the Hebrews, he is making an allusion to the name "Damascus," which, according to its etymology, means "blood" and "sack"; [40] and in Scripture it is not unusual for this word to have the hidden

---

[40] Jerome, *Liber interpretationis hebraicorum nominum, Corpus Christianorum, Series Latina*, LXXII, 64, and passim.

meaning "flesh and blood," which means: "I did not confer with those who were at Damascus, who are flesh and blood." Still I would not deny that this same expression is used about the saints; nor would I hesitate to call the apostles themselves flesh and blood, even on the authority of Christ, who said to Peter: "Flesh and blood has not revealed this to you" (Matt. 16:17); that is: "You do not have this from yourself or from others." And in another place: "For it is not you who speak, but the Spirit of your Father" (Matt. 10:20). Here He indicates clearly that they are something different from the Spirit and the Spirit's revelation. Indeed, in themselves they are truly flesh and blood. Accordingly, this appropriate disparagement pleases me. By means of it he incurs the enmity of the false apostles by calling even God's saints flesh and blood in contrast with the majesty of the divine revelation. For if human words or examples, no matter how saintly, have begun to be boasted of in opposition to those that are divine, it is time for us confidently to regard whatever is not divine as flesh and blood, yes, as nothing.

17. *Neither did I go up to Jerusalem to the apostles who were my predecessors,*

"Not only did I not consult the people of Damascus, but I did not even consult the apostles who had been in the apostolate before me (for this is the meaning of 'my predecessors'). Yet it would have been necessary to do this if I had wanted to be taught through a man or by a man. Sufficient for me was the certain and infallible revelation of the Father."

Take note of Paul's indispensable pride or more correctly, of his fairness. He acknowledges that the other apostles were his predecessors; but he does not say that he is greater or, on the other hand, less important than they. For even though he declares that he is inferior to all and the least of the apostles so far as his person is concerned, yes, that he is not even worthy of being called an apostle (1 Cor. 15:9), nevertheless so highly does he esteem the office and the ministry (for this belongs to God, not to him) that he positively does not yield to anyone among the apostles. For no matter what the person of the apostles is, surely the office of all the apostles is identical and equal; they teach the same Christ, they have the same power, they are all sent in the same manner by the same One. Nevertheless, Paul says in 2 Cor. 11:5: "I think that I am not in the least inferior to these superlative apostles"; and in the twelfth chapter (v. 11): "For I am not at all inferior to these superlative apostles." How wonderfully he grants preference to them and makes himself their equal, humbly yielding to them in rank but confidently likening himself to them in his office and in power.

but I went away into Arabia; and again I returned to Damascus.

In Acts 9 Luke does not mention this withdrawal into Arabia but writes only that Paul came to Jerusalem after he had been let down over the wall. Hence St. Jerome searches for various explanations.[41] I follow the second one, namely, that, as Luke writes, Paul was in Damascus for several days after his baptism and during this time preached Christ in the synagog; that then, as Paul says here, he went away into Arabia and returned to Damascus, a fact which Luke has not mentioned; and that at this time those things occurred which Luke describes in detail, namely, that on account of a plot he was let down over the wall in a basket and came to Jerusalem. Thus St. Jerome troubles himself about why Paul recounts these things which Luke has not mentioned. In my boldness I think that Paul records this, as he records everything, in order to show that he did not come to the apostles or receive instruction from them but rather, relying on the divine revelation, first went away into Arabia to teach and then returned to Damascus and taught the same things — so certain, as is clear to see, was he of the revelation of Christ that had been given to him. For he would not be teaching these things in various places if he thought that they were of such a nature that they had to be discussed with the apostles or with men. But as to Jerome's opinion that Paul was in Arabia to no purpose, and as to his investigation of some things that are not explained — a man so great should have this privilege.

18. *Then after three years I went up to Jerusalem to see Peter, and remained with him fifteen days.*

Observe how careful Paul is to add "after three years" and not to say that he "heard" but that he "saw Peter." For his statement that he taught for three years in Damascus — evidently until he was forced to leave by way of the wall — is sure proof that he was not made a preacher of the Gospel by Peter but had already been one for a long

---

[41] Jerome, *Commentarius*, 352—353.

time when he came to Peter. It is his purpose to stop the mouths of the false apostles, who had asserted — perhaps by using as proof the fact that he came to Peter — that he was taught by Peter, through whose example they had stirred up the Galatians to observe the Law. But St. Jerome declared that he found a double meaning in this passage: one according to which it is asserted that Paul was taught by Peter, another according to which this is denied. In the *Letter to Paulinus*, however, Jerome inclines altogether toward the first meaning; he is of the opinion that the teacher of the Gentiles — to use his own words — was instructed in the mystery of the ogdoad and the hebdomad.[42] I mention this in order that the prudent reader may understand Jerome in this way and not arrive at a meaning contrary to the apostle Paul, who states all this with such thunderous emphasis that he proves with the strongest arguments that he had learned nothing from the apostles but had received everything from God alone (as has already been sufficiently stated). Although the fact that St. Jerome takes pleasure rather often in toying with the mystery of the fifteen days should not be treated with scorn, still it is altogether necessary to believe that the days have been mentioned in this passage by Paul not only because of his delight in the mystery but also because the historical fact required it — perhaps in order to show that he had been with Peter long enough if he had come for the purpose of teaching, or, to put it differently, that he had remained with him as a guest, not for the purpose of receiving instruction but merely in order to pay him a visit, since the receiving of instruction would have required a longer time.

19. *But I saw none of the other apostles except James, the Lord's brother.*

Paul does not want them to say: "If you did not receive instruction from Peter, at least you received it from the other apostles." But he did not see the other apostles, because (as Jerome says) they had been scattered all over the world for the preaching of the Gospel. But if this is true, what foundation is there for that fable about the separation of the apostles in which it is said that the apostles were separated in the thirteenth year after Christ's resurrection,[43] when in this passage Paul has found them scattered three or certainly four

[42] Jerome, *Commentarius*, 354; also *Epistles*, LIII, 2.

[43] Jerome, *Commentarius*, 356.

years after his conversion, while, on the other hand, it is clear that he was converted in the same year in which Stephen received the martyr's crown? But these questions I leave to others, who have leisure.

Take note of what Luke writes in Acts 9:26 ff., namely, that because the disciples were afraid of Paul, he was brought to the apostles by Barnabas, and that he went in and out with them. But here Paul admits that he saw none of the apostles except Peter and James. Accordingly, either Luke calls Peter and James "apostles" because they are more than one, or what St. Jerome says is true, namely, that the term "apostles," especially in the letters of Paul, includes many others, such as those who were ordained by the first apostles.

Concerning this James, whom the people commonly call James the Less, Eusebius says in the first chapter of the second book of his *Ecclesiastical History* that he was called the brother of the Lord because he was the son of Joseph, who was esteemed as if he were Christ's father. St. Jerome quotes this statement in his book *On Illustrious Men*, but he disagrees with it.[44] He says: "In the opinion of some, James was the son of Joseph by another wife; but in my opinion he was the son of Mary, the sister of the Lord's mother, of whom John makes mention in his Gospel." For John says (19:25): "Standing by the cross of Jesus were His mother and His mother's sister, Mary the wife of Cleophas, and Mary Magdalene." Likewise Mark 15:40: "Among whom were Mary Magdalene and Mary, the mother of James the Less and of Joses, and Salome." Matt. 27:56 agrees with this: "Among whom were Mary Magdalene and Mary, the mother of James and of Joses, and the mother of the sons of Zebedee." From these statements one gathers that James's Mary and Cleophas' Mary are the same person, namely, the sister of the Virgin Mary, that she is called Cleophas' Mary on account of her husband but James's Mary on account of her son, and that she is also the mother of Simon and Judas. For in the third book of his *Ecclesiastical History* Eusebius says that Cleophas was the brother of Joseph and that for this reason Simon was called the Lord's cousin.[45] Furthermore, Mark 6:3 seems to say this very plainly: "Is not this the carpenter, the son of Mary, the brother of James and Joses and Judas and Simon?" So those people are obviously in error who have invented a third Mary, whom

---

[44] Eusebius, *Ecclesiastical History*, II, 1, 2—4; Jerome, *De viris illustribus*, 2.

[45] Eusebius, *Ecclesiastical History*, III, 11, 2.

they call Salome's Mary. For Salome is a woman's name; and the one whom Mark calls Salome, Matthew calls the mother of the sons of Zebedee. But that there were only two Marys, namely, Mary Magdalene and James's Mary, is sufficiently proved by the fact that Matthew usually calls James's Mary "the other Mary" (28:1).

But let us put an end to this tedious business and take it that this James is called the Lord's brother — that is, a son of the Lord's foster father's brother or rather a son of His mother's sister — in order to distinguish him from the others who are called James. For all state that among Christ's disciples there were several named James. And though St. Jerome, in his book *Against Helvidius,* says with regard to this passage that James was called the Lord's brother on account of a similarity in virtue and wisdom rather than according to the flesh,[46] still the view which has been adduced above and is taken from the writings of distinguished men is more satisfactory.

20. *(In what I am writing to you, before God, I do not lie!)*

In a matter which, as it seems, is so unimportant the apostle swears an oath. Obviously he wants the Galatians to believe it to be true that he came to Jerusalem and that he saw no one of the apostles. He also wants them to believe the other things he has mentioned. Why is it necessary for him to swear an oath? He is troubled, and he feels that he is being hard pressed because of the reputation and the behavior of the apostles, on whom the false apostles were placing their reliance. Consequently, since he has nothing with which to confirm his story, he swears an oath in a holy and pious fashion, lest by the pretext and ostentatious display of apostolic and human authority the authority of the divine revelation by which he had taught the Galatians be diminished to the damage of their faith and of the Gospel. Moreover, he swears his oath not only in view of what he has said before but also in view of what remains to be said. For thus those who are disturbed beyond measure are wont to introduce an oath into what they are saying.

21. *Then I went into the regions of Syria and Cilicia.*

In Acts 9:29-30 Luke refers to this when he says that Paul spoke (in Jerusalem, of course) with the Gentiles "and disputed against

[46] Jerome, *De perpetua virginitate B. Mariae adversus Helvidium,* 15, *Patrologia, Series Latina,* XXIII, 209.

the Hellenists; but they were seeking to kill him. And when the brethren knew it, they brought him down to Caesarea and sent him off to Tarsus," which is in Cilicia.

Take note. Here you have what Paul did during the fifteen days he spent with Peter. He did not receive instruction, but he taught the Gentiles (for he was going to be, or already was, their apostle); and he disputed against the Hellenists, undoubtedly Jews, just as Stephen had done before him (Acts 7:1 ff.). Why, then, is it necessary for us to hear that he went to Syria and Cilicia? Obviously he is proving that he did not have the apostles as his teachers anywhere but was himself a teacher everywhere. He always has this fact in sight, and toward this he always bends the bow of his narrative, in order that he may finally strike most vigorously all those who were teaching and holding views in opposition to him because he taught things that were divine, not human, while they taught things that were human, not divine.

22. *And I was still not known by sight to the churches of Christ in Judea;*

23. *they only heard it said: He who once persecuted us is now preaching the faith he once tried to destroy.*

24. *And they glorified God because of me.*

Paul means, of course, not only that he was not instructed by Peter and the other apostles but also that he was not instructed by any others who were Christians in Judea and observed a mixture of the Law and faith. Indeed — and this is the best recommendation of Paul's teaching — although he himself had not been seen by them, still he had their testimony that he was preaching faith. For it is this faith alone that he is seeking to establish throughout the epistle. Now, therefore, he demonstrates on the authority of all the churches that he has been teaching rightly, because he was praised by those churches for preaching faith, and God was glorified. Although the false apostles were trying to drive the Galatians to the Law with the example of these churches, he clearly proves that they did not represent the example and authority of the churches of Judea truthfully to the Galatians. Those who previously grieved because Paul was attacking the faith are glorifying God because he is preaching faith. They are not complaining [47] about the Law. Why, then, are those teachers, under the false name of apostles, tempting the Galatians with a righteousness based on the Law? Therefore the fact remained that the churches of Judea kept the provisions of the Law, not because they were compelled to do so for the sake of salvation but out of unrestrained love, by rendering service to the weakness of others.

Would that in the church today our laws were taught and observed with similar understanding! Now, however, they rule in such a way that salvation is thought to rest in them and faith is almost blotted out. Paul gives faith completely free mastery over all human laws. We make human laws the tyrants over faith. Yet the lords and nobles do not care a hair about them; they devour the church in an enormous whirlpool of offenses and oppress only their subjects with so many unbearable burdens or in the most shameful manner sell anew the Christian liberty of these people — the liberty that is held captive by means of fetters of money — by granting pardon and indulgences.

[47] We have read *querentes* for *quaerentes,* which is the reading in the Weimar text.

CHAPTER TWO

1. *Then after fourteen years I went up again to Jerusalem with Barnabas, taking Titus along with me.*

2. *I went up by revelation; and I laid before them (but privately before those who were of repute) the Gospel which I preach among the Gentiles, lest somehow I should be running or had run in vain.*

AFTER proving sufficiently that he has become an apostle by divine revelation, not because of any man's teaching, Paul now proves that the revelation he had was sure and firm that he has not feared to have any men whatever, not even the apostles, as his judges, and also that he has not yielded to anyone's importunity.

First he says "after fourteen years." If to these you add the three years he mentioned above, you will find that he had already been preaching for seventeen or eighteen years before he wanted to have a discussion. Thus it seems impossible that what he had been preaching in so many places, to so many people, could have been recanted. It was not for his own sake, therefore, that he went up, as if he feared (as Jerome thinks)[1] that for seventeen years he had been preaching falsely. On the contrary, he went in order to show others that he had not been running in vain, since the rest of the apostles also approved his course. For if he had been in doubt as to whether he was teaching truth or falsehood, it would have been conspicuous and unheard-of rashness and godlessness on his part to postpone the necessary conference and to deceive so many people with uncertain teaching.

In the second place, he never would have "gone up" if he had not been admonished by a revelation of God, since he was not disturbed by the importunity of others — so far was he from entering a discussion because of a lack of confidence in the certainty of his doctrine. He had no need whatever of going up to Jerusalem for this reason.

Thirdly, he went to Jerusalem itself, where the leaders of the

[1] Jerome, *Commentarius*, 358.

synagog as well as of the church were to be found. He was ready to confer with them all, since he feared neither the multitude of the Jews nor the most zealous followers of the Law.

Fourthly, he did not go alone; he went "with Barnabas and Titus" (who were of different nationalities and thus very suitable witnesses) in order that no one might believe that he had acted in one way while present but acted otherwise when absent. For if he did too much for the Jews, Titus, who was a Gentile, would betray him; if, on the other hand, he did too much for the Gentiles, Barnabas, who was a Jew, would oppose him. Therefore take note of his confidence! — He took these two with him and had both of them as witnesses. In short, by presenting himself with both of them he intended to make it clear that he was at liberty to be a Gentile with Titus and a Jew with Barnabas. Thus he would prove the freedom of the Gospel in each case, namely, that it is permissible to be circumcised and yet that circumcision is not necessary, and that this is the way one should think of the entire Law.

Enough has been said above about the word "discussed" and "gave assent to." [2] Note also a figure of speech that is Hebraic in character or, to use a better description, is characteristic of Holy Scripture, namely, that "to run" signifies the office of teaching or proclaiming the Word of God — a figure taken from the sending and running of messengers. Thus I quoted above [3] from Jer. 23:21: "They ran, and I did not send them"; from Ps. 147:15: "His Word runs swiftly"; and from many similar passages in Holy Writ. This means that the heralds of God's Word must be ready and faithful messengers, so that they run rather than go. Thus Isaiah also says (52:7): "How beautiful are the feet of those who bring good tidings"; Ezekiel (1:6 ff.) describes his animals as having feet and running; Eph. 6:15 directs that our feet be shod with the equipment of the Gospel; and in Holy Writ the duties, the running, the sending, and all similar functions of the feet signify the ministry of God's Word. And the poets represent their Mercury in a way that is not much different.

Notice again that after fourteen years Paul finds the apostles in Jerusalem or — if he does not find them all — at least Peter, James, and John, and that he confers with them. The fable spread about a separation of the apostles — that they were separated in the thir-

[2] See p. 190.

[3] Cf. pp. 166 f.

teenth year — does not disturb me as much as it causes me to warn against our slipping easily into similar nonsense — which exists today in the greatest abundance — by disregarding very clear passages of Scripture and unwisely accepting any figment of superstition that is decked out with any label of piety.[4]

What *qui videbantur esse aliquid,* "those who were of repute," means is already known from the *Annotations* of Erasmus. In fact, St. Jerome has *qui videbantur,* that is, those who were of greater prestige and reputation. Hence *esse aliquid,* "to be something," is an addition.[5]

3. *But even Titus, who was with me, was not compelled to be circumcised, though he was a Greek.*

4. *But because of false brethren secretly brought in, who slipped in to spy out our freedom which we have in Christ Jesus, that they might bring us into bondage —*

5. *to them we did not yield submission even for a moment, that the truth of the Gospel might be preserved for you.*

St. Jerome points out that the Latin codices formerly contained the affirmative statement "to whom we yielded submission for a moment."[6] This reading he refutes both on the basis of the Greek and on the basis of the obvious sense of the preceding context, in which Paul denies that Titus was forced to be circumcised and shows rather that he had not yielded. Then Jerome busies himself with the conjunction "but" or "however" and says that it should be stricken, in order that the sequence may be: "But even Titus was not compelled to be circumcised because of false brethren secretly brought in." But if my guess has any merit, here Paul is using a transposition or — again in Hebraic fashion — an ellipsis, so that the conjunction "but" refers to the verb "we yielded" or another verb is understood along with it, namely, "We resisted, or put up a fight, and won out; and this we did, not out of hatred or contempt for the Law or the works of the Law but on account of false brethren who wanted to turn our freedom into slavery for us." Moreover, Paul often uses ellipses in

---

[4] Luther is referring to the legendary account of the composition of the Apostles' Creed; the legend dates back to about the fifth century.

[5] Erasmus, *Annotationes ad locum;* Jerome, *Commentarius,* 357.

[6] Jerome, *Commentarius,* 358—359; cf. Tertullian, *Adversus Marcionem,* V, 3, on this reading.

other passages because of the vehemence of his mood. Nor is this infrequent in the Old Testament, as, I believe, is sufficiently well known.

The statement "to these we did not yield submission even for a moment" could also have been expressed more clearly, namely, "to whom we did not yield for a time [so Jerome has it] [7] into subjection" or "that we might be subjected." This means: "We stood so firmly for evangelical freedom that they were unable to get even this from us that we yielded for a time and only for this occasion. As though we would later revert, after the purpose of the followers of the Law had been accomplished with this concession, since we are accustomed to do so many things with a view of time, place, and persons — things we are later free to disregard. But let this be done in those matters where divine truth and evangelical freedom do not come into danger. Where these are at stake, time, place, and person should not be considered." So much for points of grammar.

Otherwise the whole essence of this controversy has to do with the necessity or freedom of works of the Law, not with what works of the Law are. For the works of the Law and the Law itself were not put to death and done away with through Christ in the sense that one may not do them at all (as St. Jerome, instructed by his teacher Origen, contends in more than one passage)[8] but only in such a way that one believes salvation to be apart from them through Christ alone. He is the end of the Law, and the works of the Law were commanded with reference to His coming. For when Christ came, He did away with the works of the Law in this way that they can be looked upon as immaterial but no longer binding — as Paul will show later (Gal. 4:1 ff.) with the beautiful example of the heir who is a child. Therefore the other apostles, together with the Jews who were believers, did them. Paul and Barnabas, however, sometimes did them, and sometimes they did not do them — in order to show that these deeds were simply adiaphora and were in accord with the nature of the person who did them, as Paul says in 1 Cor. 9:20-21: "To the Jews I became as a Jew, in order to win Jews; to those under the Law I became as one under the Law, though not being myself under the Law. To those outside the Law I became as one outside the Law." How could he have unfolded the freedom of

[7] Jerome, *Commentarius*, 359.
[8] See p. 379, note 61.

the Gospel more clearly? "I came," he says, "to preach Christ to the Jews. But in order that they might listen to me it was necessary on their account for me not yet to use this freedom and show contempt for them together with their works. Therefore I did what they themselves were doing, until I could teach them that these things were not necessary but that faith in Christ was sufficient. In the same way I came to the Gentiles. At that time I did none of those things which I had done among the Jews; but until I could preach Christ to them, I ate and drank whatever they ate and drank. How would they have given me a hearing if I had immediately been disdainful of them in these neutral matters? If in other respects it is permitted, yes, even meritorious, to grieve, suffer, die, and toil for a brother and a neighbor, how much more it is permitted to do any works at all of the Law if brotherly love requires them! But you must know that these works should not be done under the compulsion of the Law — for that taskmaster was overcome by the Child who was given to us (Is. 9:6) — but that they should be done out of love, which serves freely and gladly. Therefore if your brother's need were to demand that you be circumcised, then you will be circumcised, not only without peril — because it is not done on account of the Law and its requirement — but even with a great deal of merit.

For this reason the apostle is careful not to say that he was unwilling or that it was not permitted; he says that he was not compelled to be circumcised. To be circumcised was not an evil thing; but now that Christ alone justifies us through grace, to be forced into circumcision as if this were necessary for your justification — this would be wicked and an insult to Christ's justifying grace. After Christ, therefore, the works of the Law are like riches, honor, power, civic righteousness, and any other temporal thing. If you have them, you are not on this account better in the sight of God; if you lack them, you are not on this account worse. But you would be very wicked if you were to assert that you must have them in order to please God.

Notice, therefore, the words of the apostle in which the essence of what he means is expressed. "Compelled," he says; likewise "freedom," "slavery," "subjection." With these words he sets forth plainly enough the fact that among them there were those who watched him closely because he sometimes observed the Law — in accordance with his liberty and freedom — and sometimes did the opposite — depending on whether he saw that it was serviceable for the gaining of souls and the preaching of the Gospel. And these people betrayed and reproached him because he did not observe the Law and did not circumcise the Gentiles. They wanted to put pressure on him. Here he calls this subjection and slavery. For the freedom of which he boasts that we have it in Christ consists in this, that we are not bound to a single outward work but are free with regard to anything you please, in regard to anyone you please, at any time, and in any manner, except where an offense is committed against brotherly love and peace, as Rom. 13:8 states: "Owe no one anything, except to love one another." Therefore a true Christian, as Paul says in the third chapter (v. 28), is neither free nor slave, neither Jew nor Gentile, neither male nor female, neither a cleric nor a layman, neither religious nor secular; he neither prays nor reads; he neither does nor leaves undone. On the contrary, he is entirely free with regard to everything. Depending on whether a thing has come to hand or has withdrawn, he does it or leaves it undone, as Samuel said to Saul (1 Sam. 10:6): "You shall be turned into another man" and (v. 7) "Do whatever your hand finds to do; the Lord is with you." But that one man takes a wife and another enters a monastery, that one man indentures himself to this work and another to that work — he does not do this under compulsion of the Law but subjects himself to servitude of his own accord. If he does this out of love, he is acting nobly; but if he does so because he is impelled by necessity or fear, he is acting in conformity with human nature, not as a Christian. Accordingly, the people of our day err most seriously, especially the clergy and the members of religious orders. On account of the pomp of external worship, on account of their rites and ceremonies — in which they have become entangled to the point of the hopeless destruction of their souls — they feel such disgust for others, who are not conspicuous by a similar outward show, that they quarrel endlessly and have the nerve to declare publicly that they are unwilling ever to agree or to make common cause with them.

Finally, in this passage "the truth of the Gospel" seems to be taken, not as the actual content of the Gospel but as the proper use of the Gospel, because the Gospel is always true, whereas its use is not seldom subverted by hypocrisy. For "the truth of the Gospel" means knowing that all things are permitted, that to the pure all things are pure (Titus 1:15), and that no work of the Law is necessary for salvation and righteousness, since the Law is dead and no longer compels; when one performs works of the Law, therefore, it is on account of love, not out of compliance with the Law.

6. *And from those who were reputed to be something (what they were at any time makes no difference to me; God shows no partiality)* —

It is only in this passage that Paul adds "to be something" to the verb "were reputed"; from here it has been taken by the scribes and added to the other two passages. There is again an ellipsis here: "From those, however, who were reputed to be something —" (supply "I received nothing"). Repeating this thought below, he says that "they contributed nothing to me" and uses the same word — *contulerunt* — as above.

St. Augustine refers the words "what they were at any time" to the unworthiness of the apostles, namely, that at one time they, too, were sinners.[9] But that this makes no difference to Paul, even though to those who were saying that he had been a persecutor and for this reason should not be compared to the rest he could have replied by saying that since God does not look upon a man's person, neither their apostleship nor his was worthless because of previous sins; for God calls all men to salvation in the same manner. But I like Saint Jerome's opinion. He refers the words to the worthiness of the apostles and thinks that they were spoken against the false apostles, who boasted of the honor the apostles had because they had kept company with Christ and had seen, heard, and learned everything in Christ's own presence.[10] For this reason, they said, people should prefer them to Paul and should observe the Law together with them. Paul, however, without finding any fault with the apostles and without admitting that these objections were true, opposes the false apostles with an answer that is excellent and salutary to the highest degree. He says that all this with which they are puffed up has nothing whatever to do with the matter. For a thing is not true or good because it is performed by someone who is great, saintly, or a person of some importance; it is true and good because it comes from God alone. For what did it profit the traitor Judas that he kept company with Christ and had all things in common with the apostles? Therefore those people boast in vain of the outward appearance and honor of the apostles in opposition to the Word of God, which He reveals and teaches without that person. If God disregarded the

[9] Augustine, *Epistolae ad Galatas expositio, Patrologia, Series Latina,* XXXV, 2112.

[10] Jerome, *Commentarius,* 360.

apostolic person in the case of Judas, certainly He did not regard it in the case of the others either.

And you must note that in this passage "person" is understood far differently from the way it is now used in the schools. For it does not signify a rational and indivisible substance,[11] as those people say; but it means an external quality of life, of activity, or of behavior, in view of which a man is able to judge, praise, censure, and name another human being and anything that is not spiritual, in accordance with the statement of 1 Sam. 16:7: "Man looks on the outward appearance, but the Lord looks on the heart," and in Ps. 7:9: "God, who triest hearts and reins." Therefore it is these evident things, whatever they may be, that you must understand by the terms "person," "face," "appearance," and personal attributes of this sort if you want to understand the Scriptures rightly when they speak about "regard for persons." Man always looks upon the persons, never at the heart. For this reason he always judges wrong. God never looks upon the persons; He always looks at the heart. For this reason He judges people rightly (cf. Ps. 96:10). Lastly, elsewhere the translator renders πρόσωπον with *facies*, "face" or "appearance"; but in Scripture *facies* properly signifies everything that is outwardly apparent. Thus in Mark 12:14: "For Thou regardest not the appearance of a man," and in 1 Sam. 16:7: "Do not look on his appearance." But since the word "person" has long since taken on another meaning, it would be a good thing if in the Bible *facies* were written everywhere in place of *persona*.[12]

You see, therefore, how very soundly Paul instructs us, lest we be deceived by a title, a name, a face, or a person and neglect his counsel. He says: "Test everything; hold fast what is good" (1 Thess. 5:21). What do you think he would say now if he heard that in the church everything is being taught without any testing by those who boast of the power, the saintliness, and the learning of the authorities they have? Boldly he asserts that the appearance of the apostles has nothing to do with the matter; yet the appearance of the apostles was saintliness, power, an intimate acquaintance with Christ, and things far greater than you would now find in any pope. But now the power

---

[11] The scholastic definition to which Luther refers is *rationalis individuaque substantia*.

[12] Luther is referring to the development of the term *persona* as a consequence of the Trinitarian and Christological controversies.

alone of the pope is sufficient; the saintliness alone of teachers has authority. Consequently, whatever has pleased their fancy is taught. But certainly the power of the pope — since it is the person, so to speak, of a man — is not regarded by God; neither is the notion that he is a saintly man or the reputation he has for wisdom. All these things relate to the person. For this reason they are not powerful enough to make it necessary for one to believe that all their opinions are true. But it is certain that the praising of their persons did not please the apostles themselves, since they knew that one should glory in the Lord (1 Cor. 1:31), not oneself or in one's apparent power or saintliness. And take note most carefully of this admonition given by Paul.

those, I say, who were of repute contributed nothing to me in discussion.

They did not again expound his Gospel for Paul and discuss it with him (for this is what the verb *conferre* means, as has already been stated). But neither was this necessary. It was enough that they gave their approval and — as follows — saw that the preaching of the Gospel to the uncircumcised had been entrusted to him. This he says in order to show that in the judgment of the apostles too — whom they were praising in opposition to Paul — he had already taught rightly and that the apostles stood with him against the false apostles, who boasted of persons. Therefore he now proceeds more extensively with this.

7. *But on the contrary, when they saw that I had been entrusted with the Gospel to the uncircumcised, just as Peter had been entrusted with the Gopsel to the circumcised*

8. *(for He who worked through Peter for the mission to the circumcised worked through me also for the Gentiles),*

9. *and when they perceived the grace that was given to me, James and Cephas and John, who were reputed to be pillars, gave to me and Barnabas the right hand of fellowship, that we should go to the Gentiles and they to the circumcised;*

10. *only they would have us remember the poor, which very thing I was eager to do.*

St. Jerome thinks that there has been a transposition and that one should take out what has been interpolated and read as follows: "But on the contrary, they gave to me and Barnabas the right hand of fellowship." [13] To me it seems that Paul, as was his custom, leaves out something from his discussion; for in the meantime he is swept along and digresses to other things. He even inserts a parenthesis. Thus he fails to get back to the discussion he has begun. Therefore I would supply a statement. Then Paul's words would read like this: "But they, on the contrary, saw and approved my position as I had stated it in the discussion; and when from this discussion they had seen, etc."

Behold, Paul's Gospel and Peter's are identical; the former is an apostle to the Gentiles, the latter is an apostle to the Jews. How, then, can the false apostles boast of Peter and the apostles over against Paul when these men teach the same thing? If Peter, James, and John had held opinions different from what Paul had taught the Galatians, they would certainly have rebuked him. Now, however, they not only commend him but also give him the right hand of fellowship. These struggles of the churches and the pontiffs for preeminence were not yet going on in the church. Peter, John, and James did not reject Paul and Barnabas as their unworthy associates and equals. But with the advance of time and the increase of vices, as Jerome says, fellowship gave way to power and preeminence.[14] The expression "the right hands of fellowship" also seems to have the character of a Hebraism and to be used instead of "the right hands that are allied" or given as a confirmation of fellowship — unless Paul prefers it to mean that they did not give their right hands for the sake of adoration, to be kissed as an avowal of reverence.

But note that in spite of this Paul pays heed to rank and to respect for station. He puts James ahead of Peter, because James was Bishop of Jerusalem, whereas the other apostles went forth and returned. For it is said that the apostles decided that in accordance with Christ's teaching (Matt. 23:11-12) Peter, James, and John should humble themselves, since they were ahead of the others and more prominent during Christ's lifetime.[15]

Paul does not say "who cooperated"; he says "who worked." Now what he means is the same as what he describes at length in 1 Cor. 12:4 ff., that "there are varieties of working, but the same God who

[13] Jerome, *Commentarius*, 360.

[14] Jerome, *Commentarius*, 362.

[15] Cf. Irenaeus, *Adversus haereses*, III, 12, 5, on the primacy of the church in Jerusalem.

works all in all." But on the authority of Erasmus the Greek word means more than the Latin *operari*, namely, "to show one's effective power"; hence Jerome, in his letter to Paulinus, speaks of a latent energy.[16] This is the grace of the Spirit, whereby He multiplies the various gifts and works in the apostles and operates powerfully in their hearers.

Observe the discriminating weigher of words: "Gospel for the uncircumcision, Gospel for the circumcision, apostolate for the circumcision, apostolate to the Gentiles." Paul mentions only the terms that refer to the office and the work. For he is unquestionably using the term "Gospel" in the sense of "the office of preaching the Gospel"; and he says "to the uncircumcision, to the Gentiles" because it was for the Gentiles that he was discharging this office. "Apostolate," however, expresses the office by the term itself. But in our own age they are merely names for rank. For it is a dreadful thing to contemplate how the Gospel is despised by those who sail under its banner if you consider what the Word of God is and at what cost its revelation to mankind was procured.

It was not enough to say "when they had seen that the Gospel was entrusted to me"; but he adds "when they had perceived the grace that was given me." They saw the ministry; they perceived the grace. What does he mean? Obviously the gift of wisdom because of which he was stronger in the Word than the rest; likewise the gift of power because of which he had done miracles among the Gentiles. It was from the Word and his work that the "grace" in him was perceived. Perhaps he thought it necessary to consider these two together, lest anyone who lacked the grace with which to fulfill a ministry of this kind assume the office of the Word. We see that the Gospel and the apostolic office are entrusted to many, but we do not perceive grace in these people; for they are unable to show this by word and deed.

"They were reputed to be pillars." Why, pray, does he not say: "They were pillars"? Does he envy them their honor? Far from it! But he is speaking of the fact as it is. For to be a pillar in the church is a matter of the person and is according to appearance, which God does not regard. For in the sight and opinion of men this is indeed necessary on account of those who are in subordinate positions; but it is not the fact itself, in which one must put trust. There must be

---

[16] Erasmus, *Annotationes ad locum;* cf. p. 308, note 35, on Jerome.

princes and kings, that is, those who, in the opinion of men, are reputed to be and are considered such. In other respects they are persons so far as the world and their outward life are concerned; within, where God sees, they are perhaps inferior to the lowest slaves. Thus the episcopacy, the priesthood, and every rank and station in the church are "persons"; they are not the eternally solid fact itself. Therefore Paul uses the verb "were reputed" most appropriately when speaking against the foolish people who look upon the persons in no other way than they look upon the true facts themselves. Hence the verb "were reputed" is not to be taken in the sense in which it is now used when we say of a thing that is false or apparent: "It seems to me." No, they simply "were reputed"; that is, they were held to be and accepted as pillars. And they were real pillars so far as that is possible in this life, in which all that is seen is the person and the outward appearance of things.

This, too, is an elliptical way of speaking: "that we to the Gentiles, but they to the circumcision." You must supply "should preach the Gospel" or "should be apostles." After all, one must become accustomed to this Pauline manner of speaking. But they did not divide their functions in such a way that Paul never taught a Jew and Peter never taught a Gentile; for the epistles of both men proved the contrary. Consequently, the adverb "only" cannot belong to the preceding statement. No, as Jerome thinks, the ministry was divided in such a way that to each people its own apostle was sent: to the Gentiles, one who was to teach the free faith without the burden of the Law; to the Jews, one who, for the sake of a faith that had to be gradually strengthened, was to bear with the Law implanted in them.[17]

"The poor," whom Paul calls "the poor among the saints" in Rom. 15:26, are those whom the Jews had robbed of their property because of Christ, as he writes to the Hebrews (11:36 ff), or those who had made their goods common property, as is written in Acts 4:32; perhaps also those who were suffering want at the time of the famine which Luke mentions in Acts (11:28) as having taken place under Claudius. But if you calculate the years, it is certain that those things which he tells about in this chapter took place under Claudius. Moreover, you notice that concern for the poor is the other work of the apostles. For Paul seems to have added this as an admonition, since

[17] Jerome, *Commentarius*, 361.

he knew what was going to happen: that the successors of the apostles would care for other things rather than for the poor.

One thing can justly be disturbing. Why does Paul put himself on a par with Peter in particular and make no mention of the other apostles? Indeed, he also assigns to Peter the apostolate to the circumcised, likewise without mentioning the others. Perhaps because — as Peter was the first among the apostles — it was he whom the false apostles praised most, to the detriment of the Gospel; or Paul again was warning of abominations that were to come.

11. *But when Cephas came to Antioch, I opposed him to his face, because he stood condemned.*

12. *For before certain men came from James, he ate with the Gentiles; but when they came, he drew back and separated himself, fearing the circumcision party.*

13. *And with him the rest of the Jews acted insincerely, so that even Barnabas was carried away by their insincerity.*

This is the Abel (cf. Judges 1:33) or great plain on which two most illustrious fathers, Jerome and Augustine, clashed fiercely.[18] Jerome relied for his basic argument on the fact that Paul acted in a similar way when he circumcised Timothy on account of the Jews who were in those regions (Acts 16:3) — certainly not because the Law required it, since in the fifteenth chapter (v. 28) the apostles had already resolved that the Gentiles should not be weighed down with the burdens of the Law. And Timothy's father had been a Gentile. What is more, in the same chapter Paul teaches that the dogmas and decrees of the apostles are to be kept; yet contrary to them he himself circumcises Timothy at that very time. Likewise he had his head shaved at Cenchreae and had taken a vow (Acts 18:18). And in Acts 21:23 ff. it is stated that he, together with four men who had taken a vow, entered the temple and purified himself while they were with him, and that an offering was made on his behalf. Likewise, according to his own testimony (1 Cor. 9:20), "To the Jews I became as a Jew."

Therefore St. Jerome says: "What emboldens Paul and gives him the right to dare censure in Peter, who was the apostle for the cir-

---

[18] On the controversy between Augustine and Jerome see the references given in *Luther's Works*, 26, p. 84, note 3.

cumcised, what he himself, the apostle of the Gentiles, is shown to have done?" Accordingly, Jerome thinks that Paul made use of a hypocritical reproof against Peter; he believes that because Peter had endangered grace by his hypocrisy, it was Paul's purpose to set him right by using what he (Jerome) calls an unusual manner of fighting, an unusual kind of hypocrisy, and an unusual way of arguing against him. The Greek text seems to favor this opinion; it reads "according to appearance," or "in appearance." For, as Erasmus says here, the preposition κατά with the accusative means "according to" or "for the sake of"; with the genitive, on the other hand, it means "against." But here it is κατὰ πρόσωπον, that is, "according to appearance," "in appearance," "apparently," "in the sight of others," namely, in pious hypocrisy thinking something else to himself. Another consideration is this, that in Greek it is not "he was blameworthy" but "he had been blamed," because he could have been blamed by the weak and ignorant even though he was not blameworthy.[19]

St. Augustine relies on the statement which Paul made above: "In what I am writing to you, before God, I do not lie" (1:20). For when Paul says that Peter was blameworthy and that he had opposed him openly and had reproved him — if these things did not take place in this way and without hypocrisy, Paul would not be speaking the truth now but would be telling at least an obliging lie. And in this way the authority of all Scripture will totter, if in a single passage one thing is said and another thing is meant.

For it must be either that Peter was really blameworthy and was really set right by Paul or that Paul lied when he set him right and reproved him. And even though St. Augustine's argument can be parried by means of the Greek text, which does not have "blameworthy" but "stood condemned" (as Jerome also notes), still it is true and certain that in view of Paul's action Peter was blameworthy, since Paul would not blame a person who was not worthy of blame. But let us look at the text, which will be the best judge in this matter.

In the first place, it is certain that Paul did not reprove Peter for having lived the way the Gentiles lived, as St. Jerome thinks. (For then he would really have been directing the same reproof against himself, and St. Jerome's opinion would stand on an altogether solid footing. Jerome thought that deeds done according to the Law are not permissible after Christ's Passion and bring on death. Here, you

---

[19] Erasmus, *Annotationes ad locum*.

see, the saintly man was in error. He had been misled by some of his forefathers.) But Paul reproved Peter because he acted in a hypocritical manner. It was Peter's hypocrisy, I say, that Paul did not stand for. He approves of what Peter had done by living as the Gentiles lived and again by living as the Jews lived. But he censures him for withdrawing and segregating himself from the foods of the Gentiles when the Jews came; for by this withdrawal Peter caused the Jews to believe that the ways of the Gentiles were forbidden and that the ways of the Jews were necessary, even though he knew that the ways of both were unrestricted and permissible. For this reason the text also points out that Peter was not unaware of the fact that these things were unrestricted, because Paul says that previously "he ate with the Gentiles" and that he feared those who had come from James. Accordingly, Peter did these things out of fear, not out of ignorance. For Paul does not say: "Why are you living like a Gentile?" Nor does he say: "Why are you reverting to Jewish practices?" (He was free to do both.) No, Paul says: "Why do you force the Gentiles to live like Jews?" This compulsion was reprehensible because of Peter's hypocrisy and his withdrawal, which led the Gentiles and the Jews to believe that Jewish ways were necessary and that Gentile ways were forbidden.

Thus Paul's complaint is not that the rest of the Jews concurred with respect to food, whether Gentile or Jewish (for they knew that this was permitted), but that they concurred in Peter's hypocrisy and in his forcing of Gentiles and Jews into Judaism as something that was necessary. Nor does he complain that Barnabas ate with them in Jewish or in Gentile fashion, but that he was misled into the same hypocrisy and concurred in forcing Gentiles and Jews into Judaism.

Therefore Paul is fighting against compulsion and on behalf of freedom. For faith in Christ is all that is necessary for our righteousness. Everything else is entirely without restriction and is no longer either commanded or forbidden. Consequently, if Peter had observed both customs in the proper spirit, as Paul boldly observed both customs, it would not have been necessary to censure him.

Accordingly, we say with regard to Jerome's opinion: "One must admit that in the Greek the word 'blamed' has reference to those who accused Peter before Paul because he had withdrawn from them and who induced Paul to resort to this censuring of Peter. Nevertheless, Peter was truly blameworthy."

Furthermore, let others reflect on whether Peter committed a mortal sin (as they call it) in this instance. This I know, that those who were being forced into Judaism by such hypocrisy would have perished had they not been brought back through Paul; for they began to look for justification in the works of the Law, not in faith in Christ. Consequently, Peter, together with the others, gave powerful offense — not in the matter of morals but in the matter of faith, involving eternal damnation. And Paul would not have opposed him so confidently either if there had been a slight and pardonable danger here. But failure to follow the truth of the Gospel is already the sin of unbelief.

I do not approve of that zeal for the saints which goes too far in excusing and extolling them, especially if it is in opposition to the meaning of Holy Scripture. It is better that Peter and Paul be thought of as having fallen into unbelief, yes, as being accursed, as Paul said above (1:8), than that one iota of the Gospel be lost.

Now as to the notion that the Greek κατὰ πρόσωπον, "to his face," serves to prove hypocrisy on Paul's part — this I do not endorse. Paul was not playing the hypocrite, but with all his heart he opposed Peter's harmful hypocrisy; and "to his face" means the same as "before all" or "in the open," as St. Ambrose also explains.[20] Thus later on Paul says: "I said to Cephas before them all" (2:14). For, as I have said above, in Scriptural usage *facies*, "face," means that which is in the open; it is the opposite of "hidden," so that in one case man sees and judges, but in the other case God sees and judges. With this word Paul does not, as foolish Porphyry charges, disclose his own impudence and arrogance. No, he discloses the urgency of the situation and the greatest modesty. For he did not reprove Peter until all the rest concurred; and then even Barnabas, his associate, had been misled. No one at all was now left to stand up for the truth of the Gospel, and what they had done was now becoming a warrant against evangelical freedom. It is because of his modesty that Paul did not reprove at once but first let them all be misled. The urgency, however, lay in this, that the Gospel was already being lost. On the other hand, if one stubbornly insists on the force of the Greek word, namely, that κατὰ πρόσωπον, "according to face," always means "according to appearance" — as in John 7:24: "Do not judge by appearances" — this still does not demand the conclusion that there was hypocrisy on Paul's part. On the contrary, the sense will be this: Paul was indeed in

---

[20] Ambrose (ascribed), *Commentaria in XII epistolas beati Pauli, Patrologia, Series Latina*, XVII, 369.

earnest when he opposed Peter and rebuked him verbally, but he did not do so from a malicious heart. It is in this way that Ecclus. 7:24 speaks: "Do you have daughters? Be concerned for their bodies, and do not show your face cheerful toward them." Thus parents are stern to their children "according to face," not from the heart, yet not hypocritically either. And every Christian should maintain cordial pleasantness and a feeling of unity when reproving a brother and disagreeing with him. But even of God Himself it is said (Lam. 3:33): "For He does not willingly afflict or grieve the sons of men." But who would say that God plays the hypocrite when He scourges men and rejects them? Thus Paul rebuked Peter with a real reproof. He was harsh toward Peter "to his face" but affectionate toward him in his heart. Therefore Peter's guilt was real and deserving to the highest degree of reproof, and in neither man was there any hypocrisy of the kind St. Jerome supposes. There was, however, that earlier hypocrisy by which Peter compelled the observance of Jewish and legalistic practices.

A question. Since Peter withdraw with pious thoughts, fearful of offending the weak, what would Paul do if in the same situation there were weak brethren on both sides, Gentiles as well as Jews? To whom would he yield? It is no great problem, you see, to concur with individuals separately. For if he were to eat with the Jews, he would offend the Gentiles, as Peter did; if he were to eat with the Gentiles, he would offend the Jews, as Peter feared in this case. In such an event the truth of the Gospel must be preserved and explained by stating the reason, as Paul does in this instance when he reproves Peter in the presence of all and asserts that it is permissible to live as the Gentiles do and as he did before, when he refused to let Titus, a Gentile, be circumcised and did not yield for even a moment. But if the weak Jews are unwilling to follow here, one must let them go. It is better for one group to be saved along with the truth of the Gospel than for both groups to be lost together with the Gospel.

But how I wish that this passage of the apostle's were very well known to all Christians, especially to the members of monastic orders, the clergy, and the many superstitious people who, because of papal laws or ordinances of their own, not infrequently subvert both evangelical faith and evangelical love! They do not even have judgment enough to lay aside their burdens when brotherly love demands it, unless the people again buy dispensations and special permissions with cash — although neither the popes nor the church can impose anything except to allow the free exercise of love and mutual beneficence. For even if the pope is able to grant some dispensation and there should be a reason for it — helpfulness, honor, or, what is most important, love — you now have need of no one's dispensation but your own. For no human law could go so far as to bind you in these cases by as much as a hair; but any law would always have these exceptions, whether it wants to or not. If, on the other hand, such reasons are not at hand and you follow only your own caprice, the pope's dispensation will surely be your ruination and destruction as well as his own. Alas, how many slaughterings of consciences this ignorance of God's Law and the laws of men has brought into the church!

I cannot omit mentioning a well-known story that is especially pertinent in this connection. In the first book of the *Tripartite History* it is said of St. Spiridon, Bishop of Cyprus, that he took in a stranger during Lent and, having nothing else to serve, set some pork before him, first, however, saying a prayer and asking God for permission. But when the guest had refused the pork and had declared that he was a Christian, Spiridon said: "All the more reason why you should not refuse; for to the pure all things are pure (Titus 1:15), as the divine Word has taught." [21] Not that I should want the precepts of our forefathers to be despised in any way; I want them to be correctly understood. For where necessity or love has indicated the contrary, there — especially if in addition there is the advice of a confessor or devout person — a precept of that kind should be broken in pious humility and reverence. Consequently, there is no need for those declarations of absolution and special permissions to be bought and sold. For if it is not permissible for you to break the laws for another reason, no dispensation, no declaration of absolution, and no special permission will of itself be sufficient for you. But if there is another reason, then you do not need those things, as I have said. In fact, I should urge the popes to take pity at last on the perils of the churches and finally to abolish those laws of theirs by which we see nothing but consciences being ensnared or money being fished out and, above all, faith in Christ being utterly stifled, that is, true Christians being wiped out and the church being filled with hypocrites and idols.

[21] On Spiridon (more precisely, Spyridon) cf. Sozomen, *Ecclesiastical History*, I, 11, whence the account came into the *Historia tripartita*.

14. *But when I saw that they were not straightforward about the truth of the Gospel, I said to Cephas before them all: If you, though a Jew, live like a Gentile and not like a Jew, how can you compel the Gentiles to live like Jews?*

Paul exposes Peter and uncovers the man's hypocrisy; for it is only this that he rebukes. Peter was pretending that he did not live like a Gentile, but that he lived like a Jew. But Paul says: "To be sure, you are living and you have lived like a Gentile, and now you are pretending something else. By this hypocrisy you are compelling the Gentiles to live, not like Gentiles but like Jews; and in this way you are driving them into the slavery of the Law." From this it becomes clear that Paul was not well enough understood by St. Jerome.[22] For Jerome has in mind the hypocrisy of which Peter was guilty by practicing Jewish customs on account of the Jews and keeping the law which he was not supposed to keep. But this is not the hypocrisy which Paul reproves or is concerned about. No, it is the hypocrisy of which Peter was guilty by separating himself from the foods of the Gentiles, as if he were not permitted to use them. For it was the latter hypocrisy that imperiled the Gospel, not the former.

There have been some who asserted that this was another Cephas, one of the seventy disciples, as is stated in Eusebius' *Ecclesiastical History*. But St. Jerome learnedly and vigorously tears this notion to pieces.[23] For with false zeal they wanted to protect Peter, even though Paul wrote these things to the Galatians for the purpose of stopping the mouths of those who were disparaging him because, as they said, his teaching was to be regarded below Peter's in importance. "On the contrary," he says, "my teaching does not come from men; it comes from God. Besides, not only was it approved by Peter and the apostles, but even Peter himself was set right by it." Now, therefore, they had nothing left to snarl at Paul, since even Peter fell into error with respect to the truth of the Gospel when he let his fear of the Jews induce him to deal unfairly with others by taking away from them the freedom he used to claim for himself. In this matter Paul unquestionably showed himself superior to Peter. But this superiority — as it is called — was no cause for pride, because it has to do with man's person, which God does not regard. Yet in time past it

---

[22] Jerome, *Commentarius*, 367.

[23] Eusebius, *Ecclesiastical History*, I, 12 (quoting Clement); Jerome, *Commentarius*, 365.

was man's person that caused the sees of Rome and Constantinople to contend in frightful dissension, as if it were the only thing necessary for the church, just as though the unity of the church rested on man's person and on superior power rather than on the faith, hope, and love that are in the Spirit.

Another thing that should not be overlooked — even though it is widely known — is the fact that the Hebrew — I should rather say Syriac — word *Cephe* is the same as the Greek πέτρος or πέτρα, the Latin *saxum* or *soliditas*, as the decretals taken from Leo and Ambrose also point out. Therefore the decretal of Nicholas — if the title is correct — is in error when it states that *Cephe* means "head." It makes this statement in order that in accordance with its well-known feeling of solicitude it may make Peter the head of the church in addition to Christ. The Greek word κεφαλή means "head"; the Syriac word *Cephe* does not have this meaning.[24]

15. *We ourselves, who are Jews by birth and not Gentile sinners,*

Paul compares the Jews and the Gentiles. "It is true," he says, "that we, who are Jews by nature, excel the Gentiles, who are sinners if they are compared with us, in the righteousness of the Law, since they have neither the Law nor the works of the Law. But this does not make us righteous before God. This righteousness of ours is external." In Rom. 1:18 ff. and 2:17 ff. Paul discusses this thought in detail. Here he declares first that the Gentiles were very great sinners; but in the second chapter he turns to the Jews and asserts that even though they are not such sinners as he had described the Gentiles to be, they are sinners nevertheless, because they have kept the Law outwardly but not inwardly, and while glorying in the Law have dishonored God by transgressing the Law.

16. *yet who know that a man is not justified by works of the Law but through faith in Jesus Christ, even we have believed in Christ Jesus, in order to be justified by faith in Christ, and not by works of the Law.*

"We are righteous," says Paul, "inasmuch as we are by nature Jews, not sinners, like the Gentiles; but it is a righteousness of the works of Law, and by this righteousness no one is justified before

---

[24] *Decretum Magistri Gratiani*, Part I, Dist. 22, c. 2 (Anacletus, not Nicholas), edited by Emil Friedberg (Leipzig, 1879), I, 73—74.

God. For this reason we, too, like the Gentiles, consider our own righteousness as dung and seek to be justified through faith in Christ — we who are now sinners along with the Gentiles and are justified along with the Gentiles, since God "made no distinction between us and them," as Peter says in Acts 15:9, "but cleansed their hearts by faith." But because this passage seems absurd to those who have not yet become accustomed to Paul's theology, and because even Saint Jerome wearies himself no end trying to understand this, we shall expand the comments we began to make above about the traditions of the fathers. Among the extant authors I fail to find anyone except Augustine alone who treats this thought in a satisfactory manner; and even he is not satisfactory everywhere. But where he opposes the Pelagians, the enemies of God's grace, he will make Paul easy and clear for you.[25]

Above all, therefore, it is necessary to know that there are two ways in which man is justified, and that these two ways are altogether contrary to each other.

In the first place, there is the external way, by works, on the basis of one's own strength. Of such a nature are human righteousnesses which are acquired by practice (as it is said) and by habit. This is the kind of righteousness Aristotle and other philosophers describe — the kind produced by laws of the state and of the church in ceremonies, the kind produced at the behest of reason and by prudence. For they think that one becomes righteous by doing righteous things, temperate by doing temperate things, and the like. This is the kind of righteousness the Law of Moses, even the Decalog itself, also brings about, namely, when one serves God out of fear of punishment or because of the promise of a reward, does not swear by God's name, honors one's parents, does not kill, does not steal, does not commit adultery, etc. This is a servile righteousness; it is mercenary, feigned, specious, external, temporal, worldly, human. It profits nothing for the glory to come but receives in this life its reward, glory, riches, honor, power, friendship, well-being, or at least peace and quiet, and fewer evils than do those who act otherwise. This is how Christ describes the Pharisees and how St. Augustine describes the Romans in the eighth chapter of the first book of *The City of God*.[26] Strangely

---

[25] Jerome, *Commentarius*, 368—369; Augustine, *On the Spirit and the Letter*, 57.

[26] Augustine, *City of God*, I, 8.

enough, this righteousness deceives even men who are wise and great, unless they have been well instructed in Holy Writ.

Jeremiah (2:13) calls this kind of righteousness "a broken cistern that holds no water"; yet, as he says in the same chapter (v. 23), it causes people to take for granted that they are without sin. It is completely like the actions which we see done by a monkey when it imitates human beings, or like those displayed by actors on stages and in plays. It is entirely characteristic of hypocrites and idols. Consequently, in the Scriptures it is called a lie and an iniquity. Hence the name *Bethaven,* "house of iniquity." [27] To their kind belong also those who deceive souls today, who in reliance on their free will make a good resolution (as they say) and, after eliciting from their natural powers the act of loving God above all things, at once take for granted in the most shameful manner that they have obtained the grace of God.[28] These are the people who strive to cure the woman with an issue of blood (that is, a guilty conscience) by means of works and, after exhausting her resources, make her worse (Mark 5:25-26).

In the second place, there is the inward way, on the basis of faith and of grace, when a man utterly despairs of his former righteousness, as though it were the uncleanness of a woman in menstruation, and casts himself down before God, sobs humbly, and, confessing that he is a sinner, says with the publican: "God, be merciful to me a sinner!" (Luke 18:13.) "This man," says Christ, "went down to his house justified" (v. 14). For this righteousness is nothing else than a calling upon the name of God. Now the name of God is mercy, truth, righteousness, strength, wisdom, and the accusation of one's own name. On the other hand, our name is sin, falsehood, vanity, and folly, as is written: "All men are liars" (Ps. 116:11) and "Every man walks in a vain show" (Ps. 39:6).

But calling upon the name of God, if it is in the heart and truly from the heart, shows that the heart and the name of the Lord are one and cling to each other. For this reason it is impossible for the heart not to share in the virtues in which the name of the Lord abounds. But it is through faith that the heart and the name of the Lord cling together (cf. Rom. 10:17). Faith, however, comes through the Word of Christ, by which the name of the Lord is preached, as

[27] Luther is thinking of passages like Joshua 7:2, Hos. 4:15, etc.
[28] Cf. *Luther's Works,* 12, p. 304, note 2.

is written: "I will tell of Thy name to my brethren" (Ps. 22:22), and again: "That men may declare in Zion the name of the Lord" (Ps. 102:21). Therefore just as the name of the Lord is pure, holy, righteous, true, good, etc., so, if it touches, or is touched by, the heart (which happens through faith), it makes the heart entirely like itself. Thus it comes about that for those who trust in the name of the Lord all sins are forgiven, and righteousness is imputed to them "for Thy name's sake, O Lord" (Ps. 25:11), because this name is good. This does not come about because of their own merit, since they have not deserved even to hear of it. But when the heart has thus been justified through the faith that is in His name, God gives them the power to become children of God (John 1:12) by immediately pouring into their hearts His Holy Spirit (Rom. 5:5), who fills them with His love and makes them peaceful, glad, active in all good works, victorious over all evils, contemptuous even of death and hell. Here all laws and all works of laws soon cease; all things are now free and permissible, and the Law is fulfilled through faith and love.

Behold, this is what Christ has gained for us, namely, that the name of the Lord (that is, the mercy and truth of God) is preached to us and that whoever believes in this name will be saved. Therefore if your conscience troubles you and you are a sinner and are seeking to become righteous, what will you do? Will you look around to see what works you may do or where you may go? No. On the contrary, see to it that you hear or recall the name of the Lord, that is, that God is righteous, good, and holy; and then cling to this, firmly believing that He is such a One for you. Now you are at once such a one, like Him. But you will never see the name of the Lord more clearly than you do in Christ. There you will see how good, pleasant, faithful, righteous, and true God is, since He did not spare His own Son (Rom. 8:32). Through Christ He will draw you to Himself. Without this righteousness it is impossible for the heart to be pure. That is why it is impossible for the righteousness of men to be true. For here the name of the Lord is used for the truth; there it is used for an empty show. For here man gives glory to God and confusion to himself; there he gives glory to himself and insult to God. This is the real cabala of the name of the Lord, not of the Tetragrammaton, about which the Jews speak in the most superstitious manner.[29] Faith in the name of the Lord, I say, is the understanding of the Law, the

[29] On interest in the cabala cf. *Luther's Works,* 26, p. 290, note 88.

end of the Law, and absolutely all in all. But God has placed this name of His on Christ, as He foretold through Moses.[30]

This is a righteousness that is bountiful, given without cost, firm, inward, eternal, true, heavenly, divine; it does not earn, receive, or seek anything in this life. Indeed, since it is directed toward Christ and His name, which is righteousness, the result is that the righteousness of Christ and of the Christian are one and the same, united with each other in an inexpressible way. For it flows and gushes forth from Christ, as He says in John 4:14: "The water that I shall give will become in him a spring of living water welling up to eternal life." Thus it comes about that just as all became sinners because of another's sin, so by Another's righteousness all become righteous, as Rom. 5:19 says: "As by one man's disobedience many were made sinners, so by the righteousness of one Man, Christ, many are made righteous." This is the mercy foretold by all the prophets; this is the blessing promised to Abraham and to his seed, as we shall see later.

Coming back now to the text, we see how right the apostle is when he says: "Knowing that a man is not justified on the basis of works of the Law but [as is obvious] only on the basis of faith in Jesus Christ, we too, believe in Christ Jesus, in order that we may be justified on the basis of faith in Jesus Christ, not on the basis of the works of the Law." In these words he describes both kinds of righteousness. He rejects the former and embraces the latter. May you do likewise, dearest brother. First hear that Jesus means "salvation" and that Christ means "the anointing of mercy"; then firmly believe this unheard-of salvation and mercy, and you will be justified. That is, believe that He will be your salvation and mercy, and beyond all doubt He will be. Therefore it is altogether godless and exceedingly heathenish to teach that remission of sins takes place through trifling little works of satisfaction and through compulsory acts of contrition, while — as the great mass of sententiarists [31] peddle their theology today — the doctrine of faith in Christ is completely neglected.

Nevertheless, it should be noted here that the apostle does not reject the works of the Law as Jerome also points out in this con-

---

[30] This is perhaps a reference to Ex. 23:20-22.

[31] The nickname *sententiastri* is a term of opprobrium for commentators on the *Sentences* of Peter Lombard.

nection.[32] He rejects reliance on the works of the Law. That is, he does not deny that there are works, but he does deny that anyone can be justified through them. Therefore one must read the apostle's statement with emphasis and close attention when he says: "A man is not justified on the basis of the works of the Law"; as if he were saying: "I grant that works of the Law are done; but I say that a man is not justified because of them — except in his own sight and before men, and as a reward in this life. Let there be works of the Law, provided that one knows that in the sight of God they are sins and no longer true works of the Law." In this way he totally demolishes reliance on our own righteousness, because there is need of a far different righteousness — a righteousness beyond all works of the Law, namely, a righteousness of the works of God and His grace.

Furthermore, you must also observe that Paul speaks of "works of the Law" in general not merely of those that relate to the Ceremonial Law but certainly also of all the works of the Decalog. For these, too, when done apart from faith and the true righteousness of God, are not only insufficient; but in their outward appearance they even give hypocrites false confidence. Therefore he who wants to be saved must despair altogether of all strength, works, and laws.

Furthermore, you must note for yourself a manner of speaking that is characteristic of this apostle, namely, that he does not, as others are accustomed to do, call the works by which the Law itself is fulfilled "works of the Law." For the apostle's way of putting it accounts for the fact that very many fail to understand him. They cannot understand works of the Law as being anything but righteous and good, since the Law itself is good and righteous. Hence they are driven to understand the Law as meaning ceremonial requirements, because, as they say, these were evil and dead at that time. But they are mistaken. Just as the Ceremonial Law was good and holy at that time, so it is good and holy now; for it was instituted by God Himself.

The apostle consistently declares that the Law is fulfilled only through faith, not through works. Because the fulfilling of the Law is righteousness and this is surely a matter of faith, not of works, one cannot understand the works of the Law to mean those works by which the Law is satisfied. What then? The apostle's rule is this: It is not works that fulfill the Law, but the fulfillment of the Law

[32] Jerome, *Commentarius*, 369.

produces works. One does not become righteous by doing righteous deeds. No, one does righteous deeds after becoming righteous. Righteousness and fulfillment of the Law come first, before the works are done, because the latter flow out of the former. That is why Paul calls them "works of the Law" in distinction from works of grace or works of God; for works of the Law are really the Law's, not ours, since they are done, not by the operation of our will but because the Law extorts them through threats or elicits them through promises. But whatever is not done freely of our own will but is done under the compulsion of another is no longer our work. No, it is the work of him who requires it. For works belong to him at whose command they are done. But they are done at the command of the Law, not at the pleasure of one's own will. It is clear enough that if a person were free to live without the Law, he would never do the works of the Law of his own accord. Hence the Law is called an enforcer when in Is. 9:4 it is spoken of as "the staff for his shoulder, the yoke of his burden, the rod of his oppressor, as on the day of Midian." For through the Child who was given to us (Is. 9:6) and in whom we believe we become free and take pleasure in the Law; and we no longer belong to the Law, but the Law belongs to us. And our works are not works of the Law; they are works of grace, from which there spring up freely and pleasantly those deeds which formerly the Law used to squeeze out with harshness and power.

You will understand this if you arrange works in four categories: (1) Works of sin, which are done under the domination of lust, with no resistance on the part of grace; (2) works of the Law, which are done when lust is held in check outwardly but glows all the more inwardly and hates the Law, that is, works that are good in appearance but evil in the heart; (3) works of grace, which are done when lust resists, but the spirit of grace is nevertheless victorious; (4) works of peace and perfect well-being, which are done with the fullest ease and pleasantness after lust has been extinguished — as will be the case in the life to come. Here there is only a beginning.

because by works of the Law shall no one be justified.

Paul draws the same conclusion in Rom. 3:9 ff. And there he proves it extensively on the basis of Ps. 14:3: "There is no one who is righteous, who does good." Therefore the works of the Law must be sins; otherwise they would certainly justify. Thus it is clear that

Christian righteousness and human righteousness are not only altogether different but are even opposed to each other, because the latter comes from works, while works come from the former. No wonder, therefore, that Paul's theology vanished entirely and could not be understood after Christians began to be instructed by men who declared falsely that Aristotle's ethics are entirely in accord with the doctrine of Christ and of Paul, by men who failed completely to understand either Aristotle or Christ. For our righteousness looks down from heaven and descends to us. But those godless men have presumed to ascend into heaven by means of their righteousness and from there to bring the truth which has arisen among us from the earth.

Therefore Paul stands resolute: "No flesh is justified on the basis of works of the Law," as Ps. 143:2 also says: "No man living will be justified before Thee." The only thing left is that the works of the Law are not works of righteousness — except of the righteousness that is of our own making.

17. *But if, in our endeavor to be justified in Christ, we ourselves were found to be sinners, is Christ, then, an agent of sin? Certainly not!*

This means: "We have already said that we trust in Christ in order that we may be justified by reason of faith in Christ. But if we are not justified in this way, indeed, if we are still found to be sinners and lacking justification — since you compel us to be justified on the basis of works of the Law — then justification by reason of faith is nothing, and by our faith in Him Christ has made us sinners who need the righteousness of the Law. But this is utterly absurd and means abolishing Christ completely, because in this way He would have rendered our sin something to be purged away by means of the Law, and the righteousness of the Law would now be better than that of Christ." For the apostle is arguing from what is impossible and absurd, as though he were saying: "If the Law is necessary for us who seek to be justified in Christ, then, although we have been justified through Christ, we shall still be found to be sinners and debtors to the Law. But if this is so, then Christ has not justified us but has only made us sinners, in order that we may be justified through the Law. This is impossible. Therefore this, too, is impossible, that the Law (I say) is necessary and that we are justified by the works of the Law. For when we have been justified in Christ, we are not found to be sinners. Then we are found to be righteous, because Christ is the agent, not of sin but of righteousness." This is the view of St. Jerome. St. Augustine's view is somewhat different and rather forced.[33]

To understand the apostle, however, you must note that in a veiled way he is comparing Moses with Christ. For this is Paul's way of speaking; he calls the Law the occasion for sin (cf. Rom. 7:11) and the power of sin (1 Cor. 15:56). For this reason he has the courage to call the ministry of the Law a dispensation of death and sin in 2 Cor. 3:7: "If the dispensation of death, carved in letters, etc." And in Rom. 7:9 ff. he tells how sin has killed through the Law. Hence he understands Moses, the agent of the Law, to be the agent of sin and death, because through the Law comes sin, and through sin comes death; for, he says in Rom. 4:15, "where there is no Law, there is no transgression." But Paul sets Christ, the Agent of righteousness who has fulfilled what Moses demanded through the Law, over against Moses. John 1:17 does not pass over this fact in complete silence. "The Law," says John, "was given through Moses; grace and truth came through Jesus Christ," as if he were saying: "The Law, not grace and truth, comes through Moses. Therefore it is rather sin and transgression that have been given through him." Accordingly, Christ is not a lawgiver; He is the Fulfiller of the Law. Every lawgiver is an agent of sin, because through the law he sets up the occasion for sin. For this reason God did not institute the old Law through Himself; He instituted it through angels. The new Law, however — that is to say, grace — He gave through Himself by sending the Holy Spirit from heaven.

But here again the misery of the church and of the Christians confronts me when I look at the forests, deserts, clouds, and oceans of Roman laws, the titles of which you would not be able to learn in your whole life. Here the apostle declares confidently that laws are dispensations of sins, whereas in spite of this our lawgivers boast that they confront sins and quarrels with heaps of laws. They fail to realize that experience itself, as it meets their eyes, proves this plan of theirs to be stupid.

Besides — to play with allegories on this occasion — I think that the ten plagues of Egypt were symbols not only of the Jewish

[33] Jerome, *Commentarius*, 369; Augustine, *Epistolae ad Galatas expositio, Patrologia, Series Latina*, XXXV, 2114.

Talmudic regulations [34] but also of those of the church. For because we read that the plagues were inflicted through the evil angels, it cannot be denied that they signify the doctrines and traditions of men; for "angel" certainly signifies a messenger of the Word and a teacher, as those angels of the Apocalypse (Rev. 16:1 ff.) also show with their plagues and vials. But the other plagues should perhaps be borne because of our sins. Our supplies of water are turned into blood; frogs — that is, glosses — disturb us with their incessant croaking; lice bite us and suck away all our substance; flies devour us as we toil and sweat; simple-hearted cattle are slaughtered; we are swollen up with blisters; we are taxed and smitten by a hailstorm of tyrannical violence; we are drained to the marrow by locusts. All this, I say, should perhaps be borne because of our sins. But the fact that the last evils are added, and we are blinded by a darkness that can be felt and finally, alas, are losing our birthright, the glory of righteousness and faith in Christ — this cannot be lamented enough. But since fatherly duty is asleep in the prelates, I at least am doing my brotherly duty by warning and begging that we, too, cry to the Lord, if perchance He may descend in mercy and deliver us from this iron furnace and this house of the harshest bondage.

I believe, however, that some are disturbed because the apostle says here that those who believe in Christ and are justified are not sinners, since no man is without sin, not even Paul himself, as he testifies of himself in Rom. 7:14 and 8:2. I answer: Everyone who believes in Christ is righteous, not yet fully in point of fact, but in hope. For he has begun to be justified and healed, like the man who was half-dead (Luke 10:30). Meanwhile, however, while he is being justified and healed, the sin that is left in his flesh is not imputed to him. This is because Christ, who is entirely without sin, has now become one with His Christian and intercedes for him with the Father. Thus after Paul has said that through the law of his members he was made captive to sin (Rom. 7:23), he declares: "There is no condemnation for those who are in Christ Jesus, who do not walk according to the flesh" (Rom. 8:1, 4). He does not say "no sin." On the contrary, much sin still remains; but it is not imputed for condemnation. It was with reference to this mystery, it seems, that

[34] The parallel between the ten plagues of Egypt and the Roman persecutions was a theme of Orosius, *Historiae adversus paganos*, VII, 27, *Corpus Scriptorum Ecclesiasticorum Latinorum*, V, 495—500; it appears also in Augustine, *City of God*, XVIII, 52.

Christ said: "It is finished" before He died on the cross (John 19:30). Therefore all such statements praising the righteous are to be understood in the same way, namely, that the righteous are not wholly perfect in themselves, but God accounts them righteous and forgives them because of their faith in His Son Jesus Christ, who is our Propitiation. These points St. Augustine discusses at length in his book *On Nature and Grace*.[35]

Those who ascribe to the baptized and the penitent only the weakness, the tinder,[36] and the sickness of nature err and deceive in a destructive manner, especially when they prate that what they should have said is not sin solely because of God's accounting and forgiving is not in itself sin.

18. *But if I build up again those things which I tore down, then I prove myself a transgressor.*

This means: "Through the preaching of faith I have taught that in Christ there is justification and that the Law has been fulfilled, and by doing so I have destroyed sins. If, on the other hand, I were now to teach that the Law must be observed and that it has not been fulfilled, what else would I be doing but again establishing sins and saying that they still have to be overcome by our works? In this way I would be doing nothing except to show that I did wrong either then or now. That is, I would be proving myself a transgressor. Indeed, I would be alienating myself from Christ, in whom I have been justified, and I would again be putting myself under the Law and under sins, just as I was before I had Christ."

Again the apostle is using his way of speaking. Consequently, the interpreters disagree. St. Jerome wants "torn down" and "built up again" to be understood as referring to the Law, that is, to the Ceremonial Law. Although this is a correct opinion, it is too narrow to fit other passages of Scripture in a satisfactory manner. St. Augustine says it is the works of the Law that are destroyed, rather the pride that glories in the works of the Law and relies on them. This view I do not condemn either.[37] But when comparing what the apostle says here with what he says in the preceding context and

[35] Augustine, *On Nature and Grace*, 69, 83, and passim.

[36] The Latin word is *fomes*; cf. *Luther's Works*, 13, p. 81, note 12.

[37] Augustine, *Epistolae ad Galatas expositio, Patrologia, Series Latina*, XXXV, 2115.

in other passages it seems to me that he is destroying sins — as I have said — not the Law, especially since in Rom. 3:31 he states that by faith he does not destroy the Law but rather establishes it. In Rom. 6:6, however, he destroys sins, "in order that the body of sin may be destroyed." For sins, which were there in abundance through the Law, are destroyed through faith; for sin is not destroyed unless the Law is fulfilled. But the Law is not fulfilled except through the righteousness of faith. So it comes about that through faith the Law is established and sins are destroyed — both at the same time. For since satisfaction is rendered to the Law through faith, sins cease, and the Law remains in power.

But to build up sins again means to preach the Law again and to think that it must be observed and fulfilled. Where the Law must be fulfilled, however, there righteousness has not yet been brought about; for not yet to have fulfilled the Law is sin. In this way the sins, concerning which it was taught that they were previously destroyed through faith, return. To build up sin, therefore, is the same as to weaken the Law, destroy it, and make it ineffectual. To destroy sin, however, is the same as to establish, build up, and fulfill the Law. Consequently, whoever teaches that the Law has been fulfilled and righteousness has been brought about is certainly destroying sins. But the one who does this is he who teaches that through faith in Jesus Christ men become righteous, that is, fulfillers of the Law. But he who says that the Law must be fulfilled and that righteousness has not been brought about is certainly once more establishing sins and restoring them to life. He is making people debtors to the Law and obliging them to observe it.

This, I say, is what I think the apostle means in this passage. He regularly teaches that the Law is destroyed through sin, as he says in Rom. 8:3: "What the Law, weakened by the flesh, could not do"; that is, it was not being fulfilled. For the flesh does not fulfill the Law. Therefore it weakens the Law. But the same figure of speech is found also in other passages of Scripture. Thus Jer. 35:16 says: "The sons of Jonadab have strengthened the commandment which their father gave them." Likewise (v. 14): "The words of Jonadab which he commanded proved to be strong." And Ps. 141:6 says: "They will hear my words, since they were powerful," that is, were made powerful, were strengthened and fulfilled. Again, as Ps. 18:36 says: "My footsteps were not weakened," that is, my ways were strengthened and fulfilled. But Ps. 11:3 says: "For they have destroyed what Thou broughtest to perfection," that is, they have broken Thy Law (as the Hebrew has it) to pieces.

But from the preceding it will be clear that this is also what was meant when the apostle said that those who have been justified in Christ are not found to be sinners. Accordingly, it is proved that for them sins have been destroyed. But if they were found to be sinners, the sins previously destroyed would now be restored. This would be blasphemy against Christ, who has destroyed sin and death for us if we believe in Him; and, as John says (1 John 3:9): "He who is born of God does not sin." I believe, however, that it is sufficiently evident that the apostle is not speaking only of ceremonial laws but certainly of the entire Law. For Christ would have contributed too little if He had destroyed only the sins against the Ceremonial Law. But since He has also destroyed the sins against the Decalog, it is now all the more evident that the ceremonial laws have been destroyed too, and that all laws have become free.

But again I am forced to admonish the reader who is accustomed to theology as it is commonly taught. Perhaps he will be confused when he hears that the Law has been fulfilled for all who believe in Christ. For he will say: "Why, then, is it taught that the Decalog and so many precepts of the Gospel and of the apostles must be fulfilled? And why are we daily exhorted to do the works they prescribe?" As has already been said, the answer is: How is it that those who have been justified in Christ are not sinners and are sinners nevertheless? For Scripture establishes both facts about the righteous man. John says in the first chapter of his canonical epistle:[38] "If we say we have no sin, we deceive ourselves, and the truth is not in us" (1 John 1:8). In the last chapter of the same epistle he says: "We know that everyone who is born of God does not sin, but God's generation (that is, the fact that he is born of God) preserves him, and the evil one will not touch him" (1 John 5:18). The same writer says in the third chapter (v. 9): "No one born of God commits sin, because His seed abides in him, and he is not able to sin." Behold, he is not able to sin, says John. Yet if he says he has no sin, he is lying. A similar contradiction may be seen in Job, whom God, who cannot lie, pronounces a righteous and innocent man in the first

---

[38] The reason for the designation "canonical" for 1 John is not clear; perhaps Luther means this as a synonym for "catholic epistle."

chapter (Job 1:8). Yet later on Job confesses in various passages that he is a sinner, especially in the ninth and seventh chapters: "Why dost Thou not take away my iniquity?" (9:20; 7:21.) But Job must be speaking the truth, because if he were lying in the presence of God, then God would not pronounce him righteous. Accordingly, Job is both righteous and a sinner.[39] Who will resolve these contradictory aspects? Or where are they in agreement? Obviously at the mercy seat, where the faces of the cherubim, which otherwise are opposed to one another, are in agreement. Therefore because righteousness and the fulfilling of the Law have been begun through faith, for this reason what is left of sin and falls short of fulfilling the Law is not imputed to them; for they believe in Christ. When faith has been born, you see, its task is to drive what is left of sin out of the flesh. It does so by means of various afflictions, hardships, and mortifications of the flesh, so that in this way the Law of God gives pleasure and is fulfilled not only in the spirit and in the heart but also in the flesh that still resists faith and the spirit which loves and fulfills the Law, as is beautifully described in Rom. 7:22 f. Therefore if you look at faith, the Law has been fulfilled, sins have been destroyed, and no Law is left. But if you look at the flesh, in which there is no good, you will be compelled to admit that those who are righteous in the spirit through faith are still sinners.

The apostle's whole concern, therefore, is that no one presume to bring righteousness into the heart through the works of the Law, as if the righteousness of faith, from which the works of the Law and its fulfillment flow into the flesh, did not already hold sway there. Take this comparison: Just as Christ, who is entirely without sin and the Head of the righteous, who owes no debt to the Law at all and needs no instruction as to what He should do, who already does all things even more abundantly than the Law directs, nevertheless governs and disciplines His body and flesh, the church, so as to make His righteousness flow into it, in order that even as He Himself is obedient to the Father in all things, so He may also render His body obedient, which as yet is not so obedient or without sin; in a similar way the spirit of the righteous man, although through faith it is now without sin and owes nothing to the Law, nevertheless still has a body

[39] The Latin is *simul iustus, simul peccator;* cf. *Luther's Works,* 26, p. 232, note 49.

unlike itself and rebellious, upon which it works and which it disciplines so as to render it, too, without sin, righteous, and holy like itself.

Therefore the Commandments are necessary only for sinners. On account of their flesh, however, the righteous, too, are sinners. But on account of the faith of the inner man, who, like God, persecutes, hates, and crucifies the sin in his flesh until in the life to come he is made perfect in both flesh and spirit and owes no debt to any law, this sinfulness is not imputed to them. From one point of view, therefore, the Law has been fulfilled, we owe the Law nothing, and sins have been destroyed. But those who seek righteousness through the works of the Law are themselves rebuilding even the sin of unbelief in opposition to faith, which is in the spirit. Indeed, through the works of the Law these most perverse of men extol the sin in the flesh — the sin which faith subdues all through life and which for this reason seems to be nonexistent — and it is on this that they establish as righteousness the fulfilling of the Law, not on faith. For they think that they are righteous if they have done the works of the Law, even though they have neither faith in Christ, which is the inner righteousness, nor purity of the flesh. But they pretend to have it. This means, however, that they are neither inwardly nor outwardly righteous but are deluding themselves and their fellowmen with mere appearance.

Consequently, the Commandments are necessary, not in order that we may be justified by doing the works they enjoin, but in order that as persons who are already righteous we may know how our spirit should crucify the flesh and direct us in the affairs of this life, lest the flesh become haughty, break its bridle, and shake off its rider, the spirit of faith. One must have a bridle for the horse, not for the rider.

19. *For I through the Law died to the Law, that I might live to God.*

This figurative way of speaking Paul develops more extensively in Rom. 7:2 ff., where he points out that a wife who survives is released from the law that had to do with her dead husband. All this will be gibberish to you unless you remove metaphysical deaths and changes from your mind. Just as death does away with death, sin does away with sin, captivity does away with captivity, freedom does away with freedom, slavery does away with slavery, life does away with life, good does away with good, evil does away with evil, curse does away with curse, light does away with light, darkness does away with darkness, day does away with day, night does away with night, so law does away with law. Of this there are many examples in Scripture, especially in Paul.

Obviously, then, Paul is referring to a twofold law. The one is the law of the spirit and of faith, by which one lives to God after sins have been overcome and the Law has been fulfilled, as has been sufficiently stated. The other is the law of the letter and of works, by which one lives to sin, since the Law has never been fulfilled but is hypocritically said to have been fulfilled. For through the Law a hatred of the Law is awakened, but through faith a love for the Law is infused. Consequently, the doer of the Law observes the Law with a hatred for the Law; that is, he disregards it most wickedly. Inwardly he desires one thing; outwardly he feigns something else. The spirit of faith, however, keeps the Law with love for the Law; that is, he fulfills the Law in the best way, even though by outwardly struggling with his sins he shows that he is a sinner. These two, therefore, are opposed to each other. Inwardly the man of the Law sins; outwardly he pretends righteousness. Inwardly the man of faith does what is good; outwardly he bears his sins and persecutes them.

Through the law of faith, therefore, Paul lives to God inwardly. At the same time he is dead to the Law. In the flesh, however, he does not yet live to God but is being made alive to God. He is not yet dead to the Law but is being put to death to the Law while striving to extend outwardly to the flesh the same purity of the heart that comes from faith. Because of this endeavor he deserves to be considered entirely alive to God and dead to the Law — according to the very same figurative way of speaking by which previously he was said to be a sinner and not a sinner, a fulfiller and not a fulfiller. For it is in the life to come that we live fully to God and are dead to the Law.

That in this passage living and dying are not taken in a physical or natural sense is shown by the very way in which the apostle uses the words. For he does not say simply that he has died; he says that he has died to the Law and is alive to God. But to live to the Law is to be under the Law and its dominion, as Rom. 7:1 states: "The Law is binding on a person only during his life." Just as a slave, according to the law of slavery and the law of nations, lives to his master as long as he is not set free, so we, while we are outside faith, serve the Law because we are under the sway of lust. We do the works of the Law under compulsion, and thereby we fail to fulfill the Law, which is fulfilled only through the love that comes from faith. But to die to the Law is to be made free from the Law. Just as any debtor, when he has died, is free from his creditor, so we, when through the grace of faith the old man begins to be put to death and sin, which abounded because of the Law, begins to be destroyed, die with this holy death; that is, we are made alive to righteousness — as Paul discusses in detail in Rom. 6 and 8 and with the same figurative way of speaking calls those who have died to sin alive to righteousness. Hence living to the Law means failing to fulfill the Law; dying to the Law means fulfilling the Law. The latter takes place through faith in Christ; the former takes place through the works of the Law. Thus in Rom. 3:28 Paul says: "For we hold that a man is justified by faith," which he also calls the law of faith. Likewise in Rom. 8:2: "The law of the Spirit of life (that is, of faith) has set me free from the law of death and sin," namely, from the Law which works and increases death and sin, as does every law, whether given by God or by man. Accordingly — as we began to do — we shall explain these two laws more clearly.

The law of the Spirit is one that is written with no letters at all, published in no words, thought of in no thoughts. On the contrary, it is the living will itself and the life of experience.[40] Furthermore, it is the very thing that is written in the hearts only by the finger of God. Rom. 5:5 states: "God's love has been poured into our hearts through the Holy Spirit." Jeremiah, too, speaks of this (31:33), as the apostle quotes him in Heb. 8:10 and 10:16: "I will put My laws into their minds and will write them on their hearts." This light of understanding in the mind, I say, and this flame in the heart is the law of faith, the new law, the law of Christ, the law of the Spirit, the law of grace. It justifies, fulfills everything, and crucifies the lusts of the flesh. Thus St. Augustine says beautifully on this passage: "In a sense the man who with a love of righteousness lives righteously lives the Law itself."[41] Take note of the words "with a love of righteousness." For this is something that is unknown to nature; it is acquired by faith. Thus 2 Cor. 3:3 states: "You are a letter from Christ delivered by us, written, not with ink but with the Spirit of the living God, not on tablets of stone but on tablets of human hearts."

[40] The Latin is *vita experimentalis;* cf., for example, Thomas Aquinas, *Summa Theologica;* II-II, Q. 172, Art. 1.

[41] Augustine, *Epistolae ad Galatas expositio, Patrologia, Series Latina,* XXXV, 2115.

The Law of the letter is everything that is written with letters, said with words, thought of in thoughts — whether it is tropological, allegorical, anagogical, or finally the doctrine of any mystery at all.[42] This is the Law of works, the old Law, the Law of Moses, the Law of the flesh, the Law of sin, the Law of wrath, the Law of death. It condemns everything, makes all men guilty, increases lusts, and slays; and the more spiritual it is, the more it does so — like the well-known Commandment "You shall not covet" (Ex. 20:17). For this Commandment makes more people guilty than the one that says: "You shall not kill" (Ex. 20:13) or the one that says: "Circumcise your foreskins" (Gen. 17:11) or prescribes similar ceremonies, because without the law of the Spirit a work is never performed well but is always feigned.

The logical conclusion is that the law of the Spirit is that which the Law of the letter requires. I mean the will. Ps. 1:1 says: "But his will (that is, his love) is in the Law of the Lord." Rom. 13:10 says: "Love is the fulfilling of the Law." And 1 Tim. 1:5 states that love is the end of the Law. To express it most plainly and simply, the Law of the letter and the law of the Spirit differ in the same way as the sign and the thing signified, as the word and the thing.[43] Hence when the thing has been obtained, the sign is no longer needed. Consequently, "the Law is not laid down for the just" (1 Tim. 1:9). But as long as we have only the sign, we are being taught to seek the thing itself.

Thus Moses and the prophets, and finally John the Baptist, direct us to Christ. The Law teaches what you owe and what you lack; Christ gives what you should do and have. Therefore those who use the Law otherwise than as a sign by which they are directed to Christ and by which they are to recognize their wretchedness and to seek grace misuse it in the worst way. They rely on their own strength; and as soon as they have heard the Law, they gird themselves to do the works it requires as they seek and presume to find in themselves the real substance of the Law, although they see that they have not found in themselves even the sign, that is, the Law itself.

Furthermore, it follows that every law of the letter is spiritual, just as it can be called spiritual, as Rom. 7:14 states: "We know that the Law is spiritual." And never do we read in Scripture that a law

---

[42] Cf. the medieval verse translated in *Luther's Works*, I, p. 87, note 10.

[43] Luther is employing the Augustinian distinction between *signum* and *signatum*.

which is written in letters is called carnal, although Origen, impelled by his own opinions, is frequently at great pains to make such a statement.[44] Paul, to be sure, has the expressions "law of the members" (Rom. 7:23) and "lust of the flesh." But this is not the letter; it is what is signified and forbidden by the letter of the Law. It is spiritual, therefore, because it requires the spirit of faith. That is, it is spiritual, not on account of the sign but on account of the thing, since no good work is done unless it is done out of a glad, willing, and joyful heart, that is, in the spirit of freedom. Otherwise — if a law which enjoins only spiritual works must be called spiritual — there will be no spiritual law except the one which, according to our theologians, gives commandments with regard to actions elicited from the heart; and even works of love will not be spiritual. To wash the feet of guests, to come to the aid of a person who is poor, to warn one who is in error, to pray for the sinner, to bear wrong — are these not activities of the body? Indeed, they are — no less than any ceremonial acts of both the Old and the New Testament. It is only the actual spirit of faith that makes a distinction among works. Otherwise there is no difference whatever among works — neither among those that can be done by the soul nor among those that can be done by the body. They are all carnal or according to the letter when they are done under the compulsion of the letter and apart from the law of the Spirit. When they are done because the law of the Spirit is present, then they are spiritual, as we shall see later.

And here, I believe, you see the source of my indignation against so many decrees, statutes, and decretals of the popes. Because of this tyranny the church now lies prostrate and is being laid waste day by day. For since love is growing cold and God is gradually taking away the law of the Spirit because of our sins, laws that cannot be fulfilled without that Spirit should have been done away with entirely. Instead, they are daily increased. This makes God very angry. The popes are imposing on people burdens that are unbearable — especially if you lack the money to buy release — burdens which they themselves would be unwilling or unable to move with even a finger. Meanwhile the feeding of the sheep with the Word of faith and of the Spirit is not even thought of by such watchful shepherds of Christ's sheep! What I bemoan is this, that through so many useless

[44] Luther is criticizing the common exegesis of 2 Cor. 3:6; e. g., in Augustine, *On Christian Doctrine,* III, 5; cf. *Luther's Works,* 2, p. 164, note 59.

and harmful laws nothing is being increased except endless offenses against God, since commandments must be fulfilled in the Spirit too. Yet we cannot have the Spirit from ourselves.

Meanwhile, however, I shall give my advice. In the first place, if you have the Spirit and can bear all those things willingly, then do so, just as if you, according to the will of God, were being oppressed under the Turk or some other tyrant. In fact, since the tyranny of laws oppresses consciences, it far exceeds the tyranny of the Turks, which oppresses only bodies or trifling things that have to do with the body — though even in this respect we do not find the Turks surpassing us, if you consider the robbery carried on in the matter of palliums and annates, and of other intolerable huckstering connected with papal bulls. But if you are unwilling, go and buy with cash or favor — since it cannot be done any other way — the benefits that are owed to you free of charge, and shake your neck from this burden by means of special permissions. Here, however, I have in mind those injunctions the performance of which does not stand in the way of need or love. For such injunctions, as I have said before, should be confidently violated, even out of kindness, after consulting a good man. But here I am speaking of those things which you do unwillingly, even if need or love give no reason for not doing them. For in this case it is better for you to lose a little money than to torment your conscience with the noose of the laws. And do not fear that you are committing simony, since you are not making this purchase eagerly or willingly (for you would prefer that it be given you gratis) but are yielding against your will, as if there were importunate demands. If you are poor or are prevented because the place is far away, at least obey in public for the sake of avoiding offense. In private, however, when you are alone, consult a good man, and be certain that where your pastor has neglected to take care of you, Christ will deal all the more mildly with you, provided that you obey His commandments from the heart.

20. *I have been crucified with Christ; it is no longer I who live, but Christ who lives in me;*

Paul had said that he was dead to the Law; now he describes the manner of his death, which is the cross of Christ. What he says in Gal. 5:24 is pertinent here: "And those who belong to Christ have crucified the flesh with its lusts." And in 1 Peter 4:1 we read: "Since, therefore, Christ suffered in the flesh, arm yourselves with the same thought; for whoever has suffered in the flesh has ceased from sins"; and in the second chapter (v. 24) Peter says: "He Himself bore our sins in His body on the tree, that we might die to sin and live to righteousness." Accordingly, in the fourth chapter of the third book of his *On the Trinity* St. Augustine teaches that the suffering of Christ is both a sacrament and an example — a sacrament because it signifies the death of sin in us and grants it to those who believe, an example because it also behooves us to imitate Him in bodily suffering and dying.[45] The sacrament is what is stated in Rom. 4:25: "Who was put to death for our trespasses and raised for our justification." The example is what is stated in 1 Peter 2:21: "Christ suffered for us, leaving you an example, that you should follow in His steps." Paul treats of the sacrament very extensively in Rom. 6 and 8, in Col. 3, and in many other passages. Thus he says here, too, that he is crucified with Christ according to the sacrament, because he has put sin and lusts to death. What the apostle is saying is this: Those who seek to be justified through the works of the Law not only fail to crucify their flesh but even increase its lusts — so far are they from being able to be justified. For the Law is the strength of sin (1 Cor. 15:56) in that it stimulates lust and its contrary inclination even while forbidding it. But since faith in Christ loves the Law, which forbids lust, it now does the very thing the Law commands; it attacks and crucifies lust.

Therefore it is not the abolition of sin that comes through the Law; it is only the knowledge and the increase of sin, and by this one seeks in vain to be justified. Besides, the righteous man himself does not live; but Christ lives in him, because through faith Christ dwells in him and pours His grace into him, through which it comes about that a man is governed, not by his own spirit but by Christ's. For while we are driven by our own spirit, we follow our lusts and do not crucify them. Consequently, that we believe, that we are righteous, that we are dead to the Law, that we put our lusts to death — all this must be ascribed to Christ, not to us.

and the life I now live in the flesh I live by faith in the Son of God, who loved me and gave Himself for me.

Erasmus comments very aptly. "And what I now live," that is, "the life I now live," as Paul also explains in Rom. 6:10; or "the time

---

[45] Augustine, *On the Trinity*, III, 4, 10.

that I live," as in 1 Peter 4:2: "So as to live for the rest of the time by the will of God." St. Jerome thinks that "to be in the flesh" means something else than "to live in the flesh," because elsewhere Paul has said (Rom. 8:9): "You are not in the flesh," and (v. 8): "Those who are in the flesh cannot please God." With regard to 2 Cor. 10:3 — "For though we walk in the flesh, still we do not make war according to the flesh" — I see this, that he always understands "walking according to the flesh" as something bad. But to the Philippians he writes (1:24) that it is "necessary to remain in the flesh." Therefore I do not know whether this distinction is constant.[46]

What the apostle means, however, is this: "I have said that it is no longer I who live, but that Christ lives in me. But — lest you think, or lest occasion seem to be given for future heretics to think, that the Christian life is outside the flesh, in the religion of the angels (cf. Col. 2:18),[47] in walking among wonders too high for oneself (cf. Ps. 131:1) — Christ lives in me in such a way that I still live my life in the flesh but do not live in the flesh in such a way that my life is of the flesh, in the flesh, or according to the flesh. No, then my life is in faith in the Son of God." It is true that the self-righteous, on the other hand, also live in the flesh — that is, they live in this present life — but they do not live this life in faith in Christ; they live it in the works of the Law. As a result, they live a life that is dead in sins. When Paul says that life in righteousness is a living life, he thereby ties the two kinds of life, physical and spiritual, together and says that physical life is truly life only then when one's life is lived in Christ and in the spirit of faith. For just as the Law puts its worshipers to death with a spiritual death by causing sin to grow strong and to increase, so it makes the life of the body dead, that is, sinful.

Where, then, are our neutralists,[48] who have invented a middle ground between sin and the righteousness of faith — namely, ethical goodness — although the apostle calls the very righteousness of the Law dead? But in the writings of the apostle only that is called dead which is already sin, as he says in 1 Cor. 15:56: "The sting of death

---

[46] Cf. Erasmus, *Paraphrasis*, *Opera*, VII, 951; Jerome, *Commentarius*, 371.

[47] The Weimar editors suggest that *in religione angelorum* be emended to *in regione angelorum;* but we have kept the reading as it stands, since it is clearly a quotation from Col. 2:18, which reads *in religione angelorum* in the Vulgate.

[48] Cf. p. 256, note 22.

is sin." And Rom. 5:12 speaks of "death through sin." Hence every dead work is "mortal" [49] and undeserving of merit. A work that is dead is at the same time a sin.

21. *I do not nullify the grace of God; for if justification were through the Law, then Christ died to no purpose.*

So great is the wrong of wanting to be justified through the Law by our own works and strength that the apostle calls this nullifying the grace of God. It is not only ingratitude, which in itself is very bad, but also contempt, since the grace of God should have been sought with the utmost zeal. But those people repudiate the grace that has been received free of cost. Certainly a severe rebuke.

This reasoning of the apostle is worthy of serious consideration. "If justification were through the Law, etc." Confidently he declares that either Christ died for nothing — which is the height of blasphemy against God — or that through the Law one has nothing but sin. For those men should be kept far away from Holy Writ who, with distinctions drawn from their own brains, bring into theology various kinds of righteousness and say that one is ethical, that another is the righteousness of faith, and speak of I know not what other kinds.[50] By all means let the state have its own righteousness, the philosophers their own, and everyone his own. But here one must take righteousness in the Scriptural sense; and the apostle says plainly that this righteousness does not exist except through faith in Jesus Christ and that all other works, even those of God's most holy Law, far from affording righteousness, are actually sins and make a man worse in the sight of God. Indeed, they are such great sins and so far away from righteousness that it was necessary for the Son of God to die in order that righteousness might be given to us. In theology, therefore, do not use the term "righteousness" for that which is outside faith in Christ. Moreover, if it is certain that it is not righteousness, it is equally certain that it is sin, and sin that is damnable.

Take note, therefore, of a new righteousness and a new definition of righteousness. For one usually says: "Righteousness is the virtue that renders to everyone his due." [51] Here it is stated that righteous-

---

[49] Cf. *Luther's Works,* 26, p. 121, note 37.

[50] For Luther's own version of "many kinds of righteousness" cf. the introductory remarks to his *Lectures* of 1531 (1535), *Luther's Works,* 26, p. 4.

[51] The definition comes from the first section of Book I of the *Institutes* of Justinian; cf. *Luther's Works,* 36, p. 357, note 17.

ness is faith in Jesus Christ or the virtue by which one believes in Jesus Christ, as in Rom. 10:10: "With the heart man believes unto righteousness"; that is, if anyone wants to be righteous, it is necessary for him to believe in Christ with his heart. And in the third chapter St. Jerome says: "Well put is that true statement of a wise man that the believer does not live as the result of righteousness but is righteous by faith." [52] A beautiful statement indeed!

It follows now that the man who is righteous through faith does not through himself give to anyone what is his; he does this through Another, namely, Jesus Christ, who alone is so righteous as to render to all what should be rendered them. As a matter of fact, they owe everything to Him. But he who believes in Christ and by the spirit of faith has become one with Him not only renders satisfaction now to all but also brings it about that they owe everything to him, since he has all things in common with Christ. His sins are no longer his; they are Christ's. But in Christ sins are unable to overcome righteousness. In fact, they themselves are overcome. Hence they are destroyed in him. Again, Christ's righteousness now belongs not only to Christ; it belongs to His Christian. Therefore the Christian cannot owe anything to anyone or be oppressed by his sins, since he is supported by such great righteousness.

This is that inestimable glory of the Christians; this is the indescribable regard of God's love for us — the regard whereby such great, such precious gifts have been given to us. And it is right for Paul to be so deeply concerned for these gifts, lest they be cast aside. Consequently, this righteousness is also called the righteousness that comes from God, as in 1 Cor. 1:30: "Whom God has made our wisdom, our righteousness and sanctification and redemption." Likewise Rom. 1:16 f.: "I am not ashamed of the Gospel; the righteousness of God is revealed in it through faith for faith, as it is written: 'The righteous man shall live by faith.'" And Rom. 10:3: "Being ignorant of the righteousness that comes from God, and seeking to establish their own, they did not submit to God's righteousness." This is the meaning of that statement in Ps. 31:1: "In Thy righteousness deliver me!" — not by any means in my righteousness, since it is from the Law and is sin. And again in Ps. 143:1: "Answer me in Thy righteousness." And in Ps. 72:1, 7: "Give the king Thy justice, O God, and Thy righteousness to the king's son. In his days will righteousness arise and

---

[52] Jerome, *Commentarius*, 376.

abundance of peace." And in Ps. 96:13: "He will judge the world with righteousness." But why multiply instances? In the Scriptures the righteousness of God is almost always taken in the sense of faith and grace, very rarely in the sense of the sternness with which He condemns the wicked and lets the righteous go free, as is the custom everywhere nowadays.

But if rendering of ourselves to everyone what is his must be called the righteousness of faith, then it is better to understand that we do this through a renunciation — as they call it — of all goods, as the Lord teaches in Luke 14:28 ff. in the parable of the man building a tower and of the one who was going to fight someone stronger than himself (vv. 31 ff.). For those who, in reliance on their own strength, seek to justify and save themselves through the works of the Law build a tower — after the example of those who began the Tower of Babel — and with their paltry supplies of works they go to meet Christ, who will be the all-powerful Judge. He counsels them to reckon up the costs first. They will find that they do not have the ability. Therefore let them give up all presumptuous claims to wisdom, virtue, and righteousness; and while He is still far away, let them ask for peace as they despair of themselves and in complete faith cast themselves on the mercy of the King who will come. For this is how Christ concluded that same parable: "So, therefore, whoever of you does not renounce all that he has cannot be My disciple" (Luke 14:33). This means that you will not be a Christian unless you cast away your own righteousnesses entirely and rely on faith alone.

CHAPTER THREE

1. *O foolish Galatians, who has bewitched you, that you should not obey the truth?*

Now Paul turns again to the Galatians. For Jerome thinks that up to this point he has been speaking against Peter.[1] But I do not know whether he said all this in the presence of Peter. I would suppose that he stopped talking with Peter at the place where he says: "Because by works of the Law shall no flesh be justified" (Gal. 2:16), since he is repeating what, as he writes shortly before this, he said to Peter: "Knowing that a man is not justified on the basis of works of the Law, etc." And I would suppose that from this point on he is again dealing with the Galatians and is overthrowing the works of the Law with the rest of his arguments. Nevertheless, let everyone have his own opinion about this.

Accordingly, Paul is glowing through and through with pious zeal. Although he has filled almost the whole epistle with proofs and refutations, yet now and then he mixes in an exhortation and a rebuke. Sometimes he also impresses the same things by way of repetition, as out of apostolic concern he tries everything. He calls them senseless, foolish, out of their minds. According to Jerome, he does so either because he is chiding them on account of a characteristic of their country, just as he brands the Cretans liars in his Epistle to Titus (1:12) and censures other nations for other vices, or because they had come from greater to lesser things and had begun to be children again, so to speak, by returning to the guardianship of the Law.[2] The latter seems to me the more probable, for in what follows he talks about rudiments, about a custodian, about an heir who is a youngster — obviously referring to their foolishness and childishness. The word "bewitched" also indicates this; for witchcraft is said to be harmful particularly to children and to those who have not reached the age of discretion, as Jerome also remarks.

[1] Jerome, *Commentarius*, 372.
[2] Jerome, *Commentarius*, 372.

But "to bewitch" means to do harm with an evil look, as Vergil says: "I do not know what eye is bewitching my tender lambs." [3] "God knows," says Jerome, "whether this is true or not, because it is possible that devils render a service to this sin." [4] This, I believe, is the ailment of little infants that our womenfolk commonly call *die elbe* or *das hertzgespan*, in which we see infants wasting away, growing thin, and being miserably tormented, sometimes wailing and crying incessantly.[5] The women, in turn, try to counter this ailment with I know not what charms and superstitions; for it is believed that such things are caused by those jealous and spiteful old hags if they envy some mother her beautiful baby. For this reason the Greek word, as Jerome attests, means not only to bewitch but also to envy.

Thus when the Galatians were like newborn infants in Christ and were growing auspiciously, they, too, were [6] harmed by the bewitching false apostles and were led back to the leanness, yes, the wretchedness of the Law. As a result, they were wasting away. And this is a very fine comparison; for just as an enchanter fastens baleful eyes on the infant until he does it harm, so a pernicious teacher fastens his evil eye, that is, his godless wisdom, on simple souls until he corrupts the true understanding in them. For in the Scriptures, as Luke 11:34 states, the eye signifies teaching and knowing, even the teacher himself, as in Job 29:15: "I was an eye for the blind," and in Matt. 18:9: "If your eye causes you to sin." These are the ones whom Scripture calls crafty men, mockers, and deceivers of souls. In Ps. 1:1 we read: "He does not sit in the seat of pestilence." The Hebrew text has "in the seat of the mockers." Prov. 3:32 states: "The perverse man is abomination to the Lord, but the upright are in His confidence."

But here the question arises whether in this passage one is to believe that the apostle is endorsing the notion that witchcraft amounts to something. St. Jerome thinks that he made use of a colloquialism and took an example from a notion of the common people, not because he knew that there was witchcraft.[7] In like manner some

---

[3] Vergil, *Eclogues*, III, 103.

[4] Jerome, *Commentarius*, 373.

[5] What Luther calls *hertzgespan* (or *Herzspann* in modern German) is cardialgia or heartburn.

[6] We have followed the Jena and St. Louis editors and have changed *sint* to *sunt*.

[7] Jerome, *Commentarius*, 372.

other things in Scripture — such as Arcturus, Orion, and the Pleiades in Job (38:31-32), and in Isaiah (13:21-22; 34:13) the ostriches, the onocentaurs, and the satyrs — seem to be taken from the fables of the heathen. As I have said, I believe that with God's permission those witches, with the aid of devils, are really able to harm little infants for the punishment of unbelievers and the testing of believers, since, as is evident from experience, they also work many other kinds of harm in the bodies of men as well as of cattle and everything. And I believe that the apostle was not unaware of this.

Before whose eyes Jesus Christ was publicly portrayed as crucified.

I see that this passage is treated in various ways. St. Jerome understands "publicly portrayed" to mean that the Galatians learned to know Christ crucified not only from the oral word of the apostles but also from the writings of the prophets, and thus that they knew Him as one who had been written about earlier than and before they knew Him as one who was spoken or preached about. And having been confirmed in their knowledge by this twofold instruction of the written word and the oral word, they should not have fallen away from Christ at all.[8] St. Ambrose, whom Lyra follows, thinks that because the Galatians put their trust in the works of the Law, Christ was publicly portrayed for them in the way that the jurists speak of "proscription"; that is, He was cast out, condemned, and exiled.[9] St. Augustine reads *praescriptus*, meaning "objected to"; and just as a possession is lost through an objection made by another person, so Christ has lost the Galatians, since the false apostles had objected to Him. None of these explanations appeals to me. Erasmus, not unlike Stapulensis, takes it to mean that Christ was described and portrayed for the Galatians in a picture, so to speak, in such a way that they had the clearest knowledge of Him, and yet, being bewitched and fooled, they do not recognize Him now.[10] For those who are under the spell of enchantments and illusions usually fail to discern what is perfectly plain to their eyes and see that which is nowhere at all. And the Greek word προεγράφη seems to lend support to this interpretation. It bothers me, however, that the expression "Christ is crucified in someone" is never used in a good sense in the Scriptures.

[8] Jerome, *Commentarius*, 373.

[9] Ambrose (ascribed), *Commentaria in XII epistolas beati Pauli, Patrologia, Series Latina*, XVII, 372.

[10] Cf. Erasmus, *Paraphrasis, Opera*, VII, 952.

For instance, Heb. 6:6 says: "Since they again crucify in themselves the Son of God." And above he does not say: "Christ was crucified in me." No, he says: "Christ lives in me" (Gal. 2:20). Here, however, he says that Christ is "crucified in you." He undoubtedly groans and is agitated as he makes the statement that Christ does not live in them but is dead; that is, that faith in Him has been blotted out through the righteousness of the Law.

Accordingly, if I were to venture a surmise of my own, I would say, in the first place, that I approve of the word *praescriptus*, whether it is understood of something written or of a picture, so that *praescriptus* means "placed before and shown to the eye." For Paul adds "before the eyes" in order to bring out this meaning. Secondly, if the conjunction "and" is deleted (as in the Greek), the text would stand as follows: "In whose eyes, or before whose eyes, Jesus Christ was presented, crucified among you." That is: "Behold, you yourselves see, and with the previously stated arguments I have brought it about that it is clearly pictured and written before your eyes that Jesus Christ has been crucified among you." That this is the sense will, I believe, not be denied if you consider what has gone before, yes, the line of thought of the whole epistle. For previously Paul had said: "I do not nullify the grace of God" (2:21) and "It is not I who live" (v. 20). Likewise: "If justification were on the basis of the Law, then Christ died to no purpose" (v. 21). All this leads to the conclusion that (just as among the Jews) Christ has been crucified among all those who put their trust, not in Him but in themselves and in the Law; for then the grace of God has been rejected, and Christ does not live in them. What, then, is left except that He has died and has been crucified among them? But in his fervor the apostle uses words that glow with much emphasis [11] and are impetuous, as it were. "Presented before your eyes," he declares, as if he were saying: "I do not know how I could show this more clearly." Then he mentions not only the name "Christ," but he mentions "Jesus Christ." He speaks both names with emphasis. Finally he adds the words "crucified among you." It would have been milder if this had not happened "among you who were so great"; and it would have been gentler if He had "died" or "suffered" or been "weak." But harshly he says "crucified among you," that is, treated by you in the most shameful manner.

[11] The technical term was *epitasis*.

What, pray, would he do if now, too, he saw that Christ is being crucified even more in the church by the laws of men? Surely he would say what he said with tears in his eyes in Acts 20:29: "After my departure fierce wolves will come in among you, not sparing the flock, etc."

2. *Let me ask you only this: Did you receive the Spirit by works of the Law or by hearing with faith?*

Note how effectively Paul deals with the subject on the basis of experience. For what excuse will they offer here? "Granted," he says, "that the rest of the arguments I have used are weak, what will you say here? Teach me only this. Come, let me be your pupil here. You who have busied yourselves with the works of the Law, tell me whether you ever received the Spirit before you came to faith by my proclamation of Christ?" Thus he confidently taunts them; and now, as they are bound, so to speak, with a chain that cannot be loosened, he says to them:

3. *Are you so foolish? Having begun with the Spirit, are you now ending with the flesh?*

It is clear, however, that this was written by the apostle for those who had come to faith out of Judaism and formerly had busied themselves with the works of the Law but then had received the Holy Spirit by a visible sign, as He used to be given at that time. Otherwise this passage would not bear hard enough upon them. Or at least he is writing for a mixed group of Gentiles and Jews, but for Gentiles who had previously been drawn under the Law by the Jews. Unless you were to say that the apostle is talking about the works of the Law into which they had fallen back from faith in Christ, which, in my opinion, is really more probable; for he was very sure that they had not received the Spirit from the false apostles as they had previously received it through Paul.

But I surely do not believe it when in this passage St. Jerome distinguishes the works of the Law from good works and thinks that Cornelius received the Spirit on the basis of works (Acts 10:44 ff.);[12] for it is clear that the Holy Spirit descended on them at Peter's preaching, that is, when they heard with faith, as he says here. Nor were Abraham, Moses, and the rest of the saints justified, as he tries

---

[12] Jerome, *Commentarius*, 374.

to maintain, on the basis of works of the natural law. No, they were justified on the basis of faith, as is written here and in Rom. 4:1 ff. The apostle is referring not only to the Ceremonial Law but to absolutely every law; for since it is faith alone that justifies and does good works, it follows that absolutely no works of any law whatever justify, and that the works of no law are good, but that only the works of faith are good. I have mentioned this however, to remind the reader of Jerome's writings of what Jerome himself claims both in his prolog and in his letter to St. Augustine, namely, that he wrote commentaries in which he was accustomed to adduce opinions of others but to let his readers have freedom of opinion.[13] For since not a few theologians and jurists fail to observe this, they sometimes follow monstrous opinions instead of the familiar doctrine of the church.

But the expression "by the hearing of faith" Erasmus, as always, explains beautifully to mean that which is audible, namely, as he says, the actual speaking that is heard.[14] Therefore "hearing of faith" means the same as the Word of faith that is heard. Acts 10:44: "While Peter was still saying this, the Holy Spirit fell on all who heard the Word." Likewise Is. 53:1: "Lord, who has believed what we have heard?" And Hab. 3:2: "O Lord, I heard the report of Thee, and I was afraid." Thus this is a frequent way of speaking in Scripture. Jer. 49:14 and Obad. 1:1 say: "We have heard tidings from the Lord."

Here, however, St. Jerome is again concerned with the question how the deaf become Christians,[15] especially since Rom. 10:14 says: "How are they to hear without a preacher? How are they to believe in Him of whom they have never heard?" And, as the apostle's step-by-step sequence puts it in that passage, first there is a sending, then preaching, then hearing, then believing, then an invoking, and thus the attaining of salvation. I shall add: How are infants saved, and how are they baptized, when they themselves do not hear? Jerome answers first that faith's coming from hearing can be taken as being partial or entire. But Paul overcomes this argument. "How," he says, "are they to believe in Him of whom they have never heard?" (Rom. 10:14.) Secondly, Jerome says that the deaf can learn the

[13] Jerome, *Commentarius*, 332—333.

[14] Cf. Erasmus, *Paraphrasis, Opera*, VII, 952.

[15] Jerome, *Commentarius*, 374—375.

Gospel from the attitude and the behavior of others. But where does this leave infants? Therefore I follow the opinion he mentions last, namely, that to the Word of God nothing is deaf and that it speaks to those ears of which it is said: "He who has ears to hear, let him hear" (Matt. 11:15). I like this answer very much, because the Word of God is not heard even among adults and those who hear unless the Spirit promotes growth inwardly. Accordingly, it is a Word of power and grace when it infuses the Spirit at the same time that it strikes the ears. But if it does not infuse the Spirit, then he who hears does not differ at all from one who is deaf. Consequently, when an infant is not confused by other things, it is easier for the very sound of the Word — the sound uttered through the ministry of the church — to be operative through the Spirit. Then there is greater susceptibility on the part of the child.

Most powerfully, therefore, Paul here strikes down the works of the Law, then also the dreams of our theologians who have invented the merit of congruity for obtaining grace.[16] But the apostle says: "Not by works but by the hearing of the Word." That is, if you endure the Word, then you may have rest from your works and may observe the Lord's Sabbath, in order that you may hear what the Lord your God says to you. Therefore be sure to mark this memorable lesson that Paul has given. If you want to obtain grace, then see to it that you hear the Word of God attentively or meditate on it diligently. The Word, I say, and only the Word, is the vehicle of God's grace. For what you call works of congruity either are evil or the grace that produces them must already have come. The verdict that the Spirit is received from the hearing of faith stands firm. All those who have received the Spirit have received it in this way. Therefore do not reject God's plan and fabricate your own way.

Note the words "ending with the flesh," that is, finishing, ceasing, defecting. From this passage it is clear that flesh is taken not only in the sense of sensuality or the lusts of the flesh but in the sense of everything that is outside grace and the Spirit of Christ. For it is certain that the Galatians are ending with the flesh, not because they were indulging in excesses and lusts or in carnality in some of their customs, but because they were abandoning faith and seeking the works of the Law and its righteousness. But the righteousness of the Law and its works are not just things of the senses, since to this there

---

[16] See the fuller discussion in *Luther's Works*, 26, 124 ff.

belong also the opinion and trust which are in the heart. Whatever, therefore, does not proceed from faith is flesh (Rom. 14:23). Heb. 9:10: "In various kinds of righteousness and washings of the flesh." Thus Gen. 6:3: "My Spirit shall not abide in man forever, for he is flesh." It does not say "for he *has* flesh"; the statement is "for he *is* flesh." And Rom. 7:18: "I know that nothing good dwells within me, that is, in my flesh." He himself, therefore, and his flesh are one and the same thing, as much as is descended from Adam. Thus again: "Flesh and blood will not possess the kingdom of God" (1 Cor. 15:50), and Matt. 16:17: "Flesh and blood has not revealed this to you." But 1 Cor. 3:3 also says: "You are still of the flesh, you are men," although their quarrel was only over the names of the apostles. Thus it comes about that every teaching and righteousness of all men, philosophers, orators, even pontiffs, is of the flesh, since they do not teach faith. And if you listen to the apostle here, you will realize that it is a serious misuse of words for those canonical regulations that are established with regard to ranks and riches to be called sacred canons.[17] On the other hand, nothing is so carnal and external that it does not become spiritual if it is done by the working of the Spirit of faith. The Galatians, therefore, are brought to an end in the flesh when they accept the attitude and opinion that come from any works of the Law whatever, especially when they have abandoned faith. But as to the fact that Origen and St. Jerome gather from the apostle's words that there is a threefold kind of man — the spiritual, the animal (which he understands to be neutral and intermediate), and the carnal — perhaps we shall see later what view to take.[18]

4. *Did you experience so many things in vain? — if it really is in vain.*

St. Jerome has various comments on this passage. Briefly, however, I follow just one opinion, namely, that when the Galatians were running well in faith in Christ, they had suffered many things, especially from the Jews, who never failed to persecute any Christian, as is clear from the Acts of the Apostles and many epistles of Paul. Yet they experienced these things in vain if by falling back into the Law they remained outside faith. Nevertheless, because he hopes that they will return, he says: "If it really is in vain"; as if he were saying: "If

[17] The "sacred canons" were the legislation dealing with ecclesiastical matters, including, as Luther notes here, questions of rights and privileges in the church.

[18] Cf. p. 363, note 42.

you return, you have not experienced in vain." For he argues from the loss they have experienced and from their vain toil in order to arouse them, because through the Law they have fallen away, not only from the righteousness of Christ but at the same time also from all His merits and rewards.

5. *Does He who supplies the Spirit to you and works miracles among you do so by works of the Law or by hearing with faith?*

You have to supply the words "supplies" and "works." But Paul is now repeating and driving home what he had already said above. For he inquires into their experience, and thereby he binds them very strongly. At the same time, however, it is his purpose to add and to append what follows. For earlier he had set before them only the fact that they had received the Spirit; but now he also adduces the fact that they had done mighty deeds, that is, miracles; and they could not deny that these had not been done previously on the strength of the works of the Law.

6. *Just as Abraham believed God, and it was reckoned to him as righteousness.*

Paul treats this example and argument extensively in Rom. 4:9, where he shows that Abraham had come to faith before circumcision and that this faith was reckoned to him as righteousness. It is probably true that this same passage had also been orally expounded by him among the Galatians and that now they are being reminded of it and recalled to their previous understanding of it.

7. *So you see that it is men of faith who are the sons of Abraham.*

"You see," therefore, from the Scripture passage just cited that Abraham's children are not those who come from his offspring or from circumcision. Rom. 4:11 states: "He received circumcision as a sign or seal of the righteousness which he had by faith while he was still uncircumcised. The purpose was to make him the father of all who believe without being circumcised, and who thus have righteousness reckoned to them." And Rom. 9:7-8 states: "And not all are children of Abraham because they are his descendants; but: Through Isaac shall your descendants be named. This means that it is not the children of the flesh who are the children of God, but the children of the promise are reckoned as descendants."

From this passage you see how intently and observantly Paul wants Scripture to be read. For who would have drawn these proofs from the text of Genesis: that Abraham believed before circumcision; that he obtained Isaac in no other way than through the promise; that this signifies that just as Isaac was received and called to be an offspring for him through the faith of Abraham, who believed God's promise, so no one else is Abraham's son or offspring except the one who is promised and received by faith; and that the proud boast of the Jews by which they glory in the flesh of their fathers had been shattered so long before this?

That figure of speech, "to be of faith," "to be of works," is now well enough known, I think. Those who believe "are of faith," and later, those who engage in works "are of the works of the Law." Of the same kind are the expressions "to be of the Law," "of circumcision," and similar ones in Paul.

But the apostle does not observe the rules of dialectical argumentation. For he says that the Spirit was supplied and mighty deeds were done as a result of the hearing of faith, and he proves this on the ground that this was the way in which Abraham's faith was reckoned as righteousness. Now is not the fact that faith is reckoned as righteousness a receiving of the Spirit? So either he proves nothing or the reception of the Spirit and the fact that faith is reckoned as righteousness will be the same thing. And this is true; it is introduced in order that the divine imputation may not be regarded as amounting to nothing outside God, as some think that the apostle's word "grace" means a favorable disposition rather than a gift.[19] For when God is favorable, and when He imputes, the Spirit is really received, both the gift and the grace. Otherwise grace was there from eternity and remains within God, if it signifies only a favorable disposition in the way that favor is understood among men. For just as God loves in very fact, not in word only, so, too, He is favorably disposed with the thing that is present, not only with the word.

Nor does it seem to be a logical argumentation when he says: "Abraham believed; therefore those who are of faith are the children of Abraham." According to the same dialectic, you could say: "Abraham had a son by his wife; or he ate; or he did something else. Therefore whoever does the same thing is a son of his." In the end

---

[19] See Luther's further development of this in his treatise *Against Latomus*, *Luther's Works*, 32, pp. 226—228.

the Jews will have their opinion confirmed, namely, that Abraham was circumcised, and therefore his children will be circumcised. The apostle, however, is thinking of Abraham when he got Isaac, who alone was promised to him as offspring on the strength of faith. For he was not commended for his faith when he begat Ishmael, but he was ordained as the father of faith and of many nations when he received his true son and legitimate offspring. Consequently, Isaac is not so much a son of the flesh as of faith. Abraham's flesh was unable to beget Isaac; his faith did so, albeit from his own flesh. Hence Isaac is not so much the son of Abraham as of one who believed God's promise. This is why so many words are used in Genesis to describe the promise of the offspring and Abraham's faith in this same promise, and to describe the naming, in Isaac, of the offspring that was promised and believed — in order to show that Abraham's children are not those who are born of the flesh but are those who are born of faith. Therefore what Paul had said rather briefly he now pursues more extensively: how the children of Abraham are those who are of faith, that is, because of the promise. And this did not happen with regard to Ishmael. For this reason Ishamael was not reckoned as offspring for Abraham.

8. *And the Scripture, foreseeing that God would justify the Gentiles by faith, preached the Gospel beforehand to Abraham, saying: In you shall all the nations be blessed.*

"Foreseeing," that is, seeing far in advance. "Scripture," that is, the Spirit in Scripture. If we take what is said here, "In you shall all the nations be blessed," as referring to what is written in Gen. 12:3, the apostle presents us with a difficulty — not only the one with which St. Jerome troubles himself, namely, that the apostles adduce the sense rather than the words;[20] but rather this difficulty, that at this time the promise of a son had not yet been made to Abraham and that he himself had not yet been commended for his faith. This happened in Gen. 15:4. Hence Jerome takes this as referring to Gen. 22:18, where after Abraham's trial, it is said: "And by your descendants shall all the nations of the earth be blessed because you have obeyed My voice." In the present passage, however, the apostle does not say, "in your offspring"; he says, "in you," as is stated in Gen. 12:3. Following Jerome, I, too, think that Paul omitted "in your offspring" out of a concern for brevity, since he intended to use both

[20] Jerome, *Commentarius,* 378.

expressions immediately after this. "Now to Abraham," he says, "the promises were made, and to his offspring." And so it is true that the promise was made both with reference to Abraham and with reference to his offspring. It makes no difference, however, which of the two statements he made here.

Since, then, it was to Abraham that these things were said, not to any kind of man or to one who was carnal, but to a man who already believed, was obedient, spiritual, and a completely different person — in short, to one who had the promise — it follows that Scripture wanted to teach us that there are no children of Abraham except those who are the children and the offspring of such a man, of this man Abraham — so much so that even those who were not of his flesh should become his children, namely, the Gentiles, as he says here, because God justifies the Gentiles through faith, as Scripture had foreseen and had declared to Abraham. Therefore we are blessed in Abraham. But in which Abraham? Surely in the Abraham who believed. But if we are outside Abraham, we are cursed instead, even if we are in the flesh of Abraham, because Scripture is not dealing with Abraham's flesh. Therefore those who believe God, as Abraham did, are in Abraham.

9. *So, then, those who are men of faith are blessed with Abraham, who had faith.*

Note the epithet applied to Abraham: "men of faith." They will be blessed together with Abraham, who believed, not together with the flesh that begets or does other things. For it is only to him as a believer that Scripture attributes children or offspring. Therefore those who are without faith do not bear the image and heritage of their father. Hence they are not really children either; they are bastards.

But some garrulous fellow will still object: "This kind of argumentation will not hold water either: Abraham believes; therefore those who believe are his children. For although Abraham gained a son and offspring through his faith, it does not follow from this that his children must believe. Otherwise everything Abraham gained by believing will have to believe or not belong to Abraham. But then it will be necessary for the land of Canaan to believe. It is enough, therefore, that Abraham believed and that he gained children; but it is not necessary that his children be believers on this account." The answer is: first, that the apostle thinks that for the Galatians, as rather unsophisticated people, it is enough if they know that they cannot be children of Abraham unless they are like him. The deeper explanation of this mystery, which he follows up in Rom. 9:6 ff.,[21] he purposely omits here. For in fact there are no children of Abraham except the children of the promise. Since, however, the divine promise and predestination cannot be false, it will turn out without difficulty and with unfailing logic that all who were promised are also believers, in order that in this way the faith of those who were promised may rest, not on the necessity of works nor on their faith but on the firmness of God's election. In this passage it was enough to commend the imitation of Abraham, not to drive home the sublimity of the promise and of predestination.

Accordingly, even though the aforementioned conclusion — "Abraham believes; therefore his children will believe" — does not hold water, unless you consider the children of the promise (who will be established neither in their own righteousness nor in that of Abraham, but in God's election, and who will not believe because they will be Abraham's children but will be Abraham's children because they will believe with the greatest certainty, since they will be granted to Abraham by God, who does not lie when He promises), still this conclusion does hold water: "Abraham believed; therefore his children should believe, if they want to be his children." This, I say, was enough for the foolish Galatians. Statements of a different kind had to be made to the wise Romans. And so Abraham's children are those who believe; others are not.

10. *For all who rely on works of the Law are under a curse; for it is written: Cursed be everyone who does not abide by all things written in the book of the Law, and do them.*

Paul had said that those who are of faith are blessed. Now with another argument and one taken from the opposite point of view he says that those who are of works are cursed. But note the apostle's strange syllogism. On the basis of Deut. 27:16 he states that those who do not do the things that are written in the book of the Law are cursed. From this negative statement he draws this positive conclusion: cursed are those who do the works of the Law. Does this not affirm what Moses denies? And to make the absurdity greater, Paul proves his affirmative conclusion through the negative statement of Moses.

[21] The original has "Rom. 10," but this is clearly a discussion of Rom. 9:6 ff.

A Festus Porcius would say: "Paul, you are mad; your great learning is turning you mad" (Acts 26:24). What, then, are we going to say? Are those blessed who do not do the works of the Law, even on the authority of so great an apostle? But Moses calls those cursed who do not do those works. Therefore it remains, as we have already said above, that all who are outside faith do indeed do the works of the Law; but they do not fulfill the Law. For the works of the Law are feigned works, as Paul also says below in chapter 6:13: "For even those who receive circumcision do not themselves keep the Law"; and in chapter 5:3: "I testify to every man who receives circumcision that he is bound to keep the whole Law."

Take note! If one receives circumcision, he is not fulfilling any of the whole Law; therefore he is not, even if he does any other work of the Law. The result is that with this word Moses has forced all men under the curse; and when he says: "Cursed be everyone, etc.," he means exactly what he would mean if he were to say: "No man will do these things that are written; therefore all will be cursed and in need of Christ as Redeemer." Hence so far as the apostle and the truth itself are concerned, it is firmly established that those who do the works of the Law do not fulfill the Law, and that when doing them they fail to do them, just as Christ said of such people that hearing they do not hear and seeing they do not see (Matt. 13:13). For to themselves they seem to be fulfilling the Law and to be doing the works of the Law. Instead, however, they are only pretending, since without grace they are able to cleanse neither the heart nor the body. For this reason nothing can be pure to the impure (Titus 1:15).

I think that by this time my neutralist opponents, who have devised certain works that are neutral — works that are good so far as morals are concerned — have been struck down sufficiently by this passage.[22] Here the apostle pronounces the works of the Law cursed — works of God's Law, I say, which surely were better than those dictated by nature, works, moreover, which will make smug persons of those who are snoring. But they say that the apostle is speaking of the ceremonial laws, which now bring death. On the contrary, the ceremonial laws neither are nor ever have been evil; but reliance on them is evil, as St. Augustine teaches.[23] Secondly, it is evident that

---

[22] See p. 239.

[23] Cf., for example, Augustine, *Contra duas epistolas Pelagianorum*, III, 10—11.

the apostle is speaking of all laws, because — not withstanding Jerome's objections — to Moses' words he has added "everyone" and "all" when he mentions "things written in the book of the Law." Most forceful, however, is the fact that presently he will say that Christ has redeemed us from the curse of the Law. But the Gentiles were never under the curse of the Ceremonial Law. Therefore all the redeemed were under the curse of the Law. For, as I have also said before, Christ would have achieved too little if He had freed us from circumcision, Sabbaths, clothing, foods, and washings, and not to a far greater extent from the more grievous sins against the Law — lust, greed, wrath, godlessness. Then He would really not have been a Savior of souls; He would have been a Savior of bodies, because all these things had to do with the body. Accordingly, the work of any law whatever is really sin and a curse if it is done outside faith, that is, outside purity of heart, innocence, and righteousness.

I want to leave it to the judgment of the reader whether it is the same thing or something different when Paul speaks of those "who rely on the works of the Law" and when Moses speaks of him "who does not remain" or, as the Hebrew has it, "does not confirm all things, etc., to do them." Perhaps it is one thing to do the works of the Law and another thing to do the things that are written, so that doing the things that are written is identical with fulfilling the Law and doing the works of the Law is identical with pretending fulfillment by means of certain outward works, as Christ says: "Why do you call Me 'Lord, Lord' and not do what I tell you?" (Luke 6:46.) And in Rom. 2:13 we read: "Not the hearers but the doers of the Law will be justified." For it is certain that the curse remains on both — on those who fail to do the works of the Law, as Moses says, and on those who rely on the works of the Law, as the apostle says. It is, therefore, altogether Paul's way of speaking, as I have said, that those who do the works of the Law are not doing the things that are written in the Law, in which faith is certainly written. Faith alone fulfills all the demands of the Law.

11. *Now it is evident that no man is justified before God by the Law, for the just shall live by faith.*

This is a general premise. Paul intends to explain the quotation from Moses. It is as if he were saying: "You hear from Moses that he who has not done the things that are written is cursed. In like manner, I have assumed that such people are those who rely on works." That both statements are true is proved by this, that before God no one will be justified in the Law. If he will not be justified before God, then he does not do the things that are written. But if this is the case, he is really cursed. For those who do the things that are written will be justified. But that those who busy themselves with the Law do not keep it is clearly proved by the statement that "the just shall live by faith" (Hab. 2:4). If Scripture is true here, as it must be, and the works of the Law, when they are without faith, are unquestionably dead, he who does them is unrighteous. If he is unrighteous, then he does not do the things that are written. Here I should also like the phrase "in the Law" to be understood as meaning "through the Law" or "by the Law," so that the sense is: Through the Law no one will be righteous before God. Thus the phrase at the same time includes the works of the Law.

12. *But the Law does not rest on faith.*

This is what I have said: that no one is justified by the Law, for the righteous man will be justified by faith alone. But the Law and faith are not the same thing. Neither the Law itself nor its works are from faith or with faith. Hence they are righteous before men; but they are not righteous before God, as the following statement shows.

For he who does them shall live by them.

This word from Lev. 18:5 he also quotes in Rom. 10:5. Now the apostle's meaning is this: The Law does not give life or justify before God; but he who does the things that belong to the Law will, as a human being, live by them, that is, he will evade the penalty of the Law and will gain the Law's reward; but he will not live in God or as a child of Abraham. Therefore ponder the force of these words. A man will live by the works of the Law even though he is dead before God. A man, I say, not a rightous man. And in those works, his own works, I say, he will live; that is, he will protect his life, lest he be killed by the judgment of the Law. The righteous man, however, will not live by those works; he will live by faith.

Therefore remember that in this passage you have learned from the apostle that the works of the Law are those by which we appear to be rightous before man and to be observers of the Law. But within, because faith is lacking, we are anything but righteous. Hence through the Law nothing is produced but a hypocrite and a tomb that is good to look at on the outside but is full of filth inside (Matt. 23:27). For the things that kept St. Jerome from understanding Paul in these and similar passages were his failure to recognize the works of the Law correctly and Origen's excessive allegorizing. For he says in this place that Moses and the prophets were under the works of the Law and under the curse, which is altogether false; for by faith they lived before God justified and sanctified even before the Law and the works of the Law were enjoined, of which he himself says that they were only ceremonial in nature. Nevertheless, later on, thanks to the power of the truth, he gets back on the road when he says that they were sinners according to the statement: "There is not a righteous man on earth who does good and never sins" (Eccl. 7:20), which surely must be understood of the Moral Law. Of the same sort is also the fact that he understands the words "the just lives by faith" in this way, that if faith has been added to a righteous man, then his righteousness will be a living one. Thus Jerome asserts that there are virtues without faith, but that they are deficient.[24] But let the prudent reader take these and other statements in such a way as to remember that these notions were brought in by St. Jerome from others. No one is righteous before faith. On the contrary, he is justified without charge, and he receives good instead of evil. For the apostle means to say that on the basis of the Law a man lives in the sight of his fellow-man, but that the righteous man lives through faith in the sight of God, which means that faith is a man's righteousness, life, and salvation in the sight of God, and that righteousness does not come before faith, but that righteousness and life come through faith.

13. *Christ redeemed us from the curse of the Law, having become a curse for us — for it is written: Cursed be everyone who hangs on a tree —*

14. *that in Christ Jesus the blessing of Abraham might come upon the Gentiles, that we might receive the promise of the Spirit through faith.*

In the first place, I find fault with those who are not under the curse of the Law and who have no need of Christ as the Redeemer. They are those who assert that it is one thing to be against the Law and another thing to be against the intent of the Law. "He who acts contrary to the Law sins, but he who acts contrary to the Law's intent

[24] Jerome, *Commentarius*, 384.

does not sin but only comes short of what it good." ²⁵ Who can endure this poison? But listen to the kind of proof they bring (but what they call "intent" is the fact that God requires the works of the Law to be done in love). If man, they say, were held to the intent of the Law, it would follow that he who exists outside grace would be sinning continually by not killing, not committing adultery, not stealing, etc. My answer is: He does not sin by not killing, etc.; but he sins inwardly by hating, lusting, secretly coveting, and when he is obviously angered. For this hidden uncleanness of the heart and of the flesh is not taken away except by faith through the grace of Christ. Therefore the intent of the Law is not this, that it be kept in grace, as though grace were a kind of requirement. But the Law aims to be kept. It cannot, however, be kept without grace. Therefore it compels one to seek grace. Accordingly, we are all under the curse of the Law, we who are without the grace of faith, as has already been stated enough. For since the just lives only by faith, the curse of the Law against those who do not believe is clear, lest we make Christ's work of redemption in vain or refer it only to ceremonial matters, from which even a human being could have redeemed us. Finally, then, the works of the Law could have been done with our own powers. It remains, therefore, that He has redeemed us from wrath, godlessness, lust, and the other evils planted in our heart and flesh through Adam and Eve, because of which we all were made unclean and were devoting ourselves to polluted righteousnesses. Thus we were fulfilling nothing of the Law. Therefore we were justly destined for a curse and for condemnation. So through the Law we have no aid. No, through it we have a disclosure and a reminder of our wickedness. But just as Paul tells the Corinthians that Christ was made sin for us in order that we might be the righteousness of God in Him (2 Cor. 5:21), so here he says that Christ was made a curse in order that in this same Christ the blessing of Abraham might come to the Gentiles. In an altogether similar way of speaking we may say: He died in order that we might be life in Him. He was brought to shame in order that we might be made an honor in Him. He became all things for us in order that we might become all things in Him. This means: If we believe in Him, we are already fulfilling the Law and are free from the curse of the

---

²⁵ This distinction is related to the question of keeping the Commandments *quoad substantiam facti;* cf. p. 404, note 36.

Law. For what we deserved — to be cursed and damned — He underwent and paid for us.

St. Jerome takes uncommonly great pains to keep from admitting that Christ was cursed by God.[26] First he considers the fact that the apostle does not reproduce the words of the Law as they are given in Deut. 21:23: "A hanged man is accursed by God." The apostle, however, following the Septuagint, says: "Cursed be everyone who hangs on a tree." He omits the little phrase "by God," which the Septuagint added. To put it briefly, even though the expressions "on a tree" and "everyone" are not found in the Hebrew text, nevertheless the preceding context compels one to understand Moses as speaking of anyone at all who is hanged on a tree. Consequently, the apostle has changed nothing that could be disturbing. Moreover, the fact that he omitted "by God" is not disturbing either. To the apostle it was certain that this would be understood as having been done by God. St. Augustine relates that certain ill-instructed persons wanted this to be understood of the traitor Judas, who hanged himself; Stapulensis has a different opinion.[27]

But the text of the apostle is clear. He says that Christ was made a curse, not because He had committed anything deserving of a curse, but because it is a general verdict of Scriptures that everyone who has hung on a tree has been cursed by God. Perhaps it was because it sounded dreadful for Christ to be called a curse that the apostle at once softened this statement by adducing the authority of Scripture. It means nothing, therefore, that St. Jerome does not want this word to be understood of Christ, since by adducing it as a general verdict the apostle wanted to prove that what he had said referred to Christ. For since Christ Himself says (Luke 22:37) on the basis of Is. 53:12 that He is to be "numbered with the transgressors," what is so monstrous about calling Him cursed together with those who are cursed? If He was numbered with the transgressors, certainly He must also be called what the transgressors are called and suffer what they suffer.

Man, however, is twofold. There is an inward man and an outward man. Thus there is also a twofold blessing and a twofold curse. The inner blessing is grace and righteousness in the Holy Spirit. This

[26] Jerome, *Commentarius*, 386—389.

[27] Augustine, *Epistolae ad Galatas expositio, Patrologia, Series Latina*, XXXV, 2119.

was specially promised to Abraham in Christ. The inner curse is sin and iniquity, as Ps. 119:21 states: "Cursed are those who turn aside from Thy commandments." And in Matt. 25:41 we read: "Depart, you cursed, etc." Jer. 48:10 says: "Cursed is he who does the work of the Lord with slackness"; and in Jer. 17:5 [28] we read: "Cursed is the man who trusts in man." The outward blessing consists in an abundance of bodily things. This was characteristic of the old Law. The curse is poverty, as Mal. 3:9 states: "And in your poverty you are cursed." Thus Christ cursed the fig tree, and it withered (Matt. 21:19). Thus Elisha cursed the children of Bethel (2 Kings 2:24). So let it be no cause for uneasiness that Christ, together with all His saints, is cursed with an outward curse and at the same time is blessed with the inward blessing, as Ps. 109:28 states: "Let them curse, but do Thou bless!" Thus, too, it is no ground for horror that Christ died, that He suffered, that He was crucified. No indeed. "Blessed are you," He says, "when men revile you" (Matt. 5:11).

But you will say: "You are not yet proving that He was cursed by God; for this is what bothered St. Jerome." My answer is: "The curses of men undoubtedly affect a person when God ordains it, as 2 Sam. 16:10 states: 'The Lord commanded him to curse David,' and in the same place: 'Let him alone, and let him curse; for the Lord has bidden him.' God did not command Shimei to curse, but when he was full of cursings, God — in order to use his wickedness for good — willed that he spew out his curses against David."

Moreover, as to St. Jerome's bold denial that anyone is ever found to be cursed by God in Scripture and that the name of God is never associated with a curse, I wonder how he understood this, that in Gen. 3:14 the serpent is cursed by God and that the earth is cursed in Adam's work (v. 17). But God also curses Cain in Gen. 4:11. In 2 Kings 2:24 Elisha cursed the children of Bethel in the name of the Lord. And in Hab. 3:14 we read: "Thou hast cursed with his shafts." And Mal. 2:2: "I will curse your blessings, and I will bless your cursings." Perhaps the saintly man was disturbed because in colloquial usage "curse" generally sounds as though it meant the destruction of all things, especially those that are spiritual and eternal. But it was certainly not in this way that Cain and the earth were cursed, for God says: "You are cursed from the ground." For perhaps St. Jerome

---

[28] Only the first of these two quotations from Jeremiah is identified in the original.

will understand the statement in Matt. 25:41 — "Depart, you cursed" — as meaning that a curse is being pronounced rather than that cursing is being done.

But back to the apostle. "That in Christ Jesus the blessing of Abraham might come upon the Gentiles"; that is to say, in order that the blessing promised to Abraham might be fulfilled, namely, that in faith he should be the father of many nations. This faith, I say, was promised in the blessing. Here again, therefore, he touches briefly and obscurely on the fact that the Gentiles will be children of Abraham, not because they will imitate him, but because they have received the promise; and that they will imitate him because they will be his children as a result of God's promise and its fulfillment, not as a result of the deeds and the imitating of the Gentiles. It is not the imitation that makes sons; it is sonship that makes imitators. But he adds "in Christ," lest he veer from his aim, because it was not on account of their own merits that the Gentiles became Abraham's children; they became God's children in no other way than through Christ, who merited this for them and was received by them through faith, as now follows: "That we might receive the promise of the Spirit" — that is, the promise that the Holy Spirit is to be given — "through faith"; for the Holy Spirit was promised to Abraham when the blessing of faith was promised to him. Because of Christ's merit faith is also given through the Holy Spirit in the Word and hearing of the Gospel.

15. *To give a human example, brethren: no one annuls even a man's will, or adds to it, once it has been ratified.*

The apostle cuts his thought short;[29] for one has to add: "So much less, then, should anyone spurn, or add to, the testament of God after it has been ratified."

Paul is giving "a human example" in order, as Jerome supposes, to persuade the unlearned Galatians of divine truths by means of a human analogy.[30] But in my judgment no one is so learned that he does not need analogies of this kind in learning to know Christ. On the contrary, this type of analogy was necessary to the highest degree. Otherwise it would be more difficult to understand than Rom. 4, where he treats the same thing without an example of this kind; and I have not yet seen anyone who could explain it adequately.

[29] Luther is referring to the grammatical phenomenon called "apocope."
[30] Jerome, *Commentarius*, 390.

Let us, therefore, set before our eyes both things: the analogy and the fact itself. Then we shall see with how strong an argument Paul again breaks down the righteousness of the Law. Now the conclusion he wants to draw is this: If righteousness can be acquired of ourselves through the Law and its works, the promise of a blessing made to Abraham is useless, because then we are able to become righteous without it through the Law; or it itself is surely not sufficient to justify if the righteousness of the Law has to be added to it; and thus the testament and promise of God is either superfluous, or it is deficient and requires the addition of something else. Both notions, however, are utterly detestable. Therefore the opposite is true, namely, that the righteousness of the Law is neither necessary nor sufficient. Take note! A very strong argument indeed!

So let us take a look. In every testament there is a testator. There is one for whom the testament is made; there is the testament itself; and there is the legacy that is being attested or bequeathed. This is the situation here. God is the Testator, for it is He Himself who promises and bequeaths. Abraham and his offspring are those for whom the testament is made as heirs of God, the Testator. The testament is the promise itself (Gen. 12:2 ff.[31] and 17:1 ff.). That which is bequeathed is the inheritance itself, that is, the grace and the righteousness of faith, namely, the blessing of the Gentiles in the offspring of Abraham. If, therefore, the grace of the promise and the righteousness of God, which has been tendered through Christ — and in this way God's testament has been ratified through His death, yes, executed and distributed — if this does not suffice unless you also have the righteousness of the Law, is God's testament, which has not only been declared but has also been ratified and fulfilled, not now rendered invalid, and is not something being added to it? But this should not be done even in the case of a man's testament. If grace is sufficient, however, and the testament of God is firm, it is clear that one should not seek the righteousness of the Law. The same thing is said in Rom. 4:14: "If it is the adherents of the Law who are to be the heirs, faith is null, and the promise is void" — because, as is evident, if the righteousness of the Law were enough, there would be no need of faith and of the grace promised to Abraham.

You see, therefore, how properly the apostle discusses Scripture. Consequently, those who think that he is speaking only of the Cere-

---

[31] The original has "Gen. 21," but Gen. 12:2 seems to be meant.

monial Law cannot understand him. For with the same argument he is drawing a conclusion against the righteousness of the Decalog. If we could become righteous by the works of the Decalog, faith and the blessing that was promised to Abraham and was to be spread among the Gentiles are useless; for then we are righteous without faith and without that blessing.

16. *Now the promises were made to Abraham and to his offspring.*

That is, the testament of God that was drawn up for Abraham. Here Paul calls it promises, but immediately after this he calls it a testament. Note, therefore, how he applies his analogy of a testament: "The promises," he says, "were spoken"; that is, the legacy, the testament. But what legacy? The blessing of the Gentiles in his offspring, that is, the grace of faith in Christ. Therefore he continues with the statement:

He does not say "in offsprings," as if in many; but as if in one, "in your Offspring," which is Christ.

The "as if" is a poor rendering. It would be better to say "as in many" and "as in one." This is clear from the force of the grammatical sense. Note how he teaches that the Offspring of Abraham means Christ, lest the Jews boast that they are the ones in whom the Gentiles are to be blessed — since they are so numerous that it can never be certain in whom the promise is satisfied — and lest the promise be imperiled again and God's testament collapse. Therefore it was necessary to name one offspring to whom this blessing should be given, not only for the sake of certainty but also for the sake of the unity of the one people of God, to prevent the rising of sects.

So you have the Testator, the testament, the substance of the testament, and those for whom it was made. Now it remains that it be ratified and that, after it has been ratified, it be revealed and distributed, that is, that the Gentiles receive this blessing in Christ.

17. *This is what I mean.*

That is: "Now I am saying what I had in mind; now I am explaining myself and making the application."

The testament that was ratified by God with reference to Christ.

That is, made valid through the death of Christ — made valid, moreover, "with reference to Christ," that is, in order that it may be distributed among the Gentiles as deposited in Christ. For through Christ the testament of God has been fulfilled with reference to Christ, for Christ did not die in order that grace of faith by which people should believe in someone else than Christ might be poured out. No, He died in order that they might believe in Him, Christ Himself.

The Law, which came four hundred and thirty years afterward, does not annul a covenant, so as to make the promise void.

In his ardor the apostle is speaking in a manner that is very dark and obscure. The testament of God, he says, which has been ratified with reference to Christ, should not be rendered void through the Law and its righteousness. It would, however, become void and would annul the promise altogether if its works were necessary for righteousness, as though the grace of the promise were not enough or were powerless to effect our righteousness.

Moreover, by adding the words "the Law, which came four hundred and thirty years afterward," he seems to be belittling the Law; as if he were saying: "If the promise had been given after the Law, it could seem to have been gained deservedly through the righteousness of the Law. Now, however, grace and righteousness are given so completely without the works of the Law that they were promised even many years before the Law, and much more before its righteousness, not because of anyone's merits, nor because of anyone's petitions, but solely because the mercy of God made the promise freely. How, then, will the Law annul this promise of grace and its fulfillment at this time? For it has performed no service at all either for the promise or for the fulfillment." And in Rom. 3:21 Paul says: "The righteousness of God has been manifested apart from the Law." Yes, according to Rom. 4:15, the Law has done the opposite, since, on the contrary, it works wrath and increases transgressions. Accordingly, far from depending on the Law and our works, righteousness should depend by all means on the utterly faithful promise of God, who does not lie, even if through the Law we become more wicked and more unworthy.

18. *For if the inheritance is by the Law, it is no longer by promise.*

This means that if the righteousness which was promised to Abraham in the blessing comes from the works of the Law and from us, the promise has been annulled and is superfluous. The same thing cannot come from us and from God; for He is truthful, but we are liars. With this statement Paul proves what he has already said, namely, that the promise is not annulled through the Law. Because, he says, if it comes from the Law, the promise is now annulled through the Law, just as he also says in Rom. 4:14: "If the inheritance is by the Law, the promise has been abolished." Above I have sufficiently commended the apostle's way of speaking, which considers the Law, the works of the Law, and the righteousness of the Law identical, because righteousness of this kind comes about solely because the Law requires it, not because of our volition. Our theologians speak of this as "of ourselves" or "of our own powers" or "out of purely natural strength." [32] For this reason they are unable to understand Paul, who seems to be making an accusation against the Law.

But God gave it to Abraham by a promise.

God did not give it through the Law; He granted it through His free promise, when the Law did not yet exist. Much less did He fulfill the promise by the coming of the Law. Thus here you have the whole argument of the apostle.

Now we must consider Paul's statement that the Law was given four hundred and thirty years later. For these years are computed from the time of Abraham's departure from his own land, when he first received the promise (Gen. 12:3), up to the departure of the Children of Israel, as follows: At the age of seventy-five Abraham emigrated from his own land (Gen. 12:4). But when he was a hundred years old, he begot Isaac (Gen. 21:5). Thus you have twenty-five years. When Isaac was sixty years of age, he begot Jacob and Esau (Gen. 25:26). Mark down sixty years. Jacob was ninety when he begot Joseph, as is gathered from many chapters of Genesis. Mark down ninety years. Joseph lived a hundred and ten years (Gen. 50:26). After him the slavery in Egypt lasted sixty-five years, as Jo. Annius says on the basis of Philo.[33] Then Moses was born. When he was eighty years old, the Children of Israel departed. Thus from Abraham's seventy-fifth year to Moses' eightieth year there are four hundred and thirty years. Let others concern themselves as to whether

[32] Cf. Thomas Aquinas, *Summa Theologica*, I—II, Q. 109, Art. 4, for the use of this terminology in high scholasticism.

[33] The reference to *Io. Annius ex Philone* seems to mean Annius of Viterbo (1432—1502), who edited Pseudo-Philo, *Breviarium de temporibus*, which Luther was to use in the preparation of his *Chronolgy* (cf. W, LIII, 9).

this reckoning is correct. I agree with St. Jerome, who says: "This matter has been investigated by many, and I do not know whether the answer has been found." [34] For I believe that the apostle said this, not on the basis of a computation but on the basis of Ex. 12:40, where it is stated: "The time that the people of Israel dwelt in Egypt was four hundred and thirty years." Stephen does the same thing when in Acts 7:6 he recounts the history on the basis of Gen. 15:13, where God foretells to Abraham that his offspring will be in slavery for four hundred years. But by putting both passages together Paul counts four hundred and thirty years.

Note in addition that the apostle calls the promises of God a testament. The same term is used in other passages of Scripture. In this way it was indicated darkly that God would die and that thus in God's promise, as in a formally announced testament, God's incarnation and suffering were to be understood. For, as Heb. 9:17 states, "A testament is ratified only at death." Hence God's testament was not to be ratified unless God died. In the same place (Heb. 9:15) it is stated of Christ: "Therefore He is the Mediator of a new testament, in order that they may receive the promise, since a death has occurred." And this is the day of Christ which Abraham recognized and rejoiced in when God gave His promise (John 8:56). Hence one can at the same time harmonize with this what Jerome mentions, namely, that in the Hebrew one finds "covenant" rather than "testament." [35] He who stays alive makes a covenant; he who is about to die makes a testament. Thus Jesus Christ, the immortal God, made a covenant. At the same time He made a testament, because He was going to become mortal. Just as He is both God and man, so He made both a covenant and a testament.

19. *Why, then, the Law?*

Because Paul has said that one does not have righteousness through the Law and has established this with very strong arguments, he sees that there is every right to object to his statement by asking what function the Law then serves, since every law seems to be laid down for the sake of righteousness and good morals. And you see well enough that he is speaking about every law, even that of the Decalog,

[34] Jerome, *Commentarius*, 390.

[35] Jerome, *Commentarius*, 390.

as in the fourth and fifth chapters of Romans. His answer, however, is this:

> *It was added because of transgressions, till the offspring should come to whom the promise had been made; and it was ordained by angels through an intermediary.*

20. *Now an intermediary implies more than one; but God is one.*

Who would ever have expected such an answer, one that is certainly opposed to all who are wont to speak intelligently about the usefulness of the Law? He says that the Law was laid down or added and attached in order that transgressions might abound, in the same sense as he says in Rom. 5:20: "The Law came in to increase the trespass."

St. Jerome understands this passage in a negative sense and takes it to mean that through the Law transgressions are to be held in check.[36] But his view is contradicted by the following facts:

First, in that case it should rather have been said that the Law was given for the sake of justification; for a law is given for the sake of being kept.

Secondly, for the apostle this is a familiar way of speaking. "The Law is the power of sin" (1 Cor. 15:56), the opportunity for sin (Rom. 7:11), the Law of death (Rom. 7:10), the Law of wrath. Thus in Rom. 4:15 we read: "The Law brings wrath; but where there is no Law, there is no transgression." Thus it is certain that where there is no transgression, there is no remission; where there is no remission, there is no salvation. Accordingly, just as remission is there for the sake of salvation, so transgression is there for the sake of remission, and so the Law is there for the sake of transgression. The Law sets up sin, sin sets up remission, remission sets up salvation. All this is so because without the Law sin is dead and is not recognized (Rom. 5 and 7). Sin was in the world, but until Moses it was not imputed. The meaning, then, is this: The Law was laid down for the sake of transgression, in order that transgression might be and abound, and in order that thus man, having been brought to knowledge of himself through the Law, might seek the hand of a merciful God. Without the Law he is ignorant of his sin and considers himself sound.

[36] Jerome, *Commentarius*, 390—391.

In the third place, the clause that follows — "till the offspring should come" — does not agree with Jerome's view. For it is absurd that transgression be held in check until Christ should come, as if then it should not be held in check, whereas the apostle wanted to say the opposite, namely, that not only was sin not held in check by the Law, but that it was even increased, until Christ came and put an end to sin by fulfilling the Law and giving grace, as Gabriel says in Dan. 9:24: "In order that sin may have an end and everlasting righteousness be brought in," as if he were saying: "Sin had its beginning in Adam, was even increased through the Law, but will have an end through Christ alone, who brings everlasting righteousness after sin is dead, as we read in Ps. 111:3 and Ps. 112:3: 'His righteousness endures forever.'"

In the fourth place, Jerome's view does not agree with Paul's question (v. 21): "Is the Law, then, against the promises of God?" This would not be brought forward if the apostle wanted it to be understood that the Law was given for the sake of holding transgression in check, because in that case it would be for the promises, not against the promises. But now, because it increases sin and provokes wrath, it is evident that it does not induce God to fulfill His promises, but, on the contrary, that it irritates and hinders Him. With this view the context agrees beautifully. Otherwise you would have to invent as many opinions as there are syntactical constructions.

In the fifth place, as to Paul's phrase, "through an intermediary," it is my opinion that he says this because the Law was not put in our hands for us to fulfill, but that it was put in the hands of the Christ who was to come for Him to fulfill. Accordingly, it was laid down, not in order to effect justification but rather to accuse sinners and to require the hand of an intermediary. For man's pride had to be opposed, lest he believe that God's Son was made man because of his merits and thus become ungrateful for such great mercy. But now, having fallen into guilt because of the Law, we love God. The greater our unworthiness is, the greater is the love He has shown. For we can have knowledge through the Law, but Christ alone fulfills and achieves it.

"Till the offspring should come to whom the promise had been made," that is, in whom the blessing, the righteousness, and the fulfilling of the Law were to be given, and the transgressions which existed through the Law were no longer to be held in check but were to be blotted out. This is brought about through faith in Christ.

What follows now I do not find explained in the writings of any theologian. Jerome, Augustine, and Ambrose pass over it and say nothing except that Christ is the Mediator between God and men. They do not point out what connection the words have with one another or how they should be understood. Furthermore, the more recent commentators even devise unrelated things here. For this reason I submit to the pious reader the reflections I myself am able to offer.

"Ordained," says Paul, "by angels through an intermediary." And Blessed Stephen, too, says in Acts 7:53: "You who received the Law as delivered by angels and did not keep it." And in Heb. 2:2 we read: "For if the message declared by angels was valid." Therefore it is clear that the apostle means that the Law is a letter and for this reason is nothing else than the strength of sin, and, as he says in 2 Cor. 3:6: "The letter kills, but the Spirit gives life." It is indeed a great thing that it was ordained by angels; but this has no bearing on righteousness, since the angels are unable either to fulfill it for us or to give that by which it may be fulfilled. They have transmitted it to us in accordance with God's arrangement. This is the only thing they can do. But since it was transmitted according to God's arrangement, surely one must understand at the same time that it was to be fulfilled in its entirety. For the angels were not the authors of the Law; they were its servants, through whom, according to the arrangement, it was to come to us. That arrangement, then, is to be broken; and now it is not an angel who is to be the mediator between God and man. No, He Himself, who ordains by angels and has us at a distance from Himself — He Himself, I say, is to come and teach us the Law, He whose words will be Spirit and words of life (John 6:63). For it profits nothing for Him to send any messengers if He Himself does not come. The Law may have been ordained by angels, but it was not put in the hand of angels. No, it was put in the hand of a Mediator who should absolve and justify those who are accused through the Law. For I understand this expression "in the hand of a Mediator" to mean that He, as the One who alone is not subject to the Law, has the Law that was ordained through angels in His own power, so that He Himself is under no obligation to anyone and may set free from it anyone He wishes. On the other hand, the Law holds us in its hand and under its subjection through sin. With all this he wants to say that it is impossible for us to be saved through ourselves, but that it is easy through the hand of another, namely, a mediator. But if someone thinks that it should be understood as "ordained through angels in the hand, that is to say, in the power and on the authority of a mediator," I have no objection, provided that no one thinks that by "mediator" one must simply understand "Moses," who is the mediator of the Old Testament, just as the Epistle to the Hebrews (8:6) calls Christ the Mediator of a new and better testament.

As to the statement, "Now an intermediary implies more than one," from the term "intermediary" he now draws the conclusion that we are such sinners that the works of the Law cannot be sufficient. If, says he, you are righteous by the Law, then you do not need an intermediary; but neither does God, since He Himself is One and in complete agreement with Himself. It is between two parties, therefore, that a mediator is sought, namely, between God and man; as if he were saying: "It would be the most impious thanklessness if you reject your Mediator and send him back to God, who is One; but you are rejecting Him if you are able to be justified on the basis of the Law. Thus the result will be that He cannot be a Mediator for you, since you do not want one, or for God, since He does not need one. Now, therefore, the Law will also be in your hand and not ordained by angels so as to be fulfilled through a mediator; but it is fulfilled entirely by yourselves." If anything still lies hidden more deeply, let others look for it; I reef my sails.

21. *Is the Law, then, against the promises of God? Certainly not.*

After answering one question in this way he has raised another question for himself. For if the Law increases transgressions, it now seems to render ineffectual the goodness of Him who gives the promise. This would be true if the promise of the blessing rested on the Law or on our righteousnesses in the Law. Now, however, it rests solely on the truthfulness of Him who gives the promise. For this reason the Law is not against the promises of God. Indeed, it is for the promises of God. How? Because while the Law reveals sin and proves that no one can be justified through it — indeed, that sin is even increased through it — it compels that the fulfillment of the promise be sought, prayed for, and awaited all the more as much more necessary than when there was no Law. Therefore it is so far from being against the promises that it commends them vigorously and makes them most desirable to those whom it has humbled by the knowledge of their sins.

For if a law had been given which could make alive, then righteousness would indeed be by the Law.

This means that the Law is not against the promises, because it was given to cause death and to increase sin, namely, in order that through the Law a man might recognize how sorely he needs the grace of the promise, since through a law that is good, righteous, and holy he is only made worse. In this way he will not become smug in his reliance on the Law and in the trust he puts in its works but, apart from the Law, will seek something far different and better, namely, the promise. For if the Law could have given life, we would be righteous. Now, however, it kills instead and increases sin. But by this very fact it works for the promises as it compels them to be desired more urgently and utterly destroys all righteousness of works. For if it did not destroy, the grace of the promise would not be sought, would be received without gratitude, yes, would be repudiated, as happens in the case of those who do not rightly understand the Law. But it would not destroy unless it not only failed to justify or to make alive but also became the occasion for more sins and caused more deaths. For lust is always stimulated and becomes greater when it is forbidden. Therefore even though the Law seems to be against the promises as it increases sin among those who do not recognize sin through the Law, still this is not the fault of the Law, because when it is not rightly understood, it is not even a law. But the Law is rightly understood when sin is recognized through it. Where it is understood, however, and sin is recognized, there it certainly works for the promises, because it even causes the grace of the promise to be sighed for and shows at the same time how grace is not owed to a man for any merit of his. Therefore through an understanding of the Law the completely pure condescension of Him who gives the promise and the completely sincere thankfulness for the condescension that has been displayed stand sure and are confirmed.

22. *But the Scripture consigned all things to sin, that what was promised to faith in Jesus Christ might be given to those who believe.*

With this statement Paul gives an answer to both points: that the Law was laid down for the purpose of increasing transgression but, on the other hand, was not against the promises of God when it increased transgressions. "God," he says, "has consigned all things to sin through the Scripture"; that is, through the Law and the letter He has shown that we were sinners and powerless with regard to righteousness or the fulfillment of the Law, in order that in this way, by making sin manifest through the Law and by convincing men of their inability to fulfill the Law, He might make them humble and compel them to despair of themselves and to run trembling to the mercy of God that is freely offered in Christ, and in order that thus the promise made to Abraham might be "given," as he says here — given, I say, not paid, but given to those who are not worthy of it, and who through the Law have merited by far the opposite. This means that on the basis of faith in Christ grace and the blessing of justification would be given to all who believe in Him.

The same thing is stated in Rom. 11:32: "God has consigned all men to sin, that He may have mercy on all," and "that every mouth may be stopped, and the whole world may be held accountable to God. For no human being will be justified in His sight by works of the Law." (Rom. 3:19-20.) How did God consign them? Through the Scriptures, through the Law, through the letter, namely, as Paul has confidently explained above about the works of the Law, because Moses had written: "Cursed is everyone who does not abide by all things" (v. 10). This is what he says in Rom. 3:9, where he argues with confidence that Jews and Greeks are all under the power of sin; and in conformity with Ps. 14:3 he firmly pronounces the same judgment on all. "None is righteous," he says, "no one understands. All have turned aside, together they have gone wrong." (Rom. 3:10-12.) This is what he has the courage to say in Rom. 2:21, namely, to assert the guilt of the Jews, who relied on the fair appearance of their works, whereas he has no regard at all for this appearance. "You are doing the same things," he says, "that you condemn. You who teach that one should not steal are stealing, namely, by your covetousness." So certain was he, as it is also certain in very fact, that all things that are done outside grace are sins and hypocrisy pure and simple. Thus St. Augustine, too, in the ninth chapter of his book *On the Spirit and the Letter*, where he treats of the statement in the last chapter of Proverbs (31:26), "Law and kindness are on her tongue," makes the most excellent remark: "Therefore it is written of wisdom that she bears law and kindness on her tongue for this reason — law, in order that she may render the proud guilty; kindness, in order that she may justify the humbled." [37]

[37] Augustine, *On the Spirit and the Letter*, 9, 19.

Therefore the proposition "Every man is a liar" (cf. Ps. 116:11) stands firm, and the proposition "No man living is righteous before Thee" (Ps. 143:2) stands firm, in order that at the same time the glory of God, the praise of His grace, and the splendor of His mercy may stand firm. "To us," we read in Dan. 9:7, "belongs confusion, but to our God righteousness." You see, then, what it means to be justified through faith in Christ. It means that after learning to know your iniquity and weakness through the Law you despair of yourself, of your own strength, of your knowledge, of the Law, of works, in short, of everything, and that with trembling and confidence you humbly implore the right hand of Christ alone, namely, the hand of the Mediator, and firmly believe that you obtain grace, as Paul says in Rom. 10:13 on the basis of Joel 2:32: "Everyone who calls upon the name of the Lord will be saved." And at the same time you see that the whole human race, no matter with how much wisdom and righteousness it may shine before men, is nothing but an accursed mass of perdition.[38] This can also be learned from the Word of promise: "In your seed shall all nations be blessed" (Gen. 22:18). What else does it mean that all nations are to be blessed than that all nations were cursed? Thus the fact that they are to be blessed, to be saved, and to have everything the word "blessing" signifies has no other meaning than that they are sinful, lost, and doomed to everything the word "curse" signifies. Accordingly, the Law was given in order to increase sin. But the intent was not only that sin be increased, but that proud man should recognize this very thing and be terrified through the Law, and that after being driven into despair of himself he should thirst for mercy. Thus we read in Ps. 42:1: "As a hart longs for flowing streams, so longs my soul for Thee, O God." Likewise: "My tears have been my food day and night, while men say to me continually: 'Where is your God?'" (Ps. 42:3.) Hence all the crying, sobbing, and yearning of the fathers and the prophets, the anxious expectation of Christ, and the exceedingly important question concerning the burden of the Law.

Accordingly, the Law is good, righteous, and holy; but it does not justify. It shows me what I am, since through it I am provoked and hate righteousness more than before. It causes me to love lust more than before, since it was only out of terror at the threats of the Law

[38] For the term *massa perditionis* see, for example, Augustine, *On the Grace of Christ and on Original Sin*, II, 29, 34.

that I was held back from an evil deed, though never from evil lust. And, to put the matter before you by way of a comparison, water is good; but when poured over lime it sets the lime on fire. Is it the fault of the water that the lime becomes hot? Indeed, the lime, which was thought to be cold, is convicted by the water of what it has inside. Thus the Law incites lusts and hatreds, and exposes them; but it does not cure them. But if you pour oil over the lime, it does not become hot; then its hidden heat is extinguished. Thus when grace has been poured into our hearts through the Holy Spirit, it extinguishes hatred and lust.

I have used very many words to say these things because this fact cannot be driven home to our age sufficiently, so strong has the tyranny of the Law's righteousnesses again become. But observe this: If the most holy Law of God was not able to justify us but made us even more sinful, what will those oceans of our laws, traditions, and ceremonies in the church accomplish, especially when they are being kept with this notion, that men think they are justifying themselves thereby, and when they do not allow one to know what Christ is or why one should believe in Him? For they do not use those laws in order to learn to know sin through them or in order to exercise their faith in Christ by love freely given. But they trust that by having kept these laws they are righteous, and they believe that they need nothing else at all; or if they implore the grace of Christ, they implore it for the purpose of being able to do works of this kind, not in order to become free from the inner corruption and uncleanness of the flesh. Therefore, as I have often said, the church must perish utterly because of so many foolish and calamitous laws if God does not provide a remedy for us.

23. *Now before faith came, we were confined under the Law, kept under restraint until faith should be revealed.*

For all who are under the Law before being justified by faith the Law itself, he says, is a prison, as it were, in which they are confined and kept, because by the power and terror of the Law they are restrained from sinning freely. Besides, lust is unwilling and reluctant. For lust rages and hates the Law, its prison, but is nevertheless compelled to refrain from works of sin. Those, however, who have learned to know this wretchedness are truly humbled, sigh for grace, and are unable to trust in the righteousness of the Law, since they realize that through the Law they become opposed to the Law and inclined toward sin; for they would prefer that the Law did not exist, in order that they might be permitted to satisfy their lusts with impunity. But to have this preference is to hate the Law; to hate the Law is to hate truth, righteousness, and holiness. This is then not only sin but also a love of sin, not only not being righteous but also a hatred of righteousness. This is really what it means that sin is increased through the Law. For this reason St. Augustine says on this passage that the fact that through the Law they have been found to be transgressors of the Law itself has not served to destroy the Law for those who have come to faith but has been helpful to them, because through the knowledge of their greater illness it has brought about a stronger desire and a more ardent love for a physician.[39] For he to whom most is forgiven loves most (Luke 7:47). And this is also said in Rom. 5:20: "Where sin increased, grace abounded all the more." Therefore the Law was laid down not only to reveal and increase sin (otherwise it would have been better if it had been postponed till the Last Judgment, lest we be consumed by a double grief), but in order to humble us through the revelation of our sin and to drive us to Christ.

The clause "before faith came" is to be understood not only of the faith which was revealed after Christ but of all faith of all the righteous. For the same faith also came long ago to the fathers, because the Law of God, when first revealed to them, also compelled them to seek grace. Although at that time faith was not proclaimed in this way throughout the world, nevertheless it was proclaimed privately in the households of the fathers. And be careful not to arrange the words "confined in that faith" as if he wanted it understood that they were confined in faith as in a prison, since this is what he affirms concerning the Law. But we were confined in the prison of the Law; and this was until faith, that is, until the faith that was to come, or in order that we might desire to be set free through faith, just as he speaks above of "the testament of God ratified with regard to Christ," that is, in order to be ratified in the Christ who was to come; and, as he says presently, "the Law was our custodian until Christ came," that is, until Christ.

24. *So that the Law was our custodian until Christ came, that we might be justified by faith.*

[39] Augustine, *Epistolae ad Galatas expositio, Patrologia, Series Latina,* XXXV, 2124.

25. But now that faith has come, we are no longer under a custodian.

This is certainly a beautiful comparison. The term παιδαγωγός is derived from a word meaning "boy" and one meaning "to lead," because he is to lead and train boys. Paul says that just as a custodian is assigned to young boys to bridle their sportive youthfulness, so the Law was given to us to hold sins in check. But just as boys are held in check solely by fear of discipline, generally hate the custodian and prefer to be free, and do everything only when forced or when enticed by blandishments but never for love of the thing itself or of their own free will, so those who are under the Law are restrained from the works of sin by fear of the threats of the Law. They hate the Law and prefer to have their desires unrestricted. Moreover, they do everything under compulsion because of their fear of punishment or when they are enticed by love of a temporal promise. But they never do so out of a spontaneous and free desire. Then, when the boys attain to their inheritance, they realize how useful the custodian has been. Now they begin to esteem and praise the custodian's service and to condemn themselves for not having obeyed readily and willingly. Now, on the other hand, without a custodian and of their own accord, they gladly do the things they used to do unwillingly and with reluctance when they were under the custodian. Thus when we have acquired faith, which is our true inheritance promised to Abraham and to his offspring, we realize how holy and beneficial the Law is but how foul our desire is; and we love the Law, praise it, and commend it exceedingly, while, on the other hand, the more pleasing the Law itself grows, the more we condemn and blame our lusts. Now we do cheerfully and readily what the beneficial Law extorted from us outwardly by force and terror when we were ignorant yet was unable to extort inwardly. This is what Paul means when he says that now, after faith has come, we are not under a custodian. But the custodian has become our friend and is honored by us more than he is feared.

Secondly, take care, as I have said, not to read the text in this way: "The Law was our custodian *in* Christ," as if the Law were a custodian for us who are now alive in Christ, as our translation [40] reads and seems to mean; for this completely destroys the apostle's meaning. On the contrary, just as boys are under a custodian until they acquire

[40] The Latin to which Luther is referring reads: *Itaque lex paedagogus noster fuit in Christo.*

their inheritance — that is, to be trained by him for the purpose of attaining the inheritance — so the Law is our custodian *to* Christ, that is, in order that after being driven and trained by the Law we may be made ready to seek and sigh for Christ, for faith, and for the inheritance. For the Law, as I have said, prepares for grace in that it reveals and increases sin; it humbles the proud, so that they long for Christ's help. And the apostle supports this meaning with the clause that follows, "until Christ came," I say, namely, "that we might be justified by faith" — we who were made sinners through the Law. Thus we read in Ps. 69:16: "For Thy steadfast love is good, O Lord." Why? Because Thy Law, O Lord, is bitter. Accordingly, a boy will not remain under a custodian but will be instructed, so that receiving his inheritance may be sweeter for him. Thus the Law renders the grace of God sweeter and commends it. Accordingly, Paul sets forth the aim of the Law uncommonly well. He says that it is not our righteousness and our fulfilling of the Law but our sighing to Christ, in order that its fulfillment may be sought through faith in Him. But those who are self-righteous regard the laws themselves and their works as the aim of their laws. Nor do they prescribe them with a view to Christ; they do so with a view to works alone. As a result, they will perish forever, together with the Jews, whom they imitate. They understand neither the Law nor its works.

26. *For in Christ Jesus you are all sons of God, through faith.*

Because faith is the very blessing, the very inheritance promised to Abraham in his offspring, namely, Christ, for this reason he who has faith in Christ has the inheritance of God. If he has the inheritance, he is no longer under a custodian but is free, both lord and heir. But the inheritance is given to none except the sons. It follows, then, that one who believes in Christ is a son of God, as we read in John 1:12: "To those who believed in His name He gave power to become children of God."

27. *For as many of you as were baptized into Christ have put on Christ.*

Paul declares that they are sons of God through faith in Christ. "Baptism," he says, "brings it about that you put on Christ. But to put on Christ is to put on righteousness, truth, and every grace, and the fulfillment of the whole Law. Therefore through Christ you have the blessing and inheritance of Abraham. But if you have put on Christ, and if Christ is the Son of God, then you, too, by that same garment, are the sons of God." Now this is a figure of speech which the apostle also uses in Rom. 13:14, where he says: "But put on the Lord Jesus Christ," and in Eph. 4:24: "Put on the new man, created after the likeness of God in true righteousness and holiness" — true, he says, because the Law by itself puts on a holiness and righteousness of pretense.

28. *There is neither Jew nor Greek, there is neither slave nor free, there is neither male nor female.*

"You are righteous," says Paul, "not because you are a Jew and an observer of the Law, but because by believing in Christ you have put on Christ. Why, then, are you being dragged to Judaism by the false apostles? Just as in Christ there is no status for Jewish observance, so there is no other status either. It is characteristic of human and legalistic kinds of righteousness to be divided into sects, and for distinctions to be made according to works. Some profess, advocate, and pursue this; others, that. In Christ, however, all things are common to all; all things are one thing, and one thing is all things. Thus Paul says later, in chapter 5:6: "For in Christ Jesus neither circumcision nor uncircumcision is of any avail, but faith and the new creature." For this reason the Christian or believer is a man without a name, without outward appearance, without a distinguishing mark, without status. Ps. 133:1 says: "Behold, how good and pleasant it is when brothers dwell in unity!" Where there is unity, there is neither outward appearance nor a distinguishing mark. Nor is there a name. Thus the renowned martyr Attalus, on being asked concerning the name of his God, answered very well: "Those who are many are differentiated by names; he who is one does not need a name." [41] And for this reason Scripture calls the church concealed and hidden; [42] and one observes very well that as often as the righteous are described, they are described without any term for sect or status, as in Ps. 1:6: "For the Lord knows the way of the righteous." (He does not say "of the Jews, of men, of the aged, of children.") And in Ps. 15:1 we read: "O Lord, who shall sojourn in Thy tent?" He answers (v. 2): "He who walks blamelessly." (He does not say "the

---

[41] The story of Attalus is told in Eusebius, *Ecclesiastical History*, V, 1, 52.

[42] Cf. Luther's comments of the following year in his treatise against Alveld (W, VI, 294—296).

Jew, or one of this or that profession.") And in Ps. 111:1 it says: "In the company of the upright, in the congregation." (He does not say "of priests, of monks, of bishops.") One must pronounce the same judgment concerning every other status, because God does not regard the person (Acts 10:34). Therefore there is neither rich nor poor, neither handsome nor ugly, neither citizen nor farmer, neither Benedictine nor Carthusian, neither Minorite nor Augustinian. All these things are of such a nature that they do not make a Christian if they are present or an unbeliever if they are lacking; but they are certainly undertaken and done for the purpose of training and improving a Christian.

Hence St. Augustine says on this passage that in this mortal life a distinction of Jews and Gentiles, or of station or sex, remains on account of the body but is removed in the spirit through the unity of faith, because in regard to this unity not only the apostles but also the Lord Himself have handed down most salutary doctrines.[43] For Christ commands to give to Caesar the things that are Caesar's; the apostles command slaves to obey their masters, wives to be subject to their husbands, but all to obey the magistrates. Tribute to whom tribute is due, honor to whom honor is due. But all these things pertain to the person. This alone is required, that we render to such persons service that is not contrary to the unity of faith but is in accordance with the unity of faith, in order that the dissimilarity in outward station may not be stronger than the similarity in inward faith, as alas, we now see infinite varieties of strife and contention among what are called orders, ranks, religions, churches, crafts, nations, countries, families, friendships, and alliances, so that on this evidence itself it has been proved that faith has almost been extinguished in the church and that only masks remain, and, as Isaiah says of Babylon, satyrs, screech owls, and ostriches hold their mad revels there (Is. 13:21 f.).

For you are all one in Christ Jesus.

That is, you are one in faith in Christ; and if, according to the necessity of the body and of this life, there must be a division into distinct persons, just as there are many members, still you are one body under one Head.

[43] Augustine, *Epistolae ad Galatas expositio, Patrologia, Series Latina,* XXXV, 2125.

29. *And if you are Christ's, then you are Abraham's offspring, heirs according to promise.*

Because Paul has said that we have put on Christ and have been made one in Christ, therefore the same thing that has been said of Christ will be understood as said of us for Christ's sake. For Christ cannot be separated from us, and we cannot be separated from Him, since we are one with Him and in Him, just as the members are one in the head and with one head. Therefore just as God's promise can be understood of no one else than Christ, so, since we are nothing else than Christ, it must be understood of us too. Accordingly, we are truly Abraham's offspring and heirs, not according to the flesh but according to the promise, because we are those of whom mention is made in the promise, the nations, I mean, that are to be blessed in the offspring of Abraham. Thus in Rom. 9:8 the children of the promise are counted in the offspring. These are the children of God, not those who are children of the flesh.

CHAPTER FOUR

1. *I mean that the heir, as long as he is a child, is no better than a slave, though he is the owner of all the estate;*

2. *but he is under guardians and trustees until the date set by the father.*

The apostle attacks the righteousness and works of the Law with still another battering ram, as he now draws a third analogy from the ways of men, one related to his earlier analogy of the custodian, dealing as it does with the same boy. But that analogy of the testament also pertains to a boy or at least an heir — so resourceful is the apostle in making clear the promise of God. In the first place, the boy who is an heir is no different from the slaves; he has no more authority over his father's property than a slave has. Secondly, he is nevertheless the lord of everything in hope and by the father's appointment. Thirdly, he is under tutors and administrators until the time previously fixed by the father. Whether the apostle is following the Roman laws or others here makes no difference; for, as Jerome says, the legal limit of an heir's minority under Roman laws is twenty-five years.[1] We shall use this example as far as is appropriate.

3. *So with us; when we were children, we were slaves to the elements of this world.*

Paul matches the details point for point. We are the boy who is an heir. The tutors are the elements of the world. We were no different from slaves, for we were in servitude. Nevertheless, we were lords of all, because, of course, the heavenly Father has predestined this. More than enough has been said about the heirs and the inheritance: that the heirs are the offspring of Abraham, that is, Christ and the Christian; that the inheritance, however, is grace and the blessing of the Christian faith among the Gentiles. But the servitude of the heirs has been spoken of previously with other words; for slaves are those

---

[1] Jerome, *Commentarius*, 396.

who do not serve for the inheritance that belongs to the head of the house but serve for reward or even do their tasks because they are compelled by the fear of punishment. For this reason, as Christ says, the slave does not remain in the house forever. The son, however, does remain in the house forever (John 8:35). This was beautifully pictured in Gen. 21:14, when Ishmael, the son of the slave woman, was cast out after the necessities of life had been given to him. And in Gen. 25:5 f. we read: "Abraham gave all he had to Isaac. But to the sons of his concubines Abraham gave gifts and sent them away from his son Isaac." Thus we, too, when we are without grace and in the Law, do the works of the Law like slaves, that is, either compelled by the fear of penalties or enticed by temporal reward. Nevertheless, we are instructed by all this in such a way that we sigh for the inheritance, that is, for faith and grace, by which we, snatched out of this state of slavery, may fulfill the Law in the freedom of the Spirit. Then we no longer fear punishment or desire a reward; that is, we are no longer slaves. In the meantime we are lords of all, since God predestined and prepared this inheritance for us and, through the slavish fear of punishment and the love of the things that are in the Law, instructs us in such a way that we long for that inheritance and do not remain in slavery with the Jews and hypocrites. We shall achieve this if we realize that through the fear of punishment and love of a reward it is not the love for the Law but rather a hatred of it that is increased in us; for, as I have said, we would prefer that there be no Law. Thus the Law certainly drives us to the inheritance through which we are made lords of everything, that is, possessors of the blessing in Christ through faith.

Various ideas have been held about the "elements of the world," the "guardians," and the "administrators." Briefly, here the elements are not to be taken in the philosophical sense as referring to fire, air, water, and earth; but, according to the apostle's characteristic way of speaking and in the grammatical sense, they are to be taken as referring to the very letters of the Law, the letters of which the Law consists, as also in 2 Cor. 3:6 and elsewhere (Rom. 2:27, 29) Paul calls the Law "the letter," so that "elements" in the plural are what is written, or the written Law. Nor is there need for any other proof than the authority of the apostle himself, who says: "We were under the elements of the world" and follows immediately (v. 5) with the words "to redeem those who were under the Law," in order to show that by Law and elements he understands the same thing. In other respects, those who are redeemed in the time of fulfillment are also under the natural elements. And later he says: "How can you turn back again to the weak and beggarly elements of this world, whose slaves you want to be once more?" And by way of explaining himself he follows with the words "You observe days and years." To observe days and years, therefore, means to turn back to the elements, that is, to the letter of the Law.

But neither does reason allow one to understand "elements" as idols or the elements of nature, as some have thought,[2] because nowhere does one read that the Jews ever worshiped the elements; because then Paul should rather have said: "We were under the power of idols or of darkness," as he does in the Epistle to the Romans and elsewhere;[3] and because he is saying in the broadest possible terms that without faith in Christ all men, as many as there are, have been slaves to the elements. If this is not understood of the Law, it is not understood at all; for, as Paul said above, the Law consigned all things to sin (Gal. 3:22), especially since here he does nothing else but compare the Law and grace, in order to exalt the latter and to bring down the former, but most of all because this is a manner of speaking that is usual for the apostle, as in Col. 2:8: "See to it that no one makes a prey of you by philosophy and empty deceit, according to human tradition, according to the elements of the world, and not according to Christ." For St. Jerome is not to be believed either when he mentions extraneous matters and holds that the elements in that passage are not the same as those mentioned in this epistle.[4] For they surely are the same. Jerome, you see, calls elements the writings and doctrines of the world, that is, of men, or rather the regulations concerning the affairs of the world. A little later in the same epistle (Col. 2:20) Paul says: "If with Christ you died to the elements of the world, why do you live as if you still belonged to the world?" That this is the apostle's meaning is proved at once by what follows, where Paul teaches about Jewish superstitions, as he does here too. But he uses the same manner of speaking in Heb. 5:12. "You need," he says, "to be taught what are the elementary principles of the words of God."

[2] Cf. Augustine, *Epistolae ad Galatas expositio*, Patrologia, Series Latina, XXXV, 2128—2129.

[3] Luther is thinking of Rom. 2:22, perhaps of Rom. 11:7 ff.

[4] Jerome, *Commentarius*, 397.

But Paul calls the Law "the elements of the world." He uses both words by way of tapinosis,[5] that is, by way of disparagement and degradation, in order to diminish the glory and reputation of the Law's righteousness and of its works. It is as if he were saying: "What do we have from the Law but letters, and letters devoid of the Spirit at that, so that they give no means by which they may be fulfilled? Nor are we able to fulfill them." Furthermore, he says "of the world" because they have to do with those things that are in the world, such as external works, just as what is known about God is spoken of as the knowledge of God. For the Law did not lead anyone to the Spirit but was observed solely in the flesh, while on the inside lust was rebellious and hated the Law.

Consider now how it is possible for the apostle to be understood by those who call tonsures, vestments, places, seasons, churches, altars, ornaments, and all that ceremonial pomp spiritual things. Indeed, they are forced to deny that these are worldly things, unless they, too, wish to be called worldly themselves, a notion from which they shrink most vigorously. But in denying that these things are worldly they at the same time shut themselves off from understanding the apostle, since he includes all these things in the term "world," as with contempt he calls the decrees and doctrines that have been established in these external matters "elements of the world." Yes, he includes even the outward works of the Decalog. Therefore in our age spiritual things are riches, tyranny, arrogance, liberty, or — on the highest level — prayers uttered without understanding and vestments and places appointed by the doctrines of men. But works of mercy and all other works and places of men are physical, even though they are holy to the highest degree when they arise from a spirit filled with faith.

But let us return to the apostle. The elements of which he speaks are guardians and administrators, just as the Law is a custodian, because, since the letter of the Law compels the unwilling to do its works for fear of punishment, it compels them at the same time to acknowledge this reluctance and to run to Christ, who gives the spirit of freedom. Therefore the Law does not destroy. No, it renders a most useful service, provided that you understand that through it, as through a loyal administrator, you are brought, yes, driven, to Christ and to your inheritance. But if you do not understand it in

---

[5] The figure here is *tapinosis;* cf. *Luther's Works,* 26, p. 362, note 5.

this way, it will be a taskmaster and an adversary for you, and will hand you over to torturers. It will be your judge and persecutor, because it will never leave your conscience at rest, inasmuch as you can never find in yourself and in your works the means by which it may be fulfilled and satisfied. But that is how those understand it who do not let themselves be directed by it to Christ but undertake to fulfill it by their own powers.

4. *But when the time had fully come, God sent forth His Son, born of woman, born under the Law,*

5. *to redeem those who were under the Law, so that we might receive adoption as sons.*

"When the time had fully come" is the expression Paul uses here for what he had spoken of above as the time previously fixed by the Father. For in this way God had fixed beforehand the time when the blessing promised to Abraham should be fulfilled in Christ, his Offspring. Not that the saintly fathers did not in the meantime obtain the same blessing, but that it was to be revealed throughout the world in Christ, and that He Himself, in whom both they and we are blessed, was to be manifested. And this he calls the fullness of time, that is, the fulfillment of the time previously fixed. Others call the fullness of time the time of fullness, that is, of grace. St. Jerome cites some commentator or other who says in self-contradiction: "If it was necessary for Him to be made under the Law, in order to redeem those that were under the Law, then it would also have been necessary for Him to be made without the Law, in order to redeem those — namely, the Gentiles — who were without the Law. Or if this was not necessary, then the former is also superfluous." [6] That commentator understands the apostle as speaking only of the Ceremonial Law, whereas the apostle is speaking about the whole Law. Christ, you see, did not redeem us from ceremonies only. No, He redeemed us from lusts or from the Law that forbids lust. For He was Himself under obligation to no one, yet He made Himself a debtor by living as if He were a sinner.

Hence the apostle's way of speaking has to be observed. For being under the Law does not mean that one lives contemporaneously with the Law and under its decree (in this sense neither Job nor Naaman the Syrian was under the Law; nor was the woman of

---

[6] Jerome, *Commentarius*, 398.

Zarephath in Sidon [Luke 4:26]); but it means to be under obligation to the Law, that you do not have the means of fulfilling it, and that you are deserving of all the penalties laid down by the Law. But although Christ was not and could not be under the Law, yet He was made sin and a sinner under the Law, not by doing things contrary to the Law, as we do, but by innocently assuming on our behalf the penalties for sin that were decreed by the Law. Hence all nations were under the Law, at least under the law of nature and of the Decalog. Therefore Christ was not made under the Law in the same way we are under the Law, just as He was not a curse and sin in the same way we are. He was subjected only according to the body, but we are subjected according to both body and spirit; and, as St. Augustine says in the third chapter of the fourth book of his *On the Trinity:* "With His singleness He harmonizes with our twofoldness and fills out a beautiful octave." [7]

Does not the expression "made of woman" seem to be almost an insult to Christ's virgin mother? For with the same verb Paul could have said: "Made of a virgin." St. Jerome thinks it was stated this way on account of Manichaeus, who says that Christ was born *through* a woman, not *of* a woman, and who asserts without proof that Christ's flesh was imaginary, not genuine.[8] For it can also be said that the apostle is paying honor to God's condescension, which came down so far that He was willing to be born not only of human nature but even of the weaker sex, and that for this reason the word for the sex was more suitable than the term for her state. At the same time it can be said that Paul is making the point that Adam was not made of woman and that Eve was made of man, not of woman, so that just as a woman made of man was the cause of sin and perdition, so a man made of woman would become the cause of righteousness and salvation.[9] The opposite sexes produce opposite results, and this could not be noted without the word for the sex. Yet in this passage Paul does not leave the virginity of Mary unimplied; for since all others come from man and woman, but He alone comes from woman — in this way he gives ample praise to the miracle, namely, that the mother is a virgin woman and that He is the Son of a virgin. Finally, because Christ had to be a natural

---

[7] Augustine, *On the Trinity,* IV, 3, 5—6.

[8] Jerome refers here not to the Manichaeans but to Marcion: *Commentarius,* 398.

[9] This is a summary of the argument of Anselm, *Cur deus homo,* II, 8.

human being and a son, it was necessary for Him to be born. For a birth to take place, however, there is also need of the female sex, because as a human being He would not be a son unless He had been born of a woman, just as Adam, as a human being, was not a son and Eve, as a human being, was not a daughter.

"Adoption as sons" is expressed more fittingly in the Greek word υἱοθεσία, which comes from "to place" and "son," just as the Latin word *legispositio* is made up in the same way from "to place" and "law." But this υἱοθεσία takes place, as Paul taught above, through faith in Christ, which, as God promised Abraham, would be in Him (that is, in Christ). For to believe in Christ is to put Him on, to become one with Him. But Christ is the Son. Therefore all who believe in Him are sons together with Him.

For the sake of those who are not yet sufficiently instructed in Christ I repeat what I have said rather often above, namely, that these expressions "to redeem," "that we might receive adoption," "you are sons," "He has sent the Spirit," "He is a son and heir, not a slave," and similar expressions are not to be understood as having been fulfilled in us, but that Christ has fulfilled this in order that it may also be fulfilled in us; for they have all been begun in such a way that from day to day they are achieved more and more. For this reason it is also called the Passover of the Lord, that is, a passing through (Ex. 12:11-12), and we are called Galileans, that is, wanderers, because we are continually going forth from Egypt through the desert, that is, through the way of cross and suffering to the Land of Promise.[10] We have been redeemed, and we are being redeemed continually. We have received adoption and are still receiving it. We have been made sons of God, and we are and shall be sons. The Spirit has been sent, is being sent, and will be sent. We learn, and we shall learn.

And so you must not imagine that the Christian's life is a standing still and a state of rest. No, it is a passing over and a progress from vices to virtue, from clarity to clarity, from virtue to virtue. And those who have not been en route you should not consider Christians either. On the contrary, you must regard them as a people of inactivity and peace, upon whom the prophet calls down their enemies.[11] Therefore do not believe those deceitful theologians who say to you:

[10] See p. 177, note 22.

[11] The reference to a "prophet" is not clear, but Luther may be thinking of a passage like Jer. 8:11.

"If you have only one, even the first, level of love, you have enough for salvation" — as with their stupid fancies they invent a love that is idle in the heart like wine in a barrel.[12] Love is not idle, but it continually crucifies the flesh and is unable to rest content at its own level; it expands itself to purge a man throughout his being. But in the time of temptation and of death these people, with their single level, will have neither the first nor the second level.

6. *And because you are sons, God has sent the Spirit of His Son into your hearts, crying: Abba! Father!*

St. Jerome has "our hearts." So does the Greek. Thus this indeed corresponds to Rom. 8:15: "You have received the spirit of sonship, in which we cry: 'Abba! Father!'" Paul does not say "in which you cry," even though he spoke to them in the second person. So he does here too. "Abba! Father!" — why did He say the same thing twice when there is no apparent grammatical reason? I like the popular explanation of the mystery, namely, that the same spirit of faith belongs to Jews and Gentiles, two peoples belonging to one God, just as the apostle says in Rom. 1:16 and 2:10: "To the Jew first and also to the Greek." [13]

Note that because the apostle has spoken about the sons of God, for this reason he calls the Holy Spirit the Spirit of the Son of God, in order to show that the same Spirit who is in Christ, the Son of God, has been sent to believers. Moreover, he plainly designates the Holy Trinity as one God. For since the Son is true God, He lives in God's Spirit, in whom without a doubt the Father also lives; and Him whom in another passage (Rom. 8:9) Paul calls the Spirit of God he here calls the Spirit of the Son. So we, too, have our being in God, move and live in Him (Acts 17:28). We have our being because of the Father, who is the "Substance" of the Godhead.[14] We are moved by the image of the Son, who, moved by a divine and eternal motion, so to speak, is born of the Father. We live according to the Spirit, in whom the Father and the Son rest and live, as it were. But these matters are too sublime to belong here.

The thing to which more attention must be given is this: the apostle testifies that the Spirit of sonship is also given at once to

[12] See the discussion of the levels of charity in Peter Lombard, *Sententiae*, III, 29, *Patrologia, Series Latina*, CXCII, 816—818.

[13] Jerome, *Commentarius*, 399.

[14] On "substance" in the Godhead cf. Augustine, *On the Trinity*, VII, 5, 10.

those who believe. "Because you are sons," he says, (through faith, of course, as has already been frequently stated) "God has sent the Spirit of His Son into our hearts." With this statement an answer is easily given to the question raised by those who ask how one can teach that man is justified and saved by faith alone. There is no cause for you to be disturbed. If faith is genuine and you are really a son, the Spirit will not be lacking. But if the Spirit is present, He will pour forth love and will release that whole symphony of virtues which in 1 Cor. 13:4 Paul attributes to love. "Love is patient and kind, etc." Consequently, when he speaks of justifying faith, he speaks of the faith that works through love, as he says elsewhere (Gal. 5:6). For it is faith that gains the giving of the Spirit, as he said above (Gal. 3:2): "Did you receive the Spirit by works of the Law or by hearing with faith?" On the other hand, the faith which causes the demons to shudder (James 2:19) and the ungodly to do miracles is not genuine faith, since they are not yet sons or heirs of the blessing.

7. *So you are no longer a slave but a son, and if a son, then an heir through God.*

St. Jerome reads "through Christ," and this is also the reading in Greek; for Paul adds this in order that no one may hope for this inheritance through the Law or from any other source than through Christ, because the blessing is promised and presented in the Offspring of Abraham, which is Christ. The same thing is stated in Rom. 8:17: "And if children, then heirs, heirs of God and fellow heirs with Christ."

Enough has been said about what "slave" and "slavery" mean, namely, one who keeps the Law and does not keep it. He keeps it with works, either from fear of punishment or because of a desire for advantage. He does not keep it willingly, because he would prefer that there were no Law. Inwardly, therefore, he now hates the righteousness of the Law which he feigns outwardly before men. The son, however, with the help of grace, keeps the Law freely, would not wish that there were no Law but rather rejoices that the Law exists. The former has only his hand in the Law of the Lord; the latter has his will in the Law of the Lord.

8. *Formerly, when you did not know God, you were in bondage to beings that by nature are no gods.*

Paul indicates plainly that the term "god" is used in a twofold sense: of Him who is God by nature, that is, the true, one, living, and eternal God; and of many others, who are false and dead gods, that is, human beings, beasts, and birds, as we read in Rom. 1:23: "And exchanged the glory of the immortal God for images resembling mortal man or birds or animals or reptiles." These, then, are gods, not by nature but in the opinion and mistaken notion of men who, contrary to the Second Commandment, take the name and glory of the true God in vain and have assigned it to them, just as now, too, the name of the Lord renders service to countless superstitions. For since His name is holy and terrible and men are most powerfully swayed by the terror it inspires, it cannot be used as a pretext for any iniquities and deceptions whatever except with most harmful consequences. By nature there is implanted in man a veneration for the divine name, but it is very difficult to know it when it is called upon in truth. This lack of knowledge, you see, draws people away from the true God in a most insidious fashion; and by it, says Paul, the Galatians, too, had at one time been deceived together with the rest of the Gentiles.

More recent teachers distinguish ignorance that is invincible, ignorance that is gross, and ignorance that is affected. Ignorance that is invincible, they say, excuses one from all sin; ignorance that is gross excuses one partially but not entirely; ignorance that is affected, however, accuses one all the more.[15] These distinctions seem to me to have been fabricated in order to do injury to God's grace and to inflate free will, then also to make men smug in their state of perdition. For so long as a man does what is within his power, he is smug, because invincible ignorance does no harm. In short, ignorance is, on the one hand, said to be invincible with reference to us and our powers. In that case it is certain that there is no such thing as ignorance that can be overcome, at least in those matters that pertain to God. In John 3:27 we read: "No one can receive anything except what is given him from heaven." And John 6:44 says: "No one can come to Me unless the Father draws him." For of ourselves we are capable of no good at all; we are capable only of erring, of increasing our ignorance, and of sinning. Consequently, he who tries by his own powers to escape from any ignorance whatever is blinding himself with a twofold sin and ignorance. First, because he is ignorant; secondly, because he does not know that he is ignorant and presumes to drive out ignorance by means of ignorance and to accomplish the

---

[15] See theses 35 and 36 of Luther's *Disputation Against Scholastic Theology*, *Luther's Works*, 31, p. 11.

work that belongs to God alone. Thus while he strives for improvement through himself, he goes from sin to godlessness, and what he should have sought from God he falsely claims to have found in himself. Christ alone, not our reason, is the Light and Life of all men. On the other hand, ignorance is said to be invincible with reference to God's grace toward us. In that case there is no such thing as invincible ignorance, because all things are possible to him who believes.

Therefore men should not be taught to have no fear of invincible ignorance, lest they trust in themselves and their own resources and give up their fear of God. On the contrary, whether they have done what is in their power or not, they should despair of themselves and put their trust in God alone, fear His judgment even in their good works, and hope in His mercy even in their evil works, in order that they may never do anything to make them smug and never commit any sin in which they despair. Thus there is always an invincible ignorance. Nevertheless, by the very fact that they fear and hope, they are entirely without ignorance. Accordingly, invincible ignorance affords no excuse; but confession and mournful recognition of invincible ignorance does afford an excuse, or rather obtains grace.

9. *But now that you have come to know God, or rather to be known by God, how can you turn back again to the weak and beggarly elements, whose slaves you want to be once more?*

I do not know whether the apostle is employing an argument based on their ingratitude or one that proceeds from the lesser to the greater. Let us test both. From the lesser to the greater: "If at that time, when you, ignorant of God, were serving false gods, you did not turn to the weak elements, why do you turn to them now, when you have learned to know God? At that time you seemed more in need of them, because Judaism far surpassed heathenism. But now, when you have become incomparably superior to Judaism, you surely have no need whatever of those elements." The argument based on ingratitude would be as follows: "You recall with what foul idolatry you served the unclean gods and that now, by God's mercy, you have been called to the worship of the true God — are you, then, not ashamed of such ingratitude, namely, that you are again departing from God, who called you from such great evils to such great benefits?" Or perhaps Paul, as he is wont to do, has combined the two arguments.

St. Augustine thinks that the statement "rather to be known by God" was made as if to give an explanation to the weak, because the uneducated could understand the knowledge of God by which he says they had come to know Him to have been a knowledge from face to face, and thus they could fail to understand the apostle. For this reason, thinks St. Augustine, he has explained himself by saying that they have come to be known rather than have learned to know.[16] Nonetheless, beneath this simple statement there lies concealed the lofty meaning that it is our function passively to receive God and His working within us, just as we see that a workman's tool is acted upon rather than that it does the acting. This he also says in Is. 12:26: "O Lord, Thou hast wrought for us all our works." Thus our knowing is a being known by God, who has also worked this very knowing within us. (For Paul is speaking of faith.) Therefore God has known us first. This is a very apt way of speaking for him to use against those who have now begun to rely on their own righteousness, as if they wanted to get ahead of God with their works and to prepare for God a righteousness that should be accepted by Him. This madness is characteristic of all who try to find their righteousness in laws and ceremonies. With the same statement, however, he touches at the same time on predestination in a hidden way, just as previously, in another place, he merely hints at it and then passes it by.[17] For it is not because they know that they are known; but, on the contrary, because they have been known, therefore they know. Consequently, all goodness and all glory for goodness belong not to him who wills or runs but to God, who is merciful (Rom. 9:16). One must maintain the same thing about faith and about the Spirit.

Note the weight of his words and the striking tapinosis. "To the elements," that is, to the letter and the symbols that stand for real things, since they themselves thought they had turned to the real thing itself. Then "weak," because the Law was certainly unable to help them to righteousness. Indeed, it rather increased their sin. And "beggarly," empty, because the Law is not only unable to carry you forward any farther but is unable even to preserve and sustain you in the state in which you are. On the contrary, it is necessary that you become worse through it. But the grace of faith in Christ is able

[16] Augustine, *Epistolae ad Galatas expositio, Patrologia, Series Latina*, XXXV, 2130—2131.

[17] Cf. p. 283.

not only to preserve you but also to carry you forward to perfection. It was stated above what the "elemental spirits" are and why. You see, then, how contemptuously he speaks of the Law in opposition to the boastful false apostles.

At this point St. Jerome asks whether Moses and the prophets knew God and thus did not observe the Law or whether they observed the Law and thus did not know God.[18] For the apostle sets these two things in opposition to each other, and it is dangerous to make either assertion about the prophets. But the apostle solves this difficulty with one word when he says: "You want to be their slaves once more." To observe the things of the Law is not evil, but to be in servitude to the things of the Law is evil. Now a man is in servitude if — as has already been stated often — he does these things because he is compelled by fear of threats, as if they were necessary for gaining righteousness. If done freely, however, they are no obstacle. Thus the prophets observed them, not with a view to obtaining righteousness but in order to practice love for God and for their neighbor. They themselves were justified on the basis of faith.

10. *You observe days and months and seasons and years!*

St. Augustine wavers in his exposition of this passage.[19] Yet he explains it in the light of the religious ceremonies of the Gentiles rather than in the light of those of the Jews. For he says that it is a very common error of the Gentiles that, as they conduct their affairs or look ahead to the outcomes of life and of their business concerns, they observe the days, months, seasons, and years designated by the astrologers and the Chaldeans. It is in this sense that the Decrees cite the apostle throughout, in line with their practice, according to which they are accustomed to cite also many other statements on the ground that they were spoken by the saintly fathers; but they fail to indicate why they were spoken.[20] Yet St. Augustine says at once that this must also be understood of the Jews.

St. Jerome understands the passage simply and correctly as referring only to the Jews.[21] "Days," he says, as Sabbaths and new

---

[18] Jerome, *Commentarius*, 401—402.

[19] Augustine, *Epistolae ad Galatas expositio, Patrologia, Series Latina*, XXXV, 2129.

[20] Thus Luther could say that "the pope in his canon law has put God to school." *Luther's Works*, 45, p. 144.

[21] Jerome, *Commentarius*, 403—404.

moons; "months," however, as the first and seventh month; "seasons," as those in which they came to Jerusalem three times each year; "years," however, as the seventh, the year of release, and the fiftieth, which they called the year of jubilee.

Jerome also asks whether we, too, are in the clutches of the same fault, because we observe the fourth day of the week (Wednesday), the day of the preparation (Friday), the Lord's Day, the forty-day fast season (Lent), Easter and Pentecost, and various seasons appointed in honor of the martyrs and differing from land to land. In answer he says, in the first place, that we do not observe the days of the Jews but observe other days. Secondly, that the days have been appointed, not to give greater distinction to the day on which we assemble but in order that faith in Christ may not be diminished by a disorderly assembly of the people. Thirdly, as he tries to give a sharper answer, he asserts that all days are equal, that the day of the resurrection is always holy, that it is always permissible to fast, always permissible to eat the Lord's body, always permissible to pray. For this reason fasts and assemblies are on days appointed by prudent men for the sake of those who have more time for the world than for God, etc. This is true, for Is. 66:23 predicted that it would be so. "There will be Sabbath upon Sabbath and month upon month." In fact, every day is a feast day in the new Law, except in this respect, that by order of the church a day is appointed for hearing God's Word, for receiving the Sacrament, and for joining in common prayers. But now our feast days have gone off into far greater superstitions than those of the Jews, to the point that people now think they do God a service if they multiply these days, not for the sake of praying, not for the sake of hearing God's Word, and not for the sake of receiving the Sacrament but merely for the sake of celebrating holidays. And as a matter of fact, they celebrate holidays with greater perfection than the Jews do; for the latter at least read Moses and the prophets, while we serve neither God nor man but take a complete vacation from absolutely everything, except that we serve the belly, idleness, and other excesses.

But even so the bishops do not have enough compassion on the people to abolish some of the feast days and decrease their number, perhaps because they fear the authority of the Roman pontiff, who decrees these things. As if this itself were not a godless thought, namely, that the Roman pontiff intended or was able to establish or to tolerate those days which, with so many monstrous deeds, worship the devil — to the utter disgrace of the Christian name and to the blaspheming of the Divine Majesty. Or if they think that the pope intends or is willing to tolerate these things, it is most godless to have obeyed and not to have totally and boldly shattered and nullified a man-made decree that tends toward such an affront to the Creator. No bishop or pastor is excused if he sees that in his church the feast days are spent in drunken brawls, games, licentiousness, murders, laziness, idle tales, and spectacles (as nearly all are spent, except for a few especially important ones), and then does not abolish them. He is not excused, I say, on the ground that this is not permissible without the authority of the pope; for even if an angel from heaven had so decreed, we still owe more to God's glory and honor. Whatever is decreed or whatever is tolerated by anyone to God's detriment must be boldly done away with, unless someone would prefer to make himself guilty of every evil by permitting such deeds. The commandment of the Roman Church is not binding if it cannot be kept to the honor and glory of God. But if it cannot be kept in this way, then I declare now that those who force us to respect this kind of commandment are godless, just as we are mocked by those utterly godless people who place the fear of man ahead of the fear of God and, under the title of pope and St. Peter, crown, yes, even worship, the devil in the church of Christ.

We are thinking of war against the Turks;[22] but in regard to this matter and other needs of the church that are far worse than the tyranny of the Turks we are unconcerned and sleep on both ears, as though it would not be better if the Turk came as a scourge of God indeed and cured our evils even by bodily death than if the people degenerated into worse Turks because of such license on their part and such laziness on the part of the pastors of the church. The Turk, of course, will kill our bodies and rob us of our land; but we are killing souls and depriving them of heaven — at least if the decree of the most recent council is true, namely, that souls are immortal, especially the souls of Christians.[23]

[22] Defense against the Turks had been the chief issue at the Diet of Augsburg the previous year.

[23] A reference to the bull *Apostolici regiminis*, promulgated at the eighth session of the Fifth Lateran Council (December 19, 1513), which was the first official definition of the immortality of the human soul; the appropriate decree is reprinted in Henry Denzinger, *The Sources of Catholic Dogma [Enchiridion Symbolorum]*, edited by Karl Rahner and translated by Roy J. Deferrari (Saint Louis, 1957), pp. 237—238 (No. 738).

Let us return to the apostle. Circumcision as well as feast days contributed nothing at all to righteousness. Nor did other things which he recounts in greater detail in Col. 2:16. Accordingly, they were not to be observed as necessary, certainly no more than our feast days confer righteousness on us when we observe them or any other burdensome traditions. But our righteousness comes from faith in Christ, which is not produced by ceremonies but freely makes use of ceremonies out of love for God and one's neighbor, unless the multiplication of feast days affords you this gain that thereby you, resting from the works of your hands, decrease your resources and thus come little by little to poverty, in keeping with the well-known Gospel passage: "Blessed are the poor" (Matt. 5:3). Consequently, feast days are of value, not for the worship of God but for bringing on poverty or for nullifying that most wholesome precept which God laid upon man of old: "In the sweat of your face you shall eat bread" (Gen. 3:19). But of this and other matters elsewhere. The church of Christ is in a sorry state with heaven and earth enraged over our sins.

11. *I fear you that I have labored over you in vain.*

St. Jerome thinks that "I fear you" is said instead of "I fear concerning you." [24] To me, too, the statement seems to smack of an ellipsis, as though the apostle wanted to terrify them with their danger and to say: "I fear that you are going to perish eternally and that thus I have done all my work among you in vain." But he changes his words, suppresses them as being harsh, and pleads only his own loss. For it is in keeping with the apostle's gentleness not to attack harshly those whom he wanted to regain, since indeed — as is characteristic of human feelings, especially when caught in a wrong — they are drawn and influenced more by gentleness than they are forced by threats and terror. And a powerful impression is made if you make the misfortunes of others your own and lament over those misfortunes, so that finally you arouse these people at least to join you in bewailing their misfortunes. Therefore Paul would be saying: "O Galatians, even if your misfortune does not disturb you very much, at least feel sorry for me; sympathize with me, since I fear that in your midst I have lost, not property, not reputation, not honor, not merely a word or a work but my full endeavor. It would have been

[24] Jerome, *Commentarius*, 405.

milder if I had merely said: 'Now I have worked, prayed, suffered many things, have been in many dangers for you' — as he recounts at length in his Epistle to the Corinthians (2 Cor. 11:23 ff.) — 'and all this I have now spent in vain.'" These words breathe Paul's own tears.

12. *Become as I am, for I also have become as you are.*

Here, too, obscurity produces a variety of interpretations. Saint Jerome adduces two.[25] The first is: "Be like me"; that is "Be strong and manly in faith in Christ, just as I now am" — in order that this may be an exhortation to greater perfection. "Because I also have become as you are"; that is to say: "I became so then, namely, when I first gave you the milk of the Gospel; for I made myself a child and weak for you by concealing the greater perfection. And I gave you the more elementary doctrines of faith and showed myself the kind of teacher you, in your weakness, would be able to understand. Accordingly, at that time I was like you. Pay me back, therefore, and be like me, that is, strong enough to understand me as I transmit more difficult things." The other interpretation is: "I, too, was once involved in ceremonies, just as you are now; but I considered them as dung, that I might gain Christ. You must do the same thing and be as I am now."

St. Augustine says that Paul means: "Be as I am. I despise the things of the Law, Jew though I am, because I also am as you are; that is, I am human, just as you are. If I, who am human like you, am at liberty to disregard the elements, you, too, will be at liberty to do so." [26]

It can also be thought of in this way: Because Paul had rebuked them harshly, now, to keep them from being provoked and feeling hurt, he anticipates them and demands that they show themsleves to him as he shows himself to them. Therefore the meaning would be: "I, at any rate, have not felt hurt by you; you have not provoked me. So do not feel hurt and provoked by me, but let us both bewail our common trouble. My trouble is that you are falling away. Consequently, I have not been hurt by you; I have been hurt by the trouble I now have. Therefore do not be hurt by my reproof. On the contrary, be hurt by your own trouble." What follows in the

[25] Jerome, *Commentarius*, 405.

[26] Augustine, *Epistolae ad Galatas expositio, Patrologia, Series Latina*, XXXV, 2131.

text seems to support this meaning. "You have not hurt me at all," he says. Not much different from this is the meaning one gets by connecting it with the preceding words as follows: "Since I am affected by this trouble of yours in no other way than if it were my own, in such a way that I am now truly made weak together with the weak, weep with those who weep (Rom. 12:15), and have become all things to all men (1 Cor. 9:22), I beg you again to become like me in my fear that I have labored in vain, and to fear with him who fears, to grieve with him who grieves that his labor is lost. Thus if you are not moved by your own trouble, you will be moved by mine and in this way may also come to bewail your own trouble." For thus, when our sins did not torment us, Christ also, as St. Bernard testifies, grieved and suffered for us, in order that by His grief on account of our sins He might the more strongly move us to mourn, just as He said to the women who were following Him: "Do not weep for Me, but weep for yourselves" (Luke 23:28).[27] In these matters I leave to the reader his free judgment.

12. *Brethren, I entreat you, you did me no wrong.*

St. Jerome connects this with the previous thought and reads it as follows: "Brethren, I entreat you, be as I am, because I am as you are. You have done me no wrong."[28] But since the apostle usually begins a new thought when he says: "Brethren, I entreat you," I do not know whether this order is to be maintained. What if by way of ellipsis he wanted to say the following or something like it: "I entreat you, forgive me; I have been harsh, but out of necessity. Bear with my zeal a little"? St. Jerome understands it as follows: "Since you did me no wrong before now, when I, who became weak, transmitted to you, who were children and weak, things that were weak — why am I being wronged by you now as I stir you up to greater things?" And this thought Paul supports from what follows, where he says that he had preached to them in weakness and nevertheless had been received as an angel of God, etc. It is certain, therefore, that with this text the apostle, because of his fatherly concern, is moderating and softening the harshness of his whole previous discourse. He had censured them for being foolish,

[27] Cf., for example, Bernard of Clairvaux, *Sermones de diversis,* XXXIV, 2, *Patrologia, Series Latina,* CLXXXIII, 631.

[28] Jerome, *Commentarius,* 406.

for having turned away quickly, for having reverted to the elements of the world, for ending with the flesh, for being bewitched. He had said that Christ was crucified among them, that grace was despised, that the testament of God was nullified, that they were changed from children to slaves, and now, to sum it up, that he had done everything in vain and had expended all his labor in vain. In this way he had indicated that almost everything about them was in a very bad and desperate state, and all this with vehemence and a most fervent zeal for guarding the grace of God. For this reason he now tempers and softens his reproach with the oil of gentleness. He demands that they be patient and concede something to the zeal for God with which he is zealous for them, just as he himself has been patient, conceding many things to them, also this present trouble. "I entreat you, dearest brethren," he says. "I have not said these things out of hatred for you; I am telling you the truth. But do not on this account consider me your enemy." For what he says below is sufficient evidence that he feared they had been offended too much: "Have I, then, become your enemy by speaking the truth?" (Gal. 4:16.) And again: "I could wish to be present with you now and to change my tone" (v. 20), as if he were saying: "I fear that what I have written may be too offensive," as we shall see. And in order to be most effective in trying to persuade them that he had not spoken these things in a bitter spirit or out of hatred, he begins to commend them most profusely: "I am not unfriendly to you, brethren; you have never wronged me at all. On the contrary, so far were you from wronging me that you gave me an exceptional welcome as an angel of God."

13. *You know it was because of weakness of the flesh that I preached the Gospel to you at first;*

14. *and though my condition was a trial to you, you did not scorn or despise me but received me as an angel of God, as Christ Jesus.*

"Weakness of the flesh." St. Jerome refers this to the Galatians as to people who were still too weak and carnal for Paul to be able to preach spiritual things to them.[29] This does not please me. On the contrary, it is a Pauline way of speaking, by which he expresses the lowliness of his condition; for weakness is the incapacity because of which the apostles — being paupers, despised, subject also to various persecutions, and, as he says to the Corinthians, "last of all" (1 Cor.

[29] Jerome, *Commentarius*, 407.

4:9) according to the flesh and in the sight of men — were regarded as altogether powerless and as nothing at all. Nevertheless, under this weakness they performed valorous deeds and were more powerful in word and in work than the whole world. Therefore the genitive "of the flesh" should not be taken as referring to the apostle or to the Galatians; it should be taken in an absolute sense and, just as it is put here by the apostle, should be contrasted with the spirit, as in Rom. 1:3-4: "Who was descended from David according to the flesh and designated Son of God in power according to the spirit of holiness." And in 1 Peter 3:18: "Being put to death in the flesh but made alive in the spirit." Thus here, too, "weakness of the flesh," that is, incapacity, is that which is according to the flesh, if you do not see the strength that is in the spirit.

But that "weakness" does signify what I have said is clear from Paul's Second Epistle to the Corinthians, where, recounting all the things he had done and suffered (11:18 ff.; 12:1 ff.), he says: "I will all the more gladly boast of my weakness, that the power of Christ may rest upon me," and "power is made perfect in weakness" (12:9), and "when I am weak, then I am strong" (v. 10). Therefore it is extraordinary praise for the Galatians that they were not offended by those stumbling blocks on account of which the whole world was offended and laughed at the apostles, both because of the weakness of the flesh and because of the folly of the cross, by which they taught that there is a future life and that all the things of this life, because of which men glory in their own strength, must be despised. Indeed, the Galatians had received Paul as an angel, as Christ Himself, undoubtedly with the greatest reverence and humility. But St. Jerome interprets the trial of the Galatians in several ways. In my opinion, however, his last explanation is the correct one. He says: "The abuses, the persecutions, and the like, which they saw he had endured and was enduring for the Word of Christ — especially from the Jews and also from the Gentiles — in his flesh, that is, in the sight of men (for in the spirit God was always triumphing in him through Christ, as he says elsewhere [2 Cor. 2:14]) — these things they did not spurn or despise, even though they were tempted by them in the strongest possible way to abandon the Word of faith for fear of such things." For today, too, this temptation quickly overthrows many who think of those who have suffered and have been afflicted for the sake of God's truth. At that time the Galatians were not at all disturbed by this, as they saw that the apostle was afflicted in every way. Paul is praising what is truly a kind of apostolic virtue on the part of those who overcame this temptation and received the apostle as though he were Christ. Do you not think that they did this at the risk of their lives and of everything they had? Did they not on Paul's account draw down upon themselves the violence and wrath of all Paul's enemies? They could not receive Paul without offending Paul's persecutors. Indeed, they provoked these persecutors all the more, because they not only received Paul but received him as an angel, as Christ, that is, with the greatest reverence — Paul, whom his adversaries treated with the greatest abuse and were seeking to kill as the worst of all.

On the basis of this passage St. Jerome admonishes the bishops. "Let them learn from the apostle," he says, "that the erring, foolish Galatians are called brothers; let them learn the soothing words of him who, after upbraiding them, says: 'I entreat you.' His entreaty is this, that they be imitators of him, just as he himself is of Christ. These facts knock down the haughtiness of the bishops, who, as though stationed on some lofty watchtower, scarcely condescend to look at mortals and to address their fellow servants."

I have quoted these words because in our age it is a miracle, yes, more than godlessness, even to mention the faults of the bishops. Jerome would have said something else if he had seen how for the most part the bishops of our age surpass kings and princes in their splendor, while, on the other hand, they fail to match even uneducated persons and women in Christian life or in knowledge. But the apostle, well aware of what he wrote to Timothy — "Reprove, entreat, rebuke, be urgent in season and out of season with all patience, etc." (2 Tim. 4:2) — teaches the same thing in this epistle by his example. He does not excommunicate, does not shout: "To the fire!" He does not pronounce them heretics offhand, does not lay upon them one burden after the other. No, he displays the fire of his love and the flames of his heart, because he has been eager to kill men's faults and errors, not men. He does not know the thunderbolts of a broad sentence; he knows only the thunderbolt of God's Word and the thunder of the Gospel, by which alone sinners are killed and made alive.

15. *Where, then, is your blessedness?*

[Paul asks this question] either because at one time he had called them blessed in view of the steadfastness of their great faith, or because those can be called truly blessed who are the kind of people he has praised the Galatians for being — unless someone thinks that the modesty of the apostle is indicated here, as though he wanted to say: "Where is now that reverence of yours for me, that concern and adoration, so to speak?" but modestly wanted to refer to their blessedness rather than to his own honor, in keeping with the example of Christ, whose custom it was to ascribe His miracles to the faith of those for whom they were done.[30] Or, if a simple meaning is wanted, he declares that their faith in Christ, in which they used to find their blessedness, is not what it used to be, and rebukes them on this account.

For I bear you witness that, if possible, you would have plucked out your eyes and given them to me.

St. Jerome thinks this is a hyperbole.[31] But I do not think it is necessarily a hyperbole, because from what was said before it is evident that they had even risked their lives for the apostle's sake. So it is not surprising that — if it could have been done, that is, if he himself were to permit it, and if it had to be done this way (otherwise why was it impossible, if they wanted to do so?) — they were even going to pluck out their eyes. But by speaking of their eyes in a hidden sense he may be alluding to a secret reprimand, namely, that those who at that time were very glad to surrender their eyes, that is, their understanding, to the apostle, in order to be taught the faith that makes the wise foolish and causes those who see not to see — that they have now allowed themselves to be offended by their own eyes, which the Lord commanded to be torn out and cast from us (Matt. 5:29).

See what it means for a shepherd to neglect Christ's sheep. Such love, such faith, such sincere religious devotion on the part of the Galatians the false apostles so quickly subverted in the short time during which the apostle was absent. What would the devil do where there is no shepherd, or if there is one who never tends or feeds Christ's sheep? Will it be possible for them to be protected by the mere title, name, or authority of the shepherd? For if these things are uninjured, the church is thought to be uninjured.

---

[30] Luther is thinking of passages like Mark 5:34 and Mark 10:52.

[31] Jerome, *Commentarius*, 408.

16. *Have I, then, become your enemy by telling you the truth?*

Jerome correctly explains this as referring to the truth which he is speaking to them in this epistle rather than to the truth in which he first instructed them.[32] For, as I have said, the apostle's concern is this: that the Galatians may not take too indignantly the things he had said against them thus far. Some of these things were rather harsh. Nevertheless, they were true. For this reason he anticipates them and says: "You do not accept my words, because they are harsh. But look rather at how true they are. Granted that I upbraided you rather harshly. Do you for this reason consider me an enemy and not rather a friend, because I speak the truth to you, harsh though it has to be?"

What a beautiful example of teaching the truth! For you have to inflict the wound in such a way that you also know how to alleviate and heal it. You have to be severe in such a way as not to forget kindness. Thus God, too, puts lightning into the rain and breaks up gloomy clouds and a dark sky into fruitful showers. And so the proverb has it that the storm in which lightning is mingled with rain is harmless, whereas the one that is dry and unaccompanied by rain is formidable and harmful. For the Word of God, too, should not always be angry or threaten forever.

17. *They are not zealous for you in a good way, but they want to shut you out in order that you may be zealous for them.*

He is meeting the excuse which he sees they can plead by saying: "As to the fact that we obeyed those teachers, we did it because they seemed to be seeking our welfare with devout zeal and (as people now say) with a good intention, especially since no one should be his own master; and, as is stated in Deut. 12:8: 'What seems right to us should not be done.'" Paul answers: "I know they have zeal, but not a zeal that is good or enlightened" (Rom. 10:2).

Here one must know that the verb "to be zealous," although it is often identical in meaning with "to imitate," is taken by the apostle in its customary usage, "to be jealous with love" or "to contend and strive out of love for someone." Furthermore — to treat the matter more fully in line with our opinion — loving occurs in two ways: in a good way and in an evil way. So does being zealous. For sometimes we love, but not in a good way. Thus sometimes we are zealous,

---

[32] Jerome, *Commentarius*, 409.

but not in a good way. But just as love means loving what is good, and hatred means hating what is evil, so zeal or jealousy combines both characteristics and, properly speaking, means hating what is evil in the thing that is loved; and the more fervently you love, the more ardently you will hate and look askance at evil in the person who is loved. Consequently, I usually understand zeal to mean love roused to anger, or envy rising from love. Thus the apostle says in 2 Cor. 11:2: "I feel a divine jealousy for you." And one cannot even imagine that he is speaking about imitation here, because he continues with the statement: "I betrothed you to one husband. But I am afraid that your thoughts will be led astray" (vv. 2-3). It is as if he were saying: "I love pure faith in such a way that I cannot help fearing and hating whatever would corrupt you," thus clearly explaining what it means to be zealous with a zeal that is of God. In fact, with this very expression he indicates that twofold zeal. "A divine zeal," namely, one that is according to God, is a hatred of what is evil in the thing that is loved, according to the truth, or a love of what is good and hatred of what is evil in the thing that is loved, according to the truth. A zeal that is of men is a hatred of what is evil in the thing that is loved, or a love of what is good and hatred of what is evil in the thing that is loved, but according to outward appearance and erroneously. Such is the zeal of the false apostles, of which he says: "They are zealous for you, but not in a good way"; that is, they seek your good and abhor your evil, but in an evil way, because they were seeking to establish the evil of righteousness through the Law among the Galatians, as if it were a good thing. This is that stupid zeal with which the Jews, too, as Paul writes to the Romans, are zealous for God, that is, for the things that belong to God. For "to be zealous" cannot be taken in the present passage as meaning "to imitate," because the false apostles certainly did not imitate the Galatians. On the contrary, he says: "But they want to shut you out," namely, from Christ and from trust in Him, to imprison you in a trust in the Law, "in order that you may be zealous for them." In this place the word can be used in the sense of "to imitate," although it is not inconsistent with the previous meaning if you understand him to be saying that the false apostles wanted to be loved by the Galatians, wanted to be courted with pious devotion, and wanted the Galatians to become zealous for them as pupils often are for their teachers, to love what came from them, and to hold in hatred what was opposed to them. And it would not have been inappropriate for him to say: "They want to shut us out." But to avoid even the appearance of arrogance, he says: "They want to shut you out, so that with you shut out they may at the same time shut us out also."

18. *But be zealous always for what is good, and not only when I am present with you.*

Paul is refuting the other part of their excuse, for the first part was that the false apostles were seeking the Galatians' welfare with devout zeal. This the apostle denies. "They are not zealous for you," he says, "in a good way. They seek not what is yours but what is their own, in order that they may boast of you." As he says later (Gal. 6:13), the other excuse is that one must be obedient and not trust oneself. To this he answers: "It is indeed good to be zealous and to imitate others, but do this always in a good thing, never in an evil one, and not only when I am present but even when I am absent, lest you seem to be doing it for my sake and not for the sake of the thing itself."

For this reason I am surprised that the translator and St. Jerome have passed over this text in such a way, although it is quite obscure if you say: "Be zealous for what is good in a good thing." What does it mean to be zealous for what is good in that which is good? On the basis of the Greek, therefore, Erasmus and Stapulensis properly rendered it in this way: "It is always good to be zealous in a good thing" or "Zeal in a good matter is always good." [33] For it is the infinitive "to be zealous," not the imperative "be zealous," unless some smart-aleck tamperer has done violence both to the translator and to Jerome. What the apostle means is this: "Test everything; hold fast what is good" (1 Thess. 5:21). We see that this rule was given by him to all his churches. Yet for many centuries it was entirely obliterated.

19. *My little children, with whom I am again in travail until Christ be formed in you!*

Look at the marvelous love of the apostle and how with his whole being he is nothing else but what the Galatians are! To such an extent does he take everything into himself, utterly forgetful of his own person. How he suffers in them, how he toils, how he seethes, how solicitous he is, not for any of his own concerns but for those of the

---

[33] Jerome, *Commentarius*, 409; cf. also Erasmus, *Paraphrasis, Opera*, VII, 958.

Galatians! What an apostolic model for the Christian pastor! True love does not seek its own advantage (1 Cor. 13:5). "My dearest little children, my motherly heart is tormented. I was your father. I became your mother. I am carrying you in my womb. I am forming and shaping you. I should like to give birth to you and bring you forth into life if somehow I could." St. Jerome praises this sentiment at great length; for this indeed is what it means to seek souls, not money.[34]

Note Paul's careful choice of words. He does not say: "Until I form Christ in you" but "until He be formed," as he ascribes more to the grace of God than to his own works. Like a mother, he carries them in a womb as undeveloped seed until the Spirit lends His aid and forms them into Christ. A preacher can be anxious over how he may give birth to Christians, but he is unable to form them. He is no more able to do so than a natural mother forms the fetus. She only carries what is to be formed and to be born. Neither did he say "until you are formed into Christ." No, his words are "until Christ be formed in you," because the Christian's life is not his own; it is Christ's, who lives in him, as he said above in the second chapter: "It is no longer I who live, but Christ who lives in me" (Gal. 2:20). It is necessary that we be destroyed and rendered formless, in order that Christ may be formed and be alone in us.

20. *I could wish to be present with you now and to change my tone.*

To Jerome this seems to say that Divine Scripture indeed edifies when it is read but is much more profitable if it is turned from letters into voice, as he also writes to Paulinus about the efficacy of the living voice.[35] This, however, is not the only meaning the apostle intends. But he says: "I could wish to be present with you now for this reason, that I could change my tone," not with a musical change but with a theological one; that is, because an epistle in its written form offends if it scolds too much; but if it is too complaisant, it does not have enough effect among the foolish. In so serious a matter what is written is dead; it gives only as much as it has. But if he were present, he could adjust his speech according to the different kinds of hearers he would have — could scold these, mollify those; plead with these, rebuke those; and change to whatever sentiment would be

[34] Jerome, *Commentarius*, 411—412.
[35] Jerome, *Commentarius*, 413; also Epistle LIII, 2.

appropriate at the time. For it is clear that the apostle is concerned lest in his previous remarks he may have inclined too far in the direction of scolding, and here, with his praising and flattering, too far toward commendation, being afraid in a most pious way of erring in both directions, either of hurting too much or of hitting less strongly than necessary. Consequently, he is in suspense between the two possibilities and is perplexed; he does not know what to do and is at a loss as to whether he should scold or commend. This meaning is borne out by the word that follows.

For I am perplexed about you.

This means, as Erasmus has very fittingly rendered it, "I am undecided, I am disturbed, and I have no plan whatever with regard to what I should do with you." St. Jerome has also said a great deal when commenting on this sentence.[36] Finally he states reluctantly, almost carelessly, and, while discussing other matters: "'I am perplexed about you,' says Paul, 'and in my uncertainty I am drawn this way and that, and, not knowing what to do, I am drawn in opposite directions. I am distressed and torn to pieces; for I do not know what words to utter first, etc.'" Such are Jerome's expressions as they are scattered here and there.

21. *Tell me, you who desire to be under the Law, have you not read the Law?*

Jerome and the Greek text read: "Have you not heard the Law?" Jerome takes pains to show that in this passage the Law means Genesis, the book from which the apostle takes what he is saying.[37] But since in Hebrew the five books of Moses are called the Torah, that is, the Law, it is not unfitting for the apostle to use the name "the Law" for the Book of Genesis, in which, if nothing else, at least circumcision, the principal and foremost law of all for the Jews, is certainly enjoined.

22. *For it is written that Abraham had two sons, one by a slave and one by a free woman.*

23. *But the son of the slave was born according to the flesh, the son of the free woman through promise.*

[36] Erasmus, *Annotationes ad locum;* Jerome, *Commentarius,* 413—414.

[37] Jerome, *Commentarius,* 414.

24. *Now this is an allegory.*

Not that these statements are to be understood allegorically in Genesis, but the apostle is indicating that what was said there in a literal sense is said by him by way of allegory.

The question arises in what way Ishmael was not also born through promise, since in Gen. 16 so many things are promised by the angel of the Lord to his mother concerning him before he was born.[38] Again, in the seventeenth chapter, many more things are promised to Abraham by God Himself concerning him, now that he had been born. St. Jerome brings up many points and leaves the matter unsettled. It is clear, however, that Ishmael was conceived, not because of the promise of God but because of the command of Sarah, and because of the natural vigor in the young woman Hagar. But Isaac was conceived by a sterile and aged mother through the supernatural strength of Him who gave the promise. For what the angel said to Hagar — "Behold, you are with child and shall bear a son" (Gen. 16:11) — is certainly not the statement of one who is promising that a conception is to take place; it is the statement of one who is predicting what will happen with regard to him who has already been conceived, or even of one who is giving a command. Accordingly, Isaac is the son of the promise — born, however, of the flesh but not conceived by the power of the flesh or according to the flesh.

These women are two covenants. One is from Mt. Sinai, bearing children for slavery; she is Hagar.

Because the Galatians were believers, they could be instructed with allegorical teachings. Otherwise, as Paul says in 1 Cor. 14:22: "Tongues are a sign for unbelievers." But to unbelievers nothing can be proved by allegorical statements, as St. Augustine also points out in his letter to Vincentius.[39] Or at least the case is this, that out of fatherly concern the apostle intentionally pictures his subject by means of comparisons and allegories for the Galatians, as for people who are rather weak, in order to fit the words to their power of comprehension. For people who are not very well instructed are fascinated (and with pleasure at that) by comparisons, parables, and allegories. For this reason Christ, too, as Matthew says (13:13), teaches by means of parables in the Gospel, so that everyone can

---

[38] Jerome, *Commentarius*, 414—415.

[39] Augustine, Epistle XCIII, 2, 6.

understand Him. So let us see how Paul makes use of this allegorical teaching to oppose the righteousness of the Law.

"These," he says, "are two covenants." That is, the two women, Sarah and Hagar, were a figurative example of the two covenants under one and the same Abraham, who represents the heavenly Father.

But — something I had almost passed by — there are some points that must also be noted about the mystical and allegorical interpretations, since this subject matter requires it and so does our time. There are usually held to be four senses of Scripture. They are called the literal sense, the tropological, the allegorical, and the anagogical, so that Jerusalem, according to the literal sense, is the capital city of Judea; tropologically, a pure conscience or faith; allegorically, the church of Christ; and anagogically, the heavenly fatherland.[40] Thus in this passage Isaac and Ishmael are, in the literal sense, the two sons of Abraham; allegorically, the two covenants, or the synagog and the church, the Law and grace; tropologically, the flesh and the spirit, or virtue and vice, grace and sin; anagogically, glory and punishment, heaven and hell, yes, according to others, the angels and the demons, the blessed and the damned.

This kind of game may, of course, be permitted to those who want it, provided they do not accustom themselves to the rashness of some, who tear the Scriptures to pieces as they please and make them uncertain. On the contrary, these interpretations add extra ornamentation, so to speak, to the main and legitimate sense, so that a topic may be more richly adorned by them, or — in keeping with Paul's example — so that those who are not well instructed may be nurtured in gentler fashion with milky teaching, as it were. But these interpretations should not be brought forward with a view to establishing a doctrine of faith. For that four-horse team (even though I do not disapprove of it) is not sufficiently supported by the authority of Scripture, by the custom of the fathers, or by grammatical principles. It is clear, in the first place, that the apostle makes no distinction in this passage between the allegorical and the anagogical sense. Indeed, what they call an anagogical sense he himself calls an allegory when he interprets Sarah as the heavenly Jerusalem which is above, our mother, that is, their anagogical Jerusalem. Furthermore, the holy fathers deal with allegory in a grammatical way along with the

---

[40] Cf. p. 235, note 42.

other figures of speech in Holy Writ, as St. Augustine teaches abundantly in his book *On Christian Doctrine*.[41] Besides, "anagoge" denotes the general nature of what is said rather than a particular figure; that is, there is said to be an anagoge whenever, in a hidden way and separately, something else can be understood than what the words sound like. For this reason it is also translated with "transference" *[reductio]*, which is also the meaning of "allegory," namely, "saying what belongs to something else." This means, as St. Jerome says, that it presents one thing in words, but that in meaning it signifies something else.[42] Tropology, it is agreed, is a discussion of moral behavior; but there is nothing to prevent this from sometimes being an allegory, namely, when something else, which signifies good or bad moral behavior, is being said. On the part of the fathers, then, these terms seem to have been used freely because by a certain apprehensiveness they were forced into the confinement of this fourfold distinction, just as many people thoughtlessly make many other distinctions between matters that are identical in fact and in word.

There is greater need to call attention to the fact — which has been stated earlier — that in Origen and Jerome the spiritual sense seems to be the one which the apostle here calls allegory. For they take the outward form and historical account to be the "letter." But the mystical and allegorical interpretation they call "spiritual." And they call that man "spiritual" who understands everything in a lofty sense, and, as they say, allows nothing of the Jewish tradition. It is according to this principle that Origen and Jerome proceed in nearly all their writings. And, to put it boldly, it is not seldom that they slip into difficulties from which they cannot extricate themselves. But for me St. Augustine proceeds more expeditiously. For — to pass over the fact that the mystical sense is either allegorical or anagogical, or, in general, one that in secret holds something else than is shown openly, and that opposed to this there is the historical or formal sense — nevertheless, these two words, "letter" and "spirit," as also the "literal" and the "spiritual" understanding, have to be separated and kept in their own proper meaning. For the letter, as Augustine says with beautiful brevity on Ps. 71, is the Law without grace.[43]

[41] Augustine, *On Christian Doctrine*, III, 29, 40.

[42] Jerome, *Commentarius*, 416.

[43] Augustine, *Enarrationes in Psalmos*, LXX, 19, *Corpus Christianorum, Series Latina*, XXXIX, 957.

But if this is true, then every law is "letter," whether it is allegorical or tropological. Finally, as we have said above, so is whatever can be written, said, or thought apart from grace. But grace alone is the "spirit" itself. Hence spiritual understanding does not mean what is mystical or anagogical (in which the ungodly also excel); but in the strict sense it means life itself and the Law as it is put into actual practice, since it has been written in the soul by the finger of God through grace. In short, it means that complete fulfillment which the Law commands and requires. For in Rom. 7:7 Paul calls even the Decalog a spiritual law, even though "You shall not covet" is still a "letter." But if by spiritual understanding is meant this, that it signifies the spirit which the Law requires in order to be fulfilled, then there is no law that is not spiritual. Moreover, only then is it a "letter" when the grace to fulfill it is not there. In that case it is a "letter" for me, not for itself, especially if it is understood in the sense that grace is not necessary.

We conclude, therefore, that in itself the Law is always spiritual; that is, it signifies the spirit which is its fulfillment. For others, however, though never for itself, it is a "letter." For when I say: "You shall not kill," you hear the sound of the "letter." But what does it signify? Surely this, that you should not be angry; that is, the very essence, which is gentleness and kindness toward one's neighbor. This, however, is love and the spirit by which the Law is fulfilled. From the fact that it signifies the thing that is truest and solely spiritual the Law is also called spiritual, because it always has this significance. But because it does not give us what it signifies, and is unable to give it, for us it is called a "letter," no matter how spiritual it itself is. Since no work is done well without love, however, it is clear that every law that commands a good work signifies and requires a good work, that is, a work of love, and that on this account it is spiritual. Hence we rightly call the spiritual understanding of the Law the understanding by which one knows that the Law requires the spirit, and which convinces us that we are carnal. But we rightly call that the literal understanding by which one thinks, yes, mistakenly believes, that the Law can be fulfilled by our own works and strength without the spirit of grace. For this reason the "letter" kills (2 Cor. 3:6), because it is never rightly understood so long as it is understood without grace, just as it is never rightly kept so long as it is kept without grace. In both cases it is death and wrath. These thoughts have been taken from St. Augustine's book against the Pelagians.[44]

To return to the apostle. "One is from Mt. Sinai, bearing children for slavery." Enough has been said on what that slavery of the Law is into which we are delivered when we receive the Law without grace. For then we keep it either out of fear of threatened evil or out of hope of gain, that is, hypocritically. In both cases we act like slaves, not like free men. But he calls it a "covenant." Hence to understand this one must also see here the sign of the testament. First there is the testament itself, which was the naming of the Land of Promise, as is written in Ex. 3:8. The testator was an angel in the Person of God. The legacy that was bequeathed was the land of Canaan itself. The people for whom the testament was being made were the Children of Israel, as Exodus describes all these details. But this testament was confirmed by the death of an animal and by its blood, with which they were sprinkled, as one reads in Ex. 24:8, because a sacrifice of the flesh was appropriate for a fleshly promise, a fleshly testament, and fleshly heirs. "She is Hagar," he says; that is, this testament of slavery that gives birth to slaves is an allegorical Hagar, the slave woman.

25. *For Sinai is a mountain in Arabia which is connected with that which now is Jerusalem and is in slavery with her children.*

In the first place, Paul makes the strange statement that Mt. Sinai is connected with Jerusalem, the city of Judea, although he says that the former is in Arabia. St. Jerome reads "which is coterminous" and says by way of explanation "which has the same boundary" — perhaps because Sinai is correctly said to border on Jerusalem, not because the mountain touches the city, but because Judea, where Jerusalem is situated virtually in the center, and the Arabian Desert, in which Mt. Sinai is located, have the same boundary.[45] For to the east Judea has Arabia Petraea, and next to this, toward the south, it touches the Arabian Desert, so that in this way, because of the contiguity of the whole, a part may be said to border on a part and to be connected. Stapulensis, exploring the force of the Greek word, says it must be understood to mean that Sinai is a connected mountain range; that is, it goes on and, by a kind of extension, touches or, to use a geo-

---

[44] Augustine, *On the Spirit and the Letter*, 14, 24.

[45] Jerome, *Commentarius*, 417.

graphical term, reaches all the way to, Jerusalem.[46] Certainly this can only be understood in the sense that Mt. Sinai is connected by means of its own land mass to the land mass of Jerusalem, just as Wittenberg is connected with Leipzig — the former in Saxony, the latter in Meissen. Likewise, Erasmus, that excellent man, adds that in Greek it reads as follows: "For Hagar is Mt. Sinai in Arabia, etc.," and that here "Hagar" is used in the neuter gender, so that the reference is to the mountain, which in Greek is neuter, although presently it is used in the feminine gender, where he says: "She is Hagar." Thus the sequence is: "She is Hagar. For here Hagar is Mt. Sinai in Arabia." And he says that in the comments of the Greek scholiasts it is pointed out that in Arabic Sinai is called Hagar.[47] And perhaps the apostle's very context has this meaning when he says: "Hagar is Mt. Sinai in Arabia," namely, "In Arabia, Hagar is and is called what we call Sinai" or "The Arabs give Mt. Sinai the name Hagar in their language" — in order that in this way he may give the reason for what he had said, namely, that one testament is from Mt. Sinai and that therefore this one is Hagar, because by a play on the Arabic word Mt. Sinai is called Hagar. Under God's governance, therefore, Hagar was in this way prepared as a figure of Mt. Sinai, which bears children into slavery through the Law. We said above, however, that the apostle does not shrink from playing on words in another language, because by a word play on their name in Hebrew he designated the Galatians, too, as "transferred," just as here he describes the slave woman Hagar by a word play in Arabic.[48] Moreover, Solomon, in his Song of Songs (4:8), calls Mt. Amana by the name Senir, and Hermon and Lebanon according to a variety of languages — as is written in Deut. 3:9: "To Mt. Hermon (the Sidonians call Hermon Sirion, while the Amorites call it Senir)" — as he derives an allusion and an allegory from a foreign language for the praise of his bride. Therefore since Paul said earlier that he was going to speak by way of allegory, it was fitting that by a kind of word play he should combine the name of the slave woman Hagar with Mt. Sinai when he began to treat of the Hagar testament — and this because of the advantage of their common name. Nor should any other reason be de-

[46] Jacque Lefèvre d'Étaples, S. *Pauli Epistolae xiv. ex vulgata editione, adjecta intelligentia ex Graeco cum commentariis* (1512).

[47] Cf. Erasmus, *Paraphrasis, Opera*, VII, 959.

[48] See p. 177, note 22.

manded of the apostle here, since he is allegorizing for the sake of the weak.

But what bearing does Paul's statement that Mt. Sinai is connected with Jerusalem have on the subject matter? Was it not enough that the one testament was of Sinai and of Hagar, the slave woman? There is nothing I have to say, since all the other commentators pass this by. Consequently, I have to divine the meaning. Apparently, he means this: that since one allegory gives birth to another, as happens in allegorizing, when he passes from Hagar, the slave woman, to Mt. Sinai because of their similarity in name, at the same time he incidentally passes in allegorical fashion from the earthly to the heavenly Jerusalem, being prompted by the same evidence, that is, a name, since what is translated as "vision of peace" [Jerusalem] is also called, and more correctly so, Sinai, that is, "trial." But before he applies the name Jerusalem in a transferred sense to the heavenly city, he is content with having merely compared the two and weaves in many allegories. Otherwise he would have said clearly: "For Jerusalem is the city in heaven that bears children into freedom." For with this statement he would have removed a very obscure anacoluthon. Therefore, says Paul, since the heavenly Jerusalem is separated by such a great distance from this earthly one, it makes no difference that the latter is not Sinai but is in Judea, which borders on Arabia. It is the same as if it were Sinai itself, on which it borders. It corresponds to that mountain because of their common border and also because they both participate in giving birth to the Law, since at no point is it adjacent to that heavenly city and does not belong to it either, but is related rather to Sinai-Hagar, to which it is adjacent.

Here I am making no mention of many marvelous methods of allegorizing which the apostle hints at here, lest I add greater darkness to what is already obscure. Therefore the words "Jerusalem which is now" must be referred to the future Jerusalem, just as Hagar referred to another Hagar. Consequently, the sense is: "Jerusalem which belongs to this life and which, both in fact and in symbolic meaning, is adjacent to Mt. Sinai." Furthermore, the reason for adding "and is in slavery with her children" is that he may make an exception of those who were in Jerusalem but belonged to the Jerusalem above. "I call that city Jerusalem," he says, "which now is and in the future will not be, and not in its entirety but so far as it is in slavery with its children, that is, those in it who are in slavery to the Law and are adjacent to its border. What it means to be in slavery to the Law has been stated sufficiently and to the point of tediousness.

Observe, too, the Hebraic way of speaking. They are called Jerusalem's children. Because the city is a mother, those who live in it are called children, as in Ps. 147:12-13: "Praise the Lord, O Jerusalem! He blesses your sons within you." Such expressions, however, are common and occur frequently in the prophets.

Now the allegorical interpretation of the names, according to Jerome.[49] Sarah means "princess" or "lady." For this reason Sarah's sons, the sons of a lady, the sons of a princess, are rightly called the sons of a free woman, while, on the other hand, the sons of the handmaid are sons of a slave woman and of slavery. For the apostle also comes near to expressing Sarah's name when he calls her "free." In Scripture, you see, princes are also called נְדִבוֹת, that is, free and willing. Hagar, on the other hand, means "journey abroad" or "foreigner," "resident," "sojourn"; and this is rightly contrasted with the citizens and members of God's household (Eph. 2:19). "You are not foreigners and guests," he says. It is as if he were saying: "You do not belong to Hagar; you belong to Sarah. You are not foreigners; you are sons of the free woman and lady." "The slave does not continue in the house forever; the son continues forever" (John 8:35). Now the righteousness of the Law is temporary; but the righteousness of Christ continues forever, because the one serves for pay in this life, while the other is a freely granted inheritance of the life to come. "Arabia" is the sunset or the evening, which verges toward the night, whereas in many passages the church and the Gospel are called the dawn and the morning.[50] Thus the Law and the synagog finally fade away, but grace reigns and takes its ease in the noonday of eternity. What if the apostle is also designating Arabia as a desert? For "Arabia" has this significance too. In fact, in Holy Writ, Arabia is nearly always understood to refer to the Arabian Desert. For Arabia Felix is called by the name Saba, as well as by the names of other parts of it; Arabia Petraea is called Cedar, Amon, Moab, and by many names. Arabia, therefore, seems to be so called because it is a wasteland, in order to signify the sterile and barren synagog, or the righteousness of the Law in the sight of God. While the church,

[49] Jerome, *Commentarius*, 417.

[50] Luther may be thinking of passages like Is. 58:8; cf. also *Luther's Works*, 13, pp. 297—303.

on the other hand, is fruitful in God's sight, even though it is a desert in the sight of men. According to St. Jerome, "Sinai" means "trial," that is, the unrest and the disturbance of peace that we have from the Law. For "through the Law comes knowledge of sin" (Rom. 3:20) and for this reason also the disturbing of one's conscience. "Jerusalem" means "vision of peace," namely, tranquillity of conscience; for through the Gospel we see in the church the remission of sins, which is peace of heart. "Ishmael" means "hearing of God" or "one who hears God," namely, the people who, coming before Christ, heard that He would come after them but did not see Him face to face and clearly. They heard the prophets and read Moses. Yet they did not know Christ as One who was present. They always had Him at their back; they always heard and never saw Him. This is the condition of everyone who wants to be justified on the basis of the Law. He hears of the righteousness of the Law and does not see that righteousness is in Christ. He looks at some things and hears other things; he looks at those things that are in front of him and at his own powers, not at the virtues of Christ. Nevertheless, he always hears himself being driven to righteousness through the Law, but he never comes to it. "Isaac" means laughter; for this is characteristic of grace, which, with its oil, makes glad the face of man (Ps. 104:15). Opposed to this is weeping. This is characteristic of guilt, which comes from the Law. Therefore each name, when compared with its opposites, shows in a beautiful way the difference between Law and Gospel, sin and grace, the synagog and the church, the flesh and the spirit, the old and the new.

26. *But the Jerusalem above is free, and she is the mother of us all.*

Paul would be saying: "The other testament is from the Jerusalem which is above." Meanwhile, however, by giving his attention to the other Jerusalem, he has changed the construction and has resorted to an anacoluthon. But he makes up for this with other words, because the other testament actually began in Jerusalem when the Holy Spirit was sent from heaven to Mt. Zion, as Is. 2:3 says: "For out of Zion shall go forth the Law, and the Word of the Lord from Jerusalem." And in Ps. 110:2 we read: "The Lord sends forth from Zion your mighty scepter." But because Jerusalem was indeed the earthly inheritance promised at Sinai by the earlier testament, whereas another inheritance is promised us in heaven — for this reason we also have another Jerusalem which is not adjacent to Mt. Sinai and is not close to or related, so to speak, to the slavery of the Law. But there is also this difference: The Law of the letter was given from Mt. Sinai to those to whom temporal blessings were promised; but the Law of the Spirit was given, not from Jerusalem but rather from heaven on the day of Pentecost. And to this Law heavenly blessings were promised. Consequently, just as Jerusalem is the mother and capital city of all those who, under the Sinaitic Law, are her children and her citizens, so the Jerusalem above is the mother of all those who are her children and her citizens under the Law of heavenly grace. For these taste the things that are above, not the things that are on the earth (Matt. 16:23), because they have the Spirit as a pledge and token of the promise, and as the first fruits of the future inheritance of the eternal city and the new Jerusalem.

27. *For it is written: Rejoice, O barren one that dost not bear; break forth and shout, thou who art not in travail; for the desolate hath more children than she who hath a husband.*

These words are written in Is. 54:1, and a strange antithesis and contradiction gives them the nature of a paradox. The barren and widowed rejoices in her many children, while, on the other hand, the one who is married and fertile is without children. Who will be able to understand this? Paul is being allegorical and is talking spiritually by taking a parable from physical generation, in which children are begotten by the man's insemination of the woman. That allegorical man who speaks of women as both married and widowed, as both barren and fruitful, is the Law. This, as St. Augustine says,[51] is expressed more aptly in the Greek, where the Law is called νόμος, in the masculine gender; just as it is also θάνατος of which the apostle likewise speaks in the masculine gender as the "last enemy" (1 Cor. 15:26). The Law, I say, the man of the synagog, or of any people whatever that is situated outside the grace of God, does indeed, though to his own grief, beget many children; but they are all sinners, because in their reliance on the wisdom of the Law and on righteousness by the works of the Law they glory in the Law, on the grounds that they have become such people as they are on the basis of the Law, and that in the whole outward appearance of their life

[51] Augustine, *Enarrationes in Psalmos,* LIX, 10, *Corpus Christianorum, Series Latina,* XXXIX, 762.

they have become similar to their parent, that is, the Law. And yet inwardly, in spirit, they differ far from the pattern of the Law, since in fact by the Law sin rather increases, as I have said. The Law discloses sin but does not take it away, a point which Paul treats at greater length in Rom. 7:5: "While we were living in the flesh, our sinful passions, aroused by the Law, were at work in our members to bear fruit for death."

And so that allegorical man inseminates his wife; that is, he teaches the synagog things that are good. But the synagog, forsaken by the spirit of grace, gives birth only to sinners, who pretend to fulfill the Law but, on the other hand, are aroused all the more against the Law, just as in the desert the Jews were against Moses, who was a type of the Law and of this man. From this man the church or any people at all is released through grace, by which it dies to the Law in such a way that it no longer needs the Law with its urging and demanding but of its own accord and freely does everything that belongs to the Law as if there were no Law, because "the Law is not laid down for the just" (1 Tim. 1:9). Thus it comes about that she who was subject to the Law, like a wife fruitful with sinful offspring, is now widowed, without the Law, and forsaken and barren, but with a good and fortunate widowhood and barrenness; for thereby she becomes the wife of another man, namely, of grace, or of Christ. For grace takes the place of the Law, and Christ takes the place of Moses. Endowed by this husband with another kind of fruitfulness, she speaks the well-known word of Is. 49:21-22: "Who has borne me these? I was bereaved and barren, exiled and put away, but who has brought up these? Behold, I was left alone; whence, then, have these come? Thus says the Lord God: 'Behold, I will lift up My hand to the nations and raise My signal to the peoples; and they shall bring your sons in their bosom, and your daughters shall be carried on their shoulders.'" These things are said because the church's children are instructed, not by the teaching of the letter but by the touch of the Spirit of God, as John 6:45 states: "They shall all be taught by God." For where the Spirit does not touch, there indeed the Law does the teaching; and people in great numbers bring forth issue, but only sinners, as I have said. And it is only the work of man that is carried on there. They produce the kind of people they themselves are, but neither kind is good. The good are produced without the Law, solely by the grace of the Spirit.

One must, however, be familiar with this allegorical way of speaking on Paul's part, lest the strange and unusual nature of his meaning becloud his words for us. For St. Augustine also points out in an excellent way that the intercourse of Lot's daughters with their father betokens what takes place here. Lot himself is the νόμος, namely, the Law, whom his daughters make drunk; that is, they misuse the Law. Nor do the synagogs of the nations understand it correctly. They make it drunk with the wine of their own understanding as they force the Law to be and to seem what it is not. Thereupon they are made pregnant by the Law which has been made drunk in this way. They are taught, they conceive, they assent, and they give birth to Moabites and Ammonites, that is, to men who are superstitious and without the grace of the Spirit, arrogant over the works of the Law — men who in all eternity do not enter the church of God. Hence Moab is rightly translated with "from the father," and Ammon is translated with "people of mourning," because this is the one boast of the self-righteous and the hypocrites: that they come from the Law, that they live according to the Law, that they appropriate the Scriptures to themselves alone, as though they were the legitimate children of the Law. For this reason Jerome says that Moab is very haughty.[52] Meanwhile, however, they do not notice how restless their conscience is and that they are a people of mourning, since without the grace that makes the heart sure they cannot be at rest in the works of the Law as they bear the burden and heat of the day in vain (Matt. 20:12). The elder daughter is more shameless; she boasts of having a son from her father. "Moab," she says, "from my father." This is sensuality and the flesh, in which the self-righteous boast that they are of the Law. For in the sight of man the works of the Law and the doers of the Law glitter. The younger daughter, however, does not boast; she calls her son an unhappy people. This is conscience, which has no rest from the Law and its works. On the contrary, it has unrest and disturbance. Enough of this.

Therefore the apostle is saying that our mother has many children, even though she is forsaken, barren, widowed, without a husband, without the Law, without children who have been taught and prepared on the basis of the Law. For this very reason she should rejoice and break forth, and shout for joy that she is barren in this

---

[52] Jerome, *Liber interpretationis hebraicorum nominum, Corpus Christianorum, Series Latina,* LXXII, 69.

way and neither gives birth nor endures travail, while in the meantime the children of the Law are decreasing and the children of grace are being multiplied. This matter is typified very beautifully by what is written about Hannah and Peninnah in 1 Sam. 1:4-5, especially if the song of Hannah is added. Therefore it could seem that Isaiah drew his prophecy, which the apostle cites here, from this passage, with the same Spirit attending and enlightening him. "Until she who was barren gave birth to very many," sings Hannah, "and she who had many children became weak, because no man is made strong in his own strength" (1 Sam. 2:5, 9).

28. *Now we, brethren, like Isaac, are children of promise.*

Paul is applying the allegory. "We, like Isaac"; that is, we are children of the free woman and lady, just as Isaac was. And just as he, through the flesh, was a son, not of the flesh but of the promise, so we are too, because we were promised to Abraham in his offspring, as has been said at greater length above. The Jews, however, are like Ishmael, that is, children of the slave woman, not of the promise but of the flesh. So are all who trust in being justified on the basis of the Law and its works.

29. *But as at that time he who was born according to the flesh persecuted him who was born according to the Spirit, so it is now.*

Gen. 21 does not describe what that persecution was with which Ishmael persecuted Isaac, but one can learn what it was from the words of Sarah. When she saw the son of Hagar, the Egyptian woman, playing with her son Isaac, she said to Abraham: "Cast out this slave woman with her son, for the son of this slave woman shall not be heir with my son Isaac" (v. 10). It is as if she were saying: "I see that he wants to rely on the fact that he is an heir. He despises my son and forgets that he is the son of a slave woman." Moreover, it appears that this "playing" was of such a nature that Ishmael, puffed up by his primogeniture, vaunted it as he ridiculed and insulted Isaac, just as if Ishmael were Abraham's first son. But Sarah, seeing this, maintained the opposite: "The son of a slave woman, I say, will not be the heir." She called Ishmael a slave woman's son by way of derogation. And the Hebrew text supports this meaning. There we have: "And when Sarah saw the son of Hagar, the Egyptian woman — the son whom she had borne to Abraham — laughing and playing" (for "with her son" is added in our Latin version of the text).

It is as if she were saying: "Hagar bore Ishmael to Abraham. This is why Ishmael was puffed up. This is why he was laughing and exulting in front of Isaac. On this account he, smug concerning the inheritance, was scorning Isaac, the true heir."

The symbolic meaning of the figure as Paul employs it is in harmony with this. For "so it is now," he says, "with Israel, who declare in their snobbery that they alone are the offspring of Abraham, that they alone are the heirs of the promise." But no one persecuted the true children of Abraham more cruelly than those very people, as we read in the Acts of the Apostles. For they are "Ishmael." They hear in the prophets that God will come after them; but when He is set before them, they do not recognize Him. In this they reflect the name, the sentiments, and the character of Ishmael, their father.

Finally, the word "playing" is the same as that from which the name Isaac is formed. This name is translated with "laughter" or "rejoicing," to signify perhaps that Ishmael was a facetious person and that with a sharp taunt he had given the name Isaac a turn which derided him who bore it, as if he considered him a truly laughable heir and a man of no account at all. For it is not for nothing that Scripture makes use of the word "playing" or "laughing" in this way and recounts that so saintly a woman was disturbed by it. The apostle, however, refers to this in order to strengthen the Galatians, lest they stop being men of Isaac's type on account of the persecution of those Ishmaelites, because it has to happen that way. But the result will be that the latter will be cast out, as now follows.

30. *But what does Scripture say? Cast out the slave and her son, for the son of the slave shall not inherit with the son of the free woman.*

Scripture speaks emphatically and says what is altogether contrary to the presumption of the slave woman and her son. "She is a slave woman," it says, "and presumes to be a lady. He is a slave woman's son; he laughs at the son of the lady and mocks him with ironic gibes. But God forbid! Let them rather be cast out." From this one understands again that the slave woman Hagar agreed to this or at least allowed her son Ishmael to laugh at Isaac, since she was hoping for the same thing her son was hoping for, namely, that she would become the lady of the house. Nor does Scripture say: "Cast out *your* son"; it says: "Cast out *her* son," asserting that Ishmael was the son of the slave woman, not the son of Abraham. "So it will be now too," says Paul. "The sons of the flesh are not heirs; the sons of the promise are. Accordingly, if you do not want to be cast out with the son of the slave woman, continue steadfastly as sons of the free woman. Scripture will not lie. Even against Abraham's will, yet on the authority of God, it declares that the son of the slave woman must be cast out."

31. *So, brethren, we are not children of the slave but of the free woman.*

Paul makes the application of the story and of the allegory and summarizes with a brief conclusion, which now is amply understood from what has already been said. For to be a son of the slave woman means to be a slave to the Law, to be under obligation to the Law, to be obliged to keep the Law, to be a sinner, a son of wrath (Eph. 2:3), a son of death, alienated from Christ, cut off from grace, with no share in the future inheritance, devoid of the blessing of the promise, a son of the flesh, a hypocrite, a hired servant, to live in the spirit of slavery, in fear, and whatever else he has mentioned here and elsewhere. For the names of this evil are infinite. And though our Latin translator has added the words "with which freedom Christ has set us free" to the end of this chapter,[53] let us nevertheless, together with the Greek text, treat this as the beginning of the fifth chapter.

[53] The Latin reads: *Itaque, fratres, non sumus ancillae filii, sed liberae: qua libertate Christus nos liberavit.*

CHAPTER FIVE

1. *For freedom Christ has set us free; stand fast, therefore, and do not submit again to a yoke of slavery.*

I AM driving home *ad nauseam* the fact that this is the freedom and the slavery of which Paul speaks in Rom. 6:20, 22: "When you were slaves of sin, you were free in regard to righteousness. But now that you have been set free from sin, you have become slaves of God." But let us set this up in a diagram:

> Freedom from righteousness } { Service of sin
> Service of righteousness   } { Freedom from sin

For he who is free from sin has become a slave of righteousness; but he who is the slave of sin is free from righteousness, and vice versa.

I repeat all this because I know that on account of the multitude of grasshoppers and locusts the fruits of our land have reached the point that this slavery and freedom are generally not understood, so fixed and deeply rooted has the human falsehood about free will become in those who oppose and deny both. What is more, those whom the apostle was forced to oppose in the same sixth chapter of Romans also have a fleshly idea of freedom, as if in Christ it were permissible for anything at all to be done, whereas this freedom is such that because of it we do of our own accord and gladly, without regard for penalties or rewards, the things that are stated in the Law. But it is slavery when we do these things out of slavish fear or childish desire. Therefore it profits nothing. Neither is there any difference between a slave of sin and a slave of the Law, because he who is a slave of the Law is always a sinner. He never fulfills the Law except to put works on display, and a temporal reward is given to him just as it is given to children of slave women and concubines. But the inheritance goes to the son of the free woman. "Christ," he says, "has made us free with this freedom." It is a spiritual freedom, one to be preserved in the spirit. It is not that heathen kind, which even the pagan

Persius knew was not enough.[1] It is freedom from the Law, but in a way contrary to what usually takes place among men. For it is human freedom when laws are changed without effecting any change in men, but it is Christian freedom when men are changed without changing the Law. Consequently, the same Law that was formerly hateful to the free will now becomes delightful, since love is poured into our hearts through the Holy Spirit (Rom. 5:5). In this freedom, he teaches us, we must stand strongly and steadfastly, because Christ, who fulfills the Law and overcomes sin for us, sends the spirit of love into the hearts of those who believe in Him. This makes them righteous and lovers of the Law, not because of their own works but freely because it is freely bestowed by Christ. If you move away from this, you are both ungrateful to Christ and proud of yourself, since you want to justify and free yourself from the Law without Christ.

Note the stress of his words: "Not again," "not in slavery," "not to a yoke of slavery," "do not submit." Or, as it is expressed more meaningfully in Greek, μὴ ἐνέχεσθε, almost as he said above, namely, as if confined in prison. This means: "Lest you be confined, held in possession — as Erasmus says [2] — ensnared, entangled, under the most grievous and unbearable weight of the Law, in which, however, it is impossible to exist except as slaves and sinners. It is a lesser thing to be held fast; but to be held fast in slavery, that is hard, and it is hardest under the yoke of slavery, especially after receiving freedom.

"Stand fast," says Paul as he assumes greater things about them than he finds, namely, that they had not yet fallen; otherwise he would have said: "Arise." Now he says more courteously: "Stand fast," in order to teach at the same time that nobody should immediately reproach with no hope of recovering. No, one should reproach with strong reason for good hope — which the fulminators of our age fail to do; for them it is enough to have given vent to a terrible lust for power of their own.

2. *Now, I, Paul, say to you that if you receive circumcision, Christ will be of no advantage to you.*

After the apostle has torn to pieces the righteousness of the Law with many very strong arguments and has given an abundant account concerning faith in Christ, he now, no less vigorously, exhorts, terri-

---

[1] Aulus Persius Flaccus, *Satires*, V, sets forth the Stoic paradox that except for Stoic philosophers all men are slaves.

[2] Erasmus, *Annotationes ad locum.*

fies, threatens, and promises. He waters what he had already planted. And with manifestly apostolic warmth and zeal he tries and tempers everything, so that it is most pleasing to see such a reflection of apostolic concern. In the first place, he frightens with the thought that Christ is of no advantage if they receive circumcision; and he says: "I, Paul, announce this to you." He repeats his name to give weight to its authority. Here again I, too, repeat that it is not a bad thing to receive circumcision; but to look for righteousness in circumcision — for it was for this purpose that they were being circumcised — is godlessness. And it is easier to recognize a false reliance on righteousness in ceremonial works than it is in the moral works of the Decalog, for righteousness must not be sought through these works either; it must be sought through faith in Christ. I am mentioning this lest someone get the notion from what I am saying that the apostle is opposing only the ceremonial features of the Law. On the contrary, he has taken up the most manifest work of the Law, while at the same time he has in mind all the works of the Law.

Rom. 2:25 seems to contradict this. "Circumcision indeed is of value," says Paul, "if you obey the Law." How, says Jerome, is circumcision of value if you keep the Law, when Christ is of no advantage to those who have received circumcision?[3] Here the same saintly man brings together many considerations. Briefly, however, it is impossible for the Law to be fulfilled without Christ, as has already been said rather often. For the apostle holds this as a firm supposition, and he has sufficiently proved it. But those who keep the Law, that is, those who possess Christ, the Fulfiller of the Law, through faith are free to receive circumcision or not to receive circumcision. For them all things are profitable; all things work together for good (Rom. 8:28). But those who receive circumcision in slavish fashion and out of fear of the Law, because thereby they want to render satisfaction to the Law and to be justified by a necessary righteousness, are surely casting Christ and the grace of God aside, since they presume to fulfill the Law in another way than through Christ. Thus for these Christ is of no advantage because of circumcision, while because of Christ circumcision does no harm to the former.

With the same stupidity, yes, godlessness, those people perish who, either because of the trembling of their conscience or because of the peril of threatening death — when they finally realize one day that

---

[3] Jerome, *Commentarius*, 421—422.

their life is thoroughly bad as they see how far removed they are from the Law of God — either despair or with equal godlessness plunge ahead and want to render satisfaction for their sins and to start keeping the Law for the sake of soothing their conscience, since they think that they will be good if they fulfill what the Law prescribes. Furthermore, they do not understand "fulfilling" to be purely and simply "believing" (in Christ, the Fulfiller of the Law). On the contrary, they understand it to be satisfaction rendered to the Law by the performance of many works.

We learn these godless kinds of righteousness from the decrees of men and from the monstrous theology which has Aristotle as its head and Christ as its feet, since these decrees and these kinds of righteousness alone hold sway. For this is how they vaunt their petty works of satisfaction; and it is amazing what value they place on these with their traffic in indulgences, as if it were not enough to believe in Christ, in whom our righteousness, redemption, satisfaction, life, and glory are by faith alone (1 Cor. 1:30).

Therefore when, under the guidance of the Law, you have come to the knowledge of your sins, beware lest before all else you presume henceforth to satisfy the Law as one who intends to live a better life. But despair altogether of your past and future life, and trust boldly in Christ. Moreover, as one who believes, is justified in this way, and fulfills the Law, pray to Christ that sin may be destroyed also in your flesh and that the Law may be fulfilled there too, just as it has already been fulfilled in your heart through faith. Not until then will you be doing good works according to the Law.

Therefore I like the practice that nothing but the crucified Christ is impressed on those who are about to die, and that they are exhorted to faith and hope.[4] Here at least — no matter to what extent the deceivers of souls may have deluded our whole life — free will collapses, good works collapse, the righteousness of the Law collapses. Only faith and the invoking of God's completely pure mercy remain, so that I have often had the notion that there are either more or better Christians in death than in life. For the freer confidence is from one's own works, and the more exclusively it is directed toward Christ alone, so much better is the Christian it makes; and the good works of one's whole life should be directed toward this faith. But now we are being thrust upon our own merits by the fogs, clouds, and whirl-

---

[4] Cf. *Luther's Works*, 23, p. 360, note 40.

winds of human traditions and laws, and of ignorant interpreters of Scripture and preachers as well. By our own powers we strive to render satisfaction for our sins; and we do not direct our works toward purging the vices of the flesh and destroying the body of sin, but — as though we were already only pure and holy — we pile up like grain in a barn things with which to make God our debtor and to give them a seat, I do not know how high, in heaven. Blind! Blind! Blind! To all such people Christ is of no advantage. They strive to justify themselves by another plan.

It follows, moreover, that this expression, "you receive circumcision," expresses not so much the outward work as the inner longing for the work. For the apostle is speaking in spirit of the conscience within. The external work is immaterial. The whole difference, however, lies in the opinion, the intent, the conscience, the purpose, the motive, etc. Hence if the works of the Law are done out of a feeling that they are necessary and out of confidence that righteousness is gained by them, one turns aside in the counsel of the ungodly and stands in the way of sinners (cf. Ps. 1:1); and he who teaches this is sitting in the seat of pestilence. But if they are done in devout love, in trust, and in freedom, they are the merits of the righteousness that has already been gained through faith. Now they are done in devout love when they are done with a view to the need or the will of another person. For then they are not works of the Law; then they are works of love. Nor are they done on account of the Law, which commands; they are done on account of the brother, who wants or needs them, just as the apostle himself did them.

Let this axiom stand firm for you in the case of all works of any laws whatever. For if a priest or monk has done his ceremonial works, even his works of chastity and poverty, in such a way that he wants to be justified and good through them, he is godless and is denying Christ since one who has already been justified by faith should employ these works for purging his flesh and his old nature, in order that his faith in Christ may increase and hold sway alone in him, and in order that thus the kingdom of God may come. Hence he will do those works gladly, not to merit much but to be purified. Ah, how great a disease there now is in those droves of men who are monks and priests with the greatest weariness and for the sake of this life only, who fail to see by even a hairbreadth what they are, what they are doing, or what they are seeking!

Forgive me, dear reader, for using so many words. This Midian has come upon the church in such great numbers that there is need of six hundred Gideons, let alone three hundred trumpets and pitchers, for them to be driven away (Judg. 7:16). The strong waters of the Assyrians have come up to the neck of Judah, and the stretching out of his wings has filled the breath of your land, O Emmanuel, because we have refused the waters of Shiloah that flow gently (cf. Is. 8:6 ff.). And so with our keys that bind (Matt. 16:19) we have gained nothing but innumerable snares for souls.

3. *I testify again to every man who receives circumcision that he is bound to keep the whole Law.*

The first evil that should frighten you is the fact that Christ is of no advantage to you. This means nothing else than that the Law has not been fulfilled by you. Hence the second evil is the fact that the weight of the Law still rests on you and that you are bound to keep the whole Law. Most certainly both are exceedingly great misfortunes, namely, to be without so great a good that is in Christ and to be oppressed by so great an evil that comes from the Law.

But, I ask you, Paul, with what kind of logic will this sort of reasoning stand up, or even proceed? "You receive circumcision; therefore you are bound to keep the whole Law." Does not the man who receives circumcision keep at least the law of circumcision? Jer. 9:26 answers: "All these nations are uncircumcised; for all the house of Israel is uncircumcised in heart." Besides, the apostle is speaking on the basis of his supposition that there is no true work of any law unless it is done out of faith that makes the heart pure. Hence neither circumcision nor anything else whatever renders satisfaction to the Law, except outwardly and hypocritically. For only that work is good which proceeds from a good and pure heart. A good heart, however, is born only out of grace. Grace does not come from works; it comes from faith in Christ. Thus Abraham's circumcision would have amounted to nothing at all had he not first believed. After he had been accounted righteous on the basis of this faith, he did a good work by receiving circumcision. This is what Rom. 2:25 says: "If you break the Law, your circumcision becomes uncircumcision." What else does this mean than "He who is circumcised is uncircumcised, and he who keeps the Law fails to keep the Law"? For he does not keep it according to the more important and better part of himself, namely, his heart; he keeps it merely according to the flesh. Thus James says (2:10): "He who fails in one point has become guilty of all of it." For he who by faith fulfills one point fulfills them all, since faith is the fulfillment of all laws for the sake of Christ, the Fulfiller. But if you are without faith in one point, then you have it in none. Therefore he is right when he says that he who receives circumcision without faith, without the inward circumcision, does not receive circumcision. On the contrary, he performs no work of any law but is still under obligation to the whole Law.

It is St. Jerome's understanding that if they receive circumcision, it is also necessary for them to keep all the rest of the Law, as if the Galatians had kept only circumcision.[5] This notion does not please me, because the pseudapostles had imposed the whole Law of Moses upon the Galatians, as he said above: "You observe days and months and years and seasons!" (Gal. 4:10.) So what he wants is rather to show that through their observance of the Law by far the opposite had turned out to be the result for them, namely, no observance at all, in fact, an actual and greater transgression.

4. *You are severed from Christ, you who would be justified by the Law; you have fallen away from grace.*

Look! As I have said, it is not the work of circumcision that is condemned by the apostle; it is the trust in righteousness. "Who would be justified," says Paul, "by the Law." It is a sin of godlessness to want to be justified by the works of the Law. The works of the Law can be done properly by those who are righteous, but no godless person can be justified by them. Indeed, even the righteous man, if he presumes to be justified by those works, loses the righteousness he has and falls from the grace by which he had been justified, since he has been removed from a good land to one that is barren. Here again Paul seems to allude in hidden fashion to the Galatians' name — which signifies "a removal" — because they had fallen from grace into the Law.[6] You see, therefore, how consistently the apostle maintains that we are justified by faith alone, and that works are not the primary factors for acquiring righteousness but are the functions of a righteousness already obtained and the aids for increasing it.

[5] Jerome, *Commentarius*, 423.
[6] Cf. p. 177, note 22.

St. Jerome criticizes the Latin translator for using the expression "You have emptied yourselves," because, as he says, the meaning is rather "You have ceased from the work of Christ." [7] But I am uncommonly pleased with the emphasis this expression has. Paul wants to say: "You are idle, empty, devoid of Christ's work; and the work of Christ is not in you." Since indeed, as was said above, it is not the Christian who lives, speaks, works, and suffers; it is Christ who does all this in him. All his works are works of Christ, so inestimable is the grace of faith. Therefore he who is removed to the Law now lives in himself; he busies himself with his own work, his own life, his own word; that is, he sins and does not fulfill the Law. He has no interest in Christ; Christ does not dwell in him or make use of him. He observes an utterly wicked and miserable Sabbath, a rest from the works of the Lord, when, on the contrary, he should be observing a Sabbath from his own works and should be unoccupied and disengaged, in order that the Lord's work might be done in him, which as St. Augustine teaches, was formerly prefigured by the Sabbath.[8] Therefore he who believes in Christ empties himself and becomes disengaged from his own works, in order that Christ may live and work in him. But he who seeks to be justified by the Law empties himself of Christ and becomes disengaged from the works of God, in order that he may live and work in himself, that is, in order that he may perish and be destroyed.

5. *For through the spirit, by faith, we wait for the hope of righteousness.*

"Through the spirit, by faith" seems to be the Hebrew way of saying: "We, by the spirit that is from faith" or "Because we believe." Accordingly, we are waiting for the hope of righteousness, not in a fleshly way but in a spiritual way. But those who do not believe are devoid of the spirit. For this reason they wait for the hope of a righteousness of their own, in a fleshly way on the basis of works. Faith makes men spiritual; works make them fleshly. I have also said previously that without grace man can perform the Law only out of fear of punishment or hope of a promised reward. But in either case the action is fleshly and mercenary. For this reason it is not through

[7] Jerome, *Commentarius*, 424.

[8] Augustine, *Enarrationes in Psalmos*, XXXVII, 2, *Corpus Christianorum, Series Latina*, XXXVIII, 383.

the spirit that hope is waited for in that case, but it is by the flesh that something is striven for in order that they may enjoy it. For they do good, not out of love for righteousness but because they want the benefit of a reward.

What does Paul mean when he says that "we wait for the hope of righteousness"? Who waits for a hope? Some take "hope" to mean the thing hoped for, just as in the third book of *Sentences* it is stated that in Athanasius faith is taken to mean that which is believed or the words that express one's faith: "This is the catholic faith." [9] But I do not like to hear faith and hope understood in this way; for just as it is correct to say, "I live a life," so, without being absurd, it seems that one could say, "I hope a hope." Meanwhile, however, I shall not dispute the matter. Let everyone adopt whatever view he can or wishes. I know that it is a common figure of speech in Scripture to ascribe to faith and hope that which is attained by faith and hope; for in this way men are called gods (Ps. 82:6), are called truthful, righteous, holy — attributes which belong to God alone. They are people of this kind because they partake of and cling to God. Thus hope is called hoping or the thing hoped for because it is closely connected with things that are to come. For it does not cling to these things because of a purely arbitrary decision to misuse the word, as those whom I mentioned before think — just as those whom I spoke of before imagine that some are righteous of themselves, without clinging to the divine righteousness. No; for faith could not have a more valid reason for clinging to these things, since it clings to and agrees with the divine righteousness and truth. This is a matter of grace, not of nature.

6. *For in Christ Jesus neither circumcision nor uncircumcision is of any avail, but faith working through love.*

Here it is proved with the greatest clearness that circumcision is permitted. St. Jerome and his followers assail this with such an uproar because if circumcision is not permitted, then uncircumcision will be necessary.[10] But "uncircumcision," Paul says, "is of no avail." Therefore it is not necessary. Again, uncircumcision is also permitted, because if it is not permitted, then circumcision is necessary. But "circumcision is of no avail." Therefore it is not necessary. What,

[9] Peter Lombard, *Sententiae*, III, 23, 3, *Patrologia, Series Latina*, CXCII, 805.
[10] Jerome, *Commentarius*, 425—426.

then, is left, except what St. Augustine rightly says at this point, namely, that it is not true that Christ was of no advantage to Timothy because Paul circumcised him when he was already a Christian.[11] For Paul did this on account of the offense that others would take. He was by no means a hypocrite when he did so. No, he believed that it makes no difference whether one is circumcised or not circumcised. He enunciates this principle in 1 Cor. 7:19, where he says: "Neither circumcision counts for anything nor uncircumcision." For circumcision does no harm to him who does not believe that salvation depends on it.

In order to establish this principle of indifference, Paul has very prudently stated both cases; for if he had said: "Circumcision is of no advantage," then uncircumcision would seem necessary. On the other hand, if he had said: "Uncircumcision is of no avail," then circumcision would seem necessary. But now only one's opinion, one's trust, and one's conscience make a distinction between circumcision and uncircumcision, both of which are permitted, neither good nor evil, and matters of indifference, just as all other works of the Law are. Thus in 1 Cor. 7:18-19 he says: "Was anyone at the time of his call already circumcised? Let him not seek to remove the marks of circumcision. Was anyone at the time of his call uncircumcised? Let him not seek circumcision. For neither circumcision counts for anything nor uncircumcision, but keeping the commandments of God."

What is this? Do not those who receive circumcision keep God's commandment? Did He not give this commandment through Moses and Abraham? I have said above that those who are circumcised in the flesh without the circumcision of the heart are uncircumcised in the sight of God, although it is true that the Jews of necessity had to keep the ceremonial requirements of the Law until Christ came. For the promise to Abraham and the Law of Moses were in force until Christ came, as Moses clearly says in Deut. 18:15 that they should listen to the Prophet whom God was going to raise up, just as they listened to Moses himself. Accordingly, Moses did not want to be listened to after the coming of this Prophet, who is Christ, as the apostle Peter, in Acts 3:23, cites this same passage against the Jews. And when God gave Abraham the commandment of circumcision, He surely wanted this to remain in force only until the appearance

---

[11] Augustine, *Epistolae ad Galatas expositio, Patrologia, Series Latina,* XXXV, 2135—2136.

of the promised blessing. For with the coming of the Offspring with regard to whom the promise was made certainly the promise and the covenant of the promise, together with its seal, were simultaneously brought to an end. After the coming of Christ, therefore, circumcision is nothing. Nevertheless, it is a matter of indifference and permissible, just as is everything else concerning days, food, clothing, places, sacrifices, etc., even though they were of no value, even before the coming of Christ, if they were done without the inward righteousness, as Isaiah says (1:11): "What to Me is the multitude of your sacrifices?" And Micah asks (6:6): "What worthy offering shall I make to the Lord?" Thus in Heb. 9:10 it is stated that all these things were imposed until the time of reformation. But even the works of the Decalog were outside grace and must be brought to an end, in order that its works that are true in the spirit may take their place.

I have said these things to prevent anyone from thinking that I am asserting that even before Christ circumcision was a matter of indifference and neither good nor evil or that uncircumcision was permitted to the Jews; for Job and many others in the Orient — Naaman the Syrian; the son of the woman of Zarephath; King Nebuchadnezzar, after he had been converted — were righteous and yet uncircumcised, because they were not bound by the Law of Moses. Only the Jews, who had received circumcision, were bound.

When Paul speaks of "faith working through love," this is a clarification of his remarks that sheds light on them and gives understanding to the immature, in order that we may understand what kind of faith he is talking about so often, namely, one that is genuine and sincere, and, as he writes to Timothy (1 Tim. 1:5), is "from a good conscience and sincere faith." But the faith which our theologians call "acquired" is feigned. So is the faith which, even though it is "infused," is without love.[12]

Nor am I dealing here with the frivolous questions and the disgusting opinions with which they determine that "acquired" faith is a prerequisite for "infused" faith, as if the Holy Spirit were in need of us and we were not rather in need of Him in everything. For they dream that if a boy who has just been baptized were brought up among Turks and unbelievers without a Christian teacher, he would not be able to know the things a Christian must know. But this is nonsense, as if they did not experience before their eyes every day

---

[12] Cf. *Luther's Works*, 24, p. 321.

of what little advantage Christian teaching is to those who are not inwardly drawn by God, and, on the other hand, what great things are being done by those who are not outwardly taught as many great things as the theologians teach and are taught. It is something living, yes, life and reality, if the Spirit does the teaching. He knows, He speaks, He works all things in all. He whom God teaches is certainly no different from him whom God creates anew. For who teaches the unformed offspring of a man how to live, to see, to think, to speak, and to work, and the whole world to flourish in all its works? The aforementioned fabrications are ridiculous and give rise to utterly foolish thoughts about God. Therefore he who hears the Word of Christ sincerely and clings to Him in faith is at once also clothed with the Spirit of love, as Paul said above: "Did you receive the Spirit by works of the Law, or by hearing with faith?" (Gal. 3:2.) For if you hear Christ sincerely, it is impossible for you not to love Him forthwith, since He has done and borne so much for you. If you are able to love the person who gives you a present of twenty florins or honors you with some service, how will you fail to love Him who gives up, not gold but His very self for you, receives so many wounds for you, sweats blood and sheds it, dies and endures the uttermost? But if you do not love him, it is certain that you do not listen to these things sincerely and do not truly believe that they were done for you. For the Spirit brings it about that you do this. The other kind of faith, however, which does miracles, is a free gift of God bestowed on the ungrateful, who perform their works for their own glory. Of these Paul says in 1 Cor. 13:2: "If I have all faith, etc." Very judiciously, therefore, and very significantly he speaks of "faith working through love." That is, as Erasmus shows from the Greek,[13] a faith which is powerfully active, not one that snores once it has been "acquired" or one that is strong through miracles but one that is powerfully active through love. Just as he said earlier: "He who worked through Peter worked for me also for the Gentiles." For the word expresses energy.

7. *You were running well.*

It is a figure of speech in Scripture for the words "to go," "to walk," "to advance," "way," "road," "step," "footprints," and the like, to be taken in the sense of the way one lives or even in the sense of be-

---

[13] Cf. Erasmus, *Paraphrasis, Opera,* VII, 962.

lieving and of loving. For, as Augustine says, God is not approached locally; He is approached by one's disposition and by love, which means walking with the feet of one's heart and mind.[14] Hence Paul also says that our "citizenship is in heaven" (Phil. 3:20) when we occupy ourselves with the things that are above, where Christ is. Although these expressions are very common and frequent in Scripture, nevertheless there is need to call attention to them, because the error is now very general and prevalent everywhere by which, in the name of religion but contrary to religion, they keep running to Rome, Jerusalem, St. James's,[15] and a thousand other places, as if the kingdom of God were not within them instead (Luke 17:21). The grandiose and shameless displays of indulgences give no sluggish support to this ungodliness. Deluded by them, and because it does not know how to distinguish, the ignorant rabble far prefers this running hither and thither to the exercises of love by which alone one runs to God and which they could practice abundantly in their own localities. But greed strikes the shepherds blind and keeps them from opposing this widespread error.

But the apostle does not say: "You were walking"; he says: "You were running." By doing so he commends them exceedingly and flatters them in a fatherly manner. For "running" is characteristic of those who are perfect, as we read in Ps. 19:6: "And like a strong man runs its course with joy." And in 1 Cor. 9:24: "So run that you may obtain it." On the other hand, of those that are perfect and obstinate in evil Prov. 1:16 says: "For their feet run to evil, and they make haste to shed blood." And the same thing is repeated in Is. 59:7. Therefore to run in Christ means to hasten, to be aglow, to be perfect in faith and in love for Christ.

Who hindered you from obeying the truth?

"Who hindered you in your good race, and hindered you to such an extent that you did not believe the truth?" It is as if he were saying: "No one's cunning, no one's authority, no one's personal status or outward appearance, however great, should have moved you. Those who are snoring and hardly able to creep in Christ, that is, those who are rather weak, someone may be able to deceive, to

[14] For example, Augustine, *Confessions*, V, 2.

[15] A reference to Santiago de Compostela; cf. *Luther's Works*, 22, p. 250, note 36.

hinder, to seduce. But those who were running, who were aglow, and assuredly those who welcomed me as if they were welcoming Christ, who plucked out their eyes, who endured all dangers of property and life for my sake — who would not marvel at this, that they should so swiftly not only be hindered but even be carried away to the point that they do not believe the truth? You are Galatians indeed and too easily carried away, since you have been cast down so quickly from such a great height of perfection into such a great depth of contrary superstition." At the same time remember what human nature and free will are like if God withdraws His hand; then remember what people will do when they lack the good services of shepherds, since the Galatians, who were so great in Christ, fell away so quickly and so grievously when Paul was absent.

Away now with those who want to be shepherds of many places, yes, shepherds of many shepherds; and let them glory in their own power, though meanwhile they fail to provide pasture even for themselves! In fact, so thoroughly corrupt are men's attitudes today that they take what Christ said to Peter — "Feed My sheep" (John 21:17) — and interpret it to mean: "Be a superior over My sheep, and lord it over them." This is all it means today to feed Christ's sheep, even if they have not seen a syllable of the Gospel, which alone is the pasture of the sheep. Then these same people interpret the statement, "You are Peter, and on this rock I will build My church" (Matt. 16:18), to mean: "On the rock, that is, on the power of the church," whereas Christ meant this spiritually, to signify the solidity of faith. Out of faith in Christ, which is entirely spiritual, they are making for us a completely earthly kind of power. Consequently, there is no need for us to ask: "Who hindered you from obeying the truth?" No, we should ask: "Why does no one hinder you from obeying the falsehoods in which you are running in the worst possible way?" For what else should we do when the shepherds are on the lookout, not for a place to which we may run but for how extensively they themselves may rule?

You will have agreed with no one.

Jerome thinks that this little section should be entirely rejected because it is not found in any of the Greek books or in any writings of those who have commented on the apostle.[16] For this reason we, too, shall disregard it.

[16] Jerome, *Commentarius*, 429.

8. *This persuasion is not from Him who called you.*

St. Jerome reads "your persuasion" and has a great deal to say about free will. This discussion must be taken with caution, especially since he quotes the opinions of others, that is, records their interpretations. I like the thought of Erasmus, who says that the Greek text does not have "your" or "is" or "this," and that it is a reply to the question preceding it, as follows: "Who hindered you from obeying the truth; certainly nothing but a persuasion that does not come from God, who called you." [17]

But "persuasion" can be taken either as active or as passive, except that it is a severer rebuke and squares more with the preceding question if it is taken as passive. Then the sense is: "You were hindered because you were too quickly persuaded. You are Galatians; you are quickly carried away from Him who calls you," as Paul said above (Gal. 1:6). People so perfect should not have been so quickly persuaded, no matter how much the persuaders were urging them. Note again that Paul prefers to call faith a persuasion, because it is something that cannot be demonstrated unless you believe the one who is persuading you; for faith does not tolerate the quarrels of the sophists.

9. *A little yeast leavens the whole lump.*

These words are poorly translated in our editions, which have "A little leaven spoils the whole dough." The translator has given his own interpretation rather than the words of the apostle. But St. Jerome translates these words as follows: "A little leaven ferments the whole mixture." [18] Paul has the same thought, even the same words, in 1 Cor. 5:6: "Do you not know that a little leaven ferments the whole lump of dough?" It seems to be a familiar proverb of the apostle and certainly a very fine and emphatic one.

But in 1 Cor. 5:7-8 the apostle indicates plainly that there are two kinds of leaven when he says: "Cleanse out the old leaven," and again: "Not with the old leaven." Therefore there is also a new leaven. The old leaven is a pernicious teacher, a pernicious doctrine, a pernicious example. In the passage before us the apostle is speaking of the first and second items; in 1 Cor. 5:6 f. he is speaking of the third, where he orders that the fornicator be removed from their

[17] Jerome, *Commentarius*, 429; cf. Erasmus, *Paraphrasis, Opera*, 962.
[18] Jerome, *Commentarius*, 429.

midst like old leaven. "In order," he says, "that you may be fresh dough." Similarly in Matt. 16:6 and Luke 12:1: "Beware of the leaven of the Pharisees, which is hypocrisy," which the evangelists themselves later explain as referring to the teaching of the Pharisees. "Dough" or "mixture" is the people, a disciple, or the pious teaching of pure faith. But just as the leaven resembles the mixture, so perverse doctrine always takes on the appearance of truth and is not discerned except by the taste, that is, by the discerning of the spirit. The "new leaven" is Christ, the Word of Christ, and the work of Christ and of every Christian, that is, teacher, doctrine, and example. The "dough," however, is the people, the wisdom of the flesh, the old nature, the life of the world, etc.

For this reason Matt. 13:33 says: "The kingdom of heaven is like leaven which a woman took and hid in three measures of meal, till it was all leavened." The "woman," namely, the church, or the wisdom of God, "takes the leaven," that is, the Word of the Gospel, "and hides it," because the Word of faith thrives within the conscience, not in the outward works of the Law, as we read in Ps. 119:11: "I have laid up Thy Word in my heart." For faith justifies spiritually in the sight of God. "In three measures of meal" means in the definite number and measured sum of His elect. For according to Jerome,[19] *satum* is related to a Hebrew word for a kind of measurement customary in the province of Palestine. It has a capacity of a peck and a half. And it is just about this much that women usually take for meal that is to be leavened. So whatever symbolic interpretation anyone may have for the three "measures" must be allowed, provided that one understands it as a definite number and a measured sum of people, whether by election on the part of the Holy Trinity or otherwise. "Till it was all leavened"; that is, as I said above, the faith by which we are spiritually justified is, so to speak, a hiding of the leaven and a sort of commingling of the Word of God with our soul. The effect of this is that it chastises the flesh, destroys sin, and purges out the old leaven, so that it alone holds sway in all members and leavens the whole person.

Therefore since in the Scriptures we are called one bread and one drink, and since doctrine likewise is called bread and drink,[20] one has to become accustomed to these allegories and understand the mingling and the changing of the meal and the leaven as meaning

[19] Jerome, *Commentarius*, 430.
[20] Presumably this is a reference to 1 Cor. 10:17.

the changes of doctrines and of people in their souls. Accordingly, although the apostle is speaking in this passage of evil teaching, still, because he is employing a general statement, he must also be understood as referring to any evil lust whatever. And whenever we begin to be titillated by this, we must check it at once with this saying: "A little leaven leavens the whole lump." For if you do not resist at the beginning, it will grow strong and will contaminate your whole body and soul because you consent to it or take pleasure in it. But if that Law of Moses which had no taste of evil at all is a leaven, as the apostle thinks, what will our traditions be, which have so foul a smell and emit the stench of flesh and blood?

10. *I have confidence in you in the Lord that you will take no other view than mine.*

Paul qualifies his statement in a beautiful way, lest he be thought to have confidence in man. "I have confidence in you, yet not in you but in the Lord." And even though it means the same thing to say: "I am confident about you in the Lord," there is something or other that is more appealing to me in the hidden emphasis when he says, as if he were writing in Hebrew: "I have confidence in you in the Lord." For this, too, seems to be a kind of flattering compliment prompted by his fatherly concern, namely, that he has confidence in them, but in no other way than in the Lord. Now this statement, "you will take a view *[sapietis],*" which is so frequent in the New Testament and which sometimes means "wisdom" or "prudence," as in Rom. 8:6 — "To set the mind on the flesh is death" — should finally be familiar to us. For that which is called an effort of the mind, an attempt, an intention, a seeming, a feeling, a sentiment, an opinion, a judgment, a resolution, a design, a plan, a deliberation, a mind, etc., is all expressed with this Greek word φρόνημα or φρόνησις. Therefore Ps. 1:1 says: "Blessed is the man who does not walk in the counsel of the wicked," which in German is called *Gutdunckel,* as when we say: *Es dunckt mich so recht* ("I think it is right that way"). "No other view" cannot be referred to what immediately precedes, but it refers to the argument and substance of the whole epistle. Therefore the sense is: "You have learned the Gospel from me. I hope that you will take no new view, no other view; I hope that you will not change," as he again compliments them and makes a pious assumption, although they had already begun to take another view, or another opinion had begun to seem good to them.

And he who is troubling you will bear his judgment, whoever he is.

"He is troubling"; that is, with his teachings he is dislodging you from the true faith and is driving you from the position in which you were standing. But will pious zeal and a good intention, as they say, excuse that person? Or ignorance? Or the fact that he is a disciple of the apostles, and a great one at that? "No!" he says. No matter who and how great he is, it is no trifling sin that he has done; he will bear his judgment." This, too, is a figure of speech in Scripture: "To bear one's burden, one's judgment, one's iniquity," by which their damnation is meant. For those who are in Christ do not bear their burden; but, as Is. 53:4, 6 says, "Christ Himself has borne our griefs, and the Lord has laid on Him the sins of us all." Moreover, for every man it is impossible to bear his sin, and yet he is compelled to bear it, as Ps. 38:4 says, "For my iniquities have gone over my head; they weigh like a burden too heavy for me."

Therefore it is a horrible thing that Paul says here: "He will bear his judgment." Note, too, with what pride he takes the man's personal status from him. "Whoever he is, it does not matter to me; even if he is an apostle or a disciple of the apostles, his personal status means nothing." Such great contempt for personal status do we see in Paul, and such great evils committed under the roles and masks that men assume. Yet even so we cannot be sufficiently persuaded. Indeed, we knowingly and willingly take delight in being seduced by the claim of sanctity, authority, power, limitation, privileges, and utterly vain things of this sort. For nowadays one is not allowed to say in the church: "Whoever he is." But it is enough to say: "Thus this man thinks; thus he wants it; thus he orders it." Then the whole universal church has said this, until certain heralds of Antichrist have reached the point that they prate in the foulest manner that no one is allowed to say — especially not to the Roman pontiff — "Why are you doing this?" Furthermore, they prate that the pope has no judge on earth,[21] and that Christ would not have provided adequately for His church if He had not assigned to a human being such great power as this man has. In view of its services to Christ our age deserves to hear utterances of this kind; they are sillier than the worst kind of godlessness.

[21] A quotation from the bull *Unam sanctam* of Boniface VIII, reprinted in Carl Mirbt (ed.), *Quellen zur Geschichte des Papsttums und des römischen Katholizismus* (Tübingen, 1924), p. 211.

11. *But if I, brethren, still preach circumcision, why am I still persecuted?*

For, as Paul said above, in the first chapter (v. 10): "Or am I trying to please men? If I were still pleasing men, I would not be a servant of Christ." With these words he points out exactly what he points out here, namely, that for the sake of the Word of Christ by which circumcision is abolished he has suffered persecutions at the hands of the Jews, as is described in Acts and in many epistles. Therefore he is saying: "Even from this evidence you learn that circumcision is nothing and that I myself, as I write to you, am acting in such a way that I shall even suffer persecution on this account. I would not suffer this if I were in agreement with those people and were teaching circumcision."

St. Jerome thinks that those false apostles had also misused Paul's name to subvert the Galatians; for they said that even Paul had circumcised Timothy and had made a vow in Cenchreae, as was mentioned above.[22] But note that he does not say: "If I still allow circumcision." No, he says: "If I preach circumcision." It was not to be preached as necessary, although it was to be tolerated as harmless, provided that faith in Christ was the governing principle.

In that case the stumbling block of the cross has been removed.

If circumcision is preached, the Jews are appeased. Then there ceases to be a stumbling block for them. For this is the same word that Paul used above when he said: "You are severed" (Gal. 5:4). That is, the stumbling block is inactive, idle, empty; and the word signifies, of course, that the stumbling block will no longer be active among the Jews.

But what sort of logic is it when one says: "Circumcision is preached; therefore the stumbling block of the cross ceases"? Then is it not to be desired that the stumbling block of the cross did not exist? Or is it your wish, Paul, that as many as possible be offended? Who could bear this?

As to the first point one must say that Paul properly ascribes the stumbling block that is in Christ to the Jews. Thus he says in 1 Cor. 1:23-24: "We preach Christ crucified, a stumbling block to Jews and folly to Gentiles; but to us, who believe, the power and wisdom of God." And in Luke 2:34 Simeon says of the Jews: "He is set for the

[22] Jerome, *Commentarius*, 432.

fall and rising of many in Israel." And in Is. 8:13-15 we read: "The Lord of hosts, Him you shall regard as holy; let Him be your fear, and let Him be your dread. And He will become a sanctuary for you, but a stone of offense and a rock of stumbling to both houses of Israel, a trap and a snare to the inhabitants of Jerusalem." Hence it is correct to say that if Paul were pleasing the Jews by preaching circumcision and were approving their godless righteousnesses, they would not be taking offense and would not be persecuting him.

As to the second point one can say that the apostle does not want a stumbling block to exist but is citing the evident experience that the stumbling block of the cross has not been removed, in order to prove that circumcision was not being preached by him. Therefore the meaning is: "From this very fact you learn that circumcision is not being preached by me, for you see that the stumbling block of the cross does not cease. The rage of the Jews continues, and they still take offense, just as they keep on persecuting me. There would undoubtedly be a cessation of both if I were preaching circumcision. Therefore the actual experience on both sides — that I am suffering and that they are being offended — should be abundant proof for you that we are not in agreement about circumcision."

Let this be enough for the foolish Galatians. Otherwise he who is looking for a loftier answer to this question will have to treat the well-known Gospel passage (Matt. 18:7) which states: "It is necessary that stumbling blocks come." Likewise Rom. 11:8, where we read: "He gave them a spirit of stupor, etc." And Matt. 26:34 states that it had to happen this way in order that the Scriptures might be fulfilled. But here we do not mention this ocean, although I would not deny that the apostle touched lightly on that matter in this passage.

12. *I wish those who unsettle you would mutilate themselves!*

St. Jerome thinks that the apostle is cursing here but is going to a great deal of trouble to excuse or at least to extenuate it.[23] But since we have learned from what was said earlier that saints are wont to curse and formerly were also wont to do so, and since Christ also cursed the fig tree (Matt. 21:19) — or if it seems too trifling a matter that a fig tree is cursed, Elisha certainly cursed human beings, namely, the children of Bethel, in the name of the Lord (2 Kings 2:24); and

---

[23] Jerome, *Commentarius*, 432.

in 1 Cor. 5:5 Paul delivered the fornicator over to Satan and says in the last chapter of that same epistle (1 Cor. 16:22): "If anyone has no love for the Lord Jesus Christ, let him be anathema, μαράνα θά," which Burgensis says is the worst kind of curse among the Hebrews, whereas our scholars understand μαράνα θά as "the Lord is coming," though mistakenly, in my opinion [24] — therefore it is not at all strange if Paul is cursing here too, calling down evil upon the outward man, through whom, as he saw, the good of the spirit was being hindered.

Jerome takes "that they would mutilate themselves" as referring to the private parts of the body.[25] For he has in mind those who are castrated, which is so great a misfortune that if it has been inflicted on men against their will, punishment is demanded by the laws of the state; and if it is done voluntarily, disgrace is incurred. In Deut. 23:1 we read: "He whose testicles are crushed or whose male member is cut off shall not enter the assembly of the Lord." And in Deut. 25: 11-12 it is commanded that without any mercy they are to cut off the hand of a woman who, when men are fighting, takes hold of the other man's private parts in order to rescue her husband. Would these not be foolish and ridiculous things even if they were written in the books of heathen? Indeed, so they would be if God did not gladly make the wisdom of the world foolishness. It was not His wish that in things so shameful — though they are shameful by our own fault — our pride should feel disgust at secrets so great. The two testicles are certainly the two testaments, for a scribe who is learned in the kingdom of heaven will bring forth from his treasure things new and old (Matt. 13:52). Does not the woman's womb signify the will and the conscience? But I pass over these things, because those who are pure will discover them for themselves, while those who are impure do not hear such matters without peril. However, the woman's hand that must be cut off because she took hold of the private parts of a strange man would seem to me to be the foolhardiness of those who, in a contest between a true teacher and a false one, set aside or even twist the Scriptures and try to win by means of their own understanding and by means of human opinions.

But what does this mean? It means that when Paul, who was

[24] The meaning of this phrase from 1 Cor. 16:22 was to trouble Luther all his life; cf. his marginal gloss on it from the year of his death (W, *Deutsche Bibel*, VII, 137).

[25] Jerome, *Commentarius*, 433.

thoroughly instructed in the Law, deals with circumcision and the teachers of circumcision, he seems to wish for them that they not only be circumcised, but that they be completely mutilated, not only with respect to the foreskin but with respect to the testicles and the male member as well. He is evidently alluding to the hidden meaning which the Greek text also indicates by adding the connective "also," as follows: "Would that they would also multilate themselves!" That is to say: "If they really want to be circumcised, I wish they would also mutilate themselves and be eunuchs, whose testicles and male members are severed," that is, who are unable to teach and to beget spiritual children, and who should be thrown out of the church. For a bishop, yes, Christ, is the husband of the church, which He makes fruitful with the seed of the Word of God through His testicles and male member in complete chastity and holiness. The members of the ungodly, however, should be cut off, because they plant a foreign seed and an adulterous word.

13. *For you were called to freedom, brethren; only do not use your freedom as an opportunity for the flesh.*

One must supply the word "use," for Paul has resorted to an aposiopesis and has omitted the verb.

But through love be servants of one another.

Others read: "Through the love of the spirit be servants of one another." It makes little difference. What Origen, as St. Jerome recounts, invents about the hidden meaning and about the flesh of the Law I neither understand nor follow.[26] To me the apostle's thought and logic seem plain. When he says: "You were called to freedom," this means: "You were called out of the slavery of the Law into the freedom of grace." It is because people so often falter on this point that I myself am so often compelled to speak of it. The Law, I say, makes slaves, since it is from fear of threats and because of a craving for promised rewards, not without an ulterior motive, that the Law is fulfilled by them. And so it is not fulfilled. But since it is not fulfilled, it makes them guilty and the slaves of sin. Faith, however, brings it about that after receiving love we keep the Law, not under compulsion or because we are attracted for a time but freely and steadfastly. To become circumcised, therefore, is a characteristic of

---

[26] Jerome, *Commentarius*, 435—436.

slavery. But to love one's neighbor is a characteristic of freedom, because the former is done under threat of the Law by those who are unwilling, while the latter is done by those who are willing out of love that flows freely and gladly.

Furthermore, this statement, "Only do not [use] your freedom as an opportunity for the flesh," is one that Paul makes to keep us from understanding this freedom according to the stupid notion whereby we wish that everyone were permitted and free to do as he pleases. In the same way he also opposes this in Rom. 6:14, when, teaching the same freedom, he says: "You are not under the Law but under grace." Here we have Paul's assertion of freedom from the Law. But immediately he raises an objection to himself: "What then? Are we to sin because we are not under the Law? By no means!" (Rom. 6:15.) This is what he is saying here, namely, that opportunity is made for the flesh if freedom is understood in this fleshly way. We are not free from the Law (as I have said above) in a human way, by which the Law is destroyed and changed, but in a divine and theological way, by which we are changed and from enemies of the Law are made friends of the Law. In line with this thought 1 Peter 2:16 also says: "As free men, yet without using your freedom as a pretext for evil, but as servants of God." Behold, here you have what is meant by "an opportunity for the flesh," namely, a pretext for evil, which causes them to think that because they are no longer bound by any Law, they are not obliged to do what is good and to live rightly, whereas, on the contrary, it is the aim of freedom that now we do what is good, not from compulsion but gladly and with no ulterior motive. But in this passage, too, the apostle himself says that this freedom is a servitude of love. "Through love be servants of one another," says Paul. For freedom consists in this, that we have no other obligation than to love our neighbor. But love teaches very easily how all things are done rightly. Without it nothing can be taught in a satisfactory manner.

See, therefore, how foolish they are if they suppose that through the freedom by which we are freed from the Law and from sin license is given for sinning. Why do they not reverse the situation and take it that through the freedom by which they are made free from righteousness license is given to do good works? For if they consider it a correct inference to say: "I am released from sin; therefore I shall commit sin," one must also draw the inference: "I am released from righteousness; therefore I shall perform righteousness." If the latter does not follow, neither does the former. This foolish figment of the imagination comes from a human opinion and the practice of self-justification, as I have said, because human justification takes place through works. For this reason freedom and exemption from righteousness are thought of as coming after the attainment of "acquired" righteousness. But the righteousness of faith is bestowed before works take place, and it itself is the origin of works. Consequently, it is the freedom to do, just as the former is the freedom to neglect. The two behave in far different ways, as Is. 55:9 says: "As the heavens are higher than the earth, so are My ways higher than your ways." Therefore such a carnal imagination as this understands the freedom of righteousness rather as hateful slavery, for it hates the Law and its works. Hence it values no other kind of freedom than that the Law be changed and abolished, while its own hatred remains. Therefore in this passage "for the flesh" is not taken allegorically; it is taken in its proper sense as meaning the vices of the flesh, or the flesh in which are found the vices by which we are prompted to seek the things that are our own and to neglect the things that are our neighbor's. But this is contrary to love; and he who uses freedom in such a way is using it as an opportunity for the flesh, in order that the flesh, now that freedom has been granted, may have opportunity to serve its own desires and to despise one's neighbor.

14. *For the whole Law is fulfilled in this one word: You shall love your neighbor as yourself.*

This we read in Lev. 19:18. Rom. 13:8-10 says the same thing: "Owe no one anything, except to love one another; for he who loves his neighbor has fulfilled the Law. For 'You shall not commit adultery, You shall not kill, You shall not steal, You shall not bear false witness, You shall not covet,' and any other commandment, are repeated in this sentence: 'You shall love your neighbor as yourself.'" The Greek has "summarized" or "summed up" instead of "renewed." In several places Jerome translates it this way.[27] Therefore in this passage, too, the word "fulfilled" must be understood as "summed up" or "comprised." I am saying this to prevent anyone from thinking that the apostle is teaching that in this way the old Law is fulfilled through

[27] The Latin is *instaurare*.

a new Law, on the ground that this latter represents a spiritual understanding and consists of spiritual words; for grace alone is the fulfillment of the Law, and words do not fulfill words, but reality fulfills the words, and mighty deeds confirm speech. Besides, is not this thoroughly spiritual commandment to love one's neighbor written in Lev. 19:18? Therefore the whole Law is summed up in this one sentence, but it is fulfilled by grace. Accordingly, we have been called to freedom; we perform the whole Law if in love we serve only our neighbor whenever he has need of it.

Therefore what was said before is correct, namely, that the servitude of the spirit and freedom from sin, or from the Law, are identical, just as the servitude of sin and of the Law are identical with freedom from righteousness, or from righteousness and the Spirit. A person goes from servitude to servitude, from freedom to freedom, that is, from sin to grace, from fear of punishment to love of righteousness, from the Law to fulfillment of the Law, from the word to reality, from a figure to truth, from a sign to substance, from Moses to Christ, from the flesh to the spirit, from the world to the Father. All this takes place at the same time.

But since the apostle calls this commandment the sum total of all laws, and since everything is "included" — as Jerome translates — in this one chief point of love, it is necessary to dwell on this matter for a little while.

In the first place, how many describe what must be said, what must be done, what must be endured, what must be thought! Surely there are many things men can do to one another when there are so many senses, so many members, so many charges, so many cases, so that of the making of laws and of books there is no end (Eccl. 12:12). For how many commandments the tongue alone requires! How many the eyes! How many the ears! How many the hands! How many the sense of taste! How many the sense of touch! Then, too, how many the household requires! How many one's friends! O countless reptiles! If you do not believe this, look at the exceedingly unfruitful study of rights and laws that goes on today. But with what brevity, how quickly, how effectively, this commandment takes care of everything! It lays its hand on the head, on the source, on the root of all these things — on the heart, I say, out of which, according to Prov. 4:23, proceeds either life or death, since indeed among the other works of men some are more internal, others more external, but not one is more intimate than love, than which nothing is found more deeply hidden in the human heart. When this emotion of the heart has been set on the right course, the other parts no longer need any commandments; for everything flows out of this disposition of the heart. As this is, so is everything; and without it all other things are foolish exertions. Of these Eccl. 10:15 says: "The toil of a fool wearies him." On the other hand, Prov. 14:6 says: "Knowledge is easy for a man of understanding." For this reason the prophets call the righteousnesses of men labor and sorrow. In Ps. 7:14 we read: "He has conceived sorrow and brought forth iniquity." Likewise, "Sorrow will be turned on his head" (v. 16). And in another psalm (140:9) we read: "Let the mischief of their lips overwhelm them!" And in Ps. 10:7 it is written: "Under his tongue is labor and sorrow." For thus the Hebrew word אָוֶן is sometimes translated with "sorrow" *(dolor)* and sometimes with "labor" *(labor)*, which means wickedness, or, more correctly, the ungodly righteousness of laws and of works that never gives rest to the heart of man. Therefore the word בֵּית אָוֶן (Hos. 4:15), that is, "house of an idol," is frequently used. For this is what the prophet called the house in which Jeroboam set up the golden calves and caused Israel to sin. For in these righteousnesses without love there is a great deal of toil and labor but no fruit. Hence St. Jerome, writing on this passage, deplores such people. He says: "But now, when all things are more difficult, we do even ordinary things partway. The only thing we do not do is that which is both rather easy to do and without which everything we do is useless. The body feels the harm of fasting; vigils macerate the flesh; alms are sought with strenuous effort; and no matter how fervent faith is, it is still not without pain and fear that blood is shed in martyrdom. There are people who would do all these things; but love alone is without labor." [28] What do you think [Jerome] would have said if he had seen that in our day, with its multitude of laws and superstitions, love is not only without labor but has been utterly extinguished? For in my opinion nothing can arise that is more fatal to love than an abundance of laws and traditions by which men are led astray into works and because of which they busy themselves to such an extent with human righteousnesses that they are even compelled to forget about love.

Therefore let us look now at the emphasis and force Paul's words

[28] Jerome, *Commentarius*, 437.

have. In the first place, the apostle describes the noblest virtue, namely, love. For he does not say: "Be courteous to your neighbor, give him your hand, impart benefits to him, greet him, or do any other kind of external work"; he says: "Love him," since indeed there are those "who speak peace with their neighbors, while mischief is in their hearts" (Ps. 28:3).

Secondly, Paul depicts the choicest object of love in that he sets aside all considerations of person and says "your neighbor." He does not say: "You shall love the rich, the powerful, the learned, the wise, the upright, the righteous, the handsome, the pleasant, etc." Without any qualification he says "your neighbor." By this very fact he is declaring that in the sight of men we are indeed all different in personal status and rank, but that in the sight of God we are one lump and of equal reputation. For to observe a distinction of persons annihilates this commandment completely, as do those who loathe the unlearned, the poor, the weak, the lowly, the foolish, the sinners, the troublesome. For they take into consideration, not the people themselves but their masks and appearances; and so they are deceived.

In the third place, Paul shows us the noblest pattern for both when he says "as yourself." Patterns for other laws have to be sought outside ourselves; this one is shown to us within ourselves. Furthermore, external patterns do not motivate us sufficiently, because they are not felt and are not alive. This pattern, however, is felt within; it is alive, and it teaches most effectively, not with letters, not with words, and not with thoughts but with the actual feeling of experience. For who is not vitally aware of how he loves himself, how he seeks, plans, and tries everything that is beneficial, honorable, and necessary for himself? But this whole awareness is a living indication, an inward reminder, and a proof immediately at hand of what you owe your neighbor. You owe him exactly what you owe yourself, and you owe it from the same disposition of the heart.

Why, then, do we busy ourselves with many books? Why do we look for many teachers? Why do we exert ourselves with works and righteousnesses? All laws, all books, and all works must be tested according to the norm of this inward feeling and disposition of the heart. It is in this that a Christian man must be trained by all his works throughout his life.

Accordingly, no more effective pattern for this divine doctrine could have been given, because this is not one that we look at and hear about as we do the patterns given for the other laws; but this is one that we experience and live. We can never be away from it, nor can it ever be away from us. Neither could a worthier object be given than your neighbor, that is, he who is most similar and akin to yourself. Nor could a more perfect kind of virtue be given than love, which is the source of everything that is good, just as lust is the root of everything that is evil. And certainly all that is best is contained in this very short commandment. Therefore it is most truly the sum, the head, the completion, and the end of all laws. Without it all other laws deservedly count for nothing.

Therefore you have no reason to complain about not knowing what or how much you owe your neighbor. Away with those sharp distinctions the teachers make! The Word is near you, in your heart (cf. Deut. 30:14). It is written in such fat letters that you can touch it, since you are alive and are aware of this rule. Love "as yourself," it says, no less than you love yourself. But how much you love yourself no one could tell you better than you yourself, since you are aware of this very thing which can only be guessed at for you by someone else. For this reason no one could tell you better than you yourself what should be done, said, and desired for your neighbor. For here the proverb that a man is his own worst teacher does not hold true. On the contrary, in this matter you will be your own best and least misleading teacher, while all others will be misleading. So easy and so near is the Law God has laid down that no one can be excused if he does not live rightly.

Alas! This matter is neglected in our day by the preachers as it is by their hearers, while in the meantime there are such great swarms of caterpillars and locusts, yes, bloodsuckers, which laud, invoke, multiply, and insist on indulgences, vigils, offerings, the building of churches, the establishing of altars, memorials, anniversaries, and all the other things of this kind that serve gain more than love. Brotherly love, which alone covers the multitude of sins (1 Peter 4:8), is always omitted. The result is that those theologians indeed speak correctly when they assert that no work is good without love. But of all men they are the worst teachers when they say that we do not know when we are acting in love.[29] Indeed, they compel us to imagine that love is a sort of quiet and hidden quality in the soul. What do they want to accomplish with this dream except to say that we are not aware of that which is nearest and most alive within us, namely, the very pulse

---

[29] Cf. p. 173, note 12.

of life, that is, the disposition of our hearts? Or does this Mercury want to make a sort of Plautine Sosia out of us, so that we are neither aware of nor recognize our own selves?[30] Am I unable, I ask you, to be aware whether another person pleases or displeases me? Why, then, do I find fault with someone or praise him according to whether he is obnoxious or amiable? Or am I not even aware of it when I speak ill of people, do them harm, speak well of them, or good to them?

But this, they say, can be a natural disposition of the heart; for nature is a most deceitful emulator of grace. My answer is: I admit that nature tries mightily to emulate grace, but only as far as to the cross. From the cross, however, it turns aside completely; indeed, it has the very opposite in mind and fights against grace with utter hostility. But by the "cross" I mean opposition. For nature loves, praises, does good, and speaks well as long as it has not been offended. But when you injure nature or oppose its will, then it does its own work, and its love falls away and turns to hatred, shouting, malice, etc. For its clinging was a matter of appearance, not of truth. It loved the person and the outward appearance, not the reality itself. It was a friend, not of the neighbor but of the neighbor's goods and property. Love, however, never falls away. It bears all things, believes all things, endures all things (1 Cor. 13:7). It loves an enemy as well as a friend. Neither does it change when the neighbor changes; for just as the neighbor remains a neighbor, no matter how much he changes, so love remains love, no matter how much it is injured or aided.

Therefore the cross is the means of testing and, as they say, the Lydian touchstone of love in which there is nothing that would give you the right to say that love is a hidden quality and that you can neither know nor be aware of whether you love your neighbor. If in such circumstances you are aware that you are keeping a pleasant disposition, have no doubt that you are stronger than nature and that Christ has endowed you with love. But if you become bitter, then recognize that this is nature, and search for love. Nature's love seeks to be agreeable and quiet. Indeed, as the poet says, it approves friendships on the basis of their usefulness; it seeks its own advantage and aims only at getting what is good.[31] But Christian love is a strong

[30] Plautus, *Amphitruo,* where Mercury persuades Sosia that he has lost his identity.

[31] Luther is distinguishing between *amor* as natural love and *charitas* as Christian love.

kind of love that perseveres in the midst of trouble, approves its friendships on the basis of the services it renders, seeks the advantage of others, and is ready to give, not to receive. Indeed, genuine love hands out good things and accepts evil things; but carnality accepts good things and hands out evil things or at least takes flight.

Beware, too, of those who think as follows: Prayer or any work at all that is done without any consideration of one's neighbor is done in love, provided that it proceeds from the quality that is present and hidden within. This is an exceedingly crude conception. In fact, it is pernicious to the highest degree. On the contrary, you pray in love when, prompted by a kindly attitude toward your brother, you pray for him, whether he is a friend or an enemy. You speak well in love when you oppose a defamer for no other reason than that you have embraced your brother, whether friend or enemy, in your heart and are unable to let his reputation be besmirched — not, I say, because you hope for glory or friendship but out of the pure kindness with which you wish him well. In this way you do all other things in love when in them you look for nothing but the good and advantage of your neighbor, in short, of anyone at all, friend or an enemy.

Behold, this instruction will teach you how far along you are in your Christianity. Here you will find out whom you love and whom you do not love, to what extent you are making progress or are falling short. For if you have only one person toward whom you are not kindly disposed, you are now nothing, even if you perform miracles. Finally by this rule you will learn — you yourself, without a teacher — how to distinguish between mere works and works that are good. Then you will see clearly that it is better to wish your neighbor well, to speak well of him, to do good to him, and to make your whole life be a serving of your neighbor in love, as the apostle has said a little earlier, than if you built all the churches of the whole world, had the merits of all the monasteries, and performed the miracles of every last saint without serving your neighbor in these things. Behold, this is the teaching which today they are not only ignorant of but which they completely overwhelm with their traditions as with innumerable troops. In practice they teach never to love one's neighbor except for personal considerations, while they merely engage in heated disputations in the matter of works and make distinctions with regard to outward appearances.

No less carefully must one understand that very popular distinction which is made among natural law, the written law, and the law of the Gospel. For when the apostle says here that they all come together and are summed up in one, certainly love is the end of every law, as he says in 1 Tim. 1:5. But in Matt. 7:12 Christ, too, expressly equates that natural law, as they call it — "Whatever you wish that men would do to you, do so to them" — with the Law and the prophets when He says: "For this is the Law and the prophets." Since He Himself, however, teaches the Gospel, it is clear that these three laws differ not so much in their function as in the interpretation of those who falsely understand them. Consequently, this written law, "You shall love your neighbor as yourself," says exactly what the natural law says, namely, "Whatever you wish that men would do to you [this, of course, is to love oneself], do so to them [as is clear, this certainly means to love others as oneself]." But what else does the entire Gospel teach? Therefore there is one law which runs through all ages, is known to all men, is written in the hearts of all people, and leaves no one from beginning to end with an excuse, although for the Jews ceremonies were added and the other nations had their own laws, which were not binding upon the whole world, but only this one, which the Holy Spirit dictates unceasingly in the hearts of all.

One should also note most carefully that from the words of this commandment some of the fathers drew the opinion that the love here prescribed begins with oneself, because, as they say, love of oneself is prescribed as the rule according to which you should love your neighbor.[32]

I used to think about these things in an effort to understand them, but the exertion is useless. I shall not decide in advance for anyone but shall make bold to set forth my own opinion. I understand this commandment in the following way: It commends love only of one's neighbor, not love of oneself. In the first place, because love of oneself is in everyone inherently. Secondly, because if Paul had meant this to be the sequence, he would have said: "You shall love yourself, and your neighbor as yourself." But now he says: "You shall love your neighbor as yourself," that is, just as you already love yourself, without any commandment. But in 1 Cor. 13:5 the apostle Paul, too, ascribes this quality to love that it does not look for its own advantage, since it completely renounces love of oneself. Christ

[32] Cf. p. 290, note 12.

commands that one deny oneself and hate one's own life (cf. Mark 8:34 f.). And Phil. 2:4 says clearly: "Let each of you look not only to his own interests but also to the interests of others." Finally, if a man had the right kind of love of himself, he would no longer be in need of the grace of God, because the same love, if it is the right kind, loves both oneself and one's neighbor; for this commandment demands the same love, not another love. But, as I have said, the commandment presupposes that a man loves himself. And when Christ says in Matt. 7:12: "Whatever you wish that men would do to you," He is certainly declaring that affection and love of self are already present in them; and, as is obvious, He is not commanding it in this passage either. Therefore, as I have said, according to the opinion I make bold to have, the commandment seems to be speaking of the perverse love because of which everyone, forgetful of his neighbor, looks only to his own interests. This, on the other hand, becomes the right kind of love when one forgets oneself and serves only one's neighbor. The members of the body also point this out, since every one of them serves the other at its own risk. For the hand fights in defense of the head and receives injuries for this; the feet sink in mud and water for the sake of saving the body. But when love observes such an arrangement — an arrangement which Christ, however, wanted to destroy utterly with this commandment — the desire for one's own interests is fostered in an exceedingly dangerous manner.

But if one must concede absolutely that love of oneself is ranked first here, I at least shall ascend to a higher level and say that love of this kind is always wrong so long as it is in itself, and that it is not good unless it is outside itself in God; that is, that with my affection for myself and my love of myself completely dead, I look for nothing but that God's completely undefiled will be done in me. Then I am ready for death, for life, and for any form my potter wants to give me. This is arduous and very difficult, and for nature it is impossible. For in this case I am loving myself, not in myself but in God, not in my own will but in God's will. And in this way I shall then also love my neighbor as myself, wishing and striving that only the will of God be done in him and that his own will be done in no way at all. But I do not think that they understood it in this way, nor does the commandment seem to be speaking of this love in particular. Therefore I want everyone to be warned to beware of heathen teachings like "You must be a neighbor to yourself" and similar ones. For these teachings are perverted. Besides, they are twisted contrary to the force of grammar; for "neighbor" is a word used only with reference to someone else. For this reason a Christian has to say: "You must be a neighbor to someone else," as this commandment also indicates.

But now the question is asked how the whole Law is comprehended in this one commandment, especially so many rites and so many ceremonies of the Old Testament. Does the man who loves his neighbor do all these things? For it is not difficult to understand that the commandments of the Decalog are comprehended in this one, as has been deduced from the apostle's Epistle to the Romans (13:9). But who in our time sacrifices cattle, receives circumcision, observes seasons and years, etc., as we honor our parents, do not kill, do not commit adultery, do not steal, etc.? St. Jerome, in his usual way, thinks that the ceremonies are fulfilled in a spiritual way.[33] But what shall we say about the laws of other nations — laws which the apostles and even Christ Himself ordered to be kept in like manner? In the end we shall be causing the apostle to be equivocal, since, while using the same word, he would be teaching that the Decalog is fullfilled in one way and that ceremonies are fulfilled in another way.

In agreement with what I stated before I say that once the spirit of love has been received by the hearing of faith, then whatever other deeds are prescribed so far as ceremonies and human actions are concerned, whether among the Jews or among the Gentiles, they are permissible. But they are to be kept, not on the ground that salvation lies in keeping them or in their works. No, they are to be kept out of love for the sake of those with whom we must live, as long as they themselves demand that these requirements be kept by us, in order that peace may not be destroyed and turned into schisms and dissensions; for love endures all things (1 Cor. 13:7). And in these matters it is not so much transgressing the laws themselves that we must fear as that those who live according to these laws may be offended, for love commands us to be subject to their wishes. Accordingly, if God had wanted the ceremonies of the Law to continue in force, or if for the sake of some necessity one should keep one or more of them, then by all means this has to be done. But now

[33] Jerome, *Commentarius*, 436—438.

that He has abrogated them, they do not bind us at all. Thus one must be subject to the laws of emperors, of popes, of towns, of states, and of provinces only, as Christ says (Matt. 17:27), to avoid giving offense to them and in order not to injure love and peace. And so it is clear that one cannot even think of a law that is not embraced by love. For without any doubt you would want to be obeyed if you had decreed something. Accordingly, you are urged by the law of nature and of love to render this obedience also to someone else, especially to God and to the powers that represent God, provided that you take care not to make salvation rest on these commandments of men but understand that you must serve others through love.

On the other hand, the lawmakers themselves are much more under obligation to love, in order that when they see that their laws are burdensome to their subjects or even harmful, they may be concerned to regard the advantage of others in every way and to abolish these laws. This applies most of all, however, to those who make laws in the church; for without a doubt they themselves would not want to be burdened by even one syllable of a law. But unless they do the same thing for others, they are not bishops; then they are pirates, who impose on their fellowmen unbearable burdens, which they themselves are unwilling to touch with even a finger.

From this, dear reader, you understand why I am in the habit of calling certain papal laws acts of tyranny. Today these laws should be abolished for very many and very valid reasons: first, because they are burdensome and hateful to the whole world — to which fact the bishops should yield; secondly, because they are merely devices for snaring money and are shamelessly offered for sale by means of indulgences; thirdly, because they serve the cause of godlessness, while in the meantime they totally destroy true righteousness, in which there is salvation, and totally destroy love. Nevertheless, for the sake of love they should be observed wherever contempt for them would cause offense.

Finally I think it is sufficiently clear again that the apostle is speaking not only of ceremonial laws but actually of all laws. For when faith has been received, love fulfills them all gladly and freely. This means that it truly fulfills them. But it does not place in them or in their works the assurance of salvation, for this is a slavish act and does not fulfill a single law.

15. *But if you bite and devour one another, take heed that you are not consumed by one another.*

When it is the apostle's purpose to exhort to love, he adds almost simultaneously in all his letters that they should have the same mind, that they should not be puffed up one against the other by the various gifts bestowed on them. For thus — in Rom. 12:4 ff. and 1 Cor. 12:12 ff. — he presents the picture of the body and its members, the way in which the members are concerned for one another, and how the one serves and does not injure the other. The apostle knows that the Galatians are human and that the more extraordinary the gifts, the more harmful they are if love is lacking. Knowledge puffs up; the exercise of power puffs up; in short, all things puff up except love, which builds up (1 Cor. 8:1). It alone uses all things rightly, because with all the gifts of God it does not try to please itself but renders service to others. Where love is not present, there one finds controversy, strife, and wrangling; and, as Paul says in Rom. 12:3, people do not think with sober judgment but think more of themselves than they should. This, I say, seems to me to be the evil that the apostle is touching on — the evil which offers the most resistance to the service of love. For as long as everyone is puffed up with pride over the gift given to him and does not think of how he may serve someone else with this gift but thinks of how he may be advanced, contention and rivalry inevitably arise, likewise mutual contempt, disparagement, condemnation, rash judgment, anger, envy, shouting, malice, etc. Paul pursues the same thought at some length in Eph. 4:31 f. and in Phil. 2:1-4, but here he passes over it briefly.

The meaning, then, is this: "I know that you are human, that you can be tempted as long as one person wishes to be looked upon as more distinguished than the other, and as long as you are unwilling to be good stewards of the manifold grace of God in you (1 Peter 4:10). But take care that you do not disparage, do not bite one another, do not give in to this kind of temptation. On the contrary, as I have said, serve one another by means of love, everyone with the gift in which he is rich — one in teaching, another in giving," as Paul says in Rom. 12:3 at greater length. But this should not be done in such a way that he who teaches becomes puffed up with pride over against him who is able to give because perchance this person has not given as much as he who teaches wishes. Nor should the one who is able to give be puffed up over against him who teaches because perchance he does not think he needs that person's teaching. And so in the case of all the other gifts. For, as I have said, this kind of conceit is very close to those who are able to do something and, as a result, pride themselves on having no need of others and thus fail to serve one another in love but are consumed with mutual contempt, hatred, arrogance, disparagement, etc.

16. *But I say, walk by the Spirit, and do not gratify the desires of the flesh.*

Paul means to say: "This statement of mine, that you should not bite and devour yourselves, means only that I want you to live by the Spirit. Then the result will be that you do not do things of this sort. I know that at times desires of this kind are aroused in you. But do not yield to them. No, walk by the Spirit, that is, make progress, and become more spiritual." Paul has the same thing in mind when he says in Rom. 8:13: "If you live according to the flesh, you will die; but if by the Spirit you put to death the deeds of the body, you will live." Here he calls putting the deeds of the flesh to death by the Spirit walking by the Spirit and resisting temptation, in order that they may not bite and die. It is impossible for us not to be prompted to bite and devour, but by the Spirit one must resist these promptings.

Now this figurative expression, "to bite and devour," is an excellent one. It occurs very often in Holy Writ. Hence we read in the psalm (57:4): "The sons of men whose teeth are spears and arrows." Ps. 3:7 states: "Thou dost break the teeth of the wicked." And in Prov. 30:14 we read: "There are those whose teeth are swords, whose teeth are knives, to devour the poor from off the earth, and the needy from among men." Then there is the word "to gulp down" in Prov. 1:12: "Like Sheol, let us gulp him down alive." And Ps. 52:4 says: "You love all words that destroy [that is, that devour, that swallow up], O deceitful tongue." But with the word "to bite" Paul seems to understand accusing, disparaging, finding fault; and with the word "to devour" the taking of revenge and the exercise of violence. With the word "to be consumed," on the other hand, he seems to understand the ruination of both parties.

Note the force of the verb. "Do not gratify," says Paul. For between "doing" and "gratifying" the desires of the flesh or of the Spirit there is, in the Pauline sense, this difference (as is found in the last chapter of the third book of St. Augustine's *Against Julian*), that "doing" one's desires means having them, being titillated and aroused by them, whether to anger or to lust; but "gratifying" them means consenting to them and fulfilling them.[34] These are the works of the flesh. But not having or not doing these desires will take place, according to the twenty-fourth chapter of the first book of St. Augustine's *Retractations*, when we shall no longer have our mortal flesh.[35] This is why he says that all the saints are still partly carnal, although, according to their inward man, they are spiritual (*Against Julian*, Book 6).[36] Thus love itself feels desire in keeping with the desire of the spirit. Consequently, it cannot feel desire according to the flesh. But it does not gratify its desire, because it cannot be without the desire of the flesh. And, to interject a word of warning, it is not only the desire of the flesh that he calls lust but the desire inherent in all works, as he will presently enumerate. Augustine's words, therefore, are these: "The desires of the flesh are not gratified if one does not consent to them; although they are stirred up by impulses, nevertheless they are not gratified by deeds." This is why Paul said to the Romans (7:18): "To will is present with me, but how to perform I find not." For to do good means not to indulge in desires, but to "perform" what is good means not to desire. Thus the desires of the flesh are not "gratified," even though they occur. Nor are our good works "achieved," even though they occur.[37]

From all this it is clear what the Christian life is, namely, a trial, warfare, and a struggle. It is also clear how those who are being tried by various shocks are to be trained, so that they do not despair if they have not yet felt that they are free from the evil prompting of any sin whatever. Thus in Rom. 13:14 Paul says: "And make no provision for the flesh, to gratify its desires." And in Rom. 6:12 he says: "Let not sin reign in your mortal bodies, to make you obey its passions." No one can avoid desire, but it is possible for us to keep from obeying the desires.

[34] Augustine, *Contra Julianum haeresis Pelagianae defensorem*, III, 26, 62, *Patrologia, Series Latina*, XLIV, 733—734.

[35] Augustine, *Retractationes*, 1, 23 (24), 2, *Corpus Scriptorum Ecclesiasticorum Latinorum*, XXXVI, 111.

[36] Augustine, *Contra Julianum haeresis Pelagianae defensorem*, III, 15, 46, *Patrologia, Series Latina*, XLIV, 848—849.

[37] This is a play on the word *fieri*, which can mean either "to be done" or "to happen."

I have presented these matters rather carefully and extensively on account of my faultfinders, who deny that every good act is at the same time still partly evil and say that the sin of desire is called a sin in an improper sense.[38] But as for you, believe the apostle and Augustine, who say that what is good occurs but is not achieved. Now for a good thing to be done is good, but for it not to be achieved is bad, because the Law of God should be achieved. Yet all the saints fall short of it and thus commit sin in every work. Nor is it sin in an improper sense; but it is sin indeed, because it is not grace in an improper sense or God in an improper sense or Christ in an improper sense or the Holy Spirit in an improper sense who remits and purges away these sins. It is indeed true that, as Augustine testifies, the guilt of sin has passed away in Baptism.[39] Nevertheless, the impulse remains. This means that God, according to Ps. 32:2, does not impute sin but heals it; for if He wanted to impute it, as He could truly and justly do, it would be altogether mortal and damnable.

17. *For the desires of the flesh are against the spirit, and the desires of the spirit are against the flesh.*

Just as "spirit" in this passage does not signify chastity alone, so it follows necessarily that "flesh" does not signify lust alone. I have had to say this because it has become an established usage almost among all to understand "desires of the flesh" only in the sense of "lust."[40] According to this usage, it would be impossible for the apostle to be understood. In his excellent treatment of this thought in Rom. 7:22 ff. he explains it at greater length and says: "For I delight in the Law of God in my inmost self, but I see in my members another law at war with the law of my mind and making me captive to the law of sin which is in my members." For Paul did not say this in the role of others, as St. Augustine, in the eleventh chapter of the sixth book of his *Against Julian*, states that he had once understood or rather misunderstood him; but that, he says, is how the Manichaeans and the Pelagians understood Paul.[41] Thus St. Peter, in

---

[38] Cf. p. 256, note 22.

[39] Augustine, *Contra Julianum haeresis Pelagianae defensorem*, VI, 18, 51—52, *Patrologia, Series Latina*, XLIV, 852—854.

[40] Cf. *Luther's Works*, 1, p. 114, note 46.

[41] Augustine, *Contra Julianum haeresis Pelagianae defensorem*, VI, 23, 70 to 73, *Patrologia, Series Latina*, XLIV, 865—868; on the Manichaeans and Pelagians, ibid., chs. 18, 57, cols. 856—857.

his first epistle (2:11), says: "I beseech you as aliens and exiles to abstain from the passions of the flesh that wage war against your soul."

Here St. Jerome gets himself deeply involved in the question how to find a neutral ground and neutral works between the flesh and the spirit.[42] Following his beloved Origen, he distinguishes spirit, soul, and flesh. Accordingly, he divides spiritual man from animate and carnal man. And although this threeness seems to be established from 1 Thess. 5:23, where we read: "May your spirit and soul and body be kept, etc.," still I do not venture to agree or disagree, both because in the passage quoted Peter obviously takes spirit and soul as being the same, since he calls it the soul that the desires make war against, whereas Paul says that the desires of the flesh are against the spirit, and also because to me the apostle seems to take carnal and animate man as being the same.[43]

In my temerity I do not make a complete separation of flesh, soul, and spirit. For the flesh experiences no desire except through the soul and spirit, by virtue of which it is alive. By spirit and flesh, moreover, I understand the whole man, especially the soul itself. Briefly, to give a very crude comparison, just as I may call flesh that is injured or ill both healthy and ill (for no flesh is altogether illness), because, to the extent that it begins to be healed and is healthy, it is called health, but where injury or illness is left, it is called illness; and just as illness or injury hinders the rest of the flesh, healthy though it is, from doing perfectly that which healthy flesh would do — so the same man, the same soul, the same spirit of a man, because he is associated with and tainted by the disposition of the flesh, is spirit insofar as he savors the things that are of God (Matt. 16:23), but is flesh insofar as he is influenced by the enticements of the flesh; and if he consents to these, he is altogether flesh, as is stated in Gen. 6:3. On the other hand, if he consents entirely to the Law, he is altogether spirit; and this will take place when the body becomes spiritual. Accordingly, one must not imagine that these are two distinct human beings. But it is like a morning twilight, which is neither day nor night yet can be called either one. Nevertheless, day, as that toward which it is tending after the darkness of night, is more appropriate. By far the most beautiful illustration of both truths is that half-alive

[42] Jerome, *Commentarius*, 439—441.

[43] On dichotomy and trichotomy in Luther cf. *Luther's Works*, 21, p. 303, note 2.

man in Luke (10:30 ff.) who, on being taken up by the Samaritan, was indeed being healed but still was not fully restored to health. Thus we in the church are indeed in the process of being healed, but we are not fully healthy. For the latter reason we are called "flesh"; for the former, "spirit." It is the whole man who loves chastity, and the same whole man is titillated by the enticements of lust. There are two whole men, and there is only one whole man. Thus it comes about that a man fights against himself and is opposed to himself. He is willing, and he is unwilling. And this is the glory of the grace of God; it makes us enemies of ourselves. For this is how it overcomes sin, just as Gideon overcame Midian, namely, with a most glorious triumph, so that the enemies slaughtered themselves (Judg. 7:22). Thus the water that is poured into the wine at the altar fights at first with the wine until it is absorbed and becomes wine.[44] So it is with grace; and, as was said above, the leaven is hidden in three measures until the whole is leavened (Matt. 13:33).

For these are opposed to each other, to prevent you from doing what you would.

Look at how bold the apostle is! He has no fear at all of the fire. He denies free will. This is amazing for us to hear. He says that what we want cannot be done even though we have established the will (certainly on Aristotle's authority) as the queen and mistress of all our powers and actions.[45] And this error and exceedingly great heresy would be tolerable if he had said this about those who are outside grace. Now — in order that he may have no excuse to keep him from being burned at the stake — he affirms this of those who live by the spirit of grace. In Rom. 7:14 the same man says: "But I am carnal, sold under sin. The good that I want I do not do. The evil that I do not want, this I do." If one who is righteous and saintly complains of his sin in this way, where will the sinner and the ungodly person appear with their works among those who are good in general, and morally good at that? The grace of God has not made the will perfectly free. Will the sinner make himself free? Why are we not showing good sense?

[44] The practice of mixing water with the wine in the Eucharist goes back to the early church: cf. Irenaeus, *Adversus haereses*, V, 2, 3; Cyprian, Epistle 63, 13. It was defended and defined at the Council of Trent, Session XXII, 7, 9.

[45] See, for example, Aristotle, *Metaphysics*, IX, 5.

Enough has been said about the difference between spirit and flesh. Neither one does away with the other in this life, even though the spirit tames the flesh against its will and subjects it to itself. Consequently, no one dares boast that he has a clean heart or that he is cleansed from filth; for my flesh does nothing of which it would not be said that I myself do it. But if the heart is not clean, then no work is clean either; for as the tree, so the fruit. I am saying this again in opposition to the faultfinders who find in themselves good actions without any defect or sin that is improperly so called, and who pit their faulty opinions against so clear a text of Paul. "You do not do the things you want," he says, because of the rebelliousness of the flesh, which resists the law of your mind and the will of your spirit.

Here the apostle does not preserve the distinction that was made above between "doing" and "performing," because, as is clear, he takes "You do not do" in the sense of "you do not perform." But in Rom. 7:19 he does not observe it either when he says: "I do not do the good I want"; that is, I do not perform. But when he says: "The evil that I hate is what I do," here he is observing that distinction, because he does the evil but does not perform it. But if someone does not like this distinction made by Augustine, let him look at it in another way, provided that he does not disregard this sense, that there is in us a battle between the spirit and the flesh — a battle which prevents us from fulfilling the Law perfectly — that for this reason we are sinners as long as we are in the flesh, and that in every work we need the forgiving mercy of God and must say: "Enter not into judgment with Thy servant, O Lord; for no man living is righteous before Thee" (Ps. 143:2).

18. *But if you are led by the Spirit, you are not under the Law.*

"I have told you," says Paul, "to walk in the spirit and to follow the desires of the spirit while resisting the desires of the flesh, and not to bite and devour one another but to serve one another in love, which is the fulfilling of the Law. For if you do this, and thus are led by the spirit and obey the desires of the spirit, behold, you are not under the Law. You owe the Law nothing; instead, you are fulfilling the Law. Why, then, did you want to return again to the Law? Why are you trying to fulfill the Law in another way?"

I have said often enough above that "to be under the Law" means failing to fulfill it or fulfilling it in a slavish fashion, without a cheerful disposition. It is not the Law, however, or nature that acquires this cheerful disposition; faith in Christ Jesus acquires it. And this being led by the Spirit, this obeying the desires of the Spirit, this battle and struggle which constitutes our whole life, brings it about that God mercifully pardons us for failing to do the things we want to do. For we are not yet spirit, but we are being led by the Spirit. For John 3:6 — "That which is born of the Spirit is spirit" — shows what we ought to be. But this passage shows what we are. We ought to be spirit, but we are still in the process of being led and, so to speak, in the process of being formed by the Spirit. But those who are under the Law are also in the works of the flesh, as Paul says in Rom. 7:5: "While we were living in the flesh, our sinful passions, aroused by the Law, were at work in our members to bear fruit for death." So, too, in Rom. 8:14: "Those who are led by the Spirit of God are sons of God." For this leading and prompting is identical with the drawing of which John 6:44 says: "No one can come to Me unless the Father draws him." Similarly in John 12:32: "When I am lifted up, I will draw all men to Myself"; that is: "I will prompt them pleasantly. I will make them cheerful and willing. By the Spirit I will arouse a desire in those whom Moses and the Law with its terrors used to force or for a time used to encourage like children, with temporal promises." Thus the bride speaks in the Song of Solomon (1:4): "Draw me after You; we shall run to the fragrance of Your ointments." This means: "With the word of the Law and dire threats Moses and the prophets terrify and oppress me while I am weak and unwilling; but do Thou draw me gently, and anoint me pleasantly with the Word of grace and the memory of the mercy Thou hast shown." For the fragrance of the ointments is the Gospel of the grace of God. Here one notes the fragrance of the ointment of God's grace, that is, perceives it by faith. For this reason it is stated in Ecclus. 24:20: "On the streets I gave forth a sweet smell like cinnamon and aromatic balm. I yielded a sweet fragrance like precious myrrh." And in Ps. 45:8 we read: "Your robes are all fragrant with myrrh and aloes and cassia." Thus Paul says (2 Cor. 2:15 f.): "We are the aroma of Christ among those who are being saved, etc." The same "drawing" is also called "whistling" in Is. 7:18: "In that day the Lord will whistle for the fly which is in the farthest boundaries of Egypt"; that is, He will breathe upon them with His Holy Spirit. He will arouse their spirit, so that they feel desires that are contrary to the flesh. Thus in 1 Kings 19:11 ff. it is written that Elijah did not perceive the Lord in the mighty wind or in the earthquake or in the fire (all of which are the terrors of the Law) but in the whistling of a gentle breeze; for the Law of the Lord is fulfilled, not with gloom or out of necessity but with gladness and pleasure.

19. *Now the works of the flesh are plain: fornication, impurity, licentiousness, wantonness,*

20. *service of idols, sorcery, enmity, strife, jealousy, anger, quarrels, dissensions, party spirit,*

21. *envy, murder, drunkenness, carousing, and the like.*

Here most plainly of all it is evident that flesh is understood, not only in the sense of lustful desires but as absolutely everything that is contrary to the spirit of grace. For heresies, or party spirit and dissensions, are faults of the keenest minds and of such as shine with an exceedingly saintly outward appearance. I am saying this in order to establish what I said above: that by flesh the whole man is meant and that in like manner the whole man is meant by spirit, likewise that the inward and the outward man, or the new man and the old, are not distinguished according to the difference between soul and body but according to their dispositions. For since the fruits or works of the spirit are peace, faith, continence, etc., and since these take place in the body, who can deny that the spirit and its fruit are in the body and in the members of the flesh, as 1 Cor. 6:19 expressly states? "Do you not know," says Paul, "that your members are the temple of the Holy Spirit?" Note that not only the soul but also the members of the body are a spiritual temple. And again: "Glorify God, and bear Him in your body" (cf. 1 Cor. 6:20). He does not say "in your soul." On the contrary, since feelings of envy and of enmity are faults of the heart, who will deny that the flesh is in the soul? Therefore the whole man is a spiritual man insofar as he savors the things that are of God (Matt. 16:23), and the whole man is carnal insofar as he savors the things that are his own.

Since the apostle has no knowledge of Aristotelian philosophy, he does not call these faults conditions in the soul;[46] he calls them actual works, to all of which he ascribes one condition, namely, the

---

[46] Luther may be thinking of a passage like Aristotle, *De anima*, III, 10—11.

flesh, that is, the whole man descended from Adam. For to this very day those people are searching for the basis of vices and virtues and have not yet discovered whether these are to be located in the rational or in the irrational part of man. "Blessed is the man whom Thou dost chasten, O Lord, and whom Thou dost teach out of Thy Law" (Ps. 94:12), that he may be freed from those foolish and vain thoughts, "and that Thou mayest give him respite from those very evil days, until a pit is dug for the wicked" (v. 13). With the apostle, therefore, you should scorn the conditions and other deliriums of moral philosophy and know that you are either flesh or spirit, and that both are recognized by their fruits, which the apostle plainly enumerates here.

There is scarcely any agreement with respect to the number of the vices. St. Augustine sets the number at thirteen; St. Ambrose, at sixteen; our [Latin version], at seventeen. St. Jerome mentions fifteen. He omits licentiousness and murder, and says, "In the Latin codices adultery, licentiousness, and murder are also mentioned in this catalog of vices; but one must realize that no more than fifteen works of the flesh are named. On these we have commented." These are Jerome's words. Erasmus and Stapulensis almost agree with our translator, except that they add adultery and remove either wantonness or licentiousness.[47]

But the apostle is not opposing each fruit [of the Spirit] to each work [of the flesh]. Without any pattern he is setting one over against many and many over against many, so that he is opposing love and joy to fornication, impurity, and wantonness, which are perverted kinds of love and perverted kinds of joy; peace, patience, long-suffering, kindness, and goodness, to enmity, strife, disputes, anger, quarrels, etc.; faith, to heresies, idolatry, and sorcery; continence, to drunkenness and carousing.

In the first place, there is "fornication," which is known well enough.

In the second place, there is "impurity," in which St. Jerome includes all abnormal and unspeakable pleasures.

In the third place there is "wantonness" (for the word "licentiousness" of our text seems to have been brought into the text from the

---

[47] Jerome, *Commentarius*, 442—446; Augustine, *Epistolae ad Galatas expositio, Patrologia, Series Latina*, XXXV, 2139—2140; Ambrose (ascribed), *Commentaria in XII epistolas beati Pauli, Patrologia, Series Latina*, XVII, 389.

margin, where someone wrote it as a gloss to explain "impurity" or "wantonness," or had noted that it was so found in other manuscripts). But although St. Jerome gives it a general meaning that extends even to excess on the part of those who are married, still the Greek word ἀσέλγεια means lasciviousness or, as Ambrose says, obscenity, which can refer to morals and also to gestures and to speech.

In the fourth place, there is "service of idols," which itself is known well enough but now at least is not the gross idolatry that existed among the heathen. On the other hand, those whose God is the belly (Phil. 3:19) and those who are avaricious are, in the apostle's view, also idolaters (Eph. 5:5). Idolaters are all sycophants or swaggerers, as are all who glory in man, either in themselves or in another person. Thus not a few rulers and bishops are idols today.

In the fifth place, there is "sorcery," an evil which today is having an astonishing growth. According to Jerome, moreover, it is called the poisonous art; for the Greek word φάρμακον means poison or medicament. Hence a sorceress is called poisonous. Therefore the apostle is referring to magicians, wizards, enchanters, and any others who, by means of compacts with devils, deceive their neighbors, harm them, and steal from them. But it is clear on the authority of so great an apostle that those sorceries are not unreal but are able to work harm — something that many do not believe.

In the sixth place, "enmity" seems to mean grudges and secret hatred against one another. "Controversy," which in our text is "strife" — in Greek it is ἔρις, that is, "quarrel" — is a work of enmity. "Jealousy," or zeal, has been spoken of above. "Anger" is well known. "Quarrels" — which, as St. Jerome thinks, are more aptly expressed with the Greek word ἐριθεῖαι — take place, of course, when someone, eager for an argument, takes delight in someone else's vexation and with womanish scolding picks a fight and goads his opponent on. You could gather all this better from experience and from the example of two adversaries than you could from a description. For first they are hostile and in disagreement. Then, as soon as any opportunity whatever is given, they wrangle. While wrangling, however, they become jealous, as each one strives to be superior to the other. But when they are jealous, they get angry. In their anger, however, they look on both sides for something to say or do or omit which could bite and goad the other; that is, they quarrel. When quarreling, however, they get into dissension, and everyone is quick to defend his own position and to weaken the position of the other person. As a result of this, sects and heresies arise, as everyone draws others to his side and takes them away from the other person. From this source envy is nourished — a savage evil. Finally they plunge into killing and murder. And that is the end of this evil. As an example take two opponents in a court of law or two states at odds with each other or two sophists and theologasters contending for their own opinions. Therefore the apostle has distinguished nine grades or categories of that bitter and jaundiced desire of the flesh, so greatly does he abhor the enemies of love. Jerome adds here that everyone who understands Scripture in any other way than the meaning of the Holy Spirit demands is called a heretic, even if he has not withdrawn from the church. This is a stern judgment on the Aristotelian theologians.

Next, in the seventh place, there is "drunkenness," which is forbidden not only with regard to wine but with regard to every other kind of drink. Hence Luke 1:15 says: "He shall drink no wine nor strong drink," that is, anything intoxicating. Of course, abstinence from wine is commended in various passages of Scripture. So is sobriety. On the other hand, what drunkenness has caused is sufficiently shown by the historical accounts of the same Scripture in the cases of Noah and Lot, whose drunkenness was not their own fault yet did not occur without harm to others (Gen. 9:21 ff.; 19:30 ff.). But these stories are well known everywhere. Hence Christ says in Luke 21:34: "Take heed to yourselves lest your hearts be weighed down with dissipation and drunkenness." And it is certainly clear enough that in our lands drunkenness is a kind of plague sent upon us by divine wrath.[48] Everywhere we flee from a plague that strikes the flesh, and with all zeal we arm ourselves and exercise care not to be carried off by it; but into this plague we plunge ourselves with signal blindness, and there is no one even to warn us, let alone stop us. In fact, this plague rages so violently that there can be no hope of purging it out.

Finally there is "carousing," which in Luke 21:34 is called dissipation. Just as drunkenness weighs down the hearts too much with drinking, so dissipation weighs them down too much with eating. And this widespread evil is having an astonishing growth even among the leaders of the people and the great ones of Israel, and with such extravagance, such pomp, and such an abundance and variety of dishes

---

[48] See also *Luther's Works*, 13, p. 216.

that with the effort they put forth they seemingly want to make a mockery of the notorious feasts of the ancients. The word "carousing" *(comessatio)*, however, comes from the name Comus, who was called the god of festivity and of dissipation by the Greeks.[49] Thus just as sexual lust is named for Venus,[50] so dissipation is named for Comus. Both, of course, are very powerful and closely related deities. The latter is served by the belly; the former, by what is under the belly. Comus sustains Venus and invigorates her. Otherwise, without Ceres and Bacchus, Venus is cold.

At the end Paul adds "and the like," for who could survey the whole Lernean Swamp [51] of carnal life? For under jealousy and zeal he has adequately included arrogance and vainglory; under anger, envy, dissension, etc., he has included slander, cursing, shouting, and blasphemy; likewise deceit, fraud, treachery, lying. For he has designated a few categories in order that the Galatians may not pretend that they do not know how to resist the desires of the flesh.

I warn you, as I warned you before, that those who do such things shall not inherit the kingdom of God.

Behold, this is what it means to walk in the spirit and not to perform the lusts of the flesh, to be led by the Spirit, not to be under the Law, and to comprehend the whole Law under the one heading of love — namely, if these things are not done. Now you see how faith alone is not sufficient. Yet faith alone justifies, because if it is genuine, it obtains the spirit of love. But the spirit of love flees all these things and in this way fulfills the Law and attains the kingdom of God. Accordingly, it must all be ascribed to faith; faith, however, to the Word; the Word, however, to the mercy of God, who sends apostles and preachers of the Word, so that all our sufficiency is from God (2 Cor. 3:5), from whom every boon and every perfect gift come (James 1:17).

These are the matters that should have been treated among the people, and treated in the order in which they are presented by the apostle, namely, that those who despair of their own strength hear the Word of faith first; that those who hear, believe; that those who believe, invoke; that those who invoke, be heard; that those who have

---

[49] The word *comessatio* is actually derived from *comedere*.

[50] Cf. the English words "venery" and "venereal."

[51] A reference to the Lernean Swamp, where Hercules slew the Hydra.

been heard, receive the spirit of love; that after receiving the spirit they walk in the spirit and do not perform the desires of the flesh but crucify them; and that those who have been crucified, arise with Christ and possess the kingdom of God. We, however, burden souls with works we have chosen and decided on; we always teach and never attain a knowledge of the truth. Yes, in opposition to godliness we set up free will and our own virtues; we teach presumptuousness and flaunt merits of congruity and condignity with the utmost fruitlessness. Finally we take away the knowledge of Christ completely and multiply for men consciences that are wretched to the highest degree.

St. Augustine's comment on the words "who do such things" is this: "Such things," he says, "are done by those who consent to their carnal desires and resolve to do them even if no opportunity is given to carry it out." [52] And he adds a strange distinction. "It is one thing," he says, "not to sin and another thing not to have sin, for a man in whom sin does not reign does not sin. He is the one who does not yield obedience to his lusts. But the man in whom those lusts do not exist at all not only does not sin but does not even have sin." Even though this can be achieved in many respects in this life, still it cannot be hoped for in every respect except when the resurrection and changing of the flesh takes place. This distinction teaches exactly what was sufficiently stated above, namely, that a man is righteous and holy and does not sin insofar as he walks in the Spirit; but insofar as he is still prompted by lusts, he is a sinner and carnal. Therefore he has sin in his flesh, and his flesh sins; but he himself does not sin. This is a strange thought. The same man sins, and at the same time he does not sin. It is here that those two statements of the apostle John are brought into harmony. The first is found in 1 John 1:8: "If we say we have no sin, we deceive ourselves"; the second occurs in 1 John 3:9 and 5:18: "No one born of God commits sin." All the saints, therefore, have sin and are sinners; yet no one of them sins. They are righteous in accordance with the fact that grace has worked healing in them; they are sinners in accordance with the fact that they still must be healed.

22. *But the fruit of the spirit is love, joy, peace, patience, benevolence, goodness, long-suffering, gentleness, faith, moderation,*

---

[52] Augustine, *Epistolae ad Galatas expositio, Patrologia, Series Latina*, XXXV, 2139.

23. *self-control, chastity.*

There is no doubt that Paul enumerated only nine fruits, as is clear from St. Jerome, St. Augustine, and the Greek text, where they are listed as follows: "The fruit of the spirit is love, joy, peace, patience, kindness, goodness, faith, gentleness, self-control." But it is evident that the number grew to twelve as a result of the inexperienced industriousness of some men. When they had found the word "patience" in a gloss, in the margin, or in Jerome, they put it into the text in fourth place, where "long-suffering" should have been put. This they transferred to seventh place. Then they saw that according to St. Jerome "self-control" has the meaning of "moderation" and "chastity." They added these two to the text and changed the positions of "faith" and "gentleness." [53]

Consequently, the basis for their doctrine of the twelve fruits comes to nothing, not only for want of the number but also because of their method of understanding it. For they make out of these fruits qualities of their own that inhere subjectively in the soul. The apostle, however, makes of them living works of the spirit that are spread out through the whole man; for he sets them in opposition to the works of the flesh. Furthermore, "spirit" in this passage (despite Jerome's insistence to the contrary) does not mean the Holy Spirit; it means the spiritual man. Therefore the antithesis is "works of the flesh" — "fruits of the spirit." The "flesh" is the evil tree that bears thorns and thistles; the "spirit" is the good tree that bears grapes and figs, as we read in Matt. 7:16 ff. For Ambrose, too, says that the law of the spirit produces these works; and St. Jerome, getting back on the right road, interprets "spirit" as the good tree. Furthermore, Paul speaks of the works, not the fruits, of the flesh; and of the fruits, not the works, of the spirit. Why this? Surely because the works of the flesh serve no good purpose, since no one can derive enjoyment from thorns and thistles; but they are evil works that only do harm. The works of the spirit, however, are profitable, and we can derive eternal enjoyment from them. They are the figs and grapes of the Land of Promise. Therefore the name "fruit" is the proper way of commending them.

The first fruit is "love," concerning which it has been said that it is not a quality that is hidden. But, as St. Augustine says about

---

[53] Jerome, *Commentarius*, 446 ff.; Augustine, *Epistolae ad Galatas expositio, Patrologia, Series Latina*, XXXV, 2140.

faith, everyone sees it with the greatest certainty if he has it.[54] Thus everyone is also aware with certainty of having hope; and thus he also sees love with the greatest certainty, especially in time of trial, if he has it. Therefore it is that affectionate impulse toward an angry God and toward an offending neighbor. For love of God proves itself when He smites and afflicts, as was shown in the case of the martyrs and in the suffering Christ; and love for one's neighbor proves itself when the neighbor offends and seems to deserve hatred. Otherwise almost no virtue is more open to imitation; so much so that in Rom. 12:9 this is the one thing the apostle is concerned about when he says: "Let love be genuine." For God has many who love Him. Of them it is written in the psalm (48:19, Vulgate): "He will make acknowledgment to Thee when Thou hast done good to him." And in Ps. 78:36 we read: "But they flattered Him with their mouths; they lied to Him with their tongues." Therefore although it may be hidden in time of peace, yet in war people are aware of nothing more vividly than love, hope, and faith, unless they have no awareness of distrust, despair, and hatred either.

Like love, "joy," the second fruit, has to do with God and with one's neighbor. It has to do with God when we are glad because of His divine mercy and even in the midst of the world's storms praise and bless the Lord in the fiery furnace day and night. But it has to do with our neighbor when we are not envious of his goods but wish him joy in them as though they were our own and praise the gifts of God that he has. But just as the adherents of the flesh feign love in tranquil times, so it is with joy too. They praise God and the gifts of God in men, but only till they are offended. Then the works of the flesh come rushing forth. They disparage the gifts of God which they had formerly praised. They are saddened if their disparagement meets with no success and if the reputation of their neighbor is not diminished. For no one believes how deep the malice of the flesh is, so many does it send smugly to destruction until they are tried and approved.

The apostle's words seem plain and clear; but if you put them to use, you will find out how hard it is not to do the works of the flesh, which to those fools seem very far away in spite of the fact that they themselves are as full of them as they can be. For even over and above the religion, over and above the observances, over

---

[54] Cf. p. 173, note 13.

and above the good works, over and above the regulations, the statutes, the traditions, and the man-made morals of these fools the works of the flesh rush forth at full tilt. But here they also receive love of righteousness as a covering for their zeal; and in accordance with their saintly religion they smugly destroy love, peace, and joy. Today this madness has hold of nearly all the monasteries, all the churches, and, as the psalmist says, "the picked men of Israel" (78:31). For in those who are openly bad these things are easily recognized; but under the tonsures, the badges of office, and other sacred rites that Behemoth stuffs himself and reigns smugly, while they believe they render God a service if they love the flesh of their own party but persecute and denounce outsiders with undying hatred.

The third fruit is "peace"; and this, too, is twofold. When it has to do with God, it is the good conscience that relies on the mercy of Christ. But at times it surpasses all understanding (Phil. 4:7), when it is disturbed because God hides Himself and turns away His face, and the conscience is left to itself. It has to do with one's neighbor, however, when one yields to his will. For this peace can never exist among men if everyone wants to justify, protect, seek, and demand his own advantage, as today the Roman Curia and its laws have filled the church with controversies, disputes, and legal proceedings. Meanwhile they are content with a little crumb of peace in which they reach agreement with their own people and make for themselves a covering for their wickedness, so that there is nothing they are less likely to think than that they are submerged in works of the flesh. For they do not pay attention to how many they are at variance with; they consider how many they are in agreement with. And they are even ready to teach peace to others. Such people understand absolutely nothing about the peace that Paul commends in Rom. 12:18 when he says: "So far as it depends upon you, live peaceably with all." Nor do they understand Matt. 5:9, where we read: "Blessed are the peacemakers, for they shall be called sons of God."

But the jurists — with utmost learning, of course — excuse the dissolution of this peace when they teach repelling force with force and declare ostentatiously that one has to uphold what is right, as if it were not the highest right of all to relinquish one's own right and to give up one's coat to the enemy who takes it away (Matt. 5:40) and even to throw in the undergarment. In short, it is impossible to uphold the Gospel and the rights of men at the same time. Hence it is impossible for peace to exist at the same time with rights, especially in our age, where the Gospel is nothing and rights are all in all. This is the angel in the Apocalypse who was sent in God's wrath to take peace from the earth (Rev. 6:4).

The fourth fruit is "long-suffering," μακροθυμία in Greek. For this is not ὑπομονή, that is, patience, or ἀνοχή, that is, toleration, although St. Jerome wants to take patience and long-suffering as synonyms.[55]

But it seems to be one thing to tolerate the wicked and another thing to suffer the wrongs they do and even to look forward to their improvement, to wish for their well-being, and to have no thought of vengeance. This is characteristic of "long-suffering." Rom. 2:4 says: "Or do you despise the riches of His goodness and patience and long-suffering?" It is goodness by which He does good to them; it is patience by which He suffers them to abuse His benefits as they thanklessly return evil for good; and it is long-suffering by which He looks forward to their improvement.

The fifth fruit is "benevolence"; the sixth, "goodness." According to Jerome, these differ as follows: Benevolence is a mild, amiable, calm virtue, one that is well suited for the fellowship of all who are good, invites to close acquaintance, is winsome in its address and temperate in its behavior. Hence St. Ambrose translates it with "mildness."[56] This is generally and inelegantly called "amicability" *(amicabilitas)*; in German we say *freuntlich* (friendly), *holdselig* (gracious), *leudselig* (affable). In Greek we have χρηστότης, which in 2 Cor. 6:6 is translated with "kindness," where it says: "in kindness, in the Holy Spirit." Hence in Rom. 16:18 Paul called "winsome words" χρηστολογίαι. And in my opinion it would have been more correct to say "kindness" *(suavitas)* than "benevolence" *(benignitas)*, because malignity, the vice that is the opposite of benevolence, is too harsh to apply to those who are morose and unpleasant *(insuaves)*. For of the unpleasant one says: "He is a good man, but he does not know how to accommodate himself to the ways of people" *(Er ist frum, aber gar tzu unfreuntlich und nit leudselig)*. Therefore it is possible for "goodness" to be rather grim and to have a wrinkled brow because of austere ways. Still it is free to do good, does no one any harm, and is of service to all. But it lacks something in the way of good manners.

[55] Jerome, *Commentarius*, 448.

[56] Jerome, *Commentarius*, 448; Ambrose (ascribed), *Commentaria in XII epistolas beati Pauli, Patrologia, Series Latina*, XVII, 389.

The seventh fruit is "faith," which St. Jerome understands to be what is described by the apostle in Heb. 11:1 as "the substance of things hoped for." For Jerome explains "substance" as being "possession." He says: "Because we hope that what we possess by faith will come." For a long time I, too, was of this opinion, because I had observed that in Holy Writ "substance" is used almost everywhere for goods and possession, especially since for this I had the support of what Jerome says about this passage. For why should one recount what the sententiaries have compiled regarding "substance"?[57] But after my dear Philip Melanchthon — who, though young in body, is a venerable old graybeard in intellect and whom I avail myself of as my instructor in Greek[58] — did not allow me to understand it this way and showed that when "substance" means "goods," it is called in Greek, not ὑπόστασις (the word the apostle uses in Heb. 11:1) but οὐσία, βρωτόν, or ὕπαρξις, I have changed my opinion and concede that according to my understanding ὑπόστασις, or "substance," properly means "existence" and the "essence" of which anything subsists in itself, as Chrysostom understands it. Or it also means a promise, an agreement — but there is no time now to discuss this more extensively — or an expectation — meanings that the force and the peculiar nature of the word from which ὑπόστασις comes permit. But it is possible in this passage for "faith" to be taken, not without reason, as "truthfulness," "faithfulness," or "honesty," which deceives no one and is necessary to the highest degree in business affairs and in the community life of mortal men. Thus we also find that faith is of two kinds. The one kind is directed toward God, to whom we are faithful, not so much because we keep our promises as because we believe His promises; the other kind is directed toward our fellowman, to whom we are faithful when we keep, and adhere to, our agreements and promises.

The eighth fruit is "gentleness," which Jerome sets in opposition to "anger" and "quarrels." Perhaps it is hard to distinguish it from "long-suffering." But "gentleness" is known as "mildness," because it is the virtue that is not provoked to anger and does not take vengeance. "Long-suffering," however, goes beyond this and expects the improvement of the wicked who have not yet been a source of irritation.

[57] Peter Lombard, *Sententiae*, I, 23, 4, *Patrologia, Series Latina*, CXCII, 584.

[58] Philip Melanchthon had come to the University of Wittenberg in August of the previous year.

The ninth fruit is "self-control" or, more correctly, "temperance," which we must understand in reference not only to chastity but also to drink and food. Its meaning, therefore, embraces chastity and moderation. Therefore here it also bridles the licentiousness of married persons, so that they may live continently and temper the lust of the flesh with moderation.

23. *Against such there is no law.*

Mindful of the proof he has undertaken to give, Paul always dwells on the Law, which does not justify those who trust in it. Thus in 1 Tim. 1:9 he says: "The Law is not laid down for the just but for the lawless and for murderers of fathers, etc." Those who are of the former sort do not need the Law. Why, then, do the Galatians return to the Law, not only of the Decalog but also of ceremonies? For you see that the apostle is speaking not only of the Ceremonial Law but especially of the Moral Law.

Once again, however, the apostle is theologizing in his characteristic manner. Therefore one must beware of understanding him in a stupid way, as if the righteous man did not have to live a good life and do good deeds (for this is what the uninstructed understand not being under the Law to mean). But the righteous has no law, because he owes the Law nothing, since he has the love which performs and fulfills the Law. Just as three plus seven (the example is Augustine's)[59] do not have to be ten but are ten, and there is no law or rule that one must seek in order that they may become ten, so a house that has been built does not have to be built; for it is what the builder's art, as a law, was seeking. So a righteous man does not have to live a good life, but he lives a good life and needs no law to teach him to live a good life. So a virgin does not have to be a virgin; but if she were seeking to become a virgin by some law, would she not be out of her mind? The unrighteous man, however, has to live a good life, because he does not live the good life which the Law requires. Paul is stressing all this in order that they may not presume to become righteous on the basis of the Law and of works, but in order that by faith they may receive the spirit without the Law and without works and thus may render satisfaction to the Law, as has been stated abundantly enough in what has preceded.

[59] See Augustine's discussion of the spontaneity of the Christian life, *Epistolae ad Galatas expositio, Patrologia, Series Latina,* XXXV, 2139—2141.

24. *And those who belong to Christ Jesus have crucified the flesh with its passions and desires.*

Paul is replying to a hidden question with which someone, prompted by what has been said before, might ask: "If there is no law against people of this kind, and they are righteous and not debtors to the Law, then why do you tell them not to do the works of the flesh but to walk in the spirit and to do other things? Are you not demanding an obligation from them? Are you not prescribing a law? Are not your commandments against them? Why do you contradict yourself?" What other answer do you think he would give than what we have learned above, namely, that those who are perfect in these fruits are not under the Law. They completely fulfill the Law. Therefore the Law is not at all against them. But since in the flesh there is no one who attains this goal perfectly, those who belong to Christ are preserved at least in this respect that they crucify their flesh and fight against its desires, and thus fulfill the Law of God in the spirit, even though in the flesh (as Paul says in Rom. 7:25) they serve the law of sin. Consequently, the description of the fruits of the spirit, against which there is no law, is rather a goal that is set up in front — a goal toward which those who are spiritual must strive. This does not mean that Paul thinks some have reached this goal. Therefore the Law is not against them insofar as they live in the spirit, but it is against them insofar as they are prompted by the desires of the flesh.

That this is a rule for understanding all other matters in which the righteous and the saints are praised on earth is beautifully and amply proved by St. Augustine in his *On Nature and Grace*.[60] Thus Rom. 6:6 says, "Our old man was crucified with Christ." And above (Gal. 2:20) Paul said: "I have been crucified with Christ; it is no longer I who live, but Christ who lives in me." I pass over what St. Jerome recounts here from Origen, nor do I care for it very much.[61] The apostle had said that there is no law against the spirit which brings forth the fruits commanded by the Law. So they, on the other hand, do not do the works of the flesh, but they do what is good and turn away from what is evil. Why? Because they are Christ's. They belong to Christ, not to Moses, not to the Law. But if they are Christ's, they undoubtedly have a crucified flesh, not by the Law, which was

---

[60] Augustine, *On Nature and Grace*, 44—45.
[61] Jerome, *Commentarius*, 449—450.

inciting the flesh more, but through Christ. It is as if he were saying: "You cannot belong to Christ if you want to belong to the Law. If you belong to the Law, you will not crucify the flesh, and the Law will be against you." Therefore those who belong to Christ are not under the Law, and at the same time they crucify the flesh with its vices and desires.

Jerome thinks that "vices" — or "passions" in Greek — is a rather general term and is added to "lusts" because the passions are also referred to pain. What, however, if by "vices" or "passions" he should understand the violent emotions of an irascible disposition as they rage in the bitterness of the heart, and by "lusts" the feelings of concupiscence as they afford pleasure with a titillation of the flesh? But let everyone be entirely free to have his own opinion.

The form of this crucifixion is well known. For the nails are the Word of God. They penetrate by the impulse of God's grace and prevent the flesh from following its desires. Thus Eccl. 12:11 says, "The sayings of the wise are like goads, and like nails firmly fixed are the collected sayings given by one Shepherd," that is, by Christ through the apostles and prophets.

CHAPTER SIX

5:25. *If we live by the spirit, let us also walk by the spirit.*

I DO not think it matters much that our [Latin] codices start the sixth chapter at this point. Jerome and the Greek texts begin it later with "Brethren, if a man is overtaken, etc."[1]

In this epistle Paul observes the same order that he observes in the Letter to the Romans. For there, too, he teaches faith first, through eleven chapters. In the twelfth chapter he treats of love and the fruits of the spirit; and in the thirteenth and those remaining he is at pains to point out that one should take an interest in those who are weak in faith. Thus here, too, after instructing them in faith and love, he makes it his concern that, among other evidences of good moral conduct, they do not disdain those who are weak or have fallen. For this is how St. Augustine — rightly, in my opinion — thinks this is said, namely, against those who, after they have been led back from the letter to the spirit, despise the weaker ones and vainly glory in themselves.[2] For this reason, he thinks, they are admonished, if they are spiritual, not to please themselves but to bear with the infirmities of the weak, as Paul says in Rom. 14:1 and 15:1. For if they failed to do this, they would indeed have begun in the spirit but would not be walking in the spirit, having become proud despisers of their brethren.

Therefore the meaning is this: "I am certain that you have been instructed in the spirit — whether as a result of this letter or as a result of my previous teaching — but that among you there are left some who are troubled with doubts and are not yet able to distinguish between the sound judgment of faith and the works of the Law, since, because of scruples of conscience, they are not willing to desist from the works of the Law and do not trust sufficiently in the

---

[1] See p. 97, note 80.

[2] Augustine, *Epistolae ad Galatas expositio, Patrologia, Series Latina,* XXXV, 2142.

righteousness of faith alone. These, I say, one must not despise. No, one must treat them with gentle care until they are strengthened and made firm by the experience and example of the strong." For such persons, like the poor, are always left in the midst of a people in order that there may be some toward whom you can practice the duties of love. Therefore "if we live by the spirit, let us walk by the spirit"; that is, let us persevere and make progress. This will happen if we do not let the infirmity of the weak tempt us to disdain them and to be pleased with ourselves. For this would be turning aside from the spirit, pleasing ourselves, and failing to serve others in love. Thus today, too, there is a large throng of those who are weak, even among the very learned, and are miserably tormented by a conscience under pressure of human laws and do not have the courage to trust solely in faith in Christ. But the boys and effeminate men who are ruling in the church do not make any concessions at all to our weaknesses. No, with boisterous violence they put forth the solid masses of their opinions merely to fortify their tyranny as soon as you do not give the answer they want. "Therefore you are a heretic, a heathen, a schismatic," they say. But of this elsewhere.

"Let us walk." This is the same verb that Paul used above, in the fourth chapter (v. 25): "is connected with that, etc." Therefore the meaning is: "Sinai is a mountain in Arabia which is connected, that is, which extends, walks, goes, as far as Jerusalem," as was said in that passage. And below (6:16): "Whoever will follow this rule," that is, will go, will walk. For the force and proper meaning of this verb, as Erasmus has rendered it, is to advance in order, to proceed on the right way, to go forward.[3] Moreover, the apostle uses the word appropriately in this passage. He means that they should not turn aside either to the left or to the right but should advance in a straight line and in order, and walk in the spirit they have received.

For since among the people there are both those who are strong and those who are weak, a twofold offense arises — the one on the left, among the weak; the other on the right, among the strong. The apostle is striving to keep them in the middle and to prevent both offenses. There is offense on the part of the weak when those things are done which the weak do not comprehend and are unable to distinguish from the evil outward appearance. Of this Rom. 14 treats most extensively. For example, when the weak saw that others were

[3] The Latin word Erasmus used was *procedere*.

eating all the foods forbidden in the Law as unclean, they, under the pressure of their conscience, did not dare eat the food themselves. Nevertheless, they did not dare condemn the example of the others either. Here Paul became a Jew with the Jews and weak with the weak, in order to serve them through love until they should become strong in Christ. Hence Rom. 14:15 says: "If your brother is being injured by what you eat, you are no longer walking in love." This is how one should think about all other ceremonies, those that have to do with days, festivals, clothing, etc. The other offense is on the part of the proud, when they, in turn, are offended at the weak and are impatient with their slowness and stupidity. Thus with no consideration for the weak they made use too freely of the freedom of Christ over against the Law in that they did these things with resultant offense to the weak, whereas they should rather have observed the whole Law before offending a single person; for this is how one walks by the spirit. For what benefit is there in using the spirit of freedom against the spirit and against love? "We are free to do so," they say. Certainly. But your freedom should be esteemed less than a brother's weakness, because no harm is done to you when your freedom is impeded. On the other hand, your brother is harmed when his weakness is offended through your freedom. It is characteristic of love, however, that you regard those things that are to another's advantage and consider, not so much to what extent you have freedom for yourself as to what extent you can benefit your brother. For this is the service to which love subjects you as it sets you free from the service of the Law. But today, good God, what monstrosities of the worst sort are perpetrated! And later all these things are left for the weak to bear and to interpret in a pious way — things which the very strongest are scarcely able to bear! Lacking a shepherd, however, they are not shepherds today. Everything is different in outward appearance, different in worth and in reality.

26. *Let us have no self-conceit, no provoking of one another, no envy of one another.*

Paul is explaining at great length what he had said. "Then," he says, "you will be walking and advancing rightly by the spirit, if you who are strong do not become puffed up toward the weak, do not take satisfaction in yourselves and pride yourselves over against them because they are not like you, as the well-known Pharisee glorified God in his conceit and poured shame on the tax collector (Luke 18:11 ff.).

For if you do this, you, with your utterly fruitless glorying, will provoke and irritate the weaker ones to envy; and thus, by turns, you will be provoking, and they will be envying; and neither you nor they will be advancing in the right order of the spirit. You the devil jostles to the right, them to the left; you through conceit, them through envy. But no! In keeping with Christ's example, your strength should take their weakness upon itself until they, too, become strong. For if we live by the spirit and in love, we do not live for ourselves; then we live for our brothers. Therefore we shall do what is serviceable and necessary for them." "Owe no one anything," says Paul, "except to love one another" (Rom. 13:8); and in 1 Cor. 8:13 he says: "If food is a cause of my brother's falling, I will never eat meat." Why? Because I love my brother, and his salvation is incomparably more important to me than my freedom, by which I am free to do what he does not yet understand to be permitted. Thus if my righteousness, wisdom, capacity, or any action whatever that is entirely permissible to me causes my brother to fall, I must give it up and render service to love.

But look now at what the exemptions, the privileges, the indulgences, and the confessionals are doing. Have not the laws of the bishops become merely nets for snaring money and stumbling blocks for consciences? Is not all Germany filled with the constant complaint that butter and other milk products are allowed on fast days to those who have bought the lead and wax of the Roman Curia, while in the meantime the rest believe in their ignorance that these things are not allowed even if the supreme pontiff were to grant permission? [4] To such a degree have the laws of men become rooted in them. For they consider murder, fornication, drunkenness, envy, and all the works of the flesh far less important than eating that privileged butter. And here not one of the bishops or privileged persons has pity on this crowd, but incredible greed multiplies these privileges without end, without measure. By these privileges the weak are only provoked to defame, curse, and condemn. On the other hand, those strong and exceedingly hardy despisers of the laws, puffed up in their boldness, despise those who are weak and call them *bon christian*, that is, half-stupid.[5] That is the present-day custom and manner of

[4] See the documents assembled in the St. Louis edition, XV, 56—105.

[5] A reminiscence of Luther's journey to Rome; he discusses the epithet *bon christian* in his *Lectures on Genesis* (W, XLIV, 770).

fulfilling love. How much better the supreme pontiffs would do either by abolishing the laws entirely, in order that all might know the freedom they have in Christ, or by granting privileges to none — privileges with such hell for so many weak consciences! How will they render an account to Christ for so many offenses to their brothers for whom Christ died? But the frenzy of greed does not allow them to hear about this love, even from a distance.

But these are still childish and utterly trifling matters. Let us come to those in which even the most highly learned and the very strongest are offended — so great is the victory of the devil in the church.

What an uproar, pray, what talk, what a stench the Roman Curia is causing on account of the bishops' palliums and annates, which are utterly disemboweling the bishoprics and pastorates of Germany![6] What about the pillaging of all the pastorates, the consuming and devouring of the monasteries and churches — to the point that there is no altar, not even underground, that does not render total service to the greed of the Roman muleteers,[7] while in the meantime men who are learned, good, and beneficial to the people are perishing of hunger and need? Truly the Romans harvest our material things but sow for us spiritual things, that is, things full of wind, so that we live on spirit and wind. For spirit means wind, just as in Hosea (12:11) Ephraim feeds on the winds. No wonder, I say, if the very strongest are unable to bear these things; for they are beyond limit and difficult even for the perfection of an apostle to bear. But no one of the bishops cares about these things. Consequently, they seem to rejoice in the fact that we are provoked and they are hated; and they seem to offer the well-known excuse of a Caesar: "Let them hate, provided that they fear."[8] For there is no lack of inflated bladders of this kind — bladders that glory only in their power.

Furthermore, who is not most bitterly provoked by the foremost of all offenses (for those that have been mentioned are temporal)? What an abundance of decisions there is in the matter of robbery,

[6] The pallium was granted by the pope to archbishops and certain bishops; the annates were the income from an ecclesiastical benefice for the first year and were paid to the papal curia.

[7] The term *mulio* was an epithet already in classical Latin; Luther uses it here for the cardinals.

[8] A favorite quotation of Luther's from Suetonius; cf. *Luther's Works*, 13, p. 210, note 70.

usury, inheritances, and testaments — in fact, every kind of reimbursement, questionable as well as certain, no matter whether this is owed to minors or to paupers! They even thrust forgiveness of dreadful sins upon those who do not want it as well as upon those who want it — to say nothing of selling it to them in the most frivolous manner; and they do so under the pretext of erecting one lifeless building in honor of St. Peter or with some less important reason as an excuse.[9]

I grant that these things must be borne. One should not be spiteful; one should not bite. But who will give us bones strong enough to bear these things? Or is it not permissible to complain of our weakness? Is it not permissible to say: "They must be borne, but we are not able to do so"? Surely it is not disparagement or spitefulness if a burden impossible to bear is placed on me and I should cry out that I lack the strength. Furthermore, if, when we are dealing with Holy Writ, we censure, if we bite into, if we condemn, these and similar things, our conduct is unimpeachable and in keeping with our duty. Or why do those princes, so learned and strong, demand of us toleration of these things and not much rather demand of themselves that they do not provoke us, especially since before telling us not to be indignant they should see to it that we are not provoked? Then, since in view of their station they owe a greater debt of love, they should be far more careful not to provoke than we should be not to be indignant, in order that in this way we, who should live by the spirit, may advance by the spirit — we not provoked and they not hated.

Perhaps, dear reader, you will say that I am always assailing the Roman Curia, something that till now has been exceedingly rare. I answer: The Lord is my witness that I am not doing this because of my own inclination or pleasure, since I wish for nothing more ardently than to lie hidden in a corner; but since I am altogether obligated to deal publicly with Holy Writ, I want to render as pure a service as I can to my Lord Jesus Christ. For if Divine Scriptures are treated in such a way as to be understood only with regard to the past and not to be applied also to our own manner of life, of what benefit will they be? Then they are cold, dead, and not even divine. For you see how fittingly and vividly, yes, how necessarily, this passage applies to our age. Because others have not dared this or have not understood it — it is not surprising that the teachers of theology

---

[9] The special indulgence which had called forth Luther's ninety-five theses of 1517 was to go for the completion of the new St. Peter's basilica.

have not been hated. To me it is certain that the Word of God cannot be rightly treated without incurring hatred and danger of death, and that if it gives offense — especially to the rulers and aristocrats of the people — this is the one sign that it has been treated rightly. It is a stone of stumbling in consequence of which the judges of the peoples are devoured. In short, the church is crying out that the rulers are persecuting her and that the rulers have crucified Christ.

> 6:1. *Brethren, if a man is overtaken in any trespass, you who are spiritual should restore him in a spirit of gentleness. Look to yourself, lest you, too, be tempted.*

Read Erasmus on why the apostle has suddenly changed the number and has not gone on to say: "Look to yourselves, lest you, too, be tempted." [10] For what he says has greater force if it is addressed to one person individually and pertains to each one separately.

This teaching is certainly most appropriate and has also been arranged with marvelous skill by the apostle for achieving the formation of love in them. First he calls them "brethren," more with kindly encouragement, as if he were asking this of equals, than with authority, as if he were demanding it of inferiors. Then he says "if a man," not "if a brother," as if he were saying: "If out of human weakness — because we are human beings — a brother has fallen." With this word itself he shows how — namely, with pity — we should look upon others when they fall, and that we should be readier to extenuate than to exaggerate. For the latter is characteristic of the devil and slanderers; the former, of the Paraclete and those who are spiritual. And "overtaken" — in the sense of "taken unawares," "having fallen because of a lack of caution" — is a word with which he similarly teaches us to extenuate the sin of a brother, because — unless he manifestly has sinned out of hardened wickedness and with no hope of reform — it is our duty to ascribe his fall, not to wickedness but to a lack of caution or even to weakness, just as St. Bernard taught his followers that if one was unable in any way to excuse a brother's sin, at least one should say that it was a great and insuperable temptation by which he was overtaken, and that he was seized by what was more than he could bear.[11] Paul says "in any trespass," "in any fall" (for

[10] Cf. Erasmus, *Paraphrasis, Opera,* VII, 964—965.

[11] See, for example, Bernard of Clairvaux, *Sermones in Cantica Canticorum,* XXXV, 5—7, *Patrologia, Series Latina,* CLXXXIII, 900—902.

it is very easy to fall), not "in any wickedness." Again he uses an extenuating word. For the mildest term we can use for sin is a "slip" or a "fall." Here Paul calls it a "trespass."

"You who are spiritual" — a wonderful statement to remind them of their duty and at the same time to teach them their duty. The duty it teaches is that they should be spiritual. If they are spiritual, let them do what characterizes spiritual people. But what else does it mean to be spiritual than to be a child of the Holy Spirit and to have the Holy Spirit? But the Holy Spirit is the Paraclete, the Advocate, the Comforter. When our conscience accuses us, He protects us in the presence of God and comforts us by giving a good testimony to our conscience and to our trust in the mercy of God. He excuses, extenuates, and completely covers our sins. On the other hand, He magnifies our faith and good works. Those who imitate Him in the presence of fellowmen with regard to the sins of their fellowmen are spiritual. Satan, on the other hand, is called the devil,[12] the detractor and calumniator, because he not only accuses us and makes our evil conscience worse in the presence of God but also disparages what is good about us and vilifies our merits and the faith of our conscience. He is imitated in the presence of their fellowmen by those who, with regard to the sins or even the good works of their fellowmen, exaggerate, enlarge, and expand the sins of their fellowmen but, on the other hand, minimize, find fault with, and disapprove of their good works. Hence St. Augustine says on this passage: "Nothing so demonstrates the spiritual man as his treatment of someone else's sin, when he plans how to set him free rather than how to deride him, and how to help him rather than how to revile him. On the other hand, you will demonstrate as carnal the man who deals with someone else's sin only in order to judge and censure, as the Pharisee insulted the tax collector but had no pity on him." [13]

"Restore in a spirit of gentleness." For the statement of St. Gregory is true. "True justice has compassion," he says, "false justice is indignant." [14] Thus in Luke 9:51 ff., when John and James, in accordance with the example of Elijah, wanted to call down fire from heaven

[12] The Greek word διάβολος, from which "devil" comes, means "slanderer"; cf. *Luther's Works*, 23, pp. 196—197.

[13] Augustine, *Epistolae ad Galatas expositio, Patrologia, Series Latina*, XXXV, 2143.

[14] Gregory I, *XL homiliae in Evangelia*, II, 34, 2, *Patrologia, Series Latina*, LXXVI, 1246.

upon the Samaritans, Christ forbade them, saying: "Do you not know what spirit's children you are? The Son of Man did not come to destroy souls but to save them." So we should give thought, not to how we may destroy but to how we may save the brother who is a sinner.

Discussing this topic in Rom. 15:1, Paul says: "But we who are stronger ought to bear with the failings of the weak, and not to please ourselves." Note the modesty and restraint of the Pauline spirit. He speaks of "failings" and the "weak," whereas some arrogant and self-righeous or heresy-hunting person (quick as they are to condemn and burn [15] their fellowmen) would have called it heresy, or crimes against the Holy Roman Church; for that is how they speak when they are talking about the greatest sins. Paul, however, calls those sins failings, whatever they may be; and the sinners he calls weak, because he speaks with the tongue of the Paraclete, not of the devil. Finally he appends an example (Rom. 15:3): "For Christ did not please Himself; but, as it is written, 'The reproaches of those who reproach Thee fell on Me'" (Ps. 69:10). According to Isaiah (cf. 53:4), this means: "He bore our sins," so far was He from abandoning, accusing, and damning us with them and in them. But He dealt with us just as if He Himself had done those things which we had done. He paid for what He had not robbed. Thus in Phil. 2:5 ff. Paul adduces the same example and says: "Let this mind be in you which was also in Christ Jesus, who, being in the form of God, thought it not robbery to be equal with God, but emptied Himself, taking on the form of a servant and was made in the likeness of men; and being found in fashion as a man, etc." Behold, Christ is like men, that is, like the sinners and the weak. And He displays no other nature and no other form than that of a man and a servant, since He does not despise us, though He is in the form of God, but takes on our form and bears our sins in His own body (1 Peter 2:24). But this statement is too significant to be dealt with in a few words. In fact, the masters of theology do not have an understanding of it. Meanwhile we shall postpone it.

Accordingly, Christ governs His church in such a way that just as He predicted in the Old Testament (Deut. 15:11) that there would always be the poor among the people in order that the people might have opportunity to practice brotherly love, so in the New Testament

[15] We have adopted the reading in the Erlangen edition, *exurere*, in place of the *exuere* in the Weimar edition.

He always lets some sinners remain and allows some to fall, in order that the stronger may have reason to practice evangelical and Christian brotherliness, lest love be idle and even founder. But the hypocrites, of all men the most perverse, fail to understand this arrangement made by the will of God and seize upon it to practice their own spitefulness. To brothers who fall they give consideration only in order to accuse, to bite, and to persecute; and they are unable to act in any other way than Simon the Leper did toward Mary Magdalene (Matt. 26:6 ff.) and the Pharisee toward the tax collector (Luke 18:11-12).

Finally Paul adds: "Look to yourself, lest you, too, be tempted." Even here he speaks with restraint and does not say "lest you, too, fall," as he says elsewhere: "Let him who stands take heed lest he fall" (1 Cor. 10:12). But he says "lest you be tempted." He calls that person's fall a temptation. It is as if he were saying: "If you have fallen, I would say it was a temptation rather than a crime on your part. With the same gentleness you, too, must suppose it to have been a temptation whenever you see someone who has fallen; and you should not castigate your brother's fall with harsh names." Behold, the apostle's words serve not only as a lesson but at the same time as an example. Among the rhetoricians of the world it is a very brilliant achievement to place words in such a way that in them you see that the thing itself is observed and shown simultaneously. Paul — I should rather say the Holy Spirit — has this characteristic. Consequently, St. Gregory makes the excellent statement: "Whenever we look at sinners, we must first of all bewail ourselves in them, because we either have fallen or can fall into similar sins." "For there is not a sin a man does," says Augustine, "that another man could not do too, if God should forsake him." [16] Nor do I disdain the little verse that someone made up for himself as a reminder of this fact: "We are, have been, or can be what this man is." [17] And would that the Thomists, the Scotists, and the moderns would thus settle their question whether universals are real things or are terms predicated indifferently of real things! [18] Man is man. Flesh is flesh. Flesh has never done anything that similar flesh would not do wherever God did not make a distinction.

[16] Cf. p. 112, note 8.

[17] A medieval version of the saying "There, but for the grace of God, go I!"

[18] A reference to the scholastic debate over whether "universals," i. e., general concepts, are real or are merely names.

2. *Bear one another's burdens, and so fulfill the law of Christ.*

In a very beautiful and thoroughly golden maxim Paul sums up the two teachings he has previously mentioned. There are, he says, certain apprehensive individuals who do not distinguish between the law of faith and the law of men. One must bear with them and by all means refrain from taking offense at them. There are others who sin even against the Law of God. Nor are these to be despised out of a stupid zeal for God, but one must bear with both kinds in Christian love. The former must be instructed; the latter, restored. The former must be shown what they should know; the latter what they should do. And in this way the shaping of their faith as well as their works must be served. For the first need the teaching of faith, the second need instruction in virtuous living. Thus everywhere love finds something to bear, something to do. Moreover, love is the law of Christ. But to love means to wish from the heart what is good for the other person, or to seek the other person's advantage. Now if there were no one who errs or falls — that is, no one who needs what is good — whom are you going to love, whose good are you going to desire, whose good are you going to seek? Love is not even able to exist if there are none who err and sin, who, as the philosophers say, are the proper and adequate "object" of love or the "material" of love.[19] Carnality, however — or love that consists in lust — looks for others to wish for its benefit and to want for it what it itself desires. That is, it looks for its own advantage; and its "material" is one who is righteous, saintly, pious, good, etc. These people surely are perverting this teaching, inasmuch as they want their own burdens to be borne, to have the sole enjoyment of benefits provided by others, and to be carried along. For they are the kind who disdain having the uneducated, the useless, the hot-tempered, the foolish, the troublesome, and the surly as companions in life but look for people who are cultured, pleasant, kindly, quiet, and saintly. That is, they want to live, not on earth but in Paradise, not among sinners but among angels, not in the world but in heaven. In their case one has to fear that they are receiving their reward here and have their kingdom of heaven in this life. For they are unwilling, with the bride, to be a lily among thorns (Song of Sol. 2:2) or, with Jerusalem, to be situated in the midst of the heathen or, with Christ, to rule in the midst of enemies (Ps. 110:2). In fact, they make the cross of

---

[19] The technical terms are *obiectum charitatis* and *materia dilectionis*.

Christ of no effect (1 Cor. 1:17) in themselves, and the love they have is inactive, is snoring, and is carried on other shoulders.

Consequently, those who, in order to become good, flee the company of such people are doing nothing else but becoming the worst of all. And yet they do not believe this, because for the sake of love they are fleeing the proper duty of love, and for the sake of salvation they are fleeing what is the true epitome of salvation. For the church was always best when it was living among the worst people. For in bearing their burdens its love shone with a wonderful glow, as Ps. 67:14 says, "Her back parts are in golden sheen." That is, the forbearance of the Christian dove (which is what is meant by the "back parts") is completely and exceedingly radiant with the golden glow of love. Otherwise why did Moses not also abandon his stiff-necked people? Why did Elijah and the prophets not abandon the idolatrous kings of Israel?

As a result, the separation of the Bohemians from the Roman Church can by no kind of excuse be defended from having been an impious thing and contrary to all the laws of Christ, because it stands in opposition to love, in which all laws are summed up.[20] For this solitary allegation of theirs, that they defected because of fear of God and conscience, in order not to live among wicked priests and bishops — this is the greatest indictment of all against them. For if the bishops or priests or any persons at all are wicked, and if you were aglow with real love, you would not flee. No, even if you were at the ends of the ocean, you would come running to them and weep, warn, reprove, and do absolutely everything. And if you followed this teaching of the apostle, you would know that it is not benefits but burdens that you have to bear. Therefore it is clear that the whole glory of this Bohemian love is mere sham and the light into which an angel of Satan transforms himself (2 Cor. 11:14).

We, who are bearing the burdens and the truly intolerable abominations of the Roman Curia — are we, too, fleeing and seceding on this account? Perish the thought! Perish the thought! To be sure, we censure, we denounce, we plead, we warn; but we do not on this account split the unity of the spirit, nor do we become puffed up against it, since we know that love rises high above all things, not only above injuries suffered in bodily things but also above all the

---

[20] At the Leipzig Debate in July 1519, Luther's endorsement of certain teachings of John Hus brought upon him the charge of Hussite heresy and also brought him into contact with Hussite leaders.

abominations of sins. A love that is able to bear nothing but the benefits done by another is fictitious. Surely, just as our common people — as we see — are at the bottom in rank, so they are at the top in love; for with the utmost patience they allow themselves to be skinned and flayed to the bones by their pastors. On the other hand, those who are puffed up because of their very high rank are absolutely unable to bear the loss of even a penny, let alone endure a word or deed directed against their privileges. And Thou, O Lord, art righteous, and Thy judgment is right (Ps. 119:137). Thus the last will be first, and the first last (Matt. 20:16).

3. *For if anyone thinks he is something, when he is nothing, he deceives himself.*

Paul gives a very beautiful and a very strong reason for both doctrines. This is the reason: We are all equal, and we are all nothing. Why, then, does one man puff himself up against the other, and why do we not rather help one another? Furthermore, if there is anything in us, it is not our own; it is a gift of God. But if it is a gift of God, then it is entirely a debt one owes to love, that is, to the law of Christ. And if it is a debt owed to love, then I must serve others with it, not myself. Thus my learning is not my own; it belongs to the unlearned and is the debt I owe to them. My chastity is not my own; it belongs to those who commit sins of the flesh, and I am obligated to serve them through it by offering it to God for them, by sustaining and excusing them, and thus, with my respectability, veiling their shame before God and men, as Paul writes in 1 Cor. 12:23 that those parts of the body that are less honorable are covered by those that are more honorable. Thus my wisdom belongs to the foolish, my power to the oppressed. Thus my wealth belongs to the poor, my righteousness to the sinners. For these are the forms of God of which we must empty ourselves, in order that forms of a servant may be in us (Phil. 2:6), because it is with all these qualities that we must stand before God and intervene on behalf of those who do not have them, as though clothed with someone else's garment, not unlike the priest, when, on behalf of those standing about, he sacrifices in a ritual garb that does not belong to him. But even before men we must, with the same love, render them service against their detractors and those who are violent toward them; for this is what Christ did for us. This is that furnace of the Lord in Zion (Is. 31:9), that tender compassion of the Father, who wants to tie us together with such inestimable virtue. By this badge, by this symbol, by this mark, we Christians are distinguished from all nations, in order that we may be God's private property, a priestly race, and a royal priesthood.

St. Jerome explains this passage in two ways: (1) "who thinks he is something, when he is nothing," that is, since before God we all are nothing, as has been said; (2) "he who thinks he is something and nevertheless is nothing deceives himself"; that is, if anyone feels that he is something and in fact is superior to another, and pleases himself in this, thinking highly only of himself, considering only his own advantage and not how he may serve others thereby — he is in fact deceiving himself, because by this very feeling of haughtiness of his he causes himself to be nothing, since then the gift of God is without effect in him, and he himself is like the one who does not have it, just as a miser does not have something even when he has it, because he does not have it in the use for which riches exist to be had. Therefore just as this rich man is not rich but is poor, so that man who thinks he is something is nothing. This is the understanding that St. Jerome follows.[21] And with this understanding there is offered in a different way a reason for the teachings stated earlier, namely, that if one does not bear another's burdens but is puffed up with his own understanding, then he becomes nothing, and it is the same as if he had nothing. Indeed, he has it to his own loss. I like both explanations. Jerome, however, makes an additional comment and notes the proper meaning of the verb "deceives," which in Greek means "deceives the mind,"[22] because he is not the person he thinks he is.

4. *But let each one test his own work, and then his reason to boast will be in himself alone and not in his neighbor.*

It is the nature of vainglory to compare itself with those who are unlike itself, and from this comparison there follow contempt for one who is inferior and the sort of bladder that is inflated with one's own good qualities. For vainglory does not rejoice so much in the fact that it is or has something as in the fact that others are nothing or have nothing. Thus the well-known Pharisee did not glory so much in his own holiness as in the fact that everybody else seemed unlike himself, especially the tax collector. For he would not want the others to become better than or equal to himself. Consequently, his glory

---

[21] Jerome, *Commentarius*, 456—457.

[22] For the obvious typographical error *mentum* we have read *mentem*.

is glory in another and outside himself, namely, in one who is worse and inferior. This is malevolence, always the companion of vainglory; it is rejoicing over the badness of others and being sad over the goodness of others. This the apostle forbids, in order that no one may have this glory in another — glory that is utterly distant from love and should be distant.

"But let him test his own work"; that is, let him disregard another person's work and not look to see how bad the other person is but how good he himself is. Let him strive to be found approved in good works himself. But let him not take someone else's work as a reason for becoming smug and starting to snore, as if he had to be considered good in the sight of God because he is better than that wicked person, with the result that in this way he is more presumptuous because of the other person's wickedness than he is on the basis of his own work, apart from the wickedness of the other person. Your works do not become better because of that person's wickedness. Therefore live and act in such a way as to test your own work, to what extent you are able to glory in yourself and in your own conscience, as Paul says in 2 Cor. 1:12: "For our boast is this, the testimony of our conscience" — certainly not the appearance of someone else's work. But a person tests his work if he looks to see how diligent he is in love to bear the weaknesses of others. And certainly if a man were to observe this practice, he would easily refrain from rash judgments and disparaging remarks, since he would find out that he either loves or does not love his neighbor.

5. *For each man will have to bear his own load.*

This pertains to the preceding in the following way: "Why do you glory in another person? Why do you puff yourself up because of someone else's sin or weakness? Are you the one who will render account for him?" Or, as Paul says in Rom. 14:4 with the same thought in mind: "Who are you to pass judgment on the servant of another? It is before his own master that he stands or falls." And he goes on (v. 12): "So each of us shall give account of himself," which, by a Scriptural figure of speech, he here calls "bearing his own load," and earlier "bearing his judgment" (Gal. 5:10). For this reason I would also understand the statement "But let each one test his own work" somewhat differently, in keeping with the same thought Paul expresses in Rom. 14:22: "The faith that you have, keep between yourself and God." That is, the fact that you know that all things are permissible is your own work. But glory in this and in yourself before God, and do not use this liberty openly so as to glory in this faith of yours on the basis of your neighbor's weakness, caring nothing about the offense given to him. This general meaning, however, will not hold for all cases of offense; it will hold only for those cases that occur in connection with a law of men, such as the confessionals and other opportunities sold for cash to some but held back from others, with the result that there is offense.

6. *Let him who is taught in the Word share all good things with him who teaches.*

The apostle prescribes another and final ethical teaching. This is that they should supply the bodily things and necessities of life to the elders who teach the Word of God and sow spiritual things. "For the laborer deserves his wages," says Christ (Luke 10:7), as Paul pursues this thought at greater length in 1 Tim. 5:18 and 1 Cor. 9:9.

But one wonders why it pleased the translator to mix in words that are entirely Greek. Κατηχίζω means "I teach" and "I instruct." [23] Hence "catechumens" are those who are instructed in the religion of Christ.

Here Paul treats the philosophy of the Stoics with contempt, since he calls the things that are necessary for the body "good things," whereas the Stoics, distorters and violent manhandlers of words that they are, count among the "good things" nothing but wisdom and virtue (that is, pride based on vainglory).[24] We know that everything God made was very good and that every creature of God is good (Gen. 1:31). But evil use makes them evil. They are not evil by their own fault. An evil use makes wisdom and virtue (the "good things" of the Stoics) the worst of all evil things, since they do nothing but puff up if love is lacking (1 Cor. 8:1).

Note the weight of the words. It is to the "instructor in the Word" that a sharing in all good things is owed. But to those who do not preach or teach the Word this doctrine does not apply at all. Certainly the first and greatest work in the church is the preaching of the Word, which is what the Lord laid upon Peter three times (John

---

[23] The Latin translation had used *catechizatur* instead of a native Latin word like *docetur* or *instruitur*.

[24] Cf. also *Luther's Works*, 2, pp. 323—331, on physical goods as gifts from God.

21:15 ff.) and what He most persistently demands of everyone. But now nothing is farther to the rear or more despised than this. There are so many duties for jurists, for judges, for officials, so many chants and ceremonies for priests and monks; but the voice of one shouting in the wilderness is rare (Is. 40:3) — so rare that there is almost nothing more unlike the church than the church itself.

It is not superfluous that Paul adds "in the Word" or, as the Greek has it in the accusative, "the Word." There are, have been, and will be many who out of their own head tell many fables or opinions and traditions of men, as we see today to our sorrow. But the "Word" itself, which surely means the Gospel of Christ — where, I ask, does it resound? Or if, contaminated by the glosses of men, it does resound, it says: "My throat has become hoarse" (cf. Ps. 69:3), so that even when it does resound in this way, it cannot be heard. Therefore such men, too, should not expect that the sharing of all good things applies to them.

Then note that Paul says: "Let him share." For nowadays they are not content with having a share, even though they do not teach the Word; but they demand every kind of authority and the possession of all things. And now the one who is instructed is almost begging from his instructor. For the church has grown to the point that it has begun to transfer empires and to confer worldly dominions. "What indeed has this to do with the Word? Let us leave this to the brothers." This is also what my friend Sylvester says, namely, that the pope is a twofold emperor of the whole world and lord over all things.[25] Nor is this surprising, because, of course, when the apostle Paul, being ignorant of grammar, wanted to say: "Let everybody give all his goods to the Roman pontiff and make him emperor," what came into his mouth was a very stingy expression, so that he said: "But let him who is taught share in all good things with his instructor in the Word." But I believe that if he had known that someday "having a share" would have to be understood as "having dominion," that "instruction in the Word" would have to be understood as "power to dominate," and that "he who is instructed" would have to be understood as "the whole world," he would without a doubt have been silent about this doctrine.

"Are you biting again?" [26] I am not biting; but because it is nec-

[25] Cf. *Luther's Works*, 31, p. 255.
[26] A reference to the words of Prierias, calling Luther a dog.

essary to explain the Scriptures, I am pointing out the practices of our age, in order that we may see what the glory of the church has come to and which is the true church or the false church. And, to speak freely, it is impossible for the Scriptures to be explained and for other churches to be reformed unless that "real universal," the Roman Curia, is reformed as soon as possible.[27] For the Roman Curia is unable to hear and uphold the Word of God so that it is taught purely. But if God's Word is not taught, no aid can be brought to the rest of the churches.

"All good things," says Paul. What the apostle means is a big question, for here he seems to be talking like Sylvester, since he prescribes a sharing in all good things, except (as I have said) that he assigns this only to those who preach the Word. Since there are and have been an infinite number of these, and since everyone owes all things to everyone, many worlds would have to be discovered to enable any given person to get possession of all good things. But enough of this. What Paul calls "all good things" are the things a teacher has need of, that is, temporal goods, by which he stays alive, since, being busy with the Word, he cannot gain them by his own work but receives all things from him whom he instructs. At the same time this word spoken by Paul hinders a teacher from accepting "good things," to the vexation of believers, from others than those whom he is teaching. Nor should the one who is instructed allow this very thing to be necessary for the instructor; but, says Paul, "let him share with the latter in all good things" and contribute from his own goods whatever the instructor needs. If this rule is to be observed, then there will not be one donation to the pope; another to the bishops, who are in the middle; and another to the common priests — all from one and the same people. Then begging will be different from what is prescribed here. But now the times are different; for these commandments were given when the shepherds of the church were not supplied with income and resources. And perhaps this teaching of the Spirit was better than the custom that reigns now. For now we are seeing what is written in Prov. 28:2: "When a land transgresses, it has many rulers." And today this multitude is called the hierarchy and the classification of the church according to lower and higher ranks.

[27] Cf. p. 390, note 18.

7. *Do not be deceived; God is not mocked.*

Paul is mentioning greed, which is always crafty in giving excuses whenever some contribution is to be made. The apostle does not expressly say what these excuses are. Indeed, he could not name them all. St. Jerome mentions many.[28] In the Old Testament, too, it was the same concern which cautioned that the Levites, who had nothing except what they received from the people, should by no means be forgotten.

In addition, there is the fact that the preacher of the Word inevitably offends many people and is exposed to hatred. Consequently, this precept of Paul's is necessary to the highest degree on account of those who are greedy and are filled with hatred, but also on account of those who are careless. For there are also people who do not contribute because they assume that this is being done in abundance by others. Paul, however, anticipates these pitiful evasions in an excellent way and tells them not to be deceived, that God is not mocked, even though they may be able to deceive and delude their fellowman.

For whatever a man sows, that he will also reap.

Paul applies a general maxim to a specific case. This maxim — it is well known to him — he also makes use of in 2 Cor. 9:6; for it is a proverbial saying and is beautifully allegorical. He who refuses to share his good things with his teacher is sowing the work of greed. Hence he will also reap the reward of greed. So it is in all other works, good and evil; for with this general axiom Paul concludes all his injunctions pertaining to morals; with it he concludes the epistle itself.

8. *For he who sows to his own flesh will from the flesh reap corruption; but he who sows to the spirit will from the spirit reap eternal life.*

Here again flesh must not be understood as referring to lust alone; but, in keeping with the apostle's way of speaking, it must, as the text itself compels, be understood as referring to all that is not spirit, that is, to the whole man. For a false understanding of the words gave the heretic Tatian his reason for condemning sexual intercourse of man and woman on the basis of this passage. But St. Jerome learnedly

---

[28] Jerome, *Commentarius*, 458—459.

refutes him.[29] Accordingly, flesh and spirit are presented by the apostle in an allegorical way as two fields. The two seeds are two works. One of these is the seed of love, which Paul has described sufficiently above (Gal. 5:22) in the nine fruits; the other is the seed of the flesh, which we have seen (Gal. 5:19-21) in the works of the flesh. The two harvests are corruption and eternal life. Erasmus understands corruption to be the fruit that is corruptible and destined to perish.[30] After it has been corrupted, it is the same as no fruit at all.

"To his own flesh" — not "to his spirit" — seems to have been added purposely by the apostle to exclude the thought of the man's insemination in the flesh of the woman, lest he be thought to be speaking of this — although it is true that this also is a corruptible fruit, since a mortal human being is born from the seed of the male. From this, however, it does not follow that sexual intercourse is evil. But what, pray, is there that is sowed and reaped in the entire earth that is not corruptible? Consequently, the apostle's allegory must be understood explicitly by taking "sowing" to mean nothing else than "doing works," as is expressly clear from what follows.

9. *And let us not grow weary in well-doing, for in due season we shall reap, if we do not lose heart.*

Paul himself clarifies the allegory he uses. He does not say: ["And let us not grow weary] sowing to the spirit." No, he says: ["And let us not grow weary] in well-doing." Yet he adds the words "in due season we shall reap." He retains the other part of his allegory. So careful did he have to be to avoid seeming to give heretics an opportunity to spread false statements about marriage. "Sowing to the spirit," therefore, means doing good works; "sowing to the flesh" means doing evil works. This doctrine he now extends in length, and he exhorts to perseverance through the comfort of the recompense to come. For not he who begins but he who perseveres will be saved (Matt. 10:22). It is easy to begin with one work, but to finish and to persevere is hard and subject to many hindrances that press in opposition. This fact is of such a nature, says Jerome, that while sinners daily increase in evil works, we grow weary in a good work.[31]

[29] Cf. p. 127, note 27.
[30] Cf. Erasmus, *Paraphrasis, Opera,* VII, 966.
[31] Jerome, *Commentarius,* 461.

10. *So then, as we have opportunity, let us do good to all men, and especially to those who are of the household of faith.*

Paul extends the doctrine in breadth, which is no less difficult than the length. "Let us do good to all men," to heathen, Jews, the thankful, the unthankful, friends, enemies, neighbors, strangers. In short, just as is said of love, no person is regarded. Behold, how great the breadth of Christian benevolence is! For it must be all-encompassing, as Christ also says in Matt. 5:46: "If you love those who love you, what reward have you? Do not even the tax collectors do this?" Nevertheless, Paul gives precedence to those who are of the household of faith, because we have been bound to them with a closer tie, inasmuch as they are from the same house, the church, and from the same household of Christ, and have one faith, one Baptism, one hope, one Lord, and everything the same. St. Jerome, however, thinks that the teachers themselves, on whose account Paul had begun this doctrine, are also meant here, in order to conclude the doctrine with reference to the same people, as if he wanted "those who are of the household of faith" to be understood as being the servants of Christ who teach faith in His house.[32]

Jerome also points out that the apostle uses the words "as we have opportunity," namely, that the present life is the time of sowing, as Christ also says (John 9:4): "Work while it is day; night comes, when no one can work." These statements seem to contend against purgatory. For though the doctors say that there is nothing in purgatory but satisfaction — or, with their newly discovered word, "completion of suffering" — still I fail to see how satisfaction or "completion of suffering" is not a good work.[33] Therefore I understand the apostle to be speaking about works of this life, and that his word says nothing about purgatory, as I have stated elsewhere.

11. *See with what kind of letters I have written to you by my own hand.*

St. Jerome understands "with what kind of letters" to mean with large letters (for the Greek word πηλίκος, taken this way, refers to size rather than to quality), since he holds that up to this point some-

[32] Jerome, *Commentarius*, 462.

[33] The usual Anselmic term for the work of Christ was *satisfactio;* but because the *satis* done by Christ was thought to be His suffering and death, the term *satispassio* (whence the English "satispassion") was developed.

one else wrote the epistle at Paul's dictation, presumably with smaller letters, and that from this passage to the end Paul finished it with larger letters, in order that they might clearly distinguish his handwriting and thus realize what great concern he had for them, and at the same time in order to remove the suspicion that false teachers were carrying false letters forged under his name.[34] For in other epistles too Paul usually adds the signature "Greetings from Paul, by my own hand" (cf. Col. 4:18; 1 Cor. 16:21; 2 Thess. 3:17).

But I follow Erasmus, who thinks that the whole epistle was written by the apostle with his own hand.[35] In this way Paul establishes his fervor. It is as if he were saying: "Ordinarily I never write with my own hand; but look what a big epistle I have written with my own hand for the sake of your salvation. True, I have written larger epistles, but by someone else's hand (cf. Rom. 16:22). Consequently, you, too, should regard the matter with earnestness as great as that with which I have written about it." O what an apostolic man, to have such great concern for souls!

12. *It is those who want to make a good showing in the flesh that would compel you to be circumcised, and only in order that they may not be persecuted for the cross of Christ.*

Paul is repeating briefly what he has written. For at the outset (1:10) he said: "If I were pleasing men, I would not be a servant of Christ. Or am I seeking to please men?" For to the Jews this preaching of Christian liberty was as displeasing as anything could be, since their circumcision, which they considered necessary for salvation, made them presumptuous. To ward off and soothe the fury of the Jews, the false apostles were teaching what was pleasing to these people, namely, that circumcision was necessary. It is certain, therefore, that these false apostles were from among the Christians, not from among the Jews, because they were in dread of being persecuted for the sake of the cross which they had professed. They loved their own life and peace more than they loved Christ.

"In the flesh" is said in contrast with the spirit, and the verb "to make a good showing" is taken in an absolute way, as it was earlier. Therefore the meaning is: "They wish to make a good showing in the flesh"; that is, they wish to make a good showing in a carnal, not in

[34] Jerome, *Commentarius*, 462—463.
[35] Cf. Erasmus, *Paraphrasis, Opera*, VII, 966.

a spiritual way, because by being pleasing in a carnal way, they please men, whereas by being pleasing in the spirit or in a spiritual way they please God.

Note also that "they would compel you to be circumcised." Circumcision per se did no harm; but to compel it and make it necessary, as though faith did not suffice for righteousness, was damnable. Thus Paul said above (2:14): "Why do you compel the Gentiles to live like Jews?"

You may ask whether the apostle is disparaging and rashly judging the false apostles on the grounds that they feared the persecution of the cross of Christ and sought their own glory in the flesh of the Galatians, as he says later (v. 13). Who told him that they were fearful and out for glory? For one cannot, without sinning, make conjectures about the faults of those who are absent, especially if they deny them. Perhaps they would have denied them and could not have been refuted. But the apostle, being instructed in the spirit, knows that a man who does not preach or understand Christ aright cannot be without fear of the cross and without vainglory. He who does not have the spirit of Christ inevitably loves his own life more than he loves Christ. Then it is just as inevitable that he is puffed up with pride over his knowledge. Thus he is bound to collapse under adversity and to become haughty in prosperity, since he is unable in either case to conduct himself as one who is upright and stable. Therefore we can, without risk, generalize and pronounce this verdict about one and all if we see that they do not know Christ, namely, that they are fearful in adversity and vainglorious in prosperity, downcast and elated alike at the wrong time. On the other hand, one who is really a Christian is uplifted in adversity, because he trusts in God; he is downcast in prosperity, because he fears God. He is not disheartened when he is suffering, nor does he become vainglorious when he is being honored. He is upright and stable everywhere.

13. *For even those who receive circumcision do not themselves keep the Law, but they desire to have you circumcised that they may glory in your flesh.*

Paul said the same thing above in chapter five (v. 3), namely, that he who has received circumcision is obligated to keep the whole Law; for even though they outwardly circumcise the flesh, they nevertheless do not fulfill either this law of circumcision or any other law, since they do everything out of fear of the Law that threatens them, not with cheerfulness of spirit. But it has been stated rather often that to fulfill the Law without a freely willing disposition is the same as not fulfilling it and, instead, is feigning the works of the Law. For what is not done willingly is, in God's sight and in truth, not done but, in the sight of men, appears to be done. Paul is again confidently asserting that all those are transgressors of the Law who receive circumcision and try to keep any law at all with their own powers. He is again refuting our theologians, who think that works done without the grace of the Spirit are morally good and fulfill the Law so far as the substance of the act is concerned, but that they are not sins or contrary to the Law.[36] But the verdict stands firm that willingness and the cheerfulness of spirit to fulfill the Law is acquired in no other way than by faith in Christ, and that all others are haters of the Law and for this reason are guilty of transgression.

"That they may glory in your flesh" — that is, glory in a carnal way with respect to you in the fact that they were your teachers, taught you good things, and are wise and religious. For it is impossible for a teacher in any profession whatever not to glory unless he is well established in Christ and knows in his heart that "it is not you who speak" (Matt. 10:20), and that you have "one Master, Christ" (Matt. 23:10). So tenacious is the lust for praise and glory, especially in spiritual things and gifts like knowledge and virtues.

14. *But far be it from me to glory except in the cross of our Lord Jesus Christ, by which the world has been crucified to me, and I to the world.*

The meaning is: Let those people glory in wisdom, in virtue, in righteousness, in works, in teaching, in the Law, or even in you and any human beings whatever. I glory in being foolish, sinful, weak, one who has suffered and has been found to be without the Law, without works, without the righteousness that comes from the Law; in short, without everything but Christ. It is my will and my joy that in the sight of the world I am foolish, evil, and guilty of all crimes, as Paul says in 2 Cor. 12:9: "I will gladly boast of my weaknesses, that the power of Christ may rest upon me." For the cross of Christ has condemned all things that the world approves, even its wisdom and righteousness, as Paul says in 1 Cor. 1:19: "I will destroy the wisdom of the wise, and the cleverness of the clever I will thwart."

[36] See also p. 76, note 59.

And in Matt. 5:11 Christ says: "Blessed are you when men shall curse you and bandy your name about as evil and revile you."

Behold this means not only being crucified with Christ and sharing His cross and sufferings with Him but also glorying in these things and joyfully accompanying the apostles, because we are considered worthy to suffer shame for His name (Acts 5:41). But those who strive for and obtain honors, riches, and pleasure for the name of Jesus and then shun contempt, poverty, and sufferings — are they glorying in the cross of Christ? Indeed not. They are glorying in the world while nevertheless professing the name of Christ in pretext and making a mockery of it.

Therefore "to be crucified to the world" means, as Paul said above, in chapter two (v. 20), that it is no longer he himself but Christ who lives in him, and that he has crucified the flesh together with its vices and subjected it to the spirit, which has no taste for the things that are on earth and of this world, not even its forms of righteousness and wisdom; but he glories that he lacks all these things and is not affected by them, since his assurance of salvation is based on Christ alone. That "the world is crucified to him" means that the world, not Christ, lives in men; that the world has the flesh flourishing with its vices and dominating in its sins; that with the apostle it has no taste for the things that are above but glories in having abundance in this life and in acquiring riches and putting its hope in man. Accordingly, Paul does not do, or have a taste for, the things that please the world; nor does the world do, or have a taste for, the things that please Paul. To the one the other is dead, crucified, despised, and detested.

15. *For neither circumcision counts for anything, nor uncircumcision, but a new creation.*

This was sufficiently explained in chapter five (v. 6), namely, that both are permissible, but that neither is necessary for salvation. Consequently, whether there is uncircumcision or circumcision has no relevance to the matter at all, no more than riches and scarcity.

"A new creation" — that is, the new man, who (Eph. 4:24) is "created after the likeness of God in true righteousness and holiness"; and according to Ps. 51:10: "Create in me a clean heart, O God." And note that true righteousness pertains to the spirit, true holiness to purity of the flesh, so that he who by faith is righteous in the spirit also lives purely in the flesh by chastity. For he says "true" in contrast with specious and simulated righteousness and holiness, which come from the Law and do not make a new man. It is after the likeness of man, not after the likeness of God, that everyone of this sort lives and is formed. Thus we read in James 1:18: "Of His own will He brought us forth by the Word of truth that we should be a kind of first fruits of His creatures."

16. *Peace and mercy be upon all who walk by this rule, upon the Israel of God.*

"Walk" (στοιχήσουσιν) is the same verb (στοιχῶμεν) that is used above (5:25). "Walk," that is, go, by this rule. By what rule? It is this rule, that they are new creatures in Christ, that they shine with the true righteousness and holiness which come from faith, and that they do not deceive themselves and others with the hypocritical righteousness and holiness which come from the Law. Upon the latter there will be wrath and tribulation, but upon the former will rest peace and mercy.

Paul adds the words "upon the Israel of God." He distinguishes this Israel from the Israel after the flesh, just as in 1 Cor. 10:18 he speaks of those who are the Israel of the flesh, not the Israel of God. Therefore peace is upon Gentiles and Jews, provided that they go by the rule of faith and the spirit.

17. *Henceforth let no man trouble me, for I bear on my body the marks of Jesus.*

In the Greek text we read: "Henceforth let no one cause me toil." St. Jerome understands this in two ways: (1) that Paul was concerned lest they again cause him toil by making it necessary for the Galatians to be reformed anew; (2) that he wanted to anticipate the quarrelsomeness of those who would want to contradict him.[37] It is as if he were saying: "What I have said is right and true; but if anyone more ready to quarrel than to be instructed is unwilling to agree to the truth and is looking for something to say in reply, let him know that he does not deserve an answer." Thus he writes to the Corinthians: "But if anyone seems to be quarrelsome, we have no such custom; nor does the church of God" (cf. 1 Cor. 11:16). I like this latter sense because St. Augustine also teaches that those who are quarrelsome should be abandoned; and he himself, in his books *The City of God*, makes the announcement that he is unwilling to give any further an-

[37] Jerome, *Commentarius*, 466.

swer to totally meaningless loquacity.[38] Thus the apostle, too, casts aside those who are eager for a quarrel, lest he toil in vain with them; for they yield no fruit but only cause toil. What if this meaning, too, were not unsuitable: "Let no one revive the Law for me again. This causes foolish exertions that consist in works yet are nothing but sins," as Ps. 10:7 says, "Under his tongue are toil and grief" (Vulgate)? Such people Christ calls to Himself when He says: "Come to Me, all who labor" (Matt. 11:28). These toils the Children of Israel prefigured in Egypt. But I move on.

Although "marks" — in Latin this word means signs that are stamped on — may be taken here as referring to the sufferings of Paul, nevertheless — because Paul likes to make use of military allegories and metaphors — he certainly understands them in the sense of the distinctive tokens of the Christian life, which are the crucifixion and subjection of the flesh. In addition, they are the fruits of the spirit. For just as slaves bear the distinctive tokens, the arms, and the colors of their masters, so Paul and every Christian carries in his own body the cross of his lusts and vices — not indeed in the way in which it is customary nowadays to picture on a wall or in paintings and books the distinctive tokens of Christ assembled on a shield. No, every Christian carries this cross in the body — and in my own body, not in someone else's. What good will it do if you carry even in gold and precious stone, not only the distinctive tokens but also the very nails, yes, the very wounds and blood of Christ, and never express the living image in your body? Moreover, circumcision and the works required by human laws are the marks of Moses and of popes and of Caesars. These alone are looked at now, and they are of such infinite variety that the emperor, together with all his nobles, hardly has so many kinds of distinctive marks.

18. *The grace of our Lord Jesus Christ be with your spirit, brethren. Amen.*

For among the apostles this is the way of concluding an epistle, where men say farewell.

"The grace of our Lord," says Paul — not the wrath of the Law, not the servitude of the Law, which was given through the servant Moses, but grace and truth, which came through Jesus Christ (John 1:17).

[38] Augustine, *City of God*, II, 1.

In conclusion, I am certain that those for whom it is death to get an understanding of my views will also vehemently abominate this spittle of mine, because I have treated everything too freely and have discussed this epistle far differently from the way they themselves understand it. And where I have complained about the burdens and offenses of the papal laws, they will picture me to themselves as a rebel against the church. Where I have preferred the Gospel to the decrees, they will invent the story that I have condemned the decrees. Where I have subordinated the power and prestige of the supreme pontiff to fraternal love and need, they will shout that I am a blasphemer and twice seven times a heretic. I ask these people, by Jesus Christ our common Lord, that if they are altogether unable to refrain from calling me proud, rash, arrogant, irreverent, offensive, seditious, bloody, schismatic, and by whatever name they have been pleased to honor me with up to this time — well, let it happen; and if I do not with complete goodwill forgive them all this, then may the Lord Jesus never forgive me. Indeed, if the purity of the doctrine taught by me could be outside the pale of danger, I would gladly and thankfully bear the reproach of being called a heretic. In short, cursed be the name of Martin, cursed forever be the glory of Martin, in order that only the name of our Father who is in heaven may be hallowed (Matt. 6:9). Amen.

For as a rebel who is exceedingly proud I fear that I may become puffed up over these utterly evil names and rejoice more at my own gain than grieve at the wickedness of those people. Let them at least grant me — indeed, let them grant themselves — this one thing, that little by little they set aside the utterly odious mask of Martin and look freely and solely at the apostle Paul. And then let them compare him with the appearance presented by the church, which today is most wretched. For I do not think that in their hearts they are so stupid as not to realize what the multitude of laws has done today. For how many souls are strangled and perish every day on account of this one tradition which forbids wives to all priests without any distinction! It is horrible to contemplate the offenses as well as the perils caused by this one law. Similar to this are the many others, which are simply the handmaids of sin, death, and hell, to say nothing meanwhile of the loss of sincere godliness, which has gradually died away under the tyranny of these laws. If it is considered a matter deserving of such tears that the blood of so many thousands is shed because of the will of one emperor, what do you think of this (open your eyes!), that because of the will of one man or one Roman Church so many thousands of souls are lost forever? In short, if we weigh the meaning of love, it will be easy to understand that such boldness in establishing laws is a power, not for the building but for the destruction of the whole church. The fewer the laws by which a commonwealth is administered, the more fortunate it is. But as for our ecclesiastical commonwealth, when one law of love has been established in order that this might be the most fortunate commonwealth of all, because of what great wrath of Almighty God does it endure, in place of that one extinct law, clouds, forests, and oceans of laws, so that you would scarcely be able to learn even their titles! Finally, as if this were not enough, they are at pains even now to come to our aid with no other remedy for sin than the multiplication of new laws, the heaping of sins upon sins, and, as the prophet says (Hab. 2:6), loading themselves with thick mud.

Somebody else may have abundant opinions of his own, but I consider these laws of men to be the most harmful Turks of all. And no other people than that of God's own possession had to be smitten with this plague of God's unbearable wrath, because its ingratitude, being the worst in comparison with all the peoples of the earth, also deserved by far the severest punishment in comparison with all the peoples of the earth. For there is no nation in all the world whose wretchedness could be compared with ours so far as this plague is concerned. O God, how long wilt Thou in Thy wrath hold back Thy mercies?

But I shall conclude with Isaiah, as he groans and laments: "So Thou didst lead Thy people, to make for Thyself a glorious name. Look down from heaven and see, from Thy holy and glorious habitation. Where are Thy zeal and Thy might? The yearning of Thy heart and Thy compassion are withheld from me. For Thou art our Father, though Abraham does not know us and Israel does not acknowledge us; Thou, O Lord, art our Father, our Redeemer from of old is Thy name. O Lord, why dost Thou make us err from Thy ways and harden our heart, so that we fear Thee not? Return for the sake of Thy servants, the tribes of Thy heritage. Thy holy people possessed Thy sanctuary a little while; our adversaries have trodden it down. We have become like those over whom Thou hast never ruled, like those who are not called by Thy name. O that Thou wouldst rend the heavens and come down, that the mountains might quake at Thy presence — as when fire kindles brushwood and the fire causes water to boil — to make Thy name known to Thy adversaries, and that the nations might tremble at Thy presence! When Thou didst terrible things which we looked not for, Thou camest down, the mountains quaked at Thy presence. From of old no one has heard or perceived by the ear, no eye has seen a God besides Thee, who works for those who wait for Him. Thou meetest him that joyfully works righteousness, those that remember Thee in Thy ways. Behold, Thou wast angry, and we sinned; in our sins we have been a long time, and shall we be saved? We have all become like one who is unclean, and all our righteous deeds are like a polluted garment. We all fade like a leaf, and our iniquities, like the wind, take us away. There is no one that calls upon Thy name, that bestirs himself to take hold of Thee; for Thou hast hid Thy face from us, and hast delivered us into the hand of our iniquities. Yet, O Lord, Thou art our Father; we are the clay, and Thou art our Potter; we are all the work of Thy hand. Be not exceedingly angry, O Lord, and remember not iniquity forever. Behold, consider, we are all Thy people. Thy holy cities have become a wilderness, Zion has become a wilderness, Jerusalem a desolation. Our holy and beautiful house, where our fathers praised Thee, has been burned by fire, and all our pleasant places have become ruins. Wilt Thou restrain Thyself at these things, O Lord? Wilt Thou keep silent, and afflict us sorely?" This is written in Is. 63:14-19 and 64:1-12. In this prayer Isaiah has depicted the appearance of the church today in such a way that it cannot be depicted more aptly. Would that God would pour into our hearts the spirit of this prayer, so that we might assuage His anger as soon as possible!

THE END

INDEXES

Index

By WALTER A. HANSEN

Abel 146, 147, 211
Abesse 80 fn.
Abiathar 135
Ablative 175
Ablutions 90
Abraham 35, 142, 222, 247, 258, 260, 262, 264, 265, 266, 267, 268, 274, 278, 279, 280, 282, 283, 284, 287, 289, 291, 310, 311, 322, 323, 324, 330, 334, 409
  children of 251, 252, 253, 254, 255, 263
  faith of 252, 253, 254
  flesh of 253, 254
  Seed of 18
Abscondita 84 fn.
Absolution 216
Abstinence 92
Accusative 179, 212, 397
Achilles 103
Activity 25
Actors 220
Acts 163, 179, 210, 250, 323, 343
Acu tangere 125 fn.
Ad dialogum Silvestri Prieriatis de potestate papae responsio, by Luther 156 fn.
Adam 181, 250, 260, 262, 288, 289, 368
  old 84
Adiaphora 161, 202
Adoption 289
Adultery 88, 188, 219, 260, 348, 357, 368
Adversity 68, 403

Adversus haereses, by Irenaeus 127 fn., 208 fn., 364 fn.
Adversus Marcionem, by Tertullian 201 fn.
Advocate 388
Aeneid, by Vergil 24 fn., 61 fn.
Affliction(s) 12, 23, 24, 33, 35, 133, 134, 143, 231
Africa 60
Against Helvidius, by St. Jerome 196
Against Jovinian, by St. Jerome 82 fn.
Against Julian, by St. Augustine 361, 362 fn.
Against Latomus, by Luther 252 fn.
Against the Heavenly Prophets, by Luther 105 fn.
Against the Pagans, by Arnobius 43 fn.
Air 149, 284
All Saints at Wittenberg 153
Allegory 37, 127, 226, 310, 311, 312, 315, 316, 322, 324, 340, 400, 407
Alms 350
Altar(s) 126, 286, 352, 364, 385
Alveld 280 fn.
Amana, Mt. 315
Ambition 80, 132
Ambrose, St. 83, 179, 214, 218, 245, 271, 368, 369, 373, 376

Amicabilitas 376
Amicability 376
Ammon 321
Ammonites 321
Amon 317
Amor 353 fn.
Amorites 315
Anabaptists 34, 53, 60, 62, 88, 147, 148, 149
Anacletus 218 fn.
Anacoluthon 316, 318
Anagoge 312
Analogy 263, 264, 265, 283
Anathema 177, 178, 179, 183, 345
ἀνάθεμα 177, 178
Angel(s) 5, 35, 38, 40, 45, 102, 108, 129, 143, 146, 171, 178, 180, 226, 271, 272, 297, 300, 301, 302, 303, 310, 311, 314, 376, 391
  evil 227
  of Satan 392
  religion of 239
Anger 368, 369, 371, 377, 410
Annates 237, 385
Annius of Viterbo 267 fn.
Anniversaries 352
Annotationes in Job 31, by St. Augustine 175 fn.
Annotationes to the Greek New Testament, by Erasmus 159 fn., 175 fn., 179 fn., 201,

209 fn., 212 fn., 309 fn., 326 fn.
ἀνοχή 376
Anselm 172 fn., 288 fn.
Antichrist 89, 110, 129, 342
Aorist 176
Ape 161
Apocalypse 227, 376
Apocope 263 fn.
Aposiopesis 346
Apostles' Creed 201 fn.
Apostleship 164, 168, 180, 205
Apostolici regiminis, bull 297 fn.
Aquinas, Thomas 52 fn., 113 fn., 234 fn., 267 fn.
Arabia 193, 314, 315, 316, 317, 382
    Felix 317
    Petraea 314, 317
Arabian Desert 314, 317
Arabic 315
Arabs 315
Archbishops 385 fn.
Archdeacon 153
Arcturus 245
Aristotle 23 fn., 24 fn., 29 fn., 219, 328, 364, 367 fn.
    categories of 181 fn.
    ethics of 225
Arius 62
Arnobius 43 fn.
Arsenius 14
Asceticism 88
ἀσέλγεια 369
Asia 117
Assyrians 164, 330
Astrologers 295
Athanasius 333
Attalus 280
Augsburg 154, 157
Augustine, St. x, 22 fn., 83, 84 fn., 97, 101, 112, 156, 169, 172 fn., 173, 174, 176, 179, 188, 205, 211, 212, 219, 226, 227 fn., 228, 234, 236 fn., 238, 245, 248, 256, 261, 271, 274, 275 fn., 277, 281, 285 fn., 288, 290 fn., 294, 295, 299, 310, 312, 314, 319, 321, 332, 334, 337, 361, 362, 368, 372, 373, 378, 379, 381, 388, 390, 406, 407 fn.
Augustinian 153, 281
Aulus Persius Flaccus 326 fn.
Authority 4, 9, 15, 46, 61, 64, 99, 100, 101, 129, 141, 156, 157, 164, 166, 168, 171, 178, 191, 192, 196, 197, 207, 212, 261, 272, 283, 284, 297, 304, 324, 327, 337, 342, 369, 397
Aristotle's 364
Autodidact 20
Avarice 80
Axe 29

Baal 154, 176
Babylon 169, 281
Bacchus 371
Baptism 85, 93, 148, 193, 362, 401
Barlaam and Joasaph, by John of Damascus 136 fn.
Barnabas 165, 190, 195, 200, 202, 208, 213, 214
Basilica, St. Peter's 386 fn.
Bastards 254
Bear 58
Behemoth 375
Believer(s) 8, 9, 23, 30, 32, 47, 76, 83, 89, 96, 117, 118, 119, 120, 121, 124, 129, 136, 142, 148, 162, 167, 184, 202, 241, 245, 254, 255, 280, 290, 310, 398
Belly 69, 131, 132, 296, 369, 371
Benedict, St. 83, 84
Benedictine 281
Benefice, ecclesiastical 385 fn.
Benevolence 376
Benignitas 376
Benjamin 155, 187
Bernard, St. 43, 83, 84, 85, 89, 300, 387
Bethaven 220
Bethel 262, 344
Bible x, 206; *see also* Divine Scripture(s), Holy Scripture, Holy Writ, Sacred Scripture, Scripture(s), Word of God
"Bigmouth" 59
Bishop(s) 44, 96, 97, 110, 121, 122, 129, 130, 166, 281, 296, 297, 303, 346, 358, 369, 384, 385, 392, 398
    of Cyprus 216
    of Jerusalem 216
Bishopric 166, 385
Black Cloister 122 fn.
Bladder(s), inflated 385, 394
Blasphemy 22, 69, 71, 81, 89, 102, 112, 136, 141, 158, 230, 240, 371
Blocks 81
Bloodsuckers 352
Boas, Marcus 125 fn.
Bodenstein, Andreas 153
Bohemians 392
Bon christian 384
Bondage of the Will, by Luther 36 fn.
Boniface VIII 342
Book of Acts 143
Bread 58, 69, 298, 340
    holy 55
Breeze 367
Brevia, apostolic 157
Brevia apostolica 157 fn.
Breviarium de temporibus, by Pseudo-Philo 367 fn.
Bride 93, 184, 315, 391

INDEX   415

Bridegroom 93
Briefe, by Luther 130 fn., 177 fn.
βρωτόν 377
Bull(s), papal 237, 297, 342 fn.
Burgensis 345
Butter 384

Cabala 221
Caesar(s) 281, 385, 407
Caesarea 197
Cain 146, 147, 262
Cajetan, Cardinal 154 fn., 156, 157, 158
Calling 74, 119, 120, 140
Canaan 254, 314
Canons 153
  sacred 250
Capitalis 71 fn.
Cardialgia 244 fn.
Cardinals 122, 157, 385 fn.
Carlstadt 118 fn., 129 fn., 153
Carnality 249, 354, 391
Carousing 91, 368, 370, 371
Carpenter 29
Carthusian(s) 88, 91, 281
Catachresis 43
Catechizatur 396 fn.
Catechumens 396
Caterpillars 352
Cattle 90, 227, 245, 357
Cedar 317
Celibacy 44, 138
Cenchreae 211, 343
Cephas 214, 217
Cephe 218
Ceremonies 9, 15, 25, 31, 53, 54, 55, 59, 62, 90, 131, 138, 139, 161, 204, 219, 235, 276, 287, 294, 295, 298, 299, 355, 357, 383, 397
Ceres 371
Chaldeans 295
Chants 397
Charitas 353 fn.
Charity 46

Charms 244
Chastity 18, 68, 84, 89, 95, 329, 346, 362, 364, 373, 378, 393, 405
Cherubim 22, 231
Children of Israel 135, 267, 314, 407
χρηστολογίαι 376
χρηστότης 94, 376
Christ
  Agent of righteousness 226
  body of 103
  death of 10, 19, 26, 49, 50, 76, 82, 83, 264, 265, 401 fn.
  freedom in 10
  Head and Bridegroom of church 43
  household of 401
  insignia of 143
  invocation of 92
  is our righteousness and life 144
  kingdom of 30, 86, 94, 114
  knowledge of 17, 49, 147
  mask of 17
  religion of 396
  resurrection of 19, 82
  righteousness of 51, 251, 317
  suffering of 82, 134, 238, 401 fn.
  victory of 10, 82, 83 et passim
Christian(s) 30, 31, 32, 35, 39, 43, 44, 45, 47, 49, 50, 51, 52, 59, 61, 66, 68, 74, 81, 82, 84, 87, 91, 93, 96, 103, 113, 114, 133, 136, 147, 153, 158, 179, 182, 197, 204, 215, 216, 222, 225, 226, 227, 241, 242, 248, 250, 280, 281, 283, 289, 297, 308, 328, 332, 334, 335, 340, 357, 394, 402, 403, 407

  false 92
  freedom of 154
  strive to avoid works of the flesh 85
Christianity 31, 186, 354
  pagan critics of 43 fn.
Christological controversies 206 fn.
Chronology, by Luther 267 fn.
Chrysostom 377
Church(es) 31, 36, 37, 42, 44, 46, 53, 56, 59, 70, 71, 81, 83, 84, 85, 89, 91, 97, 98, 99, 100, 103, 104, 106, 107, 108, 109, 110, 112, 113, 121, 122, 123, 124, 126, 127, 128, 133, 134, 139, 148, 159, 161, 164, 165, 166, 168, 169, 175, 183, 186, 187, 197, 198, 200, 206, 209, 210, 215, 216, 218, 219, 226, 227, 231, 236, 247, 248, 249, 276, 280, 281, 286, 297, 298, 304, 307, 311, 317, 318, 320, 321, 330, 338, 342, 346, 352, 354, 358, 364, 375, 382, 385, 387, 389, 392, 396, 397, 401, 406, 408, 410
  bellowing in 141
  catholic 69
  Christian 97
  false 398
  flourishes and grows under persecution 43
  heavenly 155
  of Gentiles 146
  of Rome 122 fn., 178
  papal 91
  primacy of, in Jerusalem 208 fn.
  Roman 153, 154, 155, 156, 157, 158, 159, 297, 392, 409
  true 398
  two titles for 156 fn.

Church fathers x
Cilicia 197
Cinctures 141
Circumcision 9, 10, 11, 12, 15, 16, 20, 25, 30, 42, 45, 52, 59, 62, 130, 131, 137, 138, 139, 141, 143, 200, 203, 209, 210, 251, 252, 256, 257, 280, 298, 309, 327, 329, 330, 331, 333, 334, 335, 343, 344, 346, 357, 402, 403, 404, 405, 407
City of God, by St. Augustine 101 fn., 172 fn., 219, 227 fn., 406, 407 fn.
Classics x
Claudianists 60 fn.
Claudius 210
Clement 217 fn.
Cleophas 195
Clergy 4, 68, 69, 121, 122, 204, 215
Cleric 204
Clothing 55, 62, 83, 122, 140, 257, 335, 383
"Cockeyed" 59
Colloquialism 244
Comedere 371 fn.
Comessatio 371
Comfort 3, 19, 21, 22, 25, 26, 27, 32, 33, 71, 73, 74, 75, 76, 78, 81, 84, 109, 111, 115, 126, 400
Comforter 11, 12, 34, 388 fn.
Commentaria in XII epistolas beati Pauli, ascribed to St. Ambrose 179 fn., 214 fn., 245 fn., 368 fn., 376 fn.
Commentarius in Epistolam S. Pauli ad Galatas, by St. Jerome 55 fn., 96 fn., 130 fn., 163 fn.,

166 fn., 168 fn., 169 fn., 173 fn., 176 fn., 177 fn., 179 fn., 183 fn., 186 fn., 187 fn., 190 fn., 193 fn., 194 fn., 199 fn., 201 fn., 202 fn., 205 fn., 208 fn., 210 fn., 217 fn., 219 fn., 223 fn., 226 fn., 239 fn., 241 fn., 243 fn., 244 fn., 245 fn., 247 fn., 248 fn., 253 fn., 259 fn., 261 fn., 263 fn., 268 fn., 269 fn., 283 fn., 285 fn., 287 fn., 288 fn., 290 fn., 295 fn., 298 fn., 299 fn., 300 fn., 301 fn., 304 fn., 305 fn., 307 fn., 308 fn., 309 fn., 310 fn., 312 fn., 314 fn., 317 fn., 327 fn., 331 fn., 332 fn., 333 fn., 338 fn., 339 fn., 340 fn., 343 fn., 344 fn., 345 fn., 346 fn., 348 fn., 350 fn., 357 fn., 363 fn., 368 fn., 373 fn., 376 fn., 379 fn., 394 fn., 399 fn., 400 fn., 401 fn., 402 fn., 406 fn.
Commonwealth 113, 409
Comus 371
Conceit 383, 384
Concessions 3
Concupiscence 380
Condemnation 167, 227, 260, 359
Condignity 372
Conferre 207
Confession 13, 73, 107, 130, 146, 293
Confessionals 384, 396

Confessions, by St. Augustine 101 fn., 337 fn.
Congruity 28, 249
Conscience(s) 4, 7, 13, 14, 15, 21, 27, 40, 41, 47, 48, 49, 51, 54, 75, 96, 107, 110, 115, 116, 117, 118, 119, 120, 121, 130, 164, 191, 216, 221, 237, 287, 311, 318, 321, 327, 328, 329, 334, 340, 345, 372, 382, 383, 384, 388, 392, 395
accusing 111
agony of 5
bad 126
despairing 12
distressed 11
erring 87
foolish 167
freedom of 6
good 126, 335, 375
guilty 220
sad 11
scruples of 381
serenity of 141
troubled 171
weak 385
zeal of 169
Constantine 3 fn.
Constantinople 218
Contempt 102, 103, 203, 240, 360, 405
for Law 201
Continence 9, 367, 368
Contra duas epistolas Pelagianorum, by St. Augustine 256 fn.
Contra Julianum haeresis Pelagianae defensorem, by St. Augustine 316 fn., 362 fn.
Contrition 8, 13, 222
Controversy 369, 375
Corinth 123, 124
Corinthian(s) 51, 108, 122, 124, 260, 301, 406

INDEX

Corpus Christianorum, Series Latina 161 fn., 177 fn., 191 fn., 312 fn., 319 fn., 332 fn.
Corpus Scriptorum Ecclesiasticorum Latinorum 227 fn., 361 fn.
Corruption 127, 154, 173, 276, 400
Council(s) 156, 158, 297
Council of Trent 364 fn.
Courage 22
Cowl(s) 31, 87, 141
Crab 13
Creation, new 138, 139, 140, 141
Creator 38, 88, 297
Creed 42, 84, 85
Cretans 243
Crotus Rubianus 130 fn.
Cur deus homo, by Anselm 288 fn.
Curia 147, 157, 158, 159, 179, 375, 384, 385, 386, 392, 398
Curse(s) 12, 35, 38, 46, 63, 232, 256, 259, 260, 261, 262, 275, 288, 345
  pope's 111
Custodian 16, 153, 243, 277, 278, 279, 283
Cyprian 84, 364 fn.
Cyprus 216

Damascus 136 fn., 183, 190, 191, 192, 193
Damnation 8, 17, 19, 132, 214, 342
Daniel 167
Das hertzgespan 244
David 55, 73, 77, 80, 81, 102, 112, 135, 165, 262, 302
Day(s) 7, 52, 132, 194, 285, 295, 296, 331, 335, 383
De anima, by Aristotle 367 fn.

De baptismo, by St. Augustine 84 fn.
De correctione Donatistarum, by St. Augustine 169 fn.
De perpetua virginitate B. Mariae adversus Helvidium, by St. Jerome 196 fn.
De viris illustribus, by St. Jerome 161 fn., 185 fn., 195 fn.
Deaf 248
Death 4, 5, 7, 8, 14, 15, 21, 27, 32, 35, 44, 46, 48, 50, 51, 56, 65, 74, 77, 81, 87, 92, 109, 117, 120, 122, 128, 134, 135, 136, 143, 145, 158, 168, 202, 212, 221, 226, 230, 232, 234, 235, 237, 240, 256, 268, 269, 273, 290, 297, 302, 313, 314, 320, 324, 341, 349, 356, 360, 366, 387, 408
  eternal 18, 26, 98, 104, 124
  hour of 73 fn., 83
  of Christ 10, 15, 19, 26, 49, 50, 76, 82, 83, 171, 264, 265
  of sin 238
  spiritual 239
Decalog 51, 188, 219, 223, 230, 268, 288, 313, 357, 378
  righteousness of 265
  works of 265, 286, 327, 335
Decretals 154 fn., 156, 178, 218, 236
Decretum Magistri Gratiani, ed. by Emil Friedberg 218 fn.
Deferrari, Roy J. 297 fn.
Deity 10
Demons 44, 123, 147, 149, 166, 172, 291, 311
Denzinger, Henry 297 fn.

Despair 5, 22, 26, 34, 67, 73, 78, 79, 81, 87, 137, 275, 374
Deutsche Bibel, by Luther 345 fn.
Devil(s) 4, 5, 6, 7, 12, 19, 21, 22, 23, 24, 35, 37, 42, 45, 47, 49, 56, 58, 59, 70, 78, 87, 88, 90, 92, 94, 109, 110, 111, 118, 124, 125, 127, 136, 145, 146, 170, 244, 245, 297, 304, 369, 384, 385, 387, 388
  arrows of 143
  father of lies 11
  highly skilled persuader 33
  kingdom of 19, 31
  malice of 53
  martyrs of 8
  mask of 43
  slavery to 19, 51
  slaves of 50
  venom of 135
  διάβολος 388 fn.
Dialectic 23, 24, 30, 31
Dichotomy 363
Die elbe 244
Diet 88
Diet of Augsburg 297 fn.
Dignitaries 130
Dirt 13
Discipline 96, 278
Discord 91
Disobedience 132, 222
Dispensation(s) 215, 216
  of death and sin 226
Disputation Against Scholastic Theology, by Luther 292 fn.
Disputes 368
Dissension 371
Dissipation 370, 371
Disticha Catonis, ed. by Marcus Boas 125 fn.
Divine Majesty 297
Divine Scripture(s) 154, 156, 308, 386; *see also* Bible, Holy Scripture, Holy

Writ, Sacred Scripture, Scripture(s), Word of God
Doctrine(s) 3, 9, 22, 27, 28, 40, 42, 47, 63, 71, 73, 74, 75, 81, 84, 85, 91, 100, 101, 102, 103, 105, 108, 109, 111, 112, 116, 119, 124, 135, 145, 147, 179, 225, 227, 248, 281, 285, 286, 299, 341, 373, 393, 396, 397, 400, 401, 408
Catholic 148
Christian 37, 41, 51, 106, 107
divine 180, 351
false 35, 122
heretical and seditious 43
human 180
is like a mathematical point 37
new 104
of Christ 129
of demons 44, 123
of devil 136
of faith 19, 36, 38, 39, 41, 42, 52, 53, 57, 59, 61, 62, 188, 222, 311
of human traditions and works 10
of justification 17, 19, 36, 46, 60, 87, 104, 120, 145
papal 18
pernicious 339
perverse 340
pure and divine 133
sound 33, 52, 129
true 36, 44, 79, 144
yeast of 46
Dog 116, 397 fn.
Dogmas 164, 211
Dolor 350
Dominic, St. 141
Donation of Constantine 3 fn.
Donatists 60
Doubt(s) 109, 381

Dough 339, 340
Dove 392
Dragon 11
Drunkenness 91, 368, 370, 384
Dung 187, 189, 219, 299

Earth 5, 39, 41, 46, 58, 64, 83, 122, 149, 154, 161, 174, 179, 225, 253, 262, 284, 298, 319, 342, 348, 360, 376, 379, 391, 400, 405, 409
Earthquake 367
Easter 296
Ecclesiastical History
by Eusebius 195, 217, 280 fn.
by Sozomen 216 fn.
Eclogues, by Vergil 244 fn.
Efficax et operosa quidditas 29 fn.
Egypt 226, 227 fn., 267, 268, 289, 366, 407
Egyptians 31, 126
Eighteenth Sunday After Trinity 57 fn.
Elect 27
Elector John 125 fn.
Elijah 367, 388, 392
Elisha 262, 344
Ellipsis 201, 205, 298, 300
Emmanuel 330
Enarrationes in Psalmos, by St. Augustine 312 fn., 332 fn.
Enchanters 369
Enchantments 245
Encratites 127
Enmity 368, 369
Envy 48, 66, 73, 97, 109, 141, 159, 306, 359, 367, 370, 371, 384
Epaphroditus 81
Ephraim 385
ἐπιείχεια 66
Epiphonema 20 fn., 30 fn.
Episcopacy 210

Episcopate 164
Epistle
canonical 230 fn.
catholic 230 fn.
to the Corinthians 299
to the Galatians ix, x, 87, 145
to the Hebrews 272
to the Romans 167, 177, 285, 357
to Titus 243
Epistles
by Horace 116 fn.
by St. Jerome 194 fn.
Epistolae ad Galatas expositio, by St. Augustine 174 fn., 176 fn., 179 fn., 205 fn., 226 fn., 228 fn., 234 fn., 261 fn., 277 fn., 281 fn., 285 fn., 294 fn., 295 fn., 299 fn., 334 fn., 368 fn., 372 fn., 373 fn., 378 fn., 381 fn., 388 fn.
Epitasis 246 fn.
Erasmus x, 36 fn., 159, 162, 175, 179, 201, 209, 212, 238, 239 fn., 245, 248, 307, 309, 315, 326, 336, 339, 368, 382, 387, 400, 402
ἐριθεῖαι 369
ἔρις 369
Erlangen edition 389 fn.
Error(s) 22, 23, 25, 32, 33, 37, 38, 39, 60, 64, 76, 83, 84, 86, 89, 100, 104, 105, 106, 108, 109, 112, 113, 128, 135, 140, 153, 168, 213, 217, 236, 295, 303, 337, 364
Es dunckt mich so recht 341
Esau 267
Esse aliquid 201
Ethics 225
Eucharist 107, 364 fn.

INDEX 419

εὐδοκία 174
Eunuchs 346
Eunuchus, by Terence 59 fn., 98 fn.
εὐπροσωπῆσαι 130
Eusebius 185, 195, 217, 280 fn.
Evangelicals 48, 125
Eve 260, 288, 289
Excommunication 110
Execration 177
Exemptions 384
Exodus 314
Expiation 65
Extravagantes 154
Eye(s) 37, 39, 134, 140, 141, 245, 304, 338, 349, 410
Ezekiel 111

Facies 206, 214
Faintheartedness 22
Faith 5, 6, 8, 9, 10, 14, 15, 20, 21, 22, 23, 24, 25, 26, 27, 29, 30, 31, 32, 34, 36, 37, 40, 42, 47, 48, 54, 56, 62, 63, 64, 71, 72, 73, 74, 75, 76, 78, 82, 83, 85, 88, 89, 90, 92, 93, 94, 95, 96, 97, 100, 103, 107, 109, 114, 118, 120, 124, 127, 129, 132, 137, 139, 140, 141, 144, 145, 146, 153, 156, 159, 161, 168, 170, 172, 173, 176, 177, 178, 179, 184, 189, 197, 198, 203, 210, 213, 214, 215, 216, 218, 219, 220, 221, 222, 223, 225, 227, 228, 231, 232, 233, 234, 236, 238, 239, 241, 246, 247, 248, 250, 251, 255, 258, 259, 260, 263, 265, 266, 270, 274, 275, 276, 278, 279, 280, 281, 283, 284, 285, 286, 289, 290, 291, 294, 298, 299, 302, 303, 304, 306, 311, 327, 328, 329, 330, 331, 332, 333, 336, 337, 338, 343, 350, 357, 358, 366, 367, 368, 371, 373, 374, 377, 378, 381, 388, 391, 395, 396, 403, 404, 406
  acquired 28, 335
  doctrine of 19, 36, 38, 39, 41, 42, 52, 53, 56, 57, 59, 60, 61, 66, 68, 77, 99, 110, 188, 222, 311
  false 169
  historical 28
  household of 401
  infused 28, 335
  kingdom of 171
  of Abraham 252, 253, 254
  pure 340
  righteousness of 7, 42, 229, 240, 242, 264, 348, 382
  true 342
  working through love 335
Faith, Hope, and Charity, by St. Augustine 22 fn.
Faithfulness 95, 119, 377
False apostles 3, 7, 8, 9, 15, 32, 33, 36, 40, 41, 42, 45, 52, 99, 100, 108, 116, 124, 129, 130, 131, 132, 133, 136, 142, 143, 161, 165, 166, 167, 168, 180, 183, 187, 192, 194, 196, 205, 207, 208, 211, 244, 245, 247, 280, 295, 304, 306, 307, 343, 402, 403
Family 56, 281
Famine 123, 126, 210
Fanatic(s) 20, 38, 46, 129
Fanatical spirits 4, 8, 33, 44, 52, 72, 103, 104, 118, 119, 121

Fast days 384
Fasting(s) 31, 69, 84, 88, 92, 96, 138, 174, 350
Fasts 55, 68, 89, 296
Favoritism 166
Female 204
Feriae 138
Festivals 383
Festus Porcius 256
Fetus 308
Fides historica 28 fn.
Fieri 361 fn.
Fifth Lateran Council 297 fn.
Figs 79, 373
Figure(s) of speech 31, 200, 280, 312, 333, 336, 342, 395
Filth 31
Fire 27, 62, 69, 276, 284, 303, 364, 388, 410
First Table 132
Fish 31
Flesh 7, 16, 21, 24, 25, 49, 54, 55, 58, 59, 64, 65, 66, 67, 69, 70, 71, 73, 74, 75, 76, 77, 78, 79, 80, 81, 82, 84, 85, 86, 87, 88, 89, 91, 92, 93, 95, 96, 97, 98, 99, 102, 103, 109, 111, 113, 127, 130, 132, 133, 134, 137, 140, 141, 142, 143, 158, 170, 173, 174, 180, 187, 190, 191, 192, 196, 225, 227, 229, 231, 232, 233, 235, 236, 237, 238, 239, 249, 250, 260, 282, 288, 290, 301, 302, 310, 311, 314, 318, 320, 321, 322, 324, 328, 329, 331, 333, 334, 340, 341, 346, 347, 348, 349, 350, 360, 361, 362, 363, 364, 365, 366, 367, 368, 370, 371, 372, 373, 374, 375, 378, 379, 380, 384,

390, 393, 399, 400, 402, 405, 406
Abraham's 253
cannot be without sin 68
freedom of 3, 4, 35, 48, 51
license and lust of 50
reason and wisdom of 138
yoke and obligation of 50
Flies 227
Flood 91, 146
Fomes 228 fn.
Food(s) 15, 31, 44, 54, 55, 81, 82, 83, 92, 126, 138, 213, 217, 257, 275, 335, 378, 383, 384
Forgiveness of sins 5, 6, 9, 10, 14, 19, 41, 61, 68, 70, 71, 74, 76, 77, 79, 80, 82, 85, 86, 96, 106, 109, 111, 112, 115, 120, 121, 132, 141, 142, 164, 386; *see also* Remission of sins
Forma substantialis 29 fn.
Fornication 88, 112, 368, 384
Fornicator 339, 345
Fortitude 23, 24, 25
Francis, St. 18, 83, 141
Rule of 141 fn.
stigmata of 142
Franciscan(s) 141
Fraud 126
Freedom 4, 17, 19, 31, 48, 49, 201, 203, 204, 213, 217, 232, 236, 284, 286, 316, 324, 329, 348, 383, 384, 385
Christian 5, 7, 11, 48, 50, 51, 72, 326
eternal 8
evangelical 202, 214
from Law 326, 347
from righteousness 325, 349

from sin 325, 349
from traditions of pope 138
in Christ 10
of Christians 154
of conscience 6
of flesh 3, 4, 8, 35, 51
of Gospel 200, 202
of grace 346
of opinion 248
political 8
theological or spiritual 4, 325
Freuntlich 376
Friars 113 fn.
mendicant 124
Friday 296
Friedberg, Emil 218 fn.
Frogs 227
Future infinitive 176

Gabriel 270
Galatia 97, 99, 124, 167, 177
Galatians ix, x, 3, 7, 9, 31, 32, 33, 36, 39, 40, 42, 52, 54, 59, 62, 79, 99, 108, 116, 129, 131, 132, 144, 148, 161, 162, 165, 168, 174, 175, 177, 179, 187, 190, 191, 194, 196, 197, 198, 208, 217, 243, 244, 245, 249, 250, 251, 254, 255, 263, 292, 298, 301, 302, 303, 304, 305, 306, 307, 308, 310, 315, 323, 331, 338, 339, 343, 344, 359, 371, 378, 403, 406
Galileans 289
Genesis 252, 253, 267, 309, 310
Genitive 175, 212, 302
Gentile(s) 42, 139, 142, 143, 165, 186, 194, 196, 197, 200, 203, 204, 208, 210, 211, 212, 213, 215, 217, 218, 219, 247, 254, 260, 263, 264, 265, 266, 281, 283, 290, 292, 295, 302, 336, 343, 357, 403, 406
church of 146
Gentleness 95, 106, 111, 112, 298, 313, 373, 377, 388, 390
oil of 301
German 130, 244 fn., 341, 376
Germans 37, 157
Germany 107, 127, 157, 158, 384, 385
Gerson 81
Gideon 330, 364
Gloss(es) 227, 369, 373, 397
Gluttony 92
God
judgment of 8, 19, 26
kingdom of 64, 79, 91, 92, 97, 98, 250, 329, 337, 371, 372
knowledge of 286, 294
mask of 43, 44
mercy of 5, 18, 44
never looks upon the persons 206, 217, 281
wrath of 4, 5, 7, 8, 19, 21, 26, 27, 50, 78, 409
et passim
Godhead 290
Godlessness 154, 199, 257, 260, 293, 303, 327, 328, 342, 358
Godliness 47, 53, 71, 99, 123, 372, 408
Godly 40, 44, 46, 49, 51, 77, 80, 82, 99, 102
Gold 51, 55, 61, 122, 171, 336, 407
Gomorrah 48
Goodness 368, 373, 376, 395
Gospel 3, 8, 9, 10, 13, 18, 33, 35, 42, 43, 44, 47, 48, 49, 50, 54, 62 fn., 82, 85, 89, 90, 92, 94, 99, 100, 101, 102, 105, 107, 108, 116, 118,

INDEX

119, 122, 123, 124, 126, 130, 140, 141, 142, 153, 156, 158, 162, 165, 167, 175, 176, 177, 178, 179, 182, 183, 184, 186, 187, 188, 190, 191, 193, 194, 195, 196, 204, 207, 208, 209, 210, 211, 214, 215, 217, 230, 241, 249, 263, 298, 299, 303, 310, 317, 318, 338, 340, 341, 344, 355, 366, 375, 376, 397
  freedom of 200
Government(s) 91, 98
Grace 3, 7, 11, 14, 15, 16, 18, 19, 24, 38, 42, 48, 61, 85, 86, 88, 90, 102, 108, 117, 120, 140, 141, 142, 143, 144, 146, 149, 164, 170, 172, 175, 176, 177, 180, 184, 185, 186, 187, 188, 189, 203, 209, 212, 219, 220, 223, 224, 226, 234, 235, 238, 240, 242, 246, 249, 252, 256, 260, 261, 264, 266, 273, 274, 275, 276, 277, 279, 283, 284, 285, 287, 291, 292, 293, 294, 301, 308, 311, 312, 313, 314, 317, 318, 319, 320, 321, 322, 324, 327, 330, 331, 332, 333, 335, 347, 349, 353, 356, 359, 362, 364, 366, 367, 372, 380, 390 fn., 407
  freedom of 346
  kingdom of 171
Grain 55, 329
Grammar 202, 357, 397
Grammarian(s) 28, 178
Grapes 79, 373
Grasshoppers 325
Gratian 154 fn.
Gratitude 273

Gravamina 157 fn.
Greece 98
Greed 31, 48, 61, 67, 125, 126, 154, 257, 337, 384, 385, 399
Greek(s) 125, 163, 175, 179, 201, 212, 213, 246, 274, 290, 291, 307, 315, 319, 326, 336, 348, 369, 371, 376, 377, 380, 394, 396, 397
Gregory, St. 83, 84, 85, 89, 110, 388, 390
Gutdunckel 341

Habit, monastic 88
Hagar 310, 311, 314, 315, 322, 323
  means "journey abroad" 317
Hair shirt(s) 13, 84, 88
Ham 146
Hannah 322
Harlot(s) 14, 123
Hatred 31, 42, 43, 47, 53, 58, 66, 67, 69, 71, 78, 81, 102, 103, 104, 132, 137, 141, 172, 179, 181, 233, 276, 277, 284, 301, 348, 353, 360, 369, 374, 375, 387, 399
Hay 52, 55, 62
Health 363
Heartburn 244 fn.
Heathen 94, 99, 124, 146, 147, 245, 345, 369, 382, 391, 401
  virtues of 172
Heathenism 293
Heaven 5, 18, 20, 22, 27, 33, 38, 39, 40, 41, 44, 45, 46, 64, 83, 84, 86, 93, 108, 129, 158, 165, 178, 179, 225, 226, 292, 297, 298, 311, 316, 318, 319, 329, 337, 348, 388, 391, 408, 409, 410
  kingdom of 340, 345

Hebdomad 194
Hebraism 165, 208
Hebrews 32, 163, 178, 187, 191, 210, 345
Hector 103
Heir(s) 243, 264, 282, 283, 289, 291, 323, 324
Hell 4, 8, 9, 21, 33, 46, 69, 133, 158, 167, 221, 311, 385, 408
  gates of 155
  kingdom of 31
  tyranny of 154
Hellenists 197
Hercules 154 fn., 371 fn.
Heresiarch 91
Heresy 22, 23, 25, 32, 67, 72, 89, 97, 109, 364, 367, 368, 370, 389
Hussite 392 fn.
Heretic(s) 19, 43, 53, 54, 83, 84, 91, 92, 123, 124, 131, 132, 133, 134, 135, 136, 148, 153, 169, 178, 239, 303, 370, 382, 399, 400, 408
Hermit(s) 9, 68, 69, 75, 83, 85
Hermon 177, 315
Herzspann 244 fn.
Hezekiah 43
Hierarchy 398
Hildesheim edition of Erasmus' *Opera* 159 fn.
Historia tripartita 216 fn.
Historiae adversus paganos, by Orosius 227 fn.
Historians 98
History 28, 60, 97, 98, 268
Holdselig 376
Holidays 62, 296
Holiness 68, 77, 82, 83, 86, 87, 89, 140, 141, 277, 280, 302, 346, 394, 405, 406
  presumptions of 115
  self-chosen 85

Holy Roman Church 389
Holy Scripture 35, 38, 46, 136, 200, 214; *see also* Bible, Divine Scripture(s), Holy Writ, Sacred Scripture, Scripture(s), Word of God
Holy Spirit 23, 28, 32, 46, 82, 110, 121, 137, 140, 141, 144, 165, 168, 172, 185, 221, 226, 234, 247, 248, 261, 263, 276, 290, 318, 326, 335, 355, 362, 366, 367, 370, 373, 376, 388, 390
  cannot be received without Christ 131
  judgment of 9 et passim
Holy Trinity 290, 340
Holy Writ 156, 200, 220, 240, 312, 317, 360, 377, 386; *see also* Bible, Divine Scripture(s), Sacred Scripture, Scriptures(s), Word of God
Honesty 95, 377
"Hooknose" 59
Hope 20, 21, 22, 23, 24, 25, 26, 27, 46, 64, 68, 72, 73, 97, 100, 218, 326, 328, 332, 333, 374, 401, 405
  of gain 314
Horace 116 fn.
Horse 232
Horula 73 fn.
Hosea 385
Household
  of Christ 401
  of faith 401
Householder 113, 119
Housewife 61
Humility 52, 86, 99, 216, 302
Hunger 126, 143, 385
Hus, John 392 fn.

Husband(s) 61, 68, 114, 232, 281, 320, 321, 345, 346
Hydra 371 fn.
Hyperbole 31, 304
Hypocrisy 31, 92, 131, 188, 204, 212, 213, 214, 215, 217, 274, 340
Hypocrite(s) 30, 54, 75, 79, 92, 96, 172, 174, 214, 215, 216, 220, 223, 258, 284, 321, 324, 334, 390

Idolaters 51, 90, 369
Idolatry 31, 67, 69, 87, 88, 89, 90, 91, 141, 148, 188, 293, 368, 369
Ignorance 342, 384
  affected 292
  gross 292
  invincible 292, 293
Illness 363
Illusions 245
Immorality 89
Immortality of human soul 297 fn.
Immunities 3
Impatience 22, 67, 69, 70, 71, 72, 73, 78, 80, 109
Impiety 161
Imprecation 177
Impurity 89, 368, 369
In praesumptuosas Martini Lutheri conclusiones de potestate papae dialogus, by Sylvester Prierias 157 fn.
In regione angelorum 239 fn.
In religione angelorum 239 fn.
Incarnation 268
Incest 108
Indulgence(s) 198, 328, 337, 352, 358, 384
  special 386 fn.
Indulgence traffic 124 fn., 328

Infants 244, 245, 248, 249
Ingratitude 49, 56, 72, 102, 103, 127, 128, 240, 293, 409
Innocent III 164 fn.
Insanity 147
Insemination 319, 400
Instaurare 348 fn.
Institutes, by Justinian 240 fn.
Insuaves 376
Intellect 22, 23, 24, 25
Intercourse 321, 399, 400
Intermediary 270, 271, 272
Intoxication 91, 92, 95
Invocavit Sunday x
Io. Annius ex Philone 267 fn.
Irenaeus 127 fn., 208 fn., 364 fn.
Iron 10, 13
Isaac 142, 251, 252, 253, 267, 284, 310, 311, 318, 322, 323
Isaiah 29, 35, 44, 163, 200, 245, 281, 322, 335, 389, 409, 410
Ishmael 253, 284, 310, 311, 318, 322, 323
Ishmaelites 323
Israel 16, 80, 111, 135, 142, 146, 187, 268, 323, 330, 344, 350, 370, 375, 406, 409
  kings of 392
Italy 147
Itaque lex paedagogus noster fuit in Christo 278 fn.

Jacob 267
James 38, 167, 195, 196, 200, 208, 213, 331, 388
  the Less 195
Jealousy 369, 371
Jena editors 244 fn.
Jeremiah 166, 189, 220, 234, 262 fn.
Jeroboam 350

INDEX

Jerome, St. x, 35, 36 fn., 55, 68, 69, 82, 84, 85, 92, 95, 96 fn., 101, 130, 161, 163, 166, 167, 168, 169, 173, 174, 175 fn., 176, 177, 179, 182, 183, 185, 186, 187, 190, 191, 193, 194, 195, 196, 199, 201, 202, 205, 207, 208, 209, 210, 211, 212, 213, 215, 217, 219, 222, 223 fn., 226, 228, 239, 241, 243, 244, 245, 247, 248, 250, 253, 257, 259, 261, 262, 263, 268, 269, 270, 271, 283, 285, 287, 288 fn., 290, 291, 295, 296, 298, 299, 300, 301, 302, 303, 304, 305, 307, 308, 309, 310, 312, 314, 317, 318, 321, 327, 331, 332, 333, 338, 339, 340 fn., 343, 344, 345, 346, 348, 349, 350, 357, 363, 368, 369, 370, 373, 376, 377, 379, 380, 381, 394, 399, 401, 402 fn., 406
Jerusalem 93, 155, 193, 196, 199, 200, 208 fn., 296, 311, 314, 315, 317, 318, 337, 344, 382, 391, 410
  Bishop of 208
  earthly 316
  heavenly 316
  new 319
Jew(s) 9, 16, 30, 38, 42, 55, 111, 117, 123, 130, 138, 139, 142, 143, 147, 167, 177, 180, 190, 197, 200, 202, 203, 204, 208, 210, 211, 213, 215, 217, 218, 221, 246, 247, 250, 252, 265, 274, 279, 280, 281, 284, 285, 290, 295, 296, 302, 306, 309, 320, 322, 334, 335, 343, 344, 355, 357, 383, 401, 402, 403, 406
kingdom and priesthood of 15
Jo. Annius 267
Job 230, 231, 245, 287, 335
John 52, 65, 136, 167, 185, 195, 200, 208, 230, 372, 388
John Frederick 125 fn.
John of Damascus 136 fn.
John the Baptist 35, 235
Jonadab 229
Jordan 177
Joseph 155, 165, 195, 267
Joses 195
Judah 330
Judaism 186, 189, 213, 214, 247, 280, 293
Judas 195, 205, 206, 261
Jude 48
Judea 122, 161, 197, 198, 311, 314, 316
Judge(s) 10, 11, 22, 26, 34, 88, 120, 199, 212, 242, 287, 342, 387, 397
Judgment(s) 41, 57, 74, 77, 91, 98, 100, 108, 113, 117, 118, 120, 127, 136, 140, 155, 207, 215, 258, 263, 274, 281, 293, 300, 341, 342, 359, 365, 381, 393
  distorted 89
  of God 8, 15, 19, 26
  of Holy Spirit 9
  of men 14, 15
  rash 395
Jurists 245, 248, 275, 397
Justice 241, 388
Justification 11, 16, 28, 29, 30, 36, 64, 65, 66, 78, 106, 138, 139, 168, 203, 214, 225, 228, 238, 240, 246, 269, 270, 274, 348
  doctrine of 17, 19, 36, 46, 87, 104, 120, 145
Justinian 240 fn.

κατά 212
κατὰ πρόσωπον 212, 214
καταρτίζετε 111 fn.
κατηχίζω 396
κατηχούμενος 125
κενοδοξία 97, 98, 99, 101, 104, 116
κενόδοξος 97 fn., 99, 103, 116, 117
κεφαλή 218
Kindness 368, 373, 376
King(s) 16, 31, 102, 122, 130, 159, 210, 241, 242, 303, 335
  of Assyrians 164
  of Israel 392
Kingdom(s) 62, 98, 100, 111, 139
  of Christ 30, 86, 94, 114
  of devil 19, 31, 59
  of faith 171
  of glory 171
  of God 64, 79, 91, 92, 97, 98, 250, 329, 337, 371, 372
  of grace 171
  of heaven 340, 345
  of hell 31
  of Jews 15
  of pope 9
Knowledge 10, 22, 23, 34, 115, 177, 185, 189, 245, 269, 270, 272, 275, 292, 303, 350, 359, 372, 403, 404
  natural 53
  of Christ 17, 25, 49, 147
  of God 286, 294
  of good literature 124
  of grace and of faith 144

of sacred literature 124
of sin 184, 238, 318, 328
of true doctrine 79
of true holiness 85
Koran 90
Krauth, Charles P. 31 fn.

Labor 350
Lambs 244
Land of Promise 289, 314, 373
Lang, Johann x, 177 fn.
Lasciviousness 369
Last Day 68
Last Judgment 120, 121, 171, 277
Latin 175, 178, 179, 231 fn., 234 fn., 348 fn., 385 fn., 407
Law(s)
 canon 295
 Ceremonial 139, 161, 188, 223, 228, 230, 248, 256, 257, 265, 287, 358, 378
 contempt for 201
 freedom from 326, 347
 guardianship of 243
 Moral 18, 139, 188, 259, 378
 natural 355
 papal 215, 358, 408
 righteousness of 7, 16, 17, 189, 198, 218, 239, 246, 249, 264, 266, 267, 276, 283, 286, 291, 311, 317, 318, 319, 328
 Sinaitic 319
 slavery of 7, 217, 314, 319, 346
 works of 7, 12, 13, 75, 78, 173, 175, 202, 203, 214, 218, 222, 223, 224, 225, 228, 231, 232, 234, 238, 239, 242, 243, 245, 247, 250, 251, 252, 255, 256, 257, 258, 259, 260, 264, 266, 272, 274, 283, 284, 286, 291, 319, 321, 322, 327, 329, 331, 334, 336, 340, 381, 404
 written 355
 et passim
Layman 55, 61, 204
Lead 384
Leaders, Hussite 392 fn.
Learning 156, 172, 256, 375, 393
Leaven 339, 341, 364
 of Pharisees 340
Lebanon 315
Lectures on Galatians, by Luther 67 fn., 240 fn.
Lectures on Genesis, by Luther 384 fn.
Lefèvre d'Étaples, Jacques 315 fn.
Legacy 264, 265
Legislation dealing with ecclesiastical matters 250 fn.
Legispositio 289
Leipzig 315
Leipzig Debate 158, 392 fn.
Lent 216, 296
Leo X, pope 157 fn., 218
Lernean Swamp 371
Letter to Paulinus, by St. Jerome 194
Letter to the Romans 381
Leudselig 376
Leviathan 161
Levites 123, 399
Liber interpretationis hebraicorum nominum, by St. Jerome 161 fn., 177 fn., 191 fn., 321 fn.
Liberty 176, 203, 286, 396
 Christian 3, 198, 402
Lice 227
Licentiousness 48, 368, 378
Life 3, 5, 13, 17, 19, 25, 33, 34, 41, 44, 46, 47, 48, 58, 60, 62, 63, 73, 74, 81, 84, 85, 86, 88, 94, 98, 107, 109, 111, 112, 115, 119, 120, 121, 125, 135, 141, 144, 147, 158, 161, 168, 173, 181, 186, 206, 210, 219, 222, 223, 226, 229, 258, 259, 260, 271, 273, 293, 295, 308, 313, 316, 329, 338, 340, 349, 351, 353, 354, 356, 365, 372, 386, 391, 402, 403, 405
 ascetic 10, 83
 carnal 371
 celibate 57, 67, 68, 82
 chaste and sober 95
 Christian 30, 31, 32, 239, 303, 361, 378 fn., 407
 community 377
 eternal 6, 9, 10, 11, 14, 18, 32, 39, 61, 88, 90, 124, 127, 145, 222, 400
 frugal 92
 future 8, 302, 328
 holy 35, 91, 102
 is like a physical point 37
 monastic 140
 mortal 281
 necessities of 284, 396
 of experience 234
 physical 239
 present 8, 39, 49, 64, 65, 95, 127, 239, 401
 religious 136
 spiritual 52, 239
 to come 64, 65, 127, 128, 169, 224, 232, 233, 317
Likeness of God 140, 141, 280, 405, 406
Lily 391
Lindus 154
Lion 3, 58
Lives of the Fathers 14, 112

INDEX

Locusts 227, 325, 352
Log(s) 58, 81, 112
Lombard, Peter x,
  222 fn., 290 fn.,
  333 fn., 377 fn.
Long-suffering 368, 373, 376, 377
Lord's Day 296
Lord's Prayer 42
Lord's Supper 36, 37, 41, 62 fn., 82, 107
Lot 321, 370
Love 5, 25, 28, 29, 30, 31, 37, 38, 39, 40, 41, 42, 47, 48, 49, 50, 51, 53, 54, 55, 56, 57, 58, 59, 61, 62, 63, 64, 65, 66, 67, 68, 72, 93, 95, 99, 101, 106, 108, 113, 114, 159, 169, 172, 180, 181, 182, 203, 204, 215, 216, 218, 221, 233, 234, 235, 236, 237, 241, 260, 277, 278, 279, 290, 291, 295, 298, 303, 304, 305, 306, 307, 313, 326, 329, 333, 335, 336, 337, 346, 347, 348, 349, 350, 351, 352, 354, 355, 356, 357, 358, 359, 361, 365, 368, 370, 371, 372, 373, 375, 378, 381, 382, 383, 384, 385, 386, 387, 391, 392, 393, 395, 396, 400, 401, 408, 409
  Christian 353 fn.
  natural 353 fn.
  works of 52
Luke 143, 163, 185, 193, 195, 210, 364
Lupinus, Peter 153
Lust(s) 50, 154, 173, 224, 233, 235, 236, 237, 238, 249, 257, 260, 275, 276, 277, 278, 287, 326, 341, 363, 364, 371, 378, 380, 391, 399, 407

  for praise and glory 404
  obedience to 372
Luther ix, 13 fn., 16 fn., 20 fn., 27 fn., 30 fn., 32 fn., 36 fn., 57 fn., 62 fn., 67 fn., 69 fn., 70 fn., 73 fn., 82 fn., 84 fn., 85 fn., 98 fn., 101 fn., 104 fn., 109 fn., 111 fn., 113 fn., 118 fn., 119 fn., 122 fn., 123 fn., 124 fn., 125 fn., 129 fn., 130 fn., 141 fn., 153, 154 fn., 156 fn., 157 fn., 158 fn., 159 fn., 164 fn., 176 fn., 201 fn., 206 fn., 220 fn., 230 fn., 235 fn., 236 fn., 240 fn., 244 fn., 250 fn., 252 fn., 263 fn., 267 fn., 278 fn., 280 fn., 285 fn., 289 fn., 292 fn., 295 fn., 304 fn., 317 fn., 345 fn., 353 fn., 363 fn., 367 fn., 384 fn., 385 fn., 386 fn., 392 fn., 397 fn.
Luther the Expositor, by Jaroslav Pelikan 20 fn.
Luther's Works ix, 8 fn., 13 fn., 14 fn., 15 fn., 16 fn., 20 fn., 24 fn., 27 fn., 28 fn., 32 fn., 34 fn., 37 fn., 43 fn., 45 fn., 63 fn., 67 fn., 69 fn., 73 fn., 81 fn., 85 fn., 90 fn., 94 fn., 98 fn., 105 fn., 109 fn., 110 fn., 112 fn., 125 fn., 127 fn., 138 fn., 142 fn., 147 fn., 158 fn., 164 fn., 173 fn., 176 fn.,

  181 fn., 187 fn., 211 fn., 220 fn., 221 fn., 228 fn., 231 fn., 235 fn., 236 fn., 240 fn., 249 fn., 252 fn., 286 fn., 292 fn., 295 fn., 317 fn., 328 fn., 335 fn., 337 fn., 362 fn., 363 fn., 370 fn., 385 fn., 388 fn., 396 fn., 397 fn.
Lydian touchstone 353
Lyra 70 fn., 245

Magicians 369
Magistra 156 fn.
Magistrate(s) 50, 61, 82, 90, 113, 119, 123, 148, 281
μακροθυμία 94, 376
Male 131, 204, 400
Malediction 177
Malevolence 395
Manet ibi locus 21 fn.
Manichaeus 288
Manicheans 60, 288 fn., 362
μαράνα θά 345
Marcion 288 fn.
Mark 161, 196
Marriage 127, 128, 138, 148, 400
Martin 408
Martyr(s) 164, 195, 280, 296, 374
  of devil 8
Martyrdom 350
Mary 81
  James's 196
  Magdalene 195, 196, 390
  mother of James and Joses 195
  sister of the Lord's mother 195
  virginity of 288
  wife of Cleophas 195
Mask(s) 31, 43, 281, 342, 351
Mass(es) 135
  anniversary 124
  Low 84, 89

Massa perditionis 275 fn.
Mater 156 fn.
Materia dilectionis 391 fn.
Mathematicians 60
Matthew 185, 196, 310
Matthias 165
Maximianists 60 fn.
μὴ ἐνέχεσθε 326
Meal 340
Meat 31, 138, 384
Mediator 11, 86, 268, 271, 272, 275
Meekness 106, 107, 109, 111
Meinhold, Peter 24 fn.
Meissen 315
Meissinger, Karl ix
Melanchthon, Philip x, 377
Memorials 352
Menius, Justus 130 fn.
Menstruation 220
Mercury 200, 353
Mercy 3, 15, 18, 44, 81, 100, 110, 113, 140, 142, 172, 174, 185, 220, 221, 222, 227, 266, 270, 274, 275, 286, 328, 345, 365, 366, 371, 374, 375, 388, 406, 409
Mercy seat 22, 64, 86, 231
Merit(s) 10, 19, 140, 174, 179, 189, 203, 221, 240, 251, 263, 266, 270, 328, 329, 388
 of condignity 372
 of congruity 28, 249, 372
Messiah 146
Metaphor(s) 127, 407
Metaphysics, by Aristotle 364 fn.
μεταστρέψαι 176
Metonymy 179
Micah 123, 335
Middle Ages 84 fn.
Midian 330, 364
Mildness 376, 377
Milk 384

Ministers 37, 41, 47, 62, 82, 100, 101, 108, 119, 122, 123, 124, 126, 127, 128, 129
Ministry 49, 51, 98, 99, 100, 102, 103, 104, 115, 116, 117, 118, 119, 120, 123, 125, 126, 192, 209, 210, 226, 249
Minorite(s) 60, 141, 142, 281
Miracle(s) 146, 209, 251, 288, 291, 303, 304, 336, 354
Mirbt, Carl 342 fn.
Mirror 34
Misfortune(s) 67, 298, 330, 345
Missa privata 84 fn.
Mizar, Mt. 177
Moab 317, 321
Moabites 321
Moderation 373, 378
Monastery 90, 136, 204, 354, 375, 385
Monasticism 84
Money 58, 128, 158, 198, 216, 236, 237, 308, 358, 384
Monk(s) 9, 13, 14, 25, 55, 60, 61, 68, 69, 71, 73, 75, 76, 81, 83, 84, 85, 88, 89, 91, 92, 101 fn., 135, 140, 141, 148, 166, 281, 329, 397
Monkey 220
Months 7, 52, 295, 296, 331
Moon 149
Morals 36, 47, 60, 109, 125, 176, 214, 256, 268, 369, 375, 399
Mores amici noveris, non oderis 94 fn.
Moses 15, 16, 18, 56, 59, 109, 130, 131, 138, 139, 178, 179, 180, 185, 187, 219, 222, 226, 235, 247, 255, 256, 257, 259, 261, 267, 269, 272, 274, 295, 296, 318, 320, 331, 334, 335, 341, 349, 366, 379, 392, 407
Mother 58, 288, 308, 310, 317, 319, 321
 of James and Joses 195
 of the churches 158
 of the sons of Zebedee 195, 196
 the Lord's 195
Mud 356, 409
Muleteers, Roman 385
Mulio 385 fn.
Murder 23, 31, 80, 89, 133, 297, 368, 370, 384

Naaman the Syrian 287, 335
Nebuchadnezzar 335
Need 125, 126, 237, 329, 385, 408
Neighbor(s) 30, 31, 50, 51, 52, 54, 55, 56, 57, 58, 62, 63, 64, 66, 67, 71, 75, 114, 203, 295, 298, 313, 347, 348, 349, 351, 352, 353, 354, 355, 356, 357, 369, 374, 375, 395, 396, 401
Neutralist(s) 239, 256
New Testament 236, 341, 389
Nicholas 218
Nicomachean Ethics, by Aristotle 23 fn., 29 fn.
Nimrods 158
Noah 146, 370
Nobles 102, 123, 124, 125, 126, 198, 407
νόμος 319, 321
Nose 134, 158
Nun 61

Oath 12, 196
Obedience 7, 14, 18, 61, 113, 120, 163
 to lusts 372
Obesse 80 fn.
Obiectum charitatis 391 fn.

Obscenity 369
Occupatio 63 fn.
Ocean(s) 344, 392, 409
Octave 288
Oecolampadius 119 fn., 129 fn.
Offering(s) 126, 211, 335, 352
Office 117, 118, 119, 163, 164, 165, 192, 193, 209, 375
Ogdoad 194
Old Testament 55, 202, 236, 272, 357, 389, 399
On Christian Doctrine, by St. Augustine 236 fn., 312
On Illustrious Men, by St. Jerome 195
On Marriage and Concupiscence, by St. Augustine 188
On Nature and Grace, by St. Augustine 228, 379
On the Grace of Christ and on Original Sin, by St. Augustine 275 fn.
On the Spirit and the Letter, by St. Augustine 188, 219 fn., 274, 314 fn.
On the Trinity, by St. Augustine 238 fn., 288, 290 fn.
Onesimus 108
Onocentaurs 245
Opera, by Erasmus 159 fn., 239 fn., 245 fn., 248 fn., 307 fn., 315 fn., 336 fn., 339 fn., 387 fn., 400 fn., 402 fn.
Operari 209
Oppression 158
Optima conscientia 13 fn.
Orator 24
Ordinaries 153
Orient 335
Origen 169, 185, 202, 236, 250, 259, 312, 346, 363, 379
Orion 245
Orosius 227 fn.
Ostriches 245, 281
Oxen 7
οὐσία 377

Pagan(s) 91, 157, 325
παιδαγωγός 278
Palestine 340
Palliums 237, 385
Papacy 53, 60, 63, 84, 87, 91, 100, 110, 113, 121
Papist(s) 6, 8, 9, 18, 19, 68, 87, 91, 107, 118, 126, 133, 138, 148, 149
Parable(s) 310, 319
Paraclete 387, 388, 389
Paradise 145, 391
Paradox 319
  Stoic 326
Paraphrasis, by Erasmus 159 fn., 239 fn., 245 fn., 248 fn., 307 fn., 315 fn., 336 fn., 339 fn., 387 fn., 400 fn., 402 fn.
Parent(s) 56, 82, 149, 158, 215, 219, 320, 357
  our first 145
Partiality 53, 61, 103
Passion, Christ's 168, 212
Passivity 25
Passover 289
Pastor(s) 110, 112, 113, 115, 121, 122, 124, 125, 237, 297, 308, 393
Pastorates 385
Patience 20, 24, 25, 94, 106, 126, 157, 303, 368, 373, 376, 393
Patrimony of Peter 122 fn.
Patrologia, Series Latina 55 fn., 96 fn., 112 fn., 130 fn., 163 fn., 174 fn., 175 fn., 176 fn., 179 fn., 196 fn., 205 fn., 214 fn., 226 fn., 228 fn., 234 fn., 245 fn., 261 fn., 277 fn., 281 fn., 285 fn., 290 fn., 294 fn., 295 fn., 299 fn., 300 fn., 333 fn., 334 fn., 361 fn., 362 fn., 368 fn., 372 fn., 373 fn., 376 fn., 378 fn., 381 fn., 387 fn., 388 fn.
Paul passim
Paulinus 209, 308
Paulus, which means "little" 154 fn.
Peace 5, 13, 18, 23, 38, 41, 42, 43, 44, 47, 48, 59, 62, 66, 73, 91, 94, 95, 103, 108, 121, 130, 134, 135, 137, 141, 142, 144, 148, 170, 174, 184, 185, 204, 219, 224, 242, 289, 318, 357, 358, 367, 368, 373, 374, 375, 376, 402
Pearls 48
Peasants 102, 124
Pelagians 219, 314, 362
πηλίκος 401
Penances 13
Peninnah 322
Pentecost 296, 319
Perdite vixi 85 fn.
Perdition 34, 98, 110, 189, 275, 288, 292
Perfectus 71 fn.
Persecution(s) 25, 42, 43, 44, 46, 49, 101, 102, 103, 129, 130, 131, 134, 135, 145, 180, 181, 301, 302, 322, 323, 343, 403
  Roman 227 fn.
Persius 326
Persona 206

Peter, St. 3, 7, 80, 94, 156, 162, 167, 178, 185, 192, 193, 194, 195, 197, 200, 208, 210, 211, 212, 213, 214, 215, 217, 218, 238, 243, 247, 248, 297, 334, 336, 338, 362, 386, 396
Patrimony of 122
πέτρα 218
πέτρος 218
Pharaoh(s) 16
Pharisee(s) 112, 172, 187, 219, 340, 383, 388, 390, 394
φάρμακον 369
Philippians 239
Philo 161, 267
Philosopher(s) 47, 164, 219, 240, 250, 391
Stoic 326
Philosophy 24, 37, 285
Aristotelian 367
moral 29, 172, 368
φρόνημα 341
φρόνησις 341
Physician 185, 277
Piety 33, 154, 159, 160, 188
pretense of 80
Pirates 358
Plague(s) 3, 86, 370, 409
of Egypt 226, 227
Plautus 125 fn., 353 fn.
Play on words 80 fn., 154 fn., 361 fn.
Pleiades 245
Pope(s) 3 fn., 19, 31, 44, 45, 51, 89, 122, 124, 129, 130, 133, 135, 138, 139, 140, 147, 153, 154, 157, 177, 179, 206, 207, 215, 216, 236, 295 fn., 297, 342, 358, 385 fn., 397, 398, 407
curses of 111
kingdom of 9
slavery of 49
supreme heresiarch and head of all heretics 91
synagog of 110
tyranny of 48, 50
Pork 216
Porphyry 190, 191, 214
tree of 181
Position 162, 370
Potter 60, 410
Poverty 65, 72, 122, 123, 262, 298, 329, 405
Praescriptus 245, 246
Prayer(s) 76, 92, 97, 121, 165, 216, 286, 296, 354, 410
Preacher(s) 39, 53, 54, 102, 103, 118, 121, 122, 125, 126, 127, 129, 184, 193, 248, 308, 352, 371, 399
Predestination 190, 255, 294
Prelates 130, 164, 227
Prestige 164
Presumption(s) 71, 115, 132, 323
of saintliness 136
Presumptuousness 23, 372
Pretense(s) 141, 148
Pride 48, 67, 70, 71, 97, 113, 174, 192, 217, 270, 342, 345, 359, 403
holy 162
Prierias 397 fn.
Priest(s) 9, 55, 123, 124, 125, 135, 142, 166, 281, 329, 392, 393, 397, 398, 408
Priesthood(s) 166, 210
of Jews 15, 139
royal 394
Primogeniture 322
Prince(s) 44, 45, 69, 111, 122, 125, 130, 155, 159, 210, 303, 317, 386
Prior 113 fn.
Privilege(s) 3, 384, 385, 393
Procedere 382
προεγράφη 245
Promise(s) 10, 13, 16, 21, 23, 26, 27, 112, 142, 146, 219, 224, 251, 252, 253, 254, 255, 263, 264, 265, 266, 267, 268, 270, 272, 273, 274, 275, 278, 282, 283, 310, 319, 322, 323, 324, 334, 335, 366, 377
Prophet(s) 15, 44, 93, 123, 135, 146, 158, 179, 189, 222, 235, 245, 259, 275, 289, 295, 296, 317, 318, 323, 334, 350, 355, 366, 380, 392, 409
false 18, 166
Propitiator 11, 64, 68, 74, 75, 76, 86
Proscription 245
πρόσωπον 206
Prosperity 403
Proverbs 274
Prudence 23, 24, 25, 36
Psalms 46, 75, 81, 93
Pseudapostles 331
Pseudo-Philo 267 fn.
Pun 157 fn.
Punishment(s) 8, 12, 33, 44, 50, 86, 107, 110, 124, 170, 188, 219, 245, 278, 284, 286, 291, 311, 332, 345, 409
Pupil(s) 119, 247, 306
Purgatory 401

Quarrel(s) 368, 369, 377, 407
Quellen zur Geschichte des Papsttums und des römischen Katholizismus, by Carl Mirbt 342 fn.
Qui videbantur esse aliquid 201
Qui volet ingenio cedere, nullus erit 98 fn.
Quo maius nihil est neque habet 72 fn.
Quoad substantiam facti 260 fn.

INDEX

Radheim 153
Rahner, Karl 297 fn.
Rainbow 27 fn.
Rank 162, 193, 208, 209, 210, 250, 281, 393, 398
Rashness 23
Rationalis individuaque substantia 206 fn.
Real presence 62 fn.
Reason 6, 26, 47, 53, 54, 56, 57, 85, 86, 88, 89, 181, 189, 219, 285, 293
  of flesh 138
Rebaptism 84 fn., 149
Redeemer 256, 259, 409
Redemption 34, 82, 144, 147, 241, 260, 328
Reductio 312
Reformation ix, 335
Regard for persons 206
Regula prima of "Rule of 1221" 141 fn.
Religion(s) 87, 91, 135, 136, 146, 148, 281, 337, 374, 375
  false forms of 89
  of Anabaptists 88
  of angels 239
  of Christ 396
  true 161
  wicked 141
Remission of sins 184, 185, 222, 269, 318; *see also* Forgiveness of sins
Repentance 184, 189
Reply to Faustus the Manichean, by St. Augustine 97 fn.
Resurrection 97, 296, 372
  of Christ 19, 82, 167, 168, 194
Retractations, by St. Augustine 361
Revelation(s) 9, 24, 25, 90, 101, 142, 182, 183, 190, 191, 192, 193, 196, 199, 277
  of Christ's divine nature 171

Revolution 91
Revolutionaries 133
Rhetoric 23, 24, 31
Rhetoric, by Aristotle 24 fn.
Rhetoricians 390
Rhodes 154 fn.
Riches 65, 134, 219, 250, 286, 394, 405
Right hands of fellowship 208
Righteousness
  civic 203
  false appearance of 172
  freedom from 325, 349
  godless 344
  incipient 22
  many kinds of 240 fn.
  of Christ 51, 251, 317
  of Decalog 265
  of faith 7, 42, 229, 240, 242, 264, 348, 382
  of Law 7, 16, 17, 189, 198, 218, 225, 239, 246, 249, 264, 266, 267, 276, 283, 286, 291, 311, 317, 318, 328
  of monastic order 13
  on the basis of works 11
  perfect 22
  polluted 260
  service of 325
  zeal for 111
  et passim
Rivo Torto 141 fn.
Rock 10, 338
  of stumbling 344
Rogatists 60 fn.
Roman emperor 3
Roman pontiff 3, 4, 110, 155, 156, 296, 342, 397
Romans 104, 168, 219, 255, 269, 306, 325, 361, 381, 385
Rome 108, 124, 147, 154, 155, 177, 218, 337
  Church of 122 fn., 178

Luther's journey to 157 fn., 384 fn.
Roots 81
Rotundus 71 fn.
Rosaries 87
Rudens, by Plautus 125 fn.
Rule, monastic 140, 141
Rule of Francis 141 fn.

S. Pauli Epistolae xiv. ex vulgata editione, adjecta intelligentia ex Graeco cum commentariis, by Jacques Lefèvre d'Étaples 315 fn.
Saba 317
Sabbath 55, 249, 257, 295, 296, 332
Sacrament(s) 10, 37, 41, 82, 83, 87, 91, 102, 105, 106, 117, 118, 238
Sacramentarians 37, 39, 60, 106, 111, 112
Sacred Scripture x, 22, 29, 39, 42, 126; *see also* Bible, Divine Scripture(s), Holy Scripture, Holy Writ, Scripture(s), Word of God
Sacrifice(s) 7, 25, 55, 89, 132, 145, 314, 335
Sacrilege 154
Sadness 22, 26, 51, 70, 74, 111
Sailor 29
Saint(s) 35, 42, 50, 54, 61, 64, 66, 70, 71, 73, 75, 76, 77, 79, 80, 81, 82, 83, 85, 86, 87, 96, 109, 115, 122, 136, 161, 169, 172, 192, 210, 214, 247, 262, 344, 354, 361, 362, 372, 379
Saintliness 14, 15, 136, 206, 207
Salome 195, 196

Salvation 9, 11, 19, 35, 38, 46, 47, 56, 57, 73, 74, 98, 99, 102, 103, 104, 117, 119, 120, 121, 130, 139, 143, 154, 161, 171, 172, 178, 184, 185, 189, 190, 198, 202, 204, 222, 248, 259, 269, 288, 290, 334, 357, 358, 384, 392, 402, 405
Samaritan(s) 364, 389
Samson 149 fn.
Samuel 204
Sanctification 34, 82, 241
Sanctity 14, 53, 60, 61, 91, 115, 156, 342
Sandals 141
Santiago de Compostela 337 fn.
Sapietis 341
Sarah 310, 311, 322
    means "princess" or "lady" 317
Satan 12, 19, 35, 40, 43, 48, 49, 53, 58, 84, 99, 101, 109, 110, 118, 119, 123, 124, 137, 143, 144, 145, 146, 147, 345, 388
    angel of 392
    battle against 3
    has a thousand tricks 34
Satiety 123
Satires, by Aulus Persius Flaccus 326 fn.
Satis 401 fn.
Satisfactio 401 fn.
Satispassio 401 fn.
Satum 340
Satyrs 245, 281
Saul 134, 204
Savior 12, 27, 34, 35, 93, 133, 142, 144, 257
Saw 29
Saxony 315
Saxum 218
Scandals 19, 117
Schism(s) 60, 169, 357
Schismatic 382

Scholiasts 315
Schoolmaster(s) 114, 154
Schoolmistress 156
Schools 123, 206
Schubert, Hans von ix
Scorpions 69
Scotists 390
Screech owls 281
Scribes 205
Scripture(s) 11, 15, 20, 25, 27, 34, 51, 60, 75, 77, 79, 115, 128, 157, 176, 181, 183, 191, 201, 206, 212, 220, 228, 229, 230, 233, 235, 242, 244, 245, 251, 252, 253, 254, 258, 261, 264, 268, 273, 274, 280, 317, 321, 323, 324, 329, 333, 336, 337, 340, 342, 344, 345, 370, 398; *see also* Bible, Divine Scripture(s), Holy Scripture, Holy Writ, Sacred Scripture, Word of God
    four senses of 311
Sea 18, 143, 149
Seasons 7, 15, 53, 54, 55, 132, 286, 295, 296, 331, 357
Second Commandment 119, 292
Second Epistle to the Corinthians 302
Second Table 132
Sect(s) 19, 43, 47, 60, 62, 91, 99, 101, 107, 109, 114, 117, 148, 265, 280, 370
Sectarian(s) 9, 20, 33, 34, 36, 52, 53, 91, 107
Sedition 47, 148
Seditionist 135
See, apostolic 158
Self-confidence 132
Self-control 373, 378
Self-denial 14
Self-justification 348

Self-righteous 14, 25, 53, 87, 321
Self-righteousness 17, 18, 146, 185
Senir 315
Senses of Scripture
    allegorical 311, 312
    anagogical 311, 312
    formal 312
    historical 312
    literal 311
    mystical 312
    spiritual 312
    tropological 311
Sensuality 249, 321
Sentences, by Peter Lombard, x, 222 fn., 290 fn., 333, 377 fn.
Sententiaries 377
Sententiarists 222
Sententiastri 222 fn.
Septuagint 261
Sermones de diversis, by Bernard of Clairvaux 300 fn.
Sermones in Cantica Canticorum, by Bernard of Clairvaux 387 fn.
Serpent 5, 11, 262
Service
    of righteousness 325
    of sin 325
Sex(es) 67, 69, 281, 288, 289
Sexton 103
Sexual
    desire 48, 67, 68, 69, 70, 71, 73, 74, 78, 80, 81, 87, 89, 92, 96
    intercourse 89, 321, 399, 400
    lust 132, 141, 371
Sham 141
Sheep 164, 236, 304, 308
Sheol 360
Shepherd(s) 164, 236, 304, 337, 338, 380, 383, 398
Shield 407
Shiloah 163, 330
Shiloh 163

INDEX

Shimei 262
Ship 18, 29
Shipwreck 18, 62
Sich fein wissen zu stellen 130 fn.
Sick 55
Sidon 288
Sidonians 315
Signatum 235 fn.
Signum 235 fn.
Sila 163
Silas 163
Siloam 163, 164
Silva 157 fn.
Silver 46, 51, 55, 122, 171
Simon 46, 195
  the Leper 390
Simony 237
Simul iustus, simul peccator 231 fn.
Sin(s)
  death of 238
  forgiveness of 5, 6, 9, 10, 14, 19, 41, 61, 64, 68, 70, 71, 74, 76, 77, 79, 82, 85, 86, 96, 106, 111, 112, 115, 120, 121, 132, 141, 142, 164, 386
  freedom from 325, 349
  knowledge of 184, 238, 318, 328
  mortal 28, 55, 76, 214
  original 105
  penes personam 76 fn.
  penes substantiam facti 76 fn.
  remission of 184, 185, 222, 269, 318
  service of 325
  tyranny of 26
  et passim
Sinai, Mt. 314, 315, 316, 318, 319, 382
Sinner(s) 12, 14, 26, 34, 35, 68, 69, 72, 77, 170, 176, 185, 190, 205, 218, 219, 220, 221, 222, 225, 226, 227, 230, 231, 232, 233, 236, 272, 274,
279, 288, 303, 319, 320, 324, 325, 326, 329, 351, 364, 365, 372, 389, 390, 391, 393, 400
Slander(s) 102, 103, 120
Slavery 4, 5, 6, 104, 201, 203, 204, 232, 233, 267, 268, 284, 291, 314, 315, 316, 317, 324, 325, 326, 348
  eternal 9
  of Law 7, 217, 314, 319, 346
  of pope 49
  to devil 19, 51
  yoke of 7, 8, 10
Smugness 7, 50, 59, 125
Snake 116
Snobbery 323
Sobriety 174, 370
Society 97, 114
Soliditas 218
Solomon 165, 167, 315
Son of God 5, 15, 18, 107, 136, 145, 146, 178, 185, 186, 189, 190, 191, 239, 240, 302
Son of Man 12, 389
Song of Solomon 184, 366
Song of Songs 315
Sophists 22, 28, 51, 63, 64, 65, 67, 70, 71, 75, 76, 77, 81, 82, 83, 86, 113, 339, 370
Sorcery 87, 90, 368, 369
  spiritual 85
Sorrow 32, 65, 67, 72, 81, 93, 110, 111, 118, 134, 135, 350, 397
Sosia 353
Sozomen 216 fn.
Spalatin x
Spiridon, St. 216
St. James's 337
St. Louis
  edition 384 fn.
  editors 244 fn.
Stapulensis 245, 261, 307, 314, 368
State(s) 56, 91, 115, 117, 219, 358, 370
Staupitz, Johann x, 73, 113 fn.
Steadiness 3
Stephen 195, 197, 268, 271
Stigmata 143, 144
  of Francis 142
Stoics 81, 396
στοιχήσουσιν 406
στοιχῶμεν 406
Stomach 53
Stone(s) 58, 76
  of offense 344
  of stumbling 387
  precious 407
Strife 368, 369
Stubble 52, 55, 62
Stubbornness 106, 108
Stündlin 73 fn.
Suavitas 376
Subversion 133
Suetonius 385 fn.
Suffering(s) 101, 128, 129, 133, 143, 144, 268, 401, 405
  of Christ 82, 134, 238, 401 fn.
  of Paul 407
Summa Theologica, by Thomas Aquinas 52 fn., 113 fn. 234 fn., 267 fn.
Sun 39, 57, 64, 69, 149
Sunbeam 39
Superstition(s) 31, 52, 54, 57, 58, 60, 83, 89, 161, 201, 244, 285, 292, 296, 338, 350
Supreme pontiff(s) 155, 156, 385, 408
Swaggerers 369
Swine 48, 50
Sycophancy 130 fn.
Sycophants 130, 133, 369
Syllogism 255
Sylvester Prierias 156, 157 fn., 158, 397, 398

Synagog(s) 132, 146, 190, 193, 200, 311, 317, 318, 319, 320, 321
Synecdoche 31, 139
Syria 197

Talmudic regulations 227
Tapinosis 187 fn., 286, 294
Tarsus 197
Tatian 399
Tax collector(s) 13, 14, 383, 388, 390, 394
Teacher(s) 32, 33, 36, 40, 47, 61, 99, 116, 119, 125, 129, 130, 131, 132, 148, 153, 167, 174, 182, 183, 188, 194, 197, 198, 207, 292, 299, 305, 306, 335, 340, 345, 351, 352, 354, 398, 399, 401, 404
  faithful 124
  false 52, 402
  of theology 386
  pernicious 244, 339
  wicked 59
Temperance 174, 378
Temptation(s) 6, 11, 12, 23, 33, 34, 80, 81, 94, 106, 113, 167, 290, 302, 303, 359, 360, 390
Terence 59 fn., 98 fn.
Tertullian 201 fn.
Testator 264, 265, 314
Testicles 345, 346
Tetragrammaton 221
θάνατος 319
Thanklessness 154, 272
Thanksgiving 93
The Sources of Catholic Dogma, by Henry Denzinger 297 fn.
Theologasters 370
Theologian(s) 22, 91, 100, 116, 155, 177, 181, 236, 248, 249, 267, 271, 335, 336, 352, 404

Aristotelian 370
  deceitful 289
  lay 158
Theology 23, 25, 37, 59, 62 fn., 153, 156, 159, 160, 219, 222, 225, 230, 240, 328, 389
  teachers of 386
This Is My Body, by Luther 37 fn.
Thistles 79, 373
Thola 147
Thomas, St. 101 fn.
Thomists 390
Thorns 79, 373, 391
Timothy 16, 211, 303, 334, 335, 343
Tinder 228
Titus 97, 178, 200, 201, 215
Toleration 376, 386
Tonsures 31, 87, 141, 286, 375
Torah 309
Tower of Babel 242
Toys 57
Tradition(s) 9, 14, 25, 44, 55, 110, 122, 138, 157, 165, 177, 187, 188, 219, 227, 276, 285, 298, 312, 341, 350, 354, 375, 408
  human 10, 13, 18, 19, 140, 329
Transference 312
Trial(s) 27, 32, 49, 54, 71, 72, 73, 78, 79, 113, 316, 318, 361, 374
  Abraham's 253
Tribulation(s) 22, 25, 27, 34, 170
Trichotomy 363
Trinitarian controversies 206 fn.
Tripartite History 216
Tropology 312
Truthfulness 377
Turk(s) 9, 89, 159, 179, 237, 335, 409
Turmoils 19

Tyranny 23, 110, 113, 147, 236, 237, 276, 286, 297, 358, 382, 408
  of hell 154
  of pope 48, 50
  of sin 26
Tyrant(s) 5, 43, 45, 72, 110, 123, 124, 198, 237

Unam sanctam, bull 342 fn.
Unbelief 8, 67, 70, 71, 81, 109, 140, 214, 232
Unbeliever(s) 34, 76, 245, 281, 310
Uncircumcision 30, 137, 138, 139, 141, 209, 280, 330, 333, 334, 335, 405
Uncleanness 86, 260, 276
Ungodliness 173, 337
Ungodly 172, 185, 291, 329, 346
Unity 107, 215, 265, 280, 281, 392
Universals 390
Unrighteousness 71, 101
Unworthiness 205, 270
Uriah 80
Usury 386
Ut figulus figulo 60 fn.

Vainglory 80, 99, 102, 103, 104, 105, 106 fn., 115, 120, 121, 142, 371, 394, 395, 403
Valla, Lorenzo 3 fn.
Venereal 371 fn.
Venery 371 fn.
Vengeance 376, 377
Venus 371
Vergil 24 fn., 61 fn., 179, 244
Vestments 31, 53
Vicar 155
Victory 71, 87, 158
  of Christ 10, 82, 83
  of devil in the church 385
Vigilance 3

INDEX

Vigils 55, 68, 124, 174, 350, 352
Vincentius 310
Violence 23
Virgin Mary 195
Virginity 95, 288
Virtue(s) 58, 59, 84, 93, 94, 95, 115, 129, 130, 145, 154, 156, 169, 174, 196, 220, 240, 241, 242, 259, 289, 291, 303, 404
 of heathen 172
Vita experimentalis 234 fn.
Vitae patrum 112 fn.
Vocabulary of the Philosophical Sciences, by Charles P. Krauth 31 fn.
Vocation 61, 119, 121, 167
Vow(s) 10, 18, 19, 25, 71, 73, 89, 135, 211
Vulgate x, 239 fn., 374, 407

Wantonness 92, 96, 368, 369
War 47, 70, 71, 72, 170. 239, 362, 363, 374
Warfare 361
Water(s) 26, 58, 69, 81, 82, 149, 163, 164, 220, 222, 227, 276, 284, 330, 356, 364, 410
Wax 384
Wealth 121, 130, 134, 393
Wednesday 296
Weimar
 edition ix, 111 fn., 389 fn.
 editors ix, 81 fn., 182 fn., 239 fn.
 text 19 fn., 33 fn., 49 fn., 103 fn., 187 fn., 198 fn.
Whistling 366
Wick, dimly burning 27
Wickedness 10, 31, 44, 82, 131, 132, 136,
 175, 260, 350, 375, 387, 388, 395, 408
Wife 56, 67, 68, 127, 195, 204, 232, 252, 281, 320, 408
Will 22, 23, 24, 25, 69, 77, 89, 91, 165, 173, 174, 224, 235, 356, 375, 406, 409
 free 172, 175, 181, 220, 278, 292, 325, 326, 328, 338, 339, 364, 372
Wind(s) 27, 100, 149, 367, 385, 410
Wine 83, 184, 290, 321, 364
 abstinence from 370
Wisdom 10, 25, 34, 39, 42, 76, 82, 89, 98, 117, 134, 139, 140, 145, 148, 153, 156, 166, 167, 169, 181, 196, 207, 209, 220, 241, 242, 275, 319, 341, 343, 384, 393, 396, 404, 405
 divine 136
 godless 244
 heavenly 24
 of flesh 138, 140
 of world 345
 presumptions of 115
Witch(es) 90, 245
Witchcraft 90, 243, 244
Wittenberg 113 fn., 123, 153, 315
 University of 377 fn.
Wizards 369
Wol geberden 130 fn.
Wolf 58, 247
Womb 345
Wood 52, 55, 62, 134
Word of God 6, 23, 26, 27, 38, 53, 56, 57, 70, 78, 82, 85, 87, 88, 101, 105, 138, 140, 159, 164, 200, 205, 209, 249, 296, 303, 305, 340, 346, 380, 387, 396, 398; *see also* Bible, Divine Scripture(s),
 Holy Scripture, Holy Writ, Sacred Scripture, Scripture(s)
Work(s)
 ceremonial 52, 327, 329
 doctrines of 10, 18, 52
 evil 114, 400
 good 11, 14, 17, 30, 49, 52, 53, 54, 55, 56, 62, 63, 73, 76, 77, 78, 88, 127, 128, 129, 168, 188, 221, 247, 248, 293, 313, 328, 347, 375, 388, 400, 401
 human 6, 25
 moral 189, 327
 neutral 363
 of Decalog 265, 286, 335
 of devil 136
 of Law 7, 12, 13, 75, 78, 173, 175, 202, 203, 214, 218, 222, 223, 224, 225, 228, 231, 232, 234, 238, 239, 242, 243, 245, 247, 249, 250, 251, 252, 255, 256, 257, 258, 260, 264, 266, 272, 274, 283, 284, 286, 291, 321, 322, 327, 329, 331, 334, 336, 340, 381, 404
 of legalistic righteousness 161
 of love 52, 140
 ostentatious 53
 self-chosen 31, 57, 90, 140, 141
 spectacular 83
 superstitious and unnatural 85
 et passim
Work-righteousness 167
World 5, 11, 15, 18, 19, 24, 25, 27, 31, 35, 39, 40, 43, 45, 47, 54, 56, 59, 61, 68, 69, 86, 91, 97, 100, 102, 103, 104, 105,

107, 110, 118, 122, 125, 130, 132, 133, 134, 135, 136, 137, 138, 140, 141, 142, 143, 144, 146, 148, 156, 158, 165, 170, 173, 174, 178, 210, 242, 269, 274, 277, 283, 285, 286, 287, 301, 336, 340, 354, 355, 358, 374, 390, 391, 397, 404, 405
Christian 163
regards Christians as dangerous 44
unthankful 117
wisdom of 345
Worship 9, 10, 25, 30, 44, 56, 89, 90, 91, 136, 139, 176, 204, 293, 298
angelic 89
false 141
godless forms of 135
new forms of 88
ungodly forms of 83
wicked forms of 84, 122
Worthiness 205
Wrath 18, 34, 109, 164, 184, 235, 257, 260, 266, 269, 303, 313, 324, 370, 407
of God 4, 5, 7, 8, 19, 21, 26, 27, 50, 78, 154, 170, 376, 409

XL *homiliae in Evangelia*, by Gregory I 388 fn.

Year(s) 7, 285, 295, 331, 357
of jubilee 296
of release 296
Yeast 36, 37, 39, 45
of doctrine 46

υἱοθεσία 289
ὕπαρξις 377
ὑπομονή 376
ὑπόστασις 377
Yoke 7, 8, 10, 13, 135, 155, 326
of flesh 50

Zacharias 185
Zarephath 288, 335
Zeal 9, 39, 49, 53, 133, 178, 187, 189, 214, 217, 240, 243, 300, 301, 305, 306, 307, 327, 342, 369, 370, 371, 375, 391, 409
for righteousness 111
of conscience 169
Zebedee 195, 196
Zelus iusticiae 111 fn.
Zion, Mt. 93, 177, 221, 318, 393, 410
Zwingli 20 fn., 62 fn., 119 fn.

INDEX TO SCRIPTURE PASSAGES

Genesis
1:31 — 396
3:5 — 145
3:14 — 262
3:15 — 5, 148
3:17 — 262
3:19 — 298
4:11 — 262
6:3 — 250, 363
9:21 ff. — 370
10:8, 9 — 158
12:2 ff. — 264
12:3 — 253, 267
15:4 — 253
15:13 — 268
16:11 — 310
17:1 ff. — 264
17:11 — 235
17:14 — 131
19:30 ff. — 370
21 — 264
21:5 — 267
21:10 — 322
21:14 — 284
22:18 — 253, 275
25:5 f. — 284
25:26 — 267
42:34 — 155
49:10 — 163
50:26 — 267

Exodus
3:8 — 314
3:22 — 126
10:21 — 31
12:11, 12 — 289
12:29 — 16
12:40 — 268
20:7 — 119
20:13 — 235
20:17 — 235
23:20-22 — 222
24:8 — 314
25:19 — 22

Leviticus
6:3 — 109
18:5 — 258
19:18 — 51, 114, 348, 349

Deuteronomy
3:9 — 315
6:5 — 65
12:8 — 305
15:11 — 389
18:15 — 334
21:23 — 261
23:1 — 345
25:11, 12 — 345
27:16 — 255
27:26 — 18
30:14 — 352
34:6 — 15

Joshua
6:17 — 177
7:2 — 220

Judges
1:33 — 211
7:16 — 330
7:22 — 364
15:4 — 149

1 Samuel
1:4, 5 — 322
2:5, 9 — 322
2:30 — 119
10:6, 7 — 204
16:7 — 206
21:6 — 55
22:22 — 135

2 Samuel
11 — 80
14:17 — 102
16:10 — 262

1 Kings
18:28 — 154
19:11 ff. — 367
19:18 — 176

2 Kings
2:24 — 262, 344

1 Chronicles
22:14 — 165

Job
1:8 — 231
7:21 — 231
9:20 — 231
29:15 — 244
31:27, 28 — 175
38:31, 32 — 245

Psalms
1:1 — 235, 244, 329, 341
1:4 — 19
1:4, 5 — 100
1:6 — 280
2:4 — 125
2:12 — 176
3:7 — 360
4:2 — 54
4:4 — 70
7:9 — 206
7:14 — 350
7:16 — 350
8:6, 7 — 171
9:17 — 46
10:7 — 350, 407
11:3 — 230
14:3 — 174, 224, 274
15:1, 2 — 280
18:36 — 229
19:6 — 337
22:22 — 221
25:11 — 221
28:3 — 351
31:1 — 241
32:2 — 362
32:5, 6 — 76
32:11 — 93
34:18 — 26
34:21 — 181
37:6 — 120
37:7 — 170
38:4 — 342
39:6 — 220
42:1 — 275
42:3 — 275
42:6 — 177
44:22 — 134
45:2 — 184
45:8 — 165, 366
49:18 — 374
51:10 — 405

51:13, 14 — 185
51:17 — 26
51:18 — 174
52:4 — 360
53 — 181
55:15 — 46
57:4 — 360
67:14 — 392
68:18 — 171
69:3 — 397
69:4 — 182
69:10 — 389
69:16 — 279
71 — 312
72:1, 7 — 241
73:3 — 170
78:5 — 187
78:31 — 375
78:36 — 374
82:6 — 181, 333
85:10 — 170
89:17 — 104
94:12, 13 — 368
96:10 — 206
96:13 — 242
102:21 — 221
104:15 — 318
105:3 — 104
107:20 — 164
109:4 — 182
109:28 — 262
110:2 — 43, 318, 391
111:1 — 281
111:3 — 270
112:3 — 270
116:10 — 25, 43
116:11 — 165, 174, 181, 220, 275
118:8 — 39
119:11 — 340
119:21 — 262
119:137 — 393
120:7 — 182
130:3 — 74
130:3, 4 — 77
131:1 — 239
133:1 — 280
133:3 — 177
140:9 — 350
141:6 — 229
143:1 — 241
143:2 — 73, 77, 225, 275, 365

145:14 — 111
147:12, 13 — 317
147:15 — 200

Proverbs

1:12 — 360
1:16 — 337
3:32 — 244
4:23 — 349
9:8 — 169
14:6 — 350
28:2 — 398
30:14 — 360
30:33 — 158
31:26 — 274

Ecclesiastes

7:20 — 259
10:15 — 350
12:11 — 380
12:12 — 349

Song of Solomon

1:2, 3 — 184
1:4 — 366
2:2 — 391
2:14 — 184
4:8 — 315

Isaiah

1:11 — 335
2:3 — 318
2:8 — 176
7:18 — 366
8:6 — 163
8:6 ff. — 330
8:7 — 164
8:13-15 — 344
9:4 — 224
9:6 — 203, 224
10:15 — 29
12:26 — 294
13:21, 22 — 245, 281
31:9 — 393
34:13 — 245
37:23 — 135
38:17 — 43
40:3 — 397
40:9 — 144
42:3 — 12, 27
48:22 — 170
49:21, 22 — 320

52:7 — 200
53:1 — 248
53:4 — 389
53:4, 6 — 342
53:12 — 44, 261
54:1 — 319
54:8 — 5
55:9 — 348
58:8 — 317
59:7 — 337
63:14-19 — 410
64:1-12 — 410
66:2 — 27
66:23 — 296

Jeremiah

2:13 — 220
2:23 — 220
8:11 — 289
9:26 — 330
17:5 — 262
19:9 — 158
23:21 — 166, 200
23:26, 27 — 18
31:33 — 234
35:14, 16 — 229
48:10 — 262
49:14 — 248

Lamentations

2:14 — 189
3:33 — 215

Ezekiel

1:6 ff. — 200
34:4 — 111

Daniel

9:7 — 275
9:24 — 270

Hosea

4:15 — 220, 350
12:11 — 385

Joel

1:9-13 — 123
2:32 — 275

Amos

6:6 — 165

INDEX

Obadiah
  1:1 — 248

Micah
  1:7 — 123
  6:6 — 235

Habakkuk
  2:4 — 258
  2:6 — 409
  3:2 — 248
  3:14 — 262

Zechariah
  2:8 — 134
  9:9 — 93

Malachi
  2:2 — 262
  3:9 — 262

Matthew
  3:7 — 4
  3:17 — 88
  5:3 — 298
  5:9 — 375
  5:11 — 262, 405
  5:11, 12 — 44, 134
  5:12 — 45
  5:18 — 37, 41, 46, 114
  5:29 — 304
  5:40 — 375
  5:46 — 401
  6:9 — 408
  6:12 — 85, 184
  6:12-15 — 66
  7:3 — 112
  7:6 — 48
  7:12 — 53, 56, 355, 356
  7:16, 17 — 79
  7:16 ff. — 373
  7:20 — 158
  7:26 — 52, 62
  8:20 — 122
  9:2 — 6, 12
  9:12 — 185
  9:13 — 12
  10:20 — 166, 192, 404
  10:22 — 400
  11:15 — 249
  11:28 — 12, 27, 407
  11:29 — 34
  11:30 — 135
  12:1 — 55
  12:43-45 — 50
  13:13 — 20, 256, 310
  13:20 — 32
  13:33 — 340, 364
  13:52 — 345
  15:8, 9 — 85
  15:14 — 20
  16:6 — 340
  16:17 — 192, 250
  16:18 — 155, 338
  16:19 — 330
  16:23 — 319, 363, 367
  17:5 — 35, 88
  17:27 — 358
  18:7 — 344
  18:9 — 244
  18:23-35 — 115
  20:6 — 155
  20:12 — 321
  20:16 — 393
  21:19 — 262, 344
  22:37-39 — 63
  22:39 — 55
  23:10 — 167, 404
  23:11, 12 — 208
  23:25-27 — 172
  23:27 — 188, 259
  23:34 — 169
  25:14 — 167
  25:26-30 — 159, 167
  25:41 — 262, 263
  26:6 ff. — 390
  26:34 — 344
  27:28-38 — 122
  27:34 — 111
  27:56 — 195
  27:69-75 — 156
  28:1 — 196
  28:20 — 156

Mark
  5:25, 26 — 220
  5:34 — 304
  6:3 — 195
  8:34 f. — 356
  10:52 — 304
  12:14 — 206
  15:40 — 195

Luke
  1:15 — 370
  1:68 — 185
  1:77, 78 — 185
  2:7 — 122
  2:11 — 108
  2:14 — 144, 174
  2:34 — 343
  2:35 — 81
  2:48 — 81
  4:18 — 35
  4:26 — 288
  6:46 — 257
  7:47 — 277
  9:51 ff. — 388
  10:7 — 126, 396
  10:20 — 93
  10:30 — 227
  10:30 ff. — 364
  10:30-37 — 58
  11:21 — 43
  11:34 — 37, 244
  11:36 — 37
  12:1 — 340
  12:48 — 103
  13:14 — 55
  13:27, 28 — 34
  14:28 ff. — 242
  14:33 — 242
  16:15 — 181
  17:21 — 337
  18:11 — 112
  18:11, 12 — 390
  18:11 ff. — 383
  18:13, 14 — 220
  19:10 — 12
  19:40 — 147
  21:15 — 166
  21:34 — 370
  22:37 — 261
  23:28 — 300
  24:46 f. — 184

John
  1:12 — 184, 221, 279
  1:17 — 15, 226, 407
  3:6 — 366
  3:18 — 19, 34
  3:27 — 292
  3:36 — 18
  4:14 — 222
  4:23 — 155

6:44 — 179, 292, 366
6:45 — 320
6:63 — 271
7:18 — 101
7:24 — 214
8:35 — 284, 317
8:36 — 6
8:44 — 11, 136, 145, 166
8:56 — 268
9:4 — 128, 401
9:7 — 163, 164
10:8 — 164, 166
12:25 — 181
12:32 — 366
13:34, 35 — 113
14:30 — 45
15:19 — 135
15:20 — 159
16:2 — 44, 165
16:11 — 24
16:33 — 12, 170
19:25 — 195
19:30 — 228
21:15 ff. — 397
21:17 — 338

Acts

1:24-26 — 165
3:6 — 122
3:23 — 334
4:32 — 210
5:41 — 133, 405
7:1 ff. — 197
7:6 — 268
7:53 — 271
8:20 — 46
9 — 193
9:4 — 134
9:4-6 — 183
9:4 ff. — 165
9:15 — 70, 145
9:19, 20 — 190
9:26 ff. — 195
9:29, 30 — 196
10 — 156
10:34 — 281
10:44 — 248
10:44 ff. — 247
11:28 — 210
13:2 — 165, 190
14:16 — 146
15:7-11 — 161

15:9 — 188, 219
15:10 — 7
15:22 — 163
15:28 — 211
16:3 — 211
17:28 — 290
18:18 — 211
20:29 — 247
21:23 ff. — 211
26:24 — 256
28:23 — 179

Romans

1:1 f. — 165
1:3, 4 — 185, 302
1:4 — 167
1:16 — 56, 290
1:16 f. — 241
1:18 ff. — 218
1:23 — 292
2:4 — 376
2:10 — 290
2:11 — 61, 103
2:13 — 257
2:14, 15 — 53
2:16 — 120
2:17 ff. — 218
2:21 — 188, 274
2:22 — 285
2:25 — 327, 330
2:27, 29 — 284
3 — 8
3:9 — 274
3:9 ff. — 224
3:10 — 174
3:10-12 — 274
3:19, 20 — 274
3:20 — 184, 318
3:21 — 266
3:23 — 104
3:25 — 64, 86
3:28 — 234
3:31 — 229
4 — 8, 263
4:1 ff. — 248
4:9 — 251
4:11 — 251
4:14 — 264, 267
4:15 — 184, 226, 266, 269
4:18 — 27
4:25 — 168, 238
5 — 269

5:3 — 133
5:3-5 — 25
5:5 — 221, 234, 326
5:10 — 171
5:12 — 240
5:19 — 222
5:20 — 269, 277
5:20, 22 — 325
6 — 234, 238
6:6 — 229, 379
6:10 — 238
6:12 — 361
6:14, 15 — 347
7 — 8, 269
7:1 — 233
7:2 ff. — 232
7:5 — 320, 366
7:7 — 313
7:9 ff. — 226
7:10 — 70, 269
7:11 — 226, 269
7:14 — 70, 227, 235, 364
7:18 — 174, 250, 361
7:19 — 365
7:22 f. — 231, 362
7:23 — 21, 70, 72, 227, 236
7:24 — 70
7:25 — 77, 81, 379
8 — 234, 238
8:1 — 227
8:2 — 227, 234
8:3 — 229
8:4 — 227
8:3, 4 — 65
8:6 — 341
8:8, 9 — 239
8:9 — 290
8:13 — 70, 360
8:14 — 366
8:15 — 290
8:16 — 172
8:17 — 291
8:17-25 — 25
8:23 — 65, 67
8:24 — 21
8:24, 25 — 20
8:28 — 327
8:32 — 100, 221
8:37 — 24
9:4, 5 — 142
9:6 ff. — 255

INDEX

9:7, 8 — 251
9:8 — 282
9:16 — 174, 294
9:23 — 174
9:33 — 72
10 — 255
10:2 — 305
10:3 — 241
10:4 — 34, 96
10:5 — 258
10:10 — 241
10:13 — 275
10:14 — 248
10:15 — 164, 184
10:17 — 220
11:1 — 155
11:7 ff. — 285
11:8 — 344
11:32 — 274
12 — 381
12:3 — 359
12:4 ff. — 359
12:9 — 374
12:10 — 93, 98, 102
12:15 — 300
12:18 — 375
12:21 — 59
13 — 381
13:8 — 204, 384
13:8-10 — 348
13:9 — 357
13:10 — 63, 65, 235
13:14 — 69, 280, 361
14 — 382
14:1 — 381
14:4 — 82, 395
14:6 — 180
14:10 — 120
14:12 — 395
14:15 — 383
14:16 — 102, 104
14:22 — 395
14:23 — 76, 132, 250
15:1 — 381, 389
15:2 — 182
15:3 — 389
15:4 — 25
15:26 — 210
16:18 — 49, 376
16:22 — 402

1 Corinthians

1:17 — 42, 392
1:18 — 118
1:19 — 404
1:23, 24 — 179, 343
1:30 — 34, 82, 241, 328
1:31 — 207
2:2 — 155
2:8 — 146
2:14 — 138
2:15 — 89, 136
3:3 — 250
3:4 — 181
3:11, 12 — 51
3:12 — 52, 55, 62
3:22 f. — 158
4:1 — 62
4:2 — 119
4:7 — 102
4:9 — 143, 301
4:11-13 — 143
5:5 — 345
5:6 — 36, 339
5:6 f. — 339
5:7, 8 — 339
5:10 — 173
6:19, 20 — 367
7:9 — 69
7:18, 19 — 334
8:1 — 359, 396
8:13 — 384
9 — 123
9:9 — 396
9:11 — 124
9:13, 14 — 126
9:20 — 211
9:20, 21 — 202
9:22 — 300
9:24 — 337
10 — 123
10:12 — 112, 390
10:17 — 340
10:18 — 406
10:33 — 182
11:16 — 406
12:4 ff. — 168, 208
12:12 ff. — 359
12:23 — 59, 393
13:2 — 115, 336
13:4 — 93, 291
13:5 — 308, 355
13:7 — 41, 59, 95, 106, 114, 353, 357
13:8 — 64
13:12 — 171
13:13 — 25, 72
14:22 — 180, 310
14:40 — 139
15:9 — 155, 192
15:24 — 64
15:24-28 — 171
15:26 — 319
15:28 — 64
15:42, 43 — 4
15:50 — 250
15:56 — 226, 238, 239, 269
16:21 — 129, 402
16:22 — 345

2 Corinthians

1:5 — 134
1:12 — 117, 395
2:6-8 — 110
2:7, 8 — 108
2:14 — 302
2:15 f. — 366
3:3 — 234
3:5 — 371
3:6 — 236, 271, 284, 313
3:7 — 226
3:14 — 77
4:4, 5 — 143
4:7 — 19, 94
5:21 — 260
6:3 — 104
6:6 — 376
6:7 — 117
6:8 — 102, 118
6:10 — 27
7:5 — 81, 135
8 — 123
9 — 123
9:6 — 399
10:3 — 239
11 — 187
11:2, 3 — 306
11:5 — 192
11:13 — 166
11:14 — 35, 392
11:18 ff. — 302
11:23-26 — 143, 299
11:26 — 186
11:28 — 81
12:1 ff. — 302
12:7 — 101

12:9 — 133, 404
12:9, 10 — 137, 302
12:11 — 193

Galatians
1:6 — 339
1:8 — 45, 108, 129, 214
1:10 — 170, 343, 402
1:11, 12 — 179
1:17 — 191
1:20 — 212
2:2 — 159
2:7, 9 — 165
2:11-14 — 156
2:14 — 214, 403
2:16 — 63, 243
2:20 — 65, 168, 246, 308, 379, 405
2:21 — 246
3 — 90, 127
3:1 — 32
3:2 — 133, 291, 336
3:4 — 129
3:9 — 142
3:10 — 12, 63, 274
3:13 — 36
3:19 — 146
3:21 — 270
3:22 — 285
3:24, 25 — 16
3:28 — 204
4:1 ff. — 202
4:4, 5 — 65, 77
4:5 — 284
4:6 — 189
4:10 — 331
4:16 — 301
4:17 — 104
4:19-22 — 400
4:20 — 301
4:24-31 — 180
4:25 — 382
5:3 — 256, 403
5:4 — 343
5:6 — 25, 280, 291, 405
5:9 — 46
5:10 — 108, 395
5:12 — 108
5:13 — 65
5:16 — 96
5:20 — 67

5:21 — 97
5:24 — 237
5:25 — 406
6:1 — 80
6:2 — 66, 94
6:12 — 42, 180
6:13 — 12, 256, 307, 403
6:16 — 382

Ephesians
2:3 — 324
2:19 — 317
4:12 — 103
4:24 — 140, 141, 280, 405
4:26 — 69
4:31 f. — 359
5:5 — 64, 369
5:17 — 168
5:26 — 26
5:27 — 85
6:11-17 — 97
6:13 — 26
6:15 — 200
6:16 — 21, 22, 26, 35, 78, 84, 137, 144
6:17 — 26, 78

Philippians
1:24 — 239
2:1-4 — 359
2:3 — 97
2:4 — 356
2:5 ff. — 389
2:6 — 393
2:21 — 116
2:25-27 — 81
3 — 187
3:4-7 — 187
3:9 — 187
3:18, 19 — 131
3:19 — 100, 120, 369
3:20 — 337
4:4 — 93
4:7 — 170, 375

Colossians
1:5 — 20
1:24 — 134
2:3 — 10, 34
2:8 — 285

2:16 — 298
2:18 — 89, 239
2:20 — 285
3 — 238
3:10 — 139
4:18 — 129, 402

1 Thessalonians
2:14 f. — 180
5:21 — 155, 206, 307
5:23 — 363

2 Thessalonians
2:3 — 110
3:17 — 129, 402

1 Timothy
1:5 — 235, 335, 355
1:9 — 96, 235, 320, 378
1:15 — 35
1:19 — 62, 149
4:1 — 44, 123
5:18 — 396
6:5 — 99
6:16 — 84

2 Timothy
1:15 — 117
2:15 — 63
3:9 — 120
4:2 — 303
4:3 — 116

Titus
1:7 — 97
1:8 — 96
1:11 — 178
1:12 — 243
1:15 — 188, 204, 216, 256
2:5 — 96
2:12 — 173

Philemon
10 — 108

Hebrews
2:2 — 271
3:1 — 163
5:12 — 285

INDEX

6:6 — 246
8:6 — 272
8:10 — 234
9:10 — 250, 335
9:15 — 268
9:17 — 268
10:16 — 234
11:1 — 377
11:4 — 145
11:36 ff. — 210

James

1:17 — 371
1:18 — 406
2:10 — 38, 331
2:19 — 172, 291
4:4 — 170

1 Peter

1:25 — 144
2:11 — 363

2:16 — 49, 347
2:21 — 238
2:22 — 64
2:24 — 238, 389
3:18 — 302
4:1 — 237
4:2 — 239
4:8 — 352
4:10 — 359
4:15 — 133
5:8, 9 — 3

2 Peter

1:4 — 173
2:5 — 146

1 John

1:8 — 230, 372
3:8 — 136
3:9 — 230, 372

3:18 — 52
4:10 — 65
5:4 — 5
5:18 — 230, 372

Jude

4 — 48

Revelation

2:9 — 110
3:17 — 115
6:4 — 376
12:9, 10 — 11
16:1 ff. — 227

APOCRYPHA

Ecclesiasticus

7:24 — 215
18:7 — 169
24:20 — 366